Rote SONNE,
schwarzes LAND

Barbara Wood

Rote SONNE, schwarzes LAND

Aus dem Amerikanischen von
Manfred Ohl und Hans Sartorius

Weltbild

Originaltitel: ›Green city in the sun‹
Originalverlag: Random House, Inc. New York

Das Werk einschließlich aller seiner Teile ist urheberrechtlich geschützt. Jede Verwertung außerhalb des Urhebergesetzes ist ohne Zustimmung des Verlages unzulässig und strafbar. Dies gilt insbesondere für Vervielfältigungen, Übersetzungen, Mikroverfilmungen und die Einspeicherung und Verarbeitung in elektronischen Systemen.

Genehmigte Lizenzausgabe für
Verlagsgruppe Weltbild GmbH
Steinerne Furt 67, 86167 Augsburg 2005
© 1988 by Barbara Wood
Aus dem Amerikanischen von Manfred Ohl und Hans Sartorius
Deutsche Ausgabe: © S. Fischer Verlag GmbH, Frankfurt am Main 1989
Lizenzausgabe mit freundlicher Genehmigung der S. Fischer Verlag GmbH,
Frankfurt am Main
Alle Rechte vorbehalten

Gesetzt aus der FB Garamond
Druck und Bindung: Bercker Graphischer Betrieb GmbH, Hooge Weg 100,
47623 Kevelaer

Gedruckt auf chlorfrei gebleichtem Papier

Printed in Germany

ISBN 3-89897-095-7

Für meinen Mann George, in Liebe.

Vorwort

Kenia verdankt seine Existenz einem Zufall.
1894 wollten die Engländer nach Uganda vorstoßen; militärisch gesehen war das ein strategisch wichtiger Punkt am Oberlauf des Nils im Herzen Afrikas. Deshalb baute man eine Bahnlinie von der Ostküste bis zum sechshundert Meilen landeinwärts gelegenen Victoriasee, dem Tor zu Uganda. Die Bahnlinie durchquerte ein Gebiet, das von wilden Tieren und kriegerischen Stämmen bevölkert war. Nur furchtlose Forscher und Missionare wagten sich dort hin. Als sich die Ugandabahn nach ihrer Fertigstellung als finanziell unrentabel und als Belastung erwies, suchte die britische Regierung nach einem Weg, um die Bahn aus den roten Zahlen herauszuholen. Man kam sehr schnell auf die Idee, dass eine Besiedlung entlang der Bahnlinie die Antwort auf das Problem wäre.

Als Erstes bot London das »freie« Gebiet zionistischen Juden an, die damals eine dauerhafte Heimat suchten. Die Juden lehnten ab; sie wollten nach Palästina. Also warb die britische Regierung in einer großen Kampagne um Einwanderer aus allen Gegenden des Empire. Im Auftrag der Krone wurden Verträge mit den einheimischen Stämmen abgeschlossen. Sie hatten wenig Ahnung davon, was solche Dokumente bedeuteten, und fragten sich verwirrt, was der weiße Mann bei ihnen suchte. Danach stellte die Regierung billig große Flächen »ungenutzter« Wildnis allen zur Verfügung, die bereit waren, sich dort niederzulassen und das Land zu kultivieren. Das zentrale Hochland hat ein kühles Klima, ist fruchtbar und grün; viele Briten aus England, Australien und Neuseeland, die eine neue Heimat suchten, einen Ort für einen Neuanfang, fühlten sich dorthin gezogen.

Das Kolonialministerium vertrat unerschütterlich den Standpunkt, dieses Gebiet sei nur ein Protektorat und werde seinen schwarzen Bewohnern zurückgegeben, wenn sie gelernt hätten, das Land selbst zu verwalten. Aber 1905, als zweitausend Weißen vier Millionen Afrikaner gegenüberstanden, erklärte der britische Kommissar für das Protektorat Ostafrika, es sei *ein Land des weißen Mannes.*

Prolog

»Dr. Treverton?«
Deborah schreckte auf. Die Flugbegleiterin der PAN AM lächelte sie an. Dann spürte sie das Vibrieren des Flugzeuges, was bedeutete, dass sie sich im Anflug auf Nairobi befanden. »Ja?«, fragte sie die junge Frau und schüttelte den Schlaf ab.
»Wir haben eine Nachricht für Sie erhalten. Sie werden am Flughafen abgeholt.«
Deborah verschlug es den Atem. »Danke«, murmelte sie und schloss wieder die Augen. Sie war müde. Es war ein langer Flug gewesen — sechsundzwanzig Stunden beinahe nonstop, nur ein Wechsel der Maschine in New York und Auftanken in Nigeria. Man würde sie abholen. Aber wer?
In ihrer Handtasche befand sich der Brief, der vor einer Woche zu ihrer Verblüffung im Krankenhaus für sie eingetroffen war. Er kam von der Mission der barmherzigen Mutter Gottes in Kenia. Man bat Deborah zu kommen, denn Mama Wachera liege im Sterben und wolle sie sprechen.
»Warum gehst du zurück, wenn du nicht willst?«, hatte Jonathan gefragt. »Wirf den Brief doch einfach weg. Vergiss ihn.«
Deborah hatte ihm keine Antwort gegeben. Unfähig zu sprechen, lag sie in Jonathans Armen. Er würde nie verstehen, weshalb sie nach Afrika zurückmusste und warum sie Angst davor hatte. Und der Grund dafür: Sie hatte ein Geheimnis vor dem Mann, den sie heiraten würde ...
Deborah holte ihren Koffer ab, ging durch den Zoll und entdeckte in der wartenden Menge auf der anderen Seite der Sperre einen Mann mit einer Schiefertafel, auf der ihr Name stand: DR. DEBORAH TREVERTON.
Sie betrachtete den Mann. Es war ein großer, gut gekleideter Afrikaner; ein *Kikuju*, dachte Deborah. Die Mission hatte den Mann geschickt, um sie abzuholen. Sie ging an ihm vorbei und stieg in eines der Taxis, die in einer langen Schlange am Straßenrand parkten. Deborah hoffte, auf diese Weise

etwas Zeit zu gewinnen. In dieser Zeit musste sie entscheiden, ob sie das alles wirklich auf sich nehmen, zur Mission zurückkehren und Mama Wachera gegenübertreten wollte. Der Fahrer der Mission würde berichten, Dr. Treverton sei nicht mit diesem Flug gekommen, also würde man sie nicht erwarten. Noch nicht.

»*Wer ist* diese Mama Wachera?«, hatte Jonathan gefragt, während er und Deborah beobachteten, wie der Nebel in die Bucht von San Francisco trieb.

Deborah hatte es ihm nicht verraten. Sie hatte es nicht über sich gebracht zu sagen: »Mama Wachera ist eine alte afrikanische Medizinfrau. Sie hat meine Familie vor vielen Jahren verflucht.« Jonathan hätte gelacht und Deborah vorgeworfen, sie nehme das alles viel zu ernst.

Aber das war nicht alles. Wegen Mama Wachera lebte sie in Amerika. Wegen Mama Wachera hatte sie Kenia verlassen. Sie gehörte zu ihrem Geheimnis, zu dem Kapitel ihrer Vergangenheit, über das sie mit Jonathan nie sprechen würde – auch nicht, wenn sie verheiratet waren.

Das Taxi fuhr durch die Dunkelheit. Es war zwei Uhr morgens. Die Nacht war schwarz und kühl. Der Äquatormond leuchtete durch die Zweige der Dornenbäume mit den breiten Kronen. Die Sterne wirkten wie Staub. Deborah versank in Gedanken. *Du musst Schritt für Schritt vorgehen*, ermahnte sie sich. Seit sie den Brief mit der Aufforderung erhalten hatte, nach Kenia zu kommen, ging sie nur noch Schritt für Schritt vor. Sie versuchte, nicht daran zu denken, was hinter jedem dieser Schritte lag ...

Als Erstes hatte sie mit Jonathan besprochen, dass er ihre Patienten übernahm. Sie praktizierten zusammen – zwei Chirurgen mit einer Gemeinschaftspraxis. Sie waren Geschäftspartner geworden, ehe sie beschlossen hatten zu heiraten. Als Nächstes hatte sie ihre Vorlesungen an der Universität abgesagt und dafür gesorgt, dass ein anderer den Vorsitz der jährlichen Ärztekonferenz in Carmel übernahm. An den Terminen für den folgenden Monat änderte sie nichts, denn sie zweifelte nicht daran, lange vorher wieder zurück zu sein.

Schließlich besorgte sich Deborah ein Visum von der kenianischen Botschaft – inzwischen war sie Amerikanerin und hatte keinen kenianischen Pass mehr –, kaufte Malariatabletten, ließ sich gegen Cholera und Gelbfieber impfen und hatte erstaunlicherweise vor achtundzwanzig Stunden die Maschine in San Francisco bestiegen.

»Ruf mich sofort an, wenn du in Nairobi angekommen bist«, hatte Jonathan gesagt, während er sie an der Abfertigung fest an sich drückte. »Und ruf mich jeden Tag an, solange du dort bist. Komm bald zurück, Deborah.« Wie um ihr einen zusätzlichen Anreiz zur Rückkehr zu geben, hatte Jonathan sie vor allen Leuten lange und heftig geküsst. So eine spontane heftige Gefühlsäußerung sah ihm überhaupt nicht ähnlich.

Das Taxi fuhr über die dunkle, leere Schnellstraße und nahm mit hoher Geschwindigkeit eine Kurve. Die Scheinwerfer glitten über eine Tafel am Straßenrand und erleuchteten flüchtig die Worte: WILLKOMMEN IN NAIROBI, DER GRÜNEN STADT IN DER SONNE.

Diese Worte versetzten Deborah einen Stoß. Sie rissen sie nach dem langen Flug aus der Betäubung, und sie dachte: *Ich bin wieder zu Hause!*

Das Nairobi Hilton erhob sich in der schlafenden Stadt wie eine goldene Lichtsäule. Als das Taxi vor dem hell erleuchteten Eingang anhielt, eilte der Portier, ein Afrikaner mit einem Zylinder und in einem dunkelbraunen Mantel, die Stufen herunter und öffnete die Wagentür. Als Deborah ausstieg und die kühle Februarnacht sie umgab, sagte er: »Willkommen, Madam.« Deborah brachte kein Wort über die Lippen.

Plötzlich erinnerte sie sich: Als junges Mädchen hatte sie Tante Grace bei Einkaufsfahrten nach Nairobi begleitet; damals stand sie auf dem Gehweg und bestaunte die Taxis, die an den eleganten Hotels vorbeifuhren. *Touristen* stiegen aus diesen Wagen, erstaunliche Menschen von fernen Orten mit Fotoapparaten über den Schultern und in funkelnagelneuen Safari-Khakis. Um sie herum türmte sich Gepäck; sie lachten unbeschwert und waren aufgeregt. Die kleine Deborah hatte die Fremden fasziniert angestarrt, sich über sie Gedanken gemacht, sie beneidet und sich gewünscht, in ihre wunderbare Welt zu gehören. Jetzt stand auch sie hier vor einem eleganten Hotel, bezahlte den Fahrer und folgte dem Portier die Marmorstufen hinauf zur glänzenden Glasflügeltür, die er ihr offen hielt.

Deborah bedauerte das kleine Mädchen, denn wie sehr hatte sie sich damals geirrt ...

Am Empfang gab es nur Afrikaner; sie waren jung, trugen elegante rote Uniformen und sprachen perfekt Englisch. Die Frauen hatten, wie Deborah bemerkte, die Haare alle in straffe, kleine Zöpfe geflochten und zu kunstvollen vogelnestartigen Frisuren aufgesteckt. Deborah registrierte aber den zurückweichenden Haaransatz, den die jungen Frauen nicht sehen wollten. In wenigen Jahren würden sie beinahe kahl sein. Diesen Preis zahlten sie für die kenianische Mode.

Man begrüßte Dr. Treverton freundlich. Sie erwiderte das Lächeln, sprach jedoch wenig und verbarg sich hinter ihrem Aussehen. Deborah wollte nicht, dass man die Wahrheit über sie ahnte. Sie wollte sich auch nicht durch ihre englische Aussprache verraten. Die Angestellten sahen eine schlanke Frau Anfang dreißig, die in Jeans und einem Westernhemd sehr amerikanisch wirkte. Sie wussten nicht, dass Deborah keine Amerikanerin war, sondern Kenianerin wie sie selbst und ihre Muttersprache ebenso mühelos beherrschte.

In ihrem Zimmer stand ein Korb mit Früchten, und die Bettlaken waren zurückgeschlagen. Auf dem Kissen lag eine Minzpraline in Silberpapier. Die Direktion wünschte ihr auf einer Karte »*lala Salama*«, »Schlafen Sie gut«. Während der Hoteldiener ihr das Bad, die Minibar und den Fernsehapparat zeigte, suchte Deborah das Geld, das sie unten am Empfang gewechselt hatte, und versuchte, sich an den Kurs zu erinnern. Sie gab dem Mann zwanzig Shilling und sah an seinem Lächeln, dass es zu viel war.

Dann war Deborah allein.

Sie trat ans Fenster und blickte hinaus. Es gab nicht viel zu sehen, nur die dunklen Formen einer Stadt, die die Nacht verhüllte. Es war ruhig; es gab kaum Verkehr, und sie sah keinen einzigen Fußgänger. Nairobi – vor fünfzehn Jahren hatte sie diese Stadt verlassen.

Die damals achtzehnjährige Deborah war verwirrt, zornig und verängstigt; sie hatte sich geschworen, dieses Land nie wieder zu betreten und war mit dem Entschluss, eine neue Heimat zu finden, einen neuen Platz in der Sonne zu finden, in die Maschine gestiegen. In den darauf folgenden Jahren hatte sie schwer daran gearbeitet, eine neue Persönlichkeit zu werden und Afrika zu vergessen, das ihr im Blut lag. In San Francisco, in Jonathan hatte Deborah schließlich ihr Ziel erreicht. Die Stadt und der Mann boten ihr ein Zuhause und eine Zuflucht.

Dann war der Brief eingetroffen. Wie hatten die Nonnen sie nur ausfindig gemacht? Woher kannten sie das Krankenhaus, in dem sie arbeitete? Woher wussten sie überhaupt, dass sie in San Francisco lebte? Die Missionsschwestern hatten offenbar keine Mühe und Kosten gescheut, um sie ausfindig zu machen. Warum? Nur weil jetzt eine alte Frau im Sterben lag?

Warum will sie mich sehen?, fragte Deborah stumm ihr Spiegelbild im Fenster. *Du hast mich immer gehasst, Mama Wachera. Du hast mich immer abgelehnt, weil ich eine Treverton bin. Was habe ich mit deinen letzten Augenblicken auf dieser Erde zu tun?*

Dringend, stand in dem Brief. Kommen Sie bitte sofort.
Deborah presste die Stirn gegen das kalte Glas. Sie erinnerte sich an ihre letzten Tage in Kenia und an die schrecklichen Worte der Medizinfrau. Mit der Erinnerung stellten sich der alte Schmerz und die Übelkeit wieder ein. Von all dem hatte Deborah geglaubt, sich befreit zu haben.
Sie ging ins Badezimmer und schaltete das Licht ein. Sie ließ sich ein heißes Bad einlaufen, fügte das Nivea-Schaumbad des HILTON hinzu und betrachtete sich im Spiegel.
Es war ihr letztes Gesicht nach so vielen Gesichtern; Deborah war damit zufrieden. Bei ihrer Ankunft in Amerika vor fünfzehn Jahren hatte sie eine dunkle, sonnengebräunte Haut und kurz geschnittene, schwarze, lockige Haare gehabt; sie trug ein einfaches kenianisches Baumwollkleid und Sandalen. Jetzt, nachdem sie jahrelang bewusst die Sonne gemieden hatte, war die Haut blass und so weiß wie nur möglich; die langen, glatten Haare fielen ihr, nur von einer goldenen Spange gehalten, über den Rücken. Bluse und Jeans trugen, wie auch die teuren Laufschuhe, Designeretiketten. Deborah hatte sich große Mühe gegeben, wie eine Amerikanerin, wie eine Weiße auszusehen.
Denn ich bin eine Weiße, sagte sie sich immer wieder.
Dann dachte sie an Christopher. Würde er sie wiedererkennen?
Nach dem Bad wickelte sich Deborah ein Handtuch um den Kopf und setzte sich auf den Bettrand. Sie war nicht müde. Im Flugzeug hatte sie lange genug geschlafen.
Sie griff nach ihrer Umhängetasche, die sie seit der Abreise aus San Francisco nicht aus den Augen gelassen hatte. Außer Pass, Rückflugticket und Reiseschecks befand sich etwas noch Kostbareres darin. Deborah nahm es heraus und legte es neben sich auf das Bett.
Es war ein kleines, in braunes Papier gewickeltes und verschnürtes Päckchen. Sie öffnete es und sortierte den Inhalt: ein Umschlag mit verblassten Fotos, alte, von einem Band zusammengehaltene Briefe und ein Tagebuch. Sie betrachtete diese Dinge lange.
Das war Deborahs Erbe; mehr hatte sie bei ihrer Flucht aus Afrika nicht mitgenommen; mehr war von der einst stolzen – und verrufenen – Familie Treverton nicht geblieben. Die Fotos hatte sie nicht mehr angesehen, seit sie die Bilder vor fünfzehn Jahren in den Umschlag gesteckt hatte; die Briefe hatte sie seit dem schrecklichen Tag, an dem Mama Wachera mit ihr gesprochen hatte, nicht wieder gelesen, und das Tagebuch, ein alter, abgegriffener

Lederband, das vor achtundsechzig Jahren begonnen worden war, hatte Deborah nie angerührt. Auf dem Einband war in Gold der Name TRE-VERTON geprägt.

Der Name Treverton besaß in Kenia einen besonderen Zauber. Deborah war die Reaktion auf den Gesichtern der jungen Afrikaner am Empfang nicht entgangen. Als sie ihren Namen nannte, waren sie sichtlich überrascht gewesen. Es folgte ein durchdringender Blick, aus dem eine gewisse Verzauberung sprach, und danach natürlich der typisch leere, unverbindliche Ausdruck, der Rückzug hinter ein starres Lächeln, um Hass und Groll auf all die anderen Dinge zu tarnen, für die der Name Treverton stand. Als Kind war Deborah an diesen Blick gewöhnt; es überraschte sie eigentlich nicht, ihm immer noch zu begegnen.

Es hatte eine Zeit gegeben, in der der Name Treverton in Kenia verehrt worden war. Das HILTON stand an einer breiten Straße, die früher einmal die Lord Treverton Avenue gewesen war. Heute war es die Joseph Gicheru Street, genannt nach einem Kikuju, der für die Unabhängigkeit gestorben war. Das Taxi war am ehemaligen Treverton-Gymnasium vorbeigefahren, und Deborah hatte die neue Tafel mit der Aufschrift MAMA WANJIRU GYM-NASIUM gesehen.

Es sieht aus, dachte Deborah, *als versuchen sie, jede Erinnerung an uns auszulöschen.*

Aber Deborah wusste, wie weit die Kenianisierung auch gehen mochte, die Trevertons waren für immer mit diesem Land verbunden. Sie waren Teil seiner Seele, seines Schicksals und fest mit Kenia verwachsen. Die Mission, in der Mama Wachera im Sterben lag, hieß jetzt Mission der barmherzigen Mutter Gottes; die katholischen Schwestern hatten sie so genannt, als Deborahs Tante sie ihnen vor vielen Jahren übergab. Davor hieß sie einfach Grace-Treverton-Mission nach ihrer Gründerin Dr. Grace Treverton, der berühmten Pionierin des öffentlichen Gesundheitswesens in Kenia.

Dr. Grace Treverton hatte die Missionsstation vor achtundsechzig Jahren mitten in der Wildnis der Zentralprovinz gegründet; sie war ebenso legendär wie ihr faszinierender Bruder, der Earl. Grace hatte Deborah anstelle ihrer leiblichen Mutter großgezogen, und sie hatte große Geheimnisse mit ins Grab genommen. Deborah wusste, Tante Grace hatte alles miterlebt; sie war Zeugin und Mitwirkende jedes Triumphs und jeder Schande der Trevertons gewesen; sie hatte den Aufstieg, den Fall und den erneuten Aufstieg Kenias erlebt.

Deborah strich mit den Fingern über die Dinge auf dem Bett. Sie fürchtete sich beinahe davor. Die Fotos – sie wusste kaum noch, wer die Menschen darauf waren. *Christopher als Junge. Nicht als Mann. Wie schade.* Und die Briefe – Deborah erinnerte sich nur an ein paar niederschmetternde Sätze. Schließlich das Tagebuch. Es war das einzige Vermächtnis von Tante Grace.
Deborah hatte das Tagebuch nie gelesen. Beim Tod von Tante Grace war sie so von Kummer überwältigt, dass sie es nicht über sich gebracht hatte. Später hatte sie sich von der Familie und der Vergangenheit abgewandt, die dieses Buch repräsentierte und enthielt.
Jetzt griff sie danach und hielt es zwischen den Händen. Sie glaubte zu spüren, dass eine Kraft davon ausging. Die Trevertons! In den Augen der Öffentlichkeit eine elegante Familie, unvorstellbar reich, Mitglieder des Adels, lebensfrohe, Polo spielende Spitzen der Gesellschaft, die ersten bahnbrechenden Pioniere in Ostafrika. Doch in Wahrheit lasteten Geheimnisse auf ihnen, brachte die Neigung eines armen Jungen Schande über die Familie, gerieten sie durch einen Sensationsprozess weltweit in die Schlagzeilen, wurden sie getrieben von verbotenen Lieben und Begierden und noch dunkleren Geheimnissen – Gerüchte sprachen sogar von Menschenopfern und Mord.
Und sie waren Opfer des Aberglaubens – Mama Wachera hatte sie verflucht!
Christopher, überlegte Deborah, *mein hübscher, sanfter Christopher. Waren auch wir Opfer des Schicksals der Trevertons?*
Deborah öffnete den Umschlag und zog den Inhalt heraus. Es waren sieben Fotos. Das oberste war von 1963, also kurz vor der Unabhängigkeit Kenias und dem Ende der Welt, wie Deborah sie gekannt hatte. Das Gruppenbild war mit einer alten Box Brownie gemacht worden. Vier Kinder standen, der Größe nach geordnet, nebeneinander. Der elfjährige Christopher war der größte und älteste. Neben ihm stand Sarah, seine kleine Schwester; sie war ebenso alt wie die achtjährige Deborah in der Mitte. Der Letzte in der Reihe war Terry Donald, zehn Jahre alt und schon damals ein kräftiger kleiner Junge. Er trug einen Jagdanzug aus Khaki.
Tränen verschleierten Deborahs Blick, als sie die lächelnden Gesichter aufmerksam betrachtete. Vier barfüßige, schmutzige und glückliche Kinder standen offenbar unbeschwert von allen Sorgen inmitten von Ziegen und Hühnern. Sie schienen nichts von dem Sturm zu bemerken, der sich um sie herum zusammenbraute und ihre Welt zerstören sollte. Vier Kinder –

zwei Afrikaner, zwei Weiße, und alle eng miteinander befreundet. *Sarah, meine beste Freundin,* dachte Deborah traurig. *Wir sind zusammen aufgewachsen, haben mit Puppen gespielt und später die Jungens entdeckt.* Die schwarze, schöne Sarah hatte Deborah ihre Pläne anvertraut. Sie waren sich so nahe wie Schwestern gewesen und hatten von einer gemeinsamen Zukunft geträumt. Aber die alte Medizinfrau hatte sie auseinander gerissen. *Was ist wohl aus Sarah geworden? Lebt sie noch in Kenia?*

Deborah griff nach einem anderen Foto. Es stammte von 1930 und zeigte Tante Grace. Als Deborah das liebe ovale Gesicht betrachtete, das Lächeln, das Haar mit den weichen Dauerwellen, das ihren Kopf wie ein leuchtender Heiligenschein zu umgeben schien, konnte sie nicht glauben, dass man Grace Treverton einmal vorgeworfen hatte, ein »Mannweib« zu sein. Diese bemerkenswerte Frau hatte sich neben der Gründung der Missionsstation noch durch eine andere große Leistung einen Namen gemacht. Sie hatte ein Buch mit dem Titel geschrieben: *Wenn SIE der Arzt sein müssen ...* Es war vor achtundvierzig Jahren zum ersten Mal veröffentlicht, ständig revidiert und auf den neuesten Stand gebracht worden. Inzwischen war es in der Dritten Welt eines der am weitesten verbreiteten medizinischen Handbücher.

Das nächste Bild zeigte einen dunklen, gut aussehenden Mann auf einem Polopony. Das war Valentine, der Earl von Treverton, Deborahs Großvater – sie hatte ihn nie kennen gelernt. Selbst auf dem kleinen etwas unscharfen Bild sah sie, was alle in ihm gesehen hatten – einen ins Auge fallend attraktiven Mann, der eine gewisse Ähnlichkeit mit Laurence Olivier besaß. Auf der Rückseite stand: *Juli 1928 – an diesem Tag Mittagessen mit Seiner Königlichen Hoheit Prinz Edward, Prinz von Wales.*

Das vierte Foto trug kein Datum und keine Beschriftung, aber Deborah wusste, wer es war – Lady Rose, Countess von Treverton. Das Bild wirkte wie ein Schnappschuss. Rose blickte überrascht über die Schulter in die Kamera. Das Bild hatte etwas Zeitloses durch das schlichte weiße Batistkleid, die lässige Art, in der sie den weißen Sonnenschirm hielt, und durch das Haar, das ihr wie einem jungen Mädchen über die Schulter fiel, obwohl sie damals bereits etwa dreißig Jahre alt gewesen sein musste. Ihre Augen fesselten Deborah; etwas Gequältes lag darin, eine eigenartige Melancholie, durch die sich die Frage aufdrängte, worunter diese Frau litt.

Deborah brachte es nicht über sich, die drei letzten Bilder anzusehen. Das Zimmer füllte sich mit Geistern, und einige waren die Geister von Menschen, die noch nicht tot waren. Wo befand sich zum Beispiel Sarah in diesem Augenblick? Sarah mit den großen Träumen und dem Ehrgeiz, Karriere zu machen. Sie besaß eine künstlerische Begabung, die Deborah verblüfft und neidisch gemacht hatte. Sarah wollte in der Mode einen völlig neuen »Kenialook« kreieren. Sie träumte von Ruhm und Reichtum, und an dieser gefährlichen Wegscheide hatte Deborah sie von einem auf den anderen Tag verlassen.

Sarah Wachera Mathenge, seufzte Deborah, *meine Schwester* ...
Deborah dachte an Terry Donald, einen gut aussehenden Jungen, der von den ersten Abenteurern und Erforschern des dunklen Kontinents abstammte; er war der Letzte einer Reihe von Weißen, die in Kenia geboren wurden. Allen diesen Männern lag das wilde Kenia mit seinen Savannen, dem Dschungel und der Jagd im Blut.
Und schließlich Christopher ...
Deborah schob die Bilder in den Umschlag zurück.
Befand sich Christopher noch in Kenia? Sie hatte ihn vor fünfzehn Jahren verlassen, ohne ihm zu sagen, dass sie das Land verließ und weshalb. Sie hatten heiraten wollen. Sie liebten sich. Aber sie hatte ihn und Sarah ohne einen Blick zurück im Stich gelassen.
Plötzlich wusste Deborah, sie war nicht nach Afrika zurückgekommen, weil eine alte, sterbende Frau sie sehen wollte. Sie hoffte, sich und die Menschen, die zu ihr gehörten, wiederzufinden.
Plötzlich sah Deborah alles klar: In San Francisco wartete zwar Jonathan auf sie. Aber jetzt gestand sie sich ein, dass sie irgendwie vor dem letzten Schritt gezögert hatte, der ihn an sie und an die Familie band, die sie zusammen gründen wollten. Sie musste zuerst die Gegenwart mit der Vergangenheit aussöhnen. Jonathan wusste wenig über Deborahs Vergangenheit, über die Suche nach ihrer Identität. Er wusste nichts von Christopher oder von der schmerzlichen Wahrheit über ihn, die Deborah erfahren hatte. Deborah hatte Jonathan auch nichts davon erzählt, dass sie vor fünfzehn Jahren plötzlich feststellte, dass Mama Wachera, die afrikanische Medizinfrau, ihre Großmutter war.
Deborah griff nach dem Tagebuch von Tante Grace. Plötzlich wollte sie es lesen. Die Seiten übten einen starken Sog aus. Sie zitterte bei dem Gedanken, welche Enthüllungen sie möglicherweise lesen würde; vielleicht würde sie aber auch einen Schlüssel finden, der ihr Frieden schenken konnte. Ihre Blicke richteten sich auf die erste Seite, auf die verblasste Tinte und das

Datum: 10. Februar 1919. Deborah dachte: *Vielleicht war das vor so vielen Jahren doch die beste Zeit gewesen. Damals war Kenia jung und unschuldig; nichts trübte den Blick. Die Menschen wussten, wohin sie gingen. In ihren Herzen waren sie aufrecht. Mutige und abenteuerlustige Männer und Frauen kamen nach Kenia, keine durchschnittlichen Men-schen. Sie trieb der Geist von Pionieren, die für sich und ihre Kinder ein neues Land schaffen wollten.*
Wie sehr ich mich auch bemüht habe, vor ihnen davonzulaufen, sie sind ein Teil von mir; sie leben immer noch in mir. Es gibt aber auch andere Menschen, die schon immer hier waren. Sie lebten schon lange in dem uralten Land ihrer Vorfahren, als die weißen Fremden kamen. Auch sie sind ein Teil von mir ...

Erster Teil

»Wie gewöhnlich hatten die Eingeborenen ihre Dörfer verlassen und sich mit all ihrem Vieh aus dem Staub gemacht. Doch wir durchstöberten den Wald und fanden eine ganze Menge Vieh. Dann zogen wir weiter durch das Land und sandten Kolonnen aus, um die Dörfer zu verbrennen und Ziegen einzusammeln etc. Wir sahen kaum Leute, und wenn, dann nur in weiter Entfernung. So hatten wir wenig Spaß, aber wir zerstörten eine ungeheure Zahl von Dörfern ... Wir fingen insgesamt 10 000 Ziegen und einige Rinder ein, und nach der vorhergehenden Expedition wird das ein ganz schön schwerer Schlag für die Leute gewesen sein.«

Francis Hall
Britischer Offizier
und Verwaltungsbeamter in Kenia,
1919

1919

1

»Hilfe! Wir brauchen einen Arzt! Ist ein Arzt im Zug?«
Grace Treverton hörte das aufgeregte Rufen, öffnete das Abteilfenster, sah hinaus und entdeckte den Grund für das plötzliche Anhalten des Zugs: Neben den Schienen lag ein Mann.
»Was ist los?«, fragte Lady Rose, als ihre Schwägerin nach der Arzttasche griff.
»Ein verletzter Mann.«
»Oje.«
Grace zögerte einen Augenblick, bevor sie das Abteil verließ. Rose sah nicht gut aus. Ihre Haut war in der letzten Stunde beunruhigend blass geworden. Die Hafenstadt Mombasa, wo sie den Zug bestiegen hatten, lag erst achtzig Meilen hinter ihnen. Bis Voi, wo es Abendessen geben würde, lagen noch einige Meilen vor ihnen. »Du solltest etwas essen, Rose«, sagte Grace und warf Fanny, der Zofe von Rose, einen auffordernden Blick zu, »und trink etwas. Ich werde mich nur rasch um den armen Mann kümmern.«
»Mir geht es gut«, erwiderte Rose. Sie betupfte mit einem parfümierten Taschentuch die Stirn und legte die Hände auf den Leib.
Grace zögerte immer noch. Wenn etwas nicht in Ordnung war, besonders mit dem Baby, konnte man sich nicht darauf verlassen, dass Rose es zugeben würde. Grace sah Fanny noch einmal nachdrücklich an, was so viel bedeutete wie: *Weichen Sie nicht von ihrer Seite*, und verließ eilig das Abteil.
Im nächsten Moment glaubte Grace, von der Wüstensonne und dem Staub verschlungen zu werden. Nach dem wochenlangen Eingesperrtsein auf dem Schiff und den achtzig Meilen im winzigen Abteil des Zuges verschlug ihr der endlose afrikanische Himmel den Atem und machte sie benommen.
Als Grace den Verletzten erreichte, standen bereits Fahrgäste um ihn herum, die in einer Mischung aus Englisch, Hindi und Suaheli aufgeregt durch-

einander redeten. Grace sagte: »Moment bitte«, und versuchte sich durchzudrängen.

»Bleiben Sie lieber weg, Miss. Das ist kein Anblick für eine Dame.« Ein Mann drehte sich um und wollte sie aufhalten. Er zog die Augenbrauen hoch.

»Vielleicht kann ich ihm helfen«, erwiderte Grace und ging an ihm vorbei, »ich bin Ärztin.«

Die anderen Männer sahen sie überrascht an, und als sie sich neben den Gestürzten kniete, verstummten alle.

Die Männer hatten noch nie eine so seltsam gekleidete Frau gesehen. Grace Treverton trug eine weiße Bluse mit einer schwarzen Krawatte, eine schwarze Jacke, einen dunkelblauen Rock, der bis zu den Knöcheln reichte, und, am merkwürdigsten von allem, einen breitkrempigen Dreispitz aus schwarzem Samt. Diese Siedler, die fern von jeder Zivilisation in einem Winkel des britischen Empire lebten, kannten die Uniform eines weiblichen Offiziers der königlichen Marine nicht.

Sie sahen erstaunt zu, wie sie die Wunden des Mannes ungerührt untersuchte, ohne ohnmächtig zu werden. *Der Mann blutete*, dachten sie, und diese merkwürdige Frau blieb so ruhig wie beim Tee-Eingießen!

Unter den Männern entstand ein Gemurmel. Grace achtete nicht darauf. Sie versuchte, dem bewusstlosen Mann, einem Afrikaner, zu helfen. Er trug Felle und Perlen und schien das Opfer eines Löwen geworden zu sein. Während sie die Wunden desinfizierte und verband, hörte Grace die leisen Stimmen der Männer um sie herum und verstand sehr wohl den Tenor ihrer Worte.

Einige schockierte und entsetzte ihr Verhalten, andere amüsierten sich, und alle waren skeptisch. Keine wirkliche Dame, so hatte Grace gehört, seit sie angefangen hatte, in London Medizin zu studieren, würde sich mit solchen unangenehmen Dingen beschäftigen. Was sie tat, gehörte sich einfach nicht! Doch diese Männer hatten keine Ahnung davon, dass die Wunden dieses armen Afrikaners nichts waren im Vergleich zu den Verletzungen, die Grace an Bord des Lazarettschiffs behandelt hatte, das bei der Räumung von Gallipoli eingesetzt worden war.

»Wir müssen ihn in den Zug bringen«, sagte sie schließlich, als sie nichts weiter tun konnte.

Keiner der Männer rührte sich. Sie hob den Kopf. »Er muss richtig behandelt werden. Die Wunden müssen genäht werden. Er hat viel Blut verloren. Mein Gott, stehen Sie doch nicht einfach so herum!«

»Der ist erledigt«, brummte jemand.
»Keine Ahnung, wer es ist«, sagte einer.
»Ein Massai«, sagte ein Dritter, als sei das eine Erklärung. Grace erhob sich.
»Zwei von Ihnen tragen ihn in einen Wagen. Sofort!«
Die Männer waren unentschlossen. Ein paar drehten sich um und gingen. Die anderen sahen sich fragend an. Wer war *sie*, um ihnen etwas zu befehlen? Die Männer blickten Grace wieder an. Sie war sehr hübsch und schien eine Dame zu sein.
Schließlich hoben zwei Männer den Afrikaner auf, trugen ihn zum Bremswagen und legten ihn hinein. Als Grace zu ihrem Abteil zurückging, hörte sie abfälliges Lachen, und zwei Männer musterten sie mit unverhüllter Verachtung.
Aber an ihrem Wagen wartete ein sonnengebräunter, lächelnder Mann, der ihr die unmöglich hohen Stufen hinaufhalf. »Machen Sie sich nichts daraus«, sagte er und legte die Hand an die Hutkrempe. »Die sind zehn Jahre hinter der Zeit zurück.«
Grace lächelte dankbar, blieb auf der kleinen Plattform stehen und sah dem Mann nach, der mit großen Schritten zum Wagen der zweiten Klasse ging. Rose saß auf ihrem Platz, fächelte sich Luft zu und starrte aus dem Fenster. Grace beugte sich vor und griff nach dem dünnen Handgelenk ihrer Schwägerin. Der Puls war stark und gleichmäßig. Dann betastete sie den Leib unter dem Batist des Sommerkleides.
Alarmiert richtete sie sich auf. Das Kind hatte sich in das Becken gesenkt.
»Rose«, fragte sie vorsichtig, »wann hat sich das Baby gesenkt?«
Lady Rose drehte den Kopf und zwinkerte, als sei sie weit weg gewesen – draußen in der Steppe unter den Dornenbäumen und dem dürren Busch.
»Als du draußen warst«, sagte sie.
Grace versuchte, ihre Besorgnis nicht zu zeigen. Rose musste vor allem ruhig und gelassen bleiben. Diese Fahrt trug natürlich nicht gerade dazu bei!
Grace öffnete die Flasche Mineralwasser, goss etwas Wasser in einen Silberbecher und reichte ihn ihrer Schwägerin. Rose trank und verschüttete etwas, als der Zug mit einem Ruck wieder anfuhr. Grace versuchte nachzudenken.
Das Kind hatte sich zu früh gesenkt. Es war zu früh. Es sollte erst in mehr als einem Monat geboren werden. Deutete das auf Komplikationen hin? Und wie lange konnte es jetzt noch bis zur Geburt dauern? *Bestimmt haben wir noch Zeit,* sagte sie sich und dachte an diesen jämmerlichen kleinen Zug,

dessen Abteile alle nur Türen ins Freie hatten, wodurch die Passagiere voneinander getrennt waren. Wenn der Zug fuhr, konnte man ihn nicht anhalten und Hilfe herbeirufen.
Grace war wütend auf sich. Sie hätte nicht zulassen dürfen, dass Rose die Reise unternahm. Sie hätte es ihr energisch ausreden müssen. Rose war keine kräftige Frau, und die Strapazen der Reise von England forderten ihren Tribut. Aber Rose ließ sich nicht von ihrem Entschluss abbringen. »Ich möchte, dass mein Sohn in unserem neuen Haus geboren wird«, hatte sie auf ihre unlogische Art immer wieder erklärt, die einen zum Wahnsinn treiben konnte. Seit Valentine, ihr Mann und der Bruder von Grace, in seinen überschwänglichen Briefen das prächtige Haus beschrieb, das er im zentralen Hochland von Britisch-Ostafrika gebaut hatte, war Rose von der Idee wie besessen, das Kind dort zur Welt zu bringen. Es hatte Graces Position noch weiter geschwächt, als Valentine schrieb und darauf bestand, dass sie sich auf die Reise machten, weil er mit seiner Frau darin übereinstimmte, dass sein Sohn in der neuen Heimat geboren werden sollte.
Grace hatte ihrem Bruder mehrmals zornig geschrieben. Aber sowohl Valentine als auch Rose hatten sich über alle Vernunft hinweggesetzt, um ihren unsinnigen Traum zu verwirklichen.
Und so hatten die beiden Frauen England und BELLA HILL, das alte Herrenhaus der Familie in Suffolk, mit ihren Besitztümern und in Begleitung von sechs Dienstboten verlassen, waren über die nach dem Krieg wieder sicheren Meere gefahren und hatten das erst vor kurzem entmilitarisierte exotische und lockende Protektorat Britisch-Ostafrika erreicht.
Lady Rose beugte sich vor und machte sich an ihren Rosensträuchern zu schaffen. Die fünf anderen Dienstboten und die Hunde der Familie fuhren im Wagen der zweiten Klasse. Aber die Rosen begleiteten die Gräfin, als seien es ihre Kinder. Grace betrachtete sie ärgerlich; die Sträucher hatten seit der Abreise aus England mehr als einmal zu unangenehmen Episoden geführt; aber sie wurde weich, als sie sah, wie ihre Schwägerin sich besorgt um sie kümmerte.
Bald, dachte Grace, *wird sie das Baby haben, das dann im Mittelpunkt ihres Lebens steht.* Rose hatte sich das Baby so verzweifelt gewünscht, auch als die Ärzte in London erklärten, sie könne keine Kinder bekommen. Dieses Baby, so hoffte Rose, würde Valentine dazu bringen, ein geordnetes Leben zu führen. Grace seufzte und blickte aus dem Fenster. Ihr Bruder war ein ruheloser Mann, und dieses wilde Land gefiel ihm. Grace verstand, weshalb Ostafri-

ka ihn so faszinierte, und sie verstand seinen Entschluss, BELLA HILL in die Obhut ihres jüngeren Bruders zu geben und hierher zu kommen, um sich in der Wildnis ein neues Reich zu schaffen.

Vielleicht wird ihn dieses Land zähmen, dachte Grace, während das Schaukeln des Zugs sie in den Schlaf wiegte. *Vielleicht wird aus Valentine ein neuer Mensch ...*

Grace dachte immer noch an Männer, als der Zug in Voi hielt und die Fahrgäste zum Essen in die Hütte strömten. Sie hatte wieder von dem Lazarettschiff und von Jeremy geträumt.
Bei dem Zustand ihrer Schwägerin wäre es unschicklich gewesen, wenn sie mit den anderen Reisenden gegessen hätten. Deshalb brachte ein älterer, seriös wirkender Afrikaner ihnen das Abendessen in ihr Abteil und bediente sie. Grace rührte das gekochte Rindfleisch und den Kohl kaum an. Sie blickte durch das Fenster in die Wüstennacht und zum hell erleuchteten Bungalow, in dem das Dinner serviert wurde. Grace beobachtete die Männer; sie saßen an Tischen mit ordentlichen weißen Tischdecken, aßen mit Silberbesteck von Porzellantellern und wurden von Weinkellnern und Kellnern in weißen Jacken bedient. Das laute Lachen und Reden der Reisenden hallte durch die Nacht, und der Rauch ihrer Zigarren trieb durch die Luft. Grace beneidete sie.
Rose trank roten Bordeaux aus einem Kristallglas mit Stiel und sprach ruhig von ihren Plänen für das neue Haus. »Ich werde meine Rosen so pflanzen, dass ich sie immer sehen kann. Und ich werde jeden Mittwoch zum Tee einladen und dazu in Frage kommende Damen der Gegend in unserem neuen Haus empfangen.«
Grace lächelte ihre Schwägerin nachsichtig an. Sie sah keinen Anlass, Rose bereits jetzt die Illusionen zu nehmen. Sie würde die Realität ihres neuen Lebens bald genug kennen lernen, wenn sie die Plantage sah, feststellte, dass die nächsten Nachbarn viele Meilen entfernt lebten, und dass die »Damen«, von denen sie sprach, schwer arbeitende Farmersfrauen mit wenig Zeit für Einladungen zum Tee waren.
Draußen vor dem Fenster erregte etwas ihre Aufmerksamkeit. Es war der Mann, der ihr die Stufen zum Abteil hinaufgeholfen hatte. Er beaufsichtigte das Verladen von Gepäckstücken auf Wagen. Grace sah, es waren Gewehre und Zelte. *Er ist also Jäger und steigt hier in Voi aus,* dachte sie.
Grace beobachtete ihn neugierig. In Khaki und mit dem Tropenhelm sah

er sehr attraktiv aus. Als er sich plötzlich umdrehte und ihre Blicke sich trafen, setzte ihr Herz einen Schlag aus. Er lächelte, schwang sich auf sein Pferd, salutierte und ritt davon.

Sie sah ihm nach, als er in der Nacht verschwand, und ihr wurde plötzlich bewusst, dass es mit ihr und Männern immer so war – und immer so sein würde. Sie stieß sie entweder vor den Kopf wie diese Männer heute Nachmittag, die nicht gewusst hatten, wie sie sich ihr gegenüber verhalten sollten. Oder sie weckte eine unerklärliche Ablehnung in ihnen, oder sie machten ihr das höchste Kompliment wie dieser Jäger. Das heißt, in ihren Augen war sie ebenso gut wie jeder Mann und es deshalb wert, wie ein Kamerad behandelt zu werden.

Grace dachte an die Männer auf dem Lazarettschiff und an die Verwundeten, die täglich an Bord gebracht wurden. Anfangs war der Umgang mit ihnen wunderbar, denn sie hielten Grace für eine Krankenschwester. Aber das änderte sich abrupt, wenn sie feststellten, dass sie Ärztin und Offizier war. Plötzlich stellten sich Ehrerbietung und sehr großer Respekt ein. Es entstand eine unsichtbare Barriere, die Grace nicht überwinden konnte.

Als sie vor neun Jahren zum Medizinstudium angenommen worden war, hatte eine ältere Ärztin zu Grace gesagt: »Sie werden feststellen, dass Ihr neuer Titel sowohl ein Fluch als auch ein Segen ist. Viele Ärzte werden es Ihnen verübeln, dass Sie in ihre eifersüchtig gehütete Bruderschaft eindringen, und viele Patienten werden Sie für unfähig halten.« Dr. Smythe hatte hinzugefügt: »Sie werden kein normales gesellschaft-liches Leben führen können, denn Sie spielen keine der akzeptierten weiblichen Rollen. Manche Männer werden Sie auf einen Sockel stellen und dadurch unerreichbar machen. Andere werden Sie als Kuriosität und als Außenseiterin abstempeln. Sie werden die einen amüsieren, die anderen einschüchtern. Sie begeben sich in eine Männerwelt, ohne als vollwertiges Mitglied akzeptiert zu sein, und man wird Ihnen wenige Privilegien dieser Welt einräumen.«

Die unverheiratete, aber sechzigjährige Dr. Alice Smythe hatte die Wahrheit gesagt. Grace Treverton war inzwischen neunundzwanzig und – ledig.

Sie lehnte sich im Sitz zurück und schloss die Augen.

Es war der »Preis«, vor dem man sie gewarnt hatte, als sie vor Jahren ihre Absicht verkündete, Medizin zu studieren. Ihr Vater, der alte Earl, hatte es abgelehnt, sie zu unterstützen. Ihre Brüder hatten gelacht und vorausgesagt, sie werde ihre Weiblichkeit opfern. Einiges von dieser Prophezeiung hatte sich erfüllt. Sie hatte tatsächlich Opfer gebracht. Inzwischen bestanden nur noch wenig Aussichten auf eine Ehe und Kinder. Mit beinahe dreißig war sie Jungfrau, obwohl sie zwei Jahre unter Tausenden Soldaten auf See gearbeitet hatte.

Aber nicht alle Männer waren wie ihre Brüder oder wie diese rauen Burschen dort drüben. Es gab auch den Jäger, dem sie aufgefallen war. In Ägypten, wo sie während des Kriegs stationiert gewesen war, hatte Grace Offiziere kennen gelernt, kultivierte Herren, die ihre Rangabzeichen an der Uniformjacke und den Doktor vor ihrem Namen respektierten.

Und es hatte Jeremy gegeben.

Als Jeremy ihr den Verlobungsring über den Finger schob, war ihr Dr. Smythes Voraussage als sehr übertrieben erschienen. Aber dieser Traum war mit dem torpedierten Schiff und mit Jeremy im kalten, dunklen Wasser des Mittelmeeres versunken.

Das Geschirr wurde abgeräumt, und die beiden Frauen gingen auf die Plattform hinaus, während die Betten gemacht wurden. Grace stützte ihre Schwägerin am Ellbogen, während sie am Geländer standen, die kühle Nachtluft atmeten und den prächtigen Sternenhimmel bewunderten. Bald würde der Vollmond über dem Kilimandscharo aufgehen.

England schien Welten entfernt zu sein, beinahe, als habe es nie existiert. So lange schien die Abfahrt in Southampton zurückzuliegen. Und dann die drei Wochen, in denen sie nach Süden und Osten auf dem Meer gefahren waren, und jeder Tag sie weiter weg von vertrauten Plätzen und tiefer hinein in das Unbekannte geführt hatte. Port Said war Grace fremd erschienen; der Krieg war zu Ende, und die Touristen stellten sich allmählich wieder ein. Einheimische waren mit ihren Waren und den »garantiert« antiken Stücken an Bord gekommen; Händler hatten Speisen und starken ägyptischen Wein angeboten. Dann der Suezkanal inmitten der unwirtlichen, kahlen Wüste und Port Sudan mit den imposanten Kamelkarawanen und den Arabern im Burnus. Von Aden, einer trostlosen Oase in der Wildnis, hatte der Dampfer sie entlang der exotischen Somaliküste in den drückend heißen Indischen Ozean gebracht, wo der Sonnenuntergang den Himmel scharlachrot und gold färbte. Schließlich Mombasa, die Küste von Britisch-Ostafrika mit seinen ausgebleichten, weißen Gebäuden, Kokospalmen, Mangobäumen, blühenden Büschen in leuchtenden Farben und Arabern, die alles verhökerten, was man sich wünschen konnte. Wo waren die Nebel von Suffolk, die ehrwürdigen alten Steine von BELLA HILL, die elisabethanischen Pubs an den ländlichen Wegen? Sie gehörten in eine andere Welt und in eine andere Zeit.

Grace blickte zu den Männern hinüber, die mit Brandy und Zigarren auf der Veranda der Hütte saßen und darauf warteten, dass ihre Betten gemacht wurden und die Fahrt weiterging. Welche Träume hatten sie in dieses wilde, unberührte Land geführt? Wer von ihnen würde überleben? Wer würde versagen? Was wartete am Ende der Fahrt auf sie? Man musste beinahe einen ganzen Tag auf der Bahn verbringen, ehe man Nairobi erreichte. Danach würden für Gräfin Treverton und ihr Gefolge noch viele Tage im Ochsenwagen auf dem unbefestigten Weg nach Nyeri im Norden kommen.

Grace zitterte bei dem Gedanken. Am Ende dieses Wegs durch die Wildnis lag ihr Traum – der Traum, den sie mit Jeremy während der grausam kurzen Zeit zusammen geteilt hatte. Jeremy hatte ihr diese wunderbare Vision in den Kopf gesetzt von einem Zufluchtsort der Hoffnung und der Barmherzigkeit in der Wildnis; er hatte geplant, nach dem Krieg in Afrika den Heiden das Wort Gottes zu verkünden. Sie wollten zusammen arbeiten: Jeremy würde den Geist und Grace den Körper heilen. An den Abenden auf dem Schiff führten sie lange Gespräche über die Missionsstation, die sie in Britisch-Ostafrika gründen wollten, und nun war es bald so weit. Grace würde das Krankenhaus gründen – für Jeremy; sie würde sein strahlendes Licht in die afrikanische Dunkelheit bringen ...

»Ach je«, stöhnte Lady Rose und lehnte sich an ihre Schwägerin, »ich glaube, ich muss mich hinlegen.«

Grace sah sie an und erschrak; das Gesicht ihrer Schwägerin war so weiß wie das Tüllkleid. »Rose? Hast du Schmerzen?«

»Nein ...«

Grace kämpfte gegen ihre Unentschlossenheit. Sollten sie die Reise fortsetzen oder hier bleiben? Aber diese Bahnstation in der Wüste war nicht der richtige Ort für eine Frau, die bald ein Kind bekommen würde. Nairobi war nur noch eine Tagesfahrt entfernt.

Gib uns Zeit, HERR, betete Grace, als Fanny und sie Rose zu Bett brachten. *Lass es nicht hier geschehen. Ich habe kein Chloroform, kein heißes Wasser.*

Nichts in ihrem Gesicht wies darauf hin, dass Rose Schmerzen hatte. Sie wirkte verträumt, als sei sie weit weg.

Sie fragte nur: »Sind meine Rosen versorgt?«

Grace wartete, bis ihre Schwägerin eingeschlafen war, dann zog sie die Marineuniform aus, bürstete sie und hängte sie auf. Man warf vielen Ärztinnen vor, sie übernähmen männliche Eigenschaften. Es stieß auf Argwohn, dass Grace die Uniform trug, obwohl sie bereits vor einem Jahr aus der Marine ausgeschieden war. Alles Unsinn. Grace war einfach eine praktische Frau. Die Uniform war aus gutem Stoff; die Streifen am Ärmel waren entfernt, und es gab keinen Grund, weshalb sie die Sachen nicht noch jahrelang tragen sollte.

»Unser kleiner Matrose«, hatte Valentine sie genannt. Ihr Vater hatte zwar im Krimkrieg gekämpft, und Valentine hatte sich freiwillig gemeldet, um in Ostafrika gegen die Deutschen zu kämpfen. Er war Regimentsoffizier gewesen. Doch die Familie missbilligte es sehr, dass Grace zur Marine gegangen war. Grace besaß die Hartnäckigkeit der Trevertons und war ihrem Gewissen gefolgt, so wie sie ihm jetzt hier in Afrika folgte. Sie war entschlossen, einen Traum zu verwirklichen, der auf einem Kriegsschiff im Mittelmeer Gestalt angenommen hatte.

Valentine billigte ihren Plan nicht, im Busch ein Krankenhaus zu bauen, da er Missionare ganz allgemein zutiefst verachtete, und er hatte seine Schwester davon in Kenntnis gesetzt, dass er sie bei einem solchen törichten Unternehmen auf keinen Fall unterstützen werde.

Aber Grace war auf Valentines Hilfe nicht angewiesen; aus ihrem Erbteil bezog sie ein kleines Einkommen; ein paar Kirchen in Suffolk unterstützten sie in bescheidenem Maß, und sie besaß ebenso viel Rückgrat wie ein Mann.

Lady Rose stöhnte. Grace drehte sich schnell um. Ihre zarte Schwägerin atmete schwer und presste die Hände auf den Leib.

»Alles in Ordnung?«, fragte Grace.

Rose lächelte. »Uns geht es gut.«

Grace erwiderte zuversichtlich das Lächeln, um ihre Angst zu verbergen. Noch so viele Meilen, noch so viele *Tage* – und der schlimmste Teil der Reise lag noch vor ihnen.

»Strampelt er?«, fragte sie. Rose nickte.

Man hatte beschlossen, das Kind Arthur zu nennen – nach dem jüngeren Bruder, der sofort im ersten Kriegsjahr in Frankreich gefallen war. Der ehrenwerte Arthur Currie Treverton hatte sich als einer der ersten jungen Männer freiwillig gemeldet, als England in den Krieg eintrat.

Sie hörte die Trillerpfeife, und der Zug setzte sich in Bewegung. Grace blickte aus dem Fenster und sah, wie die tröstlichen Lichter von Voi hinter ihnen

zurückblieben; dann umgab sie nur noch Nacht. Der Zug fuhr schnaufend durch eine öde und unfruchtbare Landschaft; die Strecke folgte einer alten Sklavenroute zum Victoriasee. Im Grunde trennte das moderne Jahr 1919 nur sehr wenig von den Tagen der arabischen Karawanen, als Afrikaner in Ketten sich auf diesem Weg zu den Sklavenschiffen an der Küste und somit zu ihrem bitteren Ende geschleppt hatten. Die Propaganda der britischen Regierung hatte die Peinlichkeit einer Bahnlinie, die so viel gekostet hatte und nirgendwo hinzuführen schien, zum Teil damit erklärt, man wolle diese Strecke überwachen, um den illegalen Sklavenhandel zu unterbinden. Während goldene Funken von der Lokomotive am Fenster vorbeiflogen, sah Grace im Geist die Lager der Sklavenhändler vor sich, die unter dem Sternenhimmel hockten, während die verstörten, an Ketten gefesselten Gefangenen jammerten und klagten. Wie war es für diese unschuldigen Afrikaner gewesen, auf einem Furcht einflößenden Schiff aus der Heimat verschleppt zu werden? Und dann hatte man sie gezwungen, Herren auf der anderen Seite der Welt zu dienen ...
Grace vergewisserte sich, dass die Fenster fest verschlossen waren. Sie hatte Geschichten von Menschen fressenden Löwen gehört, die Fahrgäste aus den Abteilfenstern zerrten. Es war ein wildes, unzivilisiertes Land, und die Nacht war viel tückischer als der Tag. Noch nie hatte sie sich so verwundbar, so isoliert und einsam gefühlt. Es gab keine Verständigungsmöglichkeiten in den Wagen der ersten Klasse; die Abteile hingen wie eine Reihe kleiner Kästchen aneinander und rollten durch die Nacht. Keiner der Reisenden konnte den Kontakt zu den Fahrgästen im nächsten Wagen aufnehmen. Es bestand in Notfällen nur die Möglichkeit, den Zug anzuhalten. Grace betete, dass sie ohne Verspätung in Nairobi ankommen würden.
Sie versuchte, sich zu entspannen, behielt Rose im Auge, die offenbar schlief, und dachte darüber nach, was sie am nächsten Tag tun würde. *Wir bleiben in Nairobi,* beschloss sie, *wir werden erst weiterfahren, wenn das Kind da ist.*
Valentine würde sich natürlich ärgern, denn ein Aufenthalt in Nairobi konnte einen Aufenthalt von drei Monaten oder noch länger bedeuten, da die lange Regenzeit kurz bevorstand. Nach dem Einsetzen der Regenfälle würde es unmöglich sein, in die Zentralprovinz zu gelangen. Aber Grace fürchtete sich nicht vor ihrem Bruder. Ihr lag nicht weniger daran als ihm, Rose in dem großen Haus zu sehen, das er gebaut hatte. Aber um Mutter und Kind nicht zu gefährden, würde Grace darauf bestehen, dass sie warteten. Grace wusste, sie würde nicht schlafen können, und beschloss, ihr neues

Tagebuch anzufangen. Es war das Geschenk eines ihrer Professoren an der Universität – ein hübsches Buch mit einem marokkanischen Ledereinband und Goldschnitt. Sie hatte bis jetzt, dem ersten Tag ihres neuen Lebens, mit dem ersten Eintrag gewartet.

Grace hatte gerade *10. Februar 1919* auf die erste Seite geschrieben, als Rose aufschrie.

Die Wehen setzten ein!

2

Sie war wütend auf ihren Bruder.
Schwarze Wolken hingen drohend wie Geier über den Hügeln. Und sie, zwei Frauen, sechs Dienstboten und vierzehn Afrikaner, krochen mit fünf Wagen, in denen sich all ihre weltliche Habe befand, auf einem gefährlichen unbefestigten Weg durch die Wildnis nach Norden. Welchen Schutz boten die Planen vor einem plötzlichen Regenguss? Was würde Valentine sagen, wenn er den ruinierten Aubussonteppich sah und die durchweichten Gemälde von BELLA HILL? Wie würde er Rose beruhigen, wenn sie entdeckte, dass das Spitzentischtuch und die Seidenkleider vom Regen fleckig und unbrauchbar waren? Es war absurd, diesen ganzen nutzlosen Plunder mit in die Wildnis zu nehmen. Valentine war verrückt. Grace warf einen Blick auf ihre Schwägerin. Sie hatte sich in einen Pelzmantel gehüllt und starrte geradeaus, als könne sie sehen, was am Ende des Weges lag.
Rose war immer noch sehr schwach und erschreckend bleich. Aber sie hatte sich geweigert, in Nairobi zu bleiben, besonders nachdem Valentine ihr eine Nachricht geschickt und sie aufgefordert hatte, auf der Stelle zu kommen. Grace hatte versucht, sich durchzusetzen, aber Rose hatte am nächsten Morgen die englischen Dienstboten angewiesen, die Wagen zu beladen. Es war Grace nicht gelungen, ihrer Schwägerin die Weiterreise auszureden; deshalb befanden sie sich jetzt mitten in einem wilden Land, bahnten sich einen Weg durch Mangobäume und Bananenstauden, kämpften gegen Insekten und lagen nachts wach in ihren Zelten, weil das Gebrüll der Löwen und Geparden sie nicht einschlafen ließ. Und das Losbrechen der langen Regenfälle stand dicht bevor.
Das Baby weinte, und Grace drehte den Kopf nach dem Wagen hinter ihnen. Mrs. Pembroke, das Kindermädchen, zog die Flasche hervor und beruhigte das Kind.
Grace runzelte die Stirn. Es war ein Wunder, dass es lebte. Als das leblose

kleine Wesen auf dem Laken gelegen hatte, war Grace überzeugt gewesen, es sei tot. Das Herz schlug nicht, und das Gesicht war blau. Trotzdem hatte sie es von Mund zu Mund beatmet, und – es lebte. Ein kleines, schwaches Mädchen, aber es lebte und wurde von Tag zu Tag kräftiger.
Grace dachte über die junge Frau an ihrer Seite nach. Seit der Geburt des Kindes hatte Lady Rose kein Wort mehr gesprochen, abgesehen von der Episode im NORFOLK HOTEL, als sie darauf bestand, die Reise nach Nyeri fortzusetzen. Nein, erinnerte sich Grace, es hatte noch eine Ausnahme gegeben. Als sie ihre Schwägerin gedrängt hatte, dem Kind einen Namen zu geben, erwiderte Rose nur: »Mona.« Grace konnte sich keinen Reim darauf machen, bis ihr der Roman in die Hand fiel, den Rose während der Reise gelesen hatte: die Heldin hieß Mona.
Es blieb Grace keine andere Wahl, als den Namen zu akzeptieren, denn ihr Bruder hatte nicht daran gedacht, dass das Baby ein Mädchen sein könnte. In seiner Eitelkeit und seiner engstirnigen Besessenheit, eine Dynastie zu gründen, war Valentine felsenfest davon überzeugt, er könne nur einen Sohn zeugen. Grace ließ die Kleine taufen und benach-richtigte ihren Bruder. Er hatte nur geantwortet: »Kommt sofort! Alles ist bereit!«
In den zehn Tagen seit ihrer Abfahrt aus Nairobi hatte Rose kein einziges Wort gesprochen. Ihre großen dunklen Augen glänzten fiebrig und blickten geradeaus, während sich ihre kleinen weißen Hände in dem Hermelinmuff vergruben. Während der Fahrt saß sie leicht vorgeneigt, als wolle sie die Ochsen antreiben. Wenn man etwas zu ihr sagte, gab sie keine Antwort; wenn man ihr das Kind in den Arm legte, betrachtete sie es mit leerem Blick. Neben ihrer Entschlossenheit, das neue Haus zu sehen, zeigte sie nur Interesse an den Rosensträuchern, die neben ihr im Wagen standen.
Der Grund dafür ist das Trauma der Geburt, dachte Grace, *und der Schock der vielen Veränderungen. Es wird ihr besser gehen, wenn sie in dem neuen Haus ist.*
Rose hatte ein geborgenes und behütetes Leben geführt, ehe sie vor drei Jahren an ihrem siebzehnten Geburtstag Valentine traf. Und selbst nach der Verlobung mit dem jungen Earl hatte Rose kaum das gesellschaftliche Leben kennen gelernt. Die Hochzeit fand drei Monate nach der ersten Begegnung statt; Rose kam nach BELLA HILL und wurde von seinen Tudor-Schatten verschlungen.
Es war für jedermann ein Rätsel gewesen, dass Valentine sich für die scheue, verträumte Rose entschied, obwohl er unter allen in Frage kommenden jungen Frauen in England hätte wählen können. Valentine sah gut aus, war

temperamentvoll, reich und hatte vor kurzem den Titel seines Vaters geerbt. Gewiss, Rose war auf eine ätherische Weise schön – sie erinnerte Grace an die tragischen jungen Frauen, über die Poe schrieb –, aber sie lebte eher in einer anderen Welt; und Grace fürchtete, sie war einer Kraft wie Valentine nicht gewachsen.

Doch er wollte sie zur Frau haben; sie hatte sofort eingewilligt und brachte ihren sanften Glanz in die dunklen, würdigen Hallen von BELLA HILL.

Grace wartete ungeduldig darauf zu sehen, was ihr Bruder in den vergangenen zwölf Monaten geschaffen hatte. Viele hatten sich skeptisch geäußert und erklärt, Valentine habe sich auf eine unlösbare Aufgabe eingelassen. Aber Grace wusste, ihr Bruder war in der Lage, Unmögliches zu vollbringen.

Valentine Treverton war ein leidenschaftlicher Mann mit einem ruhelosen Wesen. Seine Gier nach Leben war so groß, dass er erklärt hatte, England sei erstickend und leblos. Er sehnte sich nach einer unberührten Welt, die er erobern und der er sein Gesetz aufzwingen konnte; er wollte in einer Welt leben, in der es keine Traditionen und keine Beispiele gab, an denen er sich ausrichten musste.

Valentine blendete jeden, der ihm begegnete. Er ging mit großen Schritten und ausgebreiteten Armen auf die Menschen zu, als wolle er sie umarmen. Sein Lachen war tief, ehrlich und spontan, und er sah so gut aus, dass er selbst Männer mit seinem Charme bezauberte. Aber Grace kannte auch die andere Seite seines Wesens – den Jähzorn, die Launen, die absolute Verachtung und den Glauben, dass so ungefähr jeder Mensch unter ihm stand. Grace zweifelte nicht daran, dass er sich zum Herrscher dieser Wildnis aufschwingen würde.

Bei den ersten Regentropfen blickten alle zum Himmel auf. Im nächsten Augenblick riefen sich die Afrikaner in schnellem Kikuju und wild gestikulierend etwas zu. Grace musste die Sprache nicht verstehen, um zu wissen, was sie sagten. Heftiger Regen würde den Weg in einen unpassierbaren Sumpf verwandeln.

»Che Che!«, rief sie den Führer des Trosses.

Er kam zu ihrem Wagen. »Ja, Memsaab?«

»Wie weit ist es noch zur Plantage?«

Er zuckte die Schultern und hielt fünf Finger hoch.

Grace sah ihn ungeduldig an. Was bedeutete das? Fünf Meilen? Fünf Stunden? Gott behüte, fünf *Tage?* Sie blickte zum Himmel auf. Die pechschwarzen Wolken hingen tief; durch die Bananenstauden wehte ein unheilvoller

Wind. »Wir müssen uns beeilen, Che Che«, sagte sie. »Geht es nicht schneller?« Der Wagen an der Spitze kroch im Schneckentempo dahin. Die beiden Männer mit den Gewehren, die sie vor wilden Tieren schützen sollten, schienen im Sattel zu dösen, und die Afrikaner in Ziegenhäuten mit ihren Speeren schlenderten gemächlich neben der Karawane her.

Der Führer nickte Grace zu, ging an die Spitze der Kolonne und befahl dem Kutscher auf Kikuju etwas. Aber der Ochsenkarren wurde nicht schneller. Grace musste sich beherrschen; am liebsten wäre sie vom Wagen gesprungen und hätte die Ochsen selbst angetrieben. Mit Bedauern dachte sie daran, dass sie dem Rat eines Gentleman im BLUE POST HOTEL in Thika nicht gefolgt war. Er hatte ihr erklärt, Che Che, der Name ihres Führers, bedeute in Kikuju »langsam«; zweifellos trug der Mann diesen Namen zu Recht. Aber in Thika, mitten auf der Strecke, wollte Grace es mit keinem anderen versuchen. Deshalb steckten sie jetzt vor dem Einsetzen des Regens auf halber Strecke zwischen Nyeri und der Plantage ihres Bruders.

Grace drehte den Kopf und sah, dass sich Mrs. Pembroke mit dem Baby im Arm unter die schützende Plane des Wagens zurückgezogen hatte, Fanny, die Zofe, saß mit kläglichem Gesichtsausdruck neben ihr. Die Männer gingen alle mit umgehängten Gewehren neben dem Wa-gen her; der alte Fitzpatrick, der Butler von BELLA HILL, wirkte in seinem Khaki-Anzug und dem Tropenhelm merkwürdig deplatziert.

Grace hätte über die komische Karawane lachen können, wenn die Lage nicht so verzweifelt und sie so wütend gewesen wäre.

Überrascht stellte Grace fest, dass ein schwaches Lächeln die Lippen ihrer Schwägerin umspielte. Woran mochte Rose wohl denken?

Lady Rose konzentrierte sich ganz auf die Zukunft, die am Ende dieses schrecklichen Weges lag: BELLA TWO, das Haus, das Valentine für sie gebaut hatte. Vor fünf Monaten hatte er ihr in einem Brief geschrieben: *Unser Besitz liegt in einem vierzig Meilen breiten Tal zwischen dem Mount Kenia und der Aberdare Range, genau dreißig Meilen südlich des Äquators. Die Plantage befindet sich fünftausend Fuß über dem Meer, und durch unser Land zieht sich eine tiefe, üppig grüne Schlucht, durch die der Chania braust und tost. Das Haus ist einmalig. Ich habe es selbst entworfen.*

Es ist in diesem Land etwas Neues. Ich will es Bella Two oder Bella Too nennen, aber die Entscheidung sei Dir überlassen. Es ist ein richtiges Haus mit Bibliothek, Musikzimmer und einem Kinderzimmer für unseren Sohn.

Mehr hatte Valentine nicht schreiben müssen. Rose konnte sich das neue Haus sofort vorstellen. Es würde *ihr* Haus sein. Hier würde sie sich nicht als Außenseiterin zwischen den strengen Porträts der Ahnengalerie der Trevertons fühlen. In diesem Haus würde sie endlich die einzige Hausherrin sein, und an ihrer Hüfte würden die Schlüssel hängen.

Seit der Geburt des Kindes vor vier Wochen dachte Rose nur noch an das neue Haus. Sie hatte herausgefunden, dass sie nicht an »das andere« denken musste, wenn sie sich sehr konzentrierte und mit ganzer Kraft an BELLA TWO dachte.

Im Augenblick hing sie in ihren Träumen der Vorstellung nach, wie sie Stunden damit verbringen würde, das Aufhängen der Vorhänge zu beaufsichtigen, die Anordnung der Sessel und Tische und die Verteilung der Blumen im Haus. Vor allem würde Rose darauf achten, dass bei ihren Teegesellschaften die Etikette genau gewahrt wurde: das Teegeschirr, ein Geschenk der Herzogin von Bedford an ihre Großmutter, musste poliert werden; das Personal sollte von ihr lernen, Teegebäck und Bisquitkuchen zu backen, klümpchenfreie Sahne zu produzieren, die Appetithäppchen zu machen und die Gurken *genau* richtig zu schneiden. Rose wollte den Schlüssel zum Teeschränkchen behalten und den Earl Grey und Oolong selbst zuteilen.

Ihr Entschluss stand fest. Auch wenn man sich in Afrika befand, war das kein Grund, auf ein kultiviertes Leben zu verzichten. Man musste um jeden Preis den Anstand wahren. Rose wusste, ihre Schwägerin missbilligte den »monströsen Berg Gepäck« (wie Grace sich ausgedrückt hatte), aber Grace hatte keine Ahnung von gesellschaftlichen Pflichten. Es lag daran, dass Grace nicht die Herrin einer fünftausend Acre großen Plantage oder Gräfin Treverton sein würde mit der Pflicht, den hohen Standard zu wahren, den sie sich und der Gesellschaft schuldig war. Grace kam mit zwei Kisten nach Afrika – in der einen befanden sich Kleider und Bücher, in der anderen ihre medizinische Ausrüstung.

Rose ging in Gedanken durch die Räume des neuen Hauses. Sie sah sie, wie Valentine sie beschrieben hatte, mit Säulen aus poliertem Holz und Stein, Balkendecken und einem Kamin, der so groß war wie die Bühne eines Theaters. Sie sah das Musikzimmer – dort würde sie am Konzertflügel sitzen, der im letzten Wagen folgte. Man hatte die Beine entfernt und sie von London aus getrennt hierher geschickt. Sie sah das Billardzimmer mit dem Savonnerieteppich, wie ihn die königliche Familie besaß,

und im ersten Wagen befand sich, sorgsam verpackt, sogar ein Kristallleuchter für das Esszimmer.
Als ihre Fantasie Rose jedoch zur Schlafzimmertür folgte, hielt sie plötzlich inne.
Grace, die neben ihr saß, bemerkte nicht, dass der Körper ihrer Schwägerin plötzlich erstarrte, ihr Lächeln verschwand, und sie die Lippen zusammenpresste. Sie ahnte nichts von dem klopfenden Herzen, der neu aufsteigenden Angst. Rose behielt diese Dinge für sich, denn das durfte kein Mensch erfahren ...
Sie dachte an Valentine und zitterte. Rose wusste bereits, wie er auf das Kind reagieren würde. Valentine würde tun, als sei nichts geschehen, als sei die kleine Mona nicht einmal geboren. Er würde Rose mit dem bewussten Blick, diesem *verlangenden* Blick ansehen und seine Forderung auf ihren Körper erneuern.
Wie überglücklich war sie im letzten Jahr gewesen, als man ihr gesagt hatte, sie sei schwanger. Wie es die Schicklichkeit forderte, hatte Valentine sich sofort in ein anderes Zimmer zurückgezogen, und Rose hatte sieben Monate ihre Freiheit genossen. Wäre das Kind ein Junge gewesen, wäre Valentine zufrieden. Aber jetzt würde er sich erneut darum bemühen, einen Erben zu zeugen. Daran dachte sie mit Schaudern.
Rose hatte Valentine als Jungfrau geheiratet und ohne zu ahnen, was Männer mit Frauen tun. Die Hochzeitsnacht erfüllte sie mit Entsetzen und Abscheu. Es war danach so weit gekommen, dass sie verkrampft und mit angehaltenem Atem im Bett lag und auf seine Schritte lauschte. Im Schutz der Dunkelheit kam er und benutzte sie wie ein Tier. Aber Rose hatte gelernt, sich aus der Sache herauszuhalten. Wenn sie spürte, dass es eine seiner Nächte sein würde, trank sie vor dem Zubettgehen Laudanum und überließ sich ihrer Fantasie, während er sein Werk verrichtete. Sie sprachen nie darüber, nicht einmal in den entscheidenden Momenten, aber Rose hatte einmal daran gedacht, sich mit Grace über ihre Probleme zu unterhalten. Doch sie änderte ihre Meinung, denn ihre Schwägerin war zwar Ärztin, aber unverheiratet und würde nichts über diese Dinge wissen. Also ließ Rose die Sache auf sich beruhen und glaubte, es sei zwischen allen Ehemännern und ihren Frauen so.
An der Spitze des Zugs entstand plötzlich Bewegung. Die Männer riefen aufgeregt durcheinander, und Che Che rannte zu ihrem Wagen – *zweifellos*

rennt er zum ersten Mal in seinem Leben, dachte Grace grimmig. Er verkündete strahlend, dass sie den Chania erreicht hatten.
Ihr Herz klopfte heftig. Der Chania! Die äußere Grenze des Kikuju-Territoriums. Auf der anderen Flussseite lag die Plantage ihres Bruders!
Die Erregung erfasste alle – sogar die Tiere, als ahnten sie, dass das Ende des langen Trecks in Sicht war. Die Männer schoben und zogen die Wagen durch den Fluss, der am Ende der Trockenzeit nur wenig Wasser führte; am anderen Ufer ging es den grasbewachsenen Hang hinauf, und dort begann Valentines Land.
Rose wurde lebendig. Sie umklammerte die Hand ihrer Schwägerin und lächelte. Ein Freudentaumel erfasste Grace. Endlich am Ziel! Nach den Wochen im Zug, auf dem Schiff und im Ochsenwagen, nach Nächten im Zelt, dem Kampf gegen die Insekten, lag hinter diesem Hügel das Ende ihrer Reise. Dort gab es ein richtiges Haus, richtige Betten, englisches Essen ... Aber noch wichtiger, das Ende aller Reisen und das Ziel ihrer langen Suche. Dort lag der Ort, an dem sie und Jeremy ein gemeinsames Leben hatten beginnen wollen. Sie klammerte sich immer noch an die schwache Hoffnung, dass er vielleicht nicht umgekommen war und sie schließlich hier finden würde ...
Alle jubelten, als sie eine Tafel erreichten, die an den Stamm einer Kastanie genagelt war. Darauf stand: TREVERTON PLANTAGE. Selbst der alte Fitzpatrick, der würdige Butler, warf vor Freude seinen Tropenhelm in die Luft. Das Baby weinte, die Wagen rollten quietschend und knirschend weiter; die Afrikaner schlugen auf die Ochsen ein und trieben sie vorwärts.
Auf dem Hügelkamm bot sich ihnen ein atemberaubender Anblick: Aus dem Dunst erhob sich majestätisch der Mount Kenia. Genau so hatte Valentine es beschrieben. Und dort drüben, im Südwesten, am Rand des gerodeten Waldes, am sanft ansteigenden Hang eines Hügels, wo man den Blick auf den Berg und über das Tal hatte, genau dort, wo Valentine, wie angekündigt, gebaut hatte –
Alle verstummten. Ein kalter Wind pfiff von den schneebedeckten Gipfeln herab, zerrte an den Röcken und Hüten und ließ in der Stille die Planen laut klatschen. Nur Monas Weinen war zu hören, während alle dort hinüberstarrten.
Grace blinzelte ungläubig. Und Rose flüsterte: »Aber ... da ist ja nichts. Kein Haus, keine Gebäude ... nichts ...«

3

»Hallo!«
Alle drehten sich, und sie sahen Valentine näher reiten. Er trug Reitstiefel, Reithosen, ein weißes Hemd mit hochgerollten Ärmeln, offenem Kragen und nichts auf dem Kopf. *Es ist doch kalt!*, dachte Grace ärgerlich, *und es kann jeden Moment anfangen zu regnen* ...
»Ihr seid da!«, rief er, sprang vom Pferd und eilte zu seiner Frau. Er nahm Rose in die Arme und küsste sie heftig auf den Mund. »Willkommen zu Hause, Liebling.«
Mit ausgebreiteten Armen wandte er sich Grace zu. »Ah, und da ist die liebe, kleine Ärztin!« Aber als er sie umarmen wollte, wich Grace zurück.
»Valentine«, fragte sie scharf, »wo ist das Haus?«
»Oh, dort drüben! Siehst du es nicht?« Er wies unbestimmt auf den Hügel, wo man erst vor kurzem Bäume und Buschwerk gerodet hatte. »Das heißt, dort *wird* es einmal stehen. Nun komm schon, du machst ein Gesicht, als sei das eine Katastrophe.«
»Es *ist* eine Katastrophe, Val, und wir sind müde und hungrig. Soll das heißen, das Haus ist noch nicht gebaut?«
»In Afrika geht alles langsam, Schwesterchen. Das wirst du bald genug selbst feststellen. Wir haben unten am Fluss ein Zeltlager aufgebaut.«
»Valentine, du kannst von uns doch unmöglich erwarten ...«
»Komm«, sagte er und nahm ihren Arm, »ich möchte dir unseren Nachbarn vorstellen. Er ist ein guter Polospieler. Er wird sechs Punkte zurückgestuft. Grace, darf ich dir Sir James Donald vorstellen. James, meine Schwester, Grace Treverton.«
Er war mit Valentine gekommen und trug eine praktische dicke Hose, eine Safari-Jacke und einen Tropenhelm. Als er absaß, bemerkte Grace, dass er leicht hinkte.
Sir James lächelte, noch ehe er vor Grace stand; es war ein scheues, beinahe

befangenes Lächeln. Sie sah, dass er nicht viel älter sein konnte als sie – vielleicht einunddreißig oder zweiunddreißig. Zu ihrer Überraschung reichte er ihr die Hand und schüttelte sie; ein englischer Gentleman tat das bei einer Dame niemals. Dann sagte er mit einer angenehmen Stimme: »Wie Val mir erzählt hat, sind Sie Ärztin.« Grace erwiderte abweisend: »Ja.« Aber als er sagte: »Das ist ja großartig! Wir brauchen hier unbedingt Ärzte«, bemerkte sie plötzlich, wie gut er aussah.

Sie standen sich einen Augenblick stumm gegenüber, ohne den Blick voneinander zu wenden oder die Hände zu lösen. Dann sagte Valentine: »Ich zeige euch unser neues Zuhause.«

Grace sah Sir James nach, der zu seinem Pferd zurückging. Er war groß, schlank und hielt sich sehr aufrecht, beinahe etwas steif, wie um das Hinken wettzumachen.

Lady Rose stand immer noch verloren neben dem Wagen. Als ihr Mann nach ihr rief, fragte sie ängstlich: »Valentine, mein Lieber, möchtest du nicht das Kind sehen?«

Ein Schatten zog über das hübsche Gesicht. Dann rief er fröhlich: »Kommt, seht euch das neue Zuhause an.«

Mrs. Pembroke folgte Lady Rose in die Kutsche und setzte sich zwischen die beiden Schwägerinnen. Grace zog die Decke von Monas Gesicht und stellte fest, dass das Baby merkwürdig still war. Einer von Valentines Afrikanern saß auf dem Kutschbock und fuhr mit ihnen zu dem sanft ansteigenden Hügel, der sich zwischen den Bäumen erhob. Als Grace ausstieg und auf der nackten roten Erde stand, frage sie ihren Bruder noch einmal, weshalb das Haus noch nicht gebaut war.

»Die Zahl der Arbeitskräfte ist begrenzt, und deshalb musste ich Prioritäten setzen. Es war wichtiger, vor dem Beginn der Regenzeit die Setzlinge auszupflanzen, als das Haus zu bauen. Die Pflanzschule entstand als Allererstes. Wenn wir mit dem Setzen fertig sind, lasse ich die Arbeit am Haus sofort beginnen.«

»Warum hast du uns nicht geschrieben, dass das Haus noch nicht fertig ist?«

»Ich wollte meine Frau hier bei mir haben. Hätte ich ihr gesagt, dass sie noch ein Jahr im Zelt leben muss, wäre sie nicht gekommen.«

Als sie die Hügelkuppe erreichten, verschlug es Grace die Sprache. Der Wald war verschwunden, und vor ihr breitete sich ein gewaltiges Panorama aus. Sie hatten sich viele Tage durch den dichten Busch gearbeitet, und beim Anblick des Himmels stockte ihr der Atem. Sie glaubte zu schweben. Das

Tal unter ihr erstreckte sich bis zum Mount Kenia. Man hatte alle Bäume und den ganzen Busch gerodet.

Valentine fuhr sich mit den Händen durch die dichten schwarzen Haare. »Wie findest du das, Schwesterchen? Kannst du es dir vorstellen? Üppige grüne Kaffeebäume übersät mit weißen Blüten, als sei eine Hochzeitsgesellschaft hindurchgezogen, soweit das Auge reicht, und leuchtend rote Beeren, die darauf warten, gepflückt zu werden?«

Grace war beeindruckt. Ihr Bruder schien in dieser Wildnis am Rande der Welt ein kleines Wunder vollbracht zu haben. Der Wald endete unvermittelt am Rand des frisch gepflügten Bodens, und lange Reihen Pflanzlöcher zogen sich regelmäßig und gerade bis zum dunstigen Ende des Tals dahin – überraschend große Löcher, fand Grace, sie waren knietief und hatten den Umfang eines Menschen. Daneben standen ordentliche Reihen Bananenstauden Parade.

»Auf einen Acre kommen sechshundert Kaffeebäume«, erklärte Valentine stolz. »Und es sind fünftausend Acres, Grace! In drei oder vier Jahren können wir zum ersten Mal ernten. Die Bananenstauden liefern Schatten – Kaffee braucht Schatten, verstehst du. Ich habe auch importierte Jacarandabäume gepflanzt. Sie stehen an den Rändern.« Er machte eine große Geste. »In späteren Jahren werden sie mit lavendelblauen Blüten übersät sein. Kannst du es dir vorstellen? Das ist der Blick, den man vom Haus einmal haben wird.

Dort drüben«, fuhr Valentine fort und wies auf ein riesiges flaches Stück Land unten am Fluss, »ist die Pflanzschule. Ein Graben vom Chania sorgt für die Bewässerung. Die Leute, die du dort unten siehst, jäten die schwachen Pflanzen aus. Das ist das Geheimnis einer guten Ernte, Grace. Manche Pflanzer begehen den Fehler, die schwachen Schößlinge noch ein Jahr sitzen zu lassen, in der Hoffnung, dass sie dadurch stärker werden. Aber der Trick ist, sie auszureißen und durch neue Pflanzen zu ersetzen. Die Welt weiß es noch nicht, Grace, aber eines Tages wird Nairobi-Kaffee sehr gefragt sein, und die Treverton-Plantage wird die ganze Welt damit versorgen!«

»Woher weißt du so viel vom Kaffeeanbau, Val?«

»Die Padres der Mission, bei denen ich die Samen gekauft habe, sind sehr hilfsbereit. Außerdem gibt es ein paar anständige Männer in Nairobi, die bereit waren, mir ein paar Tipps zu geben. Und ich habe viel von Karen gelernt.«

»Karen?«

»Die Baronin von Blixen. Sie hat eine Kaffeeplantage bei Ngong. Wir bauen hier die Sorte mit den braunen Spitzen an. Es sind die besten arabischen Samen der Welt, Grace. Ich habe sie vor einem Jahr ausgesät, als ich aus Deutsch-Ostafrika zurückkam.« Er blickte zum perlgrauen Himmel auf. »Sobald der Regen einsetzt, werden wir die Setzlinge auspflanzen.«
Grace betrachtete fasziniert das Regiment Afrikanerinnen auf den Feldern. Sie trugen hellbraune Felle und hatten die kleinen Kinder auf dem Rücken. Sie standen vornübergebeugt, aber mit durchgedrückten Knien, und klopften die Erde in den Löchern mit den Händen fest. »Warum arbeiten im Wesentlichen Frauen und Kinder, Val? Warum sind so wenige Männer zu sehen?«
»Den wenigen, die du siehst, ist gerade nach Arbeiten zumute. Die anderen sitzen bestimmt unter einem Baum am Fluss und trinken. Es ist ungeheuer schwierig, sie zum Arbeiten zu bringen. Ich muss die ganze Zeit hinterher sein. Kaum wende ich ihnen den Rücken, verschwinden sie im Busch. Bei den Kikuju ist es Tradition, dass Frauen die Feldarbeit verrichten, verstehst du? Es ist unter der Würde eines Mannes, sich um die Felder zu kümmern. Männer waren Krieger, sie haben nur gekämpft.«
»Kämpfen sie immer noch?«
»Das haben wir abgestellt. Die Kikuju und die Massai befanden sich ständig im Krieg miteinander. Sie haben gegenseitig ihre Dörfer geplündert, das Vieh und die Frauen gestohlen. Wir haben ihnen Speere und Schilde weggenommen, und nun tun sie einfach *nichts*.«
»Nun ja, man kann sie nicht zur Arbeit zwingen.«
»Doch, das können wir.«
Grace hatte in England von dem Gesetz zur Eingeborenenarbeit gehört; der Erzbischof von Canterbury hatte im *House of Lords* dieses Vorgehen scharf angegriffen und es als moderne Sklaverei bezeichnet. Die Kikuju, ehemalige Krieger, die nichts taten und ohne Beschäftigung waren, wurden gezwungen, auf den Farmen der weißen Siedler zu arbeiten. Begründet wurde das brutale Vorgehen damit, die Arbeit gebe den Männern eine Beschäftigung, und der Stamm profitiere von den Nahrungsmitteln, der Kleidung und der medizinischen Versorgung, die sie als Gegenleistung erhielten.
»Der Krieg mit Deutschland hat uns beinahe ruiniert, Grace. Britisch-Ostafrika droht der Bankrott, wenn es uns nicht gelingt, Kapital zu schaffen. Das ist nur durch Landwirtschaft und Export möglich. Die weißen Farmer können es nicht allein, und wenn wir zusammenarbeiten, haben alle Nut-

zen davon – die Eingeborenen und die Europäer. Ich werde dafür kämpfen, dass dieses neue Land blüht und gedeiht, Grace. Ich bin nicht hierher gekommen, um einen Fehlschlag einzustecken. Andere Männer als ich, etwa Sir James, kämpfen mit aller Kraft darum, Ostafrika aus der Steinzeit in die Neuzeit zu bringen. Wir schleppen seine Bewohner, und wenn es sein muss, mit Schreien und Tritten, in die Gegenwart.«

Grace blickte zu den gerodeten Feldern hinunter, zu den unzähligen Reihen von Löchern, die auf Setzlinge warteten, und sagte: »Es gibt hier mehr Eingeborene, als ich erwartet hatte. Nach allem, was die Behörde sagte, hatte ich den Eindruck, wir hätten unbesiedeltes Land gekauft.«

»Das stimmt.«

»Und woher kommen diese vielen Frauen und Kinder?«

»Von der anderen Flussseite.« Valentine streckte die Hand aus, und Grace drehte sich um. Am anderen Ufer entdeckte sie zwischen Zedern und Olivenbäumen ein paar Lichtungen mit kleinen Grundstücken von Eingeborenen, auf denen runde, blättergedeckte Hütten standen, und wo sie Gemüse anbauten. »Das Land gehört uns allerdings auch«, erklärte Valentine. »Unser Besitz dehnt sich noch ein ganzes Stück in diese Richtung aus.«

»Auf deinem Land wohnen Menschen?«

»Es sind die so genannten Pächter, aber sie haben keine Rechte. Das Kolonialministerium hat dieses System ausgearbeitet. Die Afrikaner dürfen ihre *Shambas* – das ist ihr Wort für Grundstück – auf unserem Land haben. Als Gegenleistung arbeiten sie für uns. Wir sorgen für sie, schlichten ihre Streitigkeiten, holen wenn nötig einen Arzt, versorgen sie mit Lebensmitteln und Kleidung, und sie bearbeiten für uns das Land.«

»Das klingt sehr feudal.«

»Richtig. Genau das ist es.«

»Aber ...« Grace runzelte die Stirn. »Haben die Leute nicht schon hier gewohnt, bevor du das Land erworben hast?«

»Wir haben ihnen nichts gestohlen, wenn du das meinst. Die Krone hat ihrem Wortführer ein Angebot gemacht, das er nicht ablehnen konnte. Er wurde dadurch zum Häuptling, die Kikuju haben nämlich keine Häuptlinge, und er erhielt ein gewisses Maß an Autorität. Als Gegenleistung hat er das Land für Glasperlen und Kupferdraht verkauft. Es ist alles völlig legal. Er hat die Verkaufsurkunde mit seinem Daumenabdruck besiegelt.«

»Glaubst du, er weiß, was er getan hat?«

»Komm mir nicht mit dem edlen Wilden, Schwesterherz. Diese Menschen

sind wie Kinder. Sie haben noch nie zuvor ein Rad gesehen. Die Leute dort unten haben ihr Holz auf dem Kopf getragen. Ich habe ihnen ein paar Schubkarren beschafft und erklärt, sie seien für das Holz. Am nächsten Tag lag das Holz in den Schubkarren, aber sie trugen die Schubkarren auf dem Kopf. Sie wissen nicht, was Besitz ist, und sie wissen nicht, was sie mit Land tun können. Die reinste Verschwendung. Jemand musste eingreifen und etwas damit anfangen. Wenn wir Briten es nicht getan hätten, wären die Deutschen oder die Araber gekommen. Es ist besser, wir nehmen uns dieser Menschen an und nicht die Preußen oder die mohammedanischen Sklaventreiber.«
Valentine ging mit großen Schritten in Richtung Mount Kenia und stemmte dabei die Hände in die Hüften, als wolle er den Berg anschreien. »Ja«, sagte er bedrohlich ruhig, »ich werde mit diesem Land etwas anfangen.« Seine schwarzen Augen funkelten, als der Wind ihm die Haare zerzauste und in sein Hemd fuhr. Er wirkte leidenschaftlich und herausfordernd, als sage er Afrika den Kampf an. Grace spürte etwas kaum Gezügeltes in ihrem Bruder, eine Kraft, die er gerade noch unter Kontrolle hielt, eine Besessenheit und Raserei, die ständig bezwungen werden mussten. Sie begriff in diesem Augenblick, ihn trieb eine seltsame Kraft. Diese Kraft hatte ihn aus dem langweiligen alten, mit Gesetzen befrachteten England herausgeführt und in diesen ungezähmten, gesetzlosen Schwarzen Kontinent gebracht. Er war hier, um zu siegen. Er würde dieses urtümliche Paradies in Besitz nehmen und ihm seinen Stempel aufdrücken.
»Jetzt siehst du es auch, nicht wahr?«, rief er in den Wind, »jetzt verstehst du mich, Grace. Jetzt weißt du, weshalb ich hier geblieben bin und weshalb ich nicht nach England zurückgehen konnte, als ich das Militär verließ?« Er ballte die Hände zu Fäusten.
Feudal, hatte Grace gesagt. Valentine gefiel das. Lord Treverton würde wirklich ein *Earl* in einem selbst erschaffenen Reich sein. Das war etwas anderes als BELLA HILL, wo unterwürfige, die Mütze ziehende Bauern auf kleinen Farmen lebten und zu dem großen Herrenhaus aufblickten, als sei es eine Geburtstagstorte. Suffolk mit seiner lästigen Tradition stieß ihn ab. Dort war alles schon getan, es gab nur die ewige Wiederholung, und die Fantasie der Männer reichte nicht weiter als bis zum Nachmittagstee. Als Valentine nach Ostafrika gekommen war, um gegen die Deutschen zu kämpfen, erwachte er plötzlich zum Leben. Afrika hatte ihm die Augen geöffnet, und er hatte *gesehen*, was er tun musste und wohin er gehörte. Er war von seiner Aufgabe erfüllt, und das Schicksal pulsierte in seinen Adern. Es sah aus, als

warte Afrika, ein schlafender und unbeholfener Riese, darauf, geweckt und zu einem produktiven Leben angetrieben zu werden. Der Schwarze Kontinent schien auf ihn und auf Männer wie ihn nur gewartet zu haben.

Valentine zitterte im Wind, aber nicht vor Kälte, sondern im Bann seiner Vision. Er hob die dunklen Augen zu den drohenden Wolken und schwang im Geist den Säbel. Er hatte das Gefühl, auf einem Pferd zu sitzen und sich einem Heer zu stellen. Er glaubte sich in einer Rüstung und an der Spitze eines riesigen Heers zu stehen. Der uralte Kampfgeist war wieder erwacht. Seine Vorfahren feuerten ihn stumm an: *Du musst siegen!*, riefen sie. *Du musst unterwerfen!*

Unvermittelt drehte Valentine sich um und sah Grace an, als habe er ihre Anwesenheit vergessen. Dann trat ein Lächeln auf sein Gesicht, und er sagte: »Komm, ich will dir *dein* kleines Stück Afrika zeigen.«

Man hatte vom Hügel bis zum Abhang über dem Fluss einen Weg durch den Wald geschlagen. Valentine führte seine Schwester an den graswachsenen Rand des Hügels in die Nähe der Stelle, wo man gerade die Ochsenwagen entlud, und deutete zum flachen Ufer des Chania hinunter. »Da ist dein Land«, sagte er. »Es beginnt dort oben, direkt hinter dieser Gruppe von Olivenbäumen, und erstreckt sich bis hinunter zum Fluss. Diese dreißig Acres gehören dir und Gott.«

Grace verschlang die Zedern, die leuchtend bunt blühenden Löwenmäulchen, die lila und gelben Orchideen mit den Augen: ein Paradies. Und es gehörte ihr.

Ich bin endlich am Ziel, Jeremy, flüsterte die geheime Stimme ihres Herzens. *Von diesem Platz haben wir geträumt. Ich werde ihn genau so anlegen, wie wir ihn geplant haben. Ich werde ihn nicht verlassen, denn, so Gott will, lebst du noch und wirst mich eines Tages hier finden.*

»Gehört dir das ebenfalls, Val?«, fragte sie und deutete auf das Gelände direkt unter ihnen.

»Ja, und warte ab, bis du erfährst, welche Pläne ich damit habe.«

»Aber ... da leben Leute.« Grace zählte sieben kleine Hütten und einen alten Feigenbaum.

»Sie ziehen weg. Es ist die Familie von Häuptling Mathenge. Seine drei Frauen und die Großmutter leben da. Im Grunde gehören sie nicht auf diese Seite des Flusses. Das ganze Gebiet wurde zur Pufferzone zwischen den Massai und den Kikuju erklärt, um die Kämpfe zu beenden. Es ist eine Art Niemandsland. Keiner der beiden Stämme darf dort siedeln.«

»Der weiße Mann schon.«

»Natürlich. Nun, die da unten – offenbar brach vor einigen Jahren am anderen Ufer, wo der Stamm lebt, eine Seuche aus. Diese Gruppe trennte sich von den anderen und kam hierher, um vor den bösen Geistern oder so etwas zu fliehen. Mathenge hat mir versprochen, seine Leute wieder zurückzuholen.«

Valentine drehte den Kopf und sah sich nach Rose um. Er entdeckte sie oben auf dem Hügel. Sie stand wie eine Statue mitten im gerodeten Land, als warte sie in aller Ruhe darauf, dass das Haus um sie herum gebaut werde. Er ging zu ihr.

»Wie Valentine mir sagt, ist das Ihr Land.«

Grace hob den Kopf. Neben ihr stand Sir James. Er hatte den Tropenhelm abgenommen, und auf den vom Wind zerzausten Haaren glänzten vereinzelte Regentropfen. »Ja«, sagte sie, »ich werde ein Krankenhaus bauen.«

»Und den Heiden das Wort Gottes bringen?«

Sie lächelte. »Man helfe zuerst dem Körper, Sir James, und der Geist wird folgen.«

»Bitte nennen Sie mich einfach James. Wir sind in Afrika.«

Ja, dachte Grace, *Afrika. Hier schüttelt ein Gentleman einer Dame die Hand, und ein Earl läuft mit offenem Hemd herum.*

»Sie haben sich eine große Arbeit vorgenommen«, sagte Sir James. Er stand neben ihr und blickte hinunter in das weite Tal. »Diese Menschen leiden unter Malaria und Infektionen, Hautkrankheiten, Parasiten und einer ganzen Menge Krankheiten, für die wir nicht einmal Namen haben!«

»Ich werde mein Bestes tun. Ich habe medizinische Bücher mitgebracht und viele Medikamente.«

»Ich muss Sie warnen. Die Eingeborenen haben ihre eigenen Zauberärzte oder Medizinfrauen, und die schätzen es keineswegs, wenn die *Wazungu* sich in ihr Geschäft mischen.«

»*Wazungu?*«

»Die Weißen. Die Familie dort unten zum Beispiel, ich meine die Leute in den Hütten um den alten Feigenbaum, also das ist die Familie einer sehr mächtigen Medizinfrau, die praktisch über den ganzen Stamm auf der anderen Flussseite herrscht.«

»Ich dachte, sie hätten einen Häuptling?«

»Das stimmt. Aber Wachera, die Großmutter seiner Frau, hat in diesem Gebiet die eigentliche Macht.«

»Vielen Dank für den Hinweis.« Grace blickte in sein hübsches Gesicht.

»Val hat in seinen Briefen von Ihnen berichtet. Wie er sagt, liegt ihre Ranch acht Meilen im Norden. Ich hoffe, wir werden Freunde sein.«
»Ganz bestimmt.«
Ein plötzlicher Windstoß vom Fluss riss Grace den Tropenhelm vom Kopf. Sir James fing ihn auf, und als er ihn zurückgab, bemerkte er den Diamantring an ihrer linken Hand. »Ihr Bruder hat mir nichts davon gesagt, dass Sie verlobt sind.«
Grace betrachtete die kleinen Steine in der schlichten Fassung. Jeremy hatte ihr den Ring am Abend gegeben, und das Schiff wurde torpediert. Man hatte sie aus dem eiskalten Wasser gerettet, und nach einer Lungenentzündung lag sie in einem Militärkrankenhaus in Kairo. Lieutenant Junior Grade Jeremy Manning, so teilte man ihr mit, galt als vermisst.
Grace würde nie die Hoffnung aufgeben, ihn eines Tages wiederzufinden. Ihre Liebe an Bord war kurz, aber intensiv gewesen, eine Romanze, wie sie der Krieg schafft, in der Jahre in Minuten gepresst werden. Grace wollte einfach nicht glauben, dass Jeremy tot war. Niemand, nicht einmal Valentine oder Rose wussten etwas von den Nachrichten, die Grace im vergangenen Jahr für Jeremy hinterlassen hatte. Die erste übergab sie als Brief der Kolonialbehörde in Ägypten. Ähnliche Botschaften hinterlegte sie in Italien, Frankreich und in ganz England. Bei ihrer Ankunft in Afrika stellte sie sicher, dass man in Port Said, Suez, Mombasa und schließlich im NORFOLK HOTEL in Nairobi ihre Adresse kannte. Sie verteilte die Briefe wie eine Fährte aus Brotkrumen in der Hoffnung, dass Jeremy irgendwie doch überlebt hatte, gerettet worden war und zu diesem Zeitpunkt nach ihr forschte ...
»Mein Verlobter wurde während des Krieges auf See als vermisst gemeldet«, erwiderte sie ruhig.
Sir James bemerkte die Bewegung der Hände, den Versuch, den Ring zu verstecken, und musste sich zurückhalten, um ihr nicht tröstend den Arm um die Schulter zu legen. »Meine Schwester ist Ärztin«, hatte Valentine ihm erzählt. »Aber sie ist kein Mannweib wie manche andere.«
James konnte es nicht fassen. Diese freundliche Frau mit dem sanften, angenehmen Gesicht und dem liebenswerten Lächeln hatte doch bestimmt nicht die langen und energischen Briefe an ihren Bruder geschrieben. Sie hatte kühn und sicher ihre Pläne für das Krankenhaus entworfen, und ihre Worte klangen beinahe nach einer Amazone. Sir James hatte nicht gewusst, was er erwarten sollte, aber ganz sicher hatte er nicht mit dieser attraktiven jungen Frau mit den bezaubernden Augen gerechnet.

Auf dem Hügel ging Lord Treverton im aufkommenden Wind mit einem fragenden Blick auf seine Frau zu. Warum um alles in der Welt gab sie ihm keine Antwort?

»Rose?«, fragte er noch einmal, diesmal noch lauter.

Rose starrte unverwandt auf eine ungewöhnliche Gruppe Olivenbäume an dem Abhang auf der anderen Seite des Hügels. Die Bäume hoben sich eigenartig von den sie umstehenden hohen Kastanien und Zedern ab; offenbar umstanden sie eine Lichtung. Vielleicht war das ein geschützter Platz, an dem man Sicherheit finden konnte ...

Die neue Welt ängstigte Rose; sie war so wild und so primitiv. Wo waren die Damen, die zum Tee zu ihr kommen würden? Wo waren die anderen Häuser? Valentine hatte geschrieben, die Donald Ranch befinde sich in einer Entfernung von acht Meilen. Rose hatte sich eine ländliche Straße und angenehme sonntägliche Ausfahrten vorgestellt. Aber es gab keine Straße. Nur eine ausgefahrene Wagenspur führte durch das Land der nackten Wilden und der gefährlichen Tiere. Rose fürchtete sich vor den Afrikanern. Sie hatte noch nie im Leben Farbige gesehen. Im Zug war sie vor den lächelnden Kellnern zurückgewichen, und in Nairobi hatte sie es Grace überlassen, mit dem einheimischen Personal zu sprechen.

Aber Lady Rose wünschte sich so sehr, in diesem neuen Land von Nutzen zu sein. Am sehnlichsten wünschte sie sich, dass Valentine stolz auf sie war. Sie hasste ihre Zerbrechlichkeit, ihre Unfähigkeit, das Leben so forsch anzugehen wie ihre Schwägerin. Während des Krieges hatte Rose schüchtern vorgeschlagen, sich freiwillig für den Sanitätsdienst zu melden und verwundete Soldaten zu pflegen. Aber Valentine wollte nichts davon hören. Stattdessen saß sie in ihrem Salon, wickelte Binden und strickte Schals für die Männer in den Schützengräben.

Sie war in der Hoffnung nach Afrika gekommen, dass das afrikanische Leben ihr mehr Gewicht verleihen, dass das Leben der Siedler ihrer zarten Hülle ein eisernes Rückgrat geben würde. Anfangs hatte sie geglaubt, die Ehe mit Valentine würde ihrer Durchsichtigkeit Farbe verleihen, aber stattdessen schien sie neben seinem strahlenden Ruhm nur noch mehr zu verblassen. Dann hatte sie gedacht: *Als Pionierfrau schaffe ich es.* Der Klang des Wortes gefiel Rose. *Pionierfrau* ... das dröhnte wie eine eiserne Glocke. Das Wort bedeutete eine Frau, die Zivilisation in die Wildnis brachte, und eine Frau, die Maßstäbe setzte, den Weg wies. Rose hatte ihre Hoffnung auch auf die *Mutterschaft* gesetzt. Dieses Wort klang so fest, so bedeutsam. Ja, in Ostafri-

ka würde sie endlich ihre Durchsichtigkeit verlieren, und die Menschen würden nicht länger durch sie hindurch sehen ...
»Rose?«, fragte Valentine und trat neben sie.
Valentine, ich liebe dich so sehr! Ich wünschte, du könntest stolz auf mich sein. Es tut mir Leid, dass das Kind kein Junge ist.
»Liebling, geht es dir gut?«
Er würde einen Sohn zeugen wollen, und Rose zitterte bei diesem Gedanken. Ihre Liebe war so schön. Warum musste Valentine sie mit dieser schrekklichen Schlafzimmersache verderben? »Die Olivenbäume dort«, murmelte sie, »lass sie bitte nicht fallen, Liebster.«
»Weshalb nicht?«
»Sie scheinen ... irgendwie etwas Besonderes zu sein.«
»Also gut, sie gehören dir.«
Valentine sah sie prüfend an. Rose war so blass und dünn; der Wind schien sie im nächsten Moment davonzublasen. Dann erinnerte er sich an die Geburt im Zug. »Liebling«, sagte er und stellte sich vor sie, um sie mit seinem Körper zu schützen. »Du bist noch nicht in Ordnung. Du musst erst wieder zu Kräften kommen. Warte, bis du das Zeltlager gesehen hast. Wir haben einen guten Koch, und zum Abendessen ziehen wir uns immer um. Das Haus wird wundervoll werden, das verspreche ich dir. Sofort nachdem die Setzlinge ausgepflanzt sind, werden wir mit der Arbeit daran beginnen.«
Er legte ihr die Hand auf die Schulter und spürte, wie sie erstarrte. *Aha*, dachte er finster. *Das alte Lied.* Die Nächte allein im Bett, wenn ihn das Verlangen nach seiner Frau zum Wahnsinn trieb, und dann, wenn er sie nahm, musste er die Augen schließen, um ihr Gesicht nicht zu sehen. Hinterher lag Rose wie ein verwundetes Reh neben ihm und machte ihm stumm mit ihrem geschändeten Körper Vorwürfe. Sie löste bei ihm unbegründete Schuldgefühle aus. Er hatte geglaubt, sie würde das mit der Zeit überwinden und Freude daran finden. Stattdessen schien ihre Abneigung von Mal zu Mal größer zu werden, und er wusste nicht, was er dagegen unternehmen sollte.
»Komm, Liebling«, sagte er, »gehen wir zu den anderen.«
Rose ging als Erstes zu Mrs. Pembroke und ließ sich das Baby geben. Sie drückte Mona zwischen dem Hermelinmuff und dem weichen Pelzmantel an sich. Dann folgte sie ihrem Mann zu dem grasbewachsenen Abhang, wo die anderen standen und sich unterhielten.
Von der Anhöhe sah Rose tief unter sich am breiten flachen Flussufer ein

paar Hütten. Ein kleines Mädchen hütete ein paar Ziegen; eine Schwangere molk eine Kuh, und in den kleinen Gemüsegärten arbeiteten Frauen. *Welch eine hübsche Szene,* dachte Rose.

»Ihr werdet nie erraten, was ich mit dem Gelände da unten vorhabe«, sagte Valentine. »Dort wird unser Polofeld sein.«

»Ach Val«, erwiderte Grace lachend. »Du wirst nicht eher ruhen, bis du Afrika in ein zweites England verwandelt hast!«

»Ist der Platz groß genug für ein Polofeld?«, fragte Sir James.

»Die Hütten werden natürlich verschwinden müssen, und den Feigenbaum wird man fällen.«

Sie verstummten und lauschten den Regentropfen, die klatschend auf die Blätter der Bäume fielen. Jeder stellte sich die große Kaffeeplantage im Tal vor und das Krankenhaus, das Grace unten am Fluss bauen würde. Lady Rose hielt das Kind in der Wärme und Trockenheit ihres Hermelinmantels an sich gedrückt und blickte in das Eingeborenendorf hinunter.

Eine junge, in Felle gehüllte Frau mit großen Perlenketten um den Hals trat aus einer Hütte. Sie ging über den Platz, und Rose sah, dass sie auf dem Rücken ein Baby trug. Die Afrikanerin blieb unvermittelt stehen, als spüre sie, dass sie beobachtet wurde, und hob den Kopf. Hoch oben auf dem Hügel stand eine weiße Gestalt und blickte zu ihr hinunter.

Die beiden Frauen sahen sich an – und wie es schien, sehr lange.

4

Die junge Frau betrat die Hütte, sagte ehrerbietig: »*Ne nie Wachera*«, »ich bin es, Wachera«, und reichte ihrer Großmutter die Kalebasse mit Zuckerrohrwein.

Bevor die alte Frau trank, schüttete sie ein paar Tropfen Wein für die Ahnen auf den gestampften Lehmboden und sagte dann: »Heute werde ich dir von der Zeit erzählen, als die Frauen über die Welt herrschten und die Männer unsere Sklaven waren.«

Die runde Hütte aus Lehm und Kuhdung hatte keine Fenster; die beiden saßen im wässrigen Licht, das durch die Türöffnung fiel, und lauschten auf den Regen, der auf das Papyrusdach trommelte. Nach Kikuju-Tradition gab die alte Wachera das Erbe der Vorfahren an die älteste Tochter ihres Sohnes weiter. Sie tat das nun schon seit vielen Tagen. Am Anfang standen Unterweisungen in Magie und Heilkunde, denn die Großmutter war die Medizinfrau und Hebamme der Sippe; sie war außerdem die Hüterin der Ahnen und Bewahrerin der Stammesgeschichte. Eines Tages würde ihre Enkeltochter, eine junge Frau, die ihr erstes Kind auf dem Rücken trug, das ebenfalls sein.

Während die junge Wachera den Worten der Großmutter lauschte, die zu ihr sprach, wie die Großmütter aller früheren Generationen es getan hatten, kämpfte sie mit ihrer Ungeduld. Sie wollte eine Frage stellen, aber es war undenkbar, einen Älteren zu unterbrechen. Sie wollte die Großmutter nach dem weißen Geist auf dem Hügel fragen.

Auf der Stimme der alten Frau lag der Staub der Jahre; sie sprach in einer Art Singsang, dabei wiegte sie den Oberkörper, wodurch die langen Perlenschnüre an den Seiten ihres geschorenen Kopfs leise klirrten. Immer wieder beugte sie sich vor, um die Suppe umzurühren, die auf dem Feuer dampfte.

»Heute nennen wir nach Kikuju-Sitte unsere Ehemänner ›Herr und Meister‹«, erzählte sie ihrer Enkeltochter. »Wir gehören den Männern. Wir sind ihr Besitz, mit dem sie nach Belieben verfahren können. Aber vergiss nie, Tochter meines Sohnes, dass unser Volk sich die Kinder Mumbis nennt, Kinder der ERSTEN FRAU, und dass die neun Stämme der Kikuju die Namen der neun Töchter Mumbis tragen. Das soll uns daran erinnern, dass wir Frauen einmal mächtig waren. In den Nebeln der Vergangenheit gab es eine Zeit, in der *wir* herrschten und die Männer uns fürchteten.«

Während die junge Frau aufmerksam zuhörte und sich jedes Wort einprägte, arbeiteten ihre Hände flink und geschickt an einem neuen Korb. Mathenge, ihr Mann, hatte ihr die Rinde des *Mogio*-Strauchs gebracht, sie aber sofort wieder verlassen, denn das Tabu verbot einem Mann, sich am Korbflechten zu beteiligen.

Die junge Wachera war stolz auf ihren Mann. Er war einer der »Häuptlinge«, die der weiße Mann vor kurzem ernannt hatte. Es entsprach nicht der Sitte der Kikuju, einen Häuptling zu haben. Ein Rat der Alten lenkte die Geschicke des Stammes. Aber aus einem Grund, den Wachera nicht verstand, hielten die *Wazungu* es für nötig, Häuptlinge zu ernennen. Man hatte Mathenge gewählt, weil er einmal ein berühmter Krieger gewesen war und in vielen Schlachten gegen die Massai gekämpft hatte. Damals hatte der weiße Mann noch nicht gesagt, dass Kikuju und Massai nicht mehr kämpfen dürfen.

»In den Nebeln der Vergangenheit«, fuhr die alte Stimme fort, »herrschten Frauen über die Kinder Mumbis, und eines Tages erfasste die Männer Neid. Sie trafen sich heimlich im Wald und berieten darüber, wie man die Herrschaft der Frauen abschütteln könne. Die Frauen waren allerdings schlau – das wussten die Männer. Es würde nicht leicht sein, sie zu besiegen. Dann fiel den Männern ein, dass es eine Zeit gab, in denen die Frauen verwundbar waren. Es war die Zeit der Schwangerschaft. Also kamen die Männer zu dem Schluss, ihr Aufstand würde erfolgreich sein, wenn sie warteten, bis die meisten Frauen schwanger waren.«

Die junge Wachera hatte diese Geschichte schon oft gehört. Die Männer hatten sich entschlossen, alle Frauen des Volkes zu schwängern. Als viele ihrer Frauen, Schwestern und Töchter nach einigen Monaten hochschwanger waren, gingen sie zum Angriff über. Es gelang ihnen, die alten matriarchalischen Gesetze umzustoßen und sich zu den Herren der unterworfenen Frauen aufzuschwingen.

Wenn die alte Frau im Herzen Bitterkeit über diese schmähliche Geschichte empfand, gab sie das nie zu erkennen, denn nach Sitte und Brauch der

Kikuju wurden Frauen dazu erzogen, gehorsam und demütig zu sein und sich nie zu beklagen.

Es lag an ihrer Erziehung, dass die junge Wachera nie an der Klugheit der Entscheidung ihres Mannes gezweifelt hatte, für den weißen Mann zu arbeiten, oder an der Entscheidung ihrer Brüder, mit ihren Schilden und Speeren nach Norden zu gehen und Arbeit auf der Rinder-*Shamba* des weißen Mannes zu suchen. Die Frauen der wenigen Kikuju-Männer, die für die Weißen arbeiteten, wurden im Dorf inzwischen sogar beneidet, denn ihre Männer brachten Säcke voll Mehl und Zucker mit nach Hause und einen sehr begehrten Stoff, den *Americani*. Deshalb waren die beiden Wachera durch Mathenge reich geworden: Ihnen gehörten mehr Ziegen als jeder anderen Frau der Sippe.

Der jungen Wachera fehlte Mathenge sehr, seitdem er »Aufseher« auf der *Shamba* des weißen Mannes war. Sie hatte sich in Mathenge Kabiru verliebt, weil er so gut Flöte spielte. Wenn die Hirse reifte und vor den Vögeln geschützt werden musste, gingen die jungen Männer über die Felder und spielten auf Bambusflöten. Mathenge, der wegen seiner Massai-Vorfahren groß für einen Kikuju war und in seiner *Shuka* und den langen, zu vielen Zöpfen geflochtenen Haaren besonders gut aussah, war durch die Dörfer gezogen und hatte alle mit seinen Melodien entzückt. Aber Mathenges Flöte war verstummt, denn die Pflichten des weißen Mannes riefen ihn fort.

»Es ist Zeit für dich«, sagte die Großmutter, während sie die Bananensuppe umrührte, »die Geschichte unserer berühmten Ahne, der großen Herrin Wairimu, zu hören, die von weißen Männern zur Sklavin gemacht wurde.« Die Kikuju kannten keine Schrift, und deshalb wurde ihre Geschichte mündlich überliefert. Jedes Kind lernte schon sehr früh die Folge der Generationen und musste sie aufsagen. Die junge Wachera kannte die Geschichte ihrer Familie bis zurück zur ERSTEN FRAU. »Die erste Generation hieß die Ndemi-Generation«, begannen die Kinder dann, »weil sie rebellisch waren und Krieg führten. Ihre Kinder nannte man die Mathathi-Generation, weil sie in Höhlen lebten. Ihre Kinder gehörten zur Maina-Generation, denn sie tanzten die Kikuju-Lieder. Danach kam die Mwangi-Generation, die so heißt, weil sie umherzog ...« Jahre wurden nicht nach Zahlen, sondern in anschaulichen Namen gezählt. Als die Großmutter sagte, die Herrin Wairimu habe während Murima wa Ngai gelebt, »der Zitterkrankheit himmlischen Ursprungs«, konnte die junge Wachera ihre Ahnin dem Jahr der Malaria-Epidemie zuordnen, die vor fünf Generationen gewütet hatte.

Sie lauschte mit atemlosem Staunen dem heroischen Bericht von Wairimu. Man hatte sie ihrem Mann geraubt und in Ketten zu einer »Wasserfläche, auf der riesige Hütten schwammen«, gebracht. Sie war den weißen Sklavenhändlern entflohen und in das Kikuju-Land zurückgekehrt. Dabei kämpfte sie gegen Löwen und ernährte sich von den gekochten Stängeln der Bananenstauden. Wairimu erzählte den Kindern Mumbis als Allererste von einer Menschenrasse, deren Haut die Farbe von Rüben hatte. So kam es, dass das Wort *Muzungu* »weißer Mann« bedeutete, denn in jenen Tagen bedeutete es »seltsam und unerklärlich«.

Die junge Wachera erinnerte sich daran, wie sie zum ersten Mal einen *Muzungu* gesehen hatte. Es war vor zwei Ernten während der Schwangerschaft gewesen. Der weiße Mann kam in das Dorf, und die Frauen rannten vor Entsetzen davon. Wachera floh in die Hütte ihrer Großmutter. Aber Mathenge hatte sich nicht gefürchtet. Er war dem weißen Mann entgegengegangen und hatte zur Begrüßung auf die Erde gespuckt. Die Frauen beobachteten aus ihren Verstecken, wie die beiden Männer ein merkwürdiges Geschäft abwickelten. Dazu gehörte, dass Mathenge Perlen und *Americani* erhielt und dafür seinen Daumen auf etwas drückte, was wie ein großes weißes Blatt aussah. Als sie später am Feuer saßen und Zuckerrohrwein tranken, hatte er Wachera und den beiden anderen Frauen, die ihm gehörten, etwas von einem »Landverkauf« und einem »Vertrag« erzählt, den er mit seinem Daumen besiegelt hatte.

Die Weißen verwirrten Wachera. Seit diesem ersten Mal hatte sie nur selten Weiße gesehen – sie rodeten den Wald am Hügel über dem Fluss. Aber heute hatte sie die Ankunft von vielen beobachtet, und das wunderte sie. Später sah sie die weiße Gestalt, die zu ihr hinunterblickte, und während sie nun das Ende der bemerkenswerten Geschichte Wairimus hörte, begann Wachera sich zu fragen, ob sie nicht vielleicht eine weiße *Frau* gesehen hatte und keinen Geist.

»*Ee-oh!*«, »hurrah!«, rief sie, als die Geschichte zu Ende war. Aber die alte Wachera brachte sie mit den traurigen Worten zum Schweigen: »Leider wurde Wairimu ein zweites Mal gefangen und auf der Wasserfläche davongebracht, die bis ans Ende der Welt reicht. Sie kehrte nie mehr zu den Kikuju zurück.«

Die junge Wachera versank in Gedanken. Wie musste für die arme Wairimu von da an das Leben gewesen sein? Welches unbekannte Schicksal hatte sie auf der anderen Seite des großen Wassers erwartet?

Die junge Frau spürte, wie sich das Kind auf dem Rücken bewegte. Sie legte den Korb beiseite, an dem sie arbeitete, nahm ihren Sohn aus der Schlinge und legte ihn an die Brust. Er hieß Kabiru. Nach alter Kikuju-Überlieferung lebten die Seelen der Ahnen in den Kindern weiter. Deshalb erhielt der erstgeborene Sohn immer den Namen seines Großvaters. Deshalb hießen sie und ihre Großmutter beide Wachera. Der Name bedeutete: »Sie, die zu den Menschen geht«, und er war von der ersten Wachera, die als Medizinfrau des Stammes, die zu den Menschen gegangen war, über Generationen hinweg weitergegeben worden.

Die Großmutter lächelte, während sie zusah, wie die junge Mutter stillte. Die alte Frau wusste, die Ahnen waren mit dieser jungen Kikuju-Frau zufrieden, der sie die Geheimnisse und das angesammelte Wissen der Stammes weitergab, denn sie war schnell, klug und ehrerbietig. Der Sohn der älteren Wachera hatte seine Tochter gut erzogen. Die junge Wachera war eine vorbildliche Kikuju-Frau. Sie hielt Mathenges Hütte sauber, bearbeitete ihren Garten, der reiche Ernte brachte; sie war immer fröhlich und sprach nie, solange sie nicht angesprochen wurde. Alle freuten sich über die gute junge Wachera. Mütter stellten sie ihren Töchtern als Vorbild hin. Während der Beschneidung, erzählten sie etwa, als die junge Wachera sechzehn gewesen war, und alle Frauen der Sippe zugesehen hatten, zuckte sie nicht einmal unter dem Messer. Deshalb hatte es niemanden überrascht, als der schöne, tapfere Kabiru Mathenge zur alten Wachera gegangen war, um ihre Enkelin zu kaufen. Sechzig Ziegen hatte er für sie bezahlt. Man sprach immer noch über diesen Preis.

Der Großmutter wurde warm ums Herz. Die junge Wachera war beinahe sofort schwanger geworden. Ihre Enkelin würde ganz sicher viele Kinder für das Weiterleben der Ahnen gebären. Eine Kikuju-Familie mit weniger als vier Kindern war beklagenswert, denn dann erlangte eine Großmutter oder ein Großvater nicht die Unsterblichkeit.

Die alte Wachera versank in nachdenkliches Schweigen, während der Regen auf das Dach trommelte. Die Luft in der Hütte wurde dick von feuchter Erde, gekochten Bananen, Rauch und Ziegen. Etwas Zeitloses lag über den beiden Frauen. Sie boten ein Bild, das sich in nichts von dem ihrer Vorfahren unterschied; Traditionen beherrschten das Leben der Kikuju; Ngai, der Gott, der auf dem Mount Kenia wohnte, hatte die Sitten und Gesetze bestimmt; vor Veränderungen schreckten sie zurück. Neben dem nackten Fuß der alten Wachera lag die Kalebasse, mit der sie weissagte. Sie war in einer so fernen Zeit ausgehöhlt, getrocknet und mit magischen Dingen gefüllt worden, dass nicht einmal sie wusste, welche Ahne das getan hatte. Die Kalebasse war das Symbol von Wacheras Macht. Mit ihr las sie die Zukunft, heilte die kranken Körper und trat mit den Ahnen in Verbindung. Eines Tages würde die junge Wachera die Kalebasse entgegennehmen, und so würde die Großmutter weiterleben, wie ihre Großmutter in ihr lebte. Der Regen ließ die Gedanken der alten Wachera zur Sippe am anderen Ufer schweifen. Vor vierzig Ernten war ein schrecklicher Fluch über die Kinder Mumbis gekommen. Zuerst gab es die Trockenheit, auf die eine Hungersnot folgte, und dann breitete sich eine Krankheit unter den Kikuju und den Massai aus, der jeder Dritte erlag. Damals hatte die alte Wachera mit ihrem Mann und seinen anderen Frauen in einem großen Dorf am gegenüberliegenden Ufer gelebt. Sie hatte die Sippe nicht vor der Krankheit bewahren können, doch die Ahnen hatten zu ihr gesprochen und gesagt, die eigene, kleine Familie könne sie retten, wenn sie auf die andere Seite des Flusses ziehe. Dort hatte Ngai die Erde gesegnet, und es gab keine bösen Geister der Krankheit. Alle im Dorf lachten über die Dummheit einer solchen Umsiedlung. »Die Gemeinschaft bedeutet Sicherheit«, sagten sie. Die alte Wachera war damals schon Witwe. Die Krankheit hatte ihren Mann zu seinen Ahnen gerufen. Deshalb drehte sie dem Dorf den Rücken, das Gott, wie sie wusste, verflucht hatte, und brachte die Nebenfrauen und ihre Kinder an diesen neuen Platz. Hier hatte sie *Mugumo*, den heiligen Feigenbaum, gefunden, und sie wusste, dass ihre Visionen nicht trogen. Für alle Stämme im Land hieß dieses Jahr *Ngaa Nere*, das Jahr des Großen Hungers (der weiße Mann sprach von der Pockenepidemie 1898), doch für die Überlebenden des alten Dorfs und ihre Nachkommen war es das Jahr, in dem die Herrin Wachera über den Fluss zog.

Die alte Wachera dachte an sie. Da gab es ihre Schwester, die arme kinderlose Thaata, deren Name »unfruchtbar« bedeutete, und die sich davon ernährte, dass sie Töpfe herstellte, und Nahairo, bei der es bald so weit sein würde. Kikuju-Frauen hielten zwar nichts von Vorbereitungen auf eine Geburt, denn das brachte Unglück. Außerdem war es Zeitverschwendung, wenn das Kind nicht lebte. Trotzdem war Wacheras Geburtsmesser geschärft und bereit.

Schließlich dachte die Medizinfrau an Kassa, ihren Bruder. Er gehörte zum Rat der Alten. Sie hatte gehört, dass er nach Norden zum Mount Kenia gegangen war und Arbeit auf der Rinder-*Shamba* des weißen Mannes gefunden hatte. Kassa zählte Kühe. Das machte Wachera große Sorgen. Sie spürte, dass den Kindern Mumbis eine verhängnisvolle Veränderung bevorstand. Veränderungen hatte es bereits gegeben, aber nur unbestimmt und kaum wahrnehmbar. Das Stammesleben verlief noch wie zu Zeiten der Ahnen. Vielleicht trugen ein paar Frauen ihre Kinder in *Americani*, und es gab den alten Kamau, der sich inzwischen zum Gott des weißen Mannes bekannte und seitdem Solomon hieß. Aber im Großen und Ganzen wurden die alten Sitten auch weiterhin streng befolgt.

Wacheras Blick richtete sich nach innen.

Und doch gab es hier in ihrer eigenen kleinen Familie Zeichen der Veränderung. Mathenge sollte ein Krieger sein. Aber da der weiße Mann den Kikuju verboten hatte, Speere zu tragen, unternahm er keine Beutezüge bei den Massai mehr. Die alte Wachera dachte mit wehmütiger Sehnsucht an die Zeit, als die Massai in das Land der Kikuju eingedrungen waren, um Rinder und Frauen zu rauben. Manche Frauen hatten sich nicht gewehrt, denn die Massai-Krieger standen im Ruf, hervorragende Liebhaber zu sein ...

Wacheras Herz verhärtete sich. Ehe der weiße Mann einen Fuß in das Land der Kikuju setzte, hatte sie gewusst, dass mit ihm große Veränderungen kommen würden.

Das war vor vielen Ernten, noch vor der Geburt der jungen Wachera gewesen. Ngai, der Gott der Klarheit, war im Schlaf zu ihr gekommen. Er hatte sie in sein Reich auf dem Gipfel des Berges geführt und ihr Dinge gezeigt, die sich in der Zukunft ereignen würden. Als sie dem Stamm davon erzählte, waren alle erschrocken und entsetzt, denn die alte Wachera sprach von Männern, die aus dem großen Wasser kommen würden; sie hatten eine Haut wie der helle Frosch, und ihre Kleider glichen Schmetterlingsflügeln. Diese *Muzungu* trugen Speere, aus denen Feuer schoss, und sie ritten in einem riesigen Hundertfüßler aus Eisen durch das Land.

Man hatte den Rat der Alten zu einer dringlichen Sitzung einberufen, um Wacheras Prophezeiung zu bedenken. Der Rat entschied, die Kinder Mumbis würden gegen die Neuankömmlinge keinen Krieg führen, sondern sie höflich behandeln und mit Misstrauen beobachten. Der weiße Mann war bald darauf gekommen, und die Kinder Mumbis hatten gesehen, dass er sich friedlich verhielt, dass er ihnen nicht schadete und nur durch das Land der Kikuju ziehen wollte. Viele aus dem Stamm glaubten, die *Wazungu* seien auf der Suche nach einem Gebiet, in dem sie leben wollten. Sie würden aus

dem Kikuju-Land verschwinden, noch ehe viele Ernten vergingen, und man würde nie wieder etwas von ihnen hören.
Die alte Wachera beruhigte ihr bekümmertes Herz mit dem Sprichwort: »Die Welt ist wie ein Bienenstock: Wir kommen alle durch dasselbe Loch, aber wir leben in verschiedenen Zellen.«
Ein Donnerschlag riss die Frauen aus ihren Gedanken. Sie hoben weder den Kopf noch blickten sie zur Türöffnung, denn es war tabu, dem Gott bei seinem Wirken zuzusehen. Deshalb rührte die ältere die Suppe um, und die jüngere legte das Kind zurück in die Schlinge auf ihrem Rücken.
Der Donner verhallte, und die junge Wachera blickte durch den Regen zur Hütte ihres Mannes, die zwei Speerwürfe von der Hütte der Großmutter entfernt stand. Das schreckliche Sehnen erfasste sie wieder. Dieses Sehnen war wie ein unstillbarer Hunger: Sie wollte in Mathenges Armen liegen, die Wärme seines Kriegerkörpers spüren und von seinem tiefen Lachen aufgeheitert werden. Aber es war tabu, dass ein Mann bei seiner Frau lag, solange sie stillte. Also musste Wachera Geduld haben. Sie griff wieder nach ihrem Korb und begann zu flechten. Sie beschäftigte sich in Gedanken mit Plänen für das Maisfeld, dem Regen und Vorstellungen von ihrer Zukunft: Eines Tages würde sie in einer Hütte wie dieser sitzen und ihr Wissen an eine Enkeltochter weitergeben.
Erstaunlicherweise führten die Gedanken an die Zukunft sie plötzlich in die Gegenwart, als bestehe eine geheimnisvolle Verbindung zwischen beiden. Wachera dachte wieder an die weiße Frau auf dem Hügel.

5

Grace hörte eine Art Flüstern und dachte, der Regen habe wieder eingesetzt. Sie packte in ihrem Zelt aus und ordnete ihre Sachen, während die Männer bei einem *Sundowner* im Esszelt saßen, obwohl die Dämmerung längst vorüber und es inzwischen Nacht geworden war. Grace machte sich für das Abendessen zurecht und zog die Marineuniform an. Sie richtete sich auf und betrachtete das Verdienstkreuz in der Samtschatulle, das man ihr wegen besonderer Tapferkeit im Krieg verliehen hatte – *ein armseliger Ersatz für Jeremys Leben,* dachte sie.

Ein leises eintöniges Geräusch vor dem Zelt, das sie für den Regen hielt, hörte nicht auf; Grace ging zur Öffnung und sah hinaus. Es regnete nicht, aber dichter Nebel lag über dem Land. Sie blickte sich auf dem Gelände um, sah die geisterhaften Umrisse der Zelte, den Schein der Laternen und lauschte. Nach Sonnenuntergang war der Wald mit Vogelschreien, Grillenzirpen und dem Quaken der Baumfrösche zum Leben erwacht. Plötzlich hörte sie, dass jemand weinte, und ihr wurde klar, dass sie das Schluchzen für Regen gehalten hatte. Es kam aus dem nächsten Zelt.

Sie warf den schwarzen Marinemantel über und eilte über die Bohlen, die man als Schutz vor dem Schlamm auf die Erde gelegt hatte. Vor dem Zelt ihrer Schwägerin blieb sie stehen.

»Rose, ist alles in Ordnung?« Rose saß vornübergebeugt am Toilettentisch und hatte den Kopf auf die Arme gelegt. »Was ist, Rose? Warum weinst du?« Rose richtete sich auf und betupfte sich die Augen mit einem Spitzentaschentuch. »Es ist alles so schrecklich, Grace. Diese Zeltlager ... nachdem wir in Thika aus dem Zug gestiegen waren, glaubte ich, damit sei es endgültig vorbei. Ich hatte mich so auf ein richtiges Haus gefreut.«

Grace sah sich im Zelt um. Mit dem Spiegel im Goldrahmen über dem Toilettentisch und den Satinkissen auf dem Bett war es sehr viel eleganter eingerichtet als ihr Zelt. Und die Bettwäsche war nicht einfach weiß, sondern altrosa und taubenblau, die Treverton-Farben. Grace sah, dass ihr Bruder keine Mühe gescheut hatte, um seine Frau zu verwöhnen.

Ihr fiel auf, dass Roses Zofe nicht zu sehen war. »Wo ist Fanny?«

»In ihrem Zelt. Sie hat gesagt, sie fährt nach England zurück. Grace.«

Rose senkte die Stimme. »Bitte, schick *ihn* weg.«

Grace blickte zu dem Afrikaner hinüber, der mit einer Wasserflasche und einem Leinenhandtuch am Zelteingang stand. Er trug ein langes weißes *Kanzu*, das bis zu den nackten Füßen reichte, und auf dem Kopf einen türkischen Fez. »Was ist mit ihm, Rose?«

»Er macht mir Angst!«

Der Mann sagte: »Ich heiße Joseph, *Memsaab*. Ich bin Christ.«

»Bitte lass uns allein«, sagte Grace.

»*Bwana* Lordy hat mir aufgetragen, für die *Memsaab* zu sorgen.«

»Ich werde mit Lord Treverton sprechen. Du kannst gehen, Joseph.«

Als sie allein waren, sah Rose ihre Schwägerin flehend an und flüsterte: »Grace, du musst etwas für mich tun!«

Grace betrachtete Rose prüfend. Die blassen Wangen waren gerötet, ihre Lippen zitterten. Ein paar blassblonde Haare hatten sich aus den Kämmen gelöst und umrahmten ihr Gesicht. »Was soll ich für dich tun?«, fragte Grace.

»Es geht um ... Valentine. Verstehst du, ich kann nicht ... ich bin noch nicht bereit zu ...« Rose wandte den Kopf und suchte nach ihrer Haarbürste. »Du bist Ärztin, Grace. Er wird auf dich hören. Sag ihm, es ist noch zu früh nach der Geburt ...«

Grace schwieg. Sie wusste nicht, was sie sagen sollte.

»Hilf mir, Grace. Ich ertrage es nicht. Noch nicht. Zuerst muss ich mich an«, sie machte eine Handbewegung, »all das *gewöhnen*.«

»Also gut. Ich werde mit ihm sprechen. Mach dir deshalb keine Sorgen, Rose. Komm jetzt, die Männer warten auf uns.«

Die beiden Frauen gingen in die kalte Nacht hinaus. Als sie das Esszelt betraten, stockte ihnen der Atem. »Valentine!«, rief Grace. »Wie um alles in der Welt ist dir das gelungen?«

»Es war nicht ganz einfach, Schwesterherz, nach dem Krieg und allem. Manchmal ist es ganz angenehm, unverschämt reich zu sein«, erwiderte er und kam ihnen im schwarzen Frack und gestärktem weißem Hemd durch das Zelt entgegen. Lord Treverton küsste seine Schwester auf die Wange und begrüßte seine Frau mit einem strahlenden Lächeln. »Nun, Liebling, wie gefällt es dir?«

Rose ließ den Blick über die Chippendalestühle, das belgische Spitzentischtuch, die Silberleuchter und das Porzellan schweifen. Ein Grammophon spielte einen Walzer, das Kristall und die Champagnergläser funkelten im Schein der Lampen, und es duftete nach Jasmin. »O Valentine«, flüsterte sie, »es ist *wunderschön* ...«

»Darf ich dir unseren Gast vorstellen?«, sagte er und wies auf einen Unbekannten. Es war District Officer Briggs, ein beleibter Mann in den Sechzigern; er trug eine gebügelte Khaki-Uniform und einen glänzenden Pistolengürtel. Valentine schenkte die Aperitifs ein, und sie tranken auf Britisch-Ostafrika. »Ich hatte gehofft, Ihre Frau kennen zu lernen, Sir James«, sagte Grace, als sie neben ihm am Tisch Platz nahm. Sie fand ihn in seiner eleganten weißen Smokingjacke recht attraktiv.

»Lucille wäre liebend gerne hier. Sie hat seit Monaten keine weiße Frau mehr zu Gesicht bekommen. Aber leider kann sie in ihrem Zustand die Ranch nicht verlassen. Sie erwartet bald unser drittes Kind.«

»Ich muss schon sagen«, erklärte District Officer Briggs, als er ihnen gegenüber Platz nahm. »Die beiden Damen sind ein höchst erfreulicher Anblick. Jeder weiße Mann im Distrikt wird hierher galoppieren, nur um einen Blick auf sie zu werfen!«

Lady Rose lachte und warf den Kopf zurück. Das Strassband in ihrem Haar funkelte, die Straußenfeder fuhr durch die Luft. Valentines Frau war nach der neuesten Nachkriegsmode gekleidet: Sie trug ein schmal geschnittenes Poiretkleid mit einem gewagten eckigen Ausschnitt und langen Perlenketten. Stumme Afrikaner in langen weißen *Kanzus* erschienen von der Rückseite des Zeltes mit silbernen Platten und servierten korrekt die acht Gänge.

»Leider nicht so gut, wie ich gewünscht hätte«, bemerkte Valentine, als er den Champagner eingoss. »Wir haben nach dem Krieg hier im Protektorat schreckliche Engpässe in der Versorgung.«

Briggs führte einen Löffel Suppe zum Mund, als sei es der letzte in seinem Leben. »Die verdammten Deutschen. Sie haben uns gejagt wie die Meute den Fuchs. Farmen waren dem Verfall preisgegeben, die Ernte wurde nicht eingebracht, die Bahnlinie gesprengt, und die medizinische Versorgung brach zusammen. Wir haben fünfzigtausend Männer verloren, Dr. Treverton. Nicht nur Ihnen in England ist es schlecht gegangen, wissen Sie.«

»Ich war während des Krieges nicht in England, Mr. Briggs«, erwiderte Grace ruhig. »Ich habe auf Lazarettschiffen im Mittelmeer gedient.« Plötzlich herrschte Stille; man hörte nur noch die durch den kalten Nebel gedämpften Geräusche des Waldes. Dann sagte Sir James: »Wir können nur hoffen, dass der Regen kommt. Wir befinden uns mitten in einer Depression, und eine Hungersnot können wir uns nicht leisten.«

»Aber ich dachte, es regnet«, sagte Rose.

»Sprechen Sie von dem bisschen heute Nachmittag?«, fragte Briggs. »Das war nur ein Tropfen auf den heißen Stein. Wenn das alles ist, können wir die Farmen hier in der Gegend vergessen. Wenn wir in Ostafrika von Regen sprechen, Lady Rose, dann meinen wir *Regen*.«

»Sie müssen wissen«, erklärte Sir James, »hier gibt es keine Jahreszeiten wie in Europa. Hier gibt es nur Regenzeiten und Trockenzeiten. In Europa sät man und erntet später. In Britisch-Ostafrika sät man, aber eine Ernte gibt es nicht unbedingt.«

»Sie wissen viel über das Land, Sir James. Sind Sie schon lange hier?«

»Ich bin hier geboren, in Mombasa an der Küste. Meine Mutter war Missionarin und mein Vater eine Art Abenteurer. Sie waren so verschieden wie Tag und Nacht. Man hat mir erzählt, ihre Liebe sei eine Art Märchen gewesen.«

Grace sah ihn an. Sir James besaß ein faszinierendes Profil, eine große gerade Nase und kantige, eingefallene Wangen. »Das klingt romantisch«, sagte sie.

»Mein Vater war ein Entdecker. Im Sudan lernte er Stanley kennen, und zu David Livingstones Begräbnis war er in London. Etwas an diesen beiden Männern ließ meinen Vater nicht los. Er kam mit dem Traum nach Afrika, den Schwarzen Kontinent zu erschließen.«

»Hat er es getan?«

Sir James griff nach dem Champagnerglas. »In mancher Hinsicht, ja. Er hat als einer der ersten Weißen dieses Land betreten. Das war vor kaum mehr als dreißig Jahren. Als die Eingeborenen ihn sahen, liefen sie voll Angst davon. Sie kannten nur Menschen mit schwarzer Haut.«

»Wie hat Ihr Vater ihnen die Angst genommen?«

»Er war klug. 1902 machte er eine Safari in diese Gegend, und die ansässigen Kikuju versperrten ihm den Weg. Sie erklärten, er könne nicht weiterziehen, wenn er keinen Regen bringe. Er ließ durch einen Dolmetscher erklären, er halte das für einen vernünftigen Preis, kehrte in sein Lager zurück und wartete. Kurze Zeit später kam der Regen, und man schrieb das ganz allein meinem Vater zu.«

Grace lachte. »Haben Sie ihn auf solchen Reisen begleitet?«

»Nicht als Junge. Er war zu sehr von seiner Suche nach Unsterblichkeit in Anspruch genommen, um sich mit einem Kind abzugeben. Mein Vater behauptete, das Great Rift Valley entdeckt zu haben, aber die Ehre ging an einen anderen. Er träumte davon, dass etwas Großes nach ihm benannt würde, aber er hat es nie zu Ruhm gebracht. Deshalb wurde er Großwildjäger, und *dann* habe ich ihn auf Safaris begleitet.«
Lady Rose sagte: »Sir James, ich habe mich gefragt, weshalb es ›Safari‹ heißt. Was bedeutet das eigentlich?«
»Safari ist das Suaheli-Wort für Reise.«
Die Gazellenkoteletts wurden serviert, und Grace dachte über den Mann an ihrer Seite nach. Sir James beeindruckte sie; er repräsentierte etwas Geheimnisvolles und Aufregendes. »Haben Sie Ostafrika je verlassen, Sir James?« Er lächelte sie wieder schüchtern an, als mache ihn etwas befangen. »Bitte nennen Sie mich James«, bat er, und Grace erinnerte sich an einen von Valentines Briefen, in denen er geschrieben hatte, James Donald, der eine Rinderranch in der Nähe von Nanyuki besaß, sei für seine Taten im Krieg geadelt worden.
»Ich war nur einmal in England«, erwiderte er. »1904, damals war ich sechzehn. Mein Vater war gestorben, und ich lebte bei einem Onkel in London. Ich blieb sechs Jahre dort, aber ich musste wieder hierher zurück. England war zu zahm, zu sicher, zu durchschaubar.«
»Und wie gut, dass er zurückgekommen ist«, sagte Briggs und wischte seinen Teller mit Brot aus. »Beim Feldzug gegen die Deutschen war Sir James mit seinen guten Kenntnissen der Eingeborenen und des Buschs von unschätzbarem Wert.«
»Bitte keine Kriegsgeschichten«, erklärte Valentine energisch.
Aber Briggs fuhr fort: »Jede Geschichte von einem Mann, der einem anderen das Leben rettet, ist es wert, erzählt zu werden.« Grace erinnerte sich an einen anderen Brief ihres Bruders, in dem er schrieb: ›Ich habe beschlossen, in der Nähe der Donald-Ranch Land zu kaufen. Ich habe James auf dem Feldzug kennen gelernt.‹
Grace wusste nichts über die Aktivitäten ihres Bruders während des Kriegs in Ostafrika. Er war als Offizier mit General Smuts hierher gekommen, hatte sich in das Land verliebt und beschlossen, sich hier niederzulassen. Grace spürte die Verlegenheit, die kurz in der Luft lag, und ahnte, dass die Freundschaft zwischen Valentine und Sir James durch besondere Tapferkeit und Opferbereitschaft begonnen hatte. Da jedoch keiner der beiden darüber spre-

chen wollte, konnte Grace nur Vermutungen darüber anstellen, weshalb ihr Bruder unerklärlicherweise gereizt auf dieses Thema reagierte. Wollte er nicht an seine monumentale Schuld gegenüber Sir James erinnert werden?
»Sie sind also Ärztin, Miss Treverton«, sagte District Officer Briggs. »Sie werden alle Hände voll zu tun haben, so viel kann ich Ihnen versprechen. Wie Ihr Bruder sagt, wollen Sie eine Art Mission aufbauen. Mir scheint, wir haben genug von solchen Einrichtungen im Distrikt. Ich habe nie verstanden, warum alle Welt die Nigger unbedingt bilden will.«
Grace lächelte kühl, wandte sich an Sir James und sagte: »Ich nehme an, Sie kennen die Einheimischen in diesem Gebiet sehr gut. Vielleicht können Sie mir verraten, wie ich ihr Vertrauen gewinnen kann.«
Valentine antwortete für seinen Freund. »Niemand kennt die Kikuju so gut wie James. Der Stamm von Häuptling Koinange hat seinen Vater zum Blutsbruder gemacht. Er hat an geheimen Ritualen teilgenommen. Sie nannten ihn *Bwana Mkubwa*, das heißt, ›großer Boss‹. Sie haben sogar für James einen Spitznamen.«
»Welchen?«
»Sie nennen ihn *Murungaru*. Das bedeutet ›aufrecht‹. Zweifellos wegen seiner äußeren *und* inneren Haltung.« Valentine bedeutete einem Diener abzuräumen. »Die Eingeborenen kennen ihn also ebenso gut wie er sie!«
»Sind sie hier in der Gegend friedlich?«
»Wir haben keine Probleme mit ihnen«, erwiderte Sir James. »Die Kikuju waren ein sehr kriegerisches Volk, aber wir Briten haben das abgestellt.«
»Den Speer dort drüben«, sagte Valentine und wies zur Zeltwand, »hat mir Mathenge, der Häuptling hier, geschenkt. Er ist mein Aufseher.«
»Sind sie wirklich friedlich?«
Sir James legte den Kopf zur Seite. »Das kann ich nicht sagen. Nach außen scheinen sie unsere Herrschaft hinzunehmen. Aber man weiß nie, was ein Afrikaner denkt. Als Männer wie mein Vater hierher kamen, lebten die Eingeborenen wie die Menschen in der Steinzeit. Sie kannten kein Alphabet, kein Rad, betrieben nur rudimentär Landwirtschaft und lebten, wie ihre Vorfahren es seit Jahrhunderten getan hatten. Erstaunlicherweise hatten diese Menschen nicht einmal die Lampe erfunden, selbst nicht in der einfachsten Form, wie die alten Ägypter sie kannten. Jetzt versuchen die Missionare, diese Stämme Hals über Kopf in das zwanzigste Jahrhundert zu bringen. Der Afrikaner lernt plötzlich Lesen und Schreiben, Schuhe tragen und mit Messer und Gabel essen. Man erwartet von ihm, dass er wie ein

Engländer denkt und handelt. Aber hinter einem Engländer liegt eine Entwicklung von zweitausend Jahren. Wer kann sagen, wozu das alles führt? In fünfzig Jahren werden wir vielleicht bedauern, den Afrikanern eine so komprimierte Erziehung aufgezwungen zu haben. Vielleicht werden eines Tages Millionen zivilisierter Afrikaner die Herrschaft einer Hand voll Weißer plötzlich ablehnen. Dann gibt es einen schrecklichen Krieg und viel Blutvergießen.«

Sir James schwieg und drehte langsam sein Glas auf dem Spitzentischtuch. Dann sagte er noch ruhiger: »Vielleicht wird es nicht einmal so lange dauern.« Alle blickten auf das sich drehende Glas, dessen Facetten im Kerzenlicht funkelten und in dem der blassgelbe Champagner perlte.

Dann erklärte Valentine energisch: »Das wird nie geschehen« und bedeutete den Dienern mit einer Handbewegung, das Dessert zu servieren.

Man brachte Schalen mit Obst und ein großes Stück Käse. Briggs bediente sich zuerst. Er sagte: »Die Nigger sind schon merkwürdig. Sie haben eine völlig andere Vorstellung von Schmerz und Tod als wir. Nichts bringt sie aus der Ruhe. Sie haben von Geburt an gelernt, keine Schwäche zu zeigen. Und sie nehmen alles so verdammt gelassen hin. Krankheit, Tod, Hungersnot – alles ist *Shauri ya mungu*, der Wille Gottes.«

»Sie glauben an einen Gott?« Grace stellte diese Frage an Sir James.

»Die Kikuju sind sehr fromm. Sie beten Ngai an, den Schöpfer der Welt, den Gott der Klarheit. Er lebt auf dem Mount Kenia und unterscheidet sich nicht sehr von einigen Versionen Jehovas.«

»Welch eine Blasphemie«, murmelte Valentine.

Sir James lächelte. »Die Kikuju sind nicht polytheistisch. Sie müssen nicht viel aufgeben, um Christen zu werden, und sie haben viel dadurch zu gewinnen. Deshalb sind die Missionare so erfolgreich.«

»Das klingt, als seien die Kikuju ein sehr einfaches Volk.«

»Ganz im Gegenteil. Viele Weiße lassen sich täuschen und begehen den Fehler, das zu glauben. Die Kikuju sind in ihrem Denken sehr vielschichtig, und der Aufbau ihrer Gesellschaft ist höchst differenziert. Es würde Stunden dauern, etwa ihre Tabus aufzuzählen.«

»Gib dir nicht die Mühe«, sagte Valentine und griff nach der dritten Flasche Champagner. Seine Augen schienen zu glühen und richteten sich immer wieder auf Lady Rose.

»James, Sie haben mir heute Nachmittag von Wachera, der Medizinfrau dieser Gegend, erzählt. Ist sie so etwas wie ein Häuptling?«, fragte Grace.

»Um Himmels willen, nein. Die Frauen der Kikuju sind keine Führerinnen. Sie gelten kaum als Menschen. Sie sind der Besitz der Männer. Die Väter verkaufen ihre Töchter, und die Ehemänner kaufen sie. Das Kikuju-Wort für Ehemann bedeutet ›Besitzer‹, und *Murume*, das Wort für Mann, bedeutet ›mächtig‹, ›Gegenstand großen Lobs‹, ›Herr und Meister‹. Das Kikuju-Wort für Frau ist *Muka*. Es bedeutet ›ein unterworfener Mensch‹, ›Heulsuse‹ und ›Angsthase‹. *Muka* bedeutet auch ›Feigling‹ und ›wertloser Gegenstand‹«

»Wie schrecklich.«

»Vorsicht«, sagte Valentine, »meine Schwester wird sofort versuchen, sie alle zu Suffragetten zu machen.«

»Die Kikuju-Frauen sind mit ihrem Los zufrieden«, sagte Sir James. »Sie betrachten es als Ehre, den Männern zu dienen.«

»Aufgepasst, Schwesterherz«, rief Valentine, »da kannst du noch etwas lernen.« Er legte die Hände auf den Tisch. »Ich bin sicher, die Damen werden es uns verzeihen, wenn wir den Kaffee hier nehmen. Leider haben wir kein Rauchzimmer für die Herren.«

»Ach je«, sagte Lady Rose, »Ihr werdet doch nicht rauchen?«

Er drückte ihre Hand. »Wir sind doch keine Wilden, Liebes. In Afrika muss man zu Opfern bereit sein. Wir werden auf die Zigarren verzichten.«

Von ihrem Platz auf der anderen Seite des Tischs beobachtete Grace, wie Rose auf Valentines Berührung reagierte. Sie sah die geweiteten Pupillen und die roten Wangen. Als Valentine sich zurücklehnen wollte, legte Rose ihre Hand auf seine, und in ihren Augen lag Verlangen. »Liebling«, sagte sie etwas atemlos. Der Champagner begann zu wirken. »Glaubst du, wir können nach Nyeri zurück und in diesem hübschen kleinen Hotel wohnen?«

»Du meinst das WHITE RHINO HOTEL? Nicht um alles in der Welt, mein Liebling. Dort sind die Wände so dünn, dass du die Gedanken des Mannes im Nachbarzimmer hörst.«

»Aber wenn du wüsstest, wie viel lieber ich dort wohnen würde, bis BELLA TWO gebaut ist.«

»Unmöglich, mein Liebling. Ich kann diese Affen keinen Moment aus den Augen lassen, sonst arbeiten sie nicht. Sobald ich ihnen den Rücken kehre, rennen sie in den Wald und trinken.«

Der zweifelnde Ausdruck in Lady Roses Gesicht wich, als man die silberne Kaffeekanne brachte und die Tassen aus Knochenporzellan auf den Tisch gestellt wurden. Sie lächelte dem afrikanischen Diener freundlich zu, der weiße Handschuhe trug und sie mit *Memsaab* anredete. Das Abendessen war tadellos; sogar das richtige Besteck war aufgedeckt worden, und das Grammophon spielte Debussy. Der Champagner stieg Rose in den Kopf. Man hatte sie vor der Höhe gewarnt, aber daran dachte sie nicht mehr, denn sie hatte bereits zu viele Gläser getrunken. Aber auch das bekümmerte sie nicht. Rose überließ sich der inneren Wärme, und sie genoss die köstlichen Regungen ihres Körpers. Ihre Schlafzimmerängste waren wie weggeblasen; sie hoffte, Valentine würde sie heute Nacht in ihrem Zelt besuchen.

Ihr Mann sagte gerade: »Weißt du, dass das Wort Kaffee von dem arabischen Wort *Gahweh* kommt und ursprünglich ›Wein‹ bedeutete?« Sir James fragte Grace: »Wann können Sie zu uns auf die Ranch kommen? Lucille möchte Sie unbedingt kennen lernen.«

»Wann es Ihnen recht ist, James. Ich werde sofort beginnen, mein Haus unten am Fluss zu bauen.«

»Wir werden sehen, wie das Wetter sich entwickelt. Vielleicht werde ich Sie nächste Woche abholen.«

»Ich entbinde Ihre Frau gerne, wenn Sie jemanden schicken.«

»Darauf können Sie sich verlassen.« Er sah Grace lange und nachdenklich an. Dann sagte er: »Wenn ich mich doch morgen früh bei Tagesanbruch nicht auf den Weg machen müsste. Hier ist es immer etwas ganz Besonderes, jemanden kennen zu lernen. Aber mir machen ein paar Kühe Sorgen, und ich weiß nicht, was ihnen fehlt.«

»Gibt es keinen Tierarzt?«

»In Nairobi schon. Aber ich habe ihn seit Wochen nicht mehr zu sehen bekommen. Er hat ein schrecklich großes Gebiet. Ich werde Blutproben zur mikroskopischen Untersuchung nach Nairobi schicken müssen.«

»Ich habe ein Mikroskop mitgebracht, wenn Ihnen das etwas nützt.«

Sir James bekam große Augen. »Sie haben ein Mikroskop? Meine liebe Frau!« Er griff nach ihrer Hand. »Sie sind ein Geschenk Gottes. Darf ich es vielleicht ein paar Tage ausleihen?«

»Natürlich«, sagte sie und blickte auf die starke, sonnengebräunte Hand, die ihre hielt und Jeremys Ring verdeckte.

Ein Schrei gellte durch die Nacht. Der Wald explodierte in einer Kakophonie von Kreischen und Jaulen. »Was zum Teufel war das?«, rief Valentine und sprang auf.

Ein zweiter gespenstischer Schrei ernüchterte die Gesellschaft im Zelt. Valentine stürzte hinaus, Briggs und James folgten ihm auf den Fersen. Die beiden Frauen blieben am Tisch sitzen, hörten das Hundegebell, das Rufen der Afrikaner und ganz schwach ein schreiendes Baby.

»Mona!«, rief Grace, erhob sich und ging zum Zelteingang. Aber als sie hinausblickte, sah sie, dass der Aufruhr am anderen Ende des Lagers und nicht in der Nähe von Mona und dem Kindermädchen war.

Sie blickte angestrengt durch den Dunst. Männer rannten herum, Laternen wurden entzündet, die Hunde winselten und jaulten wie rasend, sodass einem das Blut in den Adern gefror.

»Was ist geschehen?«, fragte Rose hinter ihr.

»Ich weiß nicht ...« Dann sah sie Valentine, der mit großen Schritten und drohendem Gesichtsausdruck zu seinem Zelt ging. Er verschwand darin, tauchte im nächsten Augenblick jedoch mit einer Peitsche auf.

»Valentine?«, rief sie.

Er reagierte nicht.

Grace versuchte, durch die Nebelschwaden hindurch etwas zu sehen, um herauszufinden, was vorging. Die Hunde tobten; trotz scharfer Befehle beruhigten sie sich nicht. Über allem hörte sie die tiefe laute Stimme von Lord Treverton, der Befehle gab.

Grace verließ das Zelt. Die Stimmen der Männer verstummten, und man hörte schließlich nur noch das Winseln der Hunde. Grace ging zitternd durch den Nebel, der Atem verwandelte sich in eine weiße Wolke vor ihrem Mund. Sie hörte einen Knall wie ein Gewehrschuss und begriff, es war die Peitsche.

Jetzt rannte sie, ohne zu bemerken, dass Lady Rose ihr folgte. Als Grace das Vorratszelt umrundet hatte, blieb sie wie angewurzelt stehen.

Die Männer – Afrikaner in Khaki-Shorts, Diener in *Kanzus* und die drei Weißen – bildeten einen Kreis. An einem Baum in der Mitte war ein junger Kikuju so festgebunden, dass er der klatschenden Peitsche den Rücken darbot. Der Junge zuckte nicht und gab auch keinen Laut von sich, als die Peitsche einen roten Streifen auf seiner Haut hinterließ.

Grace starrte voll Entsetzen auf die Szene.

Valentine hob mit versteinertem Gesicht die Peitsche. Sie sah durch das Hemd hindurch, wie sich seine Schultermuskeln spannten. Er hatte die Frackjacke ausgezogen, sein Rücken war feucht von Dunst und Schweiß. Er schlug mit voller Kraft zu. Der Junge umklammerte den Baum so unbewegt, als sei er aus schwarzem Holz geschnitzt. Valentine stellte sich breitbeiniger hin, hob den Arm noch einmal, und das Licht der Laternen fiel kurz auf seine schwarzen Augen. Grace entdeckte darin eine seltsame Leidenschaft, eine Macht, die sie ängstigte.

Als er zuschlug, schrie sie auf.

Er reagierte nicht. Er hob die *Kiboko,* laut zischend fuhr sie noch einmal durch die Luft und hinterließ wieder einen roten Streifen.

Grace sprang vor. »Valentine! Hör auf!« Als sie ihm in den Arm fiel, stieß er sie zurück. Sir James fing sie auf, und sie fuhr ihn an. »Wie können Sie das zulassen?«

Briggs antwortete: »Der Junge hatte die Pflicht, den Hundezwinger zu bewachen. Aber er hat sich betrunken und ist eingeschlafen. Ein Leopard ist in den Zwinger gesprungen und hat einen der Jagdhunde gerissen.«

»Aber es war doch nur ein *Hund!*«

»Darum geht es nicht. Er hätte ebenso gut die Pflicht haben können, Sie oder das Kindermädchen und das Baby zu bewachen. Was dann? Es muss ein Exempel statuiert werden. Ohne Disziplin könnten wir auf der Stelle zusammenpacken und nach England zurückkehren.«

Die Peitsche sauste zum letzten Mal durch die Luft, dann rollte Valentine sie zusammen. Sir James reichte ihm die Frackjacke. Valentine sagte zu seiner Schwester: »Es musste sein, Grace. Ohne Gesetz und Ordnung würden wir in diesem gottverlorenen Land alle untergehen. Wenn du dich damit nicht abfinden kannst, hast du in Afrika nichts verloren.«

Er drehte sich um und ging davon. Ein Diener rannte mit einer Schüssel voll Wasser und Tüchern zu dem Jungen. Der Kreis löste sich auf. Grace sagte: »Brutalität und Grausamkeit sind nicht nötig.«

Sir James erwiderte: »Sie verstehen nur diese Sprache. Diese Menschen halten Freundlichkeit für Schwäche, und Schwäche verachten sie. Ihr Bruder hat Stärke und Männlichkeit bewiesen, und deshalb werden sie ihn achten.«

Wütend wandte Grace sich ab und sah zu ihrer Überraschung im Dunst eine Gestalt neben dem Vorratszelt. Lady Rose stand wie erstarrt, und die Augen in ihrem blassen Gesicht wirkten wie wässrige Flecken. »Komm wieder hinein, Rose«, sagte Grace und ergriff ihren Arm. »Du zitterst ja.«

Die Wärme des Champagners war verflogen. Das Gesicht hatte sich wieder in kaltes Elfenbein verwandelt. »Denk an dein Versprechen, Grace«, flüsterte Rose. »Er darf mich nicht berühren. Valentine darf nicht in meine Nähe kommen ...«

6

Womit hatten die Kinder Mumbis den Zorn Ngais heraufbeschworen? Der Herr der Klarheit ließ es nicht regnen. Im Kikuju-Land herrschte Trockenheit, und bald würde es eine Hungersnot geben, die die bösen Geister der Krankheit brachten.

Es war ein ungewöhnlich heißer Tag, und die junge Wachera schwitzte bei der Arbeit im Wald. Sie war nicht allein. Einen Speerwurf weiter sammelte die alte Wachera gebückt Heilkräuter und Wurzeln. Mit den zahllosen Perlenketten, den Arm- und Fußreifen entstand bei den Bewegungen Musik. Die beiden Frauen sammelten Lantanablätter und die Rinde des Dornenbaumes. Die Blätter benutzte man, um Blut zu stillen, die Rinde bei Magenbeschwerden. Die alte Wachera hatte ihrer Enkelin gezeigt, wie man diese zauberkräftigen Pflanzen erkannte, sammelte, zu Medizin verarbeitete, und wie man sie anwendete. Das geschah genau so wie zur Zeit ihrer Vorfahren; auch damals waren Medizinfrauen in den Wald gegangen und hatten wie diese beiden Heilpflanzen gesucht und gesammelt. Die Großmutter hatte der jungen Wachera gesagt, die Erde sei die GROSSE MUTTER. Von ihr kam alles, was gut war: Nahrung, Wasser, Medizin und sogar das Kupfer, mit dem sie ihre Körper schmückten. Die GROSSE MUTTER musste verehrt werden, und deshalb sangen die beiden Wacheras bei der Arbeit heilige Zaubersprüche für die Erde.

Äußerlich wirkte die Großmutter gelassen und heiter. Sie war eine anmutige ältere Afrikanerin und trug, wie es sich gehörte, weiche Ziegenfelle; ihr Kopf war kahl geschoren und glänzte in der heißen Sonne. Ihre geschickten braunen Finger bewegten sich flink zwischen den Blättern und Zweigen, sortierten, verwarfen und pflückten. Ihre klugen alten Augen unterschieden sofort gute Heilkräuter von schlechten. Die heiligen Sprüche klangen wie ein Lied, wie eine unbeschwerte Melodie. Ein zufälliger

Beobachter hätte geglaubt, diese Frau kenne keine Sorgen und habe keinen Gedanken im Kopf.

In Wirklichkeit beschäftigten die alte Wachera schwerwiegende und komplizierte Gedanken. In der Art, wie ihre Finger sich zwischen den Pflanzen bewegten, so prüfte und löste sie Probleme: eine Heilung von Gachikus Unfruchtbarkeit, ein Rezept für Wanjoros Liebestrank, Vorbereitungen für die kommenden Initiationsriten, der Ablauf der Zeremonie, mit der der Regen beschworen wurde. In guten Zeiten dankte und pries der Stamm den Gott der Klarheit; in schlechten entstand ein ausgetretener Pfad zur Hütte der Medizinfrau.

Erst an diesem Morgen war Herrin Nyagudhii, die Töpferin des Stammes, erschienen. Sie klagte darüber, dass ihre Töpfe unerklärlicherweise zerbrachen. Wachera hatte ihren Beutel der Fragen geholt und die sprechenden Stäbe zu Füßen der Frau geworfen. Aus ihnen hatte sie gelesen, dass ein Tabu gebrochen worden war. Ein *Mann* hatte sich dort aufgehalten, wo Nyagudhii ihre Töpfe formte. Die Herstellung von Töpfen war Sache der Frauen, denn die erste Frau hieß Mumbi, und das bedeutete: »Sie, die Töpfe macht.« Der ganze Vorgang lag von Anfang bis Ende, vom Graben des Tons, dem Formen und Trocknen der Töpfe, vom Brennen bis zum Verkaufen ausschließlich in den Händen von Frauen. Das Gesetz der Kikuju verbot jedem Mann, etwas zu berühren, was mit dieser Arbeit in Zusammenhang stand, und er durfte auch beim Entstehen der Töpfe zu keiner Zeit anwesend sein. Das rätselhafte Zerspringen von Nyagudhiis neuen Töpfen konnte nur bedeuten, dass ein Mann bewusst oder unbewusst den tabuisierten Boden betreten hatte. Nun musste eine Ziege am heiligen Feigenbaum geopfert und der Töpferplatz rituell gereinigt werden.

Aber am schwersten lastete die Trockenheit auf der alten Wachera. Was war die Ursache dafür? Wie konnte man Ngai versöhnen und den Regen rufen? Sie betrachtete die spärliche Ausbeute in ihrem Korb. Ein paar vertrocknete Blätter, das Gras war so trocken wie Stroh, und ein bisschen bröckelnde Rinde. Die Medizin würde schwach sein, und wieder einmal würde Krankheit über das Land der Kikuju kommen. Die Erde unter ihren nackten Füßen war staubig und rissig. Die GROSSE MUTTER schien sich nach Wasser zu sehnen. Auf den Feldern am Dorf war der Mais verdorrt und vertrocknet, die Hirsevorräte waren zu Staub verfallen, die Bäume warfen Blätter ab und ließen bekümmert die Zweige hängen. Die alte Wachera dachte wieder an die ununterbrochen weiter gehenden Arbeiten am Steilhang über dem Fluss: Große eiserne Ungeheuer warfen Bäume um und entwurzelten die Stümpfe. Ochsen zogen riesige Metallklauen über das Land, rissen den Boden auf und verwundeten die Erde. Der weiße Mann auf dem Pferd bedrohte die Söhne Mumbis mit der Peitsche, während sie wie Frauen unter dem regenlosen Himmel arbeiteten! Die alte Wachera hörte die Ahnen klagen.

Sie spürte, dass auf ihrem Volk ein *Thahu* lag.

Thahu bedeutete »Schlechtigkeit« oder »Sünde«. Es war ein Fluch, der Erde und Luft verpestete; ein *Thahu* konnte bewirken, dass ein Mensch krank wurde und starb. Ein *Thahu* konnte die Ernte vernichten, Kühe und Ziegen unfruchtbar machen und Frauen böse Träume schicken. Im Wald lebten viele Geister und unsichtbare Wesen; die Kinder Mumbis wussten, sie mussten behutsam sein, um keinen Baumkobold oder den Flussgeist zu beleidigen. Sie wussten, unter dem schwarzen Mantel der Nacht verbargen sich Teufel; die guten Wesen Ngais kamen auf den Schwingen des Morgens. Überall umgab sie Magie
— in jedem Blatt, in jedem Zweig, in jedem Ruf des Webervogels und in den Nebeln, die den Gott der Klarheit verhüllten. Und da es diese zweite unsichtbare Welt mit ihren Gesetzen und Strafen gab, achteten die Kinder Mumbis darauf, sie zu verehren. Man erntete nie alle essbaren Wurzeln oder leerte den Brunnen bis auf den letzten Tropfen, zerbrach böswillig Holz oder drehte einen Stein um. Wenn man sich gegen das geistige Reich versündigt hatte, entschuldigte man sich oder versöhnte es mit einer Opfergabe. Aber wenn jemand leichtsinnig einen Verstoß beging, ohne sich gebührend zu entschuldigen, hatte das ein *Thahu* zur Folge, und die Kinder Mumbis litten unter der Strafe.

Aber was hatte den *Thahu* bewirkt?

Thahu war die stärkste Kraft auf Erden, das wussten die Kikuju. Es war schlimmer als Mord, ein Mitglied des Stammes zu verfluchen. Wer *Thahu* beschwor, wurde bei lebendigem Leib auf einem Holzstoß verbrannt; die Opfer eines *Thahus* hatten wenig Aussicht, ihm zu entrinnen. Die alte Wachera hatte erlebt, wie ein Angehöriger ihrer Familie wahnsinnig hinter einem Mann hergelaufen war und ihn voll verzehrender Eifersucht auf die große Ziegenherde ihres Onkels mit einem *Thahu* belegt hatte. Damals war die alte Wachera ein kleines Mädchen gewesen und hatte das komplizierte Ritual des Zauberers beobachtet, der versucht hatte, den Fluch aufzuheben. Vergebens. Der *Thahu* war stärker gewesen als menschliche Zauberkraft; ein ausgesprochener Fluch ließ sich selten rückgängig machen. Deshalb nahmen die Kinder Mumbis einen Fluch sehr ernst.

Als die beiden Frauen ihre Suche nach Heilpflanzen aufgaben, machten sie sich daran, Feuerholz zu sammeln. Sie banden die trockenen Äste zu großen Bündeln zusammen, nahmen sie auf den Rücken und befestigten sie mit Riemen um die Stirn. Die Last war so schwer, dass Großmutter und Enkeltochter tief gebeugt und mit zur Erde gewandten Gesichtern gehen mussten. Die Alte ging voran und balancierte die Last mit der Übung ihrer siebzig Jahre, und so zogen sie den staubigen Pfad zurück zum Dorf, das viele Speerwürfe weit entfernt lag. Der weiße Mann sagte, es seien fünf Meilen.

Beim Gehen dachte die junge Wachera an ihren Mann. Würde Mathenge heute Abend ins Dorf kommen? Sie hatte ihn zum letzten Mal gesehen, als seine dritte Frau ein Kind gebar. Nach dem Gesetz der Kikuju durfte der Ehemann das Kind erst sehen, wenn er der Frau eine Ziege geschenkt hatte. Der große, schlanke Mathenge war mit der roten Decke über einer Schulter geknotet gekommen. Er trug keinen Speer mehr, denn das Gesetz des weißen Mannes verbot es den Kriegern. Stattdessen hatte er einen langen Stab, und das verlieh ihm Würde.

Bei ihrer täglichen Arbeit – Wasser in den entfernten Wasserlöchern im ausgetrockneten Flussbett holen, das Ernten der wenigen Zwiebeln und der vertrockneten Maiskolben im Garten, das Melken der Ziegen, das Gerben der Felle, das Fegen der Hütten, das Ausbessern der Dächer – hatte Wachera ihren Mann immer wieder auf dem Hügel entdeckt. Oft saß er im Schatten eines Baumes und unterhielt sich mit anderen Kikuju-Männern. Manchmal hörte sie, wie er mit dem weißen Mann lachte. Und wenn er nach Hause kam, saß er in seiner Junggesellenhütte, die Frauen nicht betreten durften, und unterhielt seine Brüder und Vettern mit Geschichten über die neue *Shamba* des *Muzungu*.

Die Fremden machten Wachera immer neugieriger. Sie hatte öfter ihre Arbeit unterbrochen, um die seltsame *Muzungu* zu beobachten, die unten am Fluss etwas Geheimnisvolles bauen ließ. Das Ganze bestand nur aus vier Pfosten und einem Blätterdach. Die weiße Frau war erstaunlich gekleidet. Luft und Sonne konnten kein Fleckchen ihres Körpers erreichen. Sie war eingeschnürt wie ein Säugling in der Schlinge; nur der schwarze Rock hing weit und lose um die Beine und schleppte im Staub. *Bei dieser Hitze ist das eine sehr unpraktische Kleidung*, dachte die Kikuju-Frau.

Die *Muzungu* gab den Männern, Mitgliedern ihrer Sippe, Befehle. Diese Männer waren früher Krieger gewesen. Aber nun bauten sie die Hütte einer weißen Frau und nannten sie *Memsaab Daktari,* »Herrin Doktor«.
Wachera überlegte, welcher Altersgruppe die Daktari angehörte. Ihre Altersgruppe nannte man *Kithingithia,* denn man hatte sie im Jahr der Schwellkrankheit, die der weiße Mann »Grippe« nannte und sagte, das sei 1910 gewesen, den Einweihungsriten unterzogen. Sie schienen fast gleichaltrig zu sein, und die junge Wachera fragte sich, ob die *Memsaab Daktari* auch in diesem Jahr beschnitten worden war – und wenn ja, machte sie das zu Blutschwestern?
Die junge Wachera wunderte sich auch über die *Memsaab,* weil sie eindeutig eine der Frauen des weißen Mannes war, aber keine Kinder hatte. Das ganze Dorf sprach über den großen Reichtum von Bwana Lordy – man musste nur an die Größe der *Shamba* denken, für die er den Wald rodete. Außerdem hatte er sieben Frauen. Die Kikuju wussten nicht, dass sie dabei Lord Trevertons Schwester, die Zofe seiner Frau, Monas Kindermädchen, zwei Hausmädchen, eine Näherin und eine Köchin mitzählten, die alle aus England gekommen waren. Die Afrikaner sagten:»Er hat so viele Frauen, aber nur ein *Toto,* nur ein Baby. Und keine der Frauen hatte einen dicken Bauch! Sind die Frauen unfruchtbar? Warum gibt er sie nicht ihren Vätern zurück?« Sie waren doch nutzlose Wesen. Ganz sicher war hier ein Unglück am Wirken. *Bwana* Lordy wäre klug beraten, sich einen großen Zauberer zu suchen. Noch etwas an der neuen *Bwana* verwirrte die junge Wachera. Sie wusste, es hatte zwischen zwei *Wazungu*-Stämmen einen großen Krieg gegeben, der acht Ernten gedauert hatte. *Bwana* Lordy war aus dem Krieg zurückgekommen, hatte seine Stoffhütten aufgestellt und rodete mit den eisernen Ungeheuern den Wald. Jetzt waren seine Frauen gekommen; sehr wahrscheinlich waren einige von ihnen Kriegsbeute. Aber ... wo waren die Rinder? Welcher Krieger kam ohne die Rinder des Feindes nach Hause zurück?
Wacheras Gedanken verließen den weißen Mann und richteten sich wieder auf Mathenge.
Wie konnte sie ihn bewegen, zu ihr zurückzukommen? Trotz der kärglichen Ernte und der mageren Ziegen würde sie ihm ein Festmahl bereiten. Sie würde ihm den letzten guten Wein geben, sich nicht beklagen und unterwürfig sein. Wenn er doch nur kommen würde! Sie überlegte, ob sie ihre Großmutter um einen Liebestrank bitten sollte, den sie Mathenge heim-

lich geben konnte. Aber sie wusste, die alte Frau hatte sich um Wichtigeres zu kümmern.

Es würde unter dem heiligen Feigenbaum ein Regenopfer stattfinden.

Die junge Wachera erinnerte sich daran, wie dieses Ritual zum letzten Mal vollzogen worden war; damals hatte sie daran teilgenommen. Nur saubere und unbescholtene Mitglieder des Stammes durften dabei mitwirken: die Alten, die jedes weltliche Verlangen hinter sich gelassen hatten und nur an geistige Dinge dachten; Frauen, die keine Kinder mehr bekamen und deshalb keine Lust mehr schenkten, und Kinder, denn sie waren rein im Herzen und nicht befleckt von der Sünde.

Das Ritual war am Fuß des Feigenbaumes vollzogen worden, um den sich die Hütten von Wacheras kleinem Dorf drängten. Man hielt ihn für einen uralten Baum, und er hatte seinen Segen unter Beweis gestellt, als er die Familie vor Krankheit und Hunger bewahrte, als Wachera über den Fluss gezogen war. Die junge Wachera zweifelte nicht daran, dass die Ahnen, die in dem ehrwürdigen Feigenbaum lebten, nach der Zeremonie Regen schicken würden.

Die beiden Frauen erreichten den Fluss und folgten dem Rinnsal zu ihrem Dorf am Nordufer. Als sie unter den Bäumen hervorkamen, stieß die alte Wachera einen Schrei aus. Ein riesiges eisernes Ungeheuer mit einem Mann auf dem Rücken schob die Hütte der dritten Frau zusammen.

Die alte Wachera schrie den Mann auf dem Ungeheuer an — ein Massai in Khaki-Shorts, der sie nicht beachtete, die junge Wachera jedoch interessiert betrachtete. Das eiserne Ungeheuer knurrte und schnaubte und zermalmte die Hütte unter sich. Die Großmutter stellte sich ihm entschlossen in den Weg, und der Massai war gezwungen, das Tier anzuhalten und sein Gebrüll verstummen zu lassen.

»Was tust du da?«, fragte sie.

Der Mann antwortete zuerst auf Massai, dann auf Suaheli und schließlich auf Englisch. Die beiden verstanden nichts von all dem. Dann sagte er: »Mathenge« und deutete zum Hügel hinauf.

Dort blickte der große Krieger auf sie hinunter. Neben ihm stand der weiße *Bwana*.

7

»Entschuldigung, *Memsaab Daktari*«, sagte der Kikuju-Aufseher, »ein eckiges Haus bringt Unglück. In den Ecken werden böse Geister leben. Nur ein rundes Haus ist sicher.«
Grace blickte über die Lichtung, wo nach sieben Monaten endlich die Arbeit an ihrem Cottage begann, und sagte geduldig: »Schon gut, Samuel. Ich habe lieber ein eckiges Haus.«
Er ging kopfschüttelnd davon. Samuel Wahiro war zwar ein christianisierter Kikuju und einer der wenigen, die europäische Kleider trugen und Englisch sprachen, doch das Verhalten der Weißen verwirrte ihn völlig.
Grace sah ihm nach und dachte dabei, welche wandelnden Widersprüche diese konvertierten Afrikaner waren. Sie schienen völlig verwestlicht zu sein, aber in ihren Köpfen und Seelen wurzelte immer noch der Aberglaube der Kikuju.
Sie stand vor den ersten Anfängen ihres kleinen Hauses, und freudige Erregung überkam sie. Als sie im März ihr Zelt in Valentines Lager bezog, hatte sie nicht geglaubt, dass es so lange dauern würde, bis sie ein eigenes Haus hatte. Aber alles schien sich dagegen verschworen zu haben: Die Trockenheit machte es notwendig, dass Valentine alle Arbeitskräfte auf den Kaffeefeldern einsetzte; häufige Feste der Kikuju und Trinkgelage hatten dazu geführt, dass die Arbeiter tagelang fehlten; und wenn sie schließlich arbeiteten, taten sie es so langsam und zum Aus-der-Haut-Fahren unbritisch. Aber ihre kleine Krankenstation stand schließlich doch – vier Pfosten mit einem Blätterdach, eine große, eckige Lehmhütte für Patienten, die sie beobachten wollte. Jetzt konnte die Arbeit an ihrem Haus beginnen.
Sie hatte den Arbeitern einen einfachen Plan gezeichnet und kam jeden Morgen aus dem Lager herunter, um dafür zu sorgen, dass sie anfingen. Dann zerriss das unablässige Hämmern und Sägen die frühmorgendliche Stille am Fluss: Balken wurden zurechtgeschnitten und gehobelt, das Fun-

dament ausgehoben, Türen gezimmert. Das Erdgeschoss von BELLA TWO oben auf dem Hügel stand bereits, und inzwischen arbeitete ein Trupp beinahe Tag und Nacht am ersten Stockwerk. Der Lärm der beiden Baustellen war so ohrenbetäubend, dass Grace glaubte, die Bautrupps versuchten, sich an Lautstärke zu übertreffen.

Sie blickte den Lehmweg entlang, der den Hang herunterführte. Sir James hatte versprochen, sie kurz nach Sonnenaufgang mit seinem neuen Wagen abzuholen, und es war schon beinahe sieben.

Grace fuhr nach Nairobi zu dem Leiter der Gesundheitsbehörde. Sie wollte mit ihm besprechen, was zu tun sei, um die Afrikaner über Hygiene und Ernährung aufzuklären. Nach ihrer Ankunft vor sieben Monaten war Treverton mit einem Dolmetscher zu den Einheimischen gegangen. Zu ihrem Entsetzen und Erschrecken sah sie den schlechten Gesundheitszustand; die Menschen schliefen bei den Ziegen, und *Fliegen!,* überall wimmelte es von Fliegen. Grace war mit einer Kiste voller Medikamente, Instrumente und Verbandszeug nach Ostafrika gekommen. Aber angesichts der schwerwiegenden Unterernährung, der endemischen Krankheiten und des ganz allgemein erschreckenden Zustands der Menschen war das alles wenig von Nutzen. Das hatte sie inzwischen begriffen.

Hier würde ihre Arbeit bei den Kikuju beginnen, beschloss sie – nicht in der Krankenstation mit den Zungenspateln und Thermometern, sondern in den Dörfern und an den Kochstellen. Man musste den Afrikanern beibringen, dass ihre Lebensweise und nicht böse Geister die Ursache von Krankheit und Leiden waren.

Der Leiter der Gesundheitsbehörde hatte Grace in einem Brief zwar geschrieben, es gebe nicht genug ausgebildete Leute, und sie sei in diesem Gebiet ganz auf sich gestellt. Doch jetzt fuhr sie nach Nairobi und wollte versuchen, trotzdem Hilfe zu bekommen.

Sie hörte das Brummen eines Motors und sah die Staubfahne hinter dem Auto von Sir James. Hinten saßen vier Afrikaner; sie würden dem großen Wagen einen Weg freischlagen, ihn durch sumpfige Stellen und über Hindernisse hinwegmanövrieren und in den gesetzlosen Straßen Nairobis bewachen. Mit etwas Glück würden sie das neunzig Meilen entfernte Nairobi bei Sonnenuntergang erreichen.

Als Grace sich neben Sir James auf den Beifahrersitz setzte, bemerkte sie die junge Afrikanerin – die Enkeltochter der Medizinfrau. Sie stand am Rand der neuen Lichtung und beobachtete sie.

Die Pferde jagten mit donnernden Hufen und im gestreckten Galopp über den Hügel. Die Reiter standen mit vorgebeugtem Oberkörper in den Steigbügeln und lenkten sie geschickt mit Zügel und Schenkeldruck. Lord Treverton befand sich fast an der Spitze – eine blendende Erscheinung in dem scharlachroten Jackett aus der Savile Row, der weißen Reithose und schwarzem Zylinder. Er glaubte, auf dem Dach der Welt zu reiten. Es war ein kühler, frischer Morgen. Der Tau lag wie eine glitzernde Decke auf dem braungelben Gras. Sein Puls raste; er *lebte*. Er fühlte sich unbesiegbar.
Brigadier Norich-Hastings, der Jagdherr, ritt an der Spitze und folgte einer Meute von vierzig Hunden; neben ihm ritt der Aufseher der Jagdhunde, ein Kikuju namens Kipanja. Er trug zwar ein rotes Hemd und eine schwarze Reitmütze, aber er ritt barfuß. Kipanja lenkte die Hunde mit der Stimme – Norich-Hastings hatte ihm die traditionellen »Rufe« dieses Sports beigebracht – und mit dem kupfernen Jagdhorn. Drei Piköre hielten die Meute zusammen. Es waren ebenfalls Afrikaner in den privilegierten rot und weißen Jagdanzügen. Auch sie ritten barfuß. Ihnen folgten die Gäste von Brigadier Norich-Hastings, die »elegante Welt« von Britisch-Ostafrika. Sie jagten über die Athi-Ebene bei Nairobi, als seien es englische Wiesen. Die Jagd wurde in allen Einzelheiten bis hin zu den Stallburschen, den *Second Horsemen, Terrier Men* und *Earth Stopper* der Tradition entsprechend durchgeführt – mit einer kleinen Ausnahme: Sie jagten keinen Fuchs, sondern einen Schakal.
Sie hatten sich im Morgengrauen auf dem Rasen von Brigadier Norich-Hastings' Haus versammelt, wo heißer Tee und Teekuchen serviert worden waren. Der Jagdherr gab die Jagd frei, und die Hunde schossen auf der Suche nach der Beute los. Als sie die Spur des Schakals aufnahmen, erscholl lautes Gebell, und Norich-Hastings schrie: »*Tally ho!*« Die Creme der Gesellschaft von Britisch Ostafrika galoppierte hinter der Meute her, wobei manche die Flasche Champagner zu viel vom Vorabend verwünschten. Aber alle waren bester Laune und genossen das sichere Wissen, dem Rest der Schöpfung überlegen zu sein.
Valentine ritt Excalibur, seinen importierten Araberhengst. Neben ihm galoppierte Seine Exzellenz der Gouverneur, gefolgt von Graf Duschinski, einem polnischen Exilanten. Rose nahm nicht an der Jagd teil. Sie war diesmal überhaupt nicht nach Nairobi mitgekommen und hatte Valentine gebeten, zu Hause bleiben zu können. Wie sie sagte, sei sie dort vor der glühenden Septemberhitze sicher. Valentine hatte sich sehr gewünscht, sie würde

ihn begleiten, aber er bestand nicht darauf. Selbst in England hatte Rose wenig Gefallen an der Hetzjagd gefunden. Ihr Mitgefühl galt immer dem armen Fuchs. Ihre übertriebene Tierliebe erstreckte sich allmählich bereits auf verwaiste Wildtiere wie Klippschliefer und Affen, die sie zu Haustieren machte.

In der Ebene wurden die Pferde noch schneller. Aufregung und Spannung stiegen; die Gefahr wuchs. Erst am vergangenen Sonntag hatten die Hunde einen knurrenden Leoparden in einem Baum gestellt. Der Jagdherr, der immer einen Revolver bei sich trug, musste ihn erschießen. Es gab zwar keine Hecken wie in Suffolk oder tückische Bäche, über die man hinwegsetzen musste, doch die afrikanische Fuchsjagd war trotzdem nicht ohne Risiken; im Mai war das Pferd von Colonel Mayshed in das verborgene Loch eines Erdschweins gestolpert; der Reiter flog kopfüber aus dem Sattel und war auf der Stelle tot.

Inzwischen war es beinahe neun. Die Sonne stieg immer höher und stand heiß über der gelben, verbrannten Ebene. Das Ausbleiben des Regens hatte das Protektorat in ein trostloses, gottverlassenes Land mit bleichenden Skeletten, verhungernden Rindern und verdorrten Ernten verwandelt. Aber die Jagd war schön, die Gesellschaft amüsant und witzig; als Abschluss erwartete alle ein üppiges und erlesenes Frühstück.

Die Hunde blieben plötzlich stehen und wichen sogar zurück. Als die Pferde steigend und wiehernd zwischen die Meute gerieten, entdeckten die Reiter einen großen Straußenhahn, der aus dem vertrockneten Busch auftauchte. Er rannte mit gespreizten Flügeln auf die Hunde zu, die jaulend auswichen. Kipanja und der Brigadier versuchten, sie zu beruhigen, aber der Strauß machte drohende Ausfälle gegen die Meute und schüchterte sie ein.

»Da!«, rief Lady Bolson. Aus dem Buschwerk kam eine Schar kleiner Strauße. Lady Annes Gemahl, der Vicomte, griff ins Jackett, brachte eine kleine Kodak zum Vorschein und machte schnell ein Bild.

Im nächsten Augenblick tauchte die Straußenhenne auf. Die beiden Eltern trieben die Jungen zusammen; die Familie lief schnell davon und zurück blieben ein Knäuel aufgeregter Hunde und lachende Reiter. Die Jagd war zu Ende.

Auf der Veranda von Brigadier Norich-Hastings' Haus in der Sisal-Plantage standen viele Tische. Porzellan, Kristall und weiße Tischtücher winkten den erschöpften, aber glücklichen Reitern wie Leuchttürme entgegen. Norich-Hastings' afrikanisches Personal stand unter Aufsicht von Lady

Margaret, seiner Gemahlin, in weißen *Kanzus* und leuchtend roten Schärpen bereit. Sobald die Gäste auf den Stufen der Veranda erschienen, wobei sie immer noch über den Vorfall mit der Straußenfamilie lachten und sich den Schweiß von der Stirn wischten, zogen die Dienstboten Stühle zurück, entfalteten die Servietten und gossen Tee ein. Dann wurde aufgetragen – Papayascheiben und Bananen auf silbernen Schalen, Schüsseln mit dampfendem Porridge, Platten mit gebratenen Eiern und Speck. Die Gesellschaft unterhielt sich angeregt.

»Mich hat in der letzten Woche ein Büffel angegriffen«, hörte man die dröhnende Stimme von Captain Draper von den *King's African Rifles*. »Einer meiner Wakambas sagte, das bedeute, meine Frau habe einen Liebhaber. Also sagte ich, es müsse verdammt gefährlich sein, während der Rennwoche in Nairobi auf eine Safari zu gehen, denn dann sind im ganzen Land die Büffel los!«

Die Leute an seinem Tisch brüllten vor Lachen. Am Nebentisch war die Unterhaltung ernsthafter. »Was soll das ganze Drängen, den Asiaten das Stimmrecht zu geben? Und außerdem diese Unverschämtheit, mit der sie das Recht fordern, im Hochland siedeln zu dürfen! Ich bleibe dabei, das Protektorat ist eine weiße Tochter der Krone und keine asiatische Enkeltochter. Sie haben Indien. Sollen sie doch dorthin zurück, wenn es ihnen nicht passt, wie die Sache hier gehandhabt wird. Für mich ist Britisch-Ostafrika ein Platz, wo britische Ideale und Traditionen, britische Zivilisation und Lebensweise gelten müssen. Genau *das!* Ich sage: Das Hochland muss weiß bleiben!«

Valentine hörte nur mit halbem Ohr zu. Sein Puls hatte sich nach dem stürmischen Ritt nicht beruhigt. Er konnte kaum still sitzen. Am liebsten wäre er auf der Stelle die neunzig Meilen nach Hause zurück geritten. Er konnte es kaum erwarten, Rose seine Überraschung zu bringen. Die Asiaten interessierten den Earl nicht; diese Bevölkerungsgruppe – Arbeitskräfte aus Indien – war 1896 hierher gekommen, um die Ugandabahn zu bauen. Sie blieben als kleine Händler und Büroangestellte im Land. Diese Asiaten drängten die Regierung Seiner Majestät, ihnen im Protektorat dasselbe Stimmrecht wie den Weißen zu geben. Außerdem wollten sie die Genehmigung, sich im Hochland anzusiedeln. Das war das beste Land in Ostafrika, ein Gebiet, das von Nairobi bis weit über den Besitz der Trevertons hinausreichte. Die wenigen Europäer kämpften erbittert darum, das zu verhindern.

»Die Antwort besteht darin, auf den Kolonialstatus zu dringen«, erklärte ein junger Mann mit einem weichen, breitkrempigen Filzhut. Die Krempe war an einer Seite hochgeschlagen, und daran steckte ein Dienstabzeichen. »Lord Delamere hat Recht. Wenn man uns zur Kolonie machen würde, wäre das der offizielle Anschluss an England. Dann hätte die Krone juristisch das Recht, das Land nach Belieben zu verteilen. Als Protektorat sind wir praktisch nichts anderes als Waisenkinder. Als Kolonie müsste man auf uns hören.«

Valentine griff nach der Marmelade und verteilte sie großzügig auf seinem Toast. Auf dem Tisch standen frische Butter, Sahne und Käse, ja sogar Nairobi-Kaffee und Darjeeling-Tee! In England herrschte strenge Nachkriegsrationierung. Hier im Protektorat waren die Preise sehr gestiegen. Importierte Güter konnte man kaum bekommen, und der durchschnittliche Farmer lebte von der Hand in den Mund. Aber Brigadier Norich-Hastings' Sisal-Plantage florierte, und so konnte es sich der Offizier im Ruhestand leisten, in großem Stil zu leben.

Valentine wünschte, Sir James wäre mit ihm gekommen. Sein Freund hätte ein paar freie Tage verdient und die Möglichkeit, einmal etwas Anständiges zu essen. Das Leben auf KILIMA SIMBA war einfach und hart. Lucille musste zwei kleine Jungen und das Baby, ihre Tochter, versorgen; sie arbeitete schwer von Sonnenaufgang bis nach Sonnenuntergang, machte eigene Hefe, kochte Marmelade, die sie für ein paar Rupien verkaufte, und flickte Kleider, die nach Valentines Ansicht Lumpen waren. Ihr Mann verbrachte den Tag im Sattel und inspizierte seine große Herde. Er kämpfte gegen zunehmend geringere Wasservorräte, beaufsichtigte die Desinfektionsbäder der Rinder, denn er rechnete ständig mit Infektionskrankheiten, die von Zecken übertragen wurden, und achtete darauf, dass seine Leute arbeiteten und sich nicht zu einem Trinkgelage davonschlichen. Nach Lord Trevertons Maßstäben war Sir James nicht reich. Aber Valentine hatte nie einen ehrlicheren und fleißigeren Mann als ihn getroffen. Wenn James bei diesem schrecklichen Vorfall in der Nähe der Grenze zu Deutsch-Ostafrika umgekommen wäre – und die Militärärzte sagten, es sei ein Wunder, dass er überlebt hatte –, wäre das ein schmerzlicher Verlust für Ostafrika gewesen. Die Erhebung in den Adelsstand war James Donalds Lohn für Tapferkeit, die menschliche Erwartungen überstieg. Aber Valentine erschien das bei weitem nicht genug.

»Der Junge war eindeutig der beste Kricketspieler. Er war der Mannschaftskapitän der Eldorets«, hörte man Norich-Hastings' Stimme, »bei einem Tagesturnier gegen Kisumu gewann er beim Losen, entschied sich für das Schlagholz und hatte den ersten Schlag. Und zur Teezeit schlug er noch immer!«

Valentine hörte zu und lachte wie alle anderen über die Geschichte. Er war bester Laune, denn am Nachmittag hatte er einen Termin bei Dr. Hare in Nairobi. Der Arzt hatte sich mit Freuden bereit erklärt, seine Praxis für eine private Konsultation zu öffnen, obwohl es Sonntag war. Valentine vertraute darauf, dass der Mann eine Lösung für Roses Problem fand.

Er nahm sich von den gebratenen Nieren, dem Rührei, hörte mit halbem Ohr auf die Gespräche am Tisch, die sich um den Kaffeeanbau drehten, und sagte sich, eigentlich sei er daran schuld, dass die sexuelle Beziehung zwischen ihm und Rose nicht funktionierte.

Schließlich konnte es für eine Dame von ihrer zarten Konstitution und Herkunft nicht leicht gewesen sein, ein Leben in Luxus und gesellschaftlicher Bedeutung gegen ein Zeltlager im Busch einzutauschen. Im Gegensatz zu Grace, die jede Herausforderung zu genießen schien, die Afrika bot, fürchtete Rose alles in diesem Land. Es gab keine Damen ihrer Art, die Trost oder Unterstützung hätten geben können. Lucille Donald hatte wenig Zeit für die Art Gesellschaftsleben, nach der Rose sich sehnte. Außerdem unterschieden die beiden sich wie Tag und Nacht. Hyänen im Hühnerhaus interessierten Rose ebenso wenig wie das Rezept für selbst gemachten Kleister aus Büffelhufen. Lucille hatte überhaupt nichts übrig für Mode oder Stil und war nicht neugierig auf die neueste Rocklänge oder darauf, wo die königliche Familie die Ferien verbrachte.

Immerhin, obwohl Rose die meiste Zeit allein verbrachte, da Valentine den ganzen Tag auf der Plantage unterwegs sein musste, um sicherzustellen, dass die zarten jungen Kaffeebäume die richtige Pflege erhielten, und da Grace alle Hände voll zu tun hatte, die Afrikaner zu bewegen, in ihre Krankenstation zu kommen, schien sie sich recht gut eingewöhnt zu haben. Valentine lachte gerade über eine andere lustige Anekdote, als ihm plötzlich klar wurde, dass Rose es beinahe zu begrüßen schien, wenn man sie allein ließ.

»Ich habe fünfhundert Acres Kaffee, der trägt«, sagte ein Mann aus Limuru, »aber weil es nicht regnet, sind die Bohnen klein. Es gibt viel zu viele verkümmerte Beeren, und man könnte glauben, die Bäume sind am Vertrocknen.« Er fragte Valentine: »Wie sieht es bei Ihnen aus?«

»Im Grunde sehr gut.«

Diese Antwort überraschte niemanden am Tisch. Ganz Ostafrika sprach vom großen Glück und Reichtum des Earl. Alles, was er anfasste, schien sich in Gold zu verwandeln.
»Wie ich höre, haben Sie den Chania gestaut.«
»Ja, schon im März, als es so aussah, als würde es nicht regnen. Später habe ich einen Graben angelegt, und so werden meine Felder bewässert.«
»Da müssen die Neger aber gestaunt haben, dass jemand an ihrem Fluss herumspielt. Sie denken nicht voraus, wissen Sie. Sie haben keine Vorstellung von morgen. Sie bauen nie mehr an, als sie heute essen können, und überlegen nie, was sie tun werden, wenn eine Trockenheit kommt. Für sie ist alles *Shauri ya Mungu*.«
»Die verdammten Nigger«, rief ein Mann mit einem sonnenverbrannten Gesicht und einem buschigen, blonden Bart. »Man kann sie nicht mit Liebe und nicht mit Geld dazu bringen, dass sie arbeiten. Sie sitzen auf ihren schwarzen Ärschen und erwarten, dass ihnen *Americani*, Zucker und Öl in den Schoß fallen! Dass man dafür arbeiten muss, kommt ihnen nicht in den Sinn.«
»Man kann den Affen aus dem Dschungel treiben«, sagte der Mann aus Limuru, »aber man kann dem Affen nicht den Dschungel austreiben!«
Valentine rührte in seinem Tee und warf einen verstohlenen Blick auf die Uhr. Er bewegte unruhig die langen Beine unter dem Tisch.
»Hat die Jagd Eurer Lordschaft gefallen?«
Er blickte auf und sah Lady Margarets lächelndes Gesicht. Sie erinnerte ihn an einen Pekinesen, aber mit einem besseren Charakter. »Und wie geht es Eurer reizenden Gattin, der Gräfin?«, fuhr sie fort, ehe er etwas erwidern konnte. »Wir müssen Lady Rose unbedingt öfter bei uns in Nairobi haben!«
Bei solchen Anlässen wurde Rose lebendig, sagte sich Valentine. Ja, wenn sie nach Nairobi kam, was aber sehr selten geschah, blühte sie auf. Es hatte den großen Ball im MUTHAIGA CLUB zu Ehren des Königs von Schweden gegeben und danach die prunkvolle Zeremonie vor der Residenz des Gouverneurs, für die Rose Ableger von ihren kostbaren Rosen gestiftet hatte. In Nairobi war Rose fröhlich und lebendig; sie stand im Mittelpunkt der Bewunderung. Valentine wusste, wenn die lange Fahrt mit den Übernachtungen im Zelt nicht gewesen wäre, käme Rose öfter in die Stadt.
»Ihr müsst Eurer Gattin für den Tee danken«, sagte Lady Margaret, »ich finde, es ist eine aufregende Mischung.«
Rose hatte aus England eine besondere private Mischung von Maisur- und

Ceylon-Tee mitgebracht, die man seit Generationen in ihrer Familie trank. Als der Vorrat erschöpft war, hatte Rose keinen Nachschub bei ihrem Londoner Teehändler bestellt, sondern ließ von einer Firma in Nairobi den Ceylon durch einen in Kenia gewachsenen Tee ersetzen, der in den kühleren Gegenden nahe am Victoriasee angebaut wurde. Es stellte sich heraus, dass die neue Mischung ein einzigartiges, angenehmes Aroma entfaltete. Bei ihrem letzten Besuch in Nairobi anlässlich eines Galabanketts am Geburtstag des Königs hatte Rose das erwähnt, und als Lady Margaret ihr Interesse bekundete, hatte Rose ihr ein Paket geschickt.
»Hätte die Countess etwas dagegen«, fragte Lady Margaret, »wenn ich mir die Mischung ebenfalls bestelle? Ich glaube, dann werde ich Lady Londonderrys Tee ganz aufgeben!«
Valentine wollte gerade etwas erwidern, aber sie sprach schnell weiter. »Ich habe ein kleines Geschenk für Lady Rose. *Endlich* ist mein belgisches Stickgarn eingetroffen. Ich habe es vor beinahe einem Jahr bestellt! Darunter gibt es ein wundervolles Grün, und ich weiß, es ist genau richtig für den Wandteppich, an dem Lady Rose arbeitet.«
Im April hatte Valentine, um Rose etwas Besonderes und eine Abwechslung vom Zeltlager zu bieten, sie mit auf eine Safari an die Hänge des nahen Mount Kenia mitgenommen. Er hatte versucht, die Reise für sie so angenehm wie möglich zu machen. Man spannte eine Hängematte zwischen zwei Pfosten, und sie wurde von Afrikanern getragen. Rose hatte sich in den Regenwald verliebt. Sie war so begeistert gewesen, dass ihr die Szenerie nach der Rückkehr auf die Plantage noch deutlich vor Augen stand. Rose hatte sofort irisches Leinen aus ihrer Zedernholztruhe genommen, die Nadeln und Garne aus einem Koffer geholt und sich an die Arbeit gemacht, die versprach, ein höchst eindrucksvoller Wandteppich zu werden. Er befand sich noch im Anfangsstadium, aber man sah bereits, wie meisterhaft sie den Regenwald auf das Leinen bringen würde: die satten Grüntöne gesprenkelt mit leuchtend orangefarbenen, gelben und blauen Wildblüten; die langen Lianen, die von feucht glänzenden bizarren Bäumen hingen; das smaragdfarbene Moos, die gigantischen Blätter und Elefantenohrfarne; selbst der tief hängende Bergnebel war in zartem perlgrauen Seidengarn angedeutet, und seitlich ließ Rose einen Platz frei, wo später ein Leopard mit goldenen Augen lauern sollte.
So verbrachte sie ihre Zeit. Sie stickte nur noch an ihrem Wandbehang. Sie saß in der kleinen Lichtung inmitten der Olivenbäume im Schutz des kleinen Pavillons, den Valentine für sie hatte bauen lassen. Dort konnte ihr die

tropische Sonne nichts anhaben; die zahmen Affen und Papageien und Mrs. Pembroke mit der kleinen Mona leisteten ihr Gesellschaft.

»Können wir Euch ein Bett für die Nacht anbieten, Lord Treverton?«, fragte Lady Margaret. Die großen Entfernungen zwischen den Nachbarn, das mühsame Reisen und das praktische Nichtvorhandensein von Hotels hatten in Ostafrika zu der Sitte geführt, dass man Reisenden, Freunden oder Fremden, für die Nacht Unterkunft gewährte.

Aber Valentine hatte es eilig. Er musste zwei Dinge in Nairobi erledigen – die Konsultation bei Dr. Hare und die ›Überraschung‹ für Rose. Dann wollte er sofort nach Hause reiten.

8

»Es gibt einen möglichen Grund für den Widerwillen Eurer Gattin, Eure Lordschaft. Der medizinische Ausdruck dafür ist *Dyspareunia*. Er bedeutet«, Dr. Hare klopfte mit dem Füllhalter auf die Schreibtischplatte, »äh ... die Frau hat beim Geschlechtsverkehr Schmerzen. Hat Lady Rose Schmerzen?«
Valentine betrachtete den Arzt verständnislos. Schmerzen? Daran hatte er nicht gedacht. War es möglich? Schreckte sie deshalb vor seiner Umarmung zurück? Hatte sie Schmerzen? Valentine lehnte sich zurück. Er bemerkte nichts von dem strahlenden Sonntagssonnenschein, der durch das Fenster in Dr. Hares voll gestopftes Sprechzimmer fiel. Grace hatte ihm nichts davon gesagt, dass Rose Schmerzen hätte. Sie war in ihren Formulierungen sehr vorsichtig gewesen, hatte von den Belastungen bei Monas Geburt gesprochen, von dem schrecklichen Zugabteil, den mangelhaften hygienischen Bedingungen ...
In Valentine stieg plötzlich Hoffnung auf. Konnte das die Antwort sein? Konnte es so einfach sein? Rose fürchtete sich vor Schmerzen? Wenn das der Fall war, handelte es sich um ein physisches Problem und nicht, wie er gefürchtet hatte, um ein Problem in ihrer Beziehung. »Was verursacht die Schmerzen, Dr. Hare?«
Der Arzt zuckte mit den Schultern. »Ich muss Eure Gattin untersuchen, um das festzustellen.«
Valentine würde darüber nachdenken. Es war ihm nicht leicht gefallen, hierher zu kommen. Wie konnte er Rose zumuten, sich von einem Fremden untersuchen zu lassen? Valentine hatte sich für Dr. Hare entschieden, weil die wenigen Ärzte in Ostafrika zur »Gesellschaft« gehörten; deshalb musste man damit rechnen, dass geklatscht wurde. Dr. Hare war neu hier und erst vor kurzem aus den Vereinigten Staaten gekommen und neigte noch nicht zum Reden.
»Sie hat vor sieben Monaten ein Kind bekommen«, sagte Valentine. Er ge-

stand sich nicht ein, dass Rose ihm schon lange vor Monas Geburt ausgewichen war. Er klammerte sich an diesen Strohhalm.
»Das könnte der Grund sein«, sagte der Arzt und musterte den Earl aufmerksam. In seinem Gesicht sah er überdeutlich Angst und Besorgnis. In seiner zwanzigjährigen Praxis hatte Dr. Hare viele solcher privaten Konsultationen gehabt. Es war immer dasselbe: Die Frau reagierte auf sexuelle Annäherung nicht oder widersetzte sich sogar; der Mann versank in einem Sumpf der Selbstkritik und plötzlichen Zweifel an seiner Männlichkeit.
»Alles dummes Zeug!«, hätte Dr. Hare am liebsten gesagt. Die Frauen heutzutage mit ihrem Gerede von Geburtenkontrolle und Wahlrecht. Warum leugneten sie so energisch ihren einzigen Zweck auf dieser Welt: das Gebären von Kindern? Sie machten ein solches Geschrei darum, dass sie Kinder bekamen, obwohl sie genau dafür und zu nichts anderem geschaffen worden waren!
»Können Sie etwas für meine Frau tun?«, fragte Valentine und betete, dass die Antwort einfach sein würde. Der Arzt begann zu schreiben. Er hätte dem Earl gerne gesagt, was *er* bei seiner Frau tun würde: Ohne Rücksicht auf ihre Proteste seine legalen Rechte ausüben! Stattdessen sagte Dr. Hare: »Ich verschreibe ein mildes Brompräparat. Das wird sie entspannen. In den meisten Fällen liegt es an Spannungen im ... äh ... *Pelvis*. Gewöhnlich ist das Problem schon mit einer Dosis behoben.« Er riss das Blatt vom Block und reichte es Valentine.
Als Valentine aus dem Schindelhaus mit dem Wellblechdach ins Freie trat, blieb er stehen, legte die Hand vor die Augen, um sie vor der grellen Äquatorsonne zu schützen, und holte tief Luft. Am liebsten hätte er vor Freude laut gejubelt.
Er sog das einzigartige Licht in Ostafrika in sich auf. Es war ein Strahlen, das in seinen Augen alles intensivierte – Umrisse, Einzelheiten, Farben. Infolge der Höhe – Nairobi lag eintausendsechshundertfünfzig Meter über dem Meeresspiegel – war die Luft kristallklar. Es gab keine Verschmutzung durch Industrie, und die Abgase der wenigen Autos, die auf Nairobis ungepflasterten Straßen holperten, zählten nicht.
Als Valentine mit den *25th Royal Fusiliers* angekommen war, um in der Nähe der Grenze gegen die Deutschen zu kämpfen, hatte das Licht ihn in seinen Bann geschlagen. Es war nicht nur hell, sondern leicht, das heißt ohne Gewicht. Licht konnte eine Dichte haben wie jeder Gegenstand. Das Sonnenlicht in England zum Beispiel wurde durch Rauch, Dunst, Nebel

und Salz vom Meer schwer. In Ostafrika war das Sonnenlicht unbefleckt, heiter und leicht. Es verlieh Formen und Flächen eine beinahe übernatürliche Klarheit. Selbst den trivialsten Gegenstand umgab eine gewisse Glorie. Die grauhaarigen alten Goldsucher auf ihren knochigen Eseln, die staubigen, schwarzen Afrikaner, die die Mittagszeit über dösten und die prosaischen alten, verwitterten und ungepflegten Gebäude aus Holz und Wellblech – alles schien von einem unerklärlichen Glanz umgeben. *Welch ein Paradoxon*, dachte er, *das Licht ist so klar und hell, dass es uns blendet und für uns schwarz wirkt.*

Nachdem das Licht dieser jungen Stadt in der Sonne Valentine einmal getroffen hatte, wusste er, dass er nie wieder in England leben konnte.

Aber an Nairobi war mehr als Licht. Es war eine lebendige, atmende, pulsierende Stadt mit einer strahlenden Zukunft – daran glaubte Valentine fest. Die Truppen des Königs waren nach dem Krieg in die Heimat zurückgekehrt, und damit hatte der vierjährige Aufschwung sein Ende gefunden. Doch inzwischen landete ein neuer Menschenstrom an der ostafrikanischen Küste – ehemalige Militärs mit Landzuweisungen der Krone nach dem neuen Militärsiedlungsplan zogen in das Hochland; Buren aus Südafrika mit ihren Planwagen und den langen Maultiergespannen; Prostituierte, Gauner und Schmarotzer –, alle suchten nach einem schnellen Weg, um Geld zu machen. Die Inder mit Turbanen, den sanften Frauen und einer großen Kinderschar, die weißen Siedler, die sich ein neues Leben aufbauen wollten, die jungen Beamten, die in gebügelten Khaki-Uniformen herumstolzierten und große Korkhelme trugen mit glänzenden Dienstabzeichen vorne und die hinten tief in den Nacken reichten, wobei man unwillkürlich an Otterschwänze dachte – und schließlich mitten unter ihnen gleichmütig und mit leerem Gesichtsausdruck – die Afrikaner. Sie hatten offenbar nichts anderes zu tun, als im Staub zu hocken und ins Leere zu starren – die Afrikaner, die schon lange da gewesen waren, ehe die anderen auch nur daran dachten, hierher zu kommen.

Nairobi war eine raue Stadt. Beinahe jeder Mann trug eine Pistole. Ständig brachen Brände aus; der indische Basar war überfüllt, schmutzig und eine Quelle von Epidemien. In dieser unfertigen Stadt wimmelte es von Ochsenkarren, Reitern, Rikschas, hin und wieder sah man einen Ford Modell T. Und nur hierher glaubte Valentine, der Earl von Treverton, wirklich zu gehören. Er zog einen Stumpen aus der Brusttasche, zündete ihn an und überlegte, wo er einen *Duka la Dawa*, einen Apotheker, finden würde, der sonn-

tags seinen Laden geöffnet hatte. Er sah, wie sich auf der Straße eine Safari formierte.
Es war eine Safari nach der alten Art, die allmählich vom Automobil verdrängt und in Ostafrika bald verschwunden sein würde. Hundert Einheimische erhielten ihre Lasten. In weniger als einer Stunde würde die Schlange sich wie ein schwarzer Hundertfüßler aus Nairobi hinausbewegen. Den Abschluss bildeten der weiße Großwildjäger mit ein paar schwitzenden Millionären, seinen Auftraggebern. Die Afrikaner trugen ihre Lasten auf dem Kopf, denn es wäre demütigend gewesen, sie auf dem Rücken zu tragen. Das taten Frauen! Das Gewicht ihrer Last war auf fünfundfünfzig Pfund begrenzt. Sogar das Gewicht, das ein Esel tragen konnte, war festgesetzt – einhundertzehn Pfund. Aber es gab keine Einschränkungen beim Gewicht, das eine Afrikanerin tragen durfte.
Valentine wandte sich ab, ging die Straße entlang zum KING EDWARD HOTEL und dachte daran, dass es hier erstaunlicherweise vor fünfzehn Jahren nichts außer Zelten und einem Sumpf gegeben hatte und davor nur einen belanglosen Fluss und ein paar verstreute Massai. Nairobi war nur wenige Jahre jünger als Valentine. Er glaubte fest daran, dass sie gemeinsam alt werden würden.

Miranda West legte den Löffel beiseite und wischte sich die Hände ab. Dann ging sie zum Fenster und blickte hinaus. Lord Treverton hatte gesagt, er würde vorbeikommen, ehe er sich auf den Rückweg zu seiner Plantage im Norden machte.
Miranda stand in der Küche ihres kleinen Hotels und bereitete alles für den Sonntagnachmittagstee vor; das nahm beinahe den ganzen Nachmittag in Anspruch, denn sie tat es mit großer Sorgfalt und legte besonderen Wert auf Qualität. Ihr Ruf reichte bis Uganda, und viele Siedler fuhren meilenweit im Ochsenwagen, um an einem ihrer Tische zu sitzen. Auch heute würden wieder alle Plätze besetzt sein; selbst auf der Veranda, ja sogar auf der Straße musste man Gäste bedienen. Wenn der Earl nicht bald kam, würde sie keine Gelegenheit haben, mit ihm allein zu sein. Und nur dafür lebte Miranda West.
Die Träume und Ambitionen in Ostafrika waren so zahlreich wie die Immigranten. Jeder kam mit einem Plan. Der eine wollte Geld machen mit Landwirtschaft, der andere mit Goldsuchen, der Nächste wollte mit Elfenbein reich werden oder indem er andere besondere Dienste anbot. Es ging

immer nur darum, Geld zu machen und reich zu werden. Der Vielzahl und dem Einfallsreichtum waren keine Grenzen gesetzt. Die irischen Zwillinge Paddy und Sean waren kurz zu Reichtum gekommen, indem sie Strauße züchteten und damit der großen Nachfrage nach Straußenfedern in England und Amerika gerecht wurden. Dann wurde aus heiterem Himmel das Automobil populär; die Frauen konnten beim Autofahren keine großen Hüte mit Federn mehr tragen, und so änderte sich die Mode; man trug eng anliegende Kappen, und Paddy und Sean mussten ihre wertlosen Vögel in die Freiheit entlassen. Dann gab es Ralph Sneed; er hatte viel Wind darum gemacht, dass er mit dem Anbau von Mandeln im Rift Valley ein Vermögen verdienen werde. Er steckte seine ganzen Ersparnisse bis auf den letzten Cent in den Kauf und die Pflanzung von Mandelbäumen, musste jedoch feststellen, dass die Bäume das ganze Jahr über blühten, ohne Früchte zu tragen, weil es in Ostafrika keine Jahreszeiten gibt. Ralph Sneed war gedemütigt und ohne einen Cent nach Südafrika zurückgekehrt. Und dann gab es den Taugenichts Jack West, Mirandas Mann. Als man ihn zum letzten Mal gesehen hatte, war er mit einem Schlafsack, Kleidern zum Wechseln und einem Fläschchen Chinin zum Victoriasee unterwegs gewesen. Er erklärte, er wolle die Skelette von Flusspferdchen suchen, sie zu Knochenmehl verarbeiten, das er den Farmern als Düngemittel zu einem phänomenalen Preis verkaufen werde. Das war vor sechs Jahren gewesen; seitdem hatte man Jack nicht mehr zu Gesicht bekommen.

So hatte also jeder in Nairobi einen Plan. Miranda West schlug bis jetzt Kapital aus dem Heimweh.

1913 hatte Miranda in einer Tageszeitung in Manchester eine Anzeige entdeckt. Ein Gentleman in Ostafrika suchte damit eine gut situierte Frau. Er wollte sie heiraten, und sie sollte ihm bei seinen viel versprechenden finanziellen Unternehmungen zur Seite stehen. Miranda war in Lancashire Köchin und Mädchen für alles bei einem Geizhals. Sie hatte ihrem Dienstherrn einen Bogen teures Briefpapier entwendet und die Anzeige auf der Stelle beantwortet. Sie machte sich fünf Jahre jünger und verdreifachte die Summe auf ihrem Bankkonto. Der Gentleman, ein Goldsucher namens Jack West, entschied sich unter sechzig Antworten für sie und schickte ihr das Geld für die Überfahrt.

Er holte sie im Hafen von Mombasa ab, und nach dem ersten Schock – er war kleiner und jünger als sie – beschlossen sie, trotzdem zu heiraten und es auf einen Versuch ankommen zu lassen.

Aber es klappte nicht. Das wilde und unzivilisierte Nairobi entsetzte Miranda ebenso wie das Zelt, in dem sie nach Ansicht ihres Mannes leben sollte. Jack fühlte sich betrogen, als sie ihm ihre wenigen Ersparnisse gab. Sie mühten sich ein paar Monate ab und versuchten, ihren Lebensunterhalt damit zu verdienen, indem sie Lebensmittel von Afrikanern kauften und mit Gewinn an reiche Leute verkauften, die sich auf Safaris vorbereiteten. Schließlich verschwand Jack mitten in der Nacht mit Mirandas letztem Geld und ihren unechten Jadeohrringen.

Durch großes Glück erfuhr Miranda, dass ein Schotte namens Kinney für seine Pension in der Nähe des Bahnhofs eine Weiße als ›Hilfe‹ suchte. Damit meinte er zwar, dass sie *alle* Arbeiten zu übernehmen hatte. Für Miranda bedeutete das immerhin für sie ein Dach über dem Kopf und zehn Rupien im Monat. Mirandas weiße Haut war ihr Kapital, und aus diesem Grund stellte Kinney sie ein. In seine Pension kamen Einwanderer der Mittelklasse; sie wohnten dort, solange sie auf die Verträge der Behörde für ihr Farmland warteten oder versuchten, Schürfrechte zu bekommen. Die Frauen dieser Gäste wollten lieber von einer Weißen als von einer Afrikanerin bedient werden; und als Miranda ihr Können unter Beweis stellte, indem sie Teekuchen backte und englische Desserts kreierte, für die heimwehkranke Siedler sehr viel Geld bezahlten, war sie bald unersetzlich.

Miranda wurde ein Art Phänomen in einer Stadt, in der es sehr viel mehr Männer als Frauen gab. Die meisten Männer waren nicht verheiratet, und neu angekommene Frauen, selbst wenn sie weder jung noch hübsch waren, wurden auf der Stelle geheiratet. Miranda war verheiratet, doch ihr Mann war nicht da. Sie war zwar freundlich, ließ sich auch gerne zu einem Whisky einladen und lachte über einen Witz, aber die vielen Avancen der Pensionsgäste wies sie sanft und entschlossen zurück.

Der alte Kinney fand allmählich Gefallen an Miranda und überließ ihr immer mehr die Führung der Pension. Wenn Miranda entdeckte, dass irgendwo etwas verschwendet wurde, stellte sie es ab; sie beschnitt die Ausgaben und sparte dort, wo die Gäste es nicht merkten. Und sie besaß die Kühnheit, den Zimmerpreis zu verdoppeln. Sie behauptete, Weiße würden für englische Sauberkeit bezahlen, und wie sich herausstellte, hatte sie Recht. Die Pension stieg im Wert.

Dann brach der Krieg aus. Kinney meldete sich zu den *East African Mounted Rifles* und kam bald darauf ums Leben. Zu ihrer Überraschung stellte Miranda fest, dass Kinney, der keine Familie oder Freunde besaß, ihr das

Haus vermacht hatte. Sie nahm einen Bankkredit auf und ging daran, das Haus in ein richtiges Hotel zu verwandeln. Es dauerte nicht lange, und die Truppen aus England trafen ein. Nairobi verwandelte sich in ein Militärlager. Die Soldaten strömten zu Miranda, um ihre Teekuchen zu essen und von der Heimat zu reden. Ihr Etablissement trug inzwischen den pompösen Namen KING EDWARD HOTEL.
Während des Krieges und auch danach hörte sie nichts von ihrem Mann. Deshalb beschäftigte sich die kluge und opportunistische Miranda mit ihrer Lage; sie wusste jetzt, was sie tun musste, um zu überleben.
Für eine Frau musste gesorgt werden. Doch Miranda war nicht mehr an einer Ehe interessiert. Sie hatte den hübschen Earl of Treverton in seiner Uniform der Königlichen Füsiliere gesehen und sich ihn als nächstes Ziel in den Kopf gesetzt. Sie wollte nicht für den Rest ihres Lebens in diesem Hotel schuften, in der Küche schwitzen und versuchen, die launischen, unzufriedenen Siedlerfrauen zufrieden zu stellen, die mit der Vorstellung in das Protektorat kamen, etwas Besseres zu sein. Miranda wollte sich den Earl angeln und sich von ihm versorgen lassen.
In England wäre ein solcher Plan undenkbar gewesen, da dem gesellschaftlichen Aufstieg auf jeder Ebene feste Grenzen gesetzt waren. Aber in Britisch-Ostafrika stand es jedem frei, der Mut und Entschlossenheit besaß, die Leiter zu erklimmen. Als Erstes umgab sich Miranda mit einer geeigneten Tarnung. Das Wort ›Witwe‹ klang nach Ehrbarkeit. Sie konnte sich diese Bezeichnung zulegen und wie einen Hut tragen, ohne dass jemand Fragen stellte. In Nairobi gab es viele Hochstapler – Oberst Waldheim, der deutsche Milchhändler, war nie beim Militär gewesen. Der Schulleiter, Professor Fredericks, hatte kein Universitätsexamen – und die Witwe West war im Vergleich dazu eine harmlose Maskerade. Man legte sich einen Titel zu, sobald man in Mombasa an Land ging; in diesem Hafen warfen alle, die ein neues Leben suchten, alte Identitäten und Klassenrestriktionen ab. Miranda West war nicht länger ein kleines Dienstmädchen im verrußten Manchester, sondern die ehrbare Witwe eines Mannes, der an den Ufern des Victoriasees ums Leben gekommen war. Sie achtete darauf, dass ihr Name nie in den Klatschspalten des EAST AFRICAN STANDARD auftauchte, und darauf, nicht in den Betten der Männer zu landen. Sie ließ Lord Treverton nicht aus dem Auge und hoffte, Jack West werde nie wieder auftauchen.
Jetzt sah sie, wie der Earl zu dem indischen Apotheker auf der anderen Straßenseite ging. Sie hatte einen Kloß im Hals. Lord Treverton war der schöns-

te Mann, den Miranda je gesehen hatte. Er bildete einen solchen Gegensatz zu den Farmern und Cowboys in ihrem zerknitterten Khaki und den Tropenhelmen. In der maßgeschneiderten Reithose, einem weißen Seidenhemd und dem Band aus Leopardenfell am Hut sah er wie ein junger Gott aus.

Miranda musste sich beeilen. Sie hatte ihm ihre Devonshire-Kekse versprochen, die sie jetzt in den Dover-Ofen schob, wo bereits ein Blech Nussgebäck goldbraun wurde und die Zitronenplätzchen inzwischen hellbraun und fertig waren. Das Devonshire-Gebäck war für Rose, wie Miranda wusste. Valentine Treverton verließ Nairobi nie, ohne für seine Frau eine besondere Leckerei mitzunehmen. Die Gräfin liebte auch die Makronen, die bereits auf einem Drahtrost kühlten.

Miranda warf einen Blick auf die extra dicke Sahne, mit deren Zubereitung sie am Vortag begonnen hatte, und die über Nacht abgekühlt war. Mit einem Löffel schöpfte sie die oberste Schicht ab. Die Sahne würde sie dem Earl nicht mitgeben; man konnte sie nicht neunzig Meilen transportieren. Sie setzte ihre Hoffnung darauf, dass er ein paar Minuten bei ihr blieb und ihre Brandystückchen mit Sahne versuchte. *Das ist der sicherste Weg zum Herzen eines Mannes,* sagte sie sich ...

Die ersten Gäste kamen in den Speisesaal. Auf jedem Tisch lag geschmackvoll und hübsch ein weißes Tischtuch, und in der Mitte stand eine kleine Brown-Betty-Teekanne. Die Siedler schätzten es besonders, dass Miranda auf solche Einzelheiten Wert legte – der Rehrücken hatte genau die richtige Glasur, und auf dem Bisquitkuchen lag ein zarter Hauch Puderzucker. Man erzählte, Miranda West sei früher Köchin bei einer berühmten Marquise gewesen, die für ihre auserlesene Küche bekannt war. Das war eine Lüge, änderte jedoch nichts am Ergebnis. Miranda hatte eine sagenhafte Fähigkeit, englische Kuchenspezialitäten zu zaubern. Dabei zählte nicht, ob sie das vom französischen Küchenchef eines adligen Hauses gelernt hatte, oder von Rezepten, die sie aus der TIMES ausschnitt. Natürlich lobte man die Sauberkeit in ihrem Speisesaal am meisten. Jede Memsaab, die sich mit einem afrikanischen Dienstmädchen herumärgern musste, konnte das bestätigen.

Miranda deckte die Sahne wieder ab und ging eilig zur Anrichte. Dort schnitt der Küchenboy gerade die Kruste von den Appetithäppchen. Sie warf einen Blick aus dem Fenster und sah, dass Valentine gerade den Apotheker verließ und eine kleine Tüte in seine Brusttasche schob. Als Nächstes würde er zu ihr kommen. Sie riss sich die Schürze ab, verließ die Küche, rannte die

Hintertreppe zu ihrem Zimmer hinauf und kämmte sich mit zitternder Hand die Haare.
Valentine blieb stehen und blickte die Straße auf und ab. Vor einem *Duka*, einem indischen Lagerhaus, bepackten seine Afrikaner die Esel für den Rükkweg in den Norden. Der letzte Esel bekam ein großes Paket aufgebunden; darin befanden sich die Beine von Roses Flügel, die endlich mit dem letzten Schiff aus England eingetroffen waren. Das würde die erste Überraschung sein; die zweite war eine Dose von Miranda Wests hervorragendem Gebäck, von dem Rose erklärt hatte, es sei so gut wie das in Ascot. Die dritte Überraschung löste bei Valentine den Wunsch aus, sich sofort auf Excalibur zu schwingen und nach Hause zu galoppieren. Es war der Inhalt des Tütchens in seiner Brusttasche. Dr. Hare hatte erklärt, ein Teelöffel des weißen Pulvers abends in die Schokolade von Lady Rose gerührt, würde das Wunder bewirken ...
Ein Wagen parkte hinter der Kolonne seiner Esel. Valentine sah, dass es eines der neuen Chevrolet-Cabriolets war, die man im Protektorat nur schwer bekam. Er gehörte seinem Freund Sir James. Der Wagen war erst zwei Monate alt und bereits zerbeult und klapprig. Gegen Automobile in Ostafrika sprach ihre kurze Lebensdauer; dafür sprach, dass sie gegen Tsetsefliegen und Maul- und Klauenseuche immun waren. Sir James war stolz auf seine neue Errungenschaft; Valentine zog ihn damit auf und fragte ihn immer wieder, weshalb ein Automobilhersteller sich Chevrolet, also *Milchziege* nannte ...
Grace kam gerade aus dem indischen Lagerhaus. Es überraschte Valentine nicht, seine Schwester hier zu sehen. Sie verbrachte immer mehr Zeit mit der Familie Donald und war besonders oft mit Sir James zusammen. Das Mikroskop war ein Grund dafür. Grace lieh es ihm zur Früherkennung von Rinderkrankheiten. Außerdem hatte Grace sich mit Lucille Donald befreundet. Die beiden waren Mitglieder der Ostafrikanischen Frauenliga und beteiligten sich an Aktionen wie der Versorgung der hungernden Afrikaner mit Mais. Valentine wusste, weshalb Grace in Nairobi war. Sie traf sich mit dem Leiter der Gesundheitsbehörde und wollte wieder einmal um einen zweiten Distriktarzt für Nyeri und Umgebung kämpfen. Grace hatte ihre Finger überall; sie beteiligte sich an der Aktion *Wahlrecht für Frauen in Ostafrika*, unterstützte die Petition, die Lord Delamere der Regierung Seiner Königlichen Majestät vorlegen wollte, um für das Protektorat den Status einer Kolonie zu erreichen, sie beteiligte sich an Lebensmittel-und

Kleidersammlungen für die am schlimmsten betroffenen Afrikaner, obwohl die Siedler bereits selbst unter der Dürre und der schlechten Wirtschaftslage litten. Valentine hatte bis jetzt nichts von dem Fleiß und den Fähigkeiten seiner Schwester geahnt. Seit einigen Monaten sah er sie mit neuen Augen und begann sogar, sie zu bewundern.

Woher, fragte er sich, hatte Grace dieses Durchsetzungsvermögen? Valentine musste an ihre Mutter Mildred denken, die Gräfin mit dem riesigen Busen und einer ebenso großen Tournüre. Sie hatte sich wie eine Dampflokomotive durch Bella Hill bewegt; sie war die treibende Kraft der Familie gewesen, und ihr Tod hinterließ eine große Lücke in den alten Mauern. Grace glich ihrer Mutter, wie Valentine nun erkannte – und damit meinte er, sie glich ihm. Und das gefiel ihm irgendwie.

Es kam ihm seltsam vor, Grace in diesem Aufzug zu sehen, den sie selbst entworfen hatte, und über den die Leute die Augenbrauen hochzogen: einen sittsamen Hosenrock aus Khaki, der bestens zum Reiten geeignet war, eine eng anliegende weiße Bluse und einen riesigen Tropenhelm mit einem langen weißen Schleier, der ihr bis zur Hüfte fiel. Es war kaum zu glauben, dass diese Frau einmal das schüchterne junge Mädchen gewesen sein sollte, das erst vor elf Jahren in London in die Gesellschaft eingeführt worden war, und das ihre Tante, die Gräfin Lonford, eine Hofdame der Königin, bei Hof vorgestellt hatte. In dem langen weißen Kleid mit der Schleppe wirkte Grace damals so zurückhaltend und damenhaft; sie nahm schüchtern den Arm eines hübschen Gardeoffiziers, der das Ende ihrer Schleppe galant mit der Degenspitze vom Boden aufhob. Zwei Jahre später studierte sie Medizin und sezierte Leichen.

Man kannte Grace in Nairobi inzwischen so gut, dass man beinahe hätte glauben können, sie sei hier geboren worden. Die achttägige Reise in die Hauptstadt konnte sie nicht schrecken. Sie hatte sich wie eine Eingeborene an den Busch und an das Leben im Zelt gewöhnt; außerdem fand sie auf dem Weg von Nyeri nach Nairobi überall Unterkunft. Grace reiste mit zwei Kikuju und drei Maultieren, besuchte einsame Farmen und übernachtete dort. Man nahm sie mit offenen Armen auf, denn sie war Ärztin und trug ihre Arzttasche immer bei sich. Erst im letzten Monat hatte sie einen Umweg gemacht, um eine abseits vom Weg liegende Farm zu besuchen, und sah sich plötzlich vor der Aufgabe, eine Blinddarmoperation auf dem Küchentisch durchzuführen.

Ein Rätsel blieb für Valentine jedoch, dass seine Schwester sich offenbar überhaupt nicht für Männer interessierte. Auch jetzt beobachtete er, wie ein gut aussehender Offizier der *King's African Rifles* in gebügelter Uniform mit glänzenden Knöpfen und einem Reitstöckchen unter dem Arm stehen blieb und sie liebenswürdig begrüßte. Grace verhielt sich bei solchen Gelegenheiten höflich und freundlich, aber irgendwelche anderen Gefühle erstickte sie im Keim. Nur mit Sir James hatte sie sich wirklich angefreundet.

Ein Teehändler in Nairobi schlug Kapital aus dem Namen Treverton. Nachdem sich herumsprach, dass Lady Rose für sich eine besondere Mischung zusammenstellen ließ, die auch Lady Margaret Norich-Hastings bestellte, wollte niemand zurückstehen, der sich einen solchen Luxus leisten konnte. So wie der berühmte ›Earl Grey‹ 1720 seinen Namen nach der persönlichen Mischung von Sir John Grey erhalten hatte, wurde im Protektorat gerade Lady Trevertons Tee populär. Ein kleines ordentliches Schild im Fenster des KING EDWARD HOTELS wies darauf hin, dass *Countess Treverton Tea* auch hier serviert wurde.

Valentine nahm den Hut ab, als er den Speisesaal betrat. Alle Köpfe wandten sich ihm zu. Bei Miranda West verkehrten ehrbare Siedler der Mittelklasse. Es gab eine besondere Ecke für Kinder, wo es Bananen und Sahnestückchen gab. Ein langer Tisch war unverheirateten Farmern vorbehalten, die dort ihre Schmalzkuchen und Mirandas berühmten Eier- und Schinkenauflauf aßen. Aber der Adel ging in den MUTHAIGA CLUB oder in das NORFOLK HOTEL.

»Eure Lordschaft«, sagte Miranda und näherte sich graziös. Sie trug ihr bestes Kleid, und am Kragen steckten ein paar lila Fliederblüten. »Wie geht es Euch?«

»Glänzend. Ich bin so guter Laune, Miranda, dass ich Lust hätte, Ihren ganzen Vorrat aufzukaufen!«

Sie konnte sich nicht an ihm satt sehen. Offenbar ließen sich seine Haare nicht bändigen. Eine schwarze Locke fiel ihm in die Stirn, und das machte ihn einfach unwiderstehlich. »Ich habe heute frische Sahne, Eure Lordschaft. Wenn Eure Lordschaft mögen ...«

»Dazu habe ich keine Zeit, Miranda. Sie wissen, wie es ist. Ich bin seit über einer Woche weg, und ich brauche beinahe eine Woche für den Rückweg Wer hat dafür gesorgt, dass meine Leute inzwischen arbeiten? Ich werde ganz bestimmt zwei Tage brauchen, um sie im Wald aufzustöbern.« Miranda versuchte, sich ihre Enttäuschung nicht anmerken zu lassen. Sie war realistisch und machte sich keine Illusionen darüber, dass Lord Treverton in ihr nichts anderes als das bezahlte Dienstmädchen sah, das sie war. Aber Miranda hatte einen Plan. In ganz Ostafrika wusste man, dass die Ehe des Earls nicht gerade die glücklichste war. Gerüchte wollten wissen, dass seine Frau keinen Sohn bekam und dass Lord Treverton sich nichts sehnlicher wünschte als einen Erben. Miranda West hatte beschlossen, ihm diesen Sohn zu schenken. Als Gegenleistung würde er den Rest ihres Lebens für sie sorgen.

Es war nicht unter der Würde des Earls, mit ihr in die Küche zu gehen. Es bewies seine Menschlichkeit. Lord Treverton musste die Nase nicht hochtragen oder den Snob spielen. Er war Adel bis ins Mark und durch und durch ein Gentleman. *Ein Mann wie er wusste mit Sicherheit, wie man eine Geliebte standesgemäß aushielt,* dachte Miranda, als sie mit hoch erhobenem Kopf wie eine Herzogin vorausging und ihre Gäste die Augen aufrissen. Sie brauchte nur eine Nacht mit ihm und würde ihm einen Sohn schenken. In England gab es viele Lords mit einer Geliebten und einem unehelichen Kind. Für Miranda stand fest, dass Lord Treverton keine Ausnahme sein würde.

»Lasst mich wissen, wann das Haus eingeweiht wird«, sagte sie, als sie ihm die Gebäckschachteln und Plätzchendosen gab. »Ich werde zu diesem Anlass meine beste Cornische Torte backen.«

»Ich hoffe, im Dezember. Die Leute arbeiten im Moment am ersten Stockwerk. Die Steinplatten auf der Terrasse liegen bereits.«

»Dezember!«, rief sie. »Eure Lordschaft haben noch keinen Weihnachtskuchen wie meinen gekostet. Mit Marzipan und dickem Zuckerguss!« Miranda wandte sich dem Tisch zu, nahm ein paar Butterplätzchen, schob sie in eine Tüte, gab sie Valentine und sagte: »Die sind für Eure kleine Tochter. Sie heißt doch Mona, nicht wahr?«

»Ich werde für das Festessen an Sie denken, Miranda. Ich stelle mir einen Galaempfang vor. Die erste Nacht im großen Haus! Es werden mindestens dreihundert Gäste kommen. Also, fangen Sie jetzt schon an zu backen!«

»Ich werde den Namen des Hauses auf den Kuchen schreiben.«

»BELLA TWO«, sagte er, »*T-W-O*. Ich habe einen Suaheli in Mombasa gefunden, der mir den Namen in Stein über das Tor macht. Er hat versprochen, an Weihnachten zu liefern.«

Schließlich ließ sich Valentine doch überreden, eines ihrer Brandystückchen mit Sahne zu versuchen, und aß dann noch zwei. Er mochte Miranda West und wunderte sich, dass sie nicht längst wieder geheiratet hatte. Es konnte ihr nicht an Möglichkeiten fehlen. Es lag nicht an ihrem Alter. In der übrigen Welt galt eine Frau Mitte dreißig als alte Jungfer, aber in Ostafrika war das beinahe ein Plus. Denn es bewies, dass so eine Frau ›abgehärtet‹ war und nicht jammernd mit dem erstbesten Schiff nach England zurückfahren würde. Am Aussehen konnte es auch nicht liegen; Valentine fand, Miranda war hübsch – in der Art einer Gartenblume mit ihren roten Haaren und einem runden Gesicht, das die Äquatorsonne nicht verbrannt hatte. Und bei ihr gab es das beste Essen in ganz Ostafrika. Irgendein Glücklicher würde sich Miranda West bald angeln, daran zweifelte Valentine nicht.

Schließlich verließ er das KING EDWARD HOTEL und wollte nichts wie nach Hause. Miranda West stand am Fenster und beobachtete, wie Valentine seinen Araber bestieg.

9

Der Gepard kauerte mit angelegten Ohren auf der Erde, und sein Schwanz peitschte geschmeidig von einer Seite zur anderen. Er blickte mit goldenen Augen zum Fenster hinauf. Im graublauen Licht der Morgendämmerung sah er das hochgeschobene Fenster und den wehenden Vorhang. In der dunklen Sicherheit des Cottage schlief Grace Treverton tief und fest.
Der Gepard knurrte leise. Er spannte die Muskeln zum Sprung. Mit einem Satz war das Raubtier auf dem Fensterbrett, hielt inne und landete dann lautlos auf der anderen Seite. Er blieb schnuppernd stehen und hörte das rhythmische Atmen der Frau im Bett. Der Schwanz peitschte hin und her, hin und her. In diesen Wänden war die schwarze Nacht immer noch gefangen, obwohl draußen der Himmel allmählich hell wurde, aber die Raubkatze sah deutlich die kantigen Formen von Tischen und Stühlen. Sie nahm die Gerüche auf: Felle auf dem Boden, Essbares in Dosen, der Mensch im Bett.
Die große Katze wartete, beobachtete und lauschte. Katzensehnen spannten sich unter dem gelben, schwarz gefleckten Fell. Der kleine Kopf des Geparden saß auf einem breiten Hals; die kurze Mähne reichte bis zwischen die Ohren und hinunter in die Wölbung zwischen den spitzen Schulterknochen und den Hinterbeinen. Es war ein junges Weibchen, und es hatte Hunger.
Plötzlich sprang die Katze. Sie schoss in einem vollkommenen Bogen durch die Luft und landete knurrend auf dem Bett.
Grace schrie auf. Dann sagte sie: »Oh Sheba!«, und legte die Arme um den Hals des Geparden.
Sheba leckte ihrer Herrin flüchtig das Gesicht, sprang auf den Boden und wartete schnurrend auf das Frühstück.
»Es ist bestimmt noch viel zu früh, um aufzustehen.« Grace seufzte. »Ich habe geträumt ...« Sie blieb auf dem Rücken liegen, starrte zum Blätterdach hinauf und dachte nach. Es war ein erotischer Traum gewesen, und Sir James kam darin vor.

Grace hatte nicht zum ersten Mal von ihm geträumt, aber dieser Traum beunruhigte sie. Und alles schien so wirklich gewesen zu sein. Sie erinnerte sich ganz deutlich an die Einzelheiten – sie hatten sich unter freiem Himmel beim Schein der Sterne geliebt – und Grace spürte, wie ihr Körper reagierte. Dieser Verrat an Jeremy machte ihr Angst; sie musste die Erinnerung an ihn lebendig halten und an Lucille denken, die Frau von Sir James, mit der sie sich angefreundet hatte. Der lebendige Traum verwirrte sie, aber die Nachwirkung beunruhigte sie noch mehr – das Verlangen, die unbeschreibliche Sehnsucht nach ihm.

Das darf nicht sein, dachte sie, zwang sich zum Aufsetzen und blickte in die kalte Morgenluft. *Ich darf das nicht zulassen. Er ist ein Freund, mehr nicht.*

Grace wusch sich und kleidete sich mit großer Sorgfalt an. Sie ging sehr sparsam mit dem Wasser in ihrem *Debe* um, einem Zwanzig-Liter-Kanister, der einmal Petroleum enthalten hatte. Schon vor Monaten hatte Valentine den Fluss stauen lassen und so einen kleinen See geschaffen, der ihn und die Kikuju in der Gegend während der Trockenheit versorgte. Aber selbst dieser geringe Vorrat ging zur Neige, wenn es nicht bald regnete ...

Anfangs hatte Grace darüber gestaunt, dass es am Äquator so kalt sein konnte. In Nairobi war es heiß, aber neunzig Meilen nördlich musste man sich warm anziehen. Sir James hatte ihr erklärt, das sei auf die Höhe zurückzuführen, den Regenwald und den schneebedeckten Berggipfel. In der Zentralprovinz war es feuchter und kühler als überall sonst im Protektorat. Im ›Sommer‹ gab es hier dichten Nebel, und während der beiden Regenzeiten goss es täglich in Strömen. Zumindest hatte man ihr das erzählt. Den richtigen Regen hatte Grace allerdings noch nicht erlebt. In Ostafrika herrschte immer noch eine schreckliche Trockenheit. Sie hatte auch über die gleich bleibende Länge der Tage gestaunt. Es gab keine kurzen Winter- oder langen Sommertage. Die Tage änderten sich das ganze Jahr hindurch nicht; es war zwölf Stunden hell und zwölf Stunden dunkel.

Grace wusch sich mit ihrer selbst gemachten Seife und zog frische Sachen an. Das Leben in der Wildnis war ein ständiger Kampf um die Sauberkeit und eine gepflegte Erscheinung. Bei Wasserknappheit fiel einem das noch schwerer. Deshalb gaben viele Frauen den Kampf auf. Sie erschienen mit Kleidern in Nairobi, die einmal weiß gewesen, inzwischen aber grau waren, und mit Tropenhelmen, auf denen eine dicke rote Staubschicht lag. Grace bürstete ihren Helm jeden Abend sorgfältig ab; sie wusch und bügelte ihre

Blusen mit Hingabe. Dieses Ritual nahm abends die meiste Zeit in Anspruch, aber Grace hatte feste Grundsätze. Deshalb stach sie in der Menge heraus und wirkte, von allen beneidet, frisch und gepflegt wie beim Nachmittagstee in Devon.
Im Grunde fehlte ihr die Zeit für solche Dinge. Im Protektorat war inzwischen so vieles knapp geworden, dass Grace wie andere weiße Frauen sich dazu bequemen musste, viele Haushaltsdinge selbst herzustellen. Von Lucille Donald hatte sie gelernt, wie man in leeren Chutney-Flaschen Butter machte, mit Hilfe einer Fahrradpumpe Kerzen aus Schafsfett herstellte und nach dem Vorbild der Kikuju Hefe aus Kartoffeln. Die erfindungsreiche Lucille hatte ihr sogar geraten, die gebrühten Teeblätter aufzubewahren und Holz und Glas damit zu putzen. All das kostete Zeit und musste erledigt werden, wenn sie nicht das Gemüse in ihrem Garten wässerte und Unkraut jätete, Antilopen und Hyänen verscheuchte, Mario, ihren Hausboy, beaufsichtigte und versuchte, ihm ein Gefühl für englische Sauberkeit und Ordnung einzuflößen, oder wenn sie nicht gerade in die Kikuju-Dörfer ging, weil sie hoffte, die Freundschaft und das Vertrauen der Afrikaner zu gewinnen. Grace versuchte außerdem, etwas Zeit für persönliche Dinge zu finden: sie führte ihr Tagebuch, las die sechs Monate alten Ausgaben der TIMES und schrieb regelmäßig Briefe an Freunde in England, an die Missionsgesellschaft in Suffolk und an die Regierung. Sie erkannte inzwischen, dass das Studium sie wirklich etwas gelehrt hatte, das sich als sehr wichtig erwies: die Fähigkeit, mehrere Dinge gleichzeitig zu tun.
Der Tag begann mit Vogelgezwitscher. Drosseln und Rotkehlchen sangen in der Morgenluft, Lerchen und Grasmücken begrüßten die Sonne, und der eigenartige Kuckuck mit dem roten Fleck auf der Brust saß auf einem Ast und rief unentwegt. Die Vögel hatten Grace zu dem Namen ihres Hauses inspiriert. Sie nannte es ›Vogelsang-Cottage‹.
Sie hatte sich für den Platz mit der gleichen Sorgfalt entschieden, mit der sie alles in Angriff nahm. Sie wusste, dass an tief liegenden Stellen die Gefahr von Malaria bestand, und ein hoch gelegenes Haus bedeutete, dass man das Wasser vom Fluss herauftragen musste. Deshalb hatte Grace den Rand ihres dreißig Acre großen Geländes gewählt, das zum größten Teil immer noch Wald war. An dieser Stelle stieg das breite flache Flussufer kaum wahrnehmbar an. Der Boden war fest und trocken, und man konnte mühelos zum Fluss hinuntergehen. Ihr Bungalow wirkte wie eine Mischung aus einer afrikanischen Hütte und einem Cottage in Suffolk. Er war lang und

niedrig, hatte ein Blätterdach und eine umlaufende Veranda an allen Seiten. Auf der Vorderseite befand sich ein kleines Rasenstück, an dessen Rand Margeriten, Mohn und Salbei wuchsen. Sie hatte das Haus mit den wenigen Möbeln eingerichtet, die sie aus England mitgebracht hatte: eine hübsche alte Anrichte, ein Himmelbett, ein Küchentisch, und vor einem riesigen Steinkamin standen zwei Morris-Sessel. Den gestampften Lehmboden besprühte sie gegen Termiten und Erdflöhe mit Desinfektionsmittel; sie hatte ihn mit Zebra- und Antilopenfellen belegt. An der Wand über dem Kamin hing das Fell eines Leoparden, den Valentine geschossen hatte. Seiner Meinung nach hatte diese Katze seine Jagdhunde gerissen.
Die ›Stühle‹ um ihren Esstisch, an dem sie gerade frühstückte und eine Kikuju-Grammatik studierte, waren Kisten. Hinter ihr stand der Medikamentenschrank, in dessen Fächern sich ordentlich etikettiert Dosen, Flaschen und Schachteln befanden, von denen sie bisher höchst selten Gebrauch machte.
Sie führte ein ruhiges Leben; in gewisser Weise war es zu ruhig, und man konnte nicht aus der Haut fahren. Grace war nicht nach Ostafrika gekommen, um ihre Tage mit Brotbacken oder Seifenkochen zu verbringen. Sie wollte heilen, unterrichten und ein Licht in der Dunkelheit der Steinzeit entzünden. Aber um heilen zu können, brauchte man Patienten; zum Unterrichten brauchte man Schüler, und das Licht in der Dunkelheit kostete Brennstoff für die Lampe.
Warum blieben die Eingeborenen weg?
»Sie sind bereit, für meinen Bruder zu arbeiten«, hatte sie Sir James geklagt.
»Warum kommen sie nicht in meine Krankenstation?«
»Valentine ist der *Bwana*«, hatte Sir James erklärt. »Seinen Status verstehen sie. Er hat sich ihre Achtung dadurch erworben, dass er sie schlägt. Aber für die Kikuju, Grace, sind Sie keine Frau, die ihren Wert unter Beweis gestellt hat. Sie sind nicht verheiratet und haben keine Kinder. In ihren Augen sind Sie nutzlos.«
»Sie gehen zu den Missionsstationen in Nyeri.«
»Um einen neuen Namen zu bekommen. Die Afrikaner begreifen, dass Männer mit Namen wie George und Joseph die Macht in diesem Land haben. Sie wissen inzwischen, dass sie solche Namen bekommen können, wenn sie zu den Christen gehen und sich taufen lassen. Die Afrikaner stehen Schlange für *Muzungu*-Namen, weil sie unbedingt den Weißen gleichwertig sein wollen. Aber Sie, Grace, Sie predigen nicht und Sie taufen nicht.

Auf Ihrem Dach steht kein Kreuz, und Sie geben ihnen keinen neuen Namen. Also sehen sie keinen Grund, zu Ihnen zu kommen.«

Das wäre Jeremys Aufgabe gewesen. Er hätte gepredigt und getauft. Er und Grace hatten ein Team sein wollen: Ärztin und Pfarrer. Grace begriff, ohne Jeremy war es hoffnungslos.

»Ich kann Ihnen nur einen Rat geben«, hatte James gesagt. »Gewinnen Sie Häuptling Mathenge für sich. Wenn Ihnen das gelingt, dann wird alles andere ein Kinderspiel sein.«

Mathenge! Dieser Mann stand in seiner Entwicklung höchstens eine Stufe über den wilden Tieren im Wald. Dieser Krieger blickte mit Verachtung auf die sich verändernde Welt; er saß im Schatten und sah zu, wie seine Frauen schufteten. »Wenn ich Mathenge auf meine Seite bringe«, hatte Grace geantwortet, »dann kann ich auch Regen machen.«

James hatte gelacht, und die sonnenverbrannte Haut um seine Augen legte sich in Fältchen. *Er hat eine schöne Stimme,* dachte Grace. *Sie ist kultiviert und angenehm. Solche Stimmen hört man eigentlich nur auf der Bühne.* James ...

Sheba war sein Geschenk. Er hatte das junge Tier gefunden, als er einen Geparden jagte, der seine Rinder riss. Die kleine Sheba war durch seine Kugel verwaist, und deshalb hatte er sie Grace gebracht.

Grace starrte auf die Seite der Kikuju-Grammatik, die sie lernen wollte, und stellte fest, dass ihre Gedanken wieder einmal abgeschweift waren. »Kann ich denn nur noch an James denken?«, fragte sie sich. Würde das ihr Leben sein? Bei Jeremy war es ganz anders gewesen. Sie waren sich im Operationssaal des Lazarettschiffs begegnet und hatten sich auf der Stelle ineinander verliebt. Der Krieg erlaubte kein langes Flirten oder Werben. Jeremy hatte sie nicht zu Tagträumen verführt. Sie verliebten sich, und wenige Tage später schmiedeten sie Pläne für ein gemeinsames Leben.

Jetzt fragte sich Grace, wie gut sie Jeremy eigentlich gekannt hatte. An Bord hatten sie geredet und geredet. Aber *worüber?*

Sie versuchte angestrengt, sich daran zu erinnern. Selbst sein Aussehen verblasste in der Erinnerung allmählich. Bei Sir James erinnerte sie sich an jedes Wort, und sie sah sein attraktives Gesicht deutlich vor sich. Über ihn wusste sie inzwischen bereits mehr als über Jeremy Manning.

Grace war im Mai zum ersten Mal auf KILIMA SIMBA gewesen, der Ranch der Donalds, die acht Meilen weiter nördlich lag. Sie hatte Lucille von einem Mädchen entbunden, das den Namen Gretchen erhielt. Sir James hatte

Grace in einem Wagen abgeholt, den ein Somaliboy zog. Ralph und Geoffrey, seine beiden Jungen, begleiteten ihn. An diesem Tag hatte Grace festgestellt, dass der Nyeri-Regenwald kurz hinter der Treverton-Plantage endete und allmählich in die endlose Savanne überging, die sich wie ein weizengelbes Meer bis zu den Ausläufern des Mount Kenia erstreckte. Breitblättrige Bäume und immergrünes Buschwerk durchbrachen die endlose löwenfarbene Ebene. Die Luft war staubtrocken, und der Himmel tiefblau. Sie kamen an kleinen Rinderherden der Einheimischen vorbei, die junge Männer hüteten, die sich auf lange Stäbe stützten und ihre Haare zu zahllosen kleinen Zöpfen geflochten hatten. Sie trugen *Shukas*, über einer Schulter geknotete Decken, und in ihren durchstochenen Ohrläppchen hingen schwere runde Hölzchen. Über ihnen kreisten Falken und Geier, metallgraue Wolken sammelten sich um den Gipfel des geizigen alten Berges, der keinen Regen schickte, und über allem lag tiefe Ruhe ...

Grace warf immer wieder verstohlene Blicke auf den Mann neben ihr, dessen Peitsche über den Ohren des Pferdes tanzte. James besaß eine drahtige Schlankheit, die ihn sehr anziehend machte, und seine Haut war immer tief gebräunt. Er war aus dem Holz der Pioniere geschnitzt, wie man sie im australischen Busch oder im amerikanischen Westen kannte, und er war ebenso afrikanisch wie die Krieger, die sich auf ihre Stäbe stützten. Aber er besaß eine Sanftheit, die den kriegerischen Herzen der Eingeborenen unbekannt war.

Kilima Simba, so hatte er erklärt, bedeutet Löwenhügel. *Simba* bedeutet Löwe und *Kilima* kleiner Hügel. Es war ein Suaheli-Name, von denen es viele in Ostafrika gab. Der berühmteste war der höchste Berg des Kontinents: Kilimandscharo.

Die Ranch der Donalds lag noch einsamer als BELLA TWO, in deren Nähe wenigstens das Städtchen Nyeri lag. Die Ranch in der gelben Savanne umfasste achttausend Acres wasserloses Gelände und verdorrtes Gras. Sie hatten eine große Herde, eine Kreuzung aus Ayrshire-und Boranrindern und dreihundert importierte Merinoschafe. In der Mitte stand einsam das Farmhaus.

Lucille sehnte sich nach der Gesellschaft einer weißen Frau, so viel sah Grace sofort, als sie vom Wagen kletterte. Lucille — eigentlich Lady Donald, seit ihr Mann in den Adelsstand erhoben worden war — stand an der Haustür und presste die Hand auf den Leib, denn die Wehen hatten bereits eingesetzt.

Den ganzen Nachmittag über tauchte Sir James immer wieder im Haus

auf, beaufsichtigte aber gleichzeitig die zahllosen Arbeiten auf der Ranch, während Grace seine Frau versorgte. Der vierjährige Ralph und der siebenjährige Geoffrey spielten mit den Hunden im Garten. Später stürmten sie lärmend ins Haus und schlangen ihr Abendessen hinunter, das aus Dosenschinken, Maisbrot und Marmelade bestand. Dann erschien James. Er wusch sich, zog sich um und blieb bei Lucille, bis das kleine Gretchen um Mitternacht das Licht der Welt erblickte. Als Grace das Kind in den Händen hielt, dachte sie sofort: *Sie wird einmal Monas beste Freundin sein.*
Lucille schlief mit Gretchen im Arm ein; Grace und James setzten sich in das gemütliche Wohnzimmer, wo ein Holzfeuer die nächtliche Kälte vertrieb. In dieser Nacht sprachen sie über viele Dinge: von dem ausbleibenden Regen, der unsicheren Wirtschaftslage des Protektorats, von den Problemen mit den Eingeborenen. Er erkundigte sich nach dem Medizinstudium, nach dem Krieg, nach ihren Plänen in Ostafrika und berichtete seinerseits von seiner Kindheit in Mombasa, von Safaris mit seinem Vater in unerforschte Gebiete, von dem Schock, als Sechzehnjähriger nach England fahren zu müssen, und der schrecklichen Sehnsucht nach der Rückkehr, die ihn dort wie eine Krankheit überfallen hatte.
Die Vertrautheit am Feuer in der kalten Nacht, die afrikanische Stille draußen vor den geschlossenen Fensterläden weckte in Grace den Wunsch, ihn nach dem Grund seines Hinkens und der Wunde zu fragen, die er sich im Krieg geholt und danach, wie er ihrem Bruder das Leben gerettet hatte. Doch dann erinnerte sich Grace an die Nacht, in der das Schiff gesunken war, an die Stunden, die sie im Wasser trieb, während in der Dunkelheit die ertrinkenden Männer um Hilfe riefen; und sie wusste, so wie sie mit keinem Menschen über dieses Erlebnis sprechen konnte, musste auch Sir James den Wunsch haben, dieses Kapitel seines Lebens für sich zu behalten.
Trotzdem machte sie sich weiter Gedanken über ihn und über die schreckliche Prüfung, die er und Valentine nahe der Grenze zu Tanganjika durchgemacht hatten.
Die Sonnenstrahlen fielen auf ihr Buch, und Grace starrte immer noch auf die Seite. Das Frühstück war kalt geworden, und sie hatte ihre Kikuju-Grammatik nicht gelernt. Für Grace Treverton war es sehr untypisch, sich ihren Gedanken zu überlassen. Nur mit Disziplin hatte sie ihr Medizinstudium absolviert, und nur mit Disziplin konnte sich eine Frau in einer Männerwelt behaupten. Jetzt saß sie in einer wilden Ecke Afrikas und hoffte, sich mit einem kriegerischen Stamm anzufreunden, der bis vor kurzem noch mit

Speeren gekämpft hatte. Aber anstatt sich auf die lebenswichtige Grammatik zu konzentrieren, träumte sie mit offenen Augen von einem Mann, der für sie nie mehr als ein Freund sein konnte ...

Sie nahm sich die Kikuju-Substantive der Klasse II vor. *Der Löwe,* so las sie in der Grammatik, *befindet sich in einer Klasse, in die er normalerweise nicht gehören würde. Das heißt, nur eine Stufe unter den Menschen, aber über allen anderen Tieren. Grund dafür ist die Angst der Kikuju, dass ein Löwe, der hören würde, dass er in Klasse III eingeordnet wird, in die er eigentlich gehört, den Mann fressen würde, der es gewagt hatte, ihn so tief einzustufen.*

Grace seufzte und blätterte in dem Buch. Es war eine Sprache der Widersprüche! Wenn es um die Tempi der Verben ging, war sie extrem differenziert; es gab ungefähr fünf Formen des Präsens und mehrere für das Futur. Die Vergangenheitsformen sprachen ihrem englischen Äquivalent Hohn und blieben ihr ein Rätsel. Andererseits übertraf diese Sprache alle anderen Sprachen an Schlichtheit. Für Farben gab es nur drei Worte: hell, dunkel und rotbraun. Wollte man über etwas sprechen, das blau war, sagte man, es habe ›die Farbe des Himmels‹. Zahlen wurden von Zauber und Aberglauben beherrscht, und es war kein Wunder, dass die Rinderhirten von James die Rinder nicht zählen konnten. Für einen Kikuju war es tabu, mehr als sechs Tage hintereinander zu arbeiten. Wer am siebten Tag, dem traditionellen Ruhetag arbeitete, rief ein *Thahu* über sich herab. Die Kikuju glaubten allgemein, im siebten Monat einer Schwangerschaft sei die Gefahr einer Fehlgeburt am größten, und deshalb fürchteten sie die Zahl Sieben. Man setzte niemals sieben Pflanzen, sondern sechs oder acht. Man blieb nie nach sieben Schritten stehen, sondern ging mindestens einen Schritt weiter. Man vermied sogar, das Wort Sieben auszusprechen. James hatte ihr gesagt:»Wenn man die Psychologie der Kikuju verstehen will, lernt man am besten ihre Sprache.«
Schon wieder James.

Grace klappte das Buch zu und stand auf. Bevor sie das Cottage verließ, blieb sie einen Augenblick stehen und betrachtete sich im Spiegel.

Ihr Hosenrock hatte im Protektorat für Aufregung gesorgt. Eine Frau, die Hosen trug! Aber einige hatten begriffen, wie praktisch das war, und hatten sich ebenfalls welche machen lassen. Grace musterte ihr Gesicht. Sie hatte ebenmäßige Züge, und sie schützte ihre Haut vor der Sonne. Sie hatte hübsche, volle Haare. Was James wohl dachte, wenn er sie sah?

Grace steckte sich eine Türkisbrosche an den Kragen; sie war das Geschenk einer amerikanischen Ärztin namens Samantha Hargrave.

Dr. Hargrave war in Amerika durch ihren Kampf gegen Quacksalber berühmt geworden und besuchte in einem Londoner Militärkrankenhaus die Kriegsverletzten. Dabei lernte sie Grace Treverton kennen, die sich von der Katastrophe auf hoher See immer noch nicht völlig erholt hatte. Die beiden Frauen, die erfahrene siebenundfünfzigjährige und die junge Ärztin, die ihr Examen erst vor drei Jahren abgelegt hatte, unterhielten sich lange. Bevor Dr. Hargrave sich verabschiedete, nahm sie eine Brosche ab, die sie trug. Die Brosche hatte einen Türkis von der Größe einer Zitronenscheibe. Dr. Hargrave schenkte sie Grace. »Der Stein bringt Glück«, sagte sie. Er war intensiv blau. Wenn das Glück verbraucht war, würde die Farbe verblassen, und sie musste den Stein weitergeben.

Eine seltsame Äderung zog sich über die Mitte; sie sah aus wie zwei Schlangen, die sich um einen Baum wanden – das weltweite Symbol der Ärzte. Aber man konnte auch eine Frau mit ausgestreckten Armen darin sehen. Als der Stein in ihrer Hand lag, hatte Grace blitzartig eine Vision. Sie schien mit den Augen einer anderen Frau zu sehen: Sie schien am Bug eines Schiffes zu stehen. In der Ferne lag eine Stadt mit Marmorkuppeln und Säulen. Grace fragte sich, ob sie der Geist dieser vor langer Zeit gestorbenen Frau flüchtig erfasst hatte.

Jetzt trat sie auf die Veranda hinaus und sog die frische Morgenluft tief ein. Jeden Morgen hatte sie das Gefühl, ganz nahe der Sonne aufzuwachen. Nahe bei Gott, hätten manche gesagt. An diesem kalten Oktobermorgen war die Luft klar und feucht, was Regen verhieß. Durch die Kampferbäume und die hohen Zedern hindurch sah sie den Mount Kenia, wo der alte Gott der Kikuju wohnte. Er geizte immer noch mit dem Regen und hielt die schwarzen Wolken an seinem Gipfel fest. Immer wieder löste sich eine vereinzelte Wolke, trieb über den Himmel, und es sah aus, als werde sie Regen bringen. Aber plötzlich löste sie sich auf und war verschwunden. Jedes Mal erwachte die Hoffnung; Afrikaner und Europäer hoben erwartungsvoll den Kopf, und sie einte alle der verzweifelte Wunsch: Regen!

Die lange Regenzeit hätte im März beginnen müssen. Aber sie war ausgeblieben. Im nächsten Monat stand die kurze Regenzeit bevor und wurde sehnlichst erwartet. Grace betrachtete den schroffen Berg, als sei er tatsächlich ein zorniger alter Mann, der der Welt eigensinnig seinen Segen vorenthielt. *Dort* stand der Feind: der Mount Kenia. Das Symbol aller Krankheiten, aller Unwissenheit im Protektorat. Der Berg hielt die Menschen in

seinem abergläubischen Bann, und Grace wusste, um die Menschen zu retten, musste sie diesen Berg bekämpfen.
Sie wartete auf Mario und ließ den Blick liebevoll über ihre kleine *Shamba* schweifen. Über ihr zwitscherten die Webervögel in den Bäumen; sie hingen wie dicke Zitronen an den Zweigen, und dunkelblaue perlmuttglänzende Stare spielten mit kleinen mausgrauen Blutschnabelwebern, die leuchtend rote Backen und Schnäbel hatten. Der süße Duft von wildem Jasmin lag in der Luft. Grace roch den Rauch der afrikanischen Kochstellen. Auf dem Hügel wurde immer noch an dem großen Haus gearbeitet; das Hämmern und Sägen drang bis zu ihr herunter.
Grace zog die Strickjacke eng um sich und entdeckte plötzlich, dass etwas fehlte. Die Kissen ihrer vier Verandastühle waren schon wieder verschwunden. Zweifellos das Werk von Shebas Freunden. In der Nacht kamen junge Geparden aus dem Busch und spielten frech am Haus; sie zerrten Kleider von der Wäscheleine und verschleppten die Verandakissen. Vor einigen Wochen war ihr Fußabstreifer plötzlich verschwunden, und man hatte ihn später in einem Baum entdeckt.
Das Leben im Vogelsang-Cottage erforderte ständige Wachsamkeit, damit man nicht verwilderte. Grace wusste, wie leicht es wäre, sich gehen zu lassen und die Regeln der Zivilisation zu vergessen. Die Tiere würden im ganzen Haus herumlaufen, die Termiten das Grasdach endgültig erobern; bald würde man nur noch in Lumpen herumlaufen, sich nicht mehr kämmen und darauf verzichten, sich abends zu waschen. Genau das hatten einige Siedler in der Einsamkeit getan, und Grace wusste, es lag nur eine Haarbürste oder eine Gabel zwischen den Weißen und der Steinzeit.
Mario erschien mit einem großen, noch warmen Topf, einem Sack Mais und einem Zopf getrockneter Zwiebeln über der Schulter. Diesen aufgeweckten Kikuju hatten die italienischen Priester der katholischen Mission erzogen. Er war zum Christentum übergetreten und hatte, wie es beinahe überall Brauch war, den Namen des Priesters bekommen, der ihn taufte. Als er älter wurde und das Beschneidungsritual hinter ihm lag, das ihn zum Mann machte, suchte er Arbeit bei den Weißen, wie so viele Afrikaner es inzwischen taten, da sie keine Krieger mehr werden konnten. Am liebsten arbeiteten sie auf den Rinderfarmen, denn das Rinderhüten war eine alte, ehrenvolle Beschäftigung der Männer. James hatte immer genug Hirten. Aber vor Feldarbeit wie Säen und Pflanzen schreckten sie zurück, denn das war Frauenarbeit und daher erniedrigend. Da Mario aus einer anderen Sip-

pe kam, was ihn zum Außenseiter machte, wurde er nicht in Valentines Bauarbeitertrupp aufgenommen, und so hatte Grace ihn eingestellt. Sie konnte ihm nicht viel zahlen, nur zwei Rupien im Monat, aber er bekam gut zu essen und schlief in einer Hütte hinter dem Haus.

Der junge Kikuju mit dem Namen eines katholischen Priesters sprach Englisch mit einem italienischen Akzent; er trug Khaki-Shorts und ein Hemd wie die afrikanischen Rekruten der königlichen Afrikanischen Schützen.

»Fertig, *Memsaab Daktari*«, sagte er und zeigte ihr den Topf.

Die Gemüsesuppe mit Maismehl hatte die ganze Nacht auf dem Feuer gestanden. Fleisch gab es nicht, denn die Kikuju aßen kein Wild, und Grace konnte keine ihrer Ziegen entbehren. Auch Huhn war nicht möglich, denn das aßen die Männer nicht; Huhn aßen nur Frauen. Aber Grace hatte noch vor dem Einschlafen ein verrostetes Hufeisen in die Suppe geworfen – das traditionelle Mittel als Schutz vor Anämie.

Sie hatte vor einem Monat begonnen, den Dorfbewohnern Lebensmittel zu bringen, als ihre Getreidevorräte aufgebraucht waren und die Gemüsefelder keinen Ertrag mehr brachten. Die Kikuju mussten jetzt hungern, denn sie hielten nichts davon, für die Zukunft vorzusorgen. Sie pflanzten nur das an, was sie gerade zum Essen und zum Tauschen brauchten, und glaubten, um das Morgen müssten sie sich keine Gedanken machen. Aus diesem Grund wäre ihnen nie in den Sinn gekommen, den Fluss zu stauen, wie Valentine es getan hatte, um einen Wasservorrat für die Trockenzeit zu haben. Selbst jetzt, nachdem es das gestaute Wasser gab, fanden sie keinen Weg, ihre Felder ausreichend zu bewässern. Jeden Morgen liefen die Kikuju-Frauen und -Mädchen zu dem künstlichen Teich, füllten die Kalebassen und schleppten das Wasser tief gebeugt ins Dorf zurück. Einen Graben anzulegen, um sich diese tägliche Mühe zu ersparen, hätte eine Änderung bedeutet, und jede Änderung war tabu.

Grace verließ mit dem Hausboy die Veranda und ging den Pfad entlang, der zum Fluss führte. Das kümmerliche Rinnsal lag zu ihrer Rechten; links erhob sich der grasgrüne Hügel, auf dem inzwischen alle Bäume gerodet waren. Grace konnte gerade noch das Dach von BELLA TWO sehen.

Grace und Rose lebten nun seit acht Monaten in Afrika, und Valentine war von der Idee besessen, das Haus müsse zu Weihnachten fertig sein. Er trieb seine Afrikaner Tag und Nacht zur Arbeit an, lief mit der Peitsche auf der Baustelle herum, brüllte und versetzte jedem einen Tritt, den er dabei ertappte, dass er sich ausruhte. Sein Leben kreiste nur um ein Ziel: BELLA TWO musste rechtzeitig zu dem Galaempfang fertig sein, mit dem er das Haus einweihen wollte! Es sollte *das* Ereignis werden. Alle würden bis zu dem großen Abend im Zeltlager leben. Mehr als zweihundert Gäste aus dem ganzen Protektorat sollten sich zu einem märchenhaften Fest versammeln. Es würde Musik geben und Tanz. Die Gäste würden bequem in eigens für diesen Anlass aufgeschlagenen Hütten und Zelten untergebracht werden, und dann wollte Valentine seine Frau zum ersten Mal in das neue Schlafzimmer führen.

Hinter der südlichen Grenze ihres Grundstücks lag die Lichtung, auf der Mathenge und seine Familie gelebt hatten und die Valentine nun in ein Polofeld verwandelte. Der Häuptling hatte seinen Frauen befohlen, auf die andere Seite des Flusses zurückzugehen und wieder bei dem Stamm zu leben. Aber zwei Frauen hatten sich geweigert: die alte Wachera, die ehrwürdige Großmutter seiner Frau, und die junge Wachera, die von der alten Medizinfrau unterrichtet wurde. Von den ursprünglich sieben Hütten standen nur noch zwei.

Vor einigen Wochen hatte Grace eine merkwürdige Auseinandersetzung zwischen Mathenge und der Großmutter seiner Frau beobachtet. Die alte Wachera hatte den jungen Häuptling höflich davon in Kenntnis gesetzt, dass irgendjemand ihre Hütte zerstöre, und er hatte respektvoll erklärt, weshalb das geschah. Er forderte sie auf, zu den anderen ins Dorf über den Fluss zu gehen. Die Großmutter hatte ihn ruhig, beinahe scheu daran erinnert, dass dies hier durch den alten Feigenbaum ein heiliger Platz sei, und der junge Krieger hatte sie beinahe schüchtern und höflich gebeten, seinen Wunsch zu befolgen.

Es war ein groteskes Gespräch. Eindeutig stritten sich zwei ehrwürdige Autoritäten. Die Alten der Kikuju wurden vom Stamm so verehrt, dass es ein Tabu war, ihren Namen auszusprechen, noch dazu den Namen einer Medizinfrau, aus deren Mund die Ahnen redeten. Aber jungen Kriegern – besonders einem, der jetzt Häuptling war, und beinahe den Status eines *Muzungu* besaß, musste man ebenfalls gehorchen. Infolgedessen hatte keiner der beiden nachgegeben. Die alte Wachera ging wieder in ihre Hütte, um, wie sie erklärte, für den Rest ihres Lebens dort zu bleiben, und Mathenge blieb stolz und mit zur Maske erstarrtem Gesicht zurück.

Valentine hatte jedoch geschworen, er würde seine Pläne durchführen, und die alte Frau wenn nötig wegtragen lassen.

Grace und Mario liefen gerade durch raschelnden Bambus, um den Pfad zum Dorf über dem Fluss zu erreichen. Verblüfft blieben sie stehen, als Mathenge plötzlich auftauchte. Er sah sie nicht, sondern schritt zielstrebig in Richtung Plantage.
Grace hielt den Atem an. Da ging ihr Gegner, den Mann, den sie gewinnen musste, in dessen Macht es lag, ihr in Afrika Erfolg oder Niederlage zu bereiten. Sie fürchtete diesen Mann.
Und er war der schönste Mensch, den sie je gesehen hatte.
Mathenge war sehr groß, hatte breite, runde Schultern und eine erstaunlich schmale Taille und Hüfte. Er trug eine *Shuka* aus *Americani*, die über der einen Schulter verknotet war, sodass man beim Gehen seine sehnige Seite und die wohlgeformten Hinterbacken sah. Die Haare trug er nach Art der Massai in zwei Reihen Zöpfen, die nach vorne und hinten lagen und mit Ocker bestrichen waren. Eine solche Frisur kostete Stunden und verriet die Eitelkeit des Mannes. Auch aus seinem Gesicht sprach nichts als Selbstgefälligkeit. Die hohen Wangenknochen, die schmale Nase und die ausgeprägten Kieferknochen wiesen auf Massai-Vorfahren hin. Er hatte ein zurückhaltendes Wesen, und sein Gesichtsausdruck war weniger hochmütig, sondern der Ausdruck eines Mannes, der sich nicht mit den Trivialitäten des Lebens abgibt.
Grace beobachtete Mathenge, während er mit geschmeidigen Schritten und anmutig schwingenden langen Armen vorüberging, und bemerkte plötzlich, dass sie immer noch den Atem anhielt.
Die Kikuju hielten nichts von geraden Wegen. Sie fühlten sich sicher, wenn sie Schleifen und Kurven zogen. Ähnlich arbeitete auch ihr Verstand. Sie drückten nie etwas klar und deutlich aus, sondern umkreisten eine Sache, machten Andeutungen und überließen es den anderen, selbst Schlussfolgerungen zu ziehen. Sie fürchteten eine klare Aussage, als sei sie ein vergifteter Pfeil, und ebenso entschlossen vermieden sie gerade Wege; deshalb folgten Grace und Mario jetzt einem gewundenen, umwegartigen Pfad zum Dorf. Er verlief parallel zu einer ausgetretenen Fährte, und die Spuren der riesigen Waldschweine und Elenantilopen verrieten, dass die Tiere sich zum Trinken inzwischen zu Valentines Stausee wagten. Die Dürre ließ viele Tiere inzwischen aus dem Wald kommen; im Schilf- und Bambusdickicht tauchten auch neue Vögel auf: Kronenkraniche, Störche und Nilgänse. Mario behauptete, er habe in der Nacht sogar ein Nashorn gehört, das sich geräuschvoll seinen Weg durch den Busch bahnte.

Während Grace zwischen den Wacholder- und Akazienbäumen ging und über sich einen rotgelben Papagei entdeckte, hatte sie das Gefühl, ein Land zu durchstreifen, das eine Seele besaß. Hier spürte sie ein Pulsieren, das sie in Suffolk nie wahrgenommen hatte. Die Landschaft atmete, die Erde verströmte eine lebendige Wärme, die Pflanzen schienen zu flüstern und sich ihr zuzuneigen. In der Luft lag das Gefühl der Erwartung, des Wartens ...
Der Eingang zum Dorf lag verborgen zwischen Bäumen und Lianen, um die bösen Geister zuüberlisten und sie dadurch fern zu halten. Hinter dem natürlichen Tor lag eine Lichtung mit ungefähr dreißig Hütten; sie waren alle rund, aus getrockneten Kuhfladen und Grasdächern. Blauer Rauch stieg von den spitzen Dächern auf und verriet, dass die Hütten bewohnt waren. Das Feuer musste Tag und Nacht brennen; wenn es einmal ausging, brachte das Unglück, und die Hütte musste zerstört werden. Es war ein unscheinbares, kleines Dorf, denn die Kikuju kannten keine Kunst oder Architektur, keine Schnitzereien oder Skulpturen. Obwohl es keine Ernte gegeben hatte und die Grippe Lücken hinterließ, wirkte das Dorf wie ein geschäftiger Ameisenhaufen. Alle arbeiteten. Schon die kleinen Mädchen hüteten Ziegen, verheiratete Frauen zerstampften ein bisschen Hirse, und die Großmütter saßen mit ausgestreckten Beinen in der Sonne und flochten Körbe – diese Szene war ein Beweis für den obersten Grundsatz, dass man eine Kikuju-Frau niemals müßig sah.
Die Frauen in ihren Lederschürzen, die vor Schmutz und Fett starrten, den klirrenden Perlenketten und Kupferreifen an den Armen gerbten Ziegenfelle, rührten die kärglichen Suppen und fertigten ihre primitiven Töpfe; sie benutzten dazu keine Töpferscheibe und ließen die Gefäße in der Sonne trocknen. Abgesehen von ein paar wenigen jungen Frauen mit einem wolligen Haarbüschel auf dem Kopf, das verriet, dass sie unverheiratet waren, hatten alle die Köpfe glatt geschoren, und sie glänzten wie Billardkugeln. Männer sah man nicht im Dorf. Entweder arbeiteten sie für Valentine auf der anderen Flussseite, oder sie tranken im Schatten eines Baumes Zuckerrohrwein. Sir James hatte einmal zu Grace gesagt: »Die Frauen schuften, die Männer faulenzen.«
Ein paar Kinder entdeckten Grace, ließen alles stehen und liegen und kamen zögernd näher. Fliegen galten als Statussymbol, denn sie wiesen auf den Besitz von Ziegen hin. Viele Fliegen bedeutete viele Ziegen und von daher Reichtum und Ansehen in der Sippe. Die Fliegen vom Körper zu verjagen, war ein schlimmer Verstoß gegen die guten Sitten. Aber Grace kümmerte

sich nicht um gute Sitten, als die Kinder herankamen und sie die mit Fliegen übersäten Gesichter sah. Sie verscheuchte sie mit der Hand.

Das Protokoll musste eingehalten werden, ehe sie das Essen verteilen konnte. Die Frauen lächelten Grace alle scheu an und warteten ab. Die alte Wachera kam auf sie zu. Ihr alter, Ehrfurcht gebietender Körper verschwand beinahe völlig unter Kaurischnecken- und Perlenketten. Sie bewegte sich würdevoll und ihr Lächeln entblößte die Zahnlücken – als Mädchen hatte man ihr die Schneidezähne aus Gründen der Schönheit gezogen. Sie reichte Grace eine Kürbisschale mit einer grünlichen Mischung aus saurer Milch und Spinat. Grace trank. Sie wusste, wie schwer die kleine Familie das entbehren konnte; sie wusste aber auch, dass es eine Beleidigung gewesen wäre abzulehnen. Die alte Wachera sagte: *Mwaiga,* ein lang gezogenes Kikuju-Wort. Es bedeutete: ›Alles ist gut. Komm oder geh in Frieden‹ und war die Begrüßungs- und Abschiedsformel bei jeder Unterhaltung. Die Medizinfrau sprach zurückhaltend, aber würdevoll. Sie war die älteste und am meisten verehrte Frau im Dorf. Sie sah Grace nicht direkt an, denn das wäre unhöflich gewesen.

Das Gespräch verlief so gewunden und verschlungen wie der Pfad zum Dorf. Die Trockenheit wurde angedeutet, die Hungersnot gestreift, und Grace mühte sich ab, alles zu verstehen, wobei ihr Mario hin und wieder half. Sie konnte nicht geradewegs auf das Essen zu sprechen kommen, das sie mitgebracht hatte. Es wäre schlechtes Benehmen gewesen. Grace versuchte, ihre Ungeduld zu zügeln. Die Kinder hatten Hunger! Ihre kleinen Arme und Beine waren so dünn wie Stöcke und die Bäuche aufgebläht. Sie drehten sich in die Richtung des großen Topfs wie Blumen zur Sonne.

Endlich gab die alte Wachera zu erkennen, dass der Deckel abgenommen werden dürfe und sie nichts dagegen habe, wenn etwas von dem Inhalt hier bleibe. Selbst dann stürzten sich die Kinder nicht darauf. Die Mütter kamen herbei und achteten darauf, dass die Verteilung höflich und ordentlich verlief. Dabei kicherten sie hinter vorgehaltenen Händen, weil ihnen die Gegenwart eines Weißen ungewohnt war. Kein Erwachsener nahm sich etwas, ehe die Kinder ihren Teil bekommen hatten. Grace wies Mario an, der alten Wachera den Sack Mais zu geben. Die alte Frau nahm den halben Zentner schweren Sack entgegen, nahm ihn mühelos auf den Rücken und warf Mario einen verächtlichen Blick zu, weil er den Sack zum Dorf getragen hatte.

Nun war Grace offiziell im Dorf willkommen und konnte sich frei bewegen. Sie ging zuerst zu den Hütten der Frauen, die sie behandelt hatte. Sie konnte wenig für die Kranken tun. Sie hatten Grippe, und dagegen gab es nichts. Grace konnte nur mit ihnen sprechen, den Puls fühlen und sich vergewissern, dass sie versorgt wurden. Die Hütten waren rauchig und dunkel; es roch beißend nach Ziegenurin, denn nachts brachte man die Ziegen in die Hütten. Die Fliegenschwärme waren unerträglich. Grace kniete sich neben jede Frau, untersuchte sie, soweit es möglich war, und sprach leise ein paar ermutigende Worte. Vom Gestank der muffigen Luft und der Frustration über ihre Hilflosigkeit traten ihr die Tränen in die Augen. Wenn die Frauen doch nur zu ihr in die Krankenstation kämen! Grace würde sie in saubere Betten legen, das Fieber mit Waschungen senken und dafür sorgen, dass sie etwas Nahrhaftes zu essen bekamen.

Eine Frau lag vor ihrer Hütte. Das bedeutete, sie würde bald sterben. Grace kniete sich neben sie und legte ihr die Hand auf die trockene Stirn. Schon in ein oder zwei Stunden würde sie erlöst sein. Wie hatten diese Frauen das gewusst? Die Kikuju besaßen ein unfehlbares Wissen um den Tod. Sie schienen immer zu wissen, wenn es so weit war und konnten den Sterbenden ins Freie bringen. In der Hütte sterben war tabu; und es bedeutete *Thabu*, einen Leichnam zu berühren. Deshalb trug man die Sterbenden ins Freie. Dort blieben sie liegen, bis die Hyänen sie fraßen, denn die Kikuju begruben ihre Toten nicht.

Grace war klug genug, nicht zu versuchen, der Frau zu helfen. Sie hatte sich einmal eingemischt. Das hatte zu einem solchen Aufschrei der Empörung im Dorf geführt, dass man ihr tagelang den Zutritt verweigerte. »Wir wollen sie wenigstens in den Schatten tragen«, sagte sie. Aber Mario zögerte. Das war ein Tabu.

»Mario«, flüsterte sie, »nimm ihre Beine. Ich nehme sie an den Armen. Wir legen sie unter den Baum dort.«

Er rührte sich nicht von der Stelle.

»Mario! Denke an den Herrn Jesus und an die Geschichte vom guten Samariter.«

In seinem Gesicht sah man, dass er mit sich kämpfte. Schließlich sagte er sich, es seien niedrig stehende Kikuju-Frauen, die noch keine Christen waren; man konnte sie deshalb verachten. Er demonstrierte, dass er keine Angst vor ihnen hatte, besonders nicht vor der alten Medizinfrau und trug die Sterbende allein in den Schatten.

Vor einer anderen Hütte entdeckte Grace eine junge Mutter, die am Kopf ihres Babys saugte. Das Kind bekam nicht genügend Flüssigkeit. Das Gehirn war geschrumpft und deshalb war der »weiche Punkt« der Hirnschale, die Fontanelle, eingefallen. Die junge Mutter wusste genug, um das als ein schlechtes Zeichen zu erkennen, aber ihre Bemühungen, das zu beheben, waren völlig falsch.

»Sag ihr, das Kind braucht Wasser«, forderte sie Mario auf, »sag ihr, sie muss dem Baby mehr Milch, mehr Flüssigkeit geben.«

Mario übersetzte. Die junge Frau lächelte und nickte, als habe sie verstanden, und saugte weiter am Kopf des Kindes.

Grace richtete sich auf und sah sich im Dorf um. Ihr Topf war leer; inzwischen arbeiteten alle wieder. Den Mais, den sie gebracht hatten, würden die Ziegen bekommen. An diesen Tieren maßen die Kikuju Reichtum und Ansehen. Eine Frau mit dreißig Ziegen konnte eine Frau mit nur fünf verachten. Man erzählte, die alte Wachera besitze mehr als zweihundert Ziegen, was sie praktisch in den Rang einer Königin erhob. Aber der Mais war für die Menschen bestimmt gewesen und nicht für die Ziegen!

»Wie ein Engländer«, murmelte Grace, »der eher sein Gold als sein Leben rettet.«

»*Memsaab?*«

»Gehen wir zu Gachiku. Es muss bei ihr bald so weit sein.«

Doch bevor Grace zur nächsten Hütte gehen konnte, hörte sie ihren Namen. Sie drehte sich um und sah Sir James.

10

James Donald musste seinen hohen Filzhut absetzen, um durch das natürliche Tor zu treten, das den Zugang zum Dorf bildete. »Hallo«, rief er und winkte Grace mit einer Hand voll Briefen zu.
Ihr Herz begann zu klopfen. Der Traum. Das Lager unter den Sternen. Sein harter Körper an ihren gepresst, sein Mund ...
»Die Post ist da«, rief er lächelnd. »Ich dachte, ich bringe Ihnen die Briefe gleich vorbei.«
Er trug Khaki-Shorts, derbe hohe Schuhe, Socken, die bis zu den Knien reichten, und ein Buschhemd mit offenem Kragen, und unter dem V sah man seine sonnengebräunte Brust. »Ich wusste natürlich, wo ich Sie finden würde.«
Grace spürte, wie sie rot wurde, und hoffte, der breite Rand ihres Tropenhelms verberge es seinem Blick. Lucille folgte ihm; sie trug einen staubigen Schlapphut mit einem Band aus Zebrafell. Über ihrer Schulter hing eine Leinentasche. Grace war nicht ganz sicher, aber sie glaubte zu sehen, dass Lucille die Stirn runzelte. Ein Zeichen von Unmut? Möglicherweise von Missbilligung? Aber dann lächelte Lucille freundlich und sagte: »Hallo, Grace. Ich habe Ihnen etwas mitgebracht.«
James gab Grace die Briefe und beobachtete sie. Es war immer dasselbe. Sie studierte gierig und hastig die Umschläge; in ihren Augen stand Hoffnung, dann verriet ihr Gesicht Enttäuschung, und sie hielt die Briefe achtlos in der Hand. Er dachte, es sieht so aus, als erwarte sie etwas Bestimmtes. Vielleicht einen Brief. Aber von wem?
»Wie geht es, Grace?«, fragte er ruhig.
Sie sah sich im Dorf um. Alle Arbeit ruhte. Die Frauen starrten herüber. In ihrer Mitte befand sich plötzlich ein Mann. »Ich weiß nicht, was ich tun soll, James. Ich habe das Gefühl, als erreiche ich bei ihnen nichts. Ich darf ins Dorf kommen und sie untersuchen, wenn ich ihnen etwas zu essen bringe.

Aber sie nehmen meine Medikamente nicht ein und lassen sich auch nicht von mir behandeln. Heilung versprechen sie sich nur von den schrecklichen Giften, die die alte Wachera zusammenbraut.«
James blickte mit zusammengekniffenen Augen über den Platz zu der eindrucksvollen alten Frau, die ihn mit undurchdringlichem Gesichtsausdruck beobachtete. »Sie ist alt und hat sehr viel Macht«, sagte er. »Diese Frau werden Sie nie überzeugen. Sie müssen Mathenge auf Ihre Seite bringen.«
Grace verriet James nicht, dass sie darum betete, dem jungen Häuptling nie gegenüberzustehen. Stattdessen sagte sie: »Die Regierung unterstützt Missionsstationen mit dreihundert Pfund im Jahr, wenn sie sich zur Arbeit mit den Eingeborenen verpflichten. Der Leiter der Gesundheitsbehörde ist der Ansicht, dass ich das Geld nicht verdiene, da meine Krankenstation leer steht. Er hat mich einmal hierher zum Dorf begleitet. Aber es fand ein Ritual statt, und man verwehrte mir den Zugang. Er war davon nicht beeindruckt und sagte, ich müsse eine größere Aktivität unter Beweis stellen, um die dreihundert Pfund zu bekommen. Dabei brauche ich das Geld, James.«
Grace machte sich Sorgen. Ihr Erbe schwand dahin, und bald war sie völlig auf die Unterstützung durch die Missionsgesellschaft in Suffolk angewiesen.
»Ich würde Ihnen nur allzu gern helfen«, sagte James, »aber wie es ist, leben wir wie alle nur von Bankkrediten.«
Grace lächelte. »Ich werde schon eine Lösung finden. Aber Sie sind doch nicht die acht Meilen hierher gekommen, nur um mir die Post zu bringen?«
»Ich habe Ihnen das Mikroskop zurückgebracht. Es steht im Haus.«
»Hat es Ihnen geholfen?«
Sein Gesicht wurde ernst, und das machte ihn noch hübscher.
»In gewisser Hinsicht, ja. Es hat meine schlimmste Befürchtung bestätigt. Die Tiere haben das Ostküstenfieber. Ich habe die Kranken isoliert und treibe den Rest der Herde durch eine desinfizierende Lösung. Außerdem ist wieder eines der verwünschten Bohrlöcher ausgetrocknet.« Er sah zum Himmel auf. »Wenn wir diesmal keinen Regen bekommen, können wir einpacken.«
Sie lauschten schweigend auf die Ziegenglocken. Dann sagte Lucille: »Ich habe ein Geschenk für Sie, Grace.«
»Aber das war doch nicht nötig«, protestierte Grace. Aber sie verstummte, als sie das Buch in der Hand hielt.
»Es ist eine Kikuju-Übersetzung der Bibel. Ist das nicht prima?«
Grace starrte auf den schwarzen Ledereinband mit der Goldprägung.

»Vielen Dank«, sagte sie unsicher. »Aber ich weiß nicht, ob sie mir viel helfen wird.«

»Predigen Sie das Wort Gottes, Grace. Damit werden Sie diese Menschen gewinnen.«

»Mathenge will mit dem Christentum nichts zu tun haben. Er wird keine Predigten im Dorf erlauben.«

Ein Schrei zerriss die morgendliche Stille. Grace fuhr herum. Der Schrei war aus Gachikus Hütte gekommen. Sie rannte dorthin. James und Lucille folgten ihr. Mario blieb jedoch zurück, denn es war eine Geburtsstätte, und sie war für Männer tabu.

Grace betrat die Hütte und ging zu der jungen Frau. Nachdem sich ihre Augen an die Dunkelheit gewöhnt hatten, sah sie, wie der dicke Leib sich in Wehen spannte. »Es ist ja gut«, sagte Grace beruhigend auf Kikuju. »Dein Kind kommt.«

Sie verließ die Hütte und fragte nach der *Muciarithia*, der Hebamme, in diesem Fall die alte Wachera. Die Medizinfrau rührte sich nicht von der Stelle.

»Gachikus Geburt steht bevor. Sie braucht deine Hilfe. Übersetze das, Mario.« Aber noch ehe er sprechen konnte, hob die alte Wachera die Hand und gebot ihm zu schweigen. Ihre Verachtung für den jungen Mann, der kein Krieger war und dem Gott der Klarheit zugunsten des Christengottes abgeschworen hatte, erlaubte nicht, dass sie sich mit ihm unterhielt. Sie wusste, dass Sir James sie verstand, und ihn achtete sie. Deshalb sagte die alte Wachera an ihn gewandt: »Es gibt Probleme mit Gachikus Kind. Es kommt nicht aus dem Mutterleib. Sie hat seit drei Tagen Wehen, aber das Kind kommt nicht. Es ist ein *Thahu*. Die Ahnen haben entschieden, dass dieses Kind nicht geboren werden soll.«

James übersetzte, und Grace rief: »Das kann doch nicht dein Ernst sein! Du wirst doch nicht einfach zusehen, wie Gachiku stirbt?«

Die alte Wachera antwortete, und James übersetzte: »Sie sagt, es ist der Wille Gottes.«

»Das ist ja ungeheuerlich! Wir müssen etwas tun.«

»Ja, natürlich. Aber es ist nicht so einfach. Wenn die Geister der Ahnen beschlossen haben, dass jemand sterben muss, hieße es, das Größte aller Tabus zu brechen, sich ihnen zu widersetzen. Sie glauben, Gachiku sei verflucht, und so einen Fluch kann niemand aufheben.«

»Ich fürchte mich vor keinem Fluch! Mario, lauf zum Haus und hole meine Geburtshelfertasche.«

Mario blieb unschlüssig stehen.
»Nun lauf schon!«
Der junge Mann blickte fragend auf Sir James, der sagte: »Tu, was sie dir sagt.«
»Ja, *Bwana*.«
»Vergiss den Äther nicht«, rief sie ihm nach. »Und Laken aus meinem Schrank!«
Grace ging in die Hütte zurück. Bisher hatte sie die Dorfbewohnerinnen nie gründlich untersucht. Sie hatte ihnen die Hand auf die Stirn gelegt und den Puls gezählt. Kikuju-Frauen waren sehr zurückhaltend und scheuten den Blick Fremder. Aber Gachiku war nicht in der Lage zu protestieren, und so konnte Grace ihr die Hände auf den Leib legen. Sie ertastete die Lage des Kindes. Es befand sich in einer Querlage; das bedeutete, das Kind lag vor dem Geburtskanal. Um es schnell entbinden zu können, musste Grace es mit der Hand drehen. Sie hob Gachikus Lederschürze.
Ihre Augen wurden vor Entsetzen groß.
Grace fuhr zurück und glaubte, den Boden unter den Füßen zu verlieren. Sie sprang auf und rannte hinaus.
»Um Himmels willen«, flüsterte sie, als James ihr den Arm reichte und sie stützte.
»Was ist denn los?«
»So etwas habe ich noch nie gesehen! Gachiku ist ... deformiert.«
Zu ihrer Überraschung sagte James: »Ja, aber es ist kein Geburtsfehler.«
»Was wollen Sie damit sagen?«
»Wissen Sie es nicht? Die Initiation.«
»Initiation ...«
»Alle jungen Leute machen das durch, wenn sie erwachsen werden. Die Knaben werden beschnitten, und die Mädchen ...«
Grace sah ihn entsetzt an. »Das hat man ihr angetan?«
»Alle Mädchen müssen diese Operation um die Zeit der Pubertät über sich ergehen lassen. Sie ist das Zeichen der offiziellen Aufnahme in den Stamm. Es ist auch eine Mutprobe und der Beweis, dass sie Schmerz ertragen können. Ein Mädchen, das zuckt oder schreit, wird aus der Sippe ausgestoßen.«
Grace legte ihre Hand auf die Stirn. Dann spürte sie seinen starken Griff an ihrem Arm, und langsam fand sie ihre Fassung wieder. »Kein Wunder, dass die Frau nicht gebären kann. In diesem Zustand ist es unmöglich ...«

»Viele Kikuju-Frauen sterben im Kindbett wegen dieser Verstümmelung. Die Missionare versuchen, diese Praxis abzuschaffen, aber sie ist bei den Afrikanern seit Hunderten von Jahren Sitte.«
»Ich muss etwas tun, um der Frau zu helfen, James. Und es bleibt nicht viel Zeit. Werden Sie und Lucille mir helfen, James?«
»Was können Sie denn tun?«
»Ein Kaiserschnitt. Ich werde das Baby operativ herausholen.«
Er zog seine Hand zurück.
»Sie haben versprochen, mir zu helfen.«
»Es gibt Grenzen für uns, Grace. Die ganze Sippe wird in Aufruhr geraten, wenn Sie so etwas Drastisches versuchen.«
»Ich werde es versuchen.«
Lucille sagte: »Ich helfe Ihnen, Grace«, und nahm ihren Leinenbeutel von der Schulter.
»Sie begehen einen großen Fehler«, warnte James.
»Schicken Sie jemanden, der den Mann dieser Frau sucht. Ich werde mir von ihm die Erlaubnis geben lassen. Dann kann die Sippe mich nicht verurteilen.«
James ermahnte sie erregt: »Mischen Sie sich nicht ein, Grace!«
»Ich werde nicht ruhig zusehen, wie diese Frau stirbt. Ganz bestimmt nicht!«
»Also gut. Angenommen, der Ehemann gibt Ihnen die Erlaubnis. Wenn Sie die Operation wagen, und Gachiku stirbt, wird er Sie umbringen, Grace, und ich kann Ihnen versichern, die Behörden können nichts tun, um Sie zu retten.«
»Aber wenn ich nichts tue, stirbt sie mit Sicherheit.«
»Und niemand wird Ihnen einen Vorwurf machen. Lassen Sie die Frau in Ruhe, und die Sippe lässt Sie in Frieden ziehen. Sonst werden Sie nie ihr Vertrauen gewinnen, und ihre Krankenstation bleibt immer leer.«
Grace starrte ihn wütend an. »Bitte fragen Sie, wer ihr Mann ist. Ich werde mit ihm sprechen. Ich werde ihn überzeugen. James, fragen Sie, wem Gachiku gehört.«
James fragte die alte Wachera, und als sie antwortete, brauchte Grace keine Übersetzung. Gachiku war die zweite Frau des Häuptlings.
Mathenge.
Grace wollte Gachiku in die Krankenstation bringen, denn dort hatte sie einen richtigen Operationstisch und gutes Licht. Doch die alte Wachera erlaubte nicht, dass man die Frau aus dem Dorf entfernte, und die Zeit wur-

de knapp. Deshalb war Grace entschlossen, es auf die Konfrontation mit Mathenge ankommen zu lassen und die Operation in der Hütte zu wagen. Die Routine der Kriegszeit kam ihr zu Hilfe; sie hatte bei flackerndem Licht auf einem Schiff operiert, das bombardiert wurde, und mit einem seekranken Zeitungskorrespondenten als einzigem Assistenten.

James stand draußen vor der Hütte, während Grace und Lucille drinnen ans Werk gingen. Durch den geheimnisvollen Buschtelegraph erfuhren die Frauen in den umliegenden Dörfern, was geschah, und erschienen bereits in Scharen auf dem Dorfplatz. Auch Mathenge hatte die Trommeln gehört und kam gerade mit großen Schritten durch den natürlichen Dorfeingang. Die versammelten Frauen und Kinder teilten sich vor dem jungen Häuptling wie Wasser und schlossen die Lücke hinter ihm sofort wieder. Nichts an seinem Gang verriet Eile; sein Gesichtsausdruck war gleichgültig. Aber James wappnete sich. Mathenge war nicht mit den friedlichen Kikuju zu vergleichen, die eine Missionsschule besuchten.

Sie begrüßten sich nach dem üblichen komplizierten Ritual, sprachen von den Vorfahren und der Ernte wie zwei alte Freunde, die viel Zeit und nichts zu tun haben. Aus der Hütte drang hin und wieder Stöhnen und ein Aufschrei Gachikus, doch Mathenge schien es nicht zu hören.

Schließlich hockte er sich auf die Erde und forderte James auf, es ihm gleichzutun. Unter den Blicken der Frauen näherten sich der Häuptling und der weiße *Bwana* allmählich dem eigentlichen Thema.

»Du sitzt vor der Hütte einer meiner Frauen«, sagte Mathenge.

»So ist es«, erwiderte James auf Kikuju und spürte, wie ihm der Schweiß zwischen den Schulterblättern über den Rücken rann.

»Bei der Frau, die mir gehört, ist noch jemand.«

Zum Teufel, dachte James, *du weißt verdammt gut, was in der Hütte vorgeht.*

»Die Mutter der Mutter meiner ersten Frau hat gesagt, die Ahnen haben die zweite Frau mit einem *Thahu* belegt. Memsaab Daktari weiß das vielleicht nicht.«

James nahm eine Hand voll Staub und ließ ihn durch die Finger rieseln. Es war unbedingt notwendig, Gleichgültigkeit zu zeigen. Mathenge bot Grace einen Ausweg an, bei dem beide das Gesicht wahrten. Aber James wusste, Grace würde sich nicht darauf einlassen.

Sie blieben stumm sitzen; nicht einmal eine Ziegenglocke durchbrach die Stille. Die Sonne brannte heiß. Die Augen der Kikuju-Frauen blieben unver-

wandt auf die beiden Männer gerichtet. Mathenge saß reglos wie eine Statue, und James hörte das laut pochende Blut in den Ohren.
Auch Lucille war in der Hütte ...
»Sie ist meine Lieblingsfrau«, sagte Mathenge.
James blickte überrascht auf; die beiden sahen sich einen Augenblick direkt in die Augen. Dann wandte der Krieger den Kopf ab, als sei es ihm peinlich, bei einer Gefühlsregung ertappt worden zu sein, und sagte ruhig: »Es bekümmert mich, dass auf Gachiku ein *Thahu* liegt.«
James sah eine winzige Hoffnung. »Könnte sich die alte Wachera geirrt und die Ahnen falsch verstanden haben?«, fragte er vorsichtig. »Vielleicht gibt es kein *Thahu*.«
Mathenge schüttelte den Kopf. Trotz seiner Liebe für die zweite Frau überwog die Angst vor der Medizinfrau. »*Memsaab Daktari* muss aufhören.«
O Gott, dachte James, *und er möchte, dass ich sie dazu bringe.* »Ich habe nicht die Macht, es ihr zu befehlen.«
Der Häuptling warf ihm einen verächtlichen Blick zu. »Die Frauen des *Bwana* gehorchen ihm nicht?«
»Die *Memsaab* gehört mir nicht. Sie gehört *Bwana* Lordy.«
Mathenge dachte darüber nach. Dann drehte er sich um, rief einen Befehl in die Menge, und man hörte, wie nackte Füße aus dem Dorf rannten.
Zu James sagte Mathenge: »Die zweite Frau darf nicht berührt werden. Auf ihr liegt ein *Thahu*.«
»Ein Kikuju-*Thahu* kann *Memsaab Daktari* nicht schaden.«
»*Thahu* schadet jedem, *Bwana*. Das weißt du. Ein Kikuju-*Thahu* wird die *Memsaab* vernichten.«
James schluckte. Mathenge hatte befohlen, die Krieger zu rufen, die an Lord Trevertons Haus arbeiteten. Die Spannung stieg, und James glaubte beinahe, ein Knistern in der Luft zu spüren. Er fragte sich, ob Grace dabei war, einen »Zwischenfall« heraufzubeschwören.
Mathenge erhob sich plötzlich. Die Frauen wichen zurück. Auch James stand auf. Er war so groß wie der Häuptling, und er blickte ihm direkt in die Augen. »Ich schwöre bei Ngai, Mathenge, die *Memsaab* versucht nur, das Leben deiner Frau und des Kindes zu retten. Wenn du ihr befiehlst, die Hütte zu verlassen, wird Gachiku sterben.«
»Die Ahnen haben gesagt, sie muss sterben. Aber wenn sie durch die Hand der *Memsaab* stirbt, ist es kein ehrenhafter Tod, und ich werde mich rächen.«
»Und wenn Gachiku am Leben bleibt?«

»Sie wird nicht am Leben bleiben.«

»Die Medizin der *Memsaab* ist sehr stark. Vielleicht ist sie stärker als die Medizin der alten Wachera.«

Mathenges Augen wurden schmal. Er ging an James vorbei und trat in die Hütte. Alle hielten den Atem an, sogar in der Hütte herrschte eine eigenartige Stille. James lauschte angestrengt. Er hörte weder Grace noch Lucille. Selbst Gachiku gab keinen Laut von sich. Was war geschehen? Schließlich kam der Häuptling aus der Hütte und sagte zu den versammelten Frauen. »Die Frau, die mir gehört, ist tot.«

»Was!«, rief James. Er ging in die Hütte und blieb wie angewurzelt stehen. Lucille hielt einen Äthertrichter über Gachikus schlafendes Gesicht. Grace kniete neben der jungen Frau. Sie hatte bereits den Schnitt gemacht; die Tücher waren blutgetränkt.

»Sie stehen mir im Licht«, sagte Grace, und James trat einen Schritt zur Seite. Er hatte schon oft Blut gesehen, im Krieg die Ärzte bei der Arbeit erlebt und war sogar bei Geburten dabei gewesen. Aber nichts hatte ihn auf das vorbereitet. Grace arbeitete mit fliegenden Händen; man hörte das Geräusch der Gummihandschuhe, wenn sie nach Instrumenten griff, sie benutzte, weglegte, Tücher und Tupfer nahm, schnitt und nähte. Die Luft in der Hütte war erstickend heiß und von Ätherdämpfen erfüllt. Lucille regulierte ganz ruhig den Äther und ließ Gachikus Gesicht nicht aus den Augen, während Grace so konzentriert arbeitete, dass ihre Bluse schweißnass war.

Es kam James wie Stunden vor, aber die Operation dauerte nicht lange. Es musste alles sehr schnell gehen. Als Lucille das Kind in den Händen hielt, musste die Blutung gestoppt und Gachiku am Leben erhalten werden. Fasziniert sah James, wie die Frauen schnell und reibungslos zusammenarbeiteten, als hätten sie das schon hundertmal getan. Sie beugten sich beide über die junge Frau und brachten die Operation mit raschen Händen zum Abschluss. Als die letzte Naht fertig war, klopfte Lucille Gachiku auf die Wangen, um sie zu wecken. James stellte fest, dass er sich gegen die Wand der Hütte presste und dass sein Rücken schmerzte.

Grace hob den Kopf und sah ihn an. In ihren Augen standen Tränen. Warum wusste er nicht. »James«, flüsterte sie. Er reichte ihr die Hand und half ihr beim Aufstehen.

»Wird sie leben?«

Grace nickte und lehnte sich an ihn. Sie zitterte in seinen Armen. Sie roch

nach Jod und Lysol. Dann gab sie sich einen Ruck und ging in die Sonne hinaus. In der Menge erhob sich entsetztes Gemurmel. Das Tabu der Tabus war gebrochen worden: An ihren Kleidern klebte das Blut eines anderen Menschen!
»Du hast eine Tochter«, sagte Grace zu Mathenge, »und deine Frau lebt.«
Er wandte sich ab.
»Hör mir zu!«, schrie sie.
Er fuhr blitzschnell herum. »Du lügst!«
»Geh hinein und überzeuge dich selbst.«
Sein Blick richtete sich flüchtig auf die Hütte und dann wieder auf ihr Gesicht. Von der Höflichkeit und den guten Manieren war nichts mehr geblieben. Er musste seine Überlegenheit gegenüber dieser *Muzungu* beweisen, die sich einmischte. Diese Frau brauchte einen Mann, der sie prügelte. Er starrte auf Grace hinunter, die ihm bis zu den Schultern reichte, und bedrohte sie mit seiner Körperkraft. Zur Zeit der großen Raubzüge hatte sein Vater viele Massai-Frauen verschleppt und sie so unterworfen, wie er es jetzt am liebsten mit dieser *Memsaab* getan hätte.
Voll Zorn erlebte er, dass sie seinem Blick ruhig standhielt.
In der Hütte hatte Lucille das Baby inzwischen gewaschen und in eine kleine Decke gewickelt. Als sie damit hinausgehen wollte, versperrte James ihr den Weg. »Warum soll der Vater das Kind nicht sehen? Wenn Mathenge es sieht ...«
»Wird er es umbringen. Wir müssen warten, bis er sich entschließt, die Hütte zu betreten. Das ist bei den Kikuju Sitte.«
Lucille trug das Kind zu der schlafenden Gachiku und legte es ihr an die Brust.
Als James und Lucille aus der Hütte auftauchten, strömten gerade viele Männer ins Dorf; die meisten trugen immer noch Hämmer und Sägen. James spürte ein Prickeln in seinem Nacken. »Mein Gott«, flüsterte er, »wir müssen irgendwie die Polizei benachrichtigen.«
In der Menge entstand Bewegung. Ein paar Frauen wichen zur Seite, und die alte Wachera trat in den Kreis. Sie kam langsam näher und starrte Grace mit einem vernichtenden Blick an. »Die Hütte ist verflucht!«, rief sie. »Sie ist beschmutzt und muss verbrannt werden.«
»Was?«, rief Grace, »du wirst doch nicht ...«
»Dort ist ein *Thahu*. Bringt Feuer.« Zu dem Mann ihrer Enkeltochter sagte die alte Frau: »Du musst die Hütte verbrennen und mit ihr die Leichen

deiner Frau und des Kindes. Dann musst du die beiden *Memsaab* töten, die diese Entweihung begangen haben.«

»Einen Augenblick«, rief James und trat dazwischen. »Die Frau und das Kind sind nicht tot. Geh und überzeuge dich selbst, Herrin Wachera. Du wirst sehen, dass ich nicht lüge.«

»Wie können sie leben? Das Baby konnte nicht herauskommen. Ich habe es mit meinen Händen gefühlt.«

»Ich habe das Baby mit meinen Händen herausgeholt.«

»Diese Macht hat niemand.«

»Die Medizin des weißen Mannes schon. Hört!«

Alle Blicke richteten sich auf die Hütte. Das leise Weinen und dann das Schreien eines Neugeborenen ertönte.

»Aber Gachiku war tot«, erklärte Mathenge, »ich habe es mit eigenen Augen gesehen. Ihr Bauch war aufgeschnitten.«

»Sie war nicht tot. Sie hat nur geschlafen. Geh und überzeuge dich. Sie wird aufwachen. Deine Lieblingsfrau lebt, Mathenge«, sagte James.

Mathenge wirkte unschlüssig. »Der weiße Mann hat nicht die Macht, die Toten ins Leben zurückzurufen.«

Aber Grace sagte: »Ich habe die Macht, und ich habe es getan.«

»Nicht einmal Ngai hat diese Macht«, sagte er, aber es klang vorsichtig.

Lucille rief mit lauter Stimme: »*Unser* Gott hat diese Macht. Unser Gott ist gestorben und von den Toten auferstanden.«

Mathenge dachte darüber nach. Er wirkte misstrauisch. Dann fragte er Mario: »Du verehrst den weißen Gott. Stimmt es, was sie sagen? Kann er die Toten wieder lebendig machen?«

»Die Väter in der Mission haben mich das gelehrt.«

Mathenge wandte sich an Grace. »Beweise es.«

»Geh in die Hütte und überzeuge dich mit eigenen Augen.«

Der junge Häuptling ließ sich nicht überlisten. Er wusste, wenn er die Hütte betrat, wäre das ein Eingeständnis, dass er die Medizin der Weißen für stärker hielt als die der Kikuju. »Wir werden jemanden töten«, sagte er, »und du wirst ihn wieder ins Leben zurückrufen.«

Die aufgeregten Zuschauer sahen, wie Mathenge Mario zu sich winkte. Als der junge Mann sich nicht rührte, packten ihn zwei Männer und schleppten ihn zu Mathenge.

»Tötet ihn«, sagte Mathenge.

Einer der Männer hob den Hammer, aber Grace rief: »Halt, ich werde es tun.«

»Du?«
»Du zweifelst an *meiner* Medizin. Ich habe Gachiku in einen Schlaf versetzt, der wie der Tod ist, und sie wieder ins Leben zurückgeholt. Du willst einen Beweis meiner Macht, Mathenge.«
Sie sahen sich unverwandt an. Dann nickte Mathenge. Grace ging in die Hütte und holte den Trichter und die Ätherflasche.
Mario zitterte am ganzen Leib und rollte mit den Augen. »Keine Angst«, sagte sie auf Englisch und nickte ihm aufmunternd zu. »Du wirst nur schlafen, und ich werde dich wieder aufwecken.«
»Ich fürchte mich, *Memsaab Daktari*.«
Lucille sagte: »Vertraue auf den Herrn, Mario. ER wird dich nicht verlassen.« Als zusätzlichen Trost drückte sie ihm die Kikuju-Bibel in die Hände. Mario presste sie an sich, als er sich auf die Erde legte.
Eine unheimliche Stille breitete sich aus. Grace kniete neben Marios Kopf, entkorkte die Flasche, legte Mario den Trichter über Nase und Mund und tropfte etwas Äther darauf. Die Kikuju wichen entsetzt zurück, als sie das sahen.
Marios Augen schlossen sich, sein Körper wurde schlaff; das Buch fiel ihm aus den Händen. Grace richtete sich auf und erklärte: »Er schläft. So hat auch Gachiku geschlafen.«
Mathenge betrachtete den leblosen Körper. Dann gab er einen Befehl, und man brachte ihm ein glühendes Stück Holz. Ehe Grace es verhindern konnte, drückte er die glühende Spitze gegen Marios Arm und hielt sie dort, bis es nach verbranntem Fleisch roch. Der junge Mann regte sich nicht.
Ein Murmeln lief durch die Menge. Mathenge rief nach einem Messer.
»Nein«, sagte Grace, »das reicht. Du hast deinen Beweis. Er spürt keine Schmerzen. Sein Schlaf ist tiefer als der Schlaf in der Nacht.«
»Weck ihn wieder auf«, sagte der Häuptling.
Grace biss sich auf die Lippen. Ihre Hände hatten so gezittert, dass sie den Äther nicht genau hatte dosieren können. Es waren mehr Tropfen als nötig gewesen ...
»Warum wacht er nicht auf?«
»Er wird aufwachen«, sagte sie.
Einige Minuten vergingen. Mario rührte sich nicht.
»Ich sehe nicht, dass er wieder lebendig wird.«
»Er wird lebendig werden.« Grace beugte sich hinunter und hielt das Ohr

an Marios Brust. Sein Herz schlug langsam und schwach. Hatte sie ihm zu viel Äther gegeben? Brauchten Afrikaner aus irgendeinem Grund eine kleinere Dosis?

Mathenge rief nach einem brennenden Ast, die alte Wachera lächelte triumphierend.

»Warte«, sagte James. »Es dauert einige Zeit. Er muss das Reich der Geister durchqueren, ehe er in diese Welt zurückkommt.«

Mathenge dachte nach. Man brachte ihm einen brennenden Ast. Er nahm ihn in die rechte Hand und wartete.

Mario regte sich immer noch nicht.

James kniete sich neben Grace. »Ist alles in Ordnung?«, fragte er leise.

»Ich weiß nicht. Vielleicht reagieren diese Menschen sehr empfindlich auf Äther ...«

»Lass ihn aufwachen!«, befahl Mathenge scharf.

Grace klopfte leicht auf die Wangen des jungen Mannes und rief seinen Namen.

»Seht, das ist die Medizin des weißen Mannes!«, rief die alte Wachera, und die Zuschauer murmelten zustimmend.

Man hörte das Baby in der Hütte schreien. Mathenge drehte sich um, aber die Medizinfrau rief: »Eine List. Es ist die Stimme eines bösen Geistes, der dich in das *Thahu* locken möchte. Dein Kind ist tot, mein Sohn.«

»Sein Kind lebt!«

»Und was ist mit dem Jungen vor deinen Füßen?«

Grace blickte auf Mario hinunter. *Bitte wach auf,* dachte sie, *öffne die Augen. Zeig ihnen die Macht, die wir haben.*

»Mario«, rief sie laut, »wach auf!«

James packte den Jungen bei den Schultern und schüttelte ihn. Die Augen blieben geschlossen.

»Mein Gott«, flüsterte Grace, »was hab ich getan.«

»Nun komm schon, Mario«, sagte James und gab ihm ein paar Ohrfeigen. »Wach auf. Die Schlafenszeit ist vorüber.«

Mathenge wandte sich angewidert ab und ging mit dem brennenden Ast auf die Hütte zu.

Grace sprang auf. »Nein!«, schrie sie, »deine Frau lebt. Geh hinein und sieh selbst.«

»Du lügst. Deine Medizin ist schwach. Die Ahnen haben uns mit einem *Thahu* belegt.«

Grace reagierte instinktiv. Blitzschnell schlug sie Mathenge den Ast aus der Hand, und er flog in hohem Bogen durch die Luft. Mathenge sah sie fassungslos an. Eine Frau hatte die Hand gegen einen Mann, einen *Häuptling* erhoben ...
»*Memsaab Daktari*«, hörte man eine schwache Stimme.
Alle Augen richteten sich auf Mario. Sein Kopf schwankte von einer Seite zur anderen.
»So ist's richtig. Junge. Wach auf und beweise allen, dass wir nicht lügen.«
Mario blinzelte, und sein Blick richtete sich auf Mathenge. Plötzlich beugte er sich zur Seite und übergab sich.
»Bitte!«, rief Grace, »ich lüge nicht. Meine Medizin ist stärker als eure.«
Der Blick des jungen Häuptlings wanderte von Grace zur Medizinfrau und wieder zu Grace zurück. Zum ersten Mal wirkte sein schönes Gesicht ratlos.
Schließlich ging er langsam auf den Eingang der Hütte zu, aber die alte Wachera versperrte ihm den Weg. »Hör nicht auf die *Wazungu*, mein Sohn. Das bedeutet *Thahu*.«
»Wenn ihr Gott das kann, dann lebt mein Kind, und es gibt kein *Thahu*.« Die alte Wachera richtete sich langsam und würdevoll auf und trat zur Seite. Mathenge verschwand in der Hütte.
Alle warteten gespannt.
Schließlich erschien der junge Häuptling und hielt das nackte neugeborene Kind, ein Mädchen, auf den Armen. »Sie lebt!«, rief er und hielt die Kleine hoch. »Und meine Frau lebt auch. Sie ist von den Toten zurückgekommen.«
Die Menge jubelte.
Mathenge ging auf Grace zu. Sein Gesicht wirkte wieder stolz und gefasst. Er übergab ihr das Neugeborene, bückte sich und hob die staubige Bibel auf. Er schwang sie durch die Luft und rief: »Du wirst mir deinen Gott bringen!«
Die alte Wachera, die Medizinfrau des Stammes, verschwand hinter einer Hütte.

11

Das Haus war fertig.
Rose machte die letzten Stiche an diesem Morgen und konnte ihre Aufregung kaum zügeln. Es war ein schöner Tag, denn morgen würde sie in das Haus ziehen!
Summend legte sie den Stickrahmen zusammen und gab ihn der jungen Afrikanerin, die ihn trug. Mrs. Pembroke, das Kindermädchen, setzte die zehn Monate alte Mona in den Kinderwagen und packte sie in die Deckchen. Sonst bestand die Gruppe nur noch aus zwei Afrikanerjungen. Der eine trug den Essenskorb und den Sonnenschirm der Memsaab, der andere betreute den Affen und die zwei Papageien. Rose griff nach ihrer Tasche mit dem Stickgarn und ging den anderen voran zum Zeltlager zurück.
Musik erfüllte die Lichtung – das Rascheln der trockenen Olivenbaumzweige, der Wind flüsterte in den hohen Sträuchern, und hoch oben durch das Laub flogen Vögel wie leuchtende Blitze und riefen, sangen und zwitscherten. Normalerweise verließ Rose *ihre* Lichtung nur ungern, die geschützt und verborgen im Wald lag. Valentine hatte ihr dort einen hübschen, kleinen, weißen Pavillon errichten lassen. Aber an diesem Tag machte es ihr nichts aus zu gehen. Sie konnte es kaum erwarten, mit den letzten Vorbereitungen für den Umzug zu beginnen.
Valentine liebte alles Zeremonielle und legte großen Wert auf wirkungsvolle Ereignisse. Das Haus war seit einer Woche fertig. Die Möbel standen an ihrem Platz, die Teppiche lagen auf den Böden, die Vorhänge hingen an den Fenstern, und der Geruch nach Farbe lag in der Dezemberluft. Aber Valentine bestand auf einer feierlichen Einweihung. Die Diener übten schon die ganze Woche. Lächelnde Afrikaner in langen weißen *Kanzus* und leuchtend roten Jacken stellten sich immer wieder von neuem zu beiden Seiten der Treppe auf, die zur Haustür führte. Ein roter Teppich sollte ausgerollt werden! Rose mit einem Blumenbouquet im Arm und Valentine an ihrer

Seite würden das Haus als Erste betreten. Dann folgten Grace und die Donalds, während die Gäste sich alle auf der geschwungenen Auffahrt versammelt hatten, um zu applaudieren.
Ein Schauer der Erwartung überlief Rose. Vor zwei Wochen war ihr Kleid von Doeullet aus Paris angekommen – das Allerneueste, sogar die Königin trug es. Rose war sicher, ihren mehr als zweihundert Gästen würden die Augen aus dem Kopf fallen, wenn sie im geschmückten Wagen vorfuhr und die Stufen hinaufstieg.
Sie hatte das Haus von innen noch nicht gesehen. Schon die Vorstellung, es zum ersten Mal zu betreten, berauschte sie. Deshalb hatte sie sich in Valentine verliebt, als er sie umwarb; er besaß eine so dramatische Ader, einen so wunderbaren Sinn für Überraschungen, und er organisierte solche Dinge wirklich geschickt und gekonnt.
Rose blickte über die Schulter zurück und sagte zu dem Kindermädchen: »Kommen Sie schon, Mrs. Pembroke. Sie sind so langsam!«
»Es tut mir Leid, Eure Ladyschaft«, erwiderte die ältere Frau. Es fiel ihr schwer, den Kinderwagen auf dem Lehmweg zu schieben.
Obwohl der Wagen hüpfte und holperte, saß Mona aufrecht und ohne sich zu beklagen darin und betrachtete den Wald um sie herum mit großen Augen. Sie war ein stilles, kleines Mädchen und machte zu Mrs. Pembrokes Erleichterung nie Schwierigkeiten. Und sie war hübsch in ihrem Rüschenkleidchen mit dem passenden Häubchen. *Intelligent ist sie auch,* dachte Mrs. Pembroke. Mona sprach bereits einzelne Worte und begann, ohne fremde Hilfe zu laufen. Mit zehn Monaten! Ihre Eltern nahmen kaum Notiz davon. Wenn Lady Rose ihre Tochter beachtete, dann auf eine kindliche Weise. Sie spielte mit Mona, als sei sie eine Puppe. Und Seine Lordschaft – man hätte ihm nicht angemerkt, dass es ein Kind in der Familie gab!
Es blieb noch so viel zu tun. Die großen Schrankkoffer hatte man zwar bereits in das Haus gebracht. Aber ihre persönlichen Dinge mussten noch gepackt werden: Toilettensachen, Kosmetika, Nachtwäsche. Auch die Rosen mussten natürlich noch gepflanzt werden. Und dann die neue Frisur. Grace hatte angeboten, sie ihr nach dem Bild aus einer amerikanischen Zeitschrift zu machen. Sie würde den schockierenden neuen Marcelstil tragen.
»Beeilen Sie sich doch, Mrs. Pembroke«, sagte sie noch einmal. Rose trug ein weit ausgeschnittenes blassrosa Batistkleid mit einem großen Rüschenkragen, der sie wie eine Wolke umgab. Die schimmernden blonden Locken, die bald abgeschnitten und gekräuselt werden sollten, waren auf dem

Kopf aufgesteckt. Haare und Strähnen hatten sich vereinzelt gelöst. Während Rose durch die Sonnenstrahlen zwischen den Bäumen dahineilte, wirkte sie so durchsichtig und ätherisch wie eine Elfe.

Als die seltsame kleine Gruppe aus dem Wald trat und den gerodeten Hang über dem ausgetrockneten Fluss erreichte, sah Rose Vogelsang-Cottage unter sich – die primitive Krankenstation, zu der inzwischen ein ausgetretener Pfad führte. Etwas weiter lag die Lichtung mit der einsamen Hütte und dem alten Feigenbaum.

Rose rief ihrer Schwägerin und winkte. Aber Grace hörte sie nicht. Unter dem Dach ihrer Praxis auf vier Pfosten warteten viele Menschen: Schwangere, Frauen mit kranken Säuglingen, Männer mit Zahnschmerzen. Seit der Aufsehen erregenden Operation vor zwei Monaten im Dorf hatte sich Graces Ruf in Kikuju-Land wie ein Buschfeuer verbreitet. Wenn sie morgens aufwachte, warteten bereits Afrikaner auf sie. Lucille Donald kam dreimal in der Woche zur Bibelstunde für die Kinder herunter.

Alles lief wunderbar! Rose glaubte zu schweben. Der Schock der bitteren Enttäuschung bei ihrer Ankunft im März war überwunden. Der Regen war zwar nie gekommen, und alle klagten über die katastrophale wirtschaftliche Lage, doch Rose sah keinen Grund, unglücklich zu sein.

Sie ging am Rand des Hügels entlang und verlangsamte plötzlich ihren Schritt. Sie glaubte, ihren Augen nicht zu trauen. Sie arbeiteten schon wieder – die alte Frau und ihre Enkeltochter. Sie bauten wieder einmal ihre Hütte auf. Zum wievielten Mal eigentlich? Zum vierten, zum fünften? Valentine hatte alle Hütten einreißen lassen, und Mathenges Familie war über den Fluss zurückgekehrt. Nur die Medizinfrau und ihre junge Schülerin blieben hartnäckig zurück und bauten ihre Hütte jedes Mal wieder auf, wenn der Traktor sie zusammengeschoben hatte. Für Rose war das ein Rätsel.

Sie erinnerte sich an das letzte Auftauchen der beiden Frauen im Zeltlager. Die Großmutter war mit hoch erhobenen Kopf wie die Kaiserinwitwe persönlich vorausgegangen. Sie hatte sich mit all ihren Perlen, Kupferplättchen und Schnecken geschmückt. Ihr folgte die Enkelin mit einem kleinen Jungen auf der Hüfte. Und höflich waren die beiden gewesen! Sie verneigten sich, lächelten scheu und sprachen so leise, dass man sie kaum hörte. Mario, der Hausboy von Grace, hatte übersetzt. Sie wollten niemanden kränken, den *Bwana* jedoch darauf aufmerksam machen, dass ihre Hütte aus irgendeinem Grund immer wieder einfiel. Sie wünschten, dass die Hütte stehen

bleibe, denn sie lebten darin. Sie mussten dort bleiben, denn es war ihre heilige Pflicht, den Ahnen zu dienen, die im Feigenbaum wohnten. Es war der vierte Besuch gewesen! Die Geduld und die Zähigkeit der beiden Kikuju-Frauen beeindruckten Rose. Sie waren viermal bescheiden gekommen, hatten Ziegen und Perlen als Geschenk mitgebracht und Valentine versichert, sie wollten niemanden beschuldigen oder Schwierigkeiten machen. Sie wollten nur die Geister im Wind daran erinnern, dass die Hütte auf heiligem Grund stand, und man nicht zulassen durfte, dass sie einfiel.
Für Rose waren die beiden Kikuju-Frauen ein Kuriosum. Sie sahen beinahe gleich aus. Die Großmutter war allerdings kleiner und dunkler, so wie Kikuju-Frauen in zunehmendem Alter eben wurden. Sie besaßen eine ruhige Würde; selbst der kleine Junge auf der Hüfte seiner Mutter war still geblieben, als spüre er den Ernst der Situation. Valentine hatte die beiden daran erinnert, dass es sein Land war, denn er habe es legal von Häuptling Mathenge gekauft. Er gab ihnen ein paar Säcke Getreide und einen kostbaren Sack Zucker und hatte sie weggeschickt.
Aber hier waren sie und mühten sich schon wieder ab. Während Rose hinunterblickte, bauten die alte Medizinfrau und ihre Enkeltochter geduldig und stumm die Hütte wieder auf. Rose fragte sich, ob die beiden wussten, dass Valentine befohlen hatte, den Feigenbaum morgen zu fällen, um auch das Polofeld einweihen zu können.
Ein Stück weiter am Fluss entlang hinter den Zelten stand ein Symbol von Valentines unerschütterlichem Optimismus: ein brandneuer, aus Westindien importierter Pulper. Er würde bei der ersten Ernte zum Einsatz kommen – also in zwei oder drei Jahren! Aber er stand bereit und wartete auf den Augenblick, wenn er die ersten Kaffeebohnen von der weichen roten Schale befreien würde.
Mrs. Pembroke brachte Mona im Kinderzelt für den Nachmittagsschlaf zu Bett. Rose ging zu dem temporären Gewächshaus, um die Rosen zu holen, die sie aus England mitgebracht hatte.
Die Pflanzen hatten nicht nur die lange Reise von Suffolk, sondern auch die Dürre überlebt und neue Blüten getrieben. Rose stellte sie behutsam in einen Schubkarren und ging vor dem Kikuju-Gärtner her in Richtung zum Haus. Dort, wo die Auffahrt begann, befand sich ein großes eindrucksvolles Tor mit einem gemauerten Bogen und dem Wappen der Trevertons und dem Namen des Hauses.
Rose musste lächeln, wenn sie an Valentines Gesichtsausdruck dachte, als

der Stein mit dem Wappen im letzten Monat geliefert worden war. Der Suaheli-Steinmetz aus Mombasa hatte mit großer Liebe und Hingabe gearbeitet, die Buchstaben gleichmäßig angeordnet und an den Ecken zusätzliche Verzierungen angebracht. Alle stimmten darin überein: Es war eine künstlerische Leistung und mit Sicherheit mehr wert, als Valentine dafür bezahlt hatte. Nur etwas stimmte nicht: Der Name war falsch geschrieben.

»BELLA TWO«, hatte Valentine in Anlehnung an BELLA HILL, den Familiensitz in England, als Name für das Haus bestellt. Er hatte hinzugefügt: »Nicht *T-O-O*, verstehst du, sondern *T-W-O*, das heißt also ›das zweite Haus‹. Verstehst du?«

Der Mann beteuerte, es richtig verstanden zu haben. Dann hatte er vier Monate daran gearbeitet und es falsch gemacht.

Valentines Gesicht ... Alle hatten angefangen zu lachen. Sir James hatte schnell das Beste aus der unangenehmen Situation gemacht und gesagt: »Raffiniert, Val. Wie bist du denn darauf gekommen?«

Unauslöschbar in den Stein gemeißelt stand dort: BELLATU. In Suaheli, so hatte Sir James schnell erklärt, bedeutete das: »Ganz und gar Bella.«

Valentine hatte entlang der Auffahrt riesige Poinsettia-Sträucher pflanzen lassen. Das wirkte jetzt sehr eindrucksvoll. Man hatte die Pflanzen mit dem schwindenden Wasservorrat bewässert, um dafür zu sorgen, dass sie zur großen Einweihungsfeier blühten. An jedem Zweig leuchteten Blütenblätter wie Flammenzungen und bedeckten die kahle Erde wie einen roten Teppich. Auf diesem Weg würden die Gäste zum Haus kommen, nachdem man ihnen ihre Quartiere in den vielen Zelten und Unterkünften gezeigt hatte, die Valentine auf einem Gelände in der Nähe hatte errichten lassen. Dort stand jetzt ein Dorf – eine ordentliche kleine Hüttenstadt, die verschwunden sein würde, nachdem die Gäste gegangen waren. Aber ein paar Tage sollten sie mit Feiern, Lachen und Strömen von Champagner zum Leben erwachen. So machte man das im Protektorat, wo die Anreise zu einem Ereignis lange und beschwerlich war und die Gäste mit Dienstboten und Tieren kamen.

Rose kämpfte mit der Versuchung, sich in das Haus zu schleichen. Valentine, der große Showmaster, hatte sogar die Vorhänge zuziehen lassen, sodass BELLATU ein Geheimnis blieb. Sie hatte noch nicht einmal die Farben für die Wände innen sehen dürfen.

Es war von außen ein prächtiges Haus und unterschied sich sehr von den langweilig behäbigen Landsitzen in England.

BELLATU war aus Feldsteinen gebaut, hatte ein Giebeldach und eine breite, umlaufende Veranda. Eine Atmosphäre von tropischem Luxus und elegantem Leben umgab es. Der Stil war neu und für Ostafrika entwickelt worden. Er sprach verheißungsvoll von neuen Anfängen. Das Esszimmer auf der Rückseite hatte hohe Glastüren, die zu einer Steinterrasse mit mehreren Ebenen hinausführten. Die Rabatten waren mit blühenden Blumen bepflanzt, und Rose wusste, in dieser Trockenheit mussten sie Valentine ein Vermögen gekostet haben. Aber sie würde ihre Rosen nicht dort pflanzen. Ihr Platz war vor dem Haus.
Im Juni hatte in Nairobi eine Feier stattgefunden, bei der Lady Rose der Stadt offiziell einige ihrer Rosensträucher schenkte. Eine Musikkapelle hatte gespielt, und anschließend gab es ein Bankett und ein ausgelassenes Fest. Vor dem Beet stand eine Tafel mit folgender Inschrift:

ROSA GALLICA OFFICINALIS

Diese Rosen stammen aus dem Park
von BELLA HILL in Suffolk, England.
Der Überlieferung zufolge wurden sie dort zuerst
nach dem Rosenkrieg gepflanzt,
als Henry Tudor 1485 einen treuen Soldaten,
der für die Sache Lancasters gekämpft hatte,
mit Ländereien belohnte.
Zu Ehren seines Königs pflanzte
der neue Earl von Trevers Town
rote Rosen in seinem Garten,
das Symbol des Hauses Lancaster.
Lady Rose, Gräfin von Treverton,
brachte diese Sträucher im Februar 1919
nach Britisch-Ostafrika.

Bei solchen Anlässen blühte Rose auf wie ihre Rosen. Bei Pomp und Zeremoniell, bei festlichen Essen und eingehaltenem Protokoll und mit den richtigen Gästen fühlte sie sich in ihrem Element. Dann ging sie aus sich heraus und verbreitete ein unbeschreibliches Strahlen. Sie spürte, dass sie lebte, dass sie liebte und geliebt wurde.
Zur Einweihung des neuen Hauses war nur die Creme der Britisch-Ostafrikanischen Gesellschaft eingeladen. Einige Gäste kamen aus Uganda, aus

dem Sudan, von der Küste, ja sogar aus Tanganjika, das jetzt britisch war, nachdem man es den Deutschen abgenommen hatte. Königliche Offiziere in feschen Gardeuniformen mit Damen am Arm würden da sein, Persönlichkeiten mit Titeln, Leute mit Reichtum und von Rang im Protektorat und auch andere ohne das alles, die jedoch deshalb nicht weniger berühmt waren: der weiße Großwildjäger, um den sich Legenden rankten, die Brüder, die den Kongo erforscht hatten, ein berühmter Schriftsteller und zwei Filmschauspielerinnen. Es würde das Ereignis des Jahres, vielleicht sogar des Jahrzehnts sein. Und Rose, die in dem fremden Land endlich ihren Platz fand, stand in dieser Gesellschaft an der Spitze.

Sie beeilte sich. Sie grub mit bloßen Fingern in der Erde. *Das Haus*, dachte sie, *endlich ein richtiges Haus.* Von heute ab gab es keine Zelte mehr, keine Insekten und keine Eidechsen. Ein richtiges Bett in einem richtigen Schlafzimmer – eins für Rose und eins für Valentine. In den vergangenen Monaten hatte er gelernt, ihre Wünsche zu respektieren; diese unerfreuliche Schlafzimmersache war vergessen. Er war nicht mehr in ihr Bett gekommen, und so würde es sehr wahrscheinlich in der Zukunft auch bleiben.

Lady Rose pflanzte die erste Rose.

Der Traktor fuhr auf den Feigenbaum zu.

»Legt den verdammten Baum um!«, hatte der *Bwana* gesagt, »dann sind wir diese lästigen Weiber los.«

Zwei starke Afrikaner hatten den Stamm des uralten Baums angesägt, der Traktor würde ihn umwerfen und dann den Stumpf mit den Wurzeln herausziehen. *Bwana* Lordy wünschte, dass die Arbeit am Nachmittag beendet war. Die *Wazungu* trafen bereits in ihren Wagen, in Automobilen und auf Pferden ein. Das Polofeld sollte fertig sein.

Der Flussgeist zürnte. Deshalb wanderte die Großmutter mit der jungen Wachera weit, um ihr Wasser zu holen. Sie standen lange vor Sonnenaufgang auf und wagten sich in einen unbekannten Wald. Sie liefen viele Speerwürfe bis zum Fuß des Berges, wo noch ein paar Rinnsale flossen. Jetzt befanden sie sich im Land der wilden Tiere. Die beiden Kikuju-Frauen waren Gäste und wollten die Geister der Tiere, der Felsen und der Bäume an diesem Ort so weit von ihrer Behausung entfernt nicht beleidigen. Deshalb sangen sie beim Gehen und ließen immer wieder Opfergaben in Form von Maismehl und Bier auf ihrem Weg zurück.

Der Flussgeist zürnte wegen der Mauer, die ihn würgte, weil der *Bwana* ihm die Kehle damit verstopft hatte. Das Wasser staute sich, schwoll an und wurde zu einem Teich, wo noch nie ein Teich gewesen war. Er sollte die Menschen während der Dürre versorgen, hatte der Bwana gesagt. Andere Sippen verdursteten, aber Häuptling Mathenges Familie hatte Wasser. »Das ist nicht richtig«, hatte die Medizinfrau ihrer Schülerin gesagt. Die Kinder Mumbis durften die Naturgeister nicht kränken, um ihre eigenen Bedürfnisse zu befriedigen. Der Fluss erstickte, und deshalb lag ein *Thahu* über dem Kikuju-Land.
Sie trugen große Kalebassen bei sich und kauerten geduldig auf der Erde, während sie sich langsam füllten. Die junge Wachera wurde bei dem Gedanken an ihren Mann traurig.
Nach der Geburt von Gachikus Tochter hatte Mathenge sich auf den Weg zur Mission des weißen Mannes gemacht und dort die Geschichten von einem wundersamen Gott namens Jesus gehört. Er war gestorben, ins Leben zurückgekommen und versprach die Rückkehr ins Leben allen, die ihn anbeteten. In der Mission hatte man Mathenge verhext. Er hatte etwas gesehen, was man ›Fahrrad‹ nannte, und wollte selbst eines besitzen. Er war in einem ›Automobil‹ gefahren und in seinen Bann geraten. Man hatte ihm Amulette gegeben, die man ›Münzen‹ nannte, und er hatte erlebt, dass sie wertvoller waren als Ziegen. Man hatte ihn gelehrt, Symbole zu ›sprechen‹, die auf Papier gezeichnet waren, und ihm gesagt, dass dieses Können alle Macht der Welt in sich barg. Im Dorf des weißen Mannes hatte man Mathenge den Kopf verdreht. Er hatte die Macht des *Muzungu* gesehen, die auf seinen Stiefeln, seinen Gewehren und den Dosen mit Nahrung beruhte. Mathenge war als ein veränderter Mensch zu seiner Familie am Fluss zurückgekehrt.
»Der weiße Mann hat das bessere Leben, meine Frau«, erklärte er der jungen Wachera an dem Abend, an dem er sie für immer verließ.
Mathenge war in den Kleidern des weißen Mannes gekommen, denn die Väter in der Mission hatten ihm gesagt, Nacktheit sei dem Gott Jesus ein Gräuel. »Es ist die neue Zeit. Die Welt verändert sich. Ngai auf seinem Berg ist tot. Es gibt einen neuen Gott. Sollen die Kinder Mumbis untergehen, weil sie den neuen Gott nicht anbeten und lernen, wie die Menschen nach seinem Gebot leben sollen? Denk an das Sprichwort, das sagt: ›Das hübsche Mädchen geht am Haus eines armen Mannes vorüber.‹ Möchtest du, dass die anderen Stämme der Welt an der Tür der Kikuju vorbeigehen?«

Die junge Wachera hatte in ehrerbietigem Schweigen zugehört und sich die Tränen für später aufgespart, um sich vor ihrem Mann nicht schämen zu müssen. Der kleine Kabiru, ihr Sohn, krabbelte in der Hütte herum und ahnte nichts von dem endgültigen Abschied.
»Ich bin zum Häuptling gemacht worden, meine Frau. Und es ist meine Pflicht, für unseren Stamm zu sorgen. Denk an das Sprichwort, das sagt: ›Wenn der Hirte hinkt, werden die Rinder nie die guten Weiden erreichen.‹ Ich werde das Lesen des weißen Mannes lernen, und ich werde dem Gott Jesus opfern. Die Missionsväter haben mir ein Bild des bösen Gottes gezeigt, den sie Satan nennen. Seine Haut ist schwarz wie die der Kikuju. Sie haben mich gelehrt, dass Schwarz böse ist, und ich will nicht böse sein. Sie haben meine Stirn gewaschen und mich Solomon genannt. Das ist mein neuer Name. Ich bin jetzt wie der weiße Mann. Ich bin ihnen gleichgestellt. Mein Sohn, der wie sein Großvater Kabiru heißt, wird ebenfalls zur Mission gehen, gewaschen werden, einen neuen Namen erhalten und so dem weißen Mann gleichgestellt sein.«
Mathenge ging. Nachdem die Sonne sechsmal untergegangen war, brachte er das Kind zurück und sagte: »Sein Name ist jetzt David, und er ist ein Christ. Der weiße Mann wird ihn als Bruder behandeln.«
Dann erklärte Mathenge: »Der Gott Jesus sagt, ich begehe eine Sünde, wenn ich mehr als eine Frau besitze. Du hast dich mir widersetzt, meine Frau, und bist nicht über den Fluss zurückgegangen, als ich es dir befahl. Deshalb bist du nicht länger meine Ehefrau. Ich werde jetzt als Christ mit Gachiku und mit Njeri, meiner Tochter, leben. Ihnen hat der Gott Jesus das Leben zurückgegeben. Wenn meine Zeit gekommen ist, und ich sterbe, wird Jesus auch mir das Leben zurückgeben. ER hat es versprochen.«
Häuptling Mathenge ging, und die junge Wachera drückte den kleinen Kabiru verzweifelt an die Brust. Sie jammerte und klagte, als sei Mathenge gestorben. Es war das schlimmste Unglück für eine Kikuju-Frau, von ihrem Mann verstoßen zu werden, denn damit wurde sie aus der Sippe verstoßen und hatte keine Familie mehr. Die junge Wachera weinte nicht nur um den Verlust ihres geliebten Mannes, sondern auch, weil ihr Leib in den Jahren, die vor ihr lagen, leer bleiben würde. Sie presste den kleinen Kabiru an sich, klagte, wusch ihn mit ihren Tränen, als wolle sie die Taufe des weißen Mannes von ihm abwaschen. Aber schließlich nannte sie ihren Sohn David, denn es war der Wunsch des Mannes, den sie hoffnungslos liebte. Als ihre Hütte zum fünften Mal niedergewalzt wurde, baute die junge Wachera sie nicht

mehr auf, sondern zog in die Hütte der Großmutter. Dort lebten die drei jetzt, liebten und trösteten sich gegenseitig.

Die Kalebassen waren voll. Es war Zeit, nach Hause zu gehen. Die junge Wachera musste David auf der Hüfte tragen. Deshalb hatte sie eine zusätzliche Last. Deshalb trug die Großmutter mehr Kalebassen, und ihre Last wog mehr als achtzig Pfund, wie der weiße Mann gesagt hätte. Weit vornübergebeugt und das Gesicht zur Erde gewandt, gingen die beiden Frauen mühsam durch den fremden Wald zurück zu ihrer Hütte neben Valentines künstlichem Teich; die Lederriemen, an denen die schweren Kalebassen hingen, schnitten ihnen tief in die Stirn.

Rauch lag in der Luft des späten Nachmittags, als die Männer die Reste des riesigen Feigenbaumstammes verbrannten; das Knirschen und Klirren von Ketten und das Motorengeräusch des Traktors zerstörten die Stille am Fluss. Die junge Wachera und ihre Großmutter kamen aus dem Wald und sahen, wie die uralten Wurzeln in einem Erdregen aus dem Boden auftauchten wie die gekrümmten Finger einer protestierenden Hand. Die beiden Frauen blieben stehen und starrten hinüber. Ein Trupp von zehn Männern schleppte den Stumpf beiseite und füllte das entstandene Loch mit Erde auf. Nur Bündel klein gehackter Zweige waren von dem dicken Stamm und den großen weit ausladenden Ästen des heiligen Baums übrig geblieben.

Die alte Wachera setzte langsam die Kalebassen ab. »Tochter«, sagte sie, »führ mich in den Wald. Es ist Zeit für mich zu sterben.«

Die junge Wachera sah sie ungläubig an. »Bist du krank, Großmutter?« Die Medizinfrau sprach ruhig, aber mit einem Anflug von Müdigkeit und Alter in der Stimme. Das hatte die Enkeltochter noch nie bei ihr gehört. »Die Wohnstatt der Ahnen ist zerstört worden. Der heilige Grund ist geschändet. Ein großes *Thahu* ist die Folge. Meine Zeit in dieser Welt ist zu Ende. Bring mich in den Wald, Enkeltochter.«

Der Arm zitterte nicht, den sie ausstreckte. Die junge Wachera stellte ihre Kalebassen auf die Erde, setzte David auf die andere Hüfte und nahm die Hand ihrer Großmutter. Sie wandten den Kikuju-Männern in den Kleidern des weißen Mannes den Rücken, die den heiligen Baum zerhackten und verbrannten, und kehrten in den Wald zurück.

Die beiden Frauen gingen schweigend. Nur der kleine vierzehn Monate alte David, der nichts von dem Unheil ahnte, das über sie hereingebrochen war, lallte und quiekte. Die junge Wachera wollte sich nicht damit abfinden, doch sie wusste, ihre Großmutter würde tatsächlich sterben. Es war bei den Kiku-

ju Sitte, die Toten nicht zu begraben, sondern die Leiche den Hyänen zu überlassen. Man durfte nicht zulassen, dass jemand in einer Hütte starb, denn dadurch wurde sie unrein und musste niedergebrannt werden. Eine Leiche durfte man nicht berühren, das war tabu. Und so gingen die Kranken und Sterbenden aus eigener Kraft in den Wald oder ließen sich dorthin bringen, um kein *Thahu* auf die Familie zu beschwören.
Sie erreichten eine unbewohnte, einsame Gegend. Die Großmutter setzte sich auf die staubige Erde, die von Zweigen und trockenem Laub bedeckt war, und ihre Bewegungen waren zum ersten Mal die einer alten Frau. Die junge Wachera staunte, wie plötzlich ihre Großmutter gealtert war. Die müden Gelenke knackten; sie bewegte Arme und Beine steif und schwerfällig, obwohl die Medizinfrau noch vor kurzem so flink und behände die Kalebassen getragen hatte wie ihre fünfzig Jahre jüngere Enkeltochter.
Die alte Wachera streckte die Beine aus. »Der Herr der Klarheit wird mich bald zu sich holen«, sagte sie leise, »ich werde zu unseren ersten Eltern, Kikuju und Mumbi, zurückkehren und bei ihnen leben.«
Die junge Wachera stellte David auf den Boden, setzte sich der Großmutter gegenüber und wartete. Etwas Schreckliches war geschehen. Die junge Frau konnte es sich nur unbestimmt vorstellen. Es überstieg ihr Fassungsvermögen. Doch sie glaubte, eines Tages würde sie es verstehen.
»Es herrscht Kummer und Leid im Kikuju-Land«, sagte die alte Wachera schließlich, und ihr Atem ging schwer. »Die Zeit ist gekommen, und die alten Sitten verschwinden. Ich weiß, ich bin geboren worden, um zu erleben, wie die Sonne der Kikuju untergeht. Die Kinder Mumbis werden sich von Ngai, von ihren Ahnen und von den Stammesgesetzen abwenden. Sie werden sich bemühen, wie der weiße Mann zu werden. Die alten Sitten werden sterben, und man wird sie vergessen ...
Mathenge wird nie zu dir zurückkehren, Tochter. Der weiße Mann hat ihn in seinen Bann gezogen. Doch der Mann, dem du einmal gehört hast, wird in seinem neuen Leben nicht glücklich sein. Es gibt ein Sprichwort, das sagt: ›Das scharfe Messer schneidet seinen Besitzer.‹ Aber es ist nicht seine Schuld, denn ein anderes Sprichwort sagt: ›Für das Herz eines Mannes ist das Nahrung, was ihm gefällt.‹«
Sie schwieg. Die Sonne verschwand langsam aus dem Wald und ließ lange Schatten zurück, die wie Schlangen auf die beiden Kikuju-Frauen zukrochen.
»Du weißt, Tochter, dass wir in unseren Nachkommen leben. Ein Mann muss viele Frauen besitzen und viele Kinder haben, damit unsere Ahnen

ewig weiterleben. Der weiße Mann lehrt uns, dass das falsch ist. Kikuju-Männer verlassen bereits ihre Frauen. Es wird nicht genügend Kinder geben, um die Seelen der gestorbenen Großeltern aufzunehmen, und deshalb werden die Geister unserer Ahnen heimatlos über die Erde ziehen. Bald wird es keine alten Feigenbäume mehr geben, und niemand wird mehr da sein, der mit unseren Vätern und Müttern der Vergangenheit die Verbindung hält. Sie werden verschwinden.«

Mit zitternder Hand streifte die Medizinfrau einen Armreif vom Gelenk. Er war aus Elefantenwimpern gemacht und besaß große Zauberkräfte. Sie reichte ihn ihrer Enkeltochter. Als sie wieder sprach, war ihre Stimme dünner, der Atem ging unregelmäßiger. Das Leben schien aus den alten Knochen zu weichen, so wie das Leben aus den Wurzeln des sterbenden Feigenbaums schwand. »Du wirst jetzt einen Schwur essen, Enkeltochter. Dann lässt du mich allein.«

Der Wald war dunkel und bedrohlich. Wegen der vielen Gefahren, die von Tieren und bösen Geistern drohten, war kein Kikuju nachts unterwegs. Doch die junge Frau wollte bei ihrer Großmutter bleiben, bis der Tod gekommen war. »Ich werde dich ihnen nicht überlassen, solange du lebst«, sagte sie mit gepresster Stimme – sie meinte damit die Hyänen, die bereits in der Nähe lauerten.

Die alte Wachera schüttelte den Kopf. »Es macht mir nichts aus, wenn sie sich an meinem Körper sättigen, während ich noch lebe. Man muss die Hyänen ehren und achten, Tochter. Ich werde nicht schreien. Du musst gehen. Aber zuerst der Schwur.«

Die junge Wachera erfasste Entsetzen. Das Essen eines Schwurs war die stärkste Form der Kikuju-Magie. Dadurch band man seine Seele an sein Wort. Einen solchen Schwur zu brechen, bedeutete einen sofortigen, schrecklichen Tod.

»Du wirst mir jetzt versprechen, Enkeltochter, bei der Erde, die unsere GROSSE MUTTER ist, dass du die alten Sitten bewahren und sie in alle Ewigkeit halten und pflegen wirst.« Die alte Frau nahm etwas Erde in die Hand und hielt sie ausgestreckt vor ihren Körper. Sie schlug geheimnisvolle Zeichen darüber, schloss die Augen und sagte: »Eines Tages werden sich die Kinder Mumbis gegen den weißen Mann erheben und ihn aus Kikuju-Land vertreiben. Wenn diese Zeit kommt, werden sie zu den Sitten ihrer Väter zurückkehren wollen. Aber wer wird da sein, um sie darin zu unterweisen?«

»Ich«, flüsterte die junge Wachera.

Die Medizinfrau ließ den Staub in ihren Händen in die Hände ihrer Enkeltochter rinnen. »Schwöre bei der Erde unserer GROSSEN MUTTER, dass du die Stammessitten befolgen und immer mit den Ahnen in Verbindung bleiben wirst.«

Die junge Wachera hob die Hände an den Mund, drückte die Zunge auf die Erde. Sie schluckte und sagte: »Ich schwöre es.«

»Schwöre auch, Wachera, dass du die Medizinfrau unseres Volkes sein wirst und dass du die Riten und die Magie unserer Mütter ausübst.«

Wieder aß die junge Wachera von der Erde und schwor.

»Und versprich mir, Tochter meiner Seele ...« Die alte Frau rang nach Luft. Ihr Körper schien vor den Augen ihrer Enkeltochter kleiner zu werden und einzufallen. »Versprich mir, dass du Rache an dem weißen Mann auf dem Hügel nehmen wirst.«

Wachera aß den Schwur, gelobte Rache an dem *Muzungu* und sah, wie die alte Wachera starb.

12

Sie ging ohne Furcht durch den nächtlichen Wald, denn sie wusste, der Geist ihrer Großmutter war bei ihr. Wachera lief mit entschlossenen Schritten. Sie war blind für die schattenhaften Köpfe und Leiber um sie herum und taub für die Hyänen, die einen menschlichen Körper zerrissen. Sie suchte sich ihren Weg durch Bäume und Büsche und hielt ihren kleinen Sohn an den starken jungen Körper gepresst. Mut und Entschlossenheit erfüllten sie bei jedem Schritt, als wachse die Macht ihrer Großmutter in ihr. Mit jedem Baum, den sie hinter sich ließ, verschwand etwas von ihrer Scheu und Bescheidenheit. Mit jedem Felsbrocken, über den sie stieg, mit jedem Zweig, den sie knackend zertrat, wichen ihre jugendlichen Ängste und Unsicherheiten und fielen von ihr ab. Wachera wuchs beim Gehen in Geist und in Statur. Sie hatte sich jedes Wort eingeprägt, das die alte Wachera gesprochen hatte. Sie würde sich bis an ihr Lebensende daran erinnern.
Schließlich trat sie aus dem Wald und auf den Platz, wo einmal der heilige Feigenbaum gestanden hatte. Er lag leer und verlassen im Mondlicht. Wachera war jetzt die Medizinfrau der Sippe. Sie drückte ihr Kind an sich, das einzige, das sie je haben würde, wie sie wusste, und blickte hinauf zu dem großen, steinernen Haus auf dem Hügel.

»Wirklich, es ist eher eine Krönung!«
Seine Exzellenz der Gouverneur sagte das. Er stand wegen seines hohen Ranges im Protektorat der steinernen Treppe am Nächsten, die zum Haus führte. Man konnte die Erregung in der Nachtluft spüren. Fackeln leuchteten entlang der gewundenen Auffahrt bis hinunter zum Tor, durch das immer noch Spätankömmlinge strömten. Die versammelten Gäste murmelten erwartungsvoll und warteten gespannt auf das Schauspiel, das Lord Treverton vorbereitet hatte. Weingläser funkelten im Mondlicht, rosa Aperitifs schwappten in hohen Gläsern. Jeden Moment konnten der Earl und seine

Gräfin auftauchen. Danach würden sie alle das prächtige neue Haus von innen sehen – und das große Fest begann ...
»Ich habe gehört, es wird nur von Glühbirnen beleuchtet. Treverton hat so einen Generator aufgestellt. Es ist die erste Elektrizität in der Provinz.«
»Ich habe gehört, morgen gibt es ein Polospiel«, sagte ein anderer. Es war Hardy Acres, der Direktor der größten Bank in Nairobi, bei dem beinahe alle Anwesenden Schulden hatten.
»Wenn das Wetter hält«, bemerkte der Mann neben ihm. Die Gesichter wandten sich dem Nachthimmel zu, an dem der Mond und die Sterne schienen. Einige hatten jedoch das Gefühl, es sei merkwürdig feucht. Spürten sie nicht eine leichte Brise? Es fehlte nur ein ordentlicher Wind, und die Wolken würden vom Mount Kenia heruntertreiben und ... *Regen* bringen.
»Ah!«, hörte man eine Stimme, »da sind sie!«
Valentine Treverton wusste, dass man in Ostafrika Geschmack durch Schau ersetzen konnte und damit durchkam, denn das gehörte zum Zauber des Lebens im Protektorat. Wie bei anderen machte sich auch bei Treverton die Äquatorsonne bemerkbar. Stil wurde zu Prunk, und sein Hang zum Pomp grenzte an Parodie. Alle waren damit einverstanden und genossen es. Also mussten einfach alle Gäste applaudieren, als der Wagen die Auffahrt heraufkam. Am Zaumzeug der Pferde hingen arabische Quasten und Glöckchen. Der zweirädrige Wagen war mit Bändern und Blumen geschmückt. Der Kutscher, ein Afrikaner, trug die Treverton-Livree. Es fehlte nicht einmal die Krone auf dem Jackett und der grüne Samtzylinder. Die Siedler in Ostafrika liebten ein gutes Schauspiel, und das war es wirklich!
Man war sich darin einig, dass hier andere Regeln galten, und sie wurden oft an Ort und Stelle erfunden. Jagden, Scheibenschießen und Trinkgelage an den Wochenenden halfen zu vergessen, dass die Ernten auf den Feldern verdorrten, die Afrikaner an Hunger und Krankheiten starben. In der Luft lag die sehr reale Drohung: Möglicherweise musste man schon bald seine sieben Sachen packen und als Versager nach England zurückkehren.
Gelobt sei Valentine Treverton!, dachten alle. Er war so verlässlich wie sein Wort und brachte seine Gäste an diesem Abend mit Sicherheit in Stimmung. Und dafür liebten sie ihn.
Lady Rose sah hinreißend aus, als sie vom Wagen stieg und – ausgerechnet! – weiße Lilien im Arm hielt. Wo hatte Treverton sie in dieser Trockenheit nur aufgetrieben? Und erst die Frisur der Gräfin! Die Damen nahmen sich in Gedanken bereits vor, ihre altmodischen Gibson-Locken aufzugeben und

die langen Haare abzuschneiden. In Europa war die lockere Marcel-Welle das Zeichen der neuen Frau und galt noch als skandalös. Lady Rose machte sie jedoch mit einem Schlag gesellschaftsfähig. Ihr langes, perlenbesticktes Kleid schleppte auf dem Boden. Lächelnd und nickend stieg sie die Stufen hinauf. Ihr Haar glänzte im Fackellicht wie poliertes Platin. Valentine schritt stolz und würdevoll an ihrer Seite. Er war eindeutig der am besten aussehende Mann des Abends. Dr. Grace Treverton, konservativer gekleidet als ihre Schwägerin, folgte den beiden zusammen mit Mrs. Pembroke, die die zehn Monate alte Mona auf dem Arm hielt. Den Abschluss bildeten Sir James und Lady Donald, die besten Freunde und Ehrengäste der Trevertons.
Zwei lächelnde Diener öffneten die Türflügel, und Valentine führte seine Frau zum ersten Mal in ihr neues Heim.
Es war genauso märchenhaft, wie sie es sich vorgestellt hatte – sogar noch märchenhafter! Valentine hatte überall kleine Überraschungen vorbereitet. Auf einer antiken Kommode stand ihr Spoke-Porzellan, das beinahe ein Jahr in einer Kiste gelegen hatte. Im Salon hing die wundervolle Großvateruhr – ein großes, langsam hin und her schwingendes Pendel – und im großen Esszimmer erwarteten sie die Porträts ihrer Eltern, die er heimlich aus England hatte schicken lassen. Die größte und schönste Überraschung: Mitten im Wohnzimmer stand ein Weihnachtsbaum aus dem Wald von Aberdare und war mit brennenden Kerzen, Lametta und Pfefferkuchen geschmückt. Unter seinen Zweigen lag sogar künstlicher Schnee!
Rose war überwältigt. Sie wandte sich ihm zu, hauchte: »Valentine, Liebster ...« und sank in seine Arme. Sie küssten sich, und alle jubelten. Nur die Kikuju-Diener blieben stumm. In ihrem Stamm küsste man sich nicht, und sie fragten sich, weshalb *Memsaab* und *Bwana* die Münder aufeinander drückten ...
Miranda West war am Vortag aus Nairobi eingetroffen und hatte schon vor Sonnenaufgang in der Küche angefangen zu arbeiten. Jetzt wachte sie darüber, dass ihre Meisterwerke richtig aufgetragen wurden. Da zweihundert Gäste nicht gleichzeitig sitzen konnten, gab es ein Buffet. Die Gäste wurden von Afrikanern bedient, die leuchtend rote goldbestickte Sansibarwesten über langen weißen Kanzus und weiße Handschuhe trugen.
Zur gebratenen Gazelle gab es Mirandas Kartoffelpfannkuchen; aus Valentines schwindendem Stausee kamen die Regenbogenforellen; es gab außerdem in Honig gebackene Perlhühner und Schinken vom Rift Valley. Die Eierschnecken aß man mit Butter und Marmelade. Mirandas Lachssülze

lag auf dunklem Landbrot. Auch das Punschangebot war ihr Werk: In den geschliffenen Bowlen mit den passenden Gläsern warteten der berühmte *Badminton* und verschiedene Rotweinkreationen. Die heimwehkranken Gäste seufzten ekstatisch und wurden ganz melancholisch, als sie England schmeckten und ihnen plötzlich bewusst wurde, was sie alles für dieses unsichere neue Leben aufgegeben hatten. Ein paar Musiker mit Violinen und einem Akkordeon spielten Weihnachtslieder. BELLATU auf seinem einsamen Hügel leuchtete in der Nacht wie ein Märchenschloss, das alle hundert Jahre einmal zum Leben erwacht. Meilenweit hörten die Einheimischen in ihren dunklen rauchigen Hütten, wo sie sich aus Furcht vor der Nacht mit Kindern und Ziegen drängten, verwirrt das Lachen und die Musik der *Wazungu.* An einem Abhang in der Nähe trompetete ein einsamer Elefant, als wolle er die Feiernden daran erinnern, wo sie sich in Wirklichkeit befanden.

Die Gäste drängten auf die Veranda hinaus, auf den Rasen, und einigen wenigen gelang es sogar, sich nach oben zu schleichen und einen Blick in die Schlafzimmer zu werfen. Valentine wich nicht von Roses Seite. Sie waren ein märchenhaftes Paar, und auf alle, die sie berührten, sprang etwas von ihrer Magie und ihrem Zauber über. Lord Trevertons Glück war im vergangenen Jahr zu einer Legende im Protektorat geworden. Während auf den Feldern aller die Pflanzen verdorrten, wuchsen seine Kaffeebäume frisch und grün weiter. Auf unerklärliche Weise waren ihm die Afrikaner treu ergeben. Sie schienen nie davonzulaufen oder bei der Arbeit zu trödeln. Die Menschen drängten sich um den Earl und seine schöne Frau in der Hoffnung, dass etwas von ihrem Glück auf sie abfärben werde.

Grace floh auf die Terrasse. Sie stand an einer frisch geschnittenen Hecke und blickte hinunter auf den Chania.

»Ich finde, Ihr Bruder hat sich selbst übertroffen«, sagte Sir James und trat neben sie. »Über diesen Abend wird man noch jahrelang sprechen.«

Sie lachte und trank einen Schluck Champagner.

»Wie um alles in der Welt kann Valentine sich das leisten?«, fragte James. Grace antwortete nicht. Sie wusste, ihr Bruder verbrauchte ein Großteil seines Einkommens, das ihm Mieten und Pachten von BELLA HILL einbrachten. Sie betete insgeheim, sein gesunder Menschenverstand werde ihm sagen, wann er damit aufhören müsse. Der Besitz in Suffolk war keine unerschöpfliche Geldquelle ...

Drei Männer gingen vorüber. In ihren weißen Smokingjacken wirkten sie im Mondlicht wie Geister. »Wenn ich auf Safari bin«, sagte einer, »schlafe ich am liebsten im Freien. Der Himmel ist ein gutes Dach, vorausgesetzt, es ist nicht undicht!«

James hob das Cognacglas und lächelte Grace an. Das Lächeln und die Fältchen um seine Augen nahmen sie gefangen.

Das Trio verschwand um die Ecke, und einer der drei sagte: »Ich habe gehört, draußen am Rudolfsee ist ein riesiger alter Elefantenbulle.« Die Unterhaltung der sich entfernenden Männer kreiste nun um die Elefantenjagd.

James wirkte nachdenklich. Ein geistesabwesender Ausdruck trat auf sein Gesicht. Er hielt das Glas an die Lippen, ohne zu trinken.

»Ist etwas?«, fragte Grace.

»Ich dachte nur daran ...« Er stellte das Glas auf den Rand eines marmornen Vogelbades ab. »Mein Vater hat Elefanten wegen des Elfenbeins gejagt. Als ich alt genug war, nahm er mich auf Safaris mit. Ich musste daran denken, dass ich gerade sechzehn geworden war, als wir zum Rudolfsee aufbrachen.« James sah sie nicht an. Seine Stimme klang fern. »Das war 1904. Wir verfolgten einen alten Bullen, den mein Vater angeschossen hatte. Ich blieb im Lager, während er allein weiterging. Er fand ihn. Der Elefant griff an, und ehe mein Vater zum zweiten Mal feuern konnte, klemmte der Abzug. Er drehte sich um und rannte. Der riesige Bulle donnerte hinter ihm her. Der Gewehrträger, der mich holte, berichtete, mein Vater habe sich zur Seite geworfen, als der Elefant ihn erreichte. Das Tier drehte blitzschnell, kam zurück und versuchte, ihn mit den Stoßzähnen zu durchbohren. Als ich die Stelle erreichte, war es meinem Vater gelungen, unter den Kopf des Elefanten zu kriechen, der ihn mit seinen Stoßzähnen nicht erreichen konnte. Dafür bearbeitete er ihn mit den Knien. Ich gab mehrere Salven ab, und der Bulle stürzte zu Boden. Aber mein Vater war inzwischen tot. Es war ein langer Rückweg – mehrere hundert Meilen. Ich war allein mit den eingeborenen Trägern. Ich grübelte die ganze Zeit verzweifelt darüber nach, wie ich es meiner Mutter sagen sollte. Aber als ich in Mombasa ankam, erfuhr ich, dass sie an Schwarzwasserfieber gestorben war.«

Er sah Grace sanft an. »Ich fuhr nach England und lebte bei Verwandten. Als ich nach Ostafrika zurückkam, war ich zweiundzwanzig und verheiratet. Ich kaufte Land am Kilima Simba und importierte Ayrshire-Kühe, die ich mit den einheimischen Boran-Bullen kreuzte. Seit damals habe ich für die Jagd nichts mehr übrig.«

Er musterte sie und sagte: »Sie sind wirklich glücklich hier, Grace, nicht wahr?«

»Ja.« – »Das freut mich. Menschen, die Ostafrika nicht lieben, haben kein Recht, hier zu sein. Es ist die einzige Welt, die ich kenne. Hier bin ich geboren worden, und hier werde ich sterben. Diese anderen ...«, er machte eine Geste in Richtung des Lärms, »die hierher kommen, um schnell ein Vermögen zu machen, beuten das Land und die Eingeborenen aus. Es sind Verbrecher. Alle, die das Land nicht lieben, sollten nach Hause gehen.«

»Das hier ist jetzt mein Zuhause«, sagte sie ruhig.

James lächelte und zitierte leise: »›Hier in dem großen, sonnigen Land, Wo kein Unrecht das Herz für alle Zeiten entflammt, Reiche ich meinem Nachbarn die Hand, Und wir knüpfen ein neues Band.‹«

Er schwieg und schien weitersprechen zu wollen, als sie eine Stimme hörten. »Da seid ihr ja.« Sie drehten sich um und sahen Lucille durch eine der Glastüren kommen. Wie schon mehrmals in den vergangenen zehn Monaten glaubte Grace einen Ausdruck des Missfallens oder der Pein auf ihrem Gesicht zu bemerken. Aber wie jedes Mal verschwand er auch diesmal unter einem Lächeln. »Ich finde, es ist etwas laut geworden da drinnen«, sagte sie. »Jemand tanzt gerade einen Highland Fling!«

James lachte. »Kannst du dir vorstellen, dass diese ausgelassene Meute morgen früh zum Polo aufsteht?«

»Mein Bruder wird dafür sorgen!«, sagte Grace. »Er trainiert mit seinen Ponys schon über einen Monat. Es müsste ein spannendes Spiel werden. Auf wen setzen Sie, James?«

»Ich fürchte«, sagte Lucille, »wir werden zum Polo nicht hier sein. Wir fahren in aller Frühe.«

»Sie fahren?«

»Lucille will zum Weihnachtsgottesdienst in die Methodistenmission in Karatina.«

»Aber Vater Mario von der katholischen Mission kommt hierher. Wir werden eine schöne Messe auf dem Rasen halten.«

Lucilles Lächeln gefror. »Ich möchte nicht an einem katholischen Gottesdienst teilnehmen. Es ist schlimm genug, dass ich nur viermal im Jahr nach Karatina komme. Grace, es wäre klug von Ihnen, Ihrer Missionsgesellschaft zu schreiben, dass man einen Geistlichen hierher schickt anstelle der Krankenschwester, um die Sie gebeten haben.«

»Aber ich brauche Krankenschwestern, Lucille, dringend! Es scheint unmöglich zu sein, die Kikuju dazu zu bringen, einen Kranken zu berühren.«

»Sie fassen das falsch an. Ein Pfarrer würde diese Heiden von ihren gräulichen Praktiken abbringen und Christen aus ihnen machen. Dann hätten Sie alle Hilfe, die Sie brauchen.«
Grace starrte sie an.
James sagte: »Hört ihr? Sie spielen *Stille Nacht*.«
Der Lärm ließ nach, das Gelächter verstummte, und die Klänge der Violinen drangen durch die Nacht. Bald legte sich Stille über Haus und Garten. Das alte Weihnachtslied stieg so fern der Heimat zu den kalten Sternen am Äquatorhimmel auf. Wie von Neugier getrieben, lösten sich ein paar dicke Wolken aus der Umklammerung des Mount Kenia und trieben über das Land.
Grace stand zwischen James und Lucille. Sie blickten in die hell erleuchteten Räume von BELLATU und auf die große, sehr unterschiedliche Familie, die ein vertrautes Lied einte. Stimmen fielen ein. Einige klangen schön. Die afrikanischen Dienstboten standen mit unbeweglichen Gesichtern dabei, als die *Wazungu*, die gerade eben noch ausgelassen gelacht hatten, plötzlich ehrfürchtig wurden und traurige und feuchte Augen bekamen.
Miranda West kam aus der Küche. In der Mitte des Wohnzimmers neben dem Weihnachtsbaum entdeckte sie Lord Treverton. Sein Bariton führte den Chor an. Miranda dachte an 1920, an das neue Jahr und an das Versprechen, das es in sich barg. Es gab nur einen Weg, den Earl zu bekommen. Sie musste ihm das geben, was er sich am sehnlichsten wünschte – einen Sohn!
Valentine dachte zufällig dasselbe – wenn auch in einem anderen Zusammenhang. Während sie *Stille Nacht* sangen, hielt er Roses Hand und erinnerte sich daran, dass Dr. Hares Pulver das Problem nicht gelöst hatte. Aber er setzte auf die neue Strategie, die er sich für diese Nacht ausgedacht hatte. Das Pulver in der abendlichen Schokolade hatte Rose nur einschlafen lassen. Und so wollte er sie nicht. Rose sollte reagieren und ihn lieben. Das Leben in den Zelten hatte alles verdorben, sagte er sich. Ihr Zartgefühl und ihr Sinn für Schicklichkeit ... Aber heute Nacht würde er sie zum ersten Mal in das gemeinsame Schlafzimmer führen, wo unter dem Himmel des alten Treverton-Ehebetts ihr richtiges Eheleben beginnen würde ...
Lucille stand neben ihrem Mann auf der Terrasse und spürte, wie die feuchte Nachtluft sich um sie schloss. Sie versuchte mit aller Kraft, die Bitterkeit und den Zorn in ihrer Seele hinwegzusingen. Lady Lucille Donald lebte seit zehn Jahren im Protektorat, war die Frau eines Ranchers, eine aufopfe-

rungsvolle Mutter und hatte ein schreckliches Geheimnis: Sie hasste Ostafrika und verwünschte den Tag, an dem sie England verlassen hatte.

»*Memsaab!*«, flüsterte jemand eindringlich hinter der Hecke. »*Memsaab!*« Grace drehte sich um und entdeckte Mario in der Dunkelheit mit angstvoll aufgerissenen Augen. »Schnell, *Memsaab*! Es ist etwas Schlimmes geschehen!«

»Wo? Was?«

»Häuptling Mathenge! Schnell!«

Grace und James warfen sich einen Blick zu. Dann sagte James zu Lucille: »Du bleibst hier, Liebling. Ich begleite Grace.«

Sie folgten Mario den gewundenen Pfad um den Waldrand und am Fluss entlang. Er eilte zum Vogelsang-Cottage. »Was ist los, Mario?«, fragte Grace, als sie ihr Haus erreichten. »Wo ist Häuptling Mathenge?«

»Auf der Rückseite, *Memsaab*.«

Grace und James liefen um das Haus, durch das Türchen des kleinen Gemüsegartens und blieben wie angewurzelt stehen. In der Dunkelheit sahen sie undeutlich eine ausgestreckte Gestalt zwischen den Bohnen und Maispflanzen.

»Meine Taschenlampe«, sagte Grace zu Mario und eilte zu Mathenge. Der junge Häuptling lag auf dem Rücken und schien zu schlafen. Aber als Grace seinen Puls fühlen wollte, stockte ihr der Atem. Seine Haut war kalt. James kniete auf der anderen Seite und sah Grace an. »Was ist mit ihm? Was ist geschehen?«

»Ich weiß nicht ...« Schwarze Wolken verdeckten den Mond. Es war zu dunkel, um wirklich etwas zu erkennen.

Mario kam mit der Taschenlampe zurück, und Grace richtete ihren Strahl auf Mathenges Gesicht. Sie erstarrte.

»Mein Gott«, sagte James. Mario schrie auf und machte einen Satz rückwärts. Grace starrte auf das schöne, schlafende Gesicht unter dem Äthertrichter. Sie leuchtete den Körper ab und entdeckte in der rechten Hand die Ätherflasche. »Mein Gott«, murmelte James noch einmal. »Wie ist das geschehen? Wer hat das getan?«

Fröstelnd und wie gelähmt blickte sie auf Mathenges Augen hinunter, die in ewigem Schlaf geschlossen waren. Nichts deutete auf Gewalt hin, keine Wunden, kein Blut. Die Kleider waren nicht zerdrückt, das Haar lag ihm immer noch ordentlich im Stil der Massai-Krieger geflochten auf der Stirn. Eigentlich sah es so aus, als sei er in den Garten gekommen, um friedlich ein Schläfchen zu halten.

»Ich glaube nicht, dass ihm jemand etwas getan hat«, sagte Grace langsam, »er hat es selbst getan.«
»Unmöglich. Kikuju begehen keinen Selbstmord.«
Sie sah James mit feuchten Augen an. »Es sollte kein Selbstmord sein. Er hatte nicht damit gerechnet zu sterben. Er wollte wieder aufwachen wie Mario ...«
»Großer Gott«, murmelte James und sah sie ungläubig an, »er wollte hinter das Geheimnis der Macht des weißen Mannes kommen!«
»Es ist Weihnachten«, sagte sie und schluchzte, »der Geburtstag seines neuen Gottes. Er hat *geglaubt* ..« Sie begann zu weinen.
James kam herüber, zog Grace hoch und nahm sie in die Arme. Während sie an seiner Schulter weinte, trieben immer mehr Wolken vom Mount Kenia herunter, bedeckten allmählich den Himmel, löschten die Sterne aus und machten die Nacht dunkler und schwärzer.
»Es ist meine Schuld! Es ist alles meine Schuld!«
James drückte sie an sich. »Es ist nicht Ihre Schuld, Grace. Sie sind nicht für Afrikas Unschuld verantwortlich.«
Sie weinte noch einige Zeit, hob den Kopf und wischte sich die Tränen von den Wangen. Vor ihr lag der schöne, einst so stolze Häuptling, dem der weiße Mann den Speer weggenommen hatte. Zitternd blickte sie in James' schützenden Armen auf die dunkle, tragische Gestalt zwischen den Pflanzen und begriff, dass etwas von großer Bedeutung geschehen war. Mit Mathenges kindlichem Tod war der letzte wahre Krieger Afrikas gestorben. Und noch etwas ...
»Glauben Sie, es wird Probleme geben?«, fragte Grace, als sie zum Haus auf dem Hügel zurückgingen.
James vermutete das nicht. Es war nichts Unrechtes geschehen. Es gab keinen Grund zur Rache an einer anderen Sippe. Man würde Solomon Mathenge in aller Stille in der Mission begraben und einen neuen Häuptling ernennen.
Als sie das Wohnzimmer betraten, verteilte Hardy Acre, der beleibte Bankier, als Weihnachtsmann verkleidet, Geschenke aus einem großen Sack. Grace ging um die Menge herum zu ihrem Bruder, der wie ein König dasaß. Unter seinen Augen wurde die Fülle seiner Gaben unter der Menge verteilt. Die Geschenke waren eingepackt und hatten Anhänger mit Namen: Parfüm, Spitzentaschentücher oder silberne Kämme für die Damen; Jagdmesser, seidene Krawatten oder Brieftaschen aus Krokodilleder für die Herren.

Grace näherte sich ihm von hinten und flüsterte ihm die Nachricht ins Ohr.
»Nicht jetzt. Schwesterherz«, rief er fröhlich.
»Valentine, du hast mich nicht verstanden. Ich habe gesagt, es ist ein Unheil geschehen.«
»Du bist die Ärztin. Kümmere du dich darum.«
Ein paar lustige Geschenke riefen hin und wieder Gelächter unter den Gästen hervor. Aber plötzlich brachte ein dumpfes Grollen alle zum Schweigen. Die Leute hoben die Köpfe. Es donnerte.
»Na so was«, begann Mr. Acres, »man könnte glauben ...«
Grace nutzte die momentane Stille und sagte: »Val, du musst mitkommen. Häuptling Mathenge ...«
»Wo ist er? Ich habe ihn nämlich eingeladen.«
»Großer Gott«, sagte Sir James. »Hast du seine Frau auch eingeladen?«
Grace hob den Kopf und blickte wie alle im Raum erstaunt zur Haustür. Eine schockierte Stille breitete sich aus – zweihundert Augenpaare konnten nicht fassen, was sie sahen.
Wachera stand unbeweglich wie eine Statue unter dem Leuchter an der Tür. Es wirkte, als sei sie aus dem Nichts aufgetaucht. Wachera betrachtete das Meer der weißen Gesichter, ein exotisches Wesen vor der Mahagonigarderobe und dem Schirmständer aus Messing. Wachera hatte sich für den Anlass besonders gekleidet.
Ihr starker schlanker Körper war in Leder gehüllt, und sie trug eine Schürze. Um Brust, Schultern und um den Hals lagen dicht an dicht bunte Perlenketten, auf denen ihr Kopf zu ruhen schien. An den Ohren, die oben, seitlich und an den Ohrläppchen durchbohrt waren, trug sie große Perlenringe. Perlen-, Kupferreifen und Lederbänder mit aufgenähten Kaurischnecken schmückten die Unterarme bis zu den Ellbogen und die Beine von den Fußknöcheln bis zu den Knien. Perlenschnüre lagen kreuzweise über der Stirn, um den schwarzen, geschorenen Kopf trug sie Kupferbänder. Ein Lederriemen mit drei Perlen lag zwischen den Augen und auf dem Nasenrücken. Ihre großen schrägen Augen über den hohen Wangenknochen richteten sich mit undurchdringlichem Ausdruck auf die sprachlose Menge.
Valentine erholte sich von dem Schock ihres Anblicks, stand auf und sagte: »Was zum Teufel will *sie* hier?« Wachera machte einen Schritt vorwärts, und die Menge teilte sich. Jetzt sah man David, Mathenges Sohn, an der Hand seiner Mutter. Abgesehen von einer Halskette war er nackt.

Valentine bedeutete den Dienern, Wachera hinauszuschaffen, aber keiner rührte sich von der Stelle. Trotz all ihrer christlichen Namen, obwohl sie fließend Englisch sprachen, und obwohl sie die Handschuhe des weißen Mannes trugen, waren sie immer noch Kikuju und fürchteten eine Medizinfrau.

»Was möchtest du?«, fragte Valentine. Wachera ging durch den Raum und blieb dicht vor ihm stehen. Sie musterte ihn.

Die beiden sahen sich unverwandt an. Dann setzte sich Lord Valentine langsam wieder.

Das war doch nicht die scheue, zurückhaltende junge Frau, die demütig ins Zeltlager gekommen war und ihm unter vielen Verbeugungen Geschenke gebracht hatte! Valentine blickte sich um. Wo war die Großmutter?

Wachera sprach, und es war kein demütiges Murmeln, das man im Raum hörte, sondern die Stimme eines stolzen, gebieterischen Geistes. Wachera sprach auf Kikuju, und nur wenige der Anwesenden verstanden ihre Worte. Aber Sir James übersetzte.

»Du hast heiligen Boden entweiht«, sagte die Medizinfrau. »Du hast die Wohnstatt der Ahnen zerstört. Du hast gegen den Herrn der Klarheit die Hand erhoben. Du wirst bestraft werden.«

Valentine war fassungslos. »Wovon redet sie, zum Teufel?«

Wachera fuhr fort: »Ich rufe die Geister des Windes.« Sie nahm die heilige Kalebasse mit den Amuletten, die unzählige Vorfahren in Jahrhunderten gesammelt hatten, von ihrem Gürtel. Sie schüttelte die Kalebasse, und ihr Rasseln erfüllte das Haus. »Die Ahnen belegen diesen unreinen Ort mit einem *Thabu!*« Sie drehte sich langsam um sich selbst und hielt die Kalebasse in jede Ecke des Raumes. Dabei sagte sie: »Böse Geister wohnen dort und dort und dort und dort.« Sie hob die Kalebasse hoch über den Kopf. »Unter dem Dach ... Bis dieses Land den Kindern Mumbis zurückgegeben worden ist, sollen alle deine Tage nur Krankheit, Elend und Armut kennen. Bis dieses Land den Kindern Mumbis zurückgegeben worden ist, wird das Chamäleon in diesem unreinen Haus ein- und ausgehen.«

»Das Chamäleon!«, rief Valentine und rutschte ungeduldig auf seinem Sessel hin und her. Wenn die Dienstboten die Frau nicht hinauswarfen, würde er es bei Gott selbst tun.

James erklärte: »Das Chamäleon gilt bei den Kikuju als Symbol für das schlimmste Unglück. Indem sie dir das Chamäleon auf den Hals schickt, wünscht sie dir ...«

»Bis dieses Land den Kindern Mumbis zurückgegeben worden ist«, fuhr sie mit kalter Stimme fort, »werden deine Kinder den Tau trinken.«
»Und was soll das bedeuten, verdammt noch mal?«
»Ein Kikuju-Sprichwort. ›Den Tau trinken‹, bedeutet Untergang und Tod.«
»Gut«, sagte Valentine und erhob sich. »Das hat lange genug gedauert. Verlass jetzt mein Haus.«
»*Thahu!*«, rief Wachera. »Ich verfluche dich und deine Nachkommen, bis dieses Land den Kindern Mumbis zurückgegeben worden ist!«
»Hinaus, habe ich gesagt!« Valentine sah sich um. Wo, zum Teufel, war Mathenge? *Ich dachte, diese Männer halten ihre Frauen im Zaum.* »Ihr da!« Er deutete auf zwei verängstigte Afrikaner. »Führt die Frau hinaus!« Aber die beiden waren vor Angst wie gelähmt. Bis zum Morgengrauen würden sie dieses Haus mit dem *Thahu* weit hinter sich gelassen haben.
»Also gut!«, schrie Valentine, trat zu Wachera und wollte sie am Arm packen. In diesem Augenblick erschütterte ein krachender Donnerschlag das Haus, und dann hörte man das leise Flüstern des Regens.
»Oh!«, rief einer der Gäste, »es regnet!«
Alle eilten zu den Fenstern und Türen. Die Leute rannten hinaus in den Regen und hielten Gesichter und Hände dem wunderbaren Nass entgegen, umarmten sich lachend und überglücklich.
Im nächsten Moment trommelte der Regen auf das Dach und gegen die Fenster, und gewaltige Donnerschläge hallten weithin über dem durstigen Tal.
»Gut«, sagte Valentine. Er stand breitbeinig vor ihr, die Hände in die Hüfte gestemmt und sagte herausfordernd zu Wachera: »Wenn *das* dein Fluch ist, sei er mir willkommen.« Er warf den Kopf zurück und lachte. Dann drehte er sich um, griff nach Roses Hand und führte sie hinaus zu den durchnässten Gästen auf der Veranda. Nur Sir James und Grace blieben zurück. Die kleine Mona saß in ihrem Kinderstühlchen. Wachera sah die drei lange und nachdenklich an, drehte sich um und ging hinaus. An ihrer Hand hielt sie David.
»Warte«, sagte Grace und lief ihr nach. »Ich muss dir etwas sagen. Mathenge ...« Wachera blieb stehen und warf Grace einen tödlichen Blick zu: »Mein Mann ist tot«, sagte sie auf Kikuju. Sie fügte es zwar nicht hinzu, aber in ihren Augen stand deutlich zu lesen: *Du hast ihn getötet!*

Es würde am nächsten Tag kein Polo und keine Fuchsjagd geben. Auf dem Platz mit den Zelten und Hütten der Gäste würde man am Morgen knietief im Schlamm versinken. Es war beinahe unmöglich oder höchst schwierig, zu den weit entfernten Farmen oder Häusern zurückzukehren. Aber darüber machte sich im Augenblick niemand Sorgen. Der lang ersehnte Regen war endlich gekommen, und den dicken schwarzen Wolken entströmte der Regen so wild und heftig, dass alle wussten, die Ernten und die Investitionen waren gerettet.

Als Grace zum Vogelsang-Cottage zurückkehrte, stellte sie fest, dass wilde Tiere Mathenges Leiche bereits weggeschleppt hatten. Traurig dachte sie, das sei vermutlich genau das, was er sich gewünscht hätte. Nun lag sie mit Sheba, der großen schnarchenden Gepardin, die sich an ihren Rücken drückte, im Bett. Sir James und Lucille waren wie der Gouverneur und Lord und Lady Delamere bequem in den Gästezimmern des großen Hauses untergebracht, während sich die zweihundert anderen Gäste unbequem, aber glücklich mit undichten Zelten und feuchten Pritschen abfanden. Nur ein Mensch war mit dem Ausgang des Abends nicht zufrieden – Lady Rose saß verwirrt vor ihrem Toilettentisch und bürstete die kurzen Haare.

Nach einem ausgelassenen, fröhlichen Umzug im Regen hatten sie und Valentine den Gästen eine gute Nacht gewünscht und sich in das obere Stockwerk zurückgezogen, wo ein heißes Bad sie erwartete. Angenehm überrascht stellte sie fest, wie hübsch Valentine den oberen Teil des Hauses eingerichtet und ausgestattet hatte. Die Badewannen hatten Hähne für heißes und kaltes Wasser, und die Toiletten waren aus Keramik. Auf den Zedernholzböden lagen orientalische Teppiche, an den Wänden hingen Gemälde und Fotografien. Es war alles so gemütlich, besonders, da draußen ein Unwetter tobte. Und doch ...

Rose spürte eine seltsame Nervosität. Valentine saß in der Badewanne und sang laut. Er hatte sie in dieses Schlafzimmer geführt und gesagt, er werde bald bei ihr sein. Rose stellte fest, dass man ihre Kisten und Koffer ausgepackt hatte; alle Sachen hingen an ihrem Platz oder waren weggeräumt, Toilettenartikel und Kosmetika standen auf dem Toilettentisch. Es war doch eindeutig *ihr* Schlafzimmer. Aber wo schlief Valentine?

Er kam in seinem seidenen Schlafanzug und dem seidenen Morgenmantel mit dem Monogramm aus dem Bad. Die feuchten, schwarzen lockigen Haare fielen ihm in die Stirn. »Fröhliche Weihnachten, Liebling«, sagte er und trat hinter sie. »Hat es dir gefallen?«

Rose betrachtete ihn im Spiegel. Durch den Satinmorgenmantel hindurch spürte sie die Wärme seines Körpers. Wie hübsch er war und wie vollkommen. *Er soll mich heute vor dem Einschlafen in den Armen halten.* »Es war einfach wunderbar, Valentine. Sehr viel schöner, als ich es mir erträumt habe. Aber leider wird der Regen uns den Spaß verderben. Ich hatte mich so sehr auf das Lunch morgen im Freien auf dem Rasen gefreut, und Mrs. West wollte ein richtiges Dinner servieren.«

Er legte ihr die Hände leicht auf die Schulter. »Wir brauchen den Regen so notwendig, Liebling. Jetzt werden die Rinder von James nicht sterben, unser Kaffee wird nicht verkümmern, und Mr. Acres muss vermutlich nicht jede Hypothek im Protektorat für verfallen erklären.«

Valentine kniete neben ihr nieder. »Ich habe ein Geschenk für dich«, sagte er.

Ihre Augen blitzten. Der prickelnde Champagner, die berauschende Höhenluft ...

Er reichte ihr ein kleines, in Weihnachtspapier eingewickeltes Kästchen. Rose öffnete es. Beim Anblick des Colliers aus Smaragden und Jade jubelte sie laut. »Vier Kontinente haben daran gearbeitet«, sagte er. »Gefällt es dir?«

Sie schlang die Arme um seinen Hals. »Valentine, Liebster! Es ist hinreißend. Aber ich habe dein Geschenk noch nicht eingepackt. Ich wollte es dir morgen früh geben.«

»Das hat Zeit.« Er legte ihr die Arme um die Hüfte. »Glücklich?« Sie vergrub ihr Gesicht an seinem Hals. »Ich bin nie glücklicher gewesen. Das Haus ist vollkommen, Valentine. Vielen Dank.«

Er hätte vor Freude laut jubeln können. Alles lief, wie er es geplant hatte. Die vielen Monate schwerer Arbeit, das Antreiben der Afrikaner mit der Peitsche, die mühsamen langen Fahrten nach Nairobi, die brennende Sehnsucht nach seiner Frau, sein Verlangen nach ihr ...

Sein Mund suchte ihre Lippen.

Valentine küsste sie sanft und zurückhaltend, und Rose lag zufrieden in seinen Armen. Aber als sein Kuss leidenschaftlicher wurde, und seine Lippen sich bewegten, schob sie ihn lachend von sich. »Was für ein Tag, Liebling. Und ich bin so müde ...«

»Dann gehen wir zu Bett.«

Er schlug die Decken des Himmelbetts zurück und legte die Steppdecke am Fußende zusammen. Dann bückte er sich und zog Rose die Pantöffelchen aus. Sie saß auf dem Bettrand und seufzte wohlig. *Wie ist es möglich,* dachte sie, *dass ich den Mann gefunden und geheiratet habe, von dem ich seit mei-*

ner Kindheit geträumt hatte? *Er ist so galant, ein solcher Gentleman, wie ein Ritter in Rüstung ...*

Er zog seinen Morgenmantel aus und legte ihn über einen Stuhl.

»Was machst du, Liebling?«

»Ich weiß, in letzter Zeit bin ich nach einem langen Tag noch viele Stunden aufgeblieben«, erwiderte er, kam um das Bett herum und schlug das Laken auf der anderen Seite zurück. »Aber heute mache ich eine Ausnahme.«

Rose saß im Bett und hatte das Laken bis zum Kinn hochgezogen. Sie wusste nicht, dass er »viele Stunden« aufblieb. Sie und Valentine hatten sich in den vergangenen zehn Monaten abends kaum gesehen. Sie hatte mit ihrer Frage gemeint: Warum legte er sich in *ihr* Bett?

»Ich bin wirklich sehr müde«, sagte sie vorsichtig. »Möchtest du nicht lieber in dein Schlafzimmer gehen?«

Er lachte. »Liebling, das *ist* mein Schlafzimmer.«

Rose starrte ihn an. Valentine stand neben dem Bett und blickte auf sie hinunter. »Solange wir im Zelt lebten, war es vernünftig, getrennt zu schlafen. Aber jetzt sind wir in unserem Haus, Liebling. Und schließlich sind wir verheiratet.«

»Oh«, hauchte sie.

»Es wird alles gut werden«, sagte er sanft. »Du wirst schon sehen. Wir müssen uns nur wieder aneinander gewöhnen. Es wird alles so sein wie damals in BELLA HILL.«

BELLA HILL! Rose drückte sich in die Kissen. In BELLA HILL hatte er sie missbraucht und gedemütigt, und deshalb hatte sie ihn gehasst. Aber in den zehn Monaten in Ostafrika war alles besser geworden. Er wollte doch nicht ... und Grace hatte ihm doch sicher erklärt ...

»Was ist?«, fragte Valentine und wollte sie berühren. Sie wich zurück.

Der Donner rollte vom Berg über den Himmel und explodierte über ihren Köpfen.

»Ich dachte, du hast ein eigenes Zimmer.«

Er sah die Angst auf ihrem Gesicht, ihren verkrampften Körper. Ein Donnerschlag ließ das Haus erbeben. *Mein Gott*, dachte Valentine, *nicht schon wieder. Nicht immer noch ...*

»Rose, du wirst dich damit abfinden müssen, dass ich dein Mann bin, kein netter Freund oder Bruder. Ich habe das Recht, mit dir zu schlafen.«

Rose begann zu zittern. Ihre angstvollen Augen wurden groß wie die Augen einer Gazelle, die er erschießen wollte. Er hatte es bei vielen Jagdsafaris gesehen. Das verdiente er in seinem Bett nicht.

»Verdammt, Rose«, sagte er und packte sie am Arm.

»Nein!«, schrie sie.

»Rose, was um Himmels willen ...«

»Nein, bitte ...« In ihren Augen standen Tränen.

»Ach, verdammt!«

»Lass mich in Ruhe!«

Ein greller, zuckender Blitz erhellte das Zimmer. Rose war gespenstisch blass, ihre Haut wurde unter seinem Griff kalt. Wieder ein Donnerschlag, diesmal noch näher. Die Luft war geladen, so gespannt, als sei der Sturm in das Schlafzimmer eingedrungen. Valentine spürte seinen Zorn und seine Leidenschaft.

»Ich werde mich nicht länger damit abfinden«, rief er. »Seit der Geburt sind zehn Monate vergangen. Du bist gesund, und dir fehlt nichts!«

Sie riss sich los und versuchte davonzulaufen. Aber Valentine zog sie auf das Bett zurück. Mit einer Hand hielt er ihre Armgelenke fest, mit der anderen zerrte er wütend an ihrem Morgenmantel. Unter dem Satin kam ihre weiße Haut zum Vorschein. Sie schrie noch einmal.

»Immer zu«, knurrte er. »Sollen unsere lieben Freunde es doch wissen. Glaubst du, das macht mir etwas aus?« Sie wehrte sich unter ihm und versuchte zu entfliehen. Es gelang ihr, eine Hand zu befreien, und sie krallte sich in seinen Hals. »Ich will das, was mir gehört«, sagte er. »Und wenn du es mir nicht gibst, nehme ich es mir so, wie es mir möglich ist.«

Blitze zuckten über den Himmel am Mount Kenia; sie warfen ein kurzes grelles Licht auf den schroffen Gipfel von Ngais Wohnstatt in den Wolken. BELLATU erzitterte bis in die Fundamente. Die Bäume im Wald, die hohen, breiten Olivenbäume der kleinen Lichtung wurden vom Sturm gepeitscht. Das Unwetter traf die Treverton-Plantage wie eine Strafe. Rote Erde wurde davongetrieben und begrub zarte Kaffeepflanzen unter sich. Der Fluss schwoll zu einer mächtigen Welle an, die den Damm brechen ließ und das Ufer überschwemmte.

Wachera, die Medizinfrau, stand unten am Fluss und starrte zu den Fenstern im Haus des weißen Mannes auf dem Hügel hinauf. In einem Zimmer im ersten Stock ging plötzlich das Licht aus.

Zweiter Teil

»Wir gingen in ihre Kirche. Der Pfarrer, in weißen Gewändern, öffnete die Bibel. Er sagte: ›Lasst uns niederknien und beten.‹ Wir knieten nieder. Der Pfarrer sagte: ›Lasst uns die Augen schließen.‹ Wir taten es. Seine Augen blieben natürlich offen, damit er das Wort Gottes lesen konnte. Als wir die Augen öffneten, war unser Land dahin, und das Flammenschwert stand Wache. Der Pfarrer dagegen fuhr fort, das Wort Gottes zu lesen und uns anzuhalten, unsere Schätze im Himmel anzulegen, wo keine Motten sie zerstören könnten. Aber seine eigenen Schätze legte er auf der Erde an, auf unserer Erde.«

Aus *Freiheit mit gesenktem Kopf*
von Ngugi wa Thiong'o,
Kenias bekanntestem Schriftsteller

1920

1

»Also«, sagte Audrey Fox, während sie die Seife im Kochtopf prüfte, um zu sehen, ob sie schon kühl und trocken war. »Jetzt sind wir anerkannt. Wir sind kein Protektorat mehr, sondern eine Kolonie! Trotzdem halte ich nicht viel von *Kee-nia*. In der Eingeborenensprache bedeutet es ›Strauß‹, nicht wahr? Haben sie den Berg nicht *Kee-nia* genannt, weil er wie ein Strauß aussieht? Britisch-Ostafrika hat mir besser gefallen. Es klang britisch, und das sind wir schließlich auch. Kenia ist ein *afrikanischer* Name.«
Mary Jane Simpson hielt ihren zappligen Sohn fest, während Grace sein Ohr untersuchte. Sie teilte die Meinung ihrer Freundin und schrie dann: »Lawrence! Ich sage dir zum letzten Mal, lass die Katze in Frieden!«
Fünf Frauen und eine Schar lärmender Kinder befanden sich auf KILIMA SIMBA und in Lucille Donalds Küche. Mrs. Fox setzte sich und formte die Kugeln aus der Seife, die sie den ganzen Vormittag aus Schafsfett und der Asche von Bananenblättern gekocht hatte. Cissy Price überprüfte die Windeln der beiden kleinen Kinder im Laufställchen. Mona war trocken, aber Gretchens Windel war nass. Cissy machte Platz auf dem übervollen Küchentisch und legte Gretchen trocken. Es war ein kalter Junitag, aber in der Küche war es heiß, und die Gesichter der fünf Frauen glühten.
»Das wäre geschafft«, sagte Grace, tauchte etwas Watte in Simsin-Öl und drückte sie in das Ohr des Kleinen. »Passen Sie in Zukunft auf, wo er seinen Kopf hinsteckt, Mary Lane. In diesem Land sind Ohren in Gefahr.« Sie griff nach dem nächsten Kind, warf aber unwillkürlich einen schnellen Blick aus dem Küchenfenster. Sir James war immer noch in der Scheune ... Am frühen Morgen hatte er ihr gesagt, er habe eine Überraschung für sie – etwas ganz Besonderes, das er ihr zeigen wollte. Er hatte sie gebeten, noch etwas zu warten, bevor sie zurückfuhr. Aber dann kam einer seiner Männer und sagte, eine Kuh habe Schwierigkeiten beim Kalben. James stürzte davon, und seitdem rätselte Grace: *Was für eine Überraschung?*

»Es wird uns sehr zugute kommen, eine Kolonie zu sein«, erklärte Lucille. Sie knetete Brotteig und verteilte ihn auf die Backbleche. Am Abend, wenn die Gäste abfuhren, würde jede Frau ein frisches Brot mitnehmen. Sie ihrerseits behielt etwas von Audrey Fox' selbst gemachter Seife (die anderen natürlich auch) und etwas Wolle von Mary James Simpson, die sie im Austausch gegen Brot, Seife und medizinische Betreuung von ihrer Schaffarm mitgebracht hatte. Grace war mit ihrer Medizintasche gekommen.

Der kleine Roland Fox war an der Reihe. Er hatte Milbenlarven zwischen den Zehen.

»Früher«, sagte Lucille und überprüfte die Temperatur des Backofens, »war der Küchenboy der Hausarzt. Bei allen Notfällen mussten wir uns auf ihn verlassen. Er war ein Könner, wenn es darum ging, Milbenlarven zu entfernen.«

»Lieber würde ich sterben«, erklärte die junge Cissy, die erst vor einem Monat in die Gegend von Nayuki gekommen war und bereits wünschte, sie wäre wieder in England. Cissys Mann hatte wie die Männer der beiden Frauen, die mit ihr gekommen waren, nach dem Siedlungsplan für aus dem Dienst geschiedene Soldaten ein Stück Land bekommen. Von Visionen und Träumen erfüllt, war er mit seiner Familie im Planwagen hierher gekommen, und nun fristeten sie auf der Farm mühsam ihr Dasein. Die Zusammenkünfte bei einer der Frauen waren typisch für das Leben in Kenia. Für sie bedeutete das die einzige Unterhaltung und Geselligkeit in ihrem einsamen, harten Leben. Außerdem konnte man eigene Erzeugnisse gegen Dinge eintauschen, die man dringend brauchte.

Cissy hatte Gretchen gewickelt und setzte sie wieder in das Laufgitter. Die beiden kleinen Mädchen, sechzehn und dreizehn Monate alt, spielten ruhig und friedlich miteinander. »Was macht man bei einem wirklichen Notfall?«, fragte Cissy.

»Beten«, antwortete Lucille und schob ihre Backbleche in den Ofen.

Grace beschäftigte sich mit Rolands Fuß und achtete kaum auf die Unterhaltung. Ihr kam es vor, als redeten die Frauen alle gleichzeitig. Die Kinder tobten schreiend und lärmend durch das Haus. Man konnte aus der Haut fahren, und Grace brauchte dringend Ruhe zum Nachdenken. Mehrere Probleme belasteten sie an diesem Vormittag. In der letzten Juniwoche hatte es viele Zeremonien und Festlichkeiten gegeben, um Kenias neuen Status als Kronkolonie zu feiern. Valentine und Rose waren in Nairobi gewesen. Sie waren wie königliche Hoheiten bei diesen Anlässen aufgetreten, die in der

Enthüllung einer Statue von George V. gipfelten, die Valentine der Kolonie gestiftet hatte. Es hatte Rennen gegeben, Jagden, Partys, und viele Reden waren gehalten worden.

Valentine und Rose stiegen in Nairobi im NORFOLK HOTEL ab, dem einzigen Hotel, in dem jemand wohnen konnte, der etwas war.

Aber sie hatten Einzelzimmer. Sie erklärten das mit einer Notlüge: Es hieß, Lady Rose leide an nächtlichen Asthma-Anfällen und wolle den Schlaf ihres Mannes nicht stören. Alle nahmen die Geschichte mit einem Augenzwinkern und einem Nicken auf. Der Buschtelegraph sorgte dafür, dass es in Ostafrika keine Geheimnisse gab. Als Rose nach der Einweihung von BELLATU schwanger wurde, war diese Nachricht innerhalb einer Woche bis Tanganjika gedrungen. Und als sie drei Monate später eine Fehlgeburt hatte, war auch das im Handumdrehen allgemein bekannt; man wusste sogar, das Kind wäre ein Junge geworden. Seit dieser Zeit kursierte das Gerücht, der Earl und die Countess schliefen getrennt. Über die Gründe dafür tuschelte man nur hinter vorgehaltener Hand.

Während Rose sich nach der Fehlgeburt erholte, bat sie Grace: »Sag ihm ... sag Valentine, er darf mich nie wieder berühren.« Eine ähnliche Bitte hatte Grace schon einmal von ihr gehört. Doch diesmal äußerte sich Rose erstaunlich offen und rückhaltlos. »Ich finde diese Pflicht widerwärtig. Jetzt weiß ich auch, warum man vom *Herrn* im Haus spricht. Sei froh, dass du nicht verheiratet bist, Grace.«

Und was konnte Grace darauf antworten? Sie dachte ganz anders darüber. Sie sehnte sich nach der Berührung von Liebenden. Sie träumte davon, mit Sir James zu schlafen. Das konnte sie Rose nicht erzählen. Sie hätte es nicht verstanden.

Sie verband Rolands Zehen und warf wieder verstohlen einen Blick aus dem Fenster.

»Was macht die Krankenstation, Grace?«, fragte Audrey Fox.

Grace schickte Roland zu den anderen zum Spielen und ermahnte ihn, von jetzt an immer Schuhe zu tragen. Dann ging sie daran, ihre Sachen zusammenzupacken. Es gab anstrengendere Besuche als diesen: Cissy hatte ein Röhrchen Aspirin für die Krämpfe bei den monatlichen Blutungen bekommen; der zwölfjährige Henry hatte einen geröteten Hals, aber das lag nicht an einer Entzündung, sondern am zu vielen Schreien. Und für Lucilles raue Hände hatte sie eine Salbe mitgebracht. Sie hatte routinemäßig die schwangere Mary Jane untersucht, und dann gab es noch die verschiedenen Weh-

wehchen der Kleinen. Nun war sie fertig und konnte nach Hause gehen. Aber James hatte sie gebeten zu warten. Er hatte ihr eine Überraschung angekündigt.

»Danke, gut«, sagte sie und legte die Instrumente in die Desinfektionsflüssigkeit.

Grace fragte sich manchmal, ob den anderen Frauen überhaupt auffiel, wie verschlossen sie war. Sie beteiligte sich nie an den üblichen Frauengesprächen. Die anderen saßen in der Küche, unterhielten sich über Menstruation, Babys, Schlafzimmerprobleme, Ehegeheimnisse, merkwürdige Träume, über Vorahnungen und Befürchtungen in der letzten Zeit. Sie tranken zusammen Tee, sprachen vom Wetter, von Masern und Husten und der Entwicklung ihrer Kinder. Aber Grace nahm an solchen Gesprächen beinahe ausschließlich in ihrer Funktion als Ärztin teil; über ihr persönliches Leben und ihre Gefühle sprach sie nie. Vielleicht erwarteten die anderen das nicht von ihr, vielleicht sahen die Frauen in ihr mehr die Ärztin und Ratgeberin als eine Geschlechtsgenossin. Möglicherweise lag es aber auch nur daran, dass sie weder verheiratet war noch Kinder hatte.

Ich könnte ihnen Dinge erzählen, dachte sie, während sie ihre Instrumente abtrocknete. *Ich könnte von den Soldaten auf dem Schiff erzählen, von ihren Geständnissen und den Anträgen, die sie mir gemacht haben, von den ach so korrekten Offizieren, die spät in der Nacht an meiner Kabinentür klopften. Ich könnte ihnen von meinen Träumen, meinen Bedürfnissen, meiner Einsamkeit erzählen. Und von dieser Liebe, die in mir wie ein unerwünschtes Kind wächst, der Liebe zu einem Mann, den ich nie haben kann.*

Aber liebte sie James Donald? Grace grübelte über dieses Rätsel Tag und Nacht. War die Sehnsucht nach seiner Berührung, das ständige Kreisen ihrer Gedanken um ihn, ganz gleich, was sie tat, und ihr Herzklopfen, wenn er unerwartet auftauchte – war das Liebe? Oder war es nur eine Folge ihrer Einsamkeit, ihrer natürlichen Triebe, die unbefriedigt blieben? Aber wenn es so gewesen wäre, wenn sie lediglich eine enttäuschte Jungfer war, hätte sie doch sicher die Aufmerksamkeiten der Männer begrüßt, die Interesse an ihr zeigten. Einige waren Charmeure, in andere hätte sie sich sogar verlieben können. Aber sie konnte nur an James denken.

Grace betrachtete den Ring an ihrer linken Hand. Die Frauen hatten ihn alle bemerkt, aber Grace fühlte sich nie veranlasst, über diesen Ring zu sprechen. *Sollen sie sich doch ihre Gedanken machen,* sagte sie sich, *der Ring ist zumindest ein Beweis dafür, dass mich zumindest einmal ein Mann haben wollte.*

Grace starrte auf ihre Hand. Ihr stockte der Atem. Woher kam ihr plötzlich der Gedanke, dass sie den Ring als Flagge, als ein sichtbares Zeichen für die Menschen trug, die sie bedauerten? *Trage ich den Ring deshalb noch?*
»Was macht die Plantage des Earl, Grace?«, fragte Mary Jane Simpson. Ihr Mann produzierte Schinken.
Oder trage ich den Ring, — Grace legte die rechte Hand über die linke und schloss die Augen. Sie war nahe daran, sich vor ihren Gedanken zu fürchten. *Trage ich den Ring als Rüstung, als Schutz davor, dass James nie etwas anderes als eine Freundin in mir sieht?*
»Grace?«
Sie blickte auf. Durch die Schwangerschaft war Mary Janes Gesicht gedunsen und ihr Umstandskleid nach den vorausgegangenen sechs Schwangerschaften verwaschen. Einen Augenblick lang empfand Grace einen unerklärlichen Widerwillen gegen sie.
»Die Plantage? Alles bestens«, sagte sie.
»Der Regen an Weihnachten hat doch die meisten seiner Kaffeepflanzen vernichtet, wie ich gehört habe.«
»Ja, aber Valentine hat sofort neue Setzlinge gekauft und pflanzen lassen. Die Plantage entwickelt sich sogar besser als erwartet.«
»Das überrascht mich«, sagte Lucille, die gerade Holz nachlegte, »in Anbetracht des Fluchs, mit dem die Medizinfrau BELLATU belegt hat.«
»Ach, Lucille«, rief Cissy, »Sie glauben doch nicht an so etwas!«
Aber Lucille wirkte verbissen, als sie erwiderte: »Diese Frau ist ein Werkzeug des Satans. Ihr werdet noch an mich denken.«
Grace erinnerte sich an die runde Hütte am südlichen Rand des Polofeldes. Seit Valentine vor neun Monaten zum ersten Mal befohlen hatte, die Hütten abzureißen, und Mathenges Familie über den Fluss zurückkehrte, hatte die junge Medizinfrau einen erstaunlichen Kampf geführt. Auch nach der Einweihung von BELLATU an Weihnachten hatte sie ihre Hütte wieder aufgebaut. Valentine hatte daraufhin die Behörde aufgefordert, etwas zu unternehmen. District Officer Briggs und zwei Askaris eskortierten Wachera über den Fluss und verbrannten ihre Hütte. Am nächsten Morgen war sie wieder zurück und baute die Hütte auf. Verärgert ließ Valentine daraufhin einen hohen Maschendrahtzaun um den ganzen Platz ziehen. Damit war Mathenges Witwe ausgesperrt. Schließlich beschloss er, die Frau zu ignorieren, und fand, es sei unter seiner Würde, mit einer afrikanischen Medizinfrau Katz und Maus zu spielen.

Grace konnte Wachera Mathenge allerdings nicht ignorieren. Trotz der wachsenden Popularität ihrer kleinen Krankenstation blühte Wacheras Geschäft mit der Magie und – in Graces Vorstellung – mit Hexerei. Da Häuptling Mathenge die weiße Ärztin akzeptiert hatte, kamen einige Kikuju mit ihren Krankheiten zu ihr; doch die Mehrheit suchte hartnäckig Hilfe bei der Medizinfrau. Grace fürchtete, solange Wachera ungehindert ihren Hokuspokus treiben durfte, würden die Afrikaner unwissend an ihren steinzeitlichen Bräuchen festhalten. Sie verhandelte bereits mit den Behörden darüber, dass man die Stammesmedizin offiziell verbot.

Die Tür an der Rückseite flog krachend auf, und zwei zerzauste Jungen stürmten in die Küche. »Ein neues Kuhkalb, Ma!«, schrien sie und nahmen sich mit schmutzigen Händen Marmeladentörtchen vom Kuchenblech.

»Was ist das für ein Benehmen«, sagte Lucille. »Seht ihr nicht, dass wir Besuch haben?«

»Hallo, Tante Grace«, sagten der achtjährige Geoffrey und der fünfjährige Ralph und stopften sich den Mund voll. Sie liefen unruhig und verlegen zwischen den Frauen und Windeln umher, stießen plötzlich ein lautes Geheul aus und jagten durch das Haus davon.

»Diese Jungen sind so wild«, seufzte Lucille. »Ich bin froh, wenn wir sie auf die europäische Schule in Nairobi schicken können. Manchmal mache ich mir Sorgen um sie. Ich kann mich nicht richtig um ihre Erziehung kümmern. Ich kann einfach nicht alles gleichzeitig tun.«

»Es sind eben richtige Jungen«, sagte Cissy.

Lucille setzte sich auf einen Stuhl und schob sich mit ihrer mehligen Hand eine Haarsträhne aus dem Gesicht. »James geht vor Sonnenaufgang aus dem Haus und kommt erst wieder, wenn die Jungen schon schlafen. Ich habe Gretchen, muss den ganzen Tag Windeln wechseln, und außerdem sind da die ganzen Haushaltspflichten. Ich kann hier kein Gemüse anbauen, im Brunnen ist zu viel Soda. Das Grundwasser ist nur für die Rinder zu verwenden, nicht für Pflanzen. Deshalb muss ich zum nächsten Eingeborenenmarkt fahren. Und dort betrügen sie mich nach Strich und Faden.«

Sie schwiegen alle; die anderen drei hörten ihre eigene Geschichte aus Lucilles Mund. Dann sagte Lucille ruhig: »Wisst ihr, was ich in England getan habe?«

Die Frauen beugten sich vor. Man sprach hier nur selten über das frühere Leben, über das, was man getan hatte, ehe man nach Ostafrika kam. Man tat im Allgemeinen so, als habe es vor Kenia kein anderes Leben gegeben.

»Mir gehörte ein kleiner Laden in Warrington.« Ihre Stimme wurde weich, und ein wehmütiger Ausdruck lag plötzlich auf ihrem Gesicht. »Ich habe Bänder und Garne verkauft. Ich bin davon nicht reich geworden, aber es war ein angenehmes und ehrbares Leben. Ich hatte über dem Laden eine Wohnung, wo ich mit meiner Mutter lebte. Und ich bin mit einem jungen Mann gegangen, der Büroangestellter bei der Eisenhütte war. Wir führten ein sicheres und vernünftiges Leben. Wir gingen jeden Sonntag in die Kirche, der Vikar kam zum Tee, und Tom hat hin und wieder bei den Wetten eine Guinee verloren.«

Grace kannte die Geschichte; sie wusste, wie Lucilles Leben sich verändert hatte, als James Donald in ihren Laden gekommen war. Sie hatte sich Hals über Kopf in ihn verliebt und alles aufgegeben, um ihn nach Afrika zu begleiten. Wenn Lucille von ihrer Vergangenheit sprach, hörte Grace jedes Mal eine Spur Bedauern in ihrer Stimme.

Grace überlegte, ob James das bewusst war. Sie betrachtete Lucilles hängende Schultern, ihre müden Hände und überlegte auch, ob James bewusst war, wie erschöpft seine Frau in letzter Zeit wirkte.

»Trotzdem«, sagte Lucille, stand entschlossen auf und ging an den heißen Ofen, »wir führen auf der Ranch ein ehrliches und christliches Leben, und der Herr hat uns gesegnet.«

Die letzten Worte erinnerten Grace an ein neues Problem: der Brief in ihrer Tasche. Der Brief war in der vorigen Woche gekommen. Die Missionsgesellschaft in Suffolk teilte ihr mit, ihre Mission müsse überprüft werden, und bis zu dieser Inspektion werde die finanzielle Unterstützung ausgesetzt.

Die Tür an der Rückseite ging wieder auf. Diesmal trat Sir James in die Küche. Er nahm den breitkrempigen Hut ab, stampfte auf den Boden, damit der Schmutz von den Schuhen abfiel, und sagte: »Guten Tag, die Damen.« Als er Grace sah, sagte er: »Sie sind noch da? Ich hatte gehofft, Sie noch zu sehen. Ich muss Ihnen unbedingt etwas zeigen.«

Der kalte Wind draußen wirkte erfrischend, und Grace atmete tief ein. Hinter den wenigen Bäumen, die schützend das Haus umstanden, lag die endlose Savanne. Nach den langen Regenfällen war sie grün und erstreckte sich bis zu den fernen blauen Bergen. Auf den riesigen frischen Grasflächen weideten die Rinder; singende Afrikaner arbeiteten auf den Feldern mit Futterpflanzen. Der Himmel war unbegreiflich blau, und um den schroffen Gipfel des Mount Kenia hingen vereinzelte weiße Wolken. Grace spürte, wie sich ihre Seele zu der strahlenden Sonne emporschwang.

Sie ging neben James und wünschte, sie könne das jeden Tag ihres Lebens tun. »Die Jungen haben von dem neuen Kalb erzählt.«
»Es war eine unserer Milchkühe. Man muss sich beim Kalben meist gut um sie kümmern. In diesem Fall hatte das Kalb eine verkehrte Lage. Aber ich konnte es drehen, und wir haben es problemlos herausgebracht. Gott sei Dank habe ich die besten Viehhüter im Protektorat.«
»Haben Sie es noch nicht gehört? Wir sind jetzt eine Kolonie.«
Er lachte. »Ja, ich habe es vergessen. Es wird einige Zeit dauern, bis ich mich daran gewöhnt habe. Ich glaube immer noch, dass Edward König ist!«
Auf dem Platz vor dem Haus herrschte geschäftiges Treiben. Auf dem Weg zur Meierei begegneten sie vielen Afrikanern, die Grace grüßten, denn die Leute hier kannten sie alle. Sie war eine vertraute Erscheinung auf KILIMA SIMBA und hatte schon oft Verletzungen der Männer behandelt, wenn sie Lucille besuchte oder James das Mikroskop brachte. Auf Donalds Ranch ging es geschäftig und laut zu. Links wurden junge Mastrinder durch ein Fußbad getrieben; rechts standen die Milchkühe zum Melken aufgereiht. Kälber sprangen in ihren kleinen Pferchen munter umher; an einem Futterplatz wurde Heu abgeladen. Drei Afrikaner versuchten, einen störrischen Guernsey-Stier zu bändigen. KILIMA SIMBA war eine der größten Rinderfarmen Kenias und lieferte einen Großteil von Ostafrikas Fleisch- und Milchprodukten. Und doch musste James Donald wie viele andere Farmer auch weiterhin mit Krediten arbeiten.
»Vorsicht«, sagte er und griff nach ihrem Ellbogen.
»Was wollen Sie mir zeigen?«
»Warten Sie ab.«
»Das klingt sehr geheimnisvoll.«
»Es ist eine Überraschung. Ich habe lange daran gearbeitet. Ich wollte es ihnen aber erst sagen, nachdem alles fertig war. Ich glaube, es wird Ihnen gefallen.«
Sie gingen um die Ecke der Meierei, wo der Chevrolet mit den Milchkannen beladen wurde, die für Nyeri und Karatina bestimmt waren. »Hier hinein«, sagte Donald und öffnete die Tür. »Vorsicht, es ist glitschig.«
In dem kleinen Steingebäude war es kühl und dunkel. James führte sie zur anderen Seite. Dort öffnete er eine andere Tür, und sie befanden sich in einem Anbau. Die Wände waren aus Holzstämmen, und das Dach war aus Wellblech. Durch zwei Fenster kamen Licht und frische Luft. Auf dem Lehmboden lag ein alter Teppich. Grace stand sprachlos in dem winzigen Raum.

»Ist das eine Überraschung?«, fragte James.
»Ja ...«
An zwei Wänden reichten die Regale vom Boden bis zur Decke, an der dritten befand sich ein Arbeitstisch. Überall gab es Dosen, Schachteln, Flaschen und Bücher. Ein Chemiker schien hier zu wirken; auf dem Tisch standen Reagenzgläser und Glasplatten für Bakterienkulturen, Flaschen mit Chemikalien und in der Mitte ein glänzendes neues Mikroskop.
»Wie finden Sie es?«, fragte James. Der Raum war sehr klein, kaum größer als ein Schrank, und James stand so dicht vor ihr, dass er sie beinahe berührte. Grace blickte zur Seite. »Wie schön für Sie.«
»Es hat eine Weile gedauert«, sagte er und strich mit der Hand über den glatten Arbeitstisch; er berührte die wenigen Stücke der Laboreinrichtung, als seien es Heiligtümer. »Es war ungeheuer schwierig, das alles aufzutreiben. Sie können es glauben oder nicht, aber das meiste kommt aus Uganda. Sie sind dort, was Forschung anbelangt, sehr weit.«
»Wunderbar«, sagte Grace ruhig und dachte an die vergangenen vierzehn Monate, in denen immer wieder ein Bote von James mit der Bitte gekommen war, ihr Mikroskop ausleihen zu dürfen. Grace hatte dann alles stehen und liegen lassen, ihr Pferd gesattelt und war zur KILIMA SIMBA RANCH geritten. Und dort erwartete er sie mit einem strahlenden Lächeln und überschwänglichem Dank. Sie betrachteten sich dann eine Stunde die Proben und diagnostizierten die Erreger der neuesten Krankheit, die seine Rinder befallen hatte. Anschließend verbrachten sie eine weitere Stunde — die schönste Stunde — beim Brandy vor dem prasselnden Kamin. Grace hatte für diese Besuche gelebt.
»Die Welt wird modern, Grace«, fuhr er fort. »Die Zeiten der altmodischen Rinderzucht sind vorbei. Heute wird mit dem Mikroskop und der Injektionsspritze gearbeitet, und ich konnte mir nicht einfach ständig Ihr Mikroskop leihen.«
»Ich hatte nichts dagegen.«
»Ich weiß. Sie waren wunderbar. Aber nun habe ich mein eigenes Labor und werde Sie nicht mehr belästigen.«
Grace schwieg. Sie stand mit dem Rücken zu ihm und blickte durch das Fenster nach draußen, wo ein paar Afrikaner die frisch geimpften Kühe an den Ohren markierten. James stand so dicht neben ihr, dass sie seinen warmen Körper spürte. »Grace«, hörte sie seine ruhige Stimme. »Ist etwas?«
»Nein«, antwortete sie schnell, und dann: »Ja, schon.«

»Was ist es?«

»Ach nichts, ich werde schon damit fertig.«

Er legte ihr die Hände auf die Schulter und drehte sie um. Mit Ausnahme der wenigen Augenblicke, als sie neben dem toten Häuptling Mathenge in seinen Armen geweint hatte und nach dem Kaiserschnitt in Gachikus Geburtshütte, war sie James noch nie so nahe gewesen. »Sie sind wirklich sehr verschlossen, nicht wahr?«, sagte er und lächelte sie freundlich an. »Sie sprechen mit niemandem über Ihre Schwierigkeiten. Glauben Sie, das ist gut für Sie?«

»Ich vertraue alles meinem Tagebuch an. Nach meinem Tod wird ein Fremder es eines Tages lesen und sehr staunen.«

»Sagen Sie mir, was bekümmert Sie, Grace?«

»Sie haben genug Probleme.«

»Sie brauchen also keine Freunde?«

Seine Hände lagen immer noch auf ihren Schultern. Sie wünschte, sie würden für immer dort bleiben. »Also gut«, sagte sie und griff in die Rocktasche. »Sie wissen, ich habe der Missionsgesellschaft geschrieben und gebeten, mir eine ausgebildete medizinische Hilfe zu schicken. Die Organisation unterstützt mich monatlich mit einer kleinen Geldsumme. Es sind Spenden von Gemeinden in der Umgebung von BELLA HILL. Außerdem habe ich die dreihundert Pfund, die ich jährlich von der Regierung bekomme, und das Einkommen aus meinem Erbe. Damit finanziere ich meine Krankenstation. Durch die schlechte wirtschaftliche Lage und durch einige ungünstige Investitionen meines Vaters haben sich die Einkünfte aus meinem Erbe drastisch verringert. Ich hatte mir gerade Gedanken darüber gemacht, wie ich das fehlende Geld ausgleichen könnte, als dieser Brief eintraf.«

James las ihn stirnrunzelnd. »Sie wollen Ihnen erst wieder Geld schicken, wenn eine Kommission aus England hier war und die Krankenstation überprüft hat. Was soll das? Halten die Leute Sie für eine Betrügerin?«

Grace wandte sich ab, zog einen Hocker unter dem Arbeitstisch hervor und setzte sich. »Einige Missionare im Distrikt haben sich darüber beklagt, dass ich meine Mission nicht richtig führe. Ich habe keinen Priester und halte keine Gottesdienste. Ich bekehre die Eingeborenen nicht. Ich glaube, einer dieser Leute hat der Missionsgesellschaft geschrieben, und nun schickt man eine Kommission, die prüfen soll, ob ich die Spenden wirklich verdiene. James, wenn die Mission die Unterstützung entzieht, wird auch die Regierung zu der Ansicht kommen, dass ich keine legitimierte Missions-

station habe. Man wird mir die dreihundert Pfund streichen, und ich kann aufgeben.«
»So weit wird es nicht kommen.«
»Woher wissen Sie das? Sie ahnen nicht, wie ich mich mit diesen scheinheiligen Missionaren herumgestritten habe. Sie messen ihren Erfolg nur daran, wie viele Seelen sie gerettet haben, und erklären mir, es genüge nicht, die Afrikaner zu heilen oder ihnen beizubringen, was Hygiene und Gesundheit ist. Ich soll auch noch gleichzeitig Bibelunterricht geben. Sie waren furchtbar empört, als ich mich weigerte, den Gott der Kikuju abzulehnen und sagte, meiner Meinung nach sei Ngai nur eine andere Version des Allmächtigen.«
James betrachtete sie. Ihre Augen leuchteten, die Wangen waren gerötet. Die kurz geschnittenen und nach der neuesten Mode gewellten Haare kamen unter dem Tropenhelm hervor. Er musste lächeln. »Waren Sie wirklich empört, Grace?«
Sie blickte zu seinem lächelnden Gesicht auf und schüttelte den Kopf. »Ja, verdammt noch mal«, sagte sie und musste gegen ihren Willen lachen. »Und ich fand es herrlich!«
Sie lachten beide. Grace staunte darüber, wie viel besser sie sich plötzlich fühlte. »Ich freue mich, dass Sie Ihr eigenes Labor haben«, sagte sie und meinte es aufrichtig. »Sie werden hier Wunder vollbringen. Vermutlich werden Sie einen neuen Virus entdecken, der nach Ihnen benannt wird.«
»Darauf kann ich verzichten.« Er griff nach ihrer Hand und sagte etwas ruhiger: »Außerdem rechne ich fest damit, dass Sie kommen und mir zeigen, wie ich das alles benutze.«
»Wenn ich dann noch hier bin ...«
Sie verließen das Labor und gingen wieder durch die kühle dunkle Meierei. James sagte: »Sie werden hier sein, Grace. Sie werden Erfolg haben, denn Sie besitzen in Kenia viele Freunde.«
»Ich bettle so ungern.«
»Können Sie Val nicht bitten, Ihnen zu helfen?«
»Niemals. Er wäre der letzte Mensch auf der Welt, dem ich meine Hilflosigkeit eingestehe. Er würde mich außerdem nicht einmal ausreden lassen.«
»Sie sind wirklich sehr unabhängig, Grace. Sie ziehen es vor, alles selbst zu machen. Und Sie brauchen niemanden. Zumindest möchten Sie, dass die anderen das glauben. Vorsicht, eine Pfütze ...«

Grace rutschte plötzlich auf dem nassen Betonboden aus, verlor das Gleichgewicht, und James fing sie auf. Einen Moment lang umarmten sie sich, und er drückte sie fest an sich. Dann ließ er sie los, und sie lachten wieder. Aber später, als Lucilles Freundinnen die Wagen mit ihren Sachen und ihren Kindern beluden, stand James lange am Ende der Auffahrt und sah Grace nach, die auf dem einsamen Weg in Richtung Nyeri ritt. Ihre Arzttasche war am Sattel festgeschnallt. Die Strahlen der untergehenden Sonne brachen sich auf ihrem Tropenhelm.

Er dachte daran, dass er ihr noch etwas hatte zeigen wollen, und war froh, dass er es nicht getan hatte. Es stammte aus einer alten Ausgabe der TIMES. Dem Datum nach war sie alt, aber hier in Kenia war sie neu. Zeitungen aus Übersee waren kaum zu bekommen, und sie trafen erst viele Wochen später ein. Diese Zeitung war bereits durch viele heimwehkranke Hände gegangen und würde von KILIMBA SIMBA zu anderen Farmen im Nanyukigebiet und schließlich über die Aberdares sogar noch zu den Siedlern am Rift gelangen. James zog aus der hinteren Hosentasche die eine Seite, die er herausgenommen hatte. Es galt als Sakrileg, etwas aus der Zeitung herauszuschneiden oder sie in irgendeiner Form zu beschädigen; eine ungeschriebene Regel verlangte, die TIMES sorgfältig zu behandeln, bis sie völlig zerfleddert war. Aber James hatte es als seine Pflicht und Ehre empfunden, diese Seite mit Privatanzeigen vor den Augen anderer zu verbergen. In der Mitte der letzten Spalte stand in einem kleinen Kasten:

> Jeremy Manning
> Ich bin im Distrikt Nyeri in Kenia, Ostafrika.
> *Grace Treverton*

James stand noch am Tor und sah Grace nach, die schon lange verschwunden war, als die Dunkelheit schnell hereinbrach.

2

Valentine lachte und warf die Karten auf den Tisch. Dann nahm er das gewonnene Geld, ging mit großen Schritten zu den Stufen der Hotelveranda und warf es den Rikschafahrern zu, die am Straßenrand warteten. Wieder in der Bar des NORFOLK HOTEL klopfte man ihm auf die Schulter, beglückwünschte ihn, und er bestellte für alle etwas zu trinken. Auch die Gäste im Speisesaal bekamen Champagner. Es war sein letzter Abend in Nairobi nach den einwöchigen Feiern der neuen Kolonie; am nächsten Tag würden er und Rose sich auf den stummen Rückweg nach BELLATU machen.

Sie schlief bereits in ihrem Hotelzimmer. Das ›Asthma Ihrer Ladyschaft‹, war der angebliche Grund. Das strahlende Lächeln auf Valentines Gesicht verbarg den Schmerz, den keiner seiner Freunde sah – er wurde von der Frau verschmäht, die er liebte. Auch noch so viel Alkohol konnte den Schmerz darüber nicht betäuben.

Aber er versuchte es. Die Gläser wurden immer wieder gefüllt, und die Rechnung kletterte in die Höhe. Lord Treverton hatte in ganz Ostafrika Kredit. Sein Reichtum war unermesslich. Außerdem gab es ihm ein gutes Gefühl, wenn er für andere bezahlte. Er fühlte sich weniger impotent, wenn er anderen Geld gab.

Valentine vertrug Alkohol. Er schwankte nicht, er stürzte nicht. Es wurde ihm nie übel, und er verlor nie die Kontrolle. Jedes Glas machte ihn nur fröhlicher und großzügiger. Als er eine halbe Stunde später in Richtung von Miranda Wests Hotel ging, grüßte er deshalb jeden, an dem er vorbeikam, warf den afrikanischen Kindern Rupien zu und versuchte, sich etwas Hübsches auszudenken, was er für Miranda West tun könne.

Sie hatte sich in den vergangenen Monaten als eine wahre Freundin erwiesen. Er hatte Miranda als Erster von Rosas Fehlgeburt erzählt. Sie hörte immer zu, urteilte nie, gab keine Ratschläge und sagte nicht viel. Es war der einzige Mensch in ganz Ostafrika mit dieser gesegneten Gabe – davon war er überzeugt. Es gab noch andere Dinge an Miranda, die ihm gefielen. Vor allen Dingen bat sie ihn nie um etwas, so wie alle anderen es zu tun schienen. Er bot ihr Geld an, um die Hotelhalle neu einzurichten. Und sie erklärte, sie brauche es nicht. Er sagte, er wolle sich beim Katasteramt für sie verwenden, damit sie ein Grundstück kaufen könne, das an ihr Hotel grenzte, und sie hatte dankend abgelehnt. Sie war eine Frau, die auf eigenen Beinen stand und nicht zu anderen lief und sie um Hilfe bat. Miranda glich in dieser Hinsicht seiner Schwester. Ihm gefiel auch, dass Miranda nicht mit ihm flirtete, nicht kokettierte oder eines der üblichen weiblichen Spiele bei ihm versuchte. Miranda war ehrlich und direkt; sie hatte keine Zeit für das sexuelle Geplänkel, dem Valentine bei allen gesellschaftlichen Anlässen begegnete. Sie wollte nicht mit ihm schlafen – das wusste er. Sie erwartete nie ein Kompliment oder die Aufmerksamkeiten, die Frauen üblicherweise von ihm verlangten. Miranda West war schlicht und einfach eine Frau, in deren Gegenwart man sich wohl fühlte, und er wollte sich bei ihr an diesem Abend bedanken, ehe er Nairobi verließ.

Die Hotelhalle war nur schwach beleuchtet und leer, der Speisesaal geschlossen und dunkel. Ein Afrikaner putzte die Treppe. Der Mann sagte: »Ich hole die *Memsaab* für Sie, *Bwana*.«

»Nein, erspar dir die Mühe. Ich will sie überraschen.«

Miranda war keineswegs überrascht. Sie hatte ihn vom Fenster ihrer Wohnung aus beobachtet. Nur jemand wie sie, der den Earl gut kannte, bemerkte die leichte Veränderung seines Gangs, die auf Alkohol zuwies. *Aha ... Valentine kommt also betrunken zu mir.*

»Eure Lordschaft«, begrüßte sie ihn, als sie die Tür öffnete, »welch eine freudige Überraschung!«

»Ich hoffe, ich störe nicht.«

»Aber nein! Kommt herein. Darf ich Euch etwas zu trinken anbieten?«

»Was für eine Woche, Miranda!«, sagte er und ließ sich ganz selbstverständlich in einen Sessel fallen, obwohl er sie nur sehr selten in ihrer Wohnung besuchte. Er nahm den Whisky entgegen, leerte das Glas mit einem Zug und sagte: »Ich wünschte, die Bahn ginge bis Nyeri. Ich hasse diesen langen Rückweg!« Er würde acht Tage unterwegs sein; man musste jeden Abend ein Lager aufschlagen und die Ochsen ausspannen. Roses anklagendes Schweigen trieb ihn zum Wahnsinn.

»Eines Tages wird es so weit kommen, Lord Treverton«, sagte sie und füllte sein Glas.

Valentine legte die Füße auf einen Schemel, streckte die langen Beine aus und starrte in sein Glas. Es war verteufelt schwierig durchzusetzen, dass die Strecke gebaut wurde. Die Wirtschaft der Kolonie kam in Schwung; der Wohlstand lag in greifbarer Nähe, aber trotz seines Einflusses in der Regierung und seiner Korrespondenz mit dem Kolonialminister endete die Bahnstrecke nach wie vor in Thika. Valentine *brauchte* die Bahn. Sie musste unbedingt bis zu seiner Plantage führen!

Im Januar, in der kurzen Pause zwischen den zwei Regenzeiten, hatte Valentine unter großen Kosten die im Schlamm versunkenen Kaffeepflanzen ausgraben und durch neue ersetzen lassen. Der Märzregen war gekommen, und innerhalb von zwei Wochen hatten die Pflanzen Blüten angesetzt – schöne weiße Blüten, die ganz ähnlich wie Orangenblüten dufteten. Es würden noch drei oder vier Jahre bis zur Kaffee-Ernte vergehen, aber so lange konnte es auch dauern, die Bahnlinie zu bauen. Die Bahn würde ihm die besten Preise und den besten Absatz für seinen Kaffee garantieren. Ohne sie musste Valentine sich auf die Ochsenwagen verlassen und würde so als Letzter auf dem Markt in Nairobi erscheinen, wenn seine Konkurrenten alle schon verkauft hatten.

»Ich hatte gehofft, Ihr würdet heute Abend vorbeikommen«, sagte Miranda und ging zu einer Mahagonianrichte mit vielen Deckchen, Nippes und Bildern der königlichen Familie. »Ich habe das extra aufgehoben.« Sie kam mit einer hübschen Kuchendose zurück. »Eine Punschtorte für die Gräfin Treverton.«

Valentine betrachtete die Blechdose mit dem Wedgwood-Muster. Er dachte an all die Mühe, die in diesen Kuchen geflossen war, fragte sich, wie um alles in der Welt Miranda bei ihren anstrengenden täglichen Pflichten Zeit für solche Geschenke fand, und wurde plötzlich sentimental. Die Witwe West war eine gute Frau. Ihr Mann musste tot sein. Wer würde *sie* mit Absicht allein lassen?

Sie setzte sich in den Sessel ihm gegenüber und faltete die Hände im Schoß.

»Sie haben eine andere Frisur«, sagte er.

»Schon seit drei Monaten. Es ist die neue Mode.«

Sein Gesicht verdüsterte sich. In ganz Kenia schnitten die Frauen sich die Haare ab, weil Rose es getan hatte. Die neuen Kleider machten natürliche

Rundungen gerade, und der Saum wurde kürzer. Die weißen Frauen in der Kolonie hatten endlich das Stimmrecht, und immer mehr fingen an, Zigaretten zu rauchen. Die ›neue Frau‹! War der Krieg gegen Deutschland deshalb geführt worden?

Valentine spürte, wie seine Stimmung sank. Der Earl von Treverton ließ seinen natürlichen Optimismus selten erlahmen. Er erlaubte sich nie den Luxus des Selbstmitleids und war während all der Jahre in Ostafrika nur einmal wirklich verzweifelt gewesen – in der Nacht des unverzeihlichen Überfalls auf Rose. Aber nun versank er in Melancholie. Er trank seinen Whisky aus und seufzte. »Was ist aus der Welt geworden, Miranda?«

Sie lächelte verständnisvoll. Miranda hörte vertraute Signale in seinem Ton, sah, wie sich ein Ausdruck in seine Augen schlich, den sie schon in den Gesichtern vieler einsamer Männer gesehen hatte. Sie füllte sein Glas noch einmal.

»Was wollen die Frauen, Miranda? Können Sie mir das verraten?«

»Ich weiß nur, was ich will, Lord Treverton. Nicht alle Frauen wollen das Gleiche.«

»Ich will einen Sohn«, sagte er ruhig, »mehr wollte ich nie. Ich habe dieses große, monströse Haus, fünftausend Acres Land und niemand, an den ich das weitergeben kann. Ich brauche einen Erben. Aber meine Frau ... Die Ärzte haben gesagt, sie kann keine Kinder mehr bekommen ...«

Miranda wusste, das war eine Lüge. Durch den Buschtelegraph war bekannt, dass Lady Rose Kinder haben *konnte*, aber keine Kinder mehr haben *wollte*. Valentine sah sie plötzlich an und sagte: »Sie brauchen einen Mann, Miranda. Sie sollten nicht allein sein.«

»Ich hab das Hotel und bin vollauf beschäftigt. Die Gäste und das Personal. Ich bin nie allein.«

»Ich meine nachts, Miranda. Nachdem die Arbeit im Hotel getan ist und ihre Gäste in den Betten liegen. Fehlt Ihnen dann kein Mann?«

Sie blickte auf ihre Hände. »Manchmal ...«

»Sie sind das Objekt vieler Vermutungen, Miranda.«

»Bin ich das?«

»Es gibt in Ostafrika keinen Mann, der behaupten könnte, Sie näher zu kennen.«

»Und so will ich es auch weiterhin halten.«

»Weshalb? Weil Sie verheiratet sind?«

»O nein! Jack ist tot. Da bin ich sicher.«

»Weshalb dann also? Sie können weiß Gott unter den Männern wählen.«

»Ich muss an meinen Ruf denken. Ihr wisst, eine allein stehende Frau kann sich nicht leisten, mit jedem zu schlafen.«
»Ich meine nicht, mit *jedem*«, sagte er ruhig, »ich meine ... mit *einem* Mann.«
»Wer sollte das sein? Mir gehört das Hotel, und es bringt mir ein hübsches Einkommen. Wie soll ich einen Mann finden, der nicht hinter meinem Geld her ist?«
»In Kenia gibt es Männer, die Ihr Geld nicht brauchen.«
»Das stimmt. Aber ich habe für keinen von ihnen etwas übrig. Ehe ich mich mit einem Mann einlasse, muss ich ihn schon mögen.«
Er betrachtete sie mit seinen schwarzen Augen nachdenklich. *Genau wie Rose*, dachte er, *nicht im Aussehen oder auf greifbare Weise. Aber sie wahrt ihre Tugend genau wie Rose.*
Diese Erkenntnis machte Valentine plötzlich lüstern. Der Whisky zeigte nun doch seine Wirkung. Gedanken wirbelten durch seinen Kopf. Im Zimmer wurde es heiß. Der Schmerz, den er seit sechs Monaten mit sich herumtrug, ließ langsam nach.
»Es gibt einen, für den Sie sich interessieren, nicht wahr?«, fragte er leise.
Sie zögerte.
»Wer ist es?«
Miranda erwiderte seinen Blick ebenso eindringlich. Sie war jetzt ihrem Ziel so nahe, so nahe ...
»Gibt es einen, Miranda?«
Sie nickte.
»Wer ist es?«
»Ich bin sicher, Ihr wisst es«, flüsterte sie.
Er erhob sich schwankend. »Ich will es hören, Miranda. Ich will aus Ihrem Mund den Namen des einen Mannes hören, mit dem Sie ins Bett gehen würden.«
Sie fühlte sich benommen. Das Gesicht brannte. Sie flüsterte: »Ihr wisst es sehr wohl. Das seid Ihr selbst ...«
Valentine griff nach ihr, zog sie hoch und bedeckte ihren Mund mit Küssen. »Sag nicht nein, Miranda«, flüsterte er mit gepresster Stimme. Er küsste ihre Lippen, ihren Nacken; er knöpfte ihre Bluse auf und küsste ihren Hals. Als seine Hand zu ihrer Brust hinunterglitt, flüsterte er: »Sag nicht nein, Miranda!«
Miranda überließ sich seiner Umarmung und murmelte: »Ja, Valentine, ja ...«

3

Ich komme mir wie ein Eichhörnchen im Rad vor, schrieb Grace in ihr Tagebuch. *Ich behandle dieselben Krankheiten immer und immer wieder – oft bei denselben Patienten. Sie kommen zu mir mit Fieber, Erkältungen und Grippe, mit Darmparasiten, mit Wundstarrkrampf, Malaria, Scherpilzflechte und Entzündungen, die nie heilen. Sie halten die Heilung durch meine einfachen Mittel – das Epsomer Bittersalz, Chinin – für Wunder. Aber ich bin darüber nicht glücklich. Ich muss ihnen beibringen, ihre Lebensweise zu ändern. Diese Hütten ohne Lüftung, in denen sie zusammen mit den Ziegen schlafen, sind schrecklich; sie trinken Wasser, in dem sie sich auch waschen und durch das sie ihre Herden treiben! Und dann die armen kleinen Kinder, die sich an den unbeaufsichtigten Feuerstellen verbrennen. Sie kommen zu mir, ich gebe ihnen Medikamente, und sie gehen in ihre schmutzigen Hütten zurück, halten an ihren unhygienischen Angewohnheiten fest, und ich behandle dieselben Leute mit denselben Leiden eine Woche später wieder. Einige sterben schließlich an den nie ausgeheilten Krankheiten. Ich kann ihnen offenbar nicht begreiflich machen, dass es nicht genügt, zu mir zu kommen, wenn sie krank sind. Sie müssen zuerst ihre Lebensbedingungen ändern und die Ursachen der Krankheiten beseitigen!*

Grace legte den Füllhalter beiseite und massierte ihren Nacken. Sie saß am Esstisch und schrieb beim Licht einer zischenden Petroleumlampe. Draußen streichelte die zärtliche afrikanische Nacht den Fluss. Der Duft von wildem Jasmin lag in der Luft; ein einsamer Eulenschrei klang traurig.
Sie war allein zu Hause. Mario nahm an einem rituellen Tanz in seinem Dorf teil, und Sheba unternahm einen ihrer nächtlichen Beutezüge.
Während Grace nachdenklich die Schatten in den Ecken beobachtete, dachte sie an den Stapel Wäsche, der ausgebessert werden musste, an die noch zu rollenden Binden, an die längst überfälligen Briefe an Freunde in England. Aber es war zehn Uhr. Sie war seit dem Morgengrauen auf den Beinen

und würde in wenigen Stunden aufstehen müssen, und dann lag wieder ein langer Tag vor ihr.

Sie griff nach dem Füllfederhalter und schrieb:

Ich brauche unbedingt Hilfe. Ich brauche Lehrer. Ich kann die Afrikaner nicht von ihrer Unterernährung oder von ihren parasitären Krankheiten heilen, wenn sie ihr Leben nicht ändern.

Allein bin ich beinahe hilflos. Ich kann sie unmöglich alle erreichen. Ich muss hier bleiben und mich um die Menschen kümmern, die zur Krankenstation kommen. Wenn nur die Medizinfrau nicht hier wäre. Wachera ist mein Fluch. Sie ist das Haupthindernis für den Fortschritt. Wachera propagiert die alten Sitten und Methoden. Die Leute fürchten und achten sie und tun alles, was sie sagt. Wenn Wacheras Medizin ihnen nicht hilft, dann kommen sie zu mir. Aber zu ihr gehen sie immer zuerst. Der Pfad zu ihrer Hütte ist ausgetreten. Sie wollen von ihr Liebestränke und Amulette gegen Krankheiten. Sie vollzieht die alten Rituale. Die Kikuju halten sie für das direkte Bindeglied zu Gott und den Ahnen. Solange Wachera ihren abergläubischen Hokuspokus praktizieren darf, werde ich bei den Afrikanern kaum Fortschritte machen.

Wenn doch Valentine mit seinem Versuch nur Erfolg gehabt hätte, sie über den Fluss zu treiben! Hätte er sich doch nur durchgesetzt! Aber sie kam immer wieder zurück, und schließlich hat Val es aufgegeben. Er findet es nicht mehr der Mühe wert. Er hat sich an die Hütte vor dem Zaun des Polofelds gewöhnt. Aber für mich ist dieser Anblick ein Hohn und eine ständige Erinnerung an meine Hilflosigkeit!

Ich habe Lucille Donald gebeten, wiederzukommen. Sie hat den Bibelunterricht im Januar aufgegeben, weil der Regen, wie sie sagte, den Weg unpassierbar gemacht hatte, und die Fahrt von und nach KILIMA SIMBA *zu gefährlich wurde. Aber der Weg trocknete, und sie kam trotzdem nicht wieder. Sie erklärt, sie habe zu viel auf ihrer Ranch zu tun und könne sich die lange Fahrt hierher nicht leisten, um die wenigen Kinder, die teilnehmen, in der Bibel zu unterweisen. Außerdem brauche ich nicht die Bibel. Ich habe das Lucille gesagt – die Kinder müssen etwas Nützlicheres lernen, wie Lesen und Schreiben, Hygiene und Vorsicht –, und wir haben uns im April deshalb gestritten. Lucille ist seither nicht wiedergekommen; jetzt erkenne ich, dass ich sie damals unwissentlich gekränkt habe. Ich hatte ihr gesagt, die christliche Lehre komme in meiner Mission erst an zweiter Stelle!*

Aber vielleicht wird sich das ändern müssen. Die Kommission der Missionsgesellschaft trifft nächste Woche aus England ein. Ich muss mich auf sie vorbereiten.

Ich möchte nicht alles verlieren, wofür ich gearbeitet habe. Ich kann nicht zulas-

sen, dass sie mich zwingen, meinen Traum aufzugeben. Aber ich habe einen Plan, der meiner Meinung nach funktionieren wird. Ich brauche dazu jedoch Lucilles Hilfe ...

Grace schloss das Tagebuch, legte es in die Schublade, in der sie es aufbewahrte, und ging zur Haustür. Ehe sie die Tür öffnete, legte sie sich ein Tuch um die Schultern. Die kalte Dunkelheit wartete dicht vor der Veranda. Schwärmer und Schillerfalter umflatterten die Petroleumlampe, die an einem Balken hing. Rechts drang aus dem Wald das rhythmische Schlagen der afrikanischen Trommeln; links hoch über ihr hörte sie vereinzelte Klaviertöne – Rose spielte in BELLATU und versuchte wieder einmal, die Stille in dem großen Haus zu vertreiben.

Grace fuhr zusammen.

Auf dem Weg zu ihrem Haus bewegte sich etwas.

Sie griff nach dem Gewehr, das immer geladen auf der Veranda hing, spähte in die Dunkelheit und versuchte zu sehen, was es war.

Kurz darauf sah sie eine Gestalt. Ein hinkender Mann. James!

»Hallo!«, rief er, »wie ich sehe, sind Sie noch auf.«

Grace zog sich das Schultertuch über die Brust. Er hatte sie noch nie abends besucht.

»Ich will Sie nicht aufhalten«, sagte er, als er die Stufen heraufkam, »ich weiß, es ist spät. Aber ich war beim District Officer in Nyeri und bin auf dem Nachhauseweg. Ich wollte eigentlich die Gelegenheit nutzen und mit Valentine sprechen. Aber er ist wieder einmal auf Safari. Deshalb bin ich heruntergekommen, um festzustellen, ob Sie noch wach sind. Ich habe das Licht gesehen. Hier«, er gab ihr zwei Rebhühner, »die sind für Sie.«

»Danke, kommen Sie herein.«

Als der große, von der Fahrt staubige James in ihrem Wohnzimmer stand, fiel Grace plötzlich auf, wie klein und feminin ihr Cottage war.

»Möchten Sie einen Tee?«, fragte Grace.

Er zögerte. Grace zündete mehr Lampen an und sah, dass er sehr verlegen wirkte. Sie stellte Wasser auf und streute drei Teelöffel Tee in die Teekanne.

»Es ist die neue Gräfin-Treverton-Mischung von Brooke Bond ... sehr teuer, aber Rose gibt mir immer ein paar Päckchen. Bitte setzen Sie sich doch.«

»Wollen Sie wirklich nicht zu Bett gehen?«

Sie setzte sich in den zweiten Sessel, verschränkte die Arme und sah, dass James nicht nur verlegen wirkte, sondern dass ihm offensichtlich etwas sehr zu schaffen machte.

»Ich wollte ohnehin noch aufbleiben. Ich habe noch tausend Dinge zu erledigen. Waren Sie in einer offiziellen Angelegenheit beim District Officer?«
»Ja. Ich habe erfahren, dass ein paar Kerle durch unser Gebiet von der Nordgrenze Rinder schmuggeln, die unter Quarantäne stehen. Wenn man sie nicht abfängt, wird sich die Rinderpest wie ein Buschfeuer ausbreiten. Dann ist meine ganze Herde hinüber! Jedenfalls sind jetzt Streifen unterwegs. Ich denke, man wird sie erwischen. Oh, ehe ich es vergesse.« Er griff nach seiner Satteltasche. »Von Mrs. Briggs als Dank dafür, dass Sie ihr den Zahn gezogen haben.«
Grace stürzte sich auf die Tasche wie ein Kind an Weihnachten. »Die Liebe!«, rief sie, zog eine Dose gemischte Kekse heraus, einen *Plumpudding* und Gläser mit eingemachtem Ingwer, Marmelade und Honig.
Sie räumte die Sachen beiseite und gab James die Tasche zurück. Grace sah tiefe Sorgenfalten in seinem Gesicht. »Ist etwas, James?«
Er starrte in den kalten, dunklen Kamin und dachte einen Moment nach, dann sagte er: »Ein paar meiner Männer haben Ruhr, und ich habe keinen Lebertran mehr. Ich dachte ...«
Grace stand auf und ging zu ihrem Medikamentenschrank. Sie brachte eine Flasche und stellte sie auf den kleinen Tisch zwischen den beiden Morris-Sesseln. »Sie wissen, Sie können alles haben, was da ist, James.«
»Danke«, sagte er und schwieg.
Sie lauschten einige Minuten in die Nacht. Grace fragte sich nach dem wahren Grund für seinen Besuch. Schließlich sagte James: »Was macht die Krankenstation?«
»Wir schlagen uns durch. Aber das Problem ist der *Unterricht*. Ich habe so viele Briefe geschrieben und um Krankenschwestern und Lehrer gebeten, die in den Dörfern arbeiten sollen, aber stattdessen kommt eine Untersuchungskommission. Aber wissen Sie, James«, sagte sie und beugte sich zu ihm, »ich habe einen Plan. Ich überlege, ob Lucille mir wohl helfen würde, wenn die Leute von der Missionsgesellschaft hier sind. Lucille könnte vielleicht Unterricht geben, wenn sie sich hier alles ansehen. Geschichten aus der Bibel oder so etwas. Das wäre ganz sicher hilfreich. Was meinen Sie? Soll ich Lucille fragen?«
James sah sie offen an, und Grace kannte die Antwort, noch ehe er sagte: »Lucille wird Ihnen nicht helfen.«
»Warum nicht?«
»Weil *sie* der Missionsgesellschaft geschrieben und Kritik geäußert hat.«

Grace starrte ihn an.
James blickte zur Seite. »Ich habe es heute Morgen erfahren. Sie hat es mir gesagt.«
Die Nacht schien plötzlich näher zu rücken, als versuche sie durch die Fenster ins Haus zu spähen. Die Oleanderbüsche vor der Veranda raschelten; das nervöse Lachen der Hyänen, die ein verendetes Tier entdeckt hatten, drang zu ihnen herein. Der Kessel pfiff, und Grace ging in die Küche. Sie goss die Hälfte des kochenden Wassers in die Teekanne, stellte den Kessel ab und kam ins Wohnzimmer zurück.
»Warum, James? Warum hat sie das getan?«
»Ich fürchte, ich weiß es wirklich nicht. Ich war ebenso entsetzt wie Sie. Ich kann mir nicht wirklich erklären, was in Lucille vorgegangen ist.« Er sah Grace unglücklich an.»Als ich sie vor zehn Jahren heiratete und ich sie nach Ostafrika brachte, schien sie so begeistert von der Aussicht, hier zu leben. Aber sie und ihre Mutter standen sich sehr nahe. Lucilles Vater starb, als sie noch ein Kind war. Sie hat keine Geschwister. Als wir uns kennen lernten, lebten sie und ihre Mutter in einer Wohnung über dem kleinen Laden. Sie waren ein Herz und eine Seele. Es gab ungute Gefühle, als wir abreisten. Lucille und ihre Mutter trennten sich im Streit. Mrs. Rogers wollte nicht, dass ihre Tochter die Frau eines Siedlers wurde.«
James griff nach der Pfeife in der Hemdtasche. Umständlich füllte er sie, zündete sie an und sprach dann weiter. »Wir entschieden also, es sei das Beste, ihre Mutter nach Ostafrika zu holen, sobald wir hier Fuß gefasst hatten. Die Kolonie ist ein gutes Land für den Lebensabend, vorausgesetzt man hat ein richtiges Haus und kann bequem leben. Wir sparten und machten Pläne. Mrs. Rogers sollte bei uns auf KILIMA SIMBA leben. Ich glaube, dieser Traum machte für Lucille den Schock des neuen Lebens erträglich. Anfangs war es ein Schock! Als sie die Ranch sah, weinte sie tagelang. Aber dann schrieb sie regelmäßig ihrer Mutter, schickte ihr Broschüren über das Protektorat, und ihre Mutter erwärmte sich langsam für die Idee. In diesem Jahr sollte sie kommen.«
»Und was ist geschehen?«
»Sie ist plötzlich und unerwartet gestorben. Sie war erst fünfzig. Lucille war außer sich. Das ist erst zwei Jahre her. Damals war noch Krieg, und Lucille konnte zum Begräbnis nicht nach Hause zurück. Ich glaube, damals hat sie angefangen, sich zu verändern.«
»Verändern? Wie?«

»In kleinen Dingen – so klein, dass ich es rückblickend erst jetzt erkenne. Sie hat die alte Familienbibel hervorgeholt und angefangen, abends darin zu lesen. Dann nahm sie Kontakt zu den Methodisten in Karatina auf. Als sie hörte, dass Valentines Schwester hierher kommen und eine Mission gründen wollte, war sie begeistert.«

»Ich verstehe«, Grace stand auf und ging in die Küche. Sie goss den Tee ein, reichte ihm eine Tasse und sagte dann ruhig: »Hat Sie Ihnen gesagt, was sie der Mission geschrieben hat?«

»Nein.« James rührte nachdenklich in seinem Tee und betrachtete gedankenvoll den Löffel, der in der Tasse kreiste. »Inzwischen glaube ich, es war ein Fehler, Lucille nach Ostafrika zu bringen. Sie war erst neunzehn, und ich war zweiundzwanzig. Lucille hatte eine sehr romantische Ader. Als wir schließlich auf KILIMA SIMBA ankamen, war sie vor Enttäuschung sprachlos.«

»Viele Frauen und auch Männer sind entsetzt, wenn sie ihr neues Land zum ersten Mal sehen.«

»Ich hätte es wissen müssen. Ich bin hier geboren und aufgewachsen. Ich hätte erkennen müssen, wie sich das Leben hier von dem unterschied, das sie seit ihrer Kindheit kannte.« James stellte die Tasse ab und ging zum Kamin. Seine übliche Ruhe war durch abrupte Gesten und die mühsam unterdrückte Spannung in seinem Körper beeinträchtigt. »Grace, wenn Sie nur wüssten, wie schrecklich mir das alles ist.«

»Und ich dachte, Lucille mag mich«, sagte sie leise.

»Lucille mag Sie – wirklich.« Etwas ruhiger fügte er hinzu. »Wir mögen Sie beide.«

Grace brachte es nicht über sich, ihn anzusehen. Sie ließ nicht zu, dass sie seinem Ton erlag, seiner Männlichkeit, die ihr Haus sprengte. Sie war plötzlich gleichzeitig wütend, traurig und verwirrt – eine Freundin hatte sie verraten! *Was soll ich nur machen, wenn die Kommission kommt?*

»Ich würde Ihnen gerne helfen.«

Sie schüttelte den Kopf. »Ich fürchte, es gibt nichts, was Sie tun könnten. Es war unrecht von mir, daran zu denken, ich könnte die Gesellschaft täuschen. Die Leute in Suffolk unterstützen, wie sie glauben, ein christliches Werk. Sie haben ein Recht zu wissen, was mit ihrem Geld geschieht.« Sie stand entschlossen auf. »Ich werde mir einfach einen Weg einfallen lassen müssen, um sie zu besänftigen oder von meiner Arbeit zu überzeugen. Vielleicht muss ich mir sogar ausdenken, wie ich ohne sie auskommen kann. Ich weiß es nicht.«

James trat zu ihr, suchte ihren Blick, und sie sahen sich in die Augen. »Grace, bitte, das darf unsere Freundschaft nicht beeinträchtigen.«
Die Kehle war ihr wie zugeschnürt. »Nichts auf der Welt könnte das, James.«
»Sie werden uns weiterhin auf der Ranch besuchen, oder?«
Grace zögerte.
Er drehte sich um und schlug sich mit der Faust in die offene Hand. »Wie war das möglich? Ich glaubte, sie sei glücklich. Sie *schien* glücklich zu sein.« Man sah ihm die Spannung an, als er erregt in dem kleinen Zimmer auf und ab ging. »Sie hat es mit der Ranch und den Kindern so gut gemacht. In den zehn Jahren hat sie sich nicht einmal beklagt.« Unvermittelt blieb er stehen und sah Grace gequält an. »Lucille ist eine gute Frau, und ich weiß nicht, was ich ohne sie anfangen würde. Aber ... als sie mir heute Morgen die Sache mit dem Brief erzählte, war ich außer mir. Ich habe geschrien. Ich habe einige hässliche Dinge gesagt. Ich meinte es nicht so, aber ich konnte nur daran denken ...« Er senkte die Stimme. »Grace, Sie sind mit das Beste, was diesem Land und mir widerfahren ist. Ich konnte nur daran denken, dass Lucille irgendwie unsere Freundschaft zerstört hatte und ...«
Die Termiten raschelten im Grasdach. Geckos huschten über Wände und Holz. Das Haus lebte, so wie der Garten und der Wald draußen. Die zwei Menschen im Cottage lauschten dem Chor des Lebens um sie herum. Einen Moment lang verloren sie sich in den Augen des anderen. Sie waren gefangen in der Nähe ihrer Körper und der Vertrautheit des Augenblicks. Dann sagte James: »Es ist spät. Sie sollten zu Bett gehen, Grace.«
»Sie reiten doch wohl nicht mehr nach Hause! Es ist zu gefährlich.«
»Rose hat mir ein Bett oben im Haus angeboten.«
Grace wollte sagen: *Bleib hier bei mir,* stattdessen nahm sie eine Laterne von einem Haken, gab sie ihm und sagte leise: »Der Weg von hier zum Haus ist nachts unsicher, James. Bitte seien Sie vorsichtig.«
Sie öffnete die Tür, und er trat auf die Veranda hinaus. James setze den breitkrempigen Hut auf, drehte sich um und sah sie an. Seine Augen lagen im Schatten verborgen, als er sagte: »Ich verspreche Ihnen, Grace, ich werde alles tun, was in meiner Macht steht, um Ihnen zu helfen.«

4

Peony hatte die Hände vor das Gesicht geschlagen. Ihr schmächtiger Körper wurde von heftigen Schluchzern geschüttelt. »Ich weiß nicht, was ich machen soll«, jammerte sie, »ich bring mich um!«
»Ach still«, sagte Miranda und hielt ihr ein Glas Brandy hin. »Da, trink das und hör auf zu weinen. Das hilft nichts und ist keine Lösung.«
Peony hob das verschwollene Gesicht. »Lösung? Wie denn?«
»Es gibt Mittel und Wege.«
Ihre Augen wurden groß. »O nein, Madam«, hauchte sie, »*das* könnte ich nie tun.«
Miranda setzte sich an den Schreibtisch und trommelte mit der Fingerspitze auf die grüne Schreibunterlage. Was für ein Tag! Zuerst die Entdeckung, dass in der Küche gestohlen wurde, und dann das Theater herauszufinden, welcher der Boys es tat. Dann hatte einer der Gäste Fieber bekommen, und die anderen waren alle in Panik geraten. Jetzt das. Peony, Mirandas englische Hilfe, war ein blasses junges Mädchen. Sie war mit ihrem Verlobten aus England gekommen. Der junge Mann starb in Mombasa an Schwarzwasserfieber. Miranda hatte sie eingestellt. Peony hatte in den letzten acht Monaten fröhlich und fleißig gearbeitet und sparte für die Rückfahrt nach England.
»Wie weit ist es?«, fragte Miranda.
»Ungefähr zwei Monate.«
»Und der Vater? Weiß er etwas davon?«
Peony wirkte unglücklich. »Er weiß nichts, Madam. Er ist schon lange nicht mehr hier. Ich ... ich weiß nicht einmal, wie er heißt.«
Miranda schüttelte angewidert den Kopf. Diese Mädchen! Manche waren wie die Kaninchen. Sie kamen nach Kenia, vergaßen jede Vorsicht und drehten beim Anblick so vieler Männer durch. Die Frau eines Siedlers im Distrikt machte jedenfalls mit Abtreibungen gute Geschäfte.

Miranda stand auf und ging zum Fenster. Ihr kam es vor, als seien die Straßen jedes Mal voller, wenn sie hinausblickte. Bildete sie es sich ein, oder tauchten tatsächlich jedes Mal, wenn sie den Rücken wendete, fünf neue Autos auf, hundert neue abenteuerlustige Männer und zwanzig neue Frauen, die einen Ehemann suchten? Miranda fing an, Kenia zu hassen. Valentine war seit jener Nacht nicht mehr gekommen.
Auf der anderen Straßenseite hielt gerade ein Pferdewagen mit holländischen Farmern. Sie würden den Tag damit verbringen zu kaufen, zu tauschen, die Post abzuholen und wieder zu ihren Farmen im hintersten Winkel der Wildnis zurückfahren und sich weiter abrackern und plagen. *Mein Gott*, dachte Miranda, *worauf sind sie denn so stolz? Was ist denn ehrenhaft daran, den Dreck zu pflügen, in dem nichts gedeiht außer Malaria und Schlafkrankheit?*
Valentine hatte ihr nicht einmal ein paar Zeilen geschickt! Er war am nächsten Morgen in aller Frühe aus dem Bett gekrochen und mit seiner Frau auf die Plantage im Norden zurückgefahren. Seitdem war er nicht mehr gekommen. Und er war in Nairobi gewesen. Miranda hatte ihn gesehen.
Als Peony wieder anfing zu weinen, wuchs Mirandas Verbitterung. Wie launisch das Leben doch manchmal war! Da saß dieses Mädchen und war hysterisch, weil sie nach einem nächtlichen Abenteuer mit einem namenlosen jungen Mann schwanger war, und hier stand sie, Miranda, die unbedingt schwanger werden wollte, und es nicht wurde. Sie starrte auf die Straße hinunter. Eine der Burenfrauen war schwanger und zeigte sich unbekümmert in der Öffentlichkeit. Die Zeiten änderten sich. Es gehörte der Vergangenheit an, dass man zu Hause blieb und die Schwangerschaft vor fremden Augen verbarg. Der Krieg hatte mit den alten Sitten und der alten Mode aufgeräumt. Jetzt gab es Umstandskleider, und die Frauen trugen ihren dicken Bauch stolz zur Schau.
Nur ich nicht, dachte Miranda und hasste die junge Burenfrau. *Ich müsste so durch die Straßen gehen.* Es würde sich schnell herumsprechen, dass sie mit einem Kind des Earl schwanger ging. Er würde sie gut unterbringen – vielleicht in einem Haus in Parklands. Sie könnte dort wie eine Fürstin leben, während jemand das Hotel für sie führte und die Gewinne auf ihr Konto brachte. Aber sie brauchte ein Baby, um das wahr werden zu lassen. Dazu musste Valentine noch einmal mit ihr schlafen.
Miranda ließ die Schultern hängen. Es nützte nichts. Valentine kam nicht zu ihr zurück. Das konnte auch der Dümmste sehen. Er war betrunken ge-

wesen; als er wieder nüchtern war und begriffen hatte, was geschehen war, hatte er es bedauert.

»Ich will keine von diesen Operationen«, jammerte Peony, »ich bin katholisch erzogen.«

Miranda drehte sich um und sah sie verächtlich an. »Daran hättest du denken sollen, ehe du schwach geworden bist. Loswerden willst du es nicht. Willst du es also behalten?«

Peonys Augen wurden groß und rund. »Nein, nein, Madam! Was soll ich denn mit einem kleinen Kind anfangen? Ich liebe den Kerl nicht, mit dem ich geschlafen habe. Er bedeutet mir überhaupt nichts. Ich will das Kind nicht. Aber ich könnte es nicht ... umbringen.«

»Welche Wahl bleibt dir dann?«

Peony zerknüllte den Schürzensaum. »Ich dachte ..., vielleicht wird es jemand adoptieren.«

Miranda starrte sie an.

Peony wirkte in dem großen Sessel klein und bemitleidenswert. Durch den Stoff ihres billigen Kleides sah man die knochigen Schultern. Aber sie war gesund, das wusste Miranda. Auch das Baby würde gesund sein.

Miranda kniff die Augen zusammen. Ihr kam eine Idee. »Der Mann weiß nichts davon, sagst du?«

»O nein, Madam! Und ich werde ihn nie mehr sehen, um es ihm zu sagen.«

»Weiß es überhaupt jemand?«

Peony schüttelte stumm den Kopf.

Miranda lächelte. »Dann werde ich dir helfen.«

»Oh, danke ...«

»Aber du musst mir versprechen, dass es ein Geheimnis bleibt. Wir machen Folgendes ...«

Rose hatte ihm einen Zettel geschrieben. *Ein Dtz. Makronen von Mrs. West, bitte. Und Bristol-Kuchen.*

Sie verkehrten nur noch auf diesem Weg miteinander — entweder über Mrs. Pembroke, das Kindermädchen, oder schriftlich. Er hatte die Karte in seinem Ankleidezimmer gefunden, als er sich für den Ritt nach Nairobi fertig machte. Rose hatte das Haus natürlich schon verlassen und saß auf ihrer Olivenbaumlichtung.

Valentine war versucht, so zu tun, als habe er die Nachricht nicht gesehen oder als backe Mrs. West keine Kuchen mehr. Aber er wusste, Lügen würden ihn nicht retten. Er benahm sich nicht ehrenhaft. Wie unangenehm es auch sein mochte, er konnte Miranda nicht ewig aus dem Weg gehen. Er musste zu ihr und die Angelegenheit bereinigen.

Miranda kam ihm mit ausgestreckten Händen aus der Küche entgegen und begrüßte ihn zu seiner Überraschung herzlich.

»Ihr wart beschäftigt, Lord Treverton«, sagte sie und winkte einem der Boys, die die Tische für den Nachmittagstee deckten. »Zwei Bier«, sagte sie auf Suaheli und wandte sich dann wieder Valentine zu. »Ihr müsst schrecklich viel zu tun haben. Was das für eine Arbeit ist, fünftausend Acres Kaffeebäume jäten, mulchen und schneiden. Die Pflanzer reden von nichts anderem.«

Valentine sah sich um. Er fand den Speisesaal etwas zu öffentlich. Aber um diese Zeit zwischen Mittagessen und Tee war er leer. Das Personal arbeitete still am anderen Ende des Raums. »Es tut mir Leid, dass ich so lange nicht hier war, Miranda. Ich wusste einfach nicht, was ich Ihnen sagen sollte.«

»Schon gut«, sagte sie leise, »wirklich.«

»Normalerweise bin ich nicht so. Ich komme mir richtig charakterlos vor. Es war nicht meine Absicht. Ich hatte zu viel Gin im NORFOLK getrunken ..., verstehen Sie ...«

»Natürlich, ich verstehe.«

»Na dann.« Er legte die Hände flach auf den Tisch und war ungeheuer erleichtert. »Ich muss sagen, Miranda, Sie sind wirklich keine Spielverderberin!«

Sie lachte. »Was dachtet Ihr denn? Ich bin doch schließlich kein junges Ding, das gerade eben hier angekommen ist. Und ich vertraue auf Eure Diskretion, Lord Treverton. Schließlich muss ich an meinen Ruf denken.«

»Sie haben mein Ehrenwort.«

»Und ich muss auch Euren Ruf schützen.«

»Ja, ja ...«

»Besonders jetzt.«

»Jetzt?«

Das Bier wurde gebracht. Miranda goss es in Henkelgläser und wartete, bis der Boy in der Küche verschwunden war, ehe sie sagte: »Es trifft sich sehr gut, dass Ihr heute gekommen seid, Lord Treverton. Ich wollte mich schon auf die Suche nach Eurer Lordschaft machen.«

Er sah sie vorsichtig an. »Ach ja?«

Sie trank einen Schluck Bier. »Oh, das tut mir Leid, er hat kaltes gebracht.

Ich lege jetzt immer Bier aufs Eis für die Amerikaner. Sie trinken das Bier kalt, wusstet Ihr das?«

»Miranda, weshalb wollten Sie mich suchen? Sie wissen doch sicher, es kann keine Wiederholung dieser Nacht geben.«

»Das hatte ich nicht erwartet. Ich bin froh, dass Ihr vorbeigekommen seid, weil ich Euch etwas sagen muss.«

»Das wäre?«

»Ich bin schwanger.«

»Was?«

Ein Kellner erschien in der Küchentür. Miranda scheuchte ihn mit einer Handbewegung zurück, und er verschwand wieder. »Bitte, Eure Lordschaft, wir müssen diskret sein.«

»Sie sind schwanger«, sagte er.

»Ja.«

»Sind Sie sicher?«

Sie seufzte. »Ja.«

»Weshalb sagen Sie mir das?«

»Weil es Euer Kind ist.«

»Mein Kind!«

»Mit Sicherheit nicht das Kind eines anderen.«

Er starrte sie an. Dann sagte er: »Großer Gott!«, und stand auf. Er machte ein paar Schritte und drehte sich um. »Was wollen Sie tun?«

»Tun? Wieso, ich werde es natürlich behalten.«

»In Limuru gibt es eine Frau ..., eine Mrs. Bates ...«

Miranda schüttelte den Kopf.

»Das könnte ich niemals tun. Ihr, Eure Lordschaft? In dem Wissen, dass es Euer Kind ist? Es bestehen gute Aussichten, dass es ein Junge wird. In meiner Familie überwiegen Jungen ...«

Sie machte eine Pause, um wirken zu lassen, was sie gesagt hatte. »Ich verlange natürlich nichts von Euch. Zu dieser Art Frauen gehöre ich nicht. Ich werde für ihn sorgen und ihn als meinen Sohn aufziehen. Niemand wird erfahren, dass Ihr der Vater seid. Ich dachte nur, Ihr solltet es wissen.«

Valentine sah sie ernst und nachdenklich an. Sie erwiderte seinen Blick gerade und aufrecht.

Valentine dachte an seinen Vater, den alten Earl. Man hatte von einer Frau und einem kleinen Jungen in London gesprochen. Valentines Vater hatte sie in einer Wohnung am Bedford Square untergebracht. Ein Junge. Ein

Sohn ... Er kam zum Tisch zurück und setzte sich. »Es tut mir Leid, Miranda«, sagte er ernst und gefasst. »Das lag nicht in meiner Absicht.«
»In meiner auch nicht. Aber so ist es. Ich habe jahrelang auf meinen Ruf geachtet, und jetzt war alles umsonst. Ein Moment der Schwäche ...«
»Es war meine Schuld.«
»Es gehören zwei dazu.«
»Ich werde Ihnen natürlich helfen.«
»Das verlange ich nicht.«
»Trotzdem ...«, Valentines Gedanken überschlugen sich. Er sah die anderen Clubmitglieder vor sich. Die wissenden Blicke, die gewechselt wurden, wenn er den Raum betrat, die Unterhaltung, die plötzlich abbrach ... Valentine wusste, die ganze Kolonie sprach über ihn und Rose und stellte Vermutungen über ihre Eheprobleme an. *Der Earl von Treverton kann keinen Erben zeugen.*
»Wann wird das Baby kommen?«, fragte er.
»Im März.«
»Sehr gut«, sagte er und zog die Brieftasche. »Das ist ein Anfang.«

5

Es war die schlechteste Zeit des Jahres, um nach Kenia zu kommen – kurz vor der Regenzeit, wenn das Gras trocken, die Felder abgeerntet waren und das ganze Land verdörrt und gottverlassen wirkte.
So wie ich es sein werde, dachte Grace, *wenn ich heute nicht vorsichtig bin.*
Die Kommission war am Vortag eingetroffen. Die Leute waren im WHITE RHINO HOTEL in Nyeri abgestiegen und würden bald kommen und mit der Inspektion beginnen. James fühlte sich für die Situation verantwortlich und hatte angeboten, ihr zu helfen, aber Grace hatte das abgelehnt, denn sie war der Meinung, sie müsse sich der Kommission allein stellen.
Der Morgen war jung und frisch, als sie den Weg zu ihrer kleinen Krankenstation hinunterging. Dicht über der Erde hing immer noch der nächtliche Nebel; der Tau funkelte an Blättern wie gläserne Blüten; Grace sah das Aufblitzen eines Paradiesschnäppers in den Bäumen, in dessen langem, scharlachrotem Schwanz sich die Morgensonne fing. Ein zimtfarbener Bienenfresser flog vor ihr über den Weg. Vögel zwitscherten und sangen in den Bäumen. Auf der anderen Flussseite hing blauer Rauch von den Kochstellen der Kikuju in den Wipfeln.
Die Mission bestand aus drei Gebäuden: die Ambulanz – das Grasdach auf vier Pfosten; die Schule – nichts anderes als Stämme, die wie Bänke in Reihen vor einem Olivenbaum lagen, an den die Tafel genagelt war, und eine Lehmhütte für schwer Kranke oder verletzte Patienten. Auf Grace wartete bereits eine ruhige, gesittete Schar: Frauen mit kleinen Kindern auf dem Rücken, alte Männer, die auf der Erde hockten und mit Steinen ein Spiel ohne Ende spielten. Als die Kommission, drei Männer und zwei Frauen, schließlich den Weg von der Plantage herunterkam, war Grace schon lange bei der täglichen Arbeit.
Sie kannte keinen der fünf und deshalb stellte man sich vor. Reverend Sanky war der Leiter der Gruppe; ihn begleitete seine Frau Ida. Sie stellten zunächst

keine Fragen, sondern sahen lediglich zu, wie Grace mit Mario als Assistenten einen der Afrikaner nach dem anderen behandelte. Es waren wie üblich Kinder mit Verbrennungen, die sie mit Permanganat behandelte und sauber verband. Dann ermahnte sie die Kinder, ihre Mütter an die Gefährlichkeit der offenen Feuerstelle in der Hütte zu erinnern, und schickte sie nach Hause. Ein Mann hatte einen Kropf. Grace konnte ihm nicht helfen. Einen schweren Fall von Elefantiasis verwies sie an das katholische Krankenhaus. Ein Mann hatte sich vor drei Tagen in die Hand geschnitten, und die unbehandelte Wunde hatte sich inzwischen gefährlich entzündet. Viele Patienten waren mit ihren Krankheiten schon früher gekommen – manche mehrmals. Ihre Probleme entstanden durch unhygienische Lebensbedingungen, und obwohl Grace sie immer und immer wieder ermahnte, die Hütten sauber zu halten, die Ziegen draußen anzubinden, sich regelmäßig zu waschen, Sandalen zu tragen und Fliegen aus dem Gesicht zu verscheuchen, wurde ihr Rat nie befolgt.

Reverend Sanky und seine Begleiter beobachteten alles stumm und machten sich Notizen. Sie gingen herum, betrachteten die Instrumente auf dem Tisch – Kehlkopfspiegel, Reflexhammer, Injektionsspritzen, Zungenspatel, Pinzetten und Skalpelle – sie studierten die Etiketten der Flaschen, warfen einen Blick auf die Krankenberichte und hörten zu. Ein alter Mann, der am ganzen Körper offene Stellen hatte, wehrte aufgeregt ab, als Grace nach einer Spritze griff. Mario übersetzte. »Er sagt, er hat bereits eine Spritze bekommen, *Memsaab*, gestern in der katholischen Mission.«

»Aha«, sagte sie und zog die Spritze mit der Lösung einer Flasche mit dem Etikett »Neosalvarsan« auf. »Er hat diese Injektion bekommen?«

»Er sagt ja, *Memsaab*.«

»Frag ihn, ob er auch eine Spritze gegen Wolkeninfektion bekommen hat?« Die beiden unterhielten sich kurz, dann sagte Mario: »Die hat er auch bekommen, *Memsaab*.«

»Sehr gut. Dann halte ihn bitte fest, Mario.«

Obwohl der alte Mann protestierte, stach sie ihn in den Arm.

»Also wirklich«, sagte Reverend Sanky, als der alte Mann sich laut beschwerend gegangen war, »was war denn eigentlich los?«

Grace antwortete, während sie einer Frau in den Mund sah. »Der Mann hat eine gefährliche und ansteckende Hautkrankheit. Ich musste ihm Neosalvarsan injizieren.«

»Aber er hatte Ihnen doch gesagt, dass er die Injektion bereits bekommen hat.«

»Diese Menschen haben große Angst vor Injektionen, Mr. Sanky«, sagte Grace und griff nach einer Zange. »Sie lügen und behaupten immer, sie hätten die Injektionen bereits bekommen.«

»Aber wie konnten Sie wissen, dass er log?«, fragte Mrs. Sanky, während Grace der Kikuju-Frau einen faulen Zahn zog.

»Er hat behauptet, bereits eine Injektion gegen Wolkeninfektion bekommen zu haben, und so etwas gibt es nicht.«

»Sie haben das erfunden?«

»Mario, sag dieser Frau bitte, sie soll damit den Mund spülen und dann ausspucken.«

Grace wusch sich die Hände in einem Becken mit Seifenwasser und sagte: »Es ist eine Möglichkeit herauszufinden, ob sie die Wahrheit sagen. Hätte der Mann erklärt, er habe keine Injektion gegen Wolkeninfektion bekommen, hätte ich davon ausgehen können, dass er in Hinblick auf die Neosalvarsanspritze nicht lügt. Ich hatte schon Kikuju, die mir einreden wollten, sie hätten eine *Schokoladeninjektion* bekommen.«

Reverend Sanky und seine Frau sahen sich bedeutungsvoll an.

Ein anderes Mitglied der Kommission fragte: »Sie haben der Frau den gezogenen Zahn gegeben. Weshalb?«

»Das musste ich. Sie hätte sonst geglaubt, ich würde ihren Zahn für schwarze Magie gegen sie verwenden.«

»Dr. Treverton«, sagte die zweite Frau der Gruppe: »Warum ist Ihr Morphin rot? Morphin ist nicht rot. Außerdem ...« sie deutete auf die Arzneiflaschen auf dem Tisch, »sollten das alles farblose Lösungen sein. Aber sie haben unterschiedliche Farben. Weshalb?«

Grace nahm einer Mutter ihr Baby ab und behandelte seine Brandwunde am Bein. »Ich habe herausgefunden, dass diese Menschen glauben, alle farblosen Lösungen seien Wasser und halten sie deshalb für wirkungslos. Seit ich sie eingefärbt habe, sind sie von ihrer Heilkraft überzeugt. Das gilt auch für bitter schmeckende Medikamente. Sie halten sie für wirkungsvoller. In dieser Hinsicht unterscheidet sich der Afrikaner nicht von einem Engländer, der zu einem berühmten Arzt geht, weil er ihm mehr zutraut.«

»Dr. Treverton, sind Sie in der Lage, alle Krankheiten zu behandeln, mit denen Sie hier konfrontiert werden?«

»Viele. Ich verlasse mich im Wesentlichen auf ›Vaseline für außen und Chinin für innen‹. Damit kuriere ich die meisten Fälle. Die anderen schicke ich in das katholische Krankenhaus.«

Die fünf sahen sich vielsagend an. Reverend Sanky sagte: »Hätten Sie jetzt Zeit für uns, Dr. Treverton?«

»Gewiss.« Sie gab das Kind mit dem verbundenen Bein seiner Mutter zurück, ermahnte sie, den Kleinen von der Kochstelle fern zu halten. Grace wusste jedoch, die Warnung würde wenig nutzen. Dann wusch sie sich die Hände und ermahnte Mario, die Wartenden nicht aus den Augen zu lassen und darauf zu achten, dass nichts gestohlen wurde.

»Diese Leute bestehlen Sie, Dr. Treverton?«, fragte Mrs. Sanky, als sie den Weg zum Dorf hinuntergingen. Die Kommission wollte sich das Dorf ansehen.

»Ja, das tun sie.«

»Sie scheinen keine Moral zu haben.«

»Ganz im Gegenteil. Die Kikuju sind höchst moralische Menschen und haben eigene strenge Gesetze und Strafen. Aber sie halten es nicht für etwas Schlechtes, den weißen Mann zu bestehlen.«

Reverend Sanky, der neben Grace ging, sagte: »Bei Ihrer Behandlung dieser Menschen haben wir bis jetzt Lügen, Listen und Aberglauben beobachtet – und zwar auf Ihrer Seite, Dr. Treverton.«

»Es ist die einzige Möglichkeit, mit ihnen umzugehen. Sie würden mich sonst nicht verstehen.«

»Wer lebt dort?«, fragte Ida Sanky und deutete auf die einsame Hütte am Rande von Valentines Polofeld.

»Wachera, die junge Medizinfrau der Kikuju.«

»Ich dachte, die eingeborenen Zauberer seien inzwischen verboten?«

»Das stimmt. Man würde Wachera bestrafen oder sogar ins Gefängnis stecken, wenn man sie bei der Ausübung ihrer Heilmethoden fassen könnte. Die Kikuju gehen heimlich zu ihr.«

»Ich nehme doch an, Dr. Treverton, Sie haben die Behörden davon in Kenntnis gesetzt, wenn Ihnen solche unerlaubten Dinge bekannt sind.«

Grace blieb vor der Holzbrücke stehen, die Valentine gebaut hatte, und die zum Dorf am anderen Ufer führte. »Das habe ich, Reverend Sanky, glauben Sie mir. Ich habe alles versucht, der Frau das Handwerk zu legen. Sie ist das größte Hindernis bei meinem Kampf, die Afrikaner zu erziehen.«

»Können Sie nicht mit ihr sprechen? An ihre Vernunft appellieren?«

»Wachera will nichts mit mir zu tun haben.«

»Diese Frau muss doch sehen, dass unsere Methoden die besseren sind!«

»Im Gegenteil. Wachera wartet nur darauf, dass die Engländer zusammenpacken und Kenia wieder verlassen.«

»Ich habe einiges über die Kikuju gelesen«, sagte der junge Mann der Gruppe. »Stimmt es, dass die Frauen mit den Freunden ihrer Ehemänner schlafen?«
»Das ist eine sehr alte Stammessitte. Sie ist tief in ihrem vielschichtigen Altersgruppensystem verwurzelt. Es geschieht ganz offen mit Zustimmung des Mannes und nur, wenn die Frau damit einverstanden ist.«
»In anderen Worten – Unzucht.«
Grace blieb stehen und sah den Mann an. »Nein, keine Unzucht. Die sexuellen Sitten der Kikuju unterscheiden sich von unseren. Ihre Sprache kennt zum Beispiel kein Wort für Vergewaltigung. Ihr sexuelles Verhalten wirkt auf uns vielleicht promiskuitiv, aber sie haben klare Tabus.«
»Dr. Treverton«, sagte Reverend Sanky. »Wir sind nicht blind für Ihre Sympathie für diese Menschen, und wir erkennen durchaus, was Sie hier zu erreichen versuchen. Wir haben jedoch das Gefühl, dass Sie die Sache falsch anfassen.«
»Wie das?«
»Bei der Behandlung der Patienten haben Sie kein einziges Mal vom Herrn gesprochen. Sie haben nie erklärt, dass ER Ihnen Ihre Fähigkeiten verleiht. Sie haben nicht versucht, einen dieser Menschen zu Jesus zu bringen, obwohl Sie genug Möglichkeiten dazu gehabt hätten.«
»Ich bin kein Pfarrer, Reverend Sanky.«
»Richtig, und das ist Ihr größtes Problem. Sie haben die spirituellen Bedürfnisse dieser Menschen vernachlässigt, und deshalb bleiben die Afrikaner auch weiterhin bei ihren sündhaften Praktiken. Da gibt es zum Beispiel die Operation, bei der die jungen Mädchen verstümmelt werden. Was haben Sie getan, Dr. Treverton, um die Bemühungen der Mission um Abschaffung dieser Praxis hier in Kenia zu unterstützen?«
»Wenn ich diese Menschen behandeln will, Reverend Sanky, brauche ich ihr Vertrauen und ihre Freundschaft. Wenn ich ihnen Predigten halte und ihre Stammestraditionen verurteile, werden sie nicht mehr zu mir kommen. Die katholische Mission hat sehr viele afrikanische Mitglieder verloren, weil die Priester heilige Feigenbäume gefällt haben.«
»Sie verteidigen doch wohl nicht die Anbetung von Bäumen!«
»Das nicht, aber ...«
»Verstehen Sie, Dr. Treverton«, unterbrach sie der ältere Mann der Kommission, »das Hauptanliegen einer medizinischen Mission hier ist die christliche Lehre. Wir wollten eine Krankenstation haben, nicht um die Körper der Menschen zu heilen, sondern um sie zu Jesus zu bringen.«

»Ich habe bereits gesagt, ich bin kein Pfarrer.«
»Dann brauchen Sie einen Pfarrer.«
»Schicken Sie mir einen Pfarrer«, sagte Grace. »Aber schicken Sir mir auch Krankenschwestern und Operationshelfer.«
»Sie scheinen gut allein zurechtzukommen, Dr. Treverton«, sagte Mrs. Sanky, »wozu brauchen Sie so viele Assistenten?«
»Um die Afrikaner in Selbsthilfe zu unterrichten.«
»Selbsthilfe?«, fragte Reverend Sanky.
Grace sprach schnell und eindringlich. »Mein eigentliches Ziel ist es, die Afrikaner zur Selbstständigkeit zu erziehen. Wenn ich meine Helfer im Dorf haben könnte, die den Leuten eine gesündere Lebensweise zeigen könnten, würde sich die Zahl meiner Patienten sehr schnell verringern. Und wenn ich anderen Kikuju die Grundlagen der ersten Hilfe und die Behandlung kleinerer Krankheiten zeigen kann, wie ich es bei Mario getan habe ...«
»Sie wollen Autonomie für diese Menschen.«
»Ja, das will ich.«
»Aber wie würden sie dann zu Jesus kommen? Wenn die Afrikaner selbst zurechtkommen, sehen sie keinen Grund mehr, christliche Ärzte aufzusuchen, und dann wäre eine Missionierung nicht mehr möglich.«
Grace sah die fünf groß an. Die Männer in den geknöpften Jacketts und den Krawatten und die beiden Frauen mit Korsetts wirkten völlig deplatziert. Sie schienen sich für Wimbledon angezogen zu haben, nicht für einen Gang durch den afrikanischen Busch. Plötzlich musste sie an Jeremy denken. Sie erinnerte sich an ein Gespräch abends an Deck. Damals hatte er gesagt: »Liebling, als Erstes bauen wir ein Haus für stationäre Patienten. Ambulante Patienten kann man schwer unter Kontrolle halten. Aber Patienten, die im Bett liegen, sind die besten Zuhörer und sehr viel empfänglicher für die geistige Lehre.«
Seltsam. Sie hatte nie daran gedacht, dass der Hauptakzent der Mission für Jeremy auf der Bekehrung gelegen hatte, und wenn sie jetzt darüber nachdachte, erkannte sie, dass Jeremy sich sehr wohl hätte in dieser Kommission befinden können.
Grace wusste sehr gut, dass die Gruppe Geld bedeutete – der monatliche Zuschuss der Missionsgesellschaft in Suffolk. Sie waren ihre letzte Rettung, und alle fünf waren von ihren Methoden eindeutig nicht sehr angetan. Sie würde Valentine nicht um Hilfe bitten, gerade jetzt, wo Miranda West in Umstandskleidern durch Nairobi ging, und man in ganz Ostafrika über

den Vater des Kindes tuschelte. Grace wollte von ihrem Bruder nicht ausgehalten werden, wie er es mit seiner Geliebten tat.

»Ich bin durchaus mit einem Pfarrer einverstanden, Reverend Sanky«, sagte sie ruhig. »Ich begrüße diese Hilfe sehr.«

Reverend Sanky lächelte.»Wir haben Verständnis für das, was Sie hier durchgemacht haben, Dr. Treverton. Es war sicherlich nicht leicht für Sie. Und da Sie in den letzten eineinhalb Jahren so völlig abgeschnitten von allem waren, überrascht es nicht, dass Sie in Ihrer Arbeit vom rechten Weg abgekommen sind. Ich denke an einen Mann, der im Augenblick in Uganda arbeitet — Reverend Thomas Masters. Er ist genau der Richtige. Lassen Sie von Ihren Leuten auf der Stelle ein Haus für ihn bauen. Ich werde ihn mit dem nächsten Zug hierher schicken.«

»Wird er medizinische Hilfskräfte mitbringen?«

»Reverend Masters wird sich zuerst einen Überblick über den medizinischen Bedarf verschaffen.«

»Sollte nicht *ich* über diesen Bedarf entscheiden?«

»Reverend Masters wird von jetzt an der Leiter der Mission sein, Dr. Treverton. Alle Entscheidungen liegen bei ihm.«

Grace sah Reverend Sanky an. »Leiter! Aber ... es ist *meine* Mission.«

»Diese Mission ist mit *unserem* Geld gebaut, Dr. Treverton. Es ist Zeit, dass wir die Leitung selbst in die Hand nehmen.« Reverend Sankys Blick glitt über das ausgetrocknete Flussbett, den Dschungel, die Grasdächer zwischen den Bäumen, und er sah, dieses Land war reif für Leute wie Reverend Thomas Masters — ein strenger, unerbittlicher Mann mit festen Grundsätzen, der bereits in vier afrikanischen Ländern den Satan ausgetrieben hatte.

6

Die Regenfälle hatten vor drei Tagen aufgehört, und Nairobi schien über Nacht in Farben getaucht. Miranda West kam auf ihrem Weg zum KING EDWARD HOTEL an Mauern mit roten, orangenen und rosa Bougainvillea vorbei; in den Gärten blühten die Geranien, Nelken und Fuchsien. Die Bäume an den Rändern der schlammigen Straßen waren übersät mit roten Nandiblüten, lavendelfarbenen Jacarandaknospen und der weißen Pracht der Lampenputzerblüten. Es war Weihnachten, und nach dem Segen der kurzen Novemberregen jubelte das Land vor Leben und neuem Wachstum. Miranda Wests dicker Leib war ebenfalls eine Feier neuen Lebens, und sie winkte beim Gehen fröhlich den Menschen zu. Sie war im sechsten Monat und trug jeden Tag ihrer Schwangerschaft zur Schau. Im Hotel angekommen, ging sie zuerst in die Küche und nahm ein Tablett mit Suppe und belegten Broten mit nach oben in ihre Wohnung. Dort zog sie das Kissen unter dem Umstandskleid hervor und legte es beiseite. Sie streifte einen Morgenmantel über, vergewisserte sich noch einmal, dass sie niemand beobachtete, und stieg eine kleine Treppe zum Dachboden hinauf.
Peony saß auf dem Bett und las eine Zeitschrift.
»Wie geht es uns heute?«, fragte Miranda und stellte das Tablett ab.
Die Dachkammer war mit einer geblümten Tapete tapeziert worden, auf dem Boden lag ein Teppich, am Fenster hingen Vorhänge. Das Zimmerchen war mit Möbeln und anderen Dingen – Bücher, einem Grammophon, einem Schaukelstuhl – eingerichtet, die Peony sich gewünscht hatte. Es war so bequem, wie Miranda es hatte machen können. Aber es ließ sich nicht leugnen, der Raum war ein Gefängnis, und Peony hatte langsam genug vom Eingesperrtsein.
»In zwei Tagen ist Weihnachten«, beschwerte sie sich, »und mir entgeht alles.«
»Dir entgeht nichts. Ich bringe dir Gans und Weihnachtstorte herauf. Und ich habe ein Geschenk für dich.«

Peony warf einen Blick auf das Tablett mit den Broten und sagte: »Was? Schon wieder Schinkenpastete?«
»Die Gäste bezahlen viel Geld für meine Schinkenpastete.«
»Ein Sandwich mit Marmelade wäre mir lieber.«
Miranda verkniff sich eine gereizte Antwort. Sie wusste, es war nicht leicht für das Mädchen, vierundzwanzig Stunden hier oben zu sein und außer Miranda keinen Menschen zu sehen. Aber es würde sich lohnen, und daran erinnerte sie Peony jetzt. »Nur noch drei Monate, Kleines, dann hast du das Geld in der Tasche und bist auf dem Schiff nach England.«
Peony sah sie missmutig an. »Sind Sie sicher, dass die Leute wirklich ihr Wort halten? Ich meine die Leute, die das Baby adoptieren wollen.«
»Ich verspreche es dir.«
»Wie kommt es, dass sie mich nie besuchen? Ich meine, sie wollen sich doch sicher die Mutter ansehen?«
»Ich habe dir doch gesagt, die Leute wollen, dass alles geheim bleibt.«
»Na ja, wenn sie nur Wort halten und nicht plötzlich einen Rückzieher machen.«
Miranda setzte sich auf das Bett und tätschelte Peonys Hand. »Mach dir keine Sorgen. Sobald ich ihnen das Baby gebracht habe, bekommst du die Fahrkarte für das nächste Schiff nach England.«
»*Und* fünfhundert Pfund?«
»Bar auf die Hand. Also, jetzt wollen wir sehen, wie es uns heute geht.«
Peony legte sich auf den Rücken und fragte: »Warum sagen Sie immer ›wir‹ und ›uns‹?«
»Das sagen Krankenschwestern doch immer. Und ich bin doch deine Krankenschwester, oder?«
Peony sah sie misstrauisch an. »Sie holen für die Geburt doch einen richtigen Arzt, nicht wahr?«
»Das habe ich dir doch versprochen. Die Leute, die das Kind adoptieren, kennen einen. Ich werde ihn sofort rufen lassen, wenn die Wehen einsetzen. Also, wie fühlst du dich?«
Es war jeden Tag dasselbe. Miranda kam in das Zimmer unter dem Dach, maß Peonys Umfang, betastete ihren Leib und stellte Fragen wie: »Hast du Appetit? Hast du irgendwelche Schmerzen oder Beschwerden? Spürst du das Kind?« Miranda sah mit einem Blick auf das Maßband, dass sie ihr Kissen neu stopfen musste. »Keine Übelkeit mehr morgens?«

»Seit fünf Tagen nicht mehr. Ich glaube, das ist vorbei.«
In den ersten Monaten war es Peony sehr schlecht gegangen; sie hatte nichts bei sich behalten können und sich immer wieder in ein Becken übergeben müssen; also hatte Miranda in dieser Zeit auf Frühstück und Mittagessen verzichtet und jedem, der es hören wollte, geklagt, wie schrecklich übel ihr morgens sei.
»Aber jetzt habe ich Rückenschmerzen«, sagte Peony.
»Wo?«
»Hier. Und ich muss ständig zur Toilette.«
Miranda lächelte. Das durfte sie nicht vergessen. »Kannst du gut schlafen?«
»Es geht. Können Sie Fisch besorgen? Ich habe einen Heißhunger auf Fisch.«
»Was für eine Sorte?«
Peony zuckte mit den Schultern. »Fisch, einfach Fisch. Wenn man ein Baby erwartet, hat man plötzlich Lust auf komische Sachen. Ich hasse eigentlich Fisch.«
Miranda stand auf und sagte: »Du wirst den besten Fisch bekommen, den man kaufen kann. Noch etwas?«
»Ich hätte gern einmal eine Zeitschrift, die nicht ein halbes Jahr alt ist.«
»Also jetzt verlangst du ein Wunder. Aber ich will sehen, was sich machen lässt.«
»Mir gefällt das nicht, verstehen Sie? Mir gefällt das nicht die Bohne. Ich werd verrückt, wenn ich nicht bald hier rauskomme.«
Miranda stand an der Tür, die Hand auf der Klinke. »Du weißt doch, das ist nicht möglich.«
»Nur ein Spaziergang. Schwangere brauchen doch Bewegung, oder?«
»Das Ehepaar möchte nicht, dass man dich sieht.«
»Wer soll denn etwas merken? Bitte, Madam, lassen Sie mich nur einmal raus. Ich werde nichts tun, ich verspreche es.«
»Peony, das haben wir alles im August geklärt. Du hast in jede Bedingung eingewilligt, die sie gestellt haben. Wenn du dieses Zimmer verlässt, ist die Sache geplatzt, und dann stehst du auf der Straße – schwanger und ohne einen Penny. Hast du verstanden?«
Peony spielte mit einer Haarsträhne. Miranda lächelte und sagte freundlich: »Wenn alles vorbei ist, hat es sich gelohnt. Du wirst schon sehen. Du musst nur durchhalten.«
Peony griff schließlich nach einem Sandwich und biss hinein. »Also gut, ich bleibe hier.«

Miranda ging hinaus und drehte den Schlüssel im Schloss um.

Meine Übelkeit morgens hat aufgehört, aber plötzlich habe ich einen wahren Heißhunger auf Fisch, schrieb Miranda ihrer Schwester in London. *Ich habe Rückenschmerzen und muss ständig zur Toilette. Aber es sind nur noch drei Monate. Danach habe ich ausgesorgt. Lord Treverton baut für mich das schönste Haus in Parklands. Sobald das Baby da ist, ziehe ich dort ein. Dann musst du kommen, und wir leben zusammen. Es wird uns sehr gut gehen.*

Miranda legte den Füllhalter auf den Tisch, faltete den Briefbogen und schob ihn zusammen mit einem Foto von ihr im Umstandskleid in einen Umschlag. Es war schon sehr spät. Sie überlegte gerade, ob sie noch anfangen sollte, das Kissen zu stopfen, als sie ein Geräusch vor der Tür hörte.
Miranda erstarrte. Ihre Wohnung lag über der Küche und war nur über die private Treppe zu erreichen, die keiner der Hotelgäste benutzen konnte. Sie warf einen Blick auf die Uhr: Mitternacht.
Sie lauschte. Vor der Tür war jemand.
Peony! Sie hatte es irgendwie geschafft, die Tür zu öffnen und wollte sich hinausschleichen.
Miranda lief zur Tür, riss sie auf, um Peony zu überraschen und wieder nach oben zu schicken, ehe jemand sie sah, aber sie blieb wie angewurzelt stehen.
»Hallo, Schatz«, sagte Jack West.
Miranda wich zurück.
»Du machst ein Gesicht, als wär ich ein Geist. Kennst du deinen Mann nicht mehr?«
»Jack«, flüsterte sie, »ich dachte, du seist tot.«
»Na ja, so war's mir lieber. Willst du mich reinlassen?«
Der stämmige rothaarige Mann in verschwitztem Khaki und einem Bart, der ihm bis zur Brust reichte, ging an ihr vorbei. Er sah sich im Zimmer um.
»Dir geht's nicht schlecht, Miranda. Sehr gut sogar.«
Sie schloss rasch die Tür. »Was willst du hier?«
Er drehte sich um und zog die buschigen, hellroten Augenbrauen hoch. »Was ich hier will? Ich bin doch dein Mann, Schatz. Ich hab das Recht, hier zu sein.«
»Nein. Du hast mich verlassen.«

»Verlassen! Ich habe dir doch gesagt, ich gehe zum Victoriasee, um Nilpferde zu suchen.«

»Das war vor sieben Jahren. Seitdem habe ich nichts mehr von dir gehört.«

»Jetzt hörst du etwas von mir. Bekomm ich nichts zu trinken?«

Miranda versuchte, einen klaren Kopf zu bewahren. Ihre Gedanken überschlugen sich: Peony in der Dachkammer; das Kissen mit den Bändern; Lord Treverton. Sie goss Jack einen Whisky ein und fragte: »Wo bist du die ganze Zeit gewesen?«

Er ließ sich in den Sessel fallen, in dem der Earl vor sechs Monaten gesessen hatte, und legte seine schmutzigen Stiefel auf den Hocker. »Hier und da. Das mit den Flusspferden ist nichts geworden. Aber ich hab ein bisschen Geld mit dem Krieg verdient. Ich hab den Deutschen geholfen und bei den Engländern spioniert. Danach hab ich im Sudan ein bisschen gewildert und Elfenbein verhökert.«

»Und wieso bist du jetzt in Nairobi?«

»Ich hab von einem Goldfund in Nyanza erfahren, will da meine Finger drinhaben.«

Miranda fragte vorsichtig: »Du willst also nicht hier bleiben?«

»Nicht, solange es dort Gold gibt!« Er leerte das Glas Whisky mit einem Schluck und ließ sich nachfüllen. »In der Nähe vom Victoriasee hat man Quarzadern im Kalkstein gefunden. Man sagt, sie sind wie die Gold führenden Gänge in Rhodesien. Hast du eine Ahnung, was Gold heutzutage bringt? Vier Pfund die Unze.«

»Warum bist du dann hier und nicht *dort*?«

Er leerte das zweite Glas und ließ sich noch einmal nachfüllen. »Ich brauch Ausrüstung. Ich denk, fünf anständige Maultiere und ein paar gute Nigger werden reichen. Und dann noch das Gerät. Deshalb bin ich in Nairobi.« Nach dem dritten Whisky hatte er rote Backen und strich sich nachdenklich den roten Bart. »Aber leider hab ich nicht das Geld dafür. Und nachdem ich erfahren hatte, dass meiner Frau ein gut gehendes Hotel in der Stadt gehört, na ja ...«

Miranda drehte sich energisch um, ging zu dem kleinen Safe neben ihrem Bett und fragte: »Wie viel brauchst du?«

»Immer mit der Ruhe«, sagte er und stand auf. »Warum die Eile? Mitten in der Nacht bekomm ich nichts, oder? Der geschäftliche Teil meines kurzen Besuchs kann bis morgen früh warten.«

Miranda schluckte, drehte sich um und sagte: »Jack, wir sind nicht mehr verheiratet.«
»Natürlich sind wir das.« Er kam näher. »Und du bist in meiner Abwesenheit weiß Gott eine hübsche Frau geworden.«
Sie wich zurück und versuchte krampfhaft nachzudenken. Ihre Pläne, alles hing noch in der Luft, nichts war sicher ... Jack konnte ihr einen Strich durch die Rechnung machen. »Wann willst du nach Nyanza aufbrechen?«, fragte sie.
»Morgen, wenn ich alles zusammen habe. Aber jetzt denke ich an eine andere Art Gold.«
Miranda blieb stehen und ließ ihn an sich herankommen. Die Goldsuche in Kenia konnte Jahre dauern, das wusste sie. Sobald er die Stadt verlassen hatte, würde sie die Scheidung einreichen, was sie schon längst hätte tun sollen. Niemand musste erfahren, dass er zurückgekommen war, dass sie ihn gesehen hatte oder dass er noch lebte. Sie würde ihm seinen Willen lassen und ihn dann wegschicken ...
Er war jetzt so nahe, dass sie den Whiskyatem roch; und als er nach ihr griff, wehrte sie sich nicht. Sie ließ ihn gewähren. Sie dachte an alles, was auf dem Spiel stand, und schloss die Augen.

7

Grace war verzweifelt.
Seit sechs Tagen versuchte sie, in Nairobi finanzielle Unterstützung zu finden, und es war nur sehr wenig dabei herausgekommen. Die Ostafrikanische Frauenliga hatte zwar Hilfe versprochen, der Gouverneur und andere engagierte Leute hatten Spenden zugesagt, aber die Mehrheit stand auf dem Standpunkt, die Schwester eines reichsten Männer in Ostafrika brauche ihre Hilfe nicht. Man musste sich nur das aufwendige Steinhaus ansehen, das Valentine für seine Geliebte und sein uneheliches Kind bauen ließ, um zu wissen, dass er es sich durchaus leisten konnte, seine Schwester in ähnlichem Maß zu unterstützen. Wenn die Leute nur wüssten ... Grace war bereits bei Valentine gewesen, und er hatte ihre Bitte rundweg abgelehnt.
Es war ihr schwer gefallen, sich an ihn zu wenden. Sie war wegen der Sache mit Miranda bereits böse auf ihn. So einsam Rose auch lebte, die Gerüchte drangen doch zu ihr, und eines Abends erschien die Arme völlig aufgelöst und hysterisch im Vogelsang-Cottage. Sie erklärte, es sei alles ihre Schuld, sie sei nicht die richtige Frau für Valentine, da sie nur Mädchen zur Welt bringen konnte oder Fehlgeburten hatte. Grace gab ihrer Schwägerin ein Beruhigungsmittel und brachte sie zum Haus zurück. Valentine war nicht anwesend; er befand sich in Nairobi und besuchte diese Frau.
Grace blickte zum bedeckten Himmel auf. Es war März, und die lange Regenzeit konnte jeden Tag einsetzen. Sie wusste, sie sollte sich schleunigst auf den Rückweg machen, ehe die Wege sich in Flüsse und Seen verwandelten. Aber zuvor musste sie eine Möglichkeit finden, die Missionsstation wieder unabhängig zu machen.
Reverend Thomas Masters aus Uganda hatte sich als ein abscheulicher Mensch erwiesen.
Sofort nach seinem Eintreffen hatte er damit begonnen, Seelen zu retten. Er sparte nicht mit Taufwasser und nahm den unwissenden Afrikanern die

Beichte ab. Er gab ihnen *Wazungu*-Namen und versprach ihnen das ewige Leben, wenn sie ein paar Worte in einer Sprache wiederholen konnten, die sie nicht verstanden. Die Afrikaner kamen zu ihm, weil sie den Zauber und die Macht der Namen des weißen Mannes ebenfalls haben wollten, und bald hießen fast alle im Dorf John, Rachel oder Thomas. Sie lernten seine Gebete auswendig und dachten, dadurch würden sie wie die Weißen werden. Der Geistliche hatte auch die Kontrolle über das Geld an sich gerissen, das aus Suffolk kam, und verlangte von Grace schriftliche Begründungen, ehe sie etwas kaufte. Sie musste Rechenschaft ablegen über jede Binde, jeden Faden, mit dem sie eine Wunde vernähte. Und wenn sie seiner Meinung nach nicht genug sparte, zwang er sie, mit weniger auszukommen.

Mit dem Kneifer auf der langen dünnen Nase erging sich Reverend Thomas Masters endlos in Kritik an Grace Treverton. Sein Lieblingsthema war Wachera. Er erklärte, es sei ihm unverständlich, dass Grace dieses Problem nicht schon längst gelöst habe. »Sie dürfen sie nicht einfach ignorieren«, sagte er, »bekehren Sie diese Frau zu Jesus. Wenn sie erst auf dem rechten Weg ist, wird die Medizinfrau ihrer Hexerei abschwören, und alle anderen werden ihrem Beispiel folgen.«

Beim Gedanken an die finanzielle Unterstützung der Missionsgesellschaft hatte Grace alles hingenommen, bis Reverend Thomas eines Abends ihre Beziehung zu Sir James, einem verheirateten Mann, kritisierte.

James war am späten Nachmittag gekommen und brachte ihr Rebhühner, etwas Butter und Käse aus seiner Meierei. Sie saßen beisammen und unterhielten sich noch, als die Sonne bereits untergegangen war. Plötzlich erschien Reverend Masters an der Tür und wollte Grace sprechen. Er erstarrte, als er Sir James in ihrem Wohnzimmer entdeckte. Später erschien er noch einmal und hielt ihr einen Vortrag über Verhalten in der Öffentlichkeit und die Verantwortung einer christlichen Frau. Er ermahnte sie streng, ein Vorbild für die Afrikaner zu sein, und Grace erwiderte, er solle sich um seine eigenen Angelegenheiten kümmern. Sie wusste, der Missionsgesellschaft wurde von dieser Auseinandersetzung umgehend berichtet.

Daraufhin hatte sie sich entschlossen, Valentine um Hilfe zu bitten.

Sie fand ihn im nördlichen Abschnitt der Plantage. Er saß auf Excalibur und beaufsichtigte mit der Peitsche in der Hand das Mulchen und das Unkrautjäten unter den Kaffeebäumen. Die lange Regenzeit stand bevor, und er befand sich im Wettlauf mit der Zeit. Während Grace mit ihm redete, ließ er seine Arbeiter nicht aus den Augen und schrie, ohne jede Rück-

sicht auf Grace zu nehmen, immer wieder Befehle. Er wirkte entsetzlich unkonzentriert. In seinem Gesicht zeigten sich die Spuren vieler schlafloser Nächte. Seine Augen brannten vor Besessenheit, die größte und reichste Plantage Kenias zu schaffen. »Mach es kurz, Grace«, sagte er ungeduldig. »Der Regen kann täglich einsetzen, und du stiehlst mir kostbare Zeit.«
Sie brachte ihr Anliegen vor, und er sagte: »Ich habe dir zwei Jahre gegeben, Grace. Bitte, du bist seit zwei Jahren in Kenia und hast versagt.«
»Ich habe nicht versagt. Ich brauche nur Hilfe.«
»Du hast hoch und heilig geschworen, meine Unterstützung nie zu brauchen. Du hast versprochen, mich nie mit deinem Projekt zu belästigen. Wahiro!«, schrie er unvermittelt. »Hier muss mehr Dünger hin. Und sag den Leuten, sie sollen ihn endlich richtig verteilen.«
»Valentine ...«
»Es ist eine Sache, Grace, sie gesund zu machen. Dagegen habe ich nichts. Aber es ist etwas anderes, sie zu unterrichten, sie zu *bilden*. Was soll aus mir werden, wenn die Schwarzen plötzlich beschließen, alles selbst in die Hand zu nehmen? Gib ihnen genug Bildung, und sie wollen selbst die Herren sein. Dann können wir alle einpacken und nach England zurückkehren. Möchtest du das?« Grace erfasste glühender Zorn. Sie hätte ihm am liebsten die Sache mit Miranda und dem Baby ins Gesicht geschleudert, ihn an die arme Rose und die kleine Mona erinnert, sein zweijähriges ungeliebtes Kind. Am liebsten hätte sie ihm klargemacht, wie er sein Leben verpfuschte. Aber sie wusste, es hätte nur zu einer hässlichen Szene geführt und ihr den Bruder noch weiter entfremdet. Also beschloss sie zu schweigen und die Fahrt nach Nairobi zu riskieren, obwohl die Regenzeit dicht bevorstand. Der Weg würde nicht nur bald unpassierbar, sondern regelrecht gefährlich sein. Mehr als ein Gespann oder Automobil war plötzlich mit Fahrer und Fahrgästen im Schlamm versunken und nie mehr gefunden worden. Aber die Freunde in Nairobi waren ihre letzte Hoffnung gewesen. Nun hatte sich herausgestellt, dass nicht einmal ihre Freunde ausreichende finanzielle Mittel zur Verfügung stellen konnten. Ihr blieb nur noch ein Bankkredit, obwohl sie keine Ahnung hatte, wie sie ihn zurückzahlen sollte. Aber sie musste Reverend Masters so schnell wie möglich loswerden.
Ein staubbedecktes Automobil ratterte an ihr vorbei, und Grace ging über die unbefestigte Straße zu Hardy Acres Bank.

Miranda beugte sich über die Schüssel und würgte.

Sie umklammerte den Rand der Tischplatte, während sich ihr Körper in Krämpfen schüttelte. Dann sank sie völlig erschöpft auf einen Stuhl. Sie blickte mit leeren Augen zum Fenster. Ein leichter Regen klatschte an die Scheiben. Sie empfand nichts – weder Freude darüber, dass der Regen einsetzte und Kenia wieder ein gutes Jahr verhieß, noch Ärger bei dem Gedanken, wie schmutzig der Schlamm ihr Hotel wieder einmal machen würde. Sie dachte überhaupt nichts. Ihre schlimmsten Befürchtungen hatten sich bestätigt. Sie war schwanger.

Im Februar hatte sie zum ersten Mal Verdacht geschöpft, als eine Periode aussetzte. Sie hatte sich falsche Hoffnungen gemacht, die jedoch mit jedem Morgen, an dem ihr übel war, weiter schwanden. Schließlich gab es keinen Zweifel und keine Hoffnung mehr. In all den vielen Wochen, in denen sie Peony betreute, hatte Miranda genug gelernt, um ihren Zustand diagnostizieren zu können.

Entmutigt wandte sie den Kopf ab, und ihr Blick richtete sich auf einen zerknitterten Brief auf dem Schreibtisch – am Tag zuvor war von Jacks Partner, mit dem er Gold suchte, eine Nachricht gekommen. Er setzte Miranda vom Tod ihres Mannes nach einem Zwischenfall mit einem angeschossenen Nashorn in Kenntnis. Dann wanderte ihr Blick zu dem lächerlichen Kissen auf dem Bett. Es war jetzt so dick gestopft, dass es ungefähr den Leibesumfang einer Schwangeren im neunten Monat hatte. Schließlich hob Miranda den Kopf und blickte zur Decke hinauf. Dort oben lag Peony in der Dachkammer, und es war nur noch eine Frage von Stunden, bis es so weit war …

Miranda blieb keine Wahl. Sie musste zu Mrs. Bates nach Limuru gehen. Ihr Geschäft war in Kenia ein offenes Geheimnis. Miranda kannte drei Frauen, die Mrs. Bates in ihrer Küche von den Folgen eines Fehltritts befreit hatte. Das Problem war, wann sie es tun sollte. Die Frau in Limuru brach nach Ablauf des vierten Monats keine Schwangerschaft mehr ab, und bei Miranda waren bereits drei vergangen. Also musste es bald geschehen. Aber wann? Peonys Kind konnte jeden Tag kommen, und Miranda durfte sie unter keinen Umständen allein lassen. Sie hatte keineswegs vor, für die Entbindung einen Arzt zu rufen. Sie würde das selbst in die Hand nehmen. Das Wichtigste war, dass kein Mensch etwas erfuhr. Sie würde das Baby an sich nehmen, das Kissen wegwerfen und Peony in den ersten Zug setzen, der zur Küste fuhr.

Jetzt gab es diese neue Komplikation.

Miranda warf einen Blick auf die Uhr. Es war bald Zeit für den Nachmittagstee, und sie hatte seit dem Frühstück nicht mehr nach Peony gesehen.
In ihrem Kopf kreisten Fragen, auf die sie keine Antwort wusste. Wann sollte sie Mrs. Bates aufsuchen? Angenommen, Peony irrte sich, und das Baby kam erst in zwei oder drei Wochen? Miranda hätte Lord Trevertons Kind und wäre immer noch schwanger – was dann?
Sie sah das Tablett, das sie Peony bringen musste. Eine Zeitschrift mit Liebes- und Klatschgeschichten über amerikanische Filmstars lag ebenfalls dabei. Auf der Rückseite befanden sich Anzeigen für ›ganz spezielle‹ Artikel. Die Inserenten gaben nur Postfachnummern an und verlangten Vorauszahlung. Sie versprachen schnelle und diskrete Zusendung von ›Frauenselbsthilfen‹ mit garantierter Wirkung.
Miranda erhob sich schwerfällig und nahm das Tablett.
Sie wusste nichts über die Geburt eines Kindes, aber sie war der Ansicht, es könne nicht weiter schwierig sein, da es sich um einen natürlichen Vorgang handelte. Sie hatte ein Buch mit dem Titel *Die Geburt zu Hause* gefunden, das sich jedoch als völlig nutzlos erwies; es war um die Jahrhundertwende, also vor zwanzig Jahren erschienen, und alles war so diskret beschrieben, dass die praktischen Anweisungen nicht präziser wurden als: *Man stelle einen schützenden Wandschirm um die Mutter*. Miranda wollte sich ganz auf ihren Instinkt verlassen. In Peonys Kleiderschrank befanden sich ein Stapel frischer Laken, Handtücher, Seife, eine Flasche mit abgekochtem Wasser. Außerdem hatte sie eine Waschschüssel und große Servietten mit Sicherheitsnadeln bereitgelegt, um das Kind einzuwickeln. Wenn alles gut ging, sagte sich Miranda, als sie die Tür des Dachzimmers öffnete, konnte sie ihr Kind in ein oder zwei Tagen haben, Peony würde sie gut versorgt in den Zug setzen, und dann wollte sie einen kurzen Ausflug zu Mrs. Bates unternehmen ...
Miranda betrat das Zimmer und stieß einen Schrei aus. Sie stellte schnell das Tablett ab. Hastig verschloss sie die Tür, rannte zum Bett und fühlte Peonys Puls. Zuerst spürte sie nichts, dann aber doch, allerdings schwach.
»Peony«, rief sie leise, »Peony!«
In dem leichenblassen Gesicht regte sich nichts. Miranda sah die blutige Matratze, das Blut auf Peonys Kleid und an ihren Beinen und versuchte, Ruhe zu bewahren. Das Mädchen lebte noch. Rasch zog sie Peony aus, breitete ein neues Laken unter ihr aus und versuchte, das Blut zu stoppen.
Was war geschehen?

Miranda begann zu zittern. Sie hatte keine Ahnung, was sie tun sollte. Sie betastete Peonys Leib. Das Kind lebte und bewegte sich. Dann sah sie die Kontraktion, durch die neues Blut hervorquoll.

Miranda sprang auf, rannte hinaus, die Treppe hinunter und in die Küche, wo einer der Boys sie mit aufgerissenen Augen anstarrte. »*Daktari*«, rief sie und packte ihn an den Schultern. Alle in der Küche hörten auf zu arbeiten und sahen sie verständnislos an. »Schnell!« – »*Daktari* Hare?« – »Irgendeinen Arzt. Beeil dich! Sag ihm, es geht um Leben und Tod!«

Mr. Acres Büro war ein schlichter Drahtkäfig im hinteren Teil der winzigen Bank. Die Bank selbst war nur ein Raum mit einem vergitterten Schalter, hinter dem ein junger Hindu saß und Geld auszahlte.

»Dr. Treverton«, sagte Mr. Acres, stand auf und strich sich die Jacke glatt. »Ich hatte nicht erwartet, dass Sie bei diesem Wetter hierher kommen. Das hätte doch Zeit bis nach den Regenfällen gehabt.«

»Wie bitte?«

»Sie sind doch hier, weil Sie meine Nachricht erhalten haben?«

»Welche Nachricht?«

»Ach, dann ist das vielleicht ein Zufall.« Er bot ihr Platz an und setzte sich wieder hinter seinen Schreibtisch. »Ich habe dem District Officer in Nyeri eine Nachricht geschickt und ihn gebeten, sie an Sie weiterzuleiten. Es geht um Ihr Konto.« Sie sah ihn verwirrt an. »Was für ein Konto?«

Er suchte in den Papieren auf seinem Schreibtisch, räusperte sich und zog eine Akte hervor. »Für Sie ist ein Konto eröffnet worden, Dr. Treverton.« Er beugte sich vor und schlug die Akte auf. »Hier, sehen Sie. Fünfhundert Pfund. Diese Summe ist eingezahlt worden. Sie können so viel und so oft Geld abheben, wie Sie wollen, solange Sie diese Summe innerhalb von zwölf Monaten nicht überschreiten.«

Ihre Augen wanderten verdutzt die ordentlichen Zahlenreihen entlang und verharrten auf der Zeile, in der ihr Name stand. »Das verstehe ich nicht.«

»Nun ja, ich hatte mir schon gedacht, dass es eine Überraschung für Sie sein würde. Sehen Sie, jemand hat dieses Konto eröffnet und wird jährlich fünfhundert Pfund darauf einzahlen, die Sie nach Belieben ausgeben können.«

Grace sah Mr. Acres mit großen Augen an. »Das verstehe ich nicht. Wer ist dieser Jemand?«

»Es ist mir nicht freigestellt, Sie davon in Kenntnis zu setzen. Die Identität Ihres Gönners darf nicht bekannt werden.«

Grace starrte Mr. Acres an. Der Regen prasselte auf das Wellblechdach der kleinen Bank und machte großen Lärm. An einer Stelle regnete es durch. Der junge Hindu war sofort mit einem Eimer zur Stelle und stellte ihn unter das Leck. »Mr. Acres, ich weiß nicht, was ich sagen soll.«
»Das kann ich mir gut vorstellen. Fünfhundert Pfund sind sehr viel Geld.«
»Und Sie dürfen mir nicht sagen, wer es ist?«
»Anonymität ist Bedingung. Sollte das Geheimnis irgendwie gelüftet werden, würde der Gönner die Zahlungen sofort einstellen. Ich darf Ihnen nicht einmal sagen, ob das Geld aus Kenia oder aus einem anderen Land kommt.«
Grace blickte wieder fassungslos auf das Papier mit ihrem Namen und die stattliche Zahl dahinter. *Kenia oder ein anderes Land.* Wer um alles in der Welt konnte das sein?
Dann hörte sie eine Stimme: *Ich werde es irgendwie wieder gutmachen, Grace.* Sir James hatte das an dem Abend gesagt, als er ihr von Lucilles Brief an die Missionsgesellschaft berichtete. *Ich verspreche Ihnen, ich werde es wieder gutmachen.*
»Aber er kann sich das nicht leisten.«
Mr. Acres blickte über den Rand seiner Brille. »Haben Sie etwas gesagt, Dr. Treverton?«
Sie schüttelte den Kopf. Natürlich wollte er, dass das Konto anonym blieb. Und natürlich würde sie das respektieren. Als Erstes würde sie Reverend Masters zum nächsten Zug bringen und dann nach KILIMA SIMBA reiten, um James die gute Neuigkeit zu berichten.
Memsaab Daktari! Memsaab Daktari! Der vom Regen durchnässte Küchenboy stürmte in die Bank. Hardy Acres sprang auf. »Was soll das?«
Der Hindu versuchte, den schmutzigen jungen Mann aufzuhalten, aber es gelang ihm nicht. »*Daktari*«, rief er atemlos und stand im nächsten Augenblick vor Grace. »Die *Memsaab* braucht Sie sofort. Sie sagt, es geht um Leben und Tod. *Haraka haraka!*«
»Was ist passiert?«
»Kommen Sie! Etwas Schlimmes!«
»Wer schickt dich?«
»*Memsaab* Westi.«
Grace warf Mr. Acres einen Blick zu. Dann erwiderte sie: »Sag Mrs. West, ich muss zuerst meine Tasche holen. Ich wohne bei den Milfords in der Government Road.«
Als Grace schließlich die Dachkammer erreichte, hastig den Regenmantel

auszog, den Schirm hinwarf, sah sie Miranda verzweifelt neben dem Bett auf und ab gehen, in dem eine Tote zu liegen schien. Während Grace die Tür schloss und durch das Zimmer ging, registrierte ihr geübtes Auge zwei Dinge: Die junge Frau im Bett lag in den Wehen, und die Witwe West war plötzlich nicht mehr schwanger.

Grace setzte sich auf den Bettrand, ließ die Tasche aufschnappen und holte das Stethoskop heraus. »Was ist geschehen?«, fragte sie, während sie zuerst Peonys Brust und dann den Leib abhörte.

»Die Wehen haben vermutlich heute Morgen eingesetzt ...«

»Und jetzt ist es Abend. Warum haben Sie nicht längst einen Arzt gerufen?«

Miranda schwieg wie versteinert.

Grace warf der Frau einen zornigen Blick zu und setzte ihre Untersuchung fort.

Die Situation hätte nicht schlimmer sein können: Die Plazenta löste sich, und die arme Frau verblutete. Es war zu spät, um sie ins Krankenhaus zu schaffen oder zu operieren. Grace konnte von Glück reden, wenn sie das Kind retten würde, und selbst darum musste sie kämpfen.

»Wir können ihr nicht mehr helfen«, sagte sie und traf schnell Vorbereitungen, um das Kind zu holen. »Vielleicht kann ich wenigstens das Kind retten.« Sie sah Miranda an. »Das wollten Sie doch? Das Kind?«

Miranda schluckte und nickte.

Valentine, dachte Grace, während sie hastig die sterilen Instrumente auspackte. *Du Narr!*

Es wurde immer dunkler im Zimmer; die Schatten der beiden Frauen an den Wänden zuckten im Schein einer Petroleumlampe. Der Regen klatschte gegen die Scheiben, während Nairobi in eine totenähnliche Stille versank. Grace arbeitete schnell mit Instrumenten, Laken und Handtüchern. Es gab Probleme mit der Nabelschnur, die um den Hals des Kindes lag; das Blut strömte so unaufhörlich wie der Regen. Miranda half Grace; die beiden Frauen saßen vorgebeugt nebeneinander und mussten alles tun, da Peony ihnen nicht mehr helfen konnte.

Sie starb, kurz bevor das Kind den ersten Schrei ausstieß. Grace sagte: »Es ist ein Junge.« Miranda wich zurück und fiel in Ohnmacht.

8

District Officer Briggs fühlte sich sichtlich unwohl. »Es ist äh ... hm ... höchst eigenartig, Eure Lordschaft«, begann er und vermied bewusst, Valentine anzusehen. »Wirklich ein verwirrender Fall.«
Sie saßen auf der Veranda von BELLATU und tranken in einer kurzen Pause zwischen den Regenfällen einen morgendlichen Tee in der Sonne. Schon zogen wieder Wolken auf, und bald würde die nächste gesegnete Sintflut auf Trevertons fünftausend Acre Land mit Kaffeebäumen niedergehen.
»Offenbar äh ... hm ... geschah es vor vier Tagen, das heißt Nächten«, fuhr Briggs fort. »Einer der Küchenboys erklärt, Mrs. West habe ihn nach einem Arzt geschickt. Die Frau hieß Peony Jones, war vor ungefähr fünfzehn Monaten aus England gekommen und arbeitete als Hilfe im Hotel von Mrs. West. Eure Schwester hat bestätigt, was in dieser Nacht geschah. Sie hat am nächsten Morgen bei der Polizei Meldung erstattet.« Valentine hörte mit versteinertem Gesicht zu; die Teetasse in seiner Hand hatte er vergessen.
Der Officer rutschte auf seinem Stuhl hin und her und wünschte, diese unangenehme Sache wäre nicht gerade ihm zugefallen. »So, äh ... hm .... was ich noch sagen wollte. Man hat den Wagen von Mrs. West auf der Straße nach Limuru gefunden, nicht weit von der Bates Farm. Der Wagen war offenbar von der schlammigen Straße abgekommen und umgestürzt. Der Fahrer saß tot am Steuer. Dr. Treverton sagte, davon sei ihr nichts bekannt. In ihrer Aussage erklärte sie, sie sei sofort nach der Geburt des Kindes gegangen, nachdem Mrs. West sich von einem Schock erholt und versichert hatte, sie werde sich um alles Weitere kümmern. Offenbar ließ sich Mrs. West noch in derselben Nacht, in der ihre Hilfe starb, nach Limuru fahren. Aus welchem Grund, wissen wir allerdings nicht.«
District Officer Briggs warf vorsichtig einen Blick auf Valentines starres Gesicht und fuhr fort. »Sie hatte ein Baby bei sich. Vermutlich das Kind, das Eure Schwester erwähnte. Als man Mrs. West fand, hielt sie es noch in

den Armen. Sie sind beide im Schlamm erstickt. Mrs. West muss versucht haben, den Rest des Weges zu Fuß zu gehen, schaffte es aber nicht.«
Valentine blickte über die endlosen Reihen grüner Kaffeebäume, die mit weißen Blüten gesprenkelt waren. In der Ferne erhob sich der Mount Kenia; er hüllte sich geheimnisvoll und majestätisch in Wolken.
»Aber das äh ... hm, wirklich Verblüffendste von allem ...«, Briggs holte tief Luft, »... ist, dass äh ... hm, also das Baby, das sie bei sich hatte, war ein Mischlingskind. Der Amtsarzt schließt daraus, dass die Hilfe sexuelle Beziehungen mit einem Afrikaner hatte.«
Valentine zuckte nicht mit der Wimper. Er wirkte wie hypnotisiert.
»Da ist noch etwas, Eure Lordschaft. Der Amtsarzt berichtet, Mrs. West sei zum Zeitpunkt ihres Todes schwanger gewesen ... ungefähr im dritten Monat.«
Valentine wandte schließlich den Kopf zur Seite und sah den Officer an.
»Warum erzählen Sie mir das alles? Mrs. West geht mich nichts an.«
Briggs starrte ihn an, wandte dann den Blick ab und wurde puterrot. Er suchte seinen Hut und das Reitstöckchen, stand verlegen auf, wollte noch etwas sagen, eilte aber die Stufen hinunter und verschwand.

Es hatte erst eine Woche geregnet, aber die Kastanien waren bereits über und über mit Blüten bedeckt, und die Aloen leuchteten rot zwischen den Steinen. Die Perlhühner sangen ihre melodischen Tonleitern, und der Regenkuckuck antwortete mit seinem flötenden Gesang.
Rose summte mit der Natur, während sie im Schutz ihres Pavillons an dem Wandteppich arbeitete. In ihrer blassrosa Jacke, dem braunen Wollrock und dem grünen Tuch wirkte sie, als hätte der Regen sie hierher gezaubert. Sie befand sich nicht allein auf der Lichtung. Mrs. Pembroke saß bei Mona und betrachtete mit ihr ein Bilderbuch. Ein afrikanisches Mädchen bewachte den Picknickkorb und war bereit, heiße Pasteten und Schokolade zu servieren; unter den Olivenbäumen hielten drei Kikuju Wache. Auch die zahmen Tiere leisteten Rose Gesellschaft. Eine Meerkatze mit schwarzem Gesicht lag zusammengerollt auf ihrem Schoß, und Daphne, der verwaiste Buschbock, den Rose gerettet hatte, als er kaum größer war als eine Katze, war an einem Pfahl festgebunden. Das weiße Leinen hatte sie auf einen stabilen Rahmen spannen lassen. Der Wandteppich war für Rose der Inhalt ihres Lebens geworden. Bisher hatte sie nur Konturen und Möglichkeiten mit dem Faden ›gezeichnet‹ – es war erst ein Entwurf. Auf einer Seite nahm

der Mount Kenia Gestalt an; an den schroffen Gipfel schmiegte sich eine kleine Wolke aus blassweißem Baumwollgarn; die Hänge wollte sie in Florentiner Stichen mit persischen Garnen sticken; der große Regenwald mit den langen Lianen und dem dichten Buschwerk erwachte in Seidenstickerei und französischen Knoten langsam zum Leben. Rose sah es fertig, atmend, *lebendig* vor sich. Nur eine Stelle nicht ganz in der Mitte zwischen zwei knorrigen Bäumen entzog sich ihr. Ansonsten war das Bild völlig im Gleichgewicht; jede Stelle hatte ihr Thema, und jedes Thema hatte seinen Platz, bis auf diesen einen geheimnisvollen Fleck. Wie sehr sie sich auch damit befasste oder versuchte, etwas dort zu sehen, es stimmte alles nicht. Sie konnte diese eine Stelle in ihrem Wandteppich nicht füllen ...
Mrs. Pembroke räusperte sich leise. Rose hob den Kopf und sah zu ihrer großen Überraschung Valentine zwischen den regennassen Bäumen.
Er kam die Stufen des Pavillons herauf, schüttelte sich die Nässe von den Schultern und sagte: »Bitte, ich möchte mit meiner Frau allein sein.«
Niemand rührte sich. Rose sah verwirrt zu ihm auf und versuchte zu erraten, in welcher Stimmung er war. Dann nickte sie Mrs. Pembroke zu, die Mona und die junge Afrikanerin mit sich nahm.
Als sie allein waren, kniete Valentine neben Rose nieder. »Störe ich?«, fragte er leise.
»Du bist noch nie hier gewesen, Valentine.«
Er betrachtete das Leinen. Die unterbrochenen Konturen in verschiedenen Farben sagten ihm nichts. Trotzdem lobte er ihre Arbeit. Dann fragte er: »Bist du hier glücklich, Rose?«
Sein Gesicht befand sich in gleicher Höhe mit dem ihren. Sie sah seine sanften Augen. »Ja«, flüsterte sie, »ich bin sehr glücklich hier, Valentine.«
»Du weißt, das ist alles, was ich mir für dich wünsche. Du sollst glücklich sein.«
»Das glaube ich.«
»Die Nacht an Weihnachten, Rose. Was ich dir angetan habe ...«
Sie verschloss seinen Mund mit ihren Fingerspitzen. »Wir dürfen nicht davon sprechen. Nie wieder.«
»Rose, ich muss mit dir sprechen.« Sie nickte. »Ich habe das mit Mrs. West gehört, Valentine. Es tut mir Leid.«
Jetzt lag Schmerz in seinen Augen. Er umklammerte die Rückenlehne ihres Stuhls. »Ich liebe dich, Rose«, sagte er gepresst. »Glaubst du mir das?«
»Ja, Valentine.«

»Vermutlich ist es zu spät, und ich kann nicht erwarten, dass du mich auch liebst. Aber ...«
»Ich liebe dich, Valentine.«
Er blickte in ihre blassen blauen Augen und wusste, dass sie es wirklich meinte. »Ich muss einen Sohn haben«, sagte er ruhig. »Das musst du verstehen. Ich brauche einen Sohn, der erbt, was ich hier aufbaue.«
»Kann das nicht auch Mona?«
»Natürlich nicht, Liebling. Das weißt du doch.«
»Du möchtest, dass ich dir einen Sohn schenke«, sagte sie.
»Ja.«
»Es macht mir Angst, Valentine.«
»Ich werde dir nicht wehtun, Rose. Dir wird bestimmt kein Leid geschehen. Mir bleibt keine andere Wahl, Rose.« Er senkte den Kopf. »Wenn du das für mich tust, werde ich dir etwas versprechen: Schenke mir einen Sohn, Rose, und ich werde nie wieder in dein Bett kommen.«
Sie legte ihre kühle schlanke Hand an seine Wange. In ihren Augen standen Tränen. Valentine war zu ihr zurückgekommen. Sie konnte ihn wieder lieben. »Dann will ich es tun«, sagte sie.

Am 12. August 1922 wurde Arthur Currie Treverton geboren. Rose hatte ihren Teil der Abmachung eingehalten – und Valentine hielt sich an seinen.

Dritter Teil

»Einst schloss der Elefant Freundschaft mit dem Menschen. Als eines Tages ein schwerer Sturm losbrach, ging der Elefant zu seinem Freund, der am Waldrand eine kleine Hütte besaß, und sagte: ›Guter, lieber Mensch, dürfte ich bitte meinen Rüssel in deiner Hütte unterstellen, um ihn vor diesem Gewitterregen zu schützen?‹ Der Mensch, der die Bedrängnis des Elefanten sah, antwortete: ›Guter, lieber Elefant, meine Hütte ist klein, aber es ist Platz genug da für deinen Rüssel und mich selbst. Bitte sei vorsichtig, wenn du deinen Rüssel hereinstreckst.‹ Der Elefant dankte seinem Freund und sagte: ›Du hast eine gute Tat an mir getan und eines Tages werde ich dir deine Freundlichkeit vergüten.‹ Aber was geschah? Sobald der Elefant seinen Rüssel in die Hütte gestreckt hatte, streckte er auch seinen Kopf hinein, und schließlich warf er den Menschen hinaus in den Regen, machte es sich bequem in der Hütte seines Freundes und sagte: ›Guter, lieber Freund, deine Haut ist härter als meine, und da wir nicht beide Platz haben in der Hütte, wird es dir nichts ausmachen, draußen im Regen zu bleiben, während ich meine empfindliche Haut davor schütze.‹«

Fabel der Kikuju

1929

1

Mona hatte bereits beschlossen, sie würde davonlaufen. Sie musste nur auf den richtigen Moment warten.
Sie blickte ernst auf die überfüllten Straßen von Paris, während die Limousine zum Bahnhof fuhr. Sie sah, wie die Fußgänger auf den Gehwegen sich nach dem eindrucksvollen Konvoi der glänzenden Pierce-Arrows umdrehten. Mona saß mit ihrer Mutter im ersten Wagen; ihnen folgte im nächsten Sati, Monas indische Aja, die Privatsekretärin von Lady Rose und ein kleines afrikanisches Mädchen namens Njeri. In zwei weiteren Wagen befanden sich das umfangreiche Gepäck, die Einkäufe dieser Reise und die beiden Zofen. Die blitzenden schwarzen Pierce-Arrows, deren Vorhänge geschlossen waren, um die Fahrgäste zu verbergen, erregten großes Aufsehen, als sie langsam durch das Gedränge über den Place de la Concorde fuhren. Mona wurde es schwer ums Herz. Sie waren acht Wochen in Paris gewesen und hatten diese Zeit hauptsächlich im HOTEL GEORGE V. verbracht, weil der Lärm und die Menschenmengen in der Stadt Rose bedrückten. Aber es war Mona nicht gelungen, ihre Mutter davon abzubringen, nach Suffolk weiterzufahren. Jetzt befanden sie sich auf dem Weg zum Bahnhof. Der Zug würde auf die Fähre fahren und sie nach England bringen, wo Mona allein zurückbleiben sollte.
Paris war eine grässliche Stadt mit absonderlichen Gebäuden, nackten Statuen und albernen Brücken über einem kalten, langweiligen Fluss. Zuerst war sie von Paris entsetzt gewesen. Sie hatte noch nie so viele Menschen gesehen und einen solchen Lärm gehört. Man sah kaum den Himmel zwischen den Dächern. Sie musste an die Bienenstöcke der Wakamba denken. In Paris hatten es alle eilig. Die Leute hasteten mit aufgestellten Kragen und roten verfrorenen Gesichtern auf den Trottoirs entlang. Sie verließen die Betonplattenwege, überquerten asphaltierte Straßen und verschwanden hinter Steinmauern. Hier gab es keine Wildnis; alles war geplant und ordent-

lich. Jazz drang aus Fenstern und Türen. In den Straßencafés saßen verrückt aussehende junge Amerikanerinnen, die man *Flapper* nannte. Sie rauchten angeberisch Zigaretten und zeigten ihre beinahe durchsichtigen Seidenstrümpfe. Mona wollte nach Hause; sie wollte zurück zu BELLATU, Tante Grace und ihrer Mission. Sie wollte wieder frei sein, diese schrecklichen Kleider auszuziehen, die ihre Mutter in einem so genannten Salon für sie gekauft hatte. Sie sehnte sich danach, wieder bei ihren Freunden zu sein – Gretchen Donald und Ralph. Ralph war vierzehn. Er sah so gut aus. Mona schwärmte für ihn.

Warum, *warum* musste sie Kenia verlassen?

»Mama«, begann sie vorsichtig.

Rose hob den Blick nicht von ihrem Buch, einem Roman von F. Scott Fitzgerald. »Ja, Liebling?«

»Könnten wir es nicht vielleicht noch ein klein wenig verschieben? Nur so lange, bis ich älter bin?«

Rose lachte leise. »Dir wird es im Internat gefallen, Liebling. *Mir* hat es auch gefallen.«

»Aber warum muss ich in England zur Schule gehen? Weshalb kann ich nicht nach Nairobi ins Internat?«

»Das habe ich dir bereits erklärt, Liebling. Du brauchst etwas Besseres als die Schule in Nairobi. Du bist die Tochter eines Earl. Du musst richtig erzogen werden, so wie es sich für deinen Rang gehört.«

»Aber Gretchen und Ralph gehen doch auch dorthin!«

Rose legte das Buch beiseite und lächelte ihre Tochter an. Das arme Kind. Man konnte kaum erwarten, dass sie es mit ihren zehn Jahren schon verstand. »Aus dir wird einmal eine Dame, Mona, aber Gretchen Donald wird die Frau eines Farmers werden. Das *ist* ein Unterschied.«

»Aber ich will keine Dame sein! Ich will auf BELLATU und der Kaffeeplantage leben.« Mona hätte am liebsten geweint. Sie kannte den eigentlichen Grund, aus dem man sie nach England brachte. Ihre Eltern liebten sie nicht.

»Ich verspreche dir, ich werde von jetzt ab brav sein, Mama. Ich werde immer tun, was man mir sagt. Ich werde im Unterricht aufpassen und dich und Papa nie mehr wütend auf mich machen!«

Rose sah sie erstaunt an. »Aber Mona, Liebling, wer hat dir solche albernen Ideen in den Kopf gesetzt? Das Internat ist keine Strafe. Du solltest dich darauf freuen.«

Sie hob die Hand, und Mona glaubte ganz kurz, ihre Mutter werde sie berühren. Aber Rose rückte nur den Schleier über ihren Augen zurecht. Sie griff nach dem Buch, und wieder einmal zog sich die Mutter vor ihr zurück. Mona unterdrückte ein leises Schluchzen. Sie konnte sich nicht daran erinnern, dass ihre Eltern sie je liebkost oder in den Arm genommen hätten. Seit sie denken konnte, war sie immer der Obhut einer Reihe von Kindermädchen anvertraut gewesen, die alle entweder nach England zurückgefahren waren oder in Kenia einen Mann gefunden hatten. Auf die Kindermädchen folgten Gouvernanten. Junge Frauen – eine löste die andere ab, denn alle langweilten sich in der Abgeschiedenheit von BELLATU sehr schnell. Deshalb hatte Rose schließlich nachgegeben und Sati eingestellt, Monas erste *Aja*. Indische oder afrikanische Kindermädchen und Begleiterinnen wurden in Kenia allmählich akzeptabel, da es immer schwieriger wurde, englisches Personal längere Zeit an sich zu binden. Die Trevertons gehörten zu denen, die als Letzte nachgegeben hatten. Inzwischen aber war Monas ständige Begleiterin eine junge Frau aus Bombay, die Saris in leuchtenden Farben trug, schwere, starke Parfüms benutzte und Mona als einziger Mensch nicht kühl und distanziert behandelte.

Am Bahnhof blieben die Menschen stehen und starrten die elegante, geheimnisvolle Frau an, die aus der Limousine stieg. Die acht Wochen in Paris hatten Rose zum ersten Mal seit über zehn Jahren in Berührung mit der Modewelt gebracht, und sie kleidete sich sofort nach dem neuesten Stil. Der eng anliegende Filzhut bedeckte Stirn und Augenbrauen so, dass die stark mit Maskara geschminkten Augen frei blieben, die Rose ein erregendes geheimnisvolles Flair verliehen. Sie trug einen schwarzen Wickelmantel von Chanel mit einem Stehkragen aus Fuchspelz, der die untere Hälfte des Gesichts verbarg. Dadurch ähnelte sie verblüffend Pola Negri, dem populären Vamp der Leinwand.

Mona wusste, dass alle ihre Mutter für einen Filmstar hielten. In den Pariser Geschäften baten die Leute Lady Rose um ihr Autogramm. Während Mona neben ihrer Mutter stand und zusah, wie Koffer und Kisten auf den Gepäckwagen geladen wurden, machte es sie verlegen, dass sie solches Aufsehen erregten. Als Sati und Njeri aus der zweiten Limousine stiegen, ging ein Gemurmel durch die Menge der Franzosen.

Trotz ihres modischen Kleids mit der tiefen Taille und den Schnürschuhen empfanden die Menschen die neunjährige Njeri mit dem geschorenen Kopf und den abstehenden Ringen mit Kikuyu-Perlen in den Ohren als eine Sensation. Die beiden Zofen, Afrikanerinnen in schwarzer Dienstkleidung, und

Miss Sheridan, Roses Privatsekretärin, ebenfalls mit einem glockenförmigen Hut und einem Stehkragen, der ihr Gesicht verbarg, nahmen ihre Herrin schützend in die Mitte. Gemeinsam eilten sie hinter dem Gepäckwagen her, um den abfahrbereiten Zug zu erreichen.

Beim Einsteigen gab es Schwierigkeiten. Auf dem Bahnsteig drängte sich eine große Menschenmenge. Die Leute küssten und umarmten sich und winkten zum Abschied. Die vielen Pelzmäntel und das französische Stimmengewirr machten ihr Angst; sie blieb dicht bei ihrer Mutter, während Miss Sheridan auf die Suche nach einem Bahnbeamten ging, der ihnen helfen sollte.

Als Mona feststellte, dass auch Njeri, von der Menge eingeschüchtert, sich Schutz suchend an Lady Rose drückte, spürte sie wieder den Ärger auf das kleine afrikanische Mädchen.

Njeri war Rose im letzten Jahr aufgefallen, als sie eines Tages vorsichtig auf die Olivenbaumlichtung gekommen war und dort still und ängstlich wie eine Gazelle die *Memsaab* im Pavillon betrachtete. Mit kindlicher Eifersucht musste Mona mit ansehen, wie ihre Mutter, voll Rührung über das scheue kleine Mädchen in Lumpen – so wie sie auch junge verwaiste Tiere rührten –, Njeri mit einer Makrone in den Pavillon lockte. Das kleine Mädchen kam am nächsten Tag zurück – mit seinem Bruder! Monas Eifersucht verwandelte sich in Zorn, als ihre Mutter den beiden Kindern Süßigkeiten schenkte.

David, der elfjährige Sohn der Medizinfrau Wachera, kam danach nicht wieder; aber Njeri erschien jeden Tag. Rose war so entzückt von dem kleinen Mädchen, das nach Zuwendung hungerte und die *Memsaab* ehrfürchtig bewunderte, dass sie Njeri erlaubte zu bleiben.

Als die Europareise geplant wurde, bat Rose Monas Tante Grace, bei Gachiku zu erreichen, dass sie Njeri mitnehmen durfte – »damit Mona Gesellschaft hat«, wie Rose sagte. Aber Mona kannte die Wahrheit: Karen von Blixen hatte eine Sensation ausgelöst, als sie mit einem kleinen afrikanischen Jungen im Gefolge durch Europa reiste. Lady Rose wollte es ihr natürlich gleichtun.

Mona erhielt von ihrer Mutter ohnehin wenig Zuwendung und war zutiefst empört. Sie lehnte auch die afrikanischen Kinder ab, mit denen sich ihre Tante Grace in der Missionsschule beschäftigte. Sie waren so arm und bekamen deshalb regelmäßig die abgelegten Kleider, die Lady Rose zur Verfügung stellte. Aber am allerwenigsten konnte Mona Njeris Bruder David

ausstehen. Sie hielt ihn für überheblich. Er hatte Mona einmal unten am Fluss frech erklärt, seine Mutter habe ihm gesagt, das Land gehöre *ihm*, und eines Tages würden alle Weißen Kenia verlassen.
Deshalb konnte Mona nicht in England zur Schule gehen. Sie musste nach Kenia zurückkehren und David Mathenge zeigen, dass das Land *ihr* gehörte. Deshalb wollte sie bei der ersten Gelegenheit davonlaufen.

Die Wagen fuhren langsam über den Kies der Auffahrt zu dem imposanten Herrenhaus. Dort wartete aufgereiht das Personal: Lakaien in Livree, Hausmädchen in Dienstkleidung, der alte Fitzpatrick – der Butler war 1919 drei Monate nach seiner Ankunft in Kenia wieder geflohen. Der Märzwind ließ die Röcke wie Fahnen flattern, und die zwanzig Dienstboten blickten stumm auf die Ankömmlinge. Sie hatten noch nie Afrikaner gesehen, und dann stieg noch eine dunkle Schöne in zitronengelber Seide aus dem Wagen, die aus *Tausendundeine Nacht* zu stammen schien. Sati, die *Aja*, blieb unbeeindruckt – sie hatte bereits britische Herrenhäuser gesehen –, aber die beiden Kikuju-Zofen mit den geschorenen Köpfen, den Schuhen und in der Dienstkleidung, in der sie sich nicht wohl fühlten, starrten mit offenem Mund auf das dreistöckige Haus mit seinen Türmen, Türmchen und den tausend Fenstern.

»Meine liebe Rose!«, rief Harold und kam die Stufen hinunter. Er nahm ihre behandschuhten Hände und blickte in die Augen, die man zwischen Schleier und Fuchskragen kaum sah. »Du bist doch Rose, nicht wahr?« Harold war dick geworden. Er ähnelte seinem älteren Bruder Valentine kaum, der mit einundvierzig immer noch sportlich schlank war und gerade erst graue Schläfen bekam. »Aber du hättest doch nicht gleich ganz Afrika mitbringen müssen!«, sagte er bemüht scherzhaft. »Komm, Edith kann es kaum erwarten, dich zu sehen.«

Das elegante HOTEL GEORGE V. in Paris mit der prächtigen Halle und den vielen Leuchtern hatte Mona ehrfürchtige Scheu eingeflößt. Aber *dieses* Haus war wie ein Schloss! Es nahm ihr den Atem, als sie durch die dunkle Halle ging mit den Reihen mittelalterlicher Rüstungen, den alten Wandteppichen und den dunklen, düsteren Porträts längst verstorbener Menschen. Im Vergleich dazu wirkte BELLATU wie ein kleines Cottage. Mona wusste, wenn ihr Vater sich vor elf Jahren nicht in Ostafrika verliebt hätte, wäre das hier ihr Zuhause gewesen.

Edith Treverton saß mit einer anderen Frau und zwei Mädchen im Salon.

Edith begrüßte ihre Schwägerin mit übertriebener Begeisterung und stellte die Besucherin als Lady Esther und eines der Mädchen, die Ehrenwerte Melanie Van Allen, als deren Tochter vor. Das andere Mädchen war Charlotte, Ediths Tochter und Monas Cousine.

»Rose, wie schön, dich nach all den Jahren zu sehen!«, rief Edith und küsste die Luft neben Roses Wange. »Wir hatten alle wirklich geglaubt, du und Valentine, ihr würdet mit dem ersten Schiff wieder nach England kommen! Wie hältst du es nur *aus*, im Dschungel zu leben?«

Mona saß befangen auf einem brokatbezogenen Stuhl und beobachtete verstohlen die beiden Mädchen. Beide waren etwas älter als sie selbst und sehr elegant nach der neuesten Mode mit der tiefgezogenen Taille gekleidet. Tante Edith machte keinen großen Eindruck auf sie, auch Onkel Harold nicht, der ihrem Vater oder Tante Grace überhaupt nicht ähnelte.

Während die Erwachsenen sich unterhielten, schwiegen die Kinder höflich. Charlotte und Melanie aßen und tranken außergewöhnlich anmutig. Das konnte man, wie Mona bald erfahren sollte, in der Bildungsanstalt Farnsworth lernen; diese Schule für höhere Töchter sollte auch Mona bereits am nächsten Tag besuchen. »Charlotte wird dir alles zeigen«, sagte Edith, »sie ist dreizehn und hat natürlich einen anderen Kreis von Freundinnen. Aber ihr seid Cousinen.«

Charlotte und ihre Freundin wechselten verstohlen einen amüsierten Blick, und Mona wäre am liebsten im Stuhlpolster versunken.

»Weißt du, Rose«, sagte Harold und blickte stirnrunzelnd auf das afrikanische Mädchen in der Nähe der Tür, »ich hatte nicht damit gerechnet, dass du einen Pickaninni mitbringst. Was sollen wir denn mit ihr anfangen?«

»Sie schläft vor Monas Tür.«

Edith warf ihrem Mann einen Blick zu. »Es ist vielleicht das Beste, wenn wir sie bei den Dienstboten unterbringen. Dein Brief war so vage, dass wir keine Ahnung hatten, worauf wir uns einrichten sollten.«

Die Erwachsenen unterhielten sich nur noch über langweilige Dinge: Wer war gestorben, wer war weggezogen, wer hatte wen geheiratet und Kinder bekommen. Alle Neuigkeiten Suffolks wurden in einer Sprache berichtet, die Monas Verständnis und Interesse überstieg. Charlotte und Melanie flüsterten und kicherten wieder. Mona blickte aus dem Fenster und überlegte, ob in Kenia die lange Regenzeit schon eingesetzt hatte.

Das Abendessen, so erfuhr sie zu ihrem Entsetzen, würde getrennt eingenommen werden – ihre Mutter, Onkel Harold, Tante Edith, Lady Esther

aßen im Esszimmer und sie mit den beiden Dreizehnjährigen allein im Kinderzimmer. »Aber Mama«, protestierte Mona in dem großen, kalten und feuchten Zimmer, wo sie schlafen würde, »wir beide essen *immer* zusammen. Weshalb muss ich im Kinderzimmer essen?«
Rose griff geistesabwesend nach Monas bereits ausgepackten Sachen. »Weil das hier so ist, Mona. Es ist die *korrekte* Art und Weise.«
»Aber ich dachte, in BELLATU wären wir korrekt.«
Rose seufzte, und auf ihr Gesicht legte sich flüchtig ein bekümmerter Ausdruck. »Ich fürchte, wir haben im Laufe der Jahre den Dingen etwas zu sehr ihren Lauf gelassen. Es war mir einfach nicht aufgefallen. Das geschieht in Afrika. Wir werden das korrigieren müssen, und aus diesem Grund, Mona, wirst du Farnsworth besuchen. Wenn du dort entlassen wirst, bist du eine vollkommene junge Dame.«
Mona überkam Verzweiflung. »Wann ist das?«
»Wenn du achtzehn bist.«
»Aber das dauert ja noch so lange! Ich werde sterben, wenn ich so lange nicht in Kenia sein kann!«
»Unsinn. Du wirst in den Ferien kommen. Und du wirst bald Freundinnen unter den netten Mädchen in der Schule haben.«
Mona begann zu weinen. Rose kam herüber, setzte sich neben sie auf das Bett und sagte: »Aber, aber Mona. Wozu der unnötige Kummer?«
Sie legte den Arm leicht um die Schultern ihrer Tochter, Mona empfand es wie einen Lufthauch. Das Parfüm ihrer Mutter hüllte sie ein, und sie sehnte sich schmerzlich danach, von den warmen Armen eines Menschen gehalten zu werden. »Hör zu, Püppchen«, sagte Rose ruhig, »wenn ich zu Hause bin, werde ich wieder anfangen, an dem Wandbehang zu arbeiten. Weshalb sagst du mir nicht, was ich in die leere Stelle sticken soll? Mir ist in zehn Jahren nicht eingefallen, was dort hingehört. Das überlasse ich dir. Wie findest du das?«
Mona schluckte ihre Tränen hinunter und rückte von ihrer Mutter ab. Es half nichts. Es gab einfach keine Möglichkeit, ihren Eltern die Qual in ihrem Herzen verständlich zu machen, die Angst davor, weggeschickt zu werden, das sichere Wissen, dass sie nicht geliebt wurde, und dass die Eltern in Wahrheit froh waren, sie loszuwerden. *Wenn ich nur hübsch oder klug wäre*, dachte sie, *würden sie mich lieben ... Und wenn ich plötzlich verschwunden wäre, würden sie erkennen, wie sehr ich ihnen fehle.*
»Wie ist es denn, wenn man unter nackten Wilden lebt?«, fragte Melanie

van Allen, ein vorlautes Mädchen mit einem Pony, sehr kurz geschnittenen Haaren und Augen, die wirkten, als suche sie Streit.
»Sie sind nicht nackt«, sagte Mona und schob das Essen auf dem Teller herum.
Die drei saßen im so genannten Kinderzimmer an einem Esstisch und wurden von Lakaien bedient. Njeri saß düster schweigend an einem kleineren Tisch in der Ecke und aß allein.
»Ich habe einmal gelesen«, sagte Charlotte, »es sind Kannibalen, und sie glauben nicht an Gott.«
»Sie glauben an Gott«, sagte Mona.
»Jetzt, nachdem man Christen aus ihnen gemacht hat.«
»Spielst du wirklich mit ihr?«, fragte Melanie und wies auf Njeri am anderen Tisch.
»Nein. Nein, Mama hat sie mitgebracht, damit ich Gesellschaft habe.«
»Hast du keine *weißen* Freunde?«
»Doch, Gretchen Donald und Geoffrey und Ralph, ihre Brüder. Sie leben auf einer Rinderranch, die KILIMA SIMBA heißt.«
Charlotte flüsterte Melanie etwas zu, und die beiden kicherten.
»Ralph sieht sehr gut aus!«, sagte Mona mit hoch erhobenem Kopf.
Melanie beugte sich mit blitzenden Augen über den Tisch. »Schießt du Löwen und Tiger?«
»Mein Vater. Aber in Afrika gibt es keine Tiger.«
»Natürlich! Du weißt nicht sehr viel über dein Afrika!«
Mona schloss die Augen und nahm ihre Zuflucht zu BELLATU. Sie sah den goldenen Sonnenschein und die Blumen; sah ihren kleinen Bruder Arthur mit seinen ständig blutigen Knien und vor dem blauen Himmel die Umrisse ihres Vaters auf seinem Hengst. Sie hörte laute Rufe bei den rauen Polospielen auf dem Feld unten am Fluss und roch den Duft des Stiers, der an jedem Neujahr am Spieß gebraten und unter den Afrikanern verteilt wurde, die für ihren Vater arbeiteten. Mona spürte die Sonne auf den nackten Armen, den roten Staub unter den Füßen, den Wind des Hochlandes in ihren Haaren. Sie schmeckte Solomons Hirsekuchen und Mama Gachikus Wein aus Zuckerrohr. Ihre Gedanken wirbelten in einem Kaleidoskop aus Englisch, Suaheli und Kikuju durcheinander.
Sie sehnte sich danach, nicht an diesem abscheulichen Esstisch zu sitzen, sondern im Cottage von Tante Grace, Binden zu rollen und Nadeln zu schärfen. Sie dachte an Ralph Donald, Gretchens verwegenen und wilden Bru-

der, der frei wie eine Antilope war und sie mit Geschichten über den Busch verzauberte ...

»Ich muss schon sagen, du hast schreckliche Manieren.«

Mona sah Charlotte an.

»Ich habe mit dir geredet. Bist du taub?« Charlotte wandte sich an Melanie und sagte gespielt leidend: »Sie ist meine Cousine, und deshalb erwartet man von *mir*, dass ich sie in der Schule herumführe! Was werden sie von ihr denken? Und was von *mir*?«

Melanie lachte. »Trudy Greystone hat mit mir gewettet, dass deine Cousine einen Grasrock trägt, und dass in ihrer Nase ein Knochen steckt.«

Monas Lippen bebten. »So ist Kenia nicht.«

»Wie ist es denn? Lebt ihr in einer Hütte?«

»Wir haben ein *großes* Haus.«

»BELLATU«, sagte Charlotte. »Was soll denn der Name überhaupt bedeuten?«

»Er bedeutet ...« Mona dachte angestrengt nach. Der Name hatte irgendetwas mit diesem Haus hier, mit BELLA HILL zu tun. Sie wusste, dass zwischen beiden Häusern ein Zusammenhang bestand. Es hatte damit zu tun, dass dieser prächtige Landsitz mehr ihr als Charlottes Zuhause war. Ihre Tante, der Onkel und die Cousine lebten nur als Gäste hier, als *Hausverwalter*, wie ihre Mutter einmal gesagt hatte. Aber es war alles viel zu kompliziert.

»Nun ja«, sagte Charlotte mit einem ergebenen Seufzer, »in der Schule wirst du Manieren lernen. Dafür werden sie schon sorgen!«

Mona fand Njeri schlafend in einem Klappbett vor der Tür, schüttelte sie wach und flüsterte: »Steh auf! Wir laufen davon!«

Njeri rieb sich die Augen. »Was ist los, *Memsaab* Mdogo?«, fragte sie verschlafen und benutzte die Anrede, auf der Lady Rose bestand, und die »kleine Herrin« bedeutete.

»Steh auf! Wir laufen davon.«

Mona trug ihr Reitzeug: die rote Samtjacke und die weiße Hose. Es schien sich zum Davonlaufen besser zu eignen als ein Kleid. In einen Kopfkissenbezug hatte sie ein paar Dinge gestopft: Haarbürste und Kamm, einen Waschlappen, eine halb leere Tüte Bonbons und ein paar Sachen zum Anziehen.

»Wohin gehen wir, *Memsaab* Mdogo?«, fragte Njeri und stand zitternd auf.

»Einfach weg. Sie dürfen uns lange Zeit nicht finden. Sie müssen glauben,

dass ich tot bin. Wenn sie mich dann finden, werden sie nicht mehr daran denken, mich noch einmal aus Kenia wegzuschicken.«
»Aber ich will nicht davonlaufen.«
»Du tust, was ich sage. Du hast gehört, wie mein Onkel dich genannt hat: ein *Pickaninni!* Du weißt doch, was das heißt?«
Njeri schüttelte den Kopf.
»Es heißt *dumm*. Du willst doch nicht dumm sein, oder?«
»Aber ich will nicht davonlaufen!«
»Sei still und komm mit. Wir gehen zuerst in die Küche, holen uns ein paar Dosen Fleisch und Maismehl. Wir bleiben lange weg und brauchen etwas zu essen.«
Njeri folgte ihr unglücklich durch den dunklen Gang; sie hatte panische Angst vor den Schatten und den merkwürdig flachen Menschen an den Wänden. Mona trug eine Taschenlampe, und ein schwacher Lichtstrahl fiel auf den dicken Teppich, der das Geräusch ihrer Schritte verschluckte. Das Haus lag in nächtlicher Stille.
Das Licht der Taschenlampe streifte flüchtig ein Bild, das Monas Aufmerksamkeit erregte. Sie blieb stehen, blickte zu dem Porträt hinauf und sah ein bekanntes Gesicht.
»Oh«, flüsterte sie, »Tante Grace! Wie hübsch sie aussieht.«
Njeri blickte verwirrt nach oben. Sie erkannte *Memsaab Daktari*.
»Aber was für komische Kleider sie anhat«, sagte Mona. Plötzlich begriff sie, dass es sich nicht um ihre Tante handelte, sondern um eine Frau, die ihr sehr ähnelte.
Mona richtete die Taschenlampe wieder auf den Boden vor sich und ging weiter, ohne zwei Dinge begriffen zu haben: Sie hatte gerade das Gesicht ihrer Großmutter betrachtet, die sie nie kennen gelernt hatte – Lady Mildred, die Mutter von Grace, Valentine und Harold –, und sie sah ihr auffallend ähnlich.
Sie kamen um eine Ecke. Mona blieb wie angewurzelt stehen, und Njeri stieß mit ihr zusammen. »Es kommt jemand«, flüsterte Mona aufgeregt. Sie wichen schnell ein paar Schritte zurück und drückten sich in eine Nische. Die beiden Kinder beobachteten mit großen Augen und mit vor Angst und Kälte klappernden Zähnen, wie eine stattliche Gestalt in einem Hausmantel zu einer geschlossenen Tür ging. Es war Onkel Harold. Er klopfte an, trat ein und schloss die Tür hinter sich.
Man hörte Stimmen im Zimmer. Mona schlich zur Tür und legte ein Ohr

an das Holz. Sie erkannte die Stimme ihres Onkels und dann die ihrer Mutter.
»Entschuldige, wenn ich dich um diese Zeit noch störe«, sagte Harold, »aber ich habe dir etwas Wichtiges zu sagen, und das kann nicht bis morgen warten. Ich will gleich zur Sache kommen. Rose, du musst Valentine sagen, dass es mit seiner Verschwendung nicht so weitergehen kann.«
»Wovon sprichst du?«
»Er hat keinen meiner Briefe beantwortet. Der Nächste wird vom Familienanwalt kommen. Das kannst du ihm von mir sagen. Rose, würdest du bitte die Nadel hinlegen und mich ansehen?«
Mona hörte Gemurmel und dann Onkel Harolds dröhnende Stimme. »Bei Valentines Tempo wird bald nichts mehr von BELLA HILL übrig sein! Er verkauft wahllos das Land. BELLA HILL ist kaum noch halb so groß wie vor zehn Jahren.«
»Aber BELLA HILL gehört *ihm*, Harold«, erwiderte Rose sanft, »er kann damit machen, was er will. Schließlich ist es nicht *dein* Anwesen.«
»Rose, ich weiß es zu schätzen, dass mein Bruder uns erlaubt, hier zu leben. Aber ich kann nicht untätig mit ansehen, wie er das Familienerbe und den Familiensitz verschleudert. Bitte sag ihm, er muss seine Ausgaben einschränken.«
»Ach Harold, du fantasierst.«
»Rose, die Kaffeeplantage macht Verluste, und zwar schon von Anfang an.«
Mona hörte ihre Mutter lachen. »Unsinn! Wir haben jedes Wochenende Gesellschaften und Gäste. Wir sind wohl kaum arm, Harold!«
Er schnaubte gereizt. »Noch etwas«, sagte er, »hier, lies das! Ein Brief von Grace. Sie möchte, dass du sofort nach Hause fährst. Es hat etwas mit deinem Sohn zu tun.«
»Der arme kleine Arthur. Er ist eben ein ungeschickter Junge. Er fällt ständig, schlägt sich den Kopf an und schürft sich die Ellbogen auf. Das macht Valentine rasend.«
»Rose, es ist ernst. Lies den Brief.«
»Harold, ich bin schrecklich müde.«
»Da ist noch eine Sache, Rose. Du kannst Mona morgen nicht in Farnsworth anmelden.«
»Weshalb nicht?«
»Weil Valentine sich diese Ausgabe nicht leisten kann. Ich werde nicht zu-

lassen, dass er noch mehr Land verkauft, nur damit seine Tochter eine teure Schule besucht.«

»*Selbstverständlich* können wir es uns leisten, Mona nach Farnsworth zu schicken!«

»Rose, du gibst dich Illusionen hin. Hat Valentine nie mit dir über eure finanziellen Angelegenheiten gesprochen? Die Plantage wird mit einem Bankkredit und den Landverkäufen von BELLA HILL finanziert! Es ist nur eine Frage der Zeit, wann das Ganze zusammenbricht!«

»Mona geht auf das Internat, und dabei bleibt es.«

»Ich fürchte nein, Rose. Um diese Schule besuchen zu können, braucht sie hier in England einen Bürgen, der die Verantwortung für sie übernimmt. Das ist eine der Bedingungen. Ich ziehe mein Angebot zurück, dieser Bürge zu sein. Du musst Mona mit nach Kenia zurücknehmen, und zwar auf dem nächsten Schiff. Für mich ist die Angelegenheit erledigt.«

»Dann werde ich einen anderen finden, der für sie bürgt.«

»Wen? Von deiner Familie lebt niemand mehr. Sei vernünftig. Behalte das Kind in Kenia, wo du in Monas Nähe bist. Ich weiß, dass zum Beispiel die Nichte von Lady Ashbury auf die europäische Schule in Nairobi geht. Diese Schule steht in sehr hohem Ansehen. Du wirst sehen, Rose, es ist das Beste.«

Mona warf auf der anderen Seite der Tür Njeri einen triumphierenden Blick zu. Dann sank sie gegen die Wand und lächelte. Sie fuhr wieder nach Hause!

2

»*Daktari! Daktari!*« Grace blickte auf. Mario rannte über den Platz. Er stürmte die Stufen des neuen grasgedeckten Behandlungshauses nach oben, an den wartenden Patienten auf der Veranda vorbei und in das Zimmer. »*Memsaab Daktari!*«, rief er atemlos, »kommen Sie, schnell!«
Grace hatte Mario in all den Jahren selten so aufgeregt gesehen. »Was ist los?«, fragte sie und gab das kleine Kind, das sie gerade untersucht hatte, ihrer Helferin.
»Meine Schwester! Sie stirbt!«
Grace griff nach der Arzttasche und dem Tropenhelm. Sie folgte Mario die Verandastufen hinunter und über den Platz, auf dem sechs Häuser mit Grasdächern standen. Sie liefen zwischen den Wäscheleinen durch, auf denen Matratzen und Bettwäsche von der Krankenstation lüfteten; sie kamen an dem Pferch für Ziegen und Schafe vorbei, an den Hütten, in denen ihre zehn Angestellten untergebracht waren, passierten das Tor im Zaun, der die Grace Treverton Mission umgab, eilten über Valentines Poloplatz an Wacheras Hütte vorbei über die Holzbrücke und den gegenüberliegenden Hang hinauf, wo Frauen auf den Feldern reife Bohnen ernteten und ihre Arbeit unterbrachen, um zu sehen, wie die *Memsaab* mit wehendem weißen Rock und der vertrauten schwarzen Tasche in der Hand vorbeilief.
Mario führte sie auf schmalen Pfaden zwischen Feldern, auf denen der Mais Kolben angesetzt hatte und sie überragte, über Äcker mit Süßkartoffeln und Kürbissen, die die Erde mit einem Rankengewirr überzogen, an einem Dorf vorbei und am nächsten, bis Grace außer Atem war und sich die Seiten hielt. Schließlich erreichten sie Marios Dorf. Es lag in den Hügeln über dem Chania und bestand aus einer Ansammlung runder Lehmhütten mit spitzen Grasdächern, aus denen blauer Rauch aufstieg. Beim Betreten des Dorfs bemerkte Grace, dass niemand arbeitete. Die Leute standen herum, und eine eigenartige Stille lag über dem Platz. Zu ihrer Überraschung entdeckte sie

einen Priester der katholischen Mission, einen jungen Mann namens Vater Guido. Er holte gerade etwas aus der Fahrradtasche.

»Was ist geschehen, Vater?«, fragte sie, als sie ihn erreichte.

Sein Gesicht unter dem breiten Rand des Sonnenhutes wirkte finster und zornig. Sein schwarzer Rock war staubig und hatte Schweißflecken. Auch er war in aller Eile gekommen. »Es hat wieder eine geheime Initiation stattgefunden, Doktor«, sagte er. Jetzt sah Grace, was er aus der Tasche holte: die geweihten Dinge für die letzte Ölung.

»O Gott«, flüsterte sie und folgte ihm.

Mehrere der Dorfältesten versperrten ihnen den Weg in die Hütte: Frauen hoben die Hände und riefen den *Wazungu* zu, sie sollten sich nicht einmischen. »Wer ist bei ihr?«, fragte Grace Vater Guido.

»Wachera Mathenge, die Medizinfrau.«

»Wie haben Sie davon erfahren?«

»Durch Mario. In diesem Dorf sind beinahe alle Katholiken. Das Mädchen heißt Teresa. Sie geht in unsere Schule. *Kwendal*«, sagte der Priester zu den Dorfältesten mit den verschlossenen Gesichtern. »Ihr müsst mich hineinlassen! Teresa gehört dem HERRN!«

Grace musterte die starren Gesichter der Männer und Frauen: Es waren folgsame Kikuju, die sich normalerweise der Autorität eines Priesters beugten. Aber das war keine normale Situation.

Die Missionare hatten lange versucht, die Praxis der Beschneidung von Mädchen abzuschaffen, zu der die Entfernung der Klitoris gehörte. Offiziell war sie in Kenia inzwischen verboten; jede Frau, die an diesem Ritual teilnahm, musste mit einer Gefängnisstrafe rechnen. An der Oberfläche schienen die Initiationen aufgehört zu haben. In Wahrheit wurden sie jedoch geheim durchgeführt. Grace wusste, diese heidnischen Riten fanden an geheimen Plätzen statt, wo die Polizei nichts davon erfuhr.

»Bitte, lasst mich zu ihr«, sagte Grace auf Kikuju, »vielleicht kann ich helfen.«

»*Thabu!*«, rief eine alte Frau — vermutlich Teresas Großmutter.

Grace spürte, dass Vater Guido neben ihr nervös wurde. Die Dorfbewohner umstanden sie in einem engen Kreis. In der Luft lagen Spannung und Feindseligkeit. »Wann hat die Initiation stattgefunden?«, fragte sie den Priester leise.

»Ich weiß nicht, Dr. Treverton. Ich weiß nur, dass es zwölf Mädchen waren und dass Teresa an der infizierten Wunde stirbt.«

Grace wandte sich an die Dorfältesten. »Ihr müsst uns hineinlassen.«

Es half nichts. Trotz Bildung und Christianisierung waren diese Menschen

immer noch stark an die alten Sitten gebunden. Sie besuchten jeden Sonntag in Vater Guidos Mission den Gottesdienst. Anschließend gingen sie in den Wald, um die uralten barbarischen Rituale zu vollziehen.
»Soll ich den District Officer rufen?«, fragte Grace, »ihr werdet alle ins Gefängnis kommen. Er wird euch eure Ziegen wegnehmen und eure Hütten verbrennen. Wollt ihr das?« Die alten Frauen blieben ungerührt und versperrten mit verschränkten Armen den Eingang der Hütte.
»Ihr habt etwas Böses getan!«, rief Vater Guido, »ihr habt im Angesicht Gottes eine Sünde begangen!«
Schließlich fragte einer der Alten: »Sagt uns die Bibel nicht, dass Herr Jesu beschnitten war?«
»O ja. Aber nirgends steht geschrieben, dass *seine* Mutter, die Heilige Maria beschnitten war!«
Einige Frauen verständigten sich mit den Augen. Eine Alte blickte über die Schulter in die Hütte.
»Haben wir euch nicht gelehrt, dass die alten Sitten schlecht sind? Habt ihr nicht den Glauben und die Liebe unseres Herrn Jesus Christus angenommen und gelobt, seine Gebote zu befolgen?« Vater Guido wies mit einem zitternden Finger zum Himmel. Er hob die Stimme. »Für euer Tun wird euch der Himmel verschlossen bleiben! Für eure schwere Sünde werdet ihr im Höllenfeuer des schwarzen Satans brennen!«
Grace sah, wie sich in den versteinerten Gesichtern etwas rührte. Mario trat vor und bat seine Familie in schnellem Kikuju, den heiligen Mann und die *Memsaab* in Teresas Hütte zu lassen.
Einen Augenblick lang herrschte Stille. Die sieben alten Kikuju-Frauen erwiderten die Blicke der beiden Weißen. Dann trat die Großmutter zur Seite. Vater Guido und Grace eilten in die Hütte. Teresa lag auf einem Bett aus frischem Laub. Das Summen von Fliegen und der scharfe Geruch ritueller Kräuter erfüllten die Dunkelheit. Neben Teresa kniete Wachera.
Vater Guido kniete sich auf die andere Seite des Mädchens, öffnete seine kleine Tasche, holte die seidene Stola und das Weihwasser für das Sterbesakrament hervor. Grace beugte sich vor und untersuchte Teresa.
Grace erkannte, dass man die Wunde auf die rituelle Weise behandelt hatte, wie sie seit Generationen überliefert wurde. Die Blätter einer bestimmten Pflanze waren in antiseptisches Öl getaucht und zwischen Teresas Beine gebunden worden. Vor kurzem hatte man sie ausgewechselt. Zweifellos hatte das die eigens zu diesem Zweck ernannte ›Pflegerin‹ getan. Sie würde die

alten Blätter an einem geheimen, tabuisierten Platz begraben, den kein Mann betreten durfte. Man hatte Teresa auch besondere geweihte Speisen gegeben, die sie von einem Bananenblatt gegessen hatte.

Der Vorgang der Initiation war etwas Heiliges und Geheimes; nur wenige Weiße hatten das Ritual gesehen, der für die Kikuju ebenso sakral und bedeutungsvoll war wie die Messe am Altar für Katholiken. Aber es war eine grausame, unmenschliche Praxis. Sie verursachte sehr viel Schmerzen und Leid. Sie führte zu Blutverlust und einer Deformierung, die den Frauen später im Leben zu schaffen machte – zum Beispiel bei einer Geburt. Grace hatte gemeinsam mit den Missionaren für die Abschaffung der Initiationsriten gekämpft.

In dem wenigen Licht, das in die Hütte fiel, konnte Grace sehen, dass Marios Schwester sehr hübsch war. Sie musste ungefähr sechzehn sein, vermutete Grace. Sie hatte ein zartes Gesicht, und sie wirkte rührend unschuldig. Teresas Augen standen offen. Grace schloss sie sanft – das Mädchen war tot.

Vater Guido murmelte ernst die Gebete des Sakraments. Grace senkte den Kopf und spürte Tränen in den Augen.

Sie betete nicht; sie biss vor Enttäuschung und Zorn die Zähne zusammen. Zum vierten Mal erlebte Grace, dass ein Mädchen an den Folgen von Blutvergiftung gestorben war. Schuld war das Messer der Medizinfrau, die den Eingriff vornahm. Grace hatte von anderen Mädchen erfahren, die an Infektionen gestorben waren. Möglicherweise hätten sie gerettet werden können, wenn rechtzeitig ein europäischer Arzt zur Stelle gewesen wäre.

Grace hob den Kopf und blickte in Wachera Mathenges Augen.

Die Luft in der Hütte schien plötzlich zu knistern; die Kräfte der beiden Gegnerinnen –Wachera und Grace– schienen aufeinander zu prallen.

Dann sagte Grace auf Kikuju: »Ich werde dafür sorgen, dass deine üblen Praktiken ein Ende haben. Ich kenne deine schwarze Magie. Ich habe von meinen Patienten darüber gehört. Ich habe dich lange genug geduldet. Du und deinesgleichen sind schuld am Tod dieses Kindes.«

Grace bebte vor Zorn; die Medizinfrau sah sie ausdruckslos an. Wachera war immer noch schön. Eine große, schlanke Frau mit geschorenem Kopf; Perlenschnüre und Kupferreifen schmückten die langen Arme. Weiche Felle bedeckten den geschmeidigen Körper. Sie war ein Anachronismus unter den christlichen Kikuju. Wachera lebte wie ein Geist aus längst vergangener Zeit zwischen ihnen. Sie blickte Grace Treverton anmaßend und stolz in die Augen. Dann stand sie auf und verließ die Hütte.

Als Grace in ihre Mission zurückkam, ging Valentine mit großen Schritten vor dem Behandlungshaus auf und ab. Als sie sah, was er in der Hand hielt, und als sie den kleinen Jungen entdeckte, der verschreckt auf den Stufen der Veranda kauerte, wusste sie, weshalb ihr Bruder gekommen war.

»Sieh dir das an!«, rief Valentine und warf. Etwas traf sie an der Brust und fiel zu Boden. Sie hob es auf. Es war eine von Monas Puppen. »Ich habe ihn wieder einmal erwischt, wie er damit spielte!«

»Ach, Valentine«, sie seufzte, »er ist erst sieben.« Grace ging an ihrem Bruder vorbei, bückte sich zu Arthur hinunter und sah sofort, dass sein Vater ihn wieder einmal geschlagen hatte.

»Ich dulde nicht, dass du ihn verzärtelst! Du und Rose, ihr macht aus Arthur eine Memme!«

Grace legte den Arm um Arthur, und er brach in Tränen aus. »Armer Kleiner«, murmelte sie und strich ihm über das Haar.

»Grace, hör mir zu!«

Sie funkelte ihn an. »Nein, du hörst mir zu, Valentine Treverton! Ich komme gerade von einem Kind, das man wirklich zugrunde gerichtet hat, und ich höre mir nicht dein Gebrüll wegen einer lächerlichen Sache an. Schon wieder ist ein Mädchen an den Folgen der Initiationsriten gestorben, und ich konnte es nicht retten. Was unternimmst du dagegen, Valentine? Es sind *deine* Leute. Es darf dir nicht gleichgültig sein!«

»Was geht mich das an, was ein Haufen Schwarzer tut? Meine einzige Sorge gilt meinem Sohn. Ich dulde nicht, dass er mit Puppen spielt!«

»Gewiss«, sagte sie langsam, »dich kümmert es nicht, was die Afrikaner tun. Aber du sorgst dich mehr um dich als um deinen Sohn.«

Valentines Hals wurde dunkelrot. Er starrte seine Schwester wütend an, dann drehte er sich um und ging davon.

Im kühlen Behandlungshaus tröstete Grace ihren kleinen Neffen. Arthur hatte am Hals und an den Schultern blaue Flecken.

»Hallo«, hörte sie eine sanfte Stimme, und eine Gestalt verdunkelte die Türöffnung. Grace hob den Kopf. Ihr Herz machte einen Sprung. »James. Sie sind wieder zu Hause.«

»Ich bin seit gestern Abend zurück und sofort gekommen, um Sie zu sehen – was ist denn hier passiert?«

»Wieder einmal Valentine.«

James trat in den Raum und sagte: »Hallo, Arthur.«

»Hallo, Onkel James.«
»Mein Bruder glaubt, er kann seinen Sohn mit Gewalt zum Mann machen«, sagte Grace ruhig. Sie versuchte, sich ihren Zorn nicht anmerken zu lassen, um den Jungen nicht zu erschrecken. »Dieses brutale Verprügeln wird aufhören, und wenn ich ... Es wird schon wieder gut, Arthur. Es ist ja nicht schlimm.«
»Haben Sie Rose davon geschrieben?«
»Sie müsste eigentlich bald kommen. Ihr Brief war nicht sehr aufschlussreich – Sie kennen ja Rose.«
»Dann ist Mona also in England auf der Schule?«
»Ja, auf dem Internat, in dem auch Rose als Mädchen war.«
»Mona wird Ihnen fehlen, nicht wahr?«
»Ja, sehr.«
Grace drückte ihrem Neffen einen Kuss auf den Kopf und stellte ihn auf den Boden. Der Junge war zu klein für sein Alter und hatte das verträumte Wesen seiner Mutter geerbt. »Jetzt geh, mein Schatz«, sagte Grace liebevoll, »geh spielen.«
»Wohin?«, fragte er, und aus seinen großen blauen Augen sprach Verwirrung.
»Wohin *möchtest* du gehen, Arthur?«
Er tat, als denke er nach. Dann sagte er: »Darf ich die Babys sehen?«
Sie lächelte, strich ihm noch einmal über den Kopf und schickte ihn hinaus. Valentine hatte Arthur verboten, die Hütte der Wöchnerinnen zu betreten. Aber Grace hielt sich nicht an Befehle ihres Bruders.
»James!«, sagte sie, als sie das Haus verließen, »welch eine wundervolle Überraschung, Sie zu sehen.« Grace sah, wie die Sonne seinem dunkelbraunen Haar einen rötlichen Schimmer verlieh, und spürte das vertraute Aufflammen der Liebe und das schmerzliche Verlangen, das nie erlosch. Wenn er ging, hatte sie jedes Mal das Gefühl, er nehme einen Teil von ihr mit sich. Erst wenn er zurückkam, wurde sie wieder ganz.
»Sie haben mir gefehlt«, sagte sie.
Sie schlugen den Weg zu ihrem Haus ein und kamen an den grasgedeckten Häusern vorbei, die sie hatte bauen lassen. In einem befand sich die kleine Entbindungsstation, wo Arthur den größten Teil seiner Zeit verbrachte und sich die Neugeborenen ansah.
James und Grace stiegen die Stufen zu ihrer Veranda hinauf, und sie fragte: »Was gibt es Neues in Uganda?«

»Das Übliche ... Schlafkrankheit, Malaria, Schwarzwasserfieber. Nichts Neues. Und Sie, Grace? Wie ist es in den letzten vier Monaten in der Mission gegangen?«

Sie ging ins Haus und kam mit zwei Gläsern Limonade zurück. Sie reichte James ein Glas und sagte: »Sie waren *fünf* Monate weg. Wir haben ein neues Hühnerhaus und eine neue Tafel für die Schule.«

Er lachte. »Auf die Hühner und die Bildung«, sagte er, und sie tranken. James betrachtete Grace über den Rand seines Glases hinweg. Sie wirkte frisch und adrett wie immer. Trotz der Anforderungen, die die Missionsschule und die Krankenstation an Grace stellten, trug sie immer eine saubere weiße Bluse und hatte gepflegte Haare. *Sie ist schöner,* dachte er, *als beim letzten Mal.*

»Haben Sie Kummer, Grace?«

»Es hat wieder eine Initiation stattgefunden. Marios Schwester ist tot.« Sie setzte sich in einen Korbsessel. »Ich muss strenger mit diesen Leuten sein, James. Ich muss energisch werden und ihnen klar machen, dass die alten Sitten schlecht für sie sind. Wir leben im zwanzigsten Jahrhundert. Die moderne Medizin erreicht einen Höhepunkt, wie es ihn in der ganzen Geschichte noch nicht gegeben hat. Wir vollbringen Wunder. Und trotzdem, wenn die Afrikaner Angst haben, rennen sie zu den eigenen Heilern.«

»Die traditionellen Heilmethoden sind nicht alle schlecht, Grace.«

»Doch. Es ist schlicht und einfach alles Hexerei. Wer weiß, woraus diese Frau ihre Tränke braut?!« Grace machte eine Handbewegung in Richtung des Poloplatzes und der Hütte.

Nach den vielen Jahren war Wacheras Hütte ein so vertrauter Teil der Szenerie, dass man keine Bemerkungen mehr darüber machte. Auf vielen Farmen von Weißen gab es inzwischen die verstreuten Hütten von Afrikanern, die illegal ihre Reservate verlassen hatten. Sie arbeiteten für die Weißen und lebten als ›Pächter‹ auf dem Land. Deshalb wirkte Wacheras Anwesenheit am Rand des Polofelds nicht mehr so befremdlich wie früher. Grace wusste, die Medizinfrau führte ein seltsames, geheimes Leben und verrichtete still und unauffällig ihre uralten Aufgaben und war wie ein permanenter Schatten am Rand des Sehfeldes. Aber Grace wusste, was sie tat. Die Patienten erzählten es ihr.

Wenn eine Epidemie ausbrach, führte Mathenges Witwe die Leute des Stamms auf Geisterjagden; sie beaufsichtigte Pflanzzeremonien, ehe der

Regen kam; sie färbte magische Amulette für die Sicherheit der Kinder; sie entband Frauen, braute Liebestränke, sprach mit den Geistern der Verstorbenen und sagte die Zukunft voraus. Grace zweifelte nicht daran, dass sie bei der Initiation der Mädchen auch das Messer führte.

»Ich finde«, sagte Grace ruhig, »die Behörden machen das falsch. Etwas hört nicht einfach deshalb auf, weil man es illegal macht. Wir müssen die Täterächten, also alle, die diese barbarischen Sitten verüben. Wachera und ihresgleichen müssen verschwinden. Erst dann sterben die alten Praktiken ganz von selbst aus.«

»Wie wollen Sie Wachera loswerden? Valentine hat es erfolglos versucht.«

»Ich weiß nicht. Ich werde nach Nairobi fahren und eine koordinierte Aktion der Missionen organisieren. Man muss den Afrikanern vor Augen führen, dass die traditionellen Heilmethoden schlecht sind und sie zu den weißen Ärzten gehen müssen.«

James holte die Pfeife hervor und zündete sie an. »Ich fürchte, da stimme ich Ihnen nicht zu, Grace. Ich behaupte immer noch, dass die traditionellen Heilmethoden viel Gutes haben. Erinnern Sie sich noch daran, als unter meinen Männern die Ruhr ausgebrochen war und ich kein Epsomer Bittersalz und kein Rhizinusöl mehr hatte? Rhabarber, das alte Kikuju-Heilmittel, hat sie gerettet.«

Sie schüttelte den Kopf. »Wir haben nie Abstriche gemacht und nie eine mikroskopische Untersuchung durchgeführt. Sie können nicht sicher sein, dass es die Ruhr oder überhaupt eine Amöbeninfektion war.«

»Nicht alles muss von der modernen Medizin diagnostiziert werden, Grace. Wissen Sie, man kann auch zu einseitig sein.«

»Das würden Sie nicht sagen, wenn Sie heute dieses arme Mädchen gesehen hätten.«

Plötzlich rannte eine Schar Jungen um die Ecke der Schulhütte. Sie lachten und sahen sich immer wieder um. Als sie Grace auf der Veranda entdeckten, bekamen sie sofort ernste Gesichter und stellten sich ordentlich auf.

»*Jambo, Memsaab Daktari!*«, riefen sie und marschierten wie kleine schwarze Soldaten an den beiden vorbei.

»Gütiger Himmel«, murmelte Grace und stand auf, »was haben sie denn jetzt wieder gemacht?«

An der Rückseite des langen Schulgebäudes entdeckte sie ein kleines Mädchen, das im Staub lag. »Wanjiru«, rief Grace und lief zu dem Mädchen. Sie hob die Neunjährige auf, klopfte ihr den Staub aus dem Kleid und sagte:

»Schon gut, schon gut, Wanjiru. Hast du dir wehgetan?«
Das kleine Mädchen war den Tränen nahe, unterdrückte sie jedoch und schüttelte den Kopf.
»Möchtest du nach Hause?«
Wanjiru schüttelte den Kopf entschlossener.
»Also gut. Such *Memsaab* Pammi und richte ihr aus, dass ich gesagt habe, du kannst ein Bonbon haben.«
Das Kind murmelte scheu: »*Asante sana*«, drehte sich um und rannte zum Eingang der Hütte, wo Miss Pamela saß und zwischen zwei Stunden eine Tasse Tee trank.
»Geht die Kleine bei Ihnen zur Schule?«, fragte James, während sie nebeneinander zum Cottage gingen. »Ich wusste nicht, dass sie auch Mädchen haben.«
»Sie ist die Erste, und ich fürchte, für sie ist es schrecklich. Sie wissen, welchen Kampf ich geführt habe, als ich zu erreichen versuchte, dass auch Mädchen zu mir in die Schule kommen. Vor drei Monaten brachte eine Frau aus einem Dorf weiter oben am Fluss ihre Tochter zum Unterricht.«
»Das war mutig.«
»Das war es. Die Frau ist Witwe und hat neun Kinder. Sie hat ein sehr schweres Leben, und sie sagt, sie möchte, dass es Wanjiru einmal besser geht. Sie ist die erste Afrikanerin, von der ich so etwas gehört habe. Ich freue mich riesig, das Mädchen hier zu haben. Aber die Jungen quälen sie unbarmherzig. Sie hänseln die Kleine und sagen, sie wird nie heiraten und ein *Thahu* über sich bringen, weil sie etwas tut, was Männersache sei. Doch sie kommt entschlossen Tag für Tag. Und sie lernt gut, und das nehmen ihr die Jungen, wie ich glaube, ebenfalls übel.«
Sie erreichten die Veranda, und Grace sagte: »Man muss etwas gegen die Not der Afrikanerinnen unternehmen, James. Wir hatten vor zwei Monaten eine Heuschreckenplage, und die Männer haben die Frauen dafür verantwortlich gemacht. Sie haben gesagt, die Frauen trügen kurze Röcke, und Gott habe die Heuschrecken als Strafe geschickt.«
Sie sah ihn an. »James, ich habe einige der Lasten gewogen, die diese Frauen tragen. In einem Fall waren es über einhundertsechzig Pfund, und die Geburtenrate ist so hoch! Man sieht viele Frauen mit acht oder zehn Kindern, die ganz allein ihre Felder bearbeiten, weil die Männer in Nairobi sind und für die Weißen arbeiten. Junge Afrikaner mit Schulbildung wollen

inzwischen nicht mehr auf den Farmen bleiben. Sie wollen in den Städten arbeiten. Sie kommen zu Besuch nach Hause, schwängern ihre Frauen und verschwinden wieder. Und sie sind entschieden gegen eine Schulbildung für ihre Frauen und Töchter.«

James sah sie an. Er betrachtete ihr Gesicht, das in den zehn Jahren braun geworden war, Fältchen um die Augen bekommen hatte, und dessen Kinn so entschlossen wirkte wie immer. Er stellte sich dieses Gesicht oft vor und sah es in seinen Träumen.

»Können wir einen Spaziergang machen, Grace?«

Die Afrikaner, die in der Mission arbeiteten, kleideten sich nicht länger in Ziegenfelle und *Shukas*, sondern trugen Hosen und Hemden beziehungsweise europäische Kleider. Die Köpfe waren nicht mehr kahl geschoren. Das Haar war kurz geschnitten. Bei einigen wenigen steckten immer noch runde Holzstäbchen in den Ohrläppchen, und sie trugen kupferne Armreifen und Perlen. Aber in den meisten Fällen war ein kleines Kreuz an einer Kette der einzige Schmuck.

An einem Holzschuppen blieb Grace stehen und warf einen prüfenden Blick auf die Reihen der Wasserfilter, die zur Verteilung an die Dorfbewohner vorbereitet wurden. Jeder Filter bestand aus zwei runden Tontöpfen. In der Öffnung des größeren hing ein kleinerer. Sie zeigte James, wie die Filter funktionierten. »Der obere Topf enthält eine Schicht sauberen Sand, eine Schicht sauberen Kies und schließlich eine Schicht zerstoßener Kieselsteine. Das Wasser wird von oben hineingegossen und tropft durch diese Schichten in den Topf darunter. Dabei wird es von Verunreinigungen, besonders dem Guinea-Wurm, befreit. Ich möchte einen solchen Filter in jeder Hütte aufstellen. Dazu gehört natürlich die Aufklärung über die lebenswichtige Bedeutung sauberen Wassers.«

»Das wäre auch ein wertvoller Beitrag für Ihr Buch«, sagte James.

Grace lachte. James drängte sie seit einiger Zeit, ein medizinisches Handbuch für Laien zu schreiben, die in abgelegenen Gebieten lebten. »Wie sollte ich Zeit finden, mein Buch zu schreiben?«

Sie kamen an einer Wäscheleine vorbei, über der Matratzen zum Lüften hingen: Bezüge aus *Americani* waren mit getrockneten Maisblättern gefüllt. Sie waren wie die Wasserfilter ihre Erfindung.

Sie nahmen den Weg den Steilhang hinauf, und plötzlich bot sich ihnen ein Blick wie ein Gemälde: Auf fünftausend Acres wuchsen in ordentlichen Reihen saftig grüne Kaffeebüsche. Sie waren über und über mit reifen Beeren beladen. Das Land war nicht flach, sondern hob und senkte sich in Bodenwellen wie ein sanft wogendes Meer: Streifen roter Erde und Gruppen hoher Jacarandabäume übersät mit violetten Blüten unterbrachen das leuchtende Grün. Es war Mai. Die lange Regenzeit war vorüber, und in den Reihen standen Frauen und Kinder, pflückten die Beeren und füllten ihre Säcke. Am Rande der Felder warteten Lastwagen; Männer brachten die Beeren zu den Trocknern und Trommeln unten am Fluss. Am fernen Horizont des weiten Panoramas ragte der Mount Kenia dunkel und schroff in den klaren Himmel. Seine schneebedeckten Gipfel glitzerten in der Sonne. Auf der anderen Seite des Tals – in einer direkten Linie mit dem Berg – stand BELLATU, das sich inmitten makelloser grüner Rasenflächen und Gartenterrassen in die Höhe reckte.

In der Auffahrt parkten mehrere glänzende Autos. Grace erkannte den Wagen von Brigadier Norich-Hastings. Außer Valentines beiden Oldsmobiles gehörten alle anderen den derzeitigen Gästen ihres Bruders.

In BELLATU war es nie still. Autos waren inzwischen in Kenia üblich, und eine Straße führte bis zur Plantage, auch wenn sie immer noch unbefestigt und während der Regenzeit nicht zu befahren war. Außerdem fuhr der Zug inzwischen bis Nyeri, und so war es bis Nairobi nur noch eine Tagesreise. Valentines Haus war zum gesellschaftlichen Mittelpunkt Kenias geworden. Es gab immer eine Party, eine Fuchsjagd, ein Pokerspiel, das die Reichen und Lebenslustigen in Ostafrika zur Kaffeeplantage lockte. BELLATU war zur Legende geworden. Wer das prächtige Haus einmal aus der Ferne gesehen hatte, musste glauben, dass seine Bewohner ewig jung und schön waren. Sie führten ein elegantes Leben, tranken Champagner, und als Gäste kamen nur die Reichen und die Aristokraten. Die zwanziger Jahre hatten den Siedlern der Herrenklasse eine wirtschaftliche Blüte beschert. Treverton-Kaffee wurde inzwischen in die ganze Welt verschickt und war sehr gefragt. Valentine herrschte wie ein König – und er war nie allein.

Grace blickte zu dem Haus hinüber, und als der Wind sich drehte, hörte sie Musik und Gelächter.

Sie verübelte Valentine, was er Arthur antat. Er tyrannisierte ihn und glaubte, seinen Sohn auf diese Weise zu einem Mann zu machen. Der Junge hatte mehr als einmal eine schwere Tracht Prügel bekommen, weil Valentine entdeckt hatte, dass er mit den Puppen seiner Schwester spielte. Seine Unbeholfenheit und die häufigen Stürze waren nicht, wie Valentine behauptete, Versuche, die Aufmerksamkeit auf sich zu lenken, sondern möglicherweise die Folge einer neurologischen Störung. Grace hatte ihren Bruder angefleht, Arthur zu einem Spezialisten zu schicken. Aber Valentine hatte ihr gesagt, sie möge sich um ihre eigenen Angelegenheiten kümmern. Sein Sohn war nicht schwach oder behindert. Jede Spur von Schwäche und Verweichlichung würde er aus ihm herausprügeln.

Wann hatte Valentine sich verändert, überlegte sie. Es war allmählich geschehen. Grace glaubte, seit dieser schrecklichen Sache mit Miranda West und danach mit Arthurs Geburt. Ganz Kenia wusste, dass Valentine in Nairobi eine afrikanische Mätresse hatte. Sie lebte in dem Haus, das er für Miranda gebaut hatte. Sie war eine schöne *Meru*, trug teure Kleider und fuhr einen eigenen Wagen.

James ging weiter. Die rote Erde knirschte unter seinen Stiefeln. Er kniff die Augen zusammen, weil er aus dem Schatten herausgetreten war. Sie beobachtete seinen sehnigen, schlanken Körper, als er nach einem Streifen Olivenbaumrinde griff und sie tief in Gedanken in kleine Stücke riss. Seine regelmäßigen Fahrten nach Uganda, die er wegen Lucille unternahm, die in letzter Zeit eine wahre Liebe für dieses Land entwickelt hatte, machten Grace mehr zu schaffen als ihre langen, mit schwerer Arbeit ausgefüllten Tage. Er fehlte ihr schmerzlich. Wenn er so viele Meilen entfernt von ihr lebte und noch dazu in einem solch gefährlichen Land, verlor sie ihren Appetit und warf sich nachts ruhelos im Bett hin und her. Aber wenn er in KILIMA SIMBA war, tröstete sie das Wissen, dass sie nur ein paar Meilen trennten. Grace lebte in ständiger Erwartung seiner überraschenden Besuche. Diese Besuche hatten sie in den letzten zehn Jahren aufrecht erhalten; sie gaben ihr die Kraft, Tage der Enttäuschung und der Rückschläge durchzustehen. Grace kam aus ihrem Behandlungshaus, und James stand vor ihr. Er war staubig und verschwitzt von der langen Fahrt. Üblicherweise brachte er ein Geschenk – etwas aus der Meierei, eine Jagdbeute für den Kochtopf. Er blieb einige Zeit. Sie saßen auf der Veranda und unterhielten sich ruhig wie zwei alte Freunde, die sie auch waren. Sie teilten ihre Sorgen, berieten Probleme und halfen sich gegenseitig, lachten oder saßen einfach schweigend nahe beisammen, aber ohne sich zu berühren, während der afrikanische Tag in die Nacht überging. Wenn er sich verabschiedet hatte, sehnte sie sich so sehr nach ihm, dass sie manchmal keinen Schlaf fand.

»Grace, ich muss Ihnen etwas sagen.« Sie sah ihn an.

»Lucille und ich haben beschlossen, nach Uganda zu gehen und dort zu leben ... für immer.«

3

Grace starrte ihn an. Dann wandte sie heftig den Kopf ab.
»Es tut mir Leid«, sagte er, »wir haben es bei diesem letzten Besuch beschlossen.«
»Wann werden Sie abreisen?«
»Sobald es mir gelungen ist, den Transport unserer Sachen zu organisieren. Lucille ist dort geblieben. Sie ist in Entebbe und bringt unser neues Haus in Ordnung.«
Grace ging ein paar Schritte weiter und griff nach einem Olivenbaum, um sich zu stützen. Der Schatten schien sie zu verschlucken; der Tag kam ihr plötzlich dunkel vor, als würden Wolken die Sonne verdecken.
»Was ist mit der Ranch und den Kindern?«, fragte sie schließlich.
»Ich überlasse die Führung der Ranch Sven Thorson. Er ist inzwischen zwei Jahre bei mir und sehr wohl in der Lage, die Dinge selbst in die Hand zu nehmen. Geoffrey wird bei ihm auf KILIMA SIMBA bleiben. Er ist siebzehn und will unbedingt Rancher werden. Aber Ralph und Gretchen kommen mit uns.«
»Was wollen Sie in Uganda machen?«
»Lucille ist dort der schottischen Mission beigetreten und möchte sich ganz dieser Arbeit widmen.«
»Und Sie?«
»Man hat mir einen Verwaltungsposten in Entebbe angeboten.«
Grace drehte sich um und sah James an. Die Sonne beschien einen Mann mit dunklen gebräunten Armen, dessen Körper vom jahrelangen rauen Leben im Freien sehnig war. »Sie werden in einem *Büro* arbeiten?«, fragte sie.
»Ich bin einundvierzig, Grace, und werde nicht jünger. Lucille fand, ich solle eine langsamere Gangart einlegen. Außerdem werde ich auf der Ranch nicht mehr so wie früher gebraucht. Alles läuft praktisch von allein, und es geht gut. Sven wird die Arbeit unter Kontrolle behalten.«

Grace wusste, den Donalds ging es finanziell gut. Die Tage der Kredite und Verluste waren vorüber. Deshalb hatte es sie auch nicht überrascht, als Harry Acres ihr im letzten Jahr mitteilte, ihr jährliches Guthaben sei erhöht worden.
»Sie werden mir fehlen«, sagte sie.
»Sie mir auch.« Er kam näher. Dicht vor ihr blieb er stehen und blickte sie mit seinen durchdringenden Augen an. »Es war eine schwere Entscheidung, Grace. Aber Sie wissen, wie unglücklich Lucille hier gewesen ist.«
»Ja.«
»In Uganda ist sie eine andere Frau. Sie ist dort wirklich und wahrhaftig glücklich. Ich kann ihr das nicht nehmen.«
»Nein.«
Ihre Sinne wurden bestürmt: der Geruch seines Körpers, die derbe Safari-Jacke, der Klang seiner Stimme, die gleichzeitig energisch, humorvoll und zärtlich war, seine überwältigende *Nähe*. James war immer für sie da gewesen, wenn nicht als Liebhaber, so doch als jemand, den sie lieben konnte. Er war die geheime Leidenschaft, die besser war als keine Leidenschaft. Ihre Träume von ihm hatten die Nächte weniger einsam, ihr Bett weniger leer gemacht. Seine ruhige, verlässliche Kraft hatten ihr über Tage der Enttäuschung und des Versagens hinweggeholfen. Er hatte auch die Siege mit ihr geteilt. Die körperliche Liebe, nach der sie sich sehnte, durfte es nie geben, das wusste sie. Aber es gab die gelegentliche Berührung, das Gefühl seiner Finger auf ihrem Arm. Und eine Umarmung im Regen unter den Bäumen beim Nachhausekommen an all den zehn Silvesterabenden ...
Grace hatte schon vor langer Zeit Jeremy Mannings Verlobungsring abgelegt. Sie hatte James Donald ihr Herz geöffnet und ihn dort wohnen lassen. Er war ihr geheimer Seelengefährte. Nun tat sich eine schreckliche Tür auf, und er ging hindurch. Zum ersten Mal wurde Grace das Alter bewusst. Die Jahre schienen plötzlich wichtig zu sein. *Ich werde im nächsten Jahr vierzig*
»Sie werden mir fehlen«, wiederholte sie.
»Ich komme morgen vorbei und verabschiede mich.«
Morgen? dachte sie. Sie spürte die wahre Bedeutung der Einsamkeit. Sie sah die endlosen Nächte vor sich wie eine Reihe einsamer Bahnstationen, in denen kein Licht brannte und in denen es kein Leben gab. Sie sah ihre Zukunft: sie saß keusch und züchtig auf der Veranda, blickte durch die Dunkelheit über die Mission hinweg, die sie gebaut hatte, über das Polofeld, wo eine kleine Hütte stand, wie sie plötzlich begriff, in der Wachera – auch

eine einsame Frau – lebte, vor ihrem Kochtopf saß, in dem sie rührte und rührte und rührte ...
Grace wich zurück. »Verabschieden Sie sich jetzt, James. Ich weiß nicht, was ich Ihnen morgen sagen werde.«
Er legte ihr die Hände auf die Arme. Sie spürte seinen festen Griff. Er neigte den Kopf und wollte sie küssen.
»Tante Grace! Tante Grace!«
Sie drehten sich um. Eine dünne kleine Gestalt rannte durch das Tor der Auffahrt, hinter dem einer der Wagen der Trevertons mit geöffneter Tür stand, wie ein Wirbelwind auf sie zu. Der kleine Kobold hatte einen unmöglichen Haarschnitt und trug merkwürdige imitierte Erwachsenenkleider. Er sprang durch die Luft und umklammerte Grace.
»O Tante!«, jubelte Mona, »du hast mir so gefehlt!«
Es kam zu schnell – nach dem Kummer die Freude. Grace ging in die Knie, schloss ihre Nichte in die Arme und drückte sie fest an sich. Die Kleine begann sofort von Schiffen, Zügen, von Frankreich und schrecklichen Cousinen zu reden. Dann sagte sie ganz ernsthaft: »Du musst nicht weinen, Tante Grace. Ich bin doch wieder da, und ich werde Kenia nie wieder verlassen.«
»Mona«, frage Grace mit gepresster Stimme, »wieso bist du hier? Was ist mit dem Internat?«
»Onkel Harold hat gesagt, dass ich nicht dorthin gehen kann. Was ist mit dir, Tante Grace? Warum weinst du?«
»Ich bin einfach so glücklich, dich wieder zu sehen, mein Schatz. Sieh an. Du bist eine richtige junge Dame.«
»Ich war neun, als wir abgefahren sind. Jetzt bin ich zehn und drei Monate. England war einfach schrecklich, Tante Grace. Ich bin ja so glücklich, dass ich wieder hier bin.«
Jetzt kam auch Rose auf sie zu. Grace erhob sich und ging ihrer Schwägerin entgegen. »Willkommen zu Hause, Rose«, sagte sie.
»Es ist wundervoll, wieder hier zu sein«, sagte Rose und hängte sich bei Grace ein. Sie gingen zum Rand des Hügels und blickten hinunter auf den reißenden Fluss. Die Ufer waren saftig grün und Wildblumen in allen Farben blühten. »Wie hat mir das alles gefehlt. Ich freue mich so darauf, wieder an meinem Wandteppich zu arbeiten.«
Grace bewegte sich so benommen und betäubt wie eine Schauspielerin nach zu vielen Proben. Sie sah, wie die kleine Njeri scheu aus dem Wagen stieg. Die Kleine lief zu Rose und drückte sich an sie, als fürchte sie sich. Grace

betrachtete das Mädchen liebevoll; sie hatte Gachikus Kind mit einem Kaiserschnitt gerettet. »Njeri«, sagte sie und beugte sich hinunter. »Möchtest du nicht nach Hause und Mama Gachiku sehen?«

Die Neunjährige wich zurück und schüttelte den Kopf.

»Ich muss gestehen, sie hängt inzwischen sehr an mir«, sagte Rose mit einem leisen Lachen und strich dem Mädchen über den Kopf. »Nicht wahr, Njeri? Du hättest sehen sollen, Grace, welches Aufsehen sie in Europa erregt hat. Für mich ist sie eine große Hilfe. Sie bürstet mir stundenlang die Haare. Njeri kann später nach Hause. Jetzt möchte sie bei mir bleiben und mir helfen, die neuen Garne zu sortieren.«

Mona betrachtete die beiden. Sie kämpfte gegen ihre Eifersucht und den Schmerz an und griff nach der Hand ihrer Tante.

Grace sah Rose fassungslos an. Es war alles so unwirklich. Rose war acht Monate auf Reisen gewesen und benahm sich, als sei sie zum Tee gekommen! Weshalb erkundigte sie sich nicht nach Arthur, nach Valentine? Warum war Mona zurückgekommen, anstatt im Internat zu bleiben?

Ihr schwindelte. Sie war nicht darauf vorbereitet gewesen – auf diese Rückkehr und auf den Abschied von James.

»Tante Grace«, sagte Mona und zog an ihrer Hand. »Weinst du meinetwegen?«

Sie blickte auf ihre Nichte hinunter und sagte: »Ich bin glücklich, weil du wieder zu Hause bist, aber auch traurig, weil Onkel James uns verlässt. Er und Tante Lucille werden in Uganda leben.«

Mona sah James mit großen runden Augen an. »Gretchen und Ralph auch?«

»Leider ja«, sagte er.

Jetzt wurde auch Mona traurig, und Tränen traten in ihre Augen.

Grace kauerte sich neben sie und nahm ihr Gesicht in die Hände. »Keine Angst, Mona«, sagte sie leise, »du und ich, wir bleiben ja zusammen.«

Sie dachte: *Vielleicht wirst du bei mir wohnen müssen. Es ist alles so seltsam. Deine Mutter scheint noch weniger vorhanden, weniger real zu sein als je zuvor. Ich werde dir die Mutter ersetzen, Mona. Und du bist die Tochter, die ich nie haben werde. Dir fehlt Liebe, mein Kind, wie mir jetzt. Wir brauchen einander.*

»Wo ist Valentine?«, fragte Rose plötzlich.

»Ich sage Ihnen, Treverton, man muss London zwingen, auf uns zu hören.«
Brigadier Norich-Hastings stellte das Glas ab und ging zu dem bleiverglasten Fenster, durch das man einen atemberaubenden Blick auf den Mount

Kenia hatte. »Einer von uns muss nach London und unsere Sache persönlich der Regierung Seiner Königlichen Majestät vortragen.«

»Hugh hat Recht«, sagte Hardy Acres. Er saß in einem bequemen Ohrensessel.

Valentine hatte die Beine auf die Schreibtischplatte gelegt und wippte auf dem Stuhl hin und her. Er beobachtete, wie der Whisky in seinem Glas kreiste.

Der vierte Mann in Valentines Arbeitszimmer war Malcolm Jennings. Er war Rancher im Rift Valley; er besaß über hunderttausend Acres bestes Land in der Zentralprovinz, und deshalb hatte er ebenfalls ein persönliches Interesse an der politischen Entwicklung in der Kolonie. Er hatte bis jetzt geschwiegen. Aber nun ergriff er das Wort. »Südafrika hat die richtige Einstellung. Wir sollten diesem Beispiel folgen und eine weiße Union bilden. Sagen wir mit Uganda, Kenia, Tanganjika, vielleicht auch noch mit Nordrhodesien. Wir müssen die Politik der weißen Herrschaft in Ostafrika untermauern und den Wogs klar machen, wer hier Herr im Haus ist.«

»Ich finde es schrecklich, dass so etwas veröffentlicht worden ist«, sagte Acres und warf eine kenianische Zeitung zu Boden. Seine Freunde wussten, wovon er sprach: das Weißbuch, das Lord Passfield, der neue Kolonialminister, vor kurzem in London herausgegeben hatte. Darin entzog er den weißen Siedlern in Kenia seine Unterstützung. Er lehnte ihre Forderungen unmissverständlich ab und erklärte: ›Das britische Ziel in der Kolonie ist eine Regierung, die eine Wählerschaft repräsentiert, in der *jeder* Teil der Bevölkerung eine wirkungsvolle und angemessene Stimme hat.‹ Und er fügte hinzu: ›In einem Land, in dem weniger als ein Prozent der Bevölkerung das Stimmrecht besitzt, lasse sich das im Grunde nicht erreichen.‹

»Wenn die Wogs *das* lesen«, sagte Acres, »gibt es Ärger.«

»Es gibt bereits Ärger«, knurrte der Brigadier. »Passfield hat dem Gouverneur untersagt, die Versammlungen der *Kikuju Central Association* zu verbieten. Er fordert sie damit doch zur Revolution auf! Jetzt verlangen sie Land im Hochland, und eh man sich's versieht, fordern die Wogs die Genehmigung, Kaffee anzubauen.«

Die drei Männer sahen ihren Gastgeber erwartungsvoll an. Valentine schien nicht zuzuhören. Seine dunklen Augen richteten sich auf ein Bild in einem silbernen Rahmen, das auf seinem Schreibtisch stand.

Valentine dachte an Arthur. Er hätte ihn nicht so heftig schlagen dürfen. Aber der Junge trieb ihn manchmal zur Weißglut. Woher hatte der Kleine so merkwürdige Angewohnheiten? Inzwischen war es Mai, und Arthur hatte die Weihnachtsgeschenke nicht einmal angerührt: die Spielzeugsoldaten mit einer winzigen Kanone, das Gewehr, das Jagdmesser.

Valentine griff nach dem Foto und betrachtete es eingehend. Ihm brach das Herz beim Anblick des unschuldigen, engelhaften Gesichts ... dieses liebe Lächeln, die Khaki-Shorts, die nie zugeknöpft zu bleiben schienen. *Mein Sohn,* rief er in Gedanken gequält. *Für dich lebe ich. Für dich habe ich dieses Haus gebaut. Ich wollte dir nicht wehtun. Ich möchte nur, dass du groß und stark und ein Mann wirst.*

»Treverton?«, fragte Hardy Acres.

Ich mache es wieder gut, mein Sohn. Ich verspreche dir, ich werde dich nicht wieder schlagen ...

»Valentine?«, fragte Malcolm Jennings. »Hören Sie uns zu?«

Er hob den Kopf. »Wie bitte?« Er stellte das Bild auf den Schreibtisch, stand auf und ging zum Getränkewagen. »Ich mache mir keine Gedanken um einen Aufstand. Meine Leute wollen nur unter einem Baum sitzen und trinken.«

»Sie sind blind, Treverton«, sagte Jennings.

Valentine überhörte den Vorwurf. Seine Gedanken kreisten immer noch um Arthur; er überlegte, ob er vielleicht schon alt genug sei, um ihn auf seine erste Jagd-Safari mitzunehmen.

»Wir sind hier, um Ihre Meinung zu dieser Angelegenheit zu hören«, erklärte Brigadier Norich-Hastings. »Äußern Sie sich bitte, Valentine.«

»Meinen Leuten ist es noch nie so gut gegangen«, erwiderte Valentine zerstreut. »Ich gebe ihnen *Americani* und so viele Fahrräder, wie sie wollen. Sie sind folgsam wie Schafe. Und so wird es bleiben, wenn ich sie weiterhin gut behandle.«

Die drei Männer sahen sich an. Dann sagte der Brigadier: »Valentine, machen Sie die Augen auf! Einige der Schwarzen behaupten bereits, dass das Hochland rechtmäßig ihnen gehört, und dass sie nie freiwillig darauf verzichtet haben.«

Valentine füllte sein Glas, betrachtete es nachdenklich, trank einen Schluck und wandte sich den Männern zu. »Wen wollen Sie nach London schicken?«

»Wir dachten an Sie, Valentine.«

»An mich!«

»Schließlich haben sie einen Sitz im Oberhaus. Ihr Name ist nicht ohne einen gewissen Einfluss. Sie sind ein guter Redner, und man wird auf Sie hören.«

Valentine rieb sich nachdenklich das Kinn. Die Vorstellung, nach England zurückzukehren, gefiel ihm nicht im geringsten. Er war zum letzten Mal zu einer Ausstellung 1924 dort gewesen und hatte den Nairobi-Kaffee vertreten, der inzwischen Kenia-Kaffee hieß. In einem Brief aus Suffolk hatte Rose England so kalt, feucht und abweisend wie immer geschildert.

»Nun? Was sagen Sie?«

»Vielleicht ...« Er könnte Arthur mitnehmen. Den Jungen aus dem verweichlichenden Einfluss von Rose und Grace herausholen.

»Uns bleibt nicht viel Zeit. Die Lage wird von Tag zu Tag ernster. Wenn wir unser Land behalten wollen, brauchen wir die Unterstützung der Regierung in London.«

»Na so was«, sagte Hardy Acres und stand auf, »ist das nicht der Wagen, den Sie zum Bahnhof geschickt haben?«

Valentine trat ans Fenster und sah hinaus. Der Cadillac fuhr gerade vor, aber außer dem afrikanischen Chauffeur saß niemand darin. Er trat auf die Veranda hinaus und hielt wegen der grellen Sonne schützend die Hand über die Augen. Ein starker Wind fuhr über die leuchtend grünen Kaffeebüsche und zerzauste ihm die Haare. An dieser Stelle hatte er vor zehn Jahren gestanden und Rose und Grace seinen Traum beschrieben. Das Bild, das sich ihm jetzt bot, entsprach genau der Vision, die er vor langer Zeit gehabt hatte. »Wo ist die *Memsaab*?«, fragte er den Chauffeur.

»Sie ist bei *Memsaab Daktari, Bwana*«, sagte der Mann und deutete zum Rand des Hügels.

»Hallo! Willkommen zu Hause!«, rief er und winkte den beiden Frauen zu. Rose winkte zurück und sagte dann zu ihrer Schwägerin. »Dieser verrückte Harold. Was er sich nur einbildet!«

»Was meinst du damit?«

»Sieh dir BELLATU an. Natürlich haben wir Geld!«

Grace sah verblüfft Rose nach, die anmutig Valentine entgegenging, der sie mit einem Kuss auf die Wange begrüßte. »Du hast mir gefehlt«, versicherten sie sich gegenseitig.

Eine kleine Gestalt stürmte den Abhang herauf. »Mama!«, rief Arthur und rannte mit seinen winzigen Beinen so schnell er konnte.

Als Valentine ihn entdeckte, lief er ihm entgegen.

Arthur sah seinen Vater auf sich zukommen und blieb schuldbewusst wie angewurzelt stehen.

»Wo bist du gewesen?«, fragte Valentine mit Donnerstimme, als er ihn erreicht hatte.

»Bei den Babys. Aber Tante Grace hat es mir erlaubt«, erwiderte Arthur ängstlich.

»Aber *ich* habe es dir verboten!« Er packte Arthur am Kragen und schüttelte ihn.

Grace und James sahen von oben, wie Arthur plötzlich auf die Erde fiel, die Glieder verrenkte und zuckend um sich trat. Grace stieß einen Schrei aus und lief, so schnell sie konnte, hinunter.

Als James und Rose die Stelle erreichten, war es Grace bereits gelungen, Arthur ein Stöckchen zwischen die zusammengebissenen Zähne zu schieben. Er wand sich zuckend und mit verdrehten Augen im Staub und stieß merkwürdige Laute hervor. Die Erwachsenen waren vor Entsetzen wie versteinert. Mona trat leise zu ihnen.

Der Anfall war so plötzlich vorüber, wie er begonnen hatte. Grace wollte den bewusstlosen Jungen auf die Arme nehmen, aber Valentine kam ihr zuvor. Er hob Arthur auf und drückte ihn an seine Brust. Dann folgte er seiner Schwester hinunter zur Krankenstation, wo Grace den Jungen gründlich untersuchte.

Schließlich sagte sie: »Epilepsie«, und Valentine schrie: »Nein!«

»Ich habe dir schon lange gesagt, du musst mit dem Jungen zu einem Spezialisten«, erklärte Grace. »Jetzt *musst* du etwas unternehmen!«

»Meinem Sohn fehlt nichts!«

»Doch, Valentine! Wenn du es nicht tust, werde ich es tun.«

Er funkelte seine Schwester wütend an, und einen Herzschlag lang stand seine Entschlossenheit gegen ihre. Dann ließ er die Schultern hängen.

»In Europa gibt es Spezialisten«, sagte Grace etwas freundlicher. »Die Wissenschaftler beschäftigen sich schon seit einiger Zeit mit dieser Krankheit.«

»Mit Schwachsinn, meinst du.«

»Epilepsie hat nichts mit Schwachsinn zu tun. Epilepsie hat überhaupt nichts mit geistigen Fähigkeiten zu tun. Man muss sich nicht schämen, weil man Epileptiker ist. Julius Cäsar war es und Alexander der Große ebenfalls.«

Valentine sah Rose mit einem vernichtenden Blick an. »Das kommt von deiner Familie«, sagte er, und sein Ton schockierte alle. Er nahm den schlaffen Körper seines Sohns auf die Arme und drückte ihn an sich. Er presste

die Lippen auf Arthurs flachsblonde, schweißnasse Haare. Arthur wirkte so klein, so zerbrechlich. *Mein Sohn. Mein einziger Sohn.* Rose griff nach dem Jungen, aber Valentine wich zurück und sagte: »Rühr ihn nicht an!«
Zu Grace fügte er hinzu: »Ich werde ihn nach England bringen. Ich werde mit ihm zu jedem Spezialisten in London gehen. Wenn nötig, fahre ich mit ihm auch auf den Kontinent. Ich bin bereit, mein ganzes Vermögen zu opfern, damit ...« Seine Stimme versagte.
Sie sahen ihm nach, als er die Verandastufen hinunterging und den Weg zum Haus einschlug. Arthurs puppenähnliche Arme und Beine schaukelten. Rose ging einen anderen Weg, der durch den Wald zu ihrer Olivenbaumlichtung führte. Sie lief so schnell, dass es aussah, als befinde sie sich auf der Flucht. Die kleine Njeri folgte ihr wie ein Hündchen. Mona stand im Schatten der Veranda und wusste nicht, was sie tun sollte. Dann folgte sie ebenfalls ihrer Mutter.
Wieder draußen in der Sonne strich sich Grace die Haare aus dem Gesicht, holte tief Luft und betrachtete die Ansammlung grasbedeckter Häuser, die ihre Mission waren. James trat neben sie. »Werden Sie es schaffen?«, fragte er.
»Ja.«
Er nahm ihre Hand und drückte sie. »Ich bleibe eine Weile, Grace ... bis Valentine mit Arthur nach England fährt.«
Sie sah ihn an und erwiderte: »Nein, James. Sie gehören nicht mehr hierher. Ihr Leben wartet in Uganda auf Sie, bei Lucille und den Kindern, die Sie mehr brauchen als wir.«
»Grace, Sie sollen eins wissen«, sagte er ruhig. »Wenn Sie mich einmal brauchen, müssen Sie mich nur benachrichtigen, und ich werde kommen. Versprechen Sie mir, dass Sie mich rufen lassen?«
Grace blickte in die untergehende Sonne und nickte. »Wir wollen uns verabschieden, James. Sie müssen sich auf den Weg machen. Uganda ist weit weg.«

4

»Das ganze Land, mein Sohn, das du siehst, und noch mehr, das du nicht siehst, gehört den Kindern Mumbis und keinem anderen.«
David saß in der Hütte seiner Mutter und hörte ihr zu, während sie das Essen kochte. Sie hatte zwei dicke Süßkartoffeln in Bananenblätter gewickelt, die im Dampf weich wurden; im kochenden Wasser quoll die Hirse und wurde allmählich zu einem dicken Brei. Im Dorf über dem Fluss hatten bereits viele Frauen die Sitte der Weißen übernommen und aßen dreimal täglich. Aber Wachera hielt an der alten Tradition fest. Bei ihr gab es nur eine große Mahlzeit gegen Abend.
»Der *Wazungu* hat die Kinder Mumbis überlistet«, sprach sie weiter, »und sie haben ihm ihr Land gegeben. Der weiße Mann verstand uns nicht. Er sah den Wald, in dem kleine Hütten standen. Deshalb nahm er sich den Wald und behauptete, dort lebe niemand. Er wusste nicht, dass die Ahnen dort leben, und dass eines Tages der Wald den Hütten der Kinder unserer Kinder weichen würde. Der weiße Mann denkt nicht an die Vergangenheit oder an die Zukunft. Er sieht nur das Heute.«
David sah seine Mutter ehrfürchtig an. Sie war die schönste Frau der Welt. Er war bald kein Kind mehr, und bis zur Beschneidungszeremonie dauerte es nicht mehr lange. Ihm wurde allmählich bewusst, mit welchen Augen die Männer seine Mutter ansahen – und auch die Frauen. Die Männer hatten einen verlangenden Blick; David wusste, seine Mutter war eine begehrte Frau und erhielt oft Heiratsangebote. Die Frauen beneideten sie und bewunderten insgeheim Wacheras freies Leben ohne einen Ehemann als Herrn und Meister. Aber alle begegneten der Medizinfrau mit Ehrfurcht und Achtung.
Wachera hatte zwar keinen Mann und nur ein Kind – normalerweise ein Grund, sie zu bedauern –, aber sie wurde vom Stamm verehrt, weil sie die Tradition hütete und bewahrte. David hatte im Lauf der Jahre erlebt, dass

bedeutende Kikuju in ihre Hütte kamen: Häuptlinge und Stammesälteste holten sich Rat bei seiner Mutter; Frauen erzählten ihr Geheimnisse und bezahlten für Zauber und Liebestränke; Männer boten ihr ihre Männlichkeit an. Die kleine Hütte, in der Wachera und David lebten, hatte die Klagen und die Freuden der Kinder Mumbis gehört, die bei vielen vollen Monden über die Lippen der zahllosen Menschen gekommen waren. David war stolz auf seine Mutter. Er hätte sein Leben für sie gegeben.

Aber er verstand so vieles noch nicht. Mit seinen elf Jahren wartete er sehnsüchtig darauf, ein Mann zu werden, und so die Klugheit zu besitzen, die sich damit verband. Er wünschte, seine Mutter würde schneller sprechen, ihm noch mehr erzählen, ihm die dunklen Geheimnisse enträtseln, die seine junge Seele quälten.

David stand an einer schwierigen Schwelle. In so vielem war er noch ein Kind, und in so wenigem schon ein Mann. Aber das Kind sehnte sich nach der Männlichkeit und fürchtete, sie werde vielleicht nie kommen. Es gab noch einen Teil in ihm, der Kikuju in seinem Wesen – er sah sehnsüchtig und neidisch den Reichtum des weißen Manns: seine Fahrräder, seine Autos, seine Gewehre. David Kabiru Mathenge sehnte sich danach, ebenfalls solche Dinge zu haben, solche Macht zu besitzen. Er wollte auch zu den Auserwählten gehören. Sein Vater hatte ihn vor vielen Jahren taufen lassen; David gehörte dem Herrn Jesus, zumindest sagten das die *Wazungu*. Und doch war er nicht wirklich ihr Bruder, wie sie versprochen hatten. Er war ihnen nicht gleichgestellt, und deshalb haßte er sie.

»Du darfst die *Wazungu* nicht lieben«, ermahnte ihn seine Mutter immer wieder. »Erweise ihnen keine Achtung. Erkenne ihre Gesetze nicht an. Aber, mein Sohn, unterschätze sie nicht. Denk an das Sprichwort, das sagt: ›Ein kluger Mann begegnet einem Büffel mit Vorsicht.‹«

»Wir wollen essen«, sagte Wachera schließlich und schöpfte den Hirsebrei auf Bananenblätter. »Du wiederholst mir jetzt die Reihenfolge der Ahnen bis zu den ERSTEN ELTERN. Dann wollen wir in den Wald gehen, denn dort findet eine geheime Zusammenkunft statt. Ein wichtiger Mann wird zu den Kindern Mumbis sprechen. Du sollst zuhören, David Kabiru, und dir seine Worte einprägen, wie du dir die Reihenfolge deiner Ahnen eingeprägt hast.«

Wanjiru war noch in der Schule geblieben und hatte *Memsaab* Pammi, der Lehrerin, geholfen. Sie tat es nicht aus Liebe für die *Memsaab* oder aus Pflichtgefühl gegenüber der Schule. Die Neunjährige suchte immer einen Grund, den Jungen zu entgehen, die denselben Weg wie sie zum Dorf hatten und sie erbarmungslos quälten. Wanjiru fürchtete sich nicht vor den Jungen; sie fürchtete nur das Chamäleon, und davor hatten alle Kikuju Angst. Ihre Mutter musste so schwer arbeiten, um ihr Ansehen zu wahren, und wenn Wanjirus Kleider durch die Jungen zerrissen und schmutzig waren, machte ihr das großen Kummer.

Als alles getan war, verabschiedete sich Wanjiru mit einem höflichen *Kwa heri* von der *Memsaab* und verließ das grasgedeckte Schulgebäude. Die Sonne ging bald unter. Sie musste sich beeilen, um noch vor dem Dunkelwerden zu Hause zu sein. Als sie durch das Tor mit der Tafel GRACE TREVERTON MISSION lief, zögerte Wanjiru. Vor ihr lag eine große Fläche mit grünem Gras, das völlig nutzlos war. Hier weideten keine Tiere, hier wurde nichts angepflanzt. Und doch arbeiteten hier die Leute des *Bwana*, der sie mit der Peitsche beaufsichtigte. Einmal hatte Wanjiru Weiße gesehen, die auf dem Rücken von Pferden über den Platz galoppierten und dabei große Stöcke schwangen. Am Rand, im Schatten von Oliven- und Kampferbäumen standen *Memsaab* in weißen Kleidern und mit weißen Hüten und feuerten die Männer mit Zurufen an, als seien sie Krieger.

Aber Wanjiru dachte nicht an den Poloplatz. Sie beschäftigte sich in Gedanken mit der Hütte am anderen Ende, vor der zwei Gestalten saßen, die gerade gegessen hatten. Sie wusste, wer es war. Wanjirus Mutter ging oft zu der Medizinfrau, wenn eines der Kinder krank war. Einmal war die Witwe des legendären Häuptlings Mathenge in Wanjirus Dorf gekommen und hatte zu allen von den Ahnen gesprochen. Die Sippe hatte das Ereignis mit einem großen Trinkgelage gefeiert. Das Mädchen dachte oft an Wachera. Die *Wazungu* hatten der Medizinfrau zwar verboten, ihre alten Künste auszuüben, aber sie trotzte ihnen. Ihr Widerstand brachte ihr bei allen Kikuju große Ehrfurcht ein. Ihr Junge – Wanjiru wusste, er hieß David Kabiru – kam seit kurzem auch in *Memsaab Daktaris* Schule. Seine Mutter schickte ihn, denn er sollte den weißen Mann richtig kennen lernen, damit er auf den Tag vorbereitet sei, an dem die Kinder Mumbis Kikuju-Land zurückfordern würden. Das hatte David Kabiru den anderen selbstbewusst erklärt. Wanjiru sah, dass Mutter und Sohn sich auf den Weg in den Wald machten und dass Wachera ernst mit ihrem Sohn sprach. Das Mädchen spürte, dass sie etwas Wichtiges vorhatten, und da ihre Neugier wuchs, beschloss sie, ihnen zu folgen.

Es war ein langer Weg. Und im Busch lauerten viele böse Geister und goldene Augen. Wanjiru blieb unbemerkt dicht hinter den beiden. Sie wusste sehr wohl, ihre Mutter würde sich große Sorgen machen, aber sie konnte sich auch nicht von der geheimnisvollen Frau und ihrem Sohn losreißen. Schließlich erreichten sie eine Lichtung. Zu Wanjirus Überraschung saßen dort schweigend viele Männer. Ein paar kamen aus ihrem Dorf. Die meisten trugen *Shukas* und Decken; anstelle der Speere hielten sie Stäbe in der Hand. Aber einige waren wie die Weißen gekleidet, denn sie arbeiteten in einer der Missionen. Das Mädchen kauerte im Schutz einiger Büsche und sah zu.

Sie entdeckte keine Frauen, aber die Männer schienen nichts gegen die Anwesenheit der Medizinfrau zu haben. Man machte ihr Platz und reichte ihr eine Kalebasse zum Trinken. *Als sei sie ein Mann,* dachte Wanjiru und bekam große Augen.

Immer mehr Männer stellten sich ein und traten plötzlich geräuschlos aus dem dunklen Wald auf die Lichtung. Kein Feuer brannte. Der volle Mond warf sein Licht auf den Platz. Zu solchen Zeiten ereigneten sich wichtige Dinge. Die Männer saßen auf der Erde, auf Steinen, auf Baumstämmen. Sie tranken Zuckerrohrwein, einige kauten *Miraa*-Stängel, um wach zu bleiben, und auch eine Flasche *Colobah* kreiste. Wanjiru wusste, was sie da tranken. Kikuju-Männer schätzten es sehr, denn das trank der weiße Mann, und den Afrikanern war es verboten. Deshalb nannte man es *Colobah,* ›Rassenschranke‹.

Die Männer warteten mit typisch afrikanischer Geduld. Keiner hatte eine Uhr, keiner kümmerte sich darum, dass Zeit verstrich. Wanjiru wusste nicht, dass die Männer aus Neugier gekommen waren; die Nachricht, dass ein Mann namens Johnstone an diesem Abend hierher kommen werde, war von Mund zu Mund gegangen. Er wollte über die *Kikuju Central Association* sprechen. Deshalb hielten Männer in einem großen Kreis um die Lichtung hinter Bäumen Wache. Jeder, der an der Versammlung teilnahm, hatte geschworen zu schweigen; durch den heiligen Schwur wollte man Verräter fern halten, denn solche Versammlungen waren verboten.

Plötzlich zerriss ein merkwürdiges Geräusch die Stille. Es klang wie der rumpelnde Magen eines Elefanten und wurde immer lauter. Ein paar Männer sprangen auf und wollten fliehen. Aber plötzlich erschien Johnstone auf einem englischen Motorrad.

Einige Männer hatten ihn schon einmal sprechen hören und geboten der Gruppe Schweigen. Sie stellten ihn als Johnstone Kamau vor. Er war ein

großer starker Kikuju mit einer voll tönenden Stimme und brennenden Augen. Er trug für alle sichtbar einen *Mucibi wa Kinyata,* einen geschmückten Stammesgürtel, und trat mit großen Schritten in die Mitte der Lichtung.
Die Männer lauschten gebannt, als er von der Bestimmung der Afrikaner sprach, von der Notwendigkeit einer Einigung, von der Notwendigkeit einer Bildung. Wachera und ihr Sohn hörten zu – und auch die kleine Wanjiru.
»Nach der alten Ordnung der afrikanischen Gesellschaft«, erklärte Johnstone Kamau, »war trotz all des Schlechten, das angeblich damit einherging, ein Mann noch ein Mann. Er besaß die Rechte eines Mannes und die Freiheit, seinen Willen und seine Gedanken in einer Richtung zu verwirklichen, die ebenso seinen Absichten entsprach wie den Absichten seiner Mitmenschen. Aber heute ist ein Afrikaner, unabhängig von seiner Stellung im Leben, wie ein Pferd, das nur in der Richtung geht, in die sein Reiter es mit dem Zügel lenkt ... Der Afrikaner kann nur eine ›höhere Stufe‹ erreichen, wenn er die Freiheit hat, sich wirtschaftlich, politisch und gesellschaftlich zu organisieren und sich an der Regierung seines eigenen Landes zu beteiligen.«
Auf seine Worte folgte tiefes Schweigen. Johnstone Kamaus Blick glitt über die Gesichter seiner Zuhörer und verharrte kurz, als er die schöne junge Medizinfrau in der traditionellen Kleidung sah. Dann sagte er: »Wir können hier offen miteinander reden.«
Ein Mann namens Murigo aus Wanjirus Dorf fragte: »Was willst du damit sagen? Sollen wir den weißen Mann aus dem Kikuju-Land vertreiben?«
»Ich spreche nicht von Revolution, sondern von Gleichheit, Bruder. Wer von uns hier glaubt, er ist seinem weißen Herrn und Meister gleichgestellt?«
Timothy Minjiere, ein anderer Mann, rief: »Die *Wazungu* haben uns so viel gegeben. Bevor sie kamen, lebten wir in Sünde und Dunkelheit. Jetzt haben wir Jesus. In den Augen der Welt sind wir modern.«
Mehrere Männer nickten zustimmend.
»Aber was habt ihr für diese Dinge gegeben?«, fragte Johnstone. »Wir haben ihnen unser Land gegeben, und sie haben uns Gott gegeben. War das ein gerechter Handel?«
»Der *Bwana* ist gut zu uns«, erklärte Murigo. »Unsere Kinder sind jetzt gesünder. Meine Söhne lernen Lesen und Schreiben. Meine Frauen kochen mit viel Öl und Zucker. Als der *Bwana* noch nicht hier war, hatten wir nichts dergleichen.«

»Aber wir waren *Männer.* Kannst du noch von dir behaupten, Mann zu sein?«

Die Männer im Kreis wechselten Blicke. Einer der Alten erhob sich, warf dem jungen Kamau einen herrischen Blick zu und verschwand in der Dunkelheit. Einige andere sprangen auf und folgten ihm. Die Zurückgebliebenen musterten den Fremden argwöhnisch.

»Wir sind Millionen, und sie sind nur Tausende.« Johnstone hob die Stimme. »Und doch beherrschen sie uns!«

»Herrschen nicht wenige Alte über alle Kikuju?«, erwiderte ein Mann. Johnstone durchbohrte ihn mit seinen Blicken. »Herrschen tausend Hyänen über eine Million Löwen?« Er zog eine Zeitung hervor und schwang sie wie eine Keule. »Lest das!«, rief er, »lest die Worte des weißen Mannes. Er *gibt zu,* dass ein Prozent der Bevölkerung unseres Landes alle Gesetze beschließt, und dass dieses eine Prozent Fremde sind, deren Ahnen in anderen Ländern wohnen.«

Unter den Zuhörern erhob sich Gemurmel.

»Sie haben uns die Speere und Kriegsglocken abgenommen!«, rief Johnstone. »Sie haben Frauen aus unseren Männern gemacht. Und jetzt wollen sie die geheiligte Beschneidung der Mädchen abschaffen und sie statt dessen Lesen und Schreiben lehren, damit unsere Frauen zu Männern werden. Die *Wazungu* stellen die Kikuju auf den Kopf! Sie vernichten die Kinder Mumbis langsam! Und ihr seid wie Schafe: Ihr küsst die Hand, die den Dolch führt! Wacht auf, Söhne Mumbis! Handelt, bevor es zu spät ist! Denkt an das Sprichwort, das sagt: ›Wer den Willen hat, etwas zu tun, wird von denen, die es getan haben, in den Schatten gestellt‹.«

Er ging über den Platz und blieb vor einem alten Mann stehen, der auf der Erde saß, eine Decke über der Schulter trug und einen Stab in der Hand hielt. An einer Kette um seinen Hals hing ein kleiner Gegenstand aus Metall.

»Mzee«, sagte Johnstone ruhig und ehrerbietig, »was trägst du um den Hals?«

Der Mann erwiderte vorsichtig: »Du weißt, was es ist. Du trägst es selbst.«

»Ja«, rief Johnstone, »es ist die *Kipande,* die Erkennungsmarke, die uns die *Wazungu* aufzwingen! Aber da die meisten von euch keine Kleider mit Taschen tragen wie ich, hängt die Erkennungsmarke bei euch wie bei einem Hund am Hals.«

Die Zuhörer erstarrten. Eisiges Schweigen legte sich über die Gruppe, als der *Mzee* Johnstones Blick erwiderte. Dann erhob sich der alte Mann würdevoll und sagte leise und kalt: »Der weiße Mann ist gekommen und hat uns aus der Dunkelheit geführt. Er hat uns eine größere Welt gezeigt, von der wir nichts wussten. Er hat uns Medizin, Gott, Straßen und Bücher gebracht. Er hat uns ein besseres Leben gebracht. Die *Kipande*, die ich trage, sagt anderen, wer ich bin. Deshalb schäme ich mich nicht. Aber dir muss ich nicht zuhören.«

Er drehte sich würdevoll um und verließ die Lichtung wie ein König. Alle anderen alten Männer erhoben sich ebenfalls und folgten ihm. Aber die Jüngeren blieben, und Johnstone wandte sich nun an sie. »Sieben Jahre sind vergangen, seit man in Nairobi unsere Leute wegen der Verhaftung von Harry Thuku abgeschlachtet hat. Thuku sitzt immer noch im Gefängnis, weil er für *Uburu*, für die Unabhängigkeit gekämpft hat. Hundertfünfzig unbewaffnete Männer und Frauen haben sie auf der Straße wie Tiere abgeknallt. Wollen wir das auch in Zukunft dulden?«

Er erwiderte den Blick eines jeden Mannes im Kreis, wich keinem aus, bis alle die Köpfe senken mussten. »Ich sage euch«, erklärte Johnstone Kamau mit gesammelter Kraft, »wenn einer von euch für die Weißen arbeitet, ist er kein Afrikaner. Habt ihr mich verstanden?«

»*Eyh*«, erwiderten einige. »Ja.«

»Ist unsere Männlichkeit nicht mehr wert als Zucker und Öl?«

»*Eyh*«, stimmten sie ihm lauter zu.

»Sollen wir auf der Bahn weiterhin in den Wagen der dritten Klasse fahren, während der Weiße erster Klasse fährt? Sollen wir die Demütigung hinnehmen, einen Pass haben zu müssen, um von einem Dorf zum anderen gehen zu dürfen? Sollen wir uns ihren Gesetzen beugen, die uns verbieten, in Gegenwart eines Weißen zu rauchen, die uns zwingen, die Mütze abzunehmen, wenn er vorbeigeht, und uns zu erheben, wenn er sich nähert? Oder wollen wir wie *Männer* leben?«

»*Eyh*«, riefen sie.

Wanjiru spürte ihr heftig klopfendes Herz. Von diesem geheimnisvollen Johnstone Kamau ging ein starker Zauber aus. Sie verstand nur wenig von seinen Worten, aber die Kraft seiner Rede ließ sie glühen. Mit großen aufgerissenen Augen sah sie, wie weitere Männer aufstanden und davongingen, weil sie seinen radikalen Ansichten nicht zustimmten und sich vor der Polizei fürchteten. Wanjiru entging auch nicht, dass die Zurückgebliebenen sich unruhig und erregt im Kreis umsahen und hin und her rutschten. Einige murmelten zustimmend, andere schwiegen. *Er ist wie ein Stock, der in der*

Glut stochert, dachte sie. Die kalte Asche fiel ab, und die warmen Kohlen blieben schwach glühend am Rand, aber die heiß glühenden Stücke brannten rot und entfachten in der Mitte des Kochfeuers große Hitze. Das waren die jungen Männer. Sie trugen Khaki-Shorts und sie konnten lesen und schreiben. Aber sie waren arm, und diese unzufriedenen jungen Männer setzte der heiße Atem Johnstone Kamaus in Flammen.
Zu ihrer Überraschung sah Wanjiru, wie die Medizinfrau sich plötzlich langsam erhob und auf ihn zuging. Stille breitete sich aus. Als sie vor ihm stand, begrüßten sie sich ehrerbietig. Dann sagte Wachera, die Witwe des legendären Mathenge: »Ich habe eine Vision, Mumbis Sohn. Die Ahnen haben mir deine Zukunft gezeigt. Du wirst das Volk zu den alten Sitten zurückführen. Du wirst uns vom Joch der *Wazungu* befreien. Ich habe das Morgen gesehen und weiß, was du eines Tages sein wirst: Du bist Kenias Licht! Du bist *Kenya taa.*«
Johnstone sah sie überrascht an. Dann lächelte er und nickte. Wachera ging davon, und er sah ihr nach.
Bei ihrem Sohn angelangt, ergriff Wachera seine Hand und sagte: »David, du wirst dich an diesen Abend und an diesen Mann erinnern.«
Wanjiru hörte es und sollte diese Worte nie vergessen: *Du bist Kenias Licht! Du bist Kenya taa!*

5

Ein Donnerschlag! Vogelsang-Cottage wurde flüchtig von einem gleißenden Blitz erhellt. Grace griff nach dem Brief von Rose und las:
Meine liebe Grace,
Das Wetter hier ist wirklich schrecklich, und ich werde verrückt, wenn ich ans Haus gefesselt bin. Bella Hill ist so düster! Wenn Valentine hier ist (er verbringt viel Zeit in London und spricht im Parlament für die Weißen in Kenia), streitet er sich so heftig mit Harold, dass ich alle Mühe habe, nicht den Verstand zu verlieren.
Aber ich habe einige wundervolle Stickereien gemacht. In einem Dorfladen habe ich das schönste Rot gefunden, das man sich vorstellen kann. Ich werde es für meine Hibiskusblüten benutzen. Hatte ich Dir schon gesagt, dass ich in meinen Wandteppich Hibiskus einarbeiten will? Ich weiß nicht, ob sie an den Hängen des Mount Kenia wachsen, aber irgendwie erscheinen sie mir richtig. Was hältst Du von einer Variante des ungarischen Stichs für den Himmel? Ist das übertrieben? Ich weiß immer noch nicht, was ich mit der leeren Stelle tun soll. Mir fällt einfach nichts dazu ein. Der Berg wird schön. Die Rinde einiger Bäume ist inzwischen schon ausgearbeitet. Jetzt werde ich mich dem Leoparden zuwenden, der zwischen den Farnen lauert. Er wird bestimmt ein oder zwei Jahre meines Lebens kosten. Aber was um Himmels willen soll in die leere Stelle?
Um Deine letzten beiden Briefe zu beantworten — über Arthurs Zustand lässt sich noch nichts berichten. Du musst mir keine Vorwürfe machen, Grace. Wenn ich ihn nicht erwähne, bedeutet das nicht, dass ich mir keine Sorgen um ihn mache. Ein Spezialist in der Harley Street hatte die Kühnheit, Valentine vorzuschlagen, mit Arthur zu einem Freudianer zu gehen. Du kannst Dir nicht vorstellen, was das ausgelöst hat ...
Warum ist der November in England immer so schrecklich? Hat in Kenia die Regenzeit schon begonnen? Ich bete darum. Meine Rosen und der Rittersporn werden dringend Regen brauchen. Heute Morgen habe ich einen Brief von Lucille Donald aus Uganda erhalten. Sie berichtet nur von ihren guten Werken.
Wie es aussieht, werden wir zu Weihnachten doch noch nicht zu Hause sein. Allein

die Überfahrt dauert sechs Wochen. Mein Herz ist bei Euch allen in Kenia.
In Liebe
Rose.

Grace ließ den Brief mit einem Seufzer sinken. Rose hatte ihn auf feinem Briefpapier in Rosa und Taubenblau, den Treverton-Farben, und mit dem Löwen- und Greifenwappen geschrieben. Mit ihrer schwungvollen Handschrift hatte sie die ganze Seite gefüllt, ohne etwas zu sagen. *Wie üblich,* dachte Grace. Sie blickte zum Grasdach hinauf, als ein neuer Donnerschlag vom Mount Kenia herüberdröhnte. Das trockene Schilfgras raschelte im Wind, und das Feuer knisterte. Mario schlief in seiner Hütte, und Mona lag in ihrem Bett in dem erst kürzlich angebauten Zimmer. Da Valentine und Rose sich in England befanden, hatte man das große Haus verschlossen. Grace versuchte, nicht an das leere BELLATU zu denken, denn es erinnerte sie nur an ihre eigene Leere. Sie schenkte sich eine zweite Tasse Tee ein und lauschte auf den Wind. Sie hatte Mona. Ohne Mona, das wusste sie, hätte sie die Einsamkeit nicht ertragen.

Sie vertrieb die Schatten, die sie bedrängten, und versuchte, sich auf die neuesten Probleme zu konzentrieren, die Lösungen verlangten. Es gab Schwierigkeiten mit dem Pockenimpfstoff, der inaktiv aus England eintraf, da er offenbar die Reise nicht überstand. Die Impfungen hatten sich als ein nutzloses Ritual erwiesen. Dann gab es das ›Windelprojekt‹. Es ließ sich nur schwer in die Tat umsetzen. Sie musste ihre Helferinnen in den Busch schicken, um den Afrikanerinnen zu zeigen, wie man Windeln machte, und warum sie für Babys notwendig waren. Außerdem hörten die Unglücksfälle nicht auf, bei denen Kinder sich an den Kochfeuern verbrannten, und dann bestand nach wie vor das Problem mangelnder Körperflüssigkeit bei Kleinkindern, dem man rechtzeitig mit Flüssigkeitszufuhr begegnen musste. Sie durfte nicht vergessen, die Wasserfilter in den Hütten überprüfen und die Frauen ermahnen zu lassen, das gefilterte Wasser zu benutzen. Die Ruhr breitete sich wieder aus, parasitäre Erkrankungen nahmen zu anstatt ab; Unterernährung war infolge der hohen Geburtenrate weit verbreitet; Neugeborene starben bei den unhygienischen Entbindungsmethoden an Wundstarrkrampf – die Liste schien kein Ende zu nehmen ...

Grace stand vor zwei beinahe unüberwindlichen Hindernissen: der Mangel an Bildung bei den Afrikanern und das hartnäckige Festhalten an den Praktiken der Medizinfrauen. Das Erste, so wusste sie, konnte man durch Schu-

len, Bücher und Lehrer beseitigen; das Zweite war schwieriger. Der verstärkte Druck der Missionen auf die Afrikaner, sich von den Medizinfrauen abzuwenden, führte nur dazu, dass die traditionellen Heilmethoden immer heimlicher praktiziert wurden. Wenn Grace nachts nicht schlafen konnte und auf die Veranda hinaustrat, hatte sie oft gesehen, wie die Leute sich verstohlen zu Wacheras Hütte schlichen.
Dort befand sich ihr Feind. Wacheras Treiben musste unterbunden werden. Sie schob den Brief aus Suffolk beiseite und griff nach dem Brief von James. Der Donner kam immer näher. Sie wusste, es konnte nicht mehr lange dauern, bis das Gewitter losbrechen würde. Vermutlich würde Mona aufwachen. James schrieb:
Wir haben hier in Uganda die gleichen Probleme wie Sie. Die Dörfer liegen zu weit auseinander und zu tief im Dschungel; deshalb erreicht die medizinische Hilfe nicht alle. Die Menschen sterben an den einfachsten Dingen! Durchfall, Flüssigkeitsverlust, Unterernährung, Infektionen — und all das könnte verhindert oder geheilt werden, wenn es eine Möglichkeit gäbe, den Afrikanern ein elementares Wissen von Gesundheitsvorsorge zu geben. Liebe Grace, ich bin schon so oft in einem Dorf gewesen, habe dieses unnötige Leid gesehen und gedacht, wenn es doch nur eine Art Handbuch für Laien wie Lucille und mich gäbe, oder sogar ein Buch, das die Afrikaner selbst zu Rate ziehen könnten. Sie müssen dieses Buch schreiben, Grace. Wir beten, dass Sie es eines Tages tun werden.
Tränen standen in ihren Augen. Sie legte den Brief auf den Tisch. Ein Buch anstelle eines Arztes. Mit einfachen Erklärungen und Zeichnungen. Das stellte James sich vor. Grace blickte lange in das Feuer und dachte über seinen Traum nach. Das Gewitter kam immer näher.
»Du hast doch wohl keine Angst vor den paar Blitzen?«, fragte Mona. David sah sie ungerührt an. Am liebsten wäre er in die Hütte zurückgelaufen, wo seine Mutter schlief. Aber das hätte ausgesehen, als wäre er ein Feigling, und er musste der Tochter des *Bwana* beweisen, dass er sich nicht fürchtete. Mona hatte ihn zu dieser Mutprobe herausgefordert.
Am Nachmittag waren sie sich unten am Fluss begegnet; Mona hatte kühn erklärt, sie sei für immer nach Kenia zurückgekommen. David erwiderte höhnisch, sie werde nicht mehr lange hier sein. Dann hatten sie sich darüber gestritten, wem das Land gehörte. David berief sich auf seine Mutter, Mona auf ihren Vater. Durch den Streit war es zu dieser Mutprobe gekommen; sie hatten verabredet, sich um Mitternacht an einem Platz zu treffen, der *tabu* war. Der Mutigere sollte der rechtmäßige Besitzer des Landes sein.

Deshalb war David zu dieser späten Stunde hier und kauerte vor der Operationshütte – als Beweis seiner Tapferkeit. Der kalte Wind drang durch sein dünnes Hemd; Blitze zuckten über den Himmel und beleuchteten dicke schwarze Wolken, die Regen brachten. David fühlte sich bei einem Gewitter nicht wohl – kein Kikuju tat es. Er wusste, das war kein normaler Regen. Zornige Gewitter wie dieses waren selten, und Mumbis Kinder fragten sich dann, ob der Gott ihnen grollte – nicht der *Muzungu*-Gott Jesus, für den sie sonntags Lieder sangen und den sie in guten Zeiten priesen. Nein, Ngai, der alte Gott der Kikuju, zu dem sie zurückkehrten, wenn ihre uralten Ängste erwachten.

Der Wind zerzauste Monas kurz geschnittene schwarze Haare und blähte die weite Khaki-Hose, zu der sie eine Bluse mit langen Ärmeln trug. Sie war angekleidet zu Bett gegangen, ohne dass Tante Grace es merkte. Als sie ihrer Nichte den Gutenachtkuss gab, hatte Mona die Decke bis zum Kinn hochgezogen. »Dann wollen wir doch sehen, ob du ein tapferer Krieger bist«, sagte sie. »Ich fordere dich auf, dort hineinzugehen!« Sie deutete auf die Tür der Operationshütte. Das kleine Haus war nicht viel größer als die Hütte, in der David und seine Mutter lebten. Es hatte keine Veranda, sondern nur eine Holztür, die David jetzt mit der flachen Hand aufstieß. Die Tür quietschte. Ein Blitz erhellte die Holzdielen, Schränke, elektrische Glühbirnen an den Balken und einen einfachen Operationstisch.

Es war die sauberste Hütte der Mission. Hier gab es keine Insekten und Ameisen – soweit das bei einem Gebäude mit einem Grasdach möglich war. Grace führte hier Operationen an Patienten durch, die sie nicht nach Nairobi überwies – kleinere Eingriffe und Notfälle. David war noch nie in dieser Hütte gewesen; alle, die in der Mission arbeiteten, betrachteten sie mit großer Ehrfurcht, denn *Memsaab Daktari* wirkte darin starke Zauber. Mit Sicherheit war dieser Raum für ihn *tabu*.

»Nun geh schon«, flüsterte Mona dicht hinter ihm. »Beweise deinen Mut.« David schluckte. Sein Mund war trocken, sein Herz klopfte wild. Bei jedem Donnerschlag schien die Erde zu beben. Die schnell aufeinander folgenden Blitze gaben dem Gelände der Mission ein gespenstisches Aussehen. Die Bäume wurden vom Sturm gepeitscht. Ein gewaltiges Brausen näherte sich vom Mount Kenia, als schnaube Ngai vor Zorn ... David blieb vor Angst wie erstarrt stehen.

»Weiter!«, rief Mona. Der Wind riss ihr die Worte von den Lippen und trug sie davon. »Oder bist du ein Feigling?«

David ballte die Fäuste; sein magerer Körper zitterte vor Angst und Kälte; er schloss die Augen und machte einen Schritt vorwärts.
»Weiter – ganz hinein!«
Ein Donnerschlag ließ die Hütte erbeben; der Wind heulte und toste. Grasstücke flogen vom Dach. Staub wirbelte auf und brannte den Kindern in den Augen. Feurige Streifen zerrissen den schwarzen Himmel. Ganz in der Nähe schlug der Blitz ein, und im Wald begann ein Baum zu brennen. Mona gab David einen Stoß. Er fiel auf Hände und Knie. Sie stieß ihn noch einmal. Der Wind traf sie im Rücken, sie taumelte vorwärts und die Tür fiel krachend ins Schloss. Beide Kinder schrien auf. Die Wände bebten, als der Sturm in das Grasdach fuhr. David und Mona hoben entsetzt die Köpfe. Das Dach brannte! Sie rannten zur Tür und zerrten aus Leibeskräften daran, aber sie rührte sich nicht. Sie saßen in der Falle.

Grace roch Rauch. Sie schloss das Tagebuch und ging zum Fenster.
Drei Hütten brannten! »Mein Gott«, flüsterte sie. »Mario!« *Mario!* Sie rannte zur Tür, die Stufen hinunter und zu Marios Hütte. Der Hausboy kam ihr bereits entgegen. Missionsarbeiter erschienen und liefen zu den brennenden Hütten. Mario wollte zur Operationshütte, aber Grace rief: »Nein, die Sachen dort sind unwichtig. Wir müssen die Patienten retten!«
Sie rannten zu dem langen Gebäude, in dem die Schwerkranken lagen, und sahen, dass die beiden Nachtschwestern bereits Patienten herausbrachten. Zwei Wände brannten, und aus dem Dach schlugen hohe Flammen.
Der Wind trug die Funken von Dach zu Dach, bis alle Häuser brannten. Die Flammen loderten zum Himmel, während die Helfer mit Bahren, Rollstühlen und Möbelstücken kämpften. Grace versuchte, den Überblick in diesem Chaos zu bewahren, und schrie, um den brausenden Wind und das prasselnde Feuer zu übertönen. Panik brach aus. Männer rannten, um Tische und Stühle zu retten, kopflos in brennende Hütten, aus denen sie nicht mehr entfliehen konnten; Sauerstoffflaschen explodierten, durch den Lärm hörte man das Splittern von Glas. Alles rannte durcheinander, fuchtelte mit den Armen und schrie. Grace packte einige Leute am Arm, brüllte Befehle und versuchte, dafür zu sorgen, dass die Patienten in Sicherheit gebracht wurden. »*Memsaab!*«, schrie Mario. »Da!« Sie drehte sich um: Vogelsang-Cottage brannte.
Mona!
»Mario, wo ist Mona? Hast du sie gesehen?«

Er rannte auf das Cottage zu, wich jedoch zurück, als ihm die Flammen entgegenschlugen. Grace packte ihn und zog ihn außer Reichweite des Feuers. Sie lief in Richtung Haus und rief nach Mona. Plötzlich glaubte sie, durch die knisternden Flammen Hilferufe aus der Operationshütte zu hören. Sie rannte zur Tür; Rauchwolken hüllten sie ein, das Dach brannte lichterloh. Grace hörte schwach Kinderstimmen.
»Mona!«, rief sie und versuchte, die Tür aufzudrücken.
Männer mit Bananenblättern schlugen auf die Flammen. Jemand warf Erde auf das Feuer. Grace drückte mit aller Macht gegen die Tür. Ein Afrikaner zog sie zur Seite und warf sich dagegen.
Die Hütte begann einzustürzen. Man hörte die Kinder nicht mehr schreien. Das ganze Gelände war ein flammendes Inferno. Die Afrikaner flohen vor Angst. Grace schrie und hämmerte gegen die Tür. Ein Funkenregen ging auf sie nieder. Die Hitze verbrannte ihr schier Gesicht und Lunge. »Mona!«, schrie sie. Plötzlich gab die Tür nach. Rauchschwaden quollen heraus. Sie schlug die Hände vor das Gesicht, ging auf die Knie und tastete sich vorwärts. Die Decke fiel herunter. Sie spürte einen Arm, packte ihn und zog mit aller Kraft. Sie zerrte David in dem Augenblick aus der Hütte, als ein brennendes Grasbündel ihren Kopf traf. Sie zerrte David noch ein Stück weiter, bis er in Sicherheit war. Dann drehte sie sich und kämpfte sich trotz Hitze und Rauch wieder in das Innere der Hütte, um Mona zu retten.
Der Himmel öffnete seine Schleusen. Die dicken Wolken entluden sich, ein lautes Zischen erfüllte die Luft. Blitze und Donner zogen weiter; der Regen fiel wie ein Wasserfall. Grace versank im Schlamm und stolperte über ihr Nachthemd. Das eben noch brennende Gras im Dach saugte sich mit Wasser voll und wurde schwer. Sie tastete sich durch Dampf und qualmendes Gras, rutschte, taumelte und suchte nach Mona.
Die Afrikaner waren in der Sintflut verschwunden.
Grace entdeckte Mona endlich! Sie lag eingeklemmt unter dem umgestürzten Instrumentenschrank. Aber ehe sie das Mädchen hervorziehen konnte, stürzten die Überreste des Dachs unter der Gewalt des Sturms herunter und begruben alles unter sich. Grace wühlte mit blutenden Händen wie rasend in dem schlammigen Gras und warf es in Brocken beiseite. Mona regte sich nicht; ein blasser Arm ragte merkwürdig verdreht unter dem Schrank hervor.
Der Regen traf Grace wie Peitschenhiebe, und die klatschnassen Haare fielen ihr über die Augen. Sie versuchte, den Schrank hochzuheben, schaffte

es aber nicht. Sie rief nach Hilfe, und der Wind trieb ihr den Regen in den Mund. Sie konnte kaum die Hand vor den Augen sehen, das Wasser war wie eine Mauer und verwandelte den verkohlten Boden der Hütte in einen See. Gerade eben war Mona noch in Gefahr gewesen, bei lebendigem Leib zu verbrennen; aber nun würde sie ertrinken, wenn es Grace nicht gelang, sie unter dem Schrank hervorzuziehen. »Hilfe!«, schrie sie. »Hilfe! Mario!« Sie blickte sich verzweifelt um. Sie konnte nichts sehen. Von den Überresten der Hütten stieg zischender Dampf auf. »Hilfe!«, schrie sie aus Leibeskräften. »Ist da niemand?«
Plötzlich entdeckte sie eine Gestalt, die langsam durch den Regen näher kam. »Bitte hilf mir«, schluchzte Grace. »Mein kleines Mädchen ist eingeklemmt. Vielleicht lebt sie noch.« Wachera starrte sie mit versteinertem Gesicht an. »Verdammt!«, schrie Grace. »Steh nicht einfach herum und hilf mir, den Schrank wegzuheben!« Die Medizinfrau sagte nur ein Wort: »*Thahu.*«
»Es gibt kein verdammtes *Thahu!*«, schrie Grace außer sich, zerrte am Schrank und riss sich die Finger wund. »Es ist ein Unwetter, mehr nicht. Hilf mir!« Wachera rührte sich nicht. Sie stand starr wie eine Statue im Regen, die nassen Lederlappen klebten an ihrem Körper, und das Wasser rann von ihrem geschorenen Kopf ...
Grace sprang auf. »Verdammt!«, schrie sie. »Hilf mir, das Mädchen zu retten!« In den Augen der Medizinfrau zuckte es, als sie den verdrehten Arm unter dem Schrank entdeckte. Das Wasser begann langsam zu steigen ...
»*Ich habe deinen Sohn gerettet!*«, schrie Grace.
Wachera drehte sich um und entdeckte im Schlamm David, der gerade wieder zu sich kam. Sie blickte von ihrem Sohn zu der weißen Frau und dann auf den Schrank. Wortlos bückte sie sich, packte ihn an einer Ecke, Grace an der anderen, und gemeinsam gelang es den beiden Frauen, den schweren Schrank keuchend und ruckweise zur Seite zu heben.
Grace fiel auf die Knie und drehte Mona vorsichtig auf den Rücken. Sie schob Haare und Schlamm aus dem bleichen, reglosen Gesicht und flüsterte: »Mona, Mona, mein Schatz. Hörst du mich?«
Grace betastete den Hals des Mädchens und spürte den Pulsschlag. Sie legte ihre Wange an die blutleeren Lippen und spürte Monas schwachen Atem. Sie lebte, war aber ohne Bewusstsein.
Grace versuchte nachzudenken. Sie saß mit ihrer Nichte in den Armen im Schlamm und sah sich um. Wo waren alle?
Wachera schien ihre Gedanken zu erraten, denn sie sagte: »Sie haben dich

alle verlassen. Sie haben Angst vor dem *Thahu*. Sie fürchten die Strafe Ngais.«
Grace beachtete sie nicht. Sie drückte das leblose Mädchen an sich und überlegte verzweifelt, wo sie Schutz finden würde. Alle Gebäude waren zerstört; ihr Haus war eine verkohlte Ruine und dem erbarmungslosen Regen ausgeliefert. Sie konnte nicht mehr klar denken, in ihrem Kopf verschwamm alles. Sie saß im Regen und versuchte, Monas Gesicht vor dem Wasser zu schützen.
Meine Instrumente. Meine Medikamente, mein Verbandszeug ... Alles vernichtet. Sie dachte an BELLATU. Dort gab es Schlafzimmer und trockene Betten. In einem der Bäder würde sie sicher ein paar Medikamente finden, und Verbände konnte man auch aus Bettlaken machen.
Grace versuchte aufzustehen. Von dem Schlag gegen ihren Kopf war ihr schwindlig. Blut rann in ihr rechtes Auge. Ich muss zum Haus. Aber der Weg war unpassierbar! Ihr Wagen steckte bis zum Trittbrett im Schlamm. Die Straße nach Nyeri war mit Sicherheit ein einziger langer Sumpf. Sie wusste, niemand konnte durchkommen.
Sie drückte Mona fest an sich und versuchte noch einmal aufzustehen. Sie glitt aus und stürzte. Plötzlich entdeckte sie an Monas Bein eine lange Wunde. Sie suchte Monas Puls.
Ich werde sie verlieren!
Grace unternahm den dritten Versuch, und es gelang ihr aufzustehen. Sie stolperte in Richtung Weg, der den Hang hinaufführte. Mona lag bleischwer auf ihren Armen, die sturmgepeitschte Welt um sie herum schwankte. Die Erde unter ihren Füßen schien sich zu bewegen.
Grace schluchzte. Sie kämpfte sich durch den knöcheltiefen Schlamm. Ihre Füße verfingen sich im Nachthemd; der Regen peitschte ihren Rücken. Mona wurde schwerer und schwerer. Sie musste BELLATU erreichen, oder sie würden beide hier im Schlamm versinken ...
Zwei regennasse, glänzende schwarze Arme streckten sich ihr entgegen, und plötzlich war Grace von ihrer Last befreit. Wachera drehte sich um und trug Mona mühelos davon.
Der Junge folgte seiner Mutter; die beiden verschwanden in Richtung Polofeld. »Warte«, flüsterte Grace. Ihr Kopf dröhnte. Sie griff sich mit der Hand an die Stirn und spürte das Blut.
Frierend, durchnässt und wie betäubt taumelte Grace hinter der Medizinfrau her, die auf ihre Hütte zuging.

6

Grace öffnete die Augen.
Es gab wenig zu sehen – nur das verrauchte Innere einer afrikanischen Hütte. Sie versuchte, sich zu bewegen. Ihr ganzer Körper schmerzte. Sie wusste nicht, wo sie sich befand, und was geschehen war. Alles lag wie unter einer Nebeldecke.
Sie bewegte sich nicht und lauschte dem Regen, der auf das Grasdach trommelte. Die Gerüche in der Hütte wurden ihr bewusst; sie waren vertraut und doch fremd. Jemand redete. Oder sang? Sie machte noch einmal den Versuch, sich zu bewegen. Die Hütte begann zu tanzen. Ihr wurde übel.
Ich bin verletzt. Ich muss vorsichtig sein.
Langsam lichtete sich der Nebelschleier von ihrem Bewusstsein. Ihre Gedanken wurden klarer. *Der Regen. Ein Unwetter. Das Feuer ... Mona.*
Grace setzte sich mit einem Ruck auf. Die Hütte schwankte. In der Dunkelheit sah sie die glühenden Steine über dem Kochfeuer und silhouettenhaft drei Gestalten – eine sitzende, zwei liegende. Ihre Augen gewöhnten sich allmählich an die Dunkelheit, und plötzlich erkannte sie Wachera. Ihr schwarzes Gesicht verriet tiefe Konzentration. David schlief unter einem Ziegenfell auf einem Lager aus Bananenblättern. Auf der anderen Seite der kleinen Hütte lag Mona – leichenblass.
Grace öffnete den Mund. Lippen und Zunge waren trocken. Mühsam stieß sie hervor: »Mona ...«
Die Medizinfrau hob die Hand und sagte: »Dir geht es nicht gut. Du hast eine schwere Wunde. Du musst liegen.«
»Ich muss mich um Mona kümmern.«
»Ich habe sie versorgt. Sie lebt. Schlaf jetzt.«
»Aber ... das Blut.«
Wachera verließ ihren Platz an der Kochstelle und ging zu Mona. Sie hob die Decke aus Ziegenfell und deutete auf die Wunde am Bein.

Grace blickte ungläubig hinüber. Monas Schenkel war sauber, und ein Lederriemen hielt einen Verband aus Gras und Blättern.
»Sie muss genäht werden ...« flüsterte Grace. Ihr war schwindlig.
Wachera griff nach oben. Dort hingen, wie Grace jetzt sah, viele Kalebassen und Lederbeutel. Wachera nahm einen Beutel herunter, schüttete etwas auf ihre Handfläche und hielt es Grace vor die Augen. In der dunkelbraunen Hand lagen Eisennadeln in mehreren Größen, schmale Streifen Schafsdarm und Rindenfäden. »Die Wunde ist geschlossen«, erklärte Wachera. Sie legte alles wieder zurück in den Beutel und hängte ihn an seinen Platz. Grace folgte ihren Bewegungen, aber ihr verschwamm alles vor den Augen. Sie sah die junge Medizinfrau nur noch als Umriss, und sie schien in einem langen Tunnel zu verschwinden. Grace hörte die singende Stimme und ihr wurde plötzlich klar, es war ihre eigene. Warum sang sie? Nein, sie sang nicht ... sie stöhnte.
Sie sank auf das Lager aus Bananenblättern. Ihr Körper schien völlig kraftlos zu sein. *Meine Patienten,* dachte sie. *Wo sind sie alle geblieben? Mario.* Ihr Kopf hämmerte. Sie legte eine Hand an die Schläfe und spürte dort Blätter. Grace schloss die Augen und verlor das Bewusstsein.

Wachera kauerte neben dem Mädchen und murmelte Zaubersprüche, während sie die Blätter entfernte und die Wunde betrachtete. Sie sah viel zornige Röte und Schwellung, und das hieß, böse Geister waren in das Fleisch eingedrungen. Deshalb nahm sie aus ihrem Beutel am Gürtel ein paar Blätter, steckte sie in den Mund, kaute kurz und legte sie auf die Wunde, die mit Rindenfaden genäht war. Sie erneuerte den Verband aus trockenen Blättern und begutachtete die Brandwunde auf Monas Rücken. Der Aloe-Saft in der Kalebasse reichte gerade noch für eine Behandlung; dann musste sie David hinausschicken, um frischen zu holen. Aber wo war David?
Sie blickte zur Türöffnung. Es regnete immer noch. Es regnete ununterbrochen seit dem Unwetter; die Welt war grau und nass.
Wachera deckte das Mädchen wieder mit den warmen Ziegenfellen zu und ging hinüber zur *Memsaab,* die noch bewusstlos war. Wachera blickte auf sie hinunter. Sie war noch nie einer weißen Frau so nahe gewesen, hatte noch nie eine weiße Frau berührt. Neugierig betrachtete sie die farblose Haut, die braunen Haare, die so weich waren wie Maisfäden. Sie griff nach den Händen und staunte über das Fehlen von Schwielen. Die *Muzungu* war weiß und weich wie ein neugeborenes Lamm. Wachera staunte, dass solche Frau-

en im Kikuju-Land überleben konnten. Doch sie überlebten, und Tag für Tag erschienen neue mit ihren Helmen, die breiter waren als ihre Schultern, und ihre Kleider schützten jeden Fleck ihrer verwundbaren Haut.
Warum kommen sie hierher? Warum sind sie hier?
Die Medizinfrau saß neben der schlafenden *Memsaab* und legte ihr die Hand auf die kühle trockene Stirn. Das pochende Leben am Hals der *Memsaab*, die Kraft des Geistes ihrer Ahnen war stark. Sie war gesund. Sie würde überleben. Aber sie war halb blind. Gegen den Verlust des Augenlichts der *Memsaab* konnte Wachera nichts tun.
David trat in die Hütte und schüttelte den Regen ab. Dann hockte er sich ans Feuer. Er warf einen verstohlenen Blick zu dem schlafenden weißen Mädchen auf seinem Lager. Er wünschte, sie würde sterben.
Wachera warf etwas Rinde und ein paar Wurzeln in den Topf mit kochendem Wasser und befahl ihrem Sohn, zum Fluss zu gehen und drei Lilien von der »Farbe einer Ziegenzunge« zu bringen. Aber er dürfe nicht versuchen, den Fluss zu überqueren und in die anderen Dörfer zu gehen, ermahnte sie ihn. Denn das Wasser stieg immer noch, und der Flussgeist werde ihn an sich reißen und in die Tiefe ziehen. Sie umarmte David, dankte Ngai für seine Rettung und sah ihrem Sohn nach, der wieder hinaus in den Regen lief.
Sie wollte sich wieder dem Topf zuwenden, stellte jedoch fest, dass die *Memsaab* aufgewacht war und sie ansah.
»Wie geht es Mona?«, fragte Grace.
Wachera nickte, um anzudeuten, dass es ihr gut ging.
Grace versuchte, sich aufzusetzen. Überrascht stellte sie fest, dass ihr Nachthemd trocken und sie sauber war. Sie begriff, dass die Medizinfrau sie gewaschen haben musste.
In der Hütte war es rauchig und dunkel. Durch die Türöffnung drang graues Tageslicht herein. Ein Regenvorhang nahm ihr jede Sicht. Grace versuchte, sich zu orientieren und blinzelte verwirrt. Erst jetzt bemerkte sie, dass mit ihren Augen etwas nicht stimmte. Wachera sah ihr Gesicht und sagte: »Dir ist etwas auf den Kopf gefallen. Hier«, fügte sie hinzu und deutete auf ihre eigene Schläfe.
Grace betastete den Blätterverband auf der Stirn über dem rechten Auge. Sie erinnerte sich nicht mehr daran, dass ein brennender Grasklumpen sie getroffen hatte. Sie bewegte die Hand vor dem rechten Auge hin und her, konnte aber nichts sehen.

»Ich konnte dein Augenlicht nicht retten«, sagte Wachera. Grace sah sie überrascht an. »Woher weißt du, dass ich auf diesem Auge nichts sehe?«
»Das alte Wissen. Wenn man hier am Kopf getroffen wird, verliert man das Augenlicht.« Sie griff nach einer leeren Kürbisschale, füllte etwas Flüssigkeit aus dem Topf hinein und reichte sie Grace.
»Was ist das?«
»Es wird dir Kraft geben. Trink.«
Grace blickte auf die dampfende Flüssigkeit.
Es roch aromatisch und nicht unangenehm. Aber sie traute der Medizinfrau nicht. »Was ist es?«, fragte sie noch einmal.
Wachera gab keine Antwort. Sie wandte sich von der *Memsaab* ab und ging zu dem Mädchen hinüber, das sich bewegte. Sie legte den Arm um Monas Schulter, richtete sie auf und hob eine Schale an ihre trockenen Lippen. Mona trank mit geschlossenen Augen und kraftlosem Körper. Grace wollte protestieren. Sie wollte ihre Nichte der Medizinfrau entreißen und sich selbst um Mona kümmern. Aber ihr wurde schon wieder übel. Sie stellte die Schale auf den Boden und streckte sich wieder aus.
Sie dachte über ihr rechtes Auge nach. Sie wusste, durch einen Schlag gegen die Schläfe konnte sich die Netzhaut ablösen; auf diese Weise war Admiral Nelson erblindet. Es gab keine Heilung. Aber woher wusste die Afrikanerin das?
Grace versuchte, diese seltsame Schwäche zu ergründen, ihre Unfähigkeit, dieses primitive Lager zu verlassen. *Ich muss Hilfe holen. Ich muss mich melden* ... Sie dachte an die Missionshelfer, an ihre Patienten, an Mario. Die Leute mussten zur Mission zurückgeholt werden, um die Krankenstation wieder aufzubauen. Sie dachte an das verkohlte, ausgebrannte Vogelsang-Cottage im strömenden Regen. Alles war zerstört.
Sie lauschte dem Regen. Er wirkte einschläfernd. Sie beobachtete, wie die Medizinfrau der halb bewusstlosen Mona das Getränk einflößte. Der aromatische Duft erfüllte die Hütte. Es schien selbst als Dampf belebend zu wirken. Was für ein Tee war das? Grace griff nach der Schale, aber ihre zitternde Hand stieß sie um. Das schwarze Getränk versickerte im Lehmboden.
Wachera arbeitete schweigend und langsam. Sie drehte Mona auf die Seite und überprüfte ihren Verband. Dann hüllte sie das Kind sorgsam wieder in die Ziegenfelle. Sie ging zur Feuerstelle zurück, nahm die Schale, die Grace umgeworfen hatte, füllte sie wieder und setzte sich neben die *Memsaab*. Als

Grace sich aufrichten wollte, legte Wachera ihr den starken Arm um die Schulter und stützte sie. Die Medizinfrau hielt ihr die Schale an die Lippen, und Grace trank.

»Hast du Schmerzen?«, fragte Wachera.

»Ja. Im Kopf. Fürchterliche Schmerzen ...«

David kam zurück. Er legte die drei Wasserlilien auf den Boden und setzte sich an die Hüttenwand.

Wachera verließ die *Memsaab* und nahm sich die Pflanzen vor. Sie löste die Wurzeln von den Blättern, legte die Blüten in etwas heißes Wasser und ließ es unter Rühren aufkochen. Grace beobachtete hilflos den einfachen Vorgang, durch den ein Sud entstand. Sie hatte stechende Kopfschmerzen. Ihr wurde übel.

Als das Getränk abgekühlt war, kam Wachera wieder zu Grace, half ihr, sich aufzurichten, und hielt ihr die Schale an die Lippen. Aber Grace zog den Kopf zurück. »Wasserlilien?«, fragte sie schwach. »Das kann ich nicht trinken.«

»Es ist gegen Kopfschmerzen.«

»Aber ... sind sie nicht giftig?«

»Das ist kein Gift.«

Grace musterte das dunkle Gesicht dicht vor ihr. Wacheras Augen glichen den dunklen Kieseln im Flussbett. Sie wirkten unergründlich. Grace blickte auf den rosa Tee und trank.

»Wie fühlst du dich?«, fragte Wachera kurze Zeit später, während sie Hirsebrei aufsetzte.

»Besser«, sagte Grace und staunte. Die Schmerzen in ihrem Kopf ließen nach, und sie spürte, wie ihre Kräfte allmählich zurückkehrten.

Jetzt gelang es ihr, sich zu konzentrieren und ihre Gedanken zu ordnen. Sie blickte zu dem Jungen hinüber, der mürrisch an der Hüttenwand saß, und fragte sich, was er und Mona in der Operationshütte getan hatten. Dann erkundigte sie sich bei Wachera, ob es möglich sei, die anderen davon zu verständigen, wo sie war.

Wachera rührte die Hirse; ihre Perlenarmreife klickten leise. »Es regnet. Mein Junge kann nicht über den Fluss. Ich kann nicht über den Fluss. Wenn der Regen aufhört, wollen wir es versuchen.«

Grace dachte an die Welt hinter der Lehmwand. Sie hatte solche Unwetter schon erlebt. Der Fluss trat über die Ufer, alle Wege und Straßen versanken im Schlamm. Die Leute waren eingeschlossen und konnten nicht weg, und die Unglücklichen, die der Regen unterwegs überraschte, ertranken.

Wachera reichte ihr eine Schale voll Hirsebrei. Grace stellte fest, dass sie Hunger hatte und aß mit Appetit. Wachera fütterte zuerst Mona, die offenbar immer noch nicht ganz bei Bewusstsein war, dann aß sie selbst. David schlang den Brei hinunter, legte sich mit dem Gesicht zur Wand auf sein Blätterlager und schlief.

Grace erwachte als Erste. Sie blickte in das Grasdach hinauf, hörte, dass es immer noch regnete, und setzte sich langsam auf.

Wachera schlief noch neben David. Sie schmiegte sich an seinen Rücken und hatte einen Arm schützend über ihn gelegt. Grace kämpfte gegen das Schwindelgefühl an; schließlich gelang es ihr, das Blätterlager zu verlassen. Sie ging hinüber zu Mona und fühlte ihr sofort den Puls.

Grace fuhr erschrocken zurück. Mona glühte im Fieber.

Sie entfernte den Blätterverband an Monas Schenkel und sah erstaunt die Reihe ordentlicher Stiche. Die Wunde war rot, nässte aber nicht. Als Nächstes überprüfte sie die Brandwunde auf Monas Rücken. Es würde eine Narbe zurückbleiben. Aber dank Wacheras schnellem Handeln gab es keine Anzeichen einer Infektion.

Das Fieber hatte also eine andere Ursache. Es konnte alles Mögliche sein: der kalte Regen, die mysteriösen Getränke der Medizinfrau, der Biss oder Stich eines der Insekten, die in beunruhigenden Mengen in der Hütte lebten.

Monas Fieber musste sinken, und zwar schnell. Ohne Thermometer konnte Grace die genaue Temperatur nicht bestimmen, aber das Kind fühlte sich gefährlich heiß an. Grace erhob sich und ging zur Türöffnung. Rose hatte in ihrem Badezimmer oben im Haus bestimmt Aspirin. Aber der Regen bildete eine undurchdringliche Mauer zwischen Wacheras Hütte und dem Steilhang. Grace wusste, es gab keinen Weg nach oben mehr.

Sie hörte ein Geräusch, drehte sich um und sah, dass die junge Afrikanerin wach war und nach einem Lederbeutel griff. Wachera schien nicht zu merken, dass die *Memsaab* nicht mehr auf ihrem Bett lag, sondern an der Türöffnung stand; sie war völlig damit beschäftigt, Wurzeln aus dem Beutel zu nehmen und sie zwischen zwei Steinen zu zermahlen. Die breiige Masse rührte sie in eine Schale Wasser und ging damit zu Mona. Als sie die Schale an Monas Lippen setzte, sagte Grace: »Halt!«

Wachera beachtete sie nicht.

Monas Lider zuckten, ihr Mund öffnete sich, und sie schluckte etwas von der Flüssigkeit.

Grace war mit einem Satz bei Wachera und riss ihr die Schale aus der Hand. »Was gibst du ihr da?«

»*Akazie*«, antwortete die Medizinfrau; sie benutzte den Kikuju-Namen des Baums. »Es wird das Feuer aus ihrem Körper ziehen.«

»Woher weiß ich, dass es sie nicht umbringt? Woher weiß ich, dass nicht deine Medizin sie krank macht?«

Wachera starrte Grace kalt und ausdruckslos an. Dann griff sie nach der Schale und hielt sie fest. »Meine Medizin macht das Mädchen nicht krank. Die bösen Geister der Krankheit sind in seinem Körper.«

»Unsinn! So etwas wie böse Geister gibt es nicht.«

»Es gibt sie.«

»Zeig sie mir.«

»Man kann sie nicht sehen.«

»Und ich sage dir, so etwas gibt es nicht. Mona ist krank, weil Krankheitserreger in ihren Körper eingedrungen sind ... winzige Dinger, die wir ›Mikroben‹ nennen, machen sie krank.«

»Zeig mir diese Mikroben.«

»Sie sind zu klein. Man kann sie nicht sehen ...«, Grace schwieg verdutzt. Sie überließ Wachera die Schale und sah zu, wie Mona im Halbschlaf die Medizin trank.

Als die Schale leer war, zerstampfte Wachera frische Akazienwurzeln, rührte sie in kaltes Wasser und schob die Ziegenfelle von Mona. Mit einem weichen Stück Leder wusch sie das fiebernde Mädchen von Kopf bis Fuß.

Sie saßen sich am Feuer gegenüber. Grace hatte sich als Schutz gegen den kühlen Wind Ziegenfelle umgehängt; Wachera rührte den Hirsebrei. Grace blickte immer wieder durch die Türöffnung und konnte sehen, wie der Poloplatz ihres Bruders sich in einen See verwandelte. Ihr Blick glitt zu Wacheras schlafendem Sohn, zu Mona, die sich im Fieber hin und her warf, und schließlich zur Medizinfrau auf der anderen Seite des Feuers.

Grace war Wachera noch nie so nah gekommen, hatte sie eigentlich nie richtig gesehen. Jetzt tat sie es und entdeckte, was ihr vorher entgangen war: die Kikuju-Frau war schön. Die Zeit und das harte Leben hatten ihren Kör-

per noch nicht verwüstet, und in ihren Augen lag ein Ausdruck von Würde. Zu ihrer Überraschung bemerkte Grace auch Mitgefühl darin.
Grace beobachtete, wie die geschickten braunen Hände Gemüse zerteilten und in die Hirse warfen. Kupferarmreife glänzten im Feuerschein; die von vielen Perlenringen lang gezogenen Ohrläppchen streiften die dunkelbraunen Schultern. Wachera lebte seit neun Jahren allein in dieser Hütte, entbehrte die Gesellschaft und Sicherheit des Dorfes, klammerte sich an ein Fleckchen scheinbar unbedeutender Erde und hatte nur ein kleines Kind, ihren Sohn, als Gesellschaft. Wie ertrug sie das? Wachera war noch jung und musste für die Männer ihres Stamms begehrenswert sein. Wie konnte sie so viel einem vergeblichen Kampf opfern, in dem sie völlig allein stand?
»Du bist ganz auf dich gestellt, Grace«, hatte sie plötzlich Valentines Worte im Ohr, »ich werde dir bei deiner Missionsstation nicht helfen. Du hast dich dafür entschieden, nach Afrika zu kommen. Du willst dich um einen Haufen Eingeborener kümmern, die es dir letztlich nie danken werden. Ich billige dein Vorhaben nicht. Von mir wirst du keine Hilfe bekommen.«
Grace sah ihr kleines Haus vor sich und die Schatten darin, die ihre einzige Gesellschaft waren.
Wachera hob den Kopf. Ihre Blicke trafen sich. Grace zog die Ziegenfelle zitternd enger um sich. In den Augen der Medizinfrau lagen unausgesprochene Fragen. Grace sah die höfliche Neugier, den Wunsch nach Wissen und erkannte, das alles musste auch in ihrem Blick liegen.
Schließlich fragte Wachera ruhig: »Warum bist du gekommen?«
»Gekommen?«
»Ins Kikuju-Land. Weil dein Mann gekommen ist?«
»Ich habe keinen Mann.«
Wachera sah sie misstrauisch an. »Und der, den sie *Bwana* Lordy nennen ...«
»Er ist mein Bruder.«
»Wem gehörst du dann?«
»Ich gehöre niemandem.«
Wachera sah sie ungläubig an. Das war eine völlig fremde Vorstellung für sie. Sie unterhielten sich in Kikuju, und in dieser Sprache gab es kein Wort für »Jungfrau«. Nur die sehr jungen Mädchen waren unverheiratet. Bei den Kikuju heirateten alle Frauen.
»Du gehörst auch niemandem«, sagte Grace.
»Das ist wahr.« Wachera war in ihrem Stamm eine Ausnahme. Wäre sie nicht die Medizinfrau und Witwe des großen Mathenge gewesen, hätte

man sie ausgestoßen. Mit einem Blick auf Mona fragte sie: »Ist das deine Tochter?«
»Sie ist die Tochter der Frau meines Bruders.«
Wacheras Augen wurden groß. »Du hast keine eigenen Kinder?«
Grace schüttelte den Kopf.
Der Hirsebrei blubberte; die Bambusstäbe der Hütte knarrten unter den Windstößen. Die junge Afrikanerin dachte verwirrt nach.
»Ich habe deinen Mann gekannt«, sagte Grace leise, »ich habe ihn geachtet.«
»Du hast ihn getötet.«
»Nein.«
»Nicht mit eigener Hand«, sagte Wachera, und ihre Stimme klang hart. »Zuerst hast du seine Gedanken vergiftet.«
»Ich habe Mathenge nicht von den Sitten der Kikuju abgebracht. Wir sind nicht alle gleich, wir *Wazungu,* so wie nicht alle Kikuju gleich sind. Ich war gegen die Zerstörung des heiligen Feigenbaums. Ich habe meinem Bruder gesagt, er soll ihn stehen lassen.«
Wachera dachte nach. Dann blickte sie zu Mona, die offenbar aufwachte, und ging hinüber. Die beiden Frauen untersuchten die Wunden. Wachera begann, beide mit dem Saft aus einer Kürbisflasche zu betupfen, und Grace fragte: »Was ist das?«
»Das Blut der Sisalpflanze.«
Grace beobachtete die langen Ebenholzfinger, die schnell und geübt arbeiteten. Wenn Grace bei ihrer Behandlung eine Wunde nicht mit Jod oder Permanganat desinfizierte, kam es zu einer ernsten Infektion. Die Medizinfrau besaß beides nicht, und doch heilten Monas Wunden offenbar sauber ab.
Grace sah sich in der Hütte um; an den runden Wänden hingen Kalebassen, Lederbeutel, magische Amulette, Schnüre mit Kräutern und Wurzeln, mit Kauri-Schnecken besetzte Gürtel und mit Perlen besetzte Halsreifen, die aussahen, als seien sie viele hundert Jahre alt. Grace versuchte, der Zauberei auf die Spur zu kommen, die hier, wie sie geglaubt hatte, praktiziert wurde.
»Herrin Wachera«, sagte Grace und benutzte die höfliche Form der Anrede in Kikuju, »du hast meinen Bruder und seine Nachkommen verflucht. Weshalb sorgst du dich jetzt um seine Tochter?«
Wachera legte den Arm um Monas Schulter und griff nach einer Schale mit kaltem Kräutertee. »Was ich tue, wird nichts an dem *Thahu* ändern. Das Kind hat eine schlimme Zukunft. Ich habe es gesehen.«

Grace blickte auf Monas weißes Gesicht, auf die zuckenden Lider, auf die blassen Lippen, die sich beim Trinken reflexartig öffneten und schlossen. Wie sah Monas Zukunft aus? Monas Eltern waren keine Eltern. In dem großen Haus brachte man ihr wenig Liebe entgegen. Das Treverton-Vermögen würde auf Arthur übergehen. Was würden die Jahre bringen, die vor Mona lagen? Grace versuchte, sich den Teenager vorzustellen, die junge Frau, die Ehefrau und Mutter. Aber sie sah nichts. Wo würde Mona zur Schule gehen? Wen würde sie heiraten? Wo würde sie leben? Wie würde sie in der Welt zurechtkommen? Grace hatte noch nie darüber nachgedacht. Aber jetzt, da sie es tat, beunruhigte es sie.
Ein starkes Besitzer greifendes Gefühl erfasste sie. Sie wollte das Kind der dunklen Medizinfrau wegnehmen und in ihren Armen dem Leben zurückgeben. *Eigentlich habe ich dich geboren,* dachte Grace, während sie zusah, wie Mona wieder auf das Lager zurückgelegt wurde und friedlich schlief. *Auf der Bahn zwischen Mombasa und Nairobi, als ich euch beinahe beide verloren hätte. Deine Mutter hatte nicht die Kraft, dich zur Welt zu bringen. Mein Wille hat dir das Leben geschenkt. Du gehörst mir.*
»Ich rette die Tochter der Frau deines Bruders«, sagte Wachera ruhig, »weil du meinen Sohn gerettet hast.«
Grace sah zu David hinüber, der in der Türöffnung stand und in den Regen hinausblickte. Er war ein schlaksiger, nachdenklicher Junge, und Grace vermutete, er würde eines Tages einmal so gut aussehen wie sein Vater.
»Wir sollten keine Feindinnen sein, du und ich«, sagte Grace schließlich zu Wachera und staunte selbst über diese Erkenntnis.
»Etwas anderes können wir nicht sein.«
»Aber wir sind uns ähnlich!«
Wachera sah sie misstrauisch an.
»Wir sind gleich«, sagte Grace erregt, »sagt nicht das Sprichwort: ›Das Krokodil und der Vogel schlüpfen aus dem Ei.‹«
Die Medizinfrau sah die *Memsaab* lange und nachdenklich an; dann streckte sie die Hand aus und nahm den Lederriemen ab, der den Blätterverband an Graces Stirn festhielt. Grace spürte die leichte Berührung von Wacheras Fingerspitzen und wusste, ohne es sehen zu müssen, dass die Wunde gut verheilte. Sie versuchte, Worte zu finden, die das ausdrücken würden, was sie so plötzlich und unerwartet von Herzen empfand.
»Wir dienen beide den Kindern Mumbis«, sagte sie leise, während Wachera

die Wunde vorsichtig mit Sisalsaft betupfte, damit nichts in das verletzte Auge rann. »Wir dienen beide dem Leben.«
»Das ist nicht dein Land. Deine Ahnen wohnen nicht hier.«
»Nein, aber mein Herz.«
Gemeinsam tranken sie eine Schale Zuckerrohrwein. Sie reichten sie sich schweigend, lauschten auf den Regen, und ihre Blicke richteten sich auf den dampfenden Hirsebrei. Plötzlich hörte man außer dem unablässigen Trommeln des Regens andere Geräusche: schreiende Esel, rufende Männer, einen jaulenden Motor. Dann erkannte Grace Marios Stimme, die sich der Hütte näherte. Sie wollte aufstehen, aber Wachera hielt sie mit einer Handbewegung davon ab. »Vor zwanzig Ernten«, sagte sie, »hast du Njeri aus Gachikus Leib geholt. Gachiku war die Lieblingsfrau meines Mannes. Njeri war die Freude seiner Augen.«
Grace wartete.
»Das *Thahu*, vor dem wir uns fürchteten, ist nie gekommen. Njeri, die Schwester meines Sohnes ist jetzt ein Mädchen und wird unserer Familie Ehre machen.«
»*Memsaab!*«, rief Mario vor der Hütte. Man hörte das Geräusch von Füßen, die durch den Schlamm näher kamen. »Sind Sie da drin, *Memsaab?*«
»Herrin Wachera«, sagte Grace leise, »ich werde dir nie genug für das danken können, was du getan hast. Du hast meinem Mädchen das Leben gerettet. Ich stehe für immer in deiner Schuld.«
Ihre Blicke trafen sich zum letzten Mal.
»Leb wohl, *Memsaab Daktari*«, sagte Wachera.

7

Der Geländewagen raste über die unbefestigte Straße, schleuderte Kies und Steine in die Luft und zog eine lange rote Staubfahne hinter sich her. James Donald umklammerte das Steuer so fest, dass die Knöchel weiß hervortraten. Er hielt Ausschau nach Schlaglöchern und großen Steinbrocken, während er mit Vollgas dahinjagte. Als der Wagen mit heulendem Motor und ratterndem Fahrgestell den Hang hinunterschoss, richteten sich die Frauen auf den Feldern von der Arbeit auf, und die Männer, die an den neuen Steinhäusern der Grace-Treverton-Mission bauten, legten die Hand schützend über die Augen und sagten zueinander, der *Wazungu* scheine es *immer* eilig zu haben.
Schließlich hielt der Wagen mit einem Ruck und in einem Regen aus Sand und Staub an. James sprang heraus und rannte los, noch ehe der Motor verstummt war. Ein paar Afrikaner erkannten ihn, winkten und riefen ihm etwas zu, aber er sah und hörte nichts. Mit seinen langen Beinen rannte er durch das geschäftige Treiben auf dem Gelände und stürmte die Verandastufen des bereits wieder notdürftig instand gesetzten Vogelsang-Cottage hinauf. Er fragte den erschrockenen Mario atemlos: »Wo ist die Memsaab?« Und noch ehe Mario ausgesprochen hatte, dass sie »im Dorf« war, hatte sich Sir James bereits auf dem Absatz umgedreht und lief zum Fluss hinunter.
Die Holzbrücke hallte unter seinen Stiefeln, und der Schweiß rann ihm über das Gesicht. Er verlangsamte sein Tempo nicht, als er den Eingang des Dorfs erreichte. Die Kikuju drehten sich um und starrten ihm nach, als der weiße Mann so plötzlich in ihrer Mitte erschien und rief: »Wo ist *Memsaab Daktari?*«
Er fand sie umringt von Frauen, denen sie zeigte, wie man bei Verzerrungen und Brüchen erste Hilfe leistet. Als er sich durch die Gruppe drängte, blickte sie auf. »James!«

»Gott sei Dank! Ich habe dich gefunden, Grace!« Er griff nach ihrer Hand.
»Was ...«
»Du musst mitkommen! Ein Notfall!« Er zog sie mit sich, und sie rannten davon. Er ließ ihre Hand nicht mehr los.
Der Tropenhelm flog ihr vom Kopf, und sie rief: »Warte, James ...«
Er rannte weiter und zog sie mit sich.
»Meine Tasche ist noch dort«, keuchte sie atemlos.
Er antwortete nicht. Sie rannten unter dem natürlichen Torbogen hindurch und auf dem Pfad in den Wald.
»James, was ist geschehen? Seit wann bist du in Kenia?«
Plötzlich verließ er den Pfad, stürmte zwischen den Bäumen weiter und hielt sie immer noch fest. Sie suchten sich einen Weg zwischen Büschen und dichtem Unterholz; Vögel flogen vor ihnen auf, und über ihren Köpfen schimpften Affen. »James!«, rief sie, »sag mir ...«
Er blieb plötzlich stehen, drehte sich um, zog sie in die Arme und presste seinen Mund auf ihre Lippen.
»Grace«, murmelte er, küsste ihr Gesicht, ihr Haar, ihren Hals, »ich glaubte, ich hätte dich verloren. Man hat gesagt, du seist tot. Man hat gesagt, du seist in den Flammen umgekommen. Ich bin sofort losgefahren ...«
Sie küssten sich gierig. Grace hatte die Arme um ihn gelegt und drückte sich fest an ihn.
»Ich bin den ganzen Weg von Entebbe hierhergefahren«, sagte er. »In Nairobi hat man mir gesagt, dass du lebst.«
»Wachera ...«
»O Gott, ich dachte, ich hätte dich verloren.« Er vergrub sein Gesicht in ihrem Haar. Seine starken Arme pressten sie so eng an sich, dass sie kaum atmen konnte.
Im Schutz der wilden Blumen, von Bambus und Zedern sanken sie zu Boden. Sein harter Körper lag auf ihr. Durch die Zweige sah sie den blauen afrikanischen Himmel. Der Wald um sie herum verschwamm, als James murmelte: »Ich hätte dich nie verlassen sollen«, und dann sagten sie nichts mehr.

Sie lagen in ihrem Bett und unterhielten sich leise. Es war kurz vor dem Morgengrauen; die Mission würde bald mit dem Lärm von Hämmern und Meißeln, dem Singen der Kinder in ihrer Schule unter freiem Himmel zum Leben erwachen. Diesmal hatten James und Grace sich langsam geliebt und die Nachtstunden ausgedehnt, um jede Minute zu genießen.

»Ich war im Busch, als ich es erfuhr«, sagte James. Grace lag in seiner Armbeuge, und er strich ihr beim Sprechen über das Haar. »Auf der ganzen langen Fahrt hierher dachte ich, ich komme zu deinem Begräbnis.«
»Ich war in den ersten Tagen nach dem Unglück in Wacheras Hütte. Wir waren durch das Unwetter von allen abgeschnitten.«
»Ich werde dich nie mehr verlassen, Grace.«
Sie lächelte traurig und legte ihm die Hand auf die nackte Brust. Wenn das Leben ihr nie wieder etwas schenken würde, so hatte sie doch diese Nacht gehabt. »Nein, James, du musst zurück. Dein Leben ist bei Lucille und den Kindern. Wir haben nicht das Recht dazu.«
»Unsere Liebe gibt uns das Recht.«
»Und wie würden wir leben?«
»Ich gehe nach KILIMA SIMBA zurück.« Doch noch während er es aussprach, hörte er, wie hohl die Worte klangen. Der Schmerz darüber veranlasste ihn, sie noch enger an sich zu ziehen. »Ich liebe dich seit zehn Jahren, Grace. Es gab Zeiten, in denen ich Folterqualen litt, wenn ich nur in deiner Nähe war. Ich dachte, es wäre leichter, wenn ich nach Uganda ginge. Aber ich habe seitdem jeden Tag nur an dich gedacht.«
»Und ich habe an dich gedacht. Ich werde nie aufhören, dich zu lieben, James. Mein Leben und meine Seele gehören dir.«
Er stützte sich auf einen Ellbogen und blickte auf sie hinunter. Er prägte sich jede Einzelheit ihres Gesichts ein, die Haare auf dem Kissen, die Rundung des Schlüsselbeins. Er würde dieses Bild mit zurücknehmen in den Dschungel von Uganda.
»Ich werde das Buch schreiben«, sagte sie, »das medizinische Handbuch für Laien in der Wildnis. Ich werde es dir widmen, James.« Sie berührte seine Wange. Die Falten in seinem Gesicht waren noch tiefer eingegraben; die Haut noch mehr von der Sonne verbrannt. Sie wusste, er würde nie besser aussehen als in diesem Moment.
James küsste sie, und sie liebten sich noch einmal.

Vierter Teil

Am Freitag, 15. August, Mariä Himmelfahrt, hielt sich der Befehlshaber mit acht Booten auf der einen Seite Mombasas, sein Sohn Don Lorenço mit deren drei auf der anderen Seite auf, und früh am Morgen bewaffnete sich jeder Mann und nahm das Frühstück ein. Der Befehlshaber hatte angeordnet, dass auf sein Zeichen mit einer BOMBARDA GROSSA jeder anzulegen hätte, und so glitten alle Boote in Küstennähe, und bei Eintreffen der Flut wurde die Bombarde abgefeuert. Sofort sprang jeder, in geordneter Reihenfolge, an Land, die Armbrustschützen und die Musketiere an der Spitze. Als sie den Steilhügel erklommen und die Stadt erreicht hatten, trafen sie einige in der Nacht ausgebrannte Häuser an. Im Innern der Stadt, wo die Häuser drei Stockwerke hoch waren, wurden sie auf lebhafte Weise mit Steinen empfangen ...

Francisco de Almeida
Portugiesischer Vizekönig, 1506

1937

1

David Mathenge reckte und streckte sich. Es war früh am Morgen. Er blickte hinüber zur anderen Hütte, in der seine Mutter lag und schlief, und dachte an das vom Abendessen übrig gebliebene *Ugali*.
Er hatte Hunger. In letzter Zeit schien er immer hungrig, geradezu ausgehungert zu sein, aber nicht nur nach Essen, sondern auch nach anderen Dingen: nach der Freiheit, sein Leben zu ändern, nach der Möglichkeit, die leidenschaftliche und unberührbare Wanjiru zu seiner Frau zu machen. Mit neunzehn war David Kabiru Mathenge ein junger Mann, der nichts als Hunger kannte. In seinem großen drahtigen Körper brannten eine Energie und eine Ruhelosigkeit, die er kaum unter Kontrolle halten konnte. Jeden Morgen, wenn er aufstand und aus der Junggesellenhütte trat, die er sich gebaut hatte, glaubte er, die Welt sei über Nacht etwas kleiner geworden. Auch jetzt, als er blinzelnd in den bleichen Morgen blickte, war er fest davon überzeugt, dass der Fluss schon wieder kleiner und das Ufer schmaler sei. Er fühlte sich von allen Seiten bedrängt und eingeengt. David wollte aus dieser winzigen, erstickenden Welt ausbrechen und in eine größere fliehen – in eine Welt, in der er frei atmen und ein Mann sein konnte.
Wanjiru.
Die Gedanken an sie, sein brennendes Verlangen nach ihr hatten ihn kaum schlafen lassen. Womit hatte man ihn verzaubert, dass ihn das körperliche Verlangen so verzehrte? Aber David wusste, nicht Zauberei ließ ihn nach Wanjiru hungern; es lag an Wanjiru.
Äußerlich gesehen konnte man Wanjiru vielleicht nicht für eine Schönheit halten. Sie hatte ein rundes und durchaus nicht ungewöhnliches Gesicht, aber einen begehrenswerten Körper mit großen spitzen Brüsten und festen, starken Beinen. Wanjirus Temperament setzte David in Flammen – das kalte Feuer in ihren Augen, die Glut in ihrer Stimme und ihre Entschlossenheit, selbst in Gegenwart von Männern nicht bescheiden und unter-

würfig zu sein. Ganz besonders nicht in Gegenwart von Männern! Mehr als einmal hatte Wanjiru eine friedliche politische Versammlung unter einem Feigenbaum gestört, indem sie laut und mutig die Stimme erhob und versuchte, die Männer zum Handeln anzustacheln, anstatt sich, wie sie sagte, mit Worten, immer nur mit Worten abzufinden. Natürlich ärgerten sich die Männer darüber. Sie mochten Wanjiru nicht. Sie gingen ihr aus dem Weg, denn sie hatte die Schule besucht, konnte lesen und schreiben und wusste mehr über Kolonialpolitik als die meisten – obwohl sich das natürlich niemand eingestehen wollte. Die Sippe hatte sie ausgestoßen, weil sie den Engländern die Stirn bot und unbeirrbar darauf beharrte, den Status der afrikanischen Frauen zu verbessern. Wanjiru machte die jungen Männer verlegen, die Davids Freunde waren. Sie fühlten sich in ihrer Nähe unwohl. Wenn sie vorüberging, lachten sie unsicher und machten unanständige Bemerkungen. Aber in den Augen vieler hatte David das Verlangen gesehen, wenn Wanjiru erschien.

Sie war für sein Herz eine Freude und ein Fluch. Die Gedanken an sie lösten bei ihm Hochgefühle aus, beschwerten ihn aber auch. Immer öfter dachte er an die alte Sitte des *Ngweko;* in den Dörfern wurde sie immer noch praktiziert, verschwand aber allmählich unter dem Druck der Missionare.

Ngweko bedeutet auf Kikuju »streicheln«, und es war eine Form des ritualisierten intimen Kontakts junger Leute vor der Heirat. Junge Männer und Mädchen versammelten sich zum Tanzen und Feiern; man wählte sich einen Partner, und die Paare verschwanden in den Junggesellenhütten der Männer. Dort zog der junge Mann sich nackt aus, das Mädchen behielt jedoch die Lederschürze an und band sie sittsam zwischen den Beinen nach hinten. Die jungen Leute legten sich einander zugewendet auf das Lager, schlangen die Beine umeinander und streichelten Brust und Körper des anderen. Dabei unterhielten sie sich zärtlich, bis sie einschliefen. *Ngweko* führte nicht zum Geschlechtsverkehr; das war tabu. Die Frau durfte den Penis des Mannes nicht berühren, und der durfte ihre Schürze nicht zur Seite schieben. Sollte er trotzdem in sie eindringen, musste er dem Vater als Strafe neun Ziegen bezahlen, und die junge Frau musste für alle jungen Männer ihrer Altersgruppe ein Fest veranstalten.

In letzter Zeit lag David nachts wach und dachte an Wanjiru. Er stellte sich vor, sie käme plötzlich mit Essen und Zuckerrohrwein in seine *Thingira*, in seine Junggesellenhütte. Dann würden sie sich der Sitte entsprechend zusammenlegen und liebkosen. In seinen Träumen taten sie das schon seit einiger Zeit, und deshalb durfte er ihr den Penis zwischen die Schenkel schieben und zum Höhepunkt kommen – eindringen durfte er natürlich nicht. Aber in seinen Fantasien war das nicht notwendig. David gab sich zufrieden mit *Orugane wa Nyondo*, »der Freude der wärmenden Brust«, der Liebe nach Kikuju-Art.

Wäre Wanjiru wie jedes andere Kikuju-Mädchen gewesen, hätte David ihren Vater aufgesucht, ihm einen Preis angeboten und Wanjiru gekauft. Dann hätte er sie mit hierher gebracht, ihr neben der Hütte seiner Mutter eine Hütte gebaut und wäre zu ihr gegangen, wann immer er wollte. Doch Wanjiru war nicht wie alle anderen Frauen. Das erste Problem war ihre Bildung; sie war die einzige Frau mit einer Schulbildung, die David kannte, obwohl er wusste, es gab andere in Kenia, und ihre Zahl wuchs. Deshalb war Wanjiru tabu und als Ehefrau nicht geeignet. Wäre David so kühn gewesen, sie zu kaufen, hätten seine Freunde ihn aus ihrem Kreis ausgeschlossen. Das zweite Problem war seine Mutter. Wachera lehnte Wanjiru ab, weil sie mit Jungen die Schule besucht hatte, europäische Kleider trug und in Anwesenheit von Männern das Wort ergriff. Aber Davids größtes Problem mit Wanjiru bestand darin, dass er für sie Luft war.

Seine Mutter kam aus ihrer Hütte. Sie begrüßte ihn und ging mit dem Wassertopf hinunter zum Fluss. Er sah ihr voll Stolz nach.

Wachera hatte sich den Kräften der Veränderungen und der »Europäisierung« widersetzt. Unter den Kikuju war sie inzwischen eine lebende Legende, denn sie hatte dem Gesetz des weißen Mannes getrotzt, der die Ausübung der Stammesmedizin verbot, und sie lebte ohne Mann. Deshalb waren ihre geheimnisvolle Autorität und ihr Ansehen im Laufe der Jahre gewachsen.

Ungewollt musste David an Njeri denken.

Seine Halbschwester unterschied sich sehr von den beiden anderen Frauen in seinem Leben. Sie kleidete sich wie Wanjiru und trug die abgelegten Sachen der Frau von *Bwana* Lordy. Aber sie besaß nichts von Wanjirus Kampfgeist und Temperament. Njeri war ebenfalls siebzehn, und wie es der alten Sitte entsprach, schickte sie sich gehorsam und ohne Klagen in ihr Los, obwohl sie die alten Sitten ablehnte und die *Wazungu* auf erniedrigende Weise anbetete.

Njeri wollte unbedingt weiß sein, das wusste David. Sie verachtete ihre schwarze Haut und schenkte der Lüge des weißen Mannes von der Minderwertigkeit ihrer Rasse Glauben. Sie klammerte sich an *Memsaab* Mkubwa, als hinge ihr Leben davon ab, und verbrachte ihre Tage auf der Olivenbaumlichtung zu Füßen der *Memsaab*. Seit der Reise nach England vor acht Jahren folgte Njeri der *Memsaab* auf Schritt und Tritt. Gedanken an seine Schwester beschämten David und durchbohrten sein Herz, wie es Wanjiru nicht vermochte. Eines Tages hatte er Njeri unten am Fluss entdeckt, als sie ihren Körper so lange mit Bimsstein bearbeitete, bis sie blutete. Sie versuchte, die Schwärze ihrer Haut abzureiben.

Der Morgen erwachte mit dem Gezwitscher der Vögel zum Leben, und die Affen begannen, aufgeregt in den Bäumen zu schnattern. David zwang sich, nicht mehr an die drei Frauen in seinem Leben zu denken, und erinnerte sich an das bevorstehende wichtige Treffen.

Er hatte einen Brief an die TIMES in England geschrieben, wider Erwarten Antwort bekommen und deshalb eine Versammlung der *Young Kikuju Alliance* einberufen, die politische Organisation, die er und seine Freunde vor zwei Jahren gegründet hatten. Die heutige Versammlung diente zwei Zielen: Er wollte Unterschriften für die Petition sammeln, die er aufgesetzt hatte und in der er von der Regierung eine Universität für Afrikaner in Kenia forderte; und er wollte seinen Brüdern den Brief zeigen, den Jomo Kenyatta ihm geschrieben hatte.

Dieser Name wurde allmählich in ganz Kenia berühmt, und ihn umgab inzwischen eine Aura der Macht. Jomo studierte in England und schrieb regelmäßig Artikel für die TIMES die in die Hände der heißblütigen jungen Kikujus der Zentralprovinz gelangten. Jomo Kenyatta erklärte in seinen Zeitungsartikeln den Engländern das Leben und die Sitten seines Stammes. Er erläuterte afrikanische Geheimnisse und machte sich in der britischen Öffentlichkeit zum Sprecher für die Unabhängigkeit der Schwarzen. In England galt er als Agitator. Für die Jugend Kenias wurde er ein Symbol ihres Kampfes.

Alle wussten, dass dieser Mann einmal Johnstone Kamau gewesen war; aber niemand wusste, weshalb er den Namen geändert hatte, und es gab viele Spekulationen darüber. Die meisten glaubten, Kenyatta habe sich nach dem Schmuckgürtel genannt, den er trug, dem *Kinyata*. David wusste, das stimmte nicht. Er vergaß die Nacht nie, als seine Mutter ihn mit in den Wald genommen hatte, wo der junge Johnstone Kamau auf einer geheimen Versammlung gesprochen hatte. Wachera hatte dem jungen Mann vorausgesagt, er werde eines Tages »Kenias Licht« sein, *Kenya taa*.

Als David an diese Versammlung dachte, erkannte er, dass sie immer mehr im Schatten der anderen stand, die jetzt überall in Kenia stattfanden. Der Nationalismus breitete sich aus. Das Selbstbewusstsein der Afrikaner wuchs. Die Funken, die Kenyatta in der Nacht vor acht Jahren schlug, hatten ein Buschfeuer verursacht, das die Engländer nicht mehr löschen konnten. Überall, angefangen bei den Luos am Victoriasee bis zu den Suahelis an der Küste, erwachte in den Stämmen der Kolonie das politische Bewusstsein.

David hatte die *Young Kikuju Alliance* gegründet, weil er und seine Freunde die *Kikuju Loyal Patriots* für zu gemäßigt hielten und die *Kikuju Central Association* keine jungen Leute aufnahm. Die Jugend brauchte ein Ventil und sie brauchte einen Sprecher. David Kabiru Mathenge war aus drei Gründen ihr gewählter Führer: Er war ein Mathenge, und mit diesem Namen verband sich für jeden Kikuju Macht; er war ein ausgezeichneter Redner und fürchtete sich nicht, seine Ansichten zu vertreten; vor allem hielten ihn seine Altersgenossen für den Intelligentesten und Gebildetsten unter ihnen.

Vor vier Jahren hatte er die Grundschule in der Grace-Treverton-Mission verlassen und die Oberschule in Nyeri besucht. Der Eingeborenenrat hatte sie gegründet, als die Familien ihre Kinder aus den Missionsschulen nahmen und sich zu einer eigenen Schule entschlossen hatten, denn sie waren nicht bereit gewesen, den Missionaren nachzugeben, die die Beschneidung der Mädchen bekämpften; und das neue Gesetz besagte, dass kein Afrikaner, der die Stammesinitiationsriten hinter sich hatte, eine Missionsschule besuchen durfte.

David verließ die kleine Missionsschule als bester Schüler. *Memsaab Daktari* hatte sehr bald die Intelligenz und rasche Auffassungsgabe des Jungen erkannt und sich seiner angenommen; sie schenkte ihm bei besonderen Gelegenheiten Bücher, die David verschlang und sich Wort für Wort einprägte. Als er zur weiterführenden Schule überwechselte, war er den anderen Schülern seiner Klasse weit voraus; deshalb hatte der Schulleiter für David Mathenge ein besonderes Lehrprogramm aufgestellt, das er zur Verwunderung seiner weißen Lehrer mit erstaunlichem Erfolg absolvierte. Bei den Abschlussexamen erzielte David bessere Ergebnisse als viele Schüler der *Prince of Wales School*, der angesehensten Schule für Europäer. Mit seinem Abschlusszeugnis hatte er sich bei der angesehenen *Makere University* in Uganda um einen Studienplatz beworben und hoffte ungeduldig auf eine Antwort.

David wollte in Uganda Landwirtschaft studieren. Seine Mutter hatte ihm versprochen, die Treverton Plantage werde einmal ihm gehören, und er wollte auf diesen Tag vorbereitet sein.

Aber das Warten fiel nicht leicht. David drängte es, etwas zu tun, Größeres zu leisten. Als er die Schule in Nyeri mit seinem kostbaren Zeugnis und einem klaren wachen Kopf verlassen hatte, der voller Ideen steckte und nach Wissen dürstete, musste er feststellen, dass es für ihn keinen Arbeitsplatz gab. Die wenigen Afrikaner mit Anstellungen in einem Büro oder den Dienstabzeichen des weißen Mannes waren durch Unterwürfigkeit oder »Begünstigung« zu ihren Posten gekommen. David Mathenge war nichts als auch so ein »Junge mit Schulbildung«. *Memsaab* Grace hatte ihm seine derzeitige Stellung verschafft. Er arbeitete für zwölf Shilling im Monat als Schreiber für ihren Bruder. Er saß in einer Holzhütte neben den Kaffeeverarbeitungsmaschinen am Fluss und arbeitete zwölf Stunden täglich an den Büchern. Er trug die Produktionszahlen der Plantage ein und führte die Arbeitskarten der Afrikaner. Pausen gab es nicht; er brachte sein Mittagessen in ein Bananenblatt eingewickelt mit und aß während der Arbeit. Mit Geld hatte er nichts zu tun, und wenn ein Weißer die Hütte betrat, musste David ehrerbietig aufstehen. Er hatte die Stelle nicht gewollt, aber seine Mutter überredete ihn dazu. Sie erinnerte ihn an das Sprichwort: Der gut genährte Löwe kennt die Herde.

David hörte die Motoren der Lastwagen oben am Hang. Auf den südlichen Feldern wurde geerntet; man brachte die Beeren herunter zur Hütte, wo er den ganzen Tag beim ohrenbetäubenden Lärm der Verarbeitungsmaschinen saß. Kikuju-Frauen und -Kinder pflückten auf der Plantage mit schmerzendem Rücken und wunden Fingern die roten Beeren von siebenhundertfünfzigtausend Bäumen und füllten sie in Säcke.

David hob den Kopf zum blassblauen Himmel und dachte: *Das ist mein Land ...*

Aber David wollte mehr als das Land. Er wollte seine Männlichkeit zurück und die Männlichkeit seines Volkes.

»Wir sind nicht gleichberechtigt mit den Weißen«, hatte er beim letzten politischen Treffen gerufen, und sein gut aussehendes schwarzes Gesicht, das Ebenbild seines kämpferischen Vaters, leuchtete im Fackellicht. »In Nairobi dürfen wir uns nicht frei bewegen. Die Stadt gehört dem weißen Mann. *Wir* dürfen nicht auf die andere Seite der River Road. Wenn wir an einem Weißen vorübergehen und nicht die Mütze abnehmen, hat er das Recht, uns einen Tritt in den Hintern zu geben. An Geschäften und Restaurants gibt es Schilder: ›Zutritt für Hunde und Afrikaner verboten.‹ Wir dürfen keine Schuhe und langen Hosen tragen, sondern müssen wie kleine Jungen barfuß und in Shorts herumlaufen. Sie sagen uns, wir sollen nicht nach Dingen streben, die wir uns nicht leisten können. Die weißen Männer nehmen sich unsere Frauen als Mätressen und Prostituierte. Aber wenn ein Afrikaner einer Weißen, und sei es auch in aller Freundschaft und mit ihrer Zustimmung, die Hand gibt, wird er dafür mit Gefängnis bestraft! Nicht einmal nach dem Tod sind wir gleichberechtigt, denn wir werden auf *getrennten Friedhöfen* begraben!«

Als seine jugendlichen Zuhörer glühten und David ihr Blut in Wallung versetzt hatte, beging er allerdings einen folgenschweren Fehler. »Die Zeit ist reif«, hatte er gerufen, »dass die Führung den nutzlosen und gleichgültigen Häuptlingen genommen und uns gebildeten jungen Männern übergeben wird!«

Häuptling John Muchina, der einzige Mann in ganz Kenia, den David fürchtete, war sofort eingeschritten und hatte die Versammlung aufgelöst. David hasste John Muchina. Als Kollaborateur der imperialistischen Herren war dieser Mann dick geworden. Er trieb ein doppeltes Spiel. Er beschwichtigte die schlichten Afrikaner mit einer Schule hier und da und erwarb sich das Wohlwollen der Weißen durch Speichelleckerei. So wurde John Muchina durch beide Seiten reich. Der Häuptling war einer der Kikuju-Ältesten aus der Gegend von Karatina. Ihm gehörten neunzehn Frauen, fünfhundert Rinder, ein Steinhaus und ein Auto. Solche Afrikaner nannten die Weißen »gute Nigger«. Als Häuptling des Distrikts Nyeri war John Muchina einer der mächtigsten Männer der Kolonie, und er konnte David Mathenge ins Gefängnis werfen lassen, wo ihn Verhöre, sprich Folter erwarteten.

Aber David war kein Dummkopf. Bevor er das heutige Treffen einberief, hatte er herausgefunden, dass Häuptling John Muchina an diesem Tag in Nairobi mit dem Kommissar für Eingeborenenfragen eine Besprechung hatte.

David ging hinüber, um sich aus der Hütte seiner Mutter eine Schale Ziegenmilch zu holen. Als plötzlich zwei Pferde auf dem Poloplatz von *Bwana* Lordy auftauchten, blieb er jedoch stehen. Sie galoppierten näher, und David erkannte überrascht die Reiter. *Bwana* Geoffrey war kein Fremder auf der Plantage; aber *Memsaab* Mona war lange auf der Schule in Nairobi gewesen. David hatte sie seit drei Jahren nicht mehr gesehen. Er betrachtete sie genau.

Diese junge Frau hatte ihm einmal als Mutprobe abverlangt, nachts die Operationshütte zu betreten.

»Gib auf, Mona!«, jubelte Geoffrey und ließ den Poloschläger in der Luft kreisen. »Platz für den Champion!«

Sie galoppierte vor ihm her, zügelte ihr Pferd in letzter Minute und das Tier scheute. Sie holte mit dem Schläger aus, und der Ball flog in hohem Bogen durch die Luft. Mona preschte über den Platz zum Zielpfosten an der Nordseite, dicht gefolgt von Geoffrey. Sie machten großen Lärm, und bei ihrem Kampf um den Ball wirbelten sie eine Wolke aus Gras und Erde auf. Hinter dem Zaun begann das Missionsgelände. Auf der anderen Seite verlief die Straße zum neuen Tor. Hinter dem Tor standen zwischen den Bäumen Hohlblockgebäude mit Wellblechdächern. Dort arbeitete in zwei modern eingerichteten Operationssälen das gut ausgebildete medizinische Personal und betreute die Patienten in den hundert Betten. Die Afrikaner hörten die Rufe der beiden Polospieler auf dem Platz und den Knall, wenn ein Schläger den Ball traf.

Geoffrey trieb sein Pferd über den Platz auf sein Tor zu, und Mona folgte ihm mit erhobenem Schläger. Sie lachten atemlos und beschimpften sich gutmütig; beide erkannten das Können und die Fähigkeiten des anderen. Der fünfundzwanzigjährige Donald hatte ein Handikap von vier und war die Nummer drei, der beste Spieler seiner Mannschaft. Mona war eine Nummer eins und spielte mit minus eins. Aber sie war erst achtzehn und spielte erst seit einem Jahr. Sie machte große Fortschritte und hatte sich bereits einen Ruf als Spielerin erworben. Nach ihrem Schulabschluss nutzte sie die Wochen zu Hause, um für das große Turnier zu trainieren, das während der Rennwoche in Nairobi stattfinden würde.

Sie erreichten das Südende des Feldes, wo David Mathenge hinter dem Zaun stand und sie beobachtete. Mona hatte einen beinahe klaren Schlag; als Geoffreys Pferd plötzlich nach links bog, stieg ihr Araber irritiert. Mona flog aus dem Sattel und fiel rücklings auf die Erde.

Geoffrey sprang vom Pferd und war sofort bei ihr. »Mona!« Er nahm sie in die Arme. »Mona!«

Sie öffnete die Augen, hatte aber Schwierigkeiten klar zu sehen. Vor ihr verschwamm alles. Dann holte sie tief Luft und lachte.

»Alles in Ordnung?«

»Ich ... glaube schon. Ich bekam plötzlich keine Luft mehr. Es ist nichts passiert.« Er half ihr beim Aufstehen. Sie lehnte sich benommen an ihn. »Ganz bestimmt nicht?«, fragte er, und als sie ihn ansah, um seine Frage zu bejahen, küsste er sie.

Sie war nicht darauf vorbereitet. Mona war noch nie von einem Mann geküsst worden und hätte sich nicht träumen lassen, dass Geoffrey Donald der Erste sein würde. Also wehrte sie sich nicht. Es war ein langer Kuss. Er nahm sie in die Arme und drückte sie an sich. Aber als seine Zunge ihre geschlossenen Lippen berührte, wich sie plötzlich zurück. »Geoffrey!«, rief sie und lachte.

»Ich liebe dich, Mona. Heirate mich.«

»Geoff ...«

»Du weißt, alle rechnen damit. Zwischen unseren beiden Familien steht schon seit Jahren fest, dass wir heiraten.«

Mona ärgerte sich plötzlich; sie löste sich aus seinen Armen und klopfte sich das Gras von der Reithose. Ja, sie wusste von der unausgesprochenen »Übereinkunft« der beiden Familien, aber sie hatte sich nie Gedanken darüber gemacht. Mona wusste auch, ihre Eltern würden ihr nicht erlauben, irgendeinen »beliebigen« Mann zu heiraten. Sie war die Tochter eines Lords; ihr voller Titel war Lady Mona Treverton. Selbst Geoffrey kam nur deshalb in Frage, weil er sehr reich und weil sein Vater wegen besonderer Tapferkeit im Krieg geadelt worden war. Aber wie war es mit einer Heirat aus Liebe? Und wer fragte Mona danach, welchen Mann sie wollte?

Selbst wenn man sie gefragt hätte, wäre Mona nicht in der Lage gewesen, eine Antwort zu geben.

Sie hatte sechs Jahre lang das Internat in Nairobi besucht. In den Ferien zu Hause kam sie nur bei großen Festen, wenn es in BELLATU von Menschen wimmelte, mit Gleichaltrigen zusammen. Sie hatte nie die Möglichkeit zu einer Jungmädchenliebe gehabt, oder dazu, eine besondere Freundschaft mit einem Jungen zu entwickeln. In diesen sechs Jahren war sie Geoffrey Donald hin und wieder begegnet. Er war ein rauer, ungehobelter Jäger und Rancher. Wenn ihm danach war, arbeitete er auf KILIMA SIMBA und verschwand dann wieder monatelang auf Safari. Wenn sie sich sahen, verhielt er sich ihr gegenüber höflich gleichgültig; zweifellos hielt er sie für eines dieser linkischen Mädchen, die nur aus Augen und Knien zu bestehen schienen und mit dem Kuchenteller im Schoß wie ein unerwünschter Gast in einer Ecke saßen. Im letzten Jahr hatte sich das plötzlich geändert. Geoffrey war zu ihrem siebzehnten Geburtstag erschienen. Ihre Eltern gaben ein Fest, aber nicht, um Mona eine Freude zu machen. Es war nur ein Vorwand, um wieder einmal hundert Gäste einzuladen. Als Geoffrey sie sah, betrachtete er sie, als begegneten sie sich zum ersten Mal. Zu ihrer Überraschung schrieb er ihr hinterher zwei Briefe ins Internat. Der eine kam aus dem Sudan, wo Geoffrey Herden kontrollierte, der andere aus Tanganjika, wo er in der Serengeti Löwen jagte. Als Mona vor ein paar Wochen nach dem Schulabschluss nach BELLATU zurückkam, erschien Geoffrey – inzwischen etwas gepflegter und manierlicher und war inzwischen ein beinahe ständiger Gast auf der Plantage. Mona fühlte sich geschmeichelt. In ihrem ganzen Leben war ihr noch nie so viel Aufmerksamkeit entgegengebracht worden. Geoffrey sah gut aus, aber nicht ganz so gut wie Sir James, sein Vater. Trotzdem, er war sehr attraktiv. Er führte ein romantisches, abenteuerliches Leben, ihm gehörte eine gut gehende Rinderranch, und alle bewunderten ihn. Aber Mona liebte ihn nicht.

»Nanu?«, sagte Geoffrey. »Wer ist denn das?«

Mona sah David Mathenge hinter den Torpfosten. Er stand zwischen den beiden Hütten auf der anderen Seite des Zauns. »Niemand. Er arbeitet für meinen Vater.«

»Ich muss schon sagen, er sieht sehr unfreundlich aus. Mir gefällt es nicht, wie er uns anstarrt.«

»Komm, Geoffrey. Gehen wir zum Haus zurück.«

Aber Geoffrey blieb stehen. »Ich wette, unser Kuss hat ihn schockiert. Weißt du, sie küssen sich nicht. Und sie ahnen nicht, was ihnen entgeht.«

Mona fühlte sich plötzlich unbehaglich. Dort stand David im milchigen Licht des frühen Morgens mit nackter Brust und mit langen Armen und Beinen; er glich den Massai-Kriegern, die sie in Nairobi gesehen hatte. Seine Khaki-Shorts kamen Mona seltsamerweise wie ein Hohn vor. Aber wer wurde dadurch verhöhnt – sie oder er? Sie wusste es nicht.

»Wollen wir ihn noch einmal schockieren?«, fragte Geoffrey.

»Nein«, erwiderte Mona zu schnell und fügte dann hinzu: »Ja.« Sie schlang Geoffrey die Arme um den Hals.

Sie ahnen nicht, was ihnen entgeht, hatte Geoffrey gesagt. Mona erinnerte sich plötzlich an einen Nachmittag vor einigen Wochen im Cottage ihrer Tante. Grace hatte sich mit zwei mittellosen Archäologen angefreundet und versuchte, Geldspenden zur Finanzierung ihrer Ausgrabungen in Kenia aufzutreiben. Deshalb hatte sie die Leakeys zu einem indischen Tee eingeladen; in diesem kleinen Kreis hatte Louis Leakey offen und kenntnisreich über die Afrikaner gesprochen.

»Es gilt als Schande für einen Afrikaner«, hatte Dr. Leakey gesagt, »seine Frau sexuell nicht völlig zu befriedigen. Vor der Ehe wird der junge Mann genau darüber aufgeklärt, was er tun muss und was er nicht tun soll. Die Mutter der Braut erklärt ihr die besten Positionen, und sie erfährt von ihr alles, was sie für ein aufregendes und befriedigendes Sexualleben wissen muss.«

Ich bezweifle, dass David Mathenge von unserem Kuss schockiert ist, dachte Mona. Und auf einer tieferen, noch geheimeren Ebene ihres Bewusstseins fügte sie hinzu: *von unserem kühlen, wenig aufregenden Kuss.*

Geoffrey hob schließlich den Kopf, ließ sie aber nicht los. Er blickte ihr in die Augen und fragte: »Du wirst mich doch heiraten, Mona, nicht wahr?« Sie wurde wieder ärgerlich. War das seine Vorstellung von einer Werbung? Ein eher zufälliger Kuss auf dem Polofeld? Dann dachte sie: *Was will ich eigentlich?* Mona hatte noch nie sexuelle Erregung kennen gelernt, nie für einen Filmstar geschwärmt wie die anderen Mädchen im Internat. Sie hatte sich nie sinnlichen Fantasien hingegeben oder eine elektrisierende Berührung erlebt. Auch jetzt empfand sie nichts Elektrisierendes an ›seiner‹ Berührung. Sie empfand nur eine Art Distanziertheit, vielleicht sogar eine gewisse Ungeduld. Das beunruhigte sie.

Es machte ihr sogar Angst. Sie würde genau wie ihre Mutter werden ...

»Was sagst du dazu, Liebling?«

»Ich ... weiß nicht, was ich sagen soll, Geoffrey.« Seine Nähe war merkwürdig. Einerseits machte es sie benommen, andererseits empfand sie ihn als unangenehm. Die Benommenheit kam nicht daher, dass er ein Mann war, sondern schlicht ein anderer Mensch. Mona war nicht an körperliche Zuwendungen gewöhnt. Ihr Vater hatte sie nie, ihre Mutter nur selten umarmt. Sie kannte körperliche Nähe nur von Tante Grace und ihrem Bruder Arthur. Jetzt spürte sie Geoffreys Körper, und sie wusste nicht, ob sie ihn mochte oder nicht.

»Ich brauche Zeit«, erwiderte sie, und dabei waren ihr überdeutlich die Stallknechte bewusst, die die Pferde wegführten, die Männer, die die Grassoden wieder feststampften, der sonnige Tag und David Mathenge, der sie betrachtete.

Plötzlich hasste sie ihn; sie hatte sich mit ihm vor Jahren darüber gestritten, wem dieses Land eigentlich gehörte. Er hatte sie unglücklich angestarrt, als sie in der Hütte seiner Mutter lag und sich von den Folgen der unglückseligen Nacht erholte. Plötzlich verkörperte David Mathenge alle ihre Probleme. David symbolisierte die Quelle ihrer Kümmernisse. Er hätte an jenem Abend vor der Operationshütte nicht auf sie warten müssen, und dann hätte sie sich bei dem Brand nicht so schreckliche Wunden geholt, deren Narben dafür verantwortlich waren, dass sie nun keine Badeanzüge trug und Angst davor hatte, dass jeder Mann, der sie liebte, davon abgeschreckt werden würde. Er war die Wurzel ihres Unglücks – David Mathenge, der immer so stolz wirkte, obwohl es sicherlich nichts auf der Welt gab, worauf er stolz sein konnte. Mona machte sich von Geoffrey los, stemmte die Hände in die Hüften und rief: »Was starrst du so?«

Geoffrey drehte sich um und sagte: »Ist er immer noch da? Ich werde ihm Beine machen.«

»Nein, das besorge ich. Er ist einer unserer Leute.« Mona ging zum Zaun und fragte: »Wolltest du mit uns sprechen?«

»Nein«, erwiderte David ruhig.

»Nein, was?«, fragte Geoffrey, der gerade neben Mona trat. »Wo bleibt dein Respekt?«

»Nein, *Memsaab* Mdogo.«

Mona hob das Kinn. »Solltest du nicht wieder an deine Arbeit gehen?«

Er sah ihr in die Augen. Etwas Kaltes und Bedrohliches lag in ihren Blicken. Dann sagte er: »Ja, *Memsaab* Mdogo«, und drehte sich langsam um.

»Ein ziemlich unverschämter Bursche«, murmelte Geoffrey. »Ein typischer Unruhestifter, wenn du mich fragst. Ich werde mit deinem Vater über ihn reden. Einen solchen Kerl sollte man nicht beschäftigen.«

Sie entfernten sich vom Zaun, und Mona warf noch einen Blick über die Schulter. Sie sah, dass David stehen geblieben war und ihnen nachstarrte. Ein Schauer lief durch ihren Körper. In seinen kalten Augen lag etwas Eigenartiges ...

Sie griff nach Geoffreys Hand und hielt sie fest.

David sah ihnen nach. Er dachte daran, dass die Weißen sein Land mit Füßen traten. Seine Mutter hatte ihm diese Stelle oft gezeigt. Vor langer Zeit hatte dort ein heiliger Feigenbaum gestanden. David leistete den Ahnen stumm einen Schwur. Eines Tages würde er dort, wo die *Wazungu* gingen, einen neuen Feigenbaum pflanzen ...

2

Wanjiru besaß keinen Spiegel. Hätte sie einen Spiegel gehabt, wäre es ihr möglich gewesen, sich davon zu überzeugen, dass ihre Ohrläppchen richtig verheilten.
Manche junge Frauen ihres Alters befolgten inzwischen die uralte Sitte, sich die Ohren zu durchstechen, nicht mehr, denn die Missionare predigten, jede bewusste körperliche Verstümmelung sei eine Sünde. Aber Wanjiru war stolz auf ihre frischen Wunden. Sie waren ein Vermächtnis der Ahnen und zeigten, dass Wanjiru Schmerz ertragen konnte.
Das Durchstechen der Ohren war eine Tortur. In früher Kindheit wurden die ersten beiden Löcher, die *Ndugira*, gemacht; dabei wurde der empfindliche Knorpel am oberen Rand der Ohrmuschel durchstochen; noch vor der Initiation war das große Loch in den Ohrläppchen an der Reihe. Das Mädchen lag auf dem Rücken, und ein Medizinmann oder eine Medizinfrau bohrte angespitzte Stöckchen durch das Ohr. Die Stäbchen blieben drei Wochen an ihrem Platz; das Mädchen musste klaglos die Schmerzen ertragen. In dieser Zeit schlief es wenig, denn es war schwierig, mit den Stöckchen in den Ohren zu liegen. Wanjirus Stöckchen hatte man vor kurzem entfernt, und Wachera, die Medizinfrau vom Fluss, hatte die Wunden mit Heilsalbe bestrichen. Noch schmerzten die Ohren, und Wanjiru konnte noch keine Kupfer- oder Perlenringe tragen.
Aber diese Prozedur war eine Kleinigkeit im Vergleich zu der größeren Prüfung, die ihr bevorstand.
Es sollte eine geheime Initiation stattfinden. Es war die erste seit langem; Mädchen im Alter von zwölf bis achtzehn Jahren würden daran teilnehmen und durch die Beschneidung in den Stamm aufgenommen werden. Zwar konnten keine wochenlangen zeremoniellen Vorbereitungen stattfinden, die den Mädchen Kraft und Mut gegeben hätten, sich dem Messer zu stellen, ohne mit der Wimper zu zucken. Die Beschneidung war ver-

boten, und die Vorbereitungen hätten die Behörden auf die kommende Initiation aufmerksam werden lassen. Doch Wanjiru traf ihre eigenen Vorbereitungen.

Sie wusste, die meisten Mädchen hatten vor der Beschneidung große Angst. Viele unterzogen sich ihr nur, weil Eltern oder Brüder sie dazu zwangen. Wanjiru freute sich auf das alte Ritual. Sie begrüßte diese Prüfung, bei der es galt, Blut und Schmerzen zu ertragen.

Aber während sie sich jetzt daranmachte, die Hütte zu verlassen, die sie mit ihren beiden unverheirateten Schwestern bewohnte, beschäftigte sie ein Ereignis, das unmittelbar bevorstand. David Mathenge hatte überraschend eine Versammlung der *Young Kikuju Alliance* einberufen, und Wanjiru wollte unbedingt dabei sein.

Die Männer legten auf ihre Anwesenheit natürlich keinen Wert; Frauen hatten bei politischen Versammlungen nichts zu suchen; und wenn man dort Frauen und Mädchen sah, bestand ihre Aufgabe nur darin, ihren Männern etwas zu essen und zu trinken zu bringen und unsichtbar am Rand des Geschehens zu bleiben und zuzuhören. Wanjiru wollte allerdings eine aktive Rolle spielen.

David Mathenge machte sie zornig. Beim Gedanken an ihn zerrte sie sich wütend das einzige Kleid über den Kopf, das sie besaß, und knöpfte es falsch zu. Er war ein Trottel, ein Dummkopf, ein Zauderer. Die heißblütige Wanjiru konnte einfach nicht begreifen, dass ein so intelligenter und gebildeter junger Mann so langsam, so blind, so ... *schwach* sein konnte. Sie an seiner Stelle, mit einem einflussreichen Namen, einem Oberschulabschluss und einer Stellung, die ihm zwölf Shilling im Monat einbrachte – ja, wäre sie ein Mann, das wusste Wanjiru, würde sie Berge versetzen! Warum, so dachte sie gereizt, als sie sich von ihrer Mutter verabschiedete, die auf der kleinen *Shamba* arbeitete, nutzten die Männer die Macht nicht, die sie besaßen? Wie anders wäre die Welt, wenn Frauen die Macht hätten!

Wanjiru schlug den Weg ein, den sie vor acht Jahren Tag für Tag zur Grace-Treverton-Mission gegangen war. Damals waren die Jungen grausam zu ihr gewesen und hatten versucht, ihr solche Angst einzujagen, dass sie nicht mehr zum Unterricht erscheinen würde. Inzwischen wusste sie, dass ihre Anwesenheit in der Klasse bei den Jungen Zweifel an ihrer natürlichen Überlegenheit über Mädchen geweckt hatte. Wanjiru glaubte, dass die Vorherrschaft der Männer so lange gesichert war, wie die Frauen ständig schwanger wurden und ungebildet blieben. Vor einer unabhängigen Frau mit Schulbildung hatten sie Angst. Das setzte sie in Bewegung wie eine Herde, die den Löwen wittert. Wanjiru wusste, sie brachte ihre männliche Sicherheit ins Wanken. Sie tat es bewusst, um sie zu Taten anzutreiben.

Das ärgerte Wanjiru an David Mathenge: Er war ein Redner, aber kein Mann der Tat. Und glaubte er wirklich, jemanden täuschen zu können, indem er die Versammlung einberief, nachdem allgemein bekannt war, dass sich Häuptling John Muchina in Nairobi befand? David wollte natürlich nicht verhaftet werden. Alle kannten die Schauergeschichten über die Misshandlung afrikanischer Agitatoren im Gefängnis. Aber Wanjiru hatte keine Achtung vor einem jungen Mann, der sich hinstellte und große Reden schwang, wenn nichts zu befürchten war, und beim Auftauchen der Polizei verstummte.

Unterwegs begegnete Wanjiru einigen jungen Männern – Kikuju ihres Alters, die Decken trugen und Ziegen hüteten. Sie starrten sie an – Wanjiru, die Außenseiterin.

Sie warf den Kopf zurück, streckte die Brüste vor und ging mit wiegenden Hüften an ihnen vorüber. Die nackten Füße klatschten auf der harten Erde, und die langen starken Arme schwangen selbstbewusst.

Die siebzehnjährige Wanjiru wusste, wer sie war und welche Rolle sie im Leben spielen würde. Und dieses Selbstbewusstsein verdankte sie im Wesentlichen ihrer Mutter. Ihr Mann hatte sie mit neun Kindern verstoßen und sie auf einer verwilderten *Shamba* sitzen lassen. Und diese Frau hatte den Weitblick und den Mut besessen zu versuchen, die Zukunft zu verändern. Sie hatte sich für Wanjiru entschieden und sie gelehrt, dass sie sich nie von Männern besitzen lassen dürfe. Nachdem Wanjiru die Grundschule in der Mission abgeschlossen hatte, sorgte ihre Mutter dafür, dass ihre Tochter die erste Schülerin der neuen afrikanischen Mädchenschule in Nyeri wurde – eine der wenigen, die in der Provinz entstanden. Dort wurde ein umfangreicheres Wissen gelehrt – man nannte es *Kiriri* nach dem Teil der Hütte, in der die Mädchen schliefen. Wanjiru hatte vor kurzem diese weiterführende Schule abgeschlossen und würde als eine der ersten Afrikanerinnen am Afrikanischen Krankenhaus in Nairobi im Rahmen eines neuen Programms eine Ausbildung als Krankenschwester beginnen.

Eine große Menge wartete bereits. David hatte sich für einen bedeutsamen Platz entschieden. Hier am Stadtrand von Nyeri hatte früher ein heiliger Feigenbaum gestanden. Um die Herzen und Gefühle seiner Zuhörer umso sicherer zu gewinnen, stieg er auf den großen Stumpf, den die katholischen

Missionare zurückgelassen hatten, nachdem der Baum gefällt war. Keinem der anwesenden Kikuju entging die Anspielung, die sich mit dieser Geste des jungen Mathenge verband, und alle hießen sie gut.
Als Wanjiru eintraf, hatte David seine Rede bereits begonnen. Sie drängte sich zwischen den vielen abgestellten Fahrrädern hindurch, dem wertvollsten Besitz der Afrikaner, und hörte zu.
»Als der weiße Mann hierher kam«, sagte David, »glaubten wir, es sei vorübergehend. Unsere Väter und viele von euch, die ihr hier seid, glaubten, sie seien ein Volk auf der Wanderschaft, das eine neue Heimat suchte. Aus Mitleid erlaubten wir ihnen zu bleiben und boten an, den Überfluss des Kikuju-Landes mit ihnen zu teilen. Aber der weiße Mann wurde immer habgieriger, und jetzt wissen wir, dass er für immer hier bleiben möchte.
Als Erstes hat er uns eine Hüttensteuer auferlegt, eine Sache, die uns völlig fremd war. Diese Steuer muss in Münzen entrichtet werden, die wir nicht besitzen. Wir können diese geheimnisvollen Münzen nur bekommen, indem wir für die Weißen arbeiten. *Arbeiten auf unserem eigenen Land.* Als Nächstes führten sie das entwürdigende *Kipande*-System ein. Sie verlangen von uns, eine Erkennungsmarke um den Hals zu tragen; solche Marken hängen sie auch ihren Hunden um den Hals. Schließlich versuchen sie, die Einheit der Stämme aufzubrechen, indem sie unsere heiligen alten Sitten wie etwa unsere Heilmethoden und die Beschneidung der Mädchen verbieten.
Wenn wir uns beklagen, sagt der weiße Mann, es geschehe nur *zu unserem Besten*, als seien wir Kinder. Er sagt, wir lernen durch ihn den Wert disziplinierten Arbeitens und die Wohltaten des europäischen Lebens kennen. In Wirklichkeit hat er uns beigebracht, uns eigennützig zu verhalten und uns von unseren Familien und Ahnen abzuwenden.«
In der Menge entstand Bewegung, und man hörte die Rufe: »*Eyh, eyh.*« Wanjiru stellte fest, dass im Wesentlichen junge Männer Davids leidenschaftlicher Rede zuhörten; die älteren standen, auf ihre großen Stäbe gestützt und die dünnen Leiber in Decken gehüllt, am Rand. Gegen ihren Willen ließ sich Wanjiru von Davids überzeugenden Worten mitreißen.
»Die Weißen haben Gott und die Kirchen in das Kikuju-Land gebracht und predigen auf der Kanzel Gleichheit. Aber ich sehe nicht, dass Afrikaner und Europäer Seite an Seite arbeiten. Den Weißen liegt nicht unser Wohl am Herzen, sie wollen nur den Kolonialismus in Afrika festigen. Sie beschäftigen uns für Hungerlöhne, und wir dürfen uns nicht sehen lassen,

wenn sie essen – es sei denn, als Dienstboten. Ich sage euch, meine Brüder, jede Form eines Vielvölkerstaates in Kenia wäre wie die Verbindung von Reiter und Pferd: Die Zusammengehörigkeit endet, sobald das Pferd den Reiter beim Rennen durchs Ziel getragen hat!«
Die Menge murmelte zustimmend.
»Meine Brüder«, sprach David weiter, »wir hören ständig, wie die Engländer gegen die Behandlung der Juden in Deutschland protestieren. Aber ich frage euch, werden die Juden in Deutschland schlimmer behandelt als die Afrikaner in allen Kolonien auf diesem Kontinent?«
»Nein!«, rief die Menge.
»Moment!«, rief einer der Alten am Rande. »Du irrst dich, David Mathenge! Der weiße Mann hat uns die Liebe des Herrn Jesus gebracht, und dafür müssen wir ihm ewig dankbar sein!«
»Und Karl Marx sagt uns, dass die Religion Opium für die Massen ist!«, rief David zurück. »Dieser Herr Jesus hat den Geist und die Männlichkeit in dir beinahe völlig vertrocknen lassen, *Mzee*.«
Die Menge hielt vor Entsetzen die Luft an.
David sprach mit donnernder Stimme zu seinen fassungslosen Zuhörern: »Heute graben die Weißen in der Nähe des Victoriasees nach Gold. Sie bringen es nach Europa und begraben es dort wieder. Sie benutzen dieses Gold, um ihre Frauen damit zu schmücken. Wir möchten *unsere* Frauen damit schmücken, und das Land, in dem sie das Gold finden, gehört uns!«
»Aber was sollen wir deiner Meinung nach tun?«, riefen Davids Freunde. »Wie können wir den bestehenden Zustand ändern? Wir sind machtlos gegen die Briten!«
»Wir müssen wie die Moskitos sein, die ihre Anwesenheit spürbar machen. Wir müssen unseren Forderungen nach besseren Schulen und einer Universität hier in Kenia Nachdruck verleihen. Wir müssen langsam vorgehen. Wir müssen uns bilden und der Kolonialmacht unsere Fähigkeiten beweisen. Denkt an das Sprichwort: ›Das Weben der Basttasche beginnt mit dem Boden ...‹«
»Sprichwörter ...!«, hörte man eine Stimme aus dem Hintergrund. Die Köpfe fuhren herum, denn es war die Stimme einer Frau gewesen. »Du kannst unsere Probleme gut beschreiben, David Mathenge!«, rief Wanjiru. »Aber du hast keine Lösungen für uns, sondern nur nutzlose *Sprichwörter*.«
David runzelte die Stirn. Wanjiru hatte die schreckliche Gewohnheit, nie aufzutauchen, wenn man es wollte, und immer dann aufzutauchen, wenn

man es nicht wollte! *Wanjiru braucht einen Mann,* stellte er bei sich fest. *Nur so ist sie zu bändigen.* Er reagierte nicht auf ihren Zuruf.

»Ich habe eine Petition vorbereitet«, rief er der Menge zu und hielt ein Blatt Papier hoch. »Ich fordere darin die Regierung auf, uns in Nairobi eine Universität zu geben. Ich werde sie jetzt herumreichen, damit ihr alle euren Namen darunterſetzt und dann ...«

»Und dann werden die Engländer sich den Hintern damit abwischen!« Wieder richteten sich alle Augen auf Wanjiru. Sie bahnte sich einen Weg nach vorne; die verblüfften Männer traten beiseite und ließen sie durch. »Ich frage dich noch einmal, David Mathenge. Welche Lösungen hast du anzubieten, außer nutzlosen Sprichwörtern und Papier?«

Er funkelte sie wütend an und rief: »Wir siegen durch Einigkeit und durch das Wort, das von Mund zu Mund geht!«

»Einigkeit und *Stärke*«, schrie sie.

David spürte, wie sein Blut zu kochen begann. Zorn und Verlangen erfassten ihn gleichzeitig. Er konnte nur auf eine Weise mit dieser Frau fertig werden. Aber jetzt war nicht der richtige Moment dafür, nicht vor den Augen der Menge. »Wir werden friedlich um die Freiheit kämpfen«, erklärte er.

»Friedlich kämpfen, das gibt es nicht. Mathenge. Diese beiden Worte widersprechen einander und schließen sich gegenseitig aus.«

»Wir werden unsere Überlegenheit den Weißen durch friedlichen Widerstand beweisen, so wie Gandhi es in Indien tut.«

Wanjiru spuckte aus. »Beweist der Löwe durch friedlichen Widerstand dem Schakal seine Überlegenheit?« Sie drehte sich um, hob die Arme und rief der Menge zu: »Die Engländer verstehen friedliche Verhandlungen nicht, denn sie haben unser Land mit Gewalt gestohlen. Sie verstehen nur die Sprache der Gewalt!«

Die Zuhörer gerieten in Bewegung wie eine Flutwelle. Die eine Hälfte wollte mit Keulen und Speeren sofort zur Tat schreiten; die andere Hälfte sah sich unruhig nach Verrätern oder Polizeispitzeln um. Ironischerweise gehörten die alten Männer zu den Ersten, die jungen Männer zu den Letzten.

Wanjiru sprang nun ebenfalls auf den riesigen Baumstumpf und packte Davids Arm. Dicht an seinem Ohr zischte sie: »Ich war in der Nacht dabei, als du Jomo Kenyatta im Wald zum ersten Mal gehört hast. Hast du seine Botschaft vergessen? *Ich nicht!*«

Davids Augen wurden groß. Er starrte sie sprachlos an. Ihre Nägel gruben sich schmerzhaft in seinen Bizeps. Ihre Augen, die dicht vor seinen waren,

durchbohrten ihn mit einem Blick, der ihn zu verbrennen schien. *Jetzt. Er wollte sie jetzt haben.*
»Die Versammlung ist zu Ende«, ertönte eine tiefe, herrische Stimme. »Geht alle nach Hause.«
Wanjiru und David blickten hinunter und sahen Häuptling John Muchina, der sich mit seinem silberbeschlagenen Stock einen Weg durch die Menge bahnte. Askaris folgten ihm.
»Komm herunter, David Mathenge«, befahl Muchina. »Geh nach Hause und vergiss diesen Unsinn!«
David blickte auf die massige Gestalt des Häuptlings. Er bemerkte, dass die Menge anfing, sich zu verlaufen, und dass seine Freunde ihn Hilfe suchend ansahen. Er spürte Wanjirus feste Brüste an seinem nackten Rücken.
David erwiderte: »Ich breche keine Gesetze, *Mzee.*«
»Ich habe dir schon einmal gesagt, du sollst keine solchen Reden halten, mein Sohn. Du widersetzt dich mir bewusst. Geh jetzt ruhig nach Hause, und ich werde die Sache auf sich beruhen lassen.«
»Wir haben uns hier in einer wichtigen Angelegenheit versammelt, *Mzee.*« Der Häuptling schnalzte mit der Zunge und schüttelte den Kopf. »Du bist jung und hitzköpfig, David Mathenge, wie dein Vater vor vielen Jahren. Denk an das Sprichwort, das sagt: ›Wer zu hastig gräbt, zerhackt die Kartoffel, und das Beste bleibt im Boden. Grabe langsam und du hast sie ganz.‹«
David sprang vom Baumstumpf und stellte sich breitbeinig vor den Häuptling. Der gut aussehende junge Mann in Khaki-Shorts und der dicke grauhaarige Häuptling im langen weißen Kanzu und dem Leopardenfell über einer Schulter boten ein seltsames Bild.
»Sprichwörter«, sagte David, »hast du uns nicht mehr zu bieten?«
Die Umstehenden erstarrten. Wanjiru auf dem Baumstumpf hielt den Atem an.
Muchina kniff die Augen zusammen. »Ich habe dir gesagt, geh nach Hause, Junge, bevor du wirklich in Schwierigkeiten bist.«
David dachte an Wanjiru, die hinter ihm stand und ihn mit ihren stolzen schwarzen Augen beobachtete. Er richtete sich auf und erwiderte: »Mzee, mit Häuptlingen wie dir sind wir alle in Schwierigkeiten.«
In diesem Augenblick schien ganz Afrika zu verstummen, ein ganzer Kontinent schien entsetzt auf den jungen Mann zu blicken, der die Autorität eines Häuptlings in Frage stellte und die Macht, die hinter diesem Häuptling stand: das britische Weltreich. Niemand sah an diesem Augustmorgen

am Stadtrand von Nyeri die Angst in David Mathenge. Er wusste, welches Risiko er einging. Er hatte von den »Unfällen« gehört, die Männern im Gefängnis zustießen, die sich Muchina widersetzten. Aber hinter ihm stand Wanjiru. Sie sah und hörte zu, und sie zweifelte an Davids Männlichkeit und Mut. Er musste vor dieser Frau sein Gesicht wahren. Er durfte vor Muchina nicht zurückweichen, ebenso wenig wie ein Krieger der Vergangenheit, der seinen ersten Löwen erlegte. Keiner der Anwesenden wusste, dass sich ihm der Magen zusammenkrampfte und die Angst ihm die Kehle zuschnürte. Die Menge erlebte nur die plötzliche und unerwartete Geburt eines neuen und notwendigen Helden.

John Muchina kochte vor Zorn. Die Sekunden verstrichen, und er erwog die Lage. Politische Emporkömmlinge wie Jomo Kenyatta, dieser Agitator in England, wurden immer lästiger, und sie bedrohten seine bequeme Übereinkunft mit den Engländern. Der alte John Muchina hasste die neue gebildete Generation. Sie war intelligent, klug und konnte gute Reden halten. Er dagegen konnte nicht einmal lesen oder schreiben und war nie auf einer Schule gewesen.

»Hast du mir etwas zu sagen, Junge?«, fragte er leise und drohend.

Alle Ohren warteten auf Davids Antwort. Wanjiru stand auf dem Baumstumpf wie eine schwarze Freiheitsstatue und wollte sprechen. Aber auch sie wusste, dass sie in Gegenwart eines Häuptlings zu schweigen hatte.

Kleine Schweißperlen bildeten sich auf Davids Haut.»Ja, ich habe dir etwas zu sagen«, erklärte er mit klopfendem Herzen. »Ich sage, die Engländer haben willkürlich Häuptlinge der Kikuju ernannt, ohne die Fähigkeiten eines Mannes zu berücksichtigen, und nicht aus dem Wunsch heraus, den Kikuju zu helfen. Ich sage, die Häuptlinge, die der weiße Mann ernannt hat, sind keine angemessene Vertretung der Stämme in der Regierung, und sie vertreten auch nicht die Stammestradition. Ihre Funktion ist der Lebensweise der Kikuju fremd, und das einzige Interesse der Häuptlinge besteht darin, den Status quo aufrechtzuerhalten.«

Muchina stieß zwischen den Zähnen hervor: »Du sprichst von deinem eigenen Vater, dem Häuptling Mathenge.«

»Ja, durch seine Dummheit und die Dummheit unserer Väter besitzen wir jetzt kein Land. Sie hatten nicht das Recht, unser Erbe an den weißen Mann zu verkaufen.«

Hätte David dem Häuptling einen Faustschlag versetzt, er hätte ihn nicht mehr beleidigen können. John Muchina hatte mehr als hundert Ernten erlebt und gehörte deshalb zur Generation von Davids Vater. Auch er hatte sein Land an den weißen Mann verkauft und dafür das Amt bekommen, das er nun ausübte.

»Deine freche Zunge bringt dich ins Gefängnis, Junge.« Muchina sprach so leise, dass nur David es hören konnte. »Wenn ich dich hinter Gitter bringe, wirst du nie wieder das Tageslicht sehen.«

David unterdrückte ein Schaudern. Er wandte sich an die Menge und sagte laut: »Seht euch euren Häuptling an! Er versucht, mit den Antilopen zu fliehen und mit den Löwen zu jagen!«

Muchina winkte den Askaris. Sie setzten sich in Bewegung.

Angestachelt von Wanjirus leidenschaftlichem Blick, rief David: »Unsere Häuptlinge sind wie Hunde! Sie bellen, wenn andere Hunde bellen. Aber sie machen Männchen, damit ihre britischen Herren sie füttern!«

Als zwei Soldaten David an den Armen packten, rief er: »Häuptling Muchina ist ein Judas Ischariot!«

»Verhaftet ihn.«

David wehrte sich gegen die Männer, die ihn festhielten. »Hört mich an!«, rief er der Menge zu, die unruhig und aggressiv wurde. Ein paar Männer hoben Steine auf, die Älteren packten ihre Stöcke und stellten fest, dass sie sich nicht sehr von den früheren Speeren unterschieden. »Warum wollen wir wie die Europäer werden? Wie viele Europäer habt ihr gesehen, die wie die Kikuju werden wollen?«

»*Eyh!*«, schrie die Menge. Muchina hob den silberbeschlagenen Stab und gebot Schweigen. Als wieder Stille eingekehrt war, öffnete er den Mund. Aber man hörte David: »Denkt daran, Brüder. Der Mann, der sein Land nicht liebt, liebt seine Mutter, seinen Vater und die Menschen seines Landes nicht. Ein Mann, der seine Mutter oder seinen Vater oder sein Volk nicht liebt, kann Gott nicht lieben!«

Der silberbeschlagene Stab traf Davids Schädel. Man hörte ein lautes knirschendes Geräusch. Davids Kopf fiel zurück, doch er hob ihn sofort wieder und starrte den Häuptling hasserfüllt an. Die beiden sahen sich kalt in die Augen, dann gab Muchina mit einer Geste den Befehl, David abzuführen. Plötzlich entstand eine Bewegung in der Menge. Eine Welle der Erregung lief durch die Menschen, bis der Häuptling noch einmal Schweigen gebot. Die Menge gehorchte; sie teilte sich stumm, und ein Gang öffnete sich: An seinem Ende stand Wachera, Davids Mutter.

Als der Häuptling sie sah, bemerkten einige der Umstehenden, dass seine

unerschütterliche Haltung ganz kurz ins Wanken geriet. Es war kein Geheimnis, dass John Muchina oft mitten in der Nacht Wacheras Hütte aufsuchte, um mit ihr wegen schwerer Übertretungen von Stammestabus zu beraten. Jeder im Distrikt fürchtete Häuptling Muchina. Aber Häuptling Muchina fürchtete Wachera.
Blut aus der Wunde lief David in die Augen und nahm ihm die Sicht. Er konnte seine Mutter nicht klar sehen. Sie wirkte beinahe so unwirklich, als sei sie eine der Ahnen, die plötzlich aus den Nebeln aufgetaucht war. Sie trug ihr weiches Ledergewand und die Schürzen, die vielen Ringe und Reifen aus Kupfer und bunten Perlen an Hals, Armen und Beinen und den rituellen Gürtel mit den magischen Amuletten. Wachera hielt den glatt geschorenen Kopf hoch erhoben und blickte auf ihren Sohn. Durch diesen Blick sprach sie zu ihm; sie sagte Dinge, die außer ihm niemand hören konnte. Und David wusste sofort, seine Mutter würde ihn nicht vor dem Gefängnis und der sicheren Folter retten.
»Die Ungerechtigkeit der Weißen ist der Amboss, auf dem man dich zum Mann schmiedet, mein Sohn«, hatte sie einmal zu ihm gesagt. Diesen Satz wiederholten jetzt ihre Augen. »Zuerst musst du leiden. Dann wirst du die Kraft und den Mut besitzen, unser Land zurückzufordern.«
Als Häuptling Muchina begriff, dass Wachera nicht eingreifen würde, gab er den Askaris einen Befehl und ging eilig mit seinem Gefangenen davon. Zurück blieben eine verwirrte Menschenmenge, eine Mutter, erfüllt von Liebe, Stolz und Schmerz, und auf dem mächtigen Stumpf des gefällten Feigenbaums stand vergessen eine verwandelte siebzehnjährige Wanjiru. Sie ballte die Hände vor der Brust, als sie sah, wie man David Mathenge abführte, und hatte eine neue Aufgabe im Leben.

3

Arthur Treverton betete darum, er möge keinen Anfall bekommen. Der Festzug würde das größte Ereignis sein, das je in Kenia stattgefunden hatte, und er spielte die wichtigste Rolle dabei. Der ängstliche Fünfzehnjährige glaubte, die Augen der ganzen Kolonie seien auf ihn gerichtet, wenn er in Kürze die Woche der Feierlichkeiten eröffnen sollte. Zum ersten Mal im Leben würde er die Möglichkeit haben, seine Fähigkeiten unter Beweis zu stellen.

Man hatte quer über Nairobis Hauptstraße ein rotes Band gespannt, und auf ein verabredetes Zeichen hin sollte Arthur mit hoch erhobenem Degen vor dem Festzug die Straße entlang auf das Band galoppieren, es vor den Augen der vielen hundert Zuschauer durchtrennen, und so die Hauptstraße in Lord Treverton Avenue benennen.

Arthur war nervös und aufgeregt. Auf beiden Seiten der Straße hatte man zwischen dem STANLEY HOTEL und dem Postgebäude Tribünen errichtet. Dort saßen die Prominenz und die anwesenden Würdenträger. Lady Rose, seine Mutter, hatte bereits unter ihrem majestätischen Baldachin Platz genommen; sie lächelte gelassen und wie eine Königin. Neben ihr saß unter dem Bild des Königs Arthurs Vater, der Lord. Arthur wusste, sein Vater würde ihn kritisch und ungerührt beobachten. Er hatte inzwischen gelernt, diesen Blick zu bewundern und zu fürchten.

Aber noch wichtiger, als seinem Vater zu gefallen, war Arthur an diesem Tag der Eindruck, den er auf Alice Hopkins machte. Die junge Frau besaß die zweitgrößte Ranch in Kenia, und auch sie hatte einen Platz auf der überdachten Ehrentribüne.

Alice Hopkins war zweiundzwanzig Jahre alt; aber weder ihre Schönheit noch ihr Charme machten sie bemerkenswert, obwohl sie in Ostafrika inzwischen eine Art Legende war. Nach dem plötzlichen Tod ihrer Eltern vor sechs Jahren – sie war damals sechzehn – hatte sie entschlossen die Leitung der neunzigtausend Acre großen Ranch übernommen. Damals war man allgemein der Ansicht, es werde ihr nie gelingen, das riesige Anwesen ohne fremde Hilfe zu halten, und die Spekulationen, wer der glückliche Käufer sein werde, überschlugen sich. Valentine Treverton gehörte zu den aussichtsreichen Kandidaten, und er war einer der vielen, den die junge Alice durch ihren Kampf beeindruckte, ihre Ranch zu halten und sie mit einigen wenigen Afrikanern und ihrem fünf Jahre jüngeren Bruder Tim zu bewirtschaften.

Trotz ungeheurer Schwierigkeiten war es ihr gelungen, die Schafe und das Sisal zu retten, ohne Schulden zu machen oder es den Glücksjägern in die Hände zu geben, die sich einstellten. Mit zweiundzwanzig war sie unabhängig und hatte ein solides Vermögen.

Einen Preis hatte sie dafür bezahlt: ihre Weiblichkeit.

Diese harte und unbeugsame Alice Hopkins, deren Lippen das Lächeln vergessen hatten – sie saß in einer Khaki-Hose und einer handgewebten Bluse auf der Tribüne, ihr Gesicht verschwand unter dem breiten Rand eines Männerhutes –, hoffte Arthur Treverton an diesem Augustnachmittag zu beeindrucken und für sich einzunehmen. Denn Alice stand zwischen ihm und ihrem siebzehnjährigen Bruder, Tim Hopkins, den Arthur heiß und innig liebte.

Der Festzug sammelte sich vor dem NORFOLK HOTEL. Auf den Tischen unter den Bäumen standen Champagner und ein üppiges Buffet. Ein Grammophon lieferte Musik. Im Wesentlichen hatten die jungen Leute sich die Motive der Wagen selbst ausgedacht und würden auch auf ihnen fahren. Jetzt eilten sie hin und her, machten letzte Handgriffe an ihren Kostümen oder überprüften die Motoren der Wagen; ihr Gelächter und ihre Aufregung erfüllten den kühlen Augustmorgen.

»Wie seh ich aus, Mona?«, fragte Arthur, strich den taubenblauen Samt glatt und zupfte an den weiten rosa Seidenärmeln.

»Hinreißend«, erwiderte Mona und umarmte ihn.

Wie *herrlich*, dachte sie, *dass Rose mitgeholfen hat, Arthur glücklich zu machen!* Als er sein Kostüm für den heutigen Auftritt anzog, war er wie verwandelt gewesen. Rose hatte nach dem Porträt des ersten Earl von Treverton ein höfisches Prunkgewand aus dem fünfzehnten Jahrhundert zur Zeit der Rosenkriege für Arthur anfertigen lassen. Es war ihre Idee für den großen Tag gewesen, an dem ihr Sohn die Hauptrolle spielen sollte. Sie hatte auch aus ihren Truhen den taubenblauen Samt und die altrosa Seide – die Treverton-

Farben – dem Schneider gegeben, ihm eine genaue Schnittvorlage gemacht und eigenhändig die rote Rose, das Symbol des Hauses Lancaster, auf das Barett gestickt. Mona betete, dass ihr Bruder seine Sache gut machen werde. Die Eröffnung der Festwoche bedeutete ihm so viel.

Arthur ahnte nicht, dass seine Schwester ihm die Ehre verschafft hatte, das Band zu zerschneiden. Als sie erfuhr, dass diese Auszeichnung dem Neffen des Gouverneurs zugedacht war, und sah, wie ihr Bruder bei dieser Nachricht vor Neid erblasste, hatte sie sich heimlich dafür eingesetzt, dass das Privileg, die Lord Treverton Avenue einzuweihen, einem Treverton zufallen müsse. Valentine hatte schließlich eingewilligt, aber weniger, wie Mona wusste, weil er seiner Tochter zustimmte, oder weil ihm etwas an ihrer Meinung lag, sondern weil sie so hartnäckig sein konnte, wenn sie sich einer Sache annahm. Mona wusste, wie sie mit ihrem Vater umgehen musste. Sie appellierte nicht an seine Liebe, wie andere Töchter es vielleicht getan hätten, denn sie wusste, er liebte sie nicht. Mona ließ nicht locker, bis er um des lieben Friedens willen nachgab.

Schließlich gestand ihr Vater, die Vorstellung, dass sein schwächlicher Sohn mit hoch erhobenem Degen durch die Hauptstraße galoppiere, gefalle ihm zwar nicht, aber er musste zugeben, dass Arthur zur Abwechslung einmal etwas Männliches tun werde.

Von all dem wusste Arthur nichts. Mona schützte ihn vor den schmerzlichen Härten der Wirklichkeit und oft vor der Enttäuschung seines Vaters. Arthur wusste nur, dass der Gouverneur seine Entscheidung zurückgenommen und nicht seinen Neffen, sondern den Treverton-Erben zu der feierlichen Handlung aufgefordert hatte. Das war vor vier Wochen gewesen, und seitdem war Arthur nicht wiederzuerkennen.

»Ich *werde* es schaffen«, sagte er zu seiner Schwester und richtete den breiten, weichen Kragen, »nicht wahr?«

»Du wirst wundervoll sein.«

»Und wenn ich einen Anfall bekomme?«

»Du wirst keinen Anfall bekommen. Du hast schon seit einem Jahr keinen Anfall mehr gehabt. O Arthur, man wird dich bewundern. Ich bin so stolz auf dich.«

Arthur strahlte. Er konnte sich nicht daran erinnern, dass irgendjemand schon einmal stolz auf ihn gewesen war. Vermutlich noch niemand. Er betete seine Schwester an; sie schaffte es immer, ihm Selbstvertrauen einzuflößen. Er freute sich sehr, dass sie die Schule hinter sich hatte und jetzt zu Hau-

se lebte. Insgeheim hoffte er, sie werde Geoffrey Donald nicht heiraten, denn sonst würde sie auf die Ranch ziehen, und er wäre wieder allein in BELLATU.
»Tust du mir einen Gefallen?«, fragte er leise und sah sich vorsichtig um. Alle waren damit beschäftigt, sich für den Festzug aufzustellen.
»Das weißt du doch.« Mona tat alles für ihren jüngeren Bruder. Da ihre Mutter ihr eigenes Leben im Olivenbaumhain führte und ihr Vater selten zu Hause war, hatten die beiden im Grunde nur sich. Auch Mona freute sich, dass die Schule endgültig hinter ihr lag, und dass sie wieder zu Hause lebte; zufällig dachte sie in diesem Augenblick auch gerade daran, dass sie Geoffrey Donald nicht heiraten werde.
»Was soll ich für dich tun, Arthur?«
Er zog einen Briefumschlag aus dem Ärmel und drückte ihn ihr in die Hand.
»Gib das bitte Tim. Versprichst du mir das?«
Mona steckte den Brief in das Mieder ihres Haremskostüms. Sie war ihre Vermittlerin, denn Mona freute sich, dass Arthur endlich einen Freund gefunden hatte. Es kümmerte sie nicht, dass man über diese Beziehung bereits tuschelte.
»Ein Kuss, der dir Glück bringen soll!«, rief sie und küsste ihren Bruder auf die Wange. Dann trat sie einen Schritt zurück und betrachtete das zarte Gesicht unter dem großen Barett. Er sah wie ein tragischer, junger König aus. So konnte sie sich Heinrich VI. vorstellen, der als neun Monate altes Kind an der Wende zu einer neuen Zeit, die mit beispiellosen Grausamkeiten und Blutvergießen in die Geschichte eingegangen ist, das Erbe zweier Reiche, des englischen und französischen Throns, antreten musste ... Mona nahm sich vor, von jetzt an wollte sie für ihren Bruder sorgen. Sie umarmte ihn noch einmal und machte sich dann auf die Suche nach Tim Hopkins.
Das Thema des Festzugs war die Erschließung des heidnischen Afrika durch den weißen Mann. Die Engländer waren zwar bereits vor mehr als hundert Jahren an der Küste Kenias gelandet, aber man hatte sich für 1887 als »Gründungsjahr« entschieden, da die Missionare vor fünfzig Jahren ihre ersten Missionsstationen in Mombasa errichteten. Geoffrey Donald würde mit Mona auf dem Vasco-da-Gama-Wagen sitzen, denn er konnte von sich behaupten, dass seine Großmutter zu diesen ersten Missionaren gehörte; sein Vater, Sir James, war 1888 als Sohn der Missionarin und des Afrikaforschers geboren worden, und so fiel ihm die Auszeichnung zu, einer der ersten in Kenia geborenen Weißen zu sein.

Als der portugiesische Seefahrer Vasco da Gama trug Geoffrey ein elizabethanisches Wams und eine wattierte, abgesteppte Jacke. Er ging noch einmal auf dem Wagen herum und überprüfte die Pappmachékulisse der Stadt Malindi mit den Kokospalmen und wünschte, sein Vater wäre anwesend. Mit diesem Umzug begann eine ganze Woche mit Feiern. Es wäre nur recht und billig gewesen, dass Sir James Donald die Anerkennung und die Auszeichnung entgegengenommen hätte, die ihm rechtmäßig zustanden. Aber in Uganda war wieder einmal das Schwarzwasserfieber ausgebrochen, und Geoffreys Eltern halfen den von der Epidemie schwer betroffenen Stämmen im Dschungel.

Nach Beendigung der Inspektion stellte Geoffrey zufrieden bei sich fest, dass es der beste Wagen war und die Begegnung zwischen Vasco da Gama und dem Sultan von Malindi im Jahre 1498 glaubhaft darstellte. Geoffrey vergewisserte sich noch einmal, dass der Lkw das schwere Gefährt auch tatsächlich durch die Government Road ziehen konnte, und machte sich auf die Suche nach Mona.

Er entdeckte sie schließlich auf der anderen Seite des Rasens. Sie unterhielt sich lachend mit Tim Hopkins. Geoffrey kniff die Lippen zusammen. Weshalb verschwendete sie ihre Zeit mit Tim Hopkins, obwohl es kein Geheimnis war, dass Tim nur Augen für ihren Bruder hatte?

Geoffreys Unmut verflog, als er ihr Kostüm betrachtete.

Unter dem leuchtend rosa Seidenumhang, der sie von Kopf bis Fuß einhüllte, trug sie ein Haremskleid aus so durchsichtigem Stoff, dass man beinahe Monas Beine sehen konnte. Er sah auch das eng anliegende Mieder; es war von der Art, wie die Asiatinnen in Nairobi es trugen – mit einer goldenen Bordüre und so kurz, dass die Taille unbedeckt blieb. Monas Gesicht war zwar sittsam verschleiert, und der rosa Seidenumhang bedeckte selbst ihren Kopf, sodass man außer Händen und Füßen nichts sah, aber Geoffrey erkannte mit leichtem Entsetzen, dass sie ein äußerst gewagtes und aufreizendes Kostüm trug.

Tim Hopkins stellte den berühmten Sir Henry Morton Stanley dar und trug einen alten Safarianzug und einen viktorianischen Tropenhelm. Auf einem Wagen mit Bäumen und Lianen würden er und Hardy Acres Junior – als Dr. Livingstone – an die historische Szene im Jahre 1871 erinnern, als der Forscher den verloren geglaubten Arzt fand.

Geoffrey ging hinüber, um Mona zum Wagen zu holen. Aber er wollte sich nicht mit dem gut aussehenden jungen Tim unterhalten, in dessen Gegen-

wart er sich höchst unwohl fühlte. Aber ein Gespräch war unvermeidlich. Tim begrüßte ihn mit einem strahlenden Lächeln und rief: »Wir unterhalten uns gerade über die Leute vom Fort Jesus, Geoff.«
»Ach ja? Komm, Mona, es fängt gleich an.«
»Sieh dir das an, Geoff«, sagte sie und deutete auf den Wagen mit dem aus Balsaholz nachgebauten Fort an der Küste. Man wollte darstellen, wie unter den Portugiesen die Pest ausgebrochen war, und die jungen Leute, die in ihren Kostümen gerade auf den Wagen stiegen, erweckten den Anschein, als wollten sie die Szene sehr realistisch spielen.
»Die haben gestern Abend wohl zu tief ins Glas geguckt«, sagte Tim, »und jetzt sind sie verkatert.«
Geoffrey griff nach Monas Arm. »Dein Bruder reitet gleich los. Wir gehen besser auf unseren Wagen.«
»Er sitzt nicht einmal auf dem Pferd«, widersprach Mona lachend, um ihre Gereiztheit zu verbergen, und schüttelte seine Hand ab. Sein Besitz ergreifendes Wesen ging ihr auf die Nerven. »Ich muss erst Tante Grace suchen. Sie hat ein Paar Ohrringe, die ich für mein Kostüm brauche. Du weißt doch, ich bin die Lieblingsfrau des Sultans!« Sie drehte sich schnell um und schob ein gefaltetes Stück Papier in ihr Mieder, damit Geoffrey es nicht bemerkte. Es stammte von Tim, und sie sollte es ihrem Bruder nach dem Umzug geben. »Wir sehen uns auf dem Wagen, Geoff.«
Grace saß auf der Hotelveranda und blickte besorgt zur Polizeistation auf der anderen Seite des King's Way.
Es schien etwas los zu sein, denn es herrschte dort eine ungewöhnliche Aktivität. Sie sah viel zu viele Polizisten ...
Auf der Veranda saßen überall Leute – sie hatten keine Sitze auf den Tribünen bekommen und keine Lust, den Festzug vom Straßenrand aus zu sehen. Sie zogen es vor, mit einem Gin in der Hand bequem hier zu sitzen und zu beobachten, wie die Wagen sich nacheinander in Bewegung setzten. Grace ließ die Polizeistation nicht aus den Augen und hörte unbestimmt, wie die Leute um sie herum sich unterhielten.
»Ich finde, der Einmarsch der Italiener in Äthiopien war wirklich das Beste für uns«, erklärte ein Rancher, den Grace kannte. »Ich verdiene Geld in Hülle und Fülle, seit ich das italienische Heer mit Rindfleisch beliefere. Frag Geoffrey Donald. Er hat mit seiner Ranch seit Jahren keine solchen Gewinne gemacht!«
»Wir haben alle Nutzen davon«, erwiderte sein Gegenüber, »vorausgesetzt,

die Italiener stoßen nicht weiter nach Süden vor und marschieren in Kenia ein.«
»Keine Angst, Charlie, so weit kommt es nie.«
»In Europa braut sich etwas zusammen. Es gibt Krieg. Denk an mich.«
Grace sah sich überrascht nach den beiden Männern um. *Krieg...?*
»Etwas finde ich wirklich unerträglich«, hörte sie eine Stimme am anderen Ende der Veranda, »und das ist ein gebildeter Wog. Ich meine, so ein junger schwarzer Schnösel, der im Anzug und einer bunten Krawatte aus Nairobi kommt, Oxford-Englisch spricht und glaubt, über alles Bescheid zu wissen.«
Grace blickte wieder hinüber zu der Polizeistation. Dort saß David Mathenge in Haft. Sie hatte erschüttert von seiner Verhaftung vor einer Woche erfahren; sie wusste, wie sehr Häuptling Muchina den jungen Mann hasste und wie man bestimmte Gefangene im Gefängnis behandelte. Grace hatte Wacheras Sohn ins Herz geschlossen; sie hatte miterlebt, wie aus ihm ein kluger gebildeter Mann geworden war. Eine Freundschaft hatte er nie zugelassen, aber zwischen ihm und Grace herrschte eine Art vorsichtige Achtung. Wenn Grace ihn sah, musste sie immer an den Abend der ersten Weihnachtsfeier in BELLATU vor beinahe achtzehn Jahren denken und an den tragischen Tod von Häuptling Solomon Mathenge.
Er ist ganz wie sein Vater, dachte sie jetzt.
Vor dem Polizeigebäude erschien ein Lastwagen, und Uniformierte mit Gewehren kletterten auf die Ladefläche. Der Wagen fuhr mit Vollgas davon, und Grace spürte, wie ihre Besorgnis wuchs.
Rechnete man mit Schwierigkeiten?
Ein Offizier kam durch den Haupteingang heraus, richtete seine Mütze und erteilte jemandem im Gebäude Befehle. Er kam über die Straße auf das Hotel zu, und Grace winkte ihm zu.
»Guten Morgen, Dr. Treverton«, sagte er, als er vor ihr stand.
»Können Sie mir sagen, was los ist, Lieutenant?«
»Was los ist?«
»Ihre Leute scheinen heute Vormittag ungewöhnlich aktiv zu sein. Der Umzug ist doch wohl nicht der Grund dafür!«
Er lächelte. »Ach, da müssen Sie sich keine Sorgen machen, Doktor Treverton. Es gibt nur ein paar Probleme mit Eingeborenen außerhalb der Stadt. Aber wir kümmern uns schon darum.«
»Was für Probleme?«
»Wir haben erfahren, dass sich vor Nairobi Kikuju versammeln. Wie ich

höre, kommen Sie von überall her, sogar aus Nyeri und Nanyuki. Wir fahren gerade hinaus und werden sie im Auge behalten.«

Grace lief ein kalter Schauer über den Rücken, Kikuju aus Nyeri! »Was kann das bedeuten, was glauben Sie?«

»Wer weiß? Aber ich versichere Ihnen, Sie müssen sich keine Sorgen machen, Dr. Treverton. Wir werden sicherstellen, dass sie den Festzug nicht stören. Guten Tag.«

Der Mann ging weiter, und Grace wurde das Gefühl nicht los, dass er unter seinem Lächeln und der zur Schau getragenen Unbekümmertheit ein höchst alarmierter Polizeibeamter war.

»Da bist du ja!«, rief jemand hinter ihr.

Grace drehte sich um und sah, wie ihre Nichte in einer Wolke aus rosa Seide über die Veranda auf sie zukam. Sie lächelte hinter dem Schleier, der ihr Gesicht verbarg. Grace entging nicht, dass auch einige Männer die Köpfe drehten.

»Du musst auf die Tribüne, Tante Grace. Der Umzug beginnt gleich.«

Grace warf einen Blick auf ihre Uhr. Sie war mit Mona und Arthur zum NORFOLK HOTEL gekommen, um ihnen beim Kostümieren und beim Dekorieren der Wagen zu helfen. Auf der Tribüne war ein Platz für sie reserviert; sie musste schleunigst durch die Seitenstraßen zur Tribüne fahren, um zur Stelle zu sein, wenn Arthur das Band über der Lord Treverton Avenue durchschnitt.

»Was ist, Tante Grace? Du siehst bekümmert aus. Um Arthur brauchst du dir keine Sorgen zu machen. Er ist wirklich ein Schatz. Du hättest ihn sehen sollen. Sein ritterlicher, heldenhafter Vorfahre, den er verkörpert, gibt ihm so viel Selbstvertrauen wie noch nie in seinem Leben. Ich kann es kaum erwarten, sein Gesicht zu sehen, wenn ich ihm heute Abend die Überraschung gebe, die ich für ihn habe.«

»Und das wäre?«, fragte Grace zerstreut.

»Du weißt doch. Die Elefantenbüchse!«

»Ach ja. Aber ich habe nicht an Arthur gedacht.« Grace grübelte immer noch über die ungewöhnliche Aktivität der Polizei nach und über die Versammlung der Kikuju vor der Stadt. Es konnte kein Zufall sein, dass eine solche Versammlung am Tag des großen Umzugs stattfand. Die Afrikaner hatten etwas vor ... »Ich musste an David Mathenge in diesem schrecklichen Gefängnis denken«, sagte sie.

Monas Lächeln verschwand. Sie blickte hinüber zur Polizeistation, lächelte aber gleich wieder. »Wie findest du mein Kostüm?«, fragte sie und drehte sich kokett.

Grace zwang sich zu einem Lächeln. Sie fand diese Aufmachung etwas gewagt. Aber dann erinnerte sie sich, es war 1937, und die jungen Leute waren so anders als in ihrer Jugend. Außerdem hatte Mona sich nicht aussuchen können, welche Rolle sie bei dem Umzug übernahm. Die Frauen, die auf den Festwagen fahren wollten, fanden keine historischen Gestalten aus Kenias Vergangenheit – es sei denn, sie verkleideten sich als Mann, wie Sukie Cameron. Männer gab es in der afrikanischen Geschichte mehr als genug – Sultane, Forscher, Kaufleute, Jäger. Aber Frauen fehlten in all den Jahrhunderten trauriger weise, als hätte es sie nicht gegeben. Und deshalb mussten Mona und ihre Freundinnen sich mit den unscheinbaren Rollen als Haremsdamen und Frauen berühmter Männer begnügen.

Afrikaner nahmen an dem Umzug nicht teil; man würde keine historischen afrikanischen Persönlichkeiten darstellen.

»Gehen wir«, sagte Grace plötzlich und drehte dem Polizeigebäude und ihrer wachsenden Besorgnis den Rücken zu. »Du musst in deinen Harem, ehe Vasco da Gama einen Anfall bekommt!«

Arthur bestieg in diesem Augenblick gerade sein Pferd und machte sich ebenfalls Sorgen – über einen Anfall!

Er hatte seit mehr als einem Jahr keinen Anfall mehr gehabt. Die einfachen Bromide und Beruhigungsmittel von Tante Grace halfen wunderbarerweise, obwohl die Krankheit unheilbar war. Trotzdem hing die Drohung eines Anfalls Tag und Nacht wie ein Damoklesschwert über Arthur Treverton. Er wusste nie im Voraus, wann er einen bekommen, was ihn auslösen würde, oder wo er sich befand, wenn er stürzte, und vor wessen Augen das Schmachvolle geschehen würde. Aus diesen Gründen hatte Arthur keine Schule besucht, konnte nicht allein reisen, durfte kein Gewehr in die Hand nehmen, und man würde ihn nie beim Militär annehmen. Arthur träumte trotzdem davon, all das eines Tages zu tun.

Er hatte nichts gegen die Privatlehrer, aber ihm fehlte die Kameradschaft von Jungen, die Zugehörigkeit zu Clubs und Fußballmannschaften. Er hatte auch nichts dagegen, in der Obhut von Kindermädchen auf Safari zu gehen, aber er litt darunter, dass sein Vater ihm nicht erlaubte, ein Gewehr in die Hand zu nehmen. Und das Militär – es stand außer Zweifel, dass er dienstuntauglich war. *Ich bin wirklich ein merkwürdiger Sohn eines Earl*, dach-

te er. Arthur hatte keine Schulabzeichen oder -preise, keine Büffelhörner oder Elefantenstoßzähne von Tieren, die er selbst zur Strecke gebracht hatte. Es bestand keine Chance, dass man ihm einen Tapferkeitsorden verlieh. Nun ja, Arthur würde eines Tages Lord Treverton sein, und er wusste, dass er sich dann wie ein Hochstapler vorkommen würde.
So wie jetzt in diesem Kostüm. Er würde nie in den Krieg ziehen wie sein Ahne, der erste Lord Treverton, obwohl alle davon sprachen, dass es in Europa bald wieder Krieg geben würde. Er würde auch nie die Möglichkeit haben, der Welt zu beweisen, dass in dem epileptischen Jungen ein Mann steckte. Aus all diesen Gründen hasste Arthur sein körperliches Gebrechen und war sein ganzes Leben unglücklich gewesen, bis zu dem Tag, an dem er Tim Hopkins kennen lernte.
Das geschah im letzten Jahr während der Rennwoche. Arthur war mit seinem Vater und Geoffrey Donald nach Nairobi gekommen, der Pferde in allen Rennen laufen hatte. Im Erfrischungszelt begegnete Arthur Tim. Die Bekanntschaft zwischen dem Vierzehnjährigen und dem Sechzehnjährigen hatte mit Unsicherheit und Zögern begonnen, denn beide waren überaus schüchtern und nicht an zwanglose Unterhaltungen mit Fremden gewöhnt. Aber bei Kuchen und Tee entdeckten sie allmählich etwas höchst Erstaunliches: Sie hatten viel gemeinsam.
Nach der Ermordung seiner Eltern durch – wie man vermutete –, betrunkene Wakamba hatte Alice, Tims willensstarke Schwester, den Elfjährigen aus der Schule genommen und ihn arbeiten lassen. Alice wollte die Farm retten. In den folgenden fünf Jahren war Tim sporadisch von Hauslehrern unterrichtet worden, hatte weder einem Club noch einer Fußballmannschaft beitreten können und war nie nur der Trophäen wegen auf einer Jagdsafari gewesen. Ein Lungenleiden, die Folge der jahrelangen harten Arbeit, befreite ihn vom Militärdienst.
Arthur und Tim hatten sofort etwas Vertrautes und Wohltuendes aneinander entdeckt und waren auf der Stelle Freunde geworden.
Aber ihrer Freundschaft standen Hindernisse im Weg, und sie hatte sich deshalb in dem einen Jahr nicht entwickeln können. Tims Schwester Alice wachte mit Argusaugen über ihren Bruder und war auf alle eifersüchtig, die seine Zuneigung und Freundschaft suchten; Valentine, Arthurs Vater, hielt Tim Hopkins für ungeschliffen und von zu niederer Herkunft. Das war nicht der richtige Umgang für seinen Sohn. Deshalb trafen sich die beiden verstohlen, wann immer sie konnten: bei den Feiern am Geburtstag des

Königs, bei der Rennwoche in Nairobi, an Silvester im NORFOLK HOTEL und im letzten Monat, als ganz Kenia zum Naivasha-See strömte, um die Landung des ersten ›Luftschiffs‹ der IMPERIAL AIRWAYS aus England zu sehen.

Sie schrieben sich sogar Briefe. Ein Brief war Arthurs Vater in die Hände gefallen; er hatte ihn daraufhin sogar mit dem Gürtel verprügelt und ihm verboten, sich noch einmal mit Tim zu treffen.

Daran dachte Arthur jetzt. Er saß strahlend und Bewunderung einflößend als junger Ritter des englischen Mittelalters auf dem Pferd und wartete auf den Stundenschlag der Kirchenglocken, damit er seinen historischen Ritt durch die Stadt beginnen konnte.

Und wenn ich doch einen Anfall bekomme? Wenn ich vor Tims Augen vom Pferd stürze? Wird er es schrecklich finden? Abstoßend? Ich hätte es ihm nicht verschweigen dürfen ...

Arthur liebte Tim mehr als er sagen konnte. Deshalb hatte er von seinem Vater Prügel bezogen. Valentine hatte Tims Brief gefunden, und das Wort *Liebe* hatte ihn in Rage versetzt. Das war Anlass für die Züchtigung gewesen, die Arthur über sich hatte ergehen lassen, ohne auch nur schützend den Arm zu heben. Er begriff nicht, weshalb sein Vater so schrie, seinen Sohn einer unnatürlichen Sache beschuldigte und Worte benutzte, die Arthur noch nie gehört hatte. Er weinte bis spät in die Nacht, und die roten Striemen brannten auf seinem Rücken. Er versuchte zu verstehen, was geschehen war, und versuchte es auch jetzt. Aber es lief alles immer wieder darauf hinaus, dass Tim und er sich liebten. Ihre Liebe bestand aus der Bewunderung, dem gemeinsamen Band, der Kraft, die sie einander gaben und dem Trost, den sie in einer feindlichen, verwirrenden Welt beieinander fanden. Nur diese Liebe machte Arthur Treverton in der Einsamkeit und Verwirrung seines Lebens glücklich.

In den letzten Augenblicken, bevor er zu seinem historischen Ritt zu dem roten Band vor den Ehrentribünen aufbrach, wusste Arthur plötzlich: Mit Ausnahme von Tims Freundschaft bedeutete ihm nichts so viel wie die Zustimmung seines Vaters. Er wollte dem Earl zeigen, dass er ein Mann war und kein »Salonknabe«, wie sein Vater behauptete. Arthur sehnte sich verzweifelt nach einer Gelegenheit, etwas Heroischeres zu tun, als ein Band mit dem Degen zu zerschneiden ...

Arthur hörte Stimmen in seinem Rücken, drehte sich im Sattel um und sah, dass die Leute von den Wagen heruntersprangen. Er blickte auf die Uhr

und erschrak. Er hatte mit offenen Augen geträumt, während er auf den Glockenschlag wartete, und nicht bemerkt, dass der festgesetzte Zeitpunkt gekommen und verstrichen war und die Glocken nicht geläutet hatten.
»Was ist los?«, rief er Geoffrey Donald zu.
»Ich weiß nicht. Irgendetwas stimmt nicht. Ich werde nachsehen.«
Arthur sah, dass seine Schwester das Minarett auf dem Wagen bestieg; die rosa Seide bauschte sich im leichten Wind; sie legte schützend die Hand über die Augen und sah über die Menge hinweg. »Was ist los?«, rief er.
»Ich kann es nicht genau erkennen. Irgendetwas scheint dort unten auf der Straße vor sich zu gehen. Die Polizei ...«
Zornige Rufe in der Ferne ließen alle verstummen. Die Leute sahen sich an; Männer sprangen von den Wagen und Fahrersitzen. Plötzlich lief ein Mann herbei. Es war der Kirchendiener, der die Glocken hätte läuten sollen. »Ich hab sie gesehen!«, rief er, »vom Glockenturm! Die Nigger marschieren in Nairobi ein! *Tausende!*«
Ein wirres Durcheinander entstand. Arthur hatte Mühe, sein Pferd unter Kontrolle zu halten, als die Leute vom Platz vor dem Hotel auf die Straße liefen.
»Mona!«, rief er, »siehst du etwas?«
»Noch nicht. Es ist schwierig, etwas ...« Sie ließ die Hand sinken. »O mein Gott.«
»Was ist?«
»Sie kommen den King's Way hinunter! Offenbar wollen sie zur Polizeistation.«
»Was wollen sie?«
»Das kann ich nicht sagen. Aber sie tragen Schilder. Arthur, hilf mir hier runter.«
Er galoppierte zum Vasco-da-Gama-Wagen. Außer der jungen Haremsfrau, deren Schleier vom Gesicht fiel, als sie hastig von dem Minarett herunterkletterte, befand sich niemand mehr auf dem Wagen. Sie setzte sich hinter ihren Bruder aufs Pferd, und sie ritten zur Straße vor dem NORFOLK HOTEL. Eine Kette bewaffneter Polizisten versperrte den Weg.
Arthur und Mona hielten sich im Hintergrund der Neugierigen und beobachteten vom Pferd aus das langsame, unaufhaltsame Herannahen einen großen Menge. Die Europäer stellten fest, dass der Kirchendiener die Wahrheit gesagt hatte. Es waren mehrere tausend Afrikaner.
Monas Griff um die Hüften ihres Bruders wurde fester.

Trotz ihrer großen Zahl marschierten die Kikuju ruhig, geordnet und entschlossen auf die Polizeistation zu. Einige wenige trugen Schilder, auf denen stand: FREIHEIT FÜR DAVID MATHENGE und EINE UNIVERSITÄT FÜR AFRIKANER. Die offensichtliche Ordnung und der stumme Zusammenhalt verblüfften Mona. Sie hatte geglaubt, Afrikaner seien dazu nicht fähig. Dann sah sie den vermutlichen Grund dafür: An ihrer Spitze marschierte eine junge Frau, die Mona vom Sehen kannte. Sie hatte bei Tante Grace die Grundschule besucht.

Die zahllosen Afrikaner, die Wanjiru folgten, beeindruckten in ihrem Schweigen. Durch ihre Einheit, die die Weißen noch nie erlebt hatten, stellten sie eine erschreckende kollektive Bedrohung dar, die jedem Polizisten das Blut in den Adern erstarren ließ. Zwar befanden sich Frauen und Kinder in der Menge, und keiner der Afrikaner trug eine Waffe, gab einen Laut von sich oder machte drohende Gesten; doch sie versetzten die Europäer, die am Ende der Straße standen, in Angst und Schrecken.

Mona saß wie gebannt hinter ihrem Bruder. Wie hatten sie das fertig gebracht? Welch geheimnisvolles Nachrichtensystem hatte sie überall in der Provinz erreicht und zu dem einen Zweck hierher geführt? Was einte sie und kontrollierte sie? Mona betrachtete die junge Frau an der Spitze. Sie wirkte stolz; ihr Gang und die langen, schwingenden Arme sprachen von Rebellion und Mut. Sie hob die Hand und brachte damit den Zug zum Stehen. Sie rief vier Worte: »Freiheit für David Mathenge!« In ihrer Stimme lag etwas, was Europäer noch nie zuvor bei einem Afrikaner gehört hatten. Ein beklemmendes Schweigen lag in der Luft: Die Polizisten hatten die Finger schussbereit am Abzug; die Europäer sahen zu; die Afrikaner warteten.

In der Ferne hörte man ein Geräusch. Ein Wagen näherte sich mit großer Geschwindigkeit und blieb mit quietschenden Bremsen hinter den Weißen stehen. Arthur dirigierte sein Pferd zur Seite; die Leute machten dem Gouverneur und Valentine Treverton Platz. Mona blickte auf ihren Vater hinunter, als er vorbeiging. Er ging mit großen Schritten furchtlos und mutig auf eine Krise zu.

Der Gouverneur stieg die Stufen vor dem Polizeigebäude hinauf und blickte auf das Meer der schwarzen Gesichter wie ein Vater, der seine Kinder ermahnt. »Aber, aber«, sagte er, »was soll das?«

Wanjiru trat vor. »Gebt uns David Mathenge heraus!«, rief sie.

Der Gouverneur war entsetzt. Eine *junge Frau* als Anführerin der Menge? »Hört zu. Das könnt ihr nicht machen. Geht alle nach Hause.«

»Freiheit für David Mathenge!«, wiederholte sie.
Valentine trat neben den Gouverneur und starrte auf die Menge. »Glaubt ihr, so erreicht ihr etwas? Durch die Demonstration von Stärke?«
Wanjiru ging zur untersten Treppenstufe, stemmte die Hände in die Hüften und sagte: »Wir sprechen in der einzigen Sprache mit euch, die ihr kennt! Ihr versteht Stärke!« Sie wirkte sehr eindrucksvoll und sprach das klare melodische Englisch der gebildeten Afrikaner. »So treffen die Kikuju Entscheidungen. Wir werfen kein Papier in einen verschlossenen Kasten wie ihr und fürchten uns, unsere Meinung zu äußern. Wir tun es in aller Offenheit. Wir geben unsere Stimme ab, indem wir uns zeigen. Und wir haben entschieden, dass David Mathenge freigelassen wird.«
»Seine Verhaftung erfolgte legal und nach dem Gesetz«, erwiderte der Gouverneur.
»Nein!« Wanjiru zog ein Papier hervor und schwang es vor den Weißen durch die Luft. »Das hat David Mathenge getan, als Muchina ihn verhaften ließ. Es ist eine Petition für eine afrikanische Universität in Kenia! David Mathenge hat friedlich gehandelt und im Rahmen des Gesetzes, als Muchina ihn in Ketten abführen ließ! Ihr habt kein Recht, ihn einzusperren!«
Mona spürte ihren rasenden Puls, während sie Wanjiru zuhörte. Sie sah die Leidenschaft der jungen Frau und dachte: Sie *liebt David*.
Mona blickte über die schwarzen Gesichter, die die Straße bis ans Ende und noch weiter füllten. Sie fühlte sich bedroht und erregt. Es war ihr bewusst, dass sich vor ihren Augen etwas von großer Tragweite ereignete.
»Gebt uns unsere Universität!«, hörte man eine Stimme in der Menge.
Die Afrikaner nickten, ein leises drohendes Gemurmel erhob sich, und die Menge geriet in Bewegung.
»Mein Gott«, sagte Arthur leise zu seiner Schwester, »ich glaube, das Mädchen kann sie nicht mehr lange zurückhalten. Ein Funke genügt, der Haufen gerät außer Rand und Band, und es fließt Blut!«
Der Gouverneur gab einem Polizeibeamten ein Zeichen und flüsterte ihm etwas zu. Der Mann salutierte und verschwand eilig.
»Ich sage euch noch einmal, und ich sage es zum letzten Mal«, rief der Gouverneur, »schickt mir eine Abordnung. Wählt drei oder vier Männer aus eurer Mitte, und ich werde eure Beschwerden anhören. Aber ich stehe nicht hier oben auf den Stufen und lasse mir drohen!«
»Ihr bedroht uns!«, rief Wanjiru, »mit eurer Polizei, euren Gesetzen und

euren Steuern! Ihr habt kein Recht, unsere alten Sitten zu verbieten. Ihr habt kein Recht zu untersagen, dass wir unter den heiligen Feigenbäumen unsere Ahnen verehren oder dass unsere Mädchen beschnitten werden! Ihr droht, unsere Lebensweise zu zerstören! Ihr droht, uns als Rasse auszulöschen! Wenn ihr uns nicht gebt, was wir wollen, werden wir einen Generalstreik ausrufen! Jeder Afrikaner in Kenia wird sich mit verschränkten Armen hinsetzen. *Du!*« Sie deutete anklagend mit dem Finger auf Valentine, »du wirst morgen früh aufstehen und sagen: ›Boy, bring mir den Tee!‹ Und es wird keinen Tee geben!«

Der Gouverneur ließ die Arme sinken.

»Die Weißen werden in ihre Büros kommen«, Wanjirus Stimme hallte über die Straße, »aber es wird niemand da sein, um ihnen die Arbeit zu machen. Die *Memsaab* werden nach ihren afrikanischen Hausmädchen rufen, aber es werden keine Hausmädchen da sein.«

»Ich gebe euch eine Minute, um die Straße zu räumen!«

»Mona«, sagte Arthur ganz ruhig, »sieh dir das an.«

Sie hob den Kopf und sah Soldaten, die auf dem Dach der Polizeistation und hinter der Umfassungsmauer Stellung bezogen. Ein Lastwagen mit einem Maschinengewehr auf der Ladefläche rollte heran.

»Großer Gott«, flüsterte sie.

»Wir verschwinden besser.«

»Arthur, da! Dahinten geht irgendetwas vor.«

Arthur drehte sich um und sah, was keiner der Weißen oder der Polizeibeamten bemerkte: verdächtiges, verstohlenes Treiben hinter dem Gefängnis.

»Was soll das bedeuten?«, fragte Mona.

»Ich nehme an, sie wollen versuchen, David Mathenge aus dem Gefängnis zu befreien.« Plötzlich sah Arthur noch etwas: Tim Hopkins in seinem Stanley-Kostüm und einem Gewehr in der Hand schlich unbemerkt zur Rückseite des Gefängnisses. Mona bekam es jetzt wirklich mit der Angst zu tun. »Sollten wir nicht die Polizei warnen?«

»Nein, das könnte zu einem Massaker führen. Tim hat die richtige Idee.« Arthur zog leicht am Zügel, ritt zurück zum NORFOLK HOTEL und setzte seine Schwester auf der Veranda ab.

»Was hast du vor?«, flüsterte sie.

»Du gehst hinein, Mona. Wenn geschossen wird, *kommst du nicht heraus.* Hast du mich verstanden?«

»Arthur, bleib hier! *Bitte!* Halt dich da raus.«

»Ich werde Tim helfen, Mona. Wir können sie unauffällig abfangen und einen Zwischenfall vermeiden.«
Sie sah flehend zu ihm auf. »Arthur, bitte geh nicht!«
Er wendete das Pferd und ritt davon. Sie lief ihm nach; er gab dem Pferd die Sporen, aber er trabte nur, um keine Aufmerksamkeit zu erregen. Ihr Bruder wirkte schrecklich jung und gleichzeitig schrecklich alt. Das glatte, zarte Gesicht war noch nicht das Gesicht eines Mannes, aber der Ausdruck in seinen Augen und der Ton seiner brüchigen Stimme verrieten ihr, dass Arthur in den letzten Minuten plötzlich erwachsen geworden war.
Sie beobachtete, wie er um die Weißen herum und unauffällig zur Rückseite des Gefängnisses ritt, während sie gleichzeitig der erregten Debatte zwischen Wanjiru und dem Gouverneur zuhörte. Plötzlich begriff Mona alles. Das Mädchen beabsichtigte, die Aufmerksamkeit der Polizei abzulenken, während ein paar ihrer Leute David befreiten.
Ängstlich und voll Sorge um ihren Bruder zog Mona den rosa Seidenumhang eng um sich, vergewisserte sich, dass niemand sie beobachtete, und schlug den Weg ein, den ihr Bruder genommen hatte – zur Rückseite des Gefängnisses.

Während die siebzehnjährige Wanjiru Stammesgenossen und Weiße gleichermaßen mit ihrer Redegewalt verblüffte, näherte sich für David Mathenge die Freiheit.
Fast alle Polizeikräfte waren zum Einsatz gegen die Afrikaner abkommandiert worden. Deshalb war es Davids Freunden leicht gefallen, die wenigen Wachen zu überwältigen, Davids Zelle aufzuschließen und ihn herauszuholen. Es erwies sich jedoch als schwierig, ihn ebenso unauffällig aus dem Gebäude zu bringen, denn David konnte nicht gehen.
Man hatte ihn gefoltert.
Nicht hier im Gefängnis der Weißen, sondern in Karatina, im Norden, in einer Hütte, die Häuptling Muchina gehörte. Der Polizeiarzt hatte die Verletzungen auf den Fußsohlen verbunden, ohne Fragen zu stellen. Aber sie machten es David beinahe unmöglich zu gehen. Zwei Kameraden griffen ihm unter die Arme, zogen David mehr oder weniger mit sich und liefen zum Tor. Dort lagen vier bewusstlose Polizisten – Afrikaner im Dienst des englischen Königs. Auf der anderen Seite des Tors warteten aufgeregt eine Gruppe junger Kikuju mit Keulen und Messern und ließen das Ende der Gasse nicht aus den Augen, wo zahllose Afrikaner hinter Wanjiru standen.

Die Luft knisterte vor Spannung. Wanjirus Worte brachten ihr Blut in Wallung. Die jungen Männer starrten immer wieder hinüber zu dem Gebäude mit den Zellen, weil sie auf David und ihre Freunde warteten, aber sie blickten auch hoch zu den Soldaten oben auf den Dächern, die mit ihren Gewehren auf die Menge in der Straße zielten.

Sie hörten den Gouverneur, der noch einmal alle aufforderte, auseinander zu gehen. Diesmal drohte er damit, das Feuer eröffnen zu lassen, wenn die Menge nicht wich.

Die kleine Gruppe am Hinterausgang wurde immer unruhiger. Die jungen Männer spürten die Waffen in ihren Händen und das heiße Blut in den Adern. Sie hatten Befehl, David Mathenge schnell und unbemerkt zu einem Versteck in den Bergen zu bringen. Aber die hitzköpfigen jungen Kikuju dachten allmählich nicht mehr an die Anweisungen einer jungen Frau; ihnen dröhnte der Kriegsruf ihrer Männlichkeit in den Ohren. Diese jungen Afrikaner kannten zwar keinen Krieg; sie waren zu spät geboren worden, um den Stolz und den Reiz des Kriegerdaseins zu erleben. Plötzlich hassten sie den weißen Mann, der ihren Vätern die Speere abgenommen hatte.

Deshalb verloren sie die Beherrschung, als ein junger Weißer mit einem Gewehr im Arm ganz allein auf das Tor zuschlich.

Mehrere Dinge geschahen gleichzeitig. Die Kikuju fielen mit Keulen und Messern über Tim Hopkins her, als die anderen gerade David Mathenge durch das Tor brachten. In diesem Augenblick erschien Arthur Treverton zu Fuß und mit gezogenem Degen am Ende der Gasse.

Es entstand Verwirrung und keiner der Beteiligten konnte später den Behörden die Vorgänge genau erklären. Arthur sah, wie Tim unter Schlägen und Tritten zu Boden ging und stürzte sich wie ein Rasender auf die Afrikaner. David Mathenge rief: »Nein! Hört auf!«, und sah den zweiten jungen Weißen zu Boden sinken.

David riss sich von den beiden Kameraden los, die ihn stützten. Er humpelte auf das Menschenknäuel zu, packte seine rasenden Freunde und schrie sie an, sie sollten aufhören. Er sah ein stoßbereites Messer, griff danach, verfehlte es und fiel neben Arthur auf die Knie. Entsetzt sah David, wie das Messer in den Rücken des weißen Jungen fuhr, und zog es schnell heraus. Ein Aufschrei am Ende der Gasse ließ alle erschrocken dorthin blicken. Eine arabisch gekleidete Weiße schlug mit aufgerissenen Augen die Hände vor den Mund.

Die Kikuju stürmten davon. Zwei kletterten über eine Mauer; die Übrigen rannten blitzschnell an Mona vorbei und verschwanden in der Menge auf der Straße. Sie starrte auf die zwei jungen Weißen auf der Erde und auf David Mathenge, der mit einem blutigen Messer in der Hand neben ihrem Bruder kniete.
Ihre Blicke trafen sich.
Die Zeit stand still, als David Mathenge und Mona Treverton sich anstarrten. Plötzlich packten die beiden zurückgebliebenen Kameraden David unter den Armen und zerrten ihn hoch.
Er wehrte sich und sah Mona schmerzerfüllt an. Er öffnete den Mund, brachte aber kein Wort hervor. Sie schleppten ihn weg. Während die Weißen auf der Straße nach der Polizei riefen und die Alarmsirenen heulten, verschwand David. Mona blieb allein bei ihrem toten Bruder zurück.

4

Grace legte das Skalpell beiseite und streckte die Hand nach einer Klemme aus. Sie warf der Instrumentenschwester einen Blick zu. »Rebecca, eine Klemme, bitte!«

Die Frau hob erschrocken den Kopf vom Instrumententisch. Mit einer gemurmelten Entschuldigung legte sie Grace die Klemme auf die Hand und schlug verlegen die Augen nieder.

Grace runzelte die Stirn. Es sah Rebecca überhaupt nicht ähnlich, während einer Operation zerstreut zu sein. Rebecca war eine der besten Instrumentenschwestern; sie arbeitete aufmerksam und konzentriert und war stolz darauf, als einzige Afrikanerin in der Provinz bei Operationen assistieren zu können. Aber während sie an diesem Morgen im hellen Licht der Oktobersonne im OP standen, wirkte Rebecca seltsam zerstreut.

»Noch eine Klemme, bitte. Ich sollte nicht danach fragen müssen.«

»Entschuldigung, *Memsaab Daktari*.«

»Ist etwas, Rebecca? Möchtest du abgelöst werden?«

»Nein, *Memsaab Daktari*.«

Grace versuchte, den Blick ihrer Assistentin zu deuten. Das Gesicht verschwand zum großen Teil hinter der weißen Maske, aber die Augen, die dem Blick von Grace auswichen, verrieten, dass Rebecca sehr aufgeregt war. Ihre Ausgeglichenheit und die Fähigkeit, in einer Krise die Ruhe zu bewahren, waren gute Gründe dafür gewesen, weshalb Grace die Kikuju-Frau zu ihrer Assistentin herangebildet hatte. An diesem Morgen wirkte Rebecca jedoch auffällig unruhig, und Grace machte sich plötzlich Sorgen.

»Faden, bitte, Rebecca«, sagte sie und streckte die Hand nach etwas aus, das ihr eigentlich hätte gereicht werden müssen. Sie führte gerade eine ganz normale Hysterektomie durch. Grace und Rebecca hatten das gemeinsam schon so oft getan, dass Grace in vielen Fällen während der Operation kein Wort sagen musste.

Aber jetzt stellte Grace zu ihrer Überraschung und mit wachsender Besorgnis fest, dass Rebecca vergessen hatte, Faden auf dem Instrumententisch bereitzulegen.

»Vielleicht solltest du für heute Schluss machen«, sagte Grace und gab der anderen afrikanischen Helferin im Operationsraum ein Zeichen. Sie war die ›Springerin‹; sie gehörte zwar zum Operationsteam, stand aber nicht am sterilen Operationstisch. »Faden, schnell«, sagte Grace zu ihr, »sieh nach, ob jemand Rebecca ablösen kann.«

Grace wandte ihre Aufmerksamkeit wieder der Patientin zu und setzte Klemmen, bis sie nähen konnte. Deshalb sah sie nicht, dass die beiden Schwestern sich verstohlen einen besorgten Blick zuwarfen.

»Rebecca«, sagte Grace, während sie den weißen OP-Mantel und die Handschuhe auszog, »ich muss mit dir reden.«

Die OP-Schwester räumte fahrig und nachlässig auf. Man hatte keinen Ersatz gefunden, und Rebecca hatte während der Operation immer wieder Fehler gemacht.

»Rebecca?«, wiederholte Grace.

»Ja, *Memsaab Daktari*«, sagte die Frau, ohne sich umzudrehen.

»Gibt es Schwierigkeiten zu Hause? Hast du Probleme mit den Kindern?«

Rebecca hatte vier Jungs und drei Mädchen im Alter von einem bis vierzehn Jahren. Während der letzten Schwangerschaft hatte ihr Mann sie verlassen und lebte jetzt in Nairobi. In all den Jahren, in denen Rebecca bei Grace arbeitete – seit dem Tag, an dem sie aus der neuen höheren Mädchenschule entlassen worden war, während der Ausbildung bei Grace und der langen Zeit im OP –, war es ihr gelungen, das Privatleben aus der Arbeit herauszuhalten. Aber Grace vermutete, dass die Verantwortung als allein stehende Mutter für Rebecca allmählich zu viel wurde.

Doch Rebecca drehte sich jetzt um, sah Grace an und sagte: »Nein, *Memsaab Daktari*. Es gibt keine Schwierigkeiten zu Hause.«

Grace dachte nach. Ihr wurde bewusst, dass sich ihre OP-Schwester an diesem Morgen nicht zum ersten Mal so merkwürdig verhalten hatte.

Grace musste sich plötzlich eingestehen, dass Rebecca seit dem Tag der großen Demonstration vor zwei Monaten angefangen hatte, sich zu verändern. Als sie jetzt darüber nachdachte, zweifelte sie nicht mehr daran. Ja, etwa seit diesem schrecklichen Nachmittag, an dem Arthur Treverton ermordet wurde und David Mathenge unter so Aufsehen erregenden Umständen aus dem Gefängnis entfloh, war Rebecca nicht mehr die alte. Lasteten ihr die Ereignisse auf der Seele? Hatte sie Gewissensbisse, weil ein paar ihrer Stammesgenossen so unverantwortlich gehandelt hatten?

Rebecca Mbugu war eine gläubige Christin. Sie besuchte jeden Sonntag in Nyeri den Gottesdienst, half bei vielen karitativen Aufgaben. Ihre Kinder waren alle getauft und besuchten Missionsschulen. Viele Kikuju wie Rebecca verurteilten Arthur Trevertons brutale Ermordung und David Mathenges feige Flucht; sie schämten sich deshalb. Seit diesem Tag schien die Einheit des Stammes zerbrochen zu sein. Wanjiru verlor an Einfluss, und die Afrikaner kehrten still an ihre Arbeit zurück.

Grace dachte, dass die veränderte Lage auf Rebecca besonders schwer zu lasten schien. Vielleicht war sie unter den Demonstranten auf dem King's Way gewesen ...

Grace ging zu Rebecca hinüber, legte ihr die Hand auf die Schulter und sagte: »Du weißt, wenn du dich je einmal aussprechen willst, Rebecca, oder wenn du einmal Hilfe brauchst, dass meine Tür dir immer offen steht.«

Grace Treverton verließ den Operationsraum, und wieder entging ihr der Blick, den sich die beiden Afrikanerinnen zuwarfen.

Das Gelände der Grace-Treverton-Mission umfasste beinahe zwanzig Acres mit mehreren gemauerten Gebäuden: eine Grundschule, eine höhere Schule, das Krankenhaus, Apotheke, Schwesternwohnheim und eine Reparaturwerkstatt für die Fahrzeuge. Im Zentrum des Komplexes, der wie eine kleine Stadt wirkte, stand auf dem Platz des früheren Vogelsang-Cottage ein eindrucksvolles Haus. Hier wohnte Grace. Das Haus war sehr viel größer als das Cottage und nach dem Brand vor acht Jahren als ein dauerhaftes Gebäude wieder aufgebaut worden.

Als Grace jetzt über die große Rasenfläche zwischen den Häusern ging, winkte sie den Leuten, die sie mit Zurufen begrüßten. In einem Klassenzimmer hörte sie Kinder singen: »*Old MacDonald ana shamba* ...«

Aber in ihrem Kopf beschäftigten sie viele Dinge: die Nachricht von einem neuen, in den USA entwickelten Impfstoff gegen Gelbfieber; ihre eigenen Versuche mit Chloral bei der Behandlung von Wundstarrkrampf; die Notwendigkeit, eine Laborantin einzustellen; ihre Pläne, an Weihnachten nach Französisch-Äquatorialafrika zu reisen. James Donald hatte im Jahr zuvor bei einem Besuch in Gabun Albert Schweitzer kennen gelernt und ihm ein Exemplar des von Grace verfassten medizinischen Handbuchs gegeben: *Wenn SIE der Arzt sein müssen*. Dr. Schweitzer hatte das Buch in einem Brief an Grace sehr gelobt und sie eingeladen, ihn in Lambarene zu besuchen. Wegen dieser und anderer Dinge bemerkte Grace nicht, dass an diesem sonnigen Oktobermorgen etwas nicht stimmte.

Es war auf dem Missionsgelände ungewöhnlich still.

Sie stieg die Stufen der Veranda hinauf, wo die importierten kalifornischen Fuchsien gerade ausschlugen, und sah sich verblüfft um. Sie hatte die Gewohnheit, vormittags hier Tee zu trinken, während sie die Post las. Mario hatte stets den Tisch gedeckt, und die Teekanne stand warm gehalten unter der Haube. Aber auf dem Tisch lag nicht einmal eine weiße Decke, und die Post fehlte.

»Mario?«, rief sie.

Keine Antwort.

Sie trat in das ruhige, geräumige und schön eingerichtete Wohnzimmer. »Mario?«, rief sie noch einmal. Im Haus blieb alles still.

In der Küche stellte sie fest, dass nicht einmal Wasser im Kessel war. Grace füllte ihn, stellte ihn auf den Herd und ging ins Wohnzimmer zurück. Dort lag auf einem großen, geschnitzten Schreibtisch vor einem Fenster zum rückwärtigen Garten die Post.

Grace überlegte, wo Mario sein mochte, auf den man sich wie auf den Sonnenaufgang verlassen konnte, und griff nach den Briefen.

In den vergangenen acht Jahren hatte James Donald mindestens einmal im Monat geschrieben. Aber ein Brief von ihm war längst überfällig. Und auch an diesem Morgen befand sich keiner in der Post.

Zu ihrer freudigen Überraschung fand sie jedoch einen Scheck ihres Londoner Verlegers, der die Tantiemen abrechnete, und einen Brief, in dem er vorschlug, Grace sollte angesichts der Fortschritte in der Medizin überlegen, ob sie ihr Buch nicht für die Neuauflage überarbeiten wollte.

In der Post lag noch eine gute Nachricht: Die Bank teilte ihr mit, dass die jährliche anonyme Einzahlung auf ihr Konto, die seit einigen Jahren gleich geblieben war, sich in diesem Jahr verdoppelt hatte. Die Ranch der Donalds musste also florieren ... Sie legte die anderen Briefe neben das Tagebuch auf den Schreibtisch und rief zum dritten Mal nach Mario. Aber Mario war nicht im Haus.

Grace ging in die Küche zurück, um den Tee aufzugießen, und entdeckte auf dem Tisch eine Zeitung. Es war die neueste Ausgabe des *East African Standard*, die an diesem Morgen gekommen war. Grace hatte sie noch nicht gelesen.

Als sie die Schlagzeile auf der ersten Seite sah, stellte sie die Teekanne ab und griff nach der Zeitung.
»Ach, du meine Güte«, murmelte sie. Dann dachte sie an Mona, faltete die Zeitung und lief eilig hinaus.

Grace betrat BELLATU durch die Hintertür und stellte überrascht fest, dass niemand in der Küche war und im Herd kein Feuer brannte. Die alte Großvateruhr im eleganten Esszimmer tickte treu und zuverlässig – das einzige Geräusch in der bedrückenden Stille. Das Wohnzimmer mit den Antilopen- und Büffelköpfen, die auf Sofas und Sessel herabstarrten, wirkte dunkel und düster und hatte seit Wochen keine Menschen mehr gesehen. Nur poliertes Holz und glänzendes Silber deuteten darauf hin, dass hier jemand mit Besen und Staubtuch am Werk gewesen sein musste.
Grace blieb stehen und lauschte. BELLATU war so still und ungastlich wie ein Mausoleum. Sie wusste, Valentine befand sich, von der Trauer um den Tod seines Sohns überwältigt, in Tanganjika auf Löwenjagd; Rose reagierte auf das Leid in der einzigen ihr bekannten Art: Sie saß in der klösterlichen Abgeschiedenheit ihres Olivenbaumhains. Aber wo war Mona?
Sie hörte ein Geräusch, drehte sich um und stellte fest, dass das Wohnzimmer doch nicht ganz verlassen war. Geoffrey Donald saß auf einem Ledersofa; er stand auf und begrüßte sie. »Hallo, Tante Grace, ich hoffe, ich habe dich nicht erschreckt.«
»Wo sind die Dienstboten?«
Er zuckte mit den Schultern. »Keine Ahnung. Es war niemand an der Haustür, und deshalb bin ich einfach hereingekommen.«
»Wo ist Mona?«
»Oben. Ich habe sie durchs Fenster gesehen. Sie kommt aber nicht herunter und will mit mir nicht reden.«
»Hast du das schon gesehen?«, fragte Rose und gab ihm die Zeitung.
Geoffrey hob die Augenbrauen. »Oh, das ist eine gute Nachricht, nicht wahr?«
»Ich hoffe, Mona denkt das auch. Vielleicht findet sie dadurch etwas mehr Frieden. Ich gehe hinauf und zeige es ihr. Geoff, setz doch Wasser auf, und ich bringe sie zum Tee herunter.«

Die vergessenen Toten sind zum zweiten Mal gestorben.
Wo hatte sie das gelesen? Mona konnte sich nicht daran erinnern. Es war

nicht weiter wichtig, aber es stimmte. Deshalb würde sie ihren Bruder nie vergessen.

Mona saß in der Fensternische von Arthurs Zimmer und blickte über das Meer der Kaffeebäume zum fernen Mount Kenia. In ihrem Schoß lag das Gedicht von Tim Hopkins, das er ihr am Tag des Festzuges gegeben und das sie ihrem Bruder nicht mehr hatte zustecken können. Mona hatte es so oft gelesen, dass sie es inzwischen auswendig konnte.

»Mona?« Tante Grace stand in der Tür. Sie trat fröstelnd ein und fragte sich, wie ihre Nichte es in diesem kalten Zimmer aushielt. Sie betrachtete Mona besorgt. Wie ihr Vater war sie ein dunkler Typ und hatte sein gutes Aussehen geerbt; aber in den letzten Wochen war sie blass geworden. Die Sonnenbräune der britischen Siedler war einer beunruhigenden Blässe gewichen, wodurch ihre Augen und Haare noch schwärzer wirkten. Mona hatte abgenommen. Das Kleid hing nur noch schlaff an ihr.

»Mona«, sagte Grace und setzte sich ihrer Nichte in der Nische gegenüber. »Geoffrey ist da. Warum gehst du nicht hinunter?«

Mona gab keine Antwort.

Grace seufzte. Sie wusste, ein kompliziertes Gewebe aus Schuldgefühlen und Selbstbestrafungen hielt Mona in ihrem Kummer gefangen. Sie gab sich die Schuld am Tod ihres Bruders, denn sie behauptete, er wäre zum Zeitpunkt des Zwischenfalls auf der sicheren Tribüne gewesen, wenn sie nicht darauf bestanden hätte, dass er das Band zerschnitt. Sie machte auch Geoffrey Donald Vorwürfe. Völlig außer sich hatte sie geschrien, er habe »nichts getan«, während man ihren Bruder ermordete. Auch Valentine war schuldig, weil er auf die Demonstration der Afrikaner nicht besser reagiert und David Mathenges Flucht zugelassen habe. Monas verschlungenen Gedanken nach traf sogar Lady Rose Schuld, denn sie war Arthur nie eine gute Mutter gewesen. Außerdem machte Mona David Mathenge für den Tod ihres Bruders verantwortlich.

Grace gab ihr die Zeitung.

»Er ist also doch unschuldig«, sagte Grace, während Mona las. »Ein anderer, Matthew Munoro, hat sich der Polizei gestellt und gestanden, Arthur erstochen zu haben. David hat es also nicht getan.«

Mona brauchte lange, um den Artikel zu lesen, und Grace erkannte plötzlich, dass sie überhaupt nicht las, sondern nur mit leerem Blick auf die Seite starrte.

Grace sprach ruhig weiter: »Der Stamm hat offenbar großen Druck auf den wahren Mörder ausgeübt und ihn schließlich gezwungen, sich zu stellen und David zu entlasten. Die Kikuju wollen, dass Wacheras Sohn aus seinem Versteck kommen kann. Aber das ist nicht möglich, solange die Polizei ihn als Mörder sucht. Wie es heißt, ist Häuptling Muchina einem *Thabu* verfallen und schwer krank. Ich kann mir vorstellen, dass dieser Matthew sich lieber der Justiz des weißen Mannes stellt, als Wacheras *Thabu* auf sich zu ziehen.«

Mona blickte aus dem Fenster. Ihre Augen glitten über das Meer grüner Kaffeebäume, das sich bis zu den Vorbergen erstreckte. »David Mathenge ist trotzdem schuldig«, sagte sie leise.

»Aber du hast selbst der Polizei gesagt, dass du den tödlichen Messerstich nicht gesehen hast. Und der einzige andere Zeuge war Tim. Aber er war nicht bei Bewusstsein und hat ausgesagt, nichts gesehen zu haben. Mona, dieser Matthew hat ein Geständnis abgelegt.«

»David Mathenge ...«, sprach Mona leise weiter, »... ist am Tod meines Bruders schuld, weil Arthur durch seine Flucht aus dem Gefängnis umgekommen ist. Vielleicht hat er meinem Bruder nicht das Messer in den Rücken gestoßen, aber die Schuld an dem Mord trifft ihn trotzdem. Und eines Tages wird David Mathenge dafür bezahlen.«

Grace lehnte sich zurück. Die alptraumartigen Ereignisse hatten die Familie Treverton endgültig entzweit. Mona versank in einem Sumpf der Trauer und Selbstvorwürfe; Valentine war in die Serengeti geflohen, um nicht an seinem Zorn und der ohnmächtigen Wut zu ersticken; Rose machte sich einfach noch unsichtbarer zwischen ihren geliebten Olivenbäumen und hatte als einzige Gesellschaft ironischerweise Njeri, Davids Halbschwester.

»Mona, komm bitte mit nach unten. Wir wollen mit Geoffrey Tee trinken.«

»Ich will ihn nicht sehen.«

»Was willst du denn tun? Willst du dein ganzes Leben lang keinen Menschen mehr sehen? Dein Kummer vergeht, das verspreche ich dir. Du bist erst achtzehn, deine Zukunft liegt vor dir – Ehe, Kinder.«

»Ich will nicht heiraten, und ich möchte auch keine Kinder haben.«

»Mona, Liebes, so etwas kannst du nicht sagen. Du hast noch so viel Zeit vor dir. Die Dinge werden sich ändern. Was für ein Leben wirst du führen, wenn du nicht heiratest?«

»Du hast auch nicht geheiratet.«

Grace sah ihre Nichte überrascht an.

Dann fragte Mona mit Tränen in den Augen: »Hast du einmal jemanden geliebt, Tante Grace?«
»Einmal ... vor langer Zeit.«
»Warum hast du ihn nicht geheiratet?«
»Wir ... konnten nicht. Es war nicht möglich.«
»Ich will dir sagen, warum ich gefragt habe, Tante Grace. Ich weiß jetzt, dass ich unfähig bin zu lieben. Ich habe viele Stunden hier gesessen und nachgedacht. Mir ist klar geworden, dass Arthur und ich ... dass wir uns von anderen Menschen unterscheiden. Ich sehe, dass ich wie meine Mutter bin. Es ist mein Schicksal, nicht lieben zu können. Sie hat Arthur nie geliebt, das weiß ich. Sie hat uns beide nie geliebt. Wenn ich versuche, mir meine Mutter vorzustellen, kann ich sie nicht *sehen*, Tante Grace.« Die Tränen liefen ihr über das Gesicht. »Sie ist nur ein Schatten. Sie ist nur eine halbe Frau, und wie sie bin auch ich nicht in der Lage, einen Menschen zu lieben. Und da Arthur jetzt tot ist, bin ich allein.«
Mona weinte. Erinnerungen stürmten auf Grace ein. Die schreckliche Februarnacht vor achtzehn Jahren, als sie ein lebloses Kind in einem Zugabteil entband; Monas erstes Lachen, ihre ersten Schritte. Das äffchenartige Wesen, das aus dem Cadillac stürmte und rief: »Tante, wir sind wieder zu Hause, und ich werde nie wieder nach England gehen!«
Plötzlich spürte Grace jeden Tag der siebenundvierzig Jahre ihres Lebens.
»Mona, hör mir zu.« Sie griff nach Monas Händen. »Das tödliche Messer trifft noch immer. Es tötet alles Leben und alle Liebe in dir. Lass dich von ihm nicht auch töten, Mona! Verlass dieses Zimmer. Schließ es ab und nimm Abschied von dem Geist, der hier lebt. Du gehörst ins Land der Lebenden. Das würde auch Arthur sich wünschen. Und es wird in deinem Leben jemanden geben, den du lieben kannst. Das verspreche ich dir.«
Mona fuhr sich mit dem Handrücken über die Stirn. Ihre dunklen, schräg geschnittenen Augen starrten ins Leere. In ihrer Stimme lag Einsamkeit.
»Ich weiß, was mich erwartet, Tante Grace. Nachdem mein Bruder tot ist, bin ich die Erbin von BELLATU. All das wird einmal mir gehören, und ich werde die Plantage zu meinem Leben machen. Ich werde lernen, wie man sie bewirtschaftet, wie man Kaffee anbaut, und wie man unabhängig ist. Für mich wird es nur einen Herrn und Meister geben – BELLATU. Etwas anderes werde ich nicht lieben können.«
Das Leuchten in Monas Augen rief Grace plötzlich etwas anderes ins Gedächtnis. Vor achtzehn Jahren hatten sie und Valentine an dieser Stelle auf

dem gerodeten Hügel gestanden, wo eines Tages das Haus gebaut werden sollte. Grace hörte zu, wie Valentine ihr seine Pläne für diese Wildnis erzählte. Sie hatte die Überzeugung in seiner Stimme gehört, als er davon sprach, wie er von diesem Land Besitz ergreifen würde. Sie hatte das seltsame Leuchten in seinen schwarzen Augen gesehen, als er seine Vision der Zukunft beschrieb. Und Grace erkannte plötzlich, dass sie das alles noch einmal erlebte — durch seine Tochter.

»Es wird ein einsames Leben sein, Mona«, sagte Grace traurig. »Du, ganz allein in diesem großen Haus.«

»Ich werde nicht einsam sein, Tante Grace. Ich werde sehr viel zu tun haben.«

»Und nur für die Kaffeebäume leben?«

»Ich werde noch für etwas anderes leben.«

»Und wofür?«

»Ich werde dafür sorgen, dass David Mathenge für sein Verbrechen bezahlt.«

»Mona«, flüsterte Grace. »Lass das auf sich beruhen. Begrabe deinen Kummer. Rache hat noch niemandem Segen gebracht.«

»Eines Tages wird er zurückkommen. Er wird sein Versteck verlassen, wo immer er auch sein mag, und hierher zurückkommen. Wenn das geschieht, werde ich dafür sorgen, dass David Mathenge für den Mord an meinem Bruder bezahlt.«

Eine Tür fiel ins Schloss. Man hörte eilige Schritte im Haus, und Marios Stimme draußen im Gang. »*Memsaab Daktari!*«

»Um Himmels willen«, sagte Grace und stand auf. »Ich bin hier, Mario.«

Er stürmte ins Zimmer. »*Memsaab!* Im Dschungel! Sie müssen kommen!«

»Was ist los?«

»Eine Initiation, *Memsaab*. Eine große. Ganz geheim!«

»Wo? Was für eine Initiation?«

»In den Bergen. Dort drüben. Für Mädchen, *Memsaab!*«

Plötzlich verstand Grace das eigenartige Verhalten ihrer Krankenschwestern, das Verschwinden des Personals hier auf BELLATU die merkwürdige Stille auf dem Missionsgelände. Die Kikuju versammelten sich zu einer großen, geheimen Initiation — der ersten seit Jahren. Es handelte sich um das verbotene Ritual der Beschneidung von Mädchen — die Infibulation. Nach diesem Eingriff war Marios Schwester gestorben.

»*Memsaab*«, stieß er atemlos hervor, »Njeri Mathenge ...«

Grace eilte an ihm vorbei, durch den Gang und die Treppe hinunter. Mona blieb in der Nische sitzen und hörte die sich entfernenden Schritte. Durch

das Fenster sah sie Grace, gefolgt von ihrem Hausboy über den Rasen laufen und dann den Weg hinunter, der zur Mission führte. Kurze Zeit später kam ein Polizeiwagen die Auffahrt herauf. Mona sah, wie ein Polizeibeamter ausstieg, verließ den Platz in der Nische und ging nach unten.
Geoffrey stand auf, als sie ins Wohnzimmer kam, und fragte: »Was ist denn los?«
»Gerade ist ein Polizist gekommen. Es muss etwas mit der Initiation zu tun haben.«
Aber der Beamte war aus einem völlig anderen Grund gekommen. Er hatte ein Telegramm, das er Mona übergab. »Es ist für Dr. Treverton. Unten in der Mission wusste niemand, wo sie ist. Ich dachte, Sie könnten es ihr vielleicht geben.«
Mona betrachtete den gelben Umschlag. Sie sah, dass das Telegramm aus Uganda kam, und öffnete ihn schnell. Geoffreys Bruder Ralph telegrafierte: TANTE GRACE. SCHWERE MALARIA-EPIDEMIE. MUTTER TOT. VATER LIEGT IM STERBEN UND MÖCHTE DICH SEHEN. KOMME SOFORT. BRINGE GEOFFREY MIT.
»O mein Gott!«, rief Mona.
Geoffrey griff nach dem Telegramm. Noch bevor er reagieren konnte, stürmte Mona bereits die Stufen der Veranda hinunter und in Richtung Fluss. Vom Rand des Hügels, wo man die Mission, das Polofeld und Wacheras Hütte sah, konnte Mona ihre Tante nirgends entdecken.

5

Die rituelle Operation nannte man *Irua*; sie bestand aus drei Abschnitten: der Entfernung der Klitoris, dem Beschneiden der Schamlippen und dem Vernähen der Vulva.
Sie diente dazu, das sexuelle Verlangen der Mädchen zu unterbinden, Promiskuität entgegenzuwirken und Masturbation zu verhindern. Durch das Entfernen der empfindlichen Teile der Genitalien und die Verengung der Genitalöffnung auf die Dicke eines kleinen Fingers glaubte man, Mädchen von sexuellen Aktivitäten vor der Ehe abzuhalten. Wenn ein Mann ein Mädchen gekauft hatte, wurde es auf seine Jungfräulichkeit untersucht und durch einen Schnitt der Geschlechtsverkehr ermöglicht.
Irua gehörte zu den ältesten und heiligsten Ritualen der Kikuju. Ein Mädchen wurde dadurch offiziell in den Stamm aufgenommen und galt danach als Frau. Alle, die sich *Irua* unterzogen, wurden von der Sippe geachtet und geehrt; wer sich weigerte, wurde ausgestoßen und war *tabu*.
Wachera hatte ihre Instrumente und die Heilmittel schon seit Tagen vorbereitet.
Es war viele Ernten her, seit sie die heilige *Irua* zum letzten Mal durchgeführt hatte. Die Furcht der Kikuju vor den Repressalien der Weißen hatte bewirkt, dass viele wichtige Rituale nicht mehr durchgeführt wurden. Deshalb war Wachera stolz und fühlte sich geehrt, dass *Irua* an diesem Tag stattfinden sollte. Die Ahnen waren zufrieden; sie hatten es ihr gesagt. Sie hatten ihr auch das Versteck ihres Sohnes gezeigt – im Land, wo die Sonne unterging. Sie hatten ihr jedoch nicht gesagt, wann er zurückkommen würde. Aber Wachera hatte Geduld. Sie vertraute darauf, dass ihr Sohn eines Tages in das Kikuju-Land zurückkehren und seinen Platz als Führer seines Volkes einnehmen werde. An diesem Tag, daran zweifelte Wachera nicht, würde David das Land zurückfordern, das die Weißen gestohlen hatten, und sie aus Kikuju-Land vertreiben.

Tat ihr *Thahu* nicht seine Wirkung?

Wacheras schrecklicher Fluch, vor langer Zeit im großen Steinhaus des *Bwana* ausgesprochen, hatte schließlich dem *Bwana* den einzigen Sohn genommen. Die Medizinfrau glaubte daran, dass ihr *Thahu* im Laufe der Zeit den Mann und seine Nachkommen vernichten werde, der den heiligen Feigenbaum gefällt hatte. Der Tag würde kommen, an dem der *Bwana* und seine Familie ausgelöscht waren, als habe es sie nie gegeben.

Trotzdem linderten die Früchte der Rache den Schmerz jedoch kaum, den Wachera Tag und Nacht in ihrer Brust trug. Ihr fehlte der einzige Sohn. Sie sehnte sich nach ihm und machte sich Sorgen um seine Sicherheit und sein Glück. Das Wissen, dass David sich einer besonderen Prüfung seiner Männlichkeit unterzog, wie es die Krieger früher getan hatten, gab ihr allerdings etwas Trost. Sie wusste, er musste unter Häuptling Muchina und im Gefängnis der Weißen gelitten haben und jetzt in dem Land im Westen große Entbehrungen erdulden. Aber danach würde ihr Sohn als Krieger, als ein echter Mathenge zu ihr zurückkehren.

Wachera unterbrach ihre letzten Vorbereitungen und lauschte dem Gesang der Mädchen. Er verriet, dass sie in den Fluss stiegen und bald für die rituelle Operation bereit waren.

Niemand half der Medizinfrau bei ihrem geheimen Werk. *Irua*, dem Wesen nach heilig, erforderte eine besondere rituelle Reinheit und geistige Klarheit. Nicht jeder konnte das Messer führen, so wie nicht jeder Zeuge dieses Rituals sein durfte. Nur beschnittene Frauen, die beim Stamm in hohem Ansehen standen, durften zusehen. Für Männer war es *tabu*, und sie luden Strafen auf sich, wenn sie versuchten, das Ritual heimlich zu beobachten. Wachera wusste, die Weißen verurteilten ihr Tun, aber es war nicht ungesetzlich. Die Missionare hatten mit aller Macht versucht, das uralte Ritual abzuschaffen; aber es war ihnen nicht gelungen, es offiziell als illegal verbieten zu lassen. Deshalb bemühten sie sich auf andere Weise, die Kinder Mumbis von ihren traditionellen Gewohnheiten abzubringen und hatten darin große Erfolge aufzuweisen. So durfte zum Beispiel kein beschnittenes Mädchen ihre Schulen besuchen. Die Missionsschulen waren die besten, und da die meisten Eltern wollten, dass ihre Kinder mit den Vorteilen und der Bildung des weißen Mannes aufwuchsen, ließen sie sich auf einen bedauerlichen Handel mit den Missionaren ein. Sie gaben die Sitten ihrer Vorfahren auf, um in den Genuss der Brosamen zu kommen, die vom Tisch ihrer weißen Herren fielen.

Bis zum Tag von David Mathenges Verhaftung schien dies im Kikuju-Land unabänderlich zu sein.
Durch die flammenden Reden Wanjirus und anderer wie sie begannen die Kinder Mumbis jedoch inzwischen zu begreifen, welchen nutzlosen Vertrag sie mit ihren weißen Unterdrückern geschlossen hatten. Die große Demonstration in Nairobi, als David geflohen war und die Soldaten wahllos in die wehrlose Menge schossen, hatte den Kikuju die Augen geöffnet. Sie waren einzeln zu Wachera gekommen, hatten sie um Rat gefragt und wissen wollen, was sie tun sollten. Wachera hatte ihnen geantwortet: »Kehrt zum Leben der Ahnen zurück. Eure Ahnen sind unglücklich.«
Viele Kikuju stimmten ihr darin nicht zu und lehnten es ab, an der *Irua* teilzunehmen. Sie glaubten den Missionaren, die das Ritual abscheulich und barbarisch nannten. Aber die wahren Kinder Mumbis brachten ihre Schwestern und Töchter zu ihr.
Wachera lauschte wieder dem Gesang.
Sie arbeitete allein in der Initiationshütte. Unterdessen standen Mädchen im Alter von neun bis siebzehn aus dem ganzen Distrikt bis zur Brust im eiskalten Flusswasser. Die alten Frauen des Stammes hielten am Ufer Wache, um sicherzugehen, dass kein Mann und kein Fremder sie sah. Die Mädchen zitterten und froren im Wasser, das sie unempfindlich machen sollte, denn der Eingriff würde ohne Betäubungsmittel durchgeführt werden. Sie sangen die rituellen Lieder und ließen Blätter in den Fluss fallen, als Symbol dafür, dass die Geister ihrer Kindheit ertranken. Sie standen so lange im eiskalten Wasser, bis sie unterhalb der Hüfte kaum noch etwas spürten. Dann gingen sie auf dem Pfad in das eigens zu diesem Anlass gebaute Dorf am Hügel.
Wachera hatte noch vor Sonnenaufgang im Fluss gebadet und sich den Kopf rasiert. Jetzt bestrich sie ihren Körper mit heiliger Farbe – mit weißer Kreide vom Mount Kenia und schwarzem Ocker. Dabei intonierte sie heilige Worte, durch die Kreide und Ocker wirkungsvolle Mittel gegen böse Geister wurden. Dann überprüfte sie noch einmal die heilenden Blätter, die ›Banner‹ – sie schlugen die Geister der Infektion in die Flucht –, und die Mischung aus Milch und besonderen Kräutern, mit der die Wunden beträufelt wurden. Aromatisch duftende Blätter lagen für den letzten Teil der Operation bereit. Man band sie jedem Mädchen zwischen die Beine, ehe man sie in die Heilhütte brachte.
Schließlich überprüfte Wachera die Eisenklinge. Sie war sauber und scharf,

wie sie es von ihrer Großmutter, der alten Wachera, gelernt hatte. Nur wenige ihrer Mädchen litten bei der Operation Schmerzen oder starben an Blutvergiftung.

Wachera hörte Gesang in der Ferne und trat in die Türöffnung der neu errichteten Initiationshütte. Sie sah Tanten und Mütter der Mädchen, die fröhlich den rituellen Torbogen aus Bananenstauden, Zuckerrohr und heiligen Blumen als Eingang des Dorfs aufbauten. Der Bogen stellte die Verbindung mit den Geistern der Ahnen her. Niemand außer den Mädchen durfte unter ihm hindurchgehen. Andere Frauen breiteten Kuhfelle auf der Erde aus; darauf würden die Mädchen während der Operation sitzen. Wieder andere drehten Schafe am Spieß über dem Feuer und stellten den Zuckerrohrwein bereit. Als Abschluss des Rituals sollte ein Festmahl folgen.

Irua war das feierlichste, aber auch das fröhlichste Fest der Kikuju. Wachera wurde warm ums Herz, als sie ihr Volk durch die alten Bräuche wieder geeint sah. Der Gott der Klarheit war sicherlich zufrieden. Die Rückkehr zu den Sitten der Ahnen war ein Zeichen dafür, dass die Weißen Kikuju-Land bald verlassen würden! Das bedeutete, ihr Sohn David würde bald nach Hause zurückkommen.

Zum ersten Mal seit vielen Jahren war Wachera Mathenge plötzlich sehr glücklich.

Grace musste Mario nicht fragen, wo sich die Mädchen befanden. Sie hörte das Singen etwas weiter oben am Fluss.

Aber sie konnte nicht zu ihnen. Männer versperrten den Weg – die Väter und Brüder der Mädchen, wie Mario erklärte. Sie saßen beisammen und ließen Kalebassen mit Zuckerrohrwein kreisen. Die Männer behandelten *Memsaab Daktari* sehr höflich, ließen sie aber nicht weitergehen. Auch ein Distriktsbeamter, der stellvertretende Polizeichef Shannon, war bereits anwesend. Er hatte den Wagen auf der Straße abgestellt und war mit zwei Askaris durch den Busch gekommen. Gleichzeitig mit Grace erschienen zwei Missionare von der Methodistenkirche in Nyeri und eine aufgebrachte Gruppe Priester von der katholischen Mission.

»Guten Tag, Dr. Treverton«, begrüßte sie der stellvertretende Polizeichef Shannon. Er war ein großer, durch und durch militärischer Mann, der Ordnung in seinem Distrikt hielt und wusste, wann er sich aus ›Eingeborenenangelegenheiten‹ heraushalten musste. »Ich fürchte, weiter werden sie uns nicht lassen«, sagte er und nickte in Richtung der glücklich trinkenden

Väter und Brüder. »Die Mädchen sind unten im Fluss. Aber sie kommen hier entlang, dann werden wir sie sehen.«

»Wo findet das Ritual statt?«

»Dort oben auf einer Lichtung. Sie haben seit Wochen gearbeitet und Hütten gebaut.«

»Ich hatte nicht damit gerechnet, Sie hier zu treffen. Werden Sie versuchen, es zu verhindern?«

»Ich bin nicht hier, um einzugreifen, Dr. Treverton. Ich bin hier, um für Ruhe zu sorgen und sicherzustellen, dass aus dieser Sache nichts Schlimmeres wird.« Das war eine Anspielung auf die Missionare, die höchst aufgebracht wirkten und offenbar einschreiten wollen. »Glauben Sie mir«, fuhr der Beamte ruhig fort, »ich billige ebenso wenig wie Sie, was die Eingeborenen tun. Aber ich habe nicht die Autorität, sie daran zu hindern. Und selbst wenn ich dazu berechtigt wäre, würde ich es nicht gerne versuchen. Die Afrikaner sind uns zahlenmäßig weit überlegen und inzwischen betrunken. Agitatoren haben sie aufgehetzt, und es wird immer schwieriger, sie unter Kontrolle zu halten.«

»Und ich hatte kein Wort erfahren!«

»Keiner von uns. Sie haben es wirklich als Geheimnis bewahrt. Es hat mit dem Fall David Mathenge zu tun.«

»Haben Sie eine Vorstellung, wo er sich aufhält?«

»Es gibt nur Gerüchte. Die einen behaupten, er sei in Tanganjika, andere, im Sudan. Der Gouverneur hat nicht genug Leute, um in ganz Ostafrika nach ihm zu fahnden. Und offen gesagt, Dr. Treverton, nachdem dieser andere den Mord an Ihrem Neffen gestanden hat, kümmert es niemanden mehr, wo David Mathenge ist.«

»*Mi scusi, Signor*«, sagte ein weißhaariger Priester und trat empört zu dem Beamten. »Sie müssen diesen Frevel unterbinden!«

»Sie brechen keine Gesetze, Vater, und ich rate Ihnen, sich nicht einzumischen. Sollten Sie es versuchen, muss ich Sie leider festnehmen.«

»Aber das ist doch unglaublich! *Wir* führen doch dieses heidnische Ritual nicht durch! Denken Sie an die armen Mädchen. Ihretwegen müssen Sie es verhindern.«

»Vater Vittorio«, erklärte Shannon mit professionell geübter Geduld. »Sie wissen sehr wohl, dass diese Leute nicht auf mich hören. Wenn ich einschreite, wird es Blutvergießen geben. Warten Sie bis zum Sonntag, Vater. Dann können Sie ihnen von der Kanzel die Leviten lesen.«

Der alte Priester durchbohrte den Beamten mit Blicken und wandte sich dann an Grace. »*Signora dottoressa*«, sagte er, »Sie wollen doch sicher das Ritual verhindern?«

Ja, genau das wollte Grace. Sie war heute so entschieden gegen *Irua* wie vor sechs Jahren in Genf. Dort hatte im Rahmen der Weltkinderhilfe eine Konferenz über Kinder in Afrika stattgefunden. Gemeinsam mit einigen europäischen Teilnehmern hatte Grace dort gegen diese barbarische Sitte gesprochen und erklärt, es sei die Pflicht aller Regierungen, in deren Ländern dieses Ritual stattfand, es gesetzlich zu verbieten. Die Infibulation wurde nicht nur in Kenia, sondern überall in Afrika und im Mittleren Osten praktiziert; unzählige Stämme, angefangen bei den Beduinen in Syrien bis zu den Zulu in Afrika, zwangen Mädchen, diese schmerzhafte und traumatische genitale Verstümmelung über sich ergehen zu lassen, die im späteren Leben, besonders bei Geburten, zu Schwierigkeiten führte. Grace berichtete den Konferenzteilnehmern von Gachiku und dem Kaiserschnitt, durch den sie Njeri entbunden hatte.

Trotzdem konnte sich die Konferenz nicht zu einer eindeutigen Verurteilung entschließen, da es sich um eine heilige und gesellschaftlich tief verwurzelte Sitte handelte. Stattdessen empfahl man, diesen Völkern durch Aufklärung zu helfen, durch die sie freiwillig von solchen Praktiken ablassen würden.

Soweit Grace wusste, hatte es in der Provinz seit Jahren keine *Irua* gegeben. Wenn Shannon recht hatte, und die Masseninitiation hing irgendwie mit der Verhaftung von David Mathenge zusammen, dann kam der heutigen *Irua* eine sehr viel größere Bedeutung zu als einem einfachen Stammestreffen anlässlich eines Rituals.

Das hier sollte eine Ohrfeige für den weißen Mann sein.

»Sie kommen!«, rief einer der Methodisten. Nur zu diesem Zeitpunkt durften Unbeteiligte die Mädchen sehen. Sie waren nackt; um den Hals trugen sie eine Kette, sangen leise die ernsten alten Gesänge und gingen langsam den Pfad vom Fluss zu den Hütten hinauf. Die Mädchen gingen paarweise mit an den Körper gepressten Ellbogen; die Hände hielten sie nach oben und waren zu Fäusten geballt, wobei die Daumen zwischen Zeigefinger und Mittelfinger steckten. Damit deuteten sie ihre Bereitschaft an, die zu erwartenden Schmerzen zu ertragen.

Grace war vor Entsetzen wie erstarrt. Auch die Missionare rührten sich nicht, denn sie waren nicht auf den Anblick gefasst, der sich ihnen bot.

Die Mädchen wirkten ernst und würdevoll; ihr Gesang klang schön und harmonisch. Die frisch rasierten Köpfe und nackten Körper glänzten vom Wasser. Sie hielten den Blick starr geradeaus; keines der Mädchen blickte zurück, denn das hätte Unglück bedeutet. Sie beachteten auch die Kikuju-Männer nicht, die jetzt ruhig und ehrfurchtsvoll in einiger Entfernung standen, oder die Weißen, die sie sprachlos anstarrten. Die Mädchen gingen wie in Trance; sie hypnotisierten sich mit den melodischen Gesängen; ihre schlanken Körper schwankten beim Gehen rhythmisch.

Grace vermutete, dass die Mädchen zwischen neun und siebzehn waren. Dieser große Altersunterschied wäre früher nicht möglich gewesen; da es jedoch lange keine *Irua* gegeben hatte, unterzogen sich die Älteren gemeinsam mit den Jüngeren der Zeremonie. Grace kannte die meisten. Sie sah Wanjiru, die beredte Kämpferin, die an der Flucht von David Mathenge mitgewirkt hatte; sie sah die drei Töchter ihrer Operationsschwester Rebecca und auch Njeri, Davids Halbschwester, die Rose nicht von der Seite wich. Grace war wie erstarrt und brachte keinen Ton heraus.

Wann hatten die Afrikaner das organisiert, und wie war es ihnen gelungen, ihre Absicht geheim zu halten? Mindestens hundert Mädchen nahmen an der schaurigen Prozession teil, und kein Weißer hatte etwas davon erfahren. Wie war das möglich?

Grace fror plötzlich. Zum ersten Mal in achtzehn Jahren in Ostafrika empfand sie eine merkwürdige unbekannte Angst. Etwas Ehrfurchtgebietendes ging von diesen unschuldigen, jungen, nackten Mädchen aus, etwas Urtümliches und Elementares. Grace hatte das Gefühl, in die ferne Vergangenheit zu blicken. Es war, als beobachtete sie Mädchen, die vor vielen hundert Jahren gelebt hatten und sich auf dem Weg zur Prüfung ihrer Kraft, ihres Mutes und ihrer Standhaftigkeit befanden. Das machte Grace Angst.

Als die Mädchen nicht mehr zu sehen waren, bildeten die Kikuju-Männer wieder wachsam eine undurchdringliche Mauer gegen die Weißen.

»Warum gehen Sie nicht alle nach Hause?«, fragte Shannon, der stellvertretende Polizeichef, die Missionare. »Hier können Sie nichts tun.«

Vater Vittorio erholte sich von dem Schock und fragte: »Sie stehen hier, obwohl Sie wissen, was die armen Mädchen erdulden müssen?«

Shannon warf einen Blick auf die Kikuju und erwiderte lächelnd: »Seien Sie vorsichtig, Vater, sie beobachten uns. Es sind die männlichen Angehörigen der Mädchen. Eine falsche Bewegung, und ich kann nichts tun, um Sie vor ihnen zu retten.«

Der Priester musterte die Afrikaner. Viele kannte er. Einer war sein Kirchendiener, einem anderen unterstand die Pflege der Priestergewänder. Diese Männer kamen regelmäßig zur Messe, knieten am Altar, nahmen die heilige Kommunion und ließen ihre Kinder auf christliche Namen taufen. Aber jetzt, so sah Vater Vittorio, waren sie Fremde.
Vater Vittorio schloss die Augen. Plötzlich hatte er eine erschreckende Offenbarung: In diesen katholischen Herzen schlug noch immer das wilde Afrika!
Die Weißen berieten, was sie tun sollten, und ließen dabei die Afrikaner nicht aus den Augen, die ihnen den Weg versperrten. Grace entfernte sich unauffällig von der Gruppe und verschwand im Gebüsch. Soweit sie wusste, war noch kein Weißer Zeuge einer *Irua* geworden. Auch sie hatte nur die Nachwirkungen gesehen: Marios tote Schwester und Gachiku in den Wehen.
Sie schlug die Richtung der Lichtung ein und entdeckte nach einiger Zeit durch die Bäume den heiligen geschmückten Torbogen. Der Platz wurde von einigen Kikuju bewacht. Grace ging im Schutz von Büschen und Bäumen um die Lichtung herum und erreichte schließlich einen Felsen inmitten von Kastanienbäumen am Hang. Sie kletterte auf den Stein. Von hier konnte sie die ganze Lichtung überblicken, ohne dass man sie sah.
Sie hielt den Atem an.
Der stellvertretende Polizeichef hatte recht. Es war eine Sache, bei einer Geburt einzugreifen, wie sie es bei Gachiku getan hatte, aber eine andere, das heiligste und feierlichste Ritual zu stören. Grace begriff, dass es ebenso wenig in ihrer Macht stand wie in der Macht des Beamten und seiner Soldaten, die Zeremonie zu unterbrechen. Die Kikuju wussten das. Die *Irua* zeigte den Weißen deutlich die Grenzen ihrer Macht. Nach der Demonstration, als Tausende von Afrikanern unter den Augen ihrer Herren gedemütigt weichen mussten, hatten sie eine Möglichkeit gesucht und gefunden zurückzuschlagen.
Es war aktive Rebellion, und alle wussten es.
Die Mädchen wurden von ihren Müttern am Torbogen erwartet. Grace wusste wenig über den Verlauf des Rituals. Nach alter Tradition hatte jedes Mädchen eine Patin, eine Frau des Stammes, die eine Art Ersatzmutter wurde. Aber Grace sah, dass manche Mädchen bei ihren Müttern standen. Vielleicht hatten sich nicht genug Frauen gefunden. Trotz ihrer Größe war die Gruppe nicht repräsentativ für die gesamte Bevölkerung der Provinz. Die

Mehrheit der Kikuju hatte sich offenbar klugerweise und vorsichtshalber davon distanziert.

Zehn Mädchen setzten sich mit ihren Müttern auf die Kuhfelle; die anderen stellten sich schützend im Kreis um sie auf. Von ihrem erhöhten Beobachtungspunkt sah Grace über die Köpfe der Frauen hinweg. Die Mädchen saßen mit geöffneten Beinen, die Mütter hinter ihnen; sie schlangen die Beine um die ihrer Töchter, damit sie ruhig und geöffnet blieben. Die Mädchen lehnten sich in den Armen der Mütter zurück, ließen den Kopf nach hinten fallen und blickten in den Himmel. Als sich alle in dieser Stellung befanden, ging eine alte Frau herum und benetzte mit einer Flüssigkeit – Grace vermutete, dass es sich um eiskaltes Wasser handelte – die Geschlechtsteile der Mädchen. Damit wollte man vermutlich die Empfindungslosigkeit verstärken und Blutungen eindämmen. Aber Grace wusste, es würde wenig helfen.

So von der Mutter gehalten, erwartete man von jedem Mädchen, unverwandt in den Himmel zu blicken und sich während der Operation nicht zu bewegen, nicht zu schreien, nicht einmal mit der Wimper zu zucken. Jedes Zusammenzucken galt als Schande für das Mädchen und seine Familie. Es überraschte Grace nicht, dass Wachera weiß und schwarz bemalt aus einer Hütte trat.

Wanjiru war die erste Kandidatin. Sie lag in den Armen ihrer Mutter, und soweit Grace erkennen konnte, zeigte sie nicht nur keine Anzeichen von Furcht, sondern wirkte stolz, als freue sie sich auf die schreckliche Prüfung. Wachera ging ans Werk, und Wanjiru regte sich nicht.

Grace schloss die Augen.

Als sie sie wieder aufschlug, trug man Wanjiru, die Blätter zwischen den Beinen hatte, in die Heilhütte.

Bei den nächsten Mädchen sah Grace zu. Die kleinsten weinten, ein paar schrien. Nur wenige verhielten sich wie Wanjiru.

Die Zeit schien stillzustehen. Die Frauen sangen ihr einfaches melodisches Lied und freuten sich über jede Verstümmelung wie ihre Mütter und Großmütter in der Geschichte einer gleich bleibenden, ununterbrochenen Ahnenkette. Mit jeder Beschneidung schien die europäische Zivilisation weiter von ihnen abzugleiten – zumindest kam es Grace so vor. Sie hörte, wie Frauen mit christlichen Namen Lobgesänge auf Ngai, den Gott auf dem Mount Kenia, anstimmten. Grace war wie betäubt.

Wieder nahm eine Gruppe auf den Kuhfellen Platz, und Grace sah zwischen Gachikus Beinen die völlig verängstigte Njeri. Grace erwachte aus ihrer Betäubung.

Wachera führte die Operation schnell und geschickt bei vier Mädchen durch und stand jetzt vor Njeri. Grace sah die Angst in den Augen der Siebzehnjährigen, die sich gegen den festen Griff ihrer Mutter wehrte, und sie erinnerte sich an den Tag, an dem sie das Kind mit einem Kaiserschnitt aus Gachikus Leib geholt hatte. Sie rief: »Halt!«, und eilte den Hang hinunter. Der Gesang verstummte. Alle Köpfe drehten sich nach ihr um.

Es war das schlimmste Sakrileg – eine Fremde, und nach allem, was die Kikuju von den Weißen wussten, eine Unbeschnittene wagte sich in ihre Mitte. Grace brachte durch ihr Eindringen ein *Thabu* über die heilige *Irua*. Die Frauen waren so entsetzt, dass sie nicht reagierten. Grace drängte sich in den inneren Kreis.

»Warte!«, stieß sie atemlos hervor, als sie hinter der knienden Medizinfrau stand. »Bitte nicht!«

Wachera kauerte mit der Klinge in der Hand, erhob sich langsam und blickte Grace an. Das Auftauchen der *Memsaab* schien sie nicht zu überraschen. Grace begriff, dass Wachera die Einmischung ganz gelegen kam. *Als sei dies endlich eine Möglichkeit, den Kampf gegen mich aufzunehmen*, dachte Grace.

»Bitte tu es nicht, Wachera«, sagte Grace auf Kikuju. »Bitte lass das Mädchen gehen. Du siehst doch, welche Angst sie hat.«

»Sie wird ihrer Familie keine Schande machen.«

Grace wandte sich an die Mutter. »Gachiku, sie ist doch dein Lieblingskind. Sie ist doch die Tochter deines geliebten Solomon Mathenge. Wie kannst du ihr so etwas antun?«

»Ich tu es, weil ich sie liebe«, erwiderte Gachiku gepresst, ohne Grace in die Augen zu blicken. »Ich ehre damit meinen toten Mann.«

»Möchtest du, dass deine Tochter so leidet wie du, wenn sie ein Kind bekommt?«

Gachiku gab keine Antwort.

»Gib mir das Mädchen«, sagte Grace zu Wachera. »Njeri gehört mir. Ich habe ihr das Leben gegeben, als alle anderen sie sterben lassen wollten. Deine Großmutter, die alte Wachera, hatte sie bereits dem Tod überantwortet. Häuptling Mathenge ebenfalls. Ich habe Njeri gerettet. Aber nicht dazu!«

»Sie ist eine Kikuju. Sie wird zu einer wahren Tochter Mumbis werden.«

»Bitte, Wachera! Ich bitte dich!«

»Du bittest mich? So wie meine Großmutter den *Bwana*, deinen Bruder, gebeten hat, den heiligen Feigenbaum nicht zu fällen?«
»Ich bedauere das, Wachera. Ja, wirklich. Ich bin für die Taten meines Bruders nicht verantwortlich.«
»Wo ist mein Mann?«, rief Wachera. »Wo ist mein Sohn David? Wo sind meine ungeborenen Kinder? Wäre dein Bruder nicht in das Kikuju-Land gekommen, würde meine Familie heute an meiner Seite leben. Aber ich bin allein. Geh! Du gehörst nicht in das Kikuju-Land. Geh dorthin zurück, wo deine Ahnen wohnen.«
Noch ehe Grace reagieren konnte, kniete Wachera und verrichtete schnell ihr Werk.
Njeris Schrei zerriss die Luft, und Vögel flogen erschrocken von den Bäumen auf.
Wachera beträufelte Njeris Wunde mit der Kräutermilch und legte ihr den heilenden Blätterverband an. Dann sagte sie: »Jetzt ist sie eine wahre Tochter Mumbis.«
Grace blickte hinunter. Sie begann beim Anblick der weinenden Njeri zu zittern; Tränen stiegen ihr in die Augen. Sie würde Njeris Schrei ihr Leben lang nicht vergessen können.
Man trug Gachikus Tochter in die Heilhütte. Grace wandte sich an die nächste Frau auf dem Kuhfell. »Rebecca«, sagte sie ruhig, »ich habe dich ausgebildet. Ich habe dich Sauberkeit und Desinfektion gelehrt. Du weißt, was du heute hier tust, ist schädlich. Du weißt, du setzt deine Töchter einem großen Risiko aus. Schick sie weg. Wenn du es nicht tust, wirst du nämlich nie mehr an meiner Seite arbeiten.«
Die Afrikanerin mit dem kleinen, goldenen Kreuz um den Hals sah die weiße Frau ausdruckslos an.
»Und euch allen sage ich«, rief Grace und blickte sich im Kreis um, »wenn ihr mit diesem sündhaften Treiben nicht sofort aufhört, werdet ihr in meiner Mission nie wieder willkommen sein. Mein Krankenhaus steht euch nicht offen, wenn ihr krank seid. Ich will euch dort nie wieder sehen.«
Die Frauen erwiderten ihren Blick.
»Sie hören nicht auf dich«, sagte Wachera. »Ich habe ihnen gesagt, dass dein Krankenhaus nicht mehr lange stehen wird. Der Tag ist nahe, an dem die Weißen das Kikuju-Land verlassen. Wir kehren zu den alten Sitten zurück, und euch werden wir vergessen.«
Grace betrachtete das Gesicht unter der schwarzen und weißen Farbe. Sie

hatte geglaubt, dieses Gesicht zu kennen. Aber sie sah eine Fremde vor sich. Eine kalte und graue Ahnung überkam Grace, zog über sie hinweg wie eine Wolke, die die Sonne verdunkelt. Sie dachte an die wenigen tausend Weißen, die über Millionen Afrikaner herrschten, und hörte, wie Shannon sagte: »Es wird immer schwieriger, sie unter Kontrolle zu halten.« Sie blickte auf die blutigen Kuhfelle hinunter, und plötzlich wusste sie ohne jeden Zweifel: Hier war eine schreckliche Schwelle unwiderruflich überschritten worden.

Mit großer Würde, unter der sie den Zorn im Herzen, den Kummer ihrer Seele verbarg, drehte Grace der Medizinfrau den Rücken und verließ den Platz. Als sie den heiligen Torbogen der Ahnen erreichte, hörte sie, wie die Frauen ihren leisen monotonen Gesang wieder aufnahmen.

6

Mona griff nicht nach der Hand ihrer Tante, weil sie sich vor dem Flug fürchtete, sondern weil Grace leichenblass aussah.
Es war keine Vergnügungsreise; sie flogen zu einem Begräbnis.
Mona betrachtete die gespannten Züge ihrer Tante. Grace schien ihre Nichte auf dem Sitz neben ihr vergessen zu haben. *Ich sitze auf ihrer ›blinden‹ Seite,* dachte Mona, *der Seite mit dem verletzten Auge.* Jemand, der das nicht wusste, stand oder saß vielleicht links von Grace Treverton und wunderte sich, dass sie ihn scheinbar nicht sah. Mona drückte die reglose Hand ihrer Tante und blickte dann wieder aus dem Fenster der Kabine.
Die einmotorige Avro-Propellermaschine flog niedrig über den dichten Dschungel. Mona fand, dass Afrika aus der Luft noch wilder und furchteinflößender wirkte als auf der Erde – aber auch atemberaubend schön und viel faszinierender. Der Schwarze Kontinent war ihre Heimat. Seine Flüsse hatte sie im Blut; seine Bäume wurzelten in ihrem Körper. Da sie hier geboren war, glaubte sie, Afrika mit einer Leidenschaft zu lieben wie kein anderer, schon gar nicht Leute wie ihr Vater; sie waren Eindringlinge, die dieses Land so gut wie nicht verstanden. Am liebsten hätte Mona das Glas aus dem Fenster entfernt und die Hände ausgestreckt, um alles zu umarmen. Sie wollte den Herden zurufen, die unten in der Savanne grasten, den Hirten zuwinken, die an ihre hohen Stäbe gelehnt unbeweglich dastanden. Mona glaubte, wegen dieser einzigartigen Liebe könne Afrika sie nie enttäuschen.
Sie warf wieder einen Blick auf ihre Tante. Seit Grace Ralph Donalds Telegramm vor drei Tagen gelesen hatte, hüllte sie sich die meiste Zeit in Schweigen. Mona vermutete, dass bei der *Irua* etwas Besonderes vorgefallen sei, doch Grace wollte nicht darüber sprechen. Sie hatte nur gesagt: »Ich habe meine Zeit vertan, während James im Sterben liegt.«
Jetzt fürchtete sie, es sei zu spät.
Grace hatte darauf bestanden, dass sie die Reise schwarz bekleidet antraten.

Mona hatte nicht einmal wegen Arthur Schwarz getragen – sie besaß einfach nichts Dunkleres als Braun. Im Äquatorklima waren helle Farben praktischer. Aber ein indischer *Duka* hatte sie mit Trauerkleidern versorgt; sie hatten sogar kleine schwarze Hüte mit Schleiern erstanden.
Die Maschine bebte und Mona sah, wie die leinwandbespannten Tragflächen vom ostafrikanischen Wind geschüttelt wurden und schwankten. Erst vor einer Woche war eine zweimotorige Hanno mit Post für Uganda bei der Landung zerschellt.
Mona dachte an den Tod. Sie dachte an Arthur in dem einsamen Grab auf dem kleinen Friedhof hinter BELLATU Es war das erste Grab auf dem Platz, wo einmal alle Trevertons begraben werden würden. Arthur war erst seit zwei Monaten tot, aber es kam ihr wie zwei Jahre vor. Und nun würden sie vielleicht Onkel James begraben, an den Mona sich kaum erinnerte.
Geoffrey Donald saß hinten in der Maschine, wo die Kabine schmal wurde, und teilte ein Fenster mit zwei katholischen Nonnen, die zu einer Mission in Entebbe reisten. Der Verlust seiner Mutter hatte bei Mona plötzlich Mitgefühl für Geoffrey ausgelöst. Sie empfand eine unerwartete Zärtlichkeit für ihn, und deshalb dachte Mona an Geoffrey Donald, als die Maschine zur Landung ansetzte.

Grace hatte Ralph telegraphisch von ihrer Ankunft in Kenntnis gesetzt, und so erwartete er sie an der Landebahn in Entebbe. Um den Ärmel seiner Khaki-Jacke trug er ein schwarzes Band.
Die Brüder umarmten sich ernst; dann wandte sich Ralph an Grace, die sagte: »Dein Verlust tut mir Leid, Ralph.« Schließlich stand er vor Mona, und sie umarmten sich. »Ich bin froh, dass du gekommen bist«, murmelte er, und sie sah ihn an. Der erschöpft wirkende junge Mann war völlig farblos im Vergleich zu seinem Bruder. Was hatte sie einmal in ihm gesehen?
»Dein Vater ...«, begann Grace, als sie an der offenen Tür von Ralphs Chevrolet standen.
»Er schluckt dreißig Chinintabletten täglich, aber sein Zustand hat sich stabilisiert.«
Grace ließ den Kopf sinken und flüsterte: »Gott sei Dank.«
»Es war ein Alptraum«, fuhr Ralph fort. »Plötzlich hatte so ungefähr jeder Malaria.« Er konnte nicht weitersprechen.
Geoffrey legte seinem Bruder den Arm um die Schulter.
Ralph fuhr sich über die Augen. »Einfach Wahnsinn. Ein ungewöhnlicher

Erregerstamm, sagten die Fachleute von der Gesundheitsbehörde in Makerere. Gott sei Dank ging es bei Mutter schnell. Sie war kaum krank. Gretchen hatte schwer zu kämpfen. Inzwischen geht es ihr besser, aber ihr werdet sie kaum wieder erkennen.«
»Ralph«, sagte Grace leise mit einem Kloß im Hals, »bitte, bring uns jetzt zu deinem Vater.«

Sir James saß im Bett und erklärte seiner Tochter entschieden, er könne unmöglich *noch* eine Tasse Tee trinken. Als die vier das Zimmer betraten, brach er mitten im Satz ab und starrte sie an, als könne er seinen Augen nicht trauen. Geoffrey setzte sich auf den Bettrand und umarmte seinen Vater.
»Danke, dass ihr gekommen seid«, sagte Gretchen zu Mona und Grace. Mona war entsetzt. Ralph hatte sie zwar darauf vorbereitet, dass sie ihre Freundin nicht wieder erkennen würde, aber Gretchen sah wie eine alte Frau aus. »Wir sind auf dem schnellsten Weg gekommen«, sagte Mona. »Wir sind geflogen, weil man mit der Bahn sehr viel länger braucht.«
»Ihr seid sehr mutig. Mich würde niemand in ein Flugzeug bekommen.«
»Das mit deiner Mutter tut mir Leid, Gretchen.«
Tränen stiegen ihrer Freundin in die Augen. »Nun ja, es ging wenigstens schnell. Sie hat nicht gelitten.«
Geoffrey erhob sich vom Bett, und Mona sah ihre Tante an. Aber Grace rührte sich nicht von der Stelle. Deshalb ging Mona ans Bett und sagte schüchtern: »Guten Tag, Onkel James. Ich freue mich, dass es dir besser geht.«
»Es geht mir besser«, sagte er schwach, aber lächelnd. »Wie schön, dich zu sehen, Mona. Du bist eine hübsche junge Dame geworden.«
Es entstand eine verlegene Pause. James blickte durch das Zimmer zu Grace hinüber. Schließlich streckte er die Hand nach ihr aus, und sie kam zu ihm. Mona sah, wie ihre Tante ganz selbstverständlich und zärtlich in seine Arme sank, das Gesicht an seinem Hals verbarg und leise weinte. James fuhr ihr zärtlich über den Rücken, über die Haare – er tröstete sie. Mona wusste plötzlich: Das war die Liebe, von der ihre Tante gesprochen hatte, der Mann, den sie nicht heiraten konnte.
Grace richtete sich auf und betrachtete das eingefallene Gesicht ihres Geliebten. Die Jahre, das harte Leben in Uganda und die Krankheit hatten tiefe Spuren hinterlassen.
»Wir hatten geglaubt, wir würden dich verlieren«, sagte sie.

»Es war die beste Medizin, als Ralph mir sagte, dass du, Mona und Geoffrey unterwegs seid.«
»Das mit Lucille tut mir Leid.«
»Sie war glücklich hier, Grace. Sie hat sehr viel gute Arbeit getan, und viele werden sich liebevoll an sie erinnern. Als sie starb, sagte sie, es sei ihr recht. Sie habe ihre Arbeit getan, und der Herr warte auf sie.«
James seufzte, ließ den Kopf auf das Kissen sinken und sagte: »Aber ich habe mit Uganda abgeschlossen, Grace. Ich möchte nach Kenia zurück. Ich möchte nach Hause.«

Entebbe war eine kleine Hafenstadt im Norden des Victoriasees und das Verwaltungszentrum Ugandas. Vor dem Gebäudekomplex der Behörden trieb sich wie jeden Tag ein junger Afrikaner herum, denn er hoffte auf eine Nachricht aus der Heimat. Plötzlich sah er, wie vier Weiße den Bungalow des Provinzkommissars verließen. Er erkannte Grace und Mona Treverton, zog sich in den Schatten einer Hausmauer zurück und beobachtete, wie sie die Straße überquerten.
Bei dem Gedanken an Rache vergaß er beinahe, wo er war.
Diese Weißen und andere wie sie waren der Grund dafür gewesen, dass er aus seiner Heimat fliehen und im Exil leben musste. Man suchte ihn wegen eines Verbrechens, das er nicht begangen hatte. David Mathenge war ein entehrter Mann. Doch seine Mutter hatte ihm versprochen, eines Tages werde das Land wieder den Kindern Mumbis gehören, und ihr *Thahu* werde sich an den Trevertons erfüllen. Die Weißen herrschten zurzeit in Ostafrika, aber David Mathenge schwor sich, dass es nicht immer so sein werde. Eines Tages würde er nach Kenia zurückkehren und dann war er auf seine Aufgabe vorbereitet. Dann hatte er gelernt, was er lernen musste, und er würde seine Rache haben.

FÜNFTER TEIL

Wenn ihr mit den *el meg* in Streit geratet, so sollt ihr nur mit Stöcken schlagen oder mit hölzernen Pfeilen ohne Eisenspitze schießen; ihr sollt dabei keine Messer gebrauchen, denn Gott hat verboten, dass ihr einen Menschen tötet, und wird euch schwer bestrafen, wenn ihr nicht gehorcht. Ihr sollt euch vertragen und nicht miteinander streiten. Nur alte Männer dürfen Honigbier trinken, denn die jüngeren werden davon berauscht und erregt und beginnen dann Zank und Schlägerei. Ihr sollt zu Ehren Gottes alle Jahre am achten Tage des neunten Monats, das *Kudjarok*, das *ol ogor l ol gereti* mit dem Feueropfer des wohlriechenden *os segi*-Holzes feiern, wofür euch Gott die Plagen, wie Hungersnot und Krankheit, fern halten wird. Alle Jahre am siebenten Tag des siebenten Monats sollt ihr eine schwarze Färse an den Fuß des Berges Gottes, des *ol donjo geri*, bringen und daneben vier Töpfe mit duftendem Honigbier stellen. Wenn Gott die Färse annimmt, so ist dies ein Zeichen, dass er euch wohlgesinnt ist; nimmt er sie nicht an, so zürnt er euch.

Aus den zehn Geboten der Massai

1944

1

Im Radio spielte man Glenn Miller. Rose summte die Melodie mit, während sie ihre Garderobe betrachtete und sich überlegte, was sie tragen sollte. Sie warf einen Blick durch das Schlafzimmerfenster, um sich vom Wetter leiten zu lassen. Es war ein herrlicher sonniger Tag, und die Farben der aufgeblühten Blumen leuchteten. Da sie die wilden Gardenien auf ihrem Wandteppich sticken wollte, entschied sie sich für ein primelgelbes Kleid aus Mooskrepp.

Heutzutage konnte man keine neuen Kleider bekommen. Durch den Krieg in Europa war die Modeindustrie zum Erliegen gekommen. Seit fünf Jahren hatte sich der Stil nicht geändert; die Kleider hatten immer noch wattierte Schultern, und die weiten Röcke reichten über das Knie. Noch schlimmer, in England waren Kleider rationiert, und die einzige »neue Mode« seit Jahren war das »Zweckkostüm«. Rose verstand das nicht. Der Krieg hatte Uniformen und Arbeitskleidung zum Maßstab der Mode gemacht.

Sie saß am Toilettentisch und ließ sich von Njeri das Haar bürsten. Seit Rose sich vor fünfundzwanzig Jahren für die Galaeinweihung von BELLATU die Haare hatte schneiden lassen, wuchsen sie ungeschnitten nach und reichten ihr inzwischen bis zur Hüfte. Sie besaßen immer noch den goldenen Schimmer und den jugendlichen Glanz; kein einziges graues Haar zeigte sich, obwohl Lady Rose Treverton vor kurzem fünfundvierzig geworden war.

Das Radio knisterte, rauschte und verstummte. Rose warf einen bekümmerten Blick darauf. Offenbar konnte man sich inzwischen auf nichts mehr verlassen.

In der Küche unten war es nicht viel besser. Dort überraschte sie einige Minuten später ein afrikanisches Hausmädchen, das die Brotscheiben *vor* dem Toasten mit Butter bestrich. »Und die Teevorräte nehmen auch ab«, murmelte sie nach einem Blick in die Teedose. Die Lieferungen aus Nairobi trafen unregelmäßig und selten wie bestellt ein.

So vieles verschlang der Krieg – Kenias Truppen und Tausende von italienischen Kriegsgefangenen mussten ernährt werden –, Lady Rose fand, für die Zivilisten blieben nur die kümmerlichen Reste.

Sie zweifelte nicht daran, dass alles anders wäre, wenn Valentine hier gewesen wäre. Aber Lord Treverton hatte sich vor vier Jahren zu den *King's African Rifles* gemeldet, als die italienischen Truppen in Nordkenia einmarschiert waren. Zuerst kämpfte er bei dem Feldzug in Äthiopien, der das Signal für die Niederlage der italienischen Streitkräfte in Ostafrika gegeben hatte; inzwischen war er Nachrichtenoffizier der Militärverwaltung in den besetzten Gebieten und überwachte die Grenze zwischen Kenia und Somalia. In all den Jahren war er nur einmal zu Hause gewesen.

Rose gab nur sparsam wenige Löffel *Countess Treverton Tea* in die Kanne und dachte über die Ironie nach, dass jetzt, nachdem so viele Kenianer bei den erbitterten Kämpfen gegen die Italiener gefallen waren, nachdem ihr Mann beinahe an einer Wundinfektion gestorben wäre, fast achtzigtausend italienische Kriegsgefangene überall in Kenia in Lagern saßen, ernährt und eingekleidet werden mussten.

Das empörte Rose, und sie fragte sich, warum die britische Regierung diese Männer nicht einfach alle nach Italien zurückschickte.

»Guten Morgen, Mutter!«, rief Mona. Sie kam mit einem Gewehr in der Hand durch die Küchentür. »Ich habe endlich den Leoparden erwischt, der immer wieder Schweine gerissen hat! Ich habe den Männern gesagt, sie sollen dir das Fell geben, wenn es fertig ist.«

Rose sah ihre Tochter missbilligend an – und das aus mehreren Gründen: Erstens schickte es sich nicht, wie Mona sich benahm. Die ehrenwerte Mona Treverton, die eines Tages Lady Mona, Gräfin von Treverton sein würde, sollte nicht mit einem Männergewehr in der Hand durch den Busch ziehen und Leoparden schießen. Zweitens verbrachte Mona ihre Zeit mit den falschen Dingen. In Abwesenheit ihres Vaters hatte Mona allmählich die Leitung der Plantage übernommen. Sie ging so weit, mit den Afrikanern zu arbeiten und sogar Maschinen mit eigener Hand zu reparieren! Drittens, und das war das Wichtigste, Lady Rose billigte die undamenhafte Erscheinung ihrer Tochter nicht.

Mona trug eine Hose mit Gürtel, eine Khaki-Bluse und Stiefel. Sie hatte einen jungenhaften Pagenschnitt und die schwarzen, schulterlangen Haare mit einem gewöhnlichen Tuch am Hinterkopf zusammengebunden. Von ihrem Platz am Tisch, wo Rose den Toast überwachte, sah sie die Hände ihrer Tochter, die sie gerade über dem Becken wusch. Sie waren braun und rau von der Arbeit.

»Wo ist Tim?«, fragte Rose. Sie meinte damit den jungen Mann, der einmal Arthurs Freund gewesen war und dem Arthur vor sieben Jahren in der Gasse hinter dem Gefängnis das Leben gerettet hatte. Tim war inzwischen auf der Treverton-Plantage eine vertraute Erscheinung.

»Er ist nach KILIMA SIMBA gefahren, um Onkel James bei der Suche nach den Italienern zu unterstützen.«

»Italiener?«

»Das habe ich dir gestern erzählt, Mutter.« Mona probierte den Tee, goss zwei Tassen ein und setzte sich zu Rose an den Tisch. »Drei Gefangene sind aus dem Lager in der Nähe von Nanyuki geflohen. Es ist eine große Suchaktion im Gang.«

»Aber warum? Die Italiener laufen praktisch überall frei herum. Bei James auf der Ranch arbeiten mehrere Männer und zwei bei deiner Tante Grace in der Krankenhausküche. Ich habe das Gefühl, sie können kommen und gehen, wann sie wollen.«

Mona griff nach dem Bündel Briefe, die ungeöffnet auf dem Tisch lagen. Sie wusste, ihre Mutter würde sie tagelang nicht anrühren.

Mona kannte Roses Einstellung zu den Italienern. Sie waren dafür verantwortlich, dass Valentine nicht hier in BELLATU war, und sie waren eine teure Last für Kenia – achtzigtausend Männer, von denen jeder täglich ein Pfund Fleisch brauchte. Deshalb nahm das Gemetzel der Wildtiere kein Ende. Tag für Tag fuhren Lastwagen mit toten Zebras und Elenantilopen an BELLATU vorüber. Rose empörte sich über das verantwortungslose Abschlachten der Tiere und machte die Italiener dafür verantwortlich.

»Es sind drei besondere Gefangene«, erklärte Mona, während sie die Post durchsah, »Offiziere. Ich habe gehört, einer ist sogar ein General. Sie standen unter scharfer Bewachung. Bei ihrer Flucht haben sie offenbar eine Wache umgebracht. Deshalb ist alles in Aufruhr.«

Rose strich Butter auf den Toast, schnitt die Krusten ab und reichte Mona einen Teller. »Ich hoffe, Tim und James sind vorsichtig.«

»Ja, und mir wäre es lieb, du würdest heute nicht zur Lichtung gehen, Mutter. Wenn doch, dann nimm wenigstens ein paar Männer mit.«

Rose schüttelte den Kopf. »Die entflohenen Gefangenen können nicht so weit nach Süden gekommen sein. Ich könnte mir denken, dass sie

nach Norden in Richtung Somalia fliehen. Vielleicht wird dein Vater sie einfangen. Wie auch immer, mich interessiert dieses Thema nicht ...«
»Mutter, sei bitte realistisch! Die Männer sind verzweifelt und gefährlich! Den Posten, den sie umgebracht haben ... er wurde abgeschlachtet. Er war *verstümmelt*. Geh bitte nicht aus dem Haus, bis ...«
Rose stand abrupt auf. »Du hast mir den Tag verdorben Mona! Wirklich, mit deinem Gerede hast du mir den Tag verdorben. Ich gehe ohne Frühstück.«
»Mutter ...«
»Komm, Njeri.«
Njeri Mathenge packte gerade das Mittagessen aus Erdbeeren und Sahne, kalten Fleischpasteten und Weichkäse ein. »Ja, *Memsaab*«, sagte sie, griff nach dem Picknickkorb und dem Sonnenschirm ihrer Herrin und folgte ihr durch die rückwärtige Tür nach draußen.
Draußen im Garten in der frischen Luft und in der Sonne fühlte Rose sich sofort besser. Je weiter sie ging, BELLATU zurückblieb und schließlich zwischen den Bäumen verschwand, und je tiefer sie in das letzte unberührte Stück Wald vordrang, das außer ihr und Njeri nie jemand betrat, desto leichter wurde ihr ums Herz, und ihre Sorgen schwanden.
Die Lichtung war beinahe so wie an dem Tag vor fünfundzwanzig Jahren, als Rose sie entdeckt hatte. Der Pavillon war inzwischen verwittert, und die Farbe blätterte ab. Aber die Bäume wuchsen üppig und grün, die Blumen zauberten ein Farbenmeer, und Vögel und Insekten belebten die nach Jasmin duftende Luft mit Singen und Summen. Es war eine andere Welt als die große, hässliche, in der Männer töteten und unschuldige, wild lebende Tiere abgeschlachtet wurden. Rose mochte diese Welt nicht. Sie verbannte sie aus ihren Gedanken.
Der Wandbehang war in einen großen, klappbaren Rahmen gespannt und konnte von links nach rechts entrollt werden. Wenn Rose daran arbeitete, drehte sie eine der Stangen, sodass das Material aufgerollt wurde und nicht verschmutzte. Sie war mit ihrem Werk beinahe fertig. Der Wandbehang war beinahe so groß wie ein Tafeltuch und bestand aus leuchtend bunten Garnen und Fäden in kunstvollen Stichen. Es blieb nur noch die leere Stelle zwischen Dschungel, Farnen und Lianen – dieser kleine Fleck nicht ganz in der Mitte hatte sich Rose in all den Jahren entzogen. Sie würde vielleicht einen Elefanten hineinsticken oder eine afrikanische Hütte ...

Und dann? Sie hatte fünfundzwanzig Jahre an dem Wandbehang gearbeitet. Rose schätzte, wenn sie jetzt einen neuen begann, würde er sie bis zum Ende ihres Lebens beschäftigen. Nach ihrem Tod gab es dann zwei Wandbehänge, die verrieten, dass sie gelebt hatte.

Am Rand der Lichtung stand zwischen zwei hohen Kastanienbäumen ein Gewächshaus. Man hatte es vor Jahren gebaut, als Rose feststellte, dass sie manchmal keine Lust zum Sticken hatte, und ihr Interesse an Blumenzucht erwachte. Das Gewächshaus hatte massive Mauern und ein Glasdach. Die Scheiben des großen Fensters waren im Lauf der Jahre trüb geworden. Wenn man von außen hineinblickte, sah man nur undeutliche Schatten und Farbflecken. Hier pflanzte und zog Rose ihre geliebten Blumen. Sie bestellte Sämereien und Zwiebeln nach Katalogen und versuchte, Sorten zu kreuzen. Sie beschnitt ihre Pflanzen, machte Ableger und sprach mit ihnen, als seien es Kinder. Bei der Blumenausstellung in Nairobi gewann Rose jedes Jahr Preise; man sagte, sie züchtete die schönsten Orchideen in Ostafrika.

Im Gewächshaus standen zwischen den Tischen mit Rittersporn und austreibenden Irisknollen, zwischen den beiden Lotospflanzen, deren majestätische blaue Knospen sich gerade entfalteten, die Klappstühle, die Rose an Tagen wie diesen herausholte, wenn sie Lust hatte, in der Sonne zu arbeiten. Njeri stellte den Stickrahmen im Gras auf, und Rose ging zum Gewächshaus, um einen Stuhl zu holen.

Sie bemerkte die frischen Blutflecken auf der Erde nicht, als sie den schmalen Pfad zur Tür ging.

Mona beobachtete, wie ihre Mutter den Küchengarten verließ, und überlegte, ob sie ein paar Männer rufen und zur Lichtung hinüberschicken sollte, damit sie dort Wache hielten. Aber sie dachte, ihre Mutter habe vermutlich Recht. Es gab keinen Grund dafür, dass die entflohenen Kriegsgefangenen in diese Gegend kommen sollten. Wahrscheinlicher würden sie nach Westen über die Aberdares oder nach Norden in Richtung Äthiopien fliehen. James Donald und Tim Hopkins konzentrierten ihre Suche auf die Gegend nördlich von Nanyuki und Mona betete, dass sie vorsichtig waren. Die Jagd auf Männer, das wusste sie, war etwas anderes als die Jagd auf Tiere.

Tim ersetzte inzwischen in Monas Leben den verlorenen Bruder. Nach Arthurs Ermordung vor sieben Jahren hatten Tim und sie sich gegenseitig getröstet und gestützt, über Arthur gesprochen und die Erinnerung an ihn und ihre Liebe zu ihm lebendig gehalten. Mit der Zeit hatte Tim in Mona

Arthur gesehen und Mona in Tim ihren Bruder. Es entwickelte sich eine zarte Freundschaft, gegen die selbst Alice, Tims Besitz ergreifende Schwester, keine Einwände hatte, nachdem sie sicher sein konnte, dass es eine platonische Beziehung blieb.

Der arme Tim hatte bei Kriegsausbruch verzweifelt versucht, sich zum Militärdienst zu melden, war aber wegen seiner Lunge ausgemustert worden. Der Rekrutierungsoffizier hatte dem untröstlichen Tim versichert, er leiste Kenia einen großen Dienst, wenn er auf seiner Ranch im Rift Valley bliebe und die Truppen der Kolonie mit Verpflegung versorge. Inzwischen wurden Tim und Alice Hopkins – wie James Donald auf KILIMA SIMBA und Mona Treverton in BELLATU – durch den Krieg reich.

Mona ging zu dem Stapel Post auf dem Tisch zurück, und während sie an all die Dinge dachte, die an diesem Tag erledigt werden mussten – das Problem mit den Puffottern am Viehgehege; die Stachelschweine im Kartoffelfeld; die beharrliche Weigerung der Afrikaner, Befehle von ihr auszuführen –, griff sie nach der neuesten Ausgabe des EAST AFRICAN STANDARD und betrachtete das Bild auf der Titelseite.

Grace war nach Nairobi gefahren, um die Trevertons bei der Vereidigungszeremonie von Eliud Mathu zu vertreten, dem ersten Afrikaner, der in die gesetzgebende Versammlung – Kenias Regierung – gewählt worden war. Es war ein Ereignis von großer Tragweite; die meisten Leute hatten behauptet, so etwas werde *nie* geschehen – ein *Afrikaner* in der Regierung! Aber hier saß Monas Tante zwischen dem Gouverneur und Mr. Mathu. Unter dem Bild stand: *... anwesend war auch Dr. Grace Treverton, unter ihren Schützlingen liebevoll als ›Nyathaa‹ bekannt.*

Die Afrikaner hatten Grace diesen Namen gegeben; *Nyathaa* bedeutete Mutter alles Guten und aller Liebe.

Mona trank ihren Tee und dachte an ihre Tante. Grace Treverton war in Kenia inzwischen eine Legende, und ihren Namen kannte man auf der ganzen Welt. Soldaten auf dem Schlachtfeld benutzten die siebte Auflage ihres Buchs *Wenn SIE der Arzt sein müssen* mit der schlichten, rührenden Widmung *Für James*. Mona hatte den Eindruck, die Energie ihrer Tante sei unerschöpflich. Mit vierundfünfzig deutete nichts darauf hin, dass sie sich langsam zurückzog. Im Gegenteil. Grace schien das Tempo wie ein Wirbelwind noch zu steigern. Sie reiste durch ganz Ost- und Zentralafrika, verteilte das neue Gelbfieberserum, das die Rockefeller-Foundation zur Verfügung stellte, besuchte Kliniken und Krankenhäuser im Busch, behandelte verwundete Soldaten in Nairobi und hielt in letzter Zeit Reden über ihr neuestes Anliegen: Schutz der Wildtiere in Kenia!

Mona begriff, es war nicht verwunderlich, dass Grace und James schließlich doch nicht geheiratet hatten. Nach ihrer Rückkehr aus Uganda vor sieben Jahren hatten sie endlos darüber diskutiert. Aber schließlich mussten sie beide einsehen, dass eine Heirat für sie kein logischer Schritt gewesen wäre. Sie hatten beide eigene Pläne und ihr eigenes Leben. Weder konnte Grace nach KILIMA SIMBA ziehen noch James in die Missionsstation. Sie reiste hierhin, er dorthin. Ihnen wurde klar, dass sie sich selten sehen würden. Da sie nie Kinder hätten, schien eine Heirat beinahe überflüssig.

Und so waren sie gute Freunde. Sie verbrachten Tage zusammen, wann immer sie konnten, machten Ferien an der Küste, oder Grace fuhr für ein oder zwei Tage in ihrem alten Ford nach KILIMA SIMBA. Diese Regelung hatten beide inzwischen zu schätzen gelernt und waren glücklich damit.

In der Post lagen drei Briefe aus dem Ausland. Der erste kam von Monas Tante Edith in BELLA HILL.

Onkel Harold war bei Kriegsbeginn ums Leben gekommen, als eine deutsche Bombe seinen Club in London zerstörte. Monas Cousine Charlotte hatte sich zur Krankenschwester ausbilden lassen und befand sich zurzeit im Südpazifik auf dem Kampfschauplatz gegen die Japaner. So lebte Tante Edith ganz allein in BELLA HILL – abgesehen von achtundsiebzig Kindern, die man während der Luftangriffe der Deutschen aus London evakuiert hatte. Edith schrieb:

Sie bringen mit ihrem Lachen Leben in diese düsteren alten Mauern. Ich liebe sie alle wie meine eigenen Kinder. Wir hatten nur Charlotte. Ich wollte immer mehr Kinder haben. Ich bin sicher, viele sind Waisen; manche haben seit dem Beginn der Bombenangriffe nichts mehr von ihren Eltern gehört. Was wird nach dem Krieg aus ihnen werden? Das riesige alte Haus wird dann so leer sein.

Nachdem Charlotte ihren amerikanischen Piloten geheiratet hat, werde ich völlig allein sein, und darauf freue ich mich keineswegs – zu viele Erinnerungen und Geister! Es war immer Haralds Idee, BELLA HILL zu halten. Du weißt, er und Valentine haben sich einundzwanzig Jahre gestritten, weil Valentine rücksichtslos Land verkaufte, um die Verluste von BELLATU zu bezahlen. Ich sage jetzt: Er kann das gern tun. BELLA HILL ist schließlich dein und sein Haus, Rose. Vielleicht würdest du gern zurückkommen und hier leben. Ganz gleich, was ihr beschließt, ich habe meine Entscheidung getroffen. Wenn der Krieg vorbei ist und die Kinder wie-

der bei ihren Familien sind, werde ich nach Brighton ziehen und bei meiner Cousine Naomi leben. Ich würde es begrüßen, wenn Valentine mir eine jährliche Rente aussetzt ...

Der zweite Brief war von Monas Vater. Sie zögerte, ehe sie ihn öffnete. Er war nicht an sie adressiert, sondern für seinen Kikuju-Aufseher.
Sie wusste, der Brief enthielt Anweisungen für die Bewirtschaftung der Plantage. Das gefiel Mona nicht. Seit seiner Abreise 1941 kamen regelmäßig Briefe von Valentine, in denen er seinen afrikanischen Aufsehern mitteilte, wie die Plantage zu führen sei. Mona hatte ihm geschrieben und vorgeschlagen, er möge doch ihr die Aufsicht übertragen, doch die Antwort war ein entschiedenes *Nein!* gewesen. Monas vor sieben Jahren geborener Traum, die Führung der riesigen Kaffeeplantage zu lernen, hatte sich nicht verwirklicht. Auch noch so viele und stichhaltige Argumente oder Versuche, vernünftig mit ihrem Vater zu reden – »Was ist nach deinem Tod? Wer soll dann die Plantage leiten?« –, hatten ihn nicht dazu bewegen können, sie in seine Fußstapfen treten zu lassen. Das wäre Arthurs Recht und Pflicht gewesen.
Mona hatte dem Aufseher die ersten schriftlichen Anweisungen gezeigt, die aus Äthiopien gekommen waren, wo ihr Vater damals kämpfte – Aufforderungen zum Schneiden und Mulchen der Bäume, zum Graben von Wasserlöchern und zur Bewässerung. Aber dann änderte sich die Lage. Die kenianischen Truppen mussten ernährt werden. Es gab Tausende von italienischen Kriegsgefangenen, die unter anderem auch ihr Vater in die Lager schickte und die ebenfalls etwas zu essen brauchten. Die Regierung forderte die Siedler auf, ihr Land unter dem Gesichtspunkt der besten praktischen Nutzung zu bestellen. Für Mona bedeutete das, weniger Kaffee anzubauen und mehr gemischte Landwirtschaft zu betreiben. Sie schrieb ihrem Vater noch einmal und erklärte es ihm. Aber auch diesmal hörte er nicht auf sie und bestand darauf, dass weiterhin nur Kaffee produziert wurde. Deshalb hatte Mona eigene Pläne entwickelt. Im Arbeitszimmer ihres Vaters befand sich eine umfangreiche landwirtschaftliche Bibliothek, die sich im Laufe der Jahre angesammelt hatte. Mona las und studierte die Bücher, holte sich Rat bei anderen Farmern, fuhr nach Nairobi, um sich zu informieren, was gebraucht wurde, und stellte nach ihrer Rückkehr neue ›Anweisungen‹ ihres Vaters zusammen. Als Erstes ließ sie auf eigens dafür gerodeten Feldern Mais anbauen. Damit hatte sie großen Erfolg.

Mona erhielt Unterstützung von Sir James und Tim. Sie gingen mit ihr über die Felder, zeigten ihr dies und das und halfen ihr. Auch ihre Aufseher waren gute Farmer. Sie spürten, wann es regnen würde, wussten, wann gedüngt werden musste, wann Heuschrecken drohten, wie man die Heerwürmer bekämpfte. Monas List brachte ihr einen kleinen Sieg über ihren Vater.

Sie fürchtete seine Rückkehr nach dem Krieg. Sie wusste, es würde schrecklichen Streit wegen ihrer Eigenmächtigkeit geben. Er würde die Leitung wieder selbst übernehmen und sich in Zukunft jede Einmischung von ihr verbitten. Und sie wusste, das würde sie nicht ertragen können. In diesen vier Jahren hatte Mona zum ersten Mal im Leben das Gefühl entwickelt, BELLATU sei wirklich ihr Zuhause. Sie hatte nie zuvor so sehr das Gefühl gehabt, hierher zu gehören, Teil dieser fünftausend Acres mit grünen Bäumen zu sein. In den Schulferien war sie wie eine Besucherin hierher gekommen und hatte in einem Zimmer geschlafen, das jedem anderen hätte gehören können; sie hatte mit Eltern gegessen, die für sie praktisch Fremde waren. Aber *jetzt* ...

BELLATU gehörte ihr. Und sie würde es behalten.

Der dritte Brief kam von Geoffrey.

Mona goss sich noch eine Tasse Tee ein, ehe sie ihn öffnete, und zögerte den Augenblick hinaus, in dem sie sich diesen Genuss gönnte. Sie freute sich auf seine Briefe; seit einiger Zeit lebte sie darauf hin.

Geoffrey Donald war in Palästina und hatte ›Polizeiaufgaben‹. Er konnte über seine Arbeit nicht viel berichten, aber nach Zeitungsberichten hatte Mona sich ein Bild von der gefährlichen Situation gemacht, in der er sich befand. Da so viele europäische Juden vor den Nazis flohen und in Palästina Schutz suchten, fühlten sich die dort ansässigen Araber verdrängt und leisteten Widerstand. Als Vergeltung starteten einige jüdische Geheimorganisationen Gegenangriffe, um die Engländer an ihre Verpflichtung dem Zionismus gegenüber zu erinnern. Palästina war nicht gerade der sicherste Winkel der Welt; aber Mona war glücklich, dass Geoffrey dort Dienst tat und nicht irgendwo in Burma, wo die kenianischen Truppen schwere Verluste erlitten. Er schrieb:

Der Krieg kann nicht ewig dauern, und wenn er zu Ende ist, werden wir erleben, dass eine neue Welt daraus entsteht. Du wirst es sehen, Mona! Es wird alles ganz anders sein. Es kommt eine neue Zeit, und ich beabsichtige dazuzugehören. Ich habe

vor, etwas völlig anderes zu tun, wenn ich nach Hause komme. Tourismus, Mona! Der Krieg hat die Welt erschlossen. Die Leute kommen herum und sehen andere Orte. Der Krieg hat das Interesse an Reisen geweckt. In der Vergangenheit war Tourismus ein Vergnügen der Reichen. Aber ich glaube, dass der durchschnittliche Mann mehr von der Welt sehen will, wenn er nach den Einsätzen an exotischen Orten wieder zu seinem normalen Leben zurückkehrt. Ich will dafür sorgen, dass Kenia auf der Karte des Tourismus verzeichnet sein wird. Lass mich wissen, wie du darüber denkst. Du weißt, wie sehr ich deine Meinung schätze.
Ich habe neulich etwas Tolles für dich gefunden. Ein alter Araber brachte es in die Garnison. Er wollte zu viel Geld dafür, aber ich habe ihn heruntergehandelt. Er behauptet, es sei echt und alt. Es ist eine alte Handschrift – zweifellos in seinem Hof entstanden. Aber sie wirkt echt. Sie wird vielleicht hübsch über dem Kamin in BELLATU *aussehen. Ich hoffe, du bist gesund, Mona. Danke für die Pralinen. Du bist ein Schatz.*

Mona faltete den Brief sorgfältig und steckte ihn in die Tasche. Sie würde ihn im Lauf des Tages noch mehrmals lesen, während sie über die Plantage fuhr und die Arbeiter beaufsichtigte. Am Abend würde sie im Bett liegen und an Geoffrey denken.
Die Liebe war schließlich doch zu ihr gekommen. Mona hatte gehört, dass Kriegszeiten so etwas bewirken. Die Drohung von Gefahren und Tod brachte die Menschen einander näher. Gab es nicht sogar eine alte Geschichte über Tante Grace und eine Schiffsromanze während des Ersten Weltkriegs? Mona verließ die Küche, um sich auf ihre tägliche Runde zu machen, und staunte darüber, wie selbstverständlich die Liebe gekommen war. Vor sieben Jahren hatte sie in Uganda im Krankenzimmer von Onkel James Geoffrey betrachtet und sich gefragt, ob sie ihn vielleicht eines Tages so lieben könne, wie ihre Tante seinen Vater liebte. Deshalb hatte sie beschlossen abzuwarten. »Ich weise dich nicht ab«, sagte sie zu Geoffrey, als er sie in Kenia wieder um ihre Hand bat, »aber ich bin gerade erst mit der Schule fertig. Ich muss mich an die Vorstellung gewöhnen.« Er hatte ihr zugestimmt, und sie verbrachten die nächsten beiden Jahre als ›Paar‹. Sie besuchten Partys und gehörten zur Jugend der guten Gesellschaft. Sie küssten sich sogar, aber Mona erlaubte keine weiteren Intimitäten, und Geoffrey, der ihren Wunsch respektierte, drängte sie nicht dazu.
Dann brach der Krieg aus, und alles änderte sich. Plötzlich stand die Welt auf dem Kopf. Alle jungen Männer in Kenia zogen die Uniform an und

entschwanden in geheimnisvolle Teile der Welt – Geoffrey zum Garnisonsdienst in Palästina, wo er ein ›farbiges‹ Regiment befehligte. Seit dieser Zeit kamen die Briefe von ihm. Er fehlte Mona mehr und mehr, bis sich schließlich ihr Verlangen zu regen begann – zum ersten Mal. Mit großer Erleichterung stellte sie fest, dass sie doch nicht wie ihre Mutter unfähig war zu lieben.
Mona beschloss, wenn Geoffrey für immer nach Hause kam, würde sie ihm ihr Jawort geben.

Rose blieb vor der Tür des Gewächshauses stehen. Sie sah, dass das Vorhängeschloss aufgebrochen worden war und auf der Erde lag.
Schon wieder ein Einbruch! dachte sie alarmiert. *Der vierte in diesem Jahr* ...
Vor dem Krieg, als Valentine immer hier war, wäre so etwas nie passiert. Aber nachdem der *Bwana* schon so lange im Krieg kämpfte, achteten manche Afrikaner die Gesetze nicht mehr. Meist stahlen sie Geräte – Dinge, die man verkaufen konnte. Aber einmal hatten sie wertvolle Pflanzen mitgenommen. Rose eilte besorgt hinein. Eine Hand schoss hinter der Tür hervor und packte sie. Sie wurde zur Seite gezogen, man drehte ihr den Arm auf den Rücken, und eine Männerstimme sagte dicht an ihrem Ohr: »Keine Bewegung, *Signora.*«
Rose blickte starr auf die Reihen stummer Blumen, als sie die scharfe Spitze eines Messers am Hals spürte.

2

Rose rührte sich nicht. Sie spürte das Messer am Hals und den Mann im Rücken, der den schmerzhaften Griff nicht lockerte. Sie blickte auf die halb offene Tür und dachte an Njeri, die mitten auf der Lichtung den Stickrahmen aufstellte. Rose öffnete den Mund, und das Messer presste sich schmerzhafter gegen den Hals.
»Kein Ton«, flüsterte er.
Sie schloss die Augen.
»Keine Bewegung, *Signora*. Hören Sie zu.«
Sie wartete. Das Atmen fiel ihm schwer. Sie spürte, wie den Fremden ein Schauer durchlief. Die Hand, die ihren nackten Arm umklammerte, war heiß und feucht. »*Per favore ... mi aiuti ...*« Der Griff begann sich zu lockern. »Bitte ...«, flüsterte er, »helfen Sie mir.«
Plötzlich sank das Messer, und Rose war frei. Sie machte einen Satz, und der Fremde fiel auf die Knie. Das Messer fiel klirrend auf den Steinboden. »Bitte«, wiederholte er noch einmal mit gesenktem Kopf, presste die Hand an die Brust, »ich brauche ...« Rose starrte auf ihn hinunter. An ihrem Arm war Blut – *sein* Blut. Sie sah zu, wie er auf den Boden sank und seitlich liegen blieb. Er hielt die Augen geschlossen; sein Gesicht war schmerzverzerrt.
»*Scolti*«, keuchte er, »*Chiami un prete*. Holen Sie ...« Rose wich zurück. »Bitte«, stöhnte er, »holen Sie ..., holen Sie *un prete*.« Rose begann, am ganzen Körper zu zittern. Sie sah das Blut an seinen Händen, die Grasflecken und den Schmutz von der Flucht durch den Busch. Er trug keine Schuhe. Die Füße waren aufgerissen und bluteten. Auf seinem verschmierten Gesicht stand der Schweiß.
»Ein Priester«, flüsterte er, »ich sterbe. Bitte, *Signora*, holen Sie einen Priester.« Rose wich entsetzt noch weiter zurück. Sie stolperte über einen Blumentopf und tastete nach der Tür. Sie hörte Monas Worte: *Sie haben eine Wache massakriert.*

Dann sah sie etwas und blieb wie erstarrt stehen.
Frische rote Blutflecken zeigten sich auf dem Hemdrücken.
Sie konnte den Blick nicht davon wenden. Sie war verwirrt und versuchte, klar zu denken.
»Wer ...«, begann sie, »wer sind Sie?«
Er gab keine Antwort.
»Ich hole die Polizei«, sagte sie. Rose zitterte so sehr, dass sie fürchtete, die Beine würden ihr den Dienst versagen.
Aber er reagierte nicht, er bewegte sich nicht.
Sie starrte immer noch auf die blutigen Flecken. Dann machte Rose vorsichtig einen Schritt auf ihn zu, als nähere sie sich einem gefährlichen, verletzten Tier. Sie blieb stehen und beobachtete ihn. Dann machte sie einen zweiten Schritt, noch einen und stand vor ihm.
Der Fremde lag zusammengekrümmt und mit geschlossenen Augen auf der Seite. Er rang keuchend nach Luft.
»Sie sind einer der entflohenen Gefangenen«, sagte Rose mit zittriger Stimme. Er stöhnte.
Rose rang die Hände. »Warum sind Sie hierher gekommen? Ich kann Ihnen nicht helfen.« Sie konnte den Blick nicht von den roten Flecken auf seinem Rücken wenden. Immer noch sickerte Blut durch das Hemd.
Grauen überkam sie.
»Sie sind ein Feind«, flüsterte sie, »und Sie wagen es, mich um Hilfe zu bitten! Ich werde die Männer benachrichtigen lassen, die Sie suchen. Die wissen, was Sie mit Ihnen tun.«
Er flüsterte nur ein Wort: »Priester ...«
»Sie sind verrückt, wenn Sie glauben, ich werde Ihnen helfen!«, rief sie.
»Großer Gott ...« Rose sah, dass er entsetzliche Schmerzen hatte. Sie dachte: *Er stirbt.*
Als sie begriffen hatte, dass er ihr nichts tun konnte und vermutlich auch nie die Absicht gehabt hatte, ihr etwas zu tun, ging sie langsam neben ihm auf die Knie. Das Blut zog ihren Blick magnetisch an. Sie war erschüttert.
»Man hat ihn ausgepeitscht ...«, murmelte sie.
Er öffnete ganz kurz die Augen. Sie waren dunkel und feucht. Rose musste an die Augen einer verwundeten Antilope denken. Er zitterte am ganzen Körper. Er stöhnte.
»Helfen Sie mir«, flüsterte er, »in Gottes Namen ...« Er schloss die Augen und rührte sich nicht.

Rose biss sich auf die Lippen.
Plötzlich sprang sie auf. »Njeri!«, rief sie und eilte nach draußen.
Njeri sah sie überrascht an.
»Lauf zum Haus zurück«, rief Rose atemlos, »hol mir Seife, Wasser und Handtücher ... hierher.«
Njeri sah sie verständnislos an.
»Beeil dich!«
»Ja, *Memsaab*.«
»Und Decken!«, rief Rose ihr nach, während sie bereits davoneilte. Sie wollte hinunter zur Mission und überlegte, wo ihre Schwägerin um diese Zeit sein mochte. Grace würde wissen, wie sie dem Mann helfen konnte. Sie würde ihn versorgen.
Aber als Rose den Kiesweg erreichte, der zum Haus ihrer Schwägerin führte, fiel ihr ein, dass Grace in Nairobi war.
An einer Stelle, an der sich drei Wege kreuzten, blieb Rose stehen und sah sich um. Sie rang die Hände. Ihr Blick fiel auf den Blutfleck am Arm, und sie dachte an die Ambulanz. Dort wurden kleinere Verletzungen behandelt. Sie ging zögernd auf das kleine Ziegelhaus zu. Sie wollte nicht gesehen werden und hatte keine Ahnung, was sie dort tun würde. Aber als sie die Stufen hinaufstieg und durch die Tür ging, kam ihr eine Idee.
Grace hatte vor kurzem von einem neuen ›Wunderserum‹ erzählt, das Infektionen bekämpfte und selbst bei schwersten Fällen den Patienten das Leben rettete. Es würde die Medizin revolutionieren, hatte Grace gesagt. Aber wie hieß es? Rose konnte sich nicht an den Namen erinnern. In der Ambulanz war niemand. Der saubere, glänzende Raum lag im Sonnenlicht und wartete auf Patienten. Rose sah sich um. Ganz sicher würde der Helfer jeden Augenblick vom Frühstück zurückkommen. Rose musste sich beeilen.
Sie glaubte, sich zu erinnern, dass der Name des Wunderserums mit P begann. Sie ging zum Medikamentenschrank und versuchte, durch die geschlossene Glastür die Etiketten zu entziffern. Einige Medikamente kannte sie, die meisten nicht. Keines begann mit P. Sie entdeckte Morphin und beschloss, die Flasche mitzunehmen.
Sie wollte gerade hinauseilen, als ihr Blick auf einen kleinen Karton fiel, der wohl erst vor kurzem mit der Post gekommen war. Darauf stand ein Name: *Penicillin.*
Das Wunderserum!
Rose griff nach ein paar anderen Dingen, ohne genau zu wissen, was sie

brauchte, oder in welchen Mengen, oder wie sie überhaupt anzuwenden waren. Sie packte alles in ein Leinenhandtuch und lief eilig hinaus.

Auf der Lichtung fand sie Njeri im Pavillon. Sie hatte einen Eimer Wasser, eine Flasche Scheuerseife, ein Handtuch und eine Decke gebracht.

»*Körperseife*, Njeri!«, sagte sie, »um die Hände zu waschen. Hol noch mehr Decken und ein Kissen. Lauf! Sprich mit niemandem darüber.«

Rose öffnete die Tür zum Gewächshaus und sah hinein. Der Fremde hatte sich nicht gerührt. Im gedämpften Licht, das durch das Glasdach fiel, wirkte sein geschundener Körper zwischen den bunten Blüten und den Obstbäumchen in den Kübeln irgendwie unanständig.

Sie spürte ein heftiges Gefühl, das sie überwältigte – es war ihr vertraut, aber auch fremd. Rose hatte diesen Drang in der Vergangenheit schon oft empfunden – ein verletztes oder verwaistes Tier zu retten, zu schützen und zu pflegen. Bei einem Menschen hatte sie das allerdings noch nie empfunden. Es verwirrte sie. Der Mann war ein Feind. Valentine kämpfte im Norden gegen die Italiener. Und doch sah Rose in dem armen, misshandelten Körper, der zwischen ihren Blumen lag, keinen Feind. Sie sah den Gefangenen nicht mit den Augen, sondern mit dem Herzen, und ihr Herz sah nur ein Lebewesen, das Hilfe brauchte.

Sie kniete neben ihm nieder. Er lebte, aber kaum noch, wie sie fürchtete.

»Hören Sie mich?«, fragte sie, »ich werde versuchen, Ihnen zu helfen. Ich habe Medikamente mitgebracht.«

Er lag auf der Seite, ohne sich zu regen.

Rose streckte die Hand aus und berührte nach einigem Zögern seine Stirn. Sie war heiß.

Rose sah sich im Gewächshaus um. Auf der anderen Seite des Arbeitstisches gab es so viel freien Platz, dass ein Mann dort liegen konnte. Sie legte das Bündel aus der Ambulanz beiseite, stand auf, ging um ihn herum und fasste ihn unter den Arm.

Aber sie konnte ihn nicht von der Stelle bewegen.

»Bitte«, sagte sie. »Sie müssen mir helfen. Ich will Sie dorthin legen.«

Er stöhnte. Rose geriet in Panik. Er lag deutlich sichtbar in der Nähe der offenen Tür. Es kam zwar kaum je ein Mensch auf die Lichtung, aber wenn, dann würde man den Fremden sehen.

Rose wurde klar, sie musste ihn verstecken. Sie hatte keinerlei Gewissensbisse. Tiefere, vielschichtigere Kräfte trieben sie dazu: der instinktive Drang, ein verletztes Lebewesen vor seinen Jägern zu schützen.

Sie blickte sich noch einmal um. An der Wand ihr gegenüber standen die neuen Rosenbüsche aufgereiht im sanften Licht und warteten darauf, einen Platz im Garten zu finden. Hastig schleppte Rose die schweren Töpfe über den Steinboden, bis sie genug Platz für den Mann geschaffen hatte. Dann ging sie zu ihm zurück, schob und zog so lange, bis es ihr gelungen war, ihn von der offenen Tür dorthin zu bringen.

Sie hatte die Decke auf den Boden gebreitet, und darauf lag jetzt der Fremde zwischen ihren Rosen.

Njeri Mathenge tat alles für ihre Herrin.
Zwar hatte *Memsaab* Grace ihr vor fünfundzwanzig Jahren das Leben geschenkt und sie aus Gachikus Leib geholt; *Memsaab* Grace hatte auch versucht, sie vor der schrecklichen *Irua* vor sieben Jahren zu bewahren. Doch David Mathenges Halbschwester verehrte mit unerschütterlicher Hingabe *Memsaab* Rose.
Solange Njeri denken konnte, hatte sie sich danach gesehnt, in dem großen Steinhaus zu leben und der schönen Dame nahe zu sein, die wie der Geist eines Sonnenstrahls wirkte. Schon als ganz kleines Kind, als sie sich immer wieder von der *Shamba* ihrer Mutter weggestohlen hatte, um die Dame auf der Lichtung zu beobachten, hatte Njeri in ihrer *Memsaab* einen besonderen Zauber wahrgenommen. Eine süße Schwermut umgab die Frau des *Bwana*; von ihr ging eine Melancholie aus, die niemand wahrzunehmen schien, die aber die sanfte Njeri mit ihrem großen Einfühlungsvermögen überdeutlich empfand.
Njeri und Lady Rose waren immer zusammen. Als kleines Mädchen hatte Njeri sich aus dem Dorf gestohlen, um bei der Dame auf der Lichtung zu sitzen, die das plötzliche Auftauchen des Mädchens fraglos hingenommen hatte. Sie begrüßte sie mit einem Lächeln und gab ihr aus dem gefüllten Korb zu essen. Damals war auch *Memsaab* Mona, die gleichaltrige Tochter der Dame, ebenfalls im Pavillon und erhielt Unterricht von ihren Gouvernanten. Sie hatte die Dame sogar über das große Wasser begleitet; nach der Rückkehr besuchte Mona die Schule in Nairobi, und Njeri hatte die Dame ganz für sich allein. *Memsaab* Rose hatte Njeri als Zofe in den Haushalt aufgenommen, bezahlte Njeri drei Schilling im Monat, die Njeri ihrer Mutter gab. Inzwischen konnte Njeri sich kein schöneres Leben mehr vorstellen. Sie trug die abgelegten Kleider der *Memsaab*; sie schlief in dem

großen Haus vor dem Schlafzimmer ihrer Herrin; sie brachte Lady Rose morgens den Tee und bürstete dann eine Stunde den Wasserfall ihrer blonden Haare.

Njeri konnte nicht verstehen, dass ihr Bruder David und Wanjiru die *Wazungu* nicht mochten. Njeri verehrte sie, ihre weiße Haut und ihr wundervolles Leben. Sie dachte daran, wie dunkel und unfreundlich Kikuju-Land vor ihrer Ankunft gewesen sein musste.

Sie schleppte die Decken, das Kissen und ein Stück von *Memsaab* Yardleys Lavendelseife zur Lichtung, und sie fand das ganz selbstverständlich. Njeri fand alles selbstverständlich, was ihre Herrin anordnete oder tat und würde es nie in Zweifel ziehen.

Aber als sie das Gewächshaus betrat, blieb sie wie angewurzelt stehen und ließ mit einem Aufschrei alles fallen.

»Still!«, sagte Rose, »komm her und hilf mir.«

Njeri konnte sich nicht von der Stelle rühren. Alte Stammestabus hinderten sie daran.

»Njeri!«

Njeri starrte mit offenem Mund auf den Mann, der bäuchlings und ohne Hemd auf der Decke lag. Die *Memsaab* berührte seinen Rücken — seine Wunden, sein Blut.

Rose sprang auf, nahm die Seife vom Boden und packte Njeri am Arm.

»Steh nicht so herum. Komm, hilf mir. Der Mann ist verletzt.«

Njeri ließ sich widerstrebend zu dem Fremden führen und kniete sich der *Memsaab* gegenüber. Aber sie brachte es nicht über sich, den Mann zu berühren. Sie sah zu, wie ihre Herrin sanft die verkrusteten, blutigen Streifen auf seinem Rücken säuberte; sie beobachtete voll Entsetzen, wie die schlanken, weißen Hände, die nie etwas Unsauberes und Unschönes berührten, das alte Blut und den Schmutz abwuschen, die Wunden sorgsam trockneten und eine Heilsalbe auftrugen.

Schließlich richtete Rose sich auf und sagte: »Vielleicht hilft das. Ich weiß nicht, was ich sonst noch tun kann. Ich glaube, sein Fieber ist gefährlich hoch. Vielleicht wird er daran sterben. Diese Wunden sind zum Teil entzündet, und daher kommt das Fieber.«

Njeri musterte den Rücken des Fremden. Sie bemerkte, was auch ihre Herrin gesehen haben musste: Alte Narben zwischen den frischen Wunden.

»Man hat ihn oft gestraft, *Memsaab*.«

Rose betrachtete das Penicillin. Sie hatte keine Ahnung, wie viel sie nehmen sollte. Zu wenig nützte ganz sicher nichts. Aber konnte er an zu viel sterben? Was war Penicillin überhaupt?

Mit zitternden Händen zog sie die Spritze auf, wie sie es bei Grace oft gesehen hatte. Sie schob zwei Finger durch die Metallringe und zog mit dem Daumen den Kolben hoch. Die Spritze war schwer und unhandlich. Die Nadel schien irgendwie viel zu lang zu sein.

Als sie das Serum aufgezogen hatte, blickte Rose auf den bewusstlosen Fremden hinunter und murmelte: »Wo ...?«

Sie erinnerte sich, dass Impfungen üblicherweise am Arm vorgenommen wurden. Also betupfte sie eine kleine Stelle auf dem harten Armmuskel an der Schulter mit Alkohol und stach hinein.

Der Mann rührte sich nicht.

O Gott, betete Rose, während sie langsam den Kolben nach unten drückte, *lass es die richtige Menge sein.*

Dann richtete sie sich auf und musterte den Mann. Er schlief tief – zu tief, wie sie fand. Dann fiel ihr auf, dass er ein gut geschnittenes, hübsches Gesicht hatte.

Sie fühlte den Puls an seinem Hals. Es kam ihr nicht richtig vor. Das Herz schien zu kämpfen; jeder Schlag schien ein verzweifelter Hilferuf zu sein. Rose strich ihm über die schwarzen Haare, die ihm wirr in die Stirn fielen. »Armer Mann«, sagte sie leise, »was hast du nur getan, um diese unmenschliche Strafe zu verdienen?«

Sie versank in Schweigen. Ihre blauen Augen ruhten auf dem dunklen Kopf. Die Zeit blieb stehen. Die Luft wurde feucht und schwer vom Geruch der fruchtbaren Erde und exotischer Blüten. Etwas rutschte über das Glasdach. Die Sonne stand hinter einem hohen Olivenbaum. Die Farben und Schatten im Gewächshaus wurden weicher. Die beiden Frauen, die Europäerin und die Afrikanerin, saßen auf dem Boden, während der verwundete Fremde zwischen ihnen schlief.

Während der langen Zeit, in der Rose Wache neben dem schlafenden Mann hielt, überwältigte sie das Gefühl der Hilflosigkeit und völligen Nutzlosigkeit. Vor ihr lag der geschundene Körper dieses armen Mannes, dessen Leben langsam erlosch, und sie hasste sich wegen der Schwäche und Unfähigkeit, etwas dagegen zu tun.

Einige Zeit vor Sonnenuntergang erinnerte Njeri ihre Herrin an die bald hereinbrechende Dunkelheit. Vor der Nacht hatte Rose Angst, und sie achtete immer darauf, noch bei Tageslicht wieder im Haus zu sein. Doch jetzt widerstrebte es ihr zu gehen.

Sie legte eine Hand auf die glühende Wange des Mannes und dachte: *Vermutlich wirst du irgendwann heute Nacht hier sterben – ganz allein von Schmerzen gequält, und niemand wird dich trösten.*
Aber die Dunkelheit ängstigte sie, und so sah sich Rose schließlich gezwungen, das Gewächshaus zu verlassen. Sie vergewisserte sich, dass der Mann so bequem und warm wie möglich unter den Decken lag; sie blieb an der Tür noch einmal stehen und blickte auf die bemitleidenswerte Gestalt, die im schwachen Licht dort schlief.
Sie dachte an den Wandteppich. Er war alles, was sie im Leben vorzuweisen hatte. Und bei diesem Gedanken verachtete sich Rose zum ersten Mal.

Sie konnte nicht schlafen.
Rose war so unauffällig wie möglich ins Haus zurückgekommen. Um eine Begegnung mit Mona zu vermeiden, war sie geradewegs in ihr Zimmer gegangen. Dort saß sie jetzt im Licht einer Petroleumlampe und blickte auf den dunklen Wald vor ihrem Fenster.
Sie konnte die Stille nicht ertragen und stellte das Radio an, weil sie auf Musik hoffte. Stattdessen hörte sie die Stimme des Nachrichtensprechers. Sie drehte das Radio schnell leise und hörte die Meldungen:
»Zwei der italienischen Kriegsgefangenen, die aus dem Lager in Nanyuki ausgebrochen waren, wurden gefasst. Der Dritte befindet sich noch auf freiem Fuß. Wie es heißt, handelt es sich um General Carlo Nobili, den Herzog von Alessandro.«
Nun kannte sie seinen Namen.
Rose dachte daran, dass er in dem kalten Gewächshaus lag und langsam starb. Würde er aufwachen, fragte sie sich, und sich in seinen letzten Momenten fürchten? Sie dachte an die Wunden auf seinem Rücken – die alten und die neuen. Sie sprachen Bände über die grausame Behandlung im Lager. *Kein Wunder, dass er geflohen ist. Vielleicht hat der ermordete Posten den Tod verdient.*
Dann dachte sie: *Ich hätte mehr für ihn tun müssen. Aber was? Was hätte ich tun können?*
Rose begann zu weinen.
Sie vergrub das Gesicht in den Händen und schluchzte. Die Schlafzimmer-

tür ging auf, und ein Streifen Licht aus dem Flur fiel über den Teppich. Njeri, die ihre Herrin noch nie hatte weinen sehen, wirkte verwirrt und ängstlich. Rose hob den Kopf und sah Njeri an. »Warum bin ich so nutzlos?«, rief sie. »Warum bin ich eine so nutzlose, *dumme* Frau? Jeder andere hätte den armen Mann vielleicht gerettet. Wenn Grace nicht in Nairobi, sondern hier wäre ... Sie weiß, was man tun muss ...« Rose starrte ihre Zofe an. »Grace!«, rief sie. »Natürlich!«

Rose sprang von ihrem Platz in der Fensternische auf und sagte: »Weshalb habe ich nicht früher daran gedacht?« Sie rannte aus dem Schlafzimmer.

Njeri folgte ihrer Herrin ins Erdgeschoss und fand sie in der Bibliothek – ein selten benutzter Raum mit abgestandener Luft. Die Regale mit den ledergebundenen Büchern reichten vom Fußboden bis zur Decke.

»Es muss hier sein«, sagte Rose und suchte aufgeregt in den Regalen. »Hilf mir, Njeri. Es ist so groß und so dick«, sagte sie und zeichnete mit den Händen ein Buch in die Luft. »Der Einband ist aus Pappe, nicht aus Leder und es ist ... ist ...« Sie ging an den Regalen entlang und überflog die Rücken der Bücher. »Es ist ein grünes Buch, Njeri. Beeil dich!«

Völlig verwirrt trat die Afrikanerin, die nie lesen gelernt hatte, vor eine Bücherwand und suchte langsam zwischen den ledernen Büchern mit Goldschnitt nach einem Buch mit einem grünen Pappeinband. Sie hörte, wie ihre Herrin hinter ihr rief: »Wir *müssen* ein Exemplar haben! Grace hat uns ganz bestimmt eins geschenkt.«

Rose eilte vor den Regalen hin und her, stellte sich auf die Zehenspitzen und ging in die Hocke, um in den tieferen Fachböden zu suchen. Es waren so viele Bücher, so unglaublich viele ...

»*Memsaab*«, hörte sie Njeri.

Rose drehte sich um. Sie sah das Buch in den braunen Händen und rief: »Ja, das ist es! Bring es herüber ins Licht.«

Es war die vierte Auflage von *Wenn SIE der Arzt sein müssen* und 1936 erschienen. Das Buch war immer noch brandneu, weil nie jemand darin geblättert hatte, und vergilbt und staubig. Rose fuhr mit dem Finger das Inhaltsverzeichnis entlang. »Hier«, sagte sie und klopfte auf das Blatt. »*Wundinfektionen, Fieber. Wie verhalte ich mich bei einem Schwerkranken?*«

Rose holte einen Notizblock und einen Bleistift aus der Schublade und begann zu schreiben.

Zitternd vor Angst stand Njeri kurze Zeit später mit ihrer Herrin in der Küchentür und blickte in die Dunkelheit. Wie die meisten Kikuju empfand Njeri instinktiv große Furcht vor der Nacht.

Diesmal war sie mit sorgsam gepackten Dingen beladen, die nach einer Liste aus dem Handbuch zusammengestellt waren. Aus ihrem Badezimmerschrank hatte Rose ein Fieberthermometer und Aspirin geholt, in der Küche Zucker, Backpulver und Salz. Dazu kamen Vaseline, Watte, eine Uhr mit Sekundenzeiger, drei Thermoskannen mit abgekochtem Wasser und zwei Taschenlampen – das alles empfahl Grace in ihrem Buch.

Während Rose auf die schwarze Mauer des Waldes hinter dem Garten blickte, die das Licht aus der Küche gerade noch erreichte, erfasste sie panische Angst. Dann dachte sie an General Nobili, der im Gewächshaus auf dem kalten Steinboden lag, und ihre Entschlossenheit kehrte zurück.

»Gehen wir«, flüsterte sie und ging die Stufen hinunter.

Sie blickte sich um. Njeri rührte sich nicht von der Stelle.

»Komm, habe ich gesagt!«

Njeri hielt sich dicht hinter ihrer Herrin, als sie den Gartenweg entlang eilten. »Beten wir, dass er noch lebt«, flüsterte Rose, und sie verschwanden zwischen den Bäumen. »Beten wir, dass wir nicht zu spät kommen.«

Sie rannten durch den Wald; ungesehene Geister und imaginäre Raubtiere schnappten nach ihnen, und sie erreichten das Gewächshaus zitternd vor Angst und Kälte. Rose kniete sofort neben dem General nieder und stellte fest, dass er noch lebte.

Njeri hielt die Taschenlampe. Sie zitterte so sehr, dass der Lichtstrahl über dem bewusstlosen Mann tanzte. Rose schlug die Seite auf: »*Wie untersuche ich einen Kranken?*«, und folgte den Anweisungen Schritt für Schritt.

Sein Puls war schwach und dünn. Die feuchte Haut wies darauf hin, dass er sich in einem Schock befand. Also drehte Rose ihn auf die Seite und legte Backsteine unter die Füße, um sie hoch zu lagern. Sie zählte beunruhigende hundertsechzehn Pulsschläge pro Minute, und als sie die Augenlider hob und einen Strahl der Taschenlampe darauf richtete, stellte sie fest, dass die Pupillen gleich groß waren und auf das Licht reagierten – dem Buch nach ein gutes Zeichen. Aber seine Körpertemperatur war zu hoch. Rose hielt sich an das Buch, schlug die Seite: »Sehr hohes Fieber« auf und las: »Wenn hohes Fieber nicht sofort gesenkt wird, kann es zu Gehirnschäden kommen.«

Also entfernte sie die Decke, damit die Nachtluft den Körper kühlte; dann

füllte sie einen Becher Wasser und löste zwei Aspirin-Tabletten darin auf. Sie nahm den Kopf des Generals in die Armbeuge und hielt ihm den Becher an die Lippen. Er trank nicht. Sie versuchte es noch einmal. Das Aspirin sollte das Fieber senken.
Sie suchte Hilfe im Buch und las fett in Großbuchstaben: MAN FLÖSSE EINEM BEWUSSTLOSEN NIE ETWAS DURCH MUND ODER NASE EIN.
Rose stellte den Becher beiseite und legte den Kopf des Mannes auf das Kissen zurück. Sie las weiter. Unter der Überschrift: *»Gefahren«*, fand sie den Satz: *»Ein Tag ohne Flüssigkeitsaufnahme – siehe Seite 89.«* Sie schlug die Seite auf und las im zittrigen Strahl von Njeris Taschenlampe etwas über die Gefahren der Austrocknung.
Rose blickte auf die Uhr. Ihrer Schätzung nach war er etwa seit zwölf Stunden bewusstlos. »Er muss bald etwas trinken«, murmelte sie, »sonst stirbt er an Austrocknung. Aber was soll ich machen? Ich kann ihn nicht dazu bringen, dass er trinkt. Er braucht das Wasser, und er braucht das Aspirin, damit das Fieber fällt. Es ist ein Teufelskreis!«
Sie betrachtete das Gesicht im Schein der Taschenlampe. Sie überlegte, wie alt er sein mochte, woher er kam, ob er eine Familie hatte, die sich um ihn sorgte.
Njeri begann, mit den Zähnen zu klappern.
»Geh ins Haus zurück«, sagte Rose, »ich bleibe bei ihm.«
Aber Njeri setzt sich mit gekreuzten Beinen auf den Boden und legte die Taschenlampe in den Schoß.
»Wenn ich einen Arzt rufe«, sagte Rose leise, »wird man ihn ins Lager zurückbringen. Aber wenn ich versuche, ihn selbst zu behandeln, stirbt er vielleicht. Was soll ich tun?«
Sie legte ihm die Hand auf die Stirn. Sie kam ihr kühler und trockener vor. Sie fühlte seinen Puls und glaubte, er sei etwas langsamer und stärker geworden. Er schien auch leichter zu atmen.
»Njeri, gib mir den Korb.« Rose bereitete eine Lösung nach dem Rezept im Buch: Zucker, Salz und Backpulver in abgekochtem Wasser. Sie versuchte davon und vergewisserte sich, dass die Lösung *»nicht salziger als Tränen schmekkt«*, wie Grace geschrieben hatte, und stellte sie neben den Becher mit dem aufgelöstem Aspirin. Sobald er wieder bei Bewusstsein war, würde sie ihm beides zu trinken geben.
Sollte der General bei Tagesanbruch das Bewusstsein noch nicht wieder erlangt haben, würde sie Hilfe rufen, beschloss Rose.

Die Sonne erschien über der Mauer des Gewächshauses und schickte kleine Lichtpünktchen durch die überhängenden Zweige der Olivenbäume. Rose bewegte sich unter der Decke. Nach den Stunden auf dem Steinboden tat ihr alles weh. Sie richtete sich auf und hielt im ersten Licht Ausschau nach Njeri. Sie stellte fest, dass Njeri nicht mehr da war.
Rose blickte zu dem Fremden hinüber. Er hatte die Augen geöffnet. Er starrte sie an.
Sie sahen sich lange in die Augen – Rose in die Decke gehüllt, der General auf der Seite liegend mit dem Kopf auf dem Kissen.
Beim Gedanken an das Messer an ihrer Kehle und dem Schmerz, als er ihr den Arm verdreht hatte, wurde Rose plötzlich wieder vorsichtig.
Er öffnete den Mund. Er versuchte zu sprechen. Aber er brachte nur einen trockenen, kehligen Laut hervor.
Rose griff nach der Lösung und hielt ihm den Becher an die Lippen. Zuerst nahm er nur kleine Schlucke, dann trank er alles und ließ den Kopf auf das Kissen sinken.
»Haben Sie Schmerzen?«, fragte Rose freundlich.
Er nickte.
Sie setzte den zweiten Becher an seine Lippen – den mit dem Aspirin. Es musste bitter schmecken, denn er verzog das Gesicht. Aber er trank auch ihn leer. Als er wieder ausgestreckt lag, schien er leichter zu atmen. »Wer ...«, begann er.
»Ich bin Lady Rose Treverton. Ich weiß, Sie sind General Nobili.«
Seine dunklen Augen sahen sie lange fragend an. Dann flüsterte er: »Habe ich Ihnen wehgetan?« Sie schüttelte den Kopf. Im Schlaf hatten sich die Klammern gelöst, und die Haare fielen ihr jetzt über die Schultern. General Carlo Nobili sah sie mit großen Augen an. »Ich weiß, wer Sie sind«, flüsterte er, »Sie sind einer von Gottes Engeln.«
Rose legte ihm lächelnd die Hand auf die Stirn. »Sie müssen ruhen. Ich bringe Ihnen etwas zu essen.«
»Aber wo ...?«
»Hier sind Sie sicher. Sie können mir vertrauen. Ich werde für Sie sorgen, und Ihnen wird kein Leid mehr geschehen.«
Der General schloss die Augen und sein Körper entspannte sich.

3

Die Bombe explodierte genau um die Mittagszeit, während der Muezzin zum Gebet rief. Das Polizeifort am Rand von Jerusalem wurde stark beschädigt, und fünf britische Soldaten verloren das Leben. »Dieser verdammte Menachem Begin«, hörte David Mathenge seinen Kommandeur Geoffrey Donald sagen. So begann die groß angelegte Suchaktion nach dem Terroristen; David wurde mitten in der Nacht aus dem Bett geholt, musste mit seinem Regiment antreten und in der kalten feuchten Septembernacht auf Befehle von Hauptmann Donald warten.
Es war ein Zufall, dass David in Geoffrey Donalds afrikanischem Regiment in Palästina diente. Als er sich bei Kriegsausbruch freiwillig zur britischen Armee gemeldet hatte, rechnete er nicht damit, dass er Garnisonsdienst leisten würde, sondern hoffte, gegen Nazi-Deutschland zu kämpfen. David erwartete auch nicht, unter dem Kommando eines Mannes zu stehen, den er seit sieben Jahren hasste.
Seit der Flucht aus dem Gefängnis in Nairobi und dem anschließenden Exil in Uganda hasste David die Trevertons noch mehr und wegen seiner Freundschaft mit dieser Familie auch Geoffrey Donald. Nun war David gezwungen, vor diesem Mann zu salutieren.
David tat seit vier Jahren Dienst in Palästina und kannte inzwischen die verfeindeten Parteien – Araber, Juden, Briten. Die Bombe, die im britischen Polizeifort explodierte, musste das Werk der terroristischen Irgun von Menachem Begin sein; die Haganah, die Geheimarmee der Zionisten, hatte den Anschlag nicht verübt, wie David wusste, denn sie kündigte ihre Anschläge vorher an, damit die Menschen sich in Sicherheit bringen konnten. Es ging in diesem Kampf darum, wessen Heimat das Mandatsgebiet war. David Mathenge, der wie alle Kikuju eine tiefe Bindung an das Land und einen Sinn für Territorialbesitz hatte, fand, es handele sich hier bei diesem Kampf um ein Stammesproblem.

Da waren die Araber, die seit Jahrhunderten in diesem Gebiet lebten und von europäischen Flüchtlingen, von Juden, die sich vor Hitler in Sicherheit brachten, aus dem Land ihrer Ahnen vertrieben wurden. Die Juden beanspruchten das Land für sich, weil sie es als rechtmäßiges Erbe *ihrer* Ahnen betrachteten. Dazwischen saßen die Briten, die mit beiden Parteien verhandelten, beiden Versprechungen machten und sie wieder brachen. Kein Wunder, fand David, dass Menachem Begin, der von Churchill und seinen leeren Reden genug hatte, seine terroristischen Aktivitäten nicht gegen die Araber, seine ›natürlichen‹ Feinde, sondern gegen die Engländer richtete. Deshalb war das Polizeifort am Rande von Jerusalem das Ziel eines Anschlags gewesen. David war sehr niedergeschlagen.

Was war geschehen? Wo war etwas in seinem Leben falsch gelaufen? Als die Kolonialregierung vor vier Jahren eine groß angelegte Rekrutierungskampagne für das afrikanische Heer startete, hatten David Mathenge und tausende anderer junger Afrikaner sich begeistert gemeldet, da sie glaubten, Hitler wolle in Kenia einmarschieren und sie in Ketten verschleppen. Die jungen Afrikaner hatten die Schule absolviert, fanden keine Stellung, sehnten sich danach, etwas zu tun, und waren davon überzeugt, sie würden gegen ein böses Ungeheuer kämpfen und die Gelegenheit haben, ihr Land, die Freiheit, die Demokratie und ihre Lebensweise ruhmreich zu verteidigen. In einer flotten neuen Uniform, zu der ein Hut gehörte, dessen Krempe seitlich hochgeschlagen und mit einer Feder geschmückt war, hatte David stolz unter den Blicken seiner weißen Offiziere exerziert, wobei er sich wie ein Krieger auf dem Weg zum Kampf vorkam. Sein Regiment verließ die Heimat, und er stellte fest, dass die Welt sehr viel größer war, als er sich das je hätte träumen lassen. Damals glaubte er, sein Eintritt in die britische Armee sei das Klügste gewesen, was er je getan habe. Inzwischen wusste er es besser. David kam zu dem Schluss, das Klügste in seinem Leben sei gewesen, in Uganda zu bleiben, nachdem der kranke, sterbende Häuptling Muchina — es ging das Gerücht, dass Wachera ihn mit einem *Thabu* belegt hatte — alle Anklagen gegen David fallen ließ und erklärte, er sei zu Unrecht verhaftet worden. David hätte nach Kenia zurückgehen können, entschied sich aber dafür, in Uganda zu bleiben und an der Makere-Universität zu studieren. Dort hatte er drei Jahre später sein Hochschulexamen in Landwirtschaft abgelegt.

Er hatte Landwirtschaft und die Führung einer Farm gelernt und war bereit, sein Land von den Trevertons zu übernehmen.

Aber wann wird das sein?, fragte er sich, als er mit dem Gewehr über der Schulter über den Kasernenhof ging. Seine Mutter hatte ihm seit Jahren die Rückgabe des Landes versprochen. Hatte sie die Trevertons nicht mit einem *Thahu* belegt? Und wirkte Wacheras Fluch nicht immer? Für David wirkte er allerdings nicht schnell genug. »Die Plantage der Trevertons floriert«, hatte Wanjiru in ihrem letzten Brief geschrieben. »Mona, die junge Treverton, führt sie jetzt selbst.« David hatte sich nicht freiwillig zum Militär gemeldet, um seine Zeit in einem trockenen, gottverlassenen Land zu verschwenden, wo die Menschen entschlossen zu sein schienen, sich gegenseitig umzubringen. Er diente als Zielscheibe für beide Seiten, während die Trevertons auf seinem Land reich wurden!
David fühlte sich niedergeschlagen und elend.
Was gab es hier in diesem vertrockneten Palästina zu lieben? Die Hitze im Sommer war mörderisch; die heißen Winde verbrannten einem die Lunge; im Winter gab es nur den grauen, unerbittlichen Regen und eine beißende Kälte, wie er sie in Kenia nie erlebt hatte. David hatte Heimweh. Er sehnte sich nach den Wäldern, den hellen Nebeln am Mount Kenia, nach den Liedern seines Volkes, nach dem Essen seiner Mutter und nach Wanjirus Liebe.
Wanjiru ...
Inzwischen war sie mehr für ihn als die Frau, die er liebte und zu heiraten hoffte. Wanjiru verkörperte alles, was ihm die Heimat bedeutete. Wanjiru war Kenia. Er sehnte sich nach dem Trost ihrer Umarmung.
Als David sah, dass die großen Mannschaftswagen vorfuhren, deren Scheinwerfer das Gelände in eine unnatürliche Helligkeit tauchten, wurde ihm klar, dass es sich um eine groß angelegte Aktion handelte. Wo sollte an diesem Morgen die Razzia stattfinden, überlegte David, während er zu einem der Lastwagen ging und sich mit dem Fahrer unterhielt.
»Petah Tiqva«, sagte der Mann. Es war eine kleine Stadt in der Nähe von Tel Aviv.
David nickte und lehnte sich an den Kotflügel. Bei den Engländern kursierte der Spruch: »Dieses verdammte Petah Tiqva ist ein Terroristennest!« Damit hatten sie nicht ganz Unrecht. Die britischen Nachrichtendienste wussten sehr wohl, dass sich in den Hainen und Wäldern um Petah Tiqva verborgene Waffenlager und geheime Ausbildungsplätze der Terroristen befanden. Es war ein gefährliches Gebiet, und die britischen Soldaten ließen sich nicht gerne in Petah Tiqva blicken.

David kam es vor, als bestehe seine Pflicht in letzter Zeit aus nichts anderem als der Suche nach dem nicht zu fassenden Menachem Begin. Wenn David nicht an einer Straßensperre stand und jeden Wagen überprüfte, der nach Tel Aviv hinein- und aus Tel Aviv herausfuhr, durchsuchte er Hotels, ließ sich von Fußgängern auf der Straße die Papiere zeigen oder klopfte um Mitternacht an Türen und holte Leute aus den Betten. Die Suche nach Begin wurde intensiviert; die Engländer setzten inzwischen alles daran, den Mann aufzuspüren, der ihre Nachrichtenverbindungen und ihre Verwaltungsbüros sabotierte. Und nachdem David Ben Gurion, der Führer der *Jewish Agency* und Begins Erzrivale, diesem praktisch den Krieg erklärt hatte und uneingeschränkt mit den Engländern bei ihrer Fahndung zusammenarbeitete, stand Palästina Kopf. Es war sogar eine Belohnung ausgesetzt: fünfzehntausend Dollar für den Mann, der Menachem Begin den Behörden auslieferte.

Er muss ein großer Krieger sein, dachte David Mathenge, *dass es ihm gelungen ist, den britischen Geheimdienst vier Jahre an der Nase herumzuführen, so viele erfolgreiche Sabotageakte zu organisieren und seine Untergrundarmee, die Irgun, so straff unter Kontrolle zu halten, ohne auch nur ein einziges Mal festgenommen worden zu sein.* Nach Davids Ansicht musste Begin ein sehr intelligenter, tapferer Mann sein, der ständig den Aufenthaltsort wechselte und seinen Verfolgern immer einen Schritt voraus war. Selbst von seinem Aussehen hatten die Briten nur eine ungenaue Vorstellung. Bei Hausdurchsuchungen sagte man David und seinen Kameraden, sie sollten Ausschau halten nach einem ›polnischen Juden in den Dreißigern, der eine Brille trägt und eine Frau und einen kleinen Sohn hat‹.

»Ich hoffe, sie finden den Kerl diesmal«, sagte der Fahrer und zündete sich eine Zigarette an. »Dieser verdammte Begin glaubt, wir sind für ihn nur Zielscheiben! Ich fahre nicht gern nach Petah Tiqva. Eines Tages sitzen wir dort in der Falle. Du wirst noch an mich denken. Begin will den Bürgerkrieg. Die Araber werden zusehen und lachen, während die Juden sich gegenseitig umbringen und Hitler die Arbeit abnehmen.«

David musterte den Fahrer – ein Mann mit rotem Gesicht und schottischer Aussprache. Die weißen Soldaten sprachen nur bei Gelegenheiten wie dieser mit Männern von Davids Regiment, wenn sie zum Dienst antraten oder zusammen Posten standen. Sonst schien eine unsichtbare Barriere oder ein seltsames unausgesprochenes Gesetz jeden Umgang der beiden Rassen zu unterbinden.

Die Afrikaner hatten bei ihrer Ankunft im Mandatsgebiet überrascht festgestellt, dass sie vom Rest des Bataillons getrennt untergebracht waren und eine eigene Kantine hatten. In Kenia akzeptierte man, dass die Afrikaner und die weißen Siedler nicht zusammenkamen –, es war einfach so und war schon immer so gewesen. Aber die Männer hatten geglaubt, in der Armee herrsche Demokratie. Schließlich trugen sie alle die gleiche Uniform und kämpften für dieselbe Sache. David hatte erst vor einer Woche erfahren, dass afrikanische Soldaten sogar weniger Sold bezogen als die weißen.
Das war ein Schock für ihn gewesen. Einige seiner Kameraden hatten sich beschwert und erklärt, ein Soldat sei ein Soldat, gleichgültig, ob schwarz oder weiß, und jeder sollte denselben Sold erhalten. Aber die weißen Offiziere hatten die unzufriedenen Afrikaner daran erinnert, dass es ihnen besser gehe als ihren Landsleuten zu Hause. Sie sollten dankbar sein, dass man sie beim Militär angenommen habe und sie nicht wie Frauen auf den Farmen arbeiten müssten.
David beobachtete, wie die Lastwagen sich in einer Linie aufstellten; er sah Panzerfahrzeuge und Panzer, Maschinengewehre und die Ausrüstung für Straßensperren. Er wusste, sie würden Petah Tiqva umzingeln und die nichts ahnenden Einwohner überraschen. Seinem Regiment fiel dann die Aufgabe zu, Begin zu suchen.
Er musste an einen Zwischenfall in Haifa denken, wo drei Soldaten in einen Hinterhalt geraten waren. Er befand sich nur wenige Schritte hinter ihnen und wäre beinahe auch ums Leben gekommen.
Erwartete sie Begin bereits in Petah Tiqva? überlegte David. War es eine List der Irgun? Würde der Einsatz in Palästina zu seinem plötzlichen blutigen Ende führen?
David wollte nicht sterben; er wollte nach Hause; er wollte nach Kenia und zu Wanjiru.
Er setzte sich auf die Stoßstange, zog ihren Brief aus der Tasche und las ihn im Scheinwerferlicht noch einmal. Sie schrieb:

Wir beten um Regen. In der letzten Woche hatte ich Urlaub und musste nicht ins Krankenhaus. Ich habe deine Mutter besucht. Wir sind in den Wald zu einem alten Feigenbaum gegangen und haben zusammen um Regen gebetet.
Deiner Mutter geht es gut, David. Ich lese ihr immer und immer wieder deine Briefe vor. Die Zeitungen lese ich ihr nicht vor, mit ihren Nachrichten über den Krieg in Palästina. Man berichtet von Bomben, David, von Minen, von Foltern und Mord

der britischen Soldaten. Worum geht es bei diesem Krieg? Warum bist du dort? Wenn die Massai und die Wakamba kämpfen, würde sich dann ein Kikuju einmischen? Nein. Sollen doch die Araber und die Juden ihre Schwierigkeiten untereinander ausmachen. Es ist nicht dein Kampf, David. Ich verstehe nicht, warum du dort bist.

David hob den Kopf und sah am Himmel das erste gelbrote Licht des herannahenden Morgens. Ging die Sonne jetzt auch über Kenia auf? Holte seine Mutter gerade Wasser am Fluss? Und Wanjiru – lag sie wach im Bett und dachte an ihn?

Wofür kämpfe ich?

Er dachte plötzlich an einen anderen Zwischenfall in Haifa. Er ließ ihn nicht mehr los.

Es war vor sechs Monaten gewesen. David befand sich auf Patrouille. Bei der Routinedurchsuchung eines Hotels stieß er auf einen Mann, der ihn so verblüffte, dass er und sein Kamerad, ein Luo namens Ochieng, wie angewurzelt stehen blieben und ihn anstarrten.

Der Mann trug eine amerikanische Uniform mit dem Rangabzeichen eines Hauptmanns. Aber er war ein *Schwarzer.*

»Entschuldigen Sie, Sir«, sagte David schließlich zu dem Amerikaner. »Es handelt sich nur um eine Routinekontrolle.«

Sie unterhielten sich. Aufgrund von Davids Aussprache vermutete der Hauptmann, David sei aus England. »Ich komme aus Kenia, Sir«, erwiderte David. Schließlich fasste er sich ein Herz und fragte: »Entschuldigen Sie, Sir, aber wie kommt es, dass Sie Hauptmann sind? In der britischen Armee gibt es keine höheren schwarzen Offiziere.«

Der Amerikaner lächelte und erwiderte: »Nun ja, Soldat, ich habe einen Universitätsabschluss.«

»Ich auch«, erwiderte David. Und nun sah der Amerikaner ihn fassungslos an. Den Blick des Hauptmanns konnte David in den folgenden Monaten nicht mehr vergessen. Er verfolgte ihn, im Schlaf, in der Wüste, und er sah ihn in den Gesichtern der Juden, die er kontrollierte. Er ließ ihn keinen Augenblick mehr los. Der Amerikaner hatte nichts gesagt, aber aus seinen Augen sprach deutlich: *Eine Schande ...*

Eine Schande für wen? Für den jungen Soldaten oder für ihn? David wusste es nicht.

Plötzlich entstand Bewegung. Die Soldaten nahmen Aufstellung, Befehle ertönten, und David sah einen Jeep heranbrausen. Hauptmann Donald

sprach zu seinen Männern. Es war die übliche Rede, diesmal allerdings mit starken Worten gespickt: Begin musste unter allen Umständen gefunden werden, bevor noch mehr Engländer ihr Leben verloren!
David kletterte auf den Lkw und übersetzte die Rede des Hauptmanns seinem Kameraden Ochieng, der nur Luo und Suaheli sprach. David erklärte die Befehle – sie sollten im Viertel Hassidoff jedes Haus durchsuchen – und musste an die Ungerechtigkeit der Situation denken.
Da war der ungebildete Ochieng, der weder Lesen noch Schreiben konnte und vom Victoriasee kam. Der Mann verstand kaum etwas von dem, was man ihm sagte. Aber er führte willig alle Befehle aus. Er sah sich gerne in Uniform und würde nach dem Krieg wie die anderen achtzigtausend afrikanischen Soldaten zu seinem primitiven Leben in Kenia zurückkehren, ohne weitere Fragen zu stellen. Und da war er, David Mathenge, einer der wenigen gebildeten Afrikaner im Regiment, und der einzige mit einem Universitätsabschluss. Er steckte voller Ehrgeiz. Aber niemand wollte anerkennen, dass er sich von Ochieng unterschied. David musste an den Blick des amerikanischen Hauptmanns denken. Welch eine *Schande*.
Als die Fahrzeugkolonne sich in Bewegung setzte, dachte David: *Wenn ich mich für meine weißen Offiziere wegen meiner Hautfarbe nicht von den anderen unterscheide, muss ich mich auf andere Weise auszeichnen*. Auf Begins Kopf war eine hohe Belohnung ausgesetzt und ein Orden für den Soldaten, der den Terroristen entdeckte und festnahm.
David Mathenge würde Menachem Begin finden.

Hassidoff war ein Arbeiterviertel inmitten von Orangenhainen. Die Panzer und Panzerwagen der Besatzungsmacht arbeiteten mit der palästinensischen Polizei zusammen; sie kreisten das ganze Gebiet ein, während Soldaten mit Lautsprechern durch die Straßen liefen und riefen: »Ausgangssperre! Bleiben Sie in Ihren Häusern! Jeder, der herauskommt, riskiert sein Leben!« Die Männer sprangen von den Wagen, wünschten sich eine »gute Jagd«, und die Suche begann. Als David und Ochieng zum ersten Haus liefen, winkte ihnen ein arabischer Hütejunge inmitten seiner Schafherde zu.
Innerhalb kürzester Zeit wurden die ersten Festgenommenen aus den Häusern in die Wagen gebracht; viele wirkten noch verschlafen, denn es wurde gerade erst hell. Man brachte alle Verdächtigen zum Verhör in das Polizeihauptquartier. Die Aktion verlief überraschend ruhig, und die Bevölke-

rung verhielt sich kooperativ. Leute blickten aus den Fenstern, sie öffneten die Haustüren und zeigten ihre Papiere. Die Einwohner waren den Soldaten zahlenmäßig weit überlegen; wie sich später herausstellte, gehörten einige tatsächlich zu Begins Irgun. Aber die Soldaten hatten Waffen, die Einwohner nicht.

David stellte die Fragen, und Ochieng stand mit schussbereiter Maschinenpistole dabei.

Es war nicht leicht, nach einem Mann zu suchen, von dem man nur vermutete, dass er sich hier befand, und den keiner je zu Gesicht bekommen hatte. Aber David war entschlossen, ihn zu stellen. Das Fahndungsplakat an der Wand in der Kaserne zeigte ein altes Bild von Begin. Er trug eine polnische Uniform und stand neben einer hübschen jungen Frau – seine Ehefrau. David hatte sich alle Einzelheiten des unscharfen Bildes eingeprägt: den Haaransatz, der Schnitt seiner Augen, die Form seines Mundes. Auch das Aussehen der Frau, Aliza Begin.

David stand vor nervösen jungen Juden, die er zu den wartenden Wagen schickte. Auch Männer, deren Papiere nicht in Ordnung waren, schickte er zum Verhör, und nur wenige erhoben Einspruch. Er wusste, die meisten würde man bis zum Abend wieder freilassen, ohne dass man viel von ihnen erfahren hatte.

David klopfte an jede Tür, während Ochieng ihn mit der Maschinenpistole deckte. Sie wussten, jede Tür konnte eine Falle sein und sich unter Gewehrfeuer öffnen.

Der Morgen verging. Davids Unruhe wuchs. Hauptmann Geoffrey Donald fuhr im Jeep durch die Straßen, ließ sich von seinen Männern Meldung erstatten und gab Befehle. Ochieng wurde immer aufgeregter. Er rechnete jeden Augenblick damit, das Pfeifen von Kugeln zu hören oder die Explosion einer Bombe.

David klopfte an die Tür eines bescheidenen Häuschens. Ein kleiner, lächelnder Mann öffnete.

»Hände hoch!«, rief David. Er durchsuchte den Mann, fand keine Waffen und sagte: »Ihre Papiere.« Der Mann reichte sie ihm.

Sein Ausweis wies ihn in Englisch und Hebräisch als Israel Halperin, als polnischen Flüchtling aus.

»Ihr Beruf?«, fragte David.

Der Mann lächelte, hob die Hände und sagte etwas in einer Sprache, die David nicht verstand. David trat zurück und sagte: »Sie müssen zum Poli-

zeihauptquartier.« Plötzlich erschien ein anderer Mann, als habe er hinter der Tür gestanden und zugehört.
Er war größer als Halperin, hatte einen Bart und trug einen langen schwarzen Mantel. Er stellte sich als Rabbi Epstein vor. »Mein Freund spricht kein Englisch. Vielleicht kann ich übersetzen.«
David musterte den Rabbi. Er hatte keine Ähnlichkeit mit dem Mann auf dem Plakat. Ochieng durchsuchte den Rabbi nach Waffen, und David fragte ihn: »Was macht dieser Mann?«
»Er ist Anwalt und bereitet sich auf sein Examen hier in Palästina vor.«
David musterte den kleineren Mann von Kopf bis Fuß. Er wirkte sehr zurückhaltend und lächelte verbindlich. »Wie lange sind Sie schon in Palästina?«, fragte David.
Halperin antwortete, und der Rabbi übersetzte: »Vier Jahre.«
»David!«, sagte Ochieng auf Suaheli. »Hinter der Tür hat sich etwas bewegt.«
David bedeutete seinem Kameraden, er solle nachsehen. Ochieng ging mit der Maschinenpistole vorsichtig zur zweiten Tür; die beiden Juden beobachteten ihn scheinbar gelassen. Kurz darauf erschien eine Frau mit einem kleinen Jungen auf dem Arm. Ochieng stand sichtlich nervös mit schussbereiter Maschinenpistole hinter ihr.
»Wer ist das?«, fragte David.
Halperin sagte etwas, und der Rabbi übersetzte: »Sie ist seine Frau.«
David betrachtete die Frau. Sie kam ihm bekannt vor. Sein Herz schlug schneller. Er warf Halperin einen Blick zu und sah ihm in die Augen. Der Mann erwiderte seinen Blick ruhig und ohne Scheu. Konnte dieser unauffällige kleine Mann der gefürchtete Menachem Begin sein? Plötzlich sah David die Ähnlichkeit mit dem Foto auf dem Plakat. Die Augenbrauen, die Lippen ...
Rufe hallten durch die Straße, Lastwagenmotoren brummten. Ein paar der Einwohner protestierten und beschimpften die Soldaten. David und Halperin sahen sich lange unverwandt an. Dann sagte David: »Sie kommen mit.«
»Lieber Freund«, sagte der Rabbi höflich, »was hat Mr. Halperin getan?«
David warf einen Blick in das Haus. Nichts deutete darauf hin, dass hier noch weitere Menschen waren; nichts deutete auf terroristische Aktivitäten hin. Er sah nur Bücherstapel. »Er muss polizeilich verhört werden.«
Halperin sagte etwas; es klang wie eine Frage.
Rabbi Epstein übersetzte: »Mr. Halperin möchte wissen, wofür Sie als Soldat kämpfen.«

David war wie vor den Kopf gestoßen. »Auf den Wagen, alle! Auch die Frau und das Kind!«

Aber Halperin sprach ruhig und gelassen weiter, und der Rabbi übersetzte: »Sie sind Afrikaner, lieber Freund, und gehören einer unterdrückten Rasse an. Warum kämpfen Sie für die Engländer? Warum kämpfen Sie für Männer, die Sie unterdrücken?«

David zögerte, und der kleine Mann sprach ruhig weiter. In seiner Stimme lag etwas Zwingendes. »Wissen Sie, was in der Welt geschieht? Ich werde es Ihnen sagen. In meiner Heimatstadt in Polen gab es dreißigtausend Juden. Heute sind nur noch zehn davon am Leben. Es war unsere Heimat, und doch hat man uns vertrieben. Was geschieht in *Ihrer* Heimat, mein junger afrikanischer Freund?«

Halperins dunkle Augen waren unverwandt und durchdringend auf David gerichtet; sie besaßen eine überzeugende Macht. »Was hat man Ihnen dafür versprochen, dass Sie für die Engländer kämpfen? Indien hat man als Gegenleistung für seine Beteiligung am Krieg die Unabhängigkeit versprochen. Hat man den Afrikanern ebenso viel in Aussicht gestellt?«

David musste schlucken. Er sah Ochieng an, der kein Englisch verstand, und ungeduldig, die Maschinenpistole auf Frau und Kind gerichtet, hinter Halperin wartete. David spürte Halperins durchdringenden Blick und sah ihn an. »Wenn man Ihnen nichts versprochen hat«, übersetzte der Rabbi, »dann kämpfen Sie für nichts. Man hat Sie vor vielen Jahren zur Kolonie gemacht, weil Sie keine Waffen, keine Bildung besaßen, mit der Sie sich gegen die Engländer hätten wehren können. Aber jetzt können Sie mit Waffen umgehen, und Sie sind gebildet. *Worauf warten Sie noch?«* David blickte auf den Mann hinunter, der ihm kaum bis zu den Schultern reichte. Halperin war blass, seine Haare wurden dünn, und er hatte eine sanfte Stimme. Aber von ihm ging eine seltsame Kraft aus, der David sich nicht entziehen konnte.

»Es gibt Dinge, die kostbarer sind als das Leben, mein Freund«, fuhr der polnische Jude fort, »und die schrecklicher sind als der Tod. Wenn Sie die Freiheit lieben, müssen Sie die Sklaverei hassen. Wenn Sie ihr Volk lieben, müssen Sie alle hassen, die Ihr Volk unterdrücken. Ich frage Sie: Wenn Sie Ihre Mutter lieben, hassen Sie dann nicht den Mann, der versucht, sie umzubringen?« Eine Erinnerung durchzuckte David. Er stand als Siebzehnjähriger auf dem Stumpf eines Feigenbaumes und schrie Häuptling John Muchina entgegen: *Der Mann, der sein Land nicht liebt, liebt seine Mutter nicht ...*

Und ein Mann, der seine Mutter nicht liebt, kann Gott nicht lieben! David fühlte sich tief getroffen. Wegen dieser Worte hatte man ihn verhaftet, gefoltert und ins Exil nach Uganda getrieben.

Wie hatte er das vergessen können? Plötzlich wurde er sich der Uniform bewusst, der britischen Maschinenpistole über der Schulter und der Ausweispapiere eines ›Israel Halperin‹ in der Hand.

»Gehen Sie!«, flüsterte der Jude leise. »Gehen Sie in Frieden in Ihre Heimat zurück, und lassen Sie uns hier tun, was wir tun müssen!«

»Wen haben Sie da, Soldat?«, hörte David eine Stimme hinter sich.

David drehte sich um. Sein Vorgesetzter stand mit einem Reitstöckchen unter dem Arm im Jeep. Eine Sonnenbrille schützte die Augen; die geputzten Knöpfe seiner Uniform blitzten in der Sonne. Geoffrey Donald, ein Freund der Trevertons.

»Niemand Besonderes, Sir«, sagte David und reichte Halperin den Ausweis. »Hier ist alles in Ordnung.« Er winkte Ochieng, der eilig das Haus verließ. Die Tür schloss sich hinter ihnen, und David hörte ein leises: *Schalom.*

4

Alle im Distrikt wussten, im Gewächshaus spukte es.
Die Kikuju sprachen abends an den Kochfeuern mit leichtem Schaudern von dem Geist, der dort hauste; die Kinder in der Schule erzählten von den Geistern dort, und auch die Frauen auf dem Markt. Es dauerte nicht lange, bis jeder Afrikaner in der Gegend es wusste, und bald wagten sich nicht einmal mögliche Diebe in die Nähe des unheimlichen Gewächshauses auf der Lichtung.
Njeri hatte gute Arbeit geleistet.
Rose sang leise vor sich hin, als sie an diesem schönen Dezembermorgen das Haus verließ. Wie jeden Morgen hatte sie sich große Mühe mit ihrer Frisur gegeben und sich mit Sorgfalt angezogen. Sie benutzte unterschiedliche Parfüms, wählte mit Bedacht den richtigen Schmuck, denn sie wollte unbedingt Carlo gefallen und ihm ein Lächeln entlocken. Aber General Carlo Nobili tat seit drei Monaten Tag um Tag nichts anderes – und sein Lächeln galt Rose.
Im Oktober hatte man im Busch in der Nähe von Meru die Überreste eines Weißen entdeckt und vermutete, es handle sich um den dritten entflohenen Kriegsgefangenen, der den Tod durch wilde Tiere gefunden hatte. Man überführte die sterblichen Überreste in sein Herzogtum nach Italien; die Suche wurde eingestellt, der Fall war abgeschlossen. Kein Mensch, weder Grace und Sir James, noch Mona und Tim Hopkins wussten etwas von dem mysteriösen Bewohner des Gewächshauses; keiner ahnte, dass Rose seit Wochen nicht mehr an ihrer Stickerei arbeitete, sondern Tag für Tag aus einem ganz anderen Grund zur Lichtung eilte.
Sie blieb am Rand der Auffahrt stehen und hielt schützend die Hand über die Augen.
Mona saß am Steuer eines Lastwagens mit Säcken voller Kaffeebohnen. Rose staunte über die Besessenheit ihrer Tochter mit der Plantage. Es grenz-

te schon an einen Wahn. Mona betrachtete BELLATU und die fünftausend Acre Land ebenso eifersüchtig als ihren Besitz wie Valentine, und Rose fand, Mona war wirklich ganz die Tochter ihres Vaters. Aber was sollte nach dem Krieg werden, wenn Valentine zurückkam und die Leitung der Plantage wieder selbst übernahm? Ein kalter Schauer lief Rose bei diesem Gedanken über den Rücken.
Valentine.
Sie hoffte, er werde nie wieder zurückkehren.
Der General stand im Gewächshaus und pikierte Rittersporn. Er hatte ihn vor zwei Monaten gesät – eine seiner ersten Beschäftigungen, nachdem er sich erholt hatte. Rose blieb in der Tür stehen und beobachtete ihn. Das gedämpfte Sonnenlicht, das durch das Glasdach fiel, umgab ihn mit einem weichen zarten Schein. Nichts war hier hart und grell. Selbst die dunkelblauen und lavendelfarbenen Blüten, die ihn umgaben, schienen zu verschwimmen; hellgrüne Blätter mischten sich mit smaragdgrünen. Der Mann war verwandelt. Er erinnerte Rose an eine mythologische Gestalt – der große schlanke Mann mit dem geneigten Kopf glich einem Gott mit olivenfarbener Haut in einem Garten des Olymp.
Er richtete sich auf. Sie hatte kein Geräusch gemacht; er spürte ihre Anwesenheit. »Rosa«, sagte er leise.
Sie trat ein und stellte den Picknick-Korb mit dem Frühstück ab. »Ist es nicht zu früh, die Pflänzchen zu versetzen?«, fragte sie, trat neben ihn und blickte auf den Kasten.
»Nicht in Kenia. Dieses Land ist wunderbar, Rosa! Dieses milde Klima, kein Winter oder Frühling oder Herbst. Nichts schläft. Die Blumen blühen das ganze Jahr!« Er sah sie mit seinem strahlenden Lächeln an. »Es ist das Paradies eines Gärtners.«
Rose hatte festgestellt, dass Carlo Nobili ein Blumenkenner war. Auf seinem Besitz in Norditalien hatte er seit vielen Jahren Blumen gezüchtet und gekreuzt; er hatte neue Hybriden geschaffen und einen riesigen blühenden Garten angelegt, um den ihn der Vatikan beneidete, wie er nicht ohne Stolz berichtete. Als der General sich auf dem harten Lager erholte, das Rose und Njeri ihm aus Stroh und Decken bereitet hatten, äußerte er sich bewundernd und anerkennend über Roses Pflanzen. Er sprach mit großer Kenntnis, und sie hatten ein gemeinsames Interesse entdeckt. In den vergangenen Wochen hatte sich zwischen ihnen eine zarte und reine Freundschaft entwickelt; sie verbrachten Zeit mit ihrem gemeinsamen Hobby, tauschten

Erfahrungen aus und sprachen von ihren Erfolgen und Misserfolgen. Er zeigte Rose, wie man Begonien zurückschneidet, damit sie länger blühen; sie zeigte ihm, wie man den leuchtend blauen Rittersporn kultiviert, dessen Heimat Kenia war; sie hatte ihn im Wald entdeckt und auf ihrer Lichtung angepflanzt.

Er betrachtete sie jetzt und bewunderte den sanften Schimmer, den das gebrochene Sonnenlicht auf ihr blondes Haar legte und das die Farben ihres Kleides dämpfte. Dem Herzog von Allessandro erschien das Gewächshaus im Wald als ein verwunschener Ort. Er wusste, hier unter dem Glasdach, umgeben von der fruchtbaren Erde, dem betäubenden Blütenduft, den großen nickenden Blättern, führte er ein unwirkliches Leben: jeden Tag besuchte ihn diese schöne reine Frau, die er nicht zu berühren wagte; er zweifelte nicht daran, dass sie einem Bild von Botticelli entstiegen war.

Er stand dicht vor ihr und fragte: »Haben Sie gut geschlafen?«

Sie hielt den Atem an. »Ja. Und Sie, *Signor?*«

»Sie haben mir einen Palast geschenkt.« Mit einer großen Geste wies er auf die Ecke mit dem einfachen Strohlager, der Decke, einem kleinen Teppich, dem Klappstuhl und dem Waschständer mit Kanne und Schüssel – sein Versteck. »Und Sie müssen mich Carlo nennen.«

Rose errötete und bückte sich nach dem Korb. Anfangs hatte sie keine Erklärung dafür gefunden, dass sie ihn nicht mit dem Vornamen anreden konnte. Der Herzog hielt es wohl für richtig, dass sie ihn bei ihrer Vertrautheit, die dadurch entstanden war, dass sie ihn gesund pflegte, seine Wunden wusch, ihn wie ein Kind fütterte und ihm half, wieder die ersten Schritte zu machen – nach all dem hielt er es für richtig, dass sie ihn Carlo nannte. Und doch brachte sie den Namen einfach nicht über die Lippen.

Und während er sich langsam erholte, beobachtete er, wie sie sich veränderte. Aus der sanften, aber energischen Krankenpflegerin, die sein Leben rettete und alles in die Hand nahm, wurde ein scheues, ängstliches Wesen, das jetzt auf dem Sprung war, vor ihm davonzulaufen. Er dachte: *Es sieht beinahe so aus, dass sie umso schwächer wird, je mehr ich wieder zu Kräften komme. Ich werde stark, und ihre Kräfte schwinden.* Sie wagte inzwischen kaum noch, seinen Blick zu erwidern.

Rose packte den Korb aus. Sie breitete ein frisches Tischtuch aus, stellte die warmen Hörnchen, die Butter, den Honig und eine Kanne mit *Countess Treverton Tea* darauf. Beim Frühstück erzählte Carlo leise von seiner Heimat, von seinem Schloss, in dem er allein lebte, seit seine Frau vor fünf Jahren im Kindbett gestorben war. Sie sprachen über Gartenarbeit, Malerei, Musik und Bücher, aber sie vermieden das Thema Krieg und seine schrecklichen Erlebnisse im Gefangenenlager. Nie sprachen sie über das Ereignis, das ihn hierher gebracht hatte und ihn hier festhielt. Jeden Tag sah Carlo von neuem die unausgesprochene Frage in ihren Augen: *Warum bleibst du?* Sie fürchtete, er könne eines Tages spurlos verschwunden sein. Er stellte sich Tag für Tag diese Frage selbst und fand keine Antwort darauf. Er hatte nur das Gefühl, je länger er blieb, desto mehr Grund gab es zu bleiben.

Denn inzwischen lebte er für diese geschenkte Ruhe, für eine verzauberte Zeit in diesem alptraumhaften Krieg – als gebe es weder Vergangenheit noch Zukunft. Er wusste, nur allzu bald musste er zurück zu seinen Truppen, zurück zu der entehrenden Niederlage.

Den Vormittag über düngte Rose ihre kostbaren Orchideen, wässerte die Pflanzen und brachte sie aus der Sonne in den Schatten. Sie arbeiteten zusammen, und er stellte Fragen. »Warum halten Sie die Orchideen in so kleinen Töpfen, Rosa? Ich könnte mir vorstellen, größere wären besser.«

Als er Rose vor vielen Wochen die erste Frage gestellt hatte, wusste sie nicht, was sie antworten sollte. Sie hatte völlig verlernt, Fragen zu beantworten. Nicht einmal ihr afrikanisches Personal kam, um Anweisungen von ihr entgegenzunehmen. Zunächst war sie völlig verwirrt gewesen. Aber allmählich gewöhnte sie sich an Carlos Fragen, stellte fest, dass er ihr *zuhörte*, und es machte ihr immer mehr Spaß, ihm etwas zu erklären. »Es sind südafrikanische Orchideen – Disa-Orchideen. Sie mögen kleine Töpfe, denn sie wollen über den Topfrand wachsen.«

Nachmittags brachte Njeri ihnen Tee; sie deckte den Tisch und ließ sie wieder allein. Carlo und Rose wuschen sich die Hände. Dann aßen sie die kleinen Sandwiches und stellten fest, dass der Tag langsam zur Neige ging. Wolken zogen über den Himmel.

Als die ersten Tropfen klatschend auf das Glasdach fielen, sagte Rose: »Ich muss jetzt gehen.«

Aber Carlo griff plötzlich nach ihrer Hand und sagte: »Nein, geh nicht, Rosa. Bleib heute bei mir.«

Sie spürte, dass ihr Herz aussetzte. Sie blickte auf die dunkle Hand, die sich um ihr Handgelenk geschlossen hatte – zum ersten Mal berührte er sie richtig. Das erregte und ängstigte sie.

»Hast du Angst vor mir, Rosa?«, fragte er sanft.

Carlo erhob sich und trat neben sie. »Bleib«, flüsterte er, »bleib heute Nacht bei mir.«
»Nein ...«
»Warum nicht?« Seine andere Hand berührte ihr Haar. »Möchtest du gehen, Rosa?«
Sie schloss die Augen. »Nein.«
»Dann bleib.«
Seine Nähe machte sie benommen. Der Duft der zahllosen Blüten in dem warmen feuchten Gewächshaus lähmte sie. Sie spürte seine Finger auf ihrem Haar und um das Handgelenk. Trotz ihrer platonischen Beziehung dachte Rose Tag und Nacht und selbst in ihren Träumen nur an Carlo Nobili. Tagsüber begegnete sie ihm schüchtern und keusch, aber in den Nächten überließ sie sich ihren Fantasien ...
Als sie seine Lippen auf ihren spürte, schlug sie die Augen auf und wich zurück. Aber er drückte sie an sich und flüsterte: »Sag mir, dass du mich nicht liebst, Rosa. Sag es.«
»*Signor*, bitte, lassen Sie mich.«
»Ich heiße Carlo. Ich möchte es aus deinem Mund hören.« Sein Griff um ihr Handgelenk wurde fester. »Liebst du mich? Wenn nicht, sag es, und ich lasse dich los.«
Sie blickte in seine dunklen Augen und war verloren. »Ja«, flüsterte sie, »ich liebe dich.«
Er lächelte und nahm zärtlich ihr Gesicht in beide Hände. Rose wappnete sich, aber sie spürte seinen Kuss kaum. »Wovor fürchtest du dich, Geliebte?«, murmelte er. »Wir sind allein. Kein Mensch kann uns sehen. Ich möchte dich lieben. Das wünsche ich mir, seit ich die Augen aufgeschlagen habe und einen Engel Gottes vor mir sah.«
»Nein ...«
»Warum nicht?«
Du wirst mich hassen, dachte sie. *Ich werde dich enttäuschen, und dann wirst du mich nicht mehr lieben ... wie Valentine.*
Sie ließ den Kopf sinken. »Weil ... ich es nicht mag.«
»Dann muss ich dafür sorgen, dass du es magst.« Er legte ihr den Arm um die Schulter und führte sie zum Lager. Sie erstarrte und wollte sich wehren. Aber zu ihrer Überraschung versuchte er nicht, sie hinzulegen, sondern bat sie, sich zu setzen.
Der Regen trommelte heftig auf das Glasdach. Carlo zündete eine Petro-

leumlampe an und setzte sich neben Rose. Er legte ihr einen Arm um die Schulter und zog sie nach hinten. Jetzt lehnten sie beide an der Mauer. So saßen sie lange und lauschten dem Regen.
Rose war verwirrt. Ein Teil ihres Wesens wollte ihn, der andere wies ihn zurück. Sie empfand fast so etwas wie Verlangen nach Carlo Nobili, aber es erstreckte sich nur auf einfache Dinge – eine Berührung, ein Kuss. Dahinter erhob sich für sie eine undurchdringliche Mauer aus Angst.
Er strich ihr über die Haare, küsste ihre Stirn und flüsterte italienische Worte. Sie spürte seinen warmen Körper durch sein Seidenhemd; sie spürte seine festen Muskeln, die gezügelte Kraft seiner Männlichkeit. Sie wusste, Carlo konnte sie zwingen, wie Valentine es einmal getan hatte. Wenn er es tat, war der Zauber für immer zerstört ...
Aber an Carlo war nichts Forderndes. Rose spürte nicht das leidenschaftliche Drängen wie bei Valentine. Sie wurde schläfrig in der Wärme und Sicherheit des Gewächshauses und umgeben von einem Wald aus Farnen, Lianen und tropischen Blüten und dem trommelnden Regen. Sie überließ sich Carlos Umarmung. Sie zog die Beine an und legte den Kopf an seine Schulter. Es war wie ein Traum – seine sanfte Stimme, seine zärtliche Berührung, seine tröstliche Nähe.
Dann spürte sie seine Hand sanft an ihrem Schenkel.
»Nein«, sagte sie.
»Bitte«, flüsterte er. »Überlass dich mir, Geliebte.«
Sie versuchte, sich zu lockern, sie versuchte, sich zu öffnen. Aber als seine Hand höher glitt, geriet sie in Panik.
»Rosa«, sagte er, als er spürte, wie sie erstarrte, »sieh mich an.«
»Ich ...«
»*Sieh mich an.*«
Sie legte den Kopf zurück. Seine Augen waren dicht vor ihr. Sie fesselten und hielten sie, während seine Hand sie sanft und zärtlich berührte.
»Öffne die Beine«, flüsterte er, »nur ein wenig.«
»Nein.«
»Öffne dich für mich, Rosa.«
Seine Hand glitt nach innen.
Sie rang nach Luft und verspannte sich.
»Pssst«, sagte er, »wehr dich nicht. Sei ganz locker, Liebes.«
»Was machst du ...« Sie konnte nicht atmen.
»Sieh mich an, Rosa. Ich liebe dich. Ich sage dir, wie sehr ich dich liebe.« Mit

Rose geschah etwas Merkwürdiges. Sie war überrascht. Carlos Hand bewegte sich langsam; er wandte den Blick nicht von ihren Augen.
Sie stöhnte: »Oh.«
»Komm zu mir, Rosa«, sagte er. »Komm zu mir.«
Sein Blick hielt sie gefangen. Sie konnte sich nicht bewegen. Aber etwas geschah. »Warte«, flüsterte sie. »Ich werde ...«
»Was? Was willst du tun?«
Seine Hand liebkoste sie rhythmisch.
»Ja«, flüsterte sie, »o ja.«
Dann berührte er sie. Rose schrie auf, als die Welle über ihr zusammenschlug. Sie schien in seinen Armen zu versinken.
Carlo fasste sie am Kinn, hob ihren Kopf und presste seinen Mund auf ihre Lippen.
»Carlo!«, hauchte sie. »O Carlo!«
»Erzähl mir deinen Traum, Geliebte. Erzähl mir, wovon du träumst.«
Tränen traten ihr in die Augen. Sie hatte einmal einen Traum gehabt, vor vielen, vielen Jahren. Damals war sie nach Kenia gekommen und hatte davon geträumt, eine richtige Frau zu werden. Sie hatte geglaubt, Ostafrika werde sie vollkommen machen. Stattdessen hatte der Wind des Hochlandes ihre Lebenskraft davongetragen.
Aber in dieser Nacht, unter dem trommelnden Regen und in Carlos Armen, begann Rose wieder zu träumen.
Plötzlich stand Rose auf und lief zur Tür. »Njeri«, rief sie durch den strömenden Regen. Njeri saß im Pavillon und wartete auf ihre Herrin.
»Njeri, geh zum Haus zurück. Ich bleibe hier. Wenn jemand anruft oder mich besuchen will, sagst du, ich sei mit Kopfschmerzen im Bett und ich könne nicht gestört werden. Hast du verstanden?«
Njeri sah ängstlich zu ihrer Herrin hinüber, die in der offenen Tür stand und sagte dann: »Ja, *Memsaab*.«
Rose schloss die Tür und drehte sich um. Sie sah Carlo an.
Carlo sah sie mit großer Zärtlichkeit an. »Willst du jetzt mit mir träumen, Geliebte?«
»Ja.«
»Hast du keine Angst mehr?«
»Nein«, flüsterte sie. »Ich habe keine Angst mehr.«
Er stand auf der Lichtung und betrachtete den Mond und die Sterne. Die leichte Brise spielte in seinen Haaren, sein Gesicht wirkte ernst und kon-

zentriert. *Er ist so groß und schön,* dachte Rose. Er trug kein Hemd, und das Mondlicht warf einen silbrigen Schimmer auf die kräftigen Arme, die muskulöse Brust. Er sah so wundervoll aus, dass Rose das Gefühl hatte, er sei gerade eben erst erschaffen worden, wie Adam im Paradies – geschaffen auf wunderbare Weise und allein.

Als sie näher kam, sah sie die Narben auf seinem Rücken, und ihr Herz sehnte sich schmerzlich nach ihm. In diesen zwei Monaten, in denen sie voll Liebe zusammenlebten, hatte es Nächte gegeben, in denen Carlo im Schlaf gequält aufschrie. Rose hatte ihn getröstet, und weinend erzählte er ihr schließlich von dem Lager, von den grausamen Bestrafungen seiner Männer. Er trug schwer an seiner Schuld; Carlo Nobili war ein bekümmerter und gequälter Mann. Er glaubte, er habe seine Männer im Stich gelassen; er glaubte, er hätte mit ihnen sterben sollen. Sie trat neben ihn und berührte seinen Arm.

»Der Krieg geht zu Ende«, sagte er in den Wind.

»Ich weiß.«

Er drehte sich um und sah sie an. »Das Ende unserer Zeit hier ist gekommen. Wir können nicht mehr so weiterleben.« Sie nickte.

»Wirst du bei ihm bleiben?«, fragte Carlo.

Sie hatten dieses Thema in den acht Wochen sorgsam vermieden. Doch die Frage überraschte Rose nicht. Sie hatte gewusst, dass er sie eines Tages stellen würde. »Nein«, sagte sie, »ich werde nicht bei Valentine bleiben. Ich will nicht mehr mit ihm zusammenleben. Ich möchte nicht mehr hier sein, wenn er zurückkommt.«

»Und was ist mit deiner Tochter? Mit deinem Haus?«

»Mona braucht mich nicht. Und BELLATU war für mich immer nur ein Haus, keine Heimat. Meine Heimat bist du.«

»Wirst du mit mir gehen?«

»Ja.«

»Wohin ich will? Wohin ich gehe?«

»Ja.«

»Ich weiß nicht, was ich tun und wohin ich gehen werde. Meine Familie glaubt, ich sei tot. Ich weiß nicht, was mich in Italien erwartet. Vielleicht werde ich nicht nach Hause zurückgehen, sondern an einem neuen Ort ein neues Leben beginnen. Macht es dir Angst, Rosa, dass ich ein Mann ohne ein Zuhause bin?«

»Ich habe keine Angst, Carlo.«

Er nahm sie in die Arme und drückte sein Gesicht auf ihre blassgoldenen Haare. »Womit habe ich dich verdient, Geliebte? In den langen Jahren allein im Haus meiner Familie glaubte ich, ich könnte nie wieder lieben. Ich war nicht richtig lebendig, Rosa, bevor ich dir begegnete.«
Er küsste sie sehr zärtlich und sagte: »Mehr kann ich dir nicht versprechen, Geliebte, als meine ewige Liebe und Treue.«
»Mehr verlange ich nicht. Mehr habe ich nie gewollt. Ich lasse all das zurück, auf der Stelle, wenn du willst.«
Er nickte. »Dann lass uns gehen.«

Valentine stand in diesem Augenblick auf dem Bahnsteig in Nairobi und überlegte noch einmal, ob er anrufen und Rose von seinem unerwarteten Urlaub in Kenntnis setzen oder warten und überraschend nach Hause zurückkommen sollte. Er wollte eine große Sache daraus machen, einen richtigen Auftritt wie in alten Tagen, als man in der Kolonie sagte, Valentine Treverton verstehe sich auf Wirkung.
Vor ihm lagen sechs himmlische Wochen in seinem Haus. Er würde in seinem Bett schlafen und wieder anständig essen. Nach drei Jahren in der trostlosen Wüste und dem Kampf gegen die Italiener hatte Valentine nur einen Gedanken: Er wollte wieder in BELLATU sein.
Er freute sich sogar auf Rose. Vielleicht, so hoffte er, hatten vier Jahre Einsamkeit sie zugänglicher gemacht.
Er winkte einem Gepäckträger und ging nicht zu den Telefonen, sondern suchte ein Taxi. Seine Rückkehr würde eine Überraschung sein.

5

Wanjiru hatte im Regen getanzt. Nun lag sie mit dem Rücken auf ihrem neuen Lager aus Ziegenfellen, und ihr nackter, nasser Körper glänzte. Sie wartete auf David.

Wanjiru hatte lange auf diese Nacht gewartet. Als David vor fünf Jahren aus dem Exil in Uganda nach Kenia zurückgekehrt war, hatte es keine Gelegenheit dazu gegeben. David meldete sich zum Militär und war beinahe auf der Stelle in dieses schreckliche Palästina geschickt worden, wo er beinahe den Tod gefunden hatte.

Aus diesem Grund war David schon vor Kriegsende nach Hause zurückgekehrt: er war verwundet worden, als sein Jeep auf eine Mine fuhr. Er lag zwölf Wochen in einem Krankenhaus in Jerusalem, und dann noch einen Monat in Nairobi. Jetzt war David endlich daheim, und er gehörte *ihr*.

Zwei Hochzeitszeremonien hatten stattgefunden: eine auf dem Standesamt, wie die britischen Behörden es verlangten, und das Hochzeitsritual der Kikuju, das der Stamm forderte. Das feierten sie an diesem regnerischen Aprilabend. Alle Verwandten waren vom Dorf über den Fluss gekommen, um Wacheras Glück zu teilen. David hatte Wanjirus Mutter dreißig Ziegen als Brautpreis bezahlt – ein stattlicher Preis. Danach hatte er zusammen mit seinen Freunden eine neue runde Lehmhütte errichtet, die Wanjiru und die anderen Frauen an diesem Vormittag mit Schilfgras gedeckt hatten. Vor zwei Wochen hatte Davids Mutter bei Wanjiru den zeremoniellen Schnitt gemacht, der ihr den Geschlechtsverkehr ermöglichte, und beseitigte damit das Hindernis, das sie bei der *Irua* vor acht Jahren selbst geschaffen hatte. Die Wunde war verheilt; Wanjiru war bereit für ihren Mann.

David hatte das Gefühl, das Fest dauere die ganze Nacht. Er fühlte sich unglücklich. Er wünschte, er könne so fröhlich sein wie seine Verwandten, die tanzten und die Kalebassen mit Zuckerrohrwein kreisen ließen. Aber diese Menschen waren von einer gesegneten Unwissenheit; sie konnten glücklich sein. David dagegen war so gebildet und so erfahren, dass es seinem Wohlbefinden schadete: Er saß im düsteren Schatten der Wirklichkeit.

Die Engländer hatten David als Anerkennung für seine Verwundung und den Dienst für die Krone einen Orden verliehen und ihn vor Kriegsende in allen Ehren aus dem Militärdienst entlassen. Aber mehr auch nicht. Bei seiner Rückkehr gab es keine Stelle. Für ihn, den ›gebildeten Nigger‹, wie jemand gesagt hatte, gab es in Kenia keinen Platz. Zwar unterrichteten afrikanische Lehrer an Eingeborenenschulen, in einigen Büros der Behörden arbeiteten afrikanische Angestellte, und eine wachsende Zahl von Afrikanern fand Stellungen in der Privatwirtschaft. Aber niemand schien einen siebenundzwanzigjährigen intelligenten jungen Mann mit einem Universitätsexamen in Agrarwirtschaft und Ehrgeiz in den Augen haben zu wollen. Man drückte David eine Kalebasse Wein in die Hand, und er trank.

David wusste, Wanjiru lag bereits in der neuen Hütte, die er mit seinen Freunden neben der Hütte seiner Mutter gebaut hatte. Aber er konnte seiner Braut noch nicht unter die Augen treten. In ihm wühlte so viel Bitterkeit, so viel Zorn, dass er noch nicht zu ihr gehen konnte, um sie zu lieben. Deshalb trank er die Kalebasse leer und streckte die Hand nach einer neuen aus. David sah, dass seine Mutter ihn auf der anderen Seite des Feuers beobachtete, um das die jungen Kikuju tanzten.

David schätzte seine Mutter auf fünfundfünfzig Jahre. Zweifellos hätte sie inzwischen graue Haare gehabt, wenn sie sich den Kopf nicht nach wie vor glatt rasierte. Aber ihr Gesicht war immer noch schön und faltenlos. Den langen Hals schmückten viele Reihen von Perlenketten; sie trug immer noch die altmodische Kleidung aus weichen Fellen, und zu beiden Seiten ihres Kopfes standen die großen Perlenringe in den Ohren ab.

Für ihr Volk symbolisierte Wachera eine Lebensweise, die verschwand, ein Afrika, das es bald nicht mehr geben würde. David sah in ihr eine Art Heiligenbild, das die alte Ordnung darstellte, die in diesem Land ausgelöscht wurde. Als er sie ansah, schmerzte sein Herz. All die einsamen Jahre! Ohne Mann, ohne Kinder lebte sie allein in einer Hütte, die man zuerst immer wieder zerstört, und die sie unverdrossen wieder aufgebaut hatte, bis der Weiße auf dem Hügel sie schließlich in Ruhe ließ. Wachera Mathenge, Davids Mutter, war inzwischen eine Legende in Kenia, weil sie sich gegen die Weißen behauptete.

Nach seiner Rückkehr hatte David viele Stunden mit seiner Mutter gespro-

chen. Sie hörte ihm schweigend zu. Er berichtete ihr von seinen Schwierigkeiten als Student in Uganda, wo er, allein auf sich gestellt, als Bester im Examen abgeschnitten hatte, und von den leidvollen Jahren in Palästina, wo er krank vor Heimweh war und ihn nur der Gedanke an die Heimat tröstete. Und davon, wie diese Rückkehr nun einer Kastration gleichkam, denn er konnte nicht übersehen, dass er trotz allem als Bürger zweiter Klasse galt.
»In den Zeitungen bejubeln sie uns«, sagte er einmal, während sie am Kochfeuer in ihrer Hütte saßen. »Und im Radio auch. Die Regierung spricht lobend von den ›farbigen‹ Truppen, das Parlament feiert die ›eingeborenen‹ Helden. Sie wecken in uns Stolz und Selbstachtung. Sie lehren uns Lesen und Schreiben und für eine Sache zu kämpfen – Luo und Kikuju Seite an Seite. Aber wenn wir nach Kenia zurückkommen, sagen sie, für uns sei kein Platz, es gebe keine Arbeit, und wir müssten zurück in die Dörfer in den Eingeborenenreservaten.
Mutter! Im gesamten britischen Empire erhalten die Kolonien ihre Unabhängigkeit. Ich frage dich, *warum nicht auch Unabhängigkeit für Kenia?*«
David wusste, diese Frage stellte er nicht allein. Der Kriegsausbruch hatte das entstehende politische Bewusstsein der Afrikaner abrupt zum Stillstand gebracht. Er war am Entstehen dieses Bewusstseins 1937 beteiligt gewesen, und jetzt entflammte es wieder. David wusste, während er hier eine Kalebasse Wein trank, fand in Nairobi ein geheimes Treffen der *Kenia African Union* statt, auf dem Schlüsselfiguren – junge, gebildete und tatkräftige Männer – ihre Pläne für Kenias Unabhängigkeit darlegten. Gerüchten nach beabsichtigte sogar Jomo Kenyatta, der berühmte ›Agitator‹, nach siebzehnjähriger Abwesenheit zurückzukehren. David zweifelte nicht daran, dass sich die Lage in Kenia völlig verändern würde, nachdem solche Kräfte am Werk waren und in Kürze siebzigtausend Afrikaner von den Kriegsschauplätzen in die Heimat zurückkehrten.
Die Veränderungen würden bedeuten, dass er sein Land zurückerhielt.
David stand unsicher auf, drehte sich um und blickte den Hügel hinauf. Hinter den Wipfeln der Bäume sah er die hell erleuchteten Fenster von BELLATU – dieses monströse Steinhaus, das mit dem Blut und dem Schweiß der Kikuju erbaut worden war. Er sah die Weißen vor sich, die dort wohnten, die Trevertons und dachte bei sich: *bald* ...
Seine Mutter stand plötzlich neben ihm und sagte: »Geh zu deiner Frau, David Mathenge. Wanjiru wartet.«
Er betrat die Hütte und blieb direkt hinter der Türöffnung stehen. Ein glim-

mendes Kochfeuer machte die Luft rauchig; es war warm und eng; der Geruch von Regen und Wein machte ihn benommen. Er spürte einen Kloß im Hals, als er Wanjiru nackt und sinnlich ausgestreckt auf dem Lager liegen sah.

Er kam sich wie ein Betrüger vor.

Eine Frau hatte das Recht, mit einem *Mann* verheiratet zu sein. Nach dem Gesetz der Kikuju konnte sie ihn verstoßen und zu ihrer Familie zurückkehren, wenn er sie nicht sexuell befriedigte, wenn er keine Kinder zeugte und sie nicht wie ein Mann nehmen konnte. David wünschte sich nichts sehnlicher, als ihr zu beweisen, wie sehr er sie liebte und sie begehrte. Er wollte sie wie ein Krieger nehmen und ihr viel Freude schenken. Aber er kam sich nutzlos und impotent vor.

Wanjiru streckte die Arme nach ihm aus, und er ging zu ihr. Er drückte das Gesicht zwischen ihre großen Brüste und versuchte ihr zu sagen, wie es in seinem Herzen aussah. Aber er hatte zu viel Wein getrunken; die Zunge und sein Körper gehorchten ihm nicht.

Wanjiru hatte Geduld. Sie verstand mehr von Männern als die meisten Bräute, denn sie war eine ausgebildete Krankenschwester. Sie streichelte und liebkoste ihn; sie murmelte Zärtlichkeiten. Sie bewegte sich aufreizend und verlockend, aber all ihre Bemühungen führten zu keiner zufrieden stellenden Reaktion. Er blieb schlaff in ihren Händen, und der alte Zorn flammte wieder auf.

Vor acht Jahren hatte sie David Mathenge zu einem Mann machen müssen, als er auf einem Baumstumpf stand und nur Phrasen von sich gab. Und nun musste sie es in ihrer Hochzeitsnacht wieder tun.

Wanjiru setzte sich auf. »David, was ist los?«

Er war vernichtet. Der Wein, das Gefühl der Demütigung, das Gefühl, dass man ihm die Männlichkeit genommen hatte ... er verkraftete es nicht.

»Nicht auf ihnen liegt ein *Thahu*«, rief er, hob den Arm und deutete in Richtung BELLATU »sondern auf mir!«

Wanjiru war entsetzt. Und als sie die Tränen in seinen Augen sah und das Selbstmitleid in seiner Stimme hörte, war sie angewidert. Sie verachtete bei einem Mann nichts mehr, als wenn er sich wie eine Frau benahm.

»Geh«, sagte sie, »und komm zurück, wenn du ein Mann bist.«

David stolperte aus der Hütte. Er warf einen Blick auf seine Verwandten, die um das Feuer tanzten, kehrte ihnen den Rücken und verschwand in der Nacht.

»Na so was«, sagte Tim Hopkins, als Sir James zu ihm auf die Terrasse kam, »es sieht ganz so aus, als ob da unten bei der alten Medizinfrau etwas Besonderes los ist. Haben Sie eine Vorstellung, was die treiben?«
James warf einen Blick zum dunklen Himmel und überlegte, wann der Regen wirklich losbrechen würde. Es konnte gefährlich sein, mitten im Gewitter nach KILIMA SIMBA zurückzufahren. Er beschloss, Valentines Angebot vorsichtshalber anzunehmen und hier zu übernachten. »Val sagt, Wacheras Sohn heiratet. Sie haben für die Frau eine neue Hütte gebaut.«
»Dann stehen drei Hütten am Polofeld.«
»Ja, und Val ist wütend. Er hat erklärt, er werde morgen die Hütten abreißen lassen. Auch die Hütte der alten Frau.«
Gut, dachte Tim, ich hoffe, das Ekel tut es. Die Kikuju werden es nicht hinnehmen und sich rächen. Vielleicht werfen sie Lord Treverton diesmal ihren Ziegen zum Fraß vor!
Grace trat durch die Glastür. Sie zögerte beim Anblick des jungen Tim, der an diesem regnerischen Abend draußen bei James stand und sich mit ihm unterhielt. Inzwischen trug sie eine Brille, aber da sie auf dem rechten Auge nichts sah, hatte sie rechts Fensterglas.
»James«, sagte sie und trat neben ihn.
Er sah, dass sie aufgeregt war und fragte: »Was gibt es, Grace?«
»Rose hat mir gerade etwas höchst Erstaunliches gesagt.« Sie drehte den Kopf in Richtung Esszimmer, wo die Diener das Abendessen vorbereiteten. »Ich kann es nicht fassen. Sie hat mich vorhin in ihr Zimmer gerufen und mir eine unglaubliche Geschichte erzählt. Jetzt ist Mona bei ihr und bekommt sie zweifellos auch zu hören. James, Rose will gehen.«
»Was meinst du mit gehen?«
»Sie verlässt Kenia. Rose verlässt Kenia!«
Er rief so laut: »Was?«, dass Grace ihm bedeutete, leiser zu sein.
»Valentine weiß es noch nicht. Rose wird es ihm beim Abendessen sagen.«
»Das ist doch absurd. Ist sie möglicherweise betrunken?«
»Nein, sie ist vollkommen nüchtern, James. Sie ... hat einen anderen Mann.«
James und Tim starrten Grace fassungslos an.
»Rose hat einen Liebhaber«, flüsterte sie.
»Unsinn«, sagte James. »Sie fantasiert.«
»Das glaube ich nicht. Erinnerst du dich, ich habe dir vor einiger Zeit gesagt, dass sich meine Schwägerin in den letzten Monaten irgendwie verändert hat. Sie wurde plötzlich energisch und selbstbewusst und gab dem Personal

Anweisungen. Sie hat sogar zwei Dienstmädchen *hinausgeworfen.* Selbst mich hat sie einmal zurechtgewiesen und mir gesagt, ich solle mich um meine Angelegenheiten kümmern. Ich habe damals mit Mona darüber gesprochen und glaubte, da Rose inzwischen sechsundvierzig ist, hänge das eben mit dem Alter zusammen. Aber heute erzählt Rose, sie habe in all den Monaten einen Liebhaber gehabt, und die beiden wollen morgen früh davonlaufen.«

James runzelte die Stirn. »Das glaube ich nicht. Wenn Rose schon so lange einen Liebhaber hätte, wäre doch darüber geredet worden. Du weißt, wenn es um Klatsch geht, ist Kenia ein Dorf.«

»Offensichtlich ist es ihnen gelungen, die Sache geheim zu halten. Keiner von uns kennt den Mann, und sie hat ihn versteckt gehalten.«

»Grace, um Himmels willen, was redest du da?«

»Rose sagt, es ist einer der entflohenen italienischen Kriegsgefangenen, an deren Suche du dich mit Jim im September beteiligt hast.«

»Aber das ist sieben Monate her. Wenn der Mann bis Nyeri gekommen wäre und versucht hätte, sich hier zu verstecken, hätten wir ihn doch mit Sicherheit gefunden.«

»Nicht dort, wo Rose ihn versteckt hält.«

»Und wo?«

»Im *Gewächshaus* auf ihrer Olivenbaumlichtung.«

James und Tim sahen sich an. »Dort?«, fragte Tim.

»Der Mann war verwundet. Sie sagt, sie hat ihn wieder gesund gepflegt. Und dann haben sie sich Tag für Tag im Gewächshaus getroffen, ohne dass jemand etwas ahnte.«

James schüttelte den Kopf. »Das kann nicht wahr sein. Es sieht Rose überhaupt nicht ähnlich.«

»Es ist dieser General«, sagte Grace, »der Herzog von Allessandro. Aber sie nennt ihn Carlo.«

James dachte nach und fragte dann: »Und wo soll dieser Carlo jetzt sein?«

»Im Gewächshaus. Sie sagt, er wartet dort auf sie, und bei Tagesanbruch wollen sie weg.«

James sah Grace an, drehte sich um und ging auf den nassen Steinplatten der Terrasse auf und ab. Es fing wieder an zu regnen. »Glaubst du das, Grace?«

»Zuerst habe ich es nicht geglaubt. Aber sie ist so ruhig und sicher. Und dann die Einzelheiten ... Also ... ja, ich glaube ihr.«

»Sollten wir nicht versuchen, sie daran zu hindern?«
»Ich sehe keine Möglichkeit, sie ist entschlossen. Und außerdem: Haben wir das Recht dazu?«
»Valentine wird außer sich sein.«
Grace zog die Jacke enger um sich. »Ich weiß«, sagte sie und verschwand eilig im Haus, um nicht nass zu werden.
Es roch nach gebratenem Lamm und dem würzigen Rauch des prasselnden Feuers im Kamin. Valentine verließ taumelnd den Platz am offenen Fenster, von dem er jedes Wort gehört hatte.

Mona brachte kaum einen Bissen hinunter und staunte über ihre Mutter. Sie dachte daran, was Rose am nächsten Morgen vorhatte, und beobachtete fasziniert, wie ihre Mutter das Lammfleisch auf ihrem Teller schnitt, sich noch einmal von den Süßkartoffeln nahm und sich angeregt und charmant mit Tim Hopkins unterhielt.
Grace und Sir James aßen stumm und sahen sich immer wieder über den Tisch hinweg an, während Valentine sprach.
»Ich sage euch, was die große Sache wird«, sagte er zu James, während er ihm das Glas nachfüllte. »Erdnüsse. Ich werde dreitausend Acre roden und Erdnüsse anbauen.«
Mona sah ihren Vater an. »Erdnüsse wachsen hier nicht«, erklärte sie.
»Warum nicht?«
»Sie wachsen in dieser Höhe nicht.«
»Und woher weißt du das?«
»Ich habe es vor zwei Jahren versucht, und sie sind nichts geworden.«
»Dann hast du etwas falsch gemacht.«
Ihr Vater unterhielt sich weiter mit Onkel James, und Mona spürte, wie ihr die Röte in die Wangen stieg. Sie kochte vor Zorn, weil er alles, was sie zu sagen hatte, mit einer Handbewegung wegwischte. Mona hatte sich auf eine furchtbare Auseinandersetzung gefasst gemacht, als ihr Vater so plötzlich zurückgekommen war. Zu ihrer großen Überraschung und Enttäuschung fuhr er stattdessen mit ihr über die ganze Plantage, sah sich an, was sie getan hatte, und sagte nur: »Du hast Glück gehabt. Aber das muss natürlich wieder alles anders werden.«
Kein Zornesausbruch, kein Geschrei. Nur diese demütigende Missachtung ihrer Arbeit und ihrer Leistungen. Für Mona war es schlimmer als der erwartete Wutausbruch.

»Du hältst dich in Zukunft aus meinen Angelegenheiten heraus«, erklärte er dann. »*Ich* führe die Plantage.«
Mona erwiderte: »Und was soll *ich* tun?«
Valentine erwiderte: »Gib's auf, Mädchen! Du bist siebenundzwanzig. Heirate!«
Das war gestern gewesen, und Mona war immer noch nicht darüber hinweggekommen. *Heirate*, hatte er gesagt und damit gemeint: *Geh mir aus den Augen und fall einem anderen zur Last.* Ihr Vater hatte sich sogar in ihrem Alter geirrt.
Mona dachte an ihre Mutter. Es hatte sie wie ein Schock getroffen, als sie von der Affäre hörte und dem Plan, wegzulaufen. Zuerst war sie empört, und dann zweifelte sie am gesunden Menschenverstand ihrer Mutter. Aber es dauerte nicht lange, bis Mona sie um ihr neues Leben, die Entdeckung von Liebe und Leidenschaft und ihre absolute Ergebenheit für diesen Mann beneidete. Sie erinnerte sich an das Gesicht ihrer Mutter, als sie von ihrem geliebten Carlo gesprochen hatte. Mona hatte es einen Stich versetzt, aber dann freute sie sich für ihre Mutter. *Ja*, hatte sie schließlich zu Rose gesagt, *tu es. Folge dem Mann, den du liebst. Verlasse Vater. Ich wünschte, ich könnte es auch.*
Sie schob das Fleisch auf dem Teller herum und hörte Valentine zu, der über die Pläne für *seine* Plantage sprach. Mona dachte an Geoffrey Donald, der bald aus Palästina zurückkommen würde. Eine Heirat stimmte mit ihren Plänen völlig überein. Geoffrey wollte nicht mehr auf KILIMA SIMBA bleiben, sondern sein Geld mit Tourismus verdienen. *Das kann er von BELLATU aus ebenso gut wie von jedem anderen Platz*, dachte Mona. Sie würde BELLATU nach der Hochzeit nicht verlassen, wie ihr Vater zweifellos glaubte, sondern mit ihrem Mann hier wohnen. Mona Treverton würde die Plantage nie im Leben aufgeben. Sie würde das Land nicht ihrem Vater überlassen; sie würde es keinem Menschen überlassen.
»Hast du gewusst, James«, sagte Valentine und schenkte sich Wein nach, »dass man von einem neuen Besiedlungsplan für Soldaten spricht? Man will damit die Wirtschaft nach dem Krieg ankurbeln und noch mehr weiße Siedler mit niedrigen Landpreisen nach Kenia locken.«
»Ich habe davon gehört. Und mir scheint, es gibt jetzt schon nicht mehr genug Land.«
»Man will die eingeborenen Pächter wieder in die Reservate zurückschicken. Das bedeutet, dass die Kikuju hier im Distrikt nur noch auf dem Land Hütten bauen dürfen, das ihnen die Regierung ursprünglich zugewiesen hat.«

»Freiwillig werden sie das nicht tun. Die alten Zeiten sind vorbei.«
James warf Grace einen Blick zu. Die Spannung war spürbar. Valentines Liebenswürdigkeit wirkte gezwungen, und er trank zu viel.
Mitten in einem Satz Valentines schob Rose ihren Stuhl zurück und sagte: »Ich möchte euch allen eine gute Nacht wünschen. Aber bevor ich in mein Zimmer gehe, will ich noch etwas sagen.«
Ihre Gäste sahen sie erwartungsvoll und besorgt an. Der Mann am Kopfende des Tischs, das wussten sie alle, war aufbrausend und gefährlich.
Rose sah sehr schön aus. Sie trug eines ihrer elegantesten Abendkleider – das eng anliegende, lange schwarze Kleid hatte einen tiefen, strassbestickte Ausschnitt. Die Haare waren aufgesteckt, und sie hatte eine Orchidee hineingesteckt.
»Valentine, ich habe dir etwas zu sagen.«
Alle schwiegen.
»Ich verlasse dich, Valentine. Ich verlasse dieses Haus morgen früh und komme nie mehr zurück.«
Sie machte eine Pause. Die vier am Tisch hätten Valentine gerne angesehen, aber keiner wagte, sich zu rühren.
Rose war gelassen und völlig beherrscht. »Ich habe jemanden gefunden, der mich so liebt, wie ich bin, Valentine, und mich nicht liebt, weil er durch meinen Körper etwas produzieren kann. Dieser Mann achtet mich, er hört mir zu, er behandelt mich als eine gleichwertige Partnerin. Mein Leben mit dir ist zu Ende. Ich werde weit weg von Kenia ein neues Leben beginnen. Ich erhebe keine Ansprüche auf dein Geld oder auf BELLATU. Und ich gebe dir deinen Titel zurück. Ich war nie eine gute Countess.«
Sie schwieg und blickte ihn über den Tisch hinweg an. Aus der Nähe sah man durch das Kleid ihr klopfendes Herz.
»Nein, Rose«, sagte Valentine seufzend, »du gehst nicht weg.«
Grace warf ihrem Bruder einen Blick zu. Sie sah das Feuer in seinen Augen und die pochenden Schläfen.
»Doch, Valentine. Ich verlasse dich, und du wirst mich nicht daran hindern.«
»Ich werde es nicht zulassen.«
»Du kannst mich nicht mehr herumkommandieren, Valentine. Ich habe keine Angst mehr vor dir. Das habe ich von Carlo gelernt. Durch ihn habe ich auch gelernt zu lieben. Ich hatte immer geglaubt, ich sei dazu unfähig, denn du hast die Liebe in mir vor langer Zeit abgetötet. Ich hätte dich so lie-

ben können, wie du es wolltest, Valentine. Aber deine Ungeduld und deine Rücksichtslosigkeit gegenüber meinen Gefühlen haben mich von dir weggetrieben. Auch von meiner Tochter, die ich hätte lieben können, wenn du bei meiner Ankunft mit ihr auch nur eine Geste gemacht hättest. Hättest du mein Kind anerkannt, ein Wort der Zuneigung oder der Würdigung gefunden, hätte ich sie geliebt. Stattdessen hast du mir das Gefühl gegeben, ich hätte mir durch ihre Geburt etwas zuschulden kommen lassen. Deshalb habe ich mich und sie bestraft. Deinen Sohn Arthur, der in seinem kurzen Leben nur den einen Wunsch hatte, dir zu gefallen ... hast du auch von dir getrieben. Er starb, weil er versuchte, tapfer zu sein, damit du stolz auf ihn sein würdest. Ich habe die Liebe wiedergefunden, und ich werde mir diese Möglichkeit nicht entgehen lassen. Ich hasse dich nicht, Valentine. Ich liebe dich ganz einfach nicht. Und deshalb möchte ich nicht mehr mit dir zusammenleben.«

Rose sah die anderen an und sagte: »Lebt wohl.« Sie verließ das Esszimmer. Die fünf saßen regungslos am Tisch und lauschten dem sanften Regen. Grace wartete auf Valentines Ausbruch und wappnete sich gegen seinen Zorn.

Aber er sagte nur: »Es ist spät, und es regnet. Am besten bleibt ihr heute Nacht alle hier. Es lohnt sich nicht, nass zu werden.«

Er stand auf und ging zum Getränkewagen. Sie erhoben sich langsam. Mona und Tim gingen als Erste und verschwanden in ihren Zimmern. Grace flüsterte James zu, sie gehe zu Rose hinauf.

Als die beiden Männer allein waren, versuchte James, etwas zu sagen. Aber Valentine wandte sich ihm mit einem höflichen Lächeln zu und sagte: »Sie wird nicht gehen. Sie meint es nicht ernst. Rose hat nicht den Mumm, den man dazu braucht.«

»Ich glaube, sie meint es ernst, Val.«

Er trank den Whisky mit einem Zug aus und goss sich nach. »Nun ja, vielleicht meint sie es jetzt ernst. Aber wir werden sehen. Warte ab, morgen früh wird Rose immer noch hier sein. Ich verspreche es dir.«

James ging auf ihn zu. »Valentine«, sagte er, »warum lässt du sie nicht gehen?«

Valentine lachte leise und beinahe gutmütig. »Du verstehst es nicht«, sagte er und legte seinem Freund schwer die Hand auf die Schulter. »Für sie habe ich dieses Haus gebaut. Das alles ... für meine liebe Rose. Du glaubst doch nicht, dass sie das aufgibt? Geh schlafen, mein Freund. Morgen öffnen die Kaffeebäume ihre weißen Blüten. Stell dir das vor! Viele tausend Acres blühender Bäume. Schlaf gut, James. Und mach dir keine Sorgen um Rose und mich.«

Grace wachte plötzlich auf.
Sie überlegte angestrengt, was sie wohl geweckt haben mochte. Plötzlich wusste sie es: das Motorengeräusch eines Wagens.
Sie versuchte, auf dem Nachttischwecker zu erkennen, wie spät es war: Entweder fünf nach vier, oder ein Uhr zwanzig; sie konnte es nicht sagen. Hatte sie geträumt, einen laufenden Motor zu hören, oder verließ ein Wagen BELLATU mitten in der Nacht? War es vielleicht Tim, der sich um seine Schwester sorgte, die allein auf der Farm war?
Grace betrachtete den Kopf auf dem Kissen neben ihr. Das Geräusch hatte James nicht geweckt.
Sie lauschte. Aber in dem schweigenden großen Haus rührte sich nichts. *Es hat aufgehört zu regnen,* dachte sie.
Als Grace wieder einschlief, glaubte sie, die Dielen im Gang knarren zu hören, als gehe jemand auf Zehenspitzen an ihrem Zimmer vorbei.

6

Am 16. April 1945 fuhr kurz vor Sonnenaufgang eine weiße Hebamme der Grace-Treverton-Mission in ihrem Wagen auf der verlassenen Straße. Sie kam aus Kiganjo, wo sie die ganze Nacht mit einer Geburt zu tun gehabt hatte. In der Dunkelheit bemerkte sie vor sich auf der rechten Straßenseite einen Wagen. Er stand mit laufendem Motor entgegen der Fahrtrichtung; die beiden Rückleuchten warfen rote Strahlen auf den Schlamm der Straße. Sie verlangsamte das Tempo. Beim Näherkommen sah sie, dass jemand auf der rechten Seite hinter dem Steuer saß. Sie fuhr an den Wagen heran und sah, dass der Mann schlief. Die Hebamme erkannte den Earl von Treverton, rief ihn an und fragte, ob er Hilfe brauche. Da er nicht erwachte, stieg sie aus und blickte durch das Fenster auf der linken Seite in den Wagen. Der Earl lehnte schlaff an der Fahrertür. Er hielt einen Revolver in der Hand und hatte in der linken Schläfe ein Loch.

Die Frau fuhr sofort zur Polizeiwache in Nyeri, trommelte den Polizisten Kamau aus dem Bett, der seinerseits den Dienst habenden Unteroffizier weckte. Zusammen mit zwei Askaris folgten sie der *Memsaab* zurück zur Straße nach Kiganjo. Sie bogen von der Hauptstraße ab und stießen nach einer Meile auf den Wagen von Lord Treverton.

Im schwachen Licht der frühen Morgendämmerung gingen die Polizisten um den Wagen herum und berieten, was zu tun sei. Die Hebamme entdeckte frische Fahrradspuren im Schlamm, die zur Beifahrerseite des Wagens führten und von dort wieder zurück in die Richtung, aus der sie offenbar gekommen waren – Nyeri. Bis der Unteroffizier wusste, was er tun wollte und zur Polizeistation zurückkehrte, um Inspektor Mitchell in Nyeri anzurufen, und der Inspektor am Schauplatz erschien, waren die Fahrradspuren zertrampelt und nicht mehr zu sehen.

»Großer Gott!«, rief Mitchell, als er in den Wagen blickte, »der Earl hat sich erschossen ...«

Es war eine unangenehme Aufgabe, die Familie von so etwas in Kenntnis zu setzen. Das war eine Sensation! Der Earl trug sogar Uniform. Die Depression musste ihn zu diesem verzweifelten Schritt getrieben haben, entschied der Inspektor, als er die geschwungene Auffahrt von BELLATU hinauffuhr. Nicht wenige Männer waren aus dem Krieg zurückgekommen und hatten Selbstmord begangen. Aber Lord Treverton? Es war neun Uhr morgens, als Inspektor Mitchell aus Nyeri an die Haustür klopfte und dem afrikanischen Hausboy sagte, er wünsche Lady Rose zu sprechen.

Stattdessen kam Dr. Grace Treverton ins Wohnzimmer und sagte: »Meine Schwägerin ist nicht zu Hause, Inspektor. Lady Rose ist heute am frühen Morgen verreist. Kann ich Ihnen vielleicht helfen?«

»Nun ja, Doktor Treverton«, sagte er und drehte verlegen den Homburg in den Händen; Inspektor Mitchell fand diesen Teil seiner Arbeit schrecklich »Es handelt sich um seine Lordschaft, den Earl.«

»Mein Bruder ist leider noch nicht zum Frühstück heruntergekommen. Sir James Donald und ich sind als Einzige schon auf.«

Der Inspektor nickte. Er kannte Sir James gut. »Also Doktor Treverton, da Sie die Schwester des Earl sind, kann ich es Ihnen sagen. Dann setzen Sie bitte Lady Rose bei ihrer Rückkehr davon in Kenntnis.«

»Was können Sie mir sagen, Inspektor?«

Im Haus herrschte eine ominöse Stille. Irgendwo tickte eine Uhr, und von den Wänden starrten Tierköpfe mit riesigen Hörnern und Geweihen. Inspektor Mitchell wünschte, der Earl hätte sich für seinen Selbstmord nicht gerade diesen Distrikt ausgesucht.

»Ich fürchte, Ihr Bruder wird nicht zum Frühstück herunterkommen, denn er ist nicht hier.«

»Nicht hier? Natürlich ist er da!«

»Man hat ihn heute Morgen in aller Frühe in seinem Wagen auf der Straße nach Kiganjo gefunden. Es war eine Ihrer Hebammen, Miss Billings.«

»Was meinen Sie mit *gefunden*?«

»Es tut mir Leid, aber Seine Lordschaft ist im Laufe der Nacht mit seinem Wagen dorthin gefahren und hat mit einer Pistole Selbstmord begangen.«

Grace saß ihm bewegungslos gegenüber. Sie starrte den Inspektor durch ihre goldgeränderte Brille an. Dann fragte sie: »Wollen Sie damit sagen, mein Bruder ist *tot*?«

»Es tut mir sehr Leid, Doktor Treverton.«

»Sind Sie sicher, dass es sich um Lord Treverton handelt?«

»Ganz sicher.«
Grace stand auf. »Entschuldigen Sie mich bitte«, sagte sie und verließ das Wohnzimmer.
Als sie kurz darauf wieder zurückkam, war sie in Begleitung von Sir James.
»Bitte erzählen Sie mir, Inspektor, was geschehen ist«, sagte er, nachdem er neben der sichtlich erschütterten und aufgeregten Grace auf dem Sofa Platz genommen hatte.
Der Polizeibeamte wiederholte alles und fügte hinzu: »Der Motor lief noch, als die Hebamme ihn fand. Wir glauben nicht, dass er schon lange tot war. Man wird die Leiche zur Polizeistation bringen. Sie können ihn, äh ..., dort sehen.«
Grace stöhnte: »O mein Gott!« Sir James legte ihr den Arm um die Schulter. »Vielen Dank, dass Sie gekommen sind, Inspektor«, sagte er mit gepresster Stimme, als der Beamte sich erhob. »Ich werde später zur Identifikation nach Nyeri kommen.«
»Das ist sehr freundlich von Ihnen, Sir James.«
Der Inspektor wollte den Raum verlassen, blieb aber stehen, als er Lady Treverton in der offenen Tür des Esszimmers entdeckte.
Er starrte sie an. Ihre ganze linke Gesichtshälfte war blau und geschwollen.
»Was ist geschehen?«, fragte sie.
James und Grace blickten auf. »Rose!«, rief Grace, »du bist noch da?« Sie sah das Gesicht ihrer Schwägerin, stand auf und ging hinüber. »Was ist denn mit deinem Gesicht los?«, flüsterte sie.
Sie wollte die schwarzblau verfärbte Wange berühren, aber Rose wich zurück.
»Weshalb ist der Polizeibeamte hier?«, fragte sie.
»Rose«, sagte Grace mit erstickter Stimme, »komm und setz dich bitte. Es gibt leider schlechte Nachrichten.«
Aber Rose blieb in der Tür stehen. »Was ist geschehen?«
Der Inspektor trat verlegen von einem Fuß auf den anderen. Er hatte Gräfin Treverton hin und wieder aus der Ferne gesehen – in ihrer Loge auf der Rennbahn in Nairobi oder wenn sie in einer der großen Limousinen vorbeifuhr. Sie war immer sehr schön und durch und durch Aristokratin. Ihr Aussehen an diesem Morgen erschreckte ihn: wirre halb aufgesteckte, halb heruntergängende Haare, ein zerknitterter Morgenmantel, Ringe unter den Augen und der blaue Fleck!
Grace sagte: »Rose, es hat einen ...« Sie brach ab. Sie hatte »Unfall« sagen wollen.

»Ist jemand verletzt?«

Grace konnte nicht weitersprechen und wandte sich Hilfe suchend an Sir James, der sagte: »Valentine ist tot, Rose.«

Rose zuckte zusammen, als habe man sie geschlagen.

»Offenbar hat er sich selbst erschossen ...«, James versagte die Stimme.

Rose schien völlig verwirrt. »Valentine ist tot?«, flüsterte sie. »Er hat sich *umgebracht?* Wo?«

»In seinem Wagen, Eure Ladyschaft«, sagte der Inspektor, »auf der Straße nach Kiganjo. Irgendwann heute Nacht. Mein aufrichtiges Beileid.«

Rose drehte sich um und ging hölzern zu einem Esszimmerstuhl. Sie legte die Hand auf die Lehne, als wolle sie ihn vom Tisch wegziehen, blieb jedoch stehen, und ihre Augen glitten suchend über die glänzende Tischplatte. »Valentine«, murmelte sie, »tot ...«

Sie schluchzte und rief: »Das wollte ich nicht. Oh, Carlo!«

Nachdem der Inspektor gegangen war, führten James und Grace sie ins Wohnzimmer. »Rose«, fragte Grace wie betäubt, »was ist letzte Nacht geschehen? Wie hast du dich verletzt? Und weshalb bist du nicht mit Carlo weggegangen?«

Rose blickte mit leeren Augen in den Schoß. »Valentine hat mich geschlagen. Er ist nach oben gekommen und hat gesagt, er werde verhindern, dass ich ihn verlasse. Wir haben uns gestritten. Er hat mich ins Gesicht geschlagen.«

Grace wartete. »Und was ist dann geschehen?«

»Ich weiß nicht. Der Schlag hat mich bewusstlos gemacht. Ich bin erst vor ein paar Minuten zu mir gekommen. Ich habe nicht gehört, dass er aus dem Haus gegangen ist. Ich wollte nicht, dass er *stirbt!*«

»Also das«, sagte Inspektor Mitchell, als er in die kleine einfache Polizeistation zurückkam, »das ist ein gefundenes Fressen für die Klatschmäuler!«

Ein afrikanischer Polizist blickte von seiner Schreibmaschine auf und grinste.

Mitchell schüttelte den Kopf und hängte den Hut an einen Haken. »Es gibt nichts Interessanteres für die Leute als ein Selbstmord in den besten Kreisen!«

Er wollte sich gerade zum Tee und Toast an seinen Schreibtisch setzen, als ein Polizist hereinstürmte. »*Bwana!* Kommen Sie, schnell!«

Inspektor Mitchell fragte sich seufzend, wieso er das friedliche Cheshire verlassen hatte und nach Kenia gekommen war, während er dem Mann nach draußen und um das Gebäude herum folgte. Auf dem Hof stand Lord Trevertons Wagen.

Türen und Kofferraumdeckel waren geöffnet. Zwei Polizisten untersuchten den Wagen. Mitchell erreichte die Rückseite des Wagens, blieb wie angewurzelt stehen und starrte in den Kofferraum. »Großer Gott! Wer ist denn das?«

Hilfswachtmeister Kamau sagte: »Wir wissen es noch nicht, Sir. Er hat offenbar keine Ausweispapiere bei sich. Aber wir haben ihn noch nicht gründlich untersucht. Ich wollte, dass sie ihn sehen, ehe wir etwas verändern.«

»Er ist natürlich tot.«

»Und ich glaube, schon lange.«

»Holt den Fotografen.«

Mitchell blickte auf die Leiche im Kofferraum und spürte, wie ihm alle Lust auf sein Frühstück verging. Der Mann trug nur eine Hose und ein weißes Seidenhemd, war barfuß, und Fuß- und Handgelenke waren mit Stricken gefesselt. Er hatte einen Kopfschuss.

»Eine Art Hinrichtung?«, fragte Superintendent Lewis von der Kriminalpolizei Nairobi. Er war gerade in Nyeri eingetroffen, nachdem Inspektor Mitchell ihn telefonisch darum gebeten hatte, und ging mit dem Inspektor hinaus auf den Hof.

»So sieht es aus«, sagte Mitchell, »gebunden wie ein Opferlamm. Ein sauberer Kopfschuss.«

»Haben Sie eine Ahnung, wer es ist?«

»Nicht die geringste. Wir haben uns erkundigt. Es scheint ein Ausländer zu sein. Niemand kennt ihn, und niemand ist als vermisst gemeldet.«

Sie standen vor dem Wagen und blickten in den leeren Kofferraum. Neben der Vertiefung für das Ersatzrad waren Blutflecken.

»Ich nehme an, er ist gezwungen worden hineinzuklettern«, sagte Mitchell, »dann wurde er an Händen und Füßen gefesselt und erschossen. Der Earl hat sich die Mühe erspart, eine Leiche in den Kofferraum zu heben.«

Superintendent Lewis, ein kleiner dicker Mann mit Zweistärkenbrille und einem Walrossschnurrbart, strich sich nachdenklich über das Kinn. Man hatte ihn zu dem Fall Treverton hinzugezogen, weil es dabei inzwischen auch um Mord ging. »Sind die Fotos schon fertig?«

»Nein, Superintendent. Aber ich habe dem Mann gesagt, er soll sich mit dem Entwickeln beeilen.«

Lewis ging zur linken Seite des Wagens und blickte hinein. Direkt gegenüber sah er am Holm der Fahrertür etwa in der Höhe, in der sich der Earl befunden haben musste, als er am Steuer saß, einen kleinen Blutfleck.

»Der Motor lief noch, sagen Sie?«

»Ja, Superintendent. So wie ich es sehe, hat Lord Treverton den Mann gezwungen, in den Kofferraum zu steigen, hat ihn erschossen und ist in der Absicht weggefahren, die Leiche irgendwo hinzulegen, wo die wilden Tiere sie aufgefressen hätten, oder er wollte sie vergraben. Aber auf der Straße nach Kiganjo überwältigten ihn Schuld und Reue. Er fuhr an den Straßenrand, zog den Revolver und hat sich erschossen.«

»Ist der Pathologe schon da?«

»Er ist unterwegs.«

Superintendent Lewis betrachtete den Innenraum des Wagens und registrierte ein paar Gegenstände – ein Paar Männerhandschuhe, eine alte Zeitschrift, eine ordentlich gefaltete Decke. Dann richteten sich seine kleinen, intelligenten Augen auf den Beifahrersitz. Dort waren getrocknete Schmutzflecken. Er trat zurück, blickte auf das Trittbrett und sah zwei große erdverschmierte Stellen, die man, wenn man wollte, für Fußabdrücke halten konnte.

»Weiß die Familie bereits von dieser Entwicklung?«, fragte Inspektor Mitchell.

»Noch nicht. Ich habe sie heute Morgen vom Tod des Earl in Kenntnis gesetzt. Ich dachte, ich warte, bis Sie sich das angesehen haben, ehe ich etwas unternehme.«

Der Superintendent sah Mitchell über den Rand seiner Brille an und sagte: »Wenn Sie nichts dagegen haben, Inspektor, möchte ich der Familie diese Neuigkeit mitteilen.«

Im Büro nahmen sich die beiden Männer die gerade entwickelten Fotos vor. Superintendent Lewis studierte lange die Aufnahmen des Earl. Sein Kopf lehnte am Fenster. An der linken Schläfe befand sich ein kreisrundes Loch mit Schmauchspuren. Eine Aufnahme zeigte auch die Pistole in seiner Hand auf dem Sitz. Man sah darauf auch Schmutzflecken auf dem Beifahrersitz. Und der Schlamm war offenbar feucht.

Sie saßen am Frühstückstisch. Der Tee in den Tassen war kalt geworden, als Rose hereinkam und sagte: »Er ist nicht da!«

James stand auf und rückte ihr einen Stuhl zurecht; Mona goss Tee ein und

drückte ihrer Mutter die dampfende Tasse in die Hand. Aber Rose trank nicht. »Carlo ist nicht im Gewächshaus!«, sagte sie. »Wo kann er nur sein?«
Tim Hopkins stand auf und ging zum Fenster. Er blickte über die menschenleeren Kaffeefelder, lauschte auf das Schweigen vom Fluss, wo die Maschinen alle still standen, und hörte in der Ferne den Trauergesang aus dem Dorf. Er wusste, man würde den Earl sehr vermissen. Aber Tim nicht.
»Wohin kann Carlo gegangen sein?«, fragte Mona. Sie saß neben ihrer Mutter und legte ihr die Hand auf den Arm.
Rose schüttelte den Kopf, und die Tränen traten ihr in die Augen.
»Vielleicht war er beunruhigt, weil du nicht wie verabredet gekommen bist«, sagte James, »vielleicht ist er am Bahnhof.«
Tim sagte: »Es kommt jemand. Ach, es ist wieder der Inspektor. Diesmal hat er noch jemanden bei sich.«
»Grace«, sagte Rose und umklammerte den Arm ihrer Schwägerin, »ich möchte nicht mit ihnen sprechen. Bitte, halte sie mir vom Leib!«
»Schon gut, Rose«, sagte Grace traurig und erschöpft. Ihr Gesicht war blass. Sie hatte ihren Tee nicht angerührt. »James und ich, wir werden alles erledigen.«
Aber Superintendent Lewis wollte unbedingt Lady Rose ein paar Fragen stellen. Als Erstes erkundigte er sich, wie sie zu dem blauen Fleck im Gesicht gekommen war. Rose bewegte nervös die Hände im Schoß und wich seinem Blick aus, als sie sagte: »Ich bin gestürzt.«
»Gestürzt?«
»Gestern Abend. Ich bin über den Teppich gestolpert und mit dem Gesicht auf die Kante des Toilettentisches gefallen.«
»Wissen Sie, wann Lord Treverton gestern Nacht das Haus verlassen hat?«
»Nein. Ich ... habe geschlafen.«
»Wissen Sie, *weshalb* er mitten in der Nacht das Haus verlassen hat?«
»Superintendent«, sagte James, »ist das wirklich nötig? Für Lady Rose ist das ein schrecklicher Schock. Bestimmt kann *ich* Ihnen Ihre Fragen beantworten. Ich war ebenfalls hier.«
Superintendent Lewis zog die buschigen Augenbrauen hoch. »Tatsächlich? Nun ja, dann können Sie mir vielleicht helfen.« Er zog ein kleines Notizbuch aus der Brusttasche, schlug es auf und sagte zu James: »Sie waren ein guter Freund des Earl, nicht wahr?«
»Wir kannten uns seit vielen Jahren.«
»War Lord Treverton Rechts- oder Linkshänder?«

»Rechtshänder. Aber was soll die Frage? Weshalb hat man überhaupt die Kriminalpolizei eingeschaltet?«
»Weil seit heute Morgen eine folgenschwere Entwicklung in dem Fall eingetreten ist, Sir James.«
»Was für eine Entwicklung?«
Superintendent Lewis griff in die Brusttasche und zog ein Foto hervor. »Wie es aussieht, ist auch ein Mord begangen worden.«
Lewis beobachtete die Gesichter der vier, als er von der Leiche im Kofferraum und seiner Theorie berichtete, dass Valentine den Mann erschossen hatte und unterwegs war, um sich des Opfers zu entledigen, als er seinerseits getötet wurde.
»Wir versuchen, die Leiche zu identifizieren. Kennen Sie den Mann vielleicht?«
Sie beugten sich über das gespenstische Bild. Mona wandte den Kopf ab und presste die Hand auf den Mund. Tim sagte: »O Gott!«, während James und Grace wie gelähmt auf das Foto starrten.
Aber als Rose Carlos Leiche an Händen und Füßen gefesselt tot im Kofferraum sah, schrie sie plötzlich auf: »Valentine, du Ungeheuer!«, und brach ohnmächtig zusammen.

»Eine sehr interessante Reaktion«, sagte Superintendent Lewis, der wieder in der Polizeistation saß. »Finden Sie nicht auch?«
Mitchell trank Tee. Er richtete den Blick unverwandt auf die unverputzte Wand seines Büros. »Ich würde sagen, Lady Rose kannte den Mann.«
»Den Eindruck hatte ich auch. Die Reaktionen der anderen waren vorhersehbar. Ich habe nichts bemerkt, was verriet, dass sie ihn kannten. Für sie war es einfach das erschütternde Bild eines toten Mannes. Aber Ihre Ladyschaft ... das war eine Reaktion.«
»Superintendent?« Dr. Forsythe, der junge Pathologe aus Nairobi, trat ins Büro. »Ich habe gerade mit der Autopsie des Earl begonnen, die Sie angeordnet haben, aber sofort aufgehört, denn da ist etwas, das Sie sehen müssen.«
»Was?«
»Sie werden es nicht glauben. Sie müssen kommen und es selbst sehen.«
Das ›Leichenschauhaus‹ war ein Allzweckraum neben der einzigen vergitterten Zelle des Polizeigebäudes. Die Leiche von Carlo Nobili lag unter einer Plane auf Kisten; Valentine Treverton lag nackt auf einem Tisch.

Der Pathologe musste dem Superintendent nicht zeigen, was ihn stutzig gemacht hatte. Der Ermittlungsbeamte kannte Stichwunden. Die Wunde war sehr sauber, befand sich direkt links neben dem Brustbein und hatte praktisch nicht geblutet.

»Daran ist er gestorben«, sagte Dr. Forsythe, »nicht an der Kugel im Kopf. Ich verbürge mich dafür.«

Mitchell pfiff leise. Der Einstich wirkte so harmlos – nur ein kleiner, etwa vier Zentimeter langer Ritzer in der Haut und ein paar verkrustete Blutstropfen.

Aber Lewis wusste, wie tödlich diese harmlose Wunde sein konnte. Einstiche, besonders in Leibeshöhlen wie Brust oder Bauch bluteten selten. Die Verletzungen waren innerlich. Lewis war sicher, das Messer hatte eines der Hauptblutgefäße verletzt, möglicherweise sogar das Herz. Wenn man den Brustkorb des Earl öffnete, würde man feststellen, dass er mit Blut gefüllt war.

»Sie sagen, das war mit Sicherheit die Todesursache?«, fragte er den Arzt.

»Ich weiß es genauer, wenn ich ihn aufmache. Aber der Einstichstelle nach zu urteilen, würde ich sagen: Ja. Wenn ich mir die Kopfwunde genau ansehe, scheint sie mir *nach* dem Tod entstanden zu sein.«

»Damit der Mord wie ein Selbstmord aussehen sollte«, sagte Mitchell.

Superintendent Lewis drehte sich auf dem Absatz um und ging zum Büro zurück. Er nahm sich die Polizeifotos von Mitchells Schreibtisch und studierte die Aufnahmen vom Beifahrersitz mit den Schmutzflecken besonders eingehend. Als der Inspektor hereinkam, sagte Lewis: »Der Wagen stand am Straßenrand, als sei der Earl aus irgendeinem Grund zur Seite gefahren. Er ließ den Motor laufen, als habe er nicht beabsichtigt, lange zu halten. Wissen Sie, was ich glaube? Ich glaube, jemand hat ihn überholt und dazu gebracht, an den Straßenrand zu fahren. Dieser Jemand hatte ein Messer bei sich.«

Mitchell griff nach der Akte, blätterte darin und sagte: »Wenn ich es mir recht überlege, erwähnte die Frau, die den Wagen gefunden hat, die Hebamme Billings, in ihrer Aussage, Fahrradspuren in der Nähe des Wagens. Wo ...? Hier ... hier steht es.«

Lewis las den Bericht, in dem die Hebamme aussagte, sie habe Fahrradspuren an der Beifahrerseite gesehen, die zum Wagen führten und sich wieder in Richtung Nyeri entfernten. Er legte die Akte auf den Tisch und sagte: »Ich habe eine andere Theorie, Inspektor. Sagen Sie mir, was Sie davon halten? Der Earl hat den Mann im Kofferraum erschossen. Das Motiv finden wir, sobald das Opfer identifiziert ist. Dafür können wir uns an Lady Rose wenden. Ballistiker in Nairobi werden uns sagen, ob beide Kugeln mit derselben Waffe abgefeuert wurden. Ohne Zweifel hat der Earl den Mann im Kofferraum ermordet und war, wie Sie sagen, unterwegs, um die Leiche loszuwerden. Aber dann ... sagen wir .. .« Er ging in dem kleinen Raum auf und ab, blieb stehen, sah Inspektor Mitchell an und fuhr fort: »Sagen wir, jemand ist dem Earl gefolgt und hat ihn auf der Straße nach Kiganjo eingeholt. Er winkte vom Straßenrand, und der Earl hielt an – möglicherweise, weil er *die Person auf dem Fahrrad kannte*. Diese Person ging dann zum Wagen, stieg auf der Beifahrerseite ein, wobei sie Schlammspuren hinterließ, weil es gerade regnete, und erstach den Earl mit einem Stich durch die Brust. Dann geriet die Person in Panik, sah den Revolver, mit dem Seine Lordschaft den Mann im Kofferraum erschossen hatte, und beschloss, den Mord als Selbstmord zu tarnen.«

»Diese Person wusste doch mit Sicherheit, dass man die Stichwunde entdecken würde ...«

»Nicht unbedingt. Es war kein Blut an der Kleidung des Earl. Und wenn keine Autopsie vorgenommen wurde, konnte die Wunde sehr leicht übersehen werden. Und sie wäre beinahe übersehen worden, denn *ich* habe die Autopsie erst angeordnet, nachdem *Sie* den Mann im Kofferraum gefunden hatten.«

»Das heißt«, sagte Mitchell langsam, »möglicherweise wusste die Person mit dem Messer nichts von dem Mann im Kofferraum.«

Lewis zog die Augenbrauen hoch. »Vielleicht ...«, er strich sich über das Kinn, »vielleicht glaubte diese Person, den Earl an dem Mord zu *hindern*, und ahnte nicht, dass es dafür bereits zu spät war.«

Die beiden Beamten sahen sich an. Die Ungeheuerlichkeit des Falls, der sich in Mitchells normalerweise ruhigem, friedlichem Distrikt ereignet hatte, senkte sich wie eine schwere Last auf den Inspektor. Innerhalb weniger Minuten ging er sichtlich gebeugt.

»Ich möchte, dass jeder mögliche Zeuge verhört wird«, sagte Lewis abrupt, zog sein Notizbuch hervor und begann zu schreiben. »Ich möchte, dass jeder Spur nachgegangen wird, und sei sie auch noch so unbedeutend. Das Fahrrad muss gefunden werden, das Messer muss gefunden werden. Aber das eine sage ich Ihnen, Mitchell, in diesem großen Haus auf dem Hügel stimmt etwas nicht.«

Grace blieb auf der Veranda von BELLATU stehen und zog den schwarzen Schleier über die Augen. Zum zweiten Mal seit sechsundzwanzig Jahren, seit ihrer Dienstzeit in der Marine, trug sie Schwarz.

Sie sah zu, wie alle in die Wagen stiegen, die in einer Reihe warteten, um zur Begräbnisstätte der Trevertons zu fahren, wo Valentine neben Arthur, seinem einzigen Sohn, beigesetzt werden sollte. Grace war zutiefst erschüttert. Sie sehnte sich nach James, um sich auf seinen Arm zu stützen.

Morgan Acres, der älteste Sohn des Bankiers, war der Anwalt der Trevertons, und er hatte Grace gerade das Erstaunlichste von allem berichtet.

An diesem Morgen war Valentines Testament verlesen worden, das niemanden überraschte: Rose blieb als reiche Witwe zurück. Sie erbte die Kaffeeplantage und den Familiensitz BELLA HILL in England. Aber nachdem die anderen den Raum verlassen hatten, nahm Acres Grace beiseite und erklärte, durch den Tod Seiner Lordschaft würde die seit Jahren übliche Einzahlung auf das Konto ihrer Mission bedauerlicherweise eingestellt werden. Grace war so überrascht gewesen, dass sie sich setzen musste. »Valentine?«, sagte sie, »mein Bruder war der anonyme Spender? Ich hatte immer geglaubt, es sei James ...«

Nach all dieser Zeit, Val, dachte sie traurig, *und ich konnte dir nie dafür danken ...*

Endlich kam James auf die Veranda und reichte Grace den Arm. Sie stiegen in den Wagen, den sie mit Rose und Mona teilten, und der Zug setzte sich in Bewegung. Tim Hopkins fuhr in seinem eigenen Geländewagen am Ende und dachte an das Grab, das er besuchen würde und an dem er seit acht Jahren nicht mehr gewesen war − Arthurs Grab.

Die Wagenkolonne fuhr langsam auf der unbefestigten Straße, die sich um die große Plantage zog, zu dem einsamen Platz, wo ein Zaun den kleinen Friedhof umgab. An der Straße standen Afrikaner und verabschiedeten sich traurig winkend von ihrem *Bwana*. Auch David Mathenge und seine Mutter befanden sich unter ihnen. Sie sahen stumm zu, wie die trauernden Weißen wieder einen aus ihrer Mitte der Erde übergaben.

Superintendent Lewis betrachtete die Fotos am schwarzen Brett − Aufnahmen von Lord Trevertons Wagen und der Leiche des Earl. Er hatte eine Karte vom Tatort danebengeheftet. Darauf zeigte eine punktierte Linie den Weg, den das Fahrrad nach Aussage von Hebamme Billings genommen hatte. Plötzlich kam Inspektor Mitchell herein.

»Wir haben es!«, rief er und hielt Lewis einen großen Umschlag entgegen. Lewis nahm ihn und wog ihn nachdenklich in der Hand. Er war müde. Die beiden Beamten waren seit fünf Tagen mit der Untersuchung des Falls beschäftigt und hatten dabei jeden verfügbaren Mann der kleinen Polizeitruppe von Nyeri eingesetzt und außerdem Spezialisten aus Nairobi angefordert. Sie hatten kaum geschlafen, zu viel Kaffee getrunken und rot geränderte Augen. Der Umschlag enthielt das wertvollste Beweisstück der fünf Tage.
Gestern hatten sie das Fahrrad entdeckt.
Es lag ungefähr auf halbem Weg zwischen dem Wagen des Earl und dem Stadtrand von Nyeri mit einem platten Hinterreifen im Busch. Vermutlich hatte der Mörder das unbrauchbar gewordene Rad in die Büsche geschoben und war zu Fuß weitergelaufen. Das Rad gehörte eindeutig zur Treverton-Plantage.
Die Verhöre waren gründlich und ausführlich gewesen. Jeder von ihnen war in Begleitung zweier Askaris unterwegs gewesen und hatte mit allen gesprochen, die auch nur im Entferntesten mit dem Earl zu tun hatten und möglicherweise Hinweise oder einen Beweis liefern konnten. Sie hatten sogar die Afrikaner verhört, die auf dem Grund der Trevertons lebten – auch die Medizinfrau Wachera, die nur immer wieder etwas von einem *Thahu* sagte. Aber am aufschlussreichsten war die Befragung der Familie gewesen.
Lady Rose schwieg. Seit dem Zusammenbruch vor fünf Tagen, nachdem sie das Bild des erschossenen Mannes im Kofferraum gesehen hatte, blieb sie stumm. Sie saß bei dem Verhör still und schweigend da; ihr Gesicht wirkte unnatürlich blass; dadurch trat die blaue Prellung umso deutlicher hervor. Dr. Treverton hatte die Fragen von Superintendent Lewis beantwortet. Der Mann im Kofferraum, hatte sie erklärt, war ein entflohener italienischer Kriegsgefangener namens Nobili.
»Niemand im ganzen Distrikt kennt ihn«, sagte Superintendent Lewis, »wie kommt es, dass Sie ihn kennen?«
»Lady Rose hat mir von ihm erzählt.«
»Wo lebte er?«, fragte Lewis und zückte den Stift, um die Adresse aufzuschreiben.
Aber es dauerte lange, bis sie antwortete und ihm schließlich die Geschichte vom Gewächshaus und von der Absicht ihrer Schwägerin berichtete, Kenia mit Nobili zu verlassen. Plötzlich verstand Lewis den größeren Zusammenhang.

Hier war nun, wie Inspektor Mitchell sagte, der endgültige Beweis. Man hatte drei Männer auf der Plantage mit der Anweisung eingesetzt, das Kommen und Gehen der Familie zu beobachten, das Personal zu befragen und auch nach den kleinsten, möglichen Hinweisen zu suchen. An diesem Morgen hatte einer der Askaris berichtet, in einer Grube, nicht weit vom Haus entfernt, verbrenne man Abfälle. Es war eine Routinearbeit; das Personal verbrannte den Müll regelmäßig, üblicherweise einmal in der Woche. Lewis schickte einen der Spezialisten aus Nairobi hinaus. Der Umschlag enthielt die Ausbeute des Mannes.
Er öffnete den Umschlag, und als er den Inhalt sah, nickte er zufrieden. Für Superintendent Lewis von der Kriminalpolizei war der Fall abgeschlossen.

Eine Hand voll Menschen stand unter einem dunklen, grauen Himmel mit gebeugten Köpfen um eine Grube in der Erde. Reverend Michaelis, der Geistliche der Grace-Treverton-Mission, hielt die Grabrede. Der Sarg wurde in die Erde gelassen. Trauer, Verwirrung und Entsetzen bewegten die Trauergemeinde. Aber ein Herz war voll Bitterkeit und Hass und ein anderes voll grimmiger Befriedigung über den Tod des Earl.
James sprach in Gedanken ein von Herzen kommendes Gebet und verabschiedete sich von seinem Freund, der ihm vor achtundzwanzig Jahren in der Nähe der Grenze zu Tanganjika das Leben gerettet und aus Stolz James zum Schweigen verpflichtet hatte. James wusste, dass Grace glaubte, er habe Valentine das Leben gerettet. Aber Valentine hatte James das Versprechen abgenommen, niemandem etwas von seiner Heldentat zu sagen, bei der er beinahe umgekommen wäre.
Mona nahm Abschied von einem Fremden. Die Plantage gehörte jetzt ihr. Tim Hopkins stand etwas abseits und blickte auf den Grabstein des einzigen Menschen, den er je geliebt hatte. Er betete, dass Arthur im Himmel seinen Vater jetzt in der Hölle sehen konnte.
Nicht weit von ihnen entfernt standen auf der anderen Seite des schmiedeeisernen Zauns ein paar Afrikaner: das Hauspersonal, das aufrichtig um den *Bwana* trauerte. Njeri litt nicht wegen des Mannes im Grab, sondern wegen ihrer armen, untröstlichen Herrin. David Mathenge dachte kalt: *Adhabu ua kaburi ajua maiti.* Dieses Suaheli-Sprichwort bedeutete: *Nur die Toten kennen die Schrecken des Grabes.*
Grace warf eine Hand voll Erde auf den Sarg ihres Bruders und hatte dabei das Gefühl: Sein Tod war das Ende einer Ära. Veränderungen lagen in der

Luft. Sie spürte es. Ein altes vertrautes und geliebtes Kenia versank, wie sie fürchtete, und etwas Neues, Erschreckendes trat an seine Stelle.

Superintendent Lewis und Inspektor Mitchell warteten, bis das Begräbnis vorüber war und die Trauernden zu den Wagen zurückgingen. Sie näherten sich Lady Rose, die zwischen ihrer Schwägerin und Sir James ging. Der Kriminalbeamte entschuldigte sich für die Störung und zeigte Rose etwas. »Eure Ladyschaft, könnt Ihr das identifizieren?«

Rose sah nicht hin. Sie starrte den Mann wie eine Schlafwandlerin mit leerem Blick an.

Aber Grace und James sahen, was er in der Hand hielt: ein verkohltes und blutiges Stück Leinen.

»Ist das Euer Monogramm, Lady Rose?«, fragte Lewis.

Sie starrte an ihm vorbei ins Leere.

»Man hat dieses Taschentuch heute Morgen um ein blutiges Messer gewickelt hier im Abfall gefunden. Lady Rose, habt Ihr mir etwas zur Todesnacht von Lord Treverton zu sagen?«

Sie wandte den Blick nicht vom Meer blühender Kaffeebäume hinter ihm. Lewis nahm Lady Rose das Taschentuch aus der Hand, das sie umklammerte. Er hielt es neben das verkohlte, und die Beamten verglichen beide. Das Monogramm war identisch.

»Lady Rose Treverton«, sagte Superintendent Lewis ruhig, »ich verhafte Sie im Namen der Krone wegen Mordes an Ihrem Gemahl Valentine, dem Earl von Treverton.«

7

Der Sensationsprozess gegen die Gräfin Treverton begann am 12. August 1945 – vier Monate nach ihrer Verhaftung. Der Staatsanwalt benötigte so lange, um die Anklage gegen sie vorzubereiten. In dieser Zeit saß Lady Rose in einer Sonderzelle im Gefängnis von Nairobi. Ihr Anwalt setzte sich bei dem Richter und der Gefängnisverwaltung dafür ein, dass der Countess erlaubt wurde, an ihrem Wandteppich zu arbeiten. Man erteilte daraufhin eine entsprechende Genehmigung.
Es war die zweite Bitte, die Rose geäußert hatte.
Die Erste hatte sie sofort nach Einlieferung in das Gefängnis vorgebracht. Seit man ihr das Foto mit Carlos Leiche gezeigt hatte, schwieg Rose. Aber jetzt bat sie darum, Morgan Acres, den Familienanwalt, zu rufen. Er blieb drei Stunden in ihrer Zelle. Rose gab ihm während dieser Unterredung genaue Anweisungen darüber, was mit General Nobilis Leichnam zu geschehen habe. Sie bat ausdrücklich darum, dass er über die Pläne nicht mit dem Rest der Familie sprach. Eine Woche später sahen Grace und Mona, dass aus Nairobi ein Arbeitstrupp mit Lastwagen, Traktoren und Baumaterial erschien, und wussten, es geschah auf Anweisung von Rose. Der Leichnam ihres geliebten Carlo blieb inzwischen im Leichenhaus von Nairobi.
Den zweiten Wunsch nach dem Wandteppich äußerte Rose eine Woche später. Sie bat um einen Besuche von Grace.
»Er ist noch nicht fertig«, sagte Rose. Sie saß mit gefalteten Händen auf dem Eisenbett und blickte durch die Gitterstäbe des Fensters auf die Athi-Ebene in der Ferne.
Grace saß auf dem einzigen Stuhl in der einfachen Zelle.»Rose«, sagte sie, »hör mir zu. Die ganze Sache ist an den Haaren herbeigezogen. Dem Ermittlungsbeamten der Kriminalpolizei ist es völlig gleichgültig, ob er den richtigen Mörder verhaftet hat oder nicht. Er möchte nur den Fall zu den Akten legen! Seine Anklage basiert auf einem rein zufällig aufgetauchten Indiz.

Warum machst du keine klärende Aussage? Bitte sage ihnen, dass Valentine dich bewusstlos geschlagen hat und dass du *nicht in der Lage* warst, mitten in der Nacht auf einer verschlammten Straße mit dem Fahrrad zu fahren! Rose, dein Schweigen wirkt wie ein Schuldeingeständnis. Um Himmels willen, verteidige dich!«

Rose blickte mit ihren blauen Augen unverwandt auf das Land in der Ferne hinter dem Gefängnis und sagte sanft: »Als ich Carlo begegnete, habe ich aufgehört, an diesem Wandteppich zu arbeiten. Ich muss ihn jetzt beenden.«

»Hör mir zu, Rose! Du lässt zu, dass man dich für schuldig erklärt, und Valentines Mörder kommt ungestraft davon! Man hat das Taschentuch aus deinem Zimmer gestohlen. Das weißt du ganz genau!«

Aber Rose sagte nichts mehr. Und so trug ihr Verteidiger, der Kronanwalt Mr. Barrows, der eigens aus Südafrika gerufen worden war, dem Gefängnisleiter den Wunsch von Lady Rose vor. Er verwies auf die außergewöhnlichen Umstände ihrer Situation – im Gefängnis von Nairobi befanden sich eintausenddreihundert Gefangene; nur acht davon waren Weiße, und bei Rose handelte es sich um die einzige Frau. Man machte deshalb einige Ausnahmen und erlaubte der Gräfin, an dem Wandteppich zu arbeiten. Die Mahlzeiten, vom Chefkoch persönlich zubereitet, sowie Pralinen und Süßigkeiten kamen für sie aus dem NORFOLK HOTEL; auch das Bettzeug und einen Teppich für den kalten Steinboden brachte man aus dem Hotel. Da die Gefangenen ihre Zellen selber sauber halten mussten, erschien Njeri und versorgte ihre Herrin während dieser Zeit der schweren Prüfung.

»Ihre Schwägerin erschwert mir die Arbeit sehr, Dr. Treverton«, erklärte Mr. Barrows, der Anwalt aus Südafrika, »sie redet nicht mit mir. Sie sieht mich noch nicht einmal an. Verstehen Sie, das Schweigen verurteilt sie im Grunde.« »Wenn man sie schuldig spricht, was dann?« »Als Kolonie gelten für Kenia die englische Prozessordnung und das entsprechende Strafmaß. Wenn man Lady Rose für schuldig an dem Mord befindet, wird sie gehängt.« Der Anwalt verließ die Couch, auf der er gesessen hatte, und ging zum Rand der Veranda. Dort blieb er tief in Gedanken versunken stehen.

Für die Dauer des Prozesses waren Grace und James, Mona und Tim Hopkins nach Nairobi gekommen und wohnten im Club, der sich nicht weit vom Gericht entfernt befand. Am Abend vor Prozessbeginn saßen sie im Nebenzimmer des Clubs, das mit Leder- und Rattanmöbeln, Zebrafellen und Tierköpfen eingerichtet war.

»Wie Sie wissen, Dr. Treverton«, sagte Barrows leise, »wiegt die Anklage der Krone gegen Ihre Schwägerin sehr schwer. Erstens, das Motiv. Dreiecksbeziehungen sind immer so eine ganz unsaubere Sache. Lady Rose hat vier Leuten – einschließlich Ihnen – und in Gegenwart des Personals erklärt, sie werde ihren Mann verlassen und mit einem anderen auf- und davongehen. Valentine hat die Sympathie des Gerichts und *nicht* Ihre Schwägerin. Zweitens, das Messer. Der Pathologe hat zweifelsfrei erklärt, es sei die Mordwaffe. Dieses Messer hat Lady Rose seit vielen Jahren in ihrem Gewächshaus zum Schneiden der Pflanzen benutzt, und es war in eins ihrer Taschentücher gewickelt.«

Mona sagte: »Jeder konnte das Messer aus dem Gewächshaus holen und aus dem Zimmer meiner Mutter ein Taschentuch stehlen.«

»Ich bin ganz Ihrer Meinung, Lady Mona. Aber leider weigert sich Ihre Mutter, das zu bezeugen. Sie bestreitet nicht, das Messer in das Taschentuch gewickelt zu haben, um es bei der wöchentlichen Abfallverbrennung zu beseitigen. Außerdem, Lady Mona, Ihre Mutter hat nicht ein einziges Mal bestritten, den Mord begangen zu haben! Drittens, sie erklärt nicht, wo sie sich zur Tatzeit befand. Und es gibt keine Zeugen, die ihr ein Alibi verschaffen könnten. Wie Sie alle sagen, haben Sie zur Tatzeit fest geschlafen.«

Mr. Barrows kehrte zur Couch zurück. Der hagere, schlanke Mann setzte sich. »Leider werden solche Fälle emotional beurteilt und nicht nach den Fakten. Der Staatsanwalt wird versuchen, Lady Rose als eine kaltblütige, grausame und gefühllose Frau darzustellen. Man wird die ganze schmutzige Liebesgeschichte im Gewächshaus aufrollen und in Valentine den schändlich betrogenen Ehemann sehen. Vergessen Sie nicht, Lady Mona, das Gericht besteht nur aus Männern. Ich versichere Ihnen, man wird Lady Rose als Ehebrecherin hängen.«

»Aber das dürfen wir nicht zulassen!«, rief James.

»Nein, das dürfen wir nicht. Und ich werde alles tun, damit das Gericht mit *uns* sympathisiert.«

»Und dabei«, sagte Tim ruhig, »läuft der Mörder frei herum.«

»Damit können wir uns jetzt nicht beschäftigen, Mr. Hopkins. Wir müssen uns darauf konzentrieren, dass Lady Rose nicht verurteilt wird.«

Mr. Barrows sah seine Verbündeten in diesem Fall unter den rötlichen Brauen prüfend an. Seine durchdringenden, kleinen, grünen Augen verrieten den genialen südafrikanischen Anwalt, der dafür berühmt war, schwierige und sensationelle Fälle zu gewinnen. Sie richteten sich auf jeden Einzelnen im

Raum, dann sagte er: »Wenn ich morgen das Gericht betrete, möchte ich sicher sein, dass ich *alle* Fakten des Falles kenne. Ich möchte keine Überraschungen erleben. Wenn jemand von Ihnen mir etwas noch nicht gesagt, vielleicht Gedanken zu diesem Fall noch nicht ausgesprochen oder einen Verdacht nicht geäußert hat, *irgendetwas* weiß, dann bitte ich Sie, mich jetzt darüber zu informieren.«

Der Prozess begann am nächsten Morgen beinahe in festlicher Atmosphäre. Das Gericht in Nairobi stand plötzlich im Mittelpunkt der kriegsmüden Siedler. Sie erwarteten eine gute Vorstellung und drängten sich in den edwardianisch dunklen Saal. Die Menschen standen in Dreierreihen an den Wänden; die für die Öffentlichkeit bestimmten Ränge waren bis auf den letzten Platz besetzt. Durch die gläserne Kuppel fiel gedämpftes Licht auf die Menschen, von denen manche sogar aus Moyale gekommen waren. Es waren Rancher und Farmer, Männer in Uniform und Frauen in den besten Gewändern, die sie normalerweise nur anlässlich der Rennwoche trugen. Es herrschte ein ohrenbetäubender Lärm, während alle begierig auf den Beginn des großen Schauspiels warteten. Die schwer arbeitenden kenianischen Kolonisten hatten in den vergangenen vier Monaten in den Gerüchten geschwelgt, dem Klatsch und den Spekulationen; Zeitungsberichte über das *Liebesnest im Gewächshaus* lieferten ihrer Fantasie immer neue Nahrung. Nach sechs Jahren zermürbendem Krieg und zahllosen Opfern hofften sie jetzt einen Blick auf das schmutzige, intime Leben ihrer Aristokratie zu werfen. Kurz bevor die Angeklagte hereingeführt wurde, rief eine Zuschauerin zuerst Bewegung und dann entsetztes Schweigen hervor, als sie durch die dicht gedrängten für Afrikaner bestimmten Reihen ging, wo man ihr ehrfürchtig Platz machte. Als die Medizinfrau Wachera an der Balustrade stand und von dort den Saal betrachtete, starrten die Weißen auf den Rängen und unten im Saal diese Frau staunend an.

Alle hatten von der legendären Kikuju-Frau gehört, die der Macht der Weißen trotzte und als geistige Kraft des größten Stammes in Kenia galt. Wie eine Kaiserin stand sie dort oben und blickte auf ihre Untertanen. Normalerweise hätten die weißen Männer und Frauen ihren Aufzug merkwürdig und komisch, geschmacklos und deplatziert gefunden. Aber an diesem Morgen ging von der großen, starken Frau in Fellen, die von Kopf bis Fuß mit Perlen und Muscheln geschmückt war – auf dem glatt geschorenen Kopf lagen kreuzweise Perlenketten –, etwas Besonderes aus, das bei den Weißen ein unangenehmes Gefühl auslöste. Wachera erinnerte sie an etwas, das sie lieber vergaßen: Dies Land war einmal *ihr* Land gewesen, und sie waren die Eindringlinge.

Geschichten von einem *Thahu*, mit dem sie bei einer Weihnachtsfeier die Trevertons belegt hatte, waren auch in den Klatschspalten erschienen. Daran mussten die Weißen denken, als sie die Medizinfrau anstarrten. Sie fragten sich, ob Wachera gekommen war, um die Erfüllung des *Thahu* zu erleben. *Zwei Trevertons sind bereits tot,* dachten die Leute, *und die dritte lebt nicht mehr lange ...*

Der Oberrichter, Sir Hugh Roper, betrat in schwarzem Gewand und weißer Perücke das Gericht und nahm auf dem Richtersitz Platz. Dann führte man Lady Rose aus dem Gefängnis herein. Sie ging wie in Trance zur Anklagebank und schien nicht zu hören, als die Anklage verlesen wurde. Sie stand wie eine Statue mit verschleiertem, unbewegtem Blick da. Alle im Gerichtssaal schwiegen und starrten auf die blasse, zarte Gestalt. Viele waren leicht enttäuscht; diese Frau wirkte so gar nicht wie eine Ehebrecherin oder Mörderin.

Als der Vertreter der Anklage sich zu seiner ersten Rede erhob, drehte sich Rose plötzlich um und blickte über die Schulter zum Rang hinauf, wo die Afrikaner saßen.

Wacheras und ihr Blick trafen sich.

Rose glaubte sich um sechsundzwanzig Jahre zurückversetzt; sie stand wieder auf dem Hügel, hielt Mona in den Armen und sah unten am Fluss eine Afrikanerin mit einem kleinen Kind auf dem Rücken.

Auch Wachera erinnerte sich daran, als sie jetzt zu der *Mzunga* hinuntersah. Vor zweiundfünfzig Ernten hatte sie oben auf dem Hügel eine weiße Gestalt wie eine Vision gesehen und sich gefragt, was dieser Geist zu bedeuten habe. Und der Prozess begann.

Er sollte zehn Wochen dauern. Ein Zeuge nach dem anderen wurde in den Zeugenstand gerufen – angefangen vom unbedeutendsten Arbeiter auf der Treverton-Plantage, der seinen Herrn nie zu Gesicht bekommen hatte, bis hin zu den Mitgliedern der Familie. Auch Sachverständige wurden gehört, darunter Dr. Forsythe, der Pathologe. Er bewies anhand einer Kerbe auf der Messerklinge und der beschädigten Rippe von Lord Treverton, dass es sich um die Mordwaffe handeln musste. Außerdem hatte die Autopsie ergeben, dass der Lord an den inneren Blutungen bereits gestorben war, als die Kugel in seinen Kopf drang.

Man befragte das Personal. »Sind Sie auf der Treverton-Plantage ein Askari?«
»Ja, *Bwana*.«
»Wissen Sie, wann Sie in der Nacht des fünfzehnten April das Gelände patrouilliert haben?«
»Ja, *Bwana*.«
»Können Sie uns sagen, wann das war?«
»Ja, *Bwana*.«
»Bitte werfen Sie einen Blick auf die Uhr im Gerichtssaal und sagen Sie uns, wie spät es ist.«
Der Askari drehte den Kopf, blinzelte und sagte: »Zeit zum Mittagessen, *Bwana*.«
Diese Art Verhöre schienen für beide Seiten mühsam und unwichtig zu sein.
»Sie sind die Schneiderin von Lady Rose?«
»Das bin ich.«
»Kam Lady Rose zu Anproben nach Nairobi oder fuhren Sie zum Haus?«
»Sowohl als auch, je nachdem, ob es regnete oder nicht.«
Die Reihen der Zuschauer lichteten sich, als die Gärtner befragt wurden oder als man so höchst unwichtige Indizien wie die Briefe des Earl an seine Frau auf Zeichen von Wahnsinn untersuchte, die Valentine schrieb, als er an der nördlichen Grenze seinen Militärdienst versah. In diesen Tagen gab es sogar leere Sitze im Saal. Aber als die Anwälte sich langsam dem Kernstück des Prozesses – der Liebesbeziehung und dem Mord – näherten, fanden sich wieder zahlreiche Zuhörer ein.
Man rief Njeri Mathenge, die Zofe der Gräfin, in den Zeugenstand. Während des Verhörs blickte sie unruhig von Lady Rose zu Wachera oben im Rang und wieder zurück zu ihrer Herrin.
»Befanden Sie sich bei Ihrer Herrin, als sie den entflohenen Kriegsgefangenen im Gewächshaus entdeckten?«
»Ja.«
»Sprechen Sie bitte etwas lauter.«
»Ja.«
»Wie oft hat Ihre Herrin den Mann im Gewächshaus besucht?«
»Jeden Tag.«
»Auch nachts?«
»Ja.«

»Haben Sie die beiden dort beobachtet?«
Njeri sah Lady Rose an.
»Bitte beantworten Sie die Frage.«
»Ich habe durch das Fenster gesehen.«
»Und was haben Sie gesehen?«
Njeri drehte den Kopf zu Wachera im Rang. Dann sah sie David an und schließlich wieder Rose.
»Was haben Sie gesehen, Miss Mathenge?«
»Sie haben geschlafen.«
»Waren sie zusammen?«
»Ja.«
»Haben Sie Kleidungsstücke getragen?«
Njeri fing an zu weinen.
»Bitte beantworten Sie die Frage, Miss Mathenge. Lagen Lady Rose und Carlo Nobili zusammen nackt im Bett?«
»Ja.«
»Haben Sie auch beobachtet, dass die beiden etwas anderes taten als schlafen?«
»Sie haben zusammen gegessen.«
»Haben Sie beobachtet, dass etwas Sexuelles zwischen den beiden stattfand?«
Njeri senkte den Kopf; Tränen fielen auf ihre Hände.
»Miss Mathenge, haben Sie Lady Rose und Carlo Nobili jemals beim Geschlechtsverkehr beobachtet?«
»Ja.«
»Wie oft?«
»Oft ...«
Bei diesem Verhör saß Rose blass und stumm auf der Anklagebank; es wirkte, als sei sie mit ihren Gedanken weit, weit weg. Sie sagte nie ein Wort, sah nie die Zeugen an und schien überhaupt nicht wahrzunehmen, was geschah. Wenn sie unschuldig ist, so fragten sich die Leute, warum sagt sie es nicht?

»Sie redet nicht mit mir«, sagte Mona, als sie zu den anderen in das kleine, separate Clubzimmer trat. Auf dem Tisch stand eine Platte mit Sandwiches, die keiner anrührte. Aber Whisky und Gin fanden lebhaften Zuspruch. Man sah der jungen Mona die Belastung des Prozesses an. Die dunklen Augen wirkten in dem blassen Gesicht noch größer. »Ich habe ihr gesagt:

›Mutter, du musst das Wort ergreifen und dich verteidigen.‹ Aber sie stickt nur unentwegt an diesem verrückten Wandteppich.«

»Wäre es möglich«, überlegte James, »dass sie es war?«

Grace schüttelte den Kopf. »Ich halte Rose nicht dazu fähig, einen Mord zu begehen ... schon gar nicht auf diese Weise – mit einem gekonnten Messerstich.«

»Wir haben auch einmal geglaubt, meine Mutter sei nicht in der Lage, einen entflohenen Kriegsgefangenen zu verstecken und eine geheime Liebesbeziehung mit ihm zu haben!«

Grace sah ihre Nichte an. »Sei nicht so hart mit deiner Mutter, Mona. Denk doch nur daran, wie sie leiden muss.«

»Sie denkt bestimmt nicht daran, wie *wir* leiden, weil sie so egoistisch ist! Diese schrecklichen Menschen im Gericht! Und wie sie die Ohren spitzen, wenn der widerliche Staatsanwalt unsere Familienangelegenheiten in aller Öffentlichkeit zur Schau stellt! Und *Sie!*«, fragte Mona den Anwalt ihrer Mutter. »Warum haben Sie diese schreckliche Affäre mit Miranda West zur Sprache gebracht?«

»Das musste ich, Lady Mona«, antwortete er ruhig in seinem gedehnten südafrikanischen Englisch, »der Ankläger versucht, den Fall mit der moralischen Verworfenheit Ihrer Mutter zu begründen. Er will das Gericht davon überzeugen, dass Ihr Vater ein Heiliger gewesen und der Welt einen großen Dienst damit erwiesen hat, Italiener umzubringen. Man will den Eindruck entstehen lassen, dass sein Tod für Kenia der größte Verlust aller Zeiten ist. Ich habe seine Beziehung zu Miranda West zur Sprache gebracht, um das Gericht daran zu erinnern, dass Valentine Treverton ein Mann mit Schwächen und Fehlern war. Ich habe darauf hingewiesen, dass lange bevor Ihre Mutter sich auf eine ehebrecherische Affäre einließ, Ihr Vater bereits mehrere solcher Affären hinter sich hatte.«

Tränen standen in Monas Augen. Sie wünschte sich sehnlichst, Geoffrey würde endlich zurückkommen. Er konnte jeden Tag eintreffen.

»Was wird denn eigentlich auf der Lichtung gebaut?«, fragte Tim Hopkins. Er wollte das Thema wechseln, um die Spannung am Tisch abzubauen. »Es sieht wie ein heidnischer Tempel aus.«

Grace konnte nicht allzu lange ihre Mission im Stich lassen. Deshalb fuhr sie öfter hinauf in den Norden. Dort überzeugte sie sich auch vom Fortgang des geheimnisvollen Steinbaus, den Rose inmitten der Olivenbäume in Auftrag gegeben hatte. Es war ein sehr großer Bau – man musste ein

beachtliches Stück Wald dafür roden –, und er erinnerte eindeutig an eine Art Kirche. Der Bautrupp arbeitete Tag und Nacht, als sei es ein Wettlauf mit der Zeit. Eine mächtige Kuppel ruhte auf Marmorsäulen. An den Wänden und auf dem Boden befand sich nichts. Aber letzte Woche hatte man im Innern etwas errichtet, und damit war das Geheimnis gelüftet.
Die Arbeiter hatten dort einen Alabastersarkophag aufgestellt. Steinmetzen meißelten in den Bogen über dem Eingang die Worte: SACRARIO DE LUCA D'ALLESSANDRO.
»Es ist Carlo Nobilis letzte Ruhestätte«, sagte Grace leise.
»Eine *Gruft?*«, rief Mona, »sie lässt ihn auf ihrer Lichtung hinter meinem Haus begraben? Das ist ja ungeheuerlich!«
»Mona ...«
»Ich muss an die Luft, Tante Grace. Ich werde auch auf meinem Zimmer essen.«
Grace versuchte, sie aufzuhalten, aber Mona lief bereits durch die große Eingangshalle des Clubs; viele Köpfe drehten sich um, die Leute starrten ihr nach und tuschelten miteinander.
Vor dem Club blieb Mona auf der Straße stehen und lehnte sich an eine Platane. Die Hände vergrub sie in den Hosentaschen. Die Leute in den vorbeifahrenden Autos starrten sie an; ein paar Frauen auf der Clubterrasse steckten die Köpfe zusammen und warfen immer wieder Blicke in ihre Richtung. Eine alte Zeitung lag auf der Straße. Es war keine Kenia-Zeitung, sondern die NEW YORK TIMES. Die Schlagzeile auf der ersten Seite handelte von dem skandalösen Mord an Lord Treverton und dem Prozess. Mona kämpfte mit den Tränen und dem Zorn. Sie fühlte sich gedemütigt und verraten.
Auf der anderen Straßenseite stand in der einsetzenden Dämmerung eine Gruppe Afrikaner; einige waren in Uniform. Sie unterhielten sich leise und rauchten gemeinsam eine Zigarette. Als sich ihnen ein weißes Paar näherte, verließen die Afrikaner den Vorschriften entsprechend den Gehweg, und die Soldaten legten die Hand zum Gruß an die Mütze. Mona sah, dass sich unter ihnen David Mathenge befand.
Seit Prozessbeginn saß er Tag für Tag oben im Zuschauerraum. *Er und seine Mutter verfolgen das Geschehen wie Geier ... wie zwei große, schwarze Vögel, die auf den letzten Atemzug ihrer Beute warten* ... Mona hasste sie ebenso wie die Weißen, die in den Gerichtssaal strömten und höhnisch den unwürdigen Niedergang einer Familie verfolgten, die sie einst verehrt hatten.

David entdeckte Mona auf der anderen Straßenseite. Ihre Blicke trafen sich.
»Mona!«, hörte sie plötzlich eine Stimme hinter sich.
Sie drehte sich um. Grace stand in der Tür des Clubs und winkte ihrer Nichte zu kommen.
»Was ist?«, fragte Mona, als sie die Stufen hinaufkam.
»Eine Überraschung! Komm schnell ...«
Verwirrt folgte Mona ihrer Tante in die Eingangshalle. Um den riesigen offenen Kamin standen viele Leute. Plötzlich sah Mona, um wen sie sich alle drängten, und rief: »Geoffrey!« Sie rannte auf ihn zu.
Er schloss sie in die Arme und drückte sie so fest an sich, dass sie keine Luft mehr bekam.
»Geoffrey!«, rief sie noch einmal. »Oh, wie herrlich, dass du da bist!«
»Mona, du bist so schön wie immer. Ich wollte schon längst hier sein, aber du weißt ja, die Bürokraten beim Militär!« Er trat einen Schritt zurück und sah sie ernst an. »Es tut mir so Leid, das mit Onkel Val und Tante Rose.«
Mona musterte Geoffrey. Er schien nach den fünf Jahren in Palästina größer zu sein und besser auszusehen. Er wirkte auch so viel älter, als hätten ihn der heiße Wind und Wüstensand gegerbt. Geoffrey Donald war erst dreiunddreißig und hatte bereits graue Schläfen; auch der Schnurrbart wurde silbrig. Mona bemerkte die Falten, die ihm der Krieg und die Entbehrungen um die Augen gegraben hatten. Sie musste daran denken, dass er mehr als einmal nur um Haaresbreite dem Tod durch eine Bombe der Terroristen entgangen war.
Das Thema Ehe hatten sie vor dem Krieg zum letzten Mal besprochen, als sie ihm erklärte, sie brauche Zeit. In seinen Briefen hatte er nie wieder irgendwelche Anspielungen gemacht. Zweifellos erwartete er von ihr den nächsten Schritt. Das wollte sie ganz bestimmt tun, nachdem er wieder zu Hause war. *Ich werde diesen Alptraum überstehen*, dachte Mona, *denn jetzt bist du endlich wieder da ...*
»Das ist Ilse«, sagte er, trat zur Seite und streckte die Hand nach einer jungen, blonden Frau aus.
»Ilse?«, fragte Mona.
»Meine Frau. Ilse, das ist Mona, meine liebe, alte Freundin, von der ich dir so viel erzählt habe.«
Mrs. Donald streckte ihr die Hand entgegen. Aber Mona sah nur die blonden Haare, die blauen Augen und das scheue Lächeln.
»Ilse spricht leider kaum Englisch.«

Mona sah Geoffrey an. »Deine Frau? Ich wusste nicht, dass du geheiratet hast.«
»Wir auch nicht«, sagte James und legte seinem Sohn die Hand auf die Schulter. »Geoff ist offenbar schneller hier als seine Briefe!«
»Ich freue mich so für dich«, sagte Grace, »willkommen in Kenia.«
»Danke«, sagte die junge Frau leise.
»Ilse ist aus Deutschland geflohen«, erklärte Geoffrey. Offenbar bemerkte er nicht, wie betroffen Mona war. Sie taumelte ein paar Schritte rückwärts und stützte sich auf eine Sofalehne.
»Ihre Familie wurde in ein Konzentrationslager verschleppt. Sympathisanten haben Ilse zur Flucht nach Palästina verholfen. Und sie hätten uns beinahe nicht heiraten lassen.«
»Wie entsetzlich«, murmelte Grace. In dem einen Kino in Nairobi zeigte man inzwischen Wochenschauen aus dem Ausland – amerikanische Aufnahmen von den Lagern in Dachau und Auschwitz ... »Wir werden ganz bestimmt alles tun, dass Ilse sich hier zu Hause fühlt, Geoffrey. Leider kommst du in einer Zeit zurück, während hier dieser schreckliche Prozess stattfindet.«
»Die Zeitungen in Jerusalem schreiben seit Monaten über nichts anderes. Ich konnte es einfach nicht glauben! Wenn ich darf, werde ich Tante Rose besuchen ... Wenn ich irgendwie helfen kann ...«
»Mr. Barrows ist ein ausgezeichneter Verteidiger.«
»Ich habe von ihm gehört.«
»Du wirst ihn beim Abendessen kennen lernen.«
»Ich finde«, sagte James, »da Geoff wieder zu Hause ist und seine Frau mitgebracht hat, wäre Champagner das Richtige. Ich lasse uns einen Tisch am Vogelhaus reservieren. Dort wird man am besten bedient.«
»Entschuldigen Sie bitte«, hörte man eine höfliche Stimme, »darf ich Sie einen Augenblick sprechen, Captain Donald?«
Hinter ihnen stand Angus McCloud, einer der Angestellten des Clubs.
»Ja?«, sagte Geoffrey. »Worum geht es?«
Der Mann wirkte etwas verlegen. »Könnten wir, äh ... unter vier Augen sprechen, Captain?«
Geoffrey sah McCloud zornig an, als wisse er bereits, worüber gesprochen werden sollte.
»Was gibt's für Probleme?«, fragte James, »Sie haben doch einen Tisch zum Abendessen für uns?«

Der Schotte wurde rot. »Wenn wir doch vielleicht hier hinübergehen könnten ...«

»Sprechen Sie nur, Mr. McCloud«, sagte Geoffrey, »sagen Sie, was Sie sagen wollen in Gegenwart meines Vaters und meiner Freunde.«

Grace warf James einen verwirrten Blick zu. »Was soll das?«

»Es handelt sich um das Reglement des Clubs, Captain Donald«, sagte Angus McCloud, »ich habe die Regeln nicht gemacht. Ich muss nur auf ihre Einhaltung achten. Verstehen Sie, wenn es nach mir ginge ...« Er breitete die Hände aus, »aber es geht um die anderen Clubmitglieder.«

»Großer Gott«, sagte James plötzlich, »Sie wollen doch nicht sagen, was ich Ihren Worten zu entnehmen glaube.«

McClouds Verlegenheit wuchs.

»Geoffrey«, sagte Grace, »bitte, worum geht es?«

Er presste die Zähne zusammen und stieß hervor. »Es geht um Ilse. Sie ist Jüdin.«

»Und?«

»Nach dem Reglement des Clubs dürfen Juden nicht den Speisesaal betreten.«

Grace sah Angus an. Er wich ihrem Blick aus.

James sagte: »Zum Teufel mit den Regeln! Wir werden alle hier zu Abend essen, und wir möchten den Tisch am Vogelhaus.«

»Leider darf ich das nicht erlauben, Sir James, wenn Mrs. Donald in Ihrer Gesellschaft ist.«

»Sie wollen doch nicht sagen, dass Sie ...«

»Lass es gut sein, Vater«, erklärte Geoffrey und ergriff Ilses Hand, die ihn fragend ansah, »ich verzichte darauf, in diesem blöden Club zu essen. Ich verzichte auch darauf, hier Mitglied zu sein. Meine Frau und ich gehen dorthin, wo wir willkommen sind. Und wenn man uns nicht in Kenia haben möchte, dann werden wir uns auf der Welt einen Platz suchen, wo das der Fall ist!«

»Geoffrey!«, rief James seinem Sohn nach, der mit großen Schritten den Club mit Ilse verließ.

Mona saß noch immer zitternd auf der Sofalehne und starrte den beiden nach – der feurige Mann in Uniform und die hübsche Frau an seiner Seite. Sie sprang auf, rannte aus der Eingangshalle zu ihrem Bungalow und verschloss die Tür hinter sich.

Rose saß ruhig an ihrem Stickrahmen und stickte, als Grace hereinkam.

Durch das vergitterte Fenster sah man die Nebel der Nacht und am Horizont vereinzelt kristallklare Sterne.

Grace blieb stehen und betrachtete die einfache Zelle, in der Rose jetzt lebte. Dann setzte sie sich und sagte: »Rose, willst du heute Abend mit mir reden?«

»Carlos Gruft müsste inzwischen beinahe fertig sein, nicht wahr?«

»Ja, das stimmt, Rose.«

Mit einem Seufzer befestigte sie die Nadel in dem Tuch, schob den Stickrahmen zur Seite und sah zum ersten Mal seit Monaten ihrer Schwägerin in die Augen. »Wenn die Gruft fertig ist, beauftrage bitte die Leichenbestatter, Carlo dort zur letzten Ruhe zu betten. Vater Vittorio soll eine Messe für ihn lesen.«

»Das will ich tun.«

»Du weißt, Grace«, fuhr Rose ruhig fort, »Valentine war kein böser Mensch. Er war einfach nicht fähig zu lieben. Carlo war ein sanfter und herzensguter Mann, der keinem etwas zuleide tun wollte. Man hatte ihn im Lager gefoltert. Ich habe die Narben auf seinem Rücken gesehen. Valentine hatte nicht das Recht, ihn wie ein Tier hilflos und gefesselt zu töten. Ich hoffe, Valentine muss in der Hölle dafür ewig büßen.«

8

Der Prozeß entwickelte sich immer ungünstiger für Lady Rose. Schließlich begann auch Mr. Barrows die Hoffnung aufzugeben. Alle Zeugenaussagen schienen die Gräfin schwer zu belasten.
Superintendent Lewis von der Kriminalpolizei erschien im Zeugenstand.
»Superintendent«, fragte der Anwalt der Krone, ein beleibter Mann, dessen schwarze Robe spannte; die weiße Perücke saß auf einem runden, kahlen Kopf, »haben Sie Lady Rose gefragt, wie es zu der Prellung im Gesicht gekommen ist?«
»Ja, das habe ich.«
»Und ihre Antwort?«
»Sie sagte, sie stürzte und fiel gegen den Rand des Toilettentischs.«
»Ihrer Familie erzählte sie jedoch, ihr Mann habe sie geschlagen! Mit anderen Worten, Lady Rose hat zwei verschiedene Versionen berichtet, eine muss deshalb eine Lüge sein. Vielleicht sind auch *beide* Lügen! Würden Sie zustimmen, Superintendent, dass sich Lady Rose die Prellungen beim Fahrradfahren zugezogen hat, als ein Reifen die Luft verlor und sie zu Boden stürzte?«

Inspektor Mitchell aus Nyeri sagte mehrmals als Zeuge aus.
»Sie haben gesagt, Inspektor, Dr. Treverton sei der Ansicht gewesen, Lady Rose habe an jenem Morgen das Haus zu einer Reise verlassen?«
»Ja. Aber da stand Ihre Ladyschaft im Morgenmantel. Ich hatte nicht den Eindruck, dass sie beabsichtigte auszugehen.«
»Wie reagierten Dr. Treverton und Sir James, als sie Lady Rose plötzlich in der Tür sahen?«
»Sie waren sehr überrascht. Sie glaubten, Lady Rose sei bereits unterwegs.«
»Unterwegs wohin?«
»Sie wollte mit ihrem italienischen Geliebten davonlaufen.«

Und später: »Inspektor Mitchell, berichten Sie uns bitte, wie Lady Rose auf die Nachricht vom Tod ihres Mannes reagierte?«
»Sie rief: ›Das wollte ich nicht.‹«
»Und was meinte sie mit ›das‹?«
Der Verteidiger sprang auf. »Hohes Gericht, das ist eine unzulässige Frage.«
»Ja, Mr. Barrows.«
»Hat Lady Rose noch etwas gesagt?«
»Ja, ein Wort hat sie noch gesagt.«
»Was für ein Wort war das?«
»Ein Name. Sie sagte: ›Oh, Carlo.‹«

Grace beobachtete bei allen Aussagen ihre Schwägerin. Sie musterte das maskenhafte Gesicht, das immer blasser und schmaler zu werden schien. *Was, um alles in der Welt,* fragte sich Grace, *geht hinter diesen großen, blauen Augen vor?*

Schließlich rief der Anwalt der Krone Dr. Treverton in den Zeugenstand. Grace blickte in die neugierigen Augen der zahllosen weißen Gesichter unten in dem dicht gedrängten Gerichtssaal und der schwarzen Gesichter auf den Rängen.
»Dr. Treverton, haben Sie die Prellung im Gesicht Ihrer Schwägerin untersucht?«
»Ja.«
»Würden Sie als Ärztin sagen, dass eine solche Prellung Lady Rose unfähig gemacht hat, in der Nacht des fünfzehnten April Fahrrad zu fahren?«
»Sie hat mir gesagt, sie sei bewusstlos geschlagen worden.«
»Bitte beantworten Sie die Fragen, Doktor Treverton. Wird jemand durch einen Schlag ins Gesicht, der zu einer solchen Prellung führt, immer bewusstlos?«
»Nicht immer, aber ...«
»Können Sie medizinisch beweisen, dass Lady Rose bewusstlos geschlagen wurde?«
»Nein.«
»Dr. Treverton, berichten Sie uns bitte, was Ihre Schwägerin sagte, nachdem Inspektor Mitchell die Nachricht vom Tod Seiner Lordschaft überbracht hatte.«

»Rose sagte, es sei nicht in ihrer Absicht gewesen, dass er stirbt.«
Man brachte eine Tafel mit einem Grundriss von BELLATU herein. »Dr. Treverton, sehen Sie auf diesem Plan das obere Stockwerk von BELLATU?«
»Ja.«
»Bitte deuten Sie auf das Zimmer, in dem Sie schliefen. Ist es das Zimmer mit dem roten X? Danke, Doktor Treverton. Der Grundriss zeigt, dass Ihr Zimmer auf diesem Flügel das zweitletzte war. Können Sie uns bitte sagen, wessen Zimmer das letzte war?«
»Es ist das Schlafzimmer von Lady Rose.«
»Sie meinen, das Schlafzimmer von Lady Rose *und* Lord Valentine.«
»Nein. Das Schlafzimmer meines Bruders befand sich meinem gegenüber.«
»Ich entnehme daraus, dass der Earl und die Countess nicht zusammen schliefen?«
Grace sah den aufgeblasenen Anwalt an. »Sie hatten getrennte Schlafzimmer. Ich weiß nicht, ob sie oder ob sie nicht zusammen schliefen.«
»Also gut, das letzte Schlafzimmer gehörte Lady Rose. Sie teilte es mit niemandem?«
»Richtig.«
»Als Sie mitten in der Nacht Schritte vor Ihrer Tür hörten, können sie nur von Lady Roses Schlafzimmer gekommen sein?«
»Oder *zu* ihrem Zimmer ...«
»Also, Doktor Treverton, Sie haben ausgesagt, dass Sie einen Blick auf Ihre Uhr warfen. Wie spät war es, als Sie einen fahrenden Wagen hörten?«
»Wie ich der Polizei gesagt habe, war es entweder fünf nach vier oder ein Uhr zwanzig. Ich habe meine Brille nicht aufgesetzt.«
»Da der Tod des Earls gegen drei Uhr morgens eingetreten ist, müssen wir annehmen, Sie haben den Wagen um ein Uhr zwanzig gehört. Die Schritte vor Ihrer Tür müssen aus der Richtung von Lady Roses Schlafzimmer gekommen sein, und die Person muss das Haus verlassen haben.«
»Aber irgendjemand kann im Gang gewesen sein. Schließlich befindet sich dort auch eine Toilette ...«
»Dr. Treverton, waren Sie in dieser Nacht allein in dem Zimmer?«
»Ich verstehe nicht, was diese Frage mit dem Fall zu tun hat.«
»O ja, denn wir versuchen festzustellen, wo sich die Anwesenden in der Mordnacht befunden haben. Bitte beantworten Sie die Frage. Waren Sie allein?«
Grace blickte zu James hinüber, der neben Geoffrey und Mona saß. Er lächelte.

»Nein, ich war nicht allein.«
»Wer war bei Ihnen?«
»Sir James.«
»Aha. Und er schlief auf dem Boden oder vielleicht auf einer Liege?«
»Nein.«
»Dann berichten Sie uns bitte, wo Sir James war?«
»Er war im Bett bei mir.«
Die Zuschauer murmelten aufgeregt miteinander, und Sir Hugh musste die Anwesenden zur Ordnung rufen.

Barrows' Gehilfe notierte auf einem Zettel, den er dem Verteidiger über den Tisch schob: »Sie wollen die ganze Familie hängen!«

Der Anwalt der Krone begann schließlich sein abschließendes Plädoyer. »Hohes Gericht!«, rief er mit donnernder Stimme. »Wir haben gezeigt, was am Morgen des sechzehnten April dieses Jahres in der Kiganjo Road eine Meile hinter der Kreuzung nach Nyeri geschehen ist. Die Aussagen der Fachleute beweisen zweifelsfrei, dass es sich bei dem Messer, das in ein Taschentuch von Lady Rose gewickelt unter den Abfällen verbrannt werden sollte, um die Mordwaffe handelt. Der Earl von Treverton wurde erstochen, und das Messer gehört Lady Rose. Die Laboruntersuchungen haben ergeben, dass die Schmutzspuren auf dem Beifahrersitz und dem Trittbrett des Wagens, den der Earl fuhr, mit Erdproben übereinstimmen, die man an der betreffenden Stelle der Kiganjo Road gemacht hat. Zeugen haben übereinstimmend ausgesagt, dass mitten in der Nacht ein Wagen BELLATU verlassen hat und bald darauf Schritte im Gang vor Lady Roses Schlafzimmer gehört wurden, Wir haben das Fahrrad gefunden, das auf der Flucht ins Gebüsch geworfen wurde. Das Fahrrad gehört in den Besitz der Treverton-Plantage. Hohes Gericht!«, rief der Anwalt. »Angesichts all dessen und angesichts des Motivs, das Lady Rose zu der Tat trieb, können wir die Vorgänge in dieser Nacht rekonstruieren.«

Er beschrieb alles noch einmal so lebendig und überzeugend, dass die Zuschauer im Gerichtssaal die verlassene Straße sahen, den Earl, der an den Straßenrand fuhr, die Frau auf dem Fahrrad, die in den Wagen stieg, das Messer zückte, dann dem bereits toten Earl den Kopfschuss versetzte und in Panik floh.

»Es ist unvorstellbar«, fuhr der Anwalt fort, »dass Lord Treverton mit der Leiche im Kofferraum auf der dunklen Straße anhielt, weil ein Fremder dort stand. Deshalb können wir sagen, *der Earl kannte die Person sehr gut,* die ihm auf dem Fahrrad folgte, und deshalb öffnete er den Wagenschlag und ließ sie einsteigen.

Hohes Gericht! Ich sage, bei dieser Person handelte es sich um Lady Rose, um die ehebrecherische Frau des Earl. Sie fürchtete um das Leben ihres Geliebten, und nachdem ihr ihr berechtigterweise zorniger Mann einen Schlag ins Gesicht versetzt hatte, folgte sie ihm aus Angst. Und sie wollte sich rächen! Sie hoffte, ihn davon abzuhalten, Carlo Nobili, dem Feind der Krone, etwas anzutun!

Ich möchte das hohe Gericht davor warnen, sich vom Aussehen der Angeklagten täuschen zu lassen. Diese Frau dort auf der Anklagebank ist nicht so hilflos, wie sie uns glauben machen möchte. Sie ist eine Frau, die vorsätzlich einen feindlichen Soldaten versteckt hat. Sie hat ihr Geheimnis gehütet, obwohl sie von der ausgedehnten Suche nach dem Flüchtling wusste. Sie hat sich auf eine schmutzige und ungesetzliche sexuelle Beziehung mit ihm eingelassen. Ich sage, eine Frau wie sie ist auch zu einem kaltblütigen Mord fähig!«

Während des Plädoyers näherte sich ein Gerichtsdiener dem Platz des Verteidigers und reichte Mr. Barrows eine Nachricht.

Barrows las und sprang auf. Sir Hugh Roper, der Oberrichter, reagierte auf die Unterbrechung und erteilte Mr. Barrows das Wort. Der Verteidiger bat um die Erlaubnis einer Vorlage unter Ausschluss der Öffentlichkeit. Im Gerichtssaal kam es zu tumultartigen, erregten Äußerungen und Spekulationen, als der Oberrichter dem Ersuchen der Verteidigung nachkam und sich mit den beiden Anwälten zu einer Beratung zurückzog. Es war unglaublich, dass es jetzt noch zu einer Prozessunterbrechung kommen konnte – mitten im Plädoyer des Anwalts der Krone!

Alle blieben in der Nähe des Gerichts, während die Beratung andauerte. Wie es hieß, versuchten noch mehr Neugierige in den Saal zu gelangen, als das Gericht wieder Platz nahm und die Verhandlung fortgesetzt wurde. Zur allgemeinen großen Überraschung rief Mr. Barrows einen neuen Zeugen zur Aussage in den Zeugenstand.

»Nennen Sie bitte dem Gericht Ihren Namen.«

»Hans Kloppman.«

»Wo wohnen Sie, Mr. Kloppman?«

»Ich habe eine Farm in der Nähe von Eldoret.«

»Würden Sie uns bitte sagen, was Sie heute in das Gericht nach Nairobi geführt hat?«

»Also, na ja, meine Farm, müssen Sie wissen, liegt sehr einsam ...«

Als dieser Mann zu sprechen anfing, sahen alle Anwesenden, auch das Gericht, jemanden vor sich, den sie zwar nicht persönlich kannten, der ihnen aber trotzdem sehr vertraut war. Hier sprach ein kenianischer Farmer. Alle sahen das sonnengebräunte Gesicht, die staubige Arbeitskluft, die ehrlichen, schwieligen Hände. Er war einer von ihnen, er glich einem Freund oder einem Nachbarn. Und während sie ihm zuhörten, zweifelte keiner an Hans Kloppmans Worten.

»Meine Farm liegt also sehr einsam. Ich höre nicht viel davon, was in dieser Welt los ist. Ich habe in den letzten Monaten keinen Menschen gesehen. Erst als ich in Eldoret meine Vorräte ergänzen musste, habe ich von diesem Prozess erfahren. Da wusste ich, dass ich hierher kommen und meine Aussage machen muss.«

»Warum, Mr. Kloppman?«

»Weil Sie sich irren. Diese Lady hat den Mord nicht begangen!«

»Woher wissen Sie das?«

»Weil ich in jener Nacht auf der Kiganjo Road war und den Fahrradfahrer gesehen habe.«

Lärm brach im Gerichtssaal aus. Der Richter rief die aufgeregte Menge zur Ordnung.

Als wieder Stille eingekehrt war, forderte Mr. Barrows den Farmer, einen Buren, auf, dem Gericht genau zu erzählen, was sich in der Nacht des fünfzehnten April auf der Kiganjo Road ereignet hatte.

»Ich hatte in Nyeri einige Dinge zu erledigen und habe Freunde besucht. Ich fuhr mit meinem Wagen die Kiganjo Road entlang und bemerkte vor mir den parkenden Wagen am Straßenrand. Die Scheinwerfer brannten. Beim Näherkommen sah ich, wie jemand auf ein Fahrrad stieg, wendete und so schnell er konnte davonfuhr.«

»Jemand, Mr. Kloppman?«

»Oh, es war natürlich ein Mann. Er trat wie ein Wilder in die Pedale! Er raste an mir vorbei und schien mich nicht einmal zu bemerken. Er strampelte und fluchte über den Schlamm wie jemand, dem der Teufel auf den Fersen ist.«

»Und was geschah dann, Mr. Kloppman?«

»Als ich den parkenden Wagen erreichte, sah ich, dass der Motor lief. Ich sah hinüber und entdeckte einen schlafenden Mann. Ich dachte: *Na ja, ich musste auch schon oft anhalten und eine Runde schlafen.* Also ließ ich den Mann in Frieden.«

»Sie sagen, Mr. Kloppman, ein Mann fuhr auf dem Fahrrad davon. Sind Sie sicher?«

»O ja, völlig sicher. Ich habe das Gesicht nicht gesehen. Er hatte den Hut tief in die Stirn gezogen. Aber es war ein sehr großer Mann mit breiten Schultern. Das Fahrrad schien für ihn zu klein zu sein. Außerdem musste er stark sein, um in dem tiefen Schlamm überhaupt vorwärts zu kommen.«

»Mr. Kloppman, bitte sehen Sie sich die Angeklagte, Lady Rose, an. Wäre es möglich, dass diese Frau auf dem Fahrrad gefahren ist?«

Der Farmer musterte Lady Rose und machte große Augen. »Dieses zarte, kleine Ding? O nein, Sir!«, rief er ohne nachzudenken. »Sie nicht, ganz bestimmt nicht! Ich sage Ihnen doch, es war ein *Mann*.«

Im Gerichtssaal brach die Hölle los.

»Mutter?«, rief Mona und klopfte an die Schlafzimmertür. »Bist du wach?« Sie hielt das Tablett mit dem Frühstück im Arm, öffnete mit der freien Hand die Tür und blickte ins Zimmer. Es war leer. Das Bett war nicht benutzt. Mona setzte das Tablett ab und eilte die Treppe hinunter. Sie konnte sich vorstellen, wo ihre Mutter war.

Vor drei Wochen war der Prozess zu Ende gegangen. Der Ankläger hatte Mr. Kloppman lange ins Kreuzverhör genommen, aber das Gericht war zu dem Schluss »nicht schuldig« gekommen, da niemand mehr von Lady Roses Schuld überzeugt war. Nach der Entlassung verbrachte die Gräfin tagsüber jede freie Minute auf der Lichtung. Die zurückliegenden Ereignisse schienen sie nicht weiter zu berühren. Sie reinigte, spannte und rahmte den fertigen Wandteppich. Gestern Abend hatten Rose und Njeri die riesige Stickerei in Carlo Nobilis Mausoleum aufgehängt.

Mona lief den Weg durch den Wald. Noch ehe sie die Lichtung erreichte, sah sie die Marmorkuppel des *Sacrario*. Er wirkte wie ein klassischer griechischer Tempel in einem geheimnisvollen Dschungelparadies. Rose hatte für das Grab ihres Geliebten viel Geld ausgegeben. Sie hatte auch eine Stiftung ins Leben gerufen, mit deren Erlös das Mausoleum in Zukunft gepflegt und erhalten werden sollte.

Der Pavillon und das Gewächshaus befanden sich noch an ihrem Platz. Auf der Nordseite hatte man den Wald gerodet. Das Mausoleum glitzerte

hell in der Morgensonne. Es war unglaublich, dass man dieses gewaltige Bauwerk in so kurzer Zeit errichtet hatte. Mona fand, es sei genauso groß wie die presbyterianische Kirche in Nyeri. Etwa fünfzig Menschen konnten dort bequem Platz finden. Aber das Mausoleum war leer bis auf den schlichten Alabastersarkophag.
Mona blieb wie angewurzelt am Pavillon stehen.
»O mein Gott!«, rief sie und lief näher.
Die Afrikanerin hatte eine Leiter benutzt. Sie hatte sich einen Seidenschal ihrer Herrin um den Hals gebunden und das andere Ende um einen Dachsparren geschlungen, der Leiter einen Tritt versetzt und sich erhängt.
Ohne nähere Untersuchung wusste Mona, dass Njeri tot war.
»Mutter?«, rief sie. Mona sah sich suchend auf der ruhigen Lichtung um. Vögel und Affen bevölkerten die Bäume. Sonnenstrahlen spielten auf dem Waldboden. Das Gewächshaus schimmerte in der Sonne wie ein Juwel. Die Blüten hinter dem Glas funkelten in allen Farben. »*Mutter!*«
Mona rannte zum Mausoleum. Die Doppeltür war nicht verschlossen. Sie stieß die beiden Flügel auf. Vor ihr gähnte die Dunkelheit des Todes. Das ewige Licht am Kopfende des Sarkophags verbreitete einen gespenstischen Schein. Monas Gestalt hob sich als dunkle Silhouette in der hellen Tür ab. Sie starrte auf die Gestalt, die anmutig und tragisch auf dem Sarg des Herzogs lag.
Lady Rose schien zu schlafen. Sie hatte die Augen geschlossen. Ihr Gesicht war so weiß wie der Alabaster, auf dem sie lag. Blut wie dünne, rote Bänder an den Handgelenken hinterließ Spuren auf dem weißen Stein und hatte sich auf dem Boden gesammelt.
Der Coroner protokollierte später, dass Lady Rose vor Anbruch des Morgens gestorben war, aber sich kurz vor Mitternacht die Pulsadern geöffnet haben musste. Deshalb kann man sagen: Lady Rose starb langsam in der Dunkelheit und Kälte. Sie starb allein mit ihrem Geliebten.

9

David Mathenge stand am Straßenrand und sah die vorüberrollenden Lastwagen. Er wusste, wer sie fuhr und was sie bedeuteten. Es waren weiße Einwanderer, die hier in Kenia Farmen auf dem Land schaffen wollten, das England ihnen nach einem neuen Soldatenbesiedelungsgesetz anbot.
Nach dieser Methode war man schon einmal vorgegangen – damals 1919. Die Regierung in London wusste nicht, was sie mit den Soldaten anfangen sollte, die nach dem Ersten Weltkrieg in die Heimat zurückkehrten. Diese Männer hatten keine Arbeit und wussten nicht, wohin sie sollten. David verstand nun, dass man sie als Lösung des Problems in die Kolonien schickte. In den ersten Wochen des Jahres 1946 wiederholte sich das alles. Auf die heimkehrenden Soldaten wartete ein finanziell ruiniertes Britannien, und sie waren arbeitslos. Also versprach man ihnen Farmland in Kenias ›weißem Hochland‹. Hier musste man also Platz schaffen für die Einwanderer. Deshalb vertrieb man die afrikanischen ›Pächter‹ aus den besten und fruchtbarsten Gebieten und zwang sie, in die Eingeborenenreservate zurückzukehren. Völliger Wahnsinn!

David staunte darüber, wie kurzsichtig die Männer sein mussten, die das Empire regierten. Wie konnten sie glauben, dass die Afrikaner ein zweites Mal diese Unverschämtheit hinnehmen würden?

Die Saat des Rebellion keimte bereits. Junge Kikuju fragten sich: Wenn in den fruchtbarsten Gebieten Platz genug für die weißen Siedler ist, warum gibt es dann für *uns* kein Land? Die Antwort: *Wenn nicht bald etwas geschieht, dann ist eine große wirtschaftliche Depression unvermeidlich. Und nur die Weißen, nicht die Afrikaner, haben das Kapital und die internationalen Beziehungen, um in kürzester Zeit Gewinne zu erwirtschaften.* Aber damit gaben sich die jungen Kikuju nicht zufrieden. *Gebt uns eine Chance*, beschworen sie die tauben Kolonialherren. Und so kam es, dass es plötzlich »Nairobis wilde junge Männer« gab.

Beinahe einhunderttausend afrikanische Soldaten kehrten nach Ostafrika zurück, nachdem sie in den blutigsten Schlachten der englischen Geschichte gekämpft hatten. In Nairobi fanden sie neue Häuser, Autos, Hotels und Geschäfte mit Luxusartikeln. Diesen Afrikanern hatte man viel nützliches Können beigebracht, und jetzt suchten sie ehrenhafte Arbeit, um auf ehrliche Weise Geld zu verdienen. Fünfzehntausend hatten im Krieg gelernt, Lkws zu fahren. Aber es gab einfach nicht genug Stellungen für die plötzlich vorhandenen gebildeten und geschickten jungen Männer, die glaubten, durch ihren Kriegsdienst ein Anrecht auf Entschädigung und Anerkennung zu haben. Wer von ihnen Arbeit fand, stellte fest, dass die Löhne für Afrikaner sehr viel niedriger waren als der Sold, den sie beim Militär bekommen hatten. Hass und Bitterkeit breiteten sich unter den Afrikanern aus. Es fehlten ihnen die legalen Möglichkeiten, ihrer Enttäuschung Ausdruck und Nachdruck zu verleihen. Deshalb fanden überall in der Provinz geheime Treffen dieser heimatlosen jungen Afrikaner ohne Land statt. Das waren Nairobis wilde junge Männer! David wusste, diesmal würden sie den Erfolg haben, der ihren Vorgängern, die der Kriegsausbruch 1939 stoppte, versagt geblieben war. Ein Unterschied bestand zwischen der heißblütigen Jugend von heute mit Davids Generation der ersten politischen Bewegung: Nairobis wilde junge Männer hatten gelernt zu kämpfen, und ihre Lehrmeister waren die weißen Offiziere.

Aber David konnte sich im Augenblick nicht mit diesen Fragen beschäftigen. Seine persönlichen Probleme erlaubten ihm nicht den Luxus, sich Gedanken um seine Landsleute zu machen. Erstens, auch er war arbeitslos. Zweitens, Wanjiru war endlich schwanger.
Der achtundzwanzigjährige David Mathenge kehrte der Straße den Rücken zu. Er machte sich Sorgen um seine Zukunft. David ging zum Fluss zurück, wo am Ufer jetzt drei Hütten um eine gepflegte *Shamba* standen. Seine Mutter und seine Frau bestellten dort das Land, versorgten die Ziegen, holten Wasser, besserten die Dächer aus, setzten Wein an und kochten für ihn das Abendessen. Aber er, der Sohn und Ehemann, ihr Beschützer, ihr *Krieger* war so nutzlos wie eine Kalebasse mit einem Loch ...

Die Enttäuschung war ein bitterer Geschmack in seinem Mund.

Zumindest hätte er sich etwas damit trösten können, dass die Treverton-Plantage sich jetzt in großen Schwierigkeiten befand. Aber auch das konnte seine Düsterkeit nicht vertreiben. Als er von *Memsaab* Monas Problemen mit den Arbeitern erfuhr, empfand er keine Schadenfreude, wie das vielleicht früher der Fall gewesen wäre. Er hielt das für eine sehr schlechte Nachricht. Schließlich war es *seine Plantage.* Seine Mutter hatte ihm prophezeit und versprochen, er werde eines Tages das Land zurückerhalten. Deshalb ärgerte er sich darüber, wie die Plantage vernachlässigt wurde, nur weil die Aufseher und Vorarbeiter, die dem Earl treu gedient hatten, keine Befehle von seiner Tochter, einer *Memsaab,* entgegennahmen.

David blieb kurz auf der roten Erde der unbefestigten Straße stehen, die am Hügel entlang und zur Plantage führte. Er dachte an die zwei Frauen, mit denen er zusammen lebte: die unbezwingbare Medizinfrau, deren Blicke ihr Sohn wie eine wortlose Strafe empfand, und seine unzufriedene Frau, die darüber klagte, wie langsam die Männer alles taten. Wanjiru hatte versucht, David zum Beitritt in die *Kenya African Union* zu bewegen. Diese neue militante Organisation fand im ganzen Land großen Zulauf. Aber David hatte genug von den Kämpfen in Palästina. Er wusste auch, dass die unbewaffneten Kikuju – wie zahlreich sie auch sein mochten – den Panzern und Flugzeugen der Engländer nicht gewachsen waren.

Er glaubte, die Lage in Kenia werde sich nur durch rationale Überlegungen und eine behutsame Entwicklung verändern. Aber welche Macht hatten er und andere gebildete, aber arbeitslose Afrikaner, das Räderwerk zu der notwendigen Veränderung in Gang zu setzen?

Seit der Rückkehr aus Palästina vor einem Jahr beschäftigte David sich nur mit diesen Gedanken. Er musste ein verantwortungsbewusster, vernünftig denkender Mann sein, damit man ihn anhörte, damit man die Machthaber und den Rest der Welt davon überzeugen konnte, dass Kenia die Unabhängigkeit rechtmäßig zustand. Er wusste, die Briten würden Nairobis wilde junge Männer ebenso wenig beachten wie die hitzköpfigen Mitglieder des KAU. Immerhin setzten letztere sich mit afrikanischen Lehrern, Geschäftsleuten und Männern von gewissem Einfluss zusammen und sprachen mit ihnen über die anstehenden Probleme.

Jawohl, als Besitzer einer ansehnlichen Plantage mit fruchtbarem Land und in der angesehensten Provinz würde man auf David Mathenge hören. Er würde ein Führer sein.

Land ...
David dürstete danach wie eine Wurzel nach Wasser. Er sehnte sich nach Land wie ein Vogel nach dem Himmel. Er war in dieses Land hineingeboren und mit Leib und Seele damit verbunden. All das würde ihm gehören, wenn man seinen Vater nicht vor beinahe dreißig Jahren mit einer List dazu gebracht hätte, es dem weißen Mann zu überlassen. David hörte wieder Wacheras Worte, als er jetzt über die Plantage blickte: »Mein Sohn, wenn dir jemand deine Ziege stiehlt, wird sie gebraten oder gegessen. Du kannst sie vergessen. Wenn dir jemand den Mais stiehlt, wird er gemahlen und gegessen. Du kannst ihn vergessen. Aber wenn dir jemand dein Land stiehlt, dann ist es trotzdem da. Du kannst es nie vergessen.«
David würde diese fruchtbaren fünftausend Acres, die man seinem nichts ahnenden Vater gestohlen hatte, nie vergessen. Sie waren Davids Erbe, und man musste sie ihm eines Tages zurückgeben. Er wusste auch, dass er mit Gewalt und Leidenschaftlichkeit – den ›Waffen‹ von Nairobis wilden jungen Männern – sein Land nie zurückbekommen würde. Er nahm sich vor, wie ein Löwe vorsichtig und behutsam vorzugehen. Er wollte die Beute beobachten, sie verfolgen und mit großer Wachsamkeit auf den einen Moment der Schwäche lauern – das waren seine ›Waffen‹.
David würde sein Land rechtmäßig und ehrenhaft zurückerhalten, und es sollte nicht verwahrlost sein. Er betrachtete lange die fünftausend Acres mit Kaffeebäumen und traf eine Entscheidung.

David fand Mona Treverton im südöstlichen Abschnitt der Plantage, nicht weit von der schicksalhaften Kreuzung der Kiganjo Road entfernt. Sie stand auf der Ladefläche ihres Lastwagens, hielt eine Hand vor die Augen und drehte sich langsam im Kreis.
»Verdammt!«, murmelte sie und wollte hinunterspringen, als sie David bemerkte.
Er sah zu ihr hinauf, und plötzlich überfielen ihn einige Erinnerungen ... Er dachte daran, wie sie unbewegt den Prozess ihrer Mutter verfolgt hatte, wie sie auf dem Polofeld ritt, wie sie in der Nacht beide hilflos in der brennenden Operationshütte saßen ...
Mona blickte auf ihn hinunter, und es überlief sie plötzlich heiß und kalt in der warmen Sonne. Im Verlauf des Prozesses hatte sie öfter zum Rang hinaufgesehen und festgestellt, dass David sie beobachtete. Genauso sah er sie jetzt an – das Gesicht eine Maske.

»Wonach halten Sie Ausschau, *Memsaab?*«, fragte er auf Englisch.
»Ich suche meine Arbeiter. Sie sind wieder weggelaufen. Schon zum vierten Mal in diesem Monat.« Sie sprang vom Wagen und schob sich ein paar schwarze Haare aus dem Gesicht. »Die Kaffeebeeren müssen gepflückt werden.«
»Wo sind die Frauen und Kinder?«
»Ich habe sie zum Unkrautjäten in den nördlichen Abschnitt geschickt. Und hier brauche ich die Männer!«

David musterte sie. Die *Memsaab* war zornig und verärgert. Sie stand als Frau allein in der Welt. Sie hatte das große Haus inmitten der fünftausend Acres Land und keinen Mann.
Mona schob die Hände in die Hosentaschen und ging ein paar Schritte weiter. Sie hob das Gesicht, blickte auf die Hügel mit den grünen Kaffeebäumen. Ihr Schal flatterte im Wind. Sie holte tief Luft, um sich zu beruhigen.
»Wie gelingt es mir, dass sie für mich arbeiten?«, fragte sie ruhig.
»Ich weiß, wo die Männer sind«, sagte David.
Sie drehte sich um. »Wirklich?«
»Sie sind zu einem Fest in Mweiga, und dort gibt es viel zu trinken. Sie werden vier Tage dort sein.«
»Aber der Kaffee muss gepflückt werden! Mir fehlen diese Tage! In einer Woche ist meine Ernte verloren!«
Er dachte: *Meine Ernte!* Dann sagte er: »Ich kann Ihnen die Männer zurückholen.«
Mona sah ihn vorsichtig an. »Warum würdest du das tun?«
»*Memsaab*, Sie brauchen einen Verwalter, und ich suche Arbeit.«
Mona sah ihn groß an. »Du möchtest für mich arbeiten?«
David nickte.
Sie fragte: »Glaubst du, du könntest das? Ich meine, all das ...« Sie breitete die Arme aus.
David erzählte ihr von seinem Studium in Uganda und dem Examen.
Mona dachte nach. Sie zögerte. Konnte sie David trauen? »Ich habe versucht, einen Verwalter zu finden«, sagte sie langsam, »aber alle wollen eine eigene Farm und nicht für andere arbeiten. Ich zahle dir ein gutes Gehalt, und du kannst dir ein Haus auf der Plantage bauen.«
»Ich brauche die uneingeschränkte Macht über die Arbeiter. Ich brauche in allen Dingen uneingeschränkte Freiheit. Anders geht es nicht.«

Mona überlegte. Sie dachte an die roten Zahlen in ihren Bilanzen, an die wachsenden Schulden, da die Farm während des Prozesses und in den darauf folgenden Monaten vernachlässigt worden war, und sagte:
»Also gut. Wir sind uns einig.« Sie streckte ihm die Hand entgegen. Er sah sie an und wich zurück. Mona zog ihre Hand nicht zurück. Unsicher hob David Mathenge die rechte Hand und drückte ihre. »Du kannst sofort anfangen«, sagte sie ruhig. Er sah auf die beiden ineinander verschlungenen Hände: schwarz und weiß.

Sechster Teil

»Wenn jemand deinen Ochsen stiehlt, so wird er getötet und gebraten und gegessen. Das kann man vergessen. Aber wenn jemand dein Land stiehlt, vor allem wenn es in der Nähe liegt, kann man nie vergessen. Es ist immer da, seine Bäume, die treue Freunde waren, seine kleinen Bäche. Es ist bittere Gegenwart.«

Koinange,
Kikuyu-Häuptling

1952

1

Wanjirus Wehen setzten ein, und sie wusste, etwas stimmte nicht.
Sie legte eine Hand auf das Steißbein und die andere auf den Bauch, richtete sich auf und holte ein paarmal tief Luft. Mama Wachera hatte ihr geraten, während der Schwangerschaft sehr vorsichtig zu sein, aber die eigenwillige Wanjiru konnte keinen Augenblick lang die Hände in den Schoß legen. Sie hatte den wohlmeinenden Rat ihrer Schwiegermutter missachtet und war in den Wald gegangen, um Lantana-Blätter zu sammeln.
Schuld an allem hatte David, fand Wanjiru und wartete auf das Nachlassen der Wehen. Seine Mutter befand sich inzwischen in einem Alter, in der ihr mehrere Frauen ihres Sohnes auf der *Shamba* helfen müssten. Stattdessen stand ihr nur eine Frau zur Seite. Aber David hatte nur eine Frau geheiratet und in den vergangenen sieben Jahren nie wieder davon gesprochen, sich noch eine Frau zu kaufen. Deshalb musste Wanjiru heute den Fluss überqueren und Lantana-Blätter suchen, Mama Wachera brauchte diese heilenden Blätter für eine Medizin.
Wanjiru ärgerte sich mehr über Davids selbstsüchtiges Verhalten als Mama Wachera. Sie verzieh ihrem unverantwortlichen Sohn immer wieder. Wachera behauptete, David habe immer noch Zeit, sich andere Frauen zu kaufen. Er sei mit der Leitung der Treverton-Plantage voll in Anspruch genommen und könne sich nicht mehr als einer Frau widmen. Wachera erinnerte Wanjiru daran, dass sie ihren Mann nicht so oft zu sehen bekam, wie sie sich das wünschte. Wie viel schlimmer wäre es, wenn sie ihn noch mit anderen Frauen teilen müsste? Wanjiru war anderer Meinung. Selbst nur eine Nebenfrau würde die Arbeit auf der *Shamba* erleichtern. Dann hätten Davids Mutter und ihre Schwiegertochter auch einmal Zeit, um in der Sonne zu sitzen und sich auszuruhen.
Wieder durchzuckte sie ein heftiger Schmerz. Wanjiru legte beide Hände auf den Bauch. *Sie durfte dieses Kind nicht verlieren!*

In den sieben Jahren ihrer Ehe mit David war Wanjiru Mathenge sechsmal schwanger gewesen. Einmal hatte sie eine Fehlgeburt, und einmal kam das Kind tot zur Welt. Drei Kinder waren sehr früh gestorben. Nur das Letzte, die kleine Hannah, war ein kräftiges Mädchen. Sie lebte und war jetzt bei ihrer Großmutter auf der *Shamba*. Wanjiru wünschte sich sehnlichst noch ein gesundes Kind. Sie betete darum, dass es ein Sohn sein möge, damit der Geist ihres Vaters weiterleben werde.

David und Wanjiru konnten sich nicht darüber einigen, wie das Kind heißen sollte. Sie wollte es, wenn es ein Junge war, Kamau nach ihrem Vater nennen. Und das verlangte auch das Gesetz der Kikuju. Aber David wollte für seine Kinder *Mzungu-Namen* und sagte: »Eines Tages werden wir eine freie, unabhängige und moderne Nation sein. Wir müssen uns dem Rest der Welt anpassen. Das Kind soll Sarah heißen, wenn es ein Mädchen ist, und Christopher, wenn es ein Junge ist.« Wanjiru schuldete ihrem Mann Gehorsam und durfte sich ihm nicht widersetzen. In ihrem Herzen würde der Junge jedoch Christopher *Kamau* Mathenge heißen.

Bei dem nächsten stechenden und heftigen Schmerz blickte Wanjiru zum Himmel hinauf, um zu sehen, wie spät es inzwischen war. Vor einiger Zeit hatte die Polizei der Weißen für den Nyeri-Distrikt eine Ausgangssperre verhängt. Man hatte als Begründung von »bestimmten illegalen Vorgängen« gesprochen. »Verbrecher« trieben in diesem Gebiet ihr Unwesen, und in den Nächten fanden verbotene Versammlungen statt. Wanjiru wusste, die Polizei bezog sich dabei auf eine undurchsichtige Organisation, die sich *Mau-Mau* nannte – warum dieser Name, das schien niemand zu wissen. Die Mitglieder verbargen sich im Wald und überfielen scheinbar wahllos Farmen der Weißen. Dann verschwanden sie in den Wolken des Mount Kenia. Die Polizei erklärte, es handele sich um eine kleine, radikale Randgruppe ohne Führer. Im Grunde müsse man sie nicht weiter beachten, aber einige weiße Siedler klagten darüber, dass man ihnen das Vieh stahl. Deshalb verhängte man die Ausgangssperre. Nach Sonnenuntergang und vor Sonnenaufgang durfte kein Afrikaner seine Hütte verlassen.

Wanjiru sah Regenwolken und einen wässrigen Ring um die schräg stehende Sonne. Bis zum Einbruch der Nacht blieb ihr noch etwas Zeit, aber sie musste sich bald auf den Rückweg zur *Shamba* machen. Sie hielt Ausschau nach einem geeigneten Platz zum Sitzen, um ihrem schweren Körper Ruhe zu gönnen. Sie wollte herausfinden, ob die Schmerzen nicht doch ein Fehlalarm waren.

Vorzeitige Wehen wie diese hatte sie auch bei Hannah gehabt – einen Monat vor der erwarteten Geburt. Damals hatte Wanjiru nur ein paar Tage geruht, die Schmerzen ließen nach, und Hannah blieb im Leib ihrer Mutter, bis der Herr der Klarheit sie rief. *So wird es auch diesmal sein,* tröstete sich Wanjiru und setzte sich auf einen Baumstamm.

Während Wanjiru auf das Nachlassen der Schmerzen wartete, es langsam feucht und kalt, der Himmel grau und dunkler wurde, stellte Wanjiru erschrocken fest, dass die Wehen nicht nachließen, sondern stärker und in kürzeren Abständen kamen.

Sie beschloss, sich auf den Rückweg zu machen, und schlug den Weg zum Fluss ein. Wanjiru erstarrte.

Zwischen den Bäumen bewegte sich etwas Großes und Dunkles. Sie hörte bekannte und beängstigende Laute: Poltern und Grunzen, knackende Zweige und Rinde, die von den Stämmen gerissen wurde.

Ein Elefant!

Wanjiru blieb lauschend stehen. Wie viele waren es? War es nur ein Bulle oder eine ganze Herde? Waren es Elefantenkühe mit Kälbern oder junge Bullen? Voll Entsetzen sah Wanjiru plötzlich, wie einige Baumwipfel schwankten und wankten, während ein riesiger Elefant auf Futtersuche durch den Wald stampfte. Sie wusste, die Elefanten zogen am Anfang der Regenzeit von den Bambuswäldern hinunter zu dem weniger dichten Busch, wo die Abhänge nicht so steil waren. Aber noch nie hatte sie Elefanten in dieser Gegend gesehen.

Wanjiru versuchte festzustellen, aus welcher Richtung der Wind kam. Waren Kälber in der Herde oder handelte es sich um einen alten, gefährlichen Einzelgänger, dann konnte es einen Angriff auslösen, wenn die Tiere sie witterten.

Sie blickte nach rechts und nach links. Auf beiden Seiten hörte sie schwere und laute Tritte, das ›Magenknurren‹, die Sprache der Elefanten, knackende und brechende Zweige. Sie hörte sie auf drei Seiten – also war es eine große Herde!

Wanjiru warf einen Blick über die Schulter auf das dichte Gebüsch und den aufsteigenden Hang. Die Bäume in ihrem Rücken bewegten sich nicht; dort blieb auch alles still. Sie entschloss sich deshalb, der Herde langsam und vorsichtig rückwärts auszuweichen. Sie wollte sie in einem weiten Bogen umgehen und dann nach Hause eilen.

Es war nicht weit bis zu dem dichten Gebüsch, aber ein heftiger Krampf zwang sie, stehen zu bleiben. Wanjiru bückte sich, presste die Hände auf den Leib und unterdrückte das Stöhnen. Sie drehte sich um; die Elefanten kamen näher; zwischen den Baumstämmen blitzten weiße Stoßzähne.

Mit wachsender Angst hastete Wanjiru in das dichte Gebüsch. Sie ging so schnell und leise, wie es ihr mit dem dicken Bauch möglich war. Nur wenn die heftigen Schmerzen sie zum Stehenbleiben zwangen, blickte sie über die Schulter und versuchte, den Abstand zur Herde zu schätzen.

Wenn das Leittier einen Menschen witterte ...

Wanjiru eilte weiter, während es langsam dunkel wurde. Die Nacht würde jetzt schnell einbrechen, aber sie wagte nicht, einen Bogen in Richtung Fluss zu schlagen. Sie wollte erst einen sicheren Abstand zu den Elefanten haben. Ihr Fuß verfing sich plötzlich in einer Liane, und Wanjiru stürzte. Sie schrie auf.

Wanjiru wagte nicht, sich zu rühren, und lauschte angestrengt. Das leise Gerumpel und Gepolter der Elefanten, die sich untereinander verständigten, umgab sie von allen Seiten. Sie lag auf der harten, feuchten Erde und bewegte sich nicht.

Ihre Angst wuchs. Die Herde bewegte sich im Schneckentempo. Sie schienen sich nicht von der Stelle zu rühren, rissen die Rinde von den Bäumen, klatschten mit den Ohren und zermalmten mit den mächtigen Füßen alles unter sich. Im Wald wurde es dunkel. Die Töne des Tages wichen den schaurigen Rufen der Nacht. Wanjiru hatte Angst vor der Nacht, und jetzt konnte sie ihr nicht mehr entkommen.

Sie wartete verzweifelt darauf, dass die Elefantenherde weiterzog, und dachte daran, dass es noch schlimmer für sie sein würde, wenn der Regen einsetzte.

Und als sie endlich wagte, aufzustehen und die Richtung zum Fluss und zur *Shamba* einzuschlagen, fing es an zu regnen.

Es war nur ein sanftes Nieseln, aber Wanjiru vermochte nichts mehr zu sehen außer den drohenden Bäumen und unheimlichen Büschen. Unter einem Kastanienbaum suchte sie Schutz. Eine heftige Wehe ließ sie aufschreien. Sie fiel auf die Knie.

Die Schmerzen dauerten noch länger und steigerten sich ins fast Unerträgliche.

Das Kind kam.

Nein, dachte sie. *Nicht hier, wo die wilden Tiere mir meinen Sohn rauben werden!*

Wanjiru wollte unter allen Umständen weiter, sie wollte aufstehen. Sie krall-

te sich an den Baumstamm und zog sich an ihm hoch. Sie spürte Blut auf den Handflächen. Als sie wieder stand, versuchte sie den Schmerz zu bekämpfen, damit sie gehen konnte.
Sie dachte nicht mehr an die Elefanten, an die Lantana-Blätter im Korb und an die Ausgangssperre der Weißen. Sie löste sich von dem Baumstamm und machte vorsichtig ein paar Schritte in den leichten Regen hinaus. Sie konnte gehen. Sie presste die Hände auf den Leib und tastete sich in der nassen Dunkelheit vorwärts. Der Regen verwirrte und die Schmerzen peinigten sie. Wanjiru wusste nicht, dass sie die falsche Richtung einschlug.

Wanjiru wusste nicht, wie lange sie schon durch den dunklen Wald lief. Es war seit Anbruch der Nacht viel Zeit vergangen, und es regnete in Strömen. Ihr *Kanga*, das bunte zu einem Turban um den Kopf gewickelte Tuch, klebte völlig durchnässt an dem glatt geschorenen Schädel. Der klatschnasse Rock machte ihr das Vorwärtskommen beinahe unmöglich. Aber sie lief unbeirrt durch den Regen und die Dunkelheit weiter; sie kletterte über Felsen und gefallene Baumstämme, tastete sich durch das Gestrüpp, das sie immer dichter umschloss, und versuchte verzweifelt, die Richtung zum Fluss zu finden.
Wanjiru wusste, wo sie sich befand. Sie irrte durch die Berge, die die Weißen »Aberdares« nannten. Für die Weißen war es ein »Nationalpark«, aber für Wanjiru war es *Nyandarua*, »ein trockenes Versteck«, der Wald der Ahnen. Sie wusste auch, dass sie sich hilflos, allein und dicht vor der Geburt im Gebiet des schwarzen Leoparden und der todbringenden Büffel befand. Einmal überwältigte sie der unerträgliche Schmerz; sie stürzte zu Boden und blieb lange im Schlamm liegen. Der eiskalte Regen trommelte auf sie nieder, Steine und abgefallene Zweige bohrten sich ihr in die Haut.
Wanjiru spürte weder Hände noch Füße, auch nicht die Wunden und Schnitte oder das warme Blut, das aus ihnen rann. Sie nahm nur verschwommen die nasse, beißende Kälte wahr und den heftigen Hunger. Wanjiru konzentrierte sich auf den Bauch, wo ihr Kind den Austritt verlangte. Aber sie hielt ihren Sohn noch dort fest; sie trug unbeirrt durch die Schmerzen und Qualen ihres Körpers die kostbare Last durch den schwarzen Wald und die gespenstische Nacht.
Ngai, Gott der Klarheit, betete sie verzweifelt, als sie wieder stolperte. Sie zwang sich aufzustehen und lief in der eisigen Kälte weiter. *Hilf mir!*

Während sie vorwärts wankte, schüttelten sie Schluchzer. Nasse Zweige schlugen ihr ins Gesicht und ritzten ihr die Arme. Die nackten Füße fanden kaum noch Halt im schlammigen Waldboden. Der Regen fiel heftig und unaufhörlich. Er schien die Haut zu durchweichen und bis auf die Knochen zu dringen. Wanjiru dachte an die warme, trockene Hütte, das Lager aus Ziegenfellen, den *Ugali* auf dem Kochfeuer und an die tröstliche Nähe von Davids Mutter, die ihr geduldig Heiltee brachte ... Aber Wanjiru wusste: In diesem alptraumartigen Wald gab es eines bestimmt nicht: Wärme und Trockenheit.
Ein heftiger Donnerschlag ließ die Erde erbeben. Wanjiru hörte die erschrokkenen Elefanten trompeten. Sie fragte sich, wo die Herde sich inzwischen befand. War es dieselbe Herde? Kamen sie näher oder entfernten sie sich? Der eiskalte Regen schnitt durch die nasse Kleidung und die heftigen Wehen wurden immer qualvoller.
Wanjiru irrte weiter durch die Nacht.

Endlich hörte der Regen auf. Gespenstische Nebelschwaden stiegen vom Boden auf. Wanjiru musste sich durch die regenschweren Zweige hindurchkämpfen. Der kalte Wind traf unbarmherzig ihren nassen Körper. Sie glaubte, die Welt verwandle sich in Eis und sie versinke in den erstarrenden Pfützen und Wolken des verbotenen Berges.
Sie spürte etwas Warmes zwischen den Beinen. Die Wehen waren wie ein unaufhörlicher Feuerstrom. Wanjiru rang nach Luft. Sie stolperte gegen einen Baum. Sie wusste inzwischen, dass sie weit weg von ihrer Hütte war und seit Stunden ziellos durch die Dunkelheit irrte. Sie musste das Kind in dieser kalten, schwarzen Hölle zur Welt bringen. Um sich herum hörte sie das verstohlene Rascheln der nächtlichen Tiere, spürte die Blicke der hungrigen Hyänen, die sie gierig verfolgten und darauf warteten, dass sie zum letzten Mal stürzte. Wanjiru hatte gehört, wie man auf dem Markt von einer Frau erzählte, die auf den Feldern plötzlich Wehen bekam, und wie die Hyänen ihr das Neugeborene raubten.
Zuerst bringe ich meinen Sohn um, dachte Wanjiru und klammerte sich keuchend an den Baum. Sie hoffte, das Kind werde noch eine Weile in ihrem Leib bleiben. *Und dann töte ich mich* ...
Wanjiru glaubte, ihr Leib werde auseinander gerissen. Sie schrie auf und stieß noch einen langen, durchdringenden Schrei aus.
Sie glitt zu Boden; die Rinde zerkratzte ihr die Wange. Sie schmeckte Blut;

sie sah Blut und hörte im dichten Nebel das Knurren und Schnappen der bösen, raubgierigen Tiere.

»Weg!«, schrie sie.

Sie tastete in der Dunkelheit nach einer Waffe. Mit den Fingern stieß sie gegen einen Stein und umklammerte ihn. Sie versuchte, ihn zu werfen, aber sie war zu schwach. Das Leben verließ sie, und ein kräftiges, neues Leben bahnte sich den Weg aus ihrem Leib. Der Schmerz überflutete sie, drang durch die Haut und flog hinauf zu den tief hängenden Wolken und dem nebelverhangenen Bambuswald. Wanjiru befand sich auf dem Gipfel des Berges. Sie wusste, sie würde nie mehr ins Tal kommen. Aber ihr Kind sollte nicht den hungrigen Tieren zum Fraß dienen. Sie würde nicht dulden, dass der Enkelsohn des Kriegerhäuptlings Mathenge in diesem schrecklichen Wald von ihnen verschlungen wurde.

Halb ohnmächtig und schwach begann Wanjiru noch während der Geburt im schlammigen Boden zu wühlen. Ein Grab, gerade groß genug für ...

Sie glaubte zu schlafen. Es war warm und trocken. Sie sagte sich, das sei eine Täuschung, denn sie lag noch immer draußen in der Kälte und wollte das Kind vergraben. Aber etwas anderes sagte ihr, es sei keine Täuschung, sondern die Wirklichkeit.

Wanjiru war wieder im afrikanischen Krankenhaus in Nairobi. Dort hatte sie fünf Jahre als Krankenschwester gearbeitet, bevor sie als Davids Frau in den Distrikt Nyery zurückkehrte.

Sie stritt sich mit jemandem. »Warum müssen wir andere Dienstkleidung tragen als Sie? Warum bekommen wir so viel weniger Lohn als Sie? Warum nennt man Sie ›Schwester‹ und uns ›Helferinnen‹?«

Wanjiru sah das Gesicht der weißen Oberschwester. Die Frau erklärte ihr mit selbstbewusster Miene, dass afrikanische Krankenschwestern einfach nicht denselben Status wie eine weiße Krankenschwester besaßen.

In dem seltsamen Traum erinnerte sich Wanjiru plötzlich daran, dass sie deshalb ihren Beruf aufgegeben hatte. »Warum diskriminiert man uns?«, hatte sie sich bei David beklagt. »Afrikanerinnen erhalten dieselbe Ausbildung und verrichten dieselbe Arbeit, aber wir sind den weißen Krankenschwestern nicht gleichgestellt! Warum soll ich mich für diese Leute schinden?«

Wanjiru öffnete die Augen und stellte nach ein paar Minuten fest, dass sie an die Decke einer Höhle starrte.

Sie dachte nach und versuchte festzustellen, ob auch das nur ein Traum war. Das Blätterlager, auf dem sie lag, schien sehr wirklich zu sein, ebenso die schmerzenden Hände und Füße. Es war warm und trocken in dieser geheimnisvollen Höhle, die ein Feuer in der Mitte auf dem Felsenboden schwach erhellte. Schattenhaft entdeckte sie Menschen, die um das Feuer kauerten und aßen.

Wanjiru starrte sie an, dann richtete sie den Blick wieder nach innen und stellte fest, das Kind war nicht mehr da.

Sie versuchte zu sprechen. Aber aus ihrem Mund drang nur ein Stöhnen. Eine Gestalt am Feuer erhob sich und trat zu ihr. Es war eine Frau mit einem Neugeborenen im Arm.

»Dein Sohn«, sagte sie ruhig.

Verwirrt griff Wanjiru nach dem Kind und legte ihren Christopher an die Brust, der sofort zu trinken begann. Sie betrachtete die Frau, die neben ihr kniete. Dem Gesicht nach, so vermutete Wanjiru, musste es eine Meru sein.

»Wo bin ich?«, gelang es ihr schließlich zu fragen.

»Bei uns bist du in Sicherheit, Schwester.«

Wanjiru sah sich langsam in der großen Höhle um und entdeckte noch sehr viel mehr Menschen. Sie lagen an den Wänden, in Ecken und Nischen und schliefen. Wanjiru bemerkte Gegenstände aus Bambus, große Kisten mit aufgedruckten englischen Worten, und Gewehre. Eine merkwürdige Stille herrschte in der Höhle angesichts der vielen Menschen, die sich hier befanden. Aber die Gerüche waren vertraut und für Wanjiru tröstlich. Die Frau an ihrer Seite lächelte ihr aufmunternd zu.

»Wer seid ihr?«, fragte Wanjiru.

»Wir haben dich im Wald gefunden und hierher gebracht. Du bist unter Freunden.« Die Frau schwieg und fügte dann hinzu: »Diese Erde gehört uns.« Sie blickte auf Wanjiru hinunter und schien eine Antwort zu erwarten.

Aber die erschöpfte und verwirrte Wanjiru erwiderte nur: »Ich ... ich verstehe nicht. *Wer seid ihr?*«

Das Lächeln auf dem Gesicht der Frau verschwand, und sie antwortete ernst, beinahe traurig: »Wir sind die *Mau-Mau*. Wir sind für *Uhuru*, Schwester.«

2

Mona dachte schon, der Zug würde nicht kommen.
Aber endlich: der Pfiff der Lokomotive, das Rollen auf den Schienen, die in den Himmel steigenden Rauchwolken. Auf dem Bahnsteig drängten sich die Menschen – einige, die wie Mona Reisende abholten, und die anderen, die einsteigen und sich für die Fahrt nach Nanyuki einen guten Sitzplatz erkämpfen wollten. Mona blieb bei ihrem Landrover und beobachtete angespannt, wie der Zug verlangsamte und schließlich hielt. Die Reisenden erster und zweiter Klasse interessierten sie nicht, in denen die Weißen und Asiaten saßen. Sie blickte zu den Wagen dritter Klasse. Es dauerte eine Ewigkeit! Endlich sah sie ihn aussteigen.
»David!«, rief sie und winkte.
Er hob den Kopf, lächelte und winkte zurück.
Mona drängte sich durch die Menschenmenge und lief ihm entgegen. »Ich dachte schon, du würdest überhaupt nicht mehr kommen!«, rief sie atemlos. »Du hast mir sehr gefehlt, David! Wie war es in Uganda?«
Sie verstauten seine Sachen hinten auf dem Landrover und verließen dann die laute Bahnstation. Mona saß am Steuer.
»Ich konnte keine Kaffeeläuse mitbringen«, sagte er, als der Wagen die asphaltierte Straße erreichte. »Aber ich war in dem Institut in Jacaranda und habe mich über die Untersuchungen dort informiert. Man ist dort einigen der Parasiten auf der Spur.«
»Haben sie Erfolg bei der Vernichtung der Kaffeelaus?«
»Bisher noch nicht.«
»Im oberen Kiambu-Distrikt hatten sie zweimal Befall mit Kaffeebohrkäfern.«
»Ja, das habe ich gehört. Aber nur ein kleiner Teil der Ernte ging verloren, und man hat den Befall in Grenzen halten können.«
Sie fuhren auf der schmalen Straße – einer der vielen, die die italienischen

Kriegsgefangenen während des Krieges asphaltiert hatten. Sie wand sich durch die Hügel und verlief zwischen Kiganjo und der Treverton-Plantage. Es war fruchtbares, grünes Farmland; kleine, runde Kikuju-Hütten standen inmitten der Felder, auf denen Mais und Zuckerrohr angebaut wurden und Bananenstauden wuchsen. Afrikanische Kinder blieben am Straßenrand stehen und riefen den vorüberfahrenden Wagen zu. Frauen liefen auf dem Fußpfad an der Seite mit Bändern um die Stirn. Sie schleppten vorgebeugt Wasser und grüßten die beiden mit der Hand. Mona winkte zurück. Sie fühlte sich plötzlich glücklich und war in Hochstimmung, nachdem sie zwei Monate die Plantage ohne David geleitet hatte. »Was hast du noch in Jacaranda erfahren?«, fragte sie und warf einen Blick auf den Mann neben ihr. Erst vor ein paar Tagen hatte Tante Grace gesagt, David Mathenge sei das Ebenbild seines gut aussehenden Vaters.

»Sie halten dort Bandagen mit Fett noch immer für die zuverlässigste Methode gegen Kaffeeläuse. Die Kaffeemission empfiehlt Synthorbite und Ostico. Das Institut in Jacaranda experimentiert mit Dieldrin, einem neuen Insektenvernichtungsmittel von Shell.« David drehte sich auf dem Sitz herum, legte den Arm auf das offene Fenster und sah Mona an. »Wie sieht's auf der Plantage aus?«

»Ich habe die letzte Ernte für vierhundertfünfundzwanzig pro Tonne verkaufen können.«

»Das ist im Vergleich zum Vorjahr sehr viel mehr.«

Sie lachte. »Die laufenden Kosten sind auch erheblich gestiegen! David, ich bin so froh, dass du wieder da bist.«

Er betrachtete sie einen Augenblick lang und drehte dann den Kopf zur Seite. Die grünen Hügel und Pfade mit der roten Erde flogen vorbei. Die dicken Bananenstauden hoben sich vor dem blauen Himmel ab. Rauch stieg von den zahllosen spitzen, runden Dächern der Hütten auf. Ein friedliches und vertrautes Bild, das David sehr gefehlt hatte. Auch Mona hatte ihm gefehlt.

»Bleibst du zum Tee?«, fragte sie und fuhr den Rover an die Seite von BELLATU. Sie parkte den Wagen zwischen einem zerbeulten Fordlastwagen und einem verstaubten Cadillac. Der Lastwagen war Tag für Tag im Einsatz, die Limousine nicht mehr seit dem Begräbnis von Lady Rose vor vielen Jahren. »Oder möchtest du dich lieber ausruhen?«

Er stieg aus und klopfte sich den Staub von der Hose. »Ich habe im Zug geschlafen. Ich würde gerne eine Tasse Tee trinken.«

Mona sagte: »Gut!«, und ging ihm voraus zur Küchentür.

Beim Eintreten fügte sie hinzu: »Ich muss mit Solomon noch ein ernstes Wörtchen reden. Ich habe ihn dabei erwischt, wie er heute Morgen Toast vor dem offenen Feuer machte.«

»Was ist daran so schlimm?«

»Er hält die Scheiben zwischen den Fußzehen!«

David lachte. Auch Mona lachte und wollte noch etwas sagen, als sie überrascht jemanden in der Tür zum Esszimmer stehen sah.

»Geoff!«, rief sie. »Ich habe deinen Wagen nicht gesehen.«

»Vater hat mich hier abgesetzt. Er ist hinunter zur Mission zu Tante Grace.«

»Ist Ilse bei dir? Wir wollten gerade Tee trinken.«

Geoffrey warf einen kurzen, missbilligenden Blick auf David und sagte: »Das ist leider kein Vergnügungsbesuch. Ich muss mit dir sprechen, Mona. Eine ziemlich unangenehme Nachricht ...«

»Was denn?«

Er blickte David noch einmal nachdrücklich an, der schnell sagte: »Ich trinke den Tee später, Mona. Ich muss gehen und Mutter und Wanjiru begrüßen.«

»David«, sie legte ihm die Hand auf den Arm, »bitte komm zurück. Dann essen wir eben zusammen.«

»Ja«, sagte er, »wir müssen uns auch die Bücher ansehen.«

»Also, Mona«, sagte Geoffrey, als David gegangen war, »ich verstehe nicht, dass du dich von diesem Boy mit dem Vornamen ansprechen lässt.«

»Sei doch nicht so spießig, Geoffrey«, erwiderte Mona und konnte wieder einmal kaum verstehen, dass sie diesen biederen Mann hatte heiraten wollen! »Ich habe dir schon gesagt, David Mathenge ist kein ›Boy‹, sondern mein Verwalter. Und er ist mein Freund. Also was für schlechte Neuigkeiten gibt es?«

»Hast du heute Morgen keine Nachrichten gehört?«

»Geoffrey, ich bin vor Sonnenaufgang aufgestanden und war den ganzen Vormittag unten am Fluss bei den Verarbeitungsmaschinen. Dann habe ich David abgeholt. Nein, ich habe heute noch kein Radio gehört. Was ist los?«

Geoffrey hätte am liebsten auch eine Bemerkung darüber gemacht, dass Mona David durchaus hätte abholen lassen können, was im Grunde auch angemessener gewesen wäre, aber er wusste, es nützte nichts, sich mit ihr zu streiten. Deshalb nannte er den Grund für seinen unerwarteten Besuch.

»Der Gouverneur hat für Kenia den Ausnahmezustand erklärt.«
»*Was?*«
»Gestern Abend hat man Kenyatta und einige seiner Leute verhaftet, um den Mau-Mau-Machenschaften ein Ende zu bereiten.«
»Aber es gibt doch keine Beweise dafür, dass Kenyatta hinter den Mau-Mau steht! Er hat erst vor zwei Monaten in aller Öffentlichkeit das terroristische Vorgehen verurteilt.«
»Also irgendwie muss mal Schluss sein, und ich wette um meinen Kopf, nachdem der alte Jomo erst einmal hinter Gittern sitzt und keine Nachrichten nach draußen schmuggeln kann, hören auch die Gewalttaten auf.«
Mona drehte sich um und presste die Hand auf die Stirn. »Was bedeutet das eigentlich: Ausnahmezustand?«
»Es bedeutet, wenn die Banditen nicht aus dem Wald kommen und sich ergeben, gelten besondere Polizeivorschriften.«
Mona ging zu der gekachelten Theke, auf der zwischen einer elektrischen Kaffeemaschine und einer elektrischen Orangensaftpresse ein gelbes Plastikradio stand. Die Küche hatte seit 1919 viele Renovierungen erlebt – die letzte vor zwei Jahren, als der alte, mit Holz gefeuerte Dover-Ofen endgültig einem modernen Gasherd weichen musste.
Mona schaltete das Radio ein, und *Your Cheatin' Heart* dröhnte ihr entgegen. Sie suchte einen anderen Sender, hatte kurz Radio Kairo und dann den Sender in Nairobi.
»Es besteht kein Zweifel daran, dass Kenia schwere Zeiten bevorstehen«, hörte man Sir Evelyn Baring, den Gouverneur, »aber ich fordere alle Bürger auf, die Ruhe zu bewahren und keine Panik zu verbreiten, indem man Gerüchte in Umlauf setzt. Ich habe für die ganze Kolonie den Notstand erklärt. Es war ein ernster Schritt, zu dem sich die Regierung von Kenia zögernd und höchst unwillig gezwungen sah. Aber angesichts der wachsenden Gesetzesüberschreitungen, der Gewalt und der Unruhen in einem Teil der Kolonie blieb keine andere Wahl. Das Vorgehen der Mau-Mau hat zu diesem Stand der Dinge geführt. Um Gesetz und Ordnung wiederherzustellen, damit alle friedlichen und treuen Bürger aller Rassen ihren Geschäften nachgehen können, hat die Regierung Notstandsgesetze beschlossen. Aufgrund dieser Gesetze können wir gewisse Personen in Gewahrsam nehmen, die unserer Meinung nach eine Gefahr für die öffentliche Ordnung darstellen.«
Mona sah Geoffrey an. »Was meint er mit ›gewissen Personen‹?«

»Zu diesem Zweck«, fuhr Sir Evelyn fort, »haben Polizei und Militär andere Einsatzbefehle erhalten. Darüber hinaus wird auf dem Luftweg ein britisches Bataillon hierher verlegt. Die ersten Einheiten sind bereits heute Nacht eingetroffen. Die HMS KENIA wird im Laufe des Tages im Hafen von Mombasa erwartet.«

»Ein Bataillon!«, sagte sie und schaltete das Radio wieder aus. »Ist das wirklich nötig? Ich wusste nicht, dass es so schlecht aussieht!«

»Zunächst sah alles ganz harmlos aus. Mau-Mau, weiß der Teufel, was das überhaupt heißen soll, waren anfangs ein paar radikale Verrückte, junge Männer ohne Arbeit und ohne Geld. Sie haben sich im Wald versteckt und machten hin und wieder Überfälle, um sich Nahrung und Geld zu verschaffen. Afrikanische Polizisten verschwanden, Rinder wurden gestohlen, irgendwo brannte plötzlich eine Hütte. Aber wie es aussieht, schließen sich den Mau-Mau immer mehr unzufriedene junge Afrikaner an, und die Sache eskaliert. Ich fürchte, das trifft uns etwas unvorbereitet.«

Mona fror plötzlich. Sie ging zum Herd und stellte Wasser zum Kochen auf. *Mau-Mau!* Zum ersten Mal hatte sie davon vor zwei Jahren gehört. Damals kümmerte sich kaum jemand außer dem Geheimdienst darum. Dann kam es zu den ersten Zwischenfällen: Einbruch im Polizeipräsidium – Munition wurde entwendet; ein Maisfeld brannte; geheimnisvolle Drohungen tauchten überall in Nairobi auf. Im letzten Monat hatte eine Bande Afrikaner die Katholische Mission überfallen und die Missionare in einen Raum gesperrt. Die Bande nahm alles Geld und ein Gewehr und verschwand spurlos. Eine Woche später hatte man im Majengo-Markt einen Hund aufgehängt. Damit warnte Mau-Mau alle weißen Siedler. Erst vor zwei Wochen wurde ein alter Stammeshäuptling, der bei Afrikanern und Weißen hohes Ansehen genoss, am helllichten Tag ermordet.

Geoffrey kam zu ihr in die Küche, verschränkte die Arme und lehnte sich an das Spülbecken. »Das Scheußlichste«, sagte er ruhig, »ist heute am frühen Morgen geschehen. Du kennst doch Abel Kamau mit seinen Milchkühen im Mweiga?«

Mona nickte. Abel Kamau gehörte zu den wenigen afrikanischen Soldaten, die mit einer weißen Frau aus dem Krieg zurückgekommen waren. Die Kamaus hatten eine kleine Farm nur ein paar Meilen nördlich von BELLATU und führten ein friedliches und ruhiges Leben.

Sie waren eines der wenigen gemischtrassigen Paare in Kenia. Sie wurden von allen gemieden; die Afrikaner und die Weißen wollten mit ihnen nichts zu tun haben; ihre Familien hatten sie ausgestoßen; sie besaßen nur wenige Freunde und führten ein einsames Leben. Mona hatte sie kennen gelernt und hielt sie für sympathische und freundliche Leute. Sie hatten einen vierjährigen Sohn.

»Man hat sie in der Nacht überfallen«, erzählte Geoffrey, »und massakriert. Abel und seine Frau waren nach Aussagen der Polizei durch die Buschmesserhiebe kaum noch zu erkennen.«

Mona griff nach der Stuhllehne. »O mein Gott. Und der Junge?«

»Er lebt, aber wird es wohl nicht schaffen. Die Ungeheuer haben ihm die Augen ausgestochen.«

»Um Himmels willen, aber *warum?*«

»Sie benutzen Augen bei ihren Ritualen. Die Leute müssen dabei einen Schwur leisten.« Geoffrey setzte sich Mona gegenüber an den Tisch. »Sie waren für die Mau-Mau eine Zielscheibe, weil sie Rassentabus gebrochen hatten. Wie du weißt, ist es für Weiße und Schwarze verpönt, jemanden von einer anderen Rasse zu heiraten. Abel Kamaus Verbrechen bestand darin, eine Weiße zu heiraten, außerdem war er Loyalist. Außer den Weißen auf einsamen Farmen scheinen die Mau-Mau es auf Afrikaner abgesehen zu haben, die die Kolonialregierung unterstützen.«

Der Kessel pfiff. Mona hob den Kopf, aber sie stand nicht auf. »Was hat der arme Junge denn verbrochen?«, murmelte sie.

»Sein Vater hat mit einer weißen Frau geschlafen.«

Mona stand auf und brühte den Tee. Die Freude an diesem Tag über Davids Rückkehr war dahin. »Weiß die Polizei, wer es getan hat?«

»Sie wissen es sogar ganz genau: Kamaus Knecht Chege.«

Mona fuhr herum. »Unmöglich! Chege ist ein netter, freundlicher, alter Mann, der keiner Fliege etwas zuleide tut! Er war der beste Freund von Abels Vater!«

»Ja, das ist das Widerwärtigste von allem. Die Mau-Mau bedienen sich inzwischen der Leute, die ihren Opfern am nächsten stehen.«

»Aber wie können sie das? Chege war Abel und seiner Frau treu ergeben!«

»Liebe und Treue, liebe Mona, haben keine Macht gegen einen Mau-Mau-Schwur.«

Sie hatte von solchen Schwüren gehört – schon als Kind. Mit einem Schwur war ein Kikuju an sein Wort gebunden. Ein Schwur gehörte zum Ordnungsgefüge eines Stammes und war so mit Aberglaube und Tabus besetzt, dass nur wenige Kikuju es wagten, sich über einen einmal geleisteten Schwur

hinwegzusetzen. »Aber wie können sie jemanden dazu bringen, einen Schwur gegen den eigenen Willen zu leisten und dann ein scheußliches Verbrechen zu begehen?«
»Sie zwingen die Leute dazu. Sie schüchtern die Betreffenden so ein, dass sie schließlich schwören. Man hat Chege vermutlich entführt und in den Wald geschleppt, dann musste er sich dem abscheulichen Ritual unterziehen, und dann hat man ihn wieder zurückgeschickt.«
»Aber woher konnten sie wissen, dass er ihre Befehle ausführte?«
»Die Mau-Mau können jedem trauen, der ihren Schwur abgelegt hat, Mona. Wenn der arme Kerl nicht genug Angst vor dem Schwur hat, um ihre Befehle auszuführen, dann weiß er doch, dass er ein toter Mann ist, wenn er sich weigert.«
Mona stellte Teekanne, Tassen, Zucker und Milch auf ein Tablett und ging damit aus der Küche. Ilse, Geoffreys Frau, saß im Wohnzimmer und blätterte in einem Sears-Katalog, in dem *Handtaschen für junge Leute von heute* vorgestellt wurden. Ilse war in den sieben Jahren ihrer Ehe mit Geoffrey dick geworden; infolge ihrer Schwangerschaft wirkte sie zurzeit noch unförmiger.
»Oje«, seufzte sie und legte den Katalog zur Seite, »so etwas Schreckliches! Und wenn man bedenkt, das ganz in unserer Nähe!«
Mona sah, wie blass und mitgenommen Ilse von den Ereignissen war, und dachte daran, dass KILIMA SIMBA noch viel näher als BELLATU an der Kamau-Farm lag.
Nachdenklich rührte Mona in ihrer Teetasse. Sie hatte Kenyatta zwar noch nie eine Rede halten hören, aber Auszüge aus seinen Reden in Zeitungen gelesen. Er war der Führer der *Kenia African Union,* einer mächtigen und wachsenden politischen Organisation. Kenyatta hatte erklärt, es sei ihr Ziel, die Rassenschranken in Kenia zu beseitigen, für die Afrikaner mehr Land, mehr Bildung und mehr politische Macht zu erkämpfen. Das eigentliche Ziel sei die Selbstverwaltung. »Wir sehnen uns«, so hatte der charismatische Jomo Kenyatta gerufen, »nach Frieden!« Kenyatta hatte sich wiederholt von den Mau-Mau distanziert, trotzdem vertrat die Regierung die Ansicht, er und die KAU seien die eigentlichen Drahtzieher des Terrorismus. Deshalb hatte man ihn verhaftet. Ein gefährliches Vorgehen, fand Mona, und möglicherweise war das sehr töricht.
»Mach dir keine Gedanken, Mona«, sagte Geoffrey, »die Mau-Mau werden sich ohne ihre Führer auflösen. Baring hat versprochen, Kenyatta werde das

Gefängnis lebend nicht mehr verlassen. Wir zeigen den Terroristen, dass wir es ernst meinen. In der Provinz sind Truppen in der Stärke von sechs Bataillonen stationiert. Darüber hinaus haben wir die drei kenianischen Bataillone. Ein Bataillon aus Uganda und zwei Kompanien der Bataillone aus Tanganjika operieren am Rift Valley. Gestern hat man die *Lancashire Fusiliers* eingeflogen. Sie sind in Eastleigh auf dem Flughafen der *Royal Air Force* gelandet und in Nairobi als Reserve-Einsatzkommando stationiert worden. Wir bilden außerdem eine heimische Schutzmacht, indem wir die ehemaligen afrikanischen Soldaten bewaffnen, die im Zweiten Weltkrieg gekämpft haben und loyal sind. Eins kann ich dir sagen, Mona, ich bin froh, dass wir ihnen endlich die Stirn bieten. Wir zeigen den Wogs und der Welt, dass wir ohne Zögern diese Kolonie vom Wasser und aus der Luft verteidigen können.«

»Ich frage mich ...«, erwiderte Mona. Sie blickte durch das große Fenster im Wohnzimmer. Es war ein strahlender Tag. Die Äquatorsonne fiel auf die gediegenen, eleganten, alten Möbel. Leuchtende Bougainvillea in Rosa, Orange und Violett rankten sich um die breite Veranda. Die endlosen Reihen der grünen Kaffeebäume zogen sich in sanften Wellen über die hügelige Landschaft. In der Ferne erhob sich bläulich rot mit einem schneebedeckten Gipfel Mount Kenia in seiner wolkenlosen Majestät. »Ich frage mich, Geoffrey, ob das Vorgehen des Gouverneurs nicht doch ein Fehler ist. Das Aufgebot einer solchen militärischen Streitmacht ist der Welt und den Mau-Mau gegenüber das Eingeständnis, dass die Regierung der weißen Siedler Kenias nicht mehr in der Lage ist, die Kolonie allein zu verteidigen.«

»Großer Gott, Mona! Du redest ja, als ob deiner Meinung nach die Wogs das Land beherrschen sollten!«

»Ich halte ihre Forderung nach Selbstbestimmung für nicht unangemessen.«

»Zum Teil bin ich deiner Meinung. Du weißt, dass ich seit Jahren für Selbstbestimmung plädiere. Es ist Schwachsinn, dass wir Whitehall immer noch Rede und Antwort stehen müssen. Aber ich spreche von der Selbstbestimmung der *Weißen*.«

»Geoffrey, in diesem Land leben vierzigtausend Weiße und sechs *Millionen* Afrikaner! Es muss dir und allen anderen doch inzwischen klar sein, dass das rhodesische Apartheidsmodell in Kenia niemals funktionieren kann. Wir haben nicht das Recht dazu.«

»Du irrst dich, Mona. Wir haben das Recht dazu. Vergiss nicht, welche Wunder unsere kleine Minderheit in Ostafrika vollbracht hat. Mona, der englische Steuerzahler hat riesige Summen in diese Kolonie gesteckt. Mit diesem Geld haben wir den Afrikanern geholfen! Es ist beschämend, dass es zu dieser Lage kommen durfte, wenn man bedenkt, was wir alles für sie getan haben. Schließlich lebten die Wogs noch in der Steinzeit! Und wie haben wir uns in den vergangenen Jahren um sie gekümmert! Wenn du mich fragst, Mona, wir waren dumm genug, Montgomerys Plan abzulehnen.«

»Was war das für ein Plan?«

»Achtundvierzig hat Feldmarschall Montgomery den Plan unterbreitet, in Kenia militärische Stützpunkte zu errichten. Er hat damals die Gegensätze vorausgesehen, mit denen wir heute zu kämpfen haben. Wir haben nicht auf ihn gehört, und deshalb haben wir die Afrikaner den Kommunisten in die Hände getrieben. Und jetzt können wir sehen, wie wir damit fertig werden. Eins sage ich dir, hinter den Mau-Mau stecken natürlich die Kommunisten!«

»Oh, Geoffrey«, rief Mona ungeduldig, »ich wiederhole, es ist ebenso ihr Land wie unser Land. Wir sollten nicht die Bedürfnisse und Gefühle von sechs Millionen Menschen ignorieren!«

Geoffrey lächelte Mona trocken an. »Glaubst du wirklich, sie sind zur Selbstbestimmung fähig?« Er lachte. »Ich kann diese Wogs hören, wie sie grölen: ›Überlasst alles uns, und wir machen das schon!‹«

»Du bist unfair.«

»Nein, sie sind verdammt undankbar! Aber was kann man von ihnen anderes erwarten! In der Kikuju-Sprache gibt es kein Wort für ›danke‹. Das mussten sie von uns lernen.«

Geoffrey stand plötzlich auf. Er hasste solche Diskussionen mit Mona. Er wurde immer wütend. Alles an ihr ärgerte ihn: ihre politischen Ansichten, ihre Lebensweise – ihre Lebensweise ganz besonders.

Mona sah gut aus, fand er. Ja, sie könnte faszinierend sein, wenn sie nicht unbedingt wie eine gewöhnliche Farmersfrau herumliefe. Seiner Meinung nach hatte sie eine höchst interessante Mischung geerbt. Sie besaß die Schönheit ihrer Mutter in Verbindung mit dem gut aussehenden dunklen Typ ihres Vaters. Sie sollte Kapital daraus schlagen, sich besser kleiden und hin und wieder zum Friseur fahren. Aber Mona trug Männerhemden und band die langen, schwarzen Haare zu einem einfachen Pferdeschwanz. Sie hat keinen Funken Stil, fand er. Sie arbeitete Tag für Tag mit den Afrikanern auf der Kaffeeplantage. Den Adel ihrer Eltern schien Mona nicht geerbt zu

haben. Die Tage, in denen auf BELLATU Champagner floss und Polo gespielt wurde, waren schon lange vorüber. Das alles schien mit Valentine gestorben zu sein. Geoffrey wusste, die Gästezimmer oben im Haus blieben immer verschlossen. Es fuhren keine eleganten Limousinen mehr vor, und in den würdigen Räumen fanden keine fröhlichen Feste mehr statt. Zu Mona kamen nur die Männer der Kaffeekommission – Plantagenbesitzer wie sie. Mit ihnen rauchte sie Zigaretten, trank Brandy und sprach über Weltmarktpreise. Mona brauchte einen Mann, der sie daran erinnerte, dass sie eine Frau war. Und Geoffrey fand, er sei dieser Mann.
Mit etwas schlechtem Gewissen blickte er zu seiner Frau, die dick und zufrieden in ihrem baumwollenen Umstandskleid im Sessel saß. Sie interessierte sich nur für ihre Kinder. Ilse hatte sich gehen lassen. Nach vier Kindern und schwanger mit dem fünften war sie wirklich nicht mehr attraktiv. Gewiss, sie ist eine gute Mutter, sagte sich Geoffrey. Aber im Bett hatte sie für ihn schon lange keinen Reiz mehr. Warum hatte er sie geheiratet? Nur, weil sie verfolgt worden war und er Mitleid für sie empfand? Er hätte natürlich zu Mona zurückkehren müssen!
Es fiel ihm immer schwerer, sein Verlangen nach Mona zu bändigen. Er staunte über ihr einsames, keusches Leben. Sehr unnatürlich. Sie sehnte sich doch ganz bestimmt nach den Zärtlichkeiten eines Mannes. Erstaunlicherweise gab es in ihrem Leben keine Männer, sondern nur Geschäftsbeziehungen. Geoffrey zweifelte nicht daran, dass sich auch bei ihr das Verlangen regte, wenn sie nachts allein im Bett lag und an ihr jungfräuliches Leben dachte. Geoffrey fand, Mona warte nur auf den Richtigen. Er nahm sich vor, eines Abends seinem Verlangen nachzugeben, nach BELLATU zu fahren, wenn sie allein war. Dann würde sie für ihn so bereit sein wie er für sie ...
»Nun ja«, sagte er und trat ans Fenster. Sein mit vierzig Jahren immer noch schlanker Körper hob sich dunkel in der Oktobersonne ab. »Ich werde den Mau-Mau-Gangstern zeigen, dass ich keine Angst vor ihnen habe. Mein Geschäft blüht, trotz der schlechten Pressemeldungen. Wenn diese Mau-Mau-Sache vorbei ist, werde ich auch wieder Kunden haben, darauf kannst du Gift nehmen.«
Geoffrey sprach von seiner kleinen Reiseagentur, mit der er nach der Entlassung aus dem Militär begonnen hatte. Seine Prophezeiung, dass nach dem Krieg ein neues Zeitalter des Tourismus anbrechen würde, hatte sich erfüllt.

Auf der ganzen Welt erzählten die heimkehrenden Soldaten ihren Familien wundersame Geschichten von exotischen Orten: Paris, Rom, Ägypten, Hawaii, Südpazifik. Ihre Abenteuer in Verbindung mit der zivilen Luftfahrt, durch die die Reisezeiten drastisch verkürzt wurden, führten zu einer weltweiten Reiselust. Die *Donald Tour Agency* arbeitete in Geoffrey Donalds Wohnzimmer in KILIMA SIMBA und befand sich noch in den ersten, mühsamen Anfängen, denn Kenia war noch nicht in den Köpfen der zukünftigen Touristen etabliert. Deshalb veranstaltete Geoffrey bisher nur Jagdsafaris. Aber er hatte eine Idee. Er wollte Fotosafaris anbieten.

»Ich arbeite gerade an einer groß angelegten Werbung«, erklärte er, ging zu seinem Tee zurück und wechselte das Thema, wie Mona fand, mit einer absurden Sprunghaftigkeit. »Ich habe eine Broschüre vorbereitet mit Fotos von Löwen, Giraffen und Afrikanern. Ich garantiere dem Arbeiter aus Manchester zwei Wochen afrikanisches Abenteuer in absoluter Sicherheit und Bequemlichkeit. Da wir dank der vielen Bemühungen von Tante Grace jetzt die Wildreservate haben, können wir auch dafür kassieren.«

»Nun ja, wir haben wilde Tiere«, erwiderte Mona, »aber was kann Kenia dem durchschnittlichen Touristen sonst noch bieten? Es ist doch langweilig, tagein, tagaus Tiere zu fotografieren.«

Geoffrey fand, dass Mona keine Fantasie habe. Das war eines ihrer Probleme. »Auch das gehört zu meinem neuen Programm. In der Broschüre habe ich auch Bilder von Hotels in Nairobi mit dem Luxus, der ausgezeichneten Küche und dem Nachtleben. Nairobi ist endlich eine Stadt und ich werde dafür sorgen, dass es einen festen Platz auf der Weltkarte bekommt.«

Mona lachte. »Dann brauchst du einen Slogan. Wie wäre es mit: ›Willkommen in Nairobi – der Stadt an der Äquatorsonne‹?«

Sie stellte die leeren Teetassen auf das Tablett und merkte nicht, wie Geoffrey ein kleines Notizbuch aus der Tasche seiner Khaki-Jacke hervorzog und etwas hineinschrieb.

»Also mach dir keine Sorgen«, sagte Geoffrey ein paar Minuten später, als Ilse und er sich von Mona in der Küche verabschiedeten. Er drückte Monas Arm. »Ich garantiere dir, da Kenyatta hinter Gittern sitzt und seine Dschungelbanditen keine Verbindung mehr zu ihm haben, werden sie mit erhobenen Händen aus ihren Verstecken kommen, und alles ist vorbei.«

Er kam noch näher an sie heran, und Mona sah die sonnenverbrannten Fältchen um seine Augen. »Aber wenn du Angst hast«, sagte er ruhig, »wenn

du aufwachst und glaubst, es sei jemand im Haus, dann ruf an, und ich bin im Handumdrehen da. Versprichst du mir das?«
Mona löste sich von ihm und gab Ilse einen Korb. »Honig für die Kinder«, sagte sie.
Vor dem Haus auf den Stufen blieb Geoffrey stehen und sagte: »Na so was, dein Boy wird ja verhört?«
Mona trat hinaus. Drei Askaris der Kenia-Polizeireserve in dunkelblauen Pullovern und hohen, roten Fezen standen auf der Auffahrt und kontrollierten offenbar Davids Ausweis.
Geoffrey sagte zu Mona: »Sei vorsichtig mit diesem Kerl.«
Sie wusste, dass er David mit Entschiedenheit ablehnte. Sie stritten sich immer wieder, weil er Monas Beziehung zu ihrem afrikanischen Verwalter kritisierte. »Ich vertraue David«, sagte sie.
»Trotzdem, während des Notstands in den nächsten Wochen solltest du ihm gegenüber besonders vorsichtig sein.«
Mona verließ Geoffrey und seine Frau, die den Weg zur Mission einschlugen. Sie ging die Auffahrt hinunter zu David und den Askaris.
»Was ist geschehen?«, fragte sie.
Die drei Soldaten waren sehr höflich und sprachen das gute, melodische Englisch der gebildeten Afrikaner. »Entschuldigen Sie bitte die Störung, *Memsaab*, aber heute Morgen wurde eine Farm niedergebrannt. Wir müssen jedermann befragen.«
»Eine Farm? Welche?«
»Muhori Gatherus Farm. Sein Haus wurde völlig zerstört. Die Rinder hat man alle getötet. Die Mau-Mau haben es getan.«
»Woher wissen Sie das?«
»Sie hinterließen als Nachricht die Worte: ›Diese Erde gehört uns.‹«
»Was bedeutet das?«
»Es ist der Schwur der Mau-Mau.«
»Ich bürge für Mr. Mathenge. Er ist heute Morgen mit dem Zug aus Nairobi gekommen.«
»Entschuldigen Sie, *Memsaab*, aber der Zug wurde heute Morgen in Karatina aufgehalten, und Muhori Gatherus Farm befindet sich in Karatina.«
»Trotzdem, ich bürge für ihn. Auf Wiedersehen.«
David und Mona gingen zum Haus. Sie würden heute Nachmittag die Akten, Rechnungen und Korrespondenz durchgehen und über Davids Besuch in Uganda sprechen. Er hatte gehofft, dort eine Lösung ihrer Pro-

bleme mit dem Befall durch Kaffeeläuse zu finden. Mona sagte: »Ich kann einfach nicht an diese schrecklichen Mau-Mau-Überfälle glauben! Hast du das mit dem Ausnahmezustand gehört?«
»Ja.«
Als sie die Küche betraten, sagte Mona: »Solomon soll uns ein paar Sandwiches machen. Aber wo steckt der alte Gauner wieder?«
»Machen Sie sich meinetwegen keine Umstände, Mona. Ich habe keinen Hunger. Ich habe im Zug gegessen.«
»Weißt du, warum der Zug in Karatina Verspätung hatte?«
Er schwieg und sagte dann: »Nein.«
Mona hatte schon vor langem das Arbeitszimmer ihres Vaters neu möbliert. Die vielen Trophäen, Pokale und Fotos waren in Kisten verpackt worden. Die alten schweren Vorhänge mussten bedruckten indischen Schals weichen; die schweren Möbel, die er vor dreiunddreißig Jahren hatte aus England kommen lassen und die abgesessen waren, ließ sie aufpolstern und mit hellem Stoff mit Blumenmustern beziehen.
Mona setzte sich hinter den großen Eichenschreibtisch. David zog einen Stuhl heran und nahm neben ihr Platz.
»Wie geht es dem Kleinen?«, fragte sie und holte die Bücher aus der Schreibtischschublade.
»Meinem Sohn geht es gut.«
»Und Wanjiru?«
»Wir haben uns wieder gestritten.« David seufzte. »Ich war zwei Monate nicht zu Hause, und meine Frau begrüßt mich mit Klagen.«
Mona wusste, wo die Schwierigkeiten lagen. Wanjiru wollte Nebenfrauen als Gesellschaft und als Hilfe bei der Arbeit auf der *Shamba*; David sollte sich in das Führungsgremium des hiesigen KAU-Verbandes wählen lassen; er sollte das Haus verlassen, das er sich vor sechs Jahren gebaut hatte, und bei ihr und seiner Mutter am Fluss leben.
Wanjiru wiederholte ihre Forderungen unablässig. Aber Mona wusste, David gab nicht nach. Und sie war froh darüber. Über die Arbeit der KAU hatte sie keine Meinung; sie freute sich darüber, dass er nicht eine zweite oder dritte Frau nahm, sondern vorzog, in dem kleinen Haus unten an der Straße zu wohnen. Mona redete sich ein, es freue sie deshalb, weil David so genug Zeit hatte, um sich auf die Plantage zu konzentrieren.
Aber eins wusste Mona nicht, und David würde es ihr auch nicht erzählen. Bei dem Streit heute ging es um ein neues Thema – um die Mau-Mau.

»Christopher ist ein netter kleiner Junge«, sagte Mona und reichte David einen Packen Rechnungen, die sich angesammelt hatten. »Er ist erst sieben Monate alt und krabbelt schon.«
David sah Mona an und lächelte. »Sie sollten Kinder haben«, sagte er ruhig.
Sie blickte zur Seite. »Dazu bin ich zu alt. Mit dreiunddreißig kann ich mir kaum noch vorstellen, eine Familie zu gründen!«
»Alle Frauen sollten Kinder haben.«
»Ich habe die Plantage. Damit bin ich zufrieden.« Mona ärgerte sich, wenn David über ihren Status als allein stehende Frau sprach. Seine männlichen Vorstellungen, dass eine kinderlose Frau unglücklich sei, missfielen ihr. Sie hatte ihm einmal versucht zu erklären, dass Ehe und Kinder mehr bedeuteten und ein Mann nicht einfach nur eine Frau für ein paar Ziegen kaufen musste. Es ging dabei auch um Liebe.
»Früher hatte ich Angst, so wie meine Mutter zu werden«, erzählte sie ihm an einem verregneten Abend im April. Sie wärmten sich nach einem anstrengenden Tag auf den Feldern am offenen Feuer. »Irrtümlicherweise glaubte ich, sie sei unfähig zu lieben. Aber dann stellte ich fest, dass meine Mutter eine Frau war, die in ihrem Leben nur einen Mann lieben konnte. Sie liebte ihn so ausschließlich und absolut, dass sie ohne ihn nicht mehr leben konnte.«
Damals brach Mona ab, denn ihr wurde plötzlich klar, dass sie über etwas sehr Persönliches sprach und besser schweigen sollte. Kein Mensch, noch nicht einmal Tante Grace, Monas beste Freundin und Vertraute, wusste etwas von ihrem Entschluss, wenn notwendig ein Leben ohne Kinder und allein darauf zu warten, bis sie dem richtigen Mann begegnete. Mona glaubte, es werde sie nur unglücklich machen, sich für irgendeinen Mann zu entscheiden, nur um verheiratet zu sein. Später würde sie das sicher einmal bedauern.
David hatte die Hemdsärmel aufgekrempelt. Er sortierte die Rechnungen; die Sonnenstrahlen fielen hin und wieder auf seine nackten Arme, während er die Blätter zu verschiedenen Stapeln auf der Schreibtischplatte legte. Mona beobachtete das Spiel der Muskeln unter der dunkelbraunen Haut.
Sie griff nach einem Brief von BELLA HILL. *Sehr geehrte Lady Mona*, schrieb der Hausverwalter, *ich belästige Sie nur ungern mit diesen Angelegenheiten, aber es ist eine Tatsache, dass etwas geschehen* muss, *oder wir werden auch unsere letzten Mieter verlieren.*
Mona legte den Brief beiseite. Sie befand sich nicht in der Stimmung, sich mit den offenbar unlösbaren Problemen im Zusammenhang mit BELLA HILL zu beschäftigen. Als ihre Tante Edith ausgezogen war, um bei ihrer

Cousine in Brighton zu leben, ließ Mona das alte Herrenhaus in Suffolk in Wohnungen aufteilen und zu billigen Nachkriegsmieten anbieten. Die heimkehrenden Soldaten harten sich darum gerissen und waren mit ihren Bräuten eingezogen. Aber als der Wohlstand auch in England wieder einkehrte, der Lebensstandard stieg, die Frauen Kinder bekamen und die Zeit an dem alten BELLA HILL unübersehbare Schäden hinterließ, verwandelte sich der alte Familienbesitz, der sich als unerschöpfliche Geldquelle erwiesen hatte, als BELLATU Schulden machte, in ein finanzielles Zuschussunternehmen. Die Mieter klagten über schlechte Installationen, unzureichende Heizung und forderten Sanierungen. Sie zogen so schnell aus, dass die Hausverwaltung nur mit Mühe Nachmieter finden konnte. Mona wusste, etwas musste mit dem armen, alten, weißen Elefanten geschehen – und das bald. BELLA HILL ...

Sie warf einen Blick auf David. Er addierte Zahlen auf der Rechenmaschine, neigte den Kopf, und sein hübsches Gesicht verriet die Konzentration, mit der er bei der Arbeit war.

Sie erinnerte sich an drei Ereignisse, das erste vor vierundzwanzig Jahren, als sie in den unheimlichen Gängen von BELLA HILL todunglücklich herumirrte und Davids Schwester Njeri zwang, mit ihr davonzulaufen. Das zweite nicht viel später: Mona und David saßen eingeschlossen in der brennenden Operationshütte. Die dritte Episode, an die Mona sich jetzt erinnerte, während sie David bei der Arbeit beobachtete, lag sieben Jahre zurück. David arbeitete erst seit kurzem als Verwalter auf der Plantage.

»Ich möchte mich bei dir entschuldigen, David«, hatte Mona damals zu ihm gesagt. »Ich war so grausam zu dir, als wir Kinder waren. Es tut mir Leid. Es hätte uns beiden beinahe das Leben kosten können, und ich wäre schuld daran gewesen.«

Damals sah er sie mit einem Blick an, den sie nicht verstand. Dann sagte er: »Das war vor langer Zeit. Es ist vergessen.«

Er schien ihre Augen, die auf ihm ruhten, zu spüren, hob den Kopf von der Rechenmaschine und lächelte. »Das hätte ich beinahe vergessen«, sagte er und schob den Stuhl vom Schreibtisch. »Ich habe Ihnen etwas aus Uganda mitgebracht.«

Mona sah, wie er in die Hosentasche griff und etwas Großes, in ein Taschentuch Gewickeltes behutsam hervorzog. Er hielt es ihr hin. Verwirrt griff Mona danach. David hatte ihr noch nie ein Geschenk gemacht. Als sie das Tuch zur Seite zog und sah, was es war, verschlug es ihr den Atem.

»Oh, mein Gott«, flüsterte sie, »ist das schön.«
»Diesen Halsschmuck machten die Leute von Toro. Sehen Sie diese grünen Perlen? Es ist Malachit aus Belgisch Kongo. Und das ist geschnitztes Elfenbein.«
Mona sah sprachlos den Halsschmuck an, der im Sonnenlicht funkelte. Es war ein faszinierendes Gebilde aus glänzendem Kupfer, Bernstein, Elfenbeinrosetten und Eisengliedern – afrikanisch und primitiv, jedoch seltsam modern, beinahe zeitlos. Ein Kunstwerk, fand Mona, das nicht irgendjemand um den Hals tragen durfte.
»Ich lege es Ihnen um«, sagte David.
Er stellte sich hinter sie. Sie spürte, wie er ihre Haare zur Seite schob. Sie sah, wie der Halsschmuck vor ihr nach unten glitt und sich schwer und angenehm auf die Brust legte. Davids Finger berührten ihren Nacken, als er ihn verhakte.
»Gehen Sie zum Spiegel, Mona. Sehen Sie sich an.«
Mona traute ihren Augen nicht. Sie glaubte sich verändert. Sie wirkte nicht mehr gewöhnlich, sondern irgendwie verwandelt. Der Halsschmuck lag auf der Baumwollbluse, schimmerte und funkelte unbeschreiblich, sodass alles andere – der Raum, die Möbel, selbst die Sonne draußen – im Vergleich dazu flach wirkte.
»Es ist wunderbar, David«, sagte sie.
»Die Frauen in Toro tragen diesen Schmuck.«
»Die Frauen in Toro sind schön. An mir wirkt er falsch.«
»Als ich diesen Schmuck sah, habe ich sofort an Sie gedacht, Mona.«
Sie stellte sich die Frauen von Toro vor mit ihren dunklen, schlanken Hälsen und stolzen Köpfen. »Ich werde diesem Schmuck nicht gerecht«, sagte sie, »ich habe nicht die richtige Haut dafür.«
David sagte sehr ruhig: »An Ihrer Haut ist nichts falsch, Mona.«
Sie betrachtete ihr Spiegelbild. Er stand dicht hinter ihr. Ihre Blicke begegneten sich im Spiegel.
Als Mona sich umdrehte, um sich bei David zu bedanken, durchbrach die Stille eine laute Stimme im Radio.
Es waren die Mittagsnachrichten auf Kikuju. Solomon hatte in der Küche das Radio eingestellt. Der Sprecher berichtete von dem Massaker der Mau-Mau an Abel Kamau und seiner weißen Frau. Ihr vierjähriger Sohn, so fuhr er fort, war soeben im King-George-Krankenhaus seinen schweren Augenverletzungen erlegen.

3

Wanjiru und ihre Schwiegermutter sangen bei der Arbeit. Es war ein einfaches Lied, bei dem die Worte ständig wiederholt wurden. Sie sangen in harmonischem Einklang, veränderten die Melodie und improvisierten beim Singen. Sie sangen das Lied für Ngai, den Gott, der auf dem Mount Kenia wohnte; es war ein Gebet um *Uhuru*, um Freiheit.

Mama Wachera fühlte sich schwer ums Herz an diesem kühlen, frischen Tag kurz vor Einsetzen der Regenfälle. Sie grub süße Kartoffeln aus und entfernte die Blätter als Futter für die Ziegen. Die alte Medizinfrau dachte an den bevorstehenden Abschied von der Frau ihres Sohnes. Mama Wachera würde sie nicht aufhalten. Davids Mutter wusste, der Ruf im Herzen der jungen Frau zwang sie dazu. Nur Wanjiru konnte diesen Ruf vernehmen, und ihm konnte sie sich nicht entziehen. Mama Wachera hatte die Einsamkeit schon einmal ertragen; sie würde sie auch diesmal ertragen.

Wohin war es mit der Welt gekommen?! Nicht einmal ihr Sack der Fragen hätte Mama Wachera diesen mörderischen Krieg voraussagen können, der das Kikuju-Land entzweite. Keiner der prophetischen Träume hätte ihr zu zeigen vermocht, dass Kikuju-Bruder gegen Kikuju-Bruder kämpfte, während die anderen Stämme in Kenia untätig zusahen. *Wie sehr müssen die Ahnen klagen*, dachte Mama Wachera, *wenn sie sahen, wie die Dschungelkämpfer aus den Bergen kamen und ihre afrikanischen Brüder erschlugen, wenn sie sahen, wie die Freunde der Ermordeten Rache nahmen, indem sie alle Verdächtigen gnadenlos verfolgten und folterten und keinen verschonten, den sie auf der Seite der Dschungelmänner wähnten. Wie konnte dieser Wahnsinn um sich greifen?*

Mama Wachera richtete sich auf und blickte zu dem grasgrünen Hügel am Fluss hinauf.

Es hatte alles mit dem Auftauchen der Weißen angefangen, dachte sie. Sie waren der Grund für diesen schrecklichen Krieg, der ihren Stamm zerstörte. Die Weißen waren vor vielen, vielen Ernten in ihren Planwagen und mit Frauen, die milchweiße Haut besaßen, gekommen und hatten seitdem ihr Gift verbreitet. Wann würde das aufhören, fragte sich die alte Medizinfrau. Wann würden die Kikuju nicht mehr Kikuju ermorden, sondern sich verbünden und die Weißen aus Kenia vertreiben? Wann würden sie die Torheit und Schande dieses sinnlosen Kriegs begreifen und sich zusammentun, um gegen den einen wahren Feind zu kämpfen?

Mama Wachera dachte an ihren Sohn und fragte sich, wem seine Treue galt. Wie viele Kikuju hatte auch er sich dafür entschieden, für die Weißen zu arbeiten. Er lebte in einem Steinhaus in der Nähe seiner Arbeit und überließ seiner Frau die *Shamba*. Wanjiru hatte mehr Glück als die meisten Frauen, denn David lebte nicht weit von ihrer Hütte entfernt. Wie sehr waren die Frauen zu bedauern, deren Männer Arbeit in Nairobi suchten. Dort lebten sie in Wohnungen, tranken den Alkohol der Weißen und schliefen mit Prostituierten. Die armen Frauen bekamen ihre Männer manchmal jahrelang nicht zu sehen. David besuchte Wanjiru einmal in der Woche. Er blieb über Nacht in seiner *Thingira*, in seiner Hütte, und aß die Mahlzeiten, die seine Frau und seine Mutter gekocht hatten. Bei seinen Besuchen ehrte David Mathenge seine Frauen mit Geschenken. Er brachte ihnen *Americani*, Zucker und Öl. Davids Mutter fand, dass ihr Sohn sich in vieler Hinsicht so verhielt, wie es der Sitte der Kikuju entsprach.

Aber wie kann er für die Frau arbeiten, deren Vater ihm das Land gestohlen hatte, fragte sie sich, als sie sah, wie auf einer der Staubstraßen, die durch die Kaffeebäume führten, langsam ein Lastwagen fuhr. Dieses Geheimnis konnte Mama Wachera nicht enträtseln. Aber als respektvolle Mutter achtete sie die persönliche Freiheit ihres Sohnes. Ihr wäre nie eingefallen, David diese Frage zu stellen.

Mama Wachera ging auf die andere Seite der *Shamba* zu ihren Bananenstauden. Dort schnitt Wanjiru Kürbisblätter.

Sie wusste, ihre Schwiegertochter hatte einen Mau-Mau-Schwur geleistet. Vor vielen, vielen Jahren in der Nacht eines schrecklichen Unwetters, als ihre Großmutter im Sterben lag und die Hyänen darauf warteten, ihren Körper zu verschlingen, hatte die junge Wachera einen ähnlichen Eid gegessen. Das Eid-Essen gehörte zum Leben der Kikuju; diese Sitte war so alt wie die Wolken am Mount Kenia. Ohne den Eid würden die Kinder Mumbis nicht mehr sein. Aber der Eid, den Wanjiru gegessen hatte, war beunruhigend verändert worden. Aus für Mama Wachera unerfindlichen Gründen hatte ihre Schwiegertochter einen Schwur geleistet und dabei eine

Muzungu-Bibel in der Hand gehalten; sie hatte Erde gegessen und ihr Wort Jehovah gegeben. Was bedeutete das? Warum diese Veränderung eines heiligen Stammesrituals?

Mama Wachera fürchtete, dass diese Mau-Mau die alte Lebensweise für immer zerstören würden. Diese Männer im Dschungel, so fand sie, sind keine wahren, ehrenhaften Söhne Mumbis, sondern ›Räuber‹, wie die Weißen sagten. Die Stammesordnung zerbrach, die Kikuju-Gesellschaft zerfiel; die verführten jungen Männer verhöhnten die Alten.

Sie *kämpfen nicht um diese Erde,* dachte Mama Wachera und füllte den Korb, *sie kämpfen, um böse zu sein, und fordern die Ahnen heraus.*

Die beiden Frauen ließen das Lied ausklingen, als sie zu den Hütten zurückkehrten, aus denen der Rauch der Kochfeuer aufstieg. Wanjiru wusste, dass Mama Wachera ihren Entschluss zu gehen, nicht billigte. Sie wusste, sie würden sich über dieses Thema nicht einigen können, denn Mama Wachera war eine alte Frau. Sie musste inzwischen über einhundertzwanzig Ernten hinter sich haben, das entsprach sechzig Jahren, wie Wanjiru schätzte. Mama Wachera lebte in der Vergangenheit. Wenn sie darüber sprachen, dass die Kinder Mumbis ihr rechtmäßiges Land zurücknehmen sollten, bekam sie von Mama Wachera immer nur *Thahu* zu hören. »Sie sind verflucht«, wiederholte sie immer wieder Wanjiru, »ich habe ihnen gesagt, dass nur Unglück und Leid auf sie warten, bis sie das Land den Afrikanern zurückgeben. Und du siehst es doch? Sie haben das Unglück erlebt. Bis auf zwei sind alle tot, und es gibt keine Söhne, die das Land von ihnen erben.«

Wanjiru ärgerte sich über dieses veraltete Denken und über diese Hartnäckigkeit. Aber da sie dazu erzogen worden war, Älteren gegenüber zurückhaltend und ehrerbietig zu sein, hatte sie sich mit Mama Wachera nie gestritten. Wanjiru glaubte an den *Kampf.* Nur durch Krieg würden die Afrikaner das gestohlene Land zurückerobern. *Der Baum der Freiheit wird mit Blut begossen,* hatte sie einmal ihrer Schwiegermutter gesagt.

Aber Wanjiru kämpfte nicht nur um die Zurückgabe dieser Erde. Wie viele Frauen, die sich den Mau-Mau anschlossen, kämpfte auch Wanjiru für die Rechte ihrer Tochter. Sie sah eine Zukunft vor sich, in der Hannah die Freiheit hatte, zur Schule zu gehen, ohne von grausamen Jungen gequält zu werden, wie sie in ihrer unglücklichen Kindheit.

Hannah sollte die Freiheit haben, gleichberechtigt mit den Männern Seite an Seite zu arbeiten, einen ehrenhaften Beruf zu wählen und auszuüben, gleichberechtigt an der Seite ihres Mannes zu stehen und ihm nicht nur als sein geduldiges Lasttier folgen. Wanjiru glaubte, Kikuju-Mütter seien diesen Kampf ihren Töchtern schuldig.

»Nimm die Rinde des Dornenbaums«, erklärte Mama Wachera jetzt der Frau ihres Sohnes, während Wanjiru sich zu ihrem Weggang vorbereitete. »Du musst die jungen Zweige nehmen. Rolle sie in Salz und sauge daran. Das hilft bei Magenverstimmungen und Durchfall.«

Wanjiru hörte ihrer Schwiegermutter zu. Sie legten Medizin und Heilmittel in einen Korb. Ganz oben kamen gekochte Pfeilwurz, kalte süße Kartoffeln, ein paar Bananen und etwas Maismehl. Wanjiru wickelte den vollen Korb in eine Decke, die sie als Kopfband benutzen wollte und schob eine große Kalebasse mit Wasser dazu. An den Seiten verstaute sie Patronen und drei Pistolen, die man ihr heimlich am Vormittag gebracht hatte. Zum Schluss versteckte sie noch sorgfältig die eilig geschriebenen Briefe und Botschaften von Frauen für ihre Männer, die im Dschungel waren und um die Freiheit kämpften.

Als dies getan war, zog Wanjiru zwei Kleider über das Kleid, das sie bereits trug, wickelte die leuchtend rote *Kanga* um den kahlen Kopf und legte sich mit Mama Wacheras Hilfe die schwere Decke um den Kopf. Ein Gurt hielt die Decke fest, sodass sie beide Hände frei hatte. Sie trug Christopher in einer Schlinge vor der Brust und setzte sich Hannah auf die Hüfte.

Vor der Hütte blieb Mama Wachera stehen und segnete ihre Schwiegertochter. Sie befürchtete, dass sie Wanjiru nie wieder sehen würde. »Ich werde mich um David kümmern«, sagte sie.

»David ist nicht mehr mein Mann«, erwiderte Wanjiru und sprach die Worte aus, mit der nach Kikuju-Sitte eine Frau ihre Ehe lösen konnte. *»Ich scheide mich von ihm.* Hab keine Angst um mich, denn ich bin nur einmal geboren, und ich werde nur einmal sterben.«

Mama Wachera sah Wanjiru traurig nach, die gebeugt unter der Last mit dem Säugling an der Brust und dem kleinen Kind auf der Hüfte davonging. Die junge und starke Wanjiru überquerte den Fluss und entschwand ihren Blicken.

Wanjiru ging in die Nachmittagssonne. Sie folgte einem Pfad, der an neu angelegten Feldern vorbeiführte, die auf den Regen warteten. Es war ein warmer und geruhsamer Tag; Fliegen summten in der heißen Sonne; der Staub wirbelte unter ihren festen Tritten auf. Der beinahe ein Jahr alte Christopher schlief tief an der sicheren Brust seiner Mutter; die dreijährige

Hannah hatte den Kopf auf Wanjirus Schulter gelegt und schlief ebenfalls. Es dauerte nicht lange, als eine jüngere Frau zu ihr stieß. Sie trug vier Kleider übereinander, hatte eine gelbe *Kanga* um den Kopf gewickelt und schleppte Nahrung und Wasser auf dem Rücken. Sie tauchte plötzlich aus dem Busch auf und lief wortlos neben Wanjiru her. Etwas später schloss sich ihnen die alte Mama Gachiku an. Sie war die Mutter von Njeri, die eine *Memsaab* aus ihrem Leib geholt hatte; und Njeri hatte sich am Pavillon einer anderen *Memsaab* erhängt. Mama Gachiku war wie Mama Wachera die Witwe des legendären Häuptlings Mathenge. Sie hatte das Kikuju-Buschmesser, die *Panga*, bei sich.

Sie erreichten einen Bachlauf. Die Frauen halfen sich gegenseitig, die Lasten vom Rücken zu nehmen, knieten am Ufer und tranken. Sie kühlten die kahl geschorenen Köpfe im fließenden Wasser und wickelten dann die *Kangas* wieder wie Turbane um den Kopf. Mama Gachiku und die jüngere Frau teilten sich eine kalte süße Kartoffel, während Wanjiru die Kinder stillte. Sie nahmen ihre Lasten wieder auf und gingen weiter den leicht ansteigenden Hang hinauf. Sie sprachen nicht, sondern konzentrierten sich auf ihr Ziel. Immer mehr Frauen stießen zu ihnen. Als sie in den dichten Wald kamen, waren sie eine Gruppe von zwölf.

Alle folgten Wanjiru, die diesen Weg schon oft gegangen war, wenn sie den Freiheitskämpfern, die sich im Dschungel versteckten, Lebensmittel und Gewehre brachte. Die Frauen erreichten einen Wasserfall. Mama Gachiku schnitt das Blatt einer Pfeilwurz, rollte es und füllte es mit Wasser. Dann reichte sie es ihren Gefährtinnen zum Trinken.

Die Frauen marschierten schweigend und entschlossen weiter. Jede hatte ein Bild vor Augen, das sie vorwärts trieb. Mama Gachiku sah die Leiche ihrer armen Tochter am Balken auf der Olivenbaumlichtung hängen – Njeri war dem Leben der Weißen verfallen und in einen schändlichen und unehrenhaften Tod getrieben worden. Nduta sah das Gesicht ihres Mannes, den Polizisten der Polizeireserve bewusstlos schlugen. Njambi und Muthoni wurden die Erinnerung nicht los, als vier betrunkene englische Soldaten sie brutal vergewaltigten. Wanjiru hatte den zwölf Frauen den Eid abgenommen. Sie hatte alle geschworen, ihr altes Leben hinter sich zu lassen, um für die Freiheit zu kämpfen. Sie hatten die an ihre Ehre geknüpfte Entscheidung getroffen zu kämpfen, bis der letzte Weiße aus Kenia vertrieben war. Sie waren entschlossen, wenn es sein musste, in diesem Kampf auch zu sterben. Jede wusste, der geleistete Eid band Körper und Seele an ihr Wort. Soll-

te eine von ihnen das Vertrauen brechen, den Behörden Informationen über das geheime Lager im Dschungel weitergeben oder sich einem Befehl des lokalen Kommandos widersetzen, würde sie einen schrecklichen Tod sterben.
Der Tag ging zur Neige. Es wurde kalt und dunkel. Der Wald verwandelte sich in Schatten und gespenstische Formen; die Frauen rückten enger zusammen und folgten Wanjirus rotem Turban wie einem Leuchtturm. Kurz ehe das letzte Licht verschwand, gab Wanjiru der Gruppe am Fuße eines großen, alten Feigenbaums ein Zeichen, und sie blieben stehen. Wortlos setzte Wanjiru die Kinder ab und ließ ihre Lasten vom Rücken gleiten. Sie half den anderen, ging dann zum Baum und kniete vor dem Stamm. Die anderen taten es ihr nach. Sie knieten in einem Kreis und drückten die Stirn gegen den Stamm. Sie sangen ein Gebet für Ngai, den Gott ihrer Ahnen. Dann lehnte sich Wanjiru zurück, nahm etwas von der fruchtbaren, schwarzen Erde in die Hand, sah sie an und sagte: »Diese Erde gehört uns.«
Ihre Gefährtinnen taten es ihr nach, und alle zwölf sangen schließlich leise: »Diese Erde gehört uns. Diese Erde gehört uns.« Als der Vorhang der Nacht über das Land fiel, nahm Wanjiru die Erde in den Mund und kaute sie feierlich. Ihre Schwestern im Kampf taten es ihr nach. Sie aßen die Erde, erneuerten den Eid und bekräftigten den Schwur: *Diese Erde gehört uns.*

4

Die Tafel wurde enthüllt, und Mona überraschte es nicht, als sie las: WILL-KOMMEN IN NAIROBI – DER STADT AN DER ÄQUATORSONNE. Dreihundert Leute waren zu der Zeremonie auf der ruhigen Straße am Rand von Nairobis Naturpark gekommen; sie standen im Schatten oder saßen auf Klappstühlen. Sie klatschten und lobten Geoffrey Donalds Einfall. Der Slogan verleihe ihrer Stadt ganz bestimmt mehr internationale Anerkennung, erklärten alle übereinstimmend. Und das war besonders wichtig in einer Zeit, in der die ausländische Presse in aller Ausführlichkeit über den Kampf der Mau-Mau berichtete. Der Slogan sollte die Geschäfte mit den internationalen Reiseveranstaltern ankurbeln.

Mona warf verstohlen einen Blick auf ihre Armbanduhr. Sie litt bei solchen inszenierten Feierlichkeiten, aber sie wusste, in der von Unruhen erschütterten Kolonie dienten sie einem wichtigen Zweck. Erstens schuf eine vertraute Zeremonie in einer bedrohten Zeit bei den weißen Siedlern ein Gefühl der Einheit und Zusammengehörigkeit. Zweitens sollten solche Anlässe demonstrieren, dass die Beziehungen der Rassen in Kenia trotz Mau-Mau gut und die Mehrheit der Afrikaner gehorsame, gesetzestreue Menschen waren. Beinahe die Hälfte der Anwesenden waren ›Eingeborene‹. Sie saßen auf dem Boden oder stützten sich auf Stöcke, während sie Geoffrey Donalds Rede zuhörten. Einige prominente Häuptlinge in einer charakteristischen Mischung aus westlicher und afrikanischer Kleidung hatten sich eingefunden, darunter auch der ehrwürdige alte Irungu. Der mächtige und einflussreiche Häuptling hatte seine Männer überzeugt, an dieser Zeremonie teilzunehmen und auf diese Weise die guten Gefühle den Weißen gegenüber unter Beweis zu stellen. Irungu trug Khaki-Shorts, um die Schulter ein kariertes Tischtuch und Sandalen aus Autoreifen. In den Ohrläppchen hatte er die traditionellen runden Stäbchen, am Hals hing ihm ein ausgehöhlter Kürbis mit Tabak und an einem Lederriemen eine Dose mit Schnupftabak. Armbanduhren trug er als Schmuck an beiden Armen. Er saß neben dem Vize-Gouverneur, der in einem strengen marineblauen Anzug mit Eton-Krawatte erschienen war. Mau-Mau schien in den Köpfen dieser würdigen Führer überhaupt keine Rolle zu spielen.

Mona blickte noch einmal auf die Uhr. Sie achtete nicht auf Geoffreys Rede, sondern suchte in der Menge nach David. Aber sie sah nur ›Tommys‹. Die englischen Soldaten bildeten mit ihren Gewehren einen großen, schützenden Kreis um die Zuhörer. Alle Zusammenkünfte von Europäern mit afrikanischen Loyalisten galten als bevorzugtes Ziel der Mau-Mau, obwohl es in den fünf Monaten nach Verhängung des Ausnahmezustands bis jetzt zu keinen derartigen Überfällen gekommen war.

Zwölf Uhr! Mona fragte sich, wo David sein mochte.

Sie hatte eigentlich gehofft, man würde von ihr nicht erwarten, an solchen gesellschaftlichen Ereignissen teilzunehmen. Aber sie war eine Treverton, und Kenias Weiße waren ihrer kostbaren Tradition verpflichtet. Also blieb ihr keine Wahl. Vor Jahren hatten ihre Eltern die Sehnsucht der Siedler nach Aristokratie erfüllt. Jetzt mussten Mona und Grace diese Rolle spielen. Sie fand es schrecklich, als Lady Mona angesprochen zu werden, aber die Farmersfrauen hatten ihren Gefallen daran. Das alles war noch lästiger, da sie an diesem schrecklich heißen, windigen Tag das königsblaue Gabardinekostüm mit der modisch eng sitzenden Jacke, anliegenden Ärmeln, betont enger Taille und einem weißen Faltenrock tragen musste. Um die Unbequemlichkeit noch zu erhöhen, hatte sie weiße Handschuhe an, hielt eine weiße Plastiktasche am Arm, und die Füße schmerzten in den engen, unpraktischen weißen Pumps. Mona konnte kaum erwarten, wieder zu Hause zu sein; dort würde sie sofort eine bequeme Hose und ein weites Männerhemd anziehen.

Sie bemerkte Unruhe unter den Anwesenden. Man hörte Husten, Fliegen wurden nachdrücklich verjagt und viele versuchten, sich mit improvisierten Fächern die heißen Gesichter zu kühlen. Der Novemberregen war ebenso ausgeblieben wie die Regenfälle im Februar. Jetzt, im März, deutete noch nichts auf möglichen Regen hin. Mona fand, es sei nicht die richtige Zeit für Geoffrey, um seine Begabung zu ausschweifenden Reden unter Beweis zu stellen. Seine langweiligen Worte kreisten um Einnahmen aus Pfund und Dollar der Touristen. Offensichtlich wollte er das Kunststück ganz allein schaffen, indem er Urlaubern der Mittelklasse afrikanische Abenteuersafaris bot.

Mona verschloss sich Geoffreys Worten, die ihr von Jahr zu Jahr hohler und nichtssagender vorkamen, und dachte an David.

Er hatte sie heute Morgen nach Nairobi begleitet. Die Fahrt dauerte inzwischen nur noch ungefähr drei Stunden, nachdem die Straße ab Nyeri asphaltiert worden war. Sie mussten nur zweimal wegen einer Reifenpanne anhalten und einmal, weil das Kühlwasser kochte. Mona hatte David den Mercedes überlassen und fuhr mit Geoffrey und Ilse zur Enthüllungszeremonie. David wollte mit dem Mercedes seine Frau suchen. Da Afrikaner selten solche teuren Autos fuhren, musste er damit rechnen, angehalten und kontrolliert zu werden. Deshalb hatte Mona ihm ein Schreiben gegeben, in dem sie bestätigte, dass er mit ihrer Erlaubnis den Wagen fuhr. Aber David sollte inzwischen hier sein. Sie hoffte, es habe keine Schwierigkeiten gegeben. Man wusste, einige Männer der Bürgerwehr – ehemalige afrikanische Soldaten, die sich freiwillig zum Kampf gegen die Mau-Mau gemeldet hatten – missbrauchten anmaßend ihre vorübergehende Polizeigewalt und bedienten sich brutaler Methoden – sie schlugen einen Mann erst zusammen und stellten dann Fragen. Mona versuchte sich einzureden, dass David in der Lage sei, sich zu behaupten.

Trotzdem machte sie sich Sorgen. Ja, Mona machte sich immer mehr Sorgen um David. Die Mau-Mau-Überfälle nahmen zu. Der Terrorismus war nicht »erstickt worden«, wie Geoffrey im Oktober prophezeit hatte; die Gewalttaten eskalierten, und in den meisten Fällen waren Loyalisten die Opfer – Afrikaner, die mit Weißen befreundet waren oder für Weiße arbeiteten.

David wollte in Nairobi Wanjiru suchen, die vor ein paar Tagen plötzlich mit den beiden Kindern verschwunden war.

Seit der Ausrufung des Ausnahmezustands sah man auf Kenias Straßen ganze Heerscharen von Frauen und Kindern. Mona hatte den Strom der Frauen beobachtet, die schweigend mit ihrer Last auf dem Rücken und Kindern im Gefolge über die staubigen Wege zogen, die an der Plantage entlangführten. Wohin wollten sie, fragten sich alle. Was hatte den unverständlichen Exodus ausgelöst? »Es gärt und etwas braut sich zusammen«, meinten die Leute. Was auch dahinter stecken mochte, zahllose Frauen flohen nach Nairobi. Die Mehrheit fürchtete die Mau-Mau und hoffte, bei ihren Männern in der Stadt leben zu können. David fuhr in der vagen Hoffnung durch Nairobi, dass Wanjiru sich dem Exodus angeschlossen hatte und er sie finden würde.

Die Menge lachte über einen Scherz, den Geoffrey machte, und Mona wurde aus ihren Gedanken gerissen. Sie stellte plötzlich fest, dass sie den ganzen Vormittag über nur an David dachte – wieder einmal!

Sie wusste nicht genau, wann es damit angefangen hatte, dass David Mathenge sich ungebeten in ihre Gedanken einschlich, sie sein schönes Lächeln vor sich sah oder an etwas dachte, das er gesagt hatte. Mona las in einem Buch, stellte Blumen in eine Vase und dachte an ihn. Und das schien schon seit langem der Fall zu sein ...

Mona befragte ihre Erinnerung und stellte fest, dass es seit ihrer Kindheit für sie David gab. Als kleines Mädchen hatte sie sich über ihn geärgert, weil ihre Mutter seiner Schwester so viel Aufmerksamkeit schenkte; als Teenager hatte Mona beobachtet, wie aus David ein arroganter politischer Agitator wurde, dann hatte sie ihn für den Tod ihres Bruders verantwortlich gemacht; man erzählte ihr von seinen Heldentaten in Palästina und von der Verleihung eines Ordens. Den Prozess ihrer Mutter hatte er Tag für Tag als Zuschauer verfolgt und danach nahm er die Stelle als ihr Verwalter an. Jetzt arbeitete er schon über sieben Jahre für sie. Irgendwie erschrocken stellte Mona fest, welch große Rolle Wacheras Sohn in ihrem Leben spielte. Sie musste sich leicht überrascht eingestehen, dass es keine Zeit in ihrem Leben gab, in der sie nicht an David Mathenge in der einen oder anderen Weise dachte.

Aber jetzt stellte sie mit wachsender Verzweiflung fest, dass die Gedanken sich in Gefühle für ihn verwandelten. Und während sie sich damit beschäftigte, musste Mona sich eingestehen, dass sie auch diese Gefühle schon lange für ihn hatte.

Zwei Giraffen fraßen die Blätter eines breit ausladenden Dornenbaumes. Sie hielten inne und betrachteten neugierig die Menschenmenge. Mona beobachtete die Tiere. Die riesigen, ungelenken Leiber rührten sich nicht und verschmolzen mit der gelben Ebene, die sich bis zu den bläulichen Hügeln erstreckte. Dann drehten die Giraffen die Köpfe und liefen langsam weiter. Die Menschen schienen sie nicht weiter zu beachten. Vielleicht hatten sie inzwischen gelernt, dass sie die Menschen nicht fürchten mussten, dachte Mona, denn sie lebten in einem Wildreservat. Dank Grace Treverton und ihrem entschlossenen Feldzug zur Rettung und Bewahrung von Kenias wilden Tieren war die Jagd in diesem Gebiet strengstens verboten. Geoffrey Donald fuhr mit seinen Urlaubern durch diese Wildreservate und garantierte ihnen gute Möglichkeiten, Löwen, Giraffen, Elefanten und Zebras zu fotografieren.

Mona richtete den Blick wieder auf die Straße. Ihre Sorge wuchs. David hatte sich verspätet.

Er fuhr langsam, rechnete mit der nächsten Straßensperre und einer erneuten Kontrolle durch halbgebildete, großtuerische Soldaten der Bürgerwehr, die Leute wie ihn mit Vorliebe schikanierten.
David umklammerte das Steuer so fest, dass die Finger sich in die Handflächen bohrten. Seit Stunden fuhr er suchend durch die Straßen und hatte Wanjiru nicht gefunden.
Aber das, was er gesehen hatte, erfüllte ihn mit Entsetzen.
Tausende heimatloser und allein stehender Frauen lebten in den afrikanischen Vierteln Kariorkor, Behati und Shauri Moyo. Sie drängten sich in den Zimmern der Elendsquartiere ohne sanitäre Einrichtungen oder Kochmöglichkeiten. Sie holten Wasser an den gemeinschaftlichen Zapfstellen auf den Straßen. Sie lebten in Schmutz und Armut, denn sie hatten die *Shambas* verlassen, weil sie die Angriffe der Mau-Mau fürchteten und hofften, in der Stadt Schutz zu finden. Während der Suche hatte David erfahren, wie die Mehrzahl dieser hilflosen Frauen überlebte – sie überließen sich den sexuellen Wünschen von Männern. Mit der Ausrufung des Ausnahmezustands hatte man ein Ausweissystem eingeführt. Es sollte den Behörden helfen, die Bevölkerung besser zu kontrollieren, um die Rebellen zu entlarven und gefangen zu nehmen. Jeder Einwohner von Nairobi musste einen Ausweis haben. Man erhielt dieses Dokument nur, wenn ein Mann einen Arbeitsplatz hatte und eine Frau nachweisen konnte, dass ein Mann für sie sorgte. Jede Frau, die keinen Ehemann oder männlichen Bürgen hatte, der für sie verantwortlich war – wie etwa ein Bruder oder ein Vater –, galt als Prostituierte. Man verhaftete diese Frauen und brachte sie in ihre Dörfer zurück, wo sie inzwischen ausgestoßen waren. Deshalb wollte keine der Frauen zu den *Shambas* zurück. Sie versteckten sich, lebten in der ständigen Angst, entdeckt zu werden, und einigen gelang es auf die eine oder andere Weise, ›Ehemänner‹ zu bekommen.
David lief durch die Elendsviertel und war außer sich angesichts der Verwahrlosung und des Gestanks; die schutzlosen und verlassenen Frauen führten ein menschenunwürdiges Dasein; und jedes Mal, wenn David wieder auf ein ängstliches, mürrisches Gesicht stieß, betete er darum, seine Frau und die Kinder nicht hier zu finden.

Er fand sie nicht. Jetzt fuhr er die Straße entlang, die aus der Stadt führte, um Mona abzuholen. Sie nahm an der feierlichen Enthüllung der neuen Tafel teil, die Geoffrey Donald sich ausgedacht hatte.

Ist das die richtige Zeit für Touristen-Werbeslogans? fragte sich David, und sein Zorn und seine Erbitterung richteten sich auf diesen Mann, den er hasste. Jomo Kenyatta, den David für einen friedliebenden und unschuldigen Mann hielt, musste einen ungerechten Prozess und grausame Gefangennahme erdulden; zwanzigtausend afrikanische Kinder konnten nicht mehr die Schule besuchen, da die Engländer die unabhängigen Schulen der Kikuju geschlossen hatten; Menschen wurden in ihren Hütten ermordet, Frauen von den brutalen Soldaten der Bürgerwehr gefoltert und vergewaltigt. Sie mussten sich Fremden anvertrauen, um zu überleben; Kikuju ermordeten Kikuju; ganz Kenia zerfiel und entehrte sich in den Augen der Welt ... Ist das eine Zeit, um Reden zu halten und Tafeln zu enthüllen? *Mein Gott*, dachte David, *dieser Mann muss so dumm sein, wie er aussieht.*

Aber David wusste, Geoffrey Donald war nicht dumm – ganz im Gegenteil, er war klug und musste deshalb mit größter Umsicht und Vorsicht beobachtet werden. Auch aus diesem Grund hasste er Geoffrey. Ein anderer Grund war Geoffreys Freundschaft mit Mona. Dieser Mann versuchte, ihr Leben in seine Hand zu nehmen. David entging nicht, dass er Mona ständig unnötigen Rat gab oder sie kritisierte. David verstand absolut nicht, weshalb Mona sich das gefallen ließ. Ihm missfiel auch, dass Geoffrey ständig in BELLATU erschien. Er schien mehr Zeit mit Mona als mit seiner Frau zu verbringen. Aber am meisten missfiel ihm, mit welchen Blicken Geoffrey Donald manchmal Mona geradezu verschlang.

David erinnerte sich jetzt daran, wie Geoffrey und Mona über das Polofeld geritten waren. Damals war sie vom Pferd gefallen, und Geoffrey hatte sie aufgehoben und geküsst.

David umklammerte das Steuer noch fester.

Nicht wenige afrikanische Soldaten hatten mit weißen Frauen während der Stationierung im Ausland intime Beziehungen gehabt. Meistens waren es Prostituierte gewesen, aber nicht nur. Die weißen Frauen interessierten sich für die Afrikaner und waren nicht mit dem Rassenvorurteil aufgewachsen wie die Weißen in Kenia. Die Soldaten hatten sich ihrer Beziehungen gerühmt. Sie erzählten ihren Kameraden in den Kasernen, dass die weißen Frauen stärker reagierten und leichter zu befriedigen seien als die Afrikanerinnen, da sie sich nicht der *Irua* unterziehen mussten. Außerdem, so prahlten sie, schätzten die weißen Frauen die Liebeskünste der afrikanischen Krieger.

David hatte diese Geschichten mit größtem Widerwillen gehört, denn er sehnte sich damals mit Leib und Seele nach Wanjiru. Nach dem Krieg missbilligte er, dass einige Afrikaner weiße Frauen mit in die Heimat gebracht hatten. Er sagte, es sei eine Kränkung ihrer afrikanischen Schwestern.

Als David die Menge am Straßenrand sah, verlangsamte er das Tempo und ließ den Wagen ausrollen. Er suchte Mona unter den Anwesenden und sah verärgert, dass Afrikaner und Weiße deutlich getrennt waren. Die ersteren saßen in der heißen Sonne auf dem Boden, die Letzteren auf Klappstühlen im Schatten. Er hatte gehört, dass auf die Gäste anschließend Erfrischungen im NORFOLK HOTEL warteten – für die Weißen im kühlen, eleganten Speisesaal und für ›Eingeborene‹ draußen auf dem Rasen. Das *also*, dachte er bitter, *bedeutet Rassenintegration*.

Er entdeckte Mona in der Nähe der Rednertribüne.

Er sah zu ihr hinüber und dachte wieder an den Morgen vor sechzehn Jahren, als Mona und Geoffrey Polo spielten. Damals hatten sie sich umarmt und ihre Lippen aufeinander gepresst. Kikuju, die in ihren Beziehungen zu weißen Frauen das Küssen kennen gelernt hatten, hielten es für das größte Geschenk der Zivilisation, das Afrika erhalten hatte.

David beobachtete, wie Mona unauffällig die Menge musterte. Als ihre Augen sich trafen, lächelte sie kurz. Er glaubte, Erleichterung auf ihrem Gesicht zu sehen, als habe sie sich Sorgen um ihn gemacht.

Er verfluchte seine Gefühle für sie; es war wie ein Verrat an seinem Volk.

David hörte den Beifall für Geoffreys langweilige Rede und versuchte wieder einmal, wie schon so oft, sein wachsendes Verlangen nach Mona Treverton zu analysieren und zu verstehen, um herauszufinden, wie er sich davon befreien könnte.

Als denkender, gebildeter Mann glaubte David Mathenge, alle Schwierigkeiten durch rationales, bewusstes Vorgehen zu lösen und überwinden zu können. Darüber sprach er auf den KAU-Versammlungen und beschwor seine Kameraden, nicht den terroristischen Weg einzuschlagen. Er erklärte ihnen, er habe mit eigenen Augen in Palästina erlebt, dass solche Aktionen nur die entsprechende Reaktion hervorriefen, und das Ergebnis sei ein nicht enden wollender Krieg. »Wir müssen uns die Achtung aller Nationen dieser Welt erringen«, wiederholte er immer wieder, »wenn wir eigenständig sein und uns selbst regieren wollen, wie alle anderen Länder es auch tun, dann müssen wir ehrenhafte Männer sein. Die Mau-Mau sind unehrenhaft. Ich verzichte auf *Uhuru*, die mit solchen Mitteln zustande kommt. Die Mau-Mau dürfen nicht gewinnen.« David glaubte fest daran, dass Kenia sich nur auf ehrenhafte Weise von den unguten und bösen Kräften befreien könne. Und ähnlich hoffte sich David auch von den ungewollten Gefühlen für Mona zu befreien.

Wann hatte das Verlangen nach ihr eingesetzt? Er wusste es nicht. Möglicherweise entstand dieser zweite, ungewollte Hunger, als seine Liebe für Wanjiru vor sechs Jahren erlosch. Mit ihrer harten Stimme, den schneidenden Worten und ihrer offenen Verachtung für seinen Glauben an eine friedliche Revolution hatte Wanjiru seine Liebe für sie getötet. Vielleicht war er verletzlich gewesen, als seinem Herzen plötzlich das Verlangen und die Zuneigung für seine Frau fehlte und er kalt und sehnsuchtsvoll allein gelassen war. Aber warum Mona Treverton? fragte er sich. Diese Frau war doch seine Feindin. Warum hatte sich seine Zuneigung nicht auf eine der vielen männerlosen Frauen im Dorf gerichtet? Sie alle hätten sich ihm bereitwillig anvertraut, und viele waren jung und hübsch. Warum diese Weiße, die nach afrikanischem Geschmack viel zu blass und viel zu mager war? Früher hatte er sie gehasst; ihr Leben war seinem fremd, und sie wusste wenig und verstand nichts von den Kikuju.

Ich könnte ihr das beibringen, flüsterte sein verräterisches Herz.

So einfach war es jedoch nicht. In Davids frevelhafter Fantasie gab es unüberwindliche Hindernisse.

Kikuju, die weiße Frauen heirateten, wurden vom Stamm ausgestoßen und enterbt, denn es war für einen Kikuju *tabu*, mit einer unbeschnittenen Frau zu schlafen. Damit machte man sich und seiner Familie große Schande; man entehrte seinen Vater und seine Ahnen. David wusste, seine Mutter wäre todunglücklich, wenn sie etwas von seinen Gefühlen für die Weiße ahnte. Außerdem gehörte diese Weiße zu den Menschen, die seine Mutter an Weihnachten vor fast vierunddreißig Jahren verflucht hatte. David schlug auf das Steuer. Es war alles so verworren! Er achtete, fürchtete und glaubte an das *Thahu* seiner Mutter. Er glaubte daran, dass Mona ebenso wie ihr Bruder und ihre Eltern zum Untergang verurteilt sei. Er wollte Mona vor dem Fluch seiner Mutter retten. Aber wenn er sich Wachera widersetzte, entehrte er sich und verunglimpfte seine Ahnen. Er wäre dann nicht besser als die Mau-Mau und hätte das Recht zu leben verloren ... Aber es gab noch ein größeres Hindernis. Wie sahen Monas Gefühle ihm gegenüber aus?

Als sie ihn einstellte und ihm die Verwaltung der Plantage übergab, entschuldigte sie sich für ihre Grausamkeit als Kind. Ihre Stimme klang so aufrichtig, sie lächelte ihn so herzlich an und streckte ihm die Hand hin, die er ergriff – dafür musste ein Afrikaner ins Gefängnis, wenn so etwas beobachtet wurde. Von diesem Moment an schwand Davids Hass, und seine Rachepläne gerieten ins Wanken. In den vergangenen sieben Jahren hatte sie ihn als Freund und Partner behandelt. Nur selten wurde ihm die Rassentrennung im Umgang mit ihr bewusst. *Aber natürlich,* so sagte er sich, als die Versammlung sich nach Geoffreys Rede jetzt auflöste, *natürlich bin ich für sie nur ein Freund!*

Es gab schließlich auch die Rassenschranke. Sie machte sein wahnwitziges Verlangen nach ihr zu einem Hohn. Deshalb zweifelte er auch nicht daran, dass Mona in ihm immer nur einen Freund sah, denn Kenias Afrikaner und Kenias Weiße überquerten *nie* diese entscheidende Grenze.

David ließ den Motor an und fuhr etwas näher. Er parkte den Wagen, stieg aus und wartete auf Mona, die sich noch mit Geoffrey unterhielt. Die Weißen schüttelten Hände und beglückwünschten sich; die Afrikaner zerstreuten sich langsam und machten sich auf den langen, heißen Weg zum NORFOLK HOTEL, wo es kostenlose Erfrischungen für sie geben würde. Geoffrey begleitete Mona zum Wagen. Seine Hand lag auf ihrem Arm. Sie lachten beide. Als er David sah, sagte Geoffrey – keineswegs leise: »Also Mona, ich finde es einfach ungehörig, dass du diesem Boy deinen Wagen überlässt.«

Sie blieb stehen, entzog ihren Arm seiner Hand und sagte: »Das hättest du nicht sagen dürfen, Geoff. Und ich wäre dir sehr dankbar, wenn du in meiner Gegenwart so etwas nicht wiederholst.«

Er sah ihr mit einem kalten, zornigen Blick nach.

»Tut mir Leid, David«, sagte Mona ruhig.

»Er ist zu seiner Meinung berechtigt, solange er mir meine lässt.«

Sie lächelte. Dann erinnerte sie sich an den Grund seiner Suche und erkundigte sich, ob er in Nairobi Erfolg gehabt hatte.

Er blickte an ihr vorbei auf die Steppe und roch ihr Lavendelparfüm.

»Nein. Von Wanjiru habe ich keine Spur entdeckt, und niemand konnte mir sagen, wo sie ist. Ich fürchte, sie ist noch nicht in Nairobi.« David wollte seine Frau nicht zurückhaben – sie hatte sich von ihm losgesagt und konnte tun, was sie wollte. Aber die Kinder gehörten ihm; er suchte nach Christopher und Hannah.

Er wollte etwas sagen, als plötzlich ein Höllenlärm am Himmel ertönte. Alle hoben die Köpfe und sahen vier New-Zealand-Düsenjäger vorüberjagen. Sie flogen in Richtung Norden zum Aberdare-Dschungel.
»Das wird ihnen zeigen, dass wir es ernst meinen!«, rief jemand. »Das wird die dreckigen Mau-Mau Gottesfurcht lehren!«
Auf der Straße erschien plötzlich ein Polizeiwagen. Er fuhr mit Höchstgeschwindigkeit an den Menschen vorbei und hielt mit quietschenden Bremsen neben Geoffrey. Noch während der Wagen rollte, sprang ein weißer Polizist in Khaki-Uniform heraus und reichte ihm eine Meldung. Geoffrey öffnete und überflog sie. »Oh, mein Gott«, murmelte er und ging damit zum Vize-Gouverneur.
Als er zurückkam, fragte Mona: »Was ist los?«
»In dem Dorf in der Nähe von Lari hat es ein Massaker gegeben! Die Mau-Mau haben die Menschen in die Hütten getrieben und dann alles in Brand gesteckt. Hundertzweiundsiebzig sind entweder verbrannt oder wurden von den Buschmessern dieser Wilden niedergestreckt, als sie zu fliehen versuchten!«
»Wann ist das geschehen?«
»Heute vormittag. Niemand kennt die Männer, die das Dorf überfallen haben.«
Geoffrey sah David kalt an.

5

Am 14. Juni 1953 kamen vier Afrikanerinnen in den sehr noblen und sehr eleganten Speisesaal des QUEEN VIKTORIA HOTELS in der Lord-Treverton-Allee. Sie setzten sich an einen der mit irischem Leinen, Porzellan und Silber gedeckten Tische.
Die weißen Gäste im Speisesaal verstummten verblüfft, als die vier bei dem erschrockenen afrikanischen Kellner ihre Bestellungen aufgaben. Die Frauen trugen bedruckte Baumkleider und *Kanga*-Turbane auf dem Kopf. Sie wollten *Irio* und *Posho,* traditionelle kenianische Gerichte, die es im QUEEN VIKTORIA natürlich nicht gab.
Die empörten Weißen erholten sich von dem Schock und hatten begriffen, was dieser Auftritt bezwecken sollte. Sie erhoben sich und verließen demonstrativ den Saal. Ein paar Minuten später traf die Polizei ein. Die vier Frauen veranstalteten ein großes Geschrei und Gezeter; und bei den folgenden Handgreiflichkeiten gingen viel Porzellan, Kristall und Blumenvasen zu Bruch. Auch der Wagen mit den Desserts wurde zerstört. Man verhaftete drei der Frauen. Der vierten gelang mit ihrem Baby auf dem Rücken die Flucht durch die Küche. Aber bevor sie auf der Straße in Richtung der dicht bevölkerten afrikanischen Viertel Nairobis verschwand, drehte sie sich um und warf einen Stein durch eines der Hotelfenster. An dem Stein hing ein Zettel mit den Worten: *Diese Erde gehört uns,* und darunter stand: *Kommandantin Wanjiru Mathenge.*

»James, ich habe es dir doch schon gesagt, und ich bin fest dazu entschlossen! Ich werde *keine* Waffe tragen.« Grace drückte ihm den Revolver in die Hand und wollte das Zimmer verlassen.
»Grace, hör mir zu, verdammt noch mal! Die Lage hier ist verzweifelt gefährlich. Alle Missionen sind überfallen worden. Du hast doch gehört, was in der letzten Woche in der schottischen Mission geschehen ist!«

Grace presste die Lippen zusammen. Ja, sie hatte davon gehört; ihr war übel geworden, und sie hatte seitdem nicht mehr richtig geschlafen.
Es war schrecklich, was die Mau-Mau den armen, unschuldigen Menschen angetan hatten! Es war noch schlimmer als das Massaker vom März. Der Überfall hatte bei helllichtem Tag stattgefunden. Die Mau-Mau wurden kühner und ihr Vorgehen wurde immer schändlicher.
Grace war der Meinung, dass die Regierung einen schweren Fehler begangen hatte, als sie Jomo Kenyatta schuldig sprachen und zu sieben Jahren Zwangsarbeit verurteilten. Sie dachte, es sei schon falsch gewesen, ihn überhaupt zu verhaften; es gab keine Beweise, dass er hinter den Mau-Mau stand. Anstatt der »Freiheitsbewegung« damit ein Ende zu setzen, diente die ungerechte Bestrafung Kenyattas nur dazu, das Feuer erst richtig zu entfachen. Tausende arbeitsloser, entschlossener junger Desperados, für die es nichts im Leben zu verlieren gab und die nur an Morden und Stehlen dachten, flohen Tag für Tag in die Wälder.
Die schwersten Mau-Mau-Aktivitäten ereigneten sich in der Gegend um BELLATU und die Grace-Treverton-Mission. Die *Royal Air Force* bombardierte inzwischen regelmäßig und systematisch den Aberdare-Dschungel. Ein großes Aufgebot britischer Soldaten errichtete Straßensperren und kontrollierte jeden; die Regierung überwachte alle Telefonleitungen; Telefongespräche wurden aufgezeichnet, und es war nur noch erlaubt, Englisch zu sprechen.
Die Mau-Mau-Bewegung geriet außer Kontrolle, aber nicht nur gemessen an der Zahl der Freiheitskämpfer in den Wäldern, sondern auch in der allgemeinen Unterstützung durch die Kikuju. Die afrikanischen Kinder lernten Lieder, in denen das Wort *Gott* durch *Jomo* ersetzt wurde; einst loyale und vertrauenswürdige Diener wurden bereitwillig oder gezwungenermaßen zu Helfern der Mau-Mau; man forderte die weißen Siedler inzwischen auf, das Personal nach sechs Uhr abends aus dem Haus zu schicken und die Leute erst nach Sonnenaufgang wieder hereinzulassen. Überall im Land wusste keiner mehr, wem er trauen und wen er verdächtigen sollte.
Und die Grausamkeiten nahmen ständig zu – auf beiden Seiten. Täglich wurden loyale Aufseher ermordet, Missionen überfallen, das Vieh der Siedler abgeschlachtet; die Soldaten der Bürgerwehr folterten Verdächtige, indem sie ihnen brennende Zigaretten in die Ohren steckten. Das Schwur-Ritual, das eine Zeitung einmal beschrieben hatte, wurde immer barbarischer und widerlicher – man benutzte jetzt Kinder und Tiere; Beschreibungen dieser

Rituale konnte man nicht mehr drucken. Die Welt schien aus den Fugen geraten zu sein.

»Ich bitte dich um meinetwillen, Grace«, sagte James und folgte ihr ins Wohnzimmer, »ich gebe nicht nach, bis ich weiß, dass du geschützt bist.«

»Wenn ich einen Revolver trage, James, bedeutet das, ich beabsichtige, jemanden zu töten. Ich will niemanden töten, James.«

»Auch nicht in Selbstverteidigung?«

»Ich passe schon auf mich auf.«

James schob den Revolver in den Gurt und legte ihn erschöpft auf den Tisch. Ausnahmslos jeder Siedler in der Provinz trug inzwischen eine Waffe, nur nicht diese halsstarrige, trotzige Frau. Grace besaß mit vierundsechzig immer noch dieselbe Entschlossenheit wie früher. Ihr unbeugsamer, starker Wille war einer der Gründe gewesen, weshalb er sich in Grace verliebt hatte. Aber jetzt hatte sie graue Haare und trug eine Brille. In den Augen der Mau-Mau war sie eine hilflose, schwache Weiße!

Mario kam herein. Nach den vielen Jahren bei *Memsaab Daktari* ging er etwas gebückt und hatte graue Haare. Er brachte auf einem Tablett Tee und Sandwiches. Er wollte das Tablett absetzen, als er auf dem Tisch den Revolver sah.

»Schlechte Zeiten, *Bwana*«, sagte er traurig, »sehr schlechte Zeiten.«

»Mario«, sagte James und griff nach dem Revolver, damit der Diener das Tablett absetzen konnte, »wir vermuten, dass es in dieser Gegend jemand gibt, der Mau-Mau-Eide schwören lässt. Weißt du etwas darüber?«

»Nein, *Bwana*. Ich glaube nicht an Mau-Mau-Eide. Ich bin ein guter Christ.«

Ja, dachte James finster, *und deshalb ein Ziel der Mau-Mau*. Konnte er Grace verteidigen? Mario, ein alter Hausdiener, dessen Treue und Ergebenheit für seine Herrin das Todesurteil für ihn sein mochte?

»*Memsaab*«, sagte Mario, »*Daktari* Nathan sagt, er braucht Ihre Hilfe heute Nachmittag beim Operieren. Er hat zwölf Knaben.«

»Danke, Mario. Sag ihm, ich werde kommen.« Grace setzte sich neben das Radio. »Der arme Dr. Nathan, er hat jetzt täglich an die zwanzig Beschneidungen. Wie ich höre, sind alle Krankenhäuser in Nairobi nur noch mit Beschneidungen beschäftigt.«

Man hatte die Stammesbeschneider – die Zauberer – allesamt verhaftet und als Mau-Mau-Verdächtige ins Gefängnis gebracht. Die Kikuju-Eltern, denen so viel an der Beibehaltung der Tradition lag, brachten ihre Söhne in die Krankenhäuser, wo die Ärzte die Beschneidungen durchführten, aber natür-

lich keineswegs unter traditionellen Bedingungen. Nur die Mädchen wurden auf die alte Weise von Mama Wachera beschnitten.
Grace schaltete das Radio an. *Doggie in the Window* wurde gerade gespielt, und Grace murmelte: »Heutzutage ist aber auch alles amerikanisch ...«
Sie suchte einen anderen Sender. Radio Nairobi brachte Nachrichten. Zuerst kamen Meldungen aus dem Ausland – in den Vereinigten Staaten hatte man die wegen Spionage verurteilten Rosenbergs hingerichtet; die UdSSR hatte die erste Wasserstoffbombe gezündet – und dann hörten sie die Stimme von General Erskine, dem neuen Kommandanten der Ostafrikanischen Streitkräfte.
Als Erstes erklärte er, die KAU sei von der Regierung verboten worden. Außerdem sollten ab sofort besondere Einschränkungen bei Bildung afrikanischer politischer Gruppierungen in Kraft treten. Dann sagte er: »Aus bitterer persönlicher Erfahrung wissen Sie mehr über die Mau-Mau als ich. Ich weiß nur, dass eine *böse Saat* aufgegangen ist und zu schlimmster Barbarei und Gewalttätigkeit geführt hat. Deshalb muss Gesetz und Ordnung ohne Zögern wiederhergestellt werden. Das Kriegsministerium hat mich hierher entsandt, und ich werde sofort damit beginnen, diese Aufgabe durchzuführen. Ich werde erst dann zufrieden sein, wenn jeder loyale Bürger Kenias seiner Arbeit wieder in Frieden, Sicherheit und Ordnung nachgehen kann.«
»So«, sagte James ruhig, »General Erskine ist hier. Das bedeutet, jetzt schießen sie mit Kanonen.«

Nach den Nachrichten verließen James und Grace gemeinsam das Haus. Sie gingen auf einem der asphaltierten Wege, die das Gelände der Grace-Treverton-Mission durchschnitten. Die Versammlung der Siedler sollte hier stattfinden. Die Mission war für die meisten Farmen gut zu erreichen, und in einem der Klassenzimmer konnte auch eine größere Menschenmenge Platz finden. Als sie eintrafen, stand Tim Hopkins auf einer Kiste vor der Schiefertafel und bat um Ruhe.
In dem Klassenzimmer war es unangenehm heiß, obwohl alle Fenster offen standen. Beinahe einhundert zornige oder ängstliche Siedler mit Revolvern im Gürtel und Gewehren in den Händen schwitzten in der Hitze, die die Kolonie unerbittlich seit Monaten heimsuchte. Die Spannungen, die in der Luft lagen, gingen nicht nur auf das Konto der Mau-Mau. Bei anhaltender Dürre würden fünfundneunzig Prozent der Ernte verloren sein.

»Ruhe, *bitte!*«, rief Tim. Aber es half nichts.
Alle schienen gleichzeitig zu reden. Hugo Kempler, ein Rancher aus Nanyuki, erzählte Alice Hopkins, dass die Mau-Mau zweiunddreißig seiner Kühe vergiftet hatten. »Die Autopsie ergab Arsen im Mais!«
Und Alice berichtete, dass alle ihre Arbeiter spurlos verschwunden seien. »Die sechzig Männer sind über Nacht einfach abgehauen. Das war vor einer Woche. Kein einziger ist wieder aufgetaucht. Wer soll mein Sisal und Pyrethrum schneiden? Wenn ich nicht bald neue Arbeiter finde, kann ich die Farm abschreiben.«
Da in dem allgemeinen Lärm niemand auf ihn hörte, zog ihr Bruder schließlich den Revolver und schoss in die Luft. Alle waren auf der Stelle still.
»Hören Sie jetzt zu!«, rief Tim und wischte sich den Schweiß mit einem Taschentuch von der Stirn. »Wir müssen etwas tun! In dieser Gegend zwingt jemand die Kikuju zu Mau-Mau-Eiden. Wir müssen den Betreffenden finden, und zwar schnell!«
Die Anwesenden murmelten zustimmend. Mrs. Langley, die 1947 mit ihrem Mann nach Kenia gekommen war, als Indien unabhängig wurde, erhob sich in ihrem sauberen Baumwollkleid – aber auch sie trug einen Revolver mit Gürtel um die Hüfte – und sagte: »Wir haben versucht, mit unseren Leuten zu reden. Es hat zu nichts geführt. Wir haben es mit Bestechung und Drohungen versucht, aber sie machen einfach nicht den Mund auf.«
Nickende Köpfe und zustimmendes Gemurmel im Saal. Alle wussten, es war unmöglich, einen Kikuju dazu zu bewegen, über die Mau-Mau zu sprechen. Viele Afrikaner sympathisierten zwar mit den Mau-Mau, viele aber auch nicht. Aber alle schwiegen aus Angst. Erst im letzten Monat hatte ein Mann in einem besonderen Mau-Mau-Gericht eine Zeugenaussage gemacht. Kurz darauf wurde beobachtet, wie vier Männer den Mann in einen Wagen zerrten. Seitdem war er nicht mehr gesehen worden. Auch Leute, die bei Polizeiverhören aussagten und ihre Aussagen unterschrieben, erschienen nicht vor Gericht, die Betreffenden verschwanden meist spurlos von der Bildfläche.
Mr. Langley erhob sich ebenfalls. Er war ein kleiner, vom Wetter gezeichneter Mann. Wie zahllose andere hatte er Indien verlassen und war 1947 nach Kenia gekommen, weil er unter keinen Umständen von ›Eingeborenen‹ regiert werden wollte. »Ich habe vor zwei Nächten meinen besten Aufseher verloren«, berichtete er, »man hat ihn in seine Hütte gesperrt und mit seiner Frau und seinen beiden Kindern bei lebendigem Leib verbrannt.

Dann hat man alle meine Hunde vergiftet.« Er machte eine Pause. Tränen standen in seinen Augen. »Man hatte uns bislang verschont. Unsere eigenen Leute haben es getan. Ich weiß es ganz genau. Sie waren uns treu ergeben, bis man sie zu dem Eid gezwungen hat.«

Angst stand deutlich im Gesicht der weißen Siedler. Die Macht des einmal geleisteten Schwurs war die schlimmste und hinterhältigste Drohung. Zuverlässige Hausdiener, die seit Jahren wie zur Familie gehörten, wurden über Nacht zu Meuchelmördern. Ein Kikuju musste sich den Befehlen der Mau-Mau fügen, nachdem sie rohes Hundefleisch gegessen und eine Schale Blut getrunken hatten, selbst wenn ihnen der Eid aufgezwungen wurde.

»Es geht darum«, rief Tim, »wir müssen eine bessere Möglichkeit finden, diese Ungeheuer zu bekämpfen. Aber wie können wir gegen einen Feind kämpfen, der sich uns nie zeigt? Wir alle wissen, wie die Mau-Mau vorgehen. Sie leben in den Wäldern in geheimen Lagern; Frauen versorgen sie heimlich mit Lebensmitteln und Medikamenten. Und diese Frauen informieren die Männer über die Einsätze der Sicherheitskräfte. Die Mau-Mau besitzen ein unglaubliches Kommunikationsnetz – sie benutzen hohle Bäume als Briefkästen! Erst in der letzten Woche ist es ihnen erfolgreich gelungen, die Nairobi-Busse zu bestreiken, außerdem kauft kein Afrikaner mehr europäische Zigaretten oder Bier. Die Wogs haben weit mehr Angst vor den Mau-Mau und deshalb weniger das Verlangen nach Gesetz und Ordnung!«

Alle fingen wieder an zu reden. Tim musste noch einen Schuss abfeuern. »Wir müssen etwas tun!«, rief er. »Wir müssen die finden, die ihnen den Eid abnehmen! Das ist das Allerwichtigste. Dann müssen wir die geheime Untergrundbewegung aufspüren. Wir müssen herausfinden, wer Gewehre und Munition schmuggelt und die Mau-Mau mit Nachschub versorgt. Wenn das geschehen ist, können wir ihnen die Versorgungswege abschneiden und sie in den Wäldern verhungern lassen!«

Mona stand mit Geoffrey an der Rückseite des Klassenzimmers und sah Tim Hopkins fassungslos an. So hatte sie ihn noch nie erlebt. Er hatte ein rotes Gesicht, und seine Augen glühten. Er schien vor Zorn und Blutgier zu platzen. Tim war in den vergangenen Monaten zu einem ›Kenia Cowboy‹ geworden, wie man das nannte. Diese Leute nahmen die Justiz selbst in die Hand und umgaben sich mit einem Trupp Reiter. Es war eine Farmer-Kavallerie, die einsam gelegenen Farmen und Plantagen Hilfe leistete. Söhne der Siedler befehligten im Allgemeinen diese Trupps. Es waren Wei-

ße, die in Kenia geboren waren und jetzt um das Land kämpften, von dem sie glaubten, es gehöre ihnen genauso wie den Afrikanern. Junge Männer wie Tim lehnten die Bezeichnung ›Eingeborene‹ für Schwarze ab, denn sie sagten, die in Kenia geborenen Weißen seien auch ›Eingeborene‹ und ihnen könne man das Land nicht streitig machen. Einige dieser Cowboys handelten verantwortungsvoll und benahmen sich zivilisiert, die meisten aber verhielten sich so sadistisch und barbarisch wie die Mau-Mau. Man wusste, sie hielten ohne Grund Afrikaner fest und schlugen sie windelweich. Mona hoffte, dass Tim sich nicht in so einen Barbaren verwandeln werde.
»Ich verstehe eins nicht«, hörte man die freundliche Stimme von Vater Vittorio, »warum gibt die Regierung den Afrikanern nicht das, was sie fordern?«
»Warum sollte sie das tun?«, fragte Mr. Kempler.
»Die Afrikaner verlangen nicht viel: höhere Löhne, Gewerkschaften, die Möglichkeit, Kaffee anzubauen und die Aufhebung der Rassenschranke ...«
»Wenn wir den Niggern nur ein bisschen nachgeben«, rief jemand, »wollen sie alles!«
»Aber mit der Mau-Mau wäre es vorbei, wenn die Regierung die Afrikaner uns wirtschaftlich und politisch gleichstellte.«
»Überlassen wir ihnen doch alles, packen zusammen und reisen ab!«
»Meine Herren!«, rief Tim, »bitte! Streiten wir doch nicht miteinander. Wir müssen entscheiden, was wir gegen die Schwurrituale unternehmen können.«
Mona wurde ungeduldig. Auf dieser Versammlung wurde nichts Neues gesagt. Die Hitze war unerträglich. Der Revolvergürtel hing schwer und unbequem um ihre Hüfte. Sie trat ein paar Schritte zurück und stellte sich in die offene Tür. Sie blickte auf das Missionsgelände. Dort schien heute eine seltsame Ruhe zu herrschen.
Sie dachte an David. Er arbeitete zurzeit irgendwo in der heißen Sonne und kämpfte um die Ernte. Mona wusste, sie sollte eigentlich bei ihm sein.
Sie erinnerte sich an ein Gespräch vor zwei Tagen. Sie hatten sich unter einem Baum ausgeruht und kalte Limonade aus der Thermosflasche getrunken. David hatte leise – seine Stimme war kaum lauter gewesen als das Summen der Bienen – gesagt: »Gewalt schadet den Afrikanern. Es ist von grundlegender Bedeutung, dass unsere Probleme durch Wahrheit und Gewaltlosigkeit gelöst werden. Ich habe mit eigenen Augen gesehen, was der Terrorismus in Palästina bewirkt hat. Und ich sehe, wie er noch jetzt dem neuen Staat Israel schadet. Ich bezweifle, dass in dreißig Jahren die

Kämpfe zwischen Arabern und Juden zu Ende sein werden. Wir sollten alle dem großartigen Vorbild von Mahatma Gandhi folgen.
Weißt du, Mona, die Mau-Mau-Bewegung würde in sich zusammenfallen, wenn Großbritannien den Kenianern wirtschaftliche und politische Freiheit gewährte. Aber stattdessen haben sie den großen Fehler begangen, die KAU zu verbieten. Meine Partei hat nichts mit den Mau-Mau zu tun. Wir haben uns friedlich getroffen und versucht, auf legalem Weg unsere Meinungsverschiedenheiten zu lösen. Aber die Regierung hat die KAU verboten. Das war ein großer Fehler.«
David sprach immer so mit ihr – ehrlich, direkt und in der Absicht, ihr seine Haltung verständlich zu machen. Wie sehr unterschied er sich von Geoffrey, der ihr ständig Vorträge hielt und versuchte, ihr über den Mund zu fahren, als sei sie ein Kind. An diesem drückend heißen Nachmittag unter dem Baum, als sie allein und von keinen aufdringlichen Blicken belästigt waren und Limonade tranken, hatte David gesagt: »Der Zweite Weltkrieg hat die Welt verändert, Mona. Großbritannien ist nicht mehr Herr der Welt. Die Engländer müssen einsehen, dass Asien und Afrika sie zurückweisen. Wenn ein Volk zur Gewalt greift, geht das weiter und weiter. Am Ende muss die Regierung Konzessionen machen. Das wissen wir. Warum machen sie dann nicht *jetzt* Konzessionen?«
Er hatte sie angesehen und sehr ernst weitergesprochen. »Die britische Politik in den letzten fünfzig Jahren hat die Afrikaner zur Gewalt getrieben, um sich Stück für Stück menschliche Freiheit zu erkämpfen. Sieh doch die tragischen Beispiele Irland, Israel, Malaysia und Zypern. Ich frage mich, Mona, wann werden die Briten begreifen, wie töricht die Unterdrückung der Völker und das Verweigern der Menschenwürde ist!«
Ein heißer Wind wehte. Mona trat vor das Haus, um sich etwas Luft zu verschaffen. Es war schrecklich schwül. Fliegen und Bienen summten in der Hitze. Die Wellblechdächer der vielen Missionsgebäude schimmerten in der Sonne. Flimmernde Hitzewellen gingen von ihnen aus. Die Stille war wirklich bemerkenswert. Mona hatte den Eindruck, die Welt schlafe. Die Grace-Treverton-Mission war normalerweise ein Zentrum der Aktivitäten, aber jetzt schien sie den bedrückenden Nachmittag zu verschlafen. Verwirrt konstatierte sie, dass selbst die üblichen, zahllosen Menschen auf den Wegen fehlten. In den letzten paar Minuten schienen alle verschwunden zu sein: Schwestern, Patienten, Ärzte in weißen Kitteln, Besucher mit Blumen und Geschenken.

In dem Klassenzimmer beschwor James die verängstigten Siedler gerade, nicht den Kopf zu verlieren, als Mona plötzlich einen Wagen entdeckte. Er raste mit hoher Geschwindigkeit die asphaltierte Straße entlang. Der Fahrer drückte auf die Hupe und hielt mit quietschenden Bremsen. David sprang heraus und rannte auf sie zu.
»Was ist los, David?«
Er ergriff sie am Arm. »Du musst hier weg! Schnell!«
»Was ...«
Er zog sie mit sich.
Die anderen hatten die Hupe und die quietschenden Bremsen gehört und stürzten an die Tür und an die Fenster. »Lauft!«, rief David ihnen zu. »Mau-Mau!«
Und dann ging es los.
Sie erschienen aus dem Nichts und alle auf einmal. Sie umzingelten das Schulgebäude. Männer mit Buschmessern, Speeren und Gewehren tauchten hinter Büschen und Bäumen auf, die langen Haare in der schauerlichen Kriegstracht der Mau-Mau.
David rannte mit Mona los, als um sie herum die Gewehrsalven einsetzten. Brennende Fackeln sausten durch die Luft und durch die Fenster ins Klassenzimmer. Von innen hörte man Schreie.
Ein Stein hätte Mona beinahe am Kopf getroffen. Kugeln zischten an ihren Ohren vorbei. David hielt sie fest an der Hand, während sie zu einem kleinen Vorratsschuppen liefen. Als sie die Tür erreichten, stolperte Mona und fiel. David fing sie auf und zog sie hoch. Im Schutz der Hütte drückte er sie fest an sich, und sie klammerte sich an ihn. Sie hörten das wilde Geheul der Männer aus dem Dschungel, die das Klassenzimmer belagerten. Schüsse krachten, Glas splitterte. Sie hörten Schreie und Rufe. In der Ferne ertönte eine Alarmsirene.
Mona und David verharrten kurz in der Umarmung, dann trat er zurück und sagte: »Geh in die Hütte meiner Mutter! Dort bist du in Sicherheit!«
»Nein.«
»Mona, um Himmels willen. Tu, was ich dir sage. Sie sind hinter *uns* her! Verstehst du nicht?«
»Ich verlass dich nicht.«
Er zog den Revolver. »Lauf so schnell du kannst zu dem Wagen. Ich gebe dir Deckung.«
»Nein!«

Ein Speer prallte auf das Wellblechdach der Hütte. Eine Kugel traf das Gebälk neben Monas Arm. David ergriff wieder ihre Hand; sie sprangen aus der Hütte und fanden Schutz hinter einer hohen Hecke. Mona starrte voll Entsetzen auf das Bild, das sich ihr bot.

Die Schule brannte. Die Leichen von Mau-Mau-Kämpfern und Siedlern lagen auf dem Boden. David hob den Revolver, zielte und drückte ab. Ein Terrorist, der eine Bombe werfen wollte, erstarrte und stürzte. David schoss noch einmal. Noch ein Mau-Mau fiel. Geoffrey und sein Vater standen hinter einem zerbrochenen Fenster und schossen auf die anstürmenden Schwarzen. Eine Frau – Mrs. Langley – lief aus dem Gebäude. Ein Mau-Mau-Speer durchbohrte ihren Leib.

Es schienen hunderte Mau-Mau zu sein. Einige kämpften mit Buschmessern und waren nur mit Lappen bekleidet. Ihre wilden Gesichter glühten vor Blutgier. Mona sah, wie ein Mau-Mau versuchte, durch ein rückwärtiges Fenster zu klettern. »David!«, schrie sie. Er schoss, und der Mann fiel tot zu Boden.

Es wurden immer mehr. Sie stürzten, wenn die Kugeln der Siedler sie trafen. Aber auch die Mau-Mau hatten Gewehre. Ihre Kugeln jagten durch die Fenster und fanden ihr Ziel. Überall loderten Flammen. Rauchwolken stiegen zu dem klaren Himmel auf. Noch zwei Weiße rannten wankend und hustend aus dem brennenden Gebäude. Beide fielen unter den Buschmesserhieben der Mau-Mau.

Mona sah, wie Mr. Kempler auf die Knie sank, während sechs Afrikaner ihn mit ihren Klingen bearbeiteten.

Vater Vittorio kam leichenblass aus der Tür. Eine brennende Fackel traf ihn; sein schwarzes Gewand fing Feuer.

Mona hörte das Klicken von Davids Revolver. Er sagte: »Ich brauche Kugeln.« Sie starrte ihn an.

»Ich habe keine Munition dabei!«

Ein Mau-Mau entdeckte die beiden hinter der Hecke. Er stieß einen Schrei aus, und einige seiner Kameraden folgten ihm. David und Mona sprangen auf und rannten. Sie liefen im Zickzack über die Gartenwege zwischen den Missionsgebäuden. Sie sprangen über Hecken und jagten um Ecken. Die Mau-Mau folgten ihnen mit ihrem Kriegsgeschrei wie eine Meute Hunde. Sie warfen Steine, Speere und schossen.

Sie erreichten die Einfahrt der Mission – ein großes, geschwungenes schmiedeeisernes Tor. Dahinter lag das vom gelben, verdörrten Unkraut überwucherte Polofeld. Am anderen Ende hinter einem verrosteten Drahtzaun standen die Hütten von Mama Wachera und Wanjiru, die einmal Davids Frau gewesen war.

»Lauf zu meiner Mutter!«, rief David noch einmal. »Sie wird dich schützen! Ich renne in diese Richtung. Sie werden mir folgen.«

»Nein, David. Ich verlasse dich nicht!«

Er sah sie an. Dann sagte er: »Dort entlang!«

Die Tür der Garage stand offen. Innen war es kühl und dunkel. Autos und Lastwagen wurden hier repariert. Aber die Werkstatt war menschenleer. David nahm Mona an der Hand, und sie liefen hinein.

Sie eilten an den Autos vorbei, gingen um Ölfässer herum und zogen vor den aufgehängten Reifen die Köpfe ein. Die Silhouetten ihrer Verfolger verdunkelten die Tür. Die Terroristen zögerten.

David führte Mona in die dunkelste Ecke. Sie kauerten sich unter eine Werkbank. Er suchte nach einer Waffe und griff nach einer Fahrradkette. Mona wich nicht von seiner Seite. Sie wagte kaum zu atmen; die Kehle war ihr vor Angst ausgetrocknet.

Sie sahen, wie die Schatten am Eingang sich bewegten, und hörten, wie die Männer leise miteinander berieten.

Mona spürte, wie Davids Muskeln sich spannten. Sein Körper war hart und sprungbereit wie eine Feder. Sie zitterte. Er legte seinen Arm um sie und zog sie an sich.

Plötzlich tauchte eine Gestalt neben ihnen auf, eine Hand schoss aus der Dunkelheit. Mona schrie. Sie schien aus Davids Griff zu fliegen und verlor den Boden unter den Füßen.

David sah die kräftige Hand, die sie an den Haaren hochzerrte. Er sah, wie eine zweite Hand mit einem blutigen Buschmesser zum Schlag ausholte. Er schleuderte die Kette dem Mau-Mau-Krieger gegen den Kopf. Die Hand ließ Mona los. Sie fiel zwischen Werkzeug und einen Flaschenzug. Benommen sah sie, wie die beiden Männer miteinander kämpften. Dann bemerkte sie, wie ein Zweiter in den Raum lief.

Sie tastete hastig in der Dunkelheit. Ihre Finger fanden einen Wagenheber. Den ersten Mau-Mau, der sie erreichte, traf sie am Schienbein. Er schrie und ließ seinen Speer fallen.

Mona stand auf und schlug noch einmal zu. Sie hörte das Knirschen, als das Eisen die Schulter des Mannes traf.

Aber jetzt waren die anderen zur Stelle. Sie sah, dass sie David mit Tritten

und Schlägen zu Boden zwangen. Hände griffen nach ihr und zerrten an ihrer Kleidung. Sie kämpfte und schlug mit dem Eisen um sich. Aber sie wusste, es gab keine Hoffnung mehr. *David* ...
Plötzlich hielten die Terroristen inne und rannten dann aus der Werkstatt. Mona sah sich verwirrt um. Nun hörten sie die Polizeisirenen und das Brummen von Hubschraubern.
Sie sank auf die Knie und tastete nach David. Er lag stöhnend auf der Seite.
»Sie sind weg ...«, flüsterte sie. »Die Soldaten sind da.«
Nach einer Weile halfen sie sich gegenseitig aufzustehen. Im Dunklen umarmten sie sich Hilfe suchend, dann wankten sie in die Sonne hinaus.
Vor dem Schulgebäude hatte man eine Kette gebildet und löschte das Feuer mit Wassereimern. Die Soldaten legten den gefangenen Mau-Mau Handschellen an. Mona lief zu ihrer Tante, die Mr. Langleys Kopf bandagierte.
»Achtzehn von uns sind tot«, sagte Grace. Sie war unverwundet, aber ihr Gesicht war schwarz vor Ruß. Die silbergrauen Haare hatten sich gelöst und fielen ihr über die Schultern. »Sie haben achtzehn getötet ...«
Mona sah sich um. Sie sah, wie Sir James, Geoffrey und Tim mit dem verantwortlichen Offizier sprachen. Mrs. Kempler kniete weinend vor dem entstellten Körper ihres Mannes. Eine Schwester versuchte, sie zu trösten. Die gefangenen Mau-Mau wurden grob behandelt. Die Soldaten hieben mit Schlagstöcken auf sie ein. Am Rand des blutigen Geschehens standen mit ausdruckslosen Gesichtern einige Afrikaner. Mona wusste, es waren Arbeiter der Mission. Wohin waren die anderen verschwunden, überlegte sie. Woher hatten sie etwas von dem Überfall gewusst?
Dann erschien zitternd und weinend der arme Mario aus dem Haus und eilte, die Hände ringend, zu Grace.
Mona drehte sich um. Sie sah, wie vier englische Soldaten David umzingelten. Einer versetzte ihm plötzlich einen Faustschlag. Er sank auf die Knie und fiel vornüber. »Halt!«, rief sie und rannte zu ihnen. Geoffrey hörte sie und lief hinter ihr her.
»Halt!«, schrie sie aus Leibeskräften und stieß die Soldaten zur Seite. Sie kniete neben David und legte ihm den Arm um die Schultern.
»Was, zum Teufel, soll das?«, schnauzte sie die Soldaten an.
»Er ist ein Verdächtiger, Miss Treverton. Wir wollen ihn verhören.«
»Dieser Mann ist kein Verdächtiger, Sie Dummkopf! Er ist mein Verwalter!«
»Ich halte ihn für einen Mau-Mau«, sagte ein anderer.

»Was soll das?«, fragte Geoffrey.
»Dieser Boy wollte sich nicht verhaften lassen, Sir. Wir bringen ihn zum Verhör.«
»Das tun Sie nicht!«, rief Mona, »er ist kein *Boy!*«
Geoffrey sah zu Mona hinunter. Sie kniete im Staub neben David Mathenge. »Sie müssen ihn verhören, Mona. Sie müssen alle verhören.«
»Wagt nicht, ihn anzurühren. *David hat mir das Leben gerettet!*«
Die Soldaten sahen sich an.
Geoffrey blickte finster auf Mona.
»Er hat uns gewarnt«, sagte Mona, »du weißt das, Geoffrey.«
»Ja, und er kam etwas spät, um uns zu helfen, findest du nicht auch? Ich frage mich, woher er etwas von dem Überfall wusste.«
Mona funkelte ihn an und legte schützend die Arme um David. Ihre Blicke trafen sich. Er sah die Herausforderung in ihren Augen und ihren entschlossenen Mund – einen Augenblick lang glaubte er, Valentine Treverton vor sich zu haben. Er schlug sich auf die Schenkel und sagte zu den Soldaten: »Sie haben es gehört. Dieser Boy hat uns geholfen, die Mau-Mau zu bekämpfen. Er gehört nicht zu ihnen. Sie können ihn laufen lassen.«
Als Geoffrey und die Soldaten gegangen waren, fragte Mona:»Ist alles in Ordnung, David?«
Er nickte. Aber auf seiner Stirn klaffte eine hässliche Wunde und eine Wange war aufgerissen. Aus dem Mund lief etwas Blut.
»Komm, Tante Grace wird dir helfen.«
Aber David sagte: »Nein.« Er löste sich aus Monas Armen und stand auf. »Ich gehe zu meiner Mutter. Sie ist eine Medizinfrau.«
Mona sah ihm nach, wie er davonhinkte. Dann ging sie zu Mrs. Kempler, die hemmungslos schluchzte. Das Blut ihres Mannes klebte an ihren Händen.
Nicht wenige Zeugen der Ereignisse an diesem Tag, die verbittert und zornig an Rache dachten – Afrikaner und Weiße –, hatten gesehen, wie Mona Treverton schützend ihre Arme um David Mathenge gelegt hatte.

6

Die Regenfälle hatten endlich eingesetzt.
Ein sanfter Schauer ging hinter den schweren Vorhängen von BELLATU nieder. Die Blätter der roten und violetten Bougainvillea, die sich um die Säulen und die Veranda rankten, wurden wieder nass. Im Wohnzimmer knisterte ein freundliches Feuer im Kamin. Die Flammen züngelten und gelb glühende Flammenfinger tanzten auf den Möbeln, Zebrafellen und Elefantenstoßzähnen an den Wänden.
David schloss das Ausgabenbuch und sagte: »Es ist spät. Ich muss jetzt gehen.«
Mona gab keine Antwort. Sie räumte stumm den Schreibtisch auf, an dem sie den ganzen Nachmittag gearbeitet hatten. Sie suchten einen Weg, um die wachsenden Schulden der Farm auszugleichen, nachdem die letzte Ernte ausgefallen war. Der verspätete Regen wässerte jetzt die neuen Setzlinge. Aber die Einnahmen aus der künftigen Ernte würden nicht rechtzeitig zur Verfügung stehen. Mona war daher jetzt entschlossen, den Ausweg zu wählen, um die Plantage zu retten: Sie würden BELLA HILL verkaufen.
»Ich schreibe Mr. Treadwell morgen früh«, sagte sie und erhob sich mit David, der die Schreibtischlampe ausschaltete. »Ich sage ihm, dass ich sein Angebot annehme. Ich glaube, es ist ein guter Preis. BELLA HILL wird ein schönes Internat werden. Ich werde es nicht vermissen. In diesem Haus gibt es für mich nur schlechte Erinnerungen.«
Einen Augenblick lang sahen sich Mona und David in dem dunklen Arbeitszimmer an. Dann drehte sich Mona energisch um und ging in Richtung Licht und Wärme des Wohnzimmers.
Sie hatte Angst. Sie hatte den ganzen Tag mit sich gerungen, David den Zettel zu zeigen, den sie im Briefkasten gefunden hatte. Normalerweise hätte sie ihm sofort davon erzählt. Aber in den zwei Wochen nach dem Mau-Mau-Überfall auf die Grace-Treverton-Mission hatte sich ihre Beziehung schlagartig verändert.

Mona erkannte, dass jetzt etwas Dunkles, Unfassbares und Schreckliches zwischen ihnen stand. Es war wie ein riesiger, schlafender Löwe – er war ungefährlich, wenn man ihn nicht weckte, aber gefährlich, wenn man ihn störte. Aus dem gegenseitigen Verlangen war eine tödliche Leidenschaft geworden, die sie an die schreckliche Schwelle der Rassentabus führte.
Mona dachte ständig an den Überfall. Sie konzentrierte sich auf das Gefühl von Davids Hand, der ihre Hand umschloss. Sie versuchte, die Erinnerung an seinen starken Körper wach zu halten, an die feste Umarmung, mit der er sie an sich gedrückt hatte. In diesem Moment hatte sie ihm in die Augen geblickt, und in seinem Blick spiegelte sich ihr verzweifeltes Verlangen. Flüchtig hatte er sie noch enger an sich gezogen, und ihre Körper waren miteinander verschmolzen. Dann hatten sie sich getrennt und waren um ihr Leben gelaufen.
Mona lebte in dieser Erinnerung; sie war davon besessen, aber nicht zärtlich und verliebt, sondern voll Angst. Mona fürchtete die gefährliche Schwelle, an der sie und David standen. Früher hätte die Gesellschaft sie nur verachtet, Familie und Freunde hätten sie ausgestoßen. Aber jetzt, durch den Alptraum Mau-Mau, hatte der Rassenhass monströse Dimensionen angenommen. Im Land herrschten Misstrauen, Panik und Terror. Deshalb wusste Mona, ihre Liebe war selbstmörderisch.
Sie musste sie bekämpfen, um ihr Leben und auch Davids Leben zu retten. Am Vormittag hatte ein Trupp der Bürgerwehr in einem Dorf in der Nähe von Meru unter dem Vorwand, Mau-Mau-Sympathisanten auszumerzen, das Haus eines afrikanischen Geschäftsmanns gestürmt, der mit einer Weißen verheiratet war. Die Männer folterten den Afrikaner, vergewaltigten die weiße Frau. Beide waren tot.
»Ich helfe dir noch, das Haus zu verschließen«, sagte David, als sie das Wohnzimmer betraten. »Du musst das Personal jetzt nach Hause schicken.«
Es war ein unwürdiges Leben. In der ganzen Zentralprovinz – auf der Donald-Ranch, bei Grace in der Mission, in BELLATU – schickten die Weißen ihr afrikanisches Personal bei Sonnenuntergang aus dem Haus. Erst bei Tagesanbruch durften sie wiederkommen. »Solomon lebt schon viele Jahre bei meiner Familie«, protestierte Mona, als der Distriktskommissar darauf bestand, dass auch sie sich an diese Regel hielt. »Er würde mir nie etwas zuleide tun!«
»Entschuldigen Sie, Lady Mona, aber wenn er zu dem Schwur gezwungen wird, sind Sie in seiner Gegenwart nicht mehr sicher. Solange wir diejeni-

gen in dieser Gegend nicht gefunden haben, die den Eid abnehmen, müssen wir alle Diener für potenziell gefährlich einstufen.«

Geoffrey hatte auf ihrer Veranda eine Sirene installiert und zwei Raketen – die eine an der Küchentür, die andere am Hauseingang. Zündete man die Raketen, schossen sie hoch in den Himmel und explodierten. Der Wachposten auf dem Allsop-Hügel in Nyeri würde sie sehen. Ein Sikh namens Vir Singh hatte dort einen Wachturm errichtet, den eine asiatische Wacheinheit Tag und Nacht besetzte.

Viele Europäer verließen ihre Farmen und zogen in die relative Sicherheit von Nairobi, oder sie gaben alles auf und flohen nach England. Einige blieben auf ihrem Land, denn sie waren entschlossen, nicht aufzugeben. Mit Hilfe von Sirenen und Raketen, regelmäßigen Patrouillen durch Flugzeuge und Hubschrauber verteidigten diese Siedler »ihren« Boden.

Solomon hatte Mona das Abendessen auf den Tisch gestellt. Sie verabschiedete die Dienstmädchen und Hausboys und verriegelte hinter ihnen die Tür. David ging mit einer Taschenlampe nach oben und vergewisserte sich, dass im ganzen Haus alle Fenster und Türen geschlossen waren und dass auf den Balkonen und Veranden sich niemand versteckt hatte. Dann kam er wieder in die Küche und wollte gehen.

Er blieb an der Tür stehen und sah Mona an.

»Ich habe Angst«, sagte sie ruhig.

»Ich weiß.«

»Draußen ist es schon dunkel. Es ist ein langer Weg bis zu deinem Haus. Die Mau-Mau könnten dir dort auflauern ...«

»Ich habe keine Wahl, Mona. Ich muss gehen. Du weißt, die Ausgangssperre ... ich muss mich beeilen.«

»Warte, David!« Mona griff in die Brusttasche ihres Hemdes. »Das lag heute Morgen im Briefkasten.«

Er las die zwei Worte auf dem Zettel: *Nigger Lover.*

»Von wem könnte das sein?«, fragte sie und blickte auf die geschlossenen Vorhänge der Küchenfenster. Sie spürte, wie die Nacht draußen anbrach. Solange sie lebte, würde Mona den Anblick nicht vergessen können, wie sich Mrs. Langley der Mau-Mau-Speer in den Leib bohrte, Vater Vittorio schreiend mit brennender Soutane den Weg entlanglief, und David in der Werkstatt unter Tritten und Schlägen zusammenbrach.

»Wir befinden uns leider in einer einzigartigen Lage, Mona«, sagte er düster, »wir haben nicht nur einen Feind. Beide Seiten hassen und verfolgen uns.

Wir sind von etwas gefangen, das nicht unser Werk ist und das sich unserem Einfluss entzieht.«

Mona hielt den Atem an. David kam dem Unausgesprochenen, das schlafend zwischen ihnen lag, gefährlich nahe. In den vergangenen zwei Wochen hatten sie zusammen auf der Plantage gearbeitet; sie hatten die abgestorbenen Kaffeebäume ausgegraben und neue Setzlinge gepflanzt. Es war kaum ein Wort zwischen ihnen gefallen, und dann auch nur über die Arbeit. Vor Einbruch der Dunkelheit trennten sie sich, und jeder zog sich in das eigene Haus zurück. In dieser Zeit lebten sie in einer hermetisch abgeschlossenen Welt, einer keimfreien Zone, in der es keine Mau-Mau gab und in der Liebe und Hass ausgesperrt waren. Aber an diesem Nachmittag mussten sie sich den großen finanziellen Verlusten der Plantage stellen, und sie hatten die Zeit der Ausgangssperre überschritten.

Jetzt saßen sie in der Falle. Die Nacht hatte sie überrascht.

Mona ahnte, von wem dieser Zettel sein konnte. Sie hatte einen fanatischen Siedlersohn namens Brian in Verdacht. Man hatte ihn einmal verhaftet, weil er einen seiner afrikanischen Rinderhirten misshandelte. Brian hatte dem Mann durch die durchstochenen Ohrläppchen ein Seil gezogen, sich mit dem Seil in der Hand aufs Pferd gesetzt, war losgaloppiert, und der arme Mann musste hinter ihm herrennen.

»Warum ist es so weit gekommen, David?«, flüsterte sie, »was haben wir getan, um das zu verdienen?«

Er sah sie lange mit traurigen Augen an. Sein Gesicht wirkte bekümmert. Dann griff er nach der Klinke.

»Geh nicht«, sagte sie.

»Ich muss.«

»Die Mau-Mau warten dort draußen vielleicht auf dich oder ein rachsüchtiger Weißer ...«

»Ich kann nicht hier bleiben.«

»Warum nicht? Hier bist du in Sicherheit.«

Er schüttelte den Kopf. »Du weißt, warum ich nicht bleiben kann, Mona.« Seine leise Stimme war kaum lauter als das sanfte Trommeln des Regens. »Es ist eine Sache, mit dir bei Tag zusammen zu sein, wenn andere in der Nähe sind, und wir auf der Plantage arbeiten, aber es ist etwas ganz anderes für mich, mit dir die Nacht über in diesem Haus allein zu sein.«

Sie stand am anderen Ende der Küche und sah ihn unentwegt an. Ihr Herz schlug wie rasend.

»Mona«, sagte er gepresst, »du und ich, das darf nie sein ... vielleicht an einem anderen Ort, in einer anderen Zeit und unter toleranten Menschen. Aber wir sind in Kenia, und zurzeit tobt ein schmachvoller Rassenkrieg. Wir würden den letzten, unwiderruflichen Schritt nicht tun, denn wenn das geschehen ist, können wir nicht mehr zurück zu Schuldlosigkeit und Sicherheit.«
»Sind unsere Gefühle falsch?«
»Für dich und mich, ja.«
Er schloss die Tür auf und wollte auf die Klinke drücken, als ein lauter Schlag aus der Richtung des Wohnzimmers sie zusammenzucken ließ.
Mona sah ihn angstvoll an.
»Gib mir deine Pistole«, flüsterte David. Dann sagte er: »Bleib hier.«
Aber sie folgte ihm, als er die Küche verließ und lautlos durch das dunkle Speisezimmer schlich. An der Tür zum Wohnzimmer blieb er stehen und sah sich um. Mona hielt sich dicht hinter ihm.
Keine Lampen brannten. Nur das flackernde Feuer im Kamin verbreitete etwas Licht. Sie konnten deutlich die Feuerstelle sehen, die Messingablage für die Holzscheite, den Rost, die kunstvoll gemauerten Klinkersteine, in einem Elefantenfuß die Feuerhaken und die drei Ledersofas vor dem Kamin. Aber hier wurde das Licht schon verschluckt, fiel unruhig auf die Mahagonitische und zuckte noch schwach in der undeutlichen, schattenhaften Umgebung. Die Dinge schienen sich mit den Flammen zu bewegen: Zeitschriften, Aschenbecher, der Huf einer Antilope um einen Zigarettenanzünder. Die tintenschwarze Dunkelheit an den Wänden verhüllte Bücherschränke und Türen. Hin und wieder fiel ein schwacher Schein auf die ausgestopften Tierköpfe, und die starren Glasaugen eines Spießbocks oder einer Gazelle leuchteten kurz auf.
David schlich dicht an der Wand weiter. Als er die schweren Samtvorhänge vor den großen Fenstern erreicht hatte, von denen aus man den Mount Kenia sah, blieb er stehen, hob den Revolver und teilte den Vorhang. Mona blickte über seine Schulter.
Die Veranda war dunkel und vom Regen nass. Eine Glühbirne über den Stufen warf dunstiges gelbes Licht auf die Korbmöbel, die Palmen in den Kübeln und die roten und violetten Bougainvilleablätter.
David und Mona bemerkten plötzlich Tonscherben, verstreute Erde und einen Azaleenstrauch auf dem Verandaboden. Nicht weit davon entfernt, sahen sie, wer die Azalee umgeworfen hatte: ein kleines, unförmiges Wesen krabbelte neugierig zwischen den Topfpflanzen herum.

»Ein Igel!«, sagte Mona.
»Er sucht Schutz vor dem Regen.«
David drehte sich um und lachte. Auch Mona lachte nervös und erleichtert. Dann wurden ihre Gesichter wieder ernst, und sie sahen sich in dem schwachen, intimen Licht vom Kaminfeuer an.
»Du musst mir versprechen«, sagte David nach einem Moment leise, »dass du morgen dieses Haus verlässt und bei deiner Tante Grace wohnst. Tim Hopkins ist bei ihr. Dort ist es sicherer als hier. Versprichst du mir das, Mona?«
»Ja.«
Er schwieg wieder, und seine Augen richteten sich auf ihr Gesicht, folgten dem Ansatz ihrer Haare, glitten zum Hals und auf die Schultern.
»Nicht nur die Mau-Mau bedrohen dich jetzt.«
»Auch dich.«
»Ja ...«
David hob die Hand und berührte sanft ihre Wange. »Ich habe mich schon so oft gefragt, wie deine Haut sich anfühlt. Sie ist so weich ...«
Sie schloss die Augen. Seine Hand war hart und schwielig. Seine Berührung machte sie schwach. Der Atem blieb ihr im Hals stecken. Der Herzschlag setzte aus.
»Mona«, hauchte er.
Sie hob die Hand und berührte seine Wange mit der Spitze ihres Zeigefingers. Sie fuhr damit die Falten seines Gesichts entlang von der Nase bis zum Mundwinkel, berührte zart die Furche zwischen den Augenbrauen und die Fältchen um die Augen.
David legte seine Hand um ihren Hinterkopf. Seine Finger schoben sich in ihre Haare. Er beugte den Kopf und wollte sie küssen, aber er zögerte. Ihre Lippen trafen sich vorsichtig wie bei einem ersten, unsicheren Schritt. Dann legte sie die Arme um seinen Nacken und ermutigte ihn zu dem Kuss, sie führte ihn und zeigte, wie man es machte. Ihre Körper näherten sich im flackernden Schein des Feuers.
Nach einem Moment trat David zurück und knöpfte ihre Bluse auf. Er staunte über Monas kleine, weiße Brüste, die unter seinen Händen völlig verschwanden. Sie öffnete sein Hemd und legte die Handflächen auf seine Brust. Als David nackt war, sah Mona sein schön geformtes Gesäß und die starken, schlanken Schenkel.
David hob sie hoch und legte sie vor den Kamin. Er erkundete ihren Kör-

per. Er berührte sie. Mona reagierte, denn das *Irua*-Messer hatte sie nicht beschnitten.
Er drückte seine Lippen auf ihre, und sie hob sich ihm entgegen. Sie lagen im tanzenden Licht der Flammen – schwarze Haut auf weißer Haut.

Mona erwachte plötzlich. Sie überlegte, was sie geweckt haben mochte. Sie drehte sich dem Mann zu, der neben ihr im Bett lag – David schlief tief und fest. Wie lange hatte sie geschlafen? Sie streckte sich. Noch nie hatte sie sich so wohl gefühlt. Noch nie war sie so glücklich gewesen.
Sie hatten sich im Lauf der Nacht mehrmals geliebt, und jedes Mal war es schöner als zuvor gewesen. David beherrschte die Fähigkeiten und die Kunst seiner Ahnenkrieger, eine Frau zu befriedigen; Mona hatte ihn beglückt mit ihren intensiven und unerwarteten Reaktionen.
»Mona!«, hörte sie unten jemanden rufen.
Sie setzte sich auf. Deshalb war sie aufgewacht. Es befand sich jemand im Haus!
Das musste Geoffrey sein. Er ging unten auf und ab und rief nach ihr. Mona sprang aus dem Bett und zog ihren Morgenmantel an. Sie warf noch einen Blick auf David und überzeugte sich, dass er noch immer schlief. Dann ging sie hinaus in den Gang und schloss die Tür.
Geoffrey stand im Wohnzimmer; im Kamin unter der Asche lag noch Glut.
»Um Himmels willen, was machst du denn hier, Geoff?«
»Mein Gott, Mona! Du hast mich zehn Jahre meines Lebens gekostet! Die Küchentür war nicht verschlossen, und ich wusste wirklich nicht, was ich davon halten sollte!«
Mona legte die Hand auf den Mund. Sie und David hatten vergessen, die Tür wieder zu verschließen!
»Was willst du hier?«, fragte sie noch einmal. Geoffreys Regenmantel war völlig durchnässt; Wasser tropfte ihm vom Hut. Er trug ein Gewehr, und vor der Tür zum Speisesaal standen zwei Soldaten der Polizeireserve.
»Eine Routinepatrouille entdeckte in der Nacht am Tor von BELLATU *eine erhängte Katze*. Du weißt, was das bedeutet ...«
Ja, das wusste Mona. Es war ein Mau-Mau-Zeichen und bedeutete, dass die Bewohner die nächsten Opfer eines Überfalls sein würden.
»Wir haben sofort im ganzen Gebiet alle Wogs eingekreist. Aber als ich zu David Mathenges Hütte kam, stellte ich fest, dass er nicht da war. Es sah so aus, als sei er an diesem Abend überhaupt nicht nach Hause gekom-

men. Deshalb bin ich gekommen, um dich zu fragen, ob du weißt, wo er ist.«

Mona zog sich den Morgenmantel fest über die Brust. Im Haus war es schrecklich kalt.

»Wann hat er dich gestern Abend verlassen, Mona?«

Gestern Abend? »Wie spät ist es, Geoffrey?«

»Kurz vor Sonnenaufgang. Ich habe mehrere Trupps ausgeschickt, um ihn zu suchen. Ich hatte den Boy immer im Verdacht, ein Mau-Mau-Sympathisant zu sein. Vielleicht ist er sogar der Mann, den wir suchen, weil er den Leuten den Schwur abnimmt.«

»Sei doch nicht so albern. Würdest du bitte diese Männer hinausschicken. Ich bin nicht richtig angezogen.«

Geoffrey gab den Askaris einen Befehl auf Suaheli. Als sie gegangen waren, fragte er: »Weißt du, wo David Mathenge ist?«

»Er hat nichts mit der toten Katze zu tun.«

»Woher weißt du das?«

»Ich weiß es einfach.«

»Ich verstehe nicht, wie du ihm so blindlings vertrauen kannst. Ich möchte nur wissen, warum David Mathenge diesen Einfluss auf dich hat.«

»Ich weiß, dass er unschuldig ist.«

»Ich möchte ihn jedenfalls verhören. Es ist an der Zeit, dass man ihn verhaftet. Du hast dich schon viel zu lange für ihn verbürgt. Sag mir jetzt, wann hat er dich gestern Abend verlassen?«

Mona antwortete nicht.

»Weißt du, wo er hin ist? Weißt du, wo er jetzt ist?«

Sie biss sich auf die Lippen.

»Wenn du es mir nicht sagen willst, hilft ihm das nicht. Wir werden ihn finden, und ich kann dir garantieren, dass es ihm bei dem Verhör nicht gut gehen wird. Er hat sich nicht an die Ausgangssperre gehalten.«

»Das ist nicht Davids Schuld. Dafür bin ich verantwortlich.«

»Was soll das heißen?«

Mona versuchte nachzudenken. Wenn David in den Verdacht geriet, etwas mit der toten Katze zu tun zu haben, würde man ihn foltern, um Aussagen von ihm zu erpressen. Aber wenn sie ihn verteidigte und erklärte, dass er unschuldig war, weil er die Nacht bei ihr verbracht hatte, dann war das ein Geständnis ihrer verbotenen Liebe.

Noch bevor Mona eine Entscheidung treffen konnte, rief Geoffrey plötzlich: »Was, zum Teufel, soll das bedeuten!« Sie drehte sich um und sah David in der Tür.

Er hatte nur die Hose an und hielt die Pistole in der Hand. »Ich habe Stimmen gehört, Mona«, sagte er, »ich dachte, es sei etwas geschehen.«

Geoffrey verschlug es die Sprache.

Mona ging zu David und legte ihm die Hand auf den Arm. »Wir haben die Küchentür nicht verschlossen, David. Geoffrey ist gekommen, um mir zu sagen, dass man in der Nacht eine tote Katze ans Tor gehängt hat. Er glaubte, du hättest das getan.«

Sie sah Geoffrey an. »Aber David konnte es nicht tun«, sagte sie, »denn er war die ganze Nacht bei mir.«

Geoffreys Gesicht spiegelte die Gedanken wider, die ihm durch den Kopf wirbelten, ehe er schließlich hervorstieß: »Aha. Das hatte ich vermutet. Aber ich war mir nicht sicher. Ich habe mir immer wieder eingeredet, dass Mona nicht so tief sinken kann.«

»Geoffrey, du gehst jetzt. Das ist nicht deine Angelegenheit.«

»Ja, das stimmt. Ich möchte damit nichts zu tun haben! Mein Gott, Mona!« Er trat auf sie zu. »Du schläfst mit einem Nigger!«

Sie schlug ihm heftig ins Gesicht.

»Verschwinde«, sagte sie kalt und entschlossen, »verschwinde, oder ich schieße! Wage dich nie wieder in mein Haus.«

Er öffnete den Mund, um etwas zu sagen. Dann sah er David vernichtend und drohend an, drehte sich um und ging hinaus.

Als sie hörten, wie die Küchentür knallend ins Schloss flog, schlug Mona die Hände vors Gesicht, und David schloss sie in die Arme. »Es tut mir so Leid«, schluchzte sie, »er ist so widerwärtig! Es ist alles meine Schuld, David.«

»Nein«, sagte er ruhig und strich ihr zärtlich über die Haare. Seine Augen richteten sich auf die hellen Strahlen, die durch die Vorhangspalten fielen. Die Sonne ging auf. »Niemand hat Schuld, Mona. Wir sind alle die Opfer von Kräften, die wir nicht verstehen können.« Er trat zurück und ergriff ihre Hände. »Mona, sieh mich an und höre genau zu, was ich dir zu sagen habe. In dieser Welt können wir nicht leben. Unsere Liebe könnte nicht überleben. Eines Tages wird es ihnen gelungen sein, du siehst mich an und denkst *Nigger*, oder ich sehe dich an und denke *weiße Hure*. Dann wird unsere schöne Liebe zerstört sein.«

Er fuhr leidenschaftlich fort: »Es muss eine Zukunft geben, in der wir zusammen leben können und uns offen und ohne Angst lieben können. Wir müssen als Mann und Frau zusammenleben können, Mona, und nicht im Schutz der Nacht ein Versteck für uns finden. Ich liebe dich aus ganzem Herzen. Ich liebe dich mehr, als ich je einen Menschen geliebt habe! Man darf mir meine Männlichkeit nicht nehmen, Mona, dann könnte ich genauso gut tot sein! Ich sehe jetzt, dass ich mich die ganze Zeit geirrt habe. Es gibt nur einen Weg, damit die Zukunft uns gehört. Ich muss dafür kämpfen! Ich kann nicht länger, der ›Boy‹ der Weißen sein!«

Sie sah ihn gebannt und angstvoll an.

»Ich werde jetzt das tun, was ich schon längst hätte tun müssen, Mona. Und ich tue es für uns. Denk immer daran, ich liebe dich. Es kann viel Zeit vergehen, bis du mich wieder siehst, aber in meinem Herzen wirst du immer bei mir sein. Wenn du dich fürchtest oder in Gefahr bist und Verbindung zu mir aufnehmen musst, geh zu meiner Mutter. Sie wird wissen, was zu tun ist.«

»Wo willst du hin, David?«, flüsterte sie.

»Ich gehe in den Wald, Mona. Ich schließe mich den Mau-Mau an.«

7

Es würde der bis dahin größte Schlag der Mau-Mau sein. Wanjiru Mathenge sollte ihn führen.
Wanjiru zählte die letzten Dynamitstäbe, die man ihr verstohlen gebracht hatte. Sie spürte, wie ihr vor Angst und Erregung das Blut in den Kopf stieg. Dieses Schwindel erregende Gefühl erfasste sie immer, wenn sie in den Dschungel ging, Waffen schmuggelte, Lebensmittel und Nachrichten für die Freiheitskämpfer in hohlen Bäumen versteckte. Sie war trunken in Erwartung des großen Überfalls unter ihrer Führung: die Bombardierung des NORFOLK HOTELS.
Dort sollte heute eine Versammlung stattfinden. Der Gouverneur und General Erskine hatten alle weißen Siedler zusammengerufen, um eine neue große Offensive gegen die Mau-Mau zu starten. Sybille, Wanjirus Oberleutnant, eine schöne junge Meru, hatte mit einem Adjutanten des Gouverneurs geschlafen. Erstaunlicherweise hatte er ihr von dem Treffen der Weißen heute erzählt.
Die Ereignisse überschlugen sich inzwischen! Die Mau-Mau hatten den Kampf verschärft. Der Krieg nahm mittlerweile unvorstellbare Dimensionen an. Wanjiru wusste, es lag an einem neuen Führer im Dschungel. Der Mann war plötzlich eines Tages im Juli aufgetaucht. Wanjiru hatte ihn nie zu Gesicht bekommen – jemand, der unter ihm stand, gab ihr die Befehle – seine wahre Identität war nur dem Mau-Mau-Oberkommando bekannt. Für alle Freiheitskämpfer, für Wanjiru und für die Weißen hieß er ›Leopard‹. Wer er auch sein und woher er gekommen sein mochte, Wanjiru bewunderte ihn. Seit er zu den Mau-Mau-Truppen gestoßen war, hatte sich der Druck auf die Weißen erheblich vergrößert. Der Leopard hatte den Mau-Mau neue Taktiken und neue Kampfmethoden gezeigt; er besaß die Erfahrung und das Geschick eines Soldaten und schien die Organisation der britischen Streitkräfte zu kennen. Die erfolgreichen Überfälle auf die

Siedler in den letzten Monaten gingen alle auf sein Konto, ebenso der Angriff heute, der seit Wochen auf die eine oder andere Weise geplant gewesen war. Das Sprengstoffattentat auf Nairobis wichtigstes Hotel zu einem Zeitpunkt, an dem sich Kenias Führer dort befanden, würde für die Weißen ein vernichtender Schlag sein.

Seit dem Zwischenfall im QUEEN VIKTORIA HOTEL war Wanjiru nicht mehr in Nairobi gewesen. Sie hatte den Stein durch das Hotelfenster geworfen, war in den Dschungel geflüchtet und wirkte dabei mit, neue Lager zu errichten und aus Rohren Gewehre zu machen. Sie gab den Frauen die Befehle und baute das geheime Informationsnetz weiter aus. Kommandantin Wanjiru Mathenge nahm jetzt einen hohen Rang bei den Mau-Mau ein. Man hielt sie für die gefährlichste Freiheitskämpferin; die Weißen hatten fünftausend Pfund auf ihren Kopf als Belohnung ausgesetzt.

Wanjiru war vor einer Woche in Nairobi eingetroffen. Sie kam zu Fuß und in Verkleidung aus den Aberdares. Freunde hatten ihr einen Moslem-*Buibui* besorgt, einen schwarzen Schleier, der sie von Kopf bis Fuß verhüllte und nur Schlitze für die Augen freiließ. Sie hatte mit Christopher und Hannah das geheime Waldlager verlassen. Sie liefen in der heißen Sonne, erbettelten sich in Dörfern etwas zu essen und tranken Wasser aus den Flussläufen. In der Nähe der Stadt bei den Kontrollen an den Straßensperren hatte sie vorgegeben, kein Englisch, Suaheli oder Kikuju zu sprechen, sondern einen Somalidialekt, den keiner der Soldaten kannte. Sie wirkte durchaus harmlos – eine Flüchtlingsfrau aus dem Grenzdistrikt im Norden, die mit zwei Kindern unterwegs war. Deshalb ließen die Soldaten sie passieren. In der Stadt änderte sich die Situation allerdings. Sie brauchte einen Ausweis. Es war dafür gesorgt, dass sie die ›Frau‹ eines Mau-Mau-Sympathisanten wurde. Es handelte sich um einen Moslem, der bei der Ugandabahn arbeitete und die meiste Zeit sein Zimmer nicht benutzte. Der Mann war mit Wanjiru zum Arbeitsamt in der Lord-Treverton-Avenue gegangen. Dort hatte man ihre Fingerabdrücke genommen und sie fotografiert. Dann erhielt sie einen Ausweis auf den Namen Fatma Hammad.

An diesem glühend heißen Oktobertag kurz vor dem Bombenanschlag stopfte Wanjiru Sybilles Bauch mit einem Kissen und den Dynamitstäben. Sie bereiteten sich schon den ganzen Morgen vor. Wanjiru war bei Sonnenaufgang auf den Markt in der Nähe von Shauri Moyo gegangen. In diesem Viertel hatte der Moslemsympathisant ein kleines, ärmliches Zimmer. Auf dem Markt traf Wanjiru wie verabredet einige Frauen und übergab ihnen in Mais und Kalebassen versteckt das Dynamit mit der hastig geflüsterten Anweisung, kurz vor eins am NORFOLK HOTEL zu sein.

Leopard hatte den Befehl zu dem Anschlag gegeben, aber die Durchführung lag in den Händen von Wanjiru. Männer konnten sich nicht unbehelligt in Nairobis Straßen bewegen. Überall standen Tommys und Soldaten der Bürgerwehr Wache. Sie kontrollierten und durchsuchten alle Passanten. Sie verhafteten jeden, der ihnen irgendwie verdächtig vorkam. Wanjiru hatte beobachtet, dass man sich im Allgemeinen weniger um die Frauen kümmerte. Zwar wurden viele angehalten, befragt und auf Lastwagen weggefahren, aber die meisten ließ man ungestört ihre mühseligen Einkäufe machen; sie durften ihre Wäsche waschen, Gemüse verkaufen und Kinder zur Welt bringen – der nie endende Trott einer Afrikanerin. Körbe und Kürbisflaschen konnten durchsucht werden. Das wusste Wanjiru. Auch die Lasten, die sie mit ihren Babys auf dem Rücken trugen. Aber die dicken Bäuche von Schwangeren wurden von den Soldaten selten näher begutachtet. Deshalb hatte Wanjiru ihren Frauen gesagt, sich die Bäuche auszustopfen und die Dynamitstäbe dicht am Leib zu tragen. Und so polsterte sie jetzt mit den letzten Tüchern Sybilles Bauch.

Jede Frau hatte einen festgelegten Platz. Wanjiru hatte sich vor drei Tagen das Gelände um das Hotel genau angesehen, dann eine Zeichnung gemacht und die Positionen ihrer Frauen eingetragen. Sybille und sie schwitzten noch in dem glühend heißen Zimmer in Shauri Moyo, während die anderen achtzehn Frauen sich bereits ihren Plätzen näherten. Sie liefen unbeachtet auf den dicht bevölkerten Gehwegen in Richtung Hotel. Eine blieb stehen und zog sich einen Splitter aus dem Fuß, eine andere stillte ihr Kind und so weiter, bis sie das Hotel in einem weiten, unverdächtigen Ring eingekreist hatten, ohne dass jemand einen Zusammenhang zwischen ihnen ahnte. Wanjiru sollte als Letzte eintreffen. Um Punkt ein Uhr würde sie rufen: »Mütter von Kenia!« Dann sollten ihre Schwestern das Dynamit zünden und durch die Fenster des NORFOLK HOTEL werfen.

Leopard hatte diesen Plan gelobt und ihm zugestimmt.

Als Sybille fertig war, wickelte sie sich eine hellgelbe *Kanga* um den geschorenen Kopf und packte sich viele Zwiebeln auf den Rücken – sie wollte die Zwiebeln vor dem Hotel auf einem Tuch ausbreiten und sie angeblich verkaufen. Sie sagte zu Wanjiru: »Diese Erde gehört uns«, und machte sich auf den Weg.

Wanjiru traf jetzt die letzten Vorbereitungen. Sie band sich ein Kissen um

den Bauch und blickte auf die beiden schlafenden Kinder in dem Eisenbett. Hannah würde einmal groß werden, und der achtzehn Monate alte Christopher war stark und kräftig. Ein hübsches Kind. Er sah ganz so aus wie David, sein Vater.
Bei dem Gedanken an David blickte Wanjiru finster. Sie verachtete den Mann, von dem sie sich losgesagt hatte. Sie machte sich Vorwürfe, dass sie ihn einmal geliebt hatte. David Mathenge war ein Feigling, fand sie. Dieser Mann machte den Kindern Mumbis Schande. Sie hoffte, es gehe ihm schlecht, da er für die junge Weiße die Plantage führte.
Als sie an Mona Treverton dachte, wurde ihr wieder leichter ums Herz. In ihrem Bericht über die Versammlung der weißen Siedler hatte Sybille etwas Wundervolles erwähnt: Dr. Grace Treverton und ihre Nichte Mona würden ebenfalls daran teilnehmen ...
Was wirst du dann tun, David? Was wirst du ohne deine Memsaab *tun?*
Sie weckte die Kinder. »Kommt, meine Kleinen. Wir gehen hinaus auf die Straße.«
Die Kinder waren matt und bewegten sich nur langsam in der Hitze. Hannah zog das einzige Kleid an, das sie besaß. Es war schmutzig, zerfetzt und für sie schon viel zu klein. Christopher hatte nur ein paar kurze Hosen. Die beiden liefen barfuß und waren hungrig. Wanjiru Mathenge nahm den Korb mit Pfeilwurz, die sie scheinbar auf dem Gehweg vor dem NORFOLK HOTEL verkaufen wollte. Bevor sie das Mietshaus verließ, bekräftigte sie noch einmal ihre Entschlossenheit: *Ich tue es für meine Kinder, für ihre Zukunft, damit sie in ihrem Leben nicht unter solchen Entwürdigungen leiden müssen wie ihre Eltern.*
Nach dem Regen im Juli war die Stadt grün geworden. Wanjiru ging in der Sonne durch die Straßen. Hannah, die neben ihr lief, hielt sie an der Hand. Christopher saß auf ihrer Hüfte, der Korb drückte auf der Schulter, und das Dynamit spürte sie am Bauch. Wanjiru erinnerte sich, wie Nairobi ausgesehen hatte, als sie vor sechzehn Jahren als junge Frau hierher gekommen war, um sich als erste schwarze Krankenschwesteranwärterin am Afrikanischen Krankenhaus ausbilden zu lassen. Damals schien die Stadt so viel kleiner und ruhiger zu sein. Die Grenzen waren klar gezogen, die Regeln für die Rassen und die Gesellschaft so einfach. Die Afrikaner blieben in ihren verwahrlosten Vierteln und den Weißen gehörte der Rest des Landes. Wanjiru fand jetzt, dass damals über Nairobi eine Art unschuldiger Frieden gelegen hatte. Die Menschen achteten nicht besonders auf die Reden der jun-

gen Leute, zu denen sie und David gehörten. Damals wusste der Afrikaner, *wo sein Platz war.*
Sie erreichte die Stelle, an der damals die große, fehlgeschlagene Demonstration stattgefunden hatte. An jenem Tag des Festzugs war der junge Treverton ermordet worden und David nach Uganda geflohen. Wanjiru sah deutlich, wie sehr sich inzwischen alles verändert hatte. Es gab größere Gebäude, asphaltierte Straßen, mehr Autos und Menschen. Sie empfand beinahe eine Art Sehnsucht nach der entschwindenden Vergangenheit.
Aber es waren schlechte Zeiten, erinnerte sie sich und schlug den Weg zum NORFOLK HOTEL ein. *Damals war alles falsch. Wir kämpfen jetzt für eine bessere Zukunft.*
Sie blieb an einer Straßenecke stehen und sah sich um. Nairobi hatte sich in ein Militärlager verwandelt. Seit dem Krieg hatte man unter den baumbestandenen Straßen nicht mehr so viel Uniformen gesehen. Briten patrouillierten auf und ab; sie übersahen die mürrischen Gesichter der Afrikaner. Die Soldaten der Bürgerwehr, Kikuju wie sie selbst und in Wanjirus Augen ebenso niederträchtig wie die Weißen, stolzierten großspurig mit ihren Rangabzeichen und Schlagstöcken umher. Sie wusste nicht, wen sie mehr fürchten sollte.
In der Nähe des NORFOLK HOTEL entdeckte Wanjiru ihre Schwestern unter den Fußgängern. Ruth füllte in aller Ruhe ihre Kalebasse am Wasserhahn auf der Straße, Damaris hatte ihre Tragschlinge abgenommen und verschob ihre Last auf dem Rücken; Sybille saß vor dem ausgebreiteten Tuch mit den Zwiebeln; Muthoni stillte am Straßenrand ihr Töchterchen. Wanjiru entdeckte auch die alte Mama Josephine, die Königin Elisabeth geschrieben und um die Begnadigung von Kenyatta gebeten hatte. Mama Josephine wollte an den mütterlichen Instinkt der Königin appellieren. Die Frauen gehörten unauffällig zu der vorbeiströmenden Menge – ein paar Afrikanerinnen, die ihren alltäglichen Pflichten nachgingen. Die Soldaten hatten ihre Pässe überprüft und sie als so unwichtig eingestuft, dass sie von ihnen nicht weiter beachtet werden mussten. Wanjiru zweifelte nicht daran, dass auch alle anderen Frauen sich auf ihren Plätzen befanden. Diese harmlos wirkenden Einheimischen waren in Wirklichkeit hellwach und warteten auf das tödliche Signal. Zufrieden entdeckte Wanjiru am Straßenrand die parkenden Fahrzeuge der Siedler, die gelangweilte Soldaten bewachten. Sie sah auch den Mercedes von Mona Treverton. Den Wagen, in dem der Earl vor acht Jahren ermordet worden war, hatte die *Memsaab* nur noch bei dem Begräbnis ihrer Mutter benutzt.

Gut – sie befanden sich alle im Hotel wie Schafe im Pferch, die geschlachtet werden sollten. Wanjiru blickte zur Uhr am Kirchturm. Zehn Minuten vor eins.
»Halt, Mama!«, hörte sie eine Stimme hinter sich.
Sie drehte sich um und lächelte. Zwei Soldaten der Bürgerwehr näherten sich ihr. Da Wanjiru heute Bewegungsfreiheit brauchte, hatte sie auf den schützenden *Buibui* verzichtet.
»Dein Ausweis, Mama.«
Sie reichte dem Mann ihren Ausweis.
Der Askari betrachtete das Foto und las die Angaben. Der andere Mann, ein junger Embu, musterte Wanjiru eingehend.
»Was machst du hier, Mama?«, fragte der Askari und gab ihr den Ausweis zurück.
Sie drehte sich um und zeigte den Männern den Korb mit Pfeilwurz auf dem Rücken. »Ich will sie verkaufen.«
»Warum hier? Warum nicht auf dem Markt?«
»Ha! Auf dem Markt ist die Konkurrenz zu groß. Ich brauche das Geld! Mein nichtsnutziger Mann kauft sich mit unserem Geld immer nur Schnaps!«
»Für eine so gut aussehende Frau wie dich gibt es doch einen einfacheren Weg, um Geld zu verdienen«, sagte der Zweite mit einem anzüglichen Grinsen.
»Sir, ich bin eine gläubige Muslimin. Ihre Worte beleidigen mich!«
Die beiden Männer sahen sie nachdenklich an. Wanjiru hätte gern einen Blick auf die Kirchturmuhr geworfen, wagte es aber nicht.
»Woher kommst du?«, fragte der Erste.
»Das steht in meinem Ausweis.«
»Sag es mir, woher du kommst.«
Sie versuchte, auch weiterhin unbesorgt zu lächeln. Wanjiru hatte viele solcher kurzen Kontrollen hinter sich; sie durfte sich auch diesmal nichts anmerken lassen. »Aus dem Norden«, antwortete sie, »an der Grenze.«
»Heute ist Freitag, Mama«, sagte der zweite Soldat und sah sie stirnrunzelnd an, »warum bist du nicht in der Moschee?«
Wanjiru klopfte das Herz. Das hatte sie vergessen! »Mein Mann geht für uns beide beten. Allah hat Verständnis für unsere Not.«
Der zweite Askari sah sie lange und nachdenklich an. Er kniff die Augen zusammen, und in Panik glaubte Wanjiru flüchtig, er komme ihr bekannt

vor. Aber sie konnte sich nicht daran erinnern, woher und warum. Dann flüsterte er seinem Kameraden etwas zu. Wanjiru spürte, wie ihr der Schweiß den Rücken hinunter lief. Sie dachte an die Frauen auf ihren Plätzen. Würden eine oder zwei nervös werden und den Überfall beginnen, ehe sie das Signal hörten?
Wanjiru wollte um alles in der Welt weitergehen und ihren Platz einnehmen. Aber die Askaris durften nicht ahnen, wie eilig sie es hatte. Schließlich sagten sie zu ihrer unendlichen Erleichterung: »Du kannst gehen, Mama. Und pass auf, dass du keine Schwierigkeiten bekommst.«
»*Inshallah*«, sagte sie, verneigte sich, drehte sich um und ging weiter.
Sie blickte zur Uhr. Vier Minuten vor eins. Sie sah, wie Sybille ihr einen besorgten Blick zuwarf. Auch die anderen waren unruhig geworden.
Wartet, dachte Wanjiru, *ihr dürft jetzt noch nichts tun ...*
Der Leopard hatte den Freiheitskämpfern eingeschärft, dass nur Überraschungsangriffe Erfolg haben konnten. Er unterwies sie in den Dingen, die er beim britischen Militär gelernt hatte. Und er hatte aus eigener Erfahrung gesehen, wie die Terroristen in anderen Ländern kämpften. Wanjiru wusste, es kam alles darauf an, dass die Frauen das Dynamit zur selben Zeit zündeten und gleichzeitig durch die Hotelfenster warfen. Es musste alles so schnell geschehen, dass die Soldaten keine Zeit zum Reagieren fanden. Sonst würde der Plan misslingen.
Der dichte Verkehr hielt sie auf. Wanjiru sah, wie Sybille auf der anderen Straßenseite sich erhob und in ihr Kleid griff. Zwei Minuten vor eins. Auch die anderen Frauen nahmen verstohlen Streichhölzer in die Hand. Wenn der große Zeiger eine Minute vor eins zeigte, sollten sie das Dynamit hervorholen und auf ihren Ruf warten.
Der Verkehr kam zum Stillstand. Die Autos hupten, die Abgase nahmen ihr die Luft zum Atmen. Wanjiru sah, dass keine Zeit mehr zu verlieren war, drückte ihre beiden Kinder an sich und rannte mitten zwischen Autos und Lastwagen auf die Straße. Bremsen quietschten und wütendes Gehupe waren die Folge. Als sie die andere Straßenseite erreichte, raste gefährlich dicht ein Militärmotorrad an ihr vorbei. Sybille sah sie fragend an.
Wanjiru steckte die Hand in die Tasche ihres Kleides, die ein Loch hatte. Sie spürte das Dynamit. Sie blickte zur Uhr.
Die Frauen warteten auf das Signal.
Der große Zeiger wanderte langsam auf die volle Stunde. Wanjirus Puls raste. Der Lärm der Autos und der Menschen schien in weite Ferne zu rü-

cken. Für sie gab es nur noch den Zeiger der Uhr und das Dynamit in der Hand. Noch ein paar Sekunden ... Wenn der Zeiger genau auf der »Zwölf« stand, würde sie rufen: »Mütter von Kenia!«, und achtzehn Dynamitstäbe fielen in den Speisesaal, wo die weißen Siedler saßen.
Die letzten Sekunden ...
»Mama!«, hörte sie eine Stimme.
Sie fuhr herum.
Die beiden Soldaten der Bürgerwehr rannten über die Straße.
Wanjiru erstarrte. Sollte sie das Signal geben oder fliehen?
»Was ist ...«, wollte sie sagen. Aber die beiden Männer zogen die Pistolen und feuerten in die Luft.
Die Menschen auf den Gehwegen stoben augenblicklich davon. Englische Soldaten liefen die Stufen des NORFOLK HOTEL hinunter. Ihre Maschinengewehre richteten sich auf Wanjiru. Sybille floh. Auch die anderen Frauen verschwanden.
»Du bist Wanjiru Mathenge!«, rief der Embu-Askari. »Ich wusste doch gleich, dass ich dich irgendwie kannte!«
»Sie irren sich!«, rief Wanjiru und erinnerte sich plötzlich, wann sie den Mann schon einmal gesehen hatte. Er war vor Jahren Krankenpfleger im Krankenhaus gewesen, wo auch sie gearbeitet hatte.
»Das werden wir feststellen«, sagte der Korporal energisch und packte sie am Arm, »du kommst mit zum Verhör.«
Hannah begann zu weinen. Wanjiru hob sie hoch. Mit den beiden Kindern auf dem Arm folgte sie den englischen Soldaten zu dem Militärlastwagen.

8

Mona schrieb:

Mein geliebtester David,
vier Monate sind vergangen, seit Du nicht mehr da bist. Du fehlst mir mehr, als ich sagen kann. Wie Du es gewollt hast, wohne ich jetzt bei Tante Grace. BELLATU *ist verschlossen. Ich muss leider sagen, die Farm verkommt. Nach Deinem Verschwinden haben mich viele Arbeiter verlassen. Ein paar treue sind geblieben, aber ich glaube, der größte Teil der Ernte ist nicht mehr zu retten. Ich habe das Geld aus dem Verkauf von* BELLA HILL. *Das hilft mir im Augenblick, aber ich weiß nicht, wie es weitergehen soll.*
Ich habe heute im Radio gehört, dass Wanjiru gestern in Nairobi verhaftet worden ist. Man hat sie in das Kamiti-Frauenlager gebracht. Auch Deine beiden Kinder sind bei ihr.
Ich hatte gehofft, mein Geliebter, ich würde Dich in den vergangenen vier Monaten einmal sehen, um Dir meine Briefe selbst zu geben. Aber ich begreife jetzt, dass wir uns erst wiedersehen werden, wenn dieser schreckliche Kampf vorüber ist. Ich tue das, was Du mir geraten hast: Ich werde diese Briefe Deiner Mutter geben. Du hast gesagt, sie weiß, wie sie Kontakt zu Dir aufnehmen kann. Mein geliebtester David, glaubst Du noch immer, dass es für uns in dem neuen Kenia einen Platz geben wird? Ich bete, dass sich Deine Worte erfüllen mögen.

Mona hörte Schritte auf der Veranda und hob den Kopf. Sie sah Grace in einem frischen weißen Kittel und dem Stethoskop um den Hals. »Ich wollte mich bei dir erkundigen, ob die Sendung eingetroffen ist, die ich erwarte. Weißt du etwas darüber?«
»Nein, Tante Grace.«
Grace runzelte die Stirn. Sie brauchte dringend das neue Serum gegen Kinderlähmung aus Amerika. Sie hoffte inständig, dass die Sendung nicht von den Mau-Mau abgefangen worden war.

»Ich bin für eine Tasse Tee«, sagte Grace, »wie ist es mit dir?«
Mona staunte immer wieder über die schier unerschöpfliche Energie ihrer Tante. Sie leitete als beinahe Fünfundsechzigjährige ihre große Mission mit der Tatkraft und dem Geschick einer sehr viel jüngeren Frau.
Mona legte den Kugelschreiber auf den Tisch und folgte ihrer Tante in die Küche. Mario schnitt gerade den Schinken für ihr kaltes Abendessen. Bei Sonnenuntergang musste er das Haus verlassen.
»Gott sei Dank verschonen die Mau-Mau die Tee-Plantagen«, sagte Grace, nachdem sie einige Löffel Countess Treverton Tea in die Kanne gegeben hatte. »Die Engländer würden sofort die Waffen niederlegen, wenn ihr Tee in Gefahr wäre!«
Mario drehte den Kopf und lachte.
Mona musste auch lächeln, aber sie schüttelte traurig und bekümmert den Kopf. Die Unerschrockenheit ihrer Tante angesichts der großen Gefahr garantierte den Fortbestand ihrer Arbeit, obwohl andere Missionsstationen bereits aufgegeben worden waren. Es hatten noch zwei Mau-Mau-Überfälle stattgefunden, aber Grace ließ sich nicht beeindrucken. Es gelang ihr, Gleichmut und Optimismus zu bewahren, obwohl die Truppen in der Nähe sie täglich an den erbitterten Kampf erinnerten, ständig Berichte über verstümmelte Leichen von Afrikanern eintrafen, Rinder getötet wurden und Katzen an Torbalken hingen. Flugzeuge donnerten regelmäßig über den Busch, und man forderte die Terroristen über Lautsprecher auf, sich zu ergeben und zu stellen.
»Es lohnt nicht, Nachrichten zu hören«, sagte Mona und ging zu dem Tisch am Fenster mit den Blumen, durch das die Sonne fiel. »Sie suchen noch immer hier in diesem Gebiet nach der Person, die die Kikuju zu dem Schwurritual zwingt. Das Militär konzentriert sich jetzt darauf. Sie sagen, wenn man dieses Geheimnis aufgedeckt hat, ist ein Großteil der Gefahr beseitigt.«
Grace stand am Herd und wartete darauf, dass das Wasser kochte. Sie musterte ihre Nichte, die wie üblich ein weites Männerhemd über ihrer Arbeitshose trug. »Ich will nicht unhöflich sein, Mona«, sagte sie, »aber ich finde, du nimmst in letzter Zeit zu. Das kann doch nicht an Marios Essen liegen!«
»Ja, ich nehme zu«, sagte Mona mit dem Rücken zu ihrer Tante. »Es hat nichts mit Marios Essen zu tun. Ich bin schwanger.«
Grace sah ihre Nichte durch die goldumrandete Brille an. Sie schluckte und sagte: »*Wie bitte?*«
Mario, der Mona schon als kleines Mädchen kannte, drehte sich verblüfft um.

Mona legte Papierservietten neben die Platten mit den Sandwiches.
»Ich bekomme ein Kind, Tante Grace. David Mathenge ist der Vater.«
Mario ließ das Messer fallen, das klirrend auf dem Linoleumboden landete und die Stille zerriss.
»Mona!«, flüsterte Grace, »was, um Himmels willen, hast du dir dabei gedacht!«
»Ich war verliebt, Tante Grace. Ich liebe ihn noch immer. David und ich ..., wir glauben, wir gehören zusammen.«
»Aber ... er ist *verschwunden!*«
»Ja. Er hat mir gesagt, dass er das tun müsste, und ich habe ihn gehen lassen.«
»Du weißt, wo David Mathenge ist?«
Mona schwieg. Ein Kloß saß ihr in der Kehle. Tränen stiegen ihr in die Augen. Sie hatte es nicht über sich gebracht, irgendjemandem zu sagen, dass David einer von *ihnen* geworden war.
Grace musterte ihre Nichte kurz und warf Mario dann einen bedeutsamen Blick zu. Er verließ sofort unauffällig die Küche. Grace und Mona setzten sich. Sie sahen sich an.
»Mein armes Kind«, sagte Grace, »was willst du tun?«
»Ich werde Davids Kind bekommen.«
»Und was dann? Wie willst du leben?«
»Wie in den vergangenen vierunddreißig Jahren ... wie alle leben. Ein Tag folgt auf den nächsten. Ich warte darauf, dass David zu mir zurückkommt.«
»Du weißt also, wo er ist?«
»Ja.«
Grace sah ihrer Nichte in die Augen und sah darin die Antwort, die sie lieber nicht kennen wollte. »Und was soll mit dem Kind werden? Was für ein Leben soll es haben?«
»Es wird geliebt werden, Tante Grace. Es wurde in Liebe empfangen und es wird in Liebe aufwachsen.«
»Und wenn David nicht zurückkommt?«
»Er wird ...«, Mona versagte die Stimme, »dann ziehe ich das Kind alleine groß. Ich werde ihm beibringen, stolz auf seinen Vater und auf die beiden Rassen zu sein.«
Grace senkte den Kopf und betrachtete ihre Hände. Sie hörte vor dem Fenster die Vögel singen. Aus diesem Grund hatte sie ihr erstes Haus, das an dieser Stelle vor vielen, vielen Jahren verbrannt war, *Vogelsang-Cottage* genannt.

Sie dachte an die Nacht, als die Operationshütte in Flammen stand, und wie sie die Hilferufe der Kinder, die dort eingeschlossen waren, hörte.
»Mona«, sagte sie langsam, »du musst doch wissen, wenn David zurückkommt, ist er nicht mehr derselbe. Er hat sich verändert.«
»Das glaube ich nicht.«
»Wenn er bei den Mau-Mau ist, hat er den Eid geleistet, und man kann ihm nicht länger trauen.«
»David kann man trauen.«
»Du kennst die Macht des Schwurs, Mona! Er kann rational denkende, intelligente Männer in Ungeheuer verwandeln. Es ist eine Art psychische Krankheit. Sie *glauben* daran, dass der Eid wie eine unlösbare Fessel ist. David ist ein Kikuju, Mona!«
»Er ist anders.«
»Wirklich? Hast du nicht von den Gefangenen in den Lagern gehört? Afrikaner, die einmal treue Vorarbeiter waren und ihre weißen Freunde angegriffen haben, werden durch rigorose Programme rehabilitiert. Die Regierung lässt die Gefangenen in den Lagern von Medizinmännern Anti-Mau-Mau-Eide abnehmen! Verstehst du, Mona? David gehört zu ihnen. Er hat sich ihnen freiwillig und nicht gezwungen angeschlossen. Man kann einem Mann nicht trauen, der der Regierung die Treue verweigert und freiwillig zu den Mau-Mau gegangen ist.«
Mona sprang auf. »David wird mir nie etwas zuleide tun. Das weiß ich!«
»Mona, hör mir zu ...«
»Tante Grace, ich brauche deine Hilfe. Ich wollte dich um einen Gefallen bitten.«
Graces Lippen wurden schmal. »Worum geht es?«
»Ich habe David Briefe geschrieben. Ich möchte, dass er sie bekommt.«
»Nun ja, du weißt doch, wo er ist.«
»Ich weiß nicht *genau*, wo er ist, und ich weiß nicht, wie ich ihm diese Briefe zukommen lassen kann. Er hat mir gesagt, wenn ich die Verbindung zu ihm aufnehmen möchte, dann soll ich zu seiner Mutter gehen. Er hat gesagt, sie wisse, was zu tun sei.«
»Ja«, sagte Grace bekümmert und spürte zum ersten Mal seit Beginn der Feindseligkeiten das wahre Verbrechen dieses schmutzigen Krieges. »Es gibt ein geheimes Nachrichtensystem. Nachrichten für die Mau-Mau werden in hohlen Bäumen versteckt.«
»Mama Wachera wird wissen, wie meine Briefe David erreichen können.«

»Und was soll ich dabei tun?«
»Sie spricht kein Englisch, und ich kenne nur ein paar Worte ihrer Sprache. Könntest du mich begleiten und ihr meinen Wunsch erklären?«
Grace hob den Kopf. »Zu Wacheras Hütte?«
Mona nickte.
»Ich habe mit dieser Frau seit Jahren nicht mehr gesprochen, nicht mehr seit der *Irua* ..., als ich versuchte, Njeri zu retten.«
»Bitte«, flehte Mona.

Seit Roses Selbstmord war auf dem Platz kein Polo mehr gespielt worden. Mona hatte immer davon gesprochen, hier einen großen Garten anzulegen. Aber sie hatte nie die Zeit dafür gehabt. Inzwischen war der Zaun verrostet, und das Unkraut wucherte wild. Grace dachte inzwischen, es wäre eine ideale Erweiterung der Mission, zum Beispiel ein Spielplatz für die dreihundert afrikanischen Schüler ihrer Schule.
Ein Trampelpfad führte am grasbewachsenen Ufer entlang. Ihn schlugen Mona und Grace ein, als sie das schmiedeeiserne Tor der Mission erreicht hatten. Zwei englische Soldaten boten ihre Begleitung an, aber sie versicherten den Männern, Mama Wachera sei nicht zu fürchten. Die Afrikaner auf beiden Seiten achteten die legendäre Medizinfrau und behelligten sie nicht.
Als sie sich den drei bescheidenen Hütten näherten, überfielen Grace Erinnerungen: der regnerische Tag ihrer Ankunft 1919 auf dem Ochsenkarren und Mona als Baby in den Armen von Rose – der erste Händedruck mit James – der Tag, als Valentine den Feigenbaum fällen ließ, der einmal in der Nähe der südlichen Torpfosten stand – die Nacht, als die Mission brannte und sie sich in Wacheras Hütte erholte ... Während Grace am Rand der *Shamba* der Medizinfrau entlangging, wo Bohnen und Mais auf Regen warteten, versank hinter Grace die moderne Mission mit Elektrizität und den neuesten medizinischen Geräten. Sie betrat ein anderes Zeitalter – das Kenia der Vergangenheit.
Mama Wachera saß in der Sonne und streifte die Blätter einer Heilpflanze, wie Grace bemerkte, von den Stängeln. Die Medizinfrau sang beim Vorbereiten ihrer Medizin und verstaute sie in Kürbisflaschen mit magischen Zeichen. Wachera trug die Kleidung, für die sie bekannt war: Perlenschnüre um den Hals; Kupferreifen, schwere Ohrringe, die die Ohrläppchen bis zu den Schultern zogen. Der glatt geschorene Kopf glänzte

in der Sonne; rituelle Amulette und heilige Talismane baumelten an den Handgelenken.

Sie hob den Kopf, als die weißhaarige *Memsaab* im weißen Kittel und dem Halsschmuck aus Metall und Gummi vor ihr stand. Sie hatten seit vielen Ernten kein Wort mehr miteinander gesprochen.

Mona hatte Angst vor der alten Afrikanerin. Sie hatte so viel von Wachera gehört; ihre Hütte stand hier, solange sie denken konnte. Unbestimmt und verschwommen hatte Mona auch eine traumähnliche Erinnerung an Feuer, Regen und ein Lager aus Ziegenfellen und sanften Händen, die ihren in Fieber glühenden Körper kühlten. Mona wusste, dass Mama Wachera ihr einst das Leben gerettet hatte.

Grace begrüßte Davids Mutter mit ausgesprochener Höflichkeit und Achtung. Ihre Tante sprach inzwischen ausgezeichnet Kikuju, das sie im Verlauf der Jahre immer weiter vervollkommnet hatte. Mama Wachera erwiderte den Gruß höflich und bescheiden. Aber Grace fiel auf, dass sie ihr keine Kalebasse mit Wein anbot.

»Diese Briefe, Herrin Wachera«, sagte Grace und hielt ihr das mit einer Schnur zusammengebundene Bündel Briefe hin, »sind für deinen Sohn, David. Wir denken, dass du sie ihm vielleicht von uns zukommen lassen kannst.«

Mama Wachera sah Grace schweigend an.

Sie warteten. Fliegen summten in der Hitze. Eine vereinzelte Wolke schob sich vor die Sonne. Aber die Medizinfrau erwiderte nichts.

Mona sagte »Bitte« auf Englisch und versuchte ihr dann, in ihrem kümmerlichen Kikuju zu erklären, wie viel diese Briefe bedeuten würden.

Wacheras Augen richteten sich auf Monas Bauch und dann wieder auf ihr Gesicht. Ihr Blick verriet Verachtung. Die alte Afrikanerin schien zu wissen, was sich unter Monas weitem Hemd verbarg.

»Herrin Wachera«, sagte Grace, »dein Sohn wäre sehr glücklich, wenn er diese Briefe lesen könnte. Wir wissen nicht, wo er ist. Wir wissen nur, dass er in den Wald gegangen ist. Aber bevor er verschwand, hat er meiner Nichte gesagt, wir könnten über dich die Verbindung zu ihm aufnehmen. Er sagte, du würdest helfen.«

Mama Wachera sah die Frau an, die vor langer, langer Zeit eine Hütte gebaut hatte, die nur aus vier Pfosten und einem Grasdach bestand. Aber jetzt besaß sie viele Häuser aus Stein und asphaltierte Wege und Straßen und Automobile. Sie sagte: »Ich weiß nicht, wo mein Sohn ist.«

Grace legte trotzdem die verschnürten Briefe auf den Boden neben die Medizinfrau und sagte: »*Mwaiga*«, das bedeutet: »Alles ist gut, geh in Frieden.« Dann drehte sie sich um und ging weg.
Auf dem Rückweg zur Mission sagte Grace zu Mona:»Mach dir keine Sorgen, sie weiß, wo David ist. Sie wird seine Wünsche befolgen. Sie wird dafür sorgen, dass er die Briefe erhält.«

9

Simon Mwacharo, einer der Gefangenenaufseher im Lager, hasste Wanjiru Mathenge und er begehrte sie. Er ließ sie immer und immer wieder in sein Büro bringen; er verhörte sie Tag und Nacht, störte sie beim Essen oder ließ sie aus dem Schlaf reißen. Er wollte ihren Stolz brechen. »Wer ist dein Vorgesetzter bei den Mau-Mau?«, fragte er zum hundertsten Mal. »Wie verständigt ihr euch? Wie hast du deine Befehle erhalten? Wer ist der Leopard? Wo ist sein Lager?«
Diese willkürlichen Verhöre fanden immer in Mwacharos Büro statt – einer Hütte mit Wänden und Dach aus Weißblech, in der sich nur Stühle und ein Tisch mit einem Funktelefon befanden. Er verhörte Wanjiru meist in Anwesenheit eines weißen Offiziers und vier Askaris. Er stellte ihr viele Stunden Fragen, und sie musste in dieser Zeit auf dem Steinboden stehen, gleichgültig, ob die Sonne die Wellblechhütte an einem heißen Tag in einen Ofen verwandelte oder kalter Regen für eisige Kälte sorgte. Wanjiru schwitzte entweder vor Hitze oder zitterte vor Kälte. Sie war schwach und erschöpft, aber sie schwieg immer. Seit ihrer Einlieferung in das Kamiti-Hochsicherheitslager hatte man ihr bei den Verhören kein einziges Wort entlocken können. Nachdem Simon Mwacharo sie ungefähr ein oder zwei Stunden dem ununterbrochenen Trommelfeuer seiner Fragen ausgesetzt hatte, ließ er sie wieder wegführen.
Aber sein Entschluss stand fest. Bei den Mau-Mau war Wanjiru Mathenge Ortskommandantin gewesen; die Polizei rechnete sie zu dem ›harten Kern‹ und ihr Name wurde auf einer schwarzen Liste geführt. Das bedeutete, sie galt als eine höchst gefährliche Gefangene. Mwacharo wusste, wenn es ihm gelang, ihr Informationen zu entlocken, würden seine Vorgesetzten ihn loben und vielleicht sogar befördern.
Er verhörte Wanjiru seit fünf Monaten. Er wusste, eines Tages würde sie zusammenbrechen.

»Aufgepasst, Hannah!«, sagte Wanjiru zu ihrer vierjährigen Tochter, »sieh dir genau an, was ich mache, denn eines Tages wirst du eine Medizinfrau sein wie deine Großmutter.«

Die kleine Hannah liebte am meisten Geschichten über Mama Wachera, die Mutter ihres Vaters. Sie fand sie sogar noch schöner als die Geschichten vom Mount Kenia. Sie wünschte, ihre Mutter würde jetzt eine Geschichte erzählen, anstatt ihr zu zeigen, wie man eine hässliche alte Zecke aus der Zehe entfernte.

»Gut«, sagte Wanjiru zu der alten Embu-Frau, die auf der Erde saß und mit dem Rücken an der Wand der Baracke lehnte. »Du musst den Fuß gut waschen, Mama, und beim Gehen vorsichtig sein.«

Sie säuberte die Nadel, eines ihrer kostbarsten Dinge, befestigte sie am Kragen und wandte sich der nächsten Frau zu.

Die dreitausend Frauen im Kamiti-Gefangenenlager belegten nur ein Viertel des elftausend Acres großen Geländes. Ein hoher Maschendraht, Wachtürme und Stacheldraht trennten sie von den gefangen gehaltenen Männern. Die Insassen von Kamiti galten als gefährliche politische Gefangene, und deshalb hatte dieses Lager die Sicherheitsstufe eins. Die Bedingungen waren für Frauen und Männer hart, die Zellen überfüllt, das Essen war kärglich und die medizinische Versorgung so minimal, dass es für die Insassen so gut wie keine Hilfe gab. Deshalb war Wanjiru als eine ausgebildete Krankenschwester in Abteilung D die einzige, die den Kranken beistehen konnte.

Sie untersuchte die entzündeten und eiternden Wunden an den Armen der nächsten Frau. Es waren die Folgen der Folter. Zu der Frau sagte sie freundlich: »Halte sie sauber, Mama, und lass die Sonne darauf scheinen. Mutter Afrikas Licht wird sie heilen.«

Wanjiru kam sich so hilflos vor. Ohne Medizin, Verbandzeug und ohne richtige Nahrungsmittel war es ihr unmöglich, den kranken und ausgestoßenen Frauen zu helfen. Trotzdem tat sie alles, was in ihren Kräften stand. Sie erinnerte sich an die Ausbildung durch englische Krankenschwestern, von denen sie viel über Medikamente und Hygiene gelernt hatte, und an die traditionellen Heilmethoden, die sie von Mama Wachera kannte. Manchmal musste Wanjiru Mathenge sich nur die Kranken ansehen und ihre Leiden anhören, und sie fühlten sich danach sehr viel besser. Alle wussten, es war ein Glück, dass sie Wanjiru Mathenge bei sich hatten.

Nachdem sie auch die letzte Frau versorgt hatte, ergriff Wanjiru die Hand ihrer Tochter. Sie musste jetzt Wasser am gemeinschaftlichen Bohrloch holen.

Christopher lag in der Schlinge auf ihrem Rücken. Er war zwei Jahre alt und wurde langsam schwer. Wanjiru hätte die Kinder in der Obhut der anderen Frauen lassen können, wie die meisten es im Lager taten, aber sie ließ sie nicht allein. Seit ihrer Geburt verlor Wanjiru sie nie aus den Augen. Auch jetzt wollte sie sich nicht von ihnen trennen.

Der Himmel war grau, und die Wolken hingen tief, als sie unter den Augen der afrikanischen Soldaten auf dem Wachturm, wo der britische Union Jack im Wind flatterte, zum Bohrloch ging. Sie kam an großen Gruppen von Frauen vorbei, die auf der Erde saßen oder lagen. Manche lehnten gegen die Barackenwände und suchten Schutz vor dem Wind, denn viele hatten nur ein dünnes Kleid an. Wanjiru fragte sich wieder, was diese armen Menschen für ein Verbrechen begangen hatten. Sie wusste, von den vielleicht dreitausend Frauen im Lager gehörten nur etwa fünfzig wie sie zu den Mau-Mau. Was hatten die anderen getan, um diese schreckliche und menschenunwürdige Behandlung zu verdienen?

Sie haben keine Männer, dachte Wanjiru, *sie sind unerwünscht. Man hält sie für nutzlos. Das ist ihr großes Verbrechen.*

Das Wasser roch faulig und war schmutzig. Aber es war besser als überhaupt kein Wasser. Deshalb ermahnte Wanjiru die Frauen ständig, sich und die Kinder zu waschen und sauber zu halten. Krankheiten waren der größte Feind im Kamiti-Lager, und Wanjiru zeigte den Frauen, wie man diesen Feind bekämpfen musste.

Sie blieb mit der Kalebasse in der Hand stehen und blickte zu den riesigen Stacheldrahtrollen, die das Lager umgaben. Ein trostloser Ort! In der Ferne sah sie, wie der Regen auf die Berge niederging. Im aufkommenden Wind hörte sie wieder die Sätze am Ende der Verhandlung:

Anklage: Terroristische Handlungen gegen die Krone. Strafe: nach dem Ermessen des Gouverneurs eine lebenslange Freiheitsstrafe unter schärfsten Sicherheitsbedingungen.

Lebenslänglich ...

Würde man ihr das wirklich antun? Würde man sie und die Kinder für den Rest ihres Lebens hinter Stacheldraht halten? Wanjiru war erst sechsunddreißig; ein *Leben* war eine lange Zeit ...

Sie spürte Christopher warm und schwer auf dem Rücken und Hannahs winzige Hand in der ihren. Plötzlich erfassten sie Panik und Zorn. Was für ein Verbrechen hatten diese beiden Kinder begangen? Auch sie waren mit dem Recht auf Freiheit geboren worden!

Eine Aufseherin näherte sich ihr. Es war eine große Wakamba mit zwei bösartigen Hunden. Die Frau befahl Wanjiru, zu den Baracken zurückzukehren. Wanjiru dachte an David. Wo war er? Was musste er unter diesem Krieg erleiden?

»Es war einmal«, erzählte Wanjiru mit ruhiger Stimme und übertönte den trommelnden Regen, »eine sehr kluge Medizinfrau. Sie lebte in einer Hütte am Ufer eines Flusses. Sie wohnte dort mit ihrer Großmutter und ihrem Sohn. Sie waren alle sehr glücklich am Ufer des Flusses. Er gab ihnen Wasser und tränkte den angebauten Mais, Hirse und Bohnen. Eines Tages erschien ein fremder Mann am Fluss. Die Medizinfrau hatte noch nie einen Menschen wie ihn gesehen. Seine Haut glich in der Farbe dem blassgrünen Frosch, und er redete in einer Sprache, die die Kinder Mumbis nicht kannten. Die Medizinfrau nannte ihn *Muzungu*, weil er so seltsam war.«
Die Frauen in Wanjirus Zelle drängten sich zusammen, um sich vor der Kälte zu schützen. Sie lauschten aufmerksam der Geschichte. Diese Geschichte hatten sie noch nicht gehört.
»Der *Muzungu* bedeutete der Medizinfrau, ihm gefalle der Platz am Fluss, und er würde gerne dort leben. Sie erwiderte, er sei hier willkommen, denn es gab genug Nahrung, Wasser und Sonne für alle. Der Mann ging weg und baute an einer anderen Stelle am Fluss ein Haus.
Die Medizinfrau, die Großmutter und der Sohn lebten weiter in Frieden am Fluss. Sie waren glücklich und liebten sich sehr. Sie hatten nichts gegen einen *Muzungu* als Nachbarn. Aber eines Tages wurde der *Muzungu* gierig.«
Christopher zappelte in ihrem Schoß. Er kannte diese Geschichte und hätte viel lieber die Geschichte gehört, wie die wilden Truthähne ein geflecktes Gefieder bekamen. Hannah drückte sich ihrer Mutter an die Seite und schlief mit drei Fingern im Mund.
In dieser Zelle für zehn Gefangene saßen fünfundzwanzig Frauen, einige mit kleinen Kindern und Säuglingen. Sie lehnten an den kalten, feuchten Wänden oder lagen auf dem Boden. Alle hörten Wanjiru zu. Sie hatten nichts dagegen, dass es keine vertraute, traditionelle Geschichte war — obwohl ihnen diese Geschichten am besten gefielen —, sie waren dankbar für die Ablenkung und konnten im Augenblick vergessen, wie müde sie nach der Arbeit auf den Feldern waren, wo sie das Land zur Ernährung der Insassen bestellten, Teer für neue Straßen schleppten oder die vielen Toten begraben mussten. Sie hatten alle Hunger, aber Wanjiru sorgte dafür,

dass sie jetzt nicht an den schlecht gekochten Maisbrei ohne Salz und Zucker dachten.

»*Muzungu* kam zu der Medizinfrau und forderte mehr Land, da er noch nicht genug hatte. Sie sagte: ›Nimm, was du brauchst. Es ist genug für alle da.‹ Also nahm der *Muzungu* mehr Land und vergrößerte seine *Shamba*.«

Der Regen prasselte auf das Wellblechdach und gegen das einzige Fenster. Es war zwar noch hell draußen, aber innen schon recht dunkel. Und es gab keine Lampen und Glühbirnen. Die Frauen konnten sich nur hinlegen und schlafen. Am nächsten Morgen wartete auf sie ein anderer, mühevoller Tag. Sie machten sich Gedanken um ihre Männer, fragten sich, wann man sie wohl entlassen werde. Die meisten wussten noch nicht einmal, warum sie hier im Lager festgehalten wurden.

Es hatte etwas mit den Mau-Mau zu tun – das wussten sie alle. Aber die meisten fragten sich: Glaubt die Regierung wirklich, *alle* diese Frauen seien Freiheitskämpferinnen? Zum Beispiel die alte zahnlose Mama Margaret dort drüben, oder die lahme Mumbi? Am Nachmittag war ein ›Rehabilitierungsmedizinmann‹ in der Abteilung D erschienen und hatte den Frauen einen Antischwur abgenommen. Die meisten hielten das für ein sinnloses Ritual, denn sie hatten überhaupt keinen Eid geleistet.

»Der *Muzungu* erschien wieder vor der Hütte der Medizinfrau und sagte, er brauche noch mehr Land. Und sie erwiderte: ›Nimm dir, soviel du brauchst. Es ist genug für alle da.‹ Das tat der *Muzungu* Tag für Tag, bis er nur noch einen kurzen Weg zu seiner *Shamba* hatte, die inzwischen direkt neben der *Shamba* der Medizinfrau lag! Dann sagte er: ›Ich brauche mehr Land‹, und sie sagte: ›Nimm, was du brauchst. Es ist genug für alle da.‹ Aber jetzt wollte der *Muzungu* das Land, auf dem der heilige Feigenbaum stand, und die Medizinfrau sagte höflich: ›Nein, mein Freund. Dieses Land kannst du nicht haben, denn, wie du siehst, gehört es Ngai, dem Herrn der Klarheit.‹«

Wanjirus Zuhörerinnen murmelten beifällig. Ihnen gefiel die Antwort der Medizinfrau. Aber als sie erzählte, wie der *Muzungu* den heiligen Feigenbaum fällte, schrien sie alle entsetzt auf.

»Die Medizinfrau belegte den *Muzungu* und alle Generationen nach ihm mit einem *Thahu*. Sie erklärte, er sei verflucht bis zu dem Tag, an dem das Land der Ahnen den Kindern Mumbis zurückgegeben werde.«

Die Frauen klatschten und fanden alle, es sei eine zufrieden stellende Geschichte gewesen. Dann bereiteten sie sich auf den langen, hungrigen Schlaf vor und versuchten mit einer Decke, die sie erhalten hatten, sich so gut wie möglich zuzudecken. Einige wollten mit leeren Brüsten ihre Kinder stillen, andere weinten bei der Erinnerung an ihre Hütten, aus denen man sie vertrieben hatte. Die meisten hatten nur erlebt, dass ihr Dorf plötzlich von Soldaten umzingelt war. Man hatte die Frauen von den Männern getrennt und auf Lastwagen getrieben. Als man sie davonfuhr, sahen sie, wie die Soldaten mit vollen Händen aus ihren Hütten kamen.

»Mama Wanjiru!«, rief jemand ängstlich an der Tür. »Komm schnell! Mama Njoki ist sehr krank.«

Wanjiru ging mit der Frau zur nächsten Baracke. Njoki lehnte an der Wand. Im wässrigen Dämmerlicht, das durch das Fenster drang, sah Wanjiru, dass die Frau eine geschwollene, feuerrote Zunge hatte. Sie hatte offene Wunden an ihrem Körper, und die Haut war an manchen Stellen merkwürdig schlaff. »Wie geht es, Mama?«, fragte Wanjiru sanft. »Hast du dich erbrechen müssen?« Die Frau nickte. »Hast du Durchfall?« Sie nickte wieder. »Brennt dein Hals?« Wanjiru sah, wie Njokis Hände sich wie selbstständig öffneten und schlossen. Wanjiru wusste, das Delirium würde bald einsetzen, und dann kam der Tod.

»Sind andere auch krank?«, fragte sie die Frau, die sie geholt hatte.

Ja, auch andere waren krank, aber nicht so schwer wie Mama Njoki.

»Ich muss Simon Mwacharo sprechen«, erklärte Wanjiru der Aufseherin, der die Baracken unterstanden. »Es ist dringend!«

Der weiße englische Offizier Dwyer befand sich in Mwacharos Büro. Sie spielten in dem ohrenbetäubenden Regen, der auf das Dach trommelte, Karten. Beide hoben erstaunt die Köpfe, als Wanjiru völlig durchnässt eintrat. Mwacharo glaubte einen Moment lang voll Hoffnung, sie sei gekommen, um ihm die ersehnten Informationen zu geben. Aber seine Hoffnungen wurden zunichte, als sie sagte: »In der Abteilung D ist Pellagra ausgebrochen.«

»Woher weißt du das?«

»Ich habe die Kranken gesehen. Einigen geht es sehr schlecht. Sie werden sterben, wenn unsere Ernährung nicht verbessert wird. Wir können nicht nur von Mais leben!«

»Was redest du da?«, sagte Dwyer, »ihr esst doch immer nur Mais!«

»Wir brauchen Bohnen! Mais allein führt zu Vitamin-B-Mangel.«

Er hob die Augenbrauen. »Woher weißt *du* so etwas?«

Sie sah den weißen Offizier verächtlich an. »Ich bin in Nairobi als Krankenschwester ausgebildet worden. Ich kenne die Zusammenhänge zwischen richtiger Ernährung und Gesundheit. Ich kann Ihnen nur sagen, die Ernährung in diesem Lager ist gesundheitsgefährdend!«

Dwyer war beeindruckt. Eine gebildete Afrikanerin hatte er noch nicht erlebt. »Warum sollten wir euch richtig ernähren? Sollen wir euch stark machen, damit ihr in den Dschungel zurückkehren könnt, um uns umso besser zu bekämpfen?«

»Aha«, sagte Mwacharo und stellte sich breitbeinig vor sie hin, »du willst wohl, dass ich euch jeden Abend ein Festessen servieren lasse?«

»Lassen Sie uns Bohnen anbauen, oder der *Daktari* soll uns Vitamintabletten geben. Die Pellagra wird sich ausbreiten, wenn man sie nicht sofort bekämpft.«

Mwacharo fuhr sich über die Lippen, und Wanjiru erstarrte.

»Was bietest du mir dafür?«, fragte er.

»Bitte geben Sie uns etwas Besseres zu essen«, sagte sie leise.

Der Aufseher griff ihr an die Brust und drückte sie. Wanjiru schloss die Augen.

»Wenn du mir meine Fragen beantwortest«, sagte er, »wenn du mir sagst, wo die Mau-Mau ihre Lager haben, wo ich den Leoparden finde, dann werde ich dafür sorgen, dass ihr Vitamintabletten bekommt.«

Mama Njoki starb am nächsten Tag, außer ihr zwei weitere Frauen und drei Kinder. Wanjiru musste im Steinbruch arbeiten und dort unter großen Mühen Steinbrocken zerkleinern und die Leichen begraben. Am Abend lief sie durch alle Baracken und sah, dass die Pellagra sich ausbreitete. Sie organisierte den Protest bei den Frauen in ihrer Zelle, und von da verbreitete er sich in der ganzen Abteilung. »Mütter von Kenia!«, rief Wanjiru, »sie bringen uns mit ihrem schlechten Essen um! Wir müssen zusammenhalten und Widerstand leisten! Wir dürfen uns nicht auf diese schamlose Weise umbringen lassen! Wir dürfen nicht als Kikuju, Luo oder Wakamba fühlen, sondern müssen daran denken, dass wir alle Kenias Mütter sind und für die Zukunft unserer Kinder kämpfen!«

Als Strafe für ihre aufrührerischen Reden musste sie mit Mama Ngina, Kenyattas Frau, die Koteimer der Frauen schleppen.

Aber sie hörte nicht auf, ihre Mitinsassinnen aufzuklären und zum Widerstand aufzurufen. Schließlich kam Wanjiru einundzwanzig Tage in Einzelhaft. Sie wurde sogar von ihren Kindern getrennt. Aber selbst von dort organisierte Wanjiru den Hungerstreik. Sie wusste, die Aufseher verstan-

den kein Kikuju, und deshalb sang sie nachts ihre Lieder. Ihre Stimme hallte über das Gelände, und in ihren Liedern forderte sie die Mütter Kenias auf, die Maissuppe, die sie morgens bekamen, nicht mehr anzurühren und ihre Hacken beiseite zu legen. Sie sollten sich weigern, Teer zu schleppen, bis sie besseres Essen bekamen.
Als man Wanjiru drei Wochen später aus der Zelle ließ, blinzelte sie in die Sonne. Zu ihrer Freude stellte sie fest, dass ihr Plan geglückt war. Die Frauen hatten ihre Lieder gehört und getan, was sie ihnen geraten hatte. Der Hungerstreik führte dazu, dass sie Bohnen anbauen durften und wöchentlich Vitamintabletten bekamen.
Aber für die kleine Hannah kam die Hilfe zu spät.
»Wir haben getan, was wir konnten«, erzählten die Frauen Wanjiru in der Zelle, »aber es ging mit ihr schnell bergab. Jetzt kann sie nichts mehr essen.« Wanjiru setzte sich das teilnahmslose Mädchen auf den Schoß und wiegte es in ihren Armen. Sie sang ein altes Kikuju-Kinderlied, während Christopher mit großen, ernsten Augen zusah. Mitten in der Nacht bewegte sich Hannah plötzlich, rief »Mama« und starb.
Am nächsten Morgen schaufelte Wanjiru das Grab für eines der vielen Opfer der Pellagra und gab ihre Tochter Afrika, der Erde, zurück ...

Es waren bereits viele Stunden vergangen; Wanjiru konnte kaum noch stehen. Simon Mwacharo wiederholte unaufhörlich seine Fragen: »Wer gab dir deine Befehle? Wo lag dein Lager im Dschungel? Wer ist der Leopard?« Diese Sitzung dauerte sogar für Offizier Dwyer zu lange. Er stand schließlich auf und verließ den Schuppen.
»Ich möchte schlafen«, sagte Wanjiru leise. »Bitte ...«
»Du kannst schlafen, wenn du mir meine Fragen beantwortet hast. Sage mir, was du über die Mau-Mau weißt, und du kannst alles von mir haben, was du willst. Das verspreche ich dir.«
Wanjiru war schwindlig. Sie hatte seit Tagen nichts gegessen, und Simon Mwacharo ließ sie stundenlang stehen.
»Du dumme Frau«, sagte er, »deine Halsstarrigkeit ist noch dein Todesurteil. Weißt du das nicht? Und wenn dir dein Leben nicht lieb ist, denkst du nicht an deinen Sohn?«
Sie dachte an Christopher. Die anderen Frauen in der Zelle kümmerten sich um ihn. *Wenn ich für die Freiheit sterben muss, dann sterbe ich*, dachte Wanjiru. *Ich werde nicht zur Verräterin, nur um das Leben meines Sohnes zu retten.*

»Erzähl mir, was du weißt«, sagte Mwacharo, »oder ich werde es mit Gewalt aus dir herausbekommen.«
Er ging zur Tür und verriegelte sie. Dann gab er den vier Askaris ein Zeichen. Wanjiru war plötzlich hellwach.
»Das war schon lange fällig«, sagte er und löste seinen Gürtel, »mit deinen Vitamintabletten, dem Streik und deinem Stolz. Ich zeige dir, wer du wirklich bist. Ich gebe dir, was du verdient hast. Du kannst schreien, so laut du willst. Auch wenn dich jemand hört, wird uns niemand stören.«
Die Wachen gaben Wanjiru einen Stoß, dass sie zu Boden stürzte. Zwei hielten ihr die Arme und zwei die Beine.
Simon Mwacharo zog die Hose herunter und sagte: »Wenn ich mit dir fertig bin, werden die Askaris sich mit dir vergnügen.«
Wanjiru blickte voll Entsetzen zur Decke. Sie konzentrierte sich auf die Wellen im Blech, erinnerte sich an die grünen Hügel und Täler ihrer Heimat am Fluss. Sie dachte an die süß duftenden Nadelwälder, an die rauschenden Bäche und tosenden Wasserfälle, an die unzähligen Vögel und Blumen, an den Gesang der Kinder in den Dörfern, an die Frauen, die fröhlich in der Sonne arbeiteten, an den Mann, den sie einst so liebte ...
Wanjiru warf den Kopf zurück und schrie: »*David!*«

10

Mona saß schon seit beinahe zwei Stunden am Fenster, und endlich wurde ihr Warten belohnt. »Onkel James!«, rief sie und sprang auf.
Sie eilte mit ihrem drei Monate alten Baby im Arm auf die Veranda von Graces Haus, um ihn zu begrüßen. Aber als Mona sein Gesicht sah, während er den Wagen verließ, wusste sie, die Fahrt nach Nairobi war erfolglos gewesen.
»Tut mir Leid, Mona«, sagte er und hinkte die Stufen hinauf. Dem inzwischen sechsundsechzigjährigen James Donald bereitete die alte Wunde aus dem Ersten Weltkrieg heftige Schmerzen. »Ich habe umfangreiche Nachforschungen angestellt. David Mathenge ist nicht bei den Festgenommenen.«
»Das bedeutet, er ist noch immer im Dschungel.«
»Oder er ist tot«, sagte James und legte ihr eine Hand auf die Schulter. »Du musst mit dieser Möglichkeit rechnen, Mona. Viele sind ums Leben gekommen.«
James Donald sprach von der *Operation Anvil* vor drei Monaten im April – die Briten hatten in einem groß angelegten Einsatz gegen die Mau-Mau fünfunddreißigtausend Afrikaner gefangen genommen. Da Mona in dem Jahr seit Davids Verschwinden nichts von ihm gehört und auch keine Antwort auf die Briefe erhalten hatte, die sie Mama Wachera übergab, glaubte sie, David sei in einem der Lager und könne ihr kein Lebenszeichen geben. James hatte deshalb angeboten, seinen Einfluss geltend zu machen und Nachforschungen anzustellen. Er, Geoffrey, Grace und Mario, der Hausboy, wussten als einzige, dass David bei den Mau-Mau und dass er der Vater des Babys in Monas Armen war.
In der Kolonie überschlugen sich die Gerüchte wegen Mona Trevertons unehelichem Kind. Wer mochte der Vater sein? »Sie ist doch offenbar eine so nette, anständige Frau«, sagte man kopfschüttelnd. »Nun ja, man hat aber auch erlebt, was aus der Mutter geworden ist ...«

Schließlich stimmte man darin überein, Geoffrey Donald sei der Vater. Er ging ja ständig in BELLATU ein und aus.

Mona machte sich keine Gedanken um die Gerüchte. Das Kind hatte bis jetzt wenig Haare auf dem Kopf und eine bräunlich-weißliche Haut. Die kleine Mumbi sah wie ein ganz normales Baby aus. Aber Mona wusste, es würde die Zeit kommen, da man die afrikanische Abstammung ihrer Tochter deutlich sah. Dann würden die Leute die Stirn runzeln. Sie hoffte, dass bis dahin in Kenia die Schwierigkeiten gelöst seien und ihre Tochter nicht unter einem gesellschaftlichen und rassistischen Stigma zu leiden habe.

Es muss für uns eine Zukunft geben, hatte David an dem Junimorgen vor einem Jahr gesagt, als sie miteinander geschlafen und sich ewige Treue geschworen hatten. *Eine Zukunft, in der wir Seite an Seite als Mann und Frau in der Sonne gehen können.*

Wird es für uns so eine Zukunft geben?, fragte sich Mona, als sie mit Sir James in die Küche ging, wo Mario das Mittagessen vorbereitete. *Eine Zukunft, in der David und ich heiraten können, ohne von der Gesellschaft ausgestoßen zu werden? Eine Zukunft, in der wir im Zug im selben Abteil sitzen, zusammen in ein Restaurant gehen, an einem Tisch sitzen und eine Mahlzeit bestellen können?* Wenn Mona abends ihr Töchterchen in die Wiege legte und dann wach im Bett lag, gelang es ihrer sehnsüchtigen Liebe nach David nicht nur, an eine solche Zukunft zu glauben, sondern sie stellte sich vor, es sei bald so weit. Bei Tagesanbruch jedoch, wenn sie sich den Revolver umschnallte und die neuesten Berichte über noch mehr Morde, noch mehr Grausamkeiten auf beiden Seiten in den Nachrichten hörte, verblasste diese schöne Zukunft wie eine Teerose in der grellen Sonne. In Kenia saßen die Weißen schon immer in den Erster-Klasse-Abteilen, und die Afrikaner reisten dritter Klasse. Schwarze und Weiße saßen nie zusammen! Ihre Gedanken waren nichts als Fantasie. Sie hätte sich genauso gut ein Leben auf dem Mond wünschen können ...

»Jambo, Bwana«, sagte Mario und schenkte James Tee ein. »*Habari gani?*«

»*Mzur sana*, Mario. Und wie geht es dir?«

»Es sind schlimme Zeiten, Bwana. Sehr schlimme Zeiten.«

Ja, da hat er Recht, dachte James, *aber die Lage wird von Tag zu Tag besser.* In den drei Monaten nach der *Operation Anvil* stellten die Briten mit Genugtuung fest, dass die Schlagkraft der Mau-Mau eindeutig nachließ. Zwar gehörten von fünfunddreißigtausend Gefangenen nicht alle zu den Mau-Mau, aber indem man das Netz so weit gespannt hatte, waren auch einige große Fische in den Maschen hängen geblieben. Es musste nur noch gelingen, die Person zu enttarnen, die den Afrikanern den Eid in dieser Gegend abnahm; und man musste das Oberkommando der Mau-Mau, also Leute wie Dedan Kimathi oder den Mann, den sie Leopard nannten, ausfindig machen, dann konnte man die Rebellion wie eine Flamme auslöschen – daran zweifelte James nicht ...

Und was dann?
James rührte nachdenklich den Zucker in seinem Tee. Vor dem Fenster summten die Bienen zwischen Ringelblumen und Stiefmütterchen, die Grace liebevoll pflegte; wie üblich hörte man den lauten und geschäftigen Verkehr auf den asphaltierten Straßen der Mission; Briten patrouillierten mit schussbereiten Maschinenpistolen auf dem Gelände.
James Donald wusste, die Mau-Mau hatten Kenia für immer verändert. Nach dem Bürgerkrieg würde es zu drastischen Neuerungen kommen. Es war sogar schon etwas geschehen, was keiner der weißen Siedler für möglich gehalten hätte: Der erste afrikanische Minister war in das Kabinett der Regierung berufen worden. *Aber wenn die Afrikaner die Selbstverwaltung wollen,* dachte James, *wen würden sie als Regierung wählen?* »Hast du Geoffrey gesehen?«, fragte er.
»Er war vor kurzem hier«, sagte Mona und gab Mumbi die Flasche. »Er und Tim Hopkins haben sich zu einer neuen Fahndung dem District Officer angeschlossen. Sie wollen bei einer Razzia die Afrikaner bei einem Schwurritual überraschen und so denjenigen finden, der sie zu dem Eid zwingt.«
James nahm sich eine Scheibe Brot und bestrich sie mit Butter. Er wusste nicht, was zwischen seinem Sohn und Mona vorgefallen war. Ihre Freundschaft hatte jedoch einen tiefen Riss bekommen, denn soweit er das beobachten konnte, hatten die beiden ungefähr ein Jahr lang kein Wort mehr miteinander gewechselt. Wenn Geoffrey mit Ilse und den fünf Kindern zu Besuch kam, verließ Mona unter einem Vorwand stets das Zimmer. James vermutete, es hatte etwas mit David Mathenge zutun.
»Mario«, sagte James, »ich habe die Marmelade aufgebraucht. Gibt es vielleicht ...«
Zu seiner Überraschung befand sich der Hausboy nicht mehr in der Küche.

Vom Gipfel des Mount Kenia senkten sich lange Nebelschleier über das Land. Sie legten sich um Baumstämme, schluckten Gras und Büsche, lasteten auf jedem Blatt und auf jeder Blüte mit schweren nassen Tropfen. Um Mitternacht schließlich hatte sich der Wald in ein dunstiges Schattenreich verwandelt, in eine Geisterwelt, in der, wie die Kikuju glaubten, ihre Ahnen lebten.

Ein Mann lief durch den Nebel. In seinen Haaren schimmerten Wassertropfen wie Schmuck. Das zerfetzte Leopardenfell, das er trug, war völlig durchnässt. Er kam von weit her aus dem von Wolken verhangenen Hochland auf den Aberdares; dort lag versteckt inmitten der riesigen Bambuswälder und tödlichen Sümpfe das geheime Lager der Freiheitskämpfer. Der Mann lief vorsichtig. Nachdem er schon so lange im Dschungel lebte, waren seine Sinne so geschärft wie die der Tiere. Er hörte wie ein Leopard, er nahm die Witterung auf wie eine Antilope, und er lief so geräuschlos und war so sprungbereit wie ein Raubtier. Er wusste, um ihn herum lauerten überall Gefahren – aber nicht nur von den wilden Tieren, sondern auch von den britischen Soldaten, die sich mit neuen Guerillataktiken in den Dschungel vorwagten.

Er war ein Mau-Mau. Er setzte sein Leben aufs Spiel, denn er hatte eine Mission.

Plötzlich blieb er stehen und lauschte. In der Nähe musste ein Lager sein. Er hörte den knisternden Bambus, mit dem sie ein Kochfeuer entzündet hatten. Mit schussbereiter Maschinenpistole schlich er näher an das Lager heran. Der Daumen lag an der Entsicherung, der Zeigefinger am Abzug. Wenn die Soldaten aufmerksam wurden, würde er sie niedermähen.

Durch die Bäume sah er, dass die Tommys Rindfleisch aßen und in wasserdichten Schlafsäcken Wärme suchten. Die Männer sahen blass und elend aus. Mitten in dem stummen nebelverhangenen Dschungel wirkten sie völlig fehl am Platz.

Der Mau-Mau lief weiter. Seine Mission war zu wichtig, um sich damit aufzuhalten, ein paar Briten umzulegen.

Der Oberkommandant der Mau-Mau, Dedan Kimathi, hatte ihn persönlich mit dieser Aufgabe betraut. Über geheime Nachrichtenkanäle hatten sie erfahren, dass im Haus von *Memsaab Daktari* Grace Treverton ein weißer Säugling lebte. Kimathi wollte das Kind, und er wollte es lebend.

Die *Operation Anvil* hatte den Mau-Mau so viele Verluste eingebracht, dass viele Freiheitskämpfer von jeglichem Nachschub abgeschnitten waren. Sie hungerten und wurden krank. Deshalb hatte Kimathi die bis dahin größte Rekrutierungskampagne beschlossen. Seine Männer überfielen Kikuju-

Dörfer und schleppten die Einwohner in den Wald zum Schwurritual. Nur auf diese Weise konnte er seine Truppen verstärken. Aber diese Leute waren durch und durch Loyalisten. Sie hatten den Mau-Mau bereits zwei Jahre lang Widerstand geleistet. Deshalb wollte Kimathi für den Eid etwas besonders Machtvolles und Bindendes. Bei dem Ritual sollte nicht das Fleisch von Hunden oder Jungfrauen gegessen werden, sondern das Kind einer weißen *Memsaab*. Hatten die Kikuju das tabuisierte Fleisch erst einmal gegessen, mussten alle, die zu diesem Eid gezwungen worden waren, Kimathis Befehle ausführen.

Der Mau-Mau näherte sich dem Waldrand. Hier sollte er auf den Eidnehmer treffen. Die Bäume standen jetzt weiter auseinander. Als er aus dem Wald trat, hoben sich die Nebel, und der runde Mond tauchte das Land in sein silbernes Licht. Eine dunkle Gestalt löste sich aus den Schatten: der Leopard und der Eidnehmer begrüßten sich stumm.

Gepflegte, winzige *Shambas* durchbrachen die grasgrünen Hügel am anderen Flussufer. Rauchfahnen hoben sich wie mahnende Finger auf den spitzen Grasdächern der Hütten. Auf dieser Seite lag die ausgedehnte Grace-Treverton-Mission und wirkte wie eine kleine Stadt. Die Menschen schliefen hinter Fenstern und Türen. Die beiden Mau-Mau sahen die Soldaten, die ihre Runde machten. Der Eidnehmer wies auf ein großes Haus inmitten eines Gartens mit Bäumen. Dort wohnte *Memsaab Daktari*. »Dort ist das Baby«, erklärte er, »in dem Zimmer hinter der großen Platane.« Er versicherte seinem Komplizen, dass dieses Fenster nicht verschlossen war.

Ehe sie den Pfad zum Fluss einschlugen, blieb der Leopard stehen. Unter ihm lagen das im Mondlicht gespenstisch und geisterhaft wirkende Polofeld und am südlichen Ende drei kleine Hütten. Sein Blick richtete sich auf den Hang gegenüber. Dort stand der volle Mond über einem prächtigen einstöckigen Haus. Es wirkte auf dem Hügel wie ein Juwel auf schwarzgrünem Samt. Das Haus lag im Dunkeln. Er dachte an seine Bewohnerin, die dort schlief. Er erinnerte sich an das Bett, in dem er gelegen hatte. Einen Augenblick langüberwältigte ihn der Kummer.

All das – der friedliche Fluss, die drei kleinen Hütten, das Haus auf dem Hügel – war jetzt für immer verloren ...

Mona schlief schlecht. Sie warf sich unruhig hin und her. Schlimme Träume quälten sie. Mehr als einmal war sie mit klopfendem Herzen aufgewacht. Wieder schlug sie die Augen auf und starrte an die Decke. Sie lauschte auf das stumme Haus. Im Schlafzimmer am anderen Ende des Gangs schlie-

fen Tante Grace und Onkel James. Tim Hopkins hatte sich in der großen Vorratskammer hinter der Küche ein Lager gemacht. Er war heute Abend gekommen, da der District Officer die Razzia auf morgen angesetzt hatte. In dieser gefährlichen Zeit trafen die weißen Siedler in Kenia, die ausharrten, alle erdenklichen Sicherheitsvorkehrungen.
Mona lauschte. Ihr Herz schlug heftig. *Hatte* sie ein Geräusch gehört?
Aber das Haus war fest verschlossen und verriegelt. James und Mario sorgten immer dafür und vergewisserten sich persönlich. Und überall patrouillierten Soldaten.
Sie hob den Kopf vom Kissen und blickte zu den dunklen Umrissen des Kinderbettchens am Fußende ihres Bettes. Ihr Töchterchen, die einzige Freude in Monas Leben, schlief und träumte friedlich.
Plötzlich verschwand der Mond vor dem Fenster. Eine Gestalt verdeckte ihn. Mona hielt die Luft an und richtete sich auf. Sie griff nach ihrer Pistole, sprang aus dem Bett und schaltete das Licht an.
Sie schrie!
Zwei Mau-Mau, der eine in einem Leopardenfell, einem Bart und langen Haaren, der andere vertraut und bekannt, standen plötzlich in dem kleinen Zimmer. Sie hob die Pistole und wollte abdrücken. Sie sah dem fremden Mann in die Augen.
»*David?*«, flüsterte sie.
Er starrte sie an. Verwirrung lag auf seinem Gesicht.
Mona blickte zu dem anderen: *Mario*. Es war das vertraute Gesicht, aber seine Augen! In ihnen lag eine Wildheit und Grausamkeit, die sie mit Entsetzen erfüllte. Plötzlich begriff Mona: *Sie wollten das Kind!*
»Nein«, flüsterte sie, »David, das darfst du nicht tun. Es ist unser Kind! *Es ist deine Tochter!*«
Der Leopard blickte in die Wiege. Er sah aus wie ein Mann, der aus einer tiefen Trance erwacht. Er schien verwirrt und nicht zu wissen, wo er sich befand.
»David!«, rief sie, »du hast meine Briefe nicht bekommen!«
Mario reagierte schnell. Er beugte sich über die Wiege und packte das Kind.
»Nein!«, schrie Mona und drückte ab. Die Kugel drang in die Decke.
Mario hob das Buschmesser und wollte es auf Mona werfen. David packte ihn am Arm. Mario stieß ihn zurück, und David fiel benommen gegen die Wand.
Die Tür wurde aufgerissen. James rannte mit einer Keule in der Hand ins

Zimmer. Er griff Mario damit an, aber das Buschmesser traf ihn am Hals. James fiel auf die Knie.

Mona sprang vor und versuchte, Mario das Kind zu entreißen. Er entwendete ihr die Pistole, schoss, aber verfehlte sie. David war wieder auf den Beinen und stürzte sich auf Mario, der das Kind losließ. Das Baby fiel zwischen die Füße der kämpfenden Männer.

Mona kauerte auf dem Boden und versuchte, ihr Kind zu retten.

Mario schoss noch einmal. David taumelte zurück und presste die Hände auf die Brust.

Mona lief zu ihm. Er sank in ihre Arme.

Dann fiel noch ein Schuss. Grace stand plötzlich in der Tür und hielt eine Pistole in beiden Händen. Sie drückte noch einmal ab, und Mario fiel tot zu Boden.

Dr. Nathan schloss leise die Tür zu Graces Schlafzimmer und sagte: »Sie schläft jetzt. Ich habe ihr ein Beruhigungsmittel gegeben.«

»Ja«, sagte Geoffrey. Er war von dem Schock noch wie betäubt. Nach dem Anruf hatte er KILIMA SIMBA sofort verlassen, war, so schnell er konnte, hierhergefahren und traf wenige Minuten nach dem Tod seines Vaters ein, der an der tiefen Wunde gestorben war.

Tim Hopkins war in Monas Zimmer erschienen, nachdem die zweite Kugel Mario getroffen hatte. Er schüttelte jetzt die Benommenheit ab und sah sich in der Küche um. Überall standen Soldaten und bombardierten verschlafene Kikuju mit Fragen. Es stellte sich heraus, dass Mario der Eidnehmer gewesen war. Aber keiner schien zu wissen, ob und was David mit den Mau-Mau zu tun gehabt hatte. »Aber«, sagte Tim plötzlich, »wo ist eigentlich Mona?«

»Ich weiß nicht, und es ist mir auch scheißegal!« Geoffrey hasste sie jetzt noch mehr. Es war alles ihre Schuld. Er freute sich, dass ihr schwarzer Liebhaber tot war und auch das Mischlingskind. Geoffrey fand, das sei eine gerechte Strafe.

»Entschuldigen Sie, Sir«, sagte einer der Soldaten, »wenn Sie Miss Treverton meinen, sie hat das Haus vor kurzem verlassen und ist in diese Richtung gegangen.«

Der Brite deutete durch die offene Tür zu BELLATU hinauf. »Und Sie haben sie gehen lassen? Sie Idiot!«

Tim rannte aus dem Haus und die Holztreppe den Abhang hinauf. Oben angekommen, blieb er keuchend stehen und sah sich um. Es war eine sternklare Nacht. Der Vollmond stand am Himmel; das silbrige Licht fiel auf die endlose Reihe der Kaffeebäume, die unter der Last der ungeernteten Beeren die Zweige hängen ließen. Sie schienen sich bis zu dem in weißen Nebel gehüllten Gipfel des Mount Kenia zu ziehen. Tim wandte sich zum Haus. Es war dunkel. Die Hintertür stand offen.

Er ging hinein und lauschte. Oben hörte er Geräusche. Er rannte, so schnell er konnte, durch den dunklen Speisesaal, durch das Wohnzimmer und dann die Treppe hinauf. Er blieb stehen und blickte den düsteren Gang entlang. Die Luft war abgestanden und muffig. Aus einem der Zimmer drang schwaches Licht.

Als er die Tür öffnete, sah er Mona in einem verstaubten Zimmer mit vielen Spinnennetzen, das offenbar viele Jahre nicht benutzt worden war. Ein riesengroßes, altes Himmelbett beherrschte den Raum. Die Laken und Volants waren vergilbt. Auf einem Toilettentisch standen ausgetrocknete Parfümflakons. Mona kniete vor einer Kommode und wühlte wie rasend in den Schubladen.

»Mona?«, sagte er und trat ein, »Was machst du denn?«

In der einen Hand hielt sie zitternd eine Taschenlampe, mit der anderen suchte sie verzweifelt etwas zwischen Spitze, Seide und Satin.

Er hockte sich neben sie und fragte ruhig: »Mona? Was machst du?«

»Ich kann es nicht finden«, sagte sie.

»Was kannst du nicht finden?«

»Ich ... ich weiß es nicht.« Sie zog Nachthemden aus den Schubladen, rosa Negligés und hauchdünne Damenunterwäsche. »Aber es *muss* hier sein.«

Er sah sich um. Mona hatte alle Schubladen im Zimmer durchwühlt. Die Sachen lagen auf dem Fußboden zerstreut – Wäsche, Papiere, Fotos. Er erinnerte sich mit leichtem Frösteln daran, dass dies Lady Roses Schlafzimmer gewesen war. Man hatte es vor vielen Jahren für immer verschlossen. Dann musste Tim an die Mordnacht denken, als der Earl starb, und an die entsetzliche Fahrt mit dem Fahrrad ...

»Mona«, sagte er sanft, »was suchst du denn?«

»Ich weiß es nicht. Aber es muss hier sein. Es war hier einmal ...« Sie fing an zu weinen.

Tim legte ihr den Arm um die Schulter und versuchte, sie zu trösten. Mona drückte sich an ihn und weinte an seiner Brust. Er zog sie hoch und hielt sie fest umschlungen, während sie schluchzte und ihre Qual und Pein herausschrie.

»Es tut so weh! Oh, Tim, dieser Schmerz!«
Er wusste nicht, was er sagen sollte. Aber er verstand ihre Gefühle, denn vor langer Zeit, als er vor dem Gefängnis wieder zu Bewusstsein kam, hatte man ihm gesagt, Arthur sei gestorben, um ihm das Leben zu retten.
»Tim! Tim!«, schluchzte Mona in seinen Nacken. »Halt mich! Bitte halt mich! Lass mich nicht los!«
Er drückte sie noch fester an sich. Sie klammerte sich an ihn. Tränen der Erinnerung und des Mitgefühls standen in seinen Augen.
»Der *Schmerz* ist so groß«, flüsterte sie, »ich kann ihn nicht ertragen.«
Ihre Lippen suchten seinen Mund. Er ließ sich von ihr küssen.
»Lass mich nicht allein«, sagte sie, »ich kann es nicht ertragen.«
Er weinte mit ihr, empfand den alten Schmerz noch einmal und dachte an die leeren, lieblosen Jahre nach Arthurs Tod. Als sie schwach wurde und nicht mehr stehen konnte, führte er sie zu dem verstaubten Bett, das 1919 nach der langen Reise von BELLA HILL hierher gekommen war.
Er legte sie auf das Bett, umarmte sie und versuchte, sie zu trösten. Sie weinte in seinen Armen. Sie klammerte sich an ihn. Sie küsste sein Gesicht. Sie sagte Dinge, die er nicht hören wollte. Und sie flüsterte: »Der Schmerz, Tim. Nimm mir den Schmerz. Ich kann es nicht ertragen ...«
Und so tröstete sie Tim Hopkins, der nie eine Frau geliebt hatte. Er dachte an Monas Bruder, den einzigen Menschen, den er je geliebt hatte. Und da ihre Hände ihm zeigten, was sie wollte, befriedigte er Mona in seiner ungeschickten, gequälten Art.

Siebenter Teil

Nach der Legende unseres Stammes soll am Anfang aller Dinge, als die Menschen die Erde zu bevölkern begannen, der Mann Kikuyu, der Begründer des Stammes, von Mogai gerufen worden sein, der ihm als seinen Anteil das Land gab mit den Hohlwegen, den Flüssen, den Wäldern, dem Wild und allen Gaben, die der Herr der Natur den Menschen verlieh.

Zugleich schuf Mogai einen großen Berg, den er Kere-Nyaga (Mount Kenya) nannte, als Ruheplatz auf seinen Rundgängen und als Zeichen seiner Wunder.

Dann führte er Kikuyu auf den Gipfel des Berges der Geheimnisse und zeigte ihm die Schönheit des Landes, das er ihm gegeben hatte. Vom Gipfel aus wies er auf einen Flecken voller Feigenbäume hin, genau in der Mitte des Landes.

Nachdem Mogai Kikuyu sein wunderbares Land gezeigt hatte, befahl er ihm hinabzusteigen und sein Haus an der ausgewählten Stelle zu errichten, die er Mokorwe Wa Gathanga nannte.

Bevor sie auseinander gingen, sagte Mogai Kikuyu, dass er, wenn immer er in Not sei, ein Opfer darbringen und seine Hände dem Kere-Nyaga zuwenden solle, und der Herr der Natur werde ihm zu Hilfe kommen.

Jomo Kenyatta

1963

1

Die Sonnenflecken auf dem Wasser faszinierten Deborah. *Sie sind wie Bernstein oder Diamanten,* dachte sie.
Deborah kniete am Flussufer. Die goldenen Sonnenstrahlen hüllten das barfüßige kleine Mädchen ein. Ihre langen schwarzen Haare hatten sich zum Teil aus dem Ponyschwanz gelöst und fielen ihr über die Schultern. Sie regte sich nicht und schien aus der Erde geschossen zu sein wie der Bambus, die Farne und das Gras am Fluss um sie herum. Das weiße Baumwollkleidchen zog die Morgensonne an und machte das Licht weich. Ihre nussbraunen Glieder waren in die unzähligen Grüntöne der saftigen Blätter ihrer Umgebung getaucht. Eine baumartige Aura umgab sie, als sei sie eine Waldnymphe.
Deborah verhielt sich so still, weil sie ein Otternpaar beobachtete, das in einem Tümpel zwischen den Felsbrocken im Fluss herumtollte. Ihre rotbraunen Leiber glänzten in der Sonne; die kleinen runden Köpfe mit den kurzen Ohren tauchten im Wasser unter und wieder auf, wobei die Schnurrhaare mutwillig zuckten. Die Ottern schienen zu bemerken, dass das kleine Mädchen sie keinen Moment aus den Augen ließ. Deborah zweifelte nicht daran, dass sie ihr zuliebe all diese Kunststücke vorführten.
Als die Wärme der Sonne durch den Stoff des Kleides drang, überkam die Achtjährige eine angenehme, schläfrige Zufriedenheit. Die großen schwarzen Augen ruhten auf den munteren Wellen und wurden von den gelben, braunen und grauen Steinen im Wasser hypnotisiert. *Sie sind wie Vogeleier, die Vögel aus Bequemlichkeit nicht ausbrüten wollten,* dachte sie, *oder wie verlorene Edelsteine aus einem alten Königsschatz.* Sie hielt eine Hand in das eisig kalte Wasser. Deborah wusste, es war so kalt, weil es von den Gipfeln der Berge kam, von den Aberdares, hatte ihre Gouvernante gesagt. Dieses Wasser hatte schon einen weiten Weg hinter sich. Es kam aus nebligen Sümpfen, floss durch dichte Dschungelwälder, die noch kein Mensch betreten hatte, ver-

einigte sich mit geheimnisvollen Bächen, stürzte über Wasserfälle und gelangte schließlich in diesen Fluss, der Chania hieß.

Deborah liebte den Fluss. Es war ihre Welt; eine andere kannte sie nicht. Geschnatter über ihr riss sie aus den Wachträumen. Sie legte die Hand über die Augen und sah eine Familie Seidenaffen in den hohen Kastanienbäumen. Deborah lachte. Sie rief zu ihnen hinauf. Die Affen wirkten auf den mit Flechten bedeckten Ästen wie schöner Schmuck. Die langen weißen Felle und die buschigen Schweife hingen wie helles Moos an den Zweigen. Sie verständigten sich mit Pfiffen und betrachteten das kleine Mädchen mit alten, klugen Augen. Sie kannten Deborah, denn sie war immer hier am Flussufer.

Deborah ließ sich auf den Rücken fallen und blickte durch die Zweige in den Himmel hinauf in das endlose tiefe Blau. Nichts wies auf den Regen hin, den ihre Mutter herbeisehnte.

Sie schloss die Augen und atmete die betäubenden Düfte am Flussufer: die feuchte Erde; die Gräser, Blumen und Bäume; die kristallklare Bergluft, die von den Aberdares hinunter in die Täler kam. Sie spürte unter ihren Händen das pulsierende Leben und hörte den Wind atmen. Afrika war *lebendig*.

Deborah öffnete erschrocken die Augen.

Ganz in ihrer Nähe stand ein Junge und beobachtete sie.

Deborah stand auf und sagte: »Hallo, wer bist du?«

Er gab keine Antwort.

Sie musterte ihn. Sie hatte diesen Jungen hier noch nicht gesehen. Wo er wohl herkam? »Sprichst du Englisch?«, fragte sie.

Er schüttelte den Kopf.

»Suaheli?«

Er nickte langsam.

»Gut. Ich spreche auch Suaheli! Wie heißt du?«

Er zögerte, und als er antwortete, klang seine Stimme sanft und scheu: »Christopher Mathenge.«

»Ich bin Deborah Treverton und wohne in dem großen Haus dort oben.« Sie deutete den grünen Abhang hinauf.

Christopher drehte sich um und blickte in die Richtung. Aber hier unten am Fluss konnte man das Haus nicht sehen, sondern nur die Reihen vertrockneter Kaffeebäume. »Woher kommst du?«, fragte Deborah.

»Aus Nairobi.«

»Oh, Nairobi! Ich bin noch nie dort gewesen! Es muss eine sehr große und wunderschöne Stadt sein! Ich beneide dich!« Sie griff in ihre Tasche und streckte ihm dann die Hand entgegen. »Möchtest du ein Bonbon?«
Der Junge sah die Bonbons in ihrer Hand. Er zögerte. *Wie ernst er ist,* dachte Deborah.
Als Christopher schließlich ein Bonbon nahm, sagte sie: »Nimm zwei. Sie sind wirklich gut!«
Sie lutschten zusammen Bonbons, und als sie alle gegessen hatten, begann Christopher zu lächeln.
»Das ist schon besser!«, sagte Deborah. »Du bist neu hier. Wo wohnst du?«
Er deutete auf die Lehmhütten am Rand des verlassenen Polofelds. »Oh!«, rief Deborah und spürte einen erregenden Schauer, »du lebst bei der Medizinfrau! Das muss ja schrecklich aufregend sein!«
Christopher fand das nicht unbedingt aufregend. »Sie ist meine Großmutter.«
»Ich habe keine Großmutter. Aber ich habe eine Tante. Ihr gehört die Mission dort. Hast du einen Vater?«
Er schüttelte den Kopf.
»Ich auch nicht. Mein Vater ist vor meiner Geburt gestorben. Ich lebe allein mit meiner Mutter.«
Sie sahen sich in dem weichen, von Zweigen gedämpften Sonnenlicht an. Für Deborah schien es plötzlich sehr wichtig zu sein, dass dieser Junge ebenfalls keinen Vater hatte. Sie spürte, dass ihn eine gewisse Trauer umgab. Er war älter als sie und mochte etwa elf oder zwölf sein. Aber er hatte auch keinen Vater, und das war etwas Gemeinsames, das sie miteinander verband.
»Möchtest du mein Freund sein?«, fragte sie.
Er runzelte die Stirn und verstand sie nicht.
»Oder hast du bereits einen Freund?«
Christopher dachte an die Jungs, die er in Nairobi flüchtig kannte. Seine Mutter zog immer wieder um, und seit der Entlassung aus dem Lager wohnten sie ständig an neuen Plätzen. Christopher und seine kleine Schwester Sarah konnten nie feste Freundschaften schließen.
»Nein«, sagte er ruhig.
»Hast du überhaupt keine Freunde?«
Er senkte den Kopf und grub die nackten Zehen in die Erde. »Nein.«
»Ich auch nicht! Wir werden Freunde sein! Würde dir das gefallen?«
Er nickte.

»Abgemacht! Ich zeige dir mein Versteck. Hast du Angst vor Geistern?«
Er sah sie misstrauisch an.
»In meinem Versteck soll es angeblich Geister geben. Aber ich glaube nicht daran! Komm, Christopher.«
Sie liefen am Fluss entlang, und Deborah sprach unentwegt weiter. »Eigentlich sollte ich jetzt Unterricht haben. Aber Mrs. Waddell macht ein Nickerchen. Sie ist meine Gouvernante, musst du wissen, und sie ist nicht besonders gut. Ich bin vorher in die Schule für Weiße in Njeri gegangen. Aber jetzt ist die Schule geschlossen worden, weil so viele Weiße Kenia verlassen und es nicht mehr genug Schüler gibt. Weißt du, warum das so ist? Warum verlassen alle Weißen Kenia?«
Christopher wusste das nicht so genau. Aber er hatte gehört, dass es etwas mit einem Mann namens Jomo Kenyatta zu tun hatte. Christophers Mutter hatte ihm viel über Jomo erzählt, der wie sie auch lange im Gefängnis saß und den man ebenfalls vor zwei Jahren entlassen hatte. Die Weißen fürchteten sich vor Jomo, hatte Christopher gehört. Sie dachten, er werde sich dafür rächen, weil sie ihn so viele Jahre ins Gefängnis gesperrt hatten.
»Übrigens, ich *habe* einen Freund«, sagte Deborah, als sie um das Polofeld herumgingen. Sie schlenkerte mit den Armen und trat mit den nackten Füßen so fest gegen Steine, dass sie durch die Luft flogen. »Er heißt Terry Donald. Er ist in die Jungenschule für Weiße in Njeri gegangen. Aber die ist jetzt auch zu. Er hat zwei Brüder und zwei Schwestern. Sie sind jetzt alle in Nairobi im Internat. Aber Terry ist noch nicht alt genug für das Internat. Er ist erst zehn. Er hat einen Lehrer, der ihm Unterricht gibt. Er wohnt in Njeri. Seinem Vater gehörte einmal die große Rinderranch KILIMA SIMBA. Aber sie ist im letzten Jahr verkauft worden. *Afrikaner* haben sie gekauft. Kannst du dir das vorstellen? Terry kommt hierher und spielt mit mir. Wenn er groß ist, wird er Jäger. Er hat bereits ein eigenes Gewehr!«
Am belebten Eingang der Grace-Treverton-Mission blieben sie stehen. Durch das große schmiedeeiserne Tor führte eine asphaltierte Straße, die auf dem Gelände zu einer breiten, mit Bäumen bestandenen Allee wurde, an deren Ende ein Stoppschild und ein Polizeiwachhäuschen standen. Inmitten hoher alter Bäume sahen sie die großen gemauerten Gebäude. Überall liefen Menschen. Aus einem der drei Schulhäuser drang der Gesang von Kindern.
»Es ist die größte Mission in Kenia«, sagte Deborah voll Stolz, »meine Tante Grace hat sie vor vielen Jahren gebaut. Sie ist Ärztin, musst du wissen. Ich werde auch einmal Ärztin, wenn ich groß bin. Ich werde so wie sie.«

Christopher versuchte, dieses seltsame, gesprächige weiße Mädchen nicht anzusehen. Aber Deborah machte ihn neugierig. Er beneidete sie. Sie schien so selbstsicher und die Welt um sie herum so gut zu kennen. Sie wusste sogar, was sie einmal werden wollte! Christopher kannte dieses Selbstvertrauen nicht. Das Leben im Lager war Tag für Tag unsicher gewesen. Er hatte nur Angst und Unsicherheit kennen gelernt. Menschen, die er kannte und mochte, waren am nächsten Morgen plötzlich verschwunden. Er hatte noch eine andere kleine Schwester gehabt. Aber das war schon lange her. Sie war in den Armen seiner Mutter gestorben. Als man sie endlich aus dem Lager entließ, war Christopher neun und Sarah sechs. Und dann lebten sie wie Nomaden einmal hier und einmal da in Nairobi, wurden von der Polizei beobachtet, und seine Mutter verdiente mit ihrer Hände Arbeit ein paar Shilling für Essen und Kleidung.
Aber seine Mutter hatte ihm versichert, es werde ihnen jetzt besser gehen. Sie hatte endlich eine feste Stellung in einem Krankenhaus in Nairobi bekommen, aber nicht mehr als *Aya*, als ›Dienstmädchen‹, denn sie war eine ausgebildete Krankenschwester! Deshalb hatte sie ihn und Sarah zu der Mutter ihres Vaters gebracht. Christophers Mutter lebte mit zwei anderen Krankenschwestern in einer Wohnung, und sie konnten keine Kinder bei sich haben. Aber, so hatte die Mutter ihm und der Schwester versprochen, die Lage werde sich bald bessern. Jetzt war Jomo Premierminister von Kenia und die Afrikaner würden bald mit den Weißen gleichgestellt sein. Christophers Mutter würde man mit ›Schwester‹ anreden, und sie würde ebenso viel Lohn wie die weißen Krankenschwestern bekommen ...
Die beiden Kinder gingen am Rand der Mission entlang und erreichten eine alte, wacklige Holztreppe. Als sie nach oben stiegen, sah Christopher schließlich das große Haus auf dem Hügel.
»Es heißt BELLATU sagte Deborah, »es ist schrecklich groß und einsam. Meine Mutter ist fast nie zu Hause. Sie arbeitet auf den Feldern. Sie sagt, sie versuche, die Plantage zu retten.«
Der kleine afrikanische Junge staunte über das Haus. Es erinnerte ihn an die wundervollen Gebäude in Nairobi. Das weiße Mädchen musste unglaublich reich sein, dachte er, denn ihm fielen nicht die abblätternde Farbe, die zerbrochenen Fensterläden, der vernachlässigte Blumengarten und der ausgetrocknete Brunnen auf. BELLATU war nur noch ein Schatten der früheren Pracht. Das Haus verfiel langsam. Aber für Christopher Mathenge sah es aus wie ein Palast.

Er folgte dem fremden Mädchen auf einem schmalen Fußweg, der zwischen Bäumen und dichtem Buschwerk hindurchführte. Der Weg war alt und wurde selten benutzt, das sah er. Es dauerte nicht lange, und sie erreichten eine seltsame Lichtung, umgeben von hohen, alten Olivenbäumen. In der Mitte der Lichtung stand ein zerfallenes Haus ohne Wände. Am anderen Ende sah er ein kleines Steingebäude mit einem Glasdach. Aber direkt gegenüber bot sich ihm ein sehr bemerkenswerter Anblick. Der Tempel erinnerte Christopher an die Kirchen in Nairobi.

»Ein alter Diener ist hier«, flüsterte Deborah, »aber er ist taub. Möchtest du hineingehen?«

Sie näherten sich langsam der Steinfassade, in die Buchstaben gemeißelt waren, die keines der beiden Kinder lesen konnte. Dann stiegen sie die Stufen empor. Christopher hatte erwartet, im Innern Menschen zu sehen, aber zu seiner Überraschung war alles leer bis auf einen großen Steinblock in der Mitte. Eine merkwürdige Flamme flackerte an dem einen Ende.

»Sieh dir das an«, flüsterte Deborah. Sie nahm Christopher an der Hand und führte ihn zu einer Wand. Im dämmrigen Licht betrachteten sie einen riesigen Wandteppich in einem Holzrahmen.

Christopher staunte voll Ehrfurcht. Er hatte keine Vorstellung, was das sein mochte. Es sah wie ein Bild aus, aber das war es nicht. Die Bäume, Gräser und der Himmel wirkten so echt. Die goldenen Augen des Leoparden funkelten gefährlich durch riesige Farnwedel, und er zitterte. Und da war sogar der Mount Kenia!

Deborah fühlte sich immer gebannt von einer Stelle des Wandteppichs angesprochen. Sie lag etwas aus der Mitte und wirkte irgendwie merkwürdig, als sei es ein nachträglicher Einfall gewesen.

Dort stand ein Mann, der aus dem Bergnebel auftauchte. Es sah aus, als versteckte er sich hinter Lianen und herabhängendem Moos. Er blickte sie aus der Stoffwelt mit dunklen, ernsten Augen an. Der Mann sah gut aus, fand Deborah. Er hatte eine hohe Stirn und eine große, gerade Nase. *Vielleicht ist er ein Prinz aus einem Märchen,* dachte sie. Er hatte eine dunkle Haut, aber keine schwarze wie die Afrikaner. Sie hatte keine Vorstellung, wer er sein mochte, oder warum er in den Dschungel der Fäden und Garne gebannt war ...

Deborah warf einen Blick auf den Jungen an ihrer Seite. Sie sah, wie beeindruckt er war und dass er sich in dem gespenstischen Tempel nicht fürchtete. Sie freute sich darüber. »Du bist sehr mutig«, flüsterte sie, »du musst ein richtiger Krieger sein!«

Christopher sah sie an. Dann streckte er den Brustkorb ein wenig vor und sagte: »Das bin ich auch.«
Sie verließen das Mausoleum mit dem unheimlichen, stummen Steinblock. Sie ahnten auch nicht, was die merkwürdigen, schwachen rostroten Flecken auf dem Boden zu bedeuten hatten, und liefen zu dem Gebäude mit dem Glasdach. Es war eine Ruine; das Glas war zerbrochen, und im Innern lagen nur vertrocknete Pflanzen. Deborah und Christopher blieben an der Tür stehen. Aber von dort sahen sie etwas, das wie ein von Ranken und Unkraut überwuchertes Bett wirkte.
»Was möchtest du jetzt machen?«, fragte Deborah, als sie wieder auf dem Pfad in der Sonne waren. »Hast du Hunger?«
Christopher konnte sich an keine Zeit erinnern, in der er *nicht* Hunger gehabt hätte. Als Deborah vorschlug, in das große Haus zu gehen und zu sehen, was es in der Küche gab, lief ihm das Wasser im Mund zusammen. Plötzlich freute er sich, dass er zu dem kleinen Mädchen gegangen war, das am Flussufer gelegen hatte.
Sie entdeckten noch ofenwarme süße Brötchen und eine Kanne mit kalter Milch. Sie aßen die Brötchen mit den Fingern und wischten sich die Hände an ihren Sachen ab. Dann sagte Deborah: »Möchtest du meinen Lieblingsplatz sehen? Er ist ein großes *Geheimnis*. Niemand weiß etwas davon, noch nicht einmal Terry Donald!«
»Ja«, sagte Christopher und kam sich sehr wichtig und bedeutsam vor. Er freute sich über das Abenteuer mit dem weißen Mädchen. Er spürte das große Gebäude über und um sich herum und fragte sich, wie es wohl sein mochte, in einem so prächtigen Haus zu wohnen mit einer Küche, in der es so viel zu essen gab, wie man wollte ...
Deborah nahm Christopher wieder an der Hand und führte ihn durch den unbenutzten Speisesaal, durch das Wohnzimmer und die Treppe hinauf zu den geheimnisvollen verschlossenen Türen im ersten Stock.

Mona klopfte sich den Staub von der Hose und nahm den Strohhut ab. Als sie ihn an den Haken hinter der Küchentür hängte, sah sie, dass Solomon nicht das Mittagessen zubereitet hatte, was eigentlich seine Pflicht war. Nur ein Tablett mit noch warmen Milchbrötchen wies darauf hin, dass der Hausboy einige seiner alltäglichen Arbeiten am Vormittag verrichtet hatte. Das überraschte Mona nicht. Seit der Wahl Jomo Kenyattas zum Premierminister im Juni erfüllte der alte Solomon seine Aufgaben immer nachlässiger.

Aber das war nicht nur bei Solomon so – auch das wusste Mona. Eine neue Seuche erfasste die afrikanische Bevölkerung Kenias: Überheblichkeit und Gier.

Mona warf einen Blick auf die Post, die aus Briefen von Kreditgebern und Banken bestand und Kaufangeboten für BELLATU. Sie dachte über die unglückliche Situation nach, in der sich die Kolonie befand.

Zwar hatte man 1956 den Mau-Mau-Aufstand niedergeschlagen und ein Ende der Feindseligkeiten erreicht. Aber in Wirklichkeit war es ein Pyrrhussieg für die Briten gewesen. Vielleicht hatten die Mau-Mau den Kampf verloren, aber jetzt, am Vorabend der Unabhängigkeit Kenias, schien es Mona, dass die Mau-Mau den Krieg im Grunde genommen gewonnen hatten. 1957 wählten die Afrikaner zum ersten Mal, und viele Sitze im Parlament gingen an ihre Kandidaten. Dann begann der Ruf nach Selbstverwaltung. Die Regierung Ihrer Majestät entwarf einen Plan der schrittweisen Übergabe der Macht an die Afrikaner. Die endgültige Unabhängigkeit sollte etwa in zwanzig Jahren erreicht sein. Aber die folgenden Ereignisse zwangen die britische Regierung zur völligen Änderung dieser Politik – sehr zur Bitterkeit und zum Entsetzen der weißen Siedler; sie hatten das Gefühl, verraten und ›verkauft‹ worden zu sein.

Der grausame Bürgerkrieg 1960 in Belgisch-Kongo ließ viele Weiße mit Wagen und Zug aus dem Land fliehen. Nicht wenige flüchteten nach Kenia und lösten bei den Siedlern Panik mit der Vorstellung aus, diese Rebellion verbreite sich über ganz Afrika. Und damals – also vor drei Jahren – begann der Exodus der Weißen aus Kenia.

Als Nächstes wurde unerwartet Jomo Kenyatta aus dem Gefängnis entlassen – London hatte versichert, dass dies *nie* der Fall sein werde. Aber im Land sah es wieder nach einem erneuten Ausbruch der Feindseligkeiten aus – es lag eine Mau-Mau-Atmosphäre in der Luft. Die Regierung Ihrer Majestät informierte die Siedler mit Bedauern, dass es keine zweite militärische Unterstützung geben werde. Es sei das Beste, auf die Kolonie zu verzichten.

Und so war Jomo Kenyatta, der ›Teufel‹, wie man ihn nannte, der ›Führer in den Tod und in die Dunkelheit‹ plötzlich ein freier Mann und genoss größte Popularität. Die afrikanischen Wähler stimmten sofort für Jomo Kenyatta, denn er war ein Symbol für *Uhuru* und stand an der Spitze von KANU, der neuen, mächtigen afrikanischen Partei. Als er erklärte, in Kenia werde bald Rassenintegration herrschen – in Schulen, Hotels, Restaurants –, nahm der Exodus der Weißen zu.

Weitere, Mau-Mau-ähnliche Vorfälle und der wachsende Druck der afrikanischen Delegation bei der Lancaster-Konferenz erreichten schließlich eine folgenschwere politische Änderung bei der Regierung Ihrer Majestät. Anstelle einer multirassischen Verfassung für Kenia garantierte London den Afrikanern die afrikanische Mehrheit mit einem Wahlrecht nach dem Grundsatz: ein Mann, eine Stimme. Als Ergebnis stand nach den letzten Wahlen Jomo Kenyatta als Kenias erster Premierminister an der Spitze einer Koalitionsregierung!

Unter einer solchen Regierung wollten die meisten Weißen nicht leben.

»Entschuldigen Sie, Mrs. Treverton.«

Mona hob den Kopf und sah Mrs. Waddell, die Gouvernante, in die Küche kommen. Ihr rundes Gesicht glühte, und sie atmete schwer, als sei sie schnell und weit gelaufen. »Sie ist wieder verschwunden«, erklärte die Frau und meinte damit die unbändige, flinke Deborah.

Mona legte die Briefe auf den Tisch und stand auf, um Tee zu machen. So war das Leben im ›neuen Kenia‹: Die Hausboys verlangten mehr Lohn für weniger Arbeit und liefen mitten am Tag davon, wenn sie Lust dazu hatten, und überließen es ihren Arbeitgebern, Tee zu kochen. Seit Jomo Kenyatta Premierminister war, änderten Solomon und viele andere wie er ihr Wesen. Solomon ließ sich keine Befehle mehr von Mona geben und vernachlässigte seine Pflichten nach eigenem Belieben. »In zwei Monaten sind wir gleichgestellt, *Memsaab*«, hatte er gesagt und auf den langen weißen *Kanzu* und die rote Weste gedeutet, »Sie werden mir von jetzt ab Hosen geben müssen.« Gewiss saß er heute Vormittag in Nyeri und trank. So sah es mit Kenia inzwischen aus.

»Haben Sie Deborah unten am Fluss gesucht?«, fragte Mona die Gouvernante.

»Ja, Mrs. Treverton. Aber ich habe Ihre Tochter nirgends gesehen.«

Mona zog die Stirn in Falten, als sie einige Löffel *Countess Treverton Tea* in die Kanne gab. Bis vor kurzem hatte sie sich nicht viel um Deborah kümmern müssen. Die Kleine lebte beinahe ständig in der Tagesschule für Mädchen in Nyeri. Aber jetzt galt für die Schulen Rassenintegration; die weißen Siedler nahmen ihre Kinder aus den Schulen, die gezwungenermaßen die Pforten schließen mussten. Deborah musste deshalb zu Hause unterrichtet werden.

Mona wollte ihre Tochter aber nicht zu Hause haben.

»Könnten Sie mir vielleicht sagen, wo ich noch suchen soll, Mrs. Treverton?«

Die Anrede ›Mrs.‹ war Wunsch der Gouvernante. Mona dachte, Mrs. Waddell fühle sich dann besser, da es ihrer Arbeit mehr Ansehen verlieh. Natürlich wusste sie, dass Mona nicht verheiratet und das Kind unehelich war, für die ganze Kolonie ein offenes Geheimnis.
Mona wusste nur wenig von der Nacht, in der David umgekommen war. Man erzählte ihr später, sie sei für kurze Zeit nicht ganz bei Sinnen gewesen. Tim habe sie gefunden, als sie in den Sachen ihrer Mutter irgendetwas suchte. Mona erinnerte sich nicht daran, dass Tim mit ihr geschlafen hatte. Er sprach nie darüber und deutete auch nicht an, dass er eine Wiederholung wünsche. Wie vor den Kopf geschlagen, stellte Mona aber drei Monate später fest, dass sie schwanger war.
Tim hatte diese Nachricht in größte Verlegenheit gebracht. Ritterlich machte er ihr einen gemurmelten Heiratsantrag. Und zu seiner unendlichen Erleichterung lehnte Mona ab. Sie erklärte, sie liebten sich nicht, und da sie beide nicht zur Ehe bereit wären, sei es nicht nötig und im Grunde genommen unpraktisch. Gleichgültig ertrug sie in den nächsten sechs Monaten die Schwangerschaft und nannte ihre Tochter nach einer Romangestalt, wie ihre Mutter es mit ihr getan hatte. Als Tante Grace ihr das Neugeborene in den Arm legte, spürte Mona keine Liebe für das Kind.
»Eine böse Überraschung!«, sagte Mrs. Waddell.
Mona sah sie an. Die Gouvernante hatte etwas erzählt, aber Mona hörte nicht zu. Gewiss handelte es sich um neue Klagen, denn Mrs. Waddell hielt es offenbar für ihre Pflicht, Mona über alle ›Vorkommnisse‹ auf dem Laufenden zu halten.
»Da standen wir also«, fuhr sie fort, »Gladys Ormsby und ich mit dem platten Reifen am Straßenrand. Endlich kommt ein Lastwagen mit Afrikanern. Aber anstatt uns zu helfen, wie sie es früher getan hätten, riefen sie frech: ›Aus dem Weg, ihr weißen Weiber!‹«
Mona stellte den Tee auf den Tisch und fand in einer Dose ein paar Kekse, die sie mit den süßen Brötchen auf den Tisch stellte. Sie setzte sich mit der Gouvernante.
»Können Sie sich das vorstellen?«, fragte Mrs. Waddell und schenkte sich ein. »Sie geben über eine Viertelmillion Pfund aus, um das Parlamentsgebäude zu vergrößern. Die afrikanischen Abgeordneten verlangen das. Na ja, ich sage immer: Heiße Luft braucht viel Platz!«
Mona blickte aus dem Fenster. Sie sah das Sonnenlicht auf den staubigen Blumen, das gelbe Gras und das Unkraut. Sie konnte nicht genügend Leu-

te für die Arbeit in der Kaffeeplantage bezahlen. Sie hatte einfach nicht das Geld für einen guten Gärtner.

»Haben Sie gehört, dass Tom Westfall verkauft hat? Dazu noch an einen Kikuju! Also, das ist auch das Ende *dieser* Farm.«

Mona wusste, worauf Mrs. Waddell anspielte. Bei dem schnellen Wechsel – die Afrikaner rissen sich um das Land, und die Weißen ließen alles Hals über Kopf im Stich – wirkte sich das für die Farmen katastrophal aus. Kenyatta hatte verkündet, dass dreißigtausend Afrikaner das Land von Weißen noch vor der Unabhängigkeit bekommen sollten, um eine zweite Mau-Mau-Welle zu verhindern. Das war vor drei Monaten gewesen. Die britische Regierung hatte zweihundert weißen Familien im Rift Valley Entschädigungen gezahlt. Die Siedler hatten die Farmen verlassen, die sie vor vielen Jahren mit den eigenen Händen dem Land abgerungen hatten. Die Afrikaner fielen jetzt schneller ein als Heuschrecken.

»Ich habe gehört, es ist einfach eine Katastrophe«, erzählte Mrs. Waddell, »Hühner sitzen auf Kaminen und sie halten Ziegen in Schlafzimmern! Natürlich reparieren sie nichts. Ich habe mir in der letzten Woche das Haus der Colliers angesehen – einfach schockierend! Die Rosen der armen Trudie sind alle zertrampelt. Ihr Gemüsegarten ist völlig zerstört. Überall nur zerbrochene Fenster und herausgerissene Türen. Mitten in ihrem Wohnzimmer brannte ein Holzkohlenfeuer! Bei dem Anblick würde ihr das Herz brechen. Aber Trudie ist jetzt in Rhodesien und hat es geschafft. Ich frage Sie, Mrs. Treverton, wenn es schon jetzt so schlimm aussieht, wie soll es erst *nach* der Unabhängigkeit werden?«

Mona wusste es nicht. Aber die Weißen, die noch in Kenia waren, beschäftigte zurzeit diese Frage am meisten. Tag für Tag wurden mehr Afrikaner, die früher gehorsam und unterwürfig waren, unverschämt und frech. Sie hörte, dass Weiße gezwungen wurden, die Gehwege zu verlassen, und man ihnen Schimpfworte nachrief. Man stahl ihnen das Vieh am helllichten Tag. Die Afrikaner waren plötzlich außer Rand und Band. Die Unabhängigkeit machte sie trunken wie hochprozentiger Alkohol. »Hier sind *wir* jetzt zu Hause«, hieß das Motto, »die Weißen sollen verschwinden, denn wir dulden sie nicht länger!«

War das die schöne Zukunft, die David für sich und Mona prophezeit hatte?

»Im Dezember«, sagte die Gouvernante, »wird die britische Polizei ihre Macht den Afrikanern übergeben. Wen sollen wir *dann* rufen, wenn es Schwierigkeiten gibt?«

Aus diesem Grund hatte Alice Hopkins ihre riesige Ranch im Rift verkauft — Alice hatte sie gerettet, als sie erst sechzehn war —, und war nach Australien ausgewandert. Sie sah schreckliche Zeiten voraus, in denen die Afrikaner ohne den Arm des englischen Gesetzes gegen die Weißen einen Rache- und Vergeltungsfeldzug führen würden.

Tim wollte seiner Schwester auf die neue Farm folgen, wo sie Schafe züchten würde.

»Verkauf, Mona«, hatte er gesagt, »du überlebst hier nicht. BELLATU hat seit Jahren keine Gewinne mehr abgeworfen. Überlass die Plantage den Wogs. Komm mit nach Tasmanien und wohne bei Alice und mir.«

Aber Mona wollte nicht verkaufen. Und wenn sie die einzige Weiße in Kenia sein würde, sie würde nie verkaufen ...

»Tja, Mrs. Treverton«, sagte die Gouvernante und trank den Tee aus. Sie wünschte sich, es hätte Sandwiches dazu gegeben, wie sich das eigentlich gehörte. »Ich glaube, ich sollte es Ihnen jetzt schon sagen. Mein Mann und ich haben beschlossen, nach Südafrika zu meiner Tochter zu ziehen. Wir leben jetzt schon dreißig Jahre in Kenia, wissen Sie. Unsere Kinder sind hier geboren worden. Wir haben die Wildnis in ein Paradies verwandelt. Aus dem steinharten Boden haben wir fruchtbare Felder gemacht. Wir haben Kapital und Industrie in die Kolonie geholt, aber wir sind hier nicht länger erwünscht. Wir haben unser Haus Afrikanern verkauft. Ich möchte nicht mehr hier sein und mit ansehen, was sie daraus machen.«

Das überraschte Mona nicht. Mrs. Waddell war die dritte Gouvernante für Deborah in den wenigen Monaten. Kenia war ein sinkendes Schiff, das alle verließen.

»Wann wollen Sie abreisen?«

»In zwei Wochen. Ich wollte Ihnen nur rechtzeitig Bescheid sagen wegen Ihrer Tochter.«

Als Mona nichts sagte, sondern weiter schwieg, nahm Mrs. Waddell noch einen Keks und zuckte in Gedanken die Schultern. Mrs. Treverton war schon recht merkwürdig, fand die Gouvernante. Sie wohnte hier auf diesem heruntergekommenen, alten riesigen Anwesen und kämpfte darum, die Plantage zu halten, obwohl doch ein Blinder sah, wie vergeblich es war. Mrs. Treverton konnte nicht genug Arbeitskräfte einstellen, denn die Leute verlangten höhere Löhne. Als Ergebnis wurde die Qualität des Kaffees immer schlechter, und deshalb konnte sie die kärgliche Ernte nur zu schlechten Preisen verkaufen. Für Mrs. Waddell war es ein Rätsel, weshalb Mona Trever-

ton sich so hartnäckig an eine unrentable Plantage klammerte, ganz allein in diesem riesigen, leeren Haus wohnte, ohne Mann nur mit einem wilden, unehelichen Kind, obwohl scharenweise Afrikaner die Treverton-Plantage und BELLATU kaufen wollten.
Wenn Mona zu einer Erklärung bereit gewesen wäre, hätte sie geantwortet: »Ich bleibe, weil mir außer BELLATU nichts geblieben ist. Ich habe nichts mehr als das unparteiische, nicht urteilende Land.« In Monas einsamem Leben gab es keine Menschen; sie hatte keine Freunde. Es gab niemanden, an dem ihr etwas lag. Alle Liebe, Mitgefühl oder Zuneigung, die sie einmal empfunden hatte, war mit David und ihrem Töchterchen gestorben.
Als man Mona am Morgen nach der unheilvollen Nacht von der seltsamen Flucht in das Schlafzimmer ihrer Mutter erzählt hatte — in einem Zustand momentaner geistiger Verwirrung —, spürte sie nur noch einen kalten Schmerz in der Brust. Und sie wusste, dieser Schmerz würde sie nie mehr verlassen.
Mona überwand nicht ihren Kummer wie Tante Grace, die ein halbes Jahr um James Donald trauerte. Monas unbezwingbare Tante überließ sich sechs Monate ihrem großen Leid, dann riss sie sich zusammen, gab sich einen Ruck, übernahm wieder die Führung der Mission und kümmerte sich seitdem mehr denn je um die pflegebedürftigen Menschen. Grace besaß die beneidenswerte Fähigkeit, ihre Liebe nachwachsen zu lassen wie eine Eidechse den abgestoßenen Schwanz, fand Mona. Aber Monas einmal durchschnittene Liebe erneuerte sich nicht. Ohne Liebe konnte es in ihrem Leben keine Menschen geben, sondern nur die Plantage. Plötzlich begriff sie, weshalb ihre Mutter nach Carlo Nobilis Tod den Selbstmord als Ausweg gewählt hatte.
Mona besaß nicht den Mut, sich das Leben zu nehmen, aber sie praktizierte trotzdem eine Art Selbstmord. Sie sah hin und wieder ihre Tante, selten Geoffrey oder Tim. Sie führte ein völlig zurückgezogenes Leben und widmete sich den fünftausend Acres Land und den kümmerlichen Kaffeebäumen, die ihr geblieben waren. Deborah, ihr Kind, übergab sie noch am Tag der Geburt einer Kinderschwester. Und von da an berührte Mona ihr Töchterchen nicht mehr. Das Kind war das Ergebnis, so glaubte sie, eines sterilen, beinahe perversen Akts und hatte im Grunde nicht das Recht zu leben.
Aber jetzt war Deborah zu Hause, weil die Schulen für Weiße geschlossen hatten, und die Gouvernanten blieben nicht lange. Mona sah sich plötzlich in einer sehr unangenehmen Lage.

»Entschuldigen Sie, wenn ich das sage«, Mrs. Waddell machte noch einen Vorstoß, »Sie sollten auch verkaufen und mit uns anderen Kenia verlassen, Mrs. Treverton. Im nächsten Dezember herrscht hier kein gesundes Klima mehr für Leute mit einer weißen Haut.«
Aber Mona erwiderte: »Ich werde nie verkaufen!«, und räumte die Tassen vom Tisch. »Ich bin in Kenia geboren. Dies ist mein Zuhause. Mein Vater hat mehr für dieses Land getan als eine Million Afrikaner. Er hat Kenia *gemacht*, Mrs. Waddell. Ich habe mehr Recht, in diesem Land zu sein, als die Leute da draußen, die ihr Leben lang nur in Lehmhütten gehaust haben.«
Mona stand am Spülbecken und drehte sich langsam herum. In ihren schwarzen Augen lag ein seltsames Leuchten, aber sie sprach sehr ruhig weiter: »Die Afrikaner sollten gehen. Sie verdienen nicht dieses reiche und schöne Land. Sie haben nichts getan, um Kenia zu verdienen. Sie wollen es nur ausbeuten und zerstören. Als mein Vater hierher kam, lebten sie in Hütten aus Lehm und Kuhmist. Sie haben Felle getragen und wie seit Jahrhunderten ein kärgliches Dasein geführt. Sie hatten nichts anderes im Kopf als das nächste Trinkgelage. Heute würde ihr Leben immer noch so aussehen, wenn wir Weiße nicht nach Kenia gekommen wären. Wir haben Farmen angelegt, Dämme gebaut, Straßen asphaltiert, sie medizinisch versorgt und ihnen Bücher zum Lernen gegeben! Wir haben Kenia auf die Karte gebracht, und *sie* sagen *uns,* wir sollen gehen!«
Mrs. Waddell sah ihre Arbeitgeberin fassungslos an. So viele Worte hatte sie noch nie auf einmal aus dem Mund von Mrs. Treverton gehört. Und dann die Emotion hinter den Worten! Wer hätte das von einem Menschen gedacht, den man in der Kolonie für kalt und gefühllos hielt?
Die Gouvernante erinnerte sich plötzlich an etwas, das sie vor Jahren gehört hatte – eine Klatschgeschichte über eine Affäre von Mona Treverton mit einem Afrikaner. Aber selbst Mrs. Waddell, die sich solche unanständigen Gerüchte hin und wieder durchaus gern erzählen ließ, konnte diese widerliche Geschichte nicht glauben. Das war doch undenkbar: Die Tochter des Earl ging mit ihrem Kikuju-Verwalter ins Bett!
Aber als sie jetzt die Bitterkeit in Mrs. Trevertons Stimme hörte und die Leidenschaft in ihren Augen sah, erkannte Mrs. Waddell, dass diese Frau einen besonders tief sitzenden Hass auf die Afrikaner hatte. Deshalb fragte sie sich, ob an dem schrecklichen Gerücht vielleicht doch etwas dran war ...
Die Gouvernante verabschiedete sich schließlich, und Mona war wieder allein. Sie stand am Spülbecken und umklammerte den Rand wie eine

Ertrinkende den Rettungsring. Der alte Schmerz in der Brust überfiel sie wieder. Er stieg höher und würgte sie. Sie konnte nicht mehr atmen; sie glaubte zu ersticken.

Aber sie kämpfte dagegen an und hatte sich bald wieder unter Kontrolle. Vor neun Jahren nach Davids Tod hatten diese Anfälle Grace alarmiert. Sie hatte ihrer Nichte ein EKG gemacht, aber Monas Herz – ihr *physisches* Herz – war in bester Verfassung. Der ständige Schmerz und die Atemnot hatten eine psychische Ursache, die Graces moderne Medizin nicht heilen konnte.

»Du darfst deine Tränen nicht zurückhalten, Mona«, hatte Grace zu ihr gesagt, »das staut sich alles in dir auf und das ist nicht gut.«

Aber Mona konnte nicht mehr weinen. Als David in ihren Armen starb, hatte sich graues Entsetzen wie eine undurchdringliche Hülle um sie gelegt. Daran hatte sich auch lange nach Davids Begräbnis und dem Ende der Mau-Mau-Kämpfe nichts geändert. Nach der Nacht mit Tim hatte Mona keine einzige Träne für David und ihr totes Töchterchen weinen können.

Mona hörte über sich ein Geräusch.

Sie blickte zur Decke hinauf und lauschte.

Noch ein Laut und dann hörte sie gedämpfte Stimmen.

Im Schlafzimmer ihrer Eltern!

Mona lief aus der Küche und die Treppe hinauf.

Deborah hatte in der Schule gelernt, mit Schlössern und Schlüsseln umzugehen. Es gehörte zu den Lektionen, wie man die Schnürsenkel von Schuhen bindet, sich selbst Milch in einen Becher gießt und eine Schere vorsichtig in der Hand hielt. Als sie vor ein paar Monaten allein im Haus war, machte sie Erkundungsstreifzüge. In einem Schrank entdeckte sie einen Bund mit alten, angelaufenen Schlüsseln. Sie hatte sie in die verschiedenen Schlösser gesteckt, wie sie das von Miss Naismith gelernt hatte, und es gelang ihr, die Tür zu diesem wunderbaren und märchenhaften Schlafzimmer zu öffnen.

Als Deborah zum ersten Mal das Himmelbett mit den Volants sah, die Bank in der Fensternische voller Satinkissen und den verstaubten Toilettentisch, auf dem schöne alte Fläschchen standen, glaubte sie, in das geheime Turmzimmer einer Märchenprinzessin geraten zu sein. Aber dann stellte sie fest, dass hier niemand lebte, und deshalb dachte Deborah, sie könnte sich die wunderbaren Schätze genauer ansehen.

Sie entdeckte alte, mit Münzen besetzte Roben, Kleider aus Spitze und Tüll, Kopfschmuck aus Edelsteinen und Federboas. Sie spielte mit getrockneter Wimperntusche und Lippenstiften, die bei der Berührung in Staub zerfielen. Sie öffnete die kleinen Flaschen und roch den zarten Duft erlesener Parfüms. In ihrer kindlichen Fantasie dachte sie an Rapunzel und Dornröschen und fragte sich, welche verzauberte Prinzessin hier wohl einmal gelebt haben mochte ...

Jetzt zeigte sie das geheimnisvolle Zimmer ihrem neuen Freund Christopher Mathenge.

Sie saßen auf dem Boden und betrachteten die ›Papierkiste‹, wie Deborah sie nannte. Es war ein kleines Holzkästchen mit vielen vergilbten Fotos, Briefen, Grußkarten und Erinnerungen an Ereignisse, von denen Deborah nichts wusste. Sie hatte auch keine Ahnung, wer die Leute auf den Fotos sein mochten, und deshalb erfand sie Namen und Geschichten für sie.

»Das bin ich«, sagte sie und zeigte Christopher ein Foto. Deborah hatte entschlossen, sich mit dem kleinen Mädchen in den merkwürdigen Kleidern und einem altmodischen Tropenhelm auf dem Kopf zu identifizieren. Sie ahnte nicht, dass dieses Mädchen ihr tatsächlich sehr ähnlich sah. Die Kleine saß unter Bäumen neben einer blonden traurig blickenden Frau, die ein Äffchen auf dem Schoß hatte. Von den Gesichtern ging etwas Besonderes aus, und Deborah konnte sie stundenlang betrachten. Die beiden schienen so unglücklich zu sein. Auf der Rückseite des Fotos stand: *Rose und Tochter, 1927.*

»Oh!«, rief Deborah und zog ein kleines Buch aus dem Kistchen. »Hier ist einer, der könntest *du* sein! Siehst du? Du siehst genauso aus wie er!«

Christopher sah überrascht, dass Deborah ihm einen Ausweis reichte, wie ihn seine Mutter jahrelang gehabt hatte. Er betrachtete das Gesicht auf dem Bild.

»Wer ist das?«, fragte Deborah, »kannst du den Namen lesen?«

Christopher war verblüfft. Der Mann hieß *David Mathenge.*

»Aber das ist doch *dein Nachname!*«, rief Deborah. Sie wusste nicht viel über Nachnamen und ahnte nicht, dass sie eigentlich den Nachnamen ihres Vaters haben müsste. Deborah wusste nichts über Ehen, Väter und dass Frauen den Nachnamen wechselten, wenn sie heirateten. Sie glaubte, so wie sie mit ihrer Mutter zusammen lebte, sei das bei allen Müttern und Töchtern.

Christopher konnte die Augen nicht von dem Foto wenden. Er sah die Ähn-

lichkeit, aber die Faszination reichte tiefer. In dem Ausweis stand als Adresse des Mannes: *Distrikt Nyeri*, und als seine Eltern: *Häuptling Solomon Mathenge und Wachera Mathenge.*
Christopher wusste nichts über seinen Vater – er kannte nicht seinen Namen, wer er gewesen, wann und warum er gestorben war. Seine Mutter wollte nie über ihn sprechen. Sie hatte Christopher und Sarah immer Geschichten erzählt – zuerst im Kamiti-Lager, an das sich Christopher kaum erinnerte, und wo seine Schwester Sarah geboren wurde, und dann später im Hola-Lager, wo sie fünf Jahre lebten. Aber seine Mutter erzählte immer nur Geschichten von seiner Großmutter, der Medizinfrau, und von dem Häuptling, der vor langer Zeit gelebt hatte, von dem *ersten* Mathenge. Aber dieser Mann, der David hieß ...
»Wenn du willst, kannst du es behalten«, sagte Deborah, als sie sah, wie Christopher sich nicht von dem Ausweis trennen wollte.
Er steckte ihn sich behutsam hinter den Bund seiner kurzen Hose. Deborah wollte gerade eine Schublade herausziehen, um noch mehr Schätze hervorzuholen, als das Licht, das durch die Tür fiel, plötzlich verschwand.

Mona war fassungslos.
Vor neun Jahren hatte sie dieses Zimmer verschlossen, und jetzt stand die Tür weit offen, und das Licht aus dem Gang fiel hinein. Vertraute Dinge, die sie so lange aus ihrem Gedächtnis verbannt hatte, überfielen sie wie Messerstiche und rüttelten ihre Erinnerung wach. Der Toilettentisch ihrer Mutter. Hier saß Rose stundenlang, ohne ihre Tochter zu beachten, und ließ sich von Njeri die platinblonden langen Haare bürsten. Valentines Nashornpeitsche hing an der Wand. Es war das Symbol seiner absoluten Gewalt über sie und BELLATU. Und dort stand das große Himmelbett, in dem Generationen von Trevertons gezeugt worden waren ... auch Mona, vor fünfundvierzig Jahren in England ... und ihre Tochter Deborah in der Nacht, als David gestorben war.
Mona blickte sprachlos auf das kleine barfüßige Mädchen mit den braunen Armen und Beinen und dem dichten schwarzen Haar, das ihren Kopf wie eine dunkelbraune Sonnenblume den Sonnenstrahlen entgegenhob. »Hallo, Mami«, rief das Kind.
Mona konnte nicht sprechen. Vor so vielen Jahren hatte sie diese Tür hinter sich geschlossen und den Schlüssel im Schloss umgedreht. Sie hatte all die unerträglichen Erinnerungen und ihre Dämonen dort eingesperrt. Sie

hatte diesem schrecklichen Raum mit den verstaubten Geheimnissen für immer den Rücken zugekehrt und sich als Frau von der Vergangenheit befreit. Sie fühlte sich sicher, solange die Dämonen nicht befreit würden ...
Aber jetzt stand die Tür drohend weit offen. Ein kleines Mädchen hatte die Sicherheit zerstört, und es lebte nur, weil David gestorben war.
»Wie kannst du es wagen!«, rief Mona.
Verwirrung zeigte sich auf Deborahs Gesicht. »Ich wollte nur meinem neuen Freund ...« Mehr konnte sie nicht sagen, denn ihre Mutter bückte sich, packte sie heftig und zog sie auf die Füße. Überrascht schrie Deborah laut. Als ihre Mutter ihr eine Ohrfeige geben wollte, versuchte sie, sich mit dem freien Arm zu schützen.
»Nein!«, rief Christopher auf Suaheli. »Halt!«
Mona hob den Kopf. Das Licht aus dem Gang fiel auf den afrikanischen Jungen. Sie starrte ihn an und ließ Deborah langsam los.
Sie runzelte die Stirn. »David?«, flüsterte sie.
Dann kamen die Erinnerungen wieder – alte, noch tiefer begrabene Erinnerungen: die brennende Operationshütte; der Halsschmuck aus Uganda. Der Boden unter ihren Füßen schien zu schwanken. Der kalte Schmerz legte sich ihr wieder auf die Brust und begann, sie zu würgen und zu ersticken. Sie tastete nach der Türklinke.
Deborah rieb sich den Arm und versuchte, nicht zu weinen. Sie sagte tapfer: »Das ist mein neuer Freund, Mami. Er heißt Christopher Mathenge und wohnt bei der Medizinfrau. Sie ist seine Großmutter.«
Mona bekam keine Luft. Sie presste die Hand auf die Brust. *Davids Sohn!*
Christopher starrte die Frau an der Tür mit großen, aufgerissenen Augen an. Sie sah ihn so merkwürdig an, und Tränen traten ihr in die Augen. Als sie einen Schritt auf ihn zuging, wich er zurück.
»David«, murmelte sie.
Er dachte an den Ausweis hinter dem Hosenbund.
Mona streckte die Hand aus. Christopher sprang rückwärts und stieß gegen einen der Bettpfosten.
Sie kam näher. Die beiden Kinder beobachteten sie angstvoll und wie gebannt. Mona streckte die Hände nach ihm aus, und Tränen liefen ihr über das Gesicht. Als sie dicht vor dem Jungen stand, hielten Deborah und Christopher den Atem an.
Dann sah Deborah zu ihrer Überraschung ein zärtliches Lächeln auf dem Gesicht ihrer Mutter, das sie nur kalt und unbewegt kannte.

»Davids Sohn«, flüsterte Mona sanft, und Staunen lag in ihrer Stimme.
Christopher drückte sich gegen den Bettpfosten und wappnete sich, als ihre Hände sanft sein Gesicht umschlossen.
Staunen lag in Monas Augen, die in Tränen schwammen, als sie die vertrauten, geliebten Züge vor sich sah: die Furche zwischen den Brauen, die mandelförmigen Augen, das energische Kinn, das Erbe der Massai-Krieger. Christopher war erst ein Junge, aber man konnte sehen, was für ein Mann er einmal sein würde. Und Mona wusste, er würde David einmal sehr ähnlich sein.
»Davids Sohn«, wiederholte sie noch einmal mit einem kummervollen Lächeln, »er lebt in dir. Er ist doch nicht tot ...«
Christophers Herz schlug wie rasend, als die Frau sich noch tiefer über ihn beugte. Er spürte die kühlen Hände auf seinen Wangen und sah sie dicht vor sich.
Dann küsste sie ihn sehr sanft auf den Mund.
Als Mona sich aufrichtete, schien sie zusammenzubrechen. Ein schmerzlicher Seufzer entrang sich ihrer Brust.
Sie berührte ihn noch einmal — fuhr ihm mit dem Finger von der Nasenwurzel bis zum Mundwinkel —, dann drehte sie sich um und lief aus dem Zimmer.

2

Geoffrey Donald begehrte nach all den Jahren Mona Treverton immer noch. Sie fuhren schnell über die Straße in die strahlende Äquatorsonne. Der Landrover schreckte Zebra- und Antilopenherden am Straßenrand auf. Geoffrey musste immer wieder auf die Frau neben sich blicken. Mona saß auf der vorderen Bank zwischen Tante Grace und ihm und blickte hinter der großen Sonnenbrille unbewegt geradeaus. Sie hatte in den letzten Wochen abgenommen und war blass geworden. Geoffrey ahnte nicht, aus welchen Gründen, aber er fand sie so noch attraktiver. *Mona ist mit fünfundvierzig so anziehend wie eh und je,* dachte er.

Zorn und die Bitterkeit auf sie, als sein Vater in dieser unglückseligen Nacht starb, hatten sich inzwischen gelegt. Die Trauer war im Laufe der Jahre verblasst und das alte Verlangen nach ihr wieder erwacht. Seine Frau wurde von Jahr zu Jahr unförmiger und vernachlässigte sich seit der Geburt von Terry, ihrem letzten Kind, immer mehr. Mona ermunterte ihn natürlich nicht. Sie schien ihn nicht einmal wahrzunehmen. Es bestand aus ihrer Sicht zwischen ihnen nur eine höfliche, beinahe lästige Beziehung. Aber genau das machte sie so faszinierend – diese Zurückhaltung und Unnahbarkeit. Geoffrey Donald war mit einundfünfzig ein rauer, schlanker, sonnengebräunter Mann mit den ersten weißen Haaren. Viele seiner Klientinnen ließen sich von seinem Charme verführen. Er machte zahllose und mühelose Eroberungen. Aber diese schnellen Romanzen fand er inzwischen langweilig. Monas offenkundige Gleichgültigkeit und die neun Jahre, in denen sie ohne einen Mann auskam, machten das ›Wild‹ für Geoffrey Donald plötzlich wieder interessant und erregend. Als sie einwilligte, mit auf diese Safari in die Massai-Wildnis zu kommen, glühte er vor neuem Verlangen und Hoffnungen.

Er hatte sich geschworen: *Am Ende der Fahrt wartet eine Überraschung auf Mona ...*

Sie fuhren zu dem Kilima-Simba-Safari-Camp. Es war ein einsam gelegenes Lager inmitten von Felsen etwa zwanzig Meilen vom Fluss des Kilimandscharo entfernt und lag im Amboseli-Tierreservat. Die unendliche Wildnis gehörte den Massai und unterlag ihrer Aufsicht. Sie weideten hier auch ihre Herden. Die Straße, auf der Geoffrey jetzt durch den heißen Tag fuhr, während Deborah und Terry auf der Rückbank wie Mehlsäcke auf und ab hüpften, war nicht mehr als ein schmales, staubiges Band, das sich durch die flache, gelbe Savanne zog. In der Ferne ragte violett und schneebedeckt der Kilimandscharo hoch in den Himmel. Soweit das Auge reichte, waren keine Zeichen von Zivilisation zu sehen; breite, ausladende Dornenbäume standen verstreut in der Landschaft; Schwarzfersenantilopen und Buschböcke zogen durch die Steppe; Giraffen suchten in anmutiger Unbekümmertheit das Weite. Ein Rudel Löwen lagerte unter einem Baum. Hier war das größte Tiervorkommen in Afrika und Geoffrey wollte Kapital daraus schlagen.

»Eine Lodge in der Wildnis!«, hatte er Mona erklärt, »Zelte sind nicht für jeden das Verlockendste. Meine Kunden finden das Zeltlager vielleicht ein oder zwei Tage ganz nett. Aber wenn sie länger auf den Feldbetten liegen und mit Moskitos kämpfen müssen und es keine richtigen Toiletten gibt, vergeht ihnen die Lust auf die Romantik der Wildnis. Ich habe mir versucht auszudenken, wie man das verbessern könnte, um mehr Touristen hierher zu locken. Und dann hatte ich den richtigen Einfall: eine Hotelanlage mitten im afrikanischen Busch!«

Nur wenige von Geoffreys Freunden hielten diese Idee für gut. Die meisten glaubten, die Sache werde ein Reinfall, und erinnerten ihn daran, dass es nach Kenias Unabhängigkeit keinen Tourismus mehr hier geben würde. »Das ist dann kein sicheres Land mehr für Weiße«, sagten sie, »die ganze Welt weiß doch jetzt schon, welche Grausamkeiten in diesem Land ausbrechen werden, wenn die Regierung Ihrer Majestät sich zurückzieht.«

Aber Geoffrey sah das anders. »Der alte Jomo ist nicht verrückt und dumm«, erwiderte er, »er weiß, dass er uns braucht. Den Weißen gehören noch immer alle großen Firmen, die Banken und die Hotels in Kenia. Er weiß, dass er uns hier lassen muss! Und wir *müssen* zufrieden sein, wenn er eine stabile Wirtschaft für das Land haben will. Ohne uns, unsere Beziehungen, unser Kapital und unsere Technologie würde Kenia wie ein Kartenhaus zusammenfallen. Das wissen die Wogs sehr wohl!«

Die Richtigkeit seiner Worte zeigte sich bereits. In den fünf Monaten, in denen Kenyatta Premierminister war, hatten keine der von den Siedlern gefürchteten Racheakte stattgefunden. Zu ihrer großen Überraschung vertrat Kenyatta eine gemäßigte Politik und ein friedliches Miteinander der Rassen und bot dem europäischen Farmerverband sogar eine Partnerschaft an.

Trotzdem, so warnten Geoffrey Freunde, noch besaß Kenia nicht die volle Unabhängigkeit, noch waren die englischen Truppen hier stationiert. »Warte bis zum nächsten Monat«, sagten sie, »wenn die Afrikaner offiziell die Regierungsgeschäfte aufgenommen haben, *dann* wirst du erleben, was geschieht.«

Aber Geoffrey war entschlossen. Er spürte, wie sich der Wind drehte. Er verkaufte die Donald-Rinderranch in der Nähe von Nanyuki und ließ sich in Nairobi als Reiseveranstalter nieder. Er wohnte entweder in der luxuriösen Wohnung in den Parklands oder in seinem Haus in Nyeri bei seiner Frau Ilse und den Kindern. Geoffrey holte regelmäßig seine mutigen Urlauber am Flughafen ab und fuhr mit ihnen in einem Landroverkonvoi durch ganz Kenia.

Trotz Mau-Mau und der Angst der Siedler vor der Unabhängigkeit *kamen* Touristen nach Ostafrika – aber nur wie dünnes Rinnsal. Geoffrey wollte das Rinnsal in eine Flut verwandeln. Deshalb arbeitete er daran, seine Safaris verlockender zu machen. Zeltlager klangen zu sehr nach Entbehrungen, auch wenn genügend Afrikaner angeheuert waren, um die Zelte aufzuschlagen, erlesene Gerichte zu kochen, die Betten zu machen oder den Touristen die Wäsche zu waschen. Der Hauch von Abenteuer war schnell verbraucht und nicht wenige flogen nach Hause zurück und glaubten, für ihr Geld nicht genug geboten bekommen zu haben.

Da hatte er die Idee mit einer Hotelanlage im Busch – eine ›Safari-Lodge‹, so nannte er das. Es würde die erste ihrer Art sein mit richtigen Schlafzimmern, Speisesaal, freundlichem und höflichem Personal, einer Cocktailbar, wo die faulen Abenteurer die wilden Tiere beobachten konnten.

»In diesem Hotel können die Gäste in aller Sauberkeit leben, sich betrinken, und sie sind *sicher*«, erklärte er, »sie kommen sich wie ein Allan Quatermain vor, ohne von Tieren oder Eingeborenen bedroht zu werden. Sie sitzen gewissermaßen hinter Glas und blicken hinaus. Die Safari-Lodge ist weit von Nairobi und den Plätzen entfernt, wo die Mau-Mau gekämpft haben, und weit weg von Politik und Feindseligkeiten. Meine Touristen erleben das Kenia von vor fünfzig Jahren. Sie lernen das Land so kennen wie

unsere Eltern, als Kenia noch primitiv und unverdorben war, als die Weißen ein gepflegtes und elegantes Leben führten. Dafür sind die Leute bereit, viel Geld zu bezahlen, das garantiere ich!«
Geoffrey hatte sich dann darangemacht, jeden Winkel Kenias zu erkunden. Er hatte sich alles mit den Augen der Touristen angesehen, in den Wind geschnuppert, das Wild verfolgt und mit den ansässigen Hirten gesprochen. Er hatte sich für Amboseli wegen der Schönheit der Landschaft und dem schier unerschöpflichen Wildtierleben entschieden. Das Gelände hatte er von den Massai gepachtet. Dort stand jetzt sein Zeltlager. Anfang des neuen Jahres wollte er hier mit dem Bau des Hotels beginnen.
Er konnte es nicht erwarten, das Lager zu erreichen. Er würde Mona im Zelt neben sich einquartieren und ihr später, wenn alle bereits schliefen, einen Besuch abstatten ...
Bei jedem Satz und Ruck des Wagens klammerten sich die Kinder fest und schrien vor Begeisterung. Deborah und Terry saßen sich auf den seitlichen Bänken gegenüber. Die Leinwand war hochgerollt, und der Fahrtwind traf sie mit voller Wucht, als Terrys Vater den Landrover mit Vollgas über die Piste jagte. Deborahs unbändige Haare waren aus dem Gummiband geglitten und umflatterten ihren Kopf wie wilde Peitschenhiebe.
Es war ihre erste Safari; sie vermochte kaum, ihre Erregung zu bezähmen, wenn der Landrover durch Zebraherden jagte und die pferdeähnlichen Tiere schnaubend davonstoben. Deborah lachte und klatschte in die Hände. Sie drehte sich auf dem Sitz in alle Richtungen, sah Giraffen neben dem Wagen herlaufen und erschreckte Nashörner kehrtmachen und in einer Staubwolke das Weite suchen. Sie konnte einfach nicht genug bekommen: Falken kreisten am Himmel, Geier ließen sich von den Winden tragen, Löwen schliefen faul in der Hitze, die Webervögel bauten Nester in den Dornenbäumen. So viele wilde Tiere hatte sie noch nie gesehen, noch nie das weite Land und den endlosen Himmel. Es nahm ihr den Atem. Sie hatte nicht geahnt, dass Afrika so *groß* war.
Sie kamen auch an Rinderherden vorbei. Massai mit rot bemalten Leibern standen auf einem Bein und lehnten auf ihren Speeren. Es waren große, knochige Männer mit langen, geflochtenen Haaren. Sie trugen im Wind flatternde, hellrote *Shukas*, die über einer Schulter verknotet waren. Wenn der Wagen an ihnen vorbeifuhr, hoben sie die Hand zu einem freundlichen Gruß. Deborah und Terry winkten ihnen. Sie fanden diese Männer schrecklich aufregend und exotisch im Vergleich zu den verwestlichten Kikuju,

unter denen sie lebten. Sie winkten auch Onkel Tim und Onkel Ralph, die ihnen in einem Landrover mit allen Vorräten folgten.

Deborah beneidete ihren zehnjährigen Freund so sehr, dass es sie beinahe körperlich schmerzte. Terry hatte *großes* Glück! Sein Vater führte das aufregendste Leben und er nahm seinen Sohn mit auf Safaris, da die weiße Schule in Nairobi geschlossen und Terry noch zu jung für das Internat war, das seine Brüder und Schwestern besuchten. Terry kannte das Kilima-Simba-Safari-Camp bereits. Er war sogar mit seinem Vater auf Leopardenjagd gewesen. Deborah wünschte sich nur, Christopher und Sarah Mathenge hätten auch mitkommen können. Aber als Deborah ihre Mutter fragte, ob sie die beiden einladen dürfe, hatte sie nur ein abschlägiges Schweigen zur Antwort bekommen.

Deborah wollte aber ihren beiden neuen Freunden alles von dem wunderbaren Abenteuer berichten, wenn sie wieder in BELLATU waren. Sie hoffte auch, mit ihrer Box Brownie ein paar Fotos zu machen.

Als sie das Lager hungrig, müde und mit rotem Staub bedeckt erreichten, stand die Sonne schon am Horizont. Geoffreys Personal, junge Massai in Shorts und sauberen weißen Hemden, begrüßten die Reisenden, als sie aus dem Wagen sprangen und die schmerzenden Glieder streckten. Dann begann das langweilige Entladen des Gepäcks und der Vorräte.

Deborah breitete die Arme aus und drehte sich im Kreis. Es war einfach herrlich! Die scharfe Luft, die langen Schatten, die unvorstellbare Stille bis hin zum fernen, flachen Horizont − eine Welt ohne Mauern, ein Land ohne künstliche Baumreihen, eine Wildnis, die Überraschungen und Abenteuer verhieß. Der Kilimandscharo, fand Deborah, war tausendmal schöner als der alte Mount Kenia! Noch einmal sehnte sie sich danach, dieses Erlebnis mit Christopher Mathenge zu teilen.

»Seht ihr«, erklärte Geoffrey den Erwachsenen, als sie über den unebenen Boden zu den Zelten gingen, »Teil meiner Werbung wird sein, dass sich hier einmal Hemingways Lager befunden hat. Außerdem wurden hier die Außenaufnahmen von *The Snow of Kilimandjaro* gedreht und Teile von *King Solomon's Mines*. Das Eingeborenendorf, an dem wir vorübergekommen sind ..., also die Hütten waren die Kulisse für den Film. Dort drüben in der Nähe der großen Felsen soll das Haupthaus stehen ...«

Das Abendessen war einfach köstlich, fanden alle. Kellner in *Kanzus* und weißen Handschuhen servierten die Gänge zu den romantischen Aquarelltönen eines märchenhaften Sonnenuntergangs. Der Tisch war mit Porzellan und Silber gedeckt. Da es im äquatorialen Afrika keine Dämmerung gibt, wurden bei Einbruch der Nacht sofort Laternen entzündet, die ein angenehmes Licht verbreiteten. Das Zelt, in dem gegessen wurde, war sehr groß. Drei Gazewände erlaubten den Blick nach draußen, ohne mit Moskitos kämpfen zu müssen. Bei Consommé, Gazellenkoteletts und neuen Kartoffeln mit Sauce und Zitronensorbet entwickelte Geoffrey seinen Gästen ausführlich seine Pläne.

»Ich habe mehrere Geldgeber«, sagte er und ließ eine zweite Flasche Wein bringen, »darunter sogar einen berühmten Discjockey.«

Grace hob den Kopf. »Was ist ein Discjockey?«

Ralph sagte: »Ein Amerikaner«, und alle lachten.

Auch Mona musste lachen. Sie hatte die achtstündige Fahrt von Nyeri geschwiegen, sich wortlos kurz das Lager angesehen, sich gewaschen, in ihrem Zelt erfrischt und war zu den Drinks mit dem abweisenden Gesichtsausdruck in das Speisezelt zurückgekommen, den alle an ihr gut kannten. Aber jetzt nach den ersten Gläsern Wein in der Geborgenheit der Gruppe empfand auch sie die unermessliche Weite der Landschaft, das in der einsamen Savanne einzigartige Gefühl, der Welt enthoben zu sein, und sie taute langsam auf.

Geoffrey registrierte das als Erster.

»Es wird ›Wildrennen‹ geben, wie ich das nenne«, sagte er, zündete sich eine Zigarette an und lehnte sich zufrieden zurück. Als er die Geräusche der Nacht hörte – das Zirpen der Grillen und das Brüllen der Löwen ganz in der Nähe –, beglückwünschte er sich noch einmal für den außergewöhnlich klugen Schritt, wie er fand. Er hatte Afrikanern, die unbedingt kaufen wollten, die Rinderranch seines Vaters verkauft. Jetzt hatte er Geld für ein Unternehmen, das bestimmt einmal riesige Gewinne einbrachte. Als Weißer in Kenia, so dachte er, wollte er ein *reicher* Weißer sein.

»Die Touristen werden bei Sonnenaufgang geweckt und in den Landrovers umherkutschiert, damit sie das Wild fotografieren können, das immer in den frühen Morgenstunden unterwegs ist. Anschließend erwartet die Leute ein großes Frühstück und ein Tag am Swimmingpool. Am späten Nachmittag, wenn die Tiere wieder aufwachen und sich auf Nahrungssuche machen, können die Urlauber ein zweites ›Wildrennen‹ erleben. Als Verpflegung gibt es in den Landrovers Drinks und Sandwiches. Abends erwarten wir unsere Gäste in Gesellschaftskleidung zum Dinner und bieten ihnen eine gute Show mit einheimischen Massai-Tänzern.«

»Das klingt gut«, sagte sein Bruder Ralph, »wenn der alte Jomo das Land im Griff behält, sehe ich keinen Grund, dass das nicht funktionieren soll.« Ralph war im vergangenen Jahr nach Kenia zurückgekehrt, als Uganda unabhängig wurde. Präsident Obote hatte beschlossen, dass sein Land das britische System der Provinzen nicht mehr brauche, und hatte alle weißen Beamten entlassen. Ralph Donald, mit achtundvierzig noch immer Junggeselle, war Kommissar einer Provinz gewesen. Er hatte für seine Jahre im Dienst der Krone den *golden Bowler* bekommen, wie man hier sagte. Er leitete danach kurz einen Kontrollposten für die Konvois mit Flüchtlingen aus Belgisch-Kongo, die durch Uganda kamen. Dann kehrte er nach Kenia zurück, um seinem Bruder im neuen Touristengeschäft zu helfen. Er hatte weiße Haare und eine rötliche Haut. Einen Ruf hatte sich Ralph Donald als Elefantenjäger gemacht. Auch er hatte ein Auge auf Mona geworfen.
»Ich sehe das so«, sagte er, stopfte umständlich seine Pfeife und zündete sie an, »da so viele Weiße Kenia verlassen, geben wir, die wir bleiben, in Zukunft den Ton an. Wir können uns buchstäblich das Beste vom Besten aussuchen. Die Wogs werden sich verdutzt ansehen und feststellen, dass sie keine Ahnung haben, wie man ein Land regiert. Dann kommen sie zu uns und bitten uns um Hilfe.«
Grace hatte kaum etwas gegessen. Sie sah Ralph nachdenklich an. Sie konnte einfach nicht glauben, dass dieser egoistische Mann mit der borniertem Stimme ein Sohn von James sein sollte. »Ich frage mich«, sagte sie, »woher die Afrikaner das viele Geld haben, um die Farmen der Weißen zu kaufen. Wie ich gehört habe, ist die Norich-Hastings-Plantage für eine astronomische Summe verkauft worden!«
»Das ist kein Geheimnis, Tante Grace«, sagte Geoffrey, »es ist kein afrikanisches, sondern britisches Geld. Als die Regierung Ihrer Majestät uns hier alle im Stich ließ, als man erklärte, man werde nicht noch einmal Truppen schicken, wenn die Mau-Mau-Kämpfe wieder ausbrechen sollten, und sich *danach* bereit erklärte, den Schwarzen die Herrschaft zu überlassen, musste man in London einen Weg finden, um die Schuldgefühle zu besänftigen und den Leuten zu helfen, die man verraten hatte. Und so geschieht es: Geld aus England läuft durch die Weltbank und kommt über afrikanische Mittelsmänner in die Hände der Siedler. Der Siedler, der seine Farm aufgibt, packt zusammen und kehrt nach England zurück. Er nimmt das Geld natürlich mit. In manchen Fällen verlässt das Geld noch nicht einmal England!«
Ralph sagte: »Ich wette, die Wogs haben keine Ahnung, was da geschieht«,

und sah Mona an. Er dachte an den Tag vor vielen Jahren, als sie mit ihrer Tante nach Entebbe gekommen war, um seinen Vater nach Hause zu holen.
»Entschuldigt mich bitte«, sagte Grace und erhob sich,»ich bin müde und nicht an solche langen Fahrten gewöhnt.«
Geoffrey stand auch auf. Er fand, dass die dreiundsiebzigjährige Grace die Fahrt glänzend durchgehalten hatte. Er sagte: »Ich rufe dir einen Askari. Er soll dich zu deinem Zelt begleiten. Man darf nachts nie ohne Begleitung durch das Lager gehen. Tiere kommen hierher und sind manchmal sehr gefährlich.«
»Kann den Kindern nichts geschehen? Sie sind allein in ihrem Zelt.«
»Terry war schon einmal hier. Er sorgt dafür, dass Deborah nichts geschieht.«
Als Grace ein paar Minuten später allein war, seufzte sie und setzte sich auf das Bett. Das musste man Geoffrey lassen, die Zelte waren sehr bequem. Sie erinnerten sie an das Zeltlager, das Valentine 1919 errichtet hatte, als sie und Rose eintrafen und feststellten, dass man mit dem Bau des Hauses noch nicht einmal begonnen hatte.
Das ist so lange her, dachte sie, *so lange* ...
Grace musste daran denken, dass James morgen Geburtstag hatte. Er wäre fünfundsiebzig geworden.
Ein einsamer Wind fuhr durch die Leinwand, und die Laterne schwankte. Grace machte sich zum Schlafen bereit. Sie wusste nicht genau, warum sie auf diese Fahrt mitgekommen war. Gewiss, Geoffrey hatte sie so sehr darum gebeten. Er wollte unbedingt, dass sie seine neue Idee billigte. Außerdem hatte sie geglaubt, es sei einmal gut für sie, die Mission hinter sich zu lassen. Seit Jahren hatte sie keinen richtigen Urlaub mehr gemacht. Vielleicht fand sie hier die Zeit zum Nachdenken. Sie musste über das Angebot der afrikanischen Nonnen nachdenken, die die Missionsschule übernehmen wollten. Sie und James hatten immer einmal vorgehabt, auf Safari zu gehen. Aber sie hatten nie die Zeit dazu gehabt, und jetzt war sie allein mit seinen beiden Söhnen hier ...
Sie griff nach dem Buch, das sie lesen wollte — eine Neuerscheinung aus Amerika: *Das Narrenschiff* — legte es aber wieder zur Seite. Sie konnte sich nicht konzentrieren. Sie musste an James denken. Sie musste immer an James denken. Er lebte in ihrer Seele.
Sie trat zur Zeltklappe und blickte durch das moskitosichere Gazefenster auf die stille Landschaft im Mondlicht. Sie wirkte so täuschend unbelebt und tot. In Wirklichkeit pulsierte das Land, erbebte von Mord, Tod, Fort-

pflanzung und Leben. Grace dachte an James und fragte sich zum x-ten Mal, wofür er gestorben war.

Sie lebte jetzt in einer seltsamen, neuen Welt und wusste nicht, ob James daran Gefallen finden würde. Sie selbst verstand diese Welt kaum.

In Nairobi zeigte man den amerikanischen Film *Dr. Strangelove oder Wie ich lernte, die Bombe zu lieben.* Ilse und Geoffrey hatten sie zu einer Vorstellung mitgenommen. Grace hatte den Eindruck, als beschäftige sich die ganze Welt plötzlich nur noch mit der Atombombe und der Drohung eines Weltuntergangs. Im Radio spielte man amerikanische Songs einer neuen Generation – eine Sängerin mit dem Namen Joan Baez protestierte gegen Rassenhass und rief die Menschen zu Liebe und Frieden auf. In den Nachrichten berichtete man ausführlich über die Bürgerrechtsdemonstrationen in Alabama, von Aufruhr und Schlägereien, von zweihunderttausend Friedensdemonstranten, die nach Washington marschierten. Junge Leute tanzten *Watusi;* unbändige Teenager in England ließen sich die Haare wachsen und nannten sich *Mods* und *Rocker.* Die Welt jagte in einem atemberaubenden Tempo vorwärts – Gordon Cooper, ein amerikanischer Astronaut, hatte die Erde zweiundzwanzigmal umkreist; Dr. Michael De Bakey machte in Texas Geschichte, indem er Patienten den Brustkorb öffnete und Herzoperationen durchführte.

Und vor drei Tagen hatte man den amerikanischen Präsidenten, John Kennedy, ermordet. Was hat das alles, so fragte sich Grace, als sie auf die stille, unberührte afrikanische Steppe blickte, *mit dem Land hier zu tun?* Kenia befand sich in dem halsbrecherischen Rennen, Teil der verwirrenden, modernen, neuen Welt zu werden. Grace dachte daran, dass vor kaum sechzig Jahren diese Menschen hier noch im Steinzeitalter lebten, nicht das Alphabet und nicht das Rad kannten, keine Vorstellung davon hatten, dass mächtige Nationen auf der anderen Seite der Berge ihr Leben bedrohten. Jetzt fuhren die Afrikaner Autos und flogen in Flugzeugen; afrikanische Anwälte trugen in Nairobis Gerichten weiße Perücken und sprachen korrektes Englisch; Kenias Frauen entdeckten die Geburtenkontrolle und die Arbeit als Sekretärinnen. Neue Worte wie *Uhuru,* ›Freiheit‹ und *Wananchi,* ›Volk‹ heizten die Sprache auf. Der Premierminister Kenyatta beschloss eine neue Aussprache für Kenia. Er sagte, das »e« müsse kurz ausgesprochen werden, und es sei von jetzt an verboten, »Keenia« zu sagen.

Grace hatte es 1957 doch sehr merkwürdig empfunden, zum ersten Mal mit Afrikanern zu wählen. Es war ein Schock für sie gewesen, als sie im

Wahllokal im vergangenen Juni der alten Mama Wachera begegnete. Die beiden Frauen hatten sich stumm angesehen und Grace war es plötzlich eiskalt gewesen. Das zufällige Zusammentreffen mit der Medizinfrau rief die schmerzliche Erinnerung am Tag nach James' Tod wieder wach. Mama Wachera war in ihrem Haus erschienen, um die Leiche ihres Sohnes zu holen. Wortlos hatte sie Grace ein Bündel Briefe vor die Füße geworfen. Noch betäubt von der tragischen Nacht – James war in ihren Armen gestorben, Monas Töchterchen tot und Mario, ihr Hausboy, der Eidnehmer – hatte Grace das Bündel aufgehoben und festgestellt, es waren Monas Briefe an David.

Grace hatte sie noch immer. Sie wusste nicht, was sie damit anfangen sollte. Sie hatte sie weggelegt, bis sie die Briefe Mona geben konnte. Das war vor neun Jahren gewesen ... Zuerst war Mona zu sehr von ihrer Trauer überwältigt gewesen. Deshalb brachte Grace es nicht über sich, ihr die Briefe zu geben. Später, so dachte Grace, wollte sie alte Wunden nicht wieder aufreißen ...

Vielleicht, so überlegte sie jetzt, *vernichte ich sie einfach und schließe damit endgültig dieses Kapitel.*

Sie hörte draußen Schritte auf dem steinigen Boden und dann rief jemand leise: »Dr. T.?«

Es war Tim. Er nannte sie immer Dr. T. Als er in den Lichtschein vor ihrem Zelt trat, entschuldigte er sich, sie noch zu stören, und fragte, ob er sie sprechen könne.

»Ich möchte mich eigentlich verabschieden, Dr. T.«, sagte er und setzte sich, »wir reisen nächste Woche ab.«

»Ja«, sagte sie leise, »ich weiß.«

»Jetzt ist alles entschieden, und es lohnt nicht, bis zum Unabhängigkeitstag hier zu bleiben. Ich glaube, mir liegt nichts daran, mit anzusehen, wie der Union Jack endgültig verschwindet.«

»Vielleicht wird es nicht so schlimm.«

Tim dachte einen Augenblick nach und drehte verlegen den Hut in der Hand. Dann sagte er: »Wir würden uns freuen, wenn Sie mit uns kämen, Dr. T. Alices Schafe gedeihen prächtig und Tasmanien ist wirklich schön ... sauber und ruhig, wenn Sie wissen, was ich meine.«

Grace lächelte und schüttelte den Kopf. »Kenia ist mein Zuhause. Ich gehöre hierher und ich werde bleiben.«

»Ich glaube nicht, dass ich noch einmal nach Kenia kommen werde. Ich bin hier geboren. Das wissen Sie, aber ich fühle mich hier als Außenseiter. ›Kenia für die Kenianer‹ sagen sie. Was bin ich, wenn ich *kein* Kenianer bin? Ich hoffe, es wird Ihnen gut gehen, Dr. T.«

»Ganz bestimmt, Tim. Außerdem werde ich nicht allein sein. Ich habe ja Deborah.«

Tim wich ihrem Blick aus. Deborah – das war ein unangenehmes Thema für ihn. Vielleicht, wenn Mona ihn vor acht Jahren geheiratet hätte ... Aber nein. Tim war kein Mann für die Ehe. Er brauchte seine Freiheit, er brauchte seine besonderen Freundschaften, zu denen keine Frauen gehörten. Und das Kind? Nun ja, Mona dachte so wie er. Deborah erinnerte sie unangenehm an eine Nacht, die sie beide lieber vergessen wollten.

»Ehe ich gehe, Dr. T«, sagte er ruhig und senkte den Kopf, »möchte ich Ihnen noch etwas sagen. Ich weiß nicht, aber ich kann einfach nicht nach Australien, ohne mir das von der Seele geredet zu haben ... ich meine die Nacht, als der Earl ermordet wurde.«

Grace wartete.

Schließlich hob er den Kopf. »Ich war der Mann auf dem Fahrrad.«

Sie starrte ihn an.

»Aber ich habe den Earl nicht umgebracht, das wollte ich damit nicht sagen. Ich konnte in dieser Nacht nicht schlafen und ging hinunter, um etwas zu trinken. Ich sah den Earl vor dem Haus. Er stieg in den Wagen. Ich fragte mich, was er wohl vorhabe. Als er davonfuhr, beschloss ich, ihm zu folgen. Ich sah noch, wie der Wagen in die Kiganjo Road einbog. Er war natürlich viel schneller als ich auf dem Fahrrad. Deshalb dauerte es eine Weile, bis ich ihn eingeholt hatte. Ich sah den Wagen am Straßenrand, der Motor lief noch. Beim Näherkommen dachte ich, der Earl sei eingeschlafen. Er hatte am Abend ja sehr viel getrunken, erinnern Sie sich?«

»Ja«.

»Ich hielt neben dem Wagen und blickte hinein. Dann dachte ich, er sei vielleicht krank oder habe das Bewusstsein verloren. Deshalb stieg ich vom Rad und rutschte im Schlamm aus. Deshalb die Dreckspuren auf dem Beifahrersitz. Als ich die Pistole in seiner Hand sah und die Kopfwunde, wusste ich, was geschehen war. Der Mörder muss kurz vor mir geflohen sein. Ich habe niemanden gesehen oder etwas gehört. Danach bekam ich panische Angst. Ich habe das Fahrrad in die Büsche geworfen, als der eine Reifen keine Luft mehr hatte, und bin den ganzen Weg zum Haus zurückgerannt.«

»Warum hast du das nicht der Polizei gesagt?«

»Was hätte es genützt? Ich konnte ihnen nicht sagen, wer der Mörder war. Dann hätten sie mich unter Mordverdacht verhaftet. Jeder wusste, wie ich Valentine hasste.« Er sah Grace an und sagte leise: »Ich glaube, wir werden nie erfahren, wer ihn umgebracht hat.«
»Vermutlich hast du recht. Aber ich glaube, das ist jetzt nicht weiter wichtig. Beinahe alle Beteiligten sind bereits tot. Am Besten man vergisst alles.«
»Also gute Nacht, Dr. T. Geoffrey will uns morgen früh ein ›Wildrennen‹ vorführen.«
Grace hielt ihm die Hand hin, die er drückte. »Pass auf dich auf, Tim«, sagte sie, »und viel Glück.«

Geoffrey hatte die Erfahrung gemacht, dass die meisten spröden Frauen schließlich dem Zauber und der Magie des afrikanischen Buschs erlagen. Zahllose seiner Touristinnen konnten das beschwören. Deshalb machte er sich große Hoffnungen, als er jetzt mit einer gekühlten Flasche Champagner durch die Dunkelheit zu Monas Zelt ging und sich daran erinnerte, wie sie beim Abendessen aufgetaut war und wie ihre Wangen geglüht hatten. Mona schien keineswegs überrascht zu sein, als er vor ihrem Zelt erschien, und das gab seinen Hoffnungen noch mehr Nahrung. Aber als sie sagte: »Ich bin froh, dass du kommst, Geoff, denn ich muss dir etwas sagen«, machte ihr Ton ihn vorsichtig.
»Was?«, fragte er und öffnete den Champagner. Als er ihr ein Glas reichte, lehnte sie ab.
»Ich habe die Plantage verkauft, Geoffrey.«
Er sah sie an. Dann setzte er sich verblüfft. »Das ist doch nicht dein Ernst. Alles verkauft?«
»Die fünftausend Acres.«
»Großer Gott, ich dachte, du würdest nie verkaufen! Wieso, um Himmels willen, hast du deine Meinung so plötzlich geändert?«
Sie drehte ihm den Rücken zu. Bis jetzt hatte sie damit gewartet, mit ihm über den Verkauf zu sprechen, denn sie wusste, es würde zu einem Streit führen. Aber es blieb keine Zeit mehr und er musste es erfahren. Trotzdem, die Wahrheit konnte sie ihm nicht sagen, denn sie hatte beschlossen, die Plantage wegen des kleinen Jungen zu verkaufen.
Als Mona ihre Tochter Deborah und Christopher Mathenge im Schlafzimmer ihrer Eltern entdeckte, hatte sie geweint wie noch nie zuvor. Sie war in ihr Bett geflüchtet und ließ schließlich allen Tränen und dem Schmerz, der

sich seit der Nacht von Davids Tod in ihr aufgestaut hatte, freien Lauf. Als die Tränen versiegten und sie sich wieder in Kontrolle hatte, stellte sie sich der nüchternen Tatsache, dass sie nicht in BELLATU leben und mit ansehen konnte, wie mit dem Jungen ein zweiter David heranwuchs.

Da wusste sie, dass sie Kenia für immer verlassen musste. Ihr blieb nichts anderes übrig, als dem Land ihrer Geburt, dem einzigen Land, das sie kannte, den Rücken zu kehren und irgendwo auf der Welt einen neuen Platz zum Leben zu finden.

»Du weißt, die Erträge sind minimal, Geoff. Nach der verlorenen Ernte 1953 und als während der Mau-Mau-Kämpfe fast alle meine Arbeiter ausfielen und dann in dem nassen 1956, als die Regenfälle nicht aufhörten und die Beeren an den Bäumen verfaulten ... also, ich habe das einfach nicht wieder wettmachen können. Deshalb habe ich an einen Asiaten namens Singh verkauft. Er wird Gewinne erwirtschaften, daran zweifle ich nicht.«

»Ich kann es nicht glauben! Asiaten auf BELLATU!«

»Das Haus habe ich ihm nicht verkauft. Ich habe es behalten. Das Haus ist schließlich Deborahs Erbe.«

»Das war klug. Und ich will dir was sagen, Mona. Ich bin froh, dass du verkauft hast. Jetzt bist du frei und kannst für mich arbeiten. Ich mache ein elegantes Büro in Nairobi auf, und ich suche einen fähigen Menschen, der es für mich leitet.«

»Aber Geoffrey!«, rief sie, drehte sich um und sah ihn an. »Das ist doch Wahnsinn! Touristen in Kenia! Du bist zu lange in der Sonne gewesen. Glaubst du wirklich, die Leute wollen hier Urlaub machen? Siehst du nicht, wohin Kenia steuert? Zurück in den Dschungel und in die Lehmhütten! Wenn die Unabhängigkeit erklärt ist, wird das Land in Anarchie fallen. Dann ist deine weiße Haut keinen Pfifferling mehr wert.«

Er starrte sie an. Auf diesen Ausbruch war er nicht vorbereitet, aber dann verstand er, was sie eigentlich sagen wollte. »Was meinst du damit«, fragte er langsam, »*meine* Haut sei dann keinen Pfifferling mehr wert? Wo bist du dann?«

Sie setzte sich auf das Bett und betrachtete ihre Hände. »Ich gehe mit Tim nach Australien.«

»*Was?*« Geoffrey sprang auf. »Das kann nicht dein Ernst sein!«

»Es ist mein Ernst, Geoff. Alice hat mich aufgefordert, bei ihr auf der Farm zu leben. Tim hat sich schon vor Monaten zum Gehen entschlossen. Wir möchten nicht mehr in Kenia leben.«

»Das glaube ich nicht!«, rief er, »du läufst mit diesem ... diesem Schwulen davon!«
»Geoffrey, das ist nicht fair!«
»Machst du es wegen Deborah? Nun ja, alle wissen, es ist sein Kind.«
»Nein, nicht wegen Deborah. Wir heiraten nicht oder haben etwas in der Richtung vor. Wir drei werden einfach zusammen auf der Farm leben und arbeiten. Ich habe genug von Männern und all dem Kummer. Wir sind so etwas wie eine Familie und leben dort in Frieden miteinander. Das will Tim und das will auch ich. Ich weiß, du wirst es kaum glauben können, Geoffrey, aber Deborah bedeutete mir nichts. Ich nehme sie auch nicht mit. Ich habe mit Tante Grace gesprochen, und sie bleibt bei ihr.«
Geoffrey schwieg schockiert. Plötzlich sah er eine Frau vor sich, die er nicht kannte. Und diese Frau wollte er auch nicht kennen. Schließlich sagte er ruhig: »Ich finde das monströs.«
»Denk, was du willst, Geoff ...«
»Verflucht, Mona! Wie kannst du sie im Stich lassen? Sie ist doch deine Tochter! Was für eine Mutter bist du eigentlich?«
»Halte mir keine Vorträge über meine Pflichten und Verantwortungen, Geoffrey Donald. Halte den Mund und denke einmal darüber nach, was du für ein *Familienvater* bist. Die ganze Kolonie weiß über deine Amouren mit deinen Touristinnen Bescheid! Du warst ein ehrenhafter Mann, Geoffrey. Was ist mit dir geschehen?«
»Ich weiß es nicht«, sagte er leise, »ich weiß nicht, was mit uns allen geschehen ist. Wir haben uns verändert.«
Er ging zum Zeltausgang, die Champagnerflasche in der Hand, blieb stehen und sah Mona an. Sie waren zusammen aufgewachsen. Er hatte ihr den ersten Kuss gegeben.
Ihre Briefe in dem gottverlassenen Palästina hatten ihn aufrecht gehalten. Wo hatten sie die falsche Richtung eingeschlagen? Welche falsche Kreuzung auf dem gemeinsamen Weg hatten sie gewählt, um an diesen Endpunkt zu gelangen? »Gute Nacht«, sagte er unglücklich und verließ sie.
Mona blickte ihm nach. Sie stand hinter dem Gazefenster und sah, wie seine Silhouette mit der Nacht verschmolz; sie hörte nur noch seine Schritte, die dann auch immer leiser wurden.
Sie umklammerte den Zeltpfosten und hörte das Brüllen der Löwen im Busch. Es klang so einsam, so traurig, als ob einer versuchte, den anderen zu finden. Mona sah dort draußen Kenia, ihre Heimat. Sie dachte an den klei-

nen Zug, der jetzt in einem Museum stand. Einst schnaufte er durch eine ähnliche Nacht, und in einem der Abteile brachte eine ängstliche Gräfin ein Kind zur Welt ...
Mona schloss schließlich die Augen und flüsterte: »*Kwa heri*«, »Adieu.«

3

Mama Wachera betrachtete das Untier misstrauisch.
Jetzt schnurrte es harmlos, aber noch vor kurzem brüllte es und erschien in einer Wolke aus Staub und Steinen. Es war sehr groß und furchteinflößend. Sie traute ihm nicht.
»Kommt, Mama«, sagte Dr. Mwai und öffnete ihr die Tür, »Sie haben die Ehre, vorne zu sitzen.«
Christopher und Sarah drückten sich schon rechts und links neben ihrer Mutter auf die hintere Bank.
Mama Wachera musterte das lächelnde Gesicht des Afrikaners, der einen westlichen Anzug trug, eine goldene Uhr am Handgelenk und goldene Ringe an den Fingern hatte. Sie wusste, diesem Mann musste sie Respekt erweisen. Er war Heiler wie sie, und man nannte ihn *Arzt*. Aber er glich nicht den Heilern der alten Zeit. Wo war seine Zauberflasche, der Fragensack, der heilige Stab mit Ziegenohren? Warum trug er nicht den traditionellen Kopfschmuck? Warum hatte er Gesicht und Arme nicht mit der rituellen Farbe bestrichen? Kannte er die heiligen Lieder und Tänze? Die Medizinfrau konnte sich nicht helfen, aber sie empfand für diesen Mann leichte Verachtung.
»Keine Angst, Mama!«, rief Wanjiru ihr fröhlich aus dem Wagen zu. »Es ist bestimmt ungefährlich!«
Angst? Wachera hatte in ihrem Leben nie Angst gehabt.
Sie richtete sich stolz auf und näherte sich den brummenden Gefährt. Es kam zu einer kurzen Begegnung von Vergangenheit und Gegenwart, als ihr kleiner, dunkler Körper mit den traditionellen Perlen und in Felle und Lederhäute gehüllt sich zu dem offenen Wagen neigte, dann saß sie auf dem Beifahrersitz und blickte ungerührt durch die Windschutzscheibe.
Es war ein großes Ereignis – Mama Wachera fuhr in einem Auto nach Nairobi! Die Dorfbewohner von der anderen Seite des Flusses und Leute von

der Mission hatten sich eingefunden, um sie zu verabschieden. Heute war der Tag der Unabhängigkeit, und die Mathenges nahmen an den Feierlichkeiten im Uhuru-Stadion teil. Die Bedeutung dieser Stunde – ihre geliebte und verehrte alte Medizinfrau sollte bei der Geburt Kenias anwesend sein – entging den Umstehenden nicht. Als der Wagen sich in Bewegung setzte, jubelten alle und rannten winkend und rufend hinterher.

Als das Untier zu rollen begann, wollte sich Wachera impulsiv am Sitz festklammern. Aber es wäre unwürdig gewesen, in Gegenwart von anderen Angst zu zeigen. Deshalb blickte sie gelassen geradeaus, als Bäume und Hütten vorüberflogen. Aber ihr Herz klopfte wie rasend – die Welt bewegte sich, während sie saß!

»Es wird alles gut gehen, Mama«, hatte Wanjiru ihr versichert, um sie zu beruhigen, »Dr. Mwai hat einen Mercedes und er ist ein sehr guter Fahrer.« Diese Worte bedeuteten für Wachera nichts, und sie erklärte, sie werde zu Fuß nach Nairobi gehen.

»Aber das dauert Wochen!«, rief Wanjiru, »im Wagen sind es nur drei Stunden.«

Na und? dachte Wachera und fragte sich, ob es *richtig* sei. Gehen war ehrenhaft; auch die Ahnen waren zu Fuß gegangen. Auf Rädern fahren war eine Sitte der *Muzungu,* und das konnte für einen Afrikaner nicht anständig sein. Aber es blieb ihr keine Wahl. Wenn sie in das Stadion wollte, um zu erleben, wie der Union Jack eingeholt wurde, musste sie in Dr. Mwais Wagen fahren.

Sie dachte an ihre Enkel auf dem Rücksitz. Sie platzten vor Aufregung. Christopher und Sarah hatten zwar schon Fahrten in Militärlastwagen erlebt, aber das war nichts im Vergleich zu dem Abenteuer, in einem *Benzi* zu fahren. Die achtjährige Sarah konnte in dem neuen Kleidchen und Schuhen kaum still sitzen. Christopher saß am Fenster und winkte allen Leuten. Er strahlte wie sein weißes Hemd. Zum ersten Mal trug er auch eine lange Hose. Ihretwegen hatte Mama Wachera schließlich eingewilligt, in Dr. Mwais *Benzi* zu fahren. Es wurde ihr jetzt warm ums Herz, als sie die Kinder hinter sich lachen und kichern hörte. Die Medizinfrau lebte für ihre Enkel. Sie waren alles, was sie hatte. Für sie würde sie auch alles tun.

Sie fuhren an dem großen, eingezäunten Platz vorbei, wo vor zahllosen Ernten einmal der heilige Feigenbaum gestanden hatte. Dort hatte die alte Wachera ihre Hütten errichtet – lange bevor der weiße Mann kam. Der *Bwana* hatte das Feld roden lassen für sein Spiel auf Pferden, aber seit Jahren verwahrloste das Land. Mama Wachera sah an dem wuchernden Unkraut, den Schlingpflanzen und dem welken Gras mit Genugtuung das Werk des rächenden Ngai.

Der *Benzi* kam am schmiedeeisernen Tor der Mission vorbei, und mit einem Schlag waren die Jahrzehnte ausgelöscht. Mama Wachera sah wieder den Wald ihrer Kindheit und *Memsaab Daktaris* erste kleine Hütte, die nur aus vier Pfosten und einem Grasdach bestand. Jetzt standen hier große gemauerte Gebäude, und über das Gelände führten viele asphaltierte Straßen. Der Wald war seit langem verschwunden.

Mama Wachera wollte zuerst nicht, dass ihre Enkel die Missionsschule besuchten – eine Treverton leitete die Schule und ihr gehörte das alles –, aber Wanjiru hatte sich überzeugend für Sarah und Christopher eingesetzt. War nicht auch sie, so erinnerte sie ihre Schwiegermutter, als Mädchen in diese Schule gegangen? Und sogar David lernte dort und wurde später ein gebildeter Mann? Außerdem, so fügte Wanjiru hinzu, waren alle Lehrer und Schüler Afrikaner.

Also besuchten Christopher und Sarah die Grace-Treverton-Missionsschule. Sie standen jeden Morgen auf, aßen mit ihrer Mutter Maisbrei und liefen dann in ihren blauen Schuluniformen und den Büchern in Leinentaschen zur Mission.

»In dem neuen Kenia«, versicherte Wanjiru ihrer Schwiegermutter, »werden unsere Kinder gebildet sein und sie können jeden Beruf ergreifen, den sie wollen. Christopher wird ein guter Arzt werden. Er hat den Verstand und den Kopf seines Vaters. Sarah wird eine Zukunft haben, wie ich sie mir nicht erträumt hätte. Als ich zur Schule ging, brachte man den Mädchen häusliche Dinge bei. Wir wurden als Ehefrauen herangezogen. Aber meine kleine Sarah kann einmal machen, was sie will!«

Das neue Kenia, dachte Mama Wachera verächtlich. Sie müssen zu dem *alten* Kenia zurückkehren! Die Afrikaner müssen sich an ihre Ahnen erinnern, die alten Sitten und Traditionen pflegen, denn damit verband sich Ehre und Stolz! Dann würden die Kinder Mumbis wieder tugendhafte und rechtschaffene Menschen sein.

Aber sie konnte mit ihrer dickköpfigen Schwiegertochter nicht über solche Dinge sprechen. Die Medizinfrau wusste, sieben Jahre im Gefängnis hatten Wanjiru hart gemacht. Sie vergaß jetzt sogar, einer Älteren Achtung und Unterwürfigkeit zu erweisen!

Wachera konnte sich gut vorstellen, was Wanjiru in den neun Jahren nach ihrer Verhaftung durchgemacht hatte. Sie wusste, Sarah war das Kind einer Vergewaltigung und deshalb keine echte Mathenge. Sie wusste auch, dass Wanjiru im Lager viele Misshandlungen ertragen musste, über die sie nicht sprach. Diese Erfahrungen hatten aus ihr eine verbissene, eigensinnige Frau gemacht. Nach ihrer Entlassung stand sie plötzlich in einer grausamen Welt. Sie hatte kein Geld, keinen Mann und zwei kleine Kinder. Wanjiru musste sich demütigen und um Nahrung betteln, niedrige Arbeiten für die Weißen verrichten, um ihre Kinder zu ernähren. Wanjiru war eine ausgebildete Krankenschwester, eine gebildete Frau mit großem Können, aber sie fand keine Arbeit, denn die Krankenhäuser wurden von Weißen geleitet, die sich davor fürchteten, eine ehemalige Mau-Mau-Kämpferin einzustellen. Zwei Jahre lebte Wanjiru in den Elendsvierteln von Nairobi. Dort hausten tausende andere, verlassene Frauen. Wanjiru bot sich nicht den Männern an, sie schützte ihre Kinder, bis das afrikanische Krankenhaus schließlich einen afrikanischen Direktor bekam. Er fürchtete keine ehemalige Mau-Mau, sondern bewunderte Wanjiru für ihre Taten als Freiheitskämpferin. Endlich gab man ihr eine richtige Stelle.

Damals brachte sie Christopher und Sarah zu ihrer Großmutter. Wanjiru schickte Mama Wachera jede Woche Geld, Lebensmittel und Kleider. Jetzt hatte man sie zur Oberschwester befördert und Wanjiru lernte wichtige und einflussreiche Männer kennen – wie Dr. Mwai.

Mama Wachera war glücklich, dass die Kinder bei ihr lebten, denn sie machten ihrer Einsamkeit ein Ende. Sie war dankbar für die Lebensmittel von Wanjiru, obwohl sie für das Geld keine Verwendung hatte, aber sie litt unter der fehlenden Harmonie in ihrem Leben. Die beiden Frauen hatten ständig Meinungsverschiedenheiten, und Wanjiru diskutierte immer bis zum bitteren Ende. So etwas hätte es in den alten Zeiten nicht gegeben, als das Wort einer Großmutter Gesetz war!

Der *Benzi* fuhr den Hügel hinauf. Dort sah Mama Wachera das große Haus, das vor achtundachtzig Ernten gebaut worden war. Es sah dunkel und verschlossen aus.

Dieses einst so prächtige Haus wirkte heruntergekommen und vernachlässigt.

Mama Wachera wusste, die *Memsaab* Mona hatte die verschuldete Plantage einem Asiaten verkauft und Kenia für immer verlassen. Das war eine gute Nachricht für die Medizinfrau gewesen. Ein Teil des *Thahu* war erfüllt: Die Weißen verließen das Kikuju-Land. Es würde nur eine Frage der Zeit sein, daran zweifelte sie nicht, bis auch der Asiate die Plantage aufgab und den Kindern Mumbis das Land zurückgab. Aber zu Wacheras Kummer hatte die *Memsaab* ihre Tochter, das Enkelkind des verfluchten *Bwana Lordy*, in der Obhut von *Memsaab Daktari* zurückgelassen.

Als das große Haus hinter den Bäumen verschwand, erinnerte sich Mama Wachera daran, wie sie *Memsaab Daktaris* Haus in der Mission zum ersten und zum letzten Mal besucht hatte. Am Morgen, nachdem man ihr vom Tod ihres Sohnes berichtet hatte, ging sie dorthin. Sie nahm die Briefe, die *Memsaab* Mona ihr gebracht hatte, und warf sie der *Memsaab Daktari* vor die Füße. Mama Wachera wusste nicht, was in den Briefen stand, denn sie konnte nicht lesen, und sie wollte nicht wissen, was darin stand. Davids Tod hatte die Bitterkeit und den Hass auf die Weißen nur noch verstärkt. Die *Wazungu* versammelten sich, um ihren Toten – sie nannten ihn *Bwana* James – zu betrauern, und Mama Wachera zog sich in ihre einsame Hütte zurück. Sie trauerte um das einzige Kind, den ermordeten Sohn!

Als Christopher eines Tages mit Davids Ausweis zu ihr kam und Mama Wachera das Foto sah, glaubte sie in ihrem Enkel den wieder lebendigen David zu sehen und auch ihren geliebten Kabiru Mathenge, den die Weißen »Solomon« nannten, und der vor so vielen Jahren gestorben war. Damals erzählte sie ihrer sprachlosen Schwiegertochter, welche Rolle David bei den Mau-Mau-Kämpfen gespielt hatte. Sie berichtete ihr, dass er kein Feigling gewesen war, wie Wanjiru glaubte, sondern der Leopard, ein Held der *Uhuru*. Als der *Benzi* jetzt in die Hauptstraße einbog und in Richtung Nairobi fuhr, wusste Mama Wachera: Zu Ehren der Seelen von David Kabiru Mathenge und seinem Vater, dem Häuptling Kabiru Solomon Mathenge, versammelte sich heute ganz Kenia im Uhuru-Stadion.

In der ehemaligen Lord Delamere Avenue, die vor kurzem in Kenyatta Avenue umbenannt worden war, hingen die Fahnen aller Nationen. Seit Tagen trafen Präsidenten und Staatsoberhäupter aus der ganzen Welt ein, um an den Feierlichkeiten teilzunehmen. Die Erregung lag in der Luft, in den Straßen drängten sich Kenianer aller Stämme. Sie hatten schon vor Tagen die Heimat ihrer Ahnen verlassen und waren zu Fuß in die Stadt gekommen, um die Geburt ihres neuen Staates mitzuerleben. Zweihundertfünfzigtausend strömten in das Uhuru-Stadion, darunter Frauen, Kinder und Ziegen. Die vielen Dialekte und Stammessprachen sorgten für ein schier ohrenbetäubendes Babel. Präsident Obote von Uganda blieb mit seinem Rolls-Royce im Schlamm stekken und musste zu Fuß zur königlichen Loge gehen. Der Herzog von Edinburgh traf fünfzig Minuten zu spät ein. Man musste ihm einen Weg durch die wilde, ausgelassene Menge bahnen, die die Polizeiabsperrungen durchbrochen hatte. Ein sanfter Regen fiel ununterbrochen, Damen in Abendkleidern wurden ebenso nass wie die Massai in ihren roten *Shukas*. Die Menge auf den Tribünen jubelte den Stammestänzern unten auf dem Rasen zu, die mit Trommeln, Speeren und Fellen mit einer Darbietung nach der anderen für Höhepunkte sorgten. Die Zuschauer tranken glücklich Alkohol und aßen Orangen. Das ganze kenianische Volk war vertreten; die Massen tobten in patriotischer Raserei. Als ein paar Freiheitskämpfer erschienen – die letzten Mau-Mau, die in den Wäldern ihre Stellungen nicht aufgegeben hatten –, umarmte sie Jomo Kenyatta und versuchte, sie dem Herzog von Edinburgh vorzustellen, der aber den Kopf schüttelte: »Nein!«

Endlich kam der lang erwartete Augenblick. Kurz vor Mitternacht wurde am 11. Dezember 1963 der Union Jack feierlich eingeholt, während eine Militärkapelle *God Save the Queen* spielte, und dann wurde die neue rot-schwarz-grüne Fahne Kenias gehisst. Sie flatterte im Scheinwerferlicht, und alle sahen das stolze Wappen: ein Schild mit zwei gekreuzten Speeren. Es folgte ein königlicher Salut für den Herzog von Edinburgh, dann übergaben die *King's African Rifles* den *Kenia Rifles* offiziell die Fahne. Der alte braune Fez wurde durch ein schwarzes Schiffchen ersetzt. Kenia besaß damit ein eigenes modernes Heer.

Dann trat Jomo Kenyatta auf das Podium und im Stadion wurde es still. Der alte Mann sah sehr eindrucksvoll aus in seinem feierlichen europäischen Anzug und der traditionellen, mit Perlen besetzten Kikuju-Mütze. Seine durchdringenden, scharfen Augen richteten sich auf die vielen tausend Afrikaner auf den Tribünen, und dann hallte seine Stimme durch die Nacht: »Mitbürger, wir müssen alle schwer mit unseren Händen arbeiten, um uns vor Armut, Unwissenheit und Krankheiten zu schützen. In der Vergangenheit haben wir die Weißen für alles verantwortlich gemacht, wenn etwas falsch lief. Jetzt können wir regieren ... Ihr und ich, wir müssen zusammen unser Land entwickeln. Wir müssen für die Bildung unserer Kinder und für Ärzte sorgen! Wir müssen Straßen bauen und die lebensnotwendigen Dinge des Alltags verbessern. Das sollte unsere Arbeit sein. In diesem Geist fordere ich euch auf, mir zu antworten und laut zu rufen, damit wir die Fundamente der Vergangenheit mit der Kraft unseres neuen Ziels zertrümmern ...«

Er machte eine Pause, betrachtete die Menge, breitete dann die Arme aus und rief: »*Harambee! Harambee!*«
»*Harambee!*«, antworteten alle.
»*Harambee!*«, riefen die Menschen einstimmig. »Mit vereinten Kräften!«
Kenyatta drehte sich lächelnd zum Herzog von Edinburgh und sagte: »Wenn Ihr wieder in England seid, überbringt bitte der Königin unsere Grüße. Sagt ihr, dass wir noch immer Freunde sind. Diese Freundschaft kommt aus dem Herzen und ist stärker als das, was geschehen ist.«
Die Menge begann zu toben. Hüte und Kalebassen flogen in die Luft. Die Menschen fielen sich in die Arme. Es war ein Gebrüll, so fanden alle, wie das Brüllen eines Löwen. Und alle zweifelten nicht daran, dass die ganze Welt es hörte.
Dann spielte schließlich die kenianische Militärkapelle sehr feierlich und würdevoll die neue Nationalhymne. Zweihundertfünfzigtausend Menschen erhoben sich.
Als die traurigen, schönen Klänge durch die regnerische Nacht hallten, erfüllten sie die Afrikaner mit wehmütigem Stolz und dem Gefühl, dass zum ersten Mal, solange sie denken konnten, eine echte afrikanische Einheit bestand. Das letzte Bollwerk des britischen Imperialismus, die letzte Kolonie löste sich von dem nicht länger mächtigen britischen Empire, und Kenia machte den Schritt in die Neuzeit.
Grace Treverton stand mit Geoffrey Donald und anderen bekannten weißen Geschäftsleuten Nairobis in einer Ehrenloge. Sie blickte auf das voll besetzte Stadion und wusste, dass sie noch nie so viele Afrikaner auf einmal gesehen hatte. Es überwältigte sie. Dieser Anblick ließ sie mehr frösteln als der Regen. Jetzt verstand sie im Grunde erst richtig, wofür die Afrikaner gekämpft hatten. Sie betrachtete die schwarzen, stolzen Gesichter und dachte an die trübe, unsichere Zukunft. Sie wusste, in den Herzen dieser Afrikaner gab es noch viel Zorn und Hass. Würden sie wirklich je in der Lage sein, die schmähliche Vergangenheit und die Demütigungen zu vergessen, die ihnen die Kolonialisten zugefügt hatten? Für diese Menschen waren kaum fünfzig Jahre vergangen, und damals schlugen noch die kriegerischen Herzen ihrer Väter. Würden Barbarei und Blutlust sie erfassen, wenn die britische Herrschaft jetzt in Kenia nicht mehr galt? Grace sah, dass ihre neue Macht diese Menschen trunken machte. Sie sehnten sich nach Reichtum und Luxus und glaubten naiv, das würde ihnen die Unabhängigkeit bringen. Sie dachte an die Mau-Mau und fragte sich, wie die in Kenia gebliebe-

nen Weißen einen zweiten Ausbruch der Gewalt überleben sollten, denn dann konnten sie keine britischen Truppen mehr schützen.

Grace blickte zu Kenyatta auf der Tribüne hinunter. Zur größten Überraschung von allen war seine europäische Frau, die er in England geheiratet hatte, nach Nairobi geflogen und stand in einer Geste des friedlichen Miteinanders der Rassen mit seinen beiden afrikanischen Frauen an seiner Seite. Kenyatta sprach eindrucksvolle Sätze über Mäßigung und Toleranz. Würde es ihm gelingen, eine Bevölkerung von sechs Millionen leidenschaftlichen Afrikanern unter Kontrolle zu halten, wenn eine zweite Revolution ausbrechen sollte?

Was würde die Zukunft bringen, die morgen begann? fragte sich Grace besorgt.

Als die letzten Töne der Nationalhymne verklangen, begann die Menge wieder zu jubeln. Die achtjährige Deborah klatschte in die Hände und lachte. Das war noch schöner als Weihnachten! Sie stand frierend in der kalten Nacht zwischen Tante Grace und Onkel Geoffrey und sah gegenüber in einer besonderen Loge Christopher Mathenge mit seiner Schwester, Mutter und Großmutter.

Ihre Blicke trafen sich. Deborah lächelte ihn an.

Und er lächelte zurück.

Achter Teil

Ein Hase und ein Chamäleon warben beide um dasselbe Mädchen. Das Mädchen wollte den Hasen heiraten, weil er schöner war, und nicht das Chamäleon, das so hässliche Augen hatte und ein böses Tier war. Aber da sich das Mädchen vor dem Chamäleon fürchtete, mochte es ihm seine Entscheidung nicht selbst mitteilen. Deshalb dachte es sich einen Plan aus, der zum Ziel führen würde, aber so angelegt war, dass das Chamäleon durch eigene Schuld verlieren würde. Das Mädchen sagte zu den beiden Bewerbern: »Rennt um die Wette, und der Gewinner wird mein Mann.« Die beiden Hochzeiter stimmten dem Vorschlag zu, und das Mädchen holte einen Schemel, den es in einiger Entfernung aufstellte. Dann sagte es: »Lauft! Wer zuerst auf dem Schemel sitzt, den werde ich heiraten.« Der Hase freute sich; er wusste, dass er schneller als das Chamäleon laufen konnte, und stimmte zu. Aber auch das Chamäleon stimmte zu, weil es wusste, dass es klüger als der Hase war. Sie stellten sich auf, und als sie losliefen, hielt sich das Chamäleon am Schwanz des Hasen fest. Der Hase rannte schnell, erreichte den Schemel und setzte sich hin. Als das Mädchen ankam, sagte er zu ihm: »Schau, ich habe gewonnen!« Plötzlich tönte eine quiekende Stimme unter dem Hasen hervor, und als dieser aufstand, sahen sie, dass das Chamäleon vor dem Hasen auf dem Schemel gesessen hatte. Dieser hatte sich auf das Chamäleon gesetzt. Der Hase und das Mädchen verstanden nicht, wie es sich zugetragen hatte, aber da alles seine Richtigkeit hatte, musste das Mädchen das Chamäleon heiraten.

Kikuyu-Märchen

1973

1

»Freust du dich auf Kalifornien?«, fragte Sarah und rührte in dem Topf mit dem geschmolzenen Wachs.
Deborah saß unter einem Kastanienbaum, hatte die Knie hochgezogen und lehnte am Stamm. Sie blätterte in einer Modezeitschrift – die Collegenummer von MADEMOISELLE mit der neuesten Campusmode. Sie betrachtete sich eine Seite mit Mannequins in langen Röcken und Schuhen mit breiten, hohen Absätzen. Dann sah sie ihre Freundin an. »Eigentlich habe ich Angst, Sarah. Kalifornien ist so weit weg und so fremd!«
Sarah prüfte das Wachs auf seine Konsistenz. Sie roch daran und warf dann noch einen kleinen Klumpen Bienenwachs in den Topf. Während er sich auflöste, sagte sie: »Ich kann nicht verstehen, dass du dir deine Entscheidung so lange überlegt hast! Hätte man mir das Stipendium angeboten, hätte ich auf der Stelle zugesagt!«
Deborah betrachtete wieder die Mannequins, die junges amerikanisches Selbstbewusstsein ausstrahlten, und spürte wieder die Angst in sich aufsteigen. Wie sollte sie sich unter diesen intellektuellen, eleganten Studentinnen behaupten?
Es war eine schwere Entscheidung für sie gewesen, das Uhuru-Stipendium anzunehmen. Es bedeutete, drei Jahre Kenia verlassen – ihre Freundinnen verlassen, Tante Grace, die Mission und vor allem Sarah, die für sie wie eine Schwester war. Außerdem kam Christopher heute nach vier Jahren Studium in England zurück. Deborah konnte ihn begrüßen, und dann mussten sie sich wieder verabschieden.

Deborah beneidete Sarah. Sie war so selbstsicher und so zuversichtlich wie die Mannequins in der Zeitschrift. Sarah war immer mutig gewesen. Sie behauptete immer, es läge daran, weil sie im Lager geboren worden war. Sarah fürchtete sich vor nichts, und sie war immer bereit, eine neue Herausforde-

rung anzunehmen. Wie sie zum Beispiel das Studium abgebrochen hatte, das war typisch Sarah. Dieser kühne Schritt löste bei Wanjiru, ihrer Mutter, einen solchen Zorn aus, dass die beiden nicht mehr miteinander sprachen. Auch Deborah war entsetzt gewesen, dass Sarah nach einem Jahr das College einfach so verließ. Aber ihre Freundin hatte mit ihrem charakteristischen Selbstbewusstsein erklärt: »Egerton kann mir nichts mehr bieten. Ich habe nicht die Zeit, um mir sinnlose Vorlesungen anzuhören. Ich weiß selbst, was ich will. Egerton kann mir das nicht geben.«
Sarah sprach von ihrer Besessenheit, Modeschöpferin zu werden. Schon als Mädchen wusste sie, das würde ihr Beruf sein. Im Gymnasium hatte sie alle Fächer über Kunst, Gestaltung und Nähen gewählt, die man ihr bot. Dann ging sie auf das Egerton College in Njoro, das nach hiesigem wirtschaftlichen Bildungsprogramm ein Studium mit einem Diplomabschluss bot und zu den wenigen Möglichkeiten gehörte, die Frauen offen standen. Dort hatte sie Beurteilung und Behandlung von Stoffen gelernt, Nähen mit der Hand und an Nähmaschinen, das Entwerfen von Mustern, Schneidern von Kleidern, Änderungen und Herstellung einer Kollektion. Als sie sah, dass der Studienplan im zweiten Jahr Ernährung und Kindererziehung vorsah, verließ sie das College und kehrte nach Hause zurück, um die Verwirklichung ihres Traums selbst in die Hand zu nehmen.
Sie arbeitete jetzt für eine Asiatin, eine Mrs. Dar, in Nyeri als Näherin. Sie verdiente sehr wenig, musste viele Stunden unter härtesten Bedingungen arbeiten, aber Mrs. Dar machte elegante Kleider für die Frauen der reichen Geschäftsleute im Distrikt. Sarah lernte bei ihr alles, was sie von ihr erfahren konnte. Aber das war nicht genug. Sarah hoffte zwar, eines Tages eigene Nähmaschinen zu besitzen und mit eigenen Näherinnen ein Geschäft zu haben, aber sie träumte von mehr: Sie wollte eine völlig neue Mode entwerfen. Deshalb war sie mit Deborah unten am Fluss und rührte über dem Feuer einen Topf mit heißem Wachs. Sarah hatte vor kurzem Batik entdeckt – die Kunst, unter Verwendung von Wachs Stoffe zu färben. Seit Tagen experimentierte sie mit dem Verfahren.
»Ich werde mir in Kalifornien so deplatziert vorkommen«, jammerte Deborah und legte die Modezeitschrift zur Seite. »Ich werde nichts wissen. Die anderen sind bestimmt alle viel intelligenter als ich.«
Sarah richtete sich auf und stemmte die Hände in die Hüften. »Was für ein Unsinn, Deb! Weshalb hast du denn das Stipendium bekommen? Weil du dumm bist? Unter eintausendfünfhundert Bewerbern hast *du* gewonnen!

Hat Professor Muriuki nicht gesagt: ›Kaliforniens Gewinn ist für die Universität Nairobi ein Verlust‹?«

Deborah sagte sich, Professor Muriuki sei einfach nett gewesen. Sie hatte im vergangenen Jahr an der Universität Nairobi fünf Vorlesungen und Seminare bei ihm belegt. Er mochte sie.

Er hatte jedoch zugegeben: »Ich kann nicht leugnen, dass das Leistungsniveau an der Universität in Kalifornien höher ist als bei uns. Sie tun gut daran, dort zu studieren, Miss Treverton. Wenn Sie nach Kenia zurückkommen und Ihr Medizinstudium hier beenden, werden Sie Ihren Kommilitonen bei weitem überlegen sein.« Die beiden Achtzehnjährigen genossen die warme Augustsonne und den Frieden am Fluss. Durch die Bäume hörten sie das Geschrei der Kinder, die Fußball spielten. Deborahs Mutter hatte das Polofeld der Grace-Treverton-Mission überlassen, als sie vor zehn Jahren Kenia verließ. In ihrer Nähe, noch keine hundert Schritte entfernt, standen die vielen vertrauten Hütten inmitten der ländlichen saftigen Mais- und Bohnenfelder. Eine Herde gesunder Ziegen weidete vor einem vollen Getreidesilo. Dort lebte Sarah bei ihrer alten Großmutter Mama Wachera – aber in einer eigenen Hütte, die sie mit einem Teppich und richtigen Stühlen bequem eingerichtet hatte. Es gab auch eine Hütte für Wanjiru, wenn sie von Nairobi zu Besuch kam. Die vierte Hütte gehörte Christopher. Es war die *Thingira* seines Vaters, die Junggesellenhütte. Christopher sollte dort in den Semesterferien wohnen. Er studierte Medizin.

Deborah dachte an Christopher und blickte auf die Uhr. Seine Maschine aus London sollte heute Morgen eintreffen. Wanjiru würde ihn am Flughafen abholen und in ihrem Wagen hierher bringen.

Deborah fand, es sei schon spät. Wo sie wohl blieben?

Sie hatte die ganze Nacht nicht geschlafen, ja sie hatte die ganze Woche in Erwartung von Christophers Rückkehr kaum geschlafen. Wie würde es nach den vier Jahren sein? Auch jetzt schlug ihr Herz schneller bei dem Gedanken, dass er bald wieder zu Hause sein werde. Sie dachte an die langen Gespräche, die sie führen würden. *Ob er sich wohl sehr verändert hat?*, fragte sie sich.

Sarah ließ den Topf mit dem Wachs stehen und begutachtete die Tücher auf den großen Felsen. Sie hatte alle gefärbt, aber jedes etwas unterschiedlich. Sie betrachtete die Stoffe sehr sorgfältig. »Ich glaube, das Problem mit den Rissen habe ich endlich gelöst«, sagte sie und hielt ein Tuch hoch. »Wie findest du es, Deb?«

Deborah betrachtete das rechteckige Stück Musselin, das Sarah in den Händen hielt. Es zeigte eine Mutter mit Kind in Erdtönen – sehr elementar und einfach. Ihr gefiel, wie die Sonne durch den Stoff fiel, und schwarze Linien sichtbar wurden, wo das Wachs gerissen war. »Es ist schön.«

Sarah legte das Tuch wieder auf den Stein und kam zurück. »Ich bin mir nicht so sicher.«

»Du hast das Wachs jetzt im Griff. Die Farben verlaufen nicht mehr so wie früher.«

Sarah schob die Lippen vor, als sie noch einen Blick auf ihr Werk warf. Sie hatte sich das Verfahren durch längeres Ausprobieren selbst beigebracht, indem sie mit Stoffresten experimentierte, die sie von Mrs. Dar für die Hälfte ihres Lohns gekauft hatte. Wachs und Stofffarben erstand sie in der asiatischen *Duka* in Nyeri für den Rest ihres Lohns. Deshalb hatte Sarah nie Geld. Aber es lohnte sich. Sie beherrschte die Batik, und ihre Muster waren schön.

»Trotzdem fehlte noch etwas.«

»Ich weiß nicht, Deb«, sagte Sarah und setzte sich auf das Gras neben ihre Freundin. Sie grub die Zehen in die rote Erde und beobachtete die Fische im klaren Wasser. »Es ist noch nicht genug.«

Deborah war nicht künstlerisch veranlagt und bewunderte deshalb die Leistung ihrer Freundin sehr. »Mit diesen Stoffen kannst du schöne Kleider machen, Sarah. Wenn ich das Geld hätte, würde ich mir solche Kleider kaufen!«

Sarah lächelte. Obwohl Deborah mit Nachnamen Treverton hieß, ihr ein großes Haus auf dem Hügel gehörte, das mitten in Mr. Singhs Kaffeeplantage lag, obwohl ihrer Tante Grace die Mission gehörte, hatte Deborah kein Geld. Deshalb war das Haus praktisch wertlos. Es kostete zu viel, um darin zu wohnen und es instand zu halten. Niemand wollte es kaufen, denn es stand inmitten von Mr. Singhs Kaffeebäumen. Alle wussten, dass die Mission beinahe seit der Gründung immer mit Krediten arbeitete, denn die Schule und das Krankenhaus waren für alle kostenlos, die kein Geld hatten. Wenn Dr. Treverton Geld hatte, dann steckte sie es sofort in die Mission und behielt nie etwas für sich. Man erzählte sich, wenn die katholischen Nonnen vor einigen Jahren nicht zu Hilfe gekommen wären, hätte die Mission den Konkurs anmelden müssen. Also war Deborah Treverton so arm wie Sarah Mathenge – eines der vielen Dinge, die sie gemeinsam hatten.

»Das ist ja nicht zu glauben!«, rief Deborah und reichte ihrer Freundin die Zeitschrift. »Sie tragen in Amerika noch immer Miniröcke!«
Sarah betrachtete die Mannequins neidisch. Miniröcke waren in Kenia verboten. Die Regierung erklärte, sie seien »unanständig, nicht damenhaft und reizten die Männer zu Sex.«
»Ich falle da nur unangenehm auf«, seufzte Deborah, »in meinem Aufzug!« Sie trug ein einfaches Baumwollkleid und Sandalen. Für das ländliche Kenia war das in Ordnung, fand sie, aber auf einem hochgestochenen kalifornischen College-Campus einfach unmöglich.
»In Amerika kannst du zur Zeit alles tragen«, beruhigte sie Sarah, »hier sieh dir das an: Midi, lang, Trachten, Samthosen, Blue Jeans mit Regenbogen. Auch Hot Pants! Nur eins darfst du nicht vergessen«, sie sah Deborah mit Nachdruck an, »du wirst zu den besten Studentinnen gehören und mit Auszeichnungen nach Kenia zurückkommen, wie Professor Muriuki es dir prophezeit hat«, sagte sie.
Deborah betete, dass es so sein möge. Ihr größter Traum war, als Ärztin einmal so gut wie möglich zu sein – wie Tante Grace.
»Wenn ich doch nur Geld hätte!«, sagte Sarah und warf einen Stein ins Wasser. »Ich *weiß*, ich wäre viel besser als Mrs. Dar! Sie ist so konservativ. Sie hat keine Fantasie! Und ich darf meine Meinung nicht äußern. Dr. Chandas Frau war in der letzten Woche da. Mrs. Dar hat ihr das unvorteilhafteste *Grün* aufgeredet. Ich habe sofort gesehen, dass dieser Frau ein sanftes Braun, vielleicht mit einem Goldbesatz, steht. Und wie die Röcke an ihr heruntergehängen! Oh, Deb, wenn ich Geld hätte, könnte ich mir eine Nähmaschine kaufen und ein eigenes Geschäft aufmachen. Ich könnte zu Hause arbeiten. Wenn ich erst ein paar zahlungskräftige Dauerkunden habe, würde ich mir ungebleichtes Musselin in Ballen kaufen und es je nach Wunsch meiner Kunden entsprechend einfärben.«
»Die dort sind wirklich schön«, sagte Deborah mit einem Blick zu den gebatikten Stoffen, die auf den Steinen trockneten.
Sarah holte ein Tuch, das sie in Rot- und Orangetönen gefärbt hatte, und sagte: »Lass mal sehen, wie dir das steht.«
Deborah lachte und erwiderte: »*Kangas* kann ich nicht tragen, Sarah.« Aber sie stand auf, und ihre Freundin legte ihr den festen Stoff um.
Deborah war eine *Muzunga*, aber sie hatte kaum eine hellere Haut als Sarah, denn sie lebte schon von Kind auf in der heißen Äquatorsonne. Die meisten Weißen schützten sich in Kenia vor den starken Sonnenstrahlen, aber

Deborah liebte es, die Sonne auf den nackten Armen, Beinen und im Gesicht zu spüren. Trotzdem sahen die beiden sich nicht ähnlich. Deborah hatte zwar schwarze kurze, lockige Haare und dunkle Augen, aber sie war doch unübersehbar eine Europäerin, Sarah dagegen durch und durch Afrikanerin. Sie trug die Haare in dem neuen Stil: Die vielen kleinen Zöpfe wurden in dichten Kreisen wie ein Nest aufgesteckt. Dadurch wirkte der bereits lange, schmale Hals noch länger; der Kopf krönte die anmutigen Arme und den schlanken Körper.

Sarah Mathenge ist besonders schön, dachte Deborah und beneidete ihre Freundin um die natürliche Anmut und Haltung.

»Das steht dir sehr gut, Deb«, sagte Sarah, trat zurück und begutachtete ihr Werk.

Deborah drehte sich langsam in der Sonne und versuchte, ihr Spiegelbild im Wasser zu sehen. Sarah hatte das Tuch wie eine *Kanga* drapiert – kreuzweise über der Brust und am Hals verknotet. Dann runzelte Sarah wieder die Stirn. »Was ist?«, fragte Deborah. »Gefällt es dir nicht?«

»Das schwebt mir eigentlich nicht vor, Deb. Es sieht so schrecklich gewöhnlich aus.« Sarah wurde nachdenklich. »Weißt du noch, vor Jahren war es der Liverpool Look. Dann kam der Carnaby Street Look. Aber es gibt keinen Kenia Look! Es gibt keinen Stil, der für Ostafrika charakteristisch ist.«

»Und die *Kanga*? Ich finde, das ist für Ostafrika typisch.«

Es stimmte. Die so genannte *Kanga* stammte ursprünglich aus dem neunzehnten Jahrhundert und kam von der kenianischen Küste. Inzwischen sah man überall in Ostafrika die rechteckigen großen bunten Baumwolltücher. Die Frauen trugen sie auf den Feldern und auf den Märkten. Die *Kanga* war ein einfaches Kleid, das man unter den Armen um Brust und Rücke wickelte und feststeckte. Manchmal machte man einen Knoten über der einen Schulter oder im Nacken. Man benutzte es als Wickelrock, als Schal und trug darin die Babys oder schlang das Tuch als Turban um den Kopf. Die *Kanga* war billig, einfach und eine bequeme Kleidung. Sie stimmte mit dem Leben der afrikanischen Bäuerin überein. Aber Sarah wollte keine Kleider für *Wananchi* entwerfen.

»Ich denke an die Frauen, die mehr und mehr in der Stadt arbeiten, Deb. So viele Frauen bekommen Stellungen in den Büros. Sie werden Sekretärinnen und Empfangsdamen. Frauen arbeiten in Banken und Geschäften. Sie werden sogar Anwälte! Diese Frauen können keine *Kangas* tragen! Also, was sollen sie tragen?« Sie deutete auf MADEMOISELLE »Sie kaufen billige amerikanische und englische Imitationen!«

»Also gut«, sagte Deborah, »du könntest Kleider aus *Kanga*-Stoffen entwerfen. Das wäre dann etwas Neues und bestimmt Kenianisches.«

Sarah schüttelte den Kopf. Ihre großen, breiten goldenen Ohrringe blitzten in der Sonne. »Ich möchte nicht mit *Kanga*-Stoffen arbeiten. Ich finde diese schrecklichen Sprüche entsetzlich, mit denen man die Tücher bedruckt.« Aus unbekannten Gründen hatte sich das vor einigen Jahren bei den *Kanga*-Fabrikanten eingebürgert. Sie druckten auf jedes Tuch ein Suaheli-Sprichwort. Viele dieser Sätze waren sehr alt und da keiner wusste, woher sie stammten, ergaben sie keinen Sinn, wie zum Beispiel: *Vidole vitano, kipi ni bora?* »Welcher von den fünf Fingern ist der beste?« Die meisten waren Platitüden: *Akili ni mali,* »Verstand bringt Reichtum.«

Sarah nahm Deborah das eingefärbte Tuch wieder ab und legte es auf den Stein. »Ich möchte keinen Stoff benutzen, den man bereits kennt. Ich möchte ein neues Material entwickeln, verstehst du, Deb?« Sarah redete sich in Begeisterung: »Ich möchte einen völlig neuen Stil schaffen – nicht nur das Material oder ein neues Kleid, sondern eine neue Mode. Und aus ihr soll Kenia sprechen ... ein Stil, der die afrikanische Tradition bewahrt und lebendig macht! Und diese Mode müssen auch die Frauen in Europa und Amerika tragen wollen.«

»Wie soll sie aussehen?«

»Das weiß ich noch nicht.« Sarah blickte auf die gebatikten Tücher in der Sonne. Sie hatte mit Farben und Mustern experimentiert, aber es schien alles immer nur auf eine Nachahmung der *Kanga* hinauszulaufen. »Was ist kenianisch?«, fragte sie. »Ich meine außer der *Kanga*?«

Deborah zuckte die Schultern. »Ich habe keine Ahnung.«

»Weißt du, was ich mache, Deb? Ich werde mich im ganzen Land umsehen und herausfinden, was die Leute tragen.«

»Eine fantastische Idee!«

»Denk doch nur an die vielen nicht verwestlichten Stämme, Deb, die Luo, Kipsigis, Turkana! Sie tragen noch die traditionellen Dinge. Ich werde sie mir genau ansehen. Ich werde sie zeichnen. Sie sollen meine Inspiration werden, Deb. Ich werde meinen Kenia-Look bei den Menschen finden!«

»Das klingt herrlich, Sarah. Und du bist genau die Richtige dafür!«

»Oh, was könnte ich alles erreichen, wenn ich nur Geld hätte ...« »Sarah!«,

rief Deborah, »ich habe eine Idee! Ich verkaufe einige der Sachen in BELLA-
TU. Dann hast du so viel Geld, wie du brauchst!«
Aber Sarah erwiderte lächelnd: »Nein, Deb. Das geht nicht. Nach dem Studium wirst du in BELLATU wohnen. Du kannst doch nicht in einem leeren Haus wohnen!« Sie drehte sich um und ging bis zum Wasser. »Ich werde schon noch zu Geld kommen, das weiß ich! Ich werde auch mein eigenes Geschäft gründen.«
»Ja, das wirst du«, sagte Deborah, »und wenn ich Ärztin bin, kaufe ich bei dir alle meine Kleider.«
Sarah drehte sich um und breitete die Arme aus. »Du schickst dann alle deine reichen Freundinnen zu mir! Ich habe so viele Aufträge, dass fünfzig Frauen für mich arbeiten, und alle werden meine Kleider tragen!«
»Du wirst die Rudy Gernreich von Ostafrika!«
Sarah lachte. »Dann schon lieber Mary Quant!«
»Wer ist Mary Quant?«, hörten sie eine Männerstimme.
Die beiden drehten sich um und sahen einen jungen Mann durch das Gras auf sie zukommen. Er trug eine dunkle Hose, ein weißes Hemd mit aufgerollten Ärmeln und eine Sonnenbrille. »Christopher!«, riefen sie.
Deborah blieb plötzlich eingeschüchtert stehen, aber Sarah lief auf ihren Bruder zu und umarmte ihn stürmisch. Er hob sie hoch und drehte sich mit ihr im Kreis. »Du bist zurück!«, rief sie atemlos.
»Und du bist erwachsen!« Er ließ sie los, und sie lachten überglücklich. Dann drehte sich Christopher zu Deborah und rief: »Hallo!« »Hallo, Christopher. Willkommen zu Hause.« Sie standen im gesprenkelten Sonnenlicht, das durch die hohen Bäume fiel, und sahen sich an. Sie dachten beide, dass die vier Jahre zunächst wie eine Ewigkeit gewesen, dann aber im Handumdrehen verflogen waren. Christopher staunte über die veränderte Deborah. Aus der ausgelassenen Vierzehnjährigen war eine bezaubernde junge Frau geworden. Deborah konnte es nicht fassen. Wo war der linkische Siebzehnjährige mit den schlaksigen Armen? Hier stand ein gut aussehender Mann vor ihr.
»Du bist größer«, sagte er ruhig.
»Du auch.«
Sie schwiegen einen Augenblick, dann fragte Sarah: »Wo ist Mutter?«
»In deiner Hütte. Sie schimpft, weil kein *Ugali* für uns vorbereitet ist, und du so unmöglich deinen Willen durchsetzt.«
Sarah blickte mit einer hilflosen Geste zum Himmel und sagte: »Ich hole

Großmutter. Ich glaube, sie ist im Dorf. Oh, Christopher!« Sie umarmte ihn noch einmal. »Ich bin so froh, dass du wieder da bist. Sag mir, dass du jetzt immer hier bleibst.«
Er lachte. »Ich bleibe hier.«
Sarah lief davon und verschwand zwischen den Bäumen. Christopher und Deborah blieben allein zurück.
Sie konnte nicht glauben, dass er wirklich vor ihr stand – endlich nach vier Jahren, in denen es nur Briefe und Anrufe an Weihnachten gegeben hatte. Ihr lieber Freund und Kindheitsgefährte hatte ihr so gefehlt. Und als sie erwachsen wurde, stellte sie fest, dass ihre Freundschaft sich in Liebe verwandelte. Sie träumte seltsam und beunruhigend von ihm. Sie sehnte sich nach Christopher, lag wach in ihrem Bett, dachte aber nicht mehr an die alten Abenteuer, sondern malte sich romantische Situationen mit ihm aus. Deborah hatte sich in den vergangenen Jahren in Christopher Mathenge verliebt und deshalb war sie plötzlich so unerwartet schüchtern.
»Du hast mir gefehlt«, sagte sie.
»Du hast mir auch gefehlt, Deb. Ich kann dir gar nicht sagen, was deine Briefe mir bedeutet haben.« Er ging ein paar Schritte auf sie zu, blieb dann stehen und blickte über den Fluss. »Der Wald ist nicht mehr da.«
Deborah betrachtete die vielen *Shambas*, die sich am anderen Ufer den Hügel hinaufzogen. Als sie noch Kinder waren, reichte der Wald bis zum Fluss. Dann hatte die afrikanische Regierung das Land neu angesiedelten Kikuju zugeteilt, die sofort den Wald rodeten, um ihre Felder anzulegen. Jetzt standen dort viele Hütten – sie bauten sie nicht mehr rund, sondern rechteckig wie die *Muzungu*, aber immer noch aus Kuhdung, Lehm und mit einem Dach aus Elefantengras. Verstreut sah man einige zerbeulte Autos auf den unbefestigten Straßen.
Deborah sah Christopher an und fand ihn sehr verändert. Woher hatte er die festen, schlanken Muskeln, die breiten, eckigen Schultern, unter denen sich das Hemd spannte? In seiner Haltung lag selbst beim Stehen etwas anmutig Bewegliches. Deborah musste an die Massai *Morani* in der Amboseli-Steppe denken. Die auffallend gut aussehenden schlanken und kräftigen Männer waren so überheblich, dass sie sich für die schönste Rasse auf Erden hielten. Christopher glich ihnen, aber ihm fehlte die Überheblichkeit. Er drehte sich um und lächelte sie strahlend an, wie kein *Moran* lächeln würde.
»Wie war es in England?«, fragte sie.

»Kalt und regnerisch. Ich bin froh, dass ich wieder hier bin.«
Er sprach auch anders. Die Kikuju-Aussprache war verschwunden. Christopher verwechselte nicht L und R, wie alle Kikuju, da ihre Sprache kein R kannte. Er sprach wie ein richtiger Oxfordstudent, der er auch war.
»Wie geht es deiner Tante?«
»Gut. Sie arbeitet so viel wie eh und je. Ich erinnere sie ständig daran, dass sie immerhin dreiundachtzig ist und etwas langsamer machen sollte, aber Tante Grace glaubt, wenn sie nicht zur Stelle ist, bricht die Mission zusammen.«
»Vielleicht hat sie Recht.«
Deborah blickte auf die Sonnenbrille. Sie war froh, dass er sie trug, denn das schützte sie vor seinen Augen.
»Und wie geht es deiner Mutter?«, fragte er. »Was hörst du von ihr?«
»Mutter schreibt uns nur noch selten«, antwortete Deborah und dachte an den letzten unpersönlichen Brief. »Aber sie sagt, die Farm läuft gut, und ihr gefällt es noch immer in Australien. An Weihnachten schickt sie Tante Grace und mir immer dicke Pullover.«
Sie schwiegen wieder. Christopher nahm die Sonnenbrille nicht ab. Deborah blickte auf das Wasser, das schnell über Steine und Moos floss. Es war ein ungewöhnlich heißer Augusttag. Die Hitze schien aus dem Boden zu steigen und sie einzuhüllen. Die Kikuju-Kochfeuer verbreiteten einen durchdringenden Geruch nach Rauch. Vom Fußballplatz drang lautes Rufen herüber. In Mr. Singhs Kaffeebäumen heulten die Motoren der Lastwagen. Eine Biene setzte sich auf Deborahs Arm. Sie verjagte sie.
Christopher drehte sich langsam nach allen Seiten und nahm alles in sich auf – so viele neue *Shambas* gab es jetzt, wo früher dichter Dschungel gewesen war. Vor Generationen fanden hier die Kämpfe gegen die Massai statt. Seine Ahnen hielten Bäume und wilde Tiere für heilig, und vor noch nicht allzu langer Zeit hatten die Mau-Mau-Freiheitskämpfer hier Schutz gesucht. Jetzt sah Christopher nur noch die grünen Felder inmitten der roten Erde. Nackte Kinder hüteten Ziegen und Kühe; Mamas beugten sich mit durchgedrückten Knien über das Gemüse, jäteten Unkraut oder ernteten. Es war ein friedliches, vertrautes Bild. Christopher hatte das in den vier Jahren Studium in England schmerzlich vermisst.
Schließlich sah er Deborah an, auf die ein Sonnenstrahl fiel. Sie blickte ins Wasser wie vor zehn Jahren, als er sie zum ersten Mal gesehen hatte.
Er dachte an all die Briefe, die sie ihm geschickt hatte – viermal die Woche in all den Jahren. Er hatte sie alle aufgehoben.

Anfangs hatte er Heimweh gehabt, aber er fand das Abenteuer Oxford auch aufregend. Ihm fehlte nur die fröhliche Spielgefährtin seiner Kindheit, das unwirkliche Mädchen, die ihm das Leben bei der Großmutter erträglich machte. Ihm fehlte Deborah wie Sarah, seine Mutter und Großmutter. Ihm fehlten auch die Kameraden, mit denen er Fußball spielte.

Aber nach dem ersten Studienjahr, als er sich aufs zweite vorbereitete und Deborahs Briefe Woche für Woche eintrafen, freute er sich immer mehr auf ihre Worte. Er wollte allein sein mit einem Brief und wie verzaubert ein paar verstohlene Momente mit ihr in Kenia verbringen. Seine Gefühle für sie veränderten sich, wie es schien, als ihre Briefe sich veränderten. Die Kindlichkeit wich allmählich aus ihren Sätzen, und eine neue Reife wurde langsam sichtbar. Sie nahm Stellung zu wichtigen Ereignissen in der Politik und dem Geschehen in der Welt. Sie schrieb von ihrem Traum, Ärztin zu werden, und stellte ihm tausend Fragen. Sie forderte ihn auf, über sich zu berichten über das Studium, seine zukünftigen Pläne. Deborahs Briefe waren für ihn eine direkte Verbindung mit Kenia. Durch sie fühlte er sich nicht von zu Hause abgeschnitten. Und er war nie von ihr abgeschnitten, sondern fühlte sich ihr mit jedem Brief näher. Sie bedeutete ihm inzwischen so viel mehr als früher.

Aus Sarahs Hütte drangen laute, erregte Stimmen.

»Oje«, sagte Deborah, »sie haben sich wieder in den Haaren. Deine Mutter ist furchtbar wütend auf Sarah. Hat sie dir davon erzählt?«

»Ja. Sarah hat mir geschrieben, dass sie das Egerton College verlassen hat. Aber ich kenne doch meine Schwester. Sie bekommt das was sie will. Mutter sollte inzwischen wissen, dass es nichts nützt, mit Sarah zu streiten.«

»Sie sind sich sehr ähnlich, findest du nicht auch?«

»Ja. Ich möchte wissen, wo Großmutter ist?«

»Sie ist im Dorf, weil eine Frau ein Kind bekommt.« Deborah war verlegen. Sie glaubte reden zu müssen, um den Abstand zwischen sich und Christopher zu überbrücken. »Seit der Unabhängigkeit geht es Mama Wachera sehr gut. Die Leute wenden sich den traditionellen Heilmethoden wieder zu. Nachdem die alten Heiler und Medizinfrauen nicht mehr verfolgt werden, sind sie sehr gefragt und werden reich – deine Großmutter auch.«

Christopher wurde nachdenklich. In vier Jahren wollte er Arzt sein und auch er wollte reich werden.

»Christopher, ich muss dir etwas sagen«, fuhr sie schnell fort, »ich habe es dir nicht geschrieben. Ich wollte es dir sagen. Ich habe ein Uhuru-Stipendium zum Studium in Kalifornien gewonnen.«

Sie sah keine Reaktion – nur ihr doppeltes Spiegelbild in den Gläsern der Sonnenbrille. Er schwieg. Dann sagte er: »Kalifornien. Wie lange?«

»Drei Jahre.«

Er schwieg wieder. Die dunkle Brille verdeckte seine Augen. Die Welt schien den Atem anzuhalten. Das Wasser im Fluss wurde leiser. Die Vögel in den Bäumen hörten auf zu singen. Dann trat Christopher dicht vor Deborah und legte ihr die Hände auf die nackten Arme. Plötzlich floss ein Kraftstrom. Sie spürten es beide. Christopher hielt sie fester und blickte auf sie herab.

Deborah war seine älteste und beste Freundin. Sie hatte ihn vor einer einsamen Kindheit bewahrt und in das strahlende Sonnenlicht gezogen, das sie umgab. Ihre Briefe hatten ihn getröstet. Er hatte sich so darauf gefreut, sie wiederzusehen. Aber jetzt war alles anders. Etwas hatte sich geändert. Deborah wirkte plötzlich so klein und verletzlich.

»Du musst auf dich aufpassen«, sagte er drängend, »die Welt ist weit, weit größer, als du dir das vorstellen kannst. Du kennst nur Kenia, Deborah, und auch nur diesen kleinen Teil ...« Er holte Luft. Er wollte mehr sagen, um dem seltsamen, neuen Gefühl Ausdruck zu verleihen, das ihn plötzlich erfasste. Er blickte sie an, spürte die warme Haut in seinen Händen und dachte: *Sie ist so unschuldig*

Ihn überkam das Verlangen, sie zu schützen, sie an sich zu ziehen und sie vor all den Dingen zu bewahren, die er draußen in der Welt entdeckt hatte. Kenia war so klein und isoliert, Deborah das Kind einer ländlichen, abgelegenen Provinz. Was wusste sie vom Leben?

»Ich werde es schon schaffen«, sagte sie verwirrt. Die Kraft seiner Berührung und die Leidenschaft in seiner Stimme überwältigten sie. Was war mit ihm geschehen? Woher kam diese Intensität?

Deborah hob die Hand und nahm ihm die Sonnenbrille ab. Er sah sie mit Augen an, die vor Generationen beurteilten, wie schnell sich ein Löwe im hohen, gelbbraunen Gras näherte. Sein Blick nahm sie gefangen. Sie spürte die Kraft, die durch seine Hände in ihre Arme floss. Christopher überwältigte sie. Sie war plötzlich atemlos.

»Deborah«, sagte er ruhig und ließ sie nicht los, »ich werde dir nicht sagen, dass du nicht gehen sollst. Dazu habe ich nicht das Recht. Du musst als Ärztin so gut werden, wie du nur kannst. Aber ... versprich mir, Deborah, dass ...«

Sie wartete. Ein warmer Wind fuhr durch die Zweige über ihnen. Die Sonnenstrahlen wanderten auf sein hübsches Gesicht.
»Was soll ich dir versprechen?«, flüsterte sie mit klopfendem Herzen. *Sag es, Christopher. Bitte, sag es.*
Aber er fand die Worte nicht. Es geschah alles so schnell – der Sprung, Deborah Treverton als Freundin und plötzlich als Frau zu lieben. Christopher glaubte, dass im Bruchteil einer Sekunde eine erschreckende Schwelle überschritten worden war – er hatte sie nicht bemerkt. Es war ihm nicht bewusst gewesen, dass er sie überschritt. Nichts hatte ihn auf diese plötzliche Welle des Verlangens, den ungeheuerlichen Wunsch, sie in die Arme zu nehmen und zu küssen, vorbereitet. Und er wollte mehr.
Er wusste nicht, was er sagen sollte. Er dachte an Kalifornien, an die Männer, die Deborah kennen lernen würde – Männer, die wie sie eine weiße Haut hatten. Christopher erkannte voll Angst, dass sie Kenia verlassen und nie zurückkommen würde.
»Deborah«, sagte er schließlich, »versprich mir, dass du nie vergisst, dass Kenia dein Zuhause ist. Du gehörst hierher. Hier ist dein Volk. Dort draußen in der Welt wirst du eine Fremde sein, ein Kuriosum, und man wird dich nicht verstehen. Die Welt kennt uns nicht, Deborah. Sie kennen nicht unser Leben und unsere Träume. In England hat man mich als ein exotisches Wesen behandelt. Viele Leute wollten mich unbedingt kennen lernen, aber ich habe keinen einzigen Freund gefunden. Sie können sich nicht vorstellen, was das ist, Kenianer zu sein. Sie können uns mit niemandem vergleichen. Sie können dich verletzen, Deborah. Und ich möchte nicht, dass man dich verletzt.«
Sie war in seinen Augen, in seinem Griff verloren. Es gab diese fremde, erschreckende Welt nicht, von der er sprach, sondern nur diese Stelle am Fluss, sie und Christopher.
»Versprich mir«, sagte er gepresst, »dass du zurückkommen wirst.«
Sie konnte kaum sprechen. »Ich verspreche es«, flüsterte sie. Als er seine Hände von ihren Armen nahm und sich plötzlich umdrehte, glaubte Deborah, die Sonne sei aus ihrem Leben verschwunden.

2

Sarah war wütend.

Zwei Wochen durchkämmte sie bereits Kenia nach ihrem ›Look‹. Die Straße endete hier an der Küste, und sie war dem Ziel ihrer Suche nicht näher als am Anfang.

Sie wanderte durch die alten Straßen von Malindi. Diese exotische, halb zerfallene Stadt war einst ein arabischer Sklavenhafen. Sarah ließ die blendend weißen Hauswände auf sich wirken, die verschleierten Frauen, die von Menschen überfluteten Märkte und die blühenden Mangobäume. Sie glaubte sich in einem weit zurückliegenden Jahrhundert, und ihre Frustration wuchs.

Sie hatte ihre Suche bei den Luo am Victoriasee begonnen. Sarah hatte sie gezeichnet – bei der Arbeit, auf dem Markt, vor den Kochfeuern – und festgestellt, dass die Männer meist lange oder kurze Hosen trugen und die Frauen *Kangas*. Dann war sie zu den Massai und Samburu gefahren. Sie hatten einfache rote *Shukas* an, die Männer und Frauen entweder über der Schulter verknoteten oder unter den Armen um den Körper schlangen. Die Kamba- und Taita-Frauen trugen ebenfalls *Kangas*, manchmal sogar über einem westlichen Kleid oder einer Bluse, und sie wickelten die Tücher um den Kopf. Rot war die vorherrschende Farbe. Das stand im Einklang mit Kenias braunroter Erde; Braun sah sie auch sehr oft, besonders bei den Stämmen, die noch Lendentücher und Umhänge aus weichem Leder als Kleidung benutzten. Hier an der Küste unter dem starken arabischen Einfluss gingen die Frauen in Schwarz und waren so völlig verschleiert, dass man nur die Augen sah. Asiatinnen trugen leuchtende Saris aus Indien. Sarah fuhr kreuz und quer durch Kenia. Mehrere Notizblöcke waren bereits voller Skizzen, aber die erhoffte Inspiration hatte sich nicht eingestellt.

Sie wünschte, Deborah hätte sie begleitet, dann wäre diese Reise wie ein Urlaub gewesen. Dr. Mwai hatte ihr den *Benzi* überlassen. Die Fahrt durch

Kenia wäre ein schönes Abschiedsgeschenk für Deborah, die nach Amerika flog. Deborah hätte ihr Ratschläge geben oder sich ihre Gedanken anhören können. Aber in der Kilima-Simba-Safari-Lodge gab man ihr zu Ehren ein Abschiedsfest und daran musste sie natürlich teilnehmen. Also war sie mit Terry Donald weggefahren. Sarah hatte Dr. Mwai ihr Problem erläutert, und er war so einsichtig gewesen, ihr den *Benzi* zu leihen.

Jetzt waren die zwei Wochen um. Sie musste den *Benzi* wieder zurückbringen. Sarah war überall gewesen und hatte alles gesehen, aber vorweisen konnte sie nichts außer den vielleicht hundert wenig originellen Zeichnungen.

Sie setzte sich im Schatten einer Palme auf eine Bank. Von hier sah sie den breiten weißen Sandstrand, die hellgrünen Korallenriffe und beobachtete, wie eine Gruppe Europäer langsam um eine alte, baufällige Moschee herumging.

Die Touristen hatten Vertrauen in Kenyattas Regierung und glaubten den Beteuerungen, es werde keine zweite Revolution mehr geben. Sie kamen in immer größeren Scharen nach Kenia. Neue Hotels entstanden in Nairobi und hier an der Küste: luxuriöse Safari-Lodges behaupteten sich mitten im Busch. VW-Minibusse bevölkerten Kenias Straßen, scheuchten das Wild auf und hielten in Dörfern, um den Urlaubern die Möglichkeit zum Fotografieren zu bieten. Auf dem Weg in das TREETOPS HOTEL tauchten sie sogar schon in Nyeri auf. Einmal hatte Sarah erlebt, wie ein paar Amerikaner versuchten, Mama Wachera vor ihrer Hütte zu fotografieren.

Die Gruppe schlenderte über den verlassenen moslemischen Friedhof und suchte den Eingang zu der Moschee. Sarah sah die Hosenanzüge aus Polyester, die Blue Jeans und T-Shirts, und sie dachte: *Warum sollen wir sie nachahmen? Warum sollten wir wie Amerikaner aussehen wollen? Warum können sie nicht uns nachahmen?*

Sie stellte sich wieder die jungen Frauen in Nairobi vor, die ihre Ausbildung als Sekretärinnen hinter sich hatten. Sie liefen in gepflegten und selbstbewussten Gruppen durch die Stadt, lachten und trugen ihre kunstvoll gesteckten Zöpfe so stolz, als wollten sie wie ihr Land der Welt sagen, sie seien jetzt befreit und unabhängig. Aber sie trugen westliche Kleidung und leider nur billige Imitationen.

Paris gab in der Mode einmal den Ton an, sagte sich Sarah, stand auf und lief weiter. *Vor zehn Jahren war es England, und jetzt ist es Amerika. Wann ist Afrika an der Reihe?*

Sie war zum ersten Mal an der Küste und kam sich hier beinahe so fremd vor wie die Touristen. In Malindi erinnerte wenig an das übrige Kenia. Die Stadt war uralt. Die Portugiesen hatten sie vor Jahrhunderten gegründet. Unter dem Sultan von Sansibar hatte die Stadt eine Blütezeit erlebt. Malindi ist so etwas wie *Tausendundeine Nacht*, fand Sarah. Der alte arabische Basar, die Kuppeln und Minarette, die schmalen Gassen und zweirädrigen Karren gehörten in eine andere Welt. Männer in langen weißen Gewändern saßen herum, rauchten Wasserpfeifen und tranken Kaffee aus winzigen Tassen. Die Frauen wirkten vor den weiß getünchten Wänden wie verstohlene, dunkle Gestalten. Am Strand beugten sich die Palmen im Wind und neigten ihre grünen Wedel vor der uralten Stadt. Draußen auf dem Meer lenkten die Fischer an den Korallenriffen ihre pittoresken *Dhaus* durch die Wellen. Die dreieckigen weißen Segel wirkten wie Kleckse in dem tiefblauen Himmel. *Ja, Malindi ist schön, bezaubernd und voller Geheimnisse,* dachte Sarah, *aber für Kenia wohl kaum charakteristisch.*

Sie schlenderte zwischen blühenden Hibiskus, Frangipani und Bougainvillea über den geschäftigen Holzkohle- und Fischmarkt, kam an den heruntergekommenen, luxuriösen Villen der ehemals Reichen vorbei, hielt den Zeichenblock in der Hand und dachte an die Turkana, die sie im Norden des Landes gesehen hatte. Ihre wertvollen Kamele benutzten sie nicht als Lasttiere, sondern nur zum Melken. Die Männer mit den eigenwilligen Kopfbedeckungen aus Ton und dem Haar der Vorfahren. Außerdem bemalten sie sich die Körper. Sarah empfand sie als so fremdartig, dass sie dachte, auch die Turkana seien nicht für Kenia charakteristisch.

Im ›Vogelland‹, einem großen ornithologischen Zoo, beobachtete sie eine asiatische Familie, die auf dem Gras unter Tamarisken und Feuerbäumen picknickte. Der Vater trug ein westliches Hemd, Hose und einen Turban auf dem Kopf; Mutter und Großmutter hatten blaugrüne und zitronengelbe Saris an, die Kinder gewöhnliche Kleidchen und Shorts. Möglicherweise waren das die Nachkommen der Leute, die man zum Bau der Ugandabahn vor siebzig Jahren aus Indien ins Land geholt hatte. Zweifellos waren von dieser Familie mit drei Generationen, die hier im Gras saß und ihr Mittagessen verzehrte, alle in Kenia geboren und auch hier aufgewachsen. Ironischerweise hielt aber Sarah die Asiaten wie die meisten Afrikaner und Weißen nicht für Kenianer.

Missmutig ging sie weiter. Sie schlug die Richtung zum Strand ein.
Der Nachmittagswind kräuselte die weißen Dünen, und auf dem grünen

Wasser tanzten Sonnenflecken. Ihre Gereiztheit wuchs, und sie glaubte, den Mut zu verlieren. Gab es denn unter all den Stämmen und Menschen in diesem Land, so fragte sie sich, keine wirklichen Kenianer? Sogar die Kikuju, zu denen sie gehörte, hatten die Tradition aufgegeben. Die Männer trugen Hosen und keine *Shukas* und die Frauen *Kangas.*
Was war also Kenias Stil?
Sie setzte sich auf eine niedrige, von Moos bedeckte Mauer und beobachtete die Fischer in ihren langen weißen Hemden, die den Fang an Land brachten. Sie atmete die salzige Luft des Indischen Ozeans, lauschte auf die Schreie der Möwen und spürte die Sonne auf den Armen. *Kenias Sonne,* dachte sie, *die über uns allen scheint.*
Sie schlug den Zeichenblock auf und blätterte in ihren Skizzen: springende Massai-Krieger; ein Kisii beim Bearbeiten von Specksteinen; ein Samburu-Hirte, der sich auf seinen Stab stützte. Sarah hatte die Augen der Moslemfrauen gezeichnet, die scheu durch die Schlitze ihrer schwarzen Schleier blickten; eine glückliche Tharaka-Braut, die nicht weniger als zweihundert Gürtel aus Kaurischalen trug: Pokot-Frauen tanzten mit unbedeckten Brüsten, die großen Ohrringe standen von ihren Köpfen ab. Sarah hatte sogar einen afrikanischen Geschäftsmann gezeichnet, der in Nairobi mit der Aktentasche unter dem Arm durch die Straße eilte. Und hier war der lächelnde Portier des neuen HILTON Und dann die letzten Blätter: die neue afrikanische Frau in Nairobi in ihren amerikanischen Mode-Imitationen. Mit den kühnen, raffinierten, zu Frisuren hoch gesteckten Zöpfen provozierten diese Afrikanerinnen großes Aufsehen.
Sarah hob den Kopf und fragte sich, wo in all diesen Skizzen Kenia zu finden sei.
Der warme Wind wurde stärker und fuhr durch die Seiten ihres Blocks. Ein dünner Sandschleier wehte über die Dünen. Palmen raschelten, und ihre Wedel schlugen aneinander. Sarah hielt die Hand vor die Augen und blickte auf das grüne und dann in Blau übergehende Wasser. Es wurde langsam spät. Sie wusste, sie sollte nach Nairobi zurückfahren. Aber sie rührte sich nicht von der Stelle.
Unerklärlicherweise saß sie hier und war wie gebannt.
Der aufkommende Wind schien sie zu fesseln. Die raschelnden Palmen schienen zu flüstern: *Bleibe, bleibe ...* Sie blickte zum Himmel hinauf, sah die Wellen gegen die Riffe schlagen, beobachtete die langsam wandernden Dünen, und plötzlich wollte sie zeichnen.

Sie schlug schnell eine neue Seite auf, zog einen Stift aus dem Mäppchen und fing an.

Ihr war kaum bewusst, was sie tat, der Stift schien sich von allein zu bewegen; ihre Hand flog über das Papier, Linien, Wellen und Formen entstanden. Sie konturierte und schattierte. Ihre Augen wanderten schnell vom Block zu der Landschaft und wieder zum Block, und langsam entstand auf dem Papier die Szene.

Als sie wenige Minuten später fertig war, blinzelte Sarah erstaunt.

Auf dem Blatt sah sie den Strand der alten Stadt, aber nicht wirklichkeitsgetreu, wie es eine Kamera vermochte, sondern den *Geist* dieser Landschaft. In den bewegten Linien und Bögen war *Leben*. Sie hörte das Klatschen der Wellen, den Schrei der Möwen. Das gezeichnete Wasser schien zu schäumen. Und obwohl sie mit Bleistift gezeichnet hatte, war in dem Bild Farbe. Sarah sah sie, spürte sie, und ihr Herz begann heftig zu schlagen.

Sie nahm sich eine neue Seite vor, veränderte etwas ihren Sitz auf der niedrigen Mauer und zeichnete eine hübsche kleine Moschee, die etwa hundert Schritte weiter hinter Tamarisken stand. Danach skizzierte sie die schmale Gasse mit den arabischen, vergitterten Balkonen. Und als sie Malindis Seele auf das Papier gebannt hatte, schloss sie die Augen und stellte sich die Amboseli-Steppe vor, wo die Löwen jagten und breit ausladende Dornenbäume in den Himmel ragten. Ihre Hand flog. Bild um Bild entstand. Sie nahm sich neue Stifte, und der Nachmittag verging. Afrikas kurze Dämmerung legte sich über das Land. Aber Sarah zeichnete noch immer.

Sie konturierte die lange Küste des Victoriasees, die Gipfel des Mount Kenia und Kilimandscharo. Sie sah die runden Hütten, die Massai-*Manyattas* und die Turkana-Zelte vor sich. Ihre Hand warf sie auf das Papier. Sie zeichnete Vögel und Tiere; sie schenkte Wildblumen Leben. Und es gab Wolken, Wolkenmeere, die um eine strahlende Sonne zogen. Schließlich bannte sie Sonnenauf- und -untergänge auf die Blätter. Der Chania zog sich durch das Land, Rauch kräuselte sich aus der Hütte ihrer Großmutter, und die Busse brachten die Frauen vom Markt in Karatina zu ihren Farmen zurück.

Als alle Blätter mit Skizzen und Bildern gefüllt waren, die Stifte verbraucht, bemerkte sie zu ihrem Erstaunen, dass es dunkel war. Ein seltsames, beinahe beängstigendes Gefühl erfasste sie.

Wie eine Offenbarung begriff sie plötzlich, dass sie vorher an den *falschen Stellen* gesucht hatte. Hier in dem einfachen Zeichenblock hielt sie jetzt Kenia in den Händen. Der ›Stil‹ Ostafrikas, das wusste sie plötzlich mit großer Erregung, lag nicht darin, wie die Menschen sich kleideten, es war Ostafrika an sich. Kenias Seele verbarg sich nicht in *Shukas* oder *Kangas*, sondern in der Sonne, dem Gras, der roten Erde, im Lächeln der Kinder, in den arbeitenden Frauen, dem sich in die Lüfte schwingenden Falken, dem Sprung einer Giraffe, den Laternen am Mast der heimkehrenden *Dhaus* bei Sonnenuntergang.

Sarah begann zu zittern. Sie sprang von der Mauer und lief zu Dr. Mwais Wagen und presste den kostbaren Zeichenblock fest an die Brust. Sie sah nicht die dunklen Gassen, durch die sie eilte, auch nicht die in Schwarz gekleideten Frauen, die sie neugierig von den Balkonen beobachteten, sie sah nur die endlose Weite der gelben Savanne, die Elefantenherden, die einsamen Wüsten im Norden, durch die Kamele zogen, die Wolkenkratzer aus Glas und Beton, die inmitten von Nairobis Slums in den Himmel ragten. Sie sah das alles in den Farben und Materialien der neuen Stoffe, die sie erschaffen würde.

Sarah Mathenge würde der Welt einen ›Kenia-Look‹ schenken.

»Also du wirst es nicht glauben, was dieser Kerl macht«, sagte Terry Donald und öffnete sein drittes Tusker-Bier. Deborah hörte nicht zu. Sie saß mit Terry in der Panorama-Lounge der Kilima-Simba-Safari-Lodge und beobachtete einen Elefantenbullen, einen Einzelgänger, der ans Wasserloch kam. In der Lodge war es jetzt ruhig. Die Gäste befanden sich auf ihren Zimmern, legten die Badesachen ab und kleideten sich zum Cocktail um. Wenn dann bei Sonnenuntergang die vielen wilden Tiere zur Wasserstelle kamen, würden hier hunderte Touristenkameras klicken.

»Ich habe dir doch schon von Roddy McArthur erzählt, nicht wahr?« Terry versuchte, ihre Aufmerksamkeit auf sich zu lenken. Er hatte Verständnis dafür, dass sie zerstreut war. In zwei Wochen flog Deborah nach Amerika. »Na ja«, fuhr er fort, »also wenn Roddy keine Urlauber hat, mit denen er auf die Jagd geht, dann zieht er alleine los und erlegt die besten Trophäen, die er vor die Flinte bekommt. Er verkauft sie Swanson, dem Präparator in Nairobi, der sie in aller Ruhe ausstopft und zur Seite stellt. Wenn Roddy dann Kunden hat oder ein anderer mit Leuten auf der Jagd war, die aber nur kleine Trophäen mitbringen und unzufrieden sind, dann vertauscht Swanson die Köpfe still und heimlich, und die Leute fliegen mit großen Trophäen nach Hause und behaupten, sie hätten die Tiere erlegt. Also Debo-

rah, das ist nichts für mich. Ich finde, die Jagd sollte ein ehrlicher Sport bleiben.« Er beugte sich vor und tippte ihr auf die Schulter. »Deborah?«
Sie sah ihn an. »Entschuldige, Terry. Ich war in Gedanken wieder woanders.«
»Ich wette, du hast schon gepackt und bist zur Abreise bereit.«
Nein, das war sie nicht. Je näher der Tag der Abreise rückte, desto weniger wollte Deborah gehen.
Es lag an Christopher.
Sie konnte die Wiederbegegnung am Fluss vor drei Wochen nicht vergessen. Sie durchlebte sie immer und immer wieder. In jedem wachen Moment sah sie ihn dort in der Sonne stehen. Und wenn sie sich Christopher vorstellte, dann spürte sie die heftige Flut körperlichen Verlangens, das von Tag zu Tag größer wurde.
»Deborah«, sagte Terry, »ich möchte mit dir unbedingt noch einmal ausgehen, ehe du so viele Jahre nicht mehr da bist.«
Sie mochte Terry Donald. Er war zwanzig, schlank, sonnenverbrannt und sah seinem Vater Geoffrey und seinem Großvater Sir James durchaus ähnlich. Seine Leidenschaft galt der Jagd. Als er vor drei Jahren eine begrenzte Jagderlaubnis erhielt, hatte er Deborah zu ihrer ersten Jagdsafari mitgenommen.
Sie waren im Landrover bis in die Serengeti nach Tanganjika gefahren. Aber mit seinem Jagdschein durfte Terry die großen Fünf nicht jagen: Elefant, Nashorn, Büffel, Löwe und Leopard. Aber sie stießen auf einen alten Löwen, dem der Stachel eines Stachelschweins durch den Kiefer in den Kopf gedrungen war. Der Löwe war nicht mehr bei Sinnen und griff harmlose Dorfbewohner an. Terry erlegte das gefährliche Tier mit einem Gnadenschuss. Da er den Leuten einen guten Dienst erwiesen hatte, überließen sie ihm das Fell.
Kurz bevor Deborah sich zum ersten Semester ihres Medizinstudiums an der Universität in Nairobi im vergangenen Jahr einschrieb, nahm er sie auf die zweite Safari mit. Sie fuhren nach Uganda, um Elefanten zu jagen. Tagelang kämpften sie sich durch mannshohes Gras mit den schweren Büchsen auf dem Rücken, schleppten Munitionstaschen und Wasserflaschen und folgten den Spuren und dem Kot in den tiefen Dschungel. Überall lauerten Gefahren. Endlich stießen sie auf eine Gruppe junger Bullen mit herrlichen Stoßzähnen.
Terry überließ Deborah als Ehre den ersten Schuss. Aber sie war wie erstarrt.

Er erlegte den Besten der Herde und überwachte dann das Heraustrennen der Stoßzähne. In einer großzügigen Geste bot er Deborah das Elfenbein als Geschenk an, aber sie konnte sich nur entsetzt abwenden.

Seit dieser Zeit gelang es ihr nicht, ihm klarzumachen, dass sie für die Jagd nichts übrig hatte und es missbilligte, dass man das in Kenia nicht verbot. Terry vermochte ihr auch nicht die Augen für einen anderen Aspekt zu öffnen: Die Jäger erwiesen sich als sehr nützlich. Sie dezimierten die gefährlich großen Herden, retteten dadurch die Ernte auf den Feldern und schützten die Dörfer vor gefährlichen Raubtieren. Außerdem halfen sie im Kampf gegen Wilddiebe, die die Tiere auf sehr grausame Weise töteten.

Deborah schüttelte nur den Kopf und trank einen Schluck Limonade. »Nein, Terry. Ich gehe nicht noch einmal auf eine Safari, und wenn, dann nur, um mir die Tiere *anzusehen*.«

Aber sie wusste noch nicht einmal, ob sie das richtig heißen konnte, denn überall sah man bereits neue Pisten in der unberührten Landschaft. Mehr und mehr Touristen fuhren kreuz und quer durch Kenia auf der Suche nach den wilden Tieren. Störte nicht diese Invasion der Menschen und Autos das delikate Gleichgewicht der Natur? Sie hatte gesehen, wie Wagen voll grölender und brüllender Touristen hinter den Herden herrasten, und Zebras und Antilopen in Panik davonstoben. Die Urlauber fuhren mit den Mietwagen rücksichtslos mitten in die Herden hinein, rissen den Verband auseinander und trennten Jungtiere von den Müttern, vertrieben ein Rudel aus dem eigenen Revier, ermüdeten und schwächten sie, wodurch Raubtiere eine leichte Beute hatten. Worin liegt der Reiz, fragte sich Deborah, die armen Tiere zu hetzen, bis sie beinahe tot umfallen? Geht es den Leuten wirklich nur um ein bisschen Filmmaterial?

Das Schlimmste aber war, die Touristen fotografierten die Menschen. Deborah hatte erlebt, wie Busladungen zu den Dörfern gebracht wurden und die Kameras klickten. Gekränkte Hirten zogen ihre Umhänge über die Köpfe und drehten sich um. Die Frauen versuchten, die Eindringlinge mit zornigen Rufen zu vertreiben. Welch eine Frechheit, welch eine Rücksichtslosigkeit, fanden sie. Die Afrikaner wussten, die *Wazungu* kamen in das Land, um Tiere zu fotografieren. Bedeutete das, sie rechneten die Dorfbewohner auch dazu?

Deborah sah sich in der eleganten Lodge um. Es war die erste ihrer Art in Kenia gewesen. Inzwischen gab es von der Grenze nach Uganda bis zur Küste viele Imitationen. Geoffrey Donald besaß drei und eine wachsende

Flotte Minibusse. Mit solchen Bussen fuhr man die Urlauber durch das Gebiet der Massai. Kilima-Simba-Safari-Lodge war vornehm, geschmackvoll und gediegen. Die Gäste trafen in Gruppen ein, die müde afrikanische Busfahrer hier absetzten. Man unterhielt sie ein oder zwei Tage mit Tänzen der ›Eingeborenen‹, Erholung am Swimmingpool, exzellenten Speisen und einer alten Wasserstelle vor dem Balkon der Panorama-Lounge. Seit Jahrhunderten kamen die Tiere hierher. Überall standen Schilder und forderten die Gäste zum Schweigen auf, damit die Tiere nicht verjagt wurden.

Die Touristen strömten allmählich in die Bar. Sie trugen etwas verlegen brandneue Khaki-Anzüge, die sie in Nairobi gekauft hatten. Aber all das gehörte zum Abenteuer Kenia. Sie bestellten an der Bar Drinks, von denen der Barkeeper noch nie etwas gehört hatte – Margaritas, Long-Island-Eistee – und schlenderten durch die teure Boutique, wo eine hübsche Afrikanerin Kleider aus Amerika verkaufte.

Deborah blickte auf die Savanne hinaus. Sie hörte das Land atmen; sie spürte, wie kühle tropische Arme sich nach ihr ausstreckten und sie umarmten. Wieder einmal schien die Welt – dieser schreckliche Ort, vor dem Christopher sie so ernst gewarnt hatte – zu verschwinden. Sie war allein mit der roten Erde, den Tieren und den Bergen in der Ferne. Christophers Stimme hallte über die weite Ebene: *Kenia ist dein Zuhause. Du gehörst hierher.*

Plötzlich war sie unglücklich. Drei Jahre schienen eine Ewigkeit zu sein. Wie sollte sie das, abgeschnitten von dem Land, das sie nährte, überleben? Sie fühlte sich wie ein Vogel in einem Käfig, dem der Himmel verschlossen war.

Liebst du mich, Christopher?, fragte sie das Schweigen, das vom Kilimandscharo herunterwehte.

Liebst du mich so, wie ich dich liebe? Spürst du das schreckliche Verlangen, umarmt, berührt und geküsst zu werden? Oder siehst du in mir eine Schwester? Liebst du mich so, wie du Sarah liebst? Hättest du sie so angefasst wie mich und das zu ihr gesagt, was du mir gesagt hast, wenn sie nach Amerika fliegen würde? Wirst du sterben, wenn ich nicht mehr da bin, so wie ich mit Sicherheit sterben werde, Christopher?

»Möchtest du noch etwas trinken, Deborah?«, fragte Terry.

Wenn doch nur Sarah hier wäre!, dachte Deborah. Sie musste unbedingt mit ihrer besten Freundin sprechen. Vielleicht hatte Sarah eine Antwort auf das Rätsel, das ihr Bruder für Deborah war. Aber Sarah konnte nicht mit zur Lodge kommen, auch wenn Deborah sie dazu aufgefordert hätte. Sie fuhr mit Dr. Mwais Wagen durch Kenia.

»Nein danke, Terry«, sagte sie und stand auf, »ich gehe auf mein Zimmer.«
»Ist alles in Ordnung, Deborah?«
»O ja. Bis dann. Wir sehen uns auf der Party.«
Deborah eilte über die Hängebrücke, die zu den Zimmern im ›Eingeborenenstil‹ zum Haupthaus führte. In ihrem Zimmer ließ sie sich gegen die Tür fallen, blickte auf die Wildnis vor ihrem Balkon und rief stumm: *Christopher.*

»*Asanta Sana*«, sagte Sarah zu dem Freund, der sie aus Nairobi mitgenommen hatte. Sie winkte ihm noch nach und machte sich dann auf den Weg über den Hügel hinunter zu den Hütten ihrer Großmutter am Fluss. Sie hatte sich von dem Freund mit einem Lächeln verabschiedet, aber es war ein gezwungenes Lächeln gewesen. Sarah schnaubte innerlich vor Wut, als sie sich Mama Wachera näherte, die in ihrem Kräutergarten arbeitete. Sarah verfluchte alle Bankiers in Nairobi.
Sie hatten ihre Anfrage um einen kleinen Geschäftskredit abgelehnt – einer nach dem anderen!
Als die Medizinfrau sich aufrichtete und ihr Enkelkind sah, stellte sie die Hacke beiseite, ging zu ihr und umarmte sie. »Willkommen zu Hause, Tochter«, sagte sie, »du hast mir gefehlt.«
In Sarahs Armen wirkte die alte Frau klein und zerbrechlich. Niemand wusste genau, wie alt Mama Wachera war, aber sie hatte David geboren, Christophers Vater, als die Trevertons vor vierundfünfzig Jahren sich hier ansiedelten, und aufgrund ihrer Kindheitserinnerungen schätzte man die Medizinfrau um achtzig. Trotz des Alters und der schmächtigen Gestalt war Mama Wachera noch immer eine starke Frau.
»Ist Christopher hier, Großmutter?«, fragte Sarah, ehe sie in ihre Hütte ging, um den Koffer abzustellen und zwei Kalebassen mit Zuckerrohrwein zu holen.
»Dein Bruder ist seit dem Tag, als er nach der Reise über das große Wasser zurückgekommen ist, nicht hier gewesen.«
Sarah zog das gute Kleid für unterwegs aus und hüllte sich in eine *Kanga*. Dann ging sie mit dem Zuckerrohrwein in die Sonne hinaus und fragte sich, warum Christopher in Nairobi sein mochte.
»Sein Verhalten ist unehrerbietig, Sarah«, sagte Mama Wachera und nahm die ihr angebotene Kalebasse mit dem Wein. »Mein Enkelsohn sollte hier bei mir sein. Schließlich wird er bald als Heiler ausgebildet und dann werde ich ihn nie mehr sehen.«

»Ganz bestimmt will Christopher nicht unehrerbietig sein, Großmutter. Wahrscheinlich hat er am Anfang des Semesters viel zu erledigen.«
Sie saßen auf dem Boden vor Wacheras alter Hütte – zwei Afrikanerinnen unterschiedlicher Generationen – und tranken nach dem uralten Ritual weiblicher Verbundenheit und Geselligkeit.
»Sag mir«, fragte Mama Wachera, »hast du auf deiner Fahrt das gefunden, wonach du suchst?«
Sarah erzählte ihrer Großmutter die wunderbare Erkenntnis in Malindi und von ihren herrlichen Plänen für die Zukunft. Aber als sie von ihren Bemühungen berichtete, in Nairobi einen Geldgeber zu finden, klang Sarahs Stimme bitter.
»Es war demütigend, Großmutter! Sie gaben mir das Gefühl zu betteln. Sie verlangten Sicherheiten! Um einen Kredit zu bekommen, muss man beweisen, dass man ihn nicht braucht! Ich habe ihnen meinen Zeichenblock gezeigt und meine Batiktücher und habe gesagt: ›Das ist meine Sicherheit. Meine Zukunft ist meine Sicherheit!‹ Daraufhin wollten sie wissen, ob ich einen Mann oder einen Vater habe, der für den Kredit bürgt. Dann haben sie mich weggeschickt. Großmutter, wie kann eine Frau sich selbstständig machen?«
Mama Wachera schüttelte den Kopf. Ihr war das alles ein Rätsel. Frauen sollten Kinder großziehen und auf ihrer *Shamba* arbeiten. Ihre Enkeltochter sprach von Dingen, die ihr fremd waren.
»Warum dieser Traum, mein Kind? Du musst zuerst einen Mann finden. Du bist jetzt alt genug, um eine Mutter zu sein, aber du hast noch keine Kinder.«
Sarah zeichnete Muster auf den Boden. Die Erfahrungen in Nairobi waren hart gewesen und hatten ihr die Augen geöffnet. Einige Bankiers hatten es sogar abgelehnt, mit ihr zu sprechen. Zwei hatten über ihren Plan gelacht, und drei hatten ihr eindeutige Angebote gemacht. Für ein bestimmtes Entgegenkommen, so meinten sie, könnte man vielleicht über einen Kredit sprechen ...
Sarah war enttäuscht und wütend.
In ganz Ostafrika emanzipierten sich die Frauen. Sie besuchten höhere Schulen und Universitäten, wurden Ärztinnen und Anwälte, sogar Architektinnen und Apothekerinnen. Aber alle diese Karrieren, so hatte sie festgestellt, fanden unter dem Schutz von Männern statt. Unter ständiger männlicher Führung und Autorität brachte man diese Frauen durch männliche

Kanäle ans Ziel. Frauen mit der Anwaltsperücke behandelte man am Gericht gönnerhaft und väterlich wohlwollend. Sie waren noch immer den Männern ausgeliefert, wie emanzipiert sie sich auch fühlen mochten. Aber Frauen, die ein Geschäft aufmachen wollten, waren damit nicht zu vergleichen. Sie forderten völlige Unabhängigkeit, und das war natürlich etwas anderes.
»Wir sind für sie eine Bedrohung«, hatte Sarah in Nairobi ihrer Mutter versucht zu erklären. »Nur eine Frau mit einem eigenen Geschäft ist eine Frau, die mit beiden Beinen auf eigenen Füßen steht. Kein Mann sitzt ihr vor der Nase und trifft die Entscheidungen. Davor haben die Männer Angst. Außerdem werden wir für sie zu einer Konkurrenz. Aber ich lasse mich nicht aufhalten. Ich finde einen Weg, um irgendwie anzufangen.«
Sarah war zu ihrer Mutter in der schwachen Hoffnung gegangen, bei ihr Hilfe zu finden. Aber Wanjiru lehnte Sarahs Pläne ebenso kategorisch ab wie die Bankiers. »Mach dein Studium zu Ende«, wiederholte sie unaufhörlich, »weshalb habe ich all diese Opfer auf mich genommen? Ich habe mich von deinem Vater losgesagt, im Dschungel gelebt und saß die vielen Jahre als Gefangene im Lager. Ich habe es getan, damit du eine richtige Ausbildung bekommst und es im Leben zu etwas bringen kannst.«
»Mutter, ich möchte nicht *deinen* Traum leben. Ich will *meinen* Traum leben! Ist das nicht in Wirklichkeit Freiheit?«
Insgeheim fragte Sarah auch Dr. Mwai, der mit seiner Mutter im Karen-Distrikt zusammenlebte. Er zeigte zwar Verständnis für ihre Pläne, aber sagte: »Wenn ich dir Geld gebe, Sarah, würde deine Mutter kein Wort mehr mit mir reden. In diesem Fall muss ich auf ihrer Seite stehen.«
»Großmutter«, rief Sarah, »was soll ich nur tun?«
Mama Wachera betrachtete ihre Enkeltochter. Sarah war keine echte Mathenge, aber die alte Frau liebte sie trotzdem. »Warum ist es dir so wichtig, Kind?«
»Es ist nicht nur wichtig für mich, Großmutter, es ist wichtig für Kenia!« Sie sah, dass ihre Großmutter sie nicht verstand, deshalb lief Sarah zu ihrer Hütte und nahm den Zeichenblock aus dem Koffer und kam damit wieder zurück.
»Sieh dir das an«, sagte sie und zeigte ihr langsam die einzelnen Blätter, »ich habe die Seele unseres Volkes gefunden.«
Mama Wachera hatte in ihrem Leben noch keine Bilder gesehen. Ihre Augen waren nicht daran gewöhnt, gezeichnete Formen zu erkennen und zu verstehen. Aber einige Schmuckstücke kamen ihr bekannt vor — eine Massai-

Halskette, Embu-Ohrringe. Sie betrachtete die verwirrenden Linien auf dem Papier und versuchte zu begreifen, was Sarah damit für Gefühle verband. Sarahs Worte klangen für die alte Frau rätselhaft und fremd, aber eine Sprache verstand Wachera – die Sprache des Geistes.

Während sie in der Sonne saßen, Sarah ihr die Blätter zeigte, aufgeregt von Materialien und Stoffen sprach, die sie entwickeln, von Kleidern, die sie entwerfen, von dem ›Stil‹, den sie ihren afrikanischen Schwestern geben wollte, spürte Mama Wachera eine jugendliche Kraft von Sarah ausgehen, die ihren alten Körper erfasste.

»Und dafür brauchst du Geld?«, fragte Wachera schließlich.

»Mrs. Dar hat mir versprochen, eine der alten Nähmaschinen zu verkaufen. Ich muss mir in der Stadt etwas mieten – nichts Besonderes. Ich brauche Elektrizität und einen Raum, in dem ich meine Stoffe ausbreiten und zuschneiden kann.«

Mama Wachera schüttelte den Kopf. »Ich verstehe Geld nicht. Warum kannst du mit Mrs. Dar nicht tauschen? Du kannst alles haben, was in meinem Garten wächst. Mein Mais am Fluss gedeiht besser als je zuvor. Vielleicht will sie auch Ziegen haben? Ich bin reich, Sarah. Mir gehören ungefähr hundert Ziegen.«

Sarah sprang verzweifelt auf. Ihre Großmutter lebte in der Vergangenheit. Eine Nähmaschine mit Ziegen kaufen! »Ich brauche richtiges Geld, Großmutter: Pfund und Shilling. Wenn ich versuche, mir das Geld durch Arbeit zu verdienen und alles spare, dauert das Jahre. Ich brauche das Geld jetzt!«

Mama Wachera sah sie nachdenklich an. Dann sagte sie: »Vielleicht suchst du an den falschen Stellen, Kind. Die Erde kann dir vielleicht helfen.«

Sarah bemühte sich krampfhaft, ihre Ungeduld zu bekämpfen. Es war beinahe so hoffnungslos, mit der Großmutter zu reden wie mit der Mutter. Die Alten verstanden sie einfach nicht. Sie lebten in der Vergangenheit! Wenn nur Deborah nicht noch in der Kilima-Simba-Safari-Lodge wäre – *sie* würde verstehen ...

Mama Wachera erhob sich langsam, griff nach der Hacke und sagte: »Komm mit.«

Sarah wollte protestieren, aber das wäre ungehörig gewesen. Also folgte sie ihrer Großmutter zu dem Maisfeld am Fluss.

»Die Kinder Mumbis haben seit dem ERSTEN MANN und der ERSTEN FRAU von der Erde gelebt«, erklärte Mama Wachera und ging ihrer Enkeltochter durch die hohen Maisstängel voran. »Wir sind aus Erde gemacht.

Wenn wir einen Eid schwören, essen wir Erde, um unseren Geist an unsere Worte zu binden. Der Boden ist kostbar, meine Tochter. Das darfst du nie vergessen.«

Als sie den Rand des Feldes erreichten, ging Mama Wachera zu der einen Ecke, bückte sich und hackte den Boden unter großen Bananenstauden. »Wenn man die alte Lebensweise vergisst«, sagte sie und grub tiefer, »dann ist alles verloren. Die Erde gibt uns Antwort auf unsere Fragen.«

Sarah blickte auf das Wasser und spürte ihren Ärger aufsteigen. Jetzt hatte sie nicht die Geduld, um sich einen Vortrag über Feldarbeit anzuhören. Aber plötzlich stieß die Hacke gegen etwas Hartes, und sie wurde aufmerksam.

Wachera bückte sich, und streckte dabei die Knie, wie beim Unkrautjäten oder bei der Ernte und wühlte in der weichen Erde. Schließlich zog sie unter Sarahs staunenden Blicken einen großen Lederbeutel hervor.

»Hier«, sagte Mama Wachera und gab den Beutel ihrer Enkeltochter. Verwirrt löste Sarah die Schnur, öffnete den Beutel und sah eine große Menge Silbermünzen. Es mussten mindestens hundert Pfund in Shilling sein!

»Großmutter!«, rief sie, »woher hast du das viele Geld?«

»Ich habe dir gesagt, Tochter, dass ich mit Geld nichts anfangen kann. Zwanzig Ernten lang schickte deine Mutter Geld für eure Verpflegung. Ich brauchte es nicht. Du und dein Bruder habt das gegessen, was auf meiner *Shamba* gewachsen ist. Ich musste keine Medizin kaufen, denn die mache ich selbst. Als die Schule Geld für eure Schuluniformen und Bücher wollte, habe ich ihnen Ziegen gegeben. Damit waren sie einverstanden. Ich verstehe diese Münzen nicht. Aber ich habe sie aufbewahrt, denn ich wusste, in ihnen wohnt Macht.«

Sarah starrte die alte Frau mit großen Augen an, dann rief sie: »Großmutter!«

»Brauchst du *das*? Kann dich *das* glücklich machen, mein Kind?«

»*Sehr* glücklich, Großmutter!«

»Dann gehört es dir.«

Sarah umarmte die alte Frau stürmisch, tanzte und sprang wie von Sinnen in die Luft.

Wachera lachte und sagte: »Was hast du jetzt vor, Tochter?«

Sarah blieb mit leuchtenden Augen stehen. Sie wusste genau, was sie mit dem Geld tun würde. Aber sie musste sich beeilen. Sie hatte nicht viel Zeit. Deborah würde in zwei Wochen nicht mehr hier sein.

3

Grace nahm das Stethoskop ab und schob es in die Tasche ihres weißen Kittels. Zu der Schwester neben dem Bett, einer afrikanische Nonne im blassblauen Gewand ihres Ordens, sagte sie: »Lassen Sie ihn nicht aus den Augen. Wenn eine Veränderung eintritt, informieren Sie mich sofort.«
»Ja, *Memsaab Daktari.*«
Grace blickte noch einmal auf die Karteikarte des Jungen, rieb sich gedankenverloren den linken Arm und verließ die Kinderstation.
Sie ging unter den Bäumen zu ihrem Haus und wurde von vielen Leuten gegrüßt. Ein Priester eilte zu einer Taufe; Lernschwestern liefen mit Büchern unter dem Arm lachend vorbei; katholische Nonnen in ihren blauen Gewändern lächelten ihr zu; Patienten in Rollstühlen erholten sich an der frischen Luft; Besucher kamen mit Blumen. In der kleinen Stadt, die ihre Mission inzwischen war, herrschte reges Treiben. Es war eine selbstgenügsame und in sich geschlossene Gemeinschaft, die jedes Fleckchen der dreißig Acres nutzte. Man sagte, es sei die größte Mission in ganz Afrika.
Grace Treverton hatte immer noch die Leitung, aber viele Funktionen hatte sie inzwischen anderen übergeben, die im Laufe der Jahre die Fähigkeiten dazu erworben hatten. Grace konnte mit dreiundachtzig nicht mehr alles allein bewältigen, wie sie es gerne getan hätte.
Die Straßenbeleuchtung wurde mit Einbruch der Nacht eingeschaltet. Mitarbeiter eilten zum Abendessen, Schüler zu Abendkursen, andere gingen zum Abendgottesdienst in die Kirche. Grace stieg langsam die Stufen zu der bequemen und vertrauten Veranda hinauf. Als sie durch die Haustür trat, sah sie, dass Deborah aus Amboseli zurück war.
»Hallo, Tante Grace«, begrüßte sie Deborah, und sie umarmten sich. »Du kommst gerade im richtigen Moment. Der Tee ist fertig.«
Innen hatte sich das Haus im Verlauf der Jahre wenig verändert. Die Möbel galten inzwischen als antik. Decken und Schonbezüge schützten die Polster.

Auf dem sehr großen Zylinderschreibtisch türmten sich wie eh und je Rechnungen, Bestellungen, medizinische Zeitschriften und Briefe aus aller Welt.
»Wie war es in der Safari-Lodge?«, fragte Grace und folgte ihrer Nichte in die Küche.
»So luxuriös wie immer! Das Hotel ist so überbelegt, dass sie doppelt so viele Gäste in den Zimmern unterbringen mussten, und es waren immer noch nicht alle untergebracht. Onkel Geoffrey will ein neues Hotel hier in den Aberdares bauen als Konkurrenz zu den TREETOPS.«
Grace lachte und schüttelte den Kopf. »Dieser Mann hat wirklich die Zukunft gesehen. Vor zehn Jahren hielten wir ihn alle für verrückt. Jetzt ist er in Ostafrika einer der reichsten Männer.«
Es hatte in der ersten Zeit nach der Unabhängigkeit zwar einige Schwierigkeiten gegeben – Kenias Militär revoltierte, einige gesetzlose Elemente hatten die Weißen terrorisiert –, aber zu schweren Unruhen oder einer Wiederholung der Mau-Mau-Kämpfe, wie alle befürchtet hatten, kam es nicht. Durch harte Arbeit und Kooperation im Geist des *Harambee*, »mit vereinten Kräften« unter Jomo Kenyattas starker Führung entstand ein geeintes und blühendes Kenia, das sich zu Recht die Bezeichnung das Juwel Schwarzafrikas verdiente. Nur die Zeit würde erweisen, ob die Stabilität auch in den nächsten zehn Jahren *Uhuru* anhalten würde.
Grace bestrich die Brötchen mit Butter und Marmelade und stellte Sahne für den Tee auf den Tisch. Dabei musterte sie ihre Nichte. Deborah war merkwürdig still an diesem Abend.
»Ist alles in Ordnung?«, fragte sie und setzte sich. »Geht es dir gut, Deborah?«
Deborah lächelte sie gequält an. »Es geht mir gut, Tante Grace.«
»Aber es liegt dir etwas auf der Seele. Ist es Kalifornien?«
Deborah starrte schweigend in die Teetasse.
»Du bist dir wohl nicht ganz sicher«, sagte Grace teilnahmsvoll, »stimmt doch?«
»Oh, Tante Grace! Ich bin so durcheinander! Ich weiß, es ist eine großartige Chance für mich, aber ...«
»Hast du Angst?«
Deborah biss sich auf die Lippen.
»Was ist es sonst? Du machst dir doch nicht meinetwegen Gedanken? Darüber haben wir doch gesprochen. Ich möchte, dass du in Amerika studierst. Ich werde nicht einsam sein, und die drei Jahre sind schnell vorüber.«

Der achtzehnjährigen Deborah kamen drei Jahre wie drei Jahrhunderte vor. Grace wartete. In den vergangenen Jahren hatten sie eher wie Mutter und Tochter als Tante und Nichte zusammengelebt. Deborah kam immer zu Grace mit ihren Ängsten, Fragen und Träumen. Viele Abende saßen sie am Feuer und redeten miteinander. Grace hatte Deborah Geschichten von den Trevertons erzählt, und Deborah hatte gebannt zugehört. Es gab zwischen ihnen keine Geheimnisse mit der einen Ausnahme, Deborah wusste immer noch nicht, wer ihr Vater war. Mona hatte Grace das Versprechen abgenommen, dieses Geheimnis zu wahren. Nachdem Mona Kenia verlassen hatte und nur noch selten unpersönliche Briefe schrieb, gab es für Deborah als Familie nur ihre Tante. Sie standen sich so nahe, wie zwei Menschen nur sein können und lebten füreinander.
Schließlich sagte Deborah leise: »Es ist wegen Christopher.«
»Was ist mit ihm?«
Deborah rührte in der Tasse und schien nach den richtigen Worten zu suchen.
»Habt ihr euch gestritten?«, fragte Grace. »Ist er deshalb am Tag seiner Rückkehr aus England sofort nach Nairobi gefahren?« Sie dachte an den kleinen Jungen, den Deborah eines Tages mit zum Tee gebracht hatte. Grace hielt ihn sofort für eine Reinkarnation von David Mathenge. Von diesem Tag an bis zu seiner Abreise nach London waren Deborah und Christopher unzertrennlich gewesen.
»Ich weiß nicht, weshalb er nach Nairobi ist, Tante Grace. Ich weiß nicht, warum er dort geblieben ist.«
»Jedenfalls ist er wieder da. Du musst dich morgen mit ihm aussöhnen.«
Deborah hob den Kopf. »Was willst du damit sagen: Er ist wieder da? Ist Christopher zu Hause?«
»Ich habe ihn heute Nachmittag gesehen. Er hatte einen Koffer und ging zu seiner Hütte.«
»Er ist wieder da!«
Als Grace die leuchtenden Augen ihrer Nichte sah und die Erregung in ihrer Stimme hörte, wusste sie plötzlich Bescheid.
»Ich muss ihn sehen«, sagte Deborah und stand auf. »Ich muss mit ihm reden.«
»Doch jetzt nicht, Deborah. Warte bis morgen.«
»Ich kann nicht warten, Tante Grace. Ich muss etwas wissen, und ich muss es *jetzt* wissen.«

Grace schüttelte den Kopf. Die ungeduldige Jugend! »Was kann schon so wichtig sein, dass du jetzt hinüberlaufen willst?«

»Weil«, sagte Deborah leise, »weil ich ihn liebe. Und ich muss wissen, wie er mir gegenüber empfindet.«

Das überraschte Grace nicht. *Vor zwanzig Jahren,* dachte sie traurig, *erging es deiner Mutter genauso. Aber du hast Glück. Heute gibt es keine Rassenschranke mehr. Mona und David waren zu früh geboren. Ihre Liebe stand unter einem unheilvollen Stern.*

»Du solltest nicht jetzt zu ihm gehen, Deborah. Du solltest bis morgen warten.«

»Warum?«

»Wenn eine unverheiratete junge Frau zu einem Mann in die Junggesellenhütte geht, dann gibt es dafür nur einen Grund. Die Kikuju nennen es *Ngweko*. Es ist eine alte Sitte. Die Missionare haben versucht, sie auszumerzen, aber ich bin sicher, dass sie insgeheim in vielen Dörfern praktiziert wird.«

»Was ist *Ngweko?*«

»Es ist eine Art Werbung mit Regeln und Tabus. Wenn du Christopher heute Nacht in seiner Hütte besuchst, dann würde jeder, der dich sieht, das Eine denken.«

»Mir ist gleichgültig, was die Leute denken.«

»Dann solltest du aber überlegen, was Christopher davon hält. Hat er für dich dieselben Gefühle wie du für ihn?«

»Das weiß ich nicht«, erwiderte Deborah unglücklich.

Grace legte ihr die Hand auf den Arm und sagte freundlich: »Ich weiß, was du durchmachst. Vor vielen Jahren war ich auch verliebt, und ich hatte dieselben Sorgen wie du. Aber du musst vorsichtig und behutsam sein. Du darfst nichts überstürzen, Deborah. Wir müssen nach bestimmten Regeln leben. Für Christopher gilt nach wie vor die Kikuju-Tradition, und für uns Weiße gelten moralische Grundsätze. Wenn du ihn in seiner Hütte besuchst, dann gefährdest du deinen Ruf. Vielleicht verliert er dann die Achtung vor dir. Warte bis morgen. Lade ihn zum Tee hierher ein.«

Grace stand auf und massierte sich den Arm. Sie sagte: »Ich muss zur Krankenwache zurück in die Kinderstation. Ich fürchte, ein kleiner Junge hat Hirnhautentzündung.«

»Kann nicht ein anderer Wache halten, Tante Grace? Du arbeitest zu schwer. Du siehst müde aus.«

Grace lächelte munter: »Seit fünfundfünfzig Jahren, Deborah, habe ich jede

Nacht meine Runden absolviert, außer wenn ich einmal nicht in der Mission war. Mach dir um mich keine Sorgen, Liebes. Du musst dich ausruhen und an deine aufregende Reise nach Kalifornien denken.«

Als ihre Tante das Wohnzimmer verlassen hatte, saß Deborah trübsinnig vor dem kalten Kamin. Sie schwankte hin und her: Sollte sie warten oder sollte sie jetzt zu ihm gehen?

Sie sah sich im Wohnzimmer um. An einer Wand standen von oben bis unten Bücher. Viele waren alt und stammten noch aus der Zeit, als Grace nach Ostafrika gekommen war. Deborah trat vor das Regal und überflog die Buchrücken. Sie entdeckte das Buch, das sie suchte: *Facing Mount Kenya* von Jomo Kenyatta.

Auf Seite 155 beschrieb er *Ngweko*.

Deborah lag wach und lauschte in die Nacht. Die Mission schlief; die Arbeit auf der Kaffeeplantage und die Maschinen ruhten schon lange. In diesem Bett schlief sie schon zehn Jahre. Auch ihre Mutter hatte es während der Mau-Mau-Kämpfe benutzt, und in diesem Zimmer waren David Mathenge und Sir James gestorben – das wusste Deborah aber nicht. Der Wind heulte. Es war Vollmond. Schatten bewegten sich auf den weiß getünchten Wänden des Schlafzimmers: die schwankenden krummen Äste und die vielen flatternden Blätter des hohen Baums vor dem Fenster verwandelten die Wand neben dem Bett mit den Schattenbewegungen in eine Unterwasserlandschaft. Deborah glaubte, durch Seegras und Algen zu gleiten, die von den tiefen Strömungen und Wirbeln tief unten im Meer hin und her getrieben wurden. Auch die Stille glich der Stille im Wasser.

Deborah hörte den gleichmäßigen Rhythmus ihres Herzens. Sie spürte den Puls am Hals, in den Fingerspitzen und an den Schenkeln. Es war eine kalte Nacht, aber sie glühte. Sie warf die Decken von sich, lag ausgestreckt auf dem Rücken und blickte zur Decke hinauf. Der Wind heulte und stöhnte. Eine Wolke schob sich vor den Mond und hüllte sie in Dunkelheit. Dann kam das Licht wieder und tauchte die Welt in einen bleichen, gespenstischen Glanz.

Deborah konnte nicht schlafen, denn sie dachte an Kenyattas Beschreibung von *Ngweko* in dem Buch. *Die Kikuju küssen die Frauen nicht auf die Lippen, wie die Weißen es tun. Anstelle von Küssen gibt es* Ngweko, ›Streicheln‹. *Die Frau bringt dem Mann sein Lieblingsgericht als Zeichen ihrer Zuneigung. Der Mann zieht sich nackt aus. Die Frau macht den Oberkörper frei und behält einen Rock an.*

Die Liebenden legen sich mit ineinander verschlungenen Beinen und einander zugewendet auf das Lager. Sie streicheln sich und sprechen liebevoll miteinander. Das ist die ›Freude der wärmenden Brust‹.
Deborah stöhnte mit dem Wind.
Im Wohnzimmer schlug leise die Standuhr: Mitternacht.
Schließlich hielt sie es im Bett nicht mehr aus. Sie stand auf, zog schnell Bluse und Rock an, dann schlich sie leise am Schlafzimmer ihrer Tante vorbei und ging hinunter in die Küche. Dort stellte sie in einen Korb einige Sachen – zwei Flaschen Tusker-Bier, ein Stück Käse und einen ganzen Gewürzkuchen, wie ihn Christopher besonders liebte. An der Hintertür zögerte sie einen Moment – sie machte sich noch einmal klar, was sie im Begriff stand zu tun. Sie war entschlossen, alles zu riskieren, um vor ihrer Abreise nach Amerika herauszufinden, was Christopher für sie empfand.
Deborah wusste, der Weg zum Fluss war nicht mehr gefährlich. Die wilden Tiere hatten sich seit langem aus dieser Gegend zurückgezogen und lebten jetzt im Dschungel unterhalb der Berge.
Zitternd lief sie durch den vom Mond geküssten Wind. Sie eilte an Mama Wacheras Hütte vorbei, in der es dunkel und still war, dann an Sarahs Hütte und erreichte schließlich den Eingang zu Christophers Hütte.
Sie starrte angstvoll und in steigender Erregung in den dunklen Raum. Sie hatte das Gefühl, ihr Körper sei Teil des Windes, als komme sie von den rauschenden Bäumen, als habe der Fluss sie erschaffen und mit einer Welle hier ans Land gehoben. Sie handelte unter einem Zwang, dem sie hilflos ausgeliefert war und dem sie sich nicht widersetzen wollte. Als sie seinen Namen rief, riss ihn der Wind von den Lippen und entführte ihn in die Nacht. Sie wartete. Dann fragte sie: »Christopher? Darf ich eintreten?«
Eine Ewigkeit schien zu vergehen, ehe er plötzlich aus der Dunkelheit auftauchte – ein großer, schlanker Krieger.
»Deborah!«, flüsterte er.
»Darf ich eintreten? Es ist kalt hier draußen.«
Er starrte sie einen Augenblick lang an und trat dann zur Seite.
Deborah kannte die Hütte; sie hatten als Kinder hier oft gespielt. Die Wände waren aus getrocknetem Lehm und das Dach mit Elefantengras gedeckt. Nur ein Bett stand darin – ein Holzrahmen war mit Lederriemen bespannt und darauf lagen die Decken.
»Deborah«, sagte er noch einmal, »es ist spät. Warum bist du hier?«
Sie sah ihn an. Das Mondlicht fiel sanft in die Hütte und ließ die Umrisse

seiner langen, muskulösen Glieder hervortreten. Deborah glaubte, einen Geist der Vergangenheit vor sich zu haben. *Gib ihm einen Schild und einen Speer,* dachte sie.
»Warum bist du hier?«, fragte er noch einmal.
»Bist du böse auf mich?«, flüsterte sie.
»Nein, Deb! Nein ...«
»Dann ... warum?«
»Es ist, weil ...«
Ihr Herz klopfte laut. Sie standen dicht voreinander. Sie musste nur die Hand heben und würde ihn berühren.
»Es war so ein Schock, Deb«, sagte er gepresst, »ich war vier Jahre weg, und du sagst mir, dass du nach Amerika gehst. Ich dachte, es wäre das Beste, wenn ich in Nairobi bliebe, bis du nicht mehr da bist. Das hätte mir deinen Abschied erträglicher gemacht.«
»Aber du bist zu früh gekommen. Ich fliege erst in der nächsten Woche.«
Er sah sie an. Im Mondlicht wirkte ihre Haut ganz weiß. »Ja, das habe ich gewusst«, sagte er, »ich konnte nicht länger wegbleiben.«
Sie hörten den Wind durch das Grasdach pfeifen. Der Luftzug umspielte ihre Knöchel. Schließlich fragte Christopher sanft: »Warum bist du gekommen, Deb?«
Sie hielt ihm den Korb hin.
»Was ist das?«
»Nimm«, sagte sie.
Er griff nach dem Korb, öffnete ihn, sah den Inhalt und wusste, warum sie gekommen war.
Als Christopher nichts sagte, drehte sich Deborah um. Mit dem Rücken zu ihm zog sie die Bluse aus und legte sie behutsam zur Seite. Dann ging sie zu dem Bett und legte sich ihm zugewendet auf die Seite. Sie hielt die Arme schützend vor die Brüste. Sie zitterte. »Ist es so richtig?«, fragte sie.
Christopher sah sie mit dem Korb in der Hand an, dann setzte er ihn ab, zog die Unterhose aus und legte sich zu ihr.
Sie lagen sich in der Dunkelheit gegenüber. Er zog ihren Arm zur Seite und legte seine Hand auf ihre Brust.
»Wenn du willst«, murmelte sie, »dass ich nicht nach Amerika gehe, bleibe ich hier.«
Er legte eine Hand auf ihre Wange, er fuhr mit den Fingern durch ihre Haare. »Das kann ich dir nicht vorschreiben, Deb. Aber, mein Gott, ich

möchte nicht, dass du gehst!« Er nahm sie in die Arme und drückte sein Gesicht auf ihren Nacken. »Ich möchte dich heiraten, Deb! Ich liebe dich.«
»Dann bleibe ich. Ich fliege nicht nach Amerika.«
Er beugte sich zurück und legte sanft seine Hand auf ihre Lippen. Er betrachtete sie im silbrigen Mondlicht, in dem ihre Haut beinahe leuchtete. Er glaubte zu träumen. Gewiss hielt er Deborah nicht in den Armen, er drückte sie nicht an sich und liebte sie, wie er es so oft in seinen Träumen getan hatte! Aber sie war da. Ihr fester Körper presste sich an ihn, ihre nackten Brüste wärmten ihn, ihr Mund hob sich ihm entgegen und suchte seine Lippen. Er küsste sie. Er legte seine Hand auf ihren Schenkel und hob langsam den Rock.
»Ja«, flüsterte sie.

Grace öffnete die Augen und blickte an die Decke. Der Wind und die Bäume zauberten merkwürdige Schatten auf die Wände ihres Schlafzimmers. Sie rührte sich nicht und dachte lange nach.
Sie hatte gehört, wie Deborah das Haus verließ. Sie wusste, wohin sie wollte. Grace hatte nicht versucht, Deborah aufzuhalten. Sie wusste, es war unmöglich, Deborah von Christopher fern zu halten. Deborah konnte man genauso wenig von ihm fern halten wie ihre Mutter von David oder ihre Großmutter von dem italienischen Herzog. Die Treverton-Frauen, so sagte sie sich, waren zu allem entschlossen, wenn es um Liebe ging.
Grace schlief immer tief und fest. Ihr war unverständlich, weshalb sie auf einmal so hellwach war. Vielleicht lag es an Deborah, vielleicht aber auch nur an dem Wind. Sie stand auf und ging in die Küche, um etwas warme Milch zu trinken. Grace dachte an ihre Nichte, und seltsamerweise machte ihr Deborahs Verhalten keine Sorgen. Christopher war ein guter Mann, das wusste Grace, er würde Deborah nie schaden. Wenn er sie so liebte, wie Grace es hoffte, dann würden die beiden in dem neuen Kenia, in dem es keine Rassentrennung gab, sehr glücklich miteinander sein. *Was wird Mona denken*, dachte Grace, als sie sich die Milch eingoss, *wenn sie das erfährt?*
Grace vermutete, Mona werde das nicht weiter beschäftigen. Sie und Tim sahen ihren ›Fehltritt‹ seit langem als erledigt an.
Grace stellte fest, dass ihr die Milch nicht half und der Schlaf sich aus unerklärlichen Gründen heute Nacht nicht einstellen wollte. Deshalb beschloss sie, noch einmal in die Kinderstation zu gehen und ihren möglichen Meningitisfall zu kontrollieren.

Sie zog die dicke Jacke fest an sich, als sie die dunkle, verlassene Straße entlanglief. Es war schon merkwürdig, dass früher hier einmal dichter Dschungel war. Es wäre unmöglich gewesen, früher nachts ohne Gewehr oder Begleitung eines Askari hier entlang zu laufen. Als sie die Stufen zum Krankenhausgebäude hinaufstieg, blickte sie zum Nachthimmel auf. Seltsamerweise machten die Wolken aus dem Mond ein Herz.

In der Station brannte nur ein Licht. Eine Schwester saß am anderen Ende an einem Tisch, und Schwester Perpetua hielt Wache am Krankenbett des Jungen. Es überraschte sie nicht, dass die *Memsaab Daktari* hier plötzlich erschien. Man wusste, dass Dr. Treverton sich sehr um ihre Patienten kümmerte und manchmal nächtelang an ihren Betten saß. Sie berichtete Grace kurz, wie es dem Jungen inzwischen ergangen war. Grace schlug der Nonne vor, einen Tee zu trinken. Sie werde so lange am Bett sitzen und Wache halten. Grace setzte sich in den Stuhl, den die Schwester verlassen hatte, und stellte fest, dass etwas mit ihrem Magen nicht in Ordnung war. *Deshalb konnte ich nicht schlafen.*

Sie überlegte, was sie und Deborah zu Abend gegessen hatten: Kalbskotelett, Kartoffelbrei und Sauce.

Für eine Frau in meinem Alter ist das zu schwer, dachte Grace und nahm sich vor, etwas vorsichtiger mit dem Essen zu sein.

Sie blickte auf das schlafende Gesicht des Jungen und dachte an all die vielen schlafenden Gesichter, die sie in den vielen Jahren betrachtet hatte. War es erst gestern gewesen, dass sie die Kikuju überwacht hatte, als sie die vier Pfosten aufrichteten und das Grasdach legten? Und dann ihr kleines Vogelsang-Cottage ...

Grace rieb sich den Bauch. Die Magenverstimmung wurde schlimmer. Der Wind fuhr heftig durch die Blätter und wirbelte Staubwolken auf; er brachte ihr alte, vergessene Erinnerungen. Sie sah Bilder und Gesichter von Leuten wieder vor sich, deren Namen sie längst vergessen hatte. Sie sah sogar Albert Schweitzer, den sie in seiner Dschungelklinik vor vielen Jahren besucht hatte.

Als ihr übel wurde und sie plötzlich Schweiß auf Händen und Gesicht spürte, dachte Grace, das Essen sei möglicherweise verdorben gewesen. Phoebe, ihre Meru-Köchin, achtete aber normalerweise auf peinlichste Sauberkeit in der Küche. Mario war etwas unbesorgter in Sachen Sauberkeit gewesen, aber seit die Meru-Frau für sie kochte, musste sie sich um die Küche keine Sorgen mehr machen.

Als ihr das Atmen schwer fiel, alarmierte sie das.
Es konnte keine gewöhnliche Magenverstimmung sein!
Plötzlich spürte sie einen stechenden Schmerz in der Brust, der in den linken Arm zog. Da wusste sie Bescheid.
Noch nicht. Ich habe doch noch so viel zu tun ...
Sie versuchte aufzustehen, aber sie sank wieder auf den Stuhl und presste die Hände auf die Brust. Sie versuchte zu rufen, aber ihr fehlte der Atem. Sie blickte zum anderen Ende des Saals, wo der Tisch stand. Die Schwestern waren beide gegangen.
»Hilfe«, flüsterte sie.
Grace versuchte noch einmal aufzustehen, aber der Schmerz fesselte sie an den Stuhl, als habe ein Speer ihr Herz durchbohrt. Der Saal schwankte und alles verschwamm ihr vor den Augen. Sie rang nach Luft. Eine unglaubliche Schwäche überkam sie, als seien ihre Knochen plötzlich wachsweich. Der Schmerz nahm immer mehr zu.
Sie hörte Stimmen – fern und leise wie auf einer alten Victoria.
»*Che Che, können die Wagen nicht schneller fahren?*«
»*Soll das heißen, Valentine, das Haus ist noch nicht einmal gebaut?*«
»*Grace, darf ich dir Sir James Donald vorstellen?*«
»*Thahu! Ein Fluch über dich und alle deine Nachkommen, bis das Land den Kindern Mumbis zurückgegeben worden ist!*«

Sie hörte den angsterfüllten Schrei der kleinen Njeri bei dem *Irua*-Ritual.
»Helft mir«, flüsterte Grace noch einmal.
Sie umklammerte die Stuhllehne. Der Schmerz schien sie auseinander zu reißen. Sie glaubte, ihr Herz werde zerspringen. *Noch nicht. Ich muss mein Werk vollenden ...*
Aber nur die Stimmen der Vergangenheit antworteten ihr.
»*Ich muss leider berichten, dass Seine Lordschaft irgendwann in der Nacht in seinem Wagen davongefahren ist und Selbstmord verübt hat. Er hat sich erschossen.*«
»*Ich bekomme ein Kind, Tante Grace. David Mathenge ist der Vater.*«
»*Wir müssen mit vereinten Kräften unser neues Kenia schaffen. Harambee! Harambee!*«

Das Licht um sie herum wurde immer schwächer. Dunkelheit senkte sich auf sie herab. Bis auf den heftigen Schmerz im Herzen fielen alle Empfindungen von ihr ab. Sie konnte sich nicht mehr bewegen, nicht mehr rufen.

Ein seltsames, schwebendes Gefühl erfasste sie. Dann spürte Grace, wie eine besorgte, liebevolle Erscheinung sie umgab und einhüllte wie ein warmer Nebel.
Sie ließ den Kopf sinken. »James«, war ihr letztes Wort.

4

Die Trauerfeier fand in der Kirche der Grace-Treverton-Mission statt. Hier war Grace vor einundfünfzig Jahren zu Reverend Thomas Masters gegangen, den die Missionsgesellschaft aus Suffolk damit beauftragt hatte, die Leitung der Mission zu übernehmen, und hatte zu ihm gesagt: »Ich möchte, dass Sie gehen, Sir. Und ich möchte, dass Sie nie zurückkommen. Sie sind ein unangenehmer, engstirniger, unchristlicher Mann. Sie schaden meinen Leuten mehr und nützen ihnen wenig. Sie können auch Ihren Vorgesetzten in Suffolk berichten, dass ich auf ihre Unterstützung nicht mehr angewiesen bin.«
Keiner der Anwesenden heute wusste etwas von diesem Ereignis. Niemand außer ein paar Kikuju, die kein Englisch verstanden, waren Zeuge gewesen. Aber im Leben von Grace war das eine große Stunde.
Der Bürgermeister von Nairobi berichtete der Menschenmenge jetzt von Grace Trevertons Leben. Die Entlassung des selbstgerechten Missionars wurde im Zusammenhang mit ihren großen Leistungen nicht erwähnt, aber viele, viele andere.
Deborah saß mit roten und geschwollenen Augen in der ersten Reihe, neben ihr saßen Geoffrey und Ralph Donald. In dem schlichten Sarg lag die Frau, die für Deborah wie eine Mutter gewesen war. Solange sie denken konnte, hatte sie bei ihr nur Liebe, Schutz und Verständnis erlebt. Es bereitete ihr noch mehr Pein daran zu denken, wie Tante Grace sie liebevoll aufnahm, als Mona Kenia für immer verließ. Tante Grace änderte ein Schlafzimmer so, dass sich ein kleines Mädchen darin wohl fühlen konnte. Sie brachte ihr Spielzeug und Puppen, sie las der unglücklichen und einsamen Deborah abends Geschichten vor, hatte mit ihr ›Tisch decken‹ gespielt und sich die Ängste und Träume der Kleinen angehört. Deborah dachte an die Zärtlichkeiten ihrer Tante, an die kühle, sanfte Hand auf der heißen Stirn, als sie Masern hatte, an ihre Geduld als Lehrerin, ihre klaren, einfachen Erklä-

rungen, als die Pubertät einsetzte, an ihr herzliches Lachen, bei dem ihr manchmal die Tränen über die Wangen liefen. Und dann durfte sie mit ihr viele Tage im Krankenhaus der Mission sein. Tante Grace zeigte Deborah, wie man ein Stethoskop benutzt, drückte ihr die erste Injektionsspritze in die Hand, erläuterte ihr die Lebenszeichen und weihte sie ruhig und sachlich in die Geheimnisse der Medizin und des Heilens ein.
Tante Grace war immer für Deborah da gewesen. Es war unmöglich, sich die Welt ohne sie vorzustellen. Deborah empfand eine schreckliche Leere. Sie hatte plötzlich keine Familie mehr.
Wir müssen alle eines Tages sterben, sagte sie sich. Es war so richtig, dass Grace zusammengesunken an einem Krankenbett saß. *So hätte sie es sich gewünscht.* Aber für Deborah war das ein kleiner Trost.
Als man den Sarg schließlich in die Erde senkte – an diesem besonderen Platz neben der Kirche würde eines Tages das Bronzedenkmal von Grace Treverton stehen –, warf Deborah die erste Hand voll rote Kenia-Erde in die Grube. Es klang dumpf und einsam.

Deborah legte das Tagebuch zur Seite und nahm sich vor, es eines Tages, wenn sie den Schmerz überwunden hatte, zu lesen. Aber jetzt war sie zu aufgewühlt, um die Gedanken und Worte ihrer Tante aufnehmen zu können.
Sie wischte sich wieder die Augen mit dem Taschentuch und fragte sich, wann die Tränen wohl versiegen würden. Wann würde sich der schreckliche Schmerz über den Verlust auflösen? Wann würde sie sich mit der Endgültigkeit des Todes abfinden? *Wir wollten zusammen arbeiten, Tante Grace. Aber jetzt werde nur ich die* Memsaab Daktari *sein.*
Sie saß mitten im Wohnzimmer auf dem Boden. Die Sonnenstrahlen wärmten sie, die durch die offenen Fenster und Türen fielen. Deborah ließ Luft und Licht in das Haus, wie es auch Tante Grace immer getan hatte. Sie betrachtete sich die Schachteln mit den persönlichen Dingen, die Grace im Verlauf der Jahre gesammelt hatte. Es sah so aus, als hätte sie nie etwas wegwerfen können. Deborah fand Fotos, Quittungen, vergilbte Grußkarten, Briefe von Sir James.
Da war auch der Orden, das Kriegsverdienstkreuz in einem mit Samt ausgeschlagenen Kästchen, den man ihr für Mut und Tapferkeit im Ersten Weltkrieg verliehen hatte. Deborah fand einen schmalen Ring. Merkwürdig, sie hatte bei Tante Grace nie einen Ring gesehen. Und da war auch die

Brosche mit dem Türkis, die Grace so hoch in Ehren hielt. Sie hatte ihr gesagt, es sei ein ›Glück bringender Stein‹, der verblasste, wenn das Glück verbraucht sei. Deborah steckte sich die Brosche an das Kleid. Alle anderen kostbaren Erinnerungen legte sie in die Schmuckschatulle zurück.
Unter den Sachen befanden sich unerklärliche Merkwürdigkeiten: ein alter, gelber Zeitungsausschnitt, Grace teilte einem Mann namens Jeremy Mannings in einer Anzeige mit, dass sie in Britisch Ostafrika zu finden sei; ein Menü des NORFOLK HOTEL; eine gepresste Blume. Sie entdeckte Briefe von berühmten Leuten – Eleanor Roosevelt, Präsident Nehru – und bunte Karten mit kindlichen Namenszügen.
Grace hatte alles aufgehoben. Deborah schien es, als habe ihre Tante in den Schachteln jeden Moment, jeden Atemzug ihres Lebens sorgfältig bewahrt. Und all das gehörte jetzt Deborah.
Grace hatte ihr auch das Haus hinterlassen, um darin zu wohnen, solange sie wollte. Die Mission, so war es festgelegt, vermachte sie dem Orden der katholischen Nonnen mit der Klausel, dass Deborah dort bis zum Abschluss ihres Medizinstudiums praktische Erfahrungen sammeln durfte. Aber Deborah wollte nicht in diesem Haus wohnen. Sie wollte BELLATU wieder aufschließen, die Läden öffnen, die Tücher von den Möbeln nehmen und es mit Christopher und ihren Kindern wieder mit Leben erfüllen. Sie würde den Nonnen das Haus ihrer Tante überlassen. Ein Schatten fiel plötzlich durch die Tür.
Deborah hob den Kopf und Sarah mit einem Paket in der Hand.
»Es tut mir Leid, Deb«, sagte sie leise, »ich habe das mit deiner Tante erst jetzt erfahren. Ich habe in Nairobi gearbeitet und keine Zeitung gelesen.«
Deborah stand auf und sank Sarah in die Arme. So standen sie eine Weile, dann sagte Sarah: »Christopher hat es mir gesagt. Es muss ein schrecklicher Schock für dich gewesen sein. Er hat mir auch erzählt, dass du nicht nach Kalifornien gehst und dass ihr beide heiraten wollt. Es ist zu viel, Deb. Die gute Nachricht und die schlechte ... alles auf einmal.«
»Ich bin so froh, dass du hier bist, Sarah. Es ist so merkwürdig ... Tante Grace nicht mehr da. Ich meine immer, sie müsste jeden Moment durch die Tür kommen und mit mir Tee trinken wollen. Ich möchte hier nicht allein in diesem Haus leben. Ich könnte mich nie daran gewöhnen.«
»Wir helfen dir, Deb.«
»Ich komme mir wie eine Waise vor. Ich habe keine Familie mehr. Ich bin völlig allein auf der Welt.«

»Christopher und ich werden jetzt deine Familie sein.«
»Ich bin so froh, dass du da bist, Sarah.«
»Ich wollte dir eigentlich etwas zeigen, aber ich komme ein andermal wieder.«
»Bitte bleib hier. Lass uns Tee trinken.«
Sie saßen am Küchentisch und tranken *Countess Treverton Tea*. Sarah öffnete das Paket nicht gleich. »Weißt du, Deb, dass meine Großmutter für deine Tante ein an Ngai gerichtetes Kikuju-Gebet gesprochen hat?«
Das überraschte Deborah. »Ich dachte immer, sie seien Erzfeindinnen, und deine Großmutter lehne uns alle ab. Sie hat sogar meinen Großvater verflucht, wie man erzählt ...«
»Aber sie hat deine Tante geachtet. Sie haben beide als Heilerinnen gewirkt.«
»Was wolltest du mir zeigen, Sarah?«, fragte Deborah, denn sie wollte nicht mehr über die Tote sprechen. »Was hast du in Nairobi gemacht? Christopher hat mir erzählt, dass du aus Malindi mit neuen Entwürfen zurückgekommen bist.«
Sarah nahm das Paket von der Küchenanrichte und öffnete es. Dann drehte sie sich herum und entrollte ein Tuch wie eine Fahne, die sie in den ausgebreiteten Händen hielt.
Deborah staunte. »Sarah«, flüsterte sie.
»Wie findest du es?«
Deborah war überwältigt. Es ließ sich nicht mit den Batikarbeiten am Fluss vergleichen. Es war etwas völlig Neues, das es noch nirgends auf der Welt gab.
Ihre Augen glitten über die unglaublichen Farben, folgten den Formen, Schwüngen und Linien und allmählich sah sie die Bilder: eine Sonne verschmolz mit einem blauen Meer, das in grüne Palmen überging, die sich an den Rücken einer afrikanischen Mutter schmiegten, die auf einer roten Straße lief, die zu fernen, violetten Bergen führte, auf denen silbriger Schnee lag.
»Oh, es ist schön, Sarah! Wie hast du das um alles in der Welt gemacht?«
»Ich habe beinahe drei Wochen daran gearbeitet. Du hast keine Ahnung, was ich da alles hineingelegt habe.«
Ein Schauer überlief Deborah. Das Muster hypnotisierte sie. Die Menschen waren wie eine Landschaft, und die Landschaft erinnerte an Menschen. Es war Afrika, es war *Kenia*.
»Ich möchte daraus Kleider machen, Deb. Ich habe eine Idee. Pass auf.«
Sarah hielt sich den Stoff so an, dass er in weichen Falten fiel. Man sah die einzelnen Szenen ineinander übergehen, während sie sich drehte. Das Kleid

sollte weite Ärmel haben mit einem schwingenden Saum und bis zum Boden reichen. Es sollte einfach, aber elegant geschnitten sein. Die kunstvoll aufgesteckte Frisur und Sarahs schwarze Haut bildeten eine wundervolle, strahlende Einheit.« »Glaubst du, die Frauen werden das kaufen?«
»Ja, Sarah. Es ist hinreißend.«
Sarah legte das Tuch sorgfältig zusammen und legte es wieder in die Schachtel. Dann sagte sie: »Ich war damit bei Maridadi in Nairobi, Deb. Ich habe ihnen den Stoff gezeigt. Sie sagen, sie können es für mich herstellen, wenn ich ihnen Bestellungen garantiere. Verstehst du, ich könnte das nie selbst. Ein Kleid allein würde Wochen dauern. Ich müsste dann so viel nehmen, dass nur wenige Frauen sich das leisten könnten. Aber Maridadi kann das maschinell herstellen. Ich nähe nur die Kleider. Aber ich muss Bestellungen haben, Deb. Ich bin zu Geschäften in Nairobi gegangen, aber sie wollten mir keine festen Zusagen machen. Hast du vielleicht eine Idee?«
Deborah dachte nach. Aber ihr fiel nichts anderes ein als: *Wenn doch Tante Grace hier wäre. Sie würde einen Rat geben können.*
»Sag mal«, fragte Sarah, »meinst du, dein Onkel könnte in seinen Hotels diese Kleider verkaufen? Ich meine, an Touristen?«
»Onkel Geoffrey?« Deborah sah die Kilima-Simba-Safari-Lodge mit den Boutiquen, die aus Amerika importierte Kleider verkauften. Ihr Onkel hatte darüber geklagt, dass die Regierung in Kürze Einfuhrbeschränkungen erlassen werde, um die einheimische Wirtschaft und Industrie zu fördern. Er hatte sogar davon gesprochen, die Boutiquen zu schließen, da sie im Grunde kein Geld einbrachten. Er wollte in den Geschäften einheimisches Kunsthandwerk und Souvenirs verkaufen.
»Natürlich«, sagte Deborah, »deine Kleider wären für meinen Onkel ideal. Die Touristen lieben das.«
»Ich hoffe es, Deb«, sagte Sarah leise.
»Ich muss morgen nach Nairobi, um Professor Muriuki zu sagen, dass ich das Stipendium nicht annehme. Wenn Onkel Geoffrey im Büro ist, zeige ich ihm deinen Stoff.«
»Danke, Deb. Ich weiß, du hast es im Augenblick schwer.«
»Ich muss unbedingt etwas tun. Das würde auch Tante Grace richtig finden. Ich werde für mein nächstes Semester Vorlesungen und Seminare belegen und sehen, dass ich Ordnung in mein Leben bringe.«
Sie gingen zur Haustür. Die scharlach- und lachsroten Bougainvillea leuchteten in der Nachmittagssonne wie Regenbogen.

»Ich bin froh, dass du nicht nach Amerika gehst, Deb. Ich bin in meiner Hütte, wenn du mich brauchst.«

»Ich werde übermorgen aus Nairobi zurück sein. Bitte komm her und leiste mir Gesellschaft. Vielleicht könntest du eine Zeit lang bei mir wohnen. Du könntest eines der Schlafzimmer zum Nähen haben.«

»Das wäre schön, Deb. Vielen Dank.« Sie umarmten sich. »Es ist herrlich, dass du Christopher heiratest. Wir sind dann Schwestern.«

Deborah sah ihr nach. Sie ging so leicht, so unbeschwert und voll Selbstvertrauen und schien den Boden kaum zu berühren. Dann kehrte Deborah zu den Schachteln im Wohnzimmer zurück.

Sie wollte sich jetzt nicht mit diesen Sachen beschäftigen. Sie wollte sie erst einmal wegstellen. Christopher hatte ihr nach der Beerdigung gesagt, er warte auf sie unten am Fluss an ihrer Lieblingsstelle. Aber Deborah glaubte, sie schulde ihrer Tante diese letzte Pflicht. Es durfte nichts unerledigt bleiben.

In der letzten Schachtel entdeckte sie die Briefe.

Merkwürdigerweise stand auf den Umschlägen keine Adresse. Sie öffnete einen und sah verblüfft, dass die Briefe ohne Datum waren und mit den Worten begannen: *Mein geliebter David* ...

Deborah drehte das Blatt um und sah die Unterschrift.

Mona

Meine Mutter.

Deborah erstarrte und hielt den Liebesbrief in der Hand. Sie erinnerte sich an den Tag vor zehn Jahren, als sie und Christopher im Schlafzimmer ihrer Großeltern in BELLATU saßen und die geheimnisvollen Dinge in den Schubladen betrachteten. Sie stießen auf David Mathenges Ausweis, den Christopher bis zum heutigen Tag aufbewahrt hatte.

Sie sah den Brief an und die vielen anderen und fragte sich, wieso der Ausweis bei den privaten Erinnerungen der Trevertons gelegen hatte ...

David Mathenge und meine Mutter haben sich geliebt?

Wie gebannt begann Deborah, die Briefe zu lesen. Sie waren alle ohne Datum. *Ich werde diese Briefe deiner Mutter geben*, hatte Mona geschrieben, *wie du es mir gesagt hast. Sie wird dafür sorgen, dass sie dich erreichen. Es ist mein einziger Trost in dieser schrecklichen Zeit, dass wir auf diese Weise miteinander verbunden sind.*

Deborah konnte es nicht glauben. Wie waren diese Briefe bei ihrer Tante gelandet?

Sie las weiter. Die Worte auf dem blassrosa und taubengrauen Papier mit dem Treverton-Wappen konnte unmöglich ihre harte, gefühllose Mutter geschrieben haben! Aus diesen Worten sprach Liebe und Leidenschaft einer jungen Frau. Sie schrieb genau das, was Deborah für Christopher empfand. Deborahs Augen füllten sich mit Tränen. Wie schrecklich, von dem Mann getrennt zu sein, den man liebte! Von einer Gesellschaft verurteilt zu werden, weil man einen Mann einer anderen Rasse liebte.

Plötzlich wollte sie, dass ihre Mutter hier im Wohnzimmer wäre. Sie wollte mit ihr sprechen, die Jahre noch einmal überdenken und von vorne anfangen. Wie anders könnte alles gewesen sein!

Deborah wusste, David Mathenge war während der Mau-Mau-Kämpfe ums Leben gekommen. Aber wann und wo, das wusste sie nicht. Auch zum Tod ihres Vaters hatte Mona ihr nur gesagt: »Er ist vor deiner Geburt gestorben.« Mehr nicht.

Ist mein Vater bei den Kämpfen auch umgekommen? überlegte Deborah verwirrt. *Kannte ihn meine Mutter vor oder nachdem sie sich in David Mathenge verliebte?* Deborah interessierte sich zum ersten Mal in ihrem Leben für ihren Vater. Sie hatte ihn sich immer als einen lächelnden, schattenhaften Mann vorgestellt, der im Leben ihrer Mutter nur eine kurze Rolle spielte. Er hatte Mona nicht geheiratet. Hatte er sie überhaupt geliebt?

Deborah las weiter. Plötzlich kam wie ein Donnerschlag die Nachricht ihrer Mutter, sie sei schwanger. Deborah las noch schneller. Ein Töchterchen wurde geboren. Mona taufte sie Mumbi wie die ERSTE FRAU. Sie schrieb David von ihrem schönen *Kind der Liebe.*

Dann brach der Brief merkwürdigerweise ab.

David musste gestorben sein.

Deborah legte die Briefe wieder zusammen und grübelte. *Was war aus dem Kind geworden? Wo ist Mumbi jetzt?* Mutter hatte nie ein anderes Kind erwähnt, auch nicht Tante Grace. Hatte man Mumbi Adoptiveltern gegeben? Oder war sie ebenfalls gestorben?

Plötzlich musste sie es wissen. Deborah stand auf und sah sich in dem Zimmer um, als seien die Antworten dort verborgen. Sie konnte ihrer Mutter schreiben. Aber es würden Wochen vergehen, bis eine Antwort kam. Vielleicht wollte ihre Mutter nicht an die schmerzliche Episode ihrer Vergangenheit erinnert werden und würde auf ihre Frage nicht antworten.

Wer sonst könnte es wissen? Vielleicht Onkel Geoffrey ... Sollte er keine Ahnung von all dem haben, dann wäre es nicht richtig, ihm das Geheimnis ihrer Mutter anzuvertrauen.

Tante Grace hätte ihr die Frage beantworten können. Aber sie war nicht mehr da.
Deborah ging auf die Veranda und dachte nach. Es gab noch einen Menschen, der wissen musste, was aus dem Kind geworden war. Sie war schließlich Davids Mutter, und ihr wollte man diese Briefe anvertrauen ...
Aber Deborah scheute sich, zu der Medizinfrau zu gehen. Irgendwie hatte sie sich schon immer vor Mama Wachera gefürchtet und wurde unter ihrem undurchdringlichen Blick immer verlegen. Aber Mama Wachera war Christophers Großmutter, und bald, so sagte sich Deborah, wäre sie durch die Heirat eine Verwandte.
Mama Wachera würde wissen, was mit diesem Baby geschehen war.
Sie lief den alten, ausgetretenen Pfad zwischen Spielplatz und Fluss entlang und spürte, wie die Trauer langsam großer Erregung wich. Sie war doch nicht allein! Es bestand eine Möglichkeit, dass dieses Kind überlebt hatte und auch heute noch lebte. Mumbi – eine Halbschwester!
Mama Wachera saß vor ihrer Hütte und wickelte Süßkartoffeln in Blätter. Der Hirsebrei kochte auf einem Feuer neben ihr. Deborah näherte sich ihr schüchtern, räusperte sich und murmelte dann die traditionellen ehrfurchtsvollen Grußworte in Kikuju, denn Christopher hatte ihr seine Sprache beigebracht.
Die alte Frau betrachtete sie mit versteinertem Gesicht. Sie erwiderte den Gruß nicht, bot weder Wein noch etwas zu essen an. Deborah erkannte, dass sie mit allergrößter Kikuju-Unhöflichkeit empfangen wurde, und sprach schnell weiter.
»Bitte, ich habe diese Briefe unter den Sachen meiner Tante gefunden. Ich muss etwas darüber wissen. Herrin Wachera, ihr seid der einzige Mensch, der meiner Meinung nach meine Fragen beantworten kann.«
Die Augen der Medizinfrau richteten sich kurz auf die Briefe in Deborahs Hand. »Was möchtest du wissen?«
»Diese Briefe sind von meiner Mutter an euren Sohn David gerichtet. Sie berichtet ihm von einem Kind, von einer Tochter namens Mumbi. Mumbi wäre meine Schwester, und ich möchte wissen, was mit ihr geschehen ist. Wisst ihr es, Herrin Wachera? Lebt Mumbi noch?«
In den Augen der alten Frau bewegte sich nichts, als sie sagte: »Ich weiß von keinem Kind.«
»Es steht hier in den Briefen. Meine Mutter teilt David mit, Mumbi sei seine Tochter. Niemand hat mir gegenüber dieses Kind jemals erwähnt. Ihr wisst doch ganz sicher, was aus ihr geworden ist. Bitte, sagt es mir.«

»Ich weiß von keinem Kind«, wiederholte Wachera, »du bist das einzige Kind aus dem Leib deiner Mutter.«
Deborah überlegte krampfhaft, wie sie Mama Wachera zu einer Antwort bewegen könnte. Vielleicht könnte Christopher helfen ...
»Du bist das einzige Kind aus dem Leib deiner Mutter«, wiederholte Mama Wachera.
»Aber es gibt auch dieses Kind«, erwiderte Deborah, »man nannte es ...«
Sie brach ab. Sie blickte in die rätselhaften Augen der Medizinfrau.
Dann blickte Deborah auf die Briefe in ihrer Hand.
Es stand kein Datum auf den Briefen. Aber sie wusste, sie waren während der Mau-Mau-Kämpfe geschrieben worden.
Ich bin damals geboren worden ...
Sie sah die Medizinfrau wieder an. »Was behauptet ihr?«, flüsterte Deborah, und sie erfasste kalte Angst. »Was behauptet ihr?«
Mama Wachera gab keine Antwort.
»Sagt es mir!«, rief Deborah verzweifelt.
»Verlass dieses Land«, sagte die alte Frau schließlich, »du bist *Thahu*. Du bist verflucht.«
Deborah starrte sie voll Entsetzen an. »Verlass dieses Land, denn du gehörst nicht hierher. Du bist *Thahu*. Du bist tabu.«
»Es kann nicht wahr sein!«
»*Thahu!*«, rief Wachera, »du bist ein Kind der Gottlosigkeit! Und du hast mit dem Sohn deines Vaters geschlafen!«
»*Nein*«, schrie Deborah, »Ihr irrt euch!«
Sie wich zurück. Sie stolperte. Dann drehte sie sich um und rannte davon.

5

Die vier jungen schwarzen Frauen standen ungezwungen und selbstbewusst zusammen. Sie wussten, wer sie waren und was vor ihnen lag. Sie trugen die Haare im neuen Afrolook, viele kleine Löckchen standen nach allen Seiten ab. Sie trugen bunt bedruckte nigerianische Kleider, die an den Ärmeln und am Ausschnitt üppig mit weißer Seide bestickt waren. An ihren Ohren hingen riesige Reifringe, um die Handgelenke kupferne Armreifen, und um den Hals lagen Ketten aus Eisen und Holz. Sie hatten Namen wie Dara, Fatma und Rasheeda, waren flott, redegewandt, politisch auf dem Laufenden und schön. Vor ein paar Wochen hatten sie Deborah Treverton aus ihrem Kreis ausgeschlossen.

Deborah sah sie jetzt auf der anderen Seite der riesigen Mensa, in der sich die Studenten zur Weihnachtsfeier drängten. Aus ihrem Blick sprach Verwirrung, Neid und Einsamkeit. Sie wollte niemanden verletzen, als sie sich mit ihnen anfreundete. Aber Deborah hatte festgestellt, dass zwischen ihr und diesen Afroamerikanerinnen ein großer, unüberbrückbarer Abgrund lag. Im September brach ihre ursprüngliche Hoffnung zusammen, in ihnen etwas Ähnliches wie Sarah zu finden. Damals hatte das Semester gerade zwei Wochen begonnen; Deborah bat diese Frauen, sich ihnen anschließen zu dürfen.

»›Frauen gegen Repression‹ ist eine Gruppe schwarzer Frauen«, erklärte Rasheeda, wie sie sich nannte, obwohl sie in Wirklichkeit LaDonna hieß. »Was willst du bei uns?«

Deborah vermochte nicht, ihren Verlust in Worte zu fassen, das Bedürfnis, irgendwo dazuzugehören und dass sie bei ihnen an Sarah denken musste. Sie war so schrecklich allein in diesem verwirrenden neuen Land.

Amerika schien Deborah so fremd, wie für die ersten Weißen Kenia einmal gewesen sein musste. Sie verstand diese Sprache nicht, obwohl es Englisch war, denn alle sprachen Slang; Deborah hörte immer wieder Worte wie *bummer* und *freakout*. Sie war verwirrt, wenn jemand *bad* sagte und *good* meinte. Sie verstand nicht die komplizierten gesellschaftlichen Regeln, die sich von den Regeln in Kenia so sehr unterschieden. Die vielen ineinander verwobenen Subkulturen, in denen sich alle Amerikaner so mühelos bewegten, machten Deborah fassungslos. Sie suchte eine Nische in diesem verwirrenden neuen Land, in dem jeder einen Platz zu haben schien. Deshalb antwortete sie Rasheeda: »Weil ich schwarz bin.«

Zu ihrer Überraschung genügte ihnen das. Nur ein Tropfen schwarzes Blut, so erklärten sie, stelle die Betreffende in die Reihen der Unterdrückten. Und so wurde Deborah von ihnen eine kurze Zeit als ihre Schwester aufgenommen.

Aber Deborah stellte sehr schnell fest, dass schwarze Haut aus ihnen keine Afrikanerinnen machte. Obwohl diese Frauen sich unerschütterlich dafür hielten, sah Deborah in diesen aggressiven, weltklugen, Männer hassenden Frauen, die unbekümmert – und wie Deborah fand – schockierend über Abtreibung, Sex und die Entmannung der amerikanischen Schwarzen sprachen, keine Ähnlichkeiten zu ihren Kikuju-Freundinnen. Sie besaßen nichts von der afrikanischen Naivität, der ehrerbietigen Achtung für die Älteren und fraulichen Bescheidenheit, die Deborah bei Sarah und ihren Freundinnen erlebt hatte. Diese Afroamerikanerinnen bekämpften mit leidenschaftlichem Zorn einen gemeinsamen Feind, den Deborah bislang nicht so bedrohend empfunden hatte, wie sie das zum Ausdruck brachten. Dieser Feind war der weiße Mann.

Trotzdem hatte sie versucht, bei ihnen zu bleiben, ihren Platz in der Gruppe zu behaupten, denn Deborah brauchte einen *Platz*. Sie musste sich auch mit einem Panzer umgeben, um den überwältigenden Schmerz abzuwehren, der in hohen Wellen auf sie einstürzte und gegen ein bedrohtes Ufer brandete.

Deborah hatte Kenia verlassen, ohne sich von Sarah oder Christopher zu verabschieden.

Jemand drängte sich an ihr vorbei, stieß gegen sie, und Deborah verschüttete ihr Coke. Deborah wich zur Wand zurück, um so gut wie möglich niemandem im Weg zu stehen. Weihnachtsmusik dröhnte aus den Lautsprechern; auf langen Tischen türmten sich Speisen und Getränke. An beiden Enden des Saals brannten Feuer lichterloh in zwei offenen Kaminen, obwohl es ein warmer, angenehmer südkalifornischer Abend war. Alle waren sommerlich gekleidet.

Deborah drückte sich an die Wand und betrachtete die ausgelassene, glückliche, vielschichtige Menge mit wachsender Benommenheit, als sehe sie ein Karussell, das sich immer schneller und schneller dreht.
Sie war an Menschenmengen nicht gewöhnt. An der Universität in Nairobi saßen nur wenige Studenten in den Seminaren und Vorlesungen. Studententreffen hatten immer etwas sehr Persönliches. Aber diesen hektischen Campus direkt am Pazifik bevölkerten zwanzigtausend Studenten, und Deborah hatte den Eindruck, dass sie alle an dieser Weihnachtsfeier heute Abend teilnahmen.
Die Menschenmengen und das Tempo des kalifornischen Lebens gehörten zu den vielen Kulturschocks, die Deborah seit ihrer überstürzten Abreise aus Kenia erlebt hatte. An diesem Zufluchtsort verstand sie so vieles nicht. Sie fürchtete, daran werde sich auch nichts ändern – Insiderwitze und Anspielungen, die bei allen anderen zu Reaktionen führten, die sie aber nur verwirrten. Einmal hatte sie gefragt: »Was heißt das: Sie geht auf den Strich«, und alle hatten nur gelacht. Danach stellte sie keine Fragen mehr. Schließlich kam sie zu der Erkenntnis, dass das kalifornische Leben ein Produkt des Fernsehens war (auch das Fernsehen war für Deborah etwas völlig Neues). Sie glaubte, einen Teil der Geschichte verpasst zu haben, als habe sie auf einer einsamen Insel eine Revolution verschlafen. Vieles, was sie beobachtete und hörte, schien irgendwie etwas mit dem Fernsehen zu tun zu haben oder vom Fernsehen übernommen worden zu sein – Sprache, Eigenheiten, Reizworte, sogar die Mode und das Essen. Aber das Verwirrendste von allem in dieser so fest mit dem Fernsehen verwurzelten Kultur war, dass alle behaupteten, sie würden *nie* fernsehen!
Die vier Afroamerikanerinnen lachten plötzlich. Sie genossen die große Aufmerksamkeit und Popularität und sonnten sich in dem Bewusstsein, Schwarze zu sein, und dem Gefühl der Überlegenheit. Die Frau, die sich Fatma nannte – in Wirklichkeit hieß sie Frances Washington –, hatte dafür gesorgt, dass Deborah aus der Gruppe ausgeschlossen wurde.
Fatma war die militanteste der Gruppe. Sie gehörte zu den Black Panthers und war gut mit Angela Davis befreundet. Sie hielt Reden und kämpfte gegen drei Jahrhunderte Rassenverhetzung. »Warum sprechen die weißen Männer von uns, als seien wir essbar?«, hatte sie auf einer Versammlung ihrer Schwestern ausgerufen, »lest ihre Romane! Hört euch an, wie sie sprechen! Sie sagen von schwarzen Frauen, ihre Haut sei wie Kakao, *Café au lait*, Schokolade, Lakritze, brauner Zucker. Wir sind *schwarz*. Wir sind keine

Nahrungsmittel.« Fatma kam Anfang Oktober einmal zu ihr und fragte, wie es ihr möglich sei, ein so teures Studium zu finanzieren. Fatma glaubte wie alle anderen auch, sie komme aus England. Sie hörte voll Überraschung, sie sei von Kenia und studiere in Amerika mit einem Uhuru-Stipendium.
»Aber«, sagte Fatma, »diese Stipendien sind für uns Afrikaner bestimmt!«
»Ich bin Afrikanerin. Ich bin in Kenia geboren.«
»Aber das Geld sollte eine schwarze Studentin oder ein schwarzer Student bekommen.«
»Ich bin zur Hälfte schwarz.«
Das ist nicht schwarz genug, verriet ihr Blick. »Du weißt, was ich meine. Dieses Geld ist für unsere unterdrückten schwarzen Brüder und Schwestern bestimmt. Studenten, die unsere Hilfe brauchen.«
»*Ich* brauche Hilfe. Ich habe kein Geld, keine Familie. Ich habe das Stipendium ehrlich gewonnen. Ich habe mich darum mit eintausendfünfhundert anderen beworben.«
»Du hättest es einer schwarzen Schwester überlassen müssen.«
»Warum?«
»Weil du Vorteile hast, die sie nicht hat.«
»Welche Vorteile habe ich?«
»Du bist weiß.«
Deborahs kenianische Sonnenbräune verblasste damals schon, und ihre Haut wurde sehr viel heller. Die kurzen, lockigen Haare wurden glatt und lang. Nach diesem Gespräch begriff sie, dass die Afroamerikanerinnen sie nicht wirklich als eine Schwester ansahen, denn ihr Aussehen entsprach nicht ihren Vorstellungen. *Aber in meiner Seele bin ich Afrikanerin!*, hätte sie am liebsten gerufen. *Ich bin mehr Afrikanerin als ihr! Mein Vater war David Mathenge, der große Mau-Mau-Freiheitskämpfer!*
Deborah beobachtete, wie sich die vier Frauen mit arrogantem Selbstbewusstsein in der Menge bewegten, die beinahe eine Herausforderung zu sein schien. Vor zehn Jahren hätten diese vier nicht an einer so exklusiven Universität studieren dürfen, und jetzt, im Zeitalter des plötzlich liberalen Bewusstseins, bemühten sich alle, so schien es Deborah, um ihre Freundschaft.
Dara hatte in ihrer Wohnung eine Party gegeben. Als Deborah eintrat, sah sie, dass ein paar ausgewählte Weiße in einer Geste des rassischen Miteinanders sich unter die Schwestern mischen durften. Damals lernte Deborah zum ersten Mal kalifornischen Wein kennen und sie trank zu viel. Es en-

dete damit, dass sie beiden Lagern, den Weißen und den Schwarzen, lustige Geschichten von Mario, dem Hausboy ihrer Tante, erzählte. »Sie überraschte ihn eines Tages in der Küche, wie er Fleischklößchen an der nackten Brust rollte und in die Pfanne warf!«

Deborahs Lachen erstarb, als sie die Gesichter sah, die sie anstarrten. Alle schwiegen. Man hörte nur *Hair* vom Plattenspieler. Dara fragte: »Warum nennst du ihn Hausboy?« Deborah wusste keine Antwort.

»Mir scheint«, sagte jemand, »Kenias Imperialisten unterscheiden sich nicht von den Imperialisten in Rhodesien und Südafrika. Es sind alle Rassistenschweine!«

Deborah wollte ihnen erklären, dass sie das alles falsch verstanden. In Kenia war das anders. Nun ja, Onkel Geoffrey war Rassist. Aber Deborah fand, dass Tante Grace und viele andere das keineswegs waren. In Kenia gab es sehr viel weniger Rassenscheinheiligkeit als in diesem verlogenen Land, in dem die Leute ihre Namen änderten, sich kostümierten und einen Abend lang vorgaben, Freunde zu sein, weil es gerade dem Trend entsprach. Deborah spürte, wie sie sich über diese Amerikaner ärgerte. Sie wollte ihren ›Schwestern‹ sagen, dass sie keineswegs Afrikanerinnen waren, sondern nur eine lächerliche Parodie. Sarah würde sie nicht als eine der ihren anerkennen. Und wenn sie besser informiert wären, dann würden sie sich nicht so danach drängen, ›Afrikanerinnen‹ zu sein, denn das bedeutete, unter der Knute eines Mannes oder Vaters zu stehen, auf den Feldern zu arbeiten, ein Kind nach dem anderen zu bekommen und wie Tiere auf dem Rücken Lasten zu schleppen. Dann dachte sie an Sarah und den schönen Stoff. Sie dachte daran, dass es ihr nicht gelang, diesen Stoff produzieren zu lassen. Und sie dachte an Christopher und ihr Zuhause am Chania. Sie war in Tränen ausgebrochen, und fortan gehörte sie nicht mehr zur schwarzen Frauenbewegung.

Aber auf dem Campus gab es noch andere Gruppen, die sie vielleicht aufnehmen würden – es waren Vereinigungen mit Abkürzungen wie SNCC und CORE. Dahinter verbargen sich junge progressive Weiße, die einen Menschen nicht nach der Hautfarbe, der Kleidung oder seinen Sprechgewohnheiten zu beurteilen schienen. Als Mittel gegen die wachsende Einsamkeit und das Gefühl der Entfremdung schloss sich Deborah ihnen an. Und auch das führte zu Enttäuschungen.

»Hallo«, hörte sie neben sich eine Stimme.

Deborah drehte sich um und blickte in ein lächelndes Gesicht mit Bart. Sie

hatte solche Gesichter bei den Vorlesungen gesehen. Es gab sie zu Tausenden bei Antikriegsdemonstrationen und Kriegsdienstverweigerern. Deborah fragte sich, wie Nixon Präsident werden konnte, wenn er und zehn Millionen behaupteten, ihn *nicht* gewählt zu haben.
»Netter Abend, was?«
Deborah zwang sich zu einem Lächeln. Er stand dicht vor ihr. Sie fühlte sich in der Falle. Der Schmerz, den sie wie einen kleinen, dunklen Schmuck überall mit sich herumtrug, begann und wurde stärker.
»Ach«, sagte er, »studierst du hier?«
»Ja.«
»Was für ein Hauptfach?«
»Medizin.«
»Na so was. Ich studiere Philosophie, obwohl ich nicht im Geringsten weiß, was ich damit einmal anfangen will. Medizin, na so was. Wo willst du denn das Examen machen?«
»Weiß ich noch nicht.« *Ich lebe von einem Tag zum nächsten.*
»Mir gefällt deine Aussprache. Kommst du aus England?«
»Nein, aus Kenia.«
»Na so was! Ein Vetter von mir war dort mit der Friedenstruppe. Hat es aber nicht lange ausgehalten. Er sagte, es sei zu dreckig. Ich wusste nicht, dass dort noch Weiße leben. Gab es da nicht vor zwanzig Jahren einen Zulu-Aufstand?«
»Mau-Mau«, sagte sie.
Er zuckte mit der Schulter. »Alles das gleiche. He, kann ich dir etwas zu essen holen? Es gibt dort drüben ein fantastisches Curry. He! Wo willst du denn hin?«
Deborah stürzte durch die Menge davon. Sie erreichte die Flügeltüren, die ins Freie führten. Sie spürte die warme kalifornische Nacht.
Sie rannte über den Rasen und entdeckte eine verlassene Bank. Sie setzte sich. Tränen traten ihr in die Augen. Der schwarze Schmerzensstein in ihrer Brust wuchs, bis er sie ganz ausfüllte und die scharfen Kanten sie überall ins Fleisch schnitten. Eine fremde Nacht umgab sie; die Seele eines fremden Landes tastete sie ab, taxierte sie und schien zu prüfen, ob sie bleiben durfte oder nicht.
Ich darf dich nicht lieben, Christopher. Ich darf so nie wieder an dich denken ...
Schließlich ließ Deborah den Tränen freien Lauf. Sie weinte. Seit der Flucht aus Kenia weinte sie beinahe jeden Tag, seit dem Tag, als sie die Briefe ihrer

Mutter fand. An das Folgende konnte sich Deborah kaum erinnern. Mama Wacheras Worte hallten ihr in den Ohren. Sie rannte zur Mission zurück. Dort rief sie den Anwalt ihrer Tante an. »Ich möchte das Haus den Nonnen vermachen«, sagte sie ihm, »und ich möchte, dass Sie BELLATU so schnell wie möglich verkaufen. Mir ist gleich, was Sie dafür bekommen. Alles, was darin ist, soll mit verkauft werden. Ich verlasse Kenia und komme nie wieder zurück.«

Sie schlief in dieser Nacht nicht mehr in der Mission. Es war zu gespenstisch. Sie packte hastig und fuhr nach Nairobi. Nach einer schrecklichen Nacht im NORFOLK HOTEL nahm sie den ersten Flug nach Los Angeles. An der Universität durfte sie ausnahmsweise ihr Zimmer etwas früher beziehen. Dort verbrachte Deborah eine Woche in Einsamkeit und innerem Aufruhr. Dann begann das Semester, und Deborah stürzte sich auf die vielen anstrengenden Vorlesungen und Seminare.

Sie hatte versucht, Christopher und Sarah zu schreiben. Deborah hatte Schwester Perpetua den Stoff mit der Bitte gegeben, ihn Sarah Mathenge zurückzugeben. Gesehen hatte sie ihre Freundin nicht mehr. Jemand ging über den Rasen an Deborah vorbei. Sie wusste, wer es war. Pam Weston. Deborah hoffte, die junge Frau würde sie nicht hier allein auf der Bank sitzen sehen. Erleichtert stellte sie fest, dass Pam hinüber zur Mensa ging.

Pam Weston gehörte zu Deborahs neuen liberalen Freundinnen. »Mein Gott«, sagte sie eines Abends beim Essen, »Jungfräulichkeit ist ein Bewusstseinszustand. Frauen *warten* einfach nicht mehr bis zur Ehe. Jede Frau, die es tut, gibt sich Illusionen hin. Sie lässt sich von der männlichen chauvinistischen Tyrannei manipulieren.«

Vor drei Wochen hatte Deborah diese Worte gehört, als sie mit ihren neuen Freundinnen noch etwas länger zusammensaß und einen Kaffee trank. Sie waren etwas zugänglicher als die militanten schwarzen Frauen, aber auch sie stellten Forderungen an ihre Mitglieder. »Eine Frau, die sich noch immer die Beine rasiert, ist nicht emanzipiert«, erklärte Pam, die Gruppe stimmte zu.

Deborah fand diese Frauen merkwürdig, denn sie hatte noch nie etwas von der Frauenbewegung gehört. Nachrichten aus dem Ausland kamen mit Verspätung nach Kenia, und auch dann nur in der von der Regierung zensierten Form. Ihre Freundinnen waren überrascht, als sie erfuhren, dass Deborah nicht aus England kam, wie es ihre Aussprache vermuten ließ, und sie staunten über ihre Unwissenheit. Deborah kannte keine Namen wie Gloria Steinem und Betty Friedan. Sie wusste nicht, was männlicher Chauvinismus war. Deborah schien ihnen ein Paradoxon zu sein. Einerseits war sie eine intelligente, gebildete Weiße, andererseits hoffnungslos naiv und weltfremd.

»Seht euch die Kleidung der Frauen in der Geschichte an«, erklärte Pam Weston, »dann seht ihr, wie versklavt wir waren: Korsagen, Fischgrätenmieder, Wespentaillen im achtzehnten Jahrhundert! Aber endlich wachen die Frauen auf und ziehen das an, was sie wollen. Wir sind nicht mehr der Gnade männlicher chauvinistischer Modeschöpfer ausgeliefert!«

»Meine beste Freundin«, hatte Deborah ruhig gesagt, »entwirft wunderschöne Kleider. Sie batikt ihre Stoffe sogar selbst.«

»Ich liebe Batik!«, rief die Soziologiestudentin in einer hautengen Bluse, »ich habe es einmal selbst versucht.«

»Sarah hat es sich selbst beigebracht. Sie ist sehr geschickt. Ihre Stoffe sind echte Kunstwerke. Es würde mich nicht wundern, wenn sie eines Tages berühmt wird.«

»Würde sie mir ein Kleid machen?«, fragte die Soziologiestudentin, »ich würde es ihr natürlich bezahlen.«

»Na ja, Sarah ist nicht hier. Sie ist in Kenia.«

»Oh, afrikanische Batik. Das ist ja noch besser!«

»Was macht deine Freundin in Kenia?«, fragte Pam Weston, »ist sie bei der Friedenstruppe?«

»Sie lebt dort!«

»Die Weißen haben Ostafrika lange genug ausgebeutet«, sagte eine Politologin, »deine Freundin sollte Kenia den Kenianern überlassen.«

»Also«, sagte Deborah, »Sarah ist keine Weiße.«

Sie sahen alle Deborah an. »Deine beste Freundin ist eine Schwarze?« Pam Weston sagte: »Warum hast du das nicht gleich gesagt? Schämst du dich deshalb?«

Deborah gab es auf. Diese Frauen verstanden sie einfach nicht. In ihrem Eifer, Rassentoleranz zu zeigen, förderten diese Liberalen das alte Rassenbewusstsein. Deborah wäre nie auf den Gedanken gekommen, sich Christopher oder Sarah als etwas anderes als ihre Freunde, einfach als Menschen vorzustellen.

Damals begriff sie, dass sie nie dazugehören würde. Weder die Schwarzen noch die Weißen verstanden sie. Deborah war zu einer Art Rassenhölle verurteilt. Das amerikanische Leben war nicht ihr Leben. Die Geschichte

dieses Landes und die vielen Dialekte waren ihr fremd. Deborah war eine Frau ohne Rasse, ohne Land und jetzt auch ohne Familie.
Ich kann nie nach Kenia zurück. Ich darf Christopher nie wieder sehen. Tante Grace ist tot. Ich bin allein. Ich muss hier unter Fremden und in einer Welt, in die ich nicht geboren wurde, mein Leben selbst in die Hand nehmen.
»Hi, darf ich mich zu dir setzen?«
Deborah blickte auf und sah eine junge Frau in Rollkragenpullover und Jeans. Sie schien ihr irgendwie bekannt.
»Wir hören zusammen Physiologie«, erklärte die junge Frau. »Ich habe dich in der Vorlesung gesehen. Ich heiße Ann Parker. Stört es dich, wenn ich mich zu dir setze?«
Deborah rückte zur Seite.
»Ich weiß nicht, weshalb ich auf die Weihnachtsfeier gekommen bin«, sagte Ann, »das Studentenheim ist wie ausgestorben und verlassen. Die meisten sind schon nach Hause gefahren. Ich bin an Menschenmengen nicht gewöhnt.«
Deborah lächelte. »Ich auch nicht.«
»Ich komme aus einer kleinen Stadt im mittleren Westen, du weißt, was ich meine.«
»Wo ist der mittlere Westen?«
»Eine gute Frage!« Ann lachte. »Ich denke manchmal, es war ein Fehler, hier zu studieren. Der Campus ist größer als die Stadt, in der ich groß geworden bin. Ich habe manchmal richtig Angst.«
»Ich weiß, was du meinst.«
»Manchmal möchte ich am liebsten schreien: ›Hol mich hier raus, Scottie!‹«
»Scottie?«
Ann lächelte. »Du hast eine schöne Aussprache. Kommst du aus England?«
Deborah sah die goldene Savanne von Amboseli und die Massai-Hirten vor dem blauen Himmel. Sie roch die rote Erde, den Rauch und die wilden Blumen am Chania. Sie hörte das Klingeln der Ziegenglocken und die durchdringenden Stimmen der Kikuju-Frauen, die auf den *Shambas* arbeiteten und so unglaublich schnell sprachen. Sie spürte die starken Arme und den Körper des Mannes, den sie nicht lieben durfte.
»Ja, ich komme aus England«, sagte Deborah, blickte auf die Uhr und gestattete sich zum letzten Mal daran zu denken, dass in diesem Augenblick auf der anderen Seite der Welt die Sonne über dem Mount Kenia aufging.

Neunter Teil

»Fremde werden unser Land wegnehmen, deren Haut wie roter Ocker aussieht und deren Körper wie Motten sind und aus deren Mund Rauch kommt. Diese Leute werden mit einer großen Schlange (der Eisenbahn) kommen, die sich von Mombasa bis zum See der Unbeschnittenen im Westen erstreckt und die man nicht entzweischneiden kann. Sie werden an der Höhle von Chege wa Nyamu bei Limuru vorbeikommen. Aber sie werden unser Land wieder zu verlassen beginnen, wenn das steinerne Haus mit acht Türen in Githunguri wa Irira beendet ist, und sie werden endgültig gehen, wenn der Feigenbaum in Thika sich biegt und fällt.«

Weissagung des Kikuju-Sehers *Mugo Kibiru*,
als er Waijaki, dem Helden des frühen
Widerstands gegen die Briten, sein Amt übergab.

Gegenwart

1

Deborah blickte auf den letzten Eintrag im Tagebuch ihrer Tante vom 16. August 1973.
Deborah liebt Christopher Mathenge, hatte Tante Grace geschrieben, *ich glaube, er liebt sie auch. Ich könnte mir keinen besseren Mann für Deborah vorstellen, und ich bete, lange genug zu leben, um an ihrer Hochzeit teilzunehmen, denn ich möchte ihnen meinen Segen für eine lange und glückliche gemeinsame Zukunft geben.*
Es waren die letzten Worte, die Grace in ihr Tagebuch geschrieben hatte. Sie starb im Lauf der Nacht.
Deborah schloss das Tagebuch und legte es auf das Bett. Sie streckte die schmerzenden Beine und ging zum Fenster. Als sie den Vorhang öffnete, stach ihr das unerwartete Sonnenlicht in die Augen. Zu ihrer Überraschung war es heller Tag. Sie zog den Vorhang schnell wieder zu. Ohne sich der Zeit bewusst zu sein, hatte sie die ganze Nacht und weit in den Morgen gelesen. Sie verließ das Fenster und setzte sich auf das kleine harte Sofa, das zur Hotelzimmereinrichtung gehörte. Sie legte die Füße auf den Sofatisch, lehnte sich zurück und starrte an die Decke. Vor der Tür hörte sie Geräusche auf dem Gang: Frühstückswagen wurden klappernd von den Zimmerkellnern geschoben; Gepäckträger riefen sich auf Suaheli etwas zu; von den Aufzügen ertönte regelmäßig ein leises *Ping* Durch das Fenster hinter dem dichten Vorhang drang gedämpft die tägliche Kakaphonie des Verkehrs zu ihr herauf, Autos hupten, Leute auf der Straße riefen etwas.
Deborah legte die Arme um sich. Tränen standen in ihren Augen. Die Geschichte ihrer Familie – es war zu viel. Sie hatte das Gefühl, als sei eine gewaltige Flutwelle über sie hinweggerast, als werde sie in einem tobenden Meer herumgeschleudert.
Die Antworten auf ihre Fragen waren die ganze Zeit über da gewesen – Fragen, die sie Wachera nach dem anderen Kind gestellt hatte, dem Kind der Liebe von Mona und David. Im Tagebuch standen in der sauberen

Handschrift ihrer Tante die Antworten: *Wir haben in dieser Nacht vier Menschen durch die Mau-Mau verloren – meinen geliebten James, Mario, der von Anfang an bei mir gewesen war, David Mathenge und das zu Tode getrampelte Baby ...*
Und dann schrieb sie zwei Seiten später: *Mona ist wieder schwanger. Sie sagt, Tim Hopkins ist der Vater, ein Versehen, sie war außer sich vor Kummer und nicht mehr klar bei Verstand.*
Die Wahrheit schnitt Deborah durch die Seele, und Tränen liefen ihr über das Gesicht. *Ich war nicht das Kind einer Liebe, sondern ein Versehen.*
Deborah zog die Beine hoch und legte die Arme darum. Sie ließ den Kopf sinken und weinte leise.
Es klopfte an die Tür.
Sie hob den Kopf. Als sie hörte, wie ein Schlüssel im Schloss gedreht wurde, sprang sie auf und öffnete.
Ein Mann vom Hauspersonal stand mit seinem Reinigungswägelchen im Gang und hielt frische Handtücher im Arm. Er lächelte entschuldigend und bedeutete ihr mit Gesten, dass er ihr Zimmer sauber machen wollte.
»Nein danke«, sagte sie auf Englisch und wiederholte es auf Suaheli, als sie sah, dass der Mann sie nicht verstand. Er lächelte wieder, verbeugte sich und schob sein Wägelchen weiter. Deborah suchte ein *Bitte nicht stören*-Schild. Sie fand eins, auf dem Usisumbue stand, und hängte es außen über den Türknopf.
Sie schloss die Tür, lehnte sich gegen sie und schloss die Augen.
Warum bin ich hier? Warum bin ich hergekommen?
Der Lärm schien in stürmischen Wellen durch das Glas zu dringen. Sie hörte den Ruf Nairobis, aber sie wollte ihn nicht wahrhaben. Plötzlich fürchtete sie sich.
»Du hast vor etwas Angst«, flüsterte eine Stimme ihrer Erinnerung. Jonathan hatte sie vor sechs Monaten gefragt: »Warum läufst du vor mir davon? Fürchtest du dich vor mir, Debbie, oder fürchtest du dich vor einer festen Bindung?«
Sie stellte sich Jonathan Hayes vor, versuchte, ihn zu beschwören und ihn sich lebendig mit Leib und Seele hier in das Zimmer zu rufen. Sie versuchte sich vorzustellen, wie er in diesem Moment sein würde. Er würde sie zum Sprechen bewegen, ihre Gefühle klären und ihr helfen, sich aus dem verworrenen Labyrinth zu befreien, in dem sie sich verirrt hatte. Es tröstete sie, an Jonathan zu denken; seine imaginäre Gegenwart beruhigte sie. Aber die-

ser Geist war zu schwach. Beim Klang von Stimmen auf dem Gang verschwand er wieder.

Deborah glaubte, sie sei in vielen kleinen Stücken über den Erdball zerstreut. Die eine Hälfte ihres Wesens war hier in Ostafrika, die andere Hälfte kreiste unentschlossen um Jonathan in San Francisco. Vor fünfzehn Jahren war sie blindlings vor einer Realität geflohen, der sie als so junger und ungeformter Mensch nicht gewachsen war. Seit diesen ersten Tagen in Kalifornien war ihr Dasein keine Einheit mehr gewesen. Sie suchte nach einer Identität, wann und wo es auch immer möglich war. »Wo genau kommen Sie aus Cheshire, Dr. Treverton?«, hatte sie Jonathan damals gefragt, als sie sich kennen lernten. Deborah war neu im Team. Sie sollte ihm bei der Operation helfen. Zu ihrer Überraschung gestand sie ihm, dass sie eigentlich in Kenia geboren sei und nicht in England.

Zurückblickend wusste sie, was die unerwartete Ehrlichkeit ausgelöst hatte. Er hatte etwas Besonderes an sich. Seine großen braunen Augen blickten so mitfühlend und tief in die Seele wie bei einem Priester. Nach ihrer Begegnung fand sie, er habe wie Kubricks HAL-Computer eine so beruhigende und begütigende Stimme. Alle Leute hatten diesen Eindruck bei Dr. Jonathan Hayes. Sie kamen zu ihm mit ihren Ängsten und Nöten, und er hörte ihnen mit unendlicher Geduld zu.

In den zwei Jahren ihres Zusammenseins hatte Deborah aber festgestellt, dass er sein Herz nicht offen zur Schau stellte. Jonathan machte keine demonstrativen Gesten. Seine Gefühle hielt er unter der Hülle einer ausgeglichenen, heiteren Erscheinung sorgfältig unter Kontrolle. Deshalb hatte sein plötzlicher, impulsiver Kuss am Flughafen – wann? Gestern? Vorgestern? – sie so überrascht.

Deborah zitterte und stellte fest, dass sie fror.

Die Haare waren schon lange trocken, aber sie trug immer noch nur einen Bademantel. Sie konnte sich einfach nicht zu einer Entscheidung aufraffen, ob sie sich anziehen sollte oder nicht.

Christopher, dachte sie schließlich.

Er war *doch nicht* ihr Bruder.

Sie hatte dagegen gekämpft, an ihn zu denken; als sie das Tagebuch schloss, machte sie die Augen vor dem zu, dem sie sich stellen musste. Jetzt glaubte sie, den Boden unter den Füßen zu verlieren. Sie klammerte sich an den Türknopf, um nicht zu fallen. Fünfzehn Jahre lang hatte sie alles darangesetzt, etwas zu leugnen, und nun hatte sich der Spuk in Luft aufgelöst.

Sie war nicht David Mathenges Tochter. Sie gehörte nicht zu der schwarzen Rasse Kenias.

Es verschlug ihr den Atem. Deborah gelang es, sich von der Tür zu lösen und ins Bad zu gehen. Sie starrte auf ihr Spiegelbild. Dieses Gesicht hatte sie unzählige Male nach Spuren einer Abstammung durchforscht, von der sie so lange glaubte, sie sei da. Wie oft hatte sie sich kritisch gemustert! Wimpern, Linien und Falten ihres Gesichts hatte sie unter die Lupe genommen, afrikanische Spuren gesucht und dabei gebetet, sie würden sich nie zeigen, damit kein Mensch etwas ahnte.

Sie klammerte sich an das Waschbecken.

Ich bin ohne Grund davongelaufen. Ich habe kein Verbrechen begangen. Ich durfte Christopher lieben. Ich hätte bleiben können.

Tränen traten ihr wieder in die Augen. Deborah fühlte sich betrogen. Wenn Jonathan da wäre, könnte er ihr helfen, die Fassung wiederzufinden. Er hätte ihr gezeigt, wie sie der Verwirrung Herr werden konnte. Aber Jonathan war nicht da. Nur das Spiegelbild der weißen Frau, das sie verhöhnte.

Sie ging zum Bett und griff nach den Fotos: Valentine beim Polo; Lady Rose, die über die Schulter blickte; Tante Grace als junge Frau; vier barfüßige Kinder in der Sonne. Deborah sah sich jetzt auch die drei anderen Fotos an. Bei der hastigen Flucht aus Kenia vor so vielen Jahren hatte sie nur wenige Dinge mitgenommen – das Tagebuch ihrer Tante; die Liebesbriefe; ein paar Fotos. Diese Dinge wickelte sie in Papier und verschnürte sie. Fünfzehn Jahre lang hatte sie diese Sachen nicht mehr angefasst. Deborah wusste nicht, wen die drei Fotos zeigten, oder warum sie diese Bilder mitgenommen hatte. Als sie die Fotos jetzt betrachtete, überkam sie eine seltsame Sehnsucht – eine Sehnsucht nach der Vergangenheit.

Da stand Terry Donald mit dem rechten Fuß auf einem erlegten Nashorn. In der rechten Hand hielt er ein Gewehr. Er war so charakteristisch für alle Donalds: gut aussehend, männlich, strahlte Selbstbewusstsein und Männlichkeit aus, ein sonnenverbrannter und von der Safari gezeichneter Mann der dritten Generation von Weißen, die in Kenia geboren waren.

Dann betrachtete Deborah ein Foto von Sarah. Auf diesem Bild war sie noch sehr jung und trug noch nicht die Frisur mit den vielen geflochtenen Zöpfen. Sarahs Lächeln wirkte noch unsicher und mädchenhaft. Sie hatte die Schuluniform an. Eine rührende Naivität und Unschuld umgab sie. Das Foto erinnerte Deborah an einfachere, bessere Tage. Das dritte Bild zeigte

Christopher. Er stand im gesprenkelten Sonnenlicht am Flussufer, trug eine dunkle Hose, ein weißes Hemd mit aufgerollten Ärmeln und offen stehendem Kragen. Er hatte eine Sonnenbrille auf. Er lächelte. Und er sah so ... so gut aus.

Deborah betrachtete staunend das Bild. Das *Thabu* bestand nicht mehr. Sie durfte ihn wieder lieben.

Dann dachte sie: *Was mache ich jetzt?*

Sie blickte auf das Telefon neben dem Bett. Sie erinnerte sich an die Mission. Die Nonnen erwarteten sie. *Ich sollte sie anrufen und ihnen sagen, dass ich hier bin.*

Aber als ihre Augen auf das blaue Telefonbuch fielen, erstarrte Deborah.

Sie betrachtete das Buch mit namenloser Angst. Plötzlich schien das sichere und verschlossene Hotelzimmer von Menschen belagert zu sein. Der geschlossene Vorhang und die verschlossene Tür sollten alles draußen halten. Aber sie waren trotzdem hier bei ihr in diesem Zimmer – in diesem oft benutzten Telefonbuch.

Deborah griff danach. Sie dachte an alle, die in diesem Buch vielleicht aufgeführt waren. Diese Menschen waren die Straßen in ihre Vergangenheit. Bei dem Gedanken überkam sie plötzlich Erregung. Es war wie am Anfang einer Reise.

Sie fand die *Donald Tour Agency.*

Nach der Flucht aus Kenia hatte Deborah alle Verbindungen abgeschnitten. Sie hatte fünfzehn Jahre sorgfältig ein neues Leben und eine neue Persönlichkeit aufgebaut und nicht mehr an die vertrauten und geliebten Menschen in Kenia gedacht. Wenn sie Christopher nicht haben konnte, so hatte die junge Frau beschlossen, dann wollte sie auch nicht sein Land oder irgendeinen Menschen haben, der darin lebte. Mit den Mathenges hatte sie die Donalds aus ihrem Leben gestrichen.

Dem Telefonbuch entnahm sie, dass es die Kilima-Simba-Safari-Lodge in Amboseli immer noch gab und außerdem noch vier andere Donald-Lodges in Kenia. Sie stieß auf eine Anzeige mit VW-Minibussen in fröhlichen Zebrastreifen und dem Text: *Donald Tours – sichere Busse und Fahrer. Das größte Fahrzeugangebot in Ostafrika!*

Es gab sie immer noch, und das Geschäft blühte offenbar. Die Donalds. Die Nachkommen von Sir James, dem Mann, den Tante Grace geliebt und den Deborah nie kennen gelernt hatte.

Plötzlich wollte sie Terry wiedersehen – Onkel Geoffrey und Onkel Ralph.

Deborah empfand sie jetzt nicht nur als alte Freunde. Die Donalds waren plötzlich so etwas wie ihre Familie.
Familie! dachte sie aufgeregt. Nach so langer Zeit gab es Menschen, mit denen sie über die Vergangenheit reden konnte. Es gab jemanden, der sie kannte und *verstehen* würde ...
Deborah zögerte plötzlich, weiter in dem Telefonbuch zu blättern. Sie hatte Angst davor, Christophers Name dort mit einer Telefonnummer gedruckt zu sehen. Dann wäre er ihr zu nahe. Sie müsste nur den Hörer abnehmen und wählen ...
Sie blätterte weiter. Ihre Hände zitterten. Sie starrte auf die Namen. Es gab viele Mathenges – mindestens dreißig. Sie fuhr mit dem Finger die Spalte entlang. Die Vornamen der Mathenges begannen bei Barnabas und gingen bis Ezekiel.
Deborah las die Namen noch einmal langsamer und sorgfältiger bis zum Ende der Seite. Dann fing sie oben noch einmal an. Einen Christopher gab es nicht unter ihnen.
Bedeutete das, er lebte nicht in Kenia?
Sie sah drei Sarah Mathenges. Aber Sarah war doch sicher verheiratet? Hatte sie jetzt nicht einen anderen Nachnamen?
Es war zu viel: der Flug, zwei Tage ohne Schlaf, seit achtzehn Stunden hatte sie nichts mehr gegessen. Das alles machte sich jetzt bemerkbar. Die körperliche Erschöpfung und die aufgewühlten Erinnerungen gaben ihr das Gefühl einer Niederlage. Sie schob das Telefonbuch zur Seite und vergrub das Gesicht in den Händen.
Sie glaubte sich im Nichts gefangen wie auf einer langen Bahnfahrt. Als habe sie den Zug in einer einsamen Wüstenstation verlassen. Sie glaubte, weiterzumüssen, denn sie hatte schon so viel hinter sich gebracht. Aber wohin?
Warum, warum nur möchte mich Mama Wachera sehen?
Als das Telefon plötzlich klingelte, schrie sie auf.
Sie starrte es in Panik an. Im Zustand der Übermüdung konnte sie nicht mehr klar denken. Sie glaubte, die Leute, die sie im Telefonbuch gesucht hatte, seien plötzlich da und verfolgten sie.
Dann griff sie seufzend nach dem Hörer. »Hallo?«
»Debbie? Hallo? Kannst du mich hören?«
»Jonathan?« Sie hörte das Knacken und Knistern der Überseeverbindung. »Jonathan! Bist du das?«

»O mein Gott, Debbie! Ich habe mir solche Sorgen gemacht! Wann bist du angekommen? Warum hast du nicht angerufen?«

Sie blickte auf den Reisewecker auf dem Nachttisch. War das Flugzeug wirklich erst vor vierzehn Stunden gelandet? »Tut mir Leid, Jonathan. Ich war so müde. Ich bin eingeschlafen ...«

»Ist alles in Ordnung? Du klingst so merkwürdig.«

»Es ist eine schlechte Verbindung. Der Flug hat mich völlig durcheinander gebracht. Wie geht es dir, Jonathan?«

»Du fehlst mir.«

»Du fehlst mir auch.«

Es entstand eine Pause mit dem manchmal schwachen, manchmal stärkeren Rauschen der Überseeverbindung. »Debbie? Geht es dir wirklich gut?«, fragte er noch einmal.

Sie umklammerte den Hörer. »Ich weiß nicht, Jonathan. Ich bin so durcheinander.«

»Durcheinander! Weshalb? Debbie, was ist los? Hast du die alte Frau schon gesehen? Wann kommst du zurück?«

Trotz der Ehrlichkeit, die Menschen Jonathan Hayes spontan entgegenbrachten, hatte Deborah ihm nie von dem in ihr vergrabenen Geheimnis von dem Mann erzählt, von dem sie geglaubt hatte, er sei ihr Bruder, und den sie eines Nachts in seiner Hütte besucht hatte. Es war ein schreckliches Geheimnis, und das Schuldgefühl lastete schwer auf ihr. Wie sollte sie Jonathan jetzt davon erzählen oder auch nur versuchen, ihm ihre Verwirrung zu erklären, die die Rückkehr nach Kenia ausgelöst hatte?

»Debbie?«

»Tut mir Leid, Jonathan. Ich weiß, es klingt so emotional. Aber ich habe eine Art Schock hinter mir. Ich habe etwas erfahren ...«

»Wovon redest du?«

Er klang so grob, so überhaupt nicht wie Jonathan. Deborah versuchte, ihn nicht noch mehr aus der Fassung zu bringen. »Ich fahre morgen nach Nyeri«, sagte sie ruhig, »ich miete einen Wagen und fahre zur Mission. Ich werde versuchen, im OUTSPAN HOTEL ein Zimmer zu bekommen.«

»Also verlässt du Kenia übermorgen?«

Sie konnte nicht antworten. »Debbie? Wann kommst du zurück?«

»Ich ... ich weiß nicht, Jonathan. Ich kann das jetzt noch nicht sagen. Ich will noch ein paar Leute sehen. Freunde ...«

Er schwieg. Sie versuchte, sich ihn vorzustellen. Es musste in San Francisco

noch sehr früh sein. Jonathan war zweifellos gerade erst aufgestanden, um sich für die Operationen am Vormittag vorzubereiten. Er würde Joggingsachen anhaben. Er würde eine halbe Stunde durch den Golden Gate Park laufen, anschließend heiß duschen und dann in T-Shirt und Jeans ins Krankenhaus fahren. In der Cafeteria trank er Kaffee und aß ein Vollkornbrötchen. Dann zog er in der Chirurgie die grüne Hose und den grünen Kittel an. Deborah wünschte sich plötzlich nichts sehnlicher, als diese alltäglichen Dinge mit ihm zu machen, wie sie es jeden Morgen seit einem Jahr taten, in dem sie jetzt schon zusammenlebten. Deborah wünschte sich nach San Francisco zurück. Sie sehnte sich nach dem Dunst und der tröstlichen Vertrautheit ihres Alltags.
Aber sie war nach Kenia gekommen und sie musste das beenden, was sie angefangen hatte.
»Ich liebe dich, Debbie«, sagte er.
Sie begann zu weinen. »Ich liebe dich auch.«
»Ruf an, wenn du deinen Rückflug gebucht hast.«
»Ja.«
Er schwieg wieder und wartete darauf, dass sie noch etwas sagte. Deshalb flüsterte sie: »Viel Spaß beim Joggen.«
Er sagte: »Danke. Auf Wiedersehen, Debbie«, und legte auf.
Deborah behielt den Bademantel an und legte sich ins Bett. Es ängstigte und erleichterte sie, dass es im Zimmer beinahe völlig dunkel wurde, als sie das Licht ausschaltete. Der schwere Vorhang ließ die Strahlen der stechenden Äquatorsonne nicht durch. Aber die lauten Geräusche konnte er nicht fern halten – den ständigen, heftigen Pulsschlag Ostafrikas.
Deborah starrte in die Dunkelheit. Alle Kräfte schwanden aus ihrem Körper. Die Augenlider wurden schwer. Ihre Gedanken schienen sich loszureißen und an die Oberfläche des Bewusstseins zu schweben, wo sie in müder Zusammenhanglosigkeit dahintrieben. Halb träumte sie, halb tauchte sie in Erinnerungen ein.
Deborah fühlte sich zwei Jahre zurückversetzt. Es war der Tag, als sie ihre Arbeit am St.-Bartholomäus-Hospital in San Francisco aufnahm. Sie war einunddreißig, hatte eine sechsjährige chirurgische Praxis hinter sich, und heute fing sie ihre neue Stelle an. Sie war endlich eine unabhängige Ärztin. Im Schwestern-Umkleideraum zog sie den grünen Operationskittel an und ging dann in das Zimmer 8. Dort sollte sie mit Dr. Jonathan Hayes eine Gallenblase entfernen.

»Willkommen in St. B's, Dr. Treverton«, begrüßte sie die Dienst habende Schwester, »welche Handschuhgröße haben Sie?«
»Sechs.«
Die Schwester ging an den Handschuhschrank und rief: »Oje, keine Nummer sechs mehr da«, und lief aus dem Zimmer.
Deborah sah sich im Operationssaal um. Da solche Funktionsräume im Wesentlichen alle gleich sind, wirkte er auf sie vertraut und doch auch neu. Ein großer Mann mit braunen Augen kam herein und band sich eine Maske um den Kopf.
»Hi«, sagte er, »wo ist unsere Anästhesistin?«
»Ich weiß nicht.«
Er lächelte Deborah durch die Hornbrille an. Ansonsten verschwand sein Gesicht hinter der Maske. »Sie müssen hier neu sein«, und seine Stimme übertrug das Lächeln, »ich bin Dr. Hayes. Es heißt, man könne ohne Schwierigkeiten mit mir zusammenarbeiten. Also glaube ich, wir kommen gut miteinander aus. Ich habe ein paar Eigenheiten, die Sie kennen sollten. Ich vernähe den Gallengang mit zwei Seidenfäden. Bitte halten Sie das für mich bereit. Außerdem brauche ich die großen Tupfer. Ich kann diese kleinen Dinger nicht leiden. Halten Sie bitte auch davon genügend bereit.«
Sie sah ihn an. »Ja, Doktor.«
Jonathan ging zu dem hinteren Tisch, auf dem bereits die Instrumente und Sachen bereitlagen. Er betrachtete sich alles und nickte. »Gut, gut. Wie ich sehe, haben Sie meine Wünsche vorausgesehen. Wo ist das Bacitracin? Vergewissern Sie sich, dass es auf Ihrem Tisch steht.«
Er ging zur Tür und blickte auf den geschäftigen Gang hinaus. Dann sagte er: »Ach übrigens, mir hilft heute Vormittag ein neuer Mann, ein Dr. Treverton. Also bin ich auf Ihre Hilfe heute besonders angewiesen, okay?« Er zwinkerte ihr zu. »Rufen Sie mich, wenn der Patient da ist. Ich gehe rüber ins Ärztezimmer.«
Deborah sah ihm noch immer nach, als eine junge Frau hereinstürzte und sich eine Maske umband. Sie roch nach frischem Zigarettenrauch. »War das Dr. Hayes? Gut, dann kann es ja losgehen. Sie müssen Dr. Treverton sein. Ich bin Carla. Was haben Sie für eine Handschuhgröße?«
Fünfzehn Minuten später stand Jonathan Hayes an den Waschbecken und war mit dem Waschen fertig. Deborah stand am Becken hinter ihm und war auch fertig. Er drehte den Wasserhahn zu und ging mit hoch erhobenen Händen durch den Gang in das Zimmer 8. Von den Ellbogen tropfte

Wasser. Als die Schwester mit seinem Umhang auf ihn zutrat, sah er sie verblüfft an. Er drehte sich zum Festbinden der Schnüre um und blinzelte, als er Deborah sah.

»Kennen Sie schon Dr. Treverton, Dr. Hayes?«, fragte die Schwester und reichte Deborah ein steriles Handtuch.

»Dr. Treverton?«, wiederholte er. Dann begriff er plötzlich seinen Irrtum und wurde rot.

»Nein«, sagte Deborah und lachte leise, »wir kennen uns noch nicht.« Jonathan musste auch lachen, und dann begannen sie mit der Operation.

2

Deborah starrte jeden Mann an, der das Restaurant betrat. Jeder von ihnen konnte Christopher sein.
Sie hatte sich ein riesengroßes Frühstück bestellt. Deborah war vor zwei Stunden aufgewacht und stellte fest, dass sie vierzehn Stunden geschlafen hatte. Sie fühlte sich überraschend frisch, ausgeruht und hatte einen Riesenhunger. Nach einem heißen Bad war sie wieder ganz bei Kräften und saß jetzt im Hilton Mara Restaurant. Die grün gekleideten Hostessen führten afrikanische Geschäftsleute zu den Tischen. Deborah langte kräftig zu. Sie aß Croissants mit Orangenmarmelade, Papaya- und Ananasscheiben und ein mit Pilzen, Zwiebeln, Oliven, Schinken und Käse gefülltes Omelett. Immer wieder hob sie den Kopf, wenn ein Mann hereinkam.
Es waren meist Afrikaner in Geschäftsanzügen oder lässigen blassgrünen oder blassblauen tropischen Baumwollsachen. Sie trugen Aktentaschen, hatten goldene Ringe an den Fingern und Armbanduhren. Bevor diese Herren zum Essen Platz nahmen, schüttelten sie sich die Hände. Sie sprachen unterschiedliche Dialekte; als Deborah genauer hinhörte, stellte sie fest, dass sie viel von dem Suaheli und Kikuju verstand.
Bestimmt ist Christopher nicht in Kenia, dachte sie und trank einen Schluck Kaffee. *Sonst stünde er doch im Telefonbuch ...* Aber wo war er? Warum hatte er das Land verlassen?
Er hat sich vor fünfzehn Jahren auf die Suche nach mir gemacht, dachte sie.
Aber dann, so wusste sie, wäre er zu dem College gekommen, an dem sie ihr Stipendium hatte. Er hätte sie mühelos gefunden.
Was Christopher auch getan haben oder wohin er auch gegangen sein mochte, sie konnte Kenia nicht verlassen, ohne zu wissen, was aus Christopher geworden war.
Nach dem Frühstück ging sie zur Rezeption. Sie bezahlte die Rechnung, bat um eine Reservierung im OUTSPAN und ließ einen Wagen mit Fahrer

kommen. Man sagte ihr, es werde einige Zeit dauern, bis der Wagen eintraf. Deborah sah sich deshalb nach einem geeigneten Platz zum Warten um. In der Empfangshalle herrschte großer Andrang. Mehrere große Gruppen mit Touristen schienen gleichzeitig einzutreffen und abzureisen. An der Rezeption bildeten sich lange Schlangen, Gepäck stapelte sich hinter den großen Glasdoppeltüren, und auf der Auffahrt warteten Safaribusse. Geplagte Reiseführer riefen Anweisungen auf Englisch und Suaheli, während müde Reisende auf die vielen Sofas in der großen Halle sanken. Deborah hatte gehört, dass der Tourismus in Kenia ein großes Geschäft war. Sie vermutete, die Touristen rangierten als Geldquelle hinter Kaffee und Tee. *Dank Männern wie Onkel Geoffrey,* dachte sie.

Sie ging hinaus und blieb auf den Stufen stehen.

Das Licht!

Deborah hatte das klare und strahlende Licht in Kenia vergessen. Die Luft schien nicht aus Sauerstoff zu bestehen, sondern aus etwas unbeschreiblich Leichtem wie vielleicht Helium. Alles war so klar und so überdeutlich. Die Farben schienen hier kräftiger, Umrisse und Einzelheiten traten deutlicher hervor. Es roch zwar nach Rauch und Abgasen, aber trotzdem war die Luft herrlich dünn und frisch. Sie hatte im Tagebuch von Tante Grace gelesen, dass sich ihr Großvater, der Earl von Treverton, unter anderem aus diesem Grund in Ostafrika verliebt hatte.

Deborah gefiel diese Vorstellung – sie empfand etwas genauso wie der Mann, der die Verantwortung dafür trug, dass sie hier in Kenia geboren war. Es war wie eine Art Erbe und Familienzugehörigkeit.

Sie ging in Richtung Joseph Gicheru Street, der ehemaligen Lord Treverton Avenue, erreichte kurz darauf die Jomo Kenyatta Avenue und stand plötzlich vor dem Reisebüro der Donald Tours.

Deborah zögerte und wagte nicht hineinzugehen.

Sie wich bis an den Bordstein zurück. Ein Baum stand hier auf dem rissigen und holprigen Gehweg und bot etwas Schatten vor der grellen Sonne. Der Eingang des Reisebüros wirkte auf sie wie die Tür zu ihrer Vergangenheit. Vielleicht saß dort drinnen Onkel Geoffrey. Er war jetzt über siebzig, aber bestimmt immer noch so energisch und stark wie früher – daran zweifelte Deborah nicht. Vielleicht stieß sie aber auch auf Terry, der gerade eine Jagdsafari vorbereitete. War er inzwischen verheiratet? Hatte er Kinder und wohnte er in Nairobi? Oder trieb ihn noch immer der ruhelose Abenteuergeist, das Erbe seiner Vorväter? Deborah erinnerte sich an die

Worte, die ihre Tante 1919 ins Tagebuch geschrieben hatte: *Sir James erzählt mir, sein Vater hat als einer der ersten Weißen Britisch-Ostafrika erforscht. Er hoffte auf bleibenden Ruhm und Unsterblichkeit wie Stanley oder Thompson, indem man etwas, das er entdeckte, nach ihm benannte. Leider tötete ihn ein Elefant, ehe sich dieser Traum verwirklichte.*
Unsterblichkeit..., dachte Deborah und blickte auf das moderne Firmenschild über dem großen Schaufenster. Der Traum des ersten, mutigen Donald hatte sich schließlich doch verwirklicht.
Sie ging hinein.
Sie betrat ein geschmackvoll eingerichtetes Geschäft mit einer Theke, dickem Teppichboden und bequemen Sesseln mit Zeitschriftenständern. Als sie die Tür schloss, verschwand Nairobis Lärm, und Deborah hörte leise Musik. Eine junge Frau saß hinter einem PC-Bildschirm, hob den Kopf und lächelte. »Was kann ich für Sie tun?«, fragte sie.
Deborah sah sich um. An drei Wänden zeigten Bilder vom Boden bis zur Decke eindrucksvoll die Donald-Lodges und die atemberaubende Landschaft, in der sie standen. Auf einem breiten Tisch lagen bunte Hochglanzbroschüren – für jede Lodge eine eigene –, und in einzelnen Prospekten wurden unterschiedlichste Touren angeboten. Die junge Afrikanerin war hübsch, elegant gekleidet hatte eine kunstvolle Frisur. Das Donald-Unternehmen, so schien es Deborah, strahlte Gediegenheit und Reichtum aus.
»Ich würde gerne Mr. Donald sprechen. Sagen Sie ihm, Deborah Treverton ist hier.«
Die junge Frau schien verwirrt. »Wie bitte?«
»Ist Mr. Donald nicht da?«
»Tut mir Leid, Madam. Es gibt keinen Mr. Donald.«
»Das ist doch das Donald-Reisebüro, nicht wahr, zu dem auch die Kilima-Simba-Safari-Lodge gehört?«
»Ja, aber es gibt hier keinen Mr. Donald.«
»Sie meinen, er ist auf Safari.«
»Wir haben keinen Mr. Donald.«
»Aber ...«
Eine Frau erschien hinter der Wand, die den vorderen Teil des Geschäfts vom hinteren trennte. Es war eine Asiatin in einem hellroten *Sari*. Die dichten schwarzen Haare hatte sie zu einem Knoten aufgesteckt. »Sie möchten Mr. Donald sprechen, Madam?«, fragte sie.
»Ja, ich bin eine alte Freundin.«

»Tut mir Leid«, sagte die Frau, und ihr Blick verriet, dass sie es wirklich bedauerte. »Mr. Donald ist vor ein paar Jahren gestorben.«
»Oh, das habe ich nicht gewusst. Und sein Bruder Ralph?«
»Der andere Mr. Donald ist auch tot. Sie kamen beide bei einem Unfall auf der Nanyuki Road ums Leben.«
»Beide sind tot?! Sie saßen beide im Auto, als es geschah?«
Die Frau nickte traurig. »Die ganze Familie, Madam. Mrs. Donald, ihre Enkelkinder ...«
Deborah hielt sich an der Theke fest. »Das kann ich nicht glauben.«
»Darf ich Ihnen eine Tasse Tee anbieten? Vielleicht möchten Sie mit Mr. Mugambi sprechen.«
Deborah war wie betäubt. Sie hörte sich fragen: »Wer ist Mr. Mugambi?«
»Ihm gehört das Reisebüro. Vielleicht kann er Ihnen ...«
»Nein«, sagte Deborah, »nein danke.« Sie eilte zur Tür. »Bemühen Sie ihn nicht. Ich bin eine Freundin der Familie. Danke. Vielen Dank.«
Sie ließ sich vom Strom der vielen Fußgänger auf dem Gehweg treiben. Ihr wurde übel – *alle ums Leben gekommen*. Als die Übelkeit nachließ, fühlte sie sich hohl und leer. Ein Teil von ihr schien gestorben zu sein.
Deborah lief, wie ihr vorkam, lange durch die geschäftigen Straßen, Autos hupten, weil sie, ohne auf den Verkehr zu achten, die Straßen überquerte. Sie ging inmitten der eleganten Afrikanerinnen in hohen Absätzen und modischen Kleidern, kam an Krüppeln und Bettlern in Lumpen vorbei, reagierte nicht auf junge Männer, die Armreifen aus Elefantenhaar und Kikuju-Körbe verkaufen wollten, begegnete hektischen und lauten Touristengruppen; sie kam an uniformierten Wachen vorbei, die vor teuren Läden patrouillierten, sah große Prostituierte mit riesigen goldenen Ohrringen, Polizisten mit schlecht sitzenden Uniformen, Frauen, die mit ausgehungerten Kindern im Arm auf dem Boden saßen. Auf den überfüllten Straßen fuhr ein Mercedes nach dem anderen vorüber. Hinter getönten Scheiben saßen die Reichen; zerbeulte Taxis kämpften sich mühsam vorwärts; Safaribusse mit Touristen krochen aus der Stadt heraus. Ein öffentlicher Bus war so übervoll, dass Menschen sich außen festhielten. Auf einem großen Transparent auf dem Bus stand in riesigen Buchstaben: TERROR GEGEN FRAUEN ... TERROR GEGEN DAS GESETZ!
Deborah nahm alles nur flüchtig wahr. Sie erinnerte sich an ihre erste Nacht in der Kilima-Simba-Safari-Lodge. Damals war es nur ein Zeltlager gewesen, und sie konnte vor Aufregung die ganze Nacht kaum schlafen. Terry

erzählte ihr aufregende Geschichten von Safaris mit seinem Vater. Wie hatte sie ihn damals beneidet ...
Plötzlich blieb Deborah stehen. Sie bemerkte, dass sie sich auf dem Universitätsgelände befand. Vor sechzehn Jahren hatte sie hier Vorlesungen gehört bei Professoren wie Prof. Muriuki. Sie ging weiter und sah das NORFOLK HOTEL. Früher musste hier einmal das alte Gefängnis gestanden haben. Möglicherweise wurde an dieser Stelle Arthur Treverton umgebracht. Grace schrieb im Tagebuch, die Afrikaner hätten damals für eine afrikanische Universität in Kenia demonstriert. Wie es die Ironie wollte, befand sich heute hier die Universität von Nairobi.
Deborah kehrte zum HILTON zurück.
Der Mietwagen war noch nicht da. Sie ging zu einem kleinen Zeitungsstand und kaufte sich eine Zeitung.
Sie betrachtete die Schaufenster der HILTON-Arkade. Man hatte dort wertvolle Antiquitäten ausgestellt: mittelalterliche ägyptische Bibeln; einen uralten arabischen Kamelsattel; eiserne Kerzenhalter aus Uganda; Halsschmuck der Toro aus Uganda. In den Souvenirläden warb man mit »einheimischem Kunsthandwerk«, Ansichtskarten, Reiseführern und T-Shirts mit Löwen, Nashörnern, Sonnenuntergängen mit Dornenbäumen. Die Bekleidungsgeschäfte waren elegant und teuer. Man bot eine Vielzahl ›Safari-Ensembles‹. So etwas hatte es vor fünfzehn Jahren nicht gegeben. Deborah blieb vor einem Schaufenster stehen. Eine Schaufensterpuppe trug ein faszinierendes Kleid mit einem einmaligen afrikanischen Design. Deborah kam es irgendwie vertraut vor.
Aufgeregt betrat sie das Geschäft.
Auf dem Preisschild stand ein Betrag in Shilling. Deborah errechnete einen Preis von über vierhundert Dollar. Sie suchte das Etikett an der Naht im Rücken und fand es.
»Sarah Mathenge.«
»Kann ich Ihnen helfen, Madam?«
Deborah drehte sich um und sah eine arrogant lächelnde asiatische Verkäuferin. Sie trug einen lavendelfarbenen *Sari* und hatte einen langen, schwarzen Zopf, der ihr über den Rücken fiel.
»Stammt dieses Kleid von Sarah Mathenge?«, fragte Deborah.
»Ja.«
»Wissen Sie, wo es gemacht wurde? Vielleicht in Nyeri?«
»Nein, Madam. Es wurde hier in Nairobi gemacht.«

»Wie oft kommt Sarah Mathenge hierher?«

Die junge Frau hob die Augenbrauen.

»Ich meine«, sagte Deborah, »wissen Sie, wann Sarah Mathenge wieder hier sein wird?«

»Ich bedaure, Madam. Ich habe Miss Mathenge nie kennen gelernt.«

»Verstehen Sie, ich bin eine alte Freundin von ihr. Ich würde sie gerne sprechen.«

Die Verkäuferin ließ die Augenbrauen sinken und lächelte wieder herablassend. »Vielleicht sollten Sie im Mathenge-Haus nachfragen, Madam. Dort ist die Verwaltung.«

»Verwaltung?«

»Ja, Madam, im Mathenge-Haus. Sie gehen vom Hotel erst geradeaus und dann bei der ersten Kreuzung links. Es ist auf der anderen Straßenseite neben dem Staatsarchiv.«

»Danke! Vielen Dank!«

Deborah hatte es jetzt eilig. Diesmal registrierte sie die Menschenmenge sehr deutlich, weil sie wegen der vielen Menschen nur langsam vorankam.

Das Mathenge-Haus! Deborah hatte geglaubt, Sarah mache ihre Kleider zu Hause in Nyeri und bringe sie dann von Geschäft zu Geschäft. Aber eine Verwaltung!

Sie blieb am Straßenrand stehen und blickte über die Straße auf das Gebäude neben dem Nationalarchiv. Es war ein hohes modernes Bürohaus mit mindestens sieben Stockwerken. Auf dem Dach verkündete eine große Tafel: MATHENGE-HAUS.

Deborah eilte über die Straße und lief schnell an den Läden und kleinen Geschäften im Parterre des Hauses vorbei. Sie fand den Eingang, den ein Askari bewachte, und ging hinein. Die nicht sehr große Eingangshalle roch durchdringend nach Reinigungsmittel. Sie sah ein Hinweisschild und zwei Aufzüge. Deborah stellte verwundert fest, dass das ganze Haus nur mit den Büros der Sarah Mathenge GmbH belegt war.

Sie betrat einen Aufzug und drückte auf den Knopf der obersten Etage. Es schien eine Ewigkeit zu dauern, bis sie oben war. Schließlich öffnete sich die Aufzugstür klappernd, und sie stand in einer kleinen Empfangshalle, in der eine junge Afrikanerin hinter einem Schreibtisch saß, tippte und gleichzeitig telefonierte.

»Ich möchte gerne Sarah Mathenge sprechen«, sagte Deborah zu ihr.

»Ich glaube, Miss Mathenge hat das Haus heute schon verlassen.«

»Aber es ist doch noch früh. Bitte fragen Sie nach.«
Die Empfangsdame griff nach dem Hörer, drückte einen der vielen Knöpfe und redete sehr schnell Suaheli. Dann hob sie den Kopf und fragte Deborah: »Ihr Name, bitte?«
»Deborah Treverton.«
Die junge Frau wiederholte den Namen für ihren Teilnehmer am anderen Ende der Leitung, wartete einen Moment, legte dann auf und sagte: »Miss Mathenge kommt sofort.«
Deborah bemerkte, dass sie nervös den Riemen ihrer Umhängetasche drehte. Wie würde Sarah nach all diesen Jahren sein? Wie würde sie Deborah begrüßen? *War sie wütend auf mich, weil ich einfach verschwunden bin, weil ich sie im Stich gelassen habe, nachdem ich ihr versprochen hatte, mit Onkel Geoffrey zu reden, damit sie ihre Kleider in seinen Lodges verkaufen könnte? Trägt sie mir das immer noch nach?*
»Deborah!«
Sie drehte sich um. Eine unauffällige Tür in der Empfangshalle hatte sich geöffnet. Dort stand jetzt eine schöne Frau wie eine Vision raffinierter Farben und höchster Eleganz.
Sarah breitete die Arme aus und kam auf sie zu. Sie umarmten sich so selbstverständlich und natürlich, als hätten sie sich erst gestern gesehen.
»Deborah!«, rief Sarah noch einmal und trat einen Schritt zurück. »Ich habe gehofft, du würdest kommen und mich besuchen! Ich habe die Mission heute Morgen angerufen, und man sagte mir, du seist nicht wie erwartet vorgestern Abend angekommen.«
Deborah brachte kaum ein Wort hervor. Ja, das war noch ihre alte Freundin. Sarah hatte sich kaum verändert ... bis auf das Kleid, eine Kreation aus Kupferfarben mit aufregenden schwarzen und violetten Akzenten. Das hätte die achtzehnjährige Sarah nie tragen können. Sie trug auf dem Kopf einen Turban aus demselben Stoff und riesige kupferne Ohrringe, die bis zu den Schultern reichten, und an den schlanken Handgelenken Kupferreifen. Deborah glaubte sich in ihre glückliche Vergangenheit zurückversetzt.
»Du hast gewusst, dass ich komme?«, fragte sie.
»Die Mission hat mich vor drei Wochen angerufen, als meine Großmutter dort ins Krankenhaus kam. Die Mutter Oberin sagte, meine Großmutter wollte dich sprechen. Die Nonnen dachten, ich wisse vielleicht, wo du bist. Ich nannte ihnen den Namen des Colleges in Kalifornien, für das du dein Stipendium hattest.«

»Woher wusstest du, dass ich dort studiert habe?«
»Professor Muriuki erzählte es uns. Aber ich freue mich so, dich zu sehen! Du hast dich überhaupt nicht verändert, Deb! Vielleicht ein wenig. Du siehst erwachsener und klüger aus. Du bist gerade rechtzeitig gekommen. Ich habe einen Termin im Haus des Präsidenten.«
»Im Haus des Präsidenten! Der Präsident von Kenia?«
»Ich entwerfe für Mrs. arap Moi die Kleider!« Sarah lachte und legte Deborah den Arm um die Schulter. »Komm mit mir nach Hause, Deb. Ich muss vor dem Termin dort noch einmal nach dem Rechten sehen. Mrs. arap Moi hält mich manchmal stundenlang bei sich! Wir können uns auf dem Weg unterhalten.«
Ein Mercedes wartete am Straßenrand. Ein lächelnder afrikanischer Chauffeur hielt die Wagentür offen. Beim Einsteigen sagte Sarah lachend: »Ich bin jetzt eine *Wabenzi*, Deb. Wie findest du das?«
Deborah hatte diesen Ausdruck nie zuvor gehört, aber sie kannte genug Suaheli, um zu wissen, das *Wa* hieß ›Leute mit‹.
»Wir sind etwas Neues, Deb«, erklärte Sarah, während der Mercedes sich langsam in den dichten Verkehr einfädelte. »Wir, die in Kenia herrschen, sind die Mitglieder der ›*Benzi*-Rasse‹. Es ist ein Schimpfwort des Pöbels. Aber lass dir nichts vormachen, Deb. Alle wollen sie *Wabenzis* sein!«
Sie fuhren schweigend in der luxuriös ausgestatteten Limousine weiter. Die Sitze rochen nach teurem Leder. Musik aus dem Radio schuf einen angenehmen Ausgleich zu dem lauten Verkehrslärm. Deborah musste einfach bekennen: »Ich kann dir gar nicht sagen, wie sehr ich von dir beeindruckt bin, Sarah. Du hast es wirklich weit gebracht.«
»Ich denke besser nicht darüber nach wie weit!«, sagte Sarah und lachte laut. »Ich lass die Vergangenheit ruhen und sorge dafür, dass nur ganz wenige etwas von den elenden Hütten am Chania etwas erfahren. Aber erzähl mir von dir, Deb. Warum bist du damals einfach so davongelaufen? Warum hast du uns nie geschrieben?«
Deborah erzählte erst zögernd, aber dann berichtete sie Sarah, wie sie die Liebesbriefe ihrer Mutter an David gefunden hatte, sich fragte, was aus dem Kind geworden sei. Deborah stellte fest, dass ihr die Worte schnell und erstaunlich mühelos über die Lippen kamen. Als sie erzählte, wie sie zu Wachera gelaufen war, und was die alte Frau ihr gesagt hatte, sah Sarah sie verblüfft an.
Aber Deborah sprach schnell weiter: »Nein, Sarah, Christopher ist nicht mein Bruder. Aus irgendeinem Grund wollte Wachera, dass ich das glau-

be. Aber verstehst du, ich *glaubte*, er sei es. Und wir hatten in der Hütte miteinander geschlafen. Ich konnte nicht damit leben. Ich war noch zu jung und unreif. Ich wollte nur davonlaufen und mich verstecken. Ich hätte nicht in Kenia weiterleben können. Ich liebte meinen eigenen Bruder! Das zumindest glaubte ich.« Sie erzählte Sarah noch, wie sie gestern, fünfzehn Jahre später und viel zu spät im Tagebuch ihrer Tante die Auflösung des Rätsels gefunden hatte.

»Meine Großmutter«, sagte Sarah und blickte auf die Slums von Nairobi. Dort hörte der Asphalt auf. Die Häuser schienen unter der Last der Armut zusammenzubrechen. »Diese törichte alte Frau ... Sie hasste immer die Weißen und wartete nur darauf, dass sie Kenia verließen. Sie hing dem verrückten Traum nach, dass wir alle zum Leben der Vergangenheit zurückkehren würden, wenn die Weißen nicht da wären. Vermutlich wollte sie dich vertreiben, damit ihr Fluch sich erfüllte.«

Der Mercedes musste langsamer fahren, weil Kinder auf der Straße spielten. Sarah beugte sich vor, öffnete ein Fenster in der Trennwand zum Fahrer und rief dem Chauffeur auf Suaheli zu: »Schneller. Ich hab's eilig!«

Als sie sich wieder zurücklehnte, sah sie Deborah an und sagte: »Du bist also Ärztin geworden?«

»Ja.«

»Bist du verheiratet? Hast du Kinder?«

»Ja und nein.«

Sarah hob die gezupften Augenbrauen. »Du hast keine Kinder? Deb, eine Frau muss Kinder haben.«

Sie hatten das Stadtzentrum verlassen und fuhren jetzt unter schattigen Bäumen durch eine der reichen Gegenden der Stadt. Hinter hohen Hecken und Zäunen sah Deborah die Dächer der herrschaftlichen alten Häuser. Das hier waren die Parklands, eine der besten Gegenden Kenias.

»Und du, Sarah? Bist du verheiratet?«

»Eines habe ich von meiner Mutter gelernt: Werde nie die Sklavin eines Mannes! Ich weiß, was sie im Gefangenenlager durchmachen musste. Ich weiß, wie ich gezeugt worden bin. Von ihr habe ich gelernt, wie man Männer benutzen muss, wie sie uns Frauen immer benutzt haben. Ich habe sozusagen den Spieß umgedreht, und ich finde das eigentlich recht amüsant. Aber ich habe besondere Freunde, wie zum Beispiel General Mazrui. Er ist im Augenblick einer der mächtigsten Männer in Ostafrika, und es dient meinen Zwecken, mit ihm eine sehr intime Beziehung zu haben.«

Sarah warf einen Blick auf ihre Armbanduhr und trieb den Chauffeur wieder zur Eile. »Du musst General Mazrui unbedingt kennen lernen, Deb. Ich glaube, er wird dich sehr beeindrucken. Ich gebe heute Abend ein Essen für den französischen Botschafter. Deshalb muss ich auch noch einmal bei mir zu Hause vorbeifahren. Wenn ich mein Personal nicht ständig überwache, läuft alles falsch. Kannst du heute Abend kommen, Deb?«
»Ich fahre für einige Zeit nach Nyeri. Ich habe ein Zimmer im OUTSPAN. Und ich weiß nicht, wie viel Zeit deiner Großmutter noch bleibt.«
Sarah zuckte die Schultern. »Ich habe sie seit Jahren nicht mehr gesehen. Aber, wenn du willst, kannst du sie von mir grüßen.«
Der Wagen bog in eine kurze Auffahrt und hielt vor einem großen Tor im Drahtzaun. Überall standen große Tafeln mit der Aufschrift: WACHHUNDE! NICHT AUS DEM WAGEN STEIGEN! Dann erschien ein Askari aus einem kleinen Wachhäuschen mit einem Gewehr. Als er den Wagen sah, schob er das Tor zur Seite und salutierte vor seiner Herrin.
Der Weg führte in einem Bogen um einen großen grünen Rasen mit Blumenrabatten. Deborah machte große Augen. Dort standen noch mehr Wachen. Sie hielten bellende Hunde an den Leinen. »Sarah!«, rief sie, »du hast doch gesagt, wir fahren zu dir und nicht zum Präsidenten!«
»Das ist mein Haus«, erwiderte sie, als der Mercedes vor dem Eingang hielt.
»Das ist ja eine Festung!«, sagte Deborah und warf einen Blick auf den Stacheldraht über dem Zaun, der sich um das ganze Gelände zu ziehen schien.
»Tu nicht so, als ob du nicht auch hinter Stacheldraht lebst, Deb.«
Deborah sah Sarah überrascht und fragend an. Ein alter Afrikaner in einem altmodischen langen *Kanzu* öffnete die Tür. Er wirkte sehr höflich, korrekt und trug sogar zu Deborahs Überraschung weiße Handschuhe.
Als sie eintraten, verschlug es Deborah den Atem.
Es war eines der alten Herrenhäuser aus der Kolonialzeit, in dem aristokratische Siedler wie Deborahs Großeltern wohnten, wenn sie nach Nairobi zur Rennwoche kamen. Aber hier hingen keine Bilder von Königin Victoria oder König George, auch keine Regimentsdegen, kein Union Jack, keine ausgestopften Tierköpfe an den Wänden. Es sah so aus, als habe Sarah mit einem Besen alles, was an den Imperialismus der Kolonialzeit erinnerte, hinausgefegt und *Afrika* hereingeholt.
Handgewebte Teppiche lagen auf dem glänzenden roten Steinboden und über Ledersofas indische Decken; Rattansessel hatten weiche gebatikte Kissen, und jedes Fleckchen Wand füllten sorgfältig aufgehängte geschnitzte

und bemalte afrikanische Masken. Sie repräsentierten die Stämme und Völker des Kontinents. In dem Raum befanden sich viele kostbare, alte Gegenstände: Samburu-Kürbisflaschen, eine von den Massai als Kopfschmuck benutzte Löwenmähne, Puppen der Turkana, eine Pokot-Kalebasse, Speere, Schilde und Körbe. Es war wie in einem Museum.
»Vor ungefähr zehn Jahren«, erklärte Sarah und forderte Deborah auf, sich zu setzen, »wurde mir klar, dass die afrikanische Kultur in unglaublicher Geschwindigkeit verfiel. So vieles geriet in Vergessenheit. Altes Können wurde nicht an die neue Generation weitergegeben. Die alten Rituale fanden nicht mehr statt. Also begann ich, Stücke zu sammeln, von denen ich wusste, sie würden eines Tages sehr wertvoll sein.«
Sarah gab einem älteren Diener einen Befehl, setzte sich auf das Ledersofa und schlug die Beine übereinander. Ihre Haltung wirkte gespannt und steif; sie schien selbst beim Sitzen ständig auf dem Sprung zu sein.
»Es ist eine schöne Sammlung, Sarah.«
»Ich habe sie schätzen lassen. Das alles ist etwa eine Million Shilling wert.«
»Hast du deshalb die Wachen und die Hunde?«
»Mein Gott, nein! Die würde ich auch brauchen, wenn das Haus leer wäre. Die Wachen und die Hunde müssen die Verbrecherbanden fern halten. Aber dank meiner Freundschaft zu General Mazrui bin ich hier in Sicherheit. Aber um nichts zu riskieren, zahle ich der Polizei monatlich zusätzlich *Magendo*.«
Deborah verstand nicht. »Banden?«
»Wie bei euch in Amerika!«, sagte Sarah und lachte laut. Sie warf einen Blick auf ihre Armbanduhr und dann in Richtung Küche. »Überall auf der Welt gibt es Verbrechen, Deb. Das weißt du auch. In Kenia haben wir Verbrecherbanden. Es liegt an der Arbeitslosigkeit. Offiziell gibt es hier neunzig Prozent Arbeitslose. In Nairobi wimmelt es von hitzigen jungen Männern ohne Stellung. Hast du sie nicht gesehen?«
Deborah hatte sie gesehen. Sie liefen zu zweit oder in Gruppen durch die Straßen: gut gekleidete, gebildete junge Männer, die mit ihrer Kraft nicht wussten wohin. Es gab für sie keine Stellungen.
»Sie überfallen Privathäuser«, erklärte Sarah, »ungefähr zwanzig oder dreißig nehmen ein Haus aufs Korn und überfallen es mitten in der Nacht mit Stöcken und Brecheisen. Erst letzte Woche ist mein Nachbar plötzlich durch so einen Überfall aus dem Schlaf gerissen worden. Er hat sich mit seiner Frau und den Kindern in eine Dachkammer geflüchtet, während die Bande unter ihm das Haus ausräumte.«

»Konnte er nicht die Polizei anrufen?«
»Das hätte ihm wenig genützt! Der Mann will einfach kein *Magendo* zahlen.«
»*Magendo?*«
Sarah rieb sich die Finger. »Bestechungsgeld. Heutzutage ist Geld die einzige Sprache, die die Menschen noch verstehen. Nur mit Geld kann man überleben.« Sie klatschte in die Hände und rief heftig: »Was braucht der alte Dummkopf so lange? Simon! *Haraka!*«
In diesem Moment erschien der alte Diener im *Kanzu* mit einem Teewagen. Unter Sarahs aufmerksamen Blicken servierte er mit der Geschicklichkeit und dem Können eines Dieners alter Schule Tee aus einem Silbersamowar. Deborah vermutete, dass er früher bestimmt für einen Engländer gearbeitet hatte. Es überraschte sie, dass Sarah diese Art Personal übernommen hatte. Sarah bot Deborah an, sich von den Platten mit Sandwiches, Keksen, Obst und Käsesorten zu bedienen. Sie fragte: »Wie lange wirst du in Kenia bleiben, Deb?«
»Das weiß ich nicht. Vor wenigen Tagen wusste ich noch nicht einmal, dass ich komme!«
»Wie geht es dir in Kalifornien? Verdienst du etwas mit deiner Arztpraxis?«
Ein junges Dienstmädchen erschien und wartete darauf, dass ihre Herrin sich ihrer annahm. Als Sarah sie bemerkte, winkte sie das Mädchen zu sich und sagte zu Deborah: »Entschuldige bitte.« Sie las das Blatt, das ihr das Dienstmädchen hinhielt. »Nein, nein!«, rief Sarah ungeduldig, »sag dem Koch, ich will kalte Gurkensuppe und keine Lauchsuppe! Und Cabernet Sauvignon anstelle des Chardonnay.«
Sarah sprach Suaheli, und Deborah hörte zu. »Die Sitzordnung ist so richtig, nur ...« Sarah ließ sich von dem Mädchen einen Kugelschreiber geben und schrieb auf das Blatt. »Bischof Musumbi soll rechts neben dem Botschafter sitzen. General Mazrui bitte hierher neben den Außenminister. Schärfe Simon ein, die Tänzer sollen bereitstehen und um Punkt neun mit der Show beginnen.«
Das Dienstmädchen eilte davon, und Sarah entschuldigte sich noch einmal bei Deborah. »Wenn ich nicht alles im Auge behalte, geht es hier drunter und drüber. Diese Mädchen vom Land sind so langsam!«
Deborah sah ihre alte Freundin verwundert an. War diese bissige Dame der Gesellschaft von Nairobi dieselbe Sarah, die neben ihr barfüßig am Ufer des Chania saß und sich einen Minirock wünschte? Deborah empfand plötzlich das alte Herrenhaus unangenehm und drückend.

»Fühlst du dich niemals einsam, Sarah, wenn du so allein in diesem großen Haus bist?«

»Einsam! Deb, ich habe keine Zeit, um einsam zu sein! In diesem Haus ist immer etwas los — beinahe jeden Abend. An den Wochenenden habe ich Hausgäste, und in den Ferien kommen natürlich meine Kinder zu Besuch.«

»Kinder!«

»Ich habe zwei Söhne und drei Töchter. Die Jungs gehen in England auf die Schule und die Mädchen in der Schweiz.«

»Aber du hast doch gesagt, du bist nicht verheiratet.«

»Wie altmodisch du bist, Deb! Ich dachte, du seist eine emanzipierte Frau. Man muss doch heutzutage nicht verheiratet sein, um Kinder zu haben. Ich wollte Kinder, aber keinen Mann. Weißt du, Deb, in Kenia sind die Männer sehr *macho*. Hätte ich geheiratet, müsste ich meinem Mann *dienen*. Er hätte sogar mein Geschäft übernommen! Meine Kinder haben fünf verschiedene Väter. So wollte ich das. Jetzt bekommen sie eine europäische Bildung. Wenn sie nach Kenia zurückkommen, stehen ihnen die besten Plätze der Gesellschaft offen.«

Deborah blickte auf ihren Tee. Etwas stimmte nicht. Sarah schien so spitz und so konkurrenzbewusst. Sie sprach von Emanzipation und benutzte Worte wie *macho*. Bei ihr gab es wieder ein Herr-Diener-Verhältnis, gegen das sie sich einst auflehnte. Als Sarah durch die Tür im Empfangsraum des Mathenge-Hauses trat, glaubte Deborah glücklich und mit Erleichterung, ihre Freundin habe sich nicht verändert. Aber jetzt erkannte sie traurig: Sarah hatte sich verändert. Mit jeder weiteren Minute, in der diese Frau ihr gegenübersaß, verwandelte sie sich langsam in eine Fremde.

In einem anderen Raum klingelte ein Telefon. Kurz darauf erschien Simon und murmelte seiner Herrin etwas zu. Sie erwiderte auf Suaheli, das Deborah verstand: »Sag ihnen, ich bin bereits unterwegs.«

Aber Deborah musste noch etwas erfahren, ehe sie Sarahs Haus verließ. »Was ist geschehen?«, fragte sie, »ich meine, nachdem ich weg war? Was hast du gemacht?«

»Was konnte ich machen, Deb? Ich habe überlebt! Zuerst benutzte ich das Geld meiner Großmutter, um Mrs. Dars alte Nähmaschine zu kaufen. Ich machte ein paar Kleider und bot sie in den Geschäften von Nairobi an. Aber als ich kein Geld mehr hatte«, sie stellte graziös und geübt die Tasse auf den Tisch, »blieb mir keine andere Wahl, als zu Nairobis Bankiers zu gehen, die gegen bestimmte ›Dienste‹ bereit waren, mir zu helfen. Nach einer

Weile stellte ich fest, dass nichts dabei war, Deb. Stolz ist so etwas Lächerliches und Albernes!«

Sarah schwieg. Sie warf einen Blick auf die Armbanduhr und fuhr fort: »Schließlich hatte ich Erfolg. Ich kaufte kleine Firmen und schaltete meine Konkurrenz aus. Als ich einsah, dass man keine Gewinne macht, wenn man für die typische Nairobi-Sekretärin Kleider entwirft, hörte ich damit auf und kreierte Modelle, die mir viel Geld einbrachten. Das war ein guter Schachzug.« Sarah drehte unentwegt die Kupferreifen an den Armen um ihre Handgelenke. »Jetzt verkauft man meine Kleider auf der ganzen Welt. In Beverly Hills gibt es ein Geschäft mit meiner Création und eins auf den Champs-Elysées in Paris.«

»Ich freue mich für dich«, sagte Deborah ruhig.

»Hast du Erfolg, Deb? Irgendwie erinnere ich mich, dass du nach dem Tod deiner Tante in der Mission an ihrer Stelle arbeiten wolltest. Ich hoffe, diese Idee hast du aufgegeben.«

»Ich arbeite mit einem Chirurgen zusammen. Es geht uns gut.«

Ein verlegenes Schweigen entstand, und sie vermieden, sich anzusehen. Schließlich fragte Deborah nach Christopher. »Es geht ihm gut«, sagte Sarah unverbindlich und erkundigte sich nach Deborahs Mutter.

Deborah sagte ihr nicht die Wahrheit. Vor fünfzehn Jahren war sie so unglücklich und außer sich bei dem Gedanken, mit ihrem Bruder geschlafen zu haben – sie konnte ihrer Mutter nicht verzeihen, ihr nie die Wahrheit gesagt zu haben. Sie schrieb ihr einen schrecklichen, von Hass erfüllten Brief, in dem sie ihrem Zorn freien Lauf ließ. Zwei Wochen später traf eine Antwort ein, aber Deborah zerriss den Brief, ohne ihn zu lesen. Es kamen noch ein paar Briefe aus Australien, die sie alle ungeöffnet wegwarf. Schließlich kamen keine Briefe mehr.

»Sarah«, fragte Deborah, »weißt du, warum deine Großmutter mich sehen will?«

»Keine Ahnung. Vermutlich wird sie dich mit einigen klappernden Hühnerknochen bedrohen oder so etwas Ähnliches.« Sarah stand auf. Sie tat es anmutig und hoheitsvoll wie eine Königin, die eine Audienz beendet. »Tut mir Leid, Deb. Aber ich muss jetzt gehen. Kannst du nicht doch heute Abend kommen?«

»Leider nein. Ich muss nach Nyeri.« An der Tür blieb Deborah stehen und blickte diese Fremde an, die einmal für sie wie eine Schwester gewesen war. »Wo ist Christopher, Sarah? Hast du etwas von ihm gehört?«

»Wo er ist? Lass mich überlegen ... in dieser Woche ist er, glaube ich, in Ongata Rongai.«
»Du meinst, er ist in Kenia?«
»Natürlich. Wo sonst sollte er sein?«
»Ich habe im Telefonbuch seine Nummer nicht gefunden ...«
»Nur seine Klinik steht im Telefonbuch: *Wangari*. Mein törichter Bruder hat vor ein paar Jahren Jesus entdeckt, nachdem seine Frau gestorben war. Jetzt ist er Pfarrer und Arzt. Er versucht, den Massai zu helfen. Als ob sie es ihm danken würden! Ich habe ihm gesagt: ›Du verschwendest nur deine Zeit!‹« Sarah lachte kurz und bitter.
Schweigen breitete sich über das Haus. Es schien hinter den Masken, unter den alten Stammestrommeln, aus den Kalebassen und *Irua*-Röcken aus Elefantengras wie Nebel hervorzuquellen und alles einzuhüllen. Deborah fand das Herrenhaus aus der Kolonialzeit plötzlich noch sehr viel bedrückender und dumpfer. Alles wirkte hier so verloren und fehl am Platz wie sie. Sarahs unsichtbare zahllose Dienstboten schienen die Vergangenheit in dieser Gruft endgültig begraben zu haben.

3

Deborahs Fahrer hieß Abdi und war ein junger freundlicher Somali. Er trug eine lange Hose, ein Strand-T-Shirt und auf dem Kopf eine weiße gestrickte Mütze. Das bedeutete, er war Moslem und als Pilger in Mekka gewesen. »Wo soll es hingehen, Miss?«, fragte er und verstaute ihren Koffer im Kofferraum des kleinen weißen Peugeot.
»Nach Nyeri zum OUTSPAN HOTEL.« Deborah schwieg und fügte dann hinzu: »Ich möchte zuerst in Ongata Rongai vorbeifahren. Es ist ein Massai-Dorf. Wissen Sie, wo es ist?«
»Ja, gewiss, Miss.«
Es dauerte eine Weile, bis sie im dichten Verkehr eine der Hauptstraßen erreicht hatten, die aus der Stadt herausführten. Deborah saß auf dem Rücksitz und betrachtete Nairobi.
Sie fragte sich, wie hoch die Einwohnerzahl inzwischen wohl sein mochte. Die Stadt schien so viel bevölkerter als damals. Sie entdeckte nur wenige weiße Gesichter im ständigen Fußgängerstrom. Die Weißen waren jetzt eine verschwindende Minderheit im Straßenbild ...
Durch einen Unfall standen sie einige Minuten in der Harambee Avenue vor dem Kenyatta-Konferenzzentrum. Deborah konnte sich das neue schöne Bauwerk dadurch etwas genauer betrachten und sah, was die Ansichtskarten nicht zeigten – Zeichen der Vernachlässigung, dringend notwendige Reparaturen und ungenügende Pflege. Insgesamt wirkte das architektonisch beachtliche Gebäude verwahrlost. Und hier wie überall in der Stadt dasselbe Bild: Krüppel, Bettler, kleine Mädchen mit hungernden Säuglingen. Aber hinter dem Zaun standen auf dem Parkplatz des Konferenzzentrums viele glänzende, große Wagen.
Abdi bog in die Haile Selassie Avenue und fuhr bis zur Ngong Road. Auf ihr verließen sie allmählich die Innenstadt und erreichten die zunehmend weniger erschlossenen Viertel und ländlicheres Gebiet. Bald erreichten sie

Karen, eine Gegend mit grünen Farmen, Wald und Wiesen und den Häusern der Reichen. Sie fuhren über rissige Asphaltstraßen mit vielen Schlaglöchern. Deborah betrachtete die alten Kolonialhäuser hinter schützenden Bäumen, umgeben von hohen Zäunen und bewacht von Uniformierten. Dann tauchten kleine *Shambas* auf. Frauen gingen dort gebückt ihrer Arbeit nach. Früher gehörte das weite Land den weißen Siedlern, die hier große Farmen hatten; jetzt war es in briefmarkengroße Felder aufgeteilt und an Afrikaner verpachtet.

Vor einer unbedeutenden *Shamba* standen viele Touristen-Minibusse, und Deborah fragte Abdi, was es dort zu sehen gebe.

Er verlangsamte das Tempo und erwiderte: »Das Finch-Hatton-Grab. Haben Sie *Jenseits von Afrika* gesehen, Miss? Sollen wir anhalten?«

»Nein. Fahren Sie bitte weiter.«

Sie drehte den Kopf nach den Touristenscharen, die mit Fotoapparaten herumliefen. *Das Bedürfnis zu Pilgerreisen,* dachte Deborah, *scheint ein weltweites Bedürfnis zu sein.*

Die Straße führte mit leichtem Gefälle durch einen Wald. Dahinter lagen Acre um Acre kleine Farmen. Sie fuhren durch verfallene Dörfer, kamen an ›Tavernen‹ vorbei – Hütten aus Brettern und Blech. Davor saßen Männer mit Flaschen in der Hand und tranken.

Deborah wunderte sich über das ihr unerklärliche Gefühl, in einem fremden Land zu sein, als sei sie hier noch nie gewesen. Konnte sie in fünfzehn Jahren wirklich Kenias Armut vergessen haben? Das grausame System unbarmherzig voneinander getrennter Klassen? Die Massen der Frauen und Kinder, die kaum das Nötigste zum Überleben hatten? Hatten fünfzehn Jahre einen ebenso täuschenden Schleier über die Hässlichkeiten Ostafrikas gebreitet, wie die Bücher für die Touristen es taten?

Schließlich erreichten sie Ongata Rongai, ein Massai-Dorf mit heruntergekommenen Gebäuden und unbefestigten Wegen. Sie fuhren auf die ›Stadtmitte‹ zu. Typisch für die kenianischen Dörfer standen hier einfache aus Hohlblocksteinen gemauerte Häuser mit Blechdächern. Die Wände waren in scheußlichen Türkis- und Rosatönen gestrichen. An einem Haus hing ein Schild mit der Aufschrift: MATHARI SALON & HOTEL, METZGER & TIERFUTTER. Alte Männer standen müßig vor dunklen Haustüren oder saßen auf dem Boden. Sie trugen mehr oder weniger Lumpen. Das Dorf bestand aus einer ungeordneten Ansammlung von Häusern in der Nähe eines Flussbetts. Die meisten hatten keine Türen oder Fenster. Kühe stan-

den in schmutzigem Wasser, mit dem Massai-Frauen ihre Kalebassen füllten. Über allem lag eine Atmosphäre der Trostlosigkeit und Verzweiflung. Als Abdi mit dem Peugeot langsam an gemauerten kleinen Häuschen und rostigen Schrottautos vorbeifuhr, rannten ihnen nackte Kinder nach. Ihre Gesichter waren über und über mit Fliegen bedeckt. Arme und Beine so dünn wie Stöcke und die Bäuche vor Hunger gebläht. Sie starrten die weiße Frau in dem Auto mit Augen an, die zu groß für ihre Köpfe waren.
Als Deborah entdeckte, wonach sie suchte, sagte sie: »Halten Sie hier bitte.« Abdi schaltete den Motor ab, stieg aus und kam auf ihre Seite, um ihr die Wagentür zu öffnen. Aber sie schüttelte den Kopf. Verwirrt ging er wieder um das Auto herum, setzte sich ans Steuer und wartete.
Deborah blickte auf ein einfaches gemauertes Gebäude mit einem Holzkreuz auf dem Blechdach. Davor stand ein Landrover mit der Aufschrift an den Seiten: WANGARI-KLINIK, DAS WERK DES HERRN. Wangari, so hatte Sarah ihr erzählt, war der Name von Christophers Frau gewesen.
Deborah vermutete, er sei in dem Gebäude, denn draußen stand eine große Menschenmenge und wartete vor der verschlossenen Tür. Sie ließ die Tür nicht aus den Augen. Sie wagte nicht, mit den Wimpern zu zucken, als fürchte sie, dann werde alles verschwinden.
Schließlich öffnete sich die Tür. Als sie den Mann sah, der herauskam, klopfte ihr Herz heftig.
Er hatte sich nicht verändert – nein, überhaupt nicht! Christopher besaß noch die geschmeidige Anmut seiner Jugend. Er war schlank, und seine Bewegungen verrieten die verborgene männliche Kraft. Er trug Jeans und ein Hemd, um den Hals hing ein Stethoskop. Als er sich umdrehte, blitzte das Sonnenlicht auf dem Goldrand seiner Brille.
Bei seinem Anblick drängten sich die Leute vorwärts. Erst jetzt bemerkte Deborah, dass die Kinder alle etwas in der Hand hielten. Einige hatten kleine Schalen, andere leere Flaschen; ein paar, so sah sie mit Überraschung, hatten so etwas wie Radkappen in den kleinen Händen.
Sie begriff sehr schnell, was das bedeutete, als man aus dem Haus große Kochtöpfe trug und draußen auf lange Holztische stellte. Die Kinder standen seltsam still und ordentlich Schlange. Ihre Mütter, beinahe alle mit Säuglingen, standen ehrerbietig an einer Seite.
Ein junger Afrikaner saß mit gekreuzten Beinen mit einer Gitarre auf dem Boden. Er schlug einen Akkord und begann zu singen. Die Austeilung des Essens für die Kinder begann.

Es war eine gespenstische Szene. Es gab kein Drängen und Schieben, keine Gier, keinen Wettstreit. Still füllte man den Kindern etwas, das wie Maisbrei aussah, in den Behälter, den ein Kind bei sich hatte. Die Helfer sangen mit dem Gitarrenspieler – Deborah hörte, dass es ein Suaheli-Lied war. Während die Kinder aßen, begann Christopher mit einer Schwester die Patienten zu untersuchen.

Die Schwester war eine junge und hübsche Afrikanerin. Auch sie sang bei der Arbeit.

Abdi blickte in den Rückspiegel zu seinem Fahrgast. »Wollen Sie jetzt weiterfahren?«, fragte er.

Deborah hob den Kopf. »Wie bitte?«

Abdi klopfte mit einem Finger auf die Armbanduhr. »Fahren wir nach Nyeri, Miss?«

Sie warf noch einen Blick aus dem Wagenfenster. Sie dachte daran auszusteigen, zu dem Landrover zu gehen und zu sagen: »Hallo, Christopher.« Aber etwas hielt sie zurück. Sie war noch nicht bereit, sich ihm jetzt zu stellen.

»Ja«, sagte sie, »wir fahren jetzt nach Nyeri.«

Die Thika Road führte durch eine Ebene mit vielen kleinen Feldern. Deborah entdeckte an einer Stelle hinter Akazienbäumen eine bescheidene kleine Moschee. Dahinter lagen hässliche Fabriken: Kenia-Brauerei, Firestone-Reifen, eine Papiermühle, Gerbereien und Konservenhersteller. Merkwürdigerweise wirkten einige menschenleer und verlassen.

Telefon- und Stromleitungen führten an der Straße entlang. Sie kamen an Shell-Tankstellen und Coca-Cola-Werbetafeln vorbei. Auf einem Werbeplakat für Embassy-Kings-Zigaretten stand: SAFIRI KWA USALAMA! – GUTE FAHRT! Eine schier endlose Autokette fuhr auf der Landstraße – Audi, Mercedes, Peugeot. Viele hatten auf der Stoßstange den Aufkleber I LOVE KENIA. Sie überholten *Matatus*, Fahrzeuge für neun Fahrgäste, in die sich vielleicht zwanzig oder mehr Menschen drängten. Auf einer anderen Tafel stand: VORSICHT! AN DIESER STELLE STARBEN IM MAI 1985 FÜNFUNDZWANZIG MENSCHEN.

Abdi bog plötzlich von der Hauptstraße ab und fuhr auf den Parkplatz des BLUE POST HOTELS. Deborah fragte: »Warum halten wir hier?«

»Sehr historische Stelle, Miss. Alle Touristen halten hier.«

Sie warf einen Blick auf das alte, riesige Gebäude, das nur noch ein Schatten der ehemaligen Kolonialpracht war. Das BLUE POST war früher ein Hotel für weiße Siedler gewesen. Jetzt warb man auf Tafeln für gegrillte Hähnchen und Lammkoteletts.

»Ich möchte nicht aussteigen«, sagte Deborah, »fahren wir weiter nach Nyeri.«

Abdi sah sie prüfend an, zuckte mit den Schultern und fuhr wieder auf die Straße. Hin und wieder warf er einen Blick in den Rückspiegel auf seinen Fahrgast.

Er schaltete das Radio ein. Es kam Werbung für Mona-Lisa-Hautaufheller, und dann sagte der Nachrichtensprecher von Radio Kenia: »Unser geliebter Präsident, der ehrenwerte Daniel arap Moi, erklärte heute, die Regierung bemühe sich darum, im Jahr zweitausend die medizinische Versorgung für alle Kenianer garantieren zu können.«

Deborah dachte an Ongata Rongai, an die hungernden, kranken Kinder, an den Schmutz, die Fliegen und an Christopher, der versuchte, in das trostlose Leben dieser Menschen etwas Hoffnung und Linderung der Not zu bringen. Sie dachte an Sarah, die sich in ihrem Mercedes durch die im Verkehrschaos erstickenden Straßen chauffieren ließ, und an die Bettler vor dem prunkvollen, aber verwahrlosten Konferenzzentrum. Deborah fand, dass zwei völlig voneinander getrennte Welten sich auf demselben Raum befanden.

Sie klopfte Abdi auf die Schulter und sagte: »Sie haben doch nichts dagegen«, und deutete auf das Radio.

»Oh, Entschuldigung, Miss.« Er schaltete das Radio aus, zog ein *Miraa*-Blatt aus der Hemdentasche und schob es sich in den Mund. *Miraa*-Blätter galten als anregend, aber Deborah wusste, in Wirklichkeit führten sie zur Entspannung. Die Kenianer kauten diese Blätter, um mit ihren Problemen besser fertig zu werden.

Der Peugeot fuhr Meile um Meile an den bebauten Feldern vorbei.

Frauen arbeiteten auf den Feldern und liefen mit großen Lasten auf dem Rücken entlang der Straße. Deborah sah, dass beinahe alle entweder schwanger waren oder Säuglinge trugen. Frauen standen an den Kreuzungen; Kinder klammerten sich an ihre Röcke. Sie gingen zu oder kamen von Gemüseverkaufsständen an der Straße. Sie beugten sich über schmutzige Teiche, in denen Kühe standen, und füllten ihre Kürbisflaschen mit Wasser, oder sie warteten an Bushaltestellen auf die bereits gefährlich überladenen *Matatus*. Deborah dachte: *Außerhalb von Nairobi ist Kenia eine Nation von Frauen und Kindern.*

»Der Regen kommt bald«, sagte Abdi und riss sie aus ihren Gedanken. Sie blickte zum blauen Himmel hinauf. »Woher wissen Sie das?«
»Mamas sind auf den Feldern und graben.«
Deborah hatte es vergessen. Aber jetzt erinnerte sie sich daran, wie zuverlässig die Frauen auf den *Shambas* einen Wetterwechsel spürten. Selbst bei wolkenlosem Himmel und wenn die Luft keinen Regen verhieß, wusste man, dass er kam, wenn die Frauen eifrig den Boden umgruben.
Der Regen kommt bald. Wie konnte sie das vergessen haben? Als Kind kannte sie den Rhythmus von trockenen und nassen Zeiten. Auch sie spürte einmal wie diese Frauen einen Wetterwechsel. Aber diese Intuition hatte Deborah in Kalifornien verloren. Dort hatte sie ihren ersten Sommer erlebt, auf den der braungoldene Herbst folgte, ein winterlicher Januar und dann das Blühen im Frühling.
Was habe ich sonst noch eingebüßt? fragte sie sich und blickte auf die Mais- und Teefelder.
Die Landschaft veränderte sich, und Deborah wurde es immer beklommener ums Herz. Die gerade, flache Landstraße wurde schmäler und begann, sich durch Hügel mit rechteckigen üppig bewachsenen Feldern zu winden. Jetzt kam auch der Mount Kenia näher. Deborah sah dunkle Regenwolken, die sich langsam am Himmel ausbreiteten.
»Wir sind bald in Nyeri, Miss«, sagte Abdi und schaltete, während er ein Tusker-Bierauto überholte.
Ein Unfall hielt sie auf. Der Peugeot fuhr langsam an einer chaotischen Szene vorüber. Deborah sah Polizisten und gleichgültige Sanitäter. Unglaublich viele Frauen und Kinder drängten sich um die ineinander verkeilten Wracks von vier Autos. Deborah dachte an Onkel Geoffrey und Onkel Ralph. *Die ganze Familie ist bei so einem Unfall ums Leben gekommen ...* Plötzlich musste Deborah an einen Unfall vor einem Jahr in San Francisco denken.
Es war eine Ballettpremiere. Baryshnikov tanzte. Die Vorstellung war seit Monaten ausverkauft. Jonathan gelang es mit seinen Beziehungen, Logenplätze und eine Einladung zu dem anschließenden Empfang zu bekommen. Sie hatten sich seit Wochen auf dieses Ereignis gefreut.
Deborah kaufte sich eigens dafür ein Abendkleid. Jonathan holte sie in ihrer Wohnung ab. Sie kamen bis zur Kreuzung Mason und Powell. Da sahen sie, wie der Unfall sich ereignete. Auf der regennassen Fahrbahn verlor ein

Fahrer die Kontrolle über sein Auto und raste in einen Wagen der Zahnradbahn.

Jonathan schaltete sich ein. Er sorgte so ruhig wie bei einem Picknick für Ordnung, trennte die Verwundeten von den Toten, gab allen, die am Unfallort erste Hilfe leisteten, Anweisungen und beruhigte die Opfer. Sein Frack wurde schmutzig. Den weißen Schal benutzte er als Verband. Er half der Polizei und den Helfern in dem Chaos und der allgemeinen Panik, den Überblick zu behalten, und fuhr dann in einem der Rettungswagen in das Krankenhaus. Deborah arbeitete mit ihm zusammen; es gelang ihnen, Menschenleben zu retten und hysterische Ausbrüche zu verhindern. Das Ballett entging ihnen und auch der Empfang. Deborahs Kleid war ruiniert. Aber sie fühlte sich an diesem Abend mehr als entschädigt, denn sie verliebte sich in Jonathan.

Am Stadtrand von Nyeri kamen sie an einer Mädchenschule vorbei. Deborah war als Mädchen dort zur Schule gegangen. Sie fragte sich, ob Miss Tomlinson noch immer die strenge Schulleiterin war. Aber dann fiel ihr ein, dass die Schule inzwischen afrikanisiert worden sein musste. Eine Schwarze war jetzt natürlich die Direktorin. Deborah bemühte sich, etwas zu sehen, als der Wagen vorüberfuhr. Die Gebäude und das Gelände wirkten heruntergekommen. Unter den Schülerinnen, die auf dem staubigen Spielplatz herumliefen, sah sie kein einziges weißes Gesicht.

Schließlich erreichten sie eine große, alte Tafel über einer unbefestigten Straße: AFRIKANISCHE KAFFEEGESELLSCHAFT, DISTRIKT NYERI.

Die alte Treverton-Plantage.

»Bitte fahren Sie dort hinunter«, sagte Deborah. Die unbefestigte Straße führte am Chania entlang. Zu ihrer Linken sah sie das vertraute, tiefe Flussbett.

Als sie die Plantage erreichten, sagte Deborah: »Bitte halten Sie hier.«

Abdi fuhr den Wagen zur Seite und stellte den Motor ab. Ein eindrucksvolles Schweigen umgab sie.

Deborah blickte aus dem Fenster. Genauso hatte sie die Plantage in ihrer Erinnerung. Die ordentlichen Reihen der Kaffeebäume waren beladen mit grünen Beeren. Sie bedeckten fünftausend Acres der sanften Hügel. Zur Rechten erhob sich am Horizont der Gipfel des Mount Kenia vom flachen Land. »Er sieht aus wie ein Chinesenhut«, hatte Grace im Tagebuch geschrieben. Zur Linken stand BELLATU. Es wirkte renoviert und erstaunlich gepflegt.

Deborah stieg aus und ging ein paar Schritte auf der roten Erde. Sie drehte das Gesicht aus dem Wind, der Regen verhieß, und betrachtete das große Haus.

Wer hatte es gekauft? Wer lebte jetzt dort?

Dann sah sie jemanden aus der Haustür treten und kurz auf der Veranda stehen bleiben. Es war eine katholische Nonne im blauen Gewand des Ordens, der die Mission ihrer Tante übernommen hatte.

Wohnten die Nonnen jetzt in BELLATU? War es vielleicht ein Kloster?

Deborah drehte sich um und überquerte die Straße. Sie stand auf dem grasgrünen Hügel und blickte über das breite Flusstal, durch das der Chania floss. Der Wald war völlig verschwunden. Das nackte, kahle Land war in kleine *Shambas* unterteilt. Sie sah die eckigen Lehmhütten und die Frauen auf den Feldern arbeiten.

Sie richtete den Blick nach unten und entdeckte den Fußballplatz. Früher war es einmal ein Polofeld gewesen. Jetzt spielten dort afrikanische Jungen Fußball. Sie versuchte, sich ihren Großvater vorzustellen, den leidenschaftlichen Earl, der auf seinem Pferd zum Sieg ritt.

Hinter dem Drahtzaun befand sich eine bescheidene Ansammlung von viereckigen Lehmhütten mit Blechdächern, gepflegten Gemüsebeeten und einem Gehege für Ziegen. Deborah fragte sich, wem das wohl gehören mochte.

Schließlich betrachtete sie den langsam fließenden Chania. Ein Geist stand am Ufer; der junge Christopher mit einer Sonnenbrille, die seine Augen verbarg. Phantomlachen – das Lachen einer sanfteren, unschuldigeren Sarah – hallte über das Wasser.

Deborah wollte dieser schmerzlichen Szene den Rücken kehren.

Aber sie konnte sich nicht von der Stelle rühren. Die rote Erde, die ihre nackten Füße als Kind so gut kannten, ließ sie nicht los. Deborah zitterte. Die im Nacken zusammengebundenen Haare fielen ihr über den Rücken. Der Wind fuhr in die Haare. Sie legten sich um ihre Wangen und fielen ihr vor die Augen. Deborah schob sie langsam weg und blieb auf dem grünen Hügel stehen.

Das Land war immer noch so schön, die Luft so rein und klar. Hier gab es noch den Zauber ihrer Kindheit. Deborah fühlte sich wieder als Mädchen, das am Fluss entlanglief, Afrika liebte und nur eine Familie Seidenschwanzaffen und ein Otternpaar zur Gesellschaft hatte. In dieser Welt gab es keine Armut oder Hässlichkeit. *Dieses* Kenia funkelte und sprühte vor Fantasie. Zu diesem Land hatte Deborah gehofft zurückzukehren. Sie hat-

te gehofft, den Anfang wieder zu entdecken und von neuem zu beginnen, um vielleicht dabei auch sich wiederzufinden.
Aber dieses Kenia schien es nicht mehr zu geben. Deborah begann sich zu fragen, ob es dieses Kenia je gegeben hatte. Aber, wenn es einen solchen Anfang nicht mehr gab, wie sollte sie dann ihre Wurzeln finden, die Hinweise, die ihr halfen, Frieden mit sich selbst zu schließen?
Dann warf sie noch einen Blick auf die Mission, in der eine sterbende Medizinfrau lag.

4

Zu Deborahs Überraschung gab man ihr im OUTSPAN HOTEL das *Paxtu Cottage*. Hier hatte Lord Baden-Powell, der Begründer der Pfadfinderbewegung, am Ende seines Lebens gewohnt.
Das Cottage hatte ein Schlafzimmer, Wohnzimmer, zwei offene Kamine und zwei Bäder. In diesem Haus war Lord Baden-Powell gestorben. Sein Grab lag in Nyeri im Angesicht des Mount Kenia. Auf diesem Friedhof hatte man auch Sir James Donald begraben. Der Hoteldirektor erklärte, das Hotel sei überbelegt. Normalerweise benutzte man das Baden-Powell-Cottage nicht für Gäste, denn es war ein nationales Denkmal. Aber man hatte einfach keine freien Zimmer mehr. Der Direktor hieß Mr. Che Che, und Deborah fragte sich, ob er ein Nachkomme des Che Che war, der vor neunundsechzig Jahren die Ochsenkarren von Nairobi mit ihrer Großmutter und Tante Grace hierhergebracht hatte.
Paxtu lag am Waldrand inmitten eines sanft abfallenden Rasens. Das Cottage lag abseits vom Hotel und war sehr ruhig. Deborah freute sich, es benutzen zu können. Der Hausdiener brachte den Koffer und öffnete die Vorhänge. Vor den Fenstern befand sich eine breite Veranda mit einem herrlichen Blick auf den Mount Kenia. Deborah betrachtete die historischen Fotos und Briefe, die sorgsam gerahmt an den Wänden hingen. Baden-Powell nannte das Cottage *Paxtu* in Erinnerung an seine Heimat in England. Deborah dachte, er habe möglicherweise das nahe gelegene BELLATU als Vorbild genommen.
Die Mittagszeit war vorbei. Die Busladungen mit Touristen waren gekommen, die Urlauber hatten gegessen und waren für eine Nacht in den Bergen ins TREETOPS weitergefahren. Im Speisesaal und auf der Terrasse war es ruhig und fast menschenleer. Deborah setzte sich an einen Tisch und betrachtete den Mount Kenia, dessen kohlschwarze Gipfel umgeben von graublauen Wolken sie wegen ihrer Rückkehr nach Kenia zu verhöhnen schienen. Ein

zurückhaltender Kellner in schwarzer Hose und weißem Jackett brachte ihr eine Kanne und wies auf ein Buffet mit Kuchen und belegten Broten für den Nachmittagstee.

Trotz ›Afrikanisierung‹ und ›Kenianisierung‹ der Regierung ließen sich bestimmte koloniale Angewohnheiten in diesem Land nicht mehr auslöschen. Gewisse Traditionen waren einfach zu sehr mit dem Land verwurzelt. Fünf-Uhr-Tee, so hatte sie gesehen, servierte man auch im HILTON. Sie zweifelte nicht daran, dass auch viele andere englische Sitten, die sich in der Kolonialzeit eingebürgert hatten, außer dem Tee am Nachmittag und Personal mit weißen Handschuhen überdauern würden.

»Das darf doch nicht wahr sein! Das ist doch Deborah Treverton!«

Sie hob überrascht den Kopf. Ein fremder Mann stand auf dem Rasen und starrte sie entgeistert an.

Sie starrte zurück. Dann fragte sie unsicher: »Terry?«

Er kam mit ausgestreckter Hand auf sie zu. »Terry?«, wiederholte sie ungläubig. Deborah glaubte, einen Geist zu sehen. Aber die Hand, die ihre schüttelte, war aus Fleisch und Blut und gehörte einem sehr lebendigen Mann. Er nahm sich einen Stuhl und setzte sich. »Das ist ja ein Hammer! Ich sah dich dort sitzen und dachte: *Jetzt laust mich der Affe! Diese Frau sieht genau wie Deborah aus!* Und dann dachte ich: *Mein Gott, das ist sie!*«

Deborah brachte kein Wort heraus und sah ihn nur fassungslos an. So hatte sie ihn in Erinnerung. Er sah jetzt vielleicht noch mehr Onkel Geoffrey ähnlich mit dem sonnengebräunten Gesicht und diesem unerschütterlichen Selbstbewusstsein. Terry Donald trug ein beiges Baumwollhemd, eine olivgrüne Weste, Shorts, knielange Socken und Stiefelschuhe. Die dunkelbraunen Haare waren sehr viel heller, als sie sich erinnerte. Zweifellos hatte die Sonne sie gebleicht, und seine Augen wirkten noch blauer.

»Mein Gott, Deb! Ich kann's nicht glauben! Wie lange bist du schon da?«

Der Kellner trat an den Tisch. »*Nataka tembo baridi, tafadhali*«, sagte Terry. Er hatte sich ein Bier bestellt.

»Warum hast du nie geschrieben, Deb? Bist du gerade erst gekommen oder schon lange in Kenia?«

»Ich glaubte, du seiest tot«, brachte sie nur heraus.

Er lachte. »Sieht nicht so aus! Im Ernst, Deb. Ich weiß noch, dass du nach der Beerdigung deiner Tante gesagt hast, du würdest *nicht* nach Amerika fahren. Und dann warst du am nächsten Tag verschwunden. Was war geschehen?«

Sie versuchte, sich zu erinnern. Die Beerdigung von Tante Grace. Deborah wollte das Stipendium nicht annehmen und muss es allen erzählt haben. Sie zwang sich zu einem Lächeln.»Es ist das Recht einer Frau, ihre Meinung zuändern. Ich bin doch nach Kalifornien gegangen.«
»Bist du zum ersten Mal wieder in Kenia?«
»Ja.« Sie sah ihn immer noch fassungslos an. Erinnerungen stellten sich langsam ein. »Terry, das versteh ich nicht. Ich habe wirklich geglaubt, du seist tot. Im Reisebüro sagte man mir, deine ganze Familie sei bei einem Autounfall ums Leben gekommen.«
Sein charmantes Lächeln verschwand. »Ja, das stimmt.«
Der Kellner brachte Terrys Bier. Er öffnete die Flasche und goss es in ein hohes Glas. Dann nahm er sich eine Zigarette und entzündete sie mit einem Feuerzeug, das ihm an einem Lederriemen um den Hals hing. Er sog den Rauch tief ein, drehte aber dann rücksichtsvoll den Kopf zur Seite, ehe er den Rauch wieder ausstieß. »Vater, Mutter, Onkel Ralph und meine beiden Schwestern«, sagte er, »alle auf einmal. Es geschah auf dieser verdammten Nanyuki Road. Sie waren unterwegs zum Safari Club. Einer dieser verrückten *Matatus* raste in ihren Wagen, als er versuchte, einen anderen *Matatu* zu überholen. In dem anderen Wagen kamen zwölf Personen ums Leben.« Er lachte kurz und bitter. »Das Verrückteste von allem, ich hätte bei ihnen sein sollen. Aber ich hatte eine Reifenpanne auf dem Weg nach Nairobi. Also sind sie ohne mich losgefahren. Ich folgte ihnen zum Safari Club und kam zur Unfallstelle. Man trug sie gerade in den Rettungswagen.«
»Oh, Terry, es tut mir so Leid.«
»Diese entsetzlichen Straßen«, sagte er und drehte sein Glas nervös auf dem Tisch. »Man hält sie nicht in Ordnung, verstehst du. Die Straßen werden von Jahr zu Jahr schlechter.«
»Du hast also das Reisebüro verkauft?«
»Verkauft! Ganz bestimmt nicht! Donald Tours ist eines der gewinnträchtigsten Unternehmen in Ostafrika! Warum sollte ich verkaufen?«
»Ich war heute Morgen im Reisebüro, und man sagte mir, es gehöre jetzt einem Mr. Mugambi.«
»Ach so.« Terry wurde rot und lachte leise. »Ich bin Mr. Mugambi. Ich habe den Namen gewechselt. Ich heiße nicht mehr Donald.«
»Warum das?«
Er hob den Kopf und blickte sich diskret um. »Weißt du was, Deb«, sagte er ruhig, »hast du was zu tun? Warum gehen wir nicht zu mir? Ich möch-

te dir meine Frau vorstellen. Ich wohne hier in Nyeri nicht weit von hier.«

Deborah folgte seinem Blick, drehte langsam den Kopf und sah zwei Afrikaner in unauffälligen Leinenanzügen. Sie saßen an einem Ecktisch, tranken Tee und unterhielten sich leise. »Wer ist das?«, fragte sie.

Terry warf einen Shilling auf den Tisch und schob den Stuhl zurück. »Komm, Deb. Mein Rover steht vor der Tür.«

Als sie einen Weg auf dem Hotelgelände entlanggingen und kein Mensch weit und breit zu sehen war, sagte Terry: »Die zwei sind vom Geheimdienst. Man muss heutzutage in Kenia auf der Hut sein.«

Terry fuhr mit dem Rover auf die Hauptstraße und fragte: »Wie bist du denn hierher gekommen? Ich hoffe, du fährst nicht selbst.«

»Ich habe einen Wagen mit Fahrer gemietet. Ich habe ihm für den Rest des Tages frei gegeben.«

»Und was ist das für dich? Ein Urlaub? Kommst du zurück, um Erinnerungen aufzufrischen? Du wirst feststellen, dass sich schrecklich viel verändert hat. Rein äußerlich vielleicht nicht so viel, aber unter der Oberfläche ist das ein völlig anderes Kenia.«

Deborah wurde nachdenklich, als sie an der Kirche vorbeifuhren. Hier befand sich das Grab von Sir James, Terrys Großvater. Seine Großmutter Lucille, die sie beide nicht kannten, hatte man wie seine Tante Gretchen in Uganda begraben. War Terry also der letzte Donald?

»Hast du Kinder?«, fragte sie plötzlich.

»Ich habe einen Sohn und eine Tochter. Aber du hast meine Frage nicht beantwortet. Warum bist du in Kenia?«

»Erinnerst du dich an Mama Wachera? An die Medizinfrau, die unten in einer Hütte neben dem Polofeld lebte?«

»Diese verrückte Alte! Ja, ich erinnere mich an sie. Lebt sie noch? Mein Gott, aber sie muss die allerletzte der alten Generation sein!«

Deborah erzählte ihm von dem Brief der Nonnen.

»Und was, glaubst du, will sie von dir?«, fragte Terry, während der Rover sie auf der holprigen Straße durchschüttelte.

»Keine Ahnung. Ich will morgen zur Mission gehen und werde es feststellen.«

»Willst du in Kenia bleiben, Deb?«, fragte er und sah sie von der Seite vorsichtig an.

Seine Frage überraschte sie. Und dann dachte sie plötzlich: *Will ich hier bleiben?* »Ich weiß es nicht, Terry«, erwiderte sie aufrichtig.

Sie erreichten einen hohen Drahtzaun mit Warnschildern: HATARI! GEFAHR! KALI! HUNDE! IM AUTO SITZEN BLEIBEN UND HUPEN!
»Auch hier?«, fragte Deborah, als ein Askari das Tor öffnete.
»Die Kriminalität blüht in ganz Kenia, Deb. Und es wird immer noch schlimmer. Die Bevölkerungsdichte ist dran schuld, verstehst du. Kenia hat die höchste Geburtenrate der Welt. Wusstest du das?«
»Nein, das habe ich nicht gewusst.«
»Es gibt nicht genug Land für alle und nicht genug Arbeitsplätze. In dieser Nation gibt es nur noch Jugendliche. Du hast sie ganz bestimmt gesehen, die jungen Afrikaner in Nairobi. Sie haben nichts zu tun. Du kannst dir nicht vorstellen, was diese Betrüger mit den unschuldigen Touristen anstellen! Ich warne meine Leute immer wieder, sich nicht mit Fremden einzulassen. Den Frauen werden ständig Handtaschen und Geldbörsen gestohlen.«
»Ist die Polizei untätig?«
»Untätig, jawohl! Es sei denn, man zahlt genug *Magendo*. Aber ich habe ein besseres System, um meine Leute zur Ehrlichkeit zu erziehen. Wenn meinen Gästen etwas fehlt, lasse ich ankündigen, ich werde einen Medizinmann holen. Das klappt immer. Am nächsten Morgen hat der Bestohlene unauffällig alles wieder zurück.«
»Ist der Aberglaube immer noch so weit verbreitet?«
»Ich vermute, mehr denn je.« Sie fuhren in ein staubiges Areal, wo Afrikaner mit Hunden Wache hielten. Es war ein sehr altes Haus, in dem Terry wohnte. Deborah sah noch die Bauweise aus der Pionierzeit: getünchte Lehmwände und ein Grasdach. Es war ein großes, langes Dach, das schon sehr durchhing. Aber es war ausgebessert worden und wurde offenbar bestens instand gehalten.
»Ich habe drei Häuser«, erklärte Terry, als sie hineingingen. »Eins in Nairobi und dann noch ein Haus an der Küste. Aber hier wohnt meine Familie. Bislang ist es in Nanyuki noch am sichersten.«
Im Haus war es kühl und dunkel. Die Decken waren niedrig. Auf einem glänzenden Holzfußboden standen Ledersofas, und überall hingen Tiertrophäen. Ein Afrikaner in Khaki-Hose und Pullover deckte gerade den Tisch.
»Wir trinken den Tee hier, Augustus«, rief Terry dem Mann zu und führte Deborah zu den Sofas um den größten offenen Kamin, den sie je gesehen hatte.
Als sie Platz genommen hatte, zündete sich Terry wieder eine Zigarette an

und sagte: »Also, wann bist du abgereist, Deb? Vor vierzehn oder fünfzehn Jahren? Na ja, du kommst nicht zu dem alten Kenia zurück, das du einmal kanntest. Erstens, die Regierung ist ein Witz! Sieh dir nur an, wie sie der Bevölkerungsexplosion Herr werden will. Frauen ohne Männer, und das sind ungefähr alle Frauen in diesem verrückten Land, erhalten für jedes Kind Kindergeld. Als Maßnahme zur Geburtenkontrolle hat die Regierung arap Moi jetzt erklärt, haben von jetzt ab nur die ersten *vier* Kinder einer Frau Anrecht auf Kindergeld. Die anderen muss sie selbst durchbringen. Kannst du mir sagen, wozu das gut sein soll?«

Augustus servierte ihnen den Tee auf dem niedrigen Couchtisch. »*Asanta sana*, Augustus«, sagte Terry. Dann fuhr er fort: »Ausländische Gesundheitsinstitutionen und die Ärzte in den Missionen wollen Geburtenkontrolle durchsetzen, aber die afrikanischen Männer sind dazu nicht bereit. Wenn die Frauen das wollen, müssen sie es unter der Hand tun. Wenn ein Mann dahinter kommt, dass seine Frau die Pille nimmt oder ein Diaphragma benutzt, schlägt er sie halb tot. Und er hat das Recht dazu!«

Terry drückte die Zigarette aus und sah Deborah strahlend an. »Mein Gott! Ich kann's noch nicht glauben! So ein unverhofftes Wiedersehen! Ich kann dir nicht sagen, wie schön es ist, dich hier zu haben, Deb! Wie lebt es sich in Kalifornien?«

Sie erzählte ihm einiges, aber ohne in die Tiefe zu gehen.

»Sag mal, der Mann, den du heiraten möchtest, will auch nach Kenia kommen und hier leben?«

»Er ist noch nie hier gewesen. Ich weiß nicht, ob ihm Kenia gefällt.«

Als Deborah das sagte, wurde ihr plötzlich etwas bewusst: Jonathan wusste so wenig über Kenia. *Aber wie kann er mich dann kennen?* überlegte sie.

»Miriam ist im Augenblick nicht da. Sie besucht ihre Schwester. Aber sie wird bald zurücksein. Du musst sie kennen lernen.«

»Und die Kinder?«

»Sie sind beide in der Schule. Moment mal«, sagte er und stand auf. Er nahm zwei Fotos vom Kaminsims und reichte sie Deborah.

»Das ist Richard. Er ist vierzehn.«

»Ein hübscher Junge«, sagte Deborah und betrachtete eine jüngere Version von Terry.

»Und das ist Lucy. Sie ist acht.«

Deborah staunte. Lucy war Afrikanerin.

Er schien ihre Gedanken zu lesen, setzte sich und zündete noch eine Ziga-

rette an. Dann sagte er: »Richard ist mein Kind aus erster Ehe. Ich ließ mich von meiner Frau scheiden, als er noch ein Säugling war. Damals hatte ich gerade erst angefangen, in Vaters Geschäft zu arbeiten. Anne konnte sich mit meiner langen Abwesenheit nicht abfinden, wenn ich auf Safari war. Also verließ sie mich und heiratete einen Exporteur. Richard ist ein halbes Jahr bei mir und die andere Hälfte bei Anne.«
»Und Lucy?«
»Sie ist die Tochter meiner zweiten Frau Miriam.«
»Eine Kikuju?«
Terry nickte und blies den Rauch in die; Luft. »Ich habe den Familiennamen meiner Frau angenommen. Sie ist eine Mugambi.«
Deborah stellte die gerahmten Fotos auf den Tisch. »Warum?«
Er zuckte die Schultern. »Im Wesentlichen ist das eine Sache des Überlebens. Man will die Weißen aus Kenia hinausekeln. Weiße Geschäftsleute haben mit vielen Schwierigkeiten zu kämpfen. Ich will da nicht in Einzelheiten gehen. Aber ich habe eingesehen, es war in meinem Interesse, das Geschäft unter afrikanischem Namen zu führen.«
»Ich dachte, das sei alles schon viele Jahre vorbei.«
»Seit Jomo Kenyattas Tod 1978 ist die Entwicklung in Kenia nicht allzu gut gewesen. Natürlich gibt es Leute, die sind da anderer Meinung als ich. Aber ich spreche aus Erfahrung. Nimm die Ausbildung meines Sohnes, zum Beispiel.«
Ehe er weitersprach, rief Terry Augustus und sagte ihm auf Suaheli, er möge eine Flasche Wein bringen. »Ein besonderer Anlass«, er lächelte Deborah an, »es ist kenianischer Papaya-Wein. Ich bezweifle, dass er deinem berühmten kalifornischen Wein das Wasser reichen kann. Aber es ist das beste, was wir haben.«
»Du hast mir von Richard erzählt.«
»Er besucht das Internat in Nairobi. Aber er ist jetzt vierzehn und muss auf das Gymnasium. Der Haken dabei ist, die Schule, auf die ich ihn schicken möchte, ist völlig afrikanisiert. Es ist das King-George-Internat in Nairobi, erinnerst du dich? Jetzt ist es das Uhuru-Gymnasium. Der neue Direktor, ein Afrikaner, möchte unter keinen Umständen weiße Schüler aufnehmen. Mich ärgert, dass mein Vater diese Schule besucht hat. Mein Vater war in der ersten Klasse, als das Internat 1926 gegründet wurde. Im Eingang hängt eine Tafel mit allen Schülern dieser Gründungsklasse. Geoffrey Donald steht dort als Erster. Ab 1967 war ich natürlich auch dort. Aber jetzt ist die Schule

den Weißen verschlossen. Und das Schlimmste: In ganz Kenia gibt es kein Gymnasium für Weiße.«

»Was willst du tun?«

»Mir bleibt keine Wahl. Ich muss ihn in ein Internat nach England schicken. Nun ja, ich kann es mir leisten. Aber es geht ums Prinzip. Richard ist nie in England gewesen, verdammt noch mal! Deb, sein Urgroßvater wurde in Kenia geboren!«

Augustus brachte den Wein und stellte ihn auf den Tisch mit zwei Weingläsern. Dann räumte er das Teegeschirr ab. Terry schenkte ein und reichte Deborah ein Glas. Sie trank. Der Wein schmeckte herb und bitter.

»Was machst du eigentlich jetzt, Terry?«, fragte sie freundlich, um seinen wachsenden Zorn zu besänftigen. »Begleitest du die Touristen auf den Touren oder gibt es für dich nur noch Büroarbeit?«

Er lachte, zündete sich die nächste Zigarette an und lehnte sich zurück. »Ich mache mit den Leuten Jagdsafaris.«

»Ich dachte, die Jagd sei hier jetzt verboten.«

»Tansania. Dort ist es erlaubt. Ich gehe meist mit Amerikanern.«

Sie fragte zurückhaltend: »Lohnt sich das?«

»Du wirst nicht glauben, wie sich das lohnt! Ich bin bis 1991 ausgebucht. Als vor zehn Jahren hier die Jagd verboten wurde, gingen wir Jäger in andere Länder und suchten uns dort Arbeit. Ich habe im Sudan Herden kontrolliert ... nördlich von Juba. Das ist am Nil. Die Elefantenherden waren zu groß geworden. Sie haben die Felder verwüstet. Die Stoßzähne dort drüben« – er deutete auf zwei Stoßzähne, die größer als ein Mann waren und rechts und links neben der Tür standen – »stammen von einem alten Bullen. Ein Flintenschuss hatte ihn verwundet. Er raste wie verrückt los und brachte ungefähr dreißig Dinka um. Ich habe ihn mit einem Schuss erledigt und ließ mir die Stoßzähne geben. Das sudanesische Pfund ist ja nichts wert.«

Terry probierte den Wein. »Nun ja, das Geschäft in Tansania geht gut. Ich bekomme amerikanische Dollar!«

»Aber es ist doch verboten, Jagdtrophäen in die Staaten einzuführen.«

»Es war verboten. Jimmy Carter verbot die Einfuhr von Leopard, Jaguar und Elfenbein. Aber die Reagan-Administration hat Jagdtrophäen wieder genehmigt, wenn die Tiere in Ländern geschossen wurden, in denen die Jagd legal ist. Ich garantiere meinen Klienten einen Leoparden, zwei Büffel und zwei Grant's Gazellen. Ich gehe mit ihnen einundzwanzig Tage auf Safari, stelle die Zelte und Spurenleser. Sie zahlen mir dreißigtausend Dollar.«

Deborah schwieg.

»Ich weiß, du hältst nichts von der Jagd«, sagte Terry ruhig, »du hast nie geschossen. Aber wir Jäger sind nützlich. Wir haben die Wilderer aus Kenia herausgehalten. Wir waren eine inoffizielle Polizei. Als man die Jagd 1977 verbot, verließen die Jäger das Land und die Wilderer legten los. Ihnen ist gleich, wie viel sie töten und auf welche Weise. Das Ergebnis ist unbarmherziges, grausames Abschlachten der Tiere. Weißt du, dass es nur noch fünfhundert Nashörner in Kenia gibt?«

Deborah blickte auf die Fotos von Terrys Kindern. »Ich freue mich, dass es dir gut geht«, sagte sie leise, »ich habe mich oft gefragt ...«

»Ja, es geht mir gut«, sagte Terry, füllte sein Glas und zündete sich die nächste Zigarette an. »Aber wie lange noch? Kenia ist ein unsicheres Land, Deb. Du bist nicht blind. Dir ist doch nicht entgangen, wie es hier aussieht. Die Afrikaner wissen einfach nicht, wie man die Dinge anpackt, oder es ist ihnen scheißegal. Ich weiß noch nicht, was von beidem stimmt. An der Spitze steht eine stinkreiche Elite, die den zwanzig Millionen, die langsam verhungern, sagen: ›Ihr könnt uns mal ...‹ Sieh dir nur an, was sie mit dem Mount Kenia machen. Sie roden ohne Sinn und Verstand alle Bäume. Sie haben keine Ahnung von Ökologie. Sie forsten nicht wieder auf. Sie denken nicht an die Folgen, wenn der Dschungel verschwunden ist. Die Flüsse hier in der Gegend trocknen aus, weil die Berge abgeholzt sind.«

Terry schüttelte den Kopf. »Die Afrikaner denken nicht an die Zukunft. Das haben sie noch nie getan, auch nicht zu Zeiten meines Großvaters. Sie schöpfen alle natürlichen Quellen aus und bekommen unentwegt Kinder. Sie denken nicht daran, etwas für die Zukunft zu tun. Sieh dir KILIMA SIMBA an, die alte Ranch meines Vaters. Unser Großvater hatte ein Bewässerungssystem mit Gräben und Bohrlöchern entwickelt. Aber die Afrikaner leben dort auf zahllosen kleinen *Shambas*. Sie haben die Gräben nicht beibehalten. Jetzt haben sie kein Wasser, und ihre Felder verwandeln sich in Staub.«

Terry sah Deborah mit seinen leuchtend blauen Augen besorgt an. »Kenia ist ein Pulverfass, Deb. Eine tickende Zeitbombe. Bei dieser Geburtenrate wird der Hunger noch schlimmer werden.«

»Ich dachte immer, das Ausland würde helfen.«

Er drückte die halb gerauchte Embassy-King-Zigarette aus und goss sich

wieder Wein nach. »Denkst du an die USA? Wie viel von dem Geld findet seinen Weg zu den Massen, Deb? Ich weiß aus guter Quelle, dass weniger als zehn Prozent der Millionen Dollar, die die Amerikaner großzügig zur Verfügung gestellt haben, zur Linderung der hungernden Bevölkerung ausgegeben worden sind. Und der Rest? Nun ja, du musst nur die *Benzis* auf dem Parkplatz der Regierung zählen. Eines Tages kommt hier die nächste Revolution, Deb. Denk an mich. Die Mau-Mau-Kämpfe werden im Vergleich dazu dann wie ein nettes Picknick gewesen sein!«
»Warum bleibst du, Terry, wenn es so schlimm aussieht?«
»Wo soll ich hin? Dies ist mein Land und meine Heimat. Der alte arap Moi kann noch so das Maul aufreißen, um uns hinauszuekeln!«
Terry schwieg plötzlich. Er drehte sich um in Richtung Küche und sagte dann etwas leiser: »Das sag ich dir, Deb. Bei der nächsten Revolution gelte ich als verdammter Kolonialist. Ich bin eine Zielscheibe! Ich habe zwar alles getan, was möglich ist – ich habe eine Kikuju geheiratet, meinen Namen geändert, aber ich bin im Handumdrehen aus dem Land. Und jeder Weiße, der noch alle Tassen im Schrank hat, ist ebenso darauf vorbereitet wie ich. Ich habe unauffällig Geld nach England transferiert und ein Haus in Cotswolds gekauft. Wenn es hier losgeht, nehme ich meine Kinder und verlasse Kenia nur mit dem, was ich auf dem Leib habe, und fliege nach England. Deb, in Kenia habe ich das Überleben gelernt. Und wenn du schlau bist, häng alle Gedanken an den Nagel, hierher zurückzukommen.«
Draußen bellten die Hunde. Deborah blickte aus dem Fenster und sah zu ihrer Überraschung, dass es bereits dunkel war und angefangen hatte zu regnen.
»Das ist sicher Miriam«, sagte Terry und stand auf. »Bitte bleib zum Abendessen, Deb. Ich verspreche, kein Schwarzseher zu sein. Wir haben uns noch so viel zu erzählen!«

Terry brachte sie ein paar Stunden später ins OUTSPAN HOTEL zurück. In San Francisco war es jetzt drei Uhr nachmittags. Deshalb beschloss Deborah, Jonathan anzurufen.
Zuerst versuchte sie, ihn in der Wohnung zu erreichen, und meldete das Gespräch dort an.
In der Zeit, in der die Hotelzentrale die Verbindung herstellte, badete Deborah. Während sie in der Wanne lag, dachte sie über den Abend mit Terry nach. Terrys Worte waren sehr aufschlussreich und auch beängstigend ge-

wesen. Aber anstatt sie abzuschrecken, wie Terry es offenbar beabsichtigte, bewirkten seine pessimistischen Aussagen bei ihr seltsamerweise genau das Gegenteil. Je mehr sie von Kenias Schwierigkeiten hörte, desto mehr empfand Deborah die Verantwortung, etwas dagegen zu tun.

Sie zog ihren Bademantel an, als ein Zimmerdiener kam und das Feuer im Kamin anmachte. Während der Mann damit beschäftigt war, stand Deborah hinter der Glastür zur Veranda ihres Cottage und betrachtete den leichten Regen, der im Lichtschein, der durch das Glas drang, wie silberner Staub wirkte. Dieser sanfte Regen erinnerte sie an eine andere kalte und feuchte Nacht. Auch damals brannte ein Feuer im Kamin, und die Welt jenseits der Fenster war beruhigend ausgeschlossen. In dieser Nacht schliefen sie und Jonathan zum ersten Mal zusammen.

»Ich bin immer vor festen Beziehungen zurückgeschreckt«, hatte Jonathan leise gesagt, »bis jetzt.«

Deborah lag in seinen Armen, blickte auf die züngelnden Flammen und fühlte sich zum ersten Mal mit einem Mann völlig entspannt und gelöst. Sie hörte Jonathan zu und öffnete sich ihm mehr und mehr, wie sie es in der ein Jahr alten Freundschaft nicht getan hatte.

»Warum hast du sie nicht geheiratet?«, fragte sie und meinte damit die Frau, die ihn vor Jahren sehr verletzt hatte, »was ist geschehen?«

Es fiel ihm schwer, über diese Sache zu sprechen. Deborah hörte das Zögern, das Unwohlsein, die genau gewählten Worte eines Mannes, der zum ersten Mal über einen geheimen Schmerz sprach. Deborah konnte sich in ihn hineinversetzen. Ihre Vergangenheit war in solchen unausgesprochenen Geständnissen verschlossen. Aber dieser Mann, in den sie sich verliebte, wusste nichts von dem Verbrechen in Christophers Hütte. Sie hatte ihm auch nichts von den beiden Rassen in ihrem Blut erzählt. Es half überhaupt nichts, glaubte sie, wenn sie ihre Dämonen in aller Öffentlichkeit zur Schau trug. Deborah hatte schwer daran gearbeitet, die Vergangenheit zu begraben. Sie hatte sogar zu Lügen gegriffen, um bestimmte Dinge erklären zu können. Da gab es das Problem mit eigenen Kindern. Aufgrund ihrer Abstammung wollte sie keine Kinder haben. Die Vorstellung macht ihr Angst, was für eine unberechenbare Mischung ihre Gene hervorbringen mochten. Wie konnte sie riskieren, ein Kind zu bekommen, das weniger weiß war als sein Vater? Wann würde sich der verborgene afrikanische Anteil plötzlich zeigen und unter welchen unglücklichen Umständen? Deshalb hatte sie sich eine medizinische Notlüge zurechtgelegt. »Ich kann keine Kinder bekommen. Endometritis ...« Sie hatte das mehr als einmal gesagt – auch zu Jonathan – und glaubte inzwischen beinahe selbst daran.

Sie arbeiteten schon viele Monate zusammen im Operationssaal, lächelten sich über den grünen Masken zu, hatten ihre privaten Scherze, kämpften um Menschenleben, und jetzt sprachen sie über die beiderseitigen Vorteile einer Gemeinschaftspraxis, nachdem sie einen Ballettabend versäumt und zwei herrliche Stunden vor dem Kamin verbracht hatten. Sie und Jonathan hatten den nächsten Schritt gewagt. Nach der körperlichen Verbindung bahnte Jonathan den Weg zu einer geistigen Verbindung – durch das Geständnis von Geheimnissen und der verborgenen Vergangenheit.

»Warum hast du sie nicht geheiratet?«, fragte Deborah in dieser regnerischen Nacht in San Francisco. »Nichts stand mehr im Weg. Die Hochzeit sollte in einer Woche stattfinden. Was ist geschehen?«

Mit gepresster Stimme, in der Deborah den Schmerz der vergangenen Jahre hörte, antwortete er:»Ich stellte fest, dass sie etwas Unverzeihliches getan hatte. Sie hatte etwas getan, was ich einer Frau nicht vergeben kann, wenn sie einen Mann angeblich liebt. Sie hat mich belogen.«

Das Telefon klingelte. Deborah erschrak, drehte sich um und sah, dass sie allein im Zimmer war. Der Hausdiener hatte das Feuer angezündet und war still gegangen. Das Telefon klingelte noch immer.

Jonathan! Sie nahm den Hörer ab und wollte mit ihm plötzlich unbedingt sprechen. Aber die Frau in der Hotelzentrale sagte: »Ich bedaure, Madam, unter der Nummer meldet sich niemand. Soll ich es später noch einmal versuchen?«

Sie dachte kurz nach. Ihre Praxis war Mittwoch nachmittags geschlossen, aber vielleicht war er im Krankenhaus im OP. Sie gab dem Mann die Nummer ihres Telefondienstes. Er konnte Jonathan benachrichtigen lassen und ihn bitten zurückzurufen.

Der Rückruf würde nicht gleich kommen. Eine Verbindung mit Kalifornien dauerte eine halbe Stunde. Sie ging zum Sofa, schlug die Beine unter und blickte ins Feuer.

In der anderen regennassen Nacht vor einem Jahr hatte sie in das Feuer in Jonathans Kamin geblickt. Seine Worte lösten bei ihr eine Art lähmenden Schock aus.

»Weißt du, bei mir ist das so«, sprach er weiter. Seine Stimme entspannte sich, nachdem er sich zu dem Geständnis überwunden hatte und sich bei Deborah sicher und glücklich fühlte. »Solange ich denken kann, habe ich

Lügen immer verabscheut. Vielleicht liegt das an meiner strengen katholischen Erziehung. Ich kann so ungefähr alles verzeihen, wenn jemand aufrichtig ist. Aber sie behauptete, mich zu lieben und belog mich. Später gab sie zu, dass sie nie die Absicht gehabt hatte, diese Lüge aufzudecken. Ich war außer mir vor Zorn und war schwer verletzt.«
»Was war das für eine Lüge?«
»Das ist nicht wichtig. Wichtig ist, dass sie in dem Bewusstsein mit mir an den Altar gehen wollte, dass ich ihren Lügen Glauben geschenkt hatte. Im Bewusstsein der Unehrlichkeit wollte sie mit mir verheiratet sein. Die Lüge an sich ist nicht wichtig, Debbie. Sie hat gelogen, und ich kam dahinter.«
Deborah schloss die Augen und drückte ihn fest an sich. *O ja, es kommt darauf an, was es für eine Lüge ist,* dachte sie, *ich muss wissen, ob diese Lüge so groß war wie meine.*
Ihre Lügen machten ihr danach Angst. Noch am selben Abend war sie nahe daran, Jonathan alles zu erzählen. Aber ihre Beziehung hatte sich verändert. Aus der unbekümmerten Freundschaft waren Liebende geworden. Diese so wichtige, empfindliche Ebene war zu neu und zu zerbrechlich. *Ich warte,* sagte sie sich, *ich sage es ihm, wenn alles sicher ist.*
Aber es wurde nie sicher. Mit Verzweiflung stellte Deborah fest, dass sie die Gelegenheit verpasst hatte, während ihre Beziehung sich festigte, während ihre Liebe sich vertiefte und plötzlich zum Wichtigsten in ihrem Leben wurde. Schließlich hatten sie den Termin für die Hochzeit festgesetzt, und sie würde mit Lügen im Herzen am Altar stehen ...
Als das Telefon klingelte, blickte sie auf die Armbanduhr. Es waren nur fünf Minuten vergangen.
»Hier spricht Dr. Treverton«, sagte sie der Frau vom Telefondienst. »Können Sie Dr. Hayes für mich ausrufen lassen?«
»Tut mir Leid, Dr. Treverton. Ich kann Dr. Hayes nicht erreichen. Dr. Simonson nimmt Anrufe für ihn entgegen.«
»Aber wissen Sie, wo Dr. Hayes ist?«
»Leider nein. Soll ich Dr. Simonson für Sie rufen lassen?«
Deborah überlegte kurz und sagte dann: »Nein. Nein danke.« Sie legte auf und wollte Jonathan morgen früh wieder anrufen. Dann war es Nacht in San Francisco, und er befand sich dann sicher in der Wohnung. Sie hinterließ in der Rezeption die Bitte um einen frühen Weckruf und schlief unruhig und bekümmert ein.

5

»Können Sie sich an mich erinnern, Dr. Treverton?«, fragte die Mutter Oberin Deborah, als sie den Weg entlanggingen, der zum Grace-Treverton-Haus führte. »Ich war damals Schwester Perpetua. Ich glaube, ich habe Ihre Tante als Letzte vor ihrem Tod gesehen.«
»Ich erinnere mich an Sie«, erwiderte Deborah und staunte über die vielen Erinnerungen, die der Gang vom Tor bei ihr auslöste. Die Grace-Treverton-Mission war ihr erstes Zuhause gewesen. Hier hatte sie die Kindheit verlebt, die zu einer schönen Kindheit wurde, nachdem ihre Mutter sie zurückgelassen hatte. Irgendwie schien es falsch zu sein, dass auf der vertrauten Veranda eine Nonne im blauen Gewand stand und nicht eine weißhaarige Frau im weißen Kittel mit dem immer griffbereiten Stethoskop um den Hals.
Auf einer Bronzetafel an der Wand neben der Haustür stand: GRACE TREVERTON HAUS, *erbaut 1919*. Überrascht bemerkte Deborah, dass in dem Haus niemand wohnte.
»Wir haben hier unsere Büros«, erklärte die Mutter Oberin, »und Ausstellungsräume für Besucher. Sie würden staunen, wenn Sie wüssten, wie viele Menschen aus aller Welt das Haus von Dr. Grace Treverton sehen wollen.«
Das Wohnzimmer war ein kleines Museum mit Schaukästen, gerahmten Briefen und Fotos an den Wänden. In einem Schaukasten zeigte man die Tapferkeitsmedaille ihrer Tante und daneben die Ordenszeichen des britischen Empires, die Grace 1960 aus den Händen von Königin Elisabeth II. erhalten hatte, als sie zur *Dame* gemacht worden war. In einem alten Medizinschrank befanden sich sogar medizinische Instrumente, Medizinflaschen und vergilbte Diagnoseaufzeichnungen.
Deborah blieb vor einem Foto stehen: Tante Grace stand mit Prinzessin Elisabeth vor dem TREETOPS HOTEL. Das Datum darunter: 1952. Ihre

Augen wurden feucht. Grace schien nicht tot zu sein, sondern weiterzuleben.

»All das gehört natürlich Ihnen, Dr. Treverton«, sagte die Mutter Oberin, »als Sie nach Amerika gereist waren, entdeckte ich in den Schachteln und Kisten diese vielen Erinnerungsstücke. Ich dachte, Sie würden die Sachen eines Tages abholen. Ich habe Ihnen sogar nach Kalifornien geschrieben. Haben Sie meine Briefe nicht erhalten?«

Deborah schüttelte schweigend den Kopf. Sie hatte die Briefe weggeworfen, sie hatte *alle* Briefe mit kenianischen Briefmarken ungeöffnet weggeworfen.

»Dann haben wir beschlossen, diese Dinge mit der Welt zu teilen. Wenn Sie natürlich etwas davon haben möchten, ist es Ihr gutes Recht, Dr. Treverton.«

Deborah hatte vor fünfzehn Jahren Kenia verlassen und nur die Erinnerungsstücke mitgenommen, die sie haben wollte. Dazu gehörte auch die Türkisbrosche ihrer Tante. Leider hatte man Deborah den Schmuck im ersten Studienjahr gestohlen. Eine Kommilitonin, einige der wenigen Frauen ihres Semesters, die auch sehr unglücklich war, bewunderte den Stein immer wieder und fragte Deborah eines Tages, ob sie ihr den Schmuck abkaufen könne. Als die Brosche plötzlich verschwand, wusste Deborah, wer sie sich genommen hatte. Aber sie konnte nichts beweisen. Ein paar Wochen später verließ die Studentin die Universität und kehrte in ihre Heimat im Norden Washingtons zurück. Damals hatte Deborah sich über den Verlust des Steins sehr aufgeregt. Im Verlauf der Jahre hatte sie sich jedoch an die Unbeständigkeit aller Dinge gewöhnt – sei es Besitz, seien es Beziehungen. Sie fand schließlich, es sei richtig, und die Bestimmung, dass der Türkis weitergegeben wurde.

Deborah drehte sich um und sah die freundliche Nonne an, deren schwarzes Gesicht in scharfem Kontrast zu der weißen Haube ihres Ordens stand, und sagte: »Diese Dinge gehören der Welt, wie Sie sagen. Ich brauche sie nicht. Kann ich jetzt zu Mama Wachera gehen?«

Als sie über den Rasen gingen, sagte Deborah: »Wissen Sie, warum sie mich sehen will, Mutter Oberin?«

Die Nonne runzelte etwas die Stirn. »Die Entscheidung, Sie kommen zu lassen, ist mir sehr schwer gefallen, Dr. Treverton, denn ich bin mir nicht sicher, ob sie nach Ihnen fragt. Verstehen Sie? Die arme Frau ist so schrecklich verwirrt. Sie ist von alleine hierher gekommen. Eines Tages stand sie sehr müde und sehr krank hier am Tor. Wir schätzen, sie ist weit über neun-

zig. Sie erklärte, die Ahnen haben ihr befohlen, hier zu sterben. Manchmal ist sie klar, dann wieder scheint sie sehr verwirrt.
Ihre Gedanken wandern zu verschiedenen Ereignissen, die weit zurückliegen. Manchmal wacht sie auf und fragt nach Kabiru Mathenge. Das war ihr Mann, Solomon! Aber immer wieder kommt der Name Treverton über ihre Lippen. Dann wird sie so fordernd und aufgeregt, als verlange sie Medizin. Deshalb dachte ich, ein Brief an Sie könnte helfen. Ich bete darum, dass sie zur Ruhe findet, wenn Sie bei ihr gewesen sind.«
Eine Krankenschwester in blauer Tracht und einem blauen Schleier begrüßte sie auf der Krankenstation und führte sie zu einem Bett am Ende des von der Sonne durchfluteten Krankenzimmers. Wachera schlief. Der dunkle Kopf ruhte friedlich auf dem weißen Kissen.
Deborah sah sie an. Sie rechnete damit, Zorn und Bitterkeit auf diese Frau zu empfinden, die so grausam zu ihr gewesen war. Aber seltsamerweise sah Deborah nur eine alte schwache und keineswegs bedrohliche alte Frau. Deborah erinnerte sich nicht daran, dass Wachera so *klein* gewesen war ...
»Meist wacht sie erst später auf«, erklärte die junge afrikanische Schwester, »können wir Sie anrufen?«
»Ja, bitte. Ich wohne im OUTSPAN HOTEL.«
»Darf ich Ihnen Tee anbieten, Dr. Treverton«, sagte die Mutter Oberin, »es ist eine solche Ehre, dass Sie uns besuchen.«
Deborah unterhielt sich eine Weile mit der Mutter Oberin, trank *Countess Treverton Tea* und sprach mit ihr über Mama Wachera.
»Ihr Enkelsohn besucht sie sehr oft«, erzählte Perpetua, »Dr. Mathenge ist ein guter Mann. Seine Frau starb vor ein paar Jahren. Haben Sie das gewusst?«
»Ja. Aber ich weiß nicht, woran sie gestorben ist.«
»An Malaria. Wir glaubten gerade, diese Krankheit wirkungsvoll bekämpfen zu können. Aber es gibt jetzt einen gegen Chloromycetin resistenten Erreger. Dr. Mathenge setzt die Arbeit fort, die er mit seiner Frau angefangen hat. Wir beten täglich für ihn. Dr. Mathenge heilt die Menschen in Kenia und bringt ihnen den HERRN.«
Anschließend ging Deborah zu dem Olivenbaumhain. Ein alter Afrikaner pflegte noch immer das Grabmal für den Fürsten d'Alessandro.
Auch das ewige Licht brannte über dem Sarkophag. Deborah stellte sich vor, dass ihre Großmutter und der italienische Fürst in einer Art ewigen, geistigen Liebe vereint seien.

Es regnete heftig, als sie wieder im OUTSPAN HOTEL eintraf. Sie ging am Speisesaal vorbei, wo man das Mittagessen servierte, und geradewegs in ihr Cottage. Sie schloss in dem schneidenden Wind und dem prasselnden Regen schnell die Tür hinter sich, zog ihre feuchte Jacke aus und bekam einen Schock.
»Jonathan!«
Er erhob sich vom Sofa. »Hi, Debbie. Ich hoffe, du hast nichts dagegen. Ich habe ihnen gesagt, ich sei dein Mann. Für ein Trinkgeld bekam ich deinen Zimmerschlüssel.«
»Jonathan«, wiederholte sie, »was machst du denn hier?«
»Du warst so merkwürdig, als wir miteinander telefonierten. Da habe ich mir Sorgen gemacht. Deshalb bin ich gekommen, um herauszufinden, was hier los ist.«

6

Jonathan breitete die Arme aus.
Aber Deborah blieb zögernd an der Tür stehen. Sie hatte nicht damit gerechnet, es ihm alles so schnell zu sagen. Sie wollte Zeit zum Nachdenken haben und sich auf ein Gespräch mit ihm vorbereiten. Sie ging zum Telefon und verlangte den Zimmerservice. Sie bestellte Salat, Obst, Sandwiches und Tee. Dabei musterte sie Jonathan. Er wirkte müde. Als Deborah auflegte und die Jacke auf einen Bügel hängte, kniete Jonathan bereits vor dem Kamin und zündete das Feuer an.
Es war eine vertraute Szene; genauso geschah es oft in ihrer Wohnung in Nob Hill. Draußen zog Nebel auf oder es regnete. Sie versorgte die nassen Sachen, während sich Jonathan um das Feuer kümmerte. Deborah machte Tee, und dann kamen die Stunden der Wärme und Gemütlichkeit. Sie waren beide allein, sprachen ruhig miteinander, überdachten den Tag – Patienten, Operationen, Pläne für eine neue Praxis. Im goldenen Lichtkreis des Kaminfeuers war ihre Liebe füreinander gewachsen und stark geworden. Diese Liebe verband sie immer fester miteinander.
Aber jetzt roch das Feuer falsch. Es war anderes Holz. Jonathan hatte seine Lederjacke nicht ausgezogen. Ein afrikanischer Kellner brachte den Tee. Er stellte alles schweigend auf den Tisch, während Deborah stehen blieb und die fünf Shilling Trinkgeld in der Hand hielt. Als sie wieder allein mit Jonathan war, setzte sie sich nicht zu ihm auf das Sofa, glitt nicht unter seinen Arm, schlug nicht die Beine unter und drückte sich nicht an ihn. Sie blieb am Kamin stehen und sah ihn an. Sie hatte plötzlich Angst.
»Was ist geschehen, Debbie?«, fragte er schließlich.
Deborah rang um Selbstbeherrschung. »Jonathan, ich habe dich belogen.«
In seinem Gesicht bewegte sich nichts.
»Du hast mich gefragt, wer die alte Medizinfrau ist, die im Sterben liegt. Ich habe dir gesagt, ich wisse es nicht. Das war eine Lüge. Sie ist meine Großmutter.«

Er regte sich nicht und blickte sie schweigend an.
»Zumindest«, fügte sie hinzu, »habe ich das noch in San Francisco geglaubt.«
Das Feuer knisterte laut. Ein roter Funkenregen stieg in den Schornstein. Draußen sorgte der heftige Regen dafür, dass der Tag sich beinahe in dunkle Nacht verwandelt hatte. Die dichten, großen Regentropfen hämmerten auf das Verandadach, und der Wald am Ende des abfallenden Rasens triefte vor Nässe. Deborah ging zu dem Couchtisch vor dem Sofa und goss Tee in die zwei Tassen. Aber sie tranken beide nicht.
»Deine Großmutter?«, fragte Jonathan, »eine Afrikanerin?«
Deborah wich seinem Blick aus. Es fiel ihr leichter, in das Feuer zu blicken Sie setzte sich ans andere Ende des Sofas und hielt Abstand zu Jonathan. Dann sagte sie: »Ich *glaubte*, sie sei meine Großmutter. Sie hatte mir das eingeredet. Deshalb habe ich Kenia verlassen.«
Deborahs leise Stimme mischte sich mit den Geräuschen von Wasser und Regen. Sie sprach ruhig, ohne Emotionen und verschwieg nichts. Jonathan hörte zu. Er bewegte sich nicht. Er betrachtete ihr angespanntes Profil, die schwarzen Haare, die ihr über den Rücken fielen und von Wind und Regen zerzaust waren. Er hörte eine unglaubliche Geschichte von Mau-Mau-Freiheitskämpfern und verbotener Liebe zwischen Weißen und Schwarzen, von schwarzen und weißen Freunden aus der Kindheit, von einer Junggesellenhütte, von einem Begräbnis, vom Fund der Liebesbriefe und vom Fluch einer alten Frau. Jonathan lauschte gebannt.
»Ich hatte das Tagebuch meiner Tante die ganzen Jahre bei mir«, sagte Deborah am Ende ihrer Geschichte, »aber ich habe es nie gelesen. Ich öffnete das verschnürte Päckchen, als ich im HILTON in Nairobi angekommen war. Und dann habe ich alles entdeckt.« Schließlich sah sie Jonathan an. Ihre Augen waren ungewöhnlich dunkel. In den großen Pupillen spiegelte sich das Feuer. »Christopher ist nicht mein Bruder.«
Er sah ihr kurz in die Augen, und dann blickte er zur Seite.
Während sie erzählte, war ein Holzklotz vom Feuer gerollt und lag vor den Flammen. Jonathan stand auf, griff nach dem Schürhaken und schob das Holz wieder auf die Glut. Dann richtete er sich auf und betrachtete das Bild über dem Kamin. Es zeigte einen Mann mit weißem Schnurrbart. Er trug Pfadfinderuniform. Lord Baden-Powell hatte den Luxus in England aufgegeben, um in Kenias Wildnis zu leben.
Jonathan war sprachlos. Was hatte dieses Land an sich, um den Menschen

so die Köpfe zu verdrehen? Welcher Zauber wirkte hier, dass Männer auf ein bequemes und angenehmes Leben verzichteten?

Er drehte sich um und sah Deborah an. Sie saß gespannt wie eine Sprungfeder auf dem Rand des Sofas, als sei sie bereit davonzurennen. Die Hände hielt sie fest verschlungen. Das Gesicht war verschlossen. Er kannte diesen Blick. So sah sie aus, wenn sie neben einem Patienten in der Intensivstation stand und konzentriert den Bildschirm mit den Messwerten beobachtete.

»Warum hast du mir das nie erzählt, Debbie?«

Sie sah ihn gequält an. »Das konnte ich nicht, Jonathan. Ich habe mich so geschämt. Ich kam mir so ... besudelt vor. Ich wollte nichts anderes als meine Vergangenheit vergessen und ein neues Leben anfangen. Ich hielt es für unsinnig, das alles wieder aufzurühren. Ich hatte mir fest vorgenommen, nie mehr nach Kenia zurückzukehren.«

»Dann hast du mich nicht belogen«, sagte er ruhig, »du wolltest nur eine unerfreuliche Erinnerung als Geheimnis bewahren.«

»Aber das ist noch nicht alles. Ich glaubte, in meinen Adern fließe auch schwarzes Blut, Jonathan. Das habe ich dir nie gesagt. Ich habe dir erzählt, ich könnte keine Kinder bekommen. Das stimmt nicht. Ich *wollte* keine Kinder bekommen. Ich hatte Angst, mein schwarzes Erbgut würde sich dann zeigen.«

»Das hättest du mir alles sagen können, Debbie. Du weißt doch, dass mir Rassen oder Hautfarben völlig gleichgültig sind.«

»Ja, das weiß ich jetzt. Aber anfangs war ich mir nicht sicher, als wir uns regelmäßiger trafen. Also habe ich dir dasselbe erzählt wie allen anderen. Ich habe gesagt, ich sei ein Fall von Endometritis.«

»Aber später, Debbie! Später, als wir wussten, dass wir uns liebten und beschlossen zu heiraten, da hättest du es mir doch sagen können.«

Sie ließ den Kopf sinken. »Das wollte ich auch. Aber du hattest mir das von Sharon erzählt ... von der Frau, die du beinahe geheiratet hättest. Du hast gesagt, sie hätte dich belogen ...«

Jonathan war wie vom Donner gerührt. »Du schiebst die Schuld mir zu? Du sagst, es sei mein Fehler gewesen, dass du deine Lügen nicht gestanden hast?«

»Nein, Jonathan!«

»Mein Gott, Debbie!« Er verließ den Kamin und ging zur Glastür. Er schob die Hände in die Hosentaschen und starrte in den Regen.

»Ich habe mich gefürchtet«, sagte sie, »ich hatte Angst und glaubte, wenn ich es dir sage, dass ich dich belogen habe, dann würde ich dich verlieren.«

»Du dachtest, unsere Beziehung sei so schwach?«, fragte er und sah ihr Spiegelbild im Fensterglas. »Hältst du mich für so kleinkariert? Dachtest du, ich sei so ein oberflächlicher Typ?«

»Aber Sharon ...«

Er fuhr herum. »Debbie, das war vor siebzehn Jahren! Ich war jung, intolerant und ein überheblicher Angeber! Mein Gott, ich hoffe doch, dass ich mich inzwischen verändert habe. Zumindest habe ich das geglaubt. Ich dachte, ich sei jetzt ein vernünftiger Mann und hoffte, du würdest mich so sehen.«

»Aber als du mir sagtest, sie ...«

»Debbie«, unterbrach er sie, kam durch das Zimmer und setzte sich neben sie. »Sharon und ich waren jung und egoistisch. Sie hat mir die unglaublichsten Lügen aufgetischt. Sie wollte mich bewusst hinters Licht führen und sogar verletzen. Aber mit deiner Lüge, Debbie, wolltest du dich und mich doch nur schützen. Siehst du denn nicht den Unterschied?«

Sie schüttelte stumm den Kopf.

»Mein Gott«, sagte er sanft, »du musst mich noch besser kennen lernen, Debbie. Du musst wissen, dass ich dich viel zu sehr liebe, um dich wegen deiner Vergangenheit zu verurteilen. Ich wünschte, du hättest mir das alles vor langer Zeit erzählt, dann hätte ich dir helfen können, damit fertig zu werden.«

»Das versuche ich jetzt, Jonathan. Ich bin weniger nach Kenia wegen Mama Wachera gekommen, sondern um herauszufinden, wer ich bin. Nachdem ich das Tagebuch meiner Tante gelesen habe, fällt mir das etwas leichter. Zumindest kenne ich jetzt die Geschichte meiner Familie. Aber ich habe immer noch dieses Gefühl, ohne ... *Wurzeln* zu sein. Ich weiß nicht, wohin ich gehöre.«

Er betrachtete aufmerksam ihr Gesicht und sah die Ehrlichkeit in ihren Augen. Er nahm ihre Hände und sagte: »Oh, mein Gott, wie ich dich liebe, Debbie. Ich möchte dir helfen. Ich wusste es am Telefon. Du klangst so anders. Da habe ich mir Sorgen gemacht. Deshalb habe ich alle Termine abgesagt und Simonson gebeten, Notfälle zu übernehmen. Auf dem langen Flug hierher, in diesem schrecklichen Flugzeug, habe ich darüber gegrübelt, was nicht in Ordnung sein mochte. Aber damit hätte ich nicht gerechnet. Zumindest ist es nicht so schlimm, wie ich befürchtet hatte.«

Als Deborah schwieg, fragte er: »Gibt es noch etwas?«

Sie nickte.
»Was?«
»Es ist Kenia, Jonathan. Ich habe das starke Gefühl, ich muss bleiben und helfen. Ich habe in den vergangenen Tagen so viel Armut gesehen, so viele Krankheiten und Menschen, die unter erschreckenden Bedingungen leben. Außer ein paar wenigen verantwortungsbewussten Menschen wie die Nonnen in der Mission« – *und Christopher,* dachte sie und erinnerte sich daran, wie hoffnungslos er mit seiner rollenden Klinik inmitten der vielen verzweifelten Menschen stand – »scheint sich niemand um die Leiden in diesem Land zu kümmern. Ich spüre diesen unbeschreiblichen Druck, Jonathan, zu bleiben und mein medizinisches Können hier anzuwenden, wie Tante Grace es getan hat.«
»Auf der ganzen Welt gibt es Menschen, die unsere Hilfe brauchen, Debbie, nicht nur in Kenia. Was ist mit deinen Patienten in San Francisco? Brauchen sie dich weniger, nur weil sie Weiße sind und in Amerika leben?«
»Ja«, erwiderte sie ernst, »dort gibt es mehr Ärzte und bessere Lebensbedingungen.«
»Was kann Bobby Delaney damit anfangen?«
Deborah senkte den Kopf.
Bobby Delaney war neun Jahre alt und kämpfte im Krankenhaus um sein Leben. Seine geisteskranke Mutter hatte ihn verbrennen wollen. Jetzt bemühten sich Deborah und ein Ärzteteam um ihn. Er hatte drittgradige Verbrennungen an über neunzig Prozent des Körpers. Bobby musste unvorstellbare Schmerzen ertragen und leiden. Es war ein schweres geistiges und körperliches Trauma. Er lebte in einer sterilen Blase. Als einzigen menschlichen Kontakt kannte er nur Gummihandschuhe und sah nur Gesichter hinter Masken. Aus irgendeinem Grund hatte Bobby Dr. Debbie als seine Freundin auserkoren. Wenn sie zu ihm kam, richteten sich die Augen in dem armen, entstellten Gesicht erwartungsvoll auf sie ...
»Du weißt, er spricht nur mit dir«, sagte Jonathan, »du weißt, er lebt, weil er auf deine Besuche hofft. Aber es gibt auch noch andere. Debbie, alle deine Patienten brauchen deine Fürsorge.«
»Ich weiß nicht«, sagte sie langsam, »ich komme mir so seltsam vor, so unentschlossen. Wohin gehöre ich?«
»Du gehörst zu mir.«
»Das glaube ich, Jonathan. Aber gleichzeitig ...«, sie blickte auf den Regen, »ich bin hier geboren. Schulde ich dem Land nicht etwas?«

»Hör zu, Debbie. Wir haben alle zwei Leben: In das eine sind wir hineingeboren worden. Das andere suchen und gestalten wir uns selbst. Ich glaube, du stehst zwischen diesen beiden Leben. Du musst einen Weg finden, der dir aus dieser Lage heraushilft.«
»Wenn doch nur Tante Grace hier wäre. Ich könnte mit ihr sprechen. Sie würde mir helfen.«
»Lass *mich* dir helfen, Debbie. Wir können zusammen einen Weg finden.«
»Wie?«
»Wir könnten damit anfangen, indem ich das Tagebuch lese.«
Sie machten es sich auf dem Sofa bequem. Jonathan setzte sich an das eine Ende unter die Tischlampe, Deborah ans andere Ende mit vielen Kissen im Rücken. Als Jonathan das alte Buch aufschlug und die erste Seite betrachtete, überkam Deborah ein seltsames Gefühl der Zufriedenheit. Es war etwas Tröstliches daran, dass Jonathan die Worte ihrer Tante las. Sie lauschte auf den Regen und schloss die Augen.

Das Telefonklingeln riss sie aus einem tiefen, traumlosen Schlaf.
Jonathan nahm den Hörer ab und meldete sich. Dann legte er wieder auf und sagte: »Das war die Mission. Mama Wachera ist wach und möchte dich sprechen, Debbie.«
Sie streckte sich und massierte den steifen Hals. »Wie spät ist es?«
»Sehr spät. Ich habe schon über die Hälfte gelesen.« Jonathan wog es in der Hand. »Man hat den Earl gerade tot im Wagen gefunden. Das ist mir eine Familie, Debbie!«
Sie griff nach der Jacke, die sie am Feuer hatte trocknen lassen und sagte: »Ich möchte dich jetzt nicht verlassen, Jonathan.«
»Keine Sorge. Geh jetzt und kläre das mit der alten Frau. Ich bin hier, wenn du zurückkommst.«
»Ich weiß nicht, wie lange es dauern wird.«
Er lächelte und deutete auf das Buch. »Ich bin in bester Gesellschaft.«
An der Tür umarmte er sie und sagte ruhig: »Ich möchte, dass du mit mir nach Hause fliegst, Debbie. Ich möchte, dass du das findest, was du hier suchst. Du musst damit ins Reine kommen und dann die Vergangenheit ruhen lassen. Die Zukunft gehört uns, Debbie.«
»Ja«, flüsterte sie und küsste ihn.

Deborah stellte fest, dass sie plötzlich sehr nervös war. Sie folgte der Nachtschwester durch die schwach beleuchtete Krankenstation. Ihr Puls ging schneller, und ihre Angst wuchs.

Wachera ruhte auf Kissen, die man ihr in den Rücken gelegt hatte, damit sie bequem lag. Deborah sah, dass ihr das Atmen schwer fiel. Dunkelbraune Augen richteten sich auf sie und folgten ihr, als sie zum Fußende des Bettes trat. Sie ließen sie auch nicht los, als sie an die Seite kam und sich auf einen Stuhl setzte.

»Du ...« sagte Wachera mit dünner Stimme, »die *Memsaab*. Du bist da.«

Deborah war überrascht. Sie hatte das Wort *Memsaab* seit vielen Jahren nicht mehr gehört. In Kenia war es nach der Unabhängigkeit verboten worden. Ihr fiel auch auf, dass die Medizinfrau damit keine ehrerbietige Anrede meinte. *Welche Memsaab?* fragte sich Deborah, *glaubt sie, ich sei meine Mutter?*

»Du bist vor vielen, vielen Ernten gekommen«, fuhr die alte Stimme fort. »Du mit deinen Wagen und deiner merkwürdigen Art zu leben.«

Meine Großmutter!

»Du hast als Einzige die Kinder Mumbis verstanden. Du hast ihnen Medizin gebracht.«

Dann begriff Deborah: *Sie hält mich für Tante Grace.*

»Du hast mich rufen lassen, Mama Wachera«, sagte sie freundlich und beugte sich zu ihr. »Warum?«

»Die Ahnen ...«

Wachera sprach Kikuju, und Deborah staunte, wie mühelos sie die Worte verstand, und dann wie selbstverständlich sie jetzt auf Kikuju fragte: »Was ist mit den Ahnen, Mama?«

»Ich werde bald bei ihnen sein. Ich kehre zur ERSTEN MUTTER zurück. Aber ich gehe mit Lügen und einem *Thahu*, und das lastet auf meiner Seele.«

Deborahs Spannung wuchs. Sie betrachtete das alte schwarze Gesicht, in dem die Würde eines fast hundertjährigen Lebens lag. Aber ohne den Perlenkopfschmuck und die großen runden Ohrringe, die Wachera immer getragen hatte, wirkte es merkwürdig nackt und verwundbar. Jetzt lag sie in einem einfachen Krankenhaushemd unter den weißen Laken. Ihre langen, sehnigen Arme ruhten auf der blassblauen Decke. Deborah fragte sich, ob die Medizinfrau wusste, wie entblößt sie wirkte, wie entblößt von Autorität und Macht.

»Da war das letzte Mädchen«, sagte Wachera schwer atmend, »ich ließ es in dem Glauben, dass mein Enkelsohn ihr Bruder ist. Das war eine Lüge.«

»Das weiß ich«, sagte Deborah sanft.

»So viele Sünden ...«, sagte die alte Frau so geistesabwesend, dass Deborah sich fragte, ob ihr überhaupt bewusst war, dass sie hier an ihrem Bett saß. »Die Tochter meines Mannes tötete den *Bwana*. Ich ließ sie schwören zu schweigen, als des *Bwana* Frau vor Gericht stand, das darüber entscheiden musste, ob sie leben oder sterben sollte.«

Deborah begriff ihre Worte nicht gleich. Dann verstand sie: Wachera sprach über den Mord an ihrem Großvater. Sie erinnerte sich an den Bericht darüber im Tagebuch. Wachera sprach von Njeri, der Zofe von Rose.

»Wie?«, fragte Deborah, »Mama Wachera, wie hat Njeri den *Bwana* umgebracht?«

»Sie hörte, wie er das große Haus verließ. Sie ließ die *Memsaab* schlafen und folgte ihm. Er nahm das gefährliche Tier, das auf Rädern rollt. Er ließ sich damit zum Glashaus im Wald tragen. Njeri sah, was er dem Fremden dort antat. Sie klammerte sich an das gefährliche Tier, und es rollte durch die Nacht. Das Fenster des *Bwana* stand offen. Sie erstach ihn. Es war eine gerechte Strafe. Aber Njeri bekam es mit der Angst zu tun. Sie erschoss ihn mit seiner Waffe.«

Deborah konnte es sich vorstellen. Die junge Afrikanerin hielt sich an Valentines Wagen fest. Vielleicht stand sie zusammengekauert auf dem Trittbrett und wartete auf eine günstige Gelegenheit. Sie wollte ihn töten, denn sie fürchtete um das Leben ihrer *Memsaab*.

»Es ist sehr schlimm für eine Frau, mit Sünden zu sterben, die auf ihrer Seele lasten«, sagte Wachera, »ihr Geist findet keine Ruhe. Sie kann nie schlafen. Sie irrt durch den Wald und haust in den Körpern von wilden Tieren. Ich, Wachera, ich sehne mich nach Frieden.«

Sie schwieg lange. Ihr Atem ging immer schwerer. Der unruhige Puls wurde immer schwächer. Dann sagte sie: »Die Stimmen der Ahnen wurden leise. Mit dem Kommen des weißen Mannes haben sie das Kikuju-Land verlassen. Um sie zu begütigen, habe ich den weißen Mann bekämpft. Aber jetzt ist das Land den Kindern Mumbis zurückgegeben, und die Ahnen kehren zurück.«

Wachera atmete noch einmal tief und mühsam ein. Als sie ausatmete, hörte Deborah das Rasseln des Todes. »Das *Thahu* ist erfüllt«, flüsterte die alte

Medizinfrau, »wie ich es versprochen habe. Das Land gehört wieder den Afrikanern. Der weiße Mann hat das Land verlassen.«
Wachera sah Deborah an und schien sie jetzt erst richtig zu sehen.
Die alten klugen Augen wurden plötzlich klar und leuchteten. Wacheras Lippen verzogen sich zu einem kurzen, triumphierenden Lächeln. »*Memsaab Daktari*«, flüsterte sie, »ich habe gewonnen.«
Dann starb sie.
Deborah blieb noch eine Weile an ihrem Bett sitzen. Sie war voller Hass auf diese Frau, die sie aus dem Land getrieben hatte, nach Kenia gekommen. Jetzt sah sie nur das friedvolle Gesicht einer alten Frau, deren Tod das Ende einer Geschichte symbolisierte. Als sie sich schließlich erhob, fiel Deborahs Blick auf das Kruzifix über dem Bett: Jesus Christus am Kreuz. Aber es war eine afrikanische Gestalt. Deborah sah es mit Staunen. Das hatte sie noch nie zuvor gesehen. Als ihre Tante noch lebte, kamen alle Heiligenbilder und Kruzifixe aus Europa. Dieser schwarze Jesus schien Deborah falsch, fast eine Blasphemie zu sein.
Aber dann betrachtete sie das dunkle Gesicht genauer. Sie sah die Kissen und die vielen dunklen Gesichter der schlafenden Station und dachte an die afrikanischen Schwestern in ihren blauen Gewändern, und ihr fiel plötzlich auf, dass sie hier in der Mission keine weißen Gesichter gesehen hatte.
Und Deborah dachte: *Der schwarze Jesus ist doch richtig*

Es hatte aufgehört zu regnen, als sie wieder ins OUTSPAN HOTEL zurückkehrte. Zu ihrer Überraschung machte sich Jonathan zum Aufbruch bereit. »Simonson hat angerufen«, erklärte er, »ich muss sofort los. Bobby Delaneys Körper stößt die letzten Hauttransplantationen ab. Er hat eine Infektion bekommen, und sein Zustand ist kritisch. Ich fahre nach Nairobi und erkämpfe uns auf der Siebzehn-Uhr-Maschine zwei Plätze. Der Flug ist ausgebucht, aber ich werde es schon schaffen. Leider geht es nicht telefonisch. Debbie, ich möchte, dass du mitkommst. Ich warte auf dich am Flughafen.«
Er küsste sie und sagte dann: »Du hast gesagt, du möchtest mit deiner Tante sprechen. Schlag das Tagebuch auf. Ich habe einige Stellen markiert. Es kann dir vielleicht helfen. Ich liebe dich, Debbie. Und ich warte auf dich.«
Als er gegangen war, setzte sie sich auf das Sofa und griff nach dem Tagebuch. Zuerst glaubte sie, Jonathan habe eine eher unwichtige Stelle unterstrichen. Sie stammte aus dem Jahr 1920. Grace schrieb über einen Brief von ihrem Bruder Harold, der auf BELLA HILL lebte. Als Deborah jetzt den

Text sorgfältiger und mit anderen Augen als beim ersten Mal las, begriff sie, was Jonathan meinte. Grace schrieb in ihrer gestochenen, schönen Handschrift:

Wieder ein Brief von Harold. Er hält hartnäckig an seiner Meinung fest, dass wir unmöglich hier in Britisch-Ostafrika glücklich sein können und bald wieder nach Suffolk zurückkehren müssen. Seine Argumente haben sich nicht verändert und sind ebenso lästig wie damals, als er versuchte, mich zu überreden, in England zu bleiben. ›Suffolk ist deine Heimat‹, wiederholt er wie ein Papagei, ›du gehörst hierher. Hier lebt dein Volk, hier bist du nicht unter Fremden, die dich für einen Eindringling halten. Sie kennen deine Art zu leben nicht. Sie werden dich nie verstehen.‹

Deborah hob den Kopf und blickte durch die Glasscheibe. Ein blauer, dunstiger Morgen brach über dem schwarzen Wald an. Diese Worte klangen so vertraut! Wo hatte sie diese Worte schon einmal gehört?
Dann erinnerte sie sich: Christopher stand vor fünfzehn Jahren mit ihr am Ufer des Chania und sagte: »Deborah ... vergiss nie, Kenia ist deine Heimat. Du gehörst hierher. Draußen in der Welt ... wirst du ein Kuriosum sein, und man wird dich nicht verstehen ... versprich mir, dass du zurückkommen wirst.«
Deborah las weiter:
Ich habe Harold sofort geantwortet und ihm gesagt, er möge dieses Thema ein für alle Mal aufgeben. Ich habe Britisch-Ostafrika als meine Heimat gewählt, und ich werde hier bleiben. Dazu habe ich mich entschlossen. Wenn es in der Geschichte nur Menschen wie Harold gegeben hätte, wo wären wir dann heute? Wenn man nie dem Ruf des Geistes folgt oder sich in neue Welten wagt, was wäre das für eine langweilige Welt! Es liegt in der Natur des Menschen, sich zu entwickeln, zu experimentieren, zum Horizont zu blicken und sich zu fragen, was liegt dahinter. Wenn ich einmal alt bin, dann bete ich darum, nicht so verknöchert zu sein wie mein Bruder. Ich bete darum, einem zukünftigen Treverton zu sagen: ›Suche dein Schicksal dort, wo dein Herz dich hinführt. Erinnere dich immer mit Liebe an den Ort deiner Geburt, aber suche deinen eigenen Weg, so wie das Kind die Mutter verlassen muss.‹

Deborah bat Abdi, am Tor auf sie zu warten. Sie ging zuerst zu dem Bronzedenkmal neben der Missionskirche, neben dem sich das Grab von Grace Treverton befand. Deborah sah, wie liebevoll man es pflegte.
Die Nonnen hielten das Gras vom Unkraut frei, und besonders schöne Blumen wuchsen hier. Es war eine einfache Inschrift: DR. GRACE TREVERTON,

O.B.E., 1890–1973. Aber das Denkmal ehrte den Künstler, der es geschaffen hatte, und die Frau, die es so lebensecht darstellte.
Deborah betrachtete die Gestalt auf dem Sockel. Sie trug einen langen altmodischen Rock mit hochgeknöpften Schuhen und eine Bluse mit langen Ärmeln, an deren Kragen eine Brosche steckte. Erstaunlicherweise hatte sie nichts auf dem Kopf, sondern den Tropenhelm in der einen Hand und in der anderen ein Stethoskop. Sie betrachtete den Mount Kenia.
Deborah ließ einen Moment lang den Frieden des Kirchhofs auf sich wirken. Dann ging sie zum Grace-Treverton-Haus.
»Ich habe gehofft, Sie noch einmal zu sehen«, begrüßte sie die Mutter Oberin in dem kleinen Museum. »Ich wollte mich bei Ihnen dafür bedanken, dass Sie bei Mama Wachera in ihren letzten Augenblicken waren. Ich werde Dr. Mathenge vom Ableben seiner Großmutter in Kenntnis setzen.«
Deborah erklärte den Grund für ihren Besuch. »Ich möchte auf Ihr großzügiges Angebot zurückkommen, Mutter Oberin, und mir etwas von den Sachen meiner Tante mitnehmen.«
»Aber natürlich. Und was wäre das?«
Deborah ging zu einem Schaukasten. »Diesen Halsschmuck. Verstehen Sie, er gehörte nicht meiner Tante, sondern meiner Mutter. Jemand, der ihr sehr nahe stand, schenkte ihr den Schmuck vor vielen Jahren.«
»Eine schöne Arbeit«, sagte die Mutter Oberin, schloss den Kasten auf und holte den Schmuck heraus. »Kommt er aus Äthiopien?«
»Aus Uganda. Ich werde meiner Mutter schreiben und sie wissen lassen, dass ich den Schmuck habe.«
Als Deborah an der Tür stand und sich verabschieden wollte, zögerte die Oberin, als ob sie noch etwas sagen wollte. »Dr. Treverton, dürfte ich Ihnen vielleicht noch eine Frage stellen?«
»Gewiss. Fragen Sie, was immer Sie wissen möchten.«
»Verstehen Sie, ich war mir so unsicher, ob es richtig sei, Ihnen zu schreiben, Sie aus Ihrer Arbeit herauszureißen und Sie aufzufordern, den weiten Weg hierher zu machen. Wollte Mama Wachera Sie wirklich vor ihrem Tod noch einmal sehen?«
Deborah dachte einen Augenblick nach. Dann lächelte sie und antwortete ruhig: »Ja, das wollte sie.«
Deborah hatte Abdi gebeten, sie nach Ongata Rongai zu fahren. Der Wagen parkte jetzt an derselben Stelle wie zuvor in einem sicheren Abstand zu dem gemauerten Gebäude, vor dem der Landrover der Wangari-Klinik

stand. Eine große Menschenmenge wartete wieder geduldig, während der Arzt sie nacheinander untersuchte. Eine Krankenschwester half ihm dabei, während der junge Mann Suaheli-Lieder auf der Gitarre spielte, und alle sangen.

Deborah stieg aus, blieb aber neben dem Wagen stehen und beobachtete Christopher bei seiner Arbeit.

Es war kalt und windig. Bunte *Kangas* hingen auf dem kleinen Marktplatz und flatterten wie Fahnen im Wind. Es roch nach Rauch, Ziegen, Essen und Tierkot. Das ist *Kenia*, dachte Deborah.

Sie sah, wie Christopher Säuglinge in den Arm nahm, sie untersuchte und den Müttern mit ernsten Anweisungen zurückgab. Sie beobachtete, wie er alten Männern in den Mund und in die Ohren sah und sich die ängstlich vorgebrachten Beschwerden von Frauen anhörte. Sie sah, wie er seine Instrumente benutzte, Verbände anlegte, Injektionen verabreichte und das Stethoskop auf entzündete Brustkörbe drückte. Ihr fiel auf, wie er manchmal lächelte, andere stirnrunzelnd ansah, aber immer der würdevolle, Respekt einflößende Arzt blieb, den seine Patienten verehrten. Sie beobachtete, wie gut er mit der Krankenschwester zusammenarbeitete. Sie wusste genau, was er wollte, und kam seinen Bitten meist zuvor. Manchmal lachte sie leise mit ihm und den Kindern. Sie beteten zusammen mit allen Leuten, und hin und wieder wechselten die Krankenschwester und Christopher einen sehr vertrauten Blick.

Deborah dachte an Terrys pessimistische Prophezeiung. Er war davon überzeugt, dass alle Weißen Kenia verlassen mussten. Sie erinnerte sich an Mama Wacheras letzte Worte und sah wieder den schwarzen Jesus am Kreuz. Aber Deborah wusste, die Spuren der Pioniere, zu denen auch ihr Großvater gehörte, konnte man in Ostafrika nie völlig ausmerzen. Die Weißen hatten dem Land einen unauslöschlichen Stempel aufgedrückt.

Und das bewahrheitete sich auch in einem Menschen wie Dr. Christopher Mathenge, der hier inmitten der Hoffnung suchenden Menge stand. *Er* war der wahre, bleibende Erbe ihrer Tante Grace Treverton.

Kwa heri, sagte Deborah und bewegte die Lippen zu einem stummen Abschied.

Dann stieg sie in den Wagen und sagte zu Abdi: »Bringen Sie mich bitte zum Jomo-Kenyatta-Flugplatz. Ich fliege nach Hause.«

Danksagung

Ich danke folgenden Personen in Kenia für ihre freundliche Unterstützung:

In Nairobi: Professor Godfrey Muriuki und seiner Frau Margaret, beide von der Universität Nairobi; Philip und Ida Karanja; Rasheeda Litt von Universal Safari Tours; Allen und Gachiku Gicheru; Dr. Igo Mann und seiner charmanten Frau Erica; John Moller für seine Erklärung zur Jagd; den Kaffeepflanzern Valerie und Heming Gullberg und den Angestellten der Kenya National Archives für ihre Hilfe.

In Nyeri: Satvinder und Jaswaran Sehmi, die gute Freunde wurden; Mr. Che Che, Manager des Outspan Hotels und Irene Mugambi, für ihr unschätzbares Wissen über die Frauen in Kenia.

In Nanyuki: Mr. und Mrs. Jacobson; Mr. Edmond Hoarau, dem Leiter des Mount Kenya Safari Club, der unseren Aufenthalt dort so angenehm gemacht hat; Jane Tatham Warter und ihre Freundin Mrs. Elizabeth Ravenhill und P. A. G. (›Sandy‹) Field für ein langes, gutes Gespräch am Nachmittag.

Ich danke auch Terence und Nicole Gavaghan, die uns eine unschätzbare Bekanntschaft vermittelt haben; Tim und Rainie Samuels; Marvin und Sjanie Holm, durch die diese erste entscheidende Begegnung zustande kam; schließlich Bob und Sue Morgan von Survival Ministries, die uns so herzlich und rückhaltlos in ihrem Haus in Karen aufnahmen; sie haben uns mit ihren kenianischen Freunden bekannt gemacht und uns in einem Augenblick der Gefahr geholfen.

Abdul Selim, ganz sicher der geduldigste und fröhlichste Fahrer in ganz Ostafrika, ein besonderes *Asante sana*.

Die Hauptpersonen

Lord Valentine Treverton, englischer Gutsbesitzer. Kommt 1918 nach Kenia und baut dort in der Nähe von Nairobi eine Farm, ›BELLATU‹, auf. Ein ehrgeiziger und launischer Mann, der auf der Höhe seiner kolonialen Triumphe zum Opfer seiner Unbeugsamkeit wird.

Lady Rose Treverton ist Lord Trevertons äußerst sensible Gemahlin, die sich danach sehnt, in Afrika wirklich zum Leben zu erwachen, enttäuscht in eine Scheinwelt flüchtet und zu spät ein kurzes Glück erfährt.

Dr. Grace Treverton, Ärztin und Schwester Lord Trevertons. Selbstlos und großherzig kümmert sie sich um die Schwarzen, baut eine Mission auf und verliebt sich in den verheirateten Farmer James Donald.

Wachera, die Ältere ist die Medizinfrau des Stammes der Kikuju. Ihr wurde vom Gott Ngai, der auf dem Mount Kenia wohnt, die Zukunft Schwarzafrikas offenbart.

Wachera, die Jüngere erhält von ihrer Großmutter die schwere Aufgabe, den Stamm durch die Dunkelheit der neuen Zeit zu begleiten. Sie ist eine starke, den Weißen ebenbürtige Frau. Das Tabu, mit dem sie die Trevertons belegt, geht auf tragische Weise in Erfüllung.

Solomon Mathenge, Kikuju-Häuptling und Ehemann Wacheras, der Jüngeren. Lässt sich zum Christentum bekehren. Fasziniert von der medizinischen Kunst der weißen Ärztin, ist er das tragische Opfer eines selbst verschuldeten Todes.

Sir James Donald, ein in Kenia geborener Farmer. Sein Herz gehört diesem Land. Als Weißer, Freund Lord Trevertons und späterer Geliebter von Grace steht er jedoch zwischen den Fronten eines Tod bringenden Kampfes, dem sich auch seine Kinder nicht entziehen können.

Lucille Donald ist James' Frau. Sie arbeitet hart auf der Farm, hadert mit ihrem Schicksal und hat Heimweh nach England.

Arthur Treverton, lang ersehnter Sohn von Lord und Lady Treverton. Da er zart und krank ist »und kein richtiger Mann«, wird er von seinem Vater verachtet. Anerkennung und Liebe findet er bei seinem Freund Tim Hopkins. Als er sich als mannesmutig erweisen will, führt das zu einer Katastrophe.

Mona Treverton, Tochter von Lord und Lady Treverton. Erlebt eine Kindheit ohne Lie-

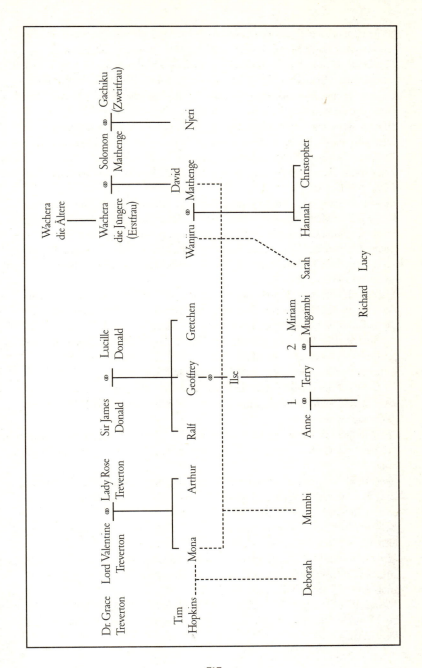

be. Sie hängt mit allen Fasern ihres Herzens an Kenia. Das Liebesglück mit ihrem schwarzen Verwalter David Mathenge wird durch den Mau-Mau-Aufstand zerstört.

David Mathenge ist der Sohn von Solomon und Wachera Mathenge. Studiert und kämpft später für die Engländer in Palästina. Er heiratet die Kikuju-Frau Wanjiru. Als Monas Geliebter kommt er in einen großen inneren Konflikt zwischen seiner schwarzen Tradition und dem ›weißen‹ Fortschritt. Er löst ihn auf tragische Weise.

Wanjiru ist eine schwarze Krankenschwester in Grace Trevertons Missionshospital. Sie findet ein ›neues afrikanisches Bewusstsein‹ und verlässt ihren Mann David, um in der Mau-Mau-Bewegung für die Selbstbestimmung der Afrikaner(innen) zu kämpfen.

Tim Hopkins, Freund von Arthur Treverton. Er tröstet Mona nach dem grausamen Tod David Mathenges.

Deborah Treverton ist die Frucht jener ›Liebesnacht‹ Mona Trevertons mit Tim Hopkins. Von ihrer Mutter ungeliebt, wird sie von ihrer Tante Grace großgezogen. Sie schließt Freundschaft mit Christopher Mathenge und bekommt dadurch größte Probleme.

Christopher Mathenge, Wanjirus und David Mathenges Sohn, studiert in England Medizin und möchte Deborah heiraten, was seine Großmutter, Wachera die Jüngere, folgenschwer zu verhindern weiß.

Sarah wurde während Wanjirus Lagerhaft geboren, als man ihre Mutter dort vergewaltigt hatte. Sie wird Deborahs Freundin und eine sehr erfolgreiche Modeschöpferin, die das traditionslose Leben der neuen schwarzen Oberklasse Kenias führt.

Geoffrey Donald ist der Sohn von Sir James und Lucille Donald. Mona Trevertons Jugendgefährte, der er auch als reifer Mann noch nachstellt. Er entwickelt den Safari-Tourismus in Kenia und weiß, dass seine Tage dort gezählt sind.

Ilse Donald ist eine deutsche Jüdin, die Geoffrey in Palästina kennen lernt und heiratet.

Terry Donald, Sohn von Geoffrey und Ilse, führt das Lebenswerk seines Vaters auf sehr geschickte Weise fort.

Njeri, Tochter von Häuptling Mathenge und seiner Zweitfrau Gachiku. Eine ergebene Zofe von Lady Rose Treverton, die das Unglück ihrer Herrin auf grausame Weise rächt.

Carlo Mobile, italienischer General und Kriegsgefangener, der nach seiner Flucht von Lady Rose heimlich gesund gepflegt wird. Beide verlieben sich, doch Lord Treverton zerstört ihr Glück.

Jonathan Hayes, amerikanischer Arzt, der Deborah Treverton liebt und ihr hilft, ihre Identität und Seelenheimat zu finden.

Mario, schwarzer Diener von Dr. Grace Treverton, von italienischen Missionaren erzogen, zum Christentum übergetreten. Verhält sich auch während der größten Unruhen loyal, bis er sein wahres Wesen offenbart.

Miranda West, lebenshungrige weiße Hotelbesitzerin in Nairobi, die geschickt versucht, Lord Valentine Treverton an sich zu binden und sich schließlich im Netz der eigenen Intrigen fängt.

Chronologie der wichtigsten Ereignisse in Kenia

1824–1826 Ostafrika wird britisches Protektorat, da Mombasa englische Unterstützung erbittet, um den Sklavenhandel zu beenden.

1846–1849 Die deutschen Missionare und Afrikaforscher Johannes Rebmann (*1820, †1876) und Johann Ludwig Krapf (*1810, † 1881) machen im Auftrag der Londoner Anglican Missionary Society Reisen in das Landesinnere und sehen als erste Europäer den schneebedeckten Gipfel des Kilimandscharo und den Mount Kenia.

1885 Bau der Ugandabahn von Mombasa nach Port Florence, dem heutigen Kisumu am Victoriasee.

1899 Nairobi wird als Eisenbahncamp an der Ugandabahn gegründet.

1905 Nairobi wird anstelle von Mombasa Hauptstadt von Britisch-Ostafrika.

1919 Harry Thuku gründet die erste afrikanische Vereinigung mit politischen Zielen, die East African Association.

1920 Britisch-Ostafrika wird offiziell zur britischen Kronkolonie Kenia.

1921 Die Young Kikuyu Association (später in Kikuyu Central Association umbenannt) wird gegründet, um Landrechte und bessere Arbeitsbedingungen für die schwarze Bevölkerung zu fordern.

1928 Jomo Kenyatta (*1891, † 1978) wird Generalsekretär der Kikuyu Central Association.
Die Kenya African Union (KAU) wird gegründet; drei Jahre später wird Jomo Kenyatta ihr Präsident.

1950 Die britische Kolonialregierung in Kenia inhaftiert afrikanische und asiatische Gewerkschafter.

1952 Der Mau-Mau-Aufstand beginnt. Der Gouverneur von Kenia, Sir Evelyn Baring, ruft den Ausnahmezustand aus; Kenyatta und andere schwarze Führer werden inhaftiert. Der Uganda National Congress (UNC) wird gegründet.

1953–1956 Die Streitkräfte der britischen Kolonialmacht zerschlagen den Mau-Mau-Aufstand im Hochland von Kenia. Bis 1956 wurden fast 14 000 Afrikaner, aber nur 95 Europäer getötet. Um die Mau-Mau vom Nachschub abzuschneiden, wurden von den Engländern fast eine Million Kikuju in Wehrdörfern angesiedelt und 50 000 Kikuju in Konzentrationslagern gefangen gehalten.

1960 Jomo Kenyatta gründet die Kenya African National Union (KANU).

1963 Im Juni erhält Kenia die innere Selbstregierung nach Neuwahlen mit uneingeschränktem Wahlrecht, die der KANU eine überwältigende Mehrheit bringen. Jomo Kenyatta übernimmt das Amt des Premierministers. Am 12. Dezember erhält Kenia die volle Unabhängigkeit und bleibt, zunächst als Monarchie, seit Dezember 1964 als Republik mit Jomo Kenyatta als Staatspräsident im British Commonwealth of Nations.

1969 Verbot der linken Oppositionspartei KPU (Kenia People's Union).

1977 Jomo Kenyatta übernimmt die Kontrolle über die East African Airways. Er beschleunigt damit das Ende der East African Community und vertieft die Kluft zu Tansania.

1978 Präsident Kenyatta stirbt; sein Nachfolger ist Daniel arap Moi (*1924). Er strebt einen Ausgleich zwischen den kleineren Stämmen und den einflussreichen Kikuju an, ist aber zugleich bemüht, Kenias Wirtschaft voranzubringen.

1982 Ein Putschversuch durch Luftwaffenoffiziere wird von der Armee niedergeschlagen; Hunderte von revoltierenden Kenianern werden in Straßenschlachten getötet. Die Luftwaffe wird aufgelöst.

1987 Am 27. Februar wird Staatspräsident Daniel arap Moi für eine dritte fünfjährige Amtszeit bestätigt.